Die Tränen der Götter

RAYMOND

FEIST

DIE TRÄNEN DER GÖTTER

DIE KRONDOR-SAGA 3

ROMAN

Aus dem Amerikanischen
von Tim Straetmann

Weltbild

Die Originalausgabe erschien 2000 unter dem Titel *Krondor. Tears of the Gods. Book Three of the Riftwar Legacy* bei EOS/HarperCollins Publishers Inc., New York.

Besuchen Sie uns im Internet:
www.weltbild.de

Genehmigte Lizenzausgabe für Verlagsgruppe Weltbild GmbH,
Steinerne Furt, 86167 Augsburg

Übersetzung: Tim Straetmann
Umschlaggestaltung: Johannes Frick, Augsburg
Umschlagmotiv: © Jon Sullivan / Bildagentur Schlück
Gesamtherstellung: CPI Moravia Books s.r.o., Pohorelice
Printed in the EU

ISBN 978-3-8289-9401-0

2011 2010 2009 2008
Die letzte Jahreszahl gibt die aktuelle Lizenzausgabe an.

Für Bob Ezrin –
wen sonst?

NORDBERGE
NORDLANDE
BERGENSTEIN
5
ELVANDAR
HOHE BURG
4
YABON
TYR-SOG
DIE GRAUEN TÜRME
CRYDEE
LORIEL
LA MUT
FALKENHÖHLE
HOGEWALD
10
YLITH
WALINOR
CALASTIUS-GEBIRGE
CARSE
JONRIL
HUSH
NATAL
BORDON
NATALHAVEN
QUESTORS SICHT
SETHANON
TULAN
QUEG
SARTH
MARGRAVS HAFEN
1
FINSTERMOO
DIE ENDLOSE SEE
STRASSE DER FINSTERNIS
PALANQUE
2
KRONDOR
SALADOR
DAS BITTERE MEER
LANDRETH
SEE DER TRÄUME
ELARIAL
DURBIN
SHAMATA
TAL DER TRÄUME
CARALYAN
9
TROLLHEIM GEBIRGE
DIE STERNPFEILER
WÜSTE VON JAL-PUR
MIDKEMIA
N
W
S

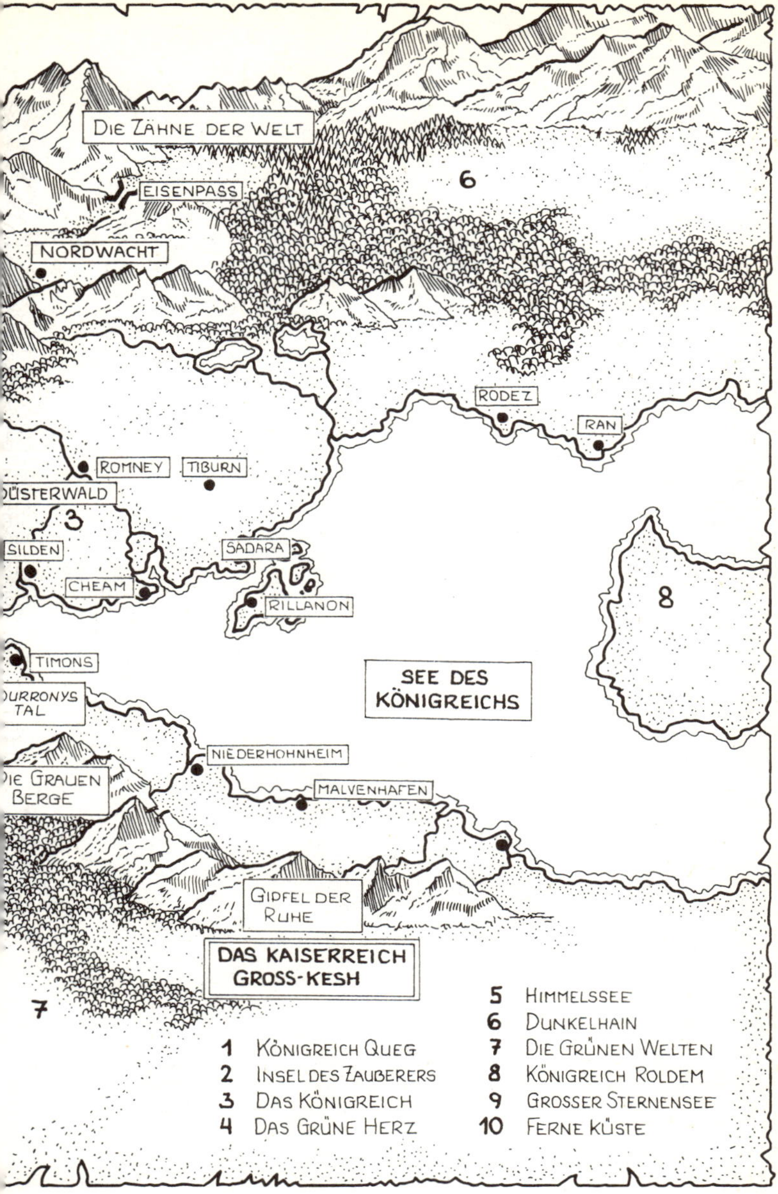

DIE ZÄHNE DER WELT
EISENPASS
6
NORDWACHT
RODEZ
RAN
ROMNEY
TIBURN
DÜSTERWALD
3
SILDEN
CHEAM
SADARA
RILLANON
8
TIMONS
DURRONYS TAL
SEE DES KÖNIGREICHS
NIEDERHOHNHEIM
MALVENHAFEN
DIE GRAUEN BERGE
GIPFEL DER RUHE
DAS KAISERREICH GROSS-KESH
7
1 KÖNIGREICH QUEG
2 INSEL DES ZAUBERERS
3 DAS KÖNIGREICH
4 DAS GRÜNE HERZ
5 HIMMELSSEE
6 DUNKELHAIN
7 DIE GRÜNEN WELTEN
8 KÖNIGREICH ROLDEM
9 GROSSER STERNENSEE
10 FERNE KÜSTE

Prolog

Angriff

Das Wetter wurde schlechter.

Am Himmel ballten sich dunkle Wolken zusammen, aus denen immer wieder bösartige Blitze zuckten, die die finstere Nacht in alle Richtungen durchlöcherten. Der Ausguck auf dem höchsten Mast der *Morgenröte Ishaps* kniff die Augen zusammen; er dachte, er hätte in einiger Entfernung eine Bewegung gesehen, und versuchte jetzt trotz der Dunkelheit etwas zu erkennen, wobei er mit der Hand die Augen vor der salzigen Gischt und dem beißenden, eisigen Wind zu schützen versuchte, der ihm die Tränen in die Augen trieb. Er blinzelte die Tränen weg, und dann war die Bewegung – was für eine es auch immer gewesen sein mochte – fort.

Die Dunkelheit und die Bedrohung durch den Sturm hatten dafür gesorgt, dass der Ausguck hier oben eine elende Nacht verbracht hatte, und das nur, weil die unwahrscheinliche Möglichkeit bestand, dass der Kapitän vom Kurs abgekommen war. Dabei konnte sich der Ausguck so etwas kaum vorstellen, denn der Kapitän war ein erfahrener Seemann, der nicht zuletzt wegen seiner Fähigkeiten, Gefahren aus dem Weg zu gehen, ausgewählt worden war. Und er wusste so gut wie jeder andere Mann, wie gefährlich diese Überfahrt war. Für den Tempel besaß ihre Fracht einen einzigartigen, unermesslichen Wert, und Gerüchte über Piraten, die sich entlang der queganischen Küste herumtreiben sollten, hatten einen gewagten Kurs in die Nähe der Witwenspitze notwendig gemacht – ein Gebiet voller Felsen und Riffe, das man, wenn möglich, am besten meiden sollte. Doch die *Morgenröte Ishaps* war mit erfahrenen Seeleuten bemannt, die auf jeden Befehl des Kapitäns achteten und ihn unverzüglich befolgten, denn jeder von ihnen wusste, dass ein Schiff, das erst einmal in die Felsen bei der Witwenspitze geraten war, keine Überlebenschance mehr besaß. Die Männer fürchteten um ihr Leben – das war nur natürlich –, aber sie waren nicht nur deswegen ausgewählt worden, weil sie erfahrene Seeleute waren, sondern auch wegen ihrer Treue zum Tempel. Und sie wussten alle, wie teuer ihre Fracht dem Tempel war.

Unten im Frachtraum umringten acht Mönche des Ishap-Tempels von Krondor ein überaus heiliges Objekt – die Träne der Götter. Dabei handelte es sich um ein Juwel von erstaunlicher Größe – so lang wie der Arm eines großen Mannes und zweimal so dick –, das von innen heraus in einem mystischen Licht leuchtete. Alle zehn Jahre wurde in einem Kloster, das verborgen in einem kleinen versteckten Tal in den Grauen Türmen lag, eine neue Träne geformt. Wenn der größte Teil der heiligen Riten vollzogen worden und die Träne bereit war, transportierte eine schwer bewaffnete Karawane sie zum nächsten Hafen in den Freien Städten von Natal. Dort wurde sie auf ein Schiff verladen und nach Krondor gebracht. Von dort aus würde die Träne mit einer Eskorte aus Kriegsmönchen, Priestern und Bediensteten nach kurzer Zeit Salador erreichen, dort an Bord eines weiteren Schiffes verladen und schließlich zum Muttertempel in Rillanon gebracht werden, wo sie die vorhergehende Träne ersetzen würde, deren Macht geschwunden war.

Die wahre Natur und der wirkliche Zweck des heiligen Edelsteins waren nur den obersten Rängen derer bekannt, die dem Tempel dienten, und der Seemann hoch oben auf dem Hauptmast stellte keine Fragen. Er vertraute auf die Macht der Götter und wusste, dass er einem größeren Wohl diente. Und er wurde gut dafür bezahlt, dass er auf Wache aufmerksam war – und nicht dafür, dass er Fragen stellte.

Aber nach zwei Wochen, in denen sie sich mit widrigen Winden und schwerer See herumgeschlagen hatten, begann auch der frömmste Mann das blauweiße Licht, das jeden Abend aus dem Laderaum heraufschimmerte, und den immer währenden Gesang der Mönche nervenaufreibend zu finden. Die andauernden, für diese Jahreszeit untypischen Winde und unerwarteten Stürme hatten einige Mannschaftsmitglieder von Zauberei und dunkler Magie reden lassen. Der Ausguck schickte ein stummes Gebet an Killian, die Göttin der Natur und der Seeleute (und fügte dann noch ein kurzes an Eortis hinzu, von dem man sagte, er wäre der wahre Gott des Meeres), dass sie in der Morgendämmerung endlich ihren Bestimmungsort erreichen würden: Krondor. Die Träne und ihre Eskorte würden die Stadt schnell wieder in Richtung Osten verlassen, doch der Seemann würde in Krondor bei seiner Familie bleiben. Die Heuer, die ihm diese Reise eingebracht hatte, würde es ihm ermöglichen, längere Zeit zu Hause zu bleiben.

Der Seemann im Mastkorb dachte an seine Frau und seine beiden Kinder, und ein leichtes Lächeln huschte über seine Züge. Seine Tochter war jetzt alt genug, um ihrer Mutter in der Küche zu helfen und sich um den kleinen Bruder zu kümmern, und schon bald würde das dritte Kind zur Welt kommen. Wie schon hunderte Male zuvor schwor sich der Seemann, dass er sich eine andere Arbeit suchen würde – eine, die näher an seinem Heim war, sodass er mehr Zeit mit seiner Familie verbringen konnte.

Eine Bewegung in Richtung der Küste riss ihn aus seinen Träumereien. Das Licht der Schiffslaternen flackerte über sturmzerzauste Sturzwellen, und er konnte den Rhythmus der See spüren. Irgendetwas hatte gerade diesen Rhythmus unterbrochen. Er spähte durch das Zwielicht, versuchte, mit reiner Willenskraft die Düsternis zu durchdringen, zu sehen, ob sie zu nah auf die Felsen zutrieben.

»Dieses blaue Licht, das von dem Schiff kommt, verschafft mir ein schlechtes Gefühl, Kapitän«, sagte Knute.

Der Mann, den Knute angesprochen hatte, schaute auf ihn herunter. Mit einer Größe von sechs Fuß und acht Zoll überragte er alle um ihn herum und ließ sie klein erscheinen. Seine überaus kräftigen Schultern und Arme wurden nicht von dem schwarzen Lederharnisch bedeckt, den er bevorzugte, obwohl er ein paar mit stählernen Dornen besetzte Schulterstücke hinzugefügt hatte – eine Trophäe, die er der Leiche eines ziemlich bekannten Gladiators aus Queg abgenommen hatte. Die Haut, die zu sehen war, wies Dutzende von kreuz und quer verlaufenden Narben auf, Erinnerungen an frühere Kämpfe. Eine dieser Narben zeichnete sein Gesicht; sie verlief von der Stirn bis zum Kieferknochen, mitten durch das rechte Auge, das milchig weiß war. Doch das linke Auge schien in einem bösen inneren roten Licht zu glühen, und Knut wusste, dass diesem Auge so gut wie nichts entging.

Von den Dornen auf den Schulterstücken abgesehen, war die Rüstung glatt und zweckmäßig, gut eingefettet und generell in einem guten Zustand, auch wenn sie an einigen Stellen geflickt und ausgebessert worden war. Um den Hals des Mannes hing ein Amulett; es war aus Bronze, und dass es so dunkel war, lag nicht nur an seinem Alter und einer gewissen Nachlässigkeit – es war von alten schwarzen Künsten befleckt. Der rote Edelstein in seiner Mitte pulsierte schwach, wie um die Worte seines Trägers zu unterstreichen, als Bär sagte: »Kümmere dich lieber darum, uns auf Abstand zu den Felsen zu halten, Lotse. Das ist der einzige Grund, warum du noch am Leben bist.« Er drehte sich nach achtern. »Jetzt!« Seine Stimme klang leise, trug aber dennoch bis zum Heck des Schiffes.

Einer der Seeleute am Heck wandte sich an die Männer im Frachtraum unter ihm. »Vorwärts!« Der Hortator hob eine Hand und ließ sie dann mit der Kante auf die Trommel zwischen seinen Knien fallen.

Beim ersten Trommelschlag hoben die Sklaven, die an ihre Bänke gekettet waren, die Ruder, und beim zweiten senkten sie

sie und zogen wie ein Mann. Sie wussten Bescheid, doch der Sklavenmeister, der zwischen den Ruderbänken auf und ab schritt, wiederholte noch einmal eindringlich seine Worte. »Leise, meine Lieblinge! Ich werde jeden von euch töten, der ein Geräusch von sich gibt, das lauter ist als ein Flüstern.«

Das Schiff, eine queganische Patrouillen-Galeere, die bei einem Überfall vor einem Jahr erbeutet worden war, schob sich vorwärts, wurde schneller. Knute kauerte am Bug und beobachtete eifrig die Wasseroberfläche. Er hatte das Schiff in eine Position gebracht, von der aus es direkt auf das Ziel zukommen würde, doch sie mussten immer noch eine Wende nach backbord durchführen – das war nicht schwierig, wenn man den rechten Zeitpunkt wählte, aber nichtsdestotrotz gefährlich. Plötzlich drehte Knute sich um und sagte: »Jetzt – hart backbord!«

Bär drehte sich um und gab den Befehl weiter, und der Steuermann setzte ihn in die Tat um. Einen Augenblick später befahl Knute: »Ruder mittschiffs«, und die Galeere begann, die Wogen zu durchschneiden.

Knutes Blick huschte kurz zu Bär hinüber, dann kehrte seine Aufmerksamkeit zu dem Schiff zurück, das sie überfallen wollten. Knute hatte noch nie zuvor in seinem Leben so viel Angst gehabt. Er war ein geborener Pirat, eine Hafenratte aus Natal, die sich vom einfachen Seemann zu einem der besten Lotsen des Bitteren Meeres hochgearbeitet hatte. Er kannte jeden Felsen, jede Untiefe und jedes Riff zwischen Ylith und Krondor und westwärts bis zur Straße der Finsternis und entlang der Küste der Freien Städte. Dieses Wissen hatte dafür gesorgt, dass er mehr als vierzig Jahre lang am Leben geblieben war, während andere Männer gestorben waren – Männer, die weitaus tapferer, stärker und intelligenter als er gewesen waren.

Knute spürte, dass Bär hinter ihm stand. Er hatte schon früher für den riesigen Piraten gearbeitet, hatte einst mit ihm queganische Schiffe überfallen, wenn sie von ihren Raubzügen entlang der Küste von Kesh zurückgekehrt waren. Ein anderes Mal hatte er zusammen mit Bär als Freibeuter gearbeitet, mit einem Kaperbrief des Gouverneurs von Durbin, und hatte Schiffe des Königreichs geplündert.

Die vergangenen vier Jahre hatte Knute seine eigene Bande gehabt, Strandräuber, die die Wracks der Schiffe geplündert hatten, die mit falschen Lichtzeichen auf die Riffe hier bei der Witwenspitze gelockt worden waren. Sein Wissen um diese Felsen und wie man sie überwinden konnte, hatte ihn wieder in Bärs Dienste zurückgebracht. Der merkwürdige Händler namens Sidi, der ungefähr einmal im Jahr in das Gebiet bei der Witwenspitze kam, hatte ihm aufgetragen, einen skrupellosen Mann zu finden, der sich nicht vor einer gefährlichen Mission drückte und auch keine Abneigung gegen das Töten hatte. Knute hatte ein Jahr damit zugebracht, Bär ausfindig zu machen, und hatte ihm dann eine Nachricht geschickt, dass es da einen sehr gefährlichen Auftrag mit einer sehr guten Bezahlung gäbe. Bär hatte geantwortet und war gekommen, um sich mit Sidi zu treffen. Knute hatte erwartet, dass er entweder eine Prämie bekommen würde, weil er den Kontakt zwischen den beiden Männern hergestellt hatte, oder dass er sich die Bezahlung mit Bär teilen würde – im Austausch dafür, dass der seine – Knutes – Männer und sein Schiff benutzte. Doch von dem Augenblick an, da Knute Bär zu dem Treffen mit Sidi mitgebracht hatte, hatte sich alles geändert. Statt auf eigene Rechnung zu arbeiten, arbeitete er nun wieder als Lotse und Erster Offizier von Bärs Galeere. Knutes eigenes Schiff, ein flinkes kleines Küstenschiff, war versenkt worden, um ihnen Bärs Bedingungen vor Augen zu führen: Reichtümer für Knute und seine Männer, wenn sie sich ihm anschlossen. Falls sie sich weigerten, lautete die Alternative schlicht Tod.

Knute schaute zu dem merkwürdigen blauen Licht hinüber, das auf dem Wasser tanzte, während sie sich dem Schiff der Ishapianer näherten. Das Herz des kleinen Mannes schlug so heftig, dass er befürchtete, es würde ihm gleich aus der Brust springen. Er packte die hölzerne Reling fester, während er eine bedeutungslose Kurskorrektur durchgab. Sein Wunsch zu schreien, ließ die Anweisung wie einen scharfen Befehl klingen.

Knute wusste, dass er in dieser Nacht wahrscheinlich sterben würde. Seit Bär ihm seine Mannschaft weggenommen hatte, war das nur noch eine Frage der Zeit gewesen. Der Mann, den Knute damals an der Küste von Kesh gekannt hatte, war schon schlimm genug gewesen, aber irgendetwas hatte Bär verändert, hatte ihn zu einer weit schwärzeren Seele als zuvor gemacht. Er war schon immer ein Mann gewesen, der wenig Skrupel gehabt hatte, aber er hatte sein Geschäft mit einem gewissen Sinn für Wirtschaftlichkeit betrieben, mit einer Abneigung dagegen, Zeit mit sinnlosem Morden und Zerstören zu verschwenden, auch wenn es ihn andererseits kalt ließ. Jetzt schien Bär genau das zu genießen. Zwei Männer aus Knutes Mannschaft waren aufgrund kleiner Verfehlungen einen langsamen, qualvollen Tod gestorben. Bär hatte zugesehen, bis sie endlich gestorben waren. Der Edelstein in seinem Amulett hatte dabei hell geleuchtet, und es hatte so ausgesehen, als hätte in Bärs gutem Auge das gleiche Feuer gebrannt.

Bär hatte eine Sache ganz eindeutig klargestellt: Das Ziel dieser Mission war es, den Ishapianern eine heilige Reliquie abzunehmen, und jeder, der dieser Mission in die Quere kommen würde, würde sterben. Aber er hatte auch versprochen, dass die Mannschaft den ganzen restlichen Schatz der Ishapianer für sich behalten dürfte.

Als er das gehört hatte, hatte Knute damit angefangen, einen Plan auszuhecken.

Er hatte darauf bestanden, mehrere Übungsangriffe durchzuspielen, wobei er darauf hingewiesen hatte, dass die Gezeiten und die Felsen an dieser Stelle schon bei Tageslicht gefährlich genug waren – bei Nacht konnten tausend Katastrophen über die Unvorbereiteten hereinbrechen. Bär hatte schließlich widerwillig zugestimmt. Und es war genau das geschehen, was Knute sich erhofft hatte: Die Mannschaft hatte sich daran gewöhnt, von ihm Befehle entgegenzunehmen. Bärs Mannschaft bestand aus Halsabschneidern, Schlägern und Mördern sowie einem Kannibalen, aber die Männer waren nicht gerade besonders intelligent.

Knutes Plan war kühn, und er war gefährlich; zum Gelingen brauchte er mehr als nur ein bisschen Glück. Er schaute sich um und sah, dass Bärs Auge unverwandt auf das blaue Licht an Bord des ishapianischen Schiffs gerichtet war, auf das sie zuschossen. Dann konnte er nur noch einen schnellen Blick auf die Gesichter seiner sechs Männer werfen, bevor er sich wieder dem ishapianischen Schiff zuwandte.

Er schätzte die Entfernung und Geschwindigkeit des Schiffes, drehte sich um und rief an Bär vorbei: »Ein Strich backbord! Auf Rammgeschwindigkeit gehen!«

Bär wiederholte den Befehl. »Auf Rammgeschwindigkeit gehen!« Dann brüllte er: »Katapulte! Fertig machen!«

Flammen züngelten auf, als Fackeln entzündet wurden, und dann wurden diese Fackeln an große Bündel mit Häuten voller queganischem Feueröl gehalten. Sie brannten im Handumdrehen lichterloh, und der Katapult-Offizier brüllte: »Fertig, Kapitän!«

Bärs tiefe Stimme grollte, als er seinen Befehl gab: »Feuer!«

Der Ausguck blinzelte in die heranwehende salzige Gischt. Er war sich sicher, dass er in Richtung der Küste etwas gesehen hatte. Plötzlich flackerte eine Flamme auf. Dann eine zweite. Im ersten Augenblick war es schwierig, die Größe und die Entfernung einzuschätzen, doch dann erkannte der Seemann voller Entsetzen, dass zwei große Feuerbälle auf das Schiff zugeflogen kamen.

Orangerote Flammen zischten und knisterten, als das erste Geschoss über ihn hinwegflog und den Mastkorb dabei nur um wenige Zoll verfehlte. Der Ausguck konnte die sengende Hitze spüren, als der Feuerball über ihn hinwegschoss.

»Ein Angriff!«, brüllte er, so laut er konnte. Er wusste natürlich, dass alle Männer der Nachtwache das brennende Geschoss gesehen hatten; nichtsdestotrotz war es seine Aufgabe, die Mannschaft zu alarmieren.

Der zweite Feuerball traf das mittlere Deck; die Treppe, die von unten zum Vorderdeck hochführte, und ein unglücklicher Ishap-Priester wurden von den tobenden Flammen verschlungen. Er schrie vor Schmerzen und Verwirrung, als er starb.

Der Ausguck wusste, dass es keine gute Idee war, hier oben zu bleiben, sollten sie geentert werden. Er schwang sich aus dem Krähennest und rutschte an einem Stütztau zum Deck unter ihm hinunter, als ein weiterer Feuerball am Himmel erschien und sich auf das Vorderdeck herabsenkte.

Als seine bloßen Füße die Decksplanken berührten, brüllte ihm ein anderer Seemann »Queganische Piraten!« zu und gab ihm ein Schwert und einen Schild.

Das Dröhnen der Trommel eines Hortators hallte über die Wellen heran. Plötzlich war die Nacht von Lärm und Geschrei erfüllt.

Aus dem Zwielicht tauchte ein Schiff auf, weit in die Höhe gehoben von der gewaltigen Dünung, und die beiden Seeleute konnten den kräftigen, gezackten eisernen Rammsporn sehen, der aus dem Bug der Galeere ragte. Wenn er sich erst einmal in den Rumpf seines Opfers gebohrt hatte, würden seine Zähne das gerammte Schiff festhalten, bis die Galeerensklaven das Signal erhalten würden zurückzupullen. Und wenn die Galeere sich zurückzog, würde der Rammsporn ein gewaltiges Loch in die Seite der *Morgenröte Ishaps* reißen, das sie schnell auf den Meeresgrund sinken lassen würde.

Für einen kurzen Augenblick stieg in dem Ausguck die Furcht auf, seine Frau und seine Kinder niemals wieder zu sehen, und er stieß ein hastiges Gebet aus; es war an jeden Gott gerichtet, der gerade zuhörte, und enthielt die Bitte, dass er sich um seine Familie kümmern möge. Dann entschloss er sich zu kämpfen, denn wenn er und seine Kameraden die Piraten am Dollbord aufhalten konnten, bis die Priester aus dem Laderaum an Deck gestiegen waren, würde deren Magie die Angreifer vielleicht vertreiben.

Das Deck hob und senkte sich, und das Geräusch von zerberstendem Holz und schreienden Männern erfüllte die Nacht, als sich das Piratenschiff in das Schiff der Ishap-Priester bohrte. Der Ausguck und seine Kameraden wurden von der Erschütterung auf die Decksplanken geschleudert.

Als der Ausguck sich von dem sich ausbreitenden Feuer wegrollte, sah er zwei Hände, die sich an die Reling des Schiffes klammerten. Und als er schließlich wieder auf die Beine kam, sprang bereits ein dunkelhäutiger Pirat mit einem gewaltigen Satz an Deck. Andere folgten ihm.

Der erste Pirat trug ein großes gekrümmtes Schwert, und er grinste wie ein Besessener. Der Ausguck rannte auf ihn zu, Schwert und Schild bereit. Der Pirat hatte lange, ölige Locken, die im Licht der Flammen glänzten. In seinen weit aufgerissenen Augen spiegelte sich der orangefarbene Feuerschein, was ihm etwas Dämonisches verlieh. Dann lächelte er, und der Ausguck wurde langsamer – die spitz zugefeilten Zähne zeigten, dass der Mann ein Kannibale von den Shaskahan-Inseln war.

Die Augen des Ausgucks weiteten sich, als er eine weitere Gestalt hinter der Ersten aufragen sah.

Es war das Letzte, was er in seinem Leben sehen sollte, denn der vorderste Pirat schwang sein Schwert und durchbohrte den Unglücklichen, der angesichts dessen, was er sah, erstarrte. Mit einem letzten, keuchenden Atemzug brachte er ein einziges Wort über die Lippen: »Bär.«

Bär schaute über das Deck. Kräftige Hände öffneten und schlossen sich voller Vorfreude, während er sprach. Seine Stimme schien von ganz weit innen zu kommen. »Ihr wisst, wonach ich suche; alles andere könnt ihr euch nehmen!«

Knute kam mit einem Satz vom Piratenschiff herübergesprungen und stellte sich an Bärs Seite. »Wir haben sie schwer getroffen, ihr habt also nicht viel Zeit!«, schrie er den Piraten zu. Wie Knute gehofft hatte, beeilten sich die Piraten, die ishapianischen Seeleute zu töten, während er der Hand voll Männer aus seiner alten Mannschaft, die sich auf die Luken und die Frachtnetze zubewegten, Zeichen gab.

Ein Ishap-Mönch, der als Reaktion auf den Alarm die achterne Kajütentreppe hocheilte, sah, wie sich die Piraten in einem Halbkreis um ihn herum verteilten. Seine Brüder folgten ihm. Für einen Augenblick standen beide Parteien reglos da, schätzten einander ab.

Bär trat vor. Seine Stimme klang, als würde er Steine zermalmen, als er zu dem ersten Mönch sagte: »He, du da! Wenn du mir die Träne bringst, werde ich dich schnell töten.«

Der Mönch hob die Hände und bewegte sie schnell; sie formten ein mystisches Muster, während er ein Gebet intonierte, um Magie herbeizubeschwören. Die anderen Mönche hinter ihm gingen in Kampfstellung.

Ein Blitz aus weißer Energie zuckte auf Bär zu, verschwand jedoch, ohne irgendwelchen Schaden anzurichten, eine knappe Handbreit vor ihm. Im gleichen Augenblick legte das Schiff sich auf die Seite und begann, am Bug abzusacken. »Eure Magie kann mir nichts anhaben!«, sagte Bär mit einem verächtlichen Lachen.

Mit einer für einen Mann seiner Größe überraschenden Geschwindigkeit ließ Bär sein Schwert vorschnellen. Der Mönch, der sich noch immer von dem Schock erholen musste, dass seine Magie keinerlei Macht hatte, blieb hilflos stehen, während Bär ihn durchbohrte, als würde er eine Melone mit einem Küchenmesser zerschneiden. Die Piraten stießen ein Triumphgeheul aus und fielen über die anderen Mönche her.

Die Mönche waren unbewaffnet und in der Unterzahl, doch sie waren alle in der Kunst des waffenlosen Kampfes ausgebildet.

Am Ende konnten sie sich zwar nicht gegen Lanzen, Äxte und Schwerter, Messer und Armbrüste behaupten, aber sie hatten die Piraten so lange aufgehalten, dass das Vorderdeck bereits unter Wasser stand, bevor Bär die Treppe erreichen konnte, die ins Unterdeck führte.

Knute huschte an Bär vorbei und die Treppe hinunter wie eine Ratte, die sich durch ein Abflussgitter bewegt. Bär folgte ihm dichtauf; dahinter kamen die anderen.

»Wir haben nicht viel Zeit!«, brüllte Knute und schaute sich in den achtern gelegenen Mannschaftsquartieren um. Aus den reichlich vorhandenen religiösen Gegenständen schloss er, dass dieser Bereich den Mönchen überlassen worden war. Knute konnte hören, wie das Wasser durch das Leck unter dem Vorderkastell in den Schiffsrumpf strömte. Knute kannte sich mit Schiffen aus; irgendwann würde ein zwischen dem Vorderschiff und dem Hauptfrachtraum gelegenes Schott nachgeben, und dann würde das Schiff wie ein Stein sinken.

Sein Blick fiel auf eine kleine hölzerne Kiste, die in einer Ecke stand, und er marschierte darauf zu, während Bär sich auf die große Tür zubewegte, die nach achtern zur Kajüte des Kapitäns führte. Es wurde immer schwieriger, sich zu bewegen, weil das Deck sich mehr und mehr zur Seite neigte und man auf der glitschigen Oberfläche kaum noch das Gleichgewicht halten konnte. Mehrere Piraten rutschten aus und fielen hin, schlugen hart auf den hölzernen Planken auf.

Knute öffnete die kleine Kiste; sie enthielt genügend Juwelen, dass er den Rest seines Lebens im Luxus verbringen konnte. Wie Motten, die vom Licht angezogen werden, schwärmten einige Piraten auf die Beute zu. Knute gab zwei anderen Piraten, die ganz in seiner Nähe waren, ein Zeichen. »Wenn euch das ganze Gemetzel auch nur ein Kupferstück einbringen soll, dann macht, dass ihr an Deck kommt, helft, die Luke aufzumachen, und lasst das Frachtnetz herunter!«

Die beiden Männer zögerten, warfen einen Blick auf Bär, der sich noch immer mit der Tür abmühte. Dann schauten sie sich kurz an und taten, was Knute ihnen befohlen hatte. Knute wusste, dass sie an der Luke bereits zwei seiner Männer vorfinden würden und dass sie ihnen helfen würden. Sein Plan konnte nur Erfolg haben, wenn jeder seinen Teil dazu beitrug, ohne zu bemerken, dass sich die Dinge an Bord geändert hatten.

Knute entriegelte eine Falltür in der Mitte des Decks und ließ sie aufschwingen. Darunter lag die Treppe, die hinab in den Frachtraum führte. Als er durch die Öffnung dem Schatz entgegentrat, begann das Schiff, Wasser zu fassen; Knute wusste, dass es vom Schicksal dazu verdammt war, jetzt schnell mit dem Bug voran zu sinken. Er und seine Männer würden schnell sein müssen.

Schräg über ihm warf sich Bär gegen eine Tür, die ganz offensichtlich mit einer Art magischem Schloss geschützt war, denn sie gab trotz seines gewaltigen Gewichts kaum nach. Knute warf einen kurzen Blick nach hinten und sah, dass das Holz um die Angeln herum abzusplittern begann. Während er in den Frachtraum hinunterstieg, schaute er nach unten. Er wusste, dass sich da unten genügend Schätze befanden, um jeden Einzelnen an Bord zum König zu machen, denn der merkwürdige Mann namens Sidi, der Bär von diesem Schiff erzählt hatte, hatte auch gesagt, dass unermesslicher Reichtum das magische Objekt begleiten würde, das er ihm bringen sollte – jener Reichtum, den der Tempel binnen zehn Jahren an der Fernen Küste und in den Freien Städten angehäuft hatte.

Knute bedauerte, dass er Sidi überhaupt jemals begegnet war; als er ihn das erste Mal getroffen hatte, hatte er keine Ahnung gehabt, dass der so genannte Händler in Sachen magischer Künste reiste. Als er schließlich die Wahrheit erkannt hatte, war es bereits zu spät gewesen. Und Knute war sich sicher, dass Sidi noch weit mehr war als das, was mittlerweile offensichtlich war. Sidi hatte

Bär ein magisches Amulett gegeben – das, das der Pirat nun Tag und Nacht trug und niemals ablegte. Knute hatte sich immer von Magie, von Tempeln, Magiern und Hexen fern gehalten. Er hatte ein Gespür dafür, und es jagte ihm Angst ein, und er hatte noch nie einen Menschen kennen gelernt, der so danach gestunken hatte wie Sidi. Und dieser Gestank hatte ganz und gar nichts Angenehmes.

Die Frachtluke über ihm bewegte sich, und eine Stimme rief von oben: »Knute!«

»Lasst es runter!«, befahl der kleine Dieb.

Das Frachtnetz senkte sich herab, und Knute machte es schnell los. »Macht, dass ihr runterkommt!«, brüllte er, während er das große Netz mitten auf dem Deck ausbreitete. »Das Wasser steigt immer schneller!«

Vier Seeleute rutschten an Tauen herunter und begannen sofort, die schweren Frachtkisten in die Mitte des Netzes zu tragen. »Holt zuerst die kleinen!«, wies Knute sie an. »In denen sind Edelsteine, und davon ist jedes Pfund mehr wert als Gold.«

Die Seeleute hatten zwei Antriebskräfte: Gier und ihre Angst vor Bär. Der gewaltige Kapitän hämmerte über ihnen mit unmenschlicher Kraft auf die Tür ein, und jedes einzelne Mitglied der Mannschaft wusste genau wie Knute, dass Bär von Tag zu Tag gewalttätiger wurde. Selbst die Männer seiner eigenen Mannschaft fürchteten sich mittlerweile davor, dass ihr Kapitän aus irgendeinem Grund auf sie aufmerksam wurde.

Einer der Männer verharrte, als er den unmenschlichen Schrei hörte, mit dem Bär schließlich durch die Tür brach. Ein halbes Dutzend Piraten, die inzwischen die gesamte Mannschaft des Schiffes getötet hatten, rutschte an den Seilen vom Deck über ihnen herunter und schaute den Lotsen fragend an. »Der Kapitän hat gesagt, dass er nur den verdammten Stein will, den die Priester bewacht haben«, sagte Knute. »Alles andere können wir uns nehmen. Wollt ihr das hier alles versinken lassen?«

Sie schüttelten die Köpfe und machten sich ebenfalls an die Arbeit, zumeist paarweise, um die größeren Kisten und Säcke auf das Netz zu packen. Knute konnte ihnen jedoch ansehen, dass sie so ihre Zweifel hatten. Aber sie beeilten sich und schafften es, den größten Teil der Beute in das Netz zu packen.

»Und jetzt – zieht!«, brüllte Knute den Männern oben auf Deck zu.

Piraten griffen sich kleine Kisten und Säcke und versuchten, zur vorderen Leiter zu gelangen. Das Schiff senkte sich jetzt mit dem Bug voran immer mehr, wobei es schneller wurde und leicht von einer Seite zur anderen schwankte. »Sagt ihnen, sie sollen zurücksetzen!«, brüllte Knute, während er die Leiter zum Oberdeck hochstieg; dabei hielt er die kleine hölzerne Kiste umklammert wie eine Mutter ihr Kind. Durch die Tür zur Kapitänskajüte fiel ein blendend helles Licht, und Knutes Augen weiteten sich. Bär hob sich deutlich gegen den hellen Lichtschein ab; ganz offensichtlich kämpfte er sich durch das Wasser, als würde er mit irgendeinem Gegner ringen. »Mach, dass du rauskommst!«, brüllte Knute. »Sonst wirst du mit in die Tiefe gerissen!« Nicht, dass Knute in einem solchen Fall auch nur eine Träne vergossen hätte; allerdings wollte er – falls Bär doch wieder zu Verstand kam und ihm die Flucht gelang – in seiner Rolle als loyaler, besorgter Lotse überzeugend erscheinen.

Knute hastete zum Dollbord und sprang leichtfüßig hinauf. Er warf einen Blick auf die Piraten, die hinter ihm über das Deck rutschten und versuchten, zu ihrem Boot zu gelangen, und rief noch einmal: »Beeilt euch!« Die Galeere schob sich rückwärts, und jetzt strömte noch mehr Wasser in den Rumpf des ishapianischen Schiffs. Knute wusste, dass durch das Gewicht des untergehenden Schiffes auch der Bug der Galeere unter Wasser gezogen worden wäre, hätte er nicht den Befehl gegeben zurückzusetzen.

Ein paar Armlängen unter ihm tanzte ein Langboot auf den

Wogen. »Bei den Göttern, ich sollte mich aus diesem Geschäft zurückziehen«, murmelte Knute.

Er warf einen Blick nach oben und sah, wie sich der Frachtbaum mit dem Netz voller Schätze langsam auf das Deck der Galeere absenkte. Mit einem schnellen Gebet an jeden Gott, an den er sich erinnern konnte, sprang Knute von dem sinkenden Schiff. Er schlug auf der Meeresoberfläche auf, wobei er die kleine Kiste mit aller Kraft umklammerte. Das Gewicht drohte ihn nach unten zu ziehen, und er strampelte wild mit den Beinen. Schließlich brach sein Kopf durch die Wasseroberfläche, während Stimmen über das Meer schallten. Mit dem freien Arm schwamm er auf das Langboot zu, das er schnell erreichte. Starke Hände packten zu und zogen ihn an Bord.

»Das Schiff sinkt!«, schrien die Männer, als sie vom Deck in die gischtende See sprangen.

»Lasst den Rest liegen!«, rief ein Mann, der etwas hielt, das wie ein großer Sack voller Gold aussah. Er sprang ins Wasser, und nach einer Minute tauchte sein Kopf wieder über der Wasseroberfläche auf. Unter großen Anstrengungen gelang es ihm, den Sack an Bord von Knutes Boot zu hieven.

»Nein! Neeiiin!«, erklangen Bärs wütende Schreie aus den Eingeweiden des sinkenden Schiffs, während Knute dem Piraten half, ins Boot zu klettern.

»Hört sich ganz so an, als ob der Kapitän ein Problem hätte«, sagte der durchnässte Pirat.

»Rudere!«, wies Knute ihn an. Der Seemann tat, wie ihm geheißen, und Knute blickte sich über die Schulter um. »Welche Probleme der Kapitän auch immer hat – es sind nicht mehr unsere.«

»Du verlässt ihn?«, fragte einer von Knutes Männern.

»Mal sehen, ob ihn das verdammte Amulett auch auf dem Meeresgrund am Leben erhält.«

Einer der Piraten grinste. Wie der Rest seiner Kumpane hatte er Bär mindestens ebenso sehr aus Furcht wie aus Loyalität gehorcht. »Wenn er es schafft, wird er dich umbringen, Knute.«

»Dazu muss er mich erst einmal finden«, sagte der gerissene Lotse. »Ich bin dreimal mit diesem mörderischen Verrückten gesegelt, und das ist zweimal zu viel. Ihr seid lange genug seine Sklaven gewesen. Jetzt ist es an der Zeit, dass wir endlich ein gutes Leben führen.«

Die Piraten ruderten. Einer aus Bärs Mannschaft meldete sich zu Wort. »Wenn er lebendig davonkommt, wird er andere finden, die ihm folgen, das ist dir doch klar, oder? Also sag mir einen Grund, warum ich dir nicht gleich die Kehle durchschneiden und mich so seiner Gunst versichern sollte?«

»Weil du genauso gierig bist wie ich. Wenn du mir die Kehle durchschneidest, werdet ihr die Galeere niemals heil aus den Felsenriffen herausbekommen. Und außerdem, selbst wenn Bär überleben sollte, ist es bereits zu spät«, sagte Knute. »Wir werden alle schon verschwunden und in Sicherheit sein.«

Sie erreichten die Galeere und kletterten schnell an Bord; ein paar andere Langboote und einige Schwimmer waren gleichzeitig mit ihnen angekommen. Das Schiff knirschte, als die Langboote an Bord gehievt wurden. Einige Männer rafften Taue zusammen, während andere Netze hinunterließen, um die Reichtümer aus dem ishapianischen Schiff zu bergen. Die Mannschaft bewegte sich so tüchtig und aufmerksam wie selten zuvor, was zu gleichen Teilen auf Habsucht und der Angst, Bär könnte plötzlich auftauchen, beruhte. Schließlich zurrten sie die Fracht auf dem mittleren Deck fest, und Knute sagte: »Nehmt Fahrt auf!«

»Und wohin fahren wir?«, fragte einer der Piraten, die Knute zur Galeere zurückgerudert hatten.

»Zu einem Treffpunkt an der Küste. Ich habe dafür gesorgt, dass dort ein paar Männer warten, die diese Fracht löschen; anschließend werden wir die Galeere aufs Meer hinausrudern und versenken.«

»Warum?«, fragte ein anderer Mann. Die Mannschaft hatte sich jetzt um Knute herum versammelt.

»Warum?«, wiederholte Knute. »Ich werde dir sagen, warum, du Narr. Das Schiff, das wir gerade geentert haben, war Eigentum des Ishap-Tempels. Schon in wenigen Tagen wird die ganze Welt nach den Männern suchen, die es versenkt haben. Bär hat dieses Amulett, das ihn vor den Priestern schützt, aber wir haben so etwas nicht. Wir werden die Beute teilen und noch heute Nacht getrennte Wege gehen.«

»Klingt gut«, sagte einer der Seeleute.

»Dann macht, dass ihr an die Ruder kommt! Die Sklaven sind halb tot, und ich will, dass wir uns noch vor Sonnenuntergang trennen!«, schrie Knute.

Genau in diesem Augenblick war durch den Sturm Bärs Stimme zu hören. »Es gehört mir! Ich hatte es schon in den Händen!«

Alle Augen richteten sich auf das sinkende Schiff, und im zuckenden Licht eines Blitzes konnten sie Bär erkennen. Er stand an der Reling, kletterte langsam hinauf und schüttelte die Faust hinter der sich entfernenden Galeere her. Dann sprang er ins Wasser.

Der Anblick von Bär, wie er ins Wasser sprang, als ob er hinter ihnen herschwimmen wollte, brachte die Seeleute dazu, sich zu beeilen – wie Pferde, denen man die Sporen gibt. Unter ihnen begann die Trommel des Hortators zu dröhnen, während die Sklaven von den Ketten losgemacht und von übereifrigen Piraten beiseite gestoßen wurden. Knute verharrte einen Moment, um noch einmal dorthin zu blicken, wo Bär gestanden hatte, wo seine Silhouette sich vor dem Hintergrund des zuckenden Blitzes deutlich abgezeichnet hatte. Einen Augenblick lang hätte Knute schwören können, dass Bärs Auge rot geglüht hatte.

Knute erschauderte und riss seine Gedanken von Bär los. Der Mann war schrecklich, wenn er wütend war, und er besaß übermenschliche Kräfte, doch selbst Bär würde nicht in der Lage sein, einfach so in die Stadt des Prinzen zu stürmen und nach Knute zu suchen.

Knute lächelte. Die Männer, die auf ihn warteten, rechneten mit einem Schiff voller Reichtümer und einer toten Mannschaft. Unter Deck standen vergifteter Wein und vergiftetes Bier bereit; Knute würde es wenige Minuten, bevor sie den Treffpunkt erreichten, verteilen. Zu dem Zeitpunkt, da die Fracht gelöscht und auf Wagen verstaut sein würde, würden alle Piraten und Sklaven nur noch Leichen sein. Auch seine eigenen Leute würden dran glauben müssen; das war ein unglücklicher Umstand, der sich leider nicht vermeiden ließ. Außerdem bedeutete es, dass mehr für ihn und die Männer mit den Wagen übrig blieb.

Sein ganzes Leben lang hatte er auf eine solche Gelegenheit gewartet, und er würde mit aller Skrupellosigkeit vorgehen, um für sich das Beste herauszuholen. Keiner dieser Männer würde auch nur einen Finger rühren, um ihm zu helfen, wenn sein Leben in Gefahr wäre, das wusste Knute – was schuldete er ihnen dann also?

So etwas wie Ehre unter Dieben mochte es bei den Spöttern geben, wo die Schläger des Aufrechten für ein ehrenvolles Verhalten sorgten, doch auf einem Schiff wie dem von Bär galt die schlichte Regel, dass nur die Stärksten – oder die Klügsten – überlebten.

Knute rief seine Befehle, und das Schiff neigte sich zur Seite, als es den Bug gegen die Wellen richtete und auf einen sicheren Kurs in größerer Entfernung von den Riffen der Witwenspitze ging. Kurz darauf hatte das Schiff die letzten unter der Wasseroberfläche gelegenen Felsen hinter sich gelassen, und die Ruderer ließen es mit gleichmäßiger Geschwindigkeit dahingleiten. Der kleine Lotse begab sich nach achtern und schaute über das sich wie ein Fächer verbreiternde Heck der Galeere. Für einen kurzen Augenblick glaubte er, etwas im Wasser zu sehen – einen Schwimmer, der dem Schiff mit gewaltigen Schwimmzügen folgte.

Knute strengte seine Augen an und spähte durch die Dunkelheit, aber er konnte nichts mehr von dem Schwimmer erkennen. Er rieb sich die Augen. Es musste die Aufregung sein, dachte er, die Chance, endlich reich zu sein und nicht mehr unter der Fuchtel von Männern wie Bär zu stehen.

Als er seine Gedanken auf die Zukunft richtete, grinste er erneut. Er hatte einige Abmachungen getroffen. Er würde die Fuhrleute bezahlen, sie töten lassen, falls es notwendig werden würde, und zu dem Zeitpunkt, da er Krondor erreichte, würden all die silbernen Münzen, goldenen Ketten und funkelnden Edelsteine nur noch ihm allein gehören.

»Wohin fahren wir?«, fragte einer der Piraten.

»Kapitän«, sagte Knute.

»Was?«

»Wohin fahren wir, *Kapitän*«, wiederholte Knute kalt.

Der Pirat zuckte die Schultern, als ob das keine Rolle spielen würde. »Wohin fahren wir, Kapitän? Wie weit die Küste runter sind deine Männer?«

Knute grinste. Er wusste, dass dieser Mann – wie auch alle anderen in der Mannschaft – ihn fröhlich den Kapitän spielen lassen würde – bis zu dem Augenblick, da sie ihm die Kehle durchschneiden würden, weil sie glaubten, es würde sie reich machen. Er spielte das Spiel mit. »Wir werden uns am Strand nördlich von Fischstadt – ein Stück außerhalb von Krondor – mit einer Bande treffen.«

»In Fischstadt also«, sagte der Mann und fügte dann schnell hinzu: »Kapitän.«

Die Mannschaft ruderte die ganze Nacht. Als es nicht einmal mehr zwei Stunden bis zur Dämmerung waren, rief Knute einen der Seeleute zu sich, denen er am meisten vertraute. »Wie sieht's aus?«

»Bärs Männer sind nervös, aber sie sind nicht klug genug, um irgendwas zu planen, solange sie Angst haben, dass ihnen dann die Beute durch die Lappen geht. Sie sind jedoch fürchterlich nervös. Man kann eben nicht jemanden wie Bär aufs Kreuz legen und danach ruhig schlafen.«

Knute nickte. »Wenn also alles in Ordnung ist – unten sind ein bisschen Wein und Bier. Nehmt euch was davon«, sagte er.

»Geht klar, Kapitän«, sagte der Mann, und sein Grinsen wurde breiter. »Eine Feier, was? Das wird der Sache die Krone aufsetzen.«

Knute erwiderte das Grinsen, sagte jedoch nichts.

Schon wenige Minuten später drang der Lärm der Feiernden vom Unterdeck herauf. Stundenlang hatte Knute nichts anderes gehört als eine unheilvolle Stille, nur von den Geräuschen rhythmischen Ruderns, dem Quietschen der Ruder in ihren Dollen, dem Knirschen und Ächzen des Rumpfs und dem Rasseln von Flaschenzügen in der Takelage unterbrochen. Jetzt erklang Stimmengemurmel; einige Männer machten Witze, andere wirkten überrascht, als ein paar ihrer Kameraden mit Fässern und Bechern die Runde entlang der Ruderbänke machten.

Einer der Piraten warf Knute quer über das Deck einen Blick zu, was der zum Anlass nahm, dem Mann zuzurufen: »Sag den Männern oben in der Takelage, dass sie kurz runtergehen und was trinken sollen! Ich werde das Ruder übernehmen!«

Der Pirat nickte und rief nach oben, während Knute zum Heck ging. »Geh und hol dir was zu trinken. Ich werde unsere Hübsche an Land steuern«, sagte er zu dem Steuermann.

»Wirst du sie auf den Strand setzen, Kapitän?«

Knute nickte. »Wir kommen kurz nach der Ebbe an. Mit all der Beute liegt sie so schwer im Wasser wie eine trächtige Sau. Wenn wir die Ladung gelöscht haben und die Flut kommt, wird sie leicht wieder freikommen, und wir können sie zurück aufs offene Meer steuern.«

Der Mann nickte. Er kannte die Gegend um Fischstadt. Die

Strände waren sanft, und Knutes Plan erschien ihm überaus sinnvoll.

Knute hatte sich für ein langsam wirkendes Gift entschieden. Als er das Ruder übernahm, schätzte er, dass die ersten Männer umkippen würden, wenn sie den Strand erreichten. Mit ein bisschen Glück würden die Männer, die noch am Leben sein würden, glauben, dass ihre Kumpane vom Trinken bewusstlos geworden waren. Mit noch ein bisschen mehr Glück würden die Männer mit den Wagen, die er in Krondor angeheuert hatte, keine Kehlen durchschneiden müssen. Es waren Fuhrleute, die gegen ein festes Entgelt arbeiteten, und keine Schläger.

Knute hatte eine Lüge auf die andere gesetzt. Die Fuhrleute glaubten, dass er für den Aufrechten arbeitete, den Anführer der Diebesgilde von Krondor. Knute wusste, dass es ihm ohne diese Lüge nicht möglich sein würde, sie zu kontrollieren, wenn sie erst einmal die Reichtümer sehen würden, die er in die Stadt bringen wollte. Wenn die Fuhrleute nicht glaubten, dass eine umbarmherzige Macht hinter Knute stand, würde er am nächsten Morgen so tot sein wie der Rest seiner Mannschaft.

Das Geräusch der Wellen veränderte sich. Knute konnte hören, wie in einiger Entfernung Brecher an den Strand rollten. Er brauchte sich noch nicht einmal genauer umzuschauen, um zu wissen, wo er sich befand.

Einer der Piraten kam die Treppe heraufgestolpert und sprach ihn an. Seine Stimme klang undeutlich. »Kapitän, was ist in dem Bier? Die Jungs kippen um wie …« Knute lächelte den Seemann an, einen jungen Schläger von vielleicht achtzehn Jahren. Der Bursche stürzte vornüber auf die Planken. Von unten riefen ein paar Stimmen herauf, doch sie klangen gedämpft und erstarben schon bald danach.

Die Rudergeräusche waren verstummt. Jetzt kam der gefährlichste Teil von Knutes Plan. Er ließ die Ruderpinne los, sprang zu den Webeleinen und kletterte nach oben. Allein ließ er ein kleines Segel herunter und zurrte es fest. Dieses kleine Segel war alles, was er hatte, um zu verhindern, dass das Schiff sich quer zu den Wogen stellte und am Strand zerschellte.

Als er wieder an der Ruderpinne stand, legte sich eine Hand auf seine Schulter und wirbelte ihn herum. Er sah sich einem gehässigen Grinsen spitz zugefeilter Zähne gegenüber, und dunkle Augen musterten ihn. »Shaskahan trinken kein Bier, kleiner Mann.«

Knute erstarrte. Er schob verstohlen eine Hand an den Gürtel, in dem ein Dolch versteckt war, wartete jedoch erst mal ab, was der Kannibale als Nächstes tun würde. Der Mann stand völlig reglos da. »Trinken kein Bier«, wiederholte er.

»Ich gebe dir die Hälfte von dem Gold«, flüsterte Knute.

»Ich werde mir alles nehmen«, sagte der Kannibale, während er sein großes Gürtelmesser zog. »Und dann werde ich dich essen.«

Knute sprang zurück und zog sein eigenes Messer. Er wusste, dass er gegen den erfahrenen Kämpfer keine Chance hatte, aber er kämpfte um sein Leben und den größten Schatz, den er jemals gesehen hatte. Er wartete, betete darum, ein paar Augenblicke mehr Zeit zu bekommen.

»Shaskahan trinken kein Bier«, sagte der Kannibale noch einmal. Knute sah, dass die Beine des Mannes zu zittern begannen, als er einen Schritt nach vorn machte. Plötzlich sank er auf die Knie, seine Augen wurden leer. Dann fiel er vornüber aufs Gesicht.

Knute kniete sich vorsichtig neben dem Mann hin und untersuchte ihn. Nachdem er sich zum Gesicht des Kannibalen hinuntergebeugt und einmal geschnüffelt hatte, stand er wieder auf und steckte sein Messer zurück in die Scheide.

»Du trinkst zwar kein Bier, du mordender Sohn einer elenden Hure, aber dafür trinkst du Brandy.«

Mit einem Lachen ließ Knute die Ruderpinne los, als das Schiff vorwärts in die Brecher glitt. Er richtete es wie einen Pfeil auf eine lange, flache Stelle des Strandes, und als sich das Schiff mit dem Bug voran in den Sand bohrte, sah er die drei großen Wagen, die oben auf den Klippen standen. Sechs Männer, die am Ufer gesessen hatten, sprangen auf, als das Schiff im Sand zum Stillstand kam. Knute hatte angeordnet, dass die Wagen nicht herunter in die Bucht kommen sollten, denn wenn sie erst einmal beladen wären, würden ihre Räder bis zu den Naben im Sand versinken. Die Fuhrleute würden das ganze Gold die kleine Klippe hinauf zu den Wagen schaffen müssen. Das würde harte, schweißtreibende Arbeit werden.

Kaum war das Schiff richtig zum Stillstand gekommen, rief Knute den Männer bereits seine Anweisungen zu. Die sechs Fuhrleute eilten herbei, während Knute sein Messer zog. Zunächst würde er sich darum kümmern, dass niemand sich von einer zu kleinen Dosis Gift erholen konnte, dann wollte er dafür sorgen, dass der Schatz nach Krondor kam.

Es gab einen einzigen Mann auf der ganzen Welt, von dem er wusste, dass er ihm trauen konnte, und dieser Mann würde ihm helfen, die Reichtümer zu verstecken. Dann würde Knute feiern, sich betrinken, eine Schlägerei anzetteln und ins Gefängnis geworfen werden.

Sollte Bär doch versuchen, ihn zu erwischen, dachte Knute, falls er durch irgendein Wunder tatsächlich überlebt hatte. Sollte dieses verrückte Vieh von einem Piraten doch versuchen, ihn in den Eingeweiden des stärksten Gefängnisses der Stadt zu erwischen, umgeben von der Stadtwache. Das war völlig unmöglich. Die Stadtwachen würden Bär gefangen nehmen, das war das Mindeste; viel wahrscheinlicher war, dass sie ihn töten würden. Wenn Knute erst einmal genau über Bärs Schicksal Bescheid wusste, konnte er um sein eigenes Leben handeln. Denn er war der einzige Mensch, der wusste, wo das ishapianische Schiff gesunken war. Er könnte die Männer des Prinzen und einen Repräsentanten der Wrackberger-Gilde an den Ort führen, und der Magier der Wrackberger-Gilde würde das Schiff heben, und sie würden sich das Schmuckstück holen können, hinter dem Bär hergewesen war. Und dann würde er ein freier Mann sein, während Bär in den Verliesen des Prinzen verrotten, am Galgen hängen oder für immer auf dem Grund des Meeres ruhen würde. Und jeder würde denken, der Rest des Schatzes wäre mit dem Piratenschiff gesunken und in den tiefen Meeresgraben eine Meile vor der Küste abgerutscht.

Knute gratulierte sich zu diesem meisterhaften Plan und machte sich an seine grässliche Arbeit, während die Fuhrleute aus Krondor an Bord kletterten, um »den Schatz des Aufrechten« auf ihre Wagen umzuladen.

Viele Meilen entfernt tauchte bei Anbruch der Dämmerung eine Gestalt aus den auf den Strand rollenden Brechern auf. Die Kleider hingen ihr von den vielen Stunden im Meer durchnässt und zerrissen um den mächtigen Körper. Der Mann hatte sich seiner Waffen entledigt, um besser schwimmen zu können. Ein gesundes Auge spähte über die Felsen, als der Mann festzustellen versuchte, wo er ans Ufer gelangt war. Als er trockenen Sand unter seinen jetzt nackten Füßen spürte, stieß der Pirat einen Schrei voller tierischer Wut aus.

»Knute!«, brüllte er den Himmel an. »Beim dunklen Gott, ich werde dich zur Strecke bringen und deine Leber auf einem Stock aufspießen. Aber zuerst wirst du mir sagen, wo sich die Träne der Götter befindet!«

Bär wusste, dass er sich zunächst Waffen und ein neues Paar Stiefel besorgen musste. Er drehte sich um und blickte nach Norden; in dieser Richtung lagen der geheime Tempel bei der Witwenspitze und das Dorf Haldenkopf. Dort würde er Männer finden, die sich ihm anschließen würden, und mit ihrer Hilfe würde er Knute und die anderen finden. Jedes Mitglied seiner Mannschaft, das ihn betrogen hatte, würde einen langsamen, qualvollen Tod sterben. Noch einmal stieß Bär einen Wutschrei aus. Als die Echos von den windumtosten Felsen erstarben, reckte er die Schultern und marschierte los.

Eins

Ankunft

James eilte durch die Nacht.

Während er zielstrebig den Hof im Palast des Prinzen in Krondor überquerte, spürte er immer noch ein gelegentliches Stechen und Zwicken – eine bleibende Erinnerung an die Prügel, die er bezogen hatte, als er Gefangener der Nachtgreifer gewesen war. Doch im Großen und Ganzen fühlte er sich fast wieder so gut wie sonst. Trotzdem hatte er immer noch ein größeres Schlafbedürfnis als früher – und natürlich hatte er gerade fest geschlafen, als ein Page an seine Tür geklopft und ihn darüber in Kenntnis gesetzt hatte, dass die längst überfällige Karawane aus Kesh gesichtet worden war und sich der Stadt näherte. James war aufgestanden und hatte sich angezogen, obwohl jede Faser seines Körpers ihn aufgefordert hatte, sich in seinem warmen Bett wieder auf die Seite zu rollen und weiterzuschlafen.

Er verfluchte im Stillen noch immer die Notwendigkeit, die ankommende Magierin zu empfangen, als er das äußere Tor erreichte, wo zwei Wachen ihren Dienst versahen.

»Guten Abend, Männer. Alles in Ordnung?«

Der ältere der beiden Wächter, ein Veteran namens Crewson, salutierte. »Es ist totenstill, Junker. Wohin seid Ihr denn um diese Zeit noch unterwegs?« Er gab dem anderen Wächter ein Zeichen, das Tor zu öffnen, damit James den Palast verlassen konnte.

James unterdrückte ein Gähnen. »Die neue Magierin des Prinzen trifft gerade aus Stardock ein, und ich habe die zweifelhafte Ehre, sie am Nordtor empfangen zu dürfen«, sagte er.

Der jüngere Wachposten lächelte voller spöttischer Sympathie. »Was habt Ihr nur immer für ein Glück, Junker.« Er stieß das Tor weit auf, damit James hindurchgehen konnte.

Mit einem schiefen Lächeln schritt James durch die Öffnung. »Ich würde lieber in meinem Bett liegen und schlafen, aber die Pflicht ruft. Also macht's gut, Männer.«

James beschleunigte seine Schritte, denn er wusste, dass die Karawane sich kurz nach ihrer Ankunft auflösen würde. Er machte sich keine Sorgen um die Sicherheit der Magierin, denn die Stadtwache würde von Karawanenwächtern verstärkt werden, die ihren Dienst beendet hatten; was ihn viel mehr beunruhigte, war der mögliche Verstoß gegen das Protokoll, sollte er nicht rechtzeitig dort sein, um sie zu begrüßen. Auch wenn sie nur eine entfernte Verwandte des Gesandten von Groß-Kesh war, so war sie doch eine Adlige von entsprechender Stellung, und die Beziehungen zwischen dem Königreich der Inseln und Groß-Kesh hatten sich eigentlich noch nie mit dem Begriff ruhig und friedlich beschreiben lassen. Ein gutes Jahr war eines, in dem es nicht mehr als zwei oder drei Grenz-Scharmützel gegeben hatte.

James entschloss sich, für den Weg vom Palastviertel zum Nordtor eine Abkürzung zu nehmen, die durch ein Gebiet voller Lagerhäuser hinter dem Kaufmannsviertel führte. Er kannte die Stadt so gut wie seine Westentasche und musste nicht befürchten, sich womöglich zu verirren, doch als er um eine Ecke bog und sich zwei Gestalten aus den Schatten lösten, schalt er sich wegen seiner Dummheit. Die abseits der belebten Straßen gelegene Route wurde um diese nächtliche Zeit sicher nicht von vielen gesetzestreuen Bürgern benutzt. Diese beiden Männer sahen zumindest ganz und gar nicht wie gesetzestreue Bürger aus.

Der eine hatte einen großen Knüppel in der Hand, und in seinem Gürtel steckte ein langes Messer, während der andere die Hand leicht auf den Schwertgriff gelegt hatte. Der Erste trug ein rotes Lederwams, während sein Kumpan mit einer einfachen Tunika und einer Hose bekleidet war. Beide hatten robuste Schuhe an, und so erkannte James sofort, dass es sich bei den Männern um gemeine Straßenschläger handelte. Mit ziemlicher Sicherheit gehörten sie nicht zu den Spöttern, der Diebesgilde von Krondor, sondern arbeiteten auf eigene Rechnung.

James schob die Vorwürfe beiseite, die er sich im Stillen dafür machte, diese Abkürzung genommen zu haben; das war jetzt ohnehin nicht mehr zu ändern.

»Ach, was ist nur aus dieser Stadt geworden«, seufzte der erste Mann.

Der Zweite nickte und bewegte sich ein Stück nach vorn, um sich neben James zu schieben – für den Fall, dass der auf die Idee käme davonzurennen. »Ja, sie ist wirklich in einem traurigen Zustand. Da gibt es doch tatsächlich wohlhabende Herren, die noch nach Mitternacht durch die Straßen wandern. Was denken die sich bloß dabei?«

Rotwams deutete mit seinem Knüppel auf James und sagte: »Er glaubt vermutlich, dass seine Börse zu schwer für ihn ist, und hofft, hilfreiche Männer wie uns zu finden, die ihn von seiner Bürde befreien.«

James stieß langsam den Atem aus. Er versuchte, ruhig zu bleiben. »Um ehrlich zu sein, ich habe gerade über die Dummheit von Männern nachgedacht, die nicht in der Lage sind zu erkennen, wann ihnen Gefahr droht.« Er zog langsam sein Rapier und bewegte die Spitze auf einen Punkt zwischen den beiden Männern zu, sodass er einen Angriff – von wem auch immer – parieren konnte.

»Der Einzige, dem hier Gefahr droht, bist du, und zwar dann, wenn du vorhast, uns aufs Kreuz zu legen«, sagte der zweite Schläger. Er zog sein Schwert und schlug damit nach James.

»Ich habe für so was wirklich keine Zeit«, sagte James. Er parierte den Hieb ohne Mühe und setzte zu einer Riposte an. Der Schwertkämpfer schaffte es gerade noch, rechtzeitig zurückzuweichen; beinahe wäre er wie ein Festtagsbraten aufgespießt worden.

Rotwams zog sein Gürtelmesser und schwang seinen Knüppel, doch James duckte sich seitlich weg und trat mit dem rechten Bein zu, stieß den Mann gegen seinen Kumpan. »Noch habt ihr die Möglichkeit wegzulaufen, Freunde.«

Rotwams grunzte. Er hatte das Gleichgewicht wiedergewonnen und stürmte auf James zu, wobei er drohend den Knüppel schwang. Doch die eigentliche Gefahr ging von dem Messer in seiner anderen Hand aus. James erkannte, wie wütend der Mann war – jetzt war es kein einfacher Raubüberfall mehr, jetzt wollten diese Männer ihn töten. Er achtete nicht weiter auf den Knüppel, bewegte sich sogar bewusst in geduckter Haltung darauf zu und ritzte dem Mann das linke Handgelenk auf. Das Messer fiel klappernd zu Boden.

Während Rotwams vor Schmerz aufheulte und zurückwich, stürmte sein Kumpan heran, das Schwert schräg über der Schulter erhoben. James tänzelte zwei Schritte zurück, und als der Mann sein Schwert in einem weiten Bogen schwang – ein Hieb, der den Junker enthaupten sollte –, beugte James sich vor. Es war eine Bewegung, die er von Prinz Arutha gelernt hatte: Mit der linken Hand berührte er die Pflastersteine, um das Gleichgewicht zu halten, während er den rechten Arm gerade ausstreckte. Das Schwert des Angreifers zischte über James' Kopf hinweg, und er selbst rannte in die Spitze von James' Rapier. Die Augen des Mannes weiteten sich vor Entsetzen, und er kam abrupt zum Stillstand, schaute ungläubig an sich herunter und sank dann auf die Knie. James zog die Klinge zurück, und der Mann fiel vornüber.

Der andere Straßenräuber hätte James beinahe überrascht, denn er griff über die Schulter seines zusammenbrechenden Freundes hinweg an, und James schaffte es gerade noch, sich unter einem Hieb wegzuducken, der ihm glatt den Kopf zerschmettert hätte. Ein zweiter Hieb streifte seine linke Schulter, die immer noch von den Schlägen der Nachtgreifer schmerzte, und er keuchte angesichts des unerwarteten Schmerzes auf. Er war vom Knauf des Messers getroffen worden, daher war auch kein Blut zu sehen – noch nicht einmal seine Tunika war zerfetzt –, *aber es tut verflucht weh!*, dachte er.

Allmählich kamen jedoch James' Übung und seine kampferprobten Reflexe zum Tragen, und er drehte sich mit dem Angreifer; sein Rapier zuckte vor, als der Mann an ihm vorbeiglitt, und dann, als auch dieser Angreifer auf die Knie sank und vornüberfiel, stand er hinter ihm. James brauchte nicht einmal nachzusehen; er wusste auch so, dass er Rotwams mit einer einzigen Bewegung die Kehle durchgeschnitten hatte.

James wischte sein Rapier am Hemd des Mannes ab, den er zuerst getötet hatte, und steckte es zurück in die Scheide. Anschließend rieb er sich die schmerzende linke Schulter, schüttelte den Kopf und murmelte fast unhörbar: »Idioten.« Während er weiterging, wunderte er sich einmal mehr darüber, wie dumm die Menschen sein konnten. Für einen jeden begabten, hervorragenden Mann wie Prinz Arutha schien es hunderte – nein, tausende – von dummen Männern zu geben.

James verstand die kleinlichen Motive und beschränkten Gelüste, die einen Großteil der Bürger antrieben, vermutlich besser als die meisten anderen Männer am Hofe des Prinzen. Während er die beiden toten Männer hinter sich zurückließ, gestand er sich ein, dass die meisten Einwohner von Krondor anständige Leute waren – Leute, die sich vielleicht mit kleinen Diebstählen befleckten, die bei den Angaben der Maße und Gewichte mogelten oder zu kleinen Lügen griffen, was ihre Steuern betraf. Im Großen und Ganzen waren es jedoch gute Menschen.

Was die Übrigen betraf, so hatte er Bekanntschaft mit den Schlimmsten und den Besten von ihnen gemacht. Er war Mitglied einer Bruderschaft gewesen, die unter Einsatz aller Mittel – bis hin zu Mord – oberflächliche Ziele verfolgte, und war danach zu einer Gefolgschaft von Männern gestoßen, die eines höheren Zieles wegen bereit waren, ihr eigenes Leben zu opfern.

Er hatte den Ehrgeiz, so edel zu werden wie sie, aber nicht durch den bloßen Zufall der Geburt, sondern durch die Kraft des eigenen Willens und die Klarheit der Erkenntnis. Er wollte, dass man sich eines Tages an ihn als einen großen Verteidiger des Königreichs erinnerte.

Es kam ihm geradezu wie Ironie vor, als ihm einfiel, dass dies in Anbetracht der gegenwärtigen Umstände ziemlich unwahrscheinlich war. Er hatte den Auftrag, ein Netzwerk von Spionen zu erschaffen, die im Dienste der Krone agieren sollten. Er bezweifelte jedoch, dass Prinz Arutha es gutheißen würde, wenn er den Damen und Herren am Hofe davon erzählen würde.

Als er dann aber um eine weitere Ecke bog – und dabei reflexartig in die Schatten starrte, um festzustellen, ob dort nicht noch jemand lauerte –, rief er sich in Erinnerung, dass das Entscheidende die Tat war und nicht der Ruhm, den man dafür erntete.

Während er sich gedankenverloren die rechte Schulter rieb, merkte er plötzlich, wie sehr sie durch das Handgemenge in Mitleidenschaft geraten war. Die kleine Rangelei mit den beiden Straßenräubern machte ihm einmal mehr klar, dass er immer noch unter den Nachwirkungen der Geschehnisse in der Wüste litt, als er sich in der Hand der Nachtgreifer – einer Bande fanatischer Assassinen – befunden hatte. Er war bereits wenige Tage, nachdem er nach Krondor zurückgekehrt war, wieder auf den Beinen gewesen, doch selbst jetzt, nach drei Wochen, fühlte er sich noch immer nicht ganz in Ordnung. Und seine schmerzenden Schultern würden ihn auch weiterhin daran erinnern – zumindest noch ein paar Tage lang.

James seufzte laut. »Ich fürchte, ich bin im Augenblick nicht so schnell wie früher«, murmelte er vor sich hin.

Er folgte einem weiteren Gässchen, bog um eine Ecke und erreichte die Straße, die zum Nordtor führte. Er kam an einem neuen Waisenhaus vorbei, das vor kurzem von jenem Orden eröffnet worden war, der der Göttin Dala diente, die auch als »Schild der Schwachen« bekannt war. Das Zeichen über der Tür zeigte einen gelben Schild mit dem Symbol des Ordens darin. Es war vor allem Prinzessin Anitas Unterstützung zu verdanken, dass der Orden dieses Gebäude als Eigentum erhalten hatte. James fragte sich geistesabwesend, wie sein Leben wohl verlaufen wäre, wenn er nicht in der Diebesgilde, sondern an einem solchen Ort gelandet wäre, nachdem seine Mutter gestorben war.

In einiger Entfernung konnte er zwei Wachen erkennen, die mit einer jungen Frau sprachen. Er schob seine grüblerischen Gedanken beiseite und beschleunigte seine Schritte.

Während er näher kam, musterte er die junge Frau. Dabei fielen ihm mehrere Dinge auf Anhieb auf. Er hatte eine Adlige aus Kesh erwartet, in feine Seidengewänder gehüllt und mit Schmuck behängt, umgeben von einer ganzen Mannschaft von Bediensteten und Wachen, die zu ihrer Verfügung standen. Stattdessen trug sie Kleider, die weit besser für eine anstrengende Reise als für die Zeremonien des Hofes geeignet waren. Die Frau war dunkelhäutig; nicht ganz so dunkel wie die Menschen, die noch weiter südlich in Groß-Kesh lebten, aber dunkler, als es in Krondor üblich war. Ihr schwarzes Haar, das zu einem Zopf geflochten war, schimmerte im flackernden Fackellicht wie eine Rabenfeder. Als sie ihm ihre Augen zuwandte, sah James, dass sie ebenfalls dunkel waren. In dem schwachen Licht wirkten sie sogar fast schwarz.

Ihre Haltung und ihre Augen kündeten von einer Stärke, die James häufig bei anderen bewunderte, wenn sie mit Intelligenz verbunden war. Und an ihrer Intelligenz konnte kein Zweifel bestehen, sonst hätte Pug sie niemals für den Posten von Aruthas Ratgeber in magischen Angelegenheiten vorgeschlagen.

Sie trug einen schweren Stock aus Eichen- oder Eibenholz, der an beiden Enden mit Eisen beschlagen war. Das war eine Waffe, die häufig von Reisenden gewählt wurde, besonders von denen, die aus Überzeugung oder Zeitmangel nicht mit Klingen und Bögen üben wollten oder konnten. James wusste aus Erfahrung, dass es keine Waffe war, die man auf die leichte Schulter nehmen sollte; ein Stock konnte so ziemlich jedem Angreifer – außer einem schwer gerüsteten Gegner – die Knochen brechen, ihn entwaffnen oder bewusstlos schlagen. Und diese Frau schien durchaus über die Muskeln zu verfügen, ihn mit großer Wirkung zu schwingen. Ganz im Gegensatz zu den Frauen an Aruthas Hof zeigten ihre nackten Arme, dass sie entweder hart gearbeitet oder viele Stunden auf dem Fecht-Übungsplatz verbracht hatte.

Als er näher herantrat, fasste James im Stillen seinen ersten Eindruck von der neuen Hofmagierin zusammen: eine bemerkenswerte Frau, nicht hübsch, aber auf ungewöhnliche Weise überaus anziehend. Jetzt verstand James das Unbehagen, das seinen Freund William befallen hatte, als er von ihrer Berufung an den Hof des Prinzen gehört hatte. Wenn sie – wie James vermutete – seine erste große Liebe gewesen war, hatte William sie sicher nicht leicht vergessen, vermutlich viele Jahre lang nicht. James lachte leise in sich hinein; wenn er daran dachte, wie vernarrt sein junger Freund in Talia war, die Tochter eines einheimischen Schänkenwirts, konnte er vorhersehen, dass Williams Leben in der nächsten Zeit überaus interessant zu werden versprach. James beneidete ihn nicht um die unbehagliche Situation, aber er wusste, es würde sich zweifellos als unterhaltsam erweisen, den Lauf der Geschehnisse zu beobachten. Er grinste vor sich hin, als er zu der Gruppe trat.

Eine der beiden Wachen, die sich mit der jungen Frau unterhielten, bemerkte James und grüßte ihn. »Schön, Euch zu sehen, Junker. Wir haben Euch erwartet.«

James nickte. »Meine Herren. Ich danke euch dafür, dass ihr euch um unseren Gast gekümmert habt.«

»Wir hatten ein ungutes Gefühl«, mischte sich die zweite Wache ein, »schließlich ist sie eine Adlige, und dann musste sie so lange warten. Aber es sind nicht genug Männer hier, um sie mit jemandem zum Palast zu schicken.« Er deutete auf die beiden Wachen auf der anderen Seite des Tores.

James konnte ihr Dilemma erkennen. Wenn einer von ihnen ohne Erlaubnis seinen Posten verlassen hätte – aus welchen Gründen auch immer –, hätte der Hauptmann der Wache ihnen die Ohren lang gezogen. »Ihr braucht euch keine Sorgen zu machen. Ihr habt das Richtige getan.«

Dann drehte James sich zu der jungen Frau um und verbeugte sich mit den Worten: »Ich bitte um Vergebung, Mylady, dass ich Euch habe warten lassen. Ich bin Junker James von Krondor.«

Die junge Magierin lächelte, und schlagartig änderte James seine Einschätzung. Sie war sogar sehr hübsch, wenn auch auf eine für die Frauen des Westlichen Königreichs ungewöhnliche Weise. »Ich bin es, die sich dafür entschuldigen sollte, zu einer so unziemlichen Stunde anzukommen«, erwiderte sie. »Aber leider hat sich unsere Karawane verspätet. Ich bin Jazhara und habe zuletzt in Stardock gelebt.«

James blickte sich um, bevor er antwortete. »Es ist mir eine Freude, Euch kennen zu lernen, Jazhara. Wo ist Euer Gefolge?«

»Auf den Gütern meines Vaters am Rande der Wüste Jal-Pur. Ich hatte in Stardock keine Bediensteten, und ich habe auch für die Reise hierher um keine ersucht. Ich bin der Ansicht, dass es den Willen schwächt, wenn man für alles Bedienstete zur Hand hat. Seit ich begonnen habe, die mystischen Künste zu studieren, reise ich allein.«

James sah in der Verfügbarkeit von Bediensteten einen entscheidenden Pluspunkt des prinzlichen Haushalts; es war überaus angenehm, immer jemanden um sich zu haben, den man für Botendienste einsetzen konnte – oder auch dafür, etwas zu besorgen. Er war nun peinlich berührt, als ihm aufging, dass er einen Trupp Soldaten hätte anfordern sollen, um ihn und Jazhara zurück zum Palast zu eskortieren; das stand ihr ihrem Rang gemäß zu, aber er hatte vermutet, dass sie ihre eigenen Leibwächter dabeihaben würde. Doch wenn sie von sich aus nichts dazu sagte, würde er es auch nicht tun. Daher erklärte er nur: »Ich verstehe, was Ihr meint. Wenn Ihr wollt, können wir Euer Gepäck in der Obhut dieser Wachen zurücklassen, und ich werde dafür sorgen, dass es am Morgen zum Palast gebracht wird.«

»Das klingt gut. Wollen wir also gehen?«

Er entschloss sich, auf Abkürzungen zu verzichten und sich stattdessen an die breiteren Durchgangsstraßen zu halten. Auf diese Weise würde es zwar ein bisschen länger dauern, bis sie den Palast erreichten, aber es würde die Sache sicherer machen. Er vermutete zwar, dass Jazhara nicht nur mit ihrem Stab umzugehen wusste, sondern außerdem auch noch über einige hässliche magische Tricks verfügte, aber die doch geringe Zeitersparnis war es nicht wert, das Risiko eines Zwischenfalls einzugehen, der ihrer fremden Nationalität wegen ganz sicher weit reichende Bedeutung haben würde.

»Was denkt Euer Großonkel über Eure Berufung an diesen Hof?«, fragte James. Er war insgeheim zu dem Entschluss gekommen, dass es am besten war, direkt zu sein.

Jazhara lächelte. »Ich weiß es nicht, aber ich vermute, dass er nicht sehr glücklich darüber ist. Schließlich war er schon unglücklich, als ich es vorzog, trotz der Einwände meines Vaters in Stardock zu studieren, statt einen geeigneten jungen Lord zu heiraten. Ich fürchte, er ist dadurch in eine ziemlich düstere Stimmung geraten.«

James lächelte. »Da ich Euren Großonkel von ein paar Gelegenheiten her kenne, kann ich gut verstehen, wenn Ihr seine gute Seite vorzieht.«

Jazhara schürzte leicht die Lippen, bevor sie antwortete. »Für die Welt ist er der mächtige Lord Hazara-Khan, ein Mann, den all jene fürchten müssen, die ihre eigenen Interessen über die des

Kaiserreichs stellen. Für mich ist er Onkel Rachman – ich habe ihn ›Raka‹ genannt, weil ich seinen Namen nicht aussprechen konnte, als ich klein war –, und er kann mir nur wenig abschlagen. Er wollte mich mit einem unbedeutenden Prinzen des Kaiserlichen Hauses verheiraten, einem entfernten Cousin der Kaiserin, aber als ich damit drohte, wegzulaufen, wenn er mich in den Süden schickt, ließ er sich schließlich erweichen.«

James lachte in sich hinein. Sie umrundeten eine Ecke und bogen in eine breite Prachtstraße ein, die sie schließlich zum Palast führen würde.

Schon nach wenigen Minuten stellte James fest, dass er die Gesellschaft der jungen Frau aus Kesh genoss. Sie war aufgeweckt, aufmerksam, hatte scharfe Augen und war geistreich. Ihre Scherze waren klug und unterhaltsam; ihnen fehlten die bitteren, hässlichen Spitzen, die man so oft bei den Adligen am Hofe ertragen musste.

Unglücklicherweise war sie sogar zu unterhaltsam: James wurde plötzlich klar, dass er ein paar Straßen zuvor, ohne nachzudenken, um eine Ecke gebogen war, und jetzt waren sie in dem Gebiet, das zu durchqueren er gerade hatte vermeiden wollen.

»Was ist los?«, fragte Jazhara.

James drehte sich zu ihr um und grinste sie an; sein Grinsen war in dem schwachen Lichtschein der in einiger Entfernung vor einer Schänke hängenden Laterne kaum zu erkennen. »Ihr seid sehr scharfsinnig, Mylady.«

»Das gehört zu meiner Arbeit, Junker«, antwortete sie. In ihrer Stimme schwang eine Mischung aus Ausgelassenheit und Vorsicht mit. »Ist irgendetwas nicht in Ordnung?«

»Ich bin so in unser Gespräch vertieft gewesen, dass ich abgebogen bin, ohne nachzudenken – und jetzt befinden wir uns in jenem Teil der Stadt, den man um diese Zeit besser meiden sollte.«

James bemerkte, dass sie ihren Stab ein kleines bisschen fester in die Hand nahm, doch ihre Stimme war noch immer ruhig. »Sind wir in Gefahr?«

»Höchstwahrscheinlich nicht, aber so ganz genau weiß man das in Krondor nie. Wir sollten wachsam sein. In wenigen Minuten werden wir den Palast erreichen.«

Ohne ein weiteres Wort zu wechseln, eilten die beiden weiter. Sie behielten den Straßenrand im Auge – für den Fall, dass sich Angreifer in der Dunkelheit versteckten; James übernahm die linke Seite, Jazhara die rechte.

Sie hatten gerade eine Ecke umrundet und inzwischen freie Sicht auf das Palastviertel, als links von James ein Geräusch erklang. Er drehte sich um und bemerkte im gleichen Augenblick, dass es sich um ein Ablenkungsmanöver handelte – das Geräusch stammte nämlich von einem Kieselstein, den jemand von rechts geschleudert hatte.

Als er sich wieder zu Jazhara umdrehte, huschte eine kleine Gestalt aus den Schatten. Jazhara hatte sich ebenfalls zur Seite gewandt, um in die gleiche Richtung wie James zu blicken.

Der Angreifer huschte heran, eine Klinge blitzte auf, und dann rannte ein Kind die Straße entlang und umklammerte Jazharas Börse.

James hatte sich auf einen anderen Angriff vorbereitet, daher dauerte es eine Weile, bis er begriff, dass ein Straßenbalg Jazhara ausgeraubt hatte. »He! Halt! Komm sofort zurück!«, schrie er hinter dem davonrennenden Kind her.

»Wir müssen das Kind aufhalten«, sagte Jazhara. »Abgesehen von ein paar Münzen sind in der Börse einige Dinge, die sich für ein Kind als tödlich erweisen könnten.«

James zögerte nicht, die Verfolgung aufzunehmen.

Doch nachdem sie das Kind ein paar Herzschläge lang verfolgt hatten, wurde er langsamer. »Was ist?«, fragte Jazhara.

»Wenn meine Erinnerung mich nicht trügt, ist unser kleiner Dieb gerade in eine Sackgasse gerannt.«

Sie bogen in die Seitengasse ein und schauten sich nach dem Taschendieb um.

»Er ist weg!«, rief Jazhara.

James lachte. »Nicht ganz.«

Er bewegte sich auf etwas zu, das wie schwere Packkörbe aussah, griff darum herum und zog ein Stück Stoff beiseite, das an der Rückseite befestigt war. Mit einer schnellen Bewegung – falls der junge Dieb versuchen sollte, sich mit seinem Messer zu verteidigen – packte James einen dünnen Arm.

»Lasst mich los!«, schrie ein junges Mädchen. Sie trug nur ein paar Lumpen und konnte kaum älter als zehn Jahre sein. Jetzt ließ sie ihr Messer und Jazharas Börse auf die Pflastersteine fallen.

James wusste, dass das nur ein Trick war; er sollte ihren Arm loslassen und die Geldbörse aufheben, deshalb hielt er das Mädchen weiter fest. »Wenn du vorhast, eine Diebin zu werden, solltest du schleunigst lernen zu erkennen, wen du bestehlen kannst und wen du besser in Ruhe lässt.«

Er drehte sich so, dass er ihr im Weg stehen würde, sollte sie versuchen davonzurennen, und lockerte den Griff an ihrem Arm ein bisschen. »Wie heißt du, mein Schatz?«

Das Mädchen bemerkte rasch, dass dieser Mann und diese Frau ihr nichts Böses wollten, und entspannte sich etwas. »Nita«, sagte sie mit einem Hauch von Trotz. »Mama hat mich so genannt, weil es an 'Nita, die Frau von Prinz 'Rutha, erinnert.«

James konnte sich ein leichtes Lächeln nicht verkneifen. Er wusste, Prinzessin Anita würde sich geschmeichelt fühlen, wenn sie von dieser kleinen Ehre erfuhr. »Ich bin Junker James, und das ist Jazhara, die Hofmagierin.«

Das Mädchen schien alles andere als beruhigt, dass sie ausgerechnet zwei Mitgliedern des Hofes begegnet war. »Wollt Ihr mich jetzt ins Gefängnis werfen?«

»James«, mischte sich Jazhara ein, »Ihr werdet dieses Kind doch wohl nicht ins Gefängnis stecken – oder?«

Mit gespielter Ernsthaftigkeit entgegnete James: »Von Rechts wegen sollte ich das tun. Schließlich ist sie eine gefährliche Verbrecherin, die nachts unschuldige Menschen überfällt!«

Die Augen des Mädchens weiteten sich, aber sie zuckte nicht zusammen und blieb furchtlos aufrecht stehen. James' Tonfall wurde sanfter. »Nein, mein Kind. Wir werden dich nicht ins Gefängnis stecken. Aber es gibt einen Ort, an den wir dich bringen können, wenn du willst. Er wird das Zeichen des Gelben Schildes genannt. Dort kümmern sie sich um Kinder wie dich.«

Ihre Reaktion erfolgte unverzüglich. »Nein! Nein! Du bist genauso wie die anderen Männer. Du bist genauso wie die bösen Männer!« Sie schlug mit ihrer freien Hand nach James' Gesicht und versuchte sich loszureißen.

James ließ sie nicht los. »Halt, halt! Immer langsam! Und hör auf, mich zu schlagen.«

Das Mädchen hörte wirklich auf, nach ihm zu schlagen, zog und zerrte aber weiter und versuchte mit aller Kraft freizukommen. James ließ langsam ihren Arm los und hob die Hände, die Handflächen nach vorn gerichtet, um ihr zu zeigen, dass er sie nicht wieder packen würde. »Pass auf, Nita, wenn du hier bleiben willst, ist das in Ordnung. Wir werden dir nichts tun«, sagte er sanft.

»Was hast du da gerade eben gemeint, Nita? Wer sind diese bösen Männer?«, fragte Jazhara.

Das Mädchen blickte die Magierin an. »Sie sagen, dass sie genauso sind wie die Leute vom Gelben Schild und dass alle braven Kinder mit ihnen gehen. Aber sie haben mir wehgetan!« Während sie sprach, füllten sich ihre Augen mit Tränen, doch ihre Stimme blieb fest.

»Und wie haben sie dir wehgetan?«, fragte James.

Nita warf dem ehemaligen jungen Dieb einen Blick zu. »Sie haben mich in ein großes Haus gebracht und in einen Käfig gesperrt, wie die anderen Kinder auch. Und dann haben sie mir gesagt, dass ich Stoff für Yusuf färben soll, weil sie mich sonst schlagen würden. Die bösen Kinder haben sie mitgenommen, und sie sind nie wieder zurückgekommen. Und dann sind da diese Ratten, und in dem Essen waren so eklige Sachen und –«

»Das ist ja schrecklich«, sagte Jazhara. »Wir sollten uns diesen Yusuf unbedingt vorknöpfen. Aber zuerst müssen wir uns um Nita kümmern.«

»Nun, wir könnten sie mit zum Palast nehmen«, überlegte James und drehte sich zu Jazhara um.

Das war die Gelegenheit, auf die das Mädchen gewartet hatte. In dem Augenblick, da James den Blick von ihr abwandte, rannte sie davon, die Gasse hinunter auf die nächste Straße zu.

James stand da und schaute ihr nach, wie sie um die Ecke bog; er wusste, dass er sie hätte einholen können, hatte sich jedoch dazu entschlossen, ihr nicht hinterherzulaufen. Jazhara starrte ihn an. In ihrem Blick stand eine unausgesprochene Frage. »Ich habe ihr gesagt, dass sie bei uns bleiben könnte, wenn sie wollte«, sagte James.

Jazhara nickte. »Dann werdet Ihr Euch um diese Angelegenheit kümmern?«

James bückte sich, um Jazharas Börse aufzuheben. Er wischte den Staub ab und reichte sie ihr. »Natürlich werde ich das tun«, erwiderte er. »Ich bin in diesen Straßen aufgewachsen. Das hat nichts mit Pflicht zu tun; es ist etwas Persönliches.«

Jazhara drehte sich um, sodass der Palast jetzt hinter ihr lag, und begann, den Weg zurückzugehen, den sie gerade gekommen waren.

»Heh!«, rief James. Er beeilte sich, sie einzuholen. »Wo wollt Ihr hin?«

»Nun, ich nehme an, dass wir uns tiefer in die ärmeren Viertel dieser Stadt begeben sollten – das heißt natürlich, sofern dieser Yusuf nicht im Palast lebt, was ich nicht so recht glauben kann.«

»Da habt Ihr Recht«, sagte James. »Es gibt einen Färber namens Yusuf in dem Viertel im Norden, das Stinkstadt genannt wird. In dem Viertel liegen die Gerbereien, Schlachthäuser und andere Geschäfte, die starke Gerüche erzeugen. Aber wollen wir da jetzt gleich hingehen?«

Jazhara warf James einen entschlossenen Blick zu. »Nun, früher können wir wohl kaum anfangen, oder?«, meinte sie.

»Wohl kaum«, erwiderte er. Und grinste.

James hielt die Augen offen, spähte in jeden im Schatten gelegenen Winkel, wohingegen Jazhara entschlossen geradeaus starrte, als wäre sie auf ein bestimmtes Ziel fixiert. Während sie zielstrebig durch das Armenviertel von Krondor gingen, richtete Jazhara eine Frage an ihn. »Glaubt Ihr, dass es Ärger geben wird?«

»Immer«, antwortete James und warf einen Blick in eine Seitenstraße, die sie gerade passierten.

Ein allmählich zunehmender strenger Geruch sagte ihnen, dass sie ihrem Ziel mittlerweile ziemlich nahe gekommen waren – jenen Bereichen des Armenviertels, die der stinkenden Geschäfte wegen auf der windabgewandten Seite der Stadt lagen. »Was glaubt Ihr, wo dieser Yusuf wohnt?«

»Die Kleidermacher befinden sich alle am Ende dieser Straße sowie in den beiden angrenzenden«, sagte James. Er drehte sich zu Jazhara um. »Es ist Euch natürlich klar, dass Yusufs Laden während der Nacht mit ziemlicher Sicherheit geschlossen ist, oder?«

Jazhara lächelte. »Was uns die Möglichkeit geben wird, uns ein bisschen umzusehen, ohne dass wir bemerkt werden, stimmt's?«

James erwiderte ihr Lächeln. »Ich mag Eure Art zu denken, Jazhara.«

Unterwegs begegneten sie mehrmals einzelnen Personen, die durch die nächtlichen Straßen eilten; die Stadt schlief niemals wirklich. Die Vorbeihuschenden warfen ihnen abschätzende Blicke zu, als wollten sie herausfinden, ob sie eine potenzielle Bedrohung darstellten oder sich als Opfer eigneten.

Sie kamen an eine Gabelung und spähten in beide Richtungen. Zu ihrer Linken war alles ruhig, zu ihrer Rechten jedoch hatten zu James' großer Überraschung offensichtlich noch immer einige Geschäfte geöffnet. »Dieses Färbergeschäft muss ziemlich profitabel sein, wenn sie ihre Leute die ganze Nacht hindurch arbeiten lassen.«

»Vor allem, wenn sie sie nicht gut bezahlen«, sagte Jazhara, als sie an einem der geöffneten Geschäfte vorbeigingen. Die Tür stand weit offen, und ein rascher Blick ins Innere deutete nicht darauf hin, dass hier etwas Verdächtiges geschah; ein Färber und einige Helfer – ganz offensichtlich Mitglieder seiner Familie – waren eifrig damit beschäftigt, eine große Lieferung Stoff vorzubereiten. Wahrscheinlich sollte er am frühen Morgen an Schneider geliefert werden, die das Material bestellt hatten.

Sie bewegten sich die schwach erleuchtete Straße entlang, bis sie ein großes, zweistöckiges Gebäude erreichten, vor dem ein großer Mann stand, der ein Schwert am Gürtel trug. Er beobachtete mit gleichgültigem Gesichtsausdruck, wie James und Jazhara sich näherten.

»Was ist dies für ein Ort?«, fragte James.

»Dies ist der Laden des ehrenwerten Yusuf ben Ali, des berühmten Kleiderhändlers«, erwiderte der Wachmann.

»Ist er da?«, fragte Jazhara.

»Nein. Und jetzt entschuldigt mich bitte.« Da der Wachmann jedoch nicht die geringsten Anstalten machte zu gehen, war es klar, dass er stattdessen von James und Jazhara erwartete weiterzuziehen.

»Es kommt mir doch etwas merkwürdig vor, dass Euer Herr zu dieser späten Stunde unterwegs sein soll und Ihr hier steht, um ein Gebäude zu bewachen, in dem niemand arbeitet. Das kann ich kaum glauben.« James trat ein paar Schritte vor und stand nun direkt vor dem Mann. »Ich bin Junker von Prinz Arutha.«

»Und ich seine gerade erst berufene Hofmagierin«, fügte Jazhara hinzu.

Bei ihren Worten flackerte der Blick des Wachmanns für einen kurzen Moment zu ihr hinüber. Dann antwortete er: »Mein Herr ist in der Tat da. Er arbeitet noch an einer Lieferung, die morgen mit einer Karawane die Stadt verlassen soll, und will nicht gestört werden – außer von wirklich wichtigen Gästen. Ich werde nachfragen, ob er Euch für wichtig genug hält.« Er drehte sich um und fuhr fort: »Folgt mir ins Büro meines Herrn, aber fasst nichts an.«

Sie betraten das Gebäude und entdeckten einen hell erleuchteten Ausstellungsraum, in dem fein gewobene, in den wundervollsten Farben gefärbte Stoffe aufgereiht waren. Auf einem Regal lag ein Ballen karmesinroter Seide, die sich zum Teil bis auf den Boden ergoss – die beste Möglichkeit, die leuchtende Farbe zu zeigen. Um die rote Seide herum gab es blaues und hellgelbes Leinen und Baumwolle in jeder Farbe; alles wartete auf potenzielle Käufer. Im hinteren Teil des Ausstellungsraumes befand sich eine – im Augenblick geschlossene – Tür, und an der linken Wand führte eine schmale Treppe zu einer einzelnen Tür empor. Ein großer Kronleuchter mit einem Dutzend brennender Kerzen hing von der Decke.

Hinter dem Ausstellungsbereich standen große Küpen, und frisch gefärbte Stoffe hingen zum Trocknen über großen Regalen. James sah zwei Kinder, nicht älter als zehn, die ein Regal beiseite schoben, um Platz für ein anderes zu schaffen, das von zwei anderen Kindern herangeschoben wurde. Die Kinder waren schmutzig, und ein paar schienen unter ihrer dünnen, zerfetzten Kleidung zu zittern. Jazhara sah ein kleines Mädchen, das nicht einmal sieben Jahre alt sein konnte. Das Kind gähnte und hatte offensichtlich große Mühe, die Augen offen zu halten, während es das schwere Trockenregal schob. Zwei Wachen beaufsichtigten die Kinder.

Der Wachmann, der sie hereingeführt hatte, drehte sich zu ihnen um. »Wartet hier. Ich werde meinen Herrn holen.«

»Ist es für die Kinder nicht schon ein bisschen spät, noch zu arbeiten?«, fragte James.

»Sie sind faul«, antwortete der Mann. »Dieser Auftrag muss morgen um die Mittagszeit fertig sein. Wenn sie bis zum Abend fertig gewesen wären, würden sie jetzt schon in ihren Betten liegen und schlafen. Das wissen sie. Sprecht nicht mit ihnen, sonst arbeiten sie nur noch langsamer. Ich werde gleich mit meinem Herrn zurückkehren.«

Der Mann eilte quer durch den großen Raum und verschwand durch die Tür an der Rückseite. Einige Minuten später kehrte er – von einem zweiten Mann begleitet – zurück. Der Neuankömmling war ganz offensichtlich ein Kaufmann, doch an seinem Gürtel hing ein gekrümmtes Wüstenschwert – ein Krummsäbel. Er trug eine im Königreich gebräuchliche Tunika und eine Hose, hatte dazu jedoch die traditionelle Kopfbedeckung eines Wüstenbewohners gewählt, einen Turban aus schwarzem Stoff; das Ende hatte er über die linke Schulter geworfen. Der Mann hatte einen dunklen Bart und die dunkle Hautfarbe von Jazharas Landsleuten, und wie um diese Tatsache zu bestätigen, trat er zu ihnen und begrüßte sie mit den Worten: »Friede sei mit euch.« Das war der traditionelle Gruß der Bewohner von Jal-Pur.

»Friede sei auch mit Euch«, erwiderte Jazhara.

»Willkommen in meinem Arbeitshaus, meine Freunde. Mein Name ist Yusuf ben Ali. Wie kann ich euch dienen?«

James warf einen Blick auf die arbeitenden Kinder. »Wir haben gehört, wie hier gearbeitet wird. Das Haus wird geschlossen.«

Falls der Mann von dieser Ankündigung überrascht war, so zeigte er es zumindest nicht. Er lächelte nur. »Ach, ihr habt also etwas gehört, ja? Und was genau habt ihr gehört?«

»Wir haben gehört, welche Arbeitsbedingungen hier herrschen und wie Ihr die Kinder behandelt«, sagte Jazhara.

Yusuf nickte. »Lasst mich raten: Ihr habt es von einem jungen Mädchen gehört. Sie ist gerade einmal zehn Jahre alt, stimmt's? Oder war es diesmal ein kleiner Junge?«

»Was wollt Ihr damit sagen?«, fragte James.

»Mein werter Herr, man hat Euch angelogen. Meine Konkurrenten haben damit angefangen, Kinder zu bezahlen, damit sie an Wachen und andere ehrbare Bürger herantreten. Sie erzählen ihnen Geschichten über die ›schrecklichen Geschehnisse in Yusufs Laden‹. Danach verschwinden sie. Dann wird mein Laden ein paar Tage lang geschlossen, während Männer des Prinzen die Angelegenheit untersuchen, und meine Konkurrenten reiben sich die Hände.«

»Aber wir sehen die hier herrschenden Arbeitsbedingungen doch mit eigenen Augen«, sagte Jazhara.

Ben Ali warf einen Blick zu den zerlumpten Kindern hinüber und schüttelte sanft den Kopf. »Meine liebe Landsfrau, ich mag vielleicht nicht in der Lage sein, so für die Kinder zu sorgen, wie ich es gern tun würde, aber auch ich habe ein Herz. Sie haben ein Dach über dem Kopf und bekommen warmes Essen und Kleidung. Es mag nicht der Überfluss sein, an den Ihr wahrscheinlich gewöhnt seid, aber, wie die weisen Männer uns gelehrt haben, ist Armut die Nahrung des rechtschaffenen Menschen, während der Luxus ein langsam wirkendes Gift sein kann.« Er neigte den Kopf in Richtung der Kinder. »Heute Nacht müssen wir noch spät arbeiten. Dies ist in meinem Geschäft nichts Ungewöhnliches, aber ich versichere Euch, dass diese Kinder in den meisten Nächten tief und ruhig schlafen. Wenn diese Ladung fertig ist, werde ich sie zu Bett schicken, und sie werden morgen frei haben und können ausschlafen. Und wenn sie aufwachen, werden sie den Tag frei haben, um ausruhen und spielen zu können. Was sollte ich Eurer Meinung nach sonst noch für sie tun? Sie zurück auf die Straße schicken?«

Kinder, die arbeiten mussten, um ihre Familie zu unterstützen, waren nichts Neues im Königreich. Aber das hier roch verdammt nach einer Art von Sklaverei, und James war noch nicht davon überzeugt, dass dieser Yusuf wirklich das war, was er zu sein vorgab. »Was ist da oben?«, fragte er und deutete auf die Treppe an der Seitenwand.

»Ach, das Obergeschoss wird gerade ausgebaut – wir erweitern. Im Augenblick wäre es zu gefährlich, es sich anzusehen, aber wenn es fertig ist, wird es unsere Kapazität vergrößern. Unter anderem wird es auch bessere Unterkünfte für die Kinder geben.«

James öffnete den Mund, um die nächste Frage zu stellen, doch Jazhara kam ihm zuvor. »James, könnte ich vielleicht einen Augenblick allein mit Yusuf ben Ali sprechen?«

James war überrascht. »Warum?«

»Bitte.«

James blickte von Jazhara zu Yusuf und meinte dann: »Ich werde draußen warten.«

Nachdem er das Gebäude verlassen hatte, senkte Jazhara die Stimme. »Ihr arbeitet für meinen Großonkel?«

Yusuf verbeugte sich leicht. »Ja, Verwandte von Hazara-Khan, das tue ich. Und ich wollte allein mit Euch sprechen. Ihr habt gut daran getan, unseren jungen Freund nach draußen zu schicken. Ein Adliger aus dem Königreich bedeutet Komplikationen. Weiß er von der Position Eures Onkels?«

Jazhara lächelte. »Als Gouverneur der Jal-Pur – oder als Leiter des keshianischen Spionage-Netzes im Norden?«

»Letzteres, natürlich.«

»Er hegt vielleicht einen Verdacht, aber es geht jetzt nicht darum, was er weiß. Es geht um diesen Ort hier. Stimmt das, was uns das junge Mädchen erzählt hat?«

»Die kaiserliche Schatzkammer erweist diesem Unternehmen nicht unbedingt die nötige Unterstützung«, sagte Yusuf. »Ich muss meine Mittel selbst ergänzen. Dieser Laden hier ist sehr erfolgreich, und zwar in erster Linie deshalb, weil die Arbeit fast nichts kostet.« Er bemerkte ihren missbilligenden Gesichtsausdruck und fuhr fort: »Ihr überrascht mich. Von einer Großnichte Hazara-Khans hatte ich erwartet, dass sie, statt fehlgeleiteten moralischen Ansprüchen zu folgen, in praktischen Kategorien denkt. Schließlich ist die Täuschung das wichtigste Handwerkszeug unserer Kunst. Was ich hier tue, hilft mir, meine Arbeit gut zu machen.«

»Dann hatte das Mädchen also Recht. Weiß mein Großonkel davon?«

»Ich habe mir nie die Mühe gemacht, ihn mit den Einzelheiten dieses Unternehmens zu belasten – das heißt also nein. Aber er weiß meine Ergebnisse zu schätzen. Und jetzt, da Ihr hier seid, werden sie noch viel besser werden!«

»Was meint Ihr damit?«

»Es ist wohl bekannt, dass Ihr Euch mit Eurer Familie zerstritten und Euch entschlossen habt, in Stardock die magischen Künste zu studieren. Nur die Macht Eures Großonkels hat Euch vor jenen Mitgliedern des Kaiserlichen Hofes geschützt, die Euch für ein mögliches Risiko gehalten haben. Jetzt ist es an der Zeit, dass Ihr erwachsen werdet und Euch Eurer Verantwortung stellt. Ihr seid ein Kind des Kaiserreichs, eine Bürgerin von Groß-Kesh. Eure Loyalität muss dem Kaiserreich gehören.«

»Meine Loyalität gehört genauso diesem Hof und dem Prinzen. Ich bin die Hofmagierin, die Erste, die auf diesen Posten berufen wurde.«

Yusuf musterte das Gesicht der jungen Frau. »Manchmal sind Blutsbande wichtiger als die Bande, die durch leere Worte geformt werden.«

»Ich bin keine Spionin!«

»Aber Ihr könntet eine werden«, erwiderte Ben Ali. »Arbeitet für mich. Bringt mir die Geheimnisse von den Lippen der Höflinge von Krondor, und macht Eure Familie stolz!« Sein Gesichtsausdruck verdüsterte sich. »Oder macht so weiter wie bisher, und bringt Schande über Euer Land und Eure Familie. Euer Großonkel kann Euch nur begrenzten Schutz gewähren, wenn Ihr Arutha den Eid schwört.« Er machte eine kurze Pause, ehe er hinzufügte: »Dies sind harte Entscheidungen, Jazhara. Doch Ihr seid jetzt gewachsen, daher müsst Ihr diese Entscheidungen selbst treffen. Aber Ihr solltet eines bedenken: Wie Ihr Euch auch entscheiden mögt – die Entscheidung wird Euch für immer verändern.«

Jazhara schwieg einige Zeit. Es schien, als würde sie über die Worte des Händlers nachdenken. Schließlich sagte sie: »Eure Worte sind hart, Yusuf, doch Eure Taten haben mir gezeigt, wem meine wahre Loyalität gilt.«

»Dann werdet Ihr mir also helfen?«

»Ja. Ich werde das, was mein Großonkel mich gelehrt hat, und die Ideale meines Landes in Ehren halten.«

»Hervorragend! Aber jetzt solltet Ihr gehen, damit Euer Freund keinen Verdacht schöpft. Kommt wieder zu mir, wenn Ihr Euch am Hofe des Prinzen eingelebt habt, dann werden wir beginnen.«

Sie nickte und machte sich auf den Weg zur Tür. Als sie an den immer noch arbeitenden Kindern vorbeikam, schaute eines davon zu ihr auf, und sie sah, dass die Augen aufgrund des Schlafmangels völlig leer dreinblickten. Auch Furcht sah sie in diesen Augen aufflackern. Als sie die Tür erreichte, warf sie über die Schulter einen Blick zurück zu dem grinsenden Spion und den drei Wachen, die nicht weit von ihm entfernt standen.

James wartete am Ende der Gasse. »Und?«, fragte er, als sie zu ihm trat.

»Yusuf ist ein Spion. Er arbeitet für meinen Großonkel.«

James konnte seine Überraschung nur mühsam verbergen. »Ich weiß nicht, was mich mehr erstaunt: dass er das ist, was Ihr sagt – oder dass Ihr es mir gesagt habt.«

»Als ich den Hof meines Vaters verlassen und meine Ausbildung in Stardock begonnen habe, habe ich meine Loyalität gegenüber Groß-Kesh beiseite geschoben. Was mein Großonkel tut, tut er um des Kaiserreichs willen.« Sie nickte mit dem Kopf in Richtung des Ladens von Yusuf und fügte mit einem stählernen Unterton in ihrer Stimme hinzu: »Aber der da versucht, sich die Taschen mit Gold voll zu stopfen, und dafür lässt er Kinder leiden, und ich bin mir sicher, dass der Dienst am Kaiserreich für ihn nur von zweitrangiger Bedeutung ist. Selbst wenn ich in Diensten Keshs stehen würde, würde ich sein Dasein nicht länger ertragen.« Sie packte ihren Stab fester – so fest, dass ihre Knöchel weiß wurden, wie James feststellte. Obwohl er die neue Hofmagierin erst seit ein paar Stunden kannte, hegte er nicht den geringsten Zweifel, dass es sich hierbei kaum um eine leere Drohung handelte; gleichgültig, wem ihre Loyalität letzten Endes auch gelten mochte – sie würde dafür sorgen, dass Yusuf für seine Verbrechen an den Kindern bezahlen würde.

»Was schlagt Ihr vor?«, fragte er.

»Es sind nur drei Wachen da. Ich nehme an, Ihr seid ein fähiger Schwertkämpfer?«

»Ich bin –«

»Und ich bin eine fähige Magierin«, unterbrach ihn Jazhara. »Also los, worauf warten wir?«

Als sie zu dem Färberladen zurückschritten, spürte James, wie sich die Härchen auf seinen Armen aufstellten, ein sicheres Zeichen dafür, dass sich in seiner Nähe Magie sammelte. Er hatte das Gefühl noch nie gemocht, auch wenn er wusste, dass jemand an seiner Seite dafür verantwortlich war. »Ich werde sie ablenken. Ihr müsst versuchen, Yusuf lebend gefangen zu nehmen«, sagte Jazhara.

James zog sein Rapier und murmelte dabei: »Es sind vier gegen einen, und Ihr wollt, dass ich einen davon lebend erwische? Na wunderbar ...«

Jazhara betrat den Laden vor James; Yusuf drehte sich zu ihr um. »Was –?«, begann er.

Jazhara deutete mit ihrem Stab auf ihn, und ein lautes, schrilles Geräusch erfüllte die Luft, als ein Ball aus blauer Energie aus der Spitze des Stabes barst. Er traf den Kaufmann und ließ ihn mit schmerzverzerrtem Gesicht zusammenbrechen.

James eilte an der Magierin vorbei und blickte sich rasch in dem Raum um, um nach den Kindern zu sehen. Sie waren verschwunden. Die drei bewaffneten Wachen zögerten einen kurzen Augenblick und stürzten dann vorwärts. James wollte gerade den Wachmann zu seiner Rechten angreifen, als der Ball aus Energie von Yusuf abprallte und sich eben diesen Wachmann vornahm. James erkor sich daher rasch den mittleren Wachmann zum Ziel seines Angriffs.

James hatte schon früher gegen mehrere Gegner gleichzeitig gekämpft, daher wusste er, dass dies auch einige Vorteile barg. So neigten die Gegner dazu, sich einander im Weg zu stehen, wenn sie nicht zuvor als geschlossene Kampfeinheit gemeinsam geübt hatten.

Er machte einen Satz, erwischte den mittleren Wachmann unterhalb seiner Deckung und durchbohrte ihn. Als er die Klinge zurückzog, sprang er nach rechts, und genau wie er es gehofft hatte, stolperte der Mann zu seiner Linken gegen den Sterbenden in der Mitte.

Plötzlich zischte Yusufs Schwert knapp über James' Kopf hinweg. Er hatte sich anscheinend von der magischen Energie erholt, die Jazhara ihm entgegengeschleudert hatte, und befand sich nun rechts von James. Und er führte seinen Krummsäbel meisterlich.

»Na großartig«, murmelte James. »Der Spion muss natürlich auch noch ein meisterhafter Schwertkämpfer sein …«

Die beiden noch lebenden Wachen waren mittlerweile wieder auf die Beine gekommen. Sie stellten zweifellos eine Gefahr dar, aber die eigentliche Bedrohung war Yusuf. »Jazhara! Sorgt bitte dafür, dass mir die zwei da nicht zu nahe kommen.«

Jazhara machte einen Schritt nach vorn, und ein weiterer Energieblitz schoss quer durch den Raum; diesmal war es ein roter Blitz, der die Luft zum Knistern brachte, als er zwischen James und den beiden Wachen im Fußboden einschlug. Die Wachen zogen sich schnell zurück, als Rauch von den hölzernen Dielen aufstieg.

James hatte nicht die Zeit, sich dem Anblick mit gebührender Achtung hinzugeben, denn Yusuf erwies sich als ernst zu nehmender Gegner. Es sah so aus, als gäbe es keine Möglichkeit, den keshianischen Spion am Leben zu lassen, außer mit sehr viel Glück. Und wenn er die Wahl hatte, würde James eher darauf achten, selbst am Leben zu bleiben, als Yusuf zu schonen und dabei selbst zu sterben.

James wandte jeden Trick an, den er kannte, eine todbringende Aneinanderreihung von Kombinationen und Finten. Zweimal war er kurz davor, den Keshianer aufzuspießen, aber auch Yusuf war zweimal kurz davor, den Kampf zu seinen Gunsten zu beenden.

James drehte sich im Kreis, und dadurch gerieten Jazhara und die beiden Wachen in sein Blickfeld. Einer der beiden hatte sich von der Magierin gelöst und kam heran, um seinem Herrn dabei zu helfen, James fertig zu machen, während der andere sich vorsichtig der Magierin näherte, die ihrerseits – den eisenbeschlagenen Stab vor sich – bereitstand.

James zögerte nicht. Er täuschte einen Hieb auf Yusufs rechte Hand an, und als der Keshianer sich bewegte, um zu parieren, wirbelte James nach rechts herum und entfernte sich auf diese Weise von dem keshianischen Spion. Bevor Yusuf darauf reagieren konnte, war James an seiner ungedeckten linken Seite, und alles, was der Händler noch tun konnte, war, sich fallen zu lassen, um auf diese Weise dem Todesstoß zu entgehen. Dies brachte

James in die Reichweite des heranstürmenden Wachmanns, der weit mit seinem Schwert ausholte – zu einem Schlag, der den Junker enthaupten sollte.

James duckte sich und stieß zu, spießte den Mann auf. Dann sprang er nach rechts, denn er wusste nur zu gut, dass Yusuf an seiner blinden Seite auf ihn einschlagen würde. James krachte auf den Fußboden und rollte sich ab, und er spürte, wie der Krummsäbel über ihm die Luft zerschnitt. Wie er gehofft hatte, wurde Yusuf einen Augenblick dadurch aufgehalten, dass er versuchte, nicht über den Leichnam seines Wachmannes zu stolpern; das gab James genug Zeit, wieder auf die Beine zu kommen.

Seitlich konnte James Jazhara und den anderen Wachmann ausmachen, die miteinander kämpften. Die Magierin handhabte den Stab meisterhaft, fing die Schwerthiebe des Mannes mit dem gehärteten Eichenholz ab und schlug mit den eisenbeschlagenen Spitzen zurück. Ein kräftiger Schlag auf den Schädel, und der Kampf wäre vorbei – das wussten sowohl James wie auch Jazharas Gegner.

Yusuf näherte sich, die Spitze des Säbels gesenkt, umkreiste ihn von links nach rechts. James erspähte Stoffballen und Ausstellungsregale zu seiner eigenen Rechten und bewegte sich, um Yusufs Vorhaben entgegenzuwirken. Der Spion wollte, dass James mit dem Rücken zu irgendwelchen Hindernissen stand, sodass er den Junker möglicherweise zum Stolpern bringen konnte.

James wusste, dass jetzt nur noch die Frage war, wer von ihnen den ersten Fehler machte. Er hatte schon früher solche Kämpfe ausgefochten und kannte die beiden Feinde, denen man in einer solchen Situation leicht zum Opfer fallen konnte: Furcht und Ermüdungserscheinungen. Yusufs Gesicht war eine Maske der Konzentration; wahrscheinlich hatte er die gleichen Gedanken.

James verharrte, als würde er innerlich abwägen, wie er sich bewegen sollte, und lud Yusuf dadurch förmlich zu einer Attacke ein. Doch Yusuf ging nicht darauf ein. Er wartete. Beide Männer atmeten schwer.

James widerstand der Versuchung, einen Blick dorthin zu werfen, wo Jazhara sich mit ihrem Gegner herumschlug, denn er wusste, dann würde er einen Angriff heraufbeschwören. Die beiden Kämpfer befanden sich in einem Gleichgewicht; beide waren bereit für eine Eröffnung – und beide warteten darauf, dass der andere es tun würde.

Plötzlich hatte James eine Eingebung. Er warf absichtlich einen Blick nach links, auf Jazhara, und sah, wie sie einen Hieb des Wachmanns parierte; sie brachte die Spitze ihres Stabes hinter die Deckung ihres Gegners, und James sah, wie sie dem Mann das eisenbeschlagene Ende des Stabs in den Bauch stieß. Er hörte, wie der Mann keuchend die Luft ausstieß, sah es aber nicht, denn im gleichen Augenblick wirbelte James blindlings nach links weg.

Genau wie er es erwartet hatte, hatte Yusuf in dem Moment reagiert, als James' Blick gewandert war, und wie er es ebenfalls erwartet hatte, bestand dieser Angriff aus einer Abfolge von Hieben. Eine auf das Herz gezielte Finte, die James dazu veranlassen sollte, mit seinem Rapier nach oben und vorn zu schlagen, um den Krummsäbel abzublocken, gefolgt von einer schleifenförmigen Abwärtsbewegung der Säbelspitze, um einen tiefen Stich anzubringen, der James in den Unterleib getroffen hätte.

Nur, dass James nicht mehr an der Stelle war. Statt zu parieren, war er nach links gewirbelt und befand sich nun auf der rechten Seite von Yusuf. Und statt wegzutänzeln, ging James dicht an ihn heran. Yusuf zögerte einen Augenblick, da er erkannte, dass er seine Deckung zu weit geöffnet hatte und sich in eine Verteidigungsposition begeben sollte. Das war alles, was James brauchte.

Sein Rapier zuckte vor, und die Spitze traf Yusuf rechts in den Hals. Mit einem widerlichen gurgelnden Geräusch erstarrte der Spion. Dann verdrehte er die Augen, knickte in den Knien ein und stürzte zu Boden.

James zog seinen Degen aus dem Leichnam; als er sich umdrehte, bekam er gerade noch mit, wie Jazhara dem letzten Wachmann den Schädel zerschmetterte.

Der Mann stürzte zu Boden, und Jazhara wich ein Stück zurück; dabei blickte sie sich ständig um, ob noch weitere Gefahr lauerte. Als sie sah, dass nur noch James aufrecht stand, stützte sie sich auf ihren Stab, während sie versuchte, wieder zu Atem zu kommen.

James trat zu ihr. »Seid Ihr in Ordnung?«, fragte er.

Sie nickte. »Mir geht es gut.«

James schaute sich in dem Raum um. Kleiderballen waren umgestürzt und lagen jetzt überall herum, und viele von ihnen hatten blutige Flecken.

James stieß langsam die Luft aus. »Was für eine Sauerei.«

Zwei

Dunkle Pläne

James schob seinen Degen in die Scheide.

»Wo sind die Kinder?«

Jazhara schaute sich um; ihr Blick blieb an der Treppe hängen, die nach oben führte. »Ich werde dort oben nachsehen. Ihr könnt schauen, ob sie sich in dem Büro da aufhalten«, wies sie ihn an und deutete auf die Tür an der rückwärtigen Wand des Ladens.

James nickte, ein schwaches Lächeln lag auf seinen Lippen. Es hat sich anscheinend überhaupt nicht die Frage gestellt, wer hier die Befehle gibt, dachte er, während er sich daranmachte, ihre Anweisungen auszuführen. Aber schließlich war sie ja auch eine Prinzessin. Doch als er die Tür erreichte, fragte er sich, ob eine Hofmagierin im Rang tatsächlich über einem Junker stand.

Mit der Hand am Degengriff öffnete er die Tür – nur für den Fall, dass jemand hinter ihr lauern sollte. Er gelangte in ein kleines Büro, in dessen Mitte ein großer Schreibtisch stand. Zwei Lampen brannten und erleuchteten den Raum; an der gegenüberliegenden Wand stand eine große Kiste. Sie war ganz offensichtlich nicht verschlossen, denn ihre Schließbänder hingen offen herab; allerdings hatte James zu viele harte Lektionen gelernt, um dem Augenschein blindlings zu vertrauen, und daher näherte er sich der Kiste überaus vorsichtig. Zuerst warf er einen Blick auf die Papiere, die auf dem Schreibtisch verstreut herumlagen; einige waren in einer keshianischen Schrift verfasst, die er kannte. Die meisten waren Bestellungen von gefärbten Stoffen. Auch ein paar Schriftstücke in der Sprache des Königreichs hatten etwas mit Geschäften zu tun. Dann entdeckte er zwei Dokumente in einer Schrift, die er nicht kannte.

Er untersuchte die Kiste gerade auf mögliche Fallen hin, als Jazhara im Türrahmen auftauchte. »Dieser Hund hat die Kinder tatsächlich in Käfige gesperrt«, sagte sie mit zusammengebissenen Zähnen.

James drehte sich um und warf einen Blick durch die Tür. Hinter der Magierin stand ein Dutzend furchtsamer und stummer Kinder, alle zwischen fünf und zehn Jahren alt. Sie waren in schmutzige Lumpen gekleidet, und ihre Gesichter waren dreckverschmiert. James stieß einen langen Seufzer aus. Arme Kinder waren in Krondor nichts Ungewöhnliches; er war selbst ein solcher »Straßenjunge« gewesen, bevor er ein Dieb geworden war. Aber Kinder systematisch zu missbrauchen war keine Praxis, die im Königreich als normal galt. »Was sollen wir mit ihnen machen?«

»Was war das noch für ein Ort, von dem Ihr vorhin gesprochen habt?«

»Das Zeichen des Gelben Schildes. Das ist ein Waisenhaus, das die Prinzessin und der Orden von Dala gemeinsam gegründet haben.«

Eines der Kinder wich ein Stück zurück, als der Name des Waisenhauses fiel, und James erinnerte sich daran, wie Nita reagiert hatte. »He, Junge – warum erschreckt dich das so sehr?«, rief er in den großen Raum.

Der Bursche schüttelte einfach nur den Kopf. Sein Gesichtsausdruck verriet große Angst.

Jazhara legte dem Jungen beruhigend eine Hand auf die Schulter. »Es ist schon in Ordnung. Niemand wird dir etwas tun. Warum hast du solche Angst?«

Ein Mädchen, das ein Stück weiter hinten stand, meldete sich zu Wort. »Diese Männer haben gesagt, dass sie vom Gelben Schild sind und dass wir etwas zu essen kriegen, wenn wir hierher kommen.«

James richtete sich auf, verließ das Büro und drängte sich an Jazhara vorbei zu der Stelle, wo der erste Wächter in einer Blutlache lag. Er wandte sich an einen der älteren Jungen. »Lauf nach draußen und hol jemanden von der Stadtwache her. Zwei Straßen weiter, bei der Schenke der Fünf Sterne, müsste eigentlich jemand sein. Sag ihm, dass Junker James hier so schnell wie möglich zwei Männer braucht. Kannst du dir das merken?«

Der Junge nickte und rannte davon; er ließ die Eingangstür weit offen stehen. James warf ihm einen Blick hinterher und sagte langsam: »Nun, wenn er sich nicht einfach nur irgendwo da draußen ein Versteck sucht, müsste in wenigen Minuten Hilfe hier sein.«

Jazhara schaute zu, wie James den toten Keshianer umdrehte und nach seiner Börse tastete. »Wonach sucht Ihr?«, fragte sie.

James hielt einen Ring hoch. »Nach dem hier.« Er stand auf und reichte ihr seinen Fund, damit sie ihn untersuchen konnte.

Sie drehte den Ring in ihrer Hand. Es war ein einfacher eiserner Ring, an dem ein kleiner, gelb bemalter eiserner Schild festgemacht war. »Diejenigen, die dem Orden von Dala dienen, tragen einen ganz ähnlichen Ring. Ich vermute, die Männer haben den Kindern einen solchen Ring gezeigt, um sie hierher zu locken; sie haben wahrscheinlich behauptet, sie zum Waisenhaus zu bringen.«

Jazhara warf den Kindern einen Blick zu. Ein paar von ihnen nickten. »Das würde erklären, warum Nita so fest entschlossen war, auf gar keinen Fall dorthin zu gehen«, sagte sie.

James kehrte in das Büro zurück und betrachtete die geschlossene Truhe. Er zögerte einen Augenblick und klappte dann den Deckel auf. In der Truhe waren noch mehr Dokumente. Er nahm ein paar heraus und fragte: »Jazhara, könnt Ihr die hier lesen? Sie scheinen in einer Form des Keshianischen geschrieben zu sein, die ich nicht verstehen kann.«

Jazhara nahm die Dokumente, die James ihr hinhielt, und warf einen Blick auf das oberste Blatt. »Ich kann es lesen; es ist eine

Schrift, wie sie in der Wüste um Durbin herum verwendet wird, aber nicht im Innern von Kesh.«

James nickte. Er konnte nur das formelle, am Hof von Kesh gebräuchliche Keshianisch lesen. Jazharas Augen weiteten sich. »Dieser dreckige Verräter! Yusuf hat meinen Großonkel und dessen Mittel benutzt, um Kesh gegen Euren Prinzen aufzuhetzen, und Euren Prinzen gegen Kesh!«

James machte ein verblüfftes Gesicht. Herauszufinden, dass Yusuf ein keshianischer Agent war, war nicht unbedingt ein Schock. Doch zu entdecken, dass er auch seinen Herrn betrogen hatte, war es sehr wohl. »Warum hat er das getan?«

Jazhara hielt ein einzelnes Blatt hoch. »Um jemandem zu dienen, der ›der Kriecher‹ genannt wird.«

James verdrehte die Augen und schickte einen Blick gen Himmel, sagte aber nichts. Der Kriecher war schon seit Monaten sowohl dem Prinzen als auch den Spöttern ein Dorn im Auge, und James war der Frage, wer sich hinter dieser Bezeichnung verbarg, an diesem Tag noch keinen Schritt näher als an dem, da er diesen Namen das erste Mal gehört hatte. In der Hoffnung, dass er vielleicht den einen oder anderen Hinweis bekommen könnte, fragte er: »Was steht denn da sonst noch?«

Jazhara las das Dokument zu Ende und warf dann einen Blick auf das Nächste. »Dieser Kriecher muss jemand Bedeutendes sein, jemand, der Yusuf für seinen Verrat großzügig entlohnt hat. Hier gibt es Hinweise auf bereits erfolgte Zahlungen – große Mengen Gold und andere Gegenleistungen.«

Sie überflog einige andere Dokumente und stieß schließlich auf eines, das sie innehalten ließ. Sie wurde blass. »Das ist unmöglich …«, flüsterte sie.

»Was ist denn?«, fragte James.

»Es ist eine Vollmacht, mich zu töten, sollte ich mich nicht dazu bereit erklären, Yusuf zu dienen. Und es trägt die Unterschrift und das Siegel meines Großonkels.«

Sie hielt es ihm mit einer zitternden Hand hin, und James nahm es. Er untersuchte das Blatt sorgfältig und sagte dann: »Es stimmt.«

»Was stimmt?«, fragte sie leise.

»Ihr habt gesagt, es ist unmöglich, und ich sage, Ihr habt Recht. Das Dokument ist nicht echt. Es ist eine Fälschung.«

»Wie könnt Ihr Euch da so sicher sein?«, fragte sie. »Ich habe die Unterschrift und das Siegel meines Großonkels viele Male gesehen, und das hier scheint von seiner Hand zu stammen, und es scheint auch sein Siegelring gewesen zu sein.«

James grinste. »Es ist zu makellos, zu glatt. Ich kann mir nicht vorstellen, dass Euer Großonkel den Tod seiner Lieblingsnichte befiehlt, ohne dass ihm dabei zumindest die Hand zittert. Die Buchstaben sind zu perfekt. Ich kann die Worte zwar nicht lesen, aber ich kann die Handschrift sehen, und ich bin sicher, hierbei handelt es sich um eine hervorragende Fälschung. Und selbst wenn in der Handschrift diese leichte Erregung erkennbar wäre, die ich erwarten würde, gäbe es noch zwei andere Gründe, die gegen die Echtheit des Dokuments sprechen.«

»Und die wären?«, fragte sie, während das Geräusch sich rasch nähernder Schritte zu ihnen hereindrang.

»Euer Großonkel wäre niemals so dumm, das Todesurteil für eine keshianische Adlige eigenhändig zu unterzeichnen, noch dazu, wenn es sich dabei um ein Mitglied seiner Familie handelt. Was aber noch viel wichtiger ist: Wir haben in den letzten Jahren im Palast eine stattliche Anzahl von Dokumenten mit seinem Siegel zu Gesicht bekommen, und in ebendiesem Siegel ist eine winzig kleine Unregelmäßigkeit.« James deutete auf das Blatt. »Schaut her. Wo die Spitze des Sterns den unteren Rand des Siegels berührt, sollte ein feiner Riss sein – so, als ob der Ring an dieser Stelle einen winzigen Sprung hätte. Dieses Siegel weist dieses Merkmal nicht auf. Was bedeutet – es ist nicht mit seinem Siegelring gemacht worden.«

»Aber ... warum?«, fragte Jazhara. Während sie sprach, erschien eine Gruppe von Mitgliedern der Stadtwache vor der Tür.

»Ganz einfach«, sagte James, während er auf die Tür zuschritt. »Wenn die neue Hofmagierin von Krondor stirbt und jemand am Kaiserlichen Hof nach jemandem sucht, den man dafür verantwortlich machen könnte – wer wäre dafür wohl besser geeignet als der Anführer des keshianischen Agentenrings? Vielleicht gibt es am Hof der Kaiserin jemanden, der Euren Großonkel gern aus seiner Position entfernen würde – möglicherweise, weil er einen eigenen Mann auf diesem Posten sehen will.«

»Der Kriecher?«, fragte Jazhara.

James drehte sich zu ihr um und nickte.

»Dann muss er wirklich ein überaus wichtiger Mensch sein«, sagte sie. »Meinen Großonkel herauszufordern heißt eine Menge riskieren. Nur ein Mann, der in Kesh eine eigene Machtbasis besitzt, könnte so etwas wagen.«

Von der Tür erklang die Stimme eines Wachmanns. »Eins dieser Kinder ist zu uns gekommen, und wir haben uns so schnell wie möglich hierher begeben, Junker. Wie können wir Euch helfen?«

»Da drinnen gibt es ein paar Leichen, die weggeschafft werden müssen«, erwiderte James. »Ansonsten haben wir alles unter Kontrolle.« Er warf einen Blick auf die Kinder, die in einem Kreis um sie herumstanden, als würden sie sich darauf vorbereiten, sofort loszurennen, wenn die Angst unerträglich werden sollte. »Ihr müsst Euch um die Kinder kümmern, bevor sie sich in alle Himmelsrichtungen zerstreuen.«

»Und wo sollen wir sie hinbringen?«

»Zum ›Schild der Dala‹, dem Waisenhaus, das die Prinzessin mitbegründet hat, drüben beim Meertor. Als ich das letzte Mal etwas darüber gehört habe, gab es dort viele Betten und warmes Essen«, sagte James.

Ein paar Kinder bewegten sich vorsichtig ein Stück zur Seite, als ob sie sich darauf vorbereiteten, gleich davonzurennen. Jazhara kauerte sich hin und streckte die Arme aus, als wollte sie die ängstlichen Kinder zu sich heranziehen. »Sie sind dort nicht so wie die Männer, die euch wehgetan haben«, sagte sie. »Dort gibt es wirklich etwas zu essen und warme Betten.«

Mit der Aussicht konfrontiert, ansonsten in einer kalten Nacht mit leeren Bäuchen auf nackten Steinen schlafen zu müssen, blieben die Kinder. Der Wachmann schaute sich um. »Nun, wenn es in Ordnung ist, dass Ihr ohne Wache zum Palast zurückkehrt, Junker, werden wir uns um diese Meute hier kümmern. Kommt mit, Kinder«, sagte er und versuchte, seine Stimme nicht allzu barsch klingen zu lassen.

Die Kinder gingen mit zwei Wachen davon. Die beiden übrigen Männer spähten in das Gebäude. »Bis zum Morgen werden wir die Leichen weggeschafft haben. Aber was ist mit dem Gebäude?«, fragte einer der beiden.

»Wenn ihr geht, wird es keine fünf Minuten dauern, bis es ausgeplündert wird«, entgegnete James. »Deshalb werde ich mich jetzt hier noch ein bisschen umschauen und alles, was irgendwie wichtig sein könnte, mit zum Prinzen nehmen. Wenn wir weg sind, seht zu, dass ihr die Leichen wegschafft, und lasst jeden, der irgendwie vorbeikommt, mitnehmen, was immer er mitnehmen will. Wenn der vorherige Eigentümer irgendwelche Erben hat, empfange ich sie gerne im Palast, falls sie sich beklagen wollen.«

Der Wachmann salutierte, und James und Jazhara kehrten in den Färberladen zurück. Jazhara untersuchte alle Dokumente in der Kiste, und James schaute sich in jedem Winkel, in dem ein geheimes Versteck verborgen sein konnte, gewissenhaft um. Nach einer Stunde verkündete er: »Ich glaube nicht, dass hier noch irgendetwas ist.«

Jazhara hatte sorgfältig die Papiere gelesen, die sie in Yusufs Büro gefunden hatten. »Hier gibt es genug, das eine gründliche

Untersuchung von Seiten meines Großonkels rechtfertigen würde«, sagte sie. »Dieser Versuch, ihm meinen Tod in die Schuhe zu schieben, um ihn zu diskreditieren ... das hätte praktisch einen Bürgerkrieg im Norden des Kaiserreichs bedeutet, denn die Wüstenstämme hätten gewusst, dass es sich um eine falsche Anschuldigung handelt.«

»Aber die Kaiserin und ihre Ratgeber in der Stadt Kesh hätten es vielleicht geglaubt.«

Jazhara nickte. »Wer auch immer dieser Kriecher ist, er versucht, einen Vorteil aus der Konfrontation unserer Völker zu ziehen, James. Wer könnte bei solch einem Chaos etwas gewinnen?«

»Oh, da gibt es eine lange Liste«, erwiderte James. »Ich werde es Euch eines Tages mal erzählen. Jetzt sollten wir sehen, dass wir endlich zum Palast kommen. Es bleibt Euch nicht mehr viel Zeit, Euch etwas auszuruhen, umzuziehen und etwas zu essen, bevor Ihr mit Prinz Arutha bekannt gemacht werdet.«

Jazhara schaute sich noch ein letztes Mal in dem Raum um, als würde sie versuchen, sich bestimmte Einzelheiten einzuprägen, dann hob sie ohne ein weiteres Wort ihren Stab und schritt entschlossen auf die Tür zu.

James zögerte einen winzigen Augenblick, dann eilte er hinter ihr her. »Werdet Ihr Eurem Großonkel eine Botschaft schicken?«, fragte er, als er sie eingeholt hatte.

»Aber gewiss. Dieser Kriecher ist möglicherweise ein Keshianer, und das, was hier in Krondor geschieht, ist vielleicht nur ein Teil einer weit größeren Intrige. Es ist eindeutig, dass mein Großonkel sich in Gefahr befindet.«

»Nun, da wäre auch noch der Prinz«, sagte James.

»Oh.« Jazhara starrte James an. »Glaubt Ihr, er würde es nicht gutheißen, wenn mein Großonkel eine Warnung erhält?«

James berührte sie leicht an der Schulter. »Das ist es nicht. Es ist nur ...«

»Eine Frage der Politik«, beendete sie den Satz.

»So etwas in der Art«, sagte James. Sie bogen um eine Ecke. »Es könnte sein, dass Arutha es nicht problematisch findet, Eurem Großonkel von dieser Entdeckung zu berichten, aber verlangt, dass Ihr gewisse Tatsachen weglasst – wie zum Beispiel die, wie Ihr an diese Informationen gekommen seid.«

Jazhara lächelte. »Ich sollte also besser nicht enthüllen, dass wir wissen, dass Yusuf ganz offensichtlich ein Agent war, der im Auftrag von Groß-Kesh gearbeitet hat?«

James grinste. »Ja, etwas in der Art«, erwiderte er.

Sie gingen weiter, und nach einer Weile fügte sie hinzu: »Vielleicht könnten wir einfach sagen, dass wir mit einem illegalen Sklavenring zu tun hatten und bei dieser Gelegenheit ein Komplott entdeckt haben, bei dem es darum ging, mich umzubringen und meinem Onkel die Sache anzuhängen – mit dem Ziel, ihn als Gouverneur der Jal-Pur zu entfernen.«

»Genau das habe ich mir auch gedacht.«

Jazhara lachte. »Macht Euch keine Sorgen, mein Freund. Politik ist allen keshianischen Adligen, die nicht vom Wahren Blut sind, zur zweiten Natur geworden.«

James runzelte die Stirn. »Ich habe diesen Begriff schon ein-, zweimal gehört, aber ich muss zugeben, dass ich nicht genau weiß, was er bedeutet.«

Jazhara bog um eine Ecke. Mittlerweile befanden sie sich auf dem direkten Weg zum Palast. »Dann müsst Ihr die Stadt Kesh und den Hof der Kaiserin besuchen. Ich kann Euch Dinge über Kesh erzählen, die so lange keinen Sinn für Euch ergeben, bis Ihr sie mit eigenen Augen gesehen habt. Die Keshianer vom Wahren Blut, diejenigen, deren Vorfahren als Erste Löwen im Grasland um Overn gejagt haben, gehören dazu. Worte allein würden ihnen niemals gerecht werden.«

Ein Hauch von Ironie – oder Bitterkeit – schwang in ihrer Stimme mit; James hätte nicht sagen können, was es war, aber er entschloss sich, die Angelegenheit zunächst nicht weiterzuverfolgen. Sie verließen den Bezirk, in dem die Kaufleute lebten, und kamen ins Palastviertel.

Als sie sich den Toren des Palastes näherten, warf Jazhara einen Blick zu dem gegenüberliegenden Gebäude und bemerkte den einsamen Wächter, der dort stand. »Eine ishapianische Enklave?«, fragte sie.

James musterte den kräftigen Mann, der reglos auf seinem Posten stand, einen mörderisch aussehenden Kriegshammer im Gürtel. »Ja. Wobei ich keine Ahnung habe, was sie beabsichtigen.«

Jazhara schaute James mit einem schiefen Lächeln an. »Es geht also in Krondor tatsächlich etwas vor, von dem Ihr keine Ahnung habt?«, fragte sie augenzwinkernd.

James erwiderte ihr Lächeln. »Nun, eigentlich hätte ich sagen müssen, dass ich *bis jetzt* noch keine Ahnung habe, was sie beabsichtigen.«

Als James und Jazhara das Tor erreichten, wurden die Wachen auf sie aufmerksam, und der ranghöchste Wachmann sagte: »Willkommen daheim, Junker. Dann habt Ihr sie also gefunden?«

James nickte. »Hiermit, Männer, darf ich euch Jazhara vorstellen, die Hofmagierin von Krondor.«

Bei diesen Worten begann einer der Männer Jazhara anzustarren. »Bei den Göttern!«, rief er plötzlich.

»Habt Ihr etwas zu sagen?«, wollte James von ihm wissen.

Der Wachmann wurde rot. »Ich bitte um Entschuldigung, Junker, aber … eine Keshianerin? So nah bei unserem Prinzen?«

Jazhara schaute von einem zum anderen, ehe sie antwortete: »Macht euch keine Sorgen, Wachen. Ich habe einen Eid abgelegt und werde Arutha die Treue schwören. Euer Prinz ist mein Herr, und genau deshalb werde ich ihn unter Einsatz meines eigenen Lebens verteidigen.«

Der ranghöchste Wachmann warf dem vorlauten Soldaten einen Blick zu, der eindeutig klarstellte, dass sein Ausbruch später noch ein Nachspiel haben würde. »Ich bitte um Vergebung, Mylady«, sagte er dann. »Wir fühlen uns geehrt, Euch hier in Krondor zu haben.«

»Ich danke Euch«, entgegnete Jazhara, als die Tore geöffnet wurden.

James folgte ihr ins Innere, und als die Tore hinter ihnen wieder geschlossen wurden, sagte er: »Ihr müsst nachsichtig mit ihnen sein. Sie sind Fremden gegenüber von Natur aus misstrauisch.«

»Ihr meint, sie sind Keshianern gegenüber misstrauisch. Denkt Euch nichts dabei. Wir wären genauso misstrauisch, wenn ein Magier aus dem Königreich am Hofe der Kaiserin – Sie Die Kesh Ist – wäre. Als Meister Pug mich mit dieser Position betraut hat, hat er überaus deutlich gemacht, dass meine Berufung nichts mit Politik zu tun hat.«

James grinste. Es gab nichts am Hof, das nicht mit Politik zu tun hatte, aber er wusste diese Haltung zu schätzen. Er betrachtete die junge Frau erneut. Je länger er sie kannte, desto mehr mochte er sie. In seinem vollkommensten Höflingstonfall sagte er: »Eine Frau von Eurer Schönheit und Intelligenz sollte damit eigentlich kein Problem haben. Ich persönlich spüre schon deutlich das Gefühl wachsenden Vertrauens.«

Sie lachte. Dann musterte sie ihn, wobei ihr Gesicht einen skeptischen Ausdruck annahm. »Ich weiß Euer Kompliment zu schätzen, Junker, aber vermutet nicht zu schnell zu viel. Ich bin mir ziemlich sicher, dass Euer Prinz empört wäre, wenn ich Euch in eine Kröte verwandeln müsste.«

James lachte ebenfalls. »Er wäre noch nicht einmal halb so empört wie ich. Vergebt mir meine Unhöflichkeit, Jazhara, und willkommen in Krondor.«

Sie blieben am Haupteingang zum Palast stehen, wo ein Page wartete. »Dieser Junge wird Euch zu Euren Gemächern geleiten und sich um alles kümmern, was Ihr benötigen solltet.« Nachdem James einen Blick zum Himmel hinaufgeworfen hatte, fügte er hinzu: »In zwei Stunden wird es hell werden, und ich werde den Prinzen eine Stunde, nachdem er mit seiner Familie gefrühstückt hat, aufsuchen. Ich werde jemanden nach Euch schicken, der Euch abholen wird, damit Ihr ihm vorgestellt werden könnt.«

»Ich danke Euch, Junker«, sagte Jazhara. Sie drehte sich um und stieg die Stufen zu den Palasttoren hoch. James schaute ihr hinterher, und er genoss den Anblick, den ihre entschwindende Gestalt in den Reisekleidern bot. Während er sich auf den Weg zu seinem eigenen Quartier machte, murmelte er leise vor sich hin: »William hat Geschmack, was Frauen angeht, das muss man ihm lassen. Zwischen Talia und ihr wird er alle Hände voll zu tun haben.«

Doch zu dem Zeitpunkt, da er auf dem Weg zu dem hinteren Eingang war, der für die Bediensteten gedacht war, und ein kleines Tor in der Nähe der Palastmauer erreichte, hatten sich seine Gedanken schon wieder von exotischen Schönheiten aus fernen Landen abgewandt. Er grübelte jetzt über weit mörderischere Geheimnisse – etwa darüber, wer dieser Kriecher war und warum er sich so verbissen bemühte, das Königreich in den Krieg zu treiben.

Arutha, der Prinz von Krondor und des Westlichen Königreichs, zweitmächtigster Mann im Königreich der Inseln, schaute seinen Junker an und fragte: »Nun, was hältst du von ihr?«

»Selbst wenn Herzog Pug sich nicht für sie verbürgt hätte, wäre ich geneigt, ihr zu vertrauen, ihren Treueschwur als aufrichtig und ernsthaft zu betrachten.«

Arutha lehnte sich auf seinem Stuhl zurück; er saß an dem Tisch, an dem er sich den alltäglichen Aufgaben zu widmen pflegte, die damit verbunden waren, wenn man das Westliche Königreich regierte. Es war eine seiner Angewohnheiten, sich hier einige Minuten aufzuhalten und sich auf das morgendliche Hofhalten vorzubereiten, bevor de Lacy, der Zeremonienmeister, ihm diese Aufgabe abnahm.

Nachdem er einen Augenblick nachgedacht hatte, sagte Arutha: »Du musst müde sein. Wenn Jazharas Loyalität auch nur im Entferntesten in Frage stünde, wäre sie nicht hier. Ich meine, was hältst du von ihr als Mensch?«

James seufzte. »Wir hatten letzte Nacht ein bisschen ... Aufregung.«

Arutha deutete auf die Dokumente auf seinem Schreibtisch. »Das hat wohl zweifellos etwas mit einem toten Färber keshianischer Abstammung zu tun, der anscheinend für Lord Hazara-Khan gearbeitet hat.«

James nickte. »Ja, Hoheit. Jazhara ist ... bemerkenswert. So viel ich in den letzten zehn Jahren auch mit Magie zu tun hatte, so wenig weiß ich doch immer noch darüber. Aber sie scheint mächtig zu sein ... nein, ich weiß nicht, ob das das richtige Wort ist ... vielleicht geschickt. Sie hat, ohne zu zögern, gehandelt, als es notwendig wurde, und sie scheint dazu in der Lage zu sein, einigen Schaden anzurichten, sollte es erforderlich werden.«

»Und was noch?«

James dachte nach. »Ich glaube, sie kann auch dann sehr analytisch denken, wenn's drunter und drüber geht. Ich kann mir nicht vorstellen, dass sie unbesonnen oder tollkühn ist.«

Arutha nickte James zu, dass er fortfahren sollte.

»Wir können sicher davon ausgehen, dass sie eine gute Erziehung genossen hat. Von ihrem Akzent abgesehen, beherrscht sie die Sprache des Königreichs fehlerlos. Sie kann mehr Sprachen lesen als ich, wie es scheint, und als jemand, der am Hofe geboren ist, wird sie sich mit dem Protokoll, den Zeremonien und den Fragen des Ranges auskennen.«

»Nichts von dem, was du gesagt hast, weicht irgendwie von dem ab, was Pug mir in seiner Botschaft hinsichtlich seiner Wahl mitgeteilt hat.« Arutha deutete auf ein anderes Pergament auf seinem Schreibtisch. »Du hast eine Nase dafür, Dinge zu riechen, die noch nicht einmal ein Magier mit Pugs Fähigkeiten erkennen kann.«

»Was das angeht, Hoheit, ist sie genau das, was Ihr von einem Ratgeber in magischen Dingen erwarten könnt, würde ich wetten.«

»Gut.« Arutha stand auf. »Dann wollen wir gehen und sie begrüßen.«

James beeilte sich, zur Tür zu gehen und sie für seinen Prinzen zu öffnen. Er war zwar nicht mehr der ranghöchste Junker am Hof von Krondor, aber er war immer noch Aruthas persönlicher Junker und begleitete ihn normalerweise, wenn er nicht in irgendeiner Mission für seinen Prinzen unterwegs war. James öffnete die Tür.

Auf der anderen Seite wartete Brion, der neu bestallte ranghöchste Junker, auf Aruthas Erscheinen. Brion war der Sohn des Barons von Falkenhöhle in den östlichen Bergen des Herzogtums von Yabon. Er war ein großer, langgliedriger, blondhaariger, hart arbeitender Bursche, der keinen Sinn für irgendwelche Späße hatte und somit die perfekte Wahl für die langweiligen Pflichten eines ranghöchsten Junkers war – Pflichten, die James, wie er zugeben musste, niemals mit dem nötigen Enthusiasmus ausgeführt hatte. Zeremonienmeister de Lacy und sein Gehilfe, Hauptverwalter Jerome, waren begeistert von der Veränderung hinsichtlich der Bewältigung der Aufgaben, da sie beide häufig gezwungen gewesen waren einzuspringen, wenn James wieder einmal im Auftrag Aruthas unterwegs gewesen war. Brion schloss sich Arutha an, und James warf ihm einen Blick zu, während er selbst und die übrigen Junker darauf warteten, dass die Pflichten des Tages verteilt wurden. Nachdem Arutha sich gesetzt hatte, nickte Brion Jerome zu, der sich anschließend auf die großen Türen zubewegte, die dem Hofstaat des heutigen Tages

Zugang zum Prinzen gewähren würden. Mit einer Würde, die James immer noch beeindruckend fand, bewegte sich der alte Zeremonienmeister in die Mitte des Eingangs, sodass diejenigen, die draußen waren, als Erstes de Lacy sehen würden, sobald Jerome und ein Page die Türen öffneten.

Die Stimme des Zeremonienmeisters klang immer noch kraftvoll, als er sagte: »Tretet vor und macht eure Aufwartung! Der Prinz von Krondor hat seinen Platz auf dem Thron eingenommen und wird seine Untertanen nun anhören!«

Er drehte sich um und schritt auf das Podest zu, während Pagen die Mitglieder des Hofes zu den ihnen zugewiesenen Plätzen führten. Die meisten, die ihre Aufwartung machten, waren reguläre Mitglieder von Aruthas Hof und wussten ganz genau, wo sie zu stehen hatten, aber ein paar Neuankömmlinge brauchten immer einen Jungen in ihrer Nähe, der sie leise über die Feinheiten des höfischen Protokolls in Kenntnis setzte. Und was das Protokoll anging, war Brian de Lacy ein Pedant.

James sah, wie mehrere Offiziere und Adlige aus Aruthas Stab den Raum betraten und ihre üblichen Plätze einnahmen; ihnen folgten die Bittsteller, die jemanden aus dem Palast hatten davon überzeugen können, dass sie persönlich mit dem Prinzen sprechen mussten. Jazhara war eine der Ersten in dieser Gruppe, denn sie würde schon bald von einem Neuling zu einem Mitglied des Hofes werden.

James war beeindruckt. Die staubige, praktische Reisekleidung war verschwunden; jetzt trug sie die üblichen formellen Gewänder ihres Volkes. Sie war von Kopf bis Fuß in Seide von kräftigem Indigoblau gehüllt, und James musste zugeben, dass die Farbe ihr gut stand. Sie trug weit weniger Schmuck, als es gemeinhin bei einer Frau ihres Standes üblich war; aber die Schmuckstücke, die sie trug – eine Brosche an der Schulter, die ihren Schleier festhielt, den sie in ihrem Heimatland in Gegenwart von Fremden getragen und der die untere Gesichtshälfte verdeckt hätte, sowie einen breiten, mit Smaragden besetzten Armreif –, waren von bester Qualität. Der ehemalige Dieb unterdrückte ein Lächeln, als er abschätzte, was sie einbringen würden, wenn man sie an einen der weniger ehrbaren Juwelenhändler von Krondor verkaufen würde.

»Eure Hoheit, der Hof ist versammelt«, intonierte Meister de Lacy.

Mit einem leichten Kopfnicken gab Arutha dem Hof das Zeichen, dass sie anfangen könnten.

James schaute sich suchend um, ob William zugegen war. Als junger Offizier in der Leibgarde des Prinzen hatte er keinen besonderen Grund, hier zu sein, doch in Anbetracht seiner Vergangenheit mit Jazhara hielt James es für möglich, dass er auftauchen würde.

De Lacy sprach erneut. »Eure Hoheit, wir haben die Ehre, Euch Jazhara vorzustellen, die gerade aus Stardock nach Krondor gekommen ist und die Herzog Pug Eurer Gunst empfohlen hat.«

Arutha gab ihr mit einem Nicken zu verstehen, dass sie näher zu ihm herantreten sollte, und Jazhara trat mit der ruhigen, leichten Eleganz näher, die nur jene besaßen, die bei Hofe aufgewachsen waren. James hatte mehr als einen Bittsteller gesehen, der zuvor selbstsicher gewesen, aber dann ins Stolpern geraten war, als er den Blick des Prinzen auf sich ruhen spürte. Jazhara jedoch erreichte die vereinbarte Stelle und verbeugte sich auf höchst graziöse und geschmeidige Weise.

»Willkommen in Krondor, Jazhara«, sagte Arutha. »Herzog Pug empfiehlt Euch unseren Diensten. Seid Ihr gewillt, in diese zu treten?«

»Mit Herz und Verstand, Eure Hoheit«, antwortete die junge Frau.

De Lacy kam herbei und stellte sich zwischen Jazhara und den Prinzen und begann mit dem Diensteid. Er war kurz und direkt, zu James' Erleichterung; es gab viele weitschweifigere Rituale, an denen teilzunehmen er in seinen Jahren im Dienst der Krone gezwungen gewesen war.

Jazhara beendete den Schwur mit den Worten: »Und hierzu verpflichte ich mich bei meinem Leben und meiner Ehre, Hoheit.«

Vater Belson, ein Priester des Ordens von Prandur und Aruthas gegenwärtiger Ratgeber in allen Angelegenheiten, die die verschiedenen Tempel im Königreich betrafen, trat näher und intonierte: »Prandur, der mit dem Feuer reinigt, der Herr der Flamme, heiligt diesen Schwur. So, wie er gegeben wurde, in Treue und Pflichterfüllung, so soll er gebunden sein, in Schutz und Beistand. Lasst alle wissen, dass diese Frau, Jazhara aus dem Hause Hazara-Khan, nun Prinz Aruthas treue und loyale Dienerin ist.«

Belson führte Jazhara zu dem für sie angemessenen Platz im Hofstaat, der sich direkt neben seinem eigenen befand, wo beide sofort verfügbar waren, sollte Arutha ihre Meinung in einer Angelegenheit brauchen, die etwas mit Magie oder Glauben zu tun hatte. James warf einen Blick auf die noch wartenden Leute und erkannte, dass die Hofhaltung heute Morgen glücklicherweise kurz sein würde. Es gab nur zwei Bittsteller, und die meisten regulären Mitglieder des Hofstaats schienen ängstlich darum bemüht, woanders zu sein. Arutha war ein Herrscher, der zur allgemeinen Erleichterung – mit Ausnahme vielleicht von de Lacy – Effektivität dem Prunk vorzog. Er überließ die großen Zeremonien wie etwa die monatlichen Galas oder andere Festivitäten seiner Frau.

James' Blick fiel auf Jazhara, und sie lächelte ihm leicht zu. Er erwiderte das Lächeln. Nicht zum ersten Mal fragte er sich, ob in diesem Lächeln mehr lag als eine freundschaftliche Geste, doch dann trat er sich innerlich in den Hintern. James sah die Frauen anders als die meisten Männer seines Alters im Königreich: Er mochte sie und fürchtete sich nicht vor ihnen, wenn sie ihn von Zeit zu Zeit auch verwirrten. Und wenn er auch Intimitäten mit einer Frau ebenso genoss wie jeder andere Mann, so vermied er doch komplizierte Verbindungen. Und eine Beziehung mit einer Frau aus dem Beraterstab des Prinzen war kaum weniger kompliziert als eine mit einem Mitglied der königlichen Familie; daher schob er alle derartigen Gedanken beiseite. Und mit einem bedauernden innerlichen Seufzer versuchte er sich zu beruhigen: *Es liegt nur daran, dass sie so exotisch ist.*

Als die Hofhaltung vorüber und die Gesellschaft entlassen war, erhob sich Arutha von seinem Thron und wandte sich an Jazhara. »Habt Ihr Euch schon eingerichtet?«

»Ja, Eure Hoheit«, antwortete sie. »Mein Gepäck ist heute Morgen in den Palast gebracht worden, und es ist alles in Ordnung.«

»Und sind Eure Gemächer angemessen?«

Sie lächelte. »Sie sind vorzüglich, Eure Hoheit. Meister Kulgan hat sie mir bereits zuvor geschildert, aber ich glaube, er hat sich einen Scherz mit mir erlaubt, denn sie sind weit geräumiger, als ich erwartet hatte.«

Arutha lächelte. »Kulgan hatte schon immer einen sehr trockenen Humor.« Er deutete mit einer leichten Handbewegung auf James und fuhr fort: »Junker James wird Euch heute in Krondor herumführen, und wenn Ihr irgendetwas brauchen solltet, wird er dafür sorgen, dass Ihr es bekommt.«

»Ich danke Euch, Eure Hoheit.« Mit einem Grinsen meldete sich James zu Wort. »Wie Ihr ja bereits wisst, Eure Hoheit, haben wir bereits letzte Nacht einen kleinen Rundgang gemacht.«

»Ich habe die Dokumente heute Morgen gesehen«, erwiderte Arutha. Dann wandte er sich direkt an Jazhara und James. »Aber zunächst einmal möchte ich euch beide in meinem Arbeitszimmer sprechen.«

Brion eilte herbei, um die Tür zu öffnen, und Arutha führte Jazhara und James in sein privates Arbeitszimmer. Bevor er durch die Tür schritt, wandte er sich noch einmal an Brion: »Junker Brion, erkundigt Euch bitte, welche Aufgaben Meister de Lacy heute für die Junker vorsieht.«

»Hoheit.« Brion verbeugte sich und ging.

Arutha setzte sich. »Jazhara, erlaubt mir zunächst einmal, Euch zu versichern, dass Ihr nicht hier stehen würdet, wenn ich Eure Loyalität unserem Hof gegenüber auch nur ein bisschen in Frage stellen würde.«

Jazhara neigte den Kopf und sagte: »Ich verstehe, Eure Hoheit.«

»James, du solltest unsere junge Magierin so schnell wie möglich mit allem vertraut machen, was wir bisher über den Kriecher wissen. Ich vermute, du wirst dazu auch von deiner persönlichen Geschichte erzählen müssen, denn die Konfrontation des Kriechers mit den Spöttern ist wichtig, wenn man seine Motive verstehen will. Sei offen und aufrichtig. Ich habe den Eindruck, dass diese junge Dame sich so leicht nicht erschüttern lässt.«

Jazhara lächelte.

Arutha musterte die beiden mit einem ernsten Blick. »Dieser Kriecher hatte seine Finger während des letzten Jahres bei einer Reihe unheilvoller Dinge im Spiel. Er war indirekt an einem bedrohlichen Angriff auf unsere Souveränität beteiligt und hat eine Situation geschaffen, die für einige Spannung zwischen uns und einer benachbarten Nation im Osten gesorgt hat. Je schwieriger es ist, ihn zu finden, desto mehr Sorgen mache ich mir, was er als Nächstes anrichten könnte.« Er wandte sich an James. »Sei gründlich. Sofern ich nicht nach euch schicke, braucht ihr erst dann zum Palast zurückzukehren, wenn du das Gefühl hast, dass Jazhara alles gesehen hat, was sie sehen sollte.«

James verbeugte sich. »Ich werde gründlich sein, Eure Hoheit.«

Auch Jazhara verbeugte sich und folgte James aus dem Arbeitszimmer des Prinzen in einen Seitengang, wo James sie fragte: »Wohin wollen wir zuerst gehen?«

»Zu meinen Gemächern«, erwiderte Jazhara. »Ich werde in diesem Kleid nicht in Krondor herumschlendern. Und solange ich meinen Stab nicht in der Hand habe, fühle ich mich sowieso nur halb angezogen.«

James lächelte. »Dann also auf zu Euren Gemächern.«

Während sie durch den Palast schritten, sagte Jazhara plötzlich: »Ich habe William noch gar nicht gesehen. Geht er mir etwa aus dem Weg?«

James schaute sie an. In der Tat offen und aufrichtig, dachte er. »Das kann ich mir nicht denken. Er ist zwar ein Cousin der königlichen Familie, aber er ist auch ein junger Offizier und hat viele Pflichten. Wenn wir ihm bei unserem Rundgang nicht über den Weg laufen, weiß ich, wo wir ihn möglicherweise heute Abend finden.«

»Gut«, sagte Jazhara. »Wir müssen miteinander reden, und ich möchte das so bald wie möglich tun.«

James bemerkte, dass sie jetzt nicht mehr lächelte.

Drei

Eide

Der Wachposten salutierte.

James erwiderte den Gruß, während Jazhara den Anblick von Krondor auf sich wirken ließ. Sie trug wieder ihre Reisekleidung, hielt ihren eisenbeschlagenen Stab in der Hand, und ihr Haar war zurückgebunden. Sie sah aus, als wäre sie unterwegs, um irgendetwas Geschäftliches zu erledigen. James fand den Unterschied zwischen dem Aussehen jetzt und dem am Morgen bei Hofe höchst interessant. Als wären es zwei ganz verschiedene Frauen …

Sie waren früh am Tag aufgebrochen und hatten die Läden und Märkte in dem Teil der Stadt besucht, der allgemein als das »reiche Viertel« bezeichnet wurde, eine Gegend, in der die Läden Gegenstände von ausgesuchter Schönheit zu ausgesuchten Preisen einer über entsprechende Mittel verfügenden Kundschaft präsentierte. Jazhara hatte in mehreren Läden geraume Zeit verweilt, sehr zu James' Verdruss, denn er hatte noch nie Spaß daran gehabt, sich zum Zeitvertreib Dinge anzusehen, die er überhaupt nicht kaufen wollte. Er war mehrfach dazu eingeteilt worden, Prinzessin Anita bei ihren Einkaufs-Expeditionen zu begleiten – nicht nur, um Aruthas Frau zu beschützen, sondern auch, um zu verhindern, dass Elena ihrer Mutter pausenlos vor den Füßen herumlief. Solche Momente waren wohl die einzige Zeit in seinem Leben, da er sich in Gesellschaft der Prinzessin nicht sonderlich wohl fühlte.

Dann hatte James Jazhara zum so genannten »Händlerviertel« mitgenommen, wo die Händler ihren Geschäften nachgingen.

Das Zentrum dieses Viertels wurde von einem Kaffeehaus beherrscht. Sie hatten dort Rast gemacht und eine Tasse von dem keshianischen Gebräu genossen, das Jazhara als genauso gut bezeichnete wie das, das sie in ihrer Heimat genossen hatte. Diese Aussage hatte ein Lächeln auf das Gesicht des jungen Mannes gezaubert, der ihnen das Getränk serviert hatte; er hieß Timothy Barret und war der jüngste Sohn des Eigentümers. Geschäftsleute strömten ins »Barrets«, um sich ihren Geschäften zu widmen, hauptsächlich der Versicherung von Frachtschiffen und Karawanen.

Nachdem sie das Händlerviertel verlassen hatten, hatten sie ein Handwerker- und Arbeiterviertel nach dem anderen besucht. Mittlerweile war die Sonne untergegangen, und die Nachtwache machte ihre Runden. »Vielleicht sollten wir zum Palast zurückkehren?«, schlug James vor.

»Aber es gibt doch immer noch Stadtviertel, die wir noch nicht gesehen haben, oder?«

James nickte. »Aber ich bin mir nicht sicher, ob Ihr Euch dort wirklich gerne nach Einbruch der Dunkelheit aufhalten wollt.«

»Das Armenviertel?«

»Ja, und die Hafenanlagen und die Fischstadt. Selbst am Tag geht es da manchmal ganz schön wild zu.«

»Ich glaube, ich habe bewiesen, dass ich sehr gut in der Lage bin, auf mich aufzupassen, James.«

»Das stimmt. Trotzdem halte ich es für das Beste, wenn man die Möglichkeit, Ärger zu bekommen, so klein wie möglich hält. Irgendwie kommt der Ärger sowieso immer zu mir.«

Sie lachte. »Dann machen wir also morgen weiter. Aber was ist mit William? Ihr habt gesagt, er würde heute Abend wahrscheinlich keinen Dienst haben.«

James deutete auf eine Seitenstraße. »Lasst uns dort hineingehen. William ist ziemlich sicher im ›Regenbogen-Papagei‹.«

»Ist das eine Soldatenschänke?«

James zuckte die Schultern. »Nicht im eigentlichen Sinne, obwohl viele von Lucas' Stammgästen alte Freunde von ihm sind, die mit ihm zusammen im Spaltkrieg gedient haben. Nein, es ist einfach der Ort, den William gerne aufsucht.«

Jazhara warf James von der Seite einen Blick zu. »Hat es etwas mit einem Mädchen zu tun?«

James spürte, wie er rot wurde, und beschloss, dass jetzt eine einfache, direkte Antwort am besten wäre. »Ja. William trifft sich bereits seit mehreren Wochen mit Talia, Lucas' Tochter.«

»Das ist gut«, sagte Jazhara. »Ich hatte schon befürchtet, er würde immer noch …«

Als sie verstummte, ergänzte James: »In Euch verliebt sein?«

Als sie antwortete, sah sie James dabei nicht an. »Ich glaube, vernarrt wäre das bessere Wort. Ich habe einen Fehler gemacht, und …«

»Hört, es geht mich nichts an«, sagte James. »Wenn Ihr also nicht darüber sprechen wollt, ist das völlig in Ordnung.«

»Nein. Ich möchte, dass Ihr etwas versteht.« Sie blieb stehen, und er wandte sich um, um sie anzusehen. »Denn ich glaube, Ihr seid sein Freund.«

»Das bin ich«, sagte James. Er war so etwas wie ein Mentor für William gewesen, seit der in Krondor angekommen war.

»Und ich würde es begrüßen, wenn wir auch Freunde werden könnten.«

James nickte. »Das würde ich ebenfalls begrüßen.«

»Nun, Ihr wisst, dass William ein Junge war, der sich, als er erst einmal alt genug war und anfing, sich für Frauen zu interessieren, jahrelang in meiner Nähe aufgehalten hat. Ich bin ein paar Jahre älter als er, und mir kam er vor wie ein eifriger Junge, nichts weiter.« Sie hielt inne und starrte die Straße entlang, als würde sie sich an etwas erinnern, das nicht leicht zu erzählen war. Auch James stand reglos da. »Ich habe eine Beziehung mit einem älteren Mann angefangen, einem von meinen Lehrern. Es war nicht besonders klug. Er war ein Keshianer, genau wie ich, und er teilte viele meiner Überzeugungen, was die Magie und ihren Gebrauch anging. Wir sind in diese Beziehung hineingerutscht, ohne dass wir sonderlich viel dafür getan hätten.

Unsere Affäre wurde ... unangenehm, denn meine Familie hätte solch einer Liaison niemals zugestimmt, und statt mir etwas vorzuschreiben, ließ mein Großonkel meinem Liebhaber ausrichten, dass er die Beziehung zu mir beenden sollte.« Sie begann, sich wieder langsam in Bewegung zu setzen, als ob es ihr helfen würde, ihre Gedanken zu sammeln. James schritt neben ihr her. »Er hat mich abgewiesen und Stardock verlassen und ist ins Kaiserreich zurückgekehrt.«

»Gewiss aber versehen mit einer kleinen Belohnung.«

»Mindestens. Vielleicht wollte er mir nur eine Konfrontation mit meinem Vater ersparen, aber vielleicht hatte er auch Angst – der Arm meines Großonkels ist sehr lang; er reicht sogar zu einem Ort wie Stardock.«

»Und?«, hakte James nach.

»William war da. Ich war verletzt und verschreckt und fühlte mich allein, und William war da.« Sie schaute James an. »Er ist ein liebenswerter junger Mann, ehrenhaft und freundlich, stark und leidenschaftlich, und ich habe mich im Stich gelassen gefühlt. Er hat mir geholfen ...« Ihre Stimme verklang.

James zuckte die Schultern. »Und was dann?«

»Nach einer Weile habe ich gemerkt, dass es genauso falsch für mich war, seine Geliebte zu sein, wie es für meinen Lehrer falsch gewesen war, mein Geliebter zu sein. William war der Sohn eines Herzogs, ihm war ein anderes Schicksal bestimmt, und ich ... habe ihn benutzt.«

James unterdrückte den spöttischen Spruch, der ihm unverzüglich einfiel – dass das ja wohl nicht die schlimmste Art war, wie man benutzt werden konnte. Stattdessen sagte er: »Nun, er wollte ... ich meine ...«

»Ja, aber ich war älter und hätte die Probleme sehen müssen, die kommen würden. Deshalb habe ich unsere Affäre beendet. Ich fürchte, ich habe seine Entscheidung, Stardock zu verlassen und nach Krondor zu kommen, dadurch ein bisschen beeinflusst.«

Sie bogen in eine Straße ein und gingen auf eine Schenke zu, über deren Eingangstür ein Schild mit einem großen Papagei mit regenbogenbunten Federn prangte. »Nun, ich kenne Will jetzt schon einige Zeit«, sagte James schließlich. »Nach dem zu urteilen, was er mir gesagt hat, wollte er schon immer Soldat werden, auf die eine oder andere Weise. Schon sein ganzes Leben lang.«

Jazhara wollte auf diese Worte etwas erwidern, aber bevor sie dazu kam, zog James sein Schwert und sagte: »Nehmt Euch in Acht!«

Sie packte ihren Stab fester und eilte hinter ihm her. Sie sah, dass die Tür zur Schänke ein Stück weit offen stand und dass vor dieser Tür ein toter Soldat lag. Und jetzt konnte sie auch die Kampfgeräusche hören, die aus dem Innern nach draußen drangen.

James trat die Tür weit auf und sprang mit einem Satz durch die Öffnung. Jazhara folgte ihm dichtauf. Im Innern wartete ein Gemetzel auf sie. Zwei bewaffnete Männer lagen tot auf dem Fußboden; ihrer Kleidung nach zu schließen, handelte es sich bei ihnen um Söldner. Ein paar Stammgäste der Schänke lagen ebenfalls tot inmitten von zerschmettertem Mobiliar. In der Nähe der Feuerstelle lag eine junge Frau mit blutüberströmtem Kopf.

In einer Ecke stand William conDoin, durch Adoption Cousin des Königlichen Hauses von Krondor und Leutnant in der Palastwache des Prinzen, und hielt ein großes Schwert beidhändig vor sich. Drei Männer drangen auf ihn ein.

Als William die Neuankömmlinge entdeckte, rief er laut: »James! Jazhara! Helft mir! Talia ist verletzt!«

Einer der Männer drehte sich um, um sich dem Junker entgegenzustellen. Die anderen beiden griffen William an, der kaum genug Platz hatte, um die beiden Hiebe mit seinem größeren Schwert abzulenken. Es war ein so genanntes Bastard- oder »Anderthalbhand«-Schwert – eine verheerende Waffe auf dem Schlachtfeld, doch auf engem Raum kaum zu gebrauchen.

Jazhara hob die Hand, und ein Nimbus aus scharlachrotem Licht glühte darum herum auf. Sie schleuderte es auf den näher bei William stehenden Gegner – und musste zusehen, wie das Licht, ohne Schaden anzurichten, dicht vor seinen Füßen zu Boden fiel. »Verdammt«, murmelte sie. Sie hob ihren Stab und trat vorwärts, wollte dem Mann mit der eisenbeschlagenen Spitze einen Stoß seitlich an den Kopf versetzen.

Der Angreifer spürte die Attacke – oder vielleicht hatte er auch aus den Augenwinkeln etwas gesehen – und duckte sich seitlich weg. Dann wirbelte er zu seinem neuen Gegner herum und begann eine bösartige Attacke gegen Jazhara, die daraufhin zurückweichen musste.

Aber sie hatte dafür gesorgt, dass William sich nur noch auf einen Gegner konzentrieren musste, und er tötete den Mann schnell. Auch James beförderte seinen Gegner ins Jenseits und versetzte dem Mann, der Jazhara angriff, mit dem Schwertknauf einen Schlag auf den Schädel. Doch der Schlag schien den Angreifer lediglich abzulenken, anstatt ihn zu betäuben, und er drehte sich genau in dem Augenblick um, da Jazhara ein weiteres Mal mit ihrem Stab zuschlug. Das Geräusch brechender Knochen war unverkennbar, als die eiserne Ferse des Stabes den Hinterkopf des Mannes zertrümmerte.

James schaute sich im Gastraum um. »Was waren denn das für üble Mörder?«

William hatte sein Schwert auf den Boden geworfen und kniete neben Talia. Er hielt ihren Kopf in seinem Schoß. Das Gesicht des Mädchens war blass, und das Leben floss schnell und unaufhaltsam aus ihr heraus. »Oh, William …«, flüsterte sie, »hilf mir.«

William schaute verzweifelt zu Boden. Er warf James einen Blick zu; der machte ein bedauerndes Gesicht und schüttelte leicht den Kopf. Dann wanderte Williams Blick zu Jazhara. »Du warst eine der besten Schülerinnen meines Vaters. Kannst du nicht eine Heilung durchführen?«, fragte er flehentlich.

Jazhara kniete sich neben dem jungen Soldaten hin und flüsterte ihm zu: »Es tut mir Leid, William. Ihre Verletzungen sind zu schwer. Selbst wenn wir nach einem Priester schicken würden ... es wäre zu spät.«

James kniete sich auf die andere Seite des Mädchens. »Talia, wer hat das getan?«

Talia schaute zu James auf. »Sie waren hinter Vater her. Ich weiß nicht, wer sie waren. Ihr Anführer war riesig, ein Bär von einem Mann.« Sie keuchte, und Blut trat aus ihrem Mund, befleckte ihre Lippen. »Er hat mir weh getan, William. Er hat mir furchtbar weh getan.«

William strömten Tränen über die Wangen. »Oh, Talia, es tut mir Leid ...«

Plötzlich schienen die Qualen des Mädchens schwächer zu werden. James hatte das schon zuvor bei Menschen gesehen, die an der Schwelle zum Tod standen. Für einen Augenblick klärte sich ihr Blick, als ob die Schmerzen verschwunden wären, als ob die Sterbende auf der Schwelle von Lims-Kragmas Halle stehen und sie gleich betreten würde. In diesem Augenblick konnte sie in beide Welten blicken. »Sei nicht traurig, William«, flüsterte Talia. »Ich werde meine Rache haben, das schwöre ich bei Kahooli.«

Dann sank ihr Kopf zur Seite.

»Nein ... Talia!«, schluchzte William. Er hielt sie noch einen Augenblick lang fest, dann ließ er ihren Kopf langsam auf den Fußboden sinken und schloss ihr sanft die Augen. Schließlich stand er auf und sagte mit fester Stimme: »Dafür werden sie bezahlen, James. Ich werde sie sofort verfolgen.«

James schaute zum Eingang der Schänke. Wenn die Eindringlinge nach Talias Vater Lucas gesucht hatten, war das der Weg, den der alte Mann genommen haben würde. »Warte, William«, sagte er. »Der Prinz wird mir den Kopf abreißen, wenn ich dich alleine losziehen lasse. Du wirst deine Rache bekommen, und wir werden an deiner Seite sein. Aber jetzt erzähle uns erst einmal, was passiert ist.«

William zögerte einen Augenblick, bevor er zu sprechen begann. »Also gut. Martin und ich hatten gerade unsere Schicht beendet. Wir sind hierher gegangen, um noch etwas zu trinken, wie wir es immer machen, und dann haben wir sie aus dem Gebäude rennen sehen. Ein halbes Dutzend, und der riesenhafte Bastard vorneweg. Martin hat versucht, sie aufzuhalten, und sie haben uns angegriffen, ohne auch nur ein einziges Wort zu verlieren. Wenn ihr nicht vorbeigekommen wärt, würde ich jetzt bestimmt neben Martin liegen.« Er deutete auf den toten Soldaten.

James betrachtete das Gemetzel genauer. Sie hatten nicht nur Talia getötet, sondern auch alle anderen, die sich in der Schänke aufgehalten hatten. Das andere Schankmädchen, Susan de Bennet, lag ausgestreckt in einer Ecke auf dem Fußboden; ihr war anscheinend mit einem einzigen Hieb der Kopf abgeschlagen worden. Ihre roten Locken breiteten sich um ihren Kopf aus, der einen Fuß von ihrem Körper entfernt lag, und ihre blauen Augen waren noch immer gleichermaßen entsetzt wie erstaunt weit aufgerissen. Auch die anderen Stammgäste waren förmlich in Stücke gehackt worden.

»Warum?«, fragte sich James laut. »Warum sind sie hier eingedrungen und haben alle getötet, die sie zu Gesicht bekommen haben?« Er warf William einen Blick zu. »Hat der große Mann Lucas verfolgt?«

»Nein. Ein paar andere Männer sind durch die Hintertür raus. Als die fünf Mörder mich im Innern der Schenke festgenagelt hatten, sind der große Scheißkerl und ein paar andere die Straße entlanggerannt.«

»Hast du irgendeine Idee, wo sie sich hingewandt haben könnten?«, fragte James.

Bevor William antworten konnte, wurde die Nacht vom Dröhnen einer donnernden Explosion zerrissen, die das Gebäude erzittern ließ. James war der Erste, der zur Tür hinausstürmte, dicht gefolgt von Jazhara und William. Im Westen wuchs eine Fontäne aus grünen Flammen in den Nachthimmel, und Felsstücke flogen durch die Luft. Als das Geräusch der Explosion abebbte, begannen die Felsbrocken herabzuregnen. James und seine Begleiter duckten sich unter das überstehende Dachgesims und warteten.

Als klar war, dass keine weiteren Felsbrocken mehr zu erwarten waren, sagte William: »Hört!«

Aus einiger Entfernung konnten sie Waffengeklirr und die Rufe von Männern hören. Sie rannten in die Richtung, aus der der Lärm kam, und bogen um eine Ecke in eine Straße, die sie zum Stadtgefängnis bringen würde. Während sie auf das Gefängnis zurannten, zerriss eine weitere Explosion die Nacht, und sie wurden zu Boden geschleudert. Erneut erhob sich ein Turm aus grünem Feuer in die Dunkelheit, und James schrie: »Sucht euch Deckung!«

Wieder schmiegten sie sich an die Wand eines Gebäudes, als weitere Felsbrocken auf sie herabregneten. »Was ist das?«, schrie William. »Queganisches Feuer?«

James schüttelte den Kopf. »Das Queganische Feuer, das ich gesehen habe, war niemals grün.«

»Ich glaube, ich weiß, was es ist«, sagte Jazhara.

»Wollt Ihr Euer Wissen vielleicht mit uns teilen?«, fragte James.

»Nein«, antwortete sie. »Noch nicht.«

Als das Geprassel der herabfallenden Steine aufgehört hatte, sprang James auf, und sie rannten weiter dem Gefängnis entgegen. Sie kamen an eine Kreuzung mit zwei anderen Straßen und rannten nach links. Nach kurzer Zeit kamen sie an eine weitere Kreuzung, und von dort aus konnten sie das Gefängnis sehen – oder besser das, was noch davon übrig war. Dort, wo früher die hölzerne Tür gewesen war, klaffte ein gewaltiges Loch in der Mauer, im Innern konnte man einige Flammen sehen, und aus der Öffnung drang Rauch. Ganz in der Nähe diente ein umgestürzter Wagen als Deckung für zwei Wachen und Hauptmann Guruth, den Kommandanten der Stadtwache. James, William und Jazhara näherten sich dem Wagen in geduckter Haltung, wobei sie darauf achteten, dass er sich immer zwischen ihnen und der Öffnung befand, denn von dort kamen Armbrustbolzen und Pfeile geflogen, die auf die Männer hinter dem Wagen abgeschossen wurden.

Hauptmann Guruth warf einen Blick über die Schulter zurück und gab ihnen ein Zeichen, die Köpfe unten zu halten. Als James an seine Seite kam, sagte der Hauptmann: »Astalon soll ihre schwarzen Herzen verrotten lassen.« Er nickte den beiden jungen Männern zu. »William. Junker James.« Ohne darauf zu warten, Jazhara vorgestellt zu werden, fuhr der Hauptmann der Wache fort: »Wie ihr sehen könnt, haben wir hier ein kleines Problem.«

»Was ist passiert?«, fragte James.

»Verfluchte Banditen! Sie haben den hinteren Teil des Gefängnisses in die Luft gejagt und die Hälfte meiner Männer niedergeschlagen.«

»Wer sind sie?«, fragte William.

»Das weiß ich genauso wenig wie Ihr, Junge. Der Anführer ist ein wahrer Riese, kahlköpfig und mit einem dichten Bart. Er hat eine Art Knochenamulett getragen, und er kann verdammt gut mit dem Schwert umgehen.«

»Das ist der Kerl, James«, sagte William.

»Welcher Kerl, mein Junge?«, fragte der Hauptmann, während ein weiterer Pfeil in der Unterseite des Wagens stecken blieb.

James warf William einen Blick zu. »Derjenige, der Talia getötet hat, das Schankmädchen vom ›Regenbogen-Papagei‹.«

Guruth stieß einen langen Atemzug aus und sagte dann mit

schwerer Stimme: »Lucas' Tochter. Sie ist … sie war … so ein süßes Ding.« Er blickte William an. »Mein Beileid, Will.«

Kalte Wut schwang in Williams Stimme mit, als er antwortete: »Ich werde ihm das Herz aus dem Leib reißen, Hauptmann. Ich schwöre, dass ich das tun werde.«

»Nun, dann ist das hier Eure Chance, Junge«, sagte Guruth. »Sie haben uns hier festgenagelt, aber vielleicht schafft ihr beide es ja, den Weg zurückzukriechen, den ihr gekommen seid, einen Bogen zu schlagen und von hinten an das Gefängnis heranzukommen.«

»Wo ist der Sheriff?«, fragte James.

Guruth neigte den Kopf in Richtung des Gefängnisses. »Da drinnen, nehme ich an. Ich wollte mich gerade mit ihm treffen, als hier das Chaos ausbrach.«

James schüttelte den Kopf. Er mochte Sheriff Wilfred Means nicht besonders, aber der Mann war ein guter, loyaler Diener des Prinzen, und sein Sohn Jonathan war einer von James' Agenten. Er ging davon aus, dass er im Laufe der nächsten Stunden feststellen würde, ob der junge Means noch am Leben war.

»Wenn der Sheriff und seine Männer da drin waren, als diese Bastarde das Gefängnis in die Luft gejagt haben, wird es noch mindestens zehn bis fünfzehn Minuten dauern, bis Hilfe vom Palast eintrifft«, sagte James.

»Stimmt, und das verschafft ihnen genug Zeit für ihr blutiges Werk – wie auch immer das aussehen mag«, sagte Guruth. »Ich habe noch nie zuvor erlebt, dass jemand versucht, in ein Gefängnis *einzubrechen*. Es muss also etwas da drin sein, das sie haben wollen.«

»Nein, da drin ist *jemand*, den sie haben wollen«, sagte James.

»Du denkst, Lucas ist zum Gefängnis gerannt?«, fragte William.

»Vielleicht«, erwiderte James. »Aber wir werden es erst erfahren, wenn wir irgendwie hineingekommen sind.«

»Ihr lasst die Frau am besten hier, bis die Palastwachen eintreffen«, sagte Guruth.

»Ich weiß Eure Besorgnis zu schätzen, aber ich kann auf mich selbst aufpassen«, sagte Jazhara trocken.

Der Hauptmann zuckte die Schultern. »Ganz wie Ihr wollt.«

Sie duckten sich tief auf den Boden und kehrten auf dem gleichen Weg zurück, auf dem sie hergekommen waren. Sie verblieben in der geduckten Haltung, bis sie die große Kreuzung erreichten, wo sie außer Reichweite der Bögen und Armbrüste waren. Dann erhoben sie sich und fingen an zu rennen.

Schnell erreichten sie die Rückseite des Gefängnisses, in der ein weiteres gewaltiges Loch klaffte. »War das die zweite Explosion?«, fragte William.

»Das war die Erste«, sagte Jazhara. »Sie haben das hier in die Luft gejagt, um die Männer zu erwischen, die hier gerade geschlafen oder gegessen haben« – sie deutete durch das Loch auf einen Tisch und mehrere umgestürzte Schlafstellen –, »und dann, als die Männer vom vorderen Teil des Gefängnisses angerannt kamen, um ihren Kameraden zu helfen, haben sie die Explosion auf der anderen Seite ausgelöst, wo sie ziemlich sicher angegriffen haben, wodurch sie alle, die drinnen waren, von hinten erwischt haben.«

»Wenn wir hier draußen bleiben, werden wir die Antwort nicht herausfinden«, sagte James.

Er duckte sich und rannte zu dem Loch, das in den Wachraum führte, wobei er die ganze Zeit mit einem Pfeilhagel rechnete. Stattdessen fand er nur zwei Männer, die die Leichen auf dem Fußboden plünderten. Der eine starb, noch bevor er überhaupt sein Schwert ziehen konnte, der andere wandte sich James zu, nur um von hinten von William niedergemacht zu werden. James hob die Hand, um seinen Gefährten zu zeigen, dass sie sich still verhalten sollten.

Vom Eingang her erklangen die Geräusche von surrenden Bogensehnen und zischenden Armbrustbolzen, doch im Wachraum war alles still. James gab William ein Zeichen, die linke Seite der Tür in den Vorderraum zu übernehmen, während er Jazhara anwies, ein paar Schritte hinter ihm zu bleiben. Dann bewegte er sich langsam auf die halb offen stehende Tür zu. Er warf einen Blick hindurch. Ein halbes Dutzend Männer, vier mit Bogen und zwei mit Armbrüsten bewaffnet, hatte sich so im Raum verteilt, dass zwei in der Mitte und zwei jeweils rechts und links davon waren. Geduldig schossen sie auf alles, was sich jenseits des Lochs in der Mauer draußen bewegte. Es schien offensichtlich, dass sie Guruth und seine Männer nur auf Abstand hielten, damit jemand im Innern des Gefängnisses seine Mission erledigen konnte.

James warf zunächst Jazhara und William einen kurzen Blick zu, dann ließ er ihn zu einer Öffnung im Fußboden wandern, von der aus Stufen hinab zu den unterirdisch gelegenen Zellen führten. Er wusste, dass es im vorderen Raum eine Wendeltreppe gab, die hinauf zu den Schreibzimmern und der Wohnung des Sheriffs führte. Wo war der große Mann hingegangen? Hinauf oder hinunter? James kam zu dem Schluss, dass es keine Rolle spielte. Sie würden so oder so Guruth und sein halbes Dutzend Wachen benötigen, um mit dem großen Mann und seinen Leuten fertig zu werden. Also mussten zuerst die sechs Bogenschützen im Vorraum ausgeschaltet werden.

James hielt drei Finger in die Höhe, doch Jazhara schüttelte nachdrücklich den Kopf. Sie klopfte sich gegen die Brust, zum Zeichen, dass sie die erste Attacke übernehmen wollte. James warf William einen Blick zu, der jedoch nur die Schultern zuckte. Daraufhin wandte er sich wieder Jazhara zu und nickte.

Sie trat vor, hob die rechte Hand hoch über den Kopf, während sie mit der Linken ihren Stab umklammerte. Wieder stellten sich die Härchen auf James' Armen auf, als sich Magie zusammenballte. Ein goldenes Licht hüllte die Magierin ein, begleitet von einem schwachen, zischenden Geräusch, und dann verschmolz das Licht in ihrer Hand zu einer Kugel. Sie warf die Kugel, als wäre sie ein großer Ball, in hohem Bogen in den Vorraum, wo sie zwischen dem mittleren Paar Bogenschützen landete. Die Männer ließen unverzüglich die Waffen fallen und zuckten in wilden Krämpfen. Die zwei Männer, die rechts und links davon waren, waren zwar ebenfalls von der Magie betroffen, aber sie hielten ihre Waffen fest, und es gelang ihnen, fast unverzüglich wieder die Kontrolle über ihre Bewegungen zurückzugewinnen. Die beiden Armbrustschützen – die jeweils ganz außen lagen – waren überhaupt nicht betroffen. Zum Glück für William hatte der Mann, auf den er losstürmte, gerade einen Bolzen abgeschossen und war noch damit beschäftigt, seine Waffe neu zu laden.

Der andere Mann drehte sich um und schoss hektisch, doch der Bolzen prallte weit über James' Kopf an die Wand. Plötzlich veränderte sich die Lage. Die Bogenschützen ließen ihre Bögen fallen und zogen Dolche, denn auf diese kurze Entfernung waren Schusswaffen sinnlos. James' erster Gegner sank bereits verwundet zu Boden, noch bevor sein Kumpan den Dolch aus dem Gürtel gezogen hatte. Williams großes Schwert wirkte bedrohlich genug, dass einer der Söldner seine Armbrust wegwarf und versuchte, mit einem Satz über den Tisch zu springen und durch das klaffende Loch in der Mauer zu verschwinden.

Als Hauptmann Guruth und seine Männer von draußen sahen, dass ein Feind zu fliehen versuchte, eilten sie schnell nach vorn, und der Mann war binnen weniger Augenblicke überwältigt. Im Innern ließen sich die anderen auf die Knie fallen und hoben die Hände, das allgemeine Zeichen der Söldner, wenn sie sich ergeben wollten.

Guruth bedeutete zweien seiner sechs Männer, dass sie die Gefangenen bewachen sollten. Dann wandte er sich an James. »Es müssen noch mehr hier sein als nur diese sechs. Ich werde mit meinen Männern das Untergeschoss durchsuchen; ihr drei solltet vielleicht oben nachsehen.«

James nickte. »Wer müsste denn jetzt eigentlich dort oben sein?«

»Nur die Burschen, die oben schlafen, bis die mittlere Wachschicht beginnt, und ein Schreiber namens Dennison. Der Sheriff und seine Männer schlafen da drüben.« Mit einem Blick auf die in Stücke gehackten Leichen fügte er hinzu: »Ich glaube nicht, dass von denen noch einer am Leben ist.« Er kratzte sich am Bart. »Das war ein perfekt geplanter Überfall. Sie haben ganz genau gewusst, wann sie zuschlagen mussten. Die Wachmannschaft bestand gerade nur aus wenigen Männern und war daher kaum in der Lage, sich selbst zu verteidigen. Abgesehen davon war es unwahrscheinlich, dass schnell Verstärkung eintreffen würde.« Er ging auf die Stufen zu, die hinab zu den Zellen führten, und zwei seiner Männer folgten ihm vorsichtig.

James gab William und Jazhara ein Zeichen, dass sie ihn begleiten sollten, und sie begaben sich zu der Treppe, die zum oberen Stockwerk des Gefängnisgebäudes führte. Als sie die Stufen erreichten, duckten sie sich reflexhaft, denn von oben kam das Geräusch einer neuerlichen Explosion.

Während Rauch herabwallte und Steine die Treppe herunterpolterten, hörten sie Hauptmann Guruths Stimme: »Er will zum Nordtor!«

James zögerte keinen Augenblick. »Kommt mit!«, brüllte er und rannte durch die klaffende Öffnung direkt neben ihnen.

Als James die belebte Straße entlangblickte, die zum Nordtor führte, konnte er den Kopf und die Schultern eines großen Mannes erkennen, der seine Umgebung deutlich überragte und sich einen Weg durch die Menge aus Neugierigen und Schaulustigen bahnte, die sich versammelt hatten, um zu sehen, was da beim Gefängnis eigentlich los war. James, William und Jazhara hetzten hinter ihm her.

Während sie sich der Menge näherten, warf James einen Blick über die Schulter zurück und sah, dass Guruth und seine Männer in einen Kampf mit ungefähr einem halben Dutzend Söldner verwickelt waren. »Wir sind auf uns allein gestellt!«, rief er William und Jazhara zu.

Menschen, die von dem großen Mann beiseite geschoben worden waren, fanden sich ein zweites Mal beiseite gestoßen, dieses Mal von James und seinen Begleitern. »Aus dem Weg! Wir sind im Auftrag des Prinzen unterwegs!«, rief James.

Bei all dem Stimmengewirr konnte man ihn kaum verstehen, und schließlich überließ James es William, der stämmiger und kräftiger war als er, die Führung zu übernehmen. Die Menschen sprangen beiseite, als sie die Uniform der Palastwache erkannten und ihn rufen hörten: »Im Namen des Prinzen, tretet beiseite!«

Dennoch war wertvolle Zeit verloren gegangen, und der große Mann war bereits außer Sicht. Als sie sich der Kreuzung mit der Straße näherten, die durch das Nordtor aus der Stadt führte, konnten sie eine weitere gewaltige Explosion hören, die unverzüglich von schrillen Schreien und Rufen begleitet wurde.

Sie erreichten die Ecke und sahen ein großes, zweistöckiges Gebäude in Flammen stehen. Rauch drang aus den Fenstern im Erdgeschoss, während Flammen außen an den Wänden hochzüngelten.

»Bei den Göttern«, sagte James. »Er hat das Waisenhaus in Brand gesetzt.«

Vier Frauen und ein Mann führten Kinder durch den Haupteingang ins Freie; viele von den Kleinen wirkten völlig verwirrt und wie betäubt, und sie husteten und keuchten aufgrund des Qualms. James rannte zur Tür.

Der Mann drehte sich um, sah Williams Uniform und brüllte: »Jemand hat das Waisenhaus in Brand gesteckt! Sie haben eine Bombe durch das Fenster geworfen!« Er deutete mit einem zitternden Finger in die Richtung. »Sofort sind Flammen hochgeschlagen, und wir sind gerade noch rausgekommen.«

»Sind die Kinder alle draußen?«, fragte Jazhara.

Wie als Antwort ertönte ein Schrei aus dem oberen Stockwerk.

Der Mann hustete und sagte dann: »Ich habe versucht, nach oben zu kommen, aber an der Treppe ist das Feuer zu stark.«

»Wie viele sind noch da oben?«, fragte William.

»Drei«, sagte eine der Frauen. Sie weinte. »Ich hatte die Kinder gerade zum Abendessen heruntergerufen, aber manche lassen sich viel Zeit ...«

»Vielleicht kann ich helfen«, meldete Jazhara sich zu Wort.

»Und wie?«, fragte James.

»Ich verfüge über einen Spruch, der Euch vor der Hitze schützt, solange Ihr die Flammen nicht direkt berührt. Aber er wirkt nur kurze Zeit.«

»Dann macht schnell, Magierin«, sagte der Mann. »Das Leben dieser Kinder steht auf dem Spiel.«

William wollte schon seine Rüstung ablegen, aber James hielt ihn zurück. »Nein«, sagte er. »Ich bin schneller als du.« Außerdem hatte er keine Rüstung an, die er hätte ablegen müssen. Er reichte William sein Schwert und sagte: »Fertig.«

Jazhara schaute ihn an. »Der Spruch schützt Euch vor der Hitze, doch Ihr dürft den Rauch nicht zu tief einatmen; er könnte Euch ebenso schnell töten wie die Flammen.« Sie nahm einer der Frauen ein Taschentuch aus der Hand und gab es James. »Haltet das vor Eure Nase und Euren Mund.«

Sie schloss die Augen und legte ihre rechte Hand auf James' Arm. Dann berührte sie mit dem Handrücken der linken Hand ihre Stirn. Sie murmelte eine kurze Beschwörung und sagte schließlich: »So. Es ist vollbracht. Und jetzt beeilt Euch, denn die Wirkung wird nicht allzu lange anhalten.«

»Ich habe überhaupt nichts gespürt«, sagte James. »Es ist vollbracht«, wiederholte sie.

»Normalerweise kann ich es spüren, wenn Magie –«

»Geht jetzt!«, sagte sie und gab ihm einen Stoß in Richtung der Tür. »Die Zeit wird knapp!«

»Aber –«

»Geht endlich!«, wiederholte sie und versetzte ihm einen etwas stärkeren Stoß.

James taumelte mit dem Kopf voran durch die Tür und duckte sich beim Anblick der Flammen, die an der Decke leckten. Zu seiner Überraschung spürte er nichts von der Hitze.

Der Rauch hingegen brachte seine Augen zum Tränen, und er blinzelte heftig, um wieder besser sehen zu können. Er wünschte sich, er hätte daran gedacht, das Tuch anzufeuchten, das er sich vor Mund und Nase hielt. Er bewegte sich auf die Treppe zu, näherte sich ihr auf einem gewundenen Weg um brennende Tische herum und an schwelenden Wandbehängen vorbei.

Er erreichte schnell das obere Ende der Treppe und brauchte nicht mehr zu überlegen, ob die Kinder wohl noch am Leben waren. Drei helle Stimmen erfüllten die Luft mit Schreien und Husten. »Bleibt, wo ihr seid, Kinder!«, rief James. »Ich komme und hole euch!«

Er eilte dem Ausgangspunkt der Schreie am anderen Ende des Raums entgegen. Bettzeug schwelte vor sich hin, und Flammen leckten an den Wänden, doch er schaffte es bis zu den Kindern.

Zwei Jungen und ein Mädchen kauerten in einer Ecke; sie waren so verschreckt, dass sie wie gelähmt waren. James kam schnell zu der Überzeugung, dass es aussichtslos war, sie durch die Flammen zu führen. Der ältere der beiden Jungen mochte sieben oder acht Jahre alt sein, den anderen Jungen und das Mädchen schätzte er auf etwa vier Jahre.

Er kniete sich hin und sagte: »Kommt her.«

Die Kinder standen auf, und er hob die beiden kleineren hoch, klemmte sie sich unter die Arme und sagte dann zu dem älteren Jungen: »Kletter auf meinen Rücken!«

Der Junge tat, wie ihm geheißen, und schlang die Arme um James' Hals. James stellte die anderen beiden Kinder wieder auf den Boden. Er musste beinahe würgen. »Nicht so fest!«, sagte er und löste die Arme des Jungen von seiner Kehle. »Hier.« Er zeigte ihm, dass er die Arme um seine Brust schlingen sollte. »So ist es besser.«

Dann nahm er die beiden anderen Kinder wieder hoch und eilte zur Treppe zurück. Er bewegte sich rasch die Stufen hinunter und sah, dass die Flammen den unteren Treppenabsatz mittlerweile eingeschlossen hatten. »Verdammt!«, murmelte er.

Es blieb ihm nichts anderes übrig, als zu rennen. Er machte einen Satz, der ihn so weit wie möglich über die Flammen hinwegtragen sollte. In diesem Augenblick verstand er Jazharas Warnung. Zuvor hatte er die Hitze gar nicht wahrgenommen, aber jetzt, da die Flammen ihn berührten, konnte er sie auch spüren. Sehr sogar. »Aah!«, schrie er, als er auf einem einigermaßen freien Fleck auf dem Fußboden landete. Rundherum schwelten und brannten die hölzernen Dielen.

Von der Decke über ihm kamen alarmierende Geräusche, ein Knirschen und Ächzen, das James sagte, dass die Stützbalken nachzugeben drohten. Schon bald würde das obere Stockwerk über ihm und den Kindern zusammenbrechen, wenn er sich nicht wieder in Bewegung setzte. Der Rauch brachte die Kinder zum Husten, und James' Augen tränten so stark, dass er praktisch überhaupt nichts mehr sehen konnte. Er nahm einen tiefen Atemzug – der ihn sogleich husten ließ – und brüllte: »Jazhara! William!«

Williams dröhnende Stimme erklang ein Stück links von ihm. »Hier entlang!«

James zögerte keine Sekunde. Er stürzte sich vorwärts, versuchte, so gut es ging, den Flammen auszuweichen, aber zu dem Zeitpunkt, da er durch die Tür kam – mit je einem Kind links und rechts unter den Armen und dem dritten auf dem Rücken –, hatte er Brandverletzungen an Armen und Beinen. Die Kinder weinten, weil auch sie sich verbrannt hatten, aber sie waren am Leben. Hustend brach James auf den Pflastersteinen zusammen.

Zwei Frauen kümmerten sich um die verletzten, erschreckten Kinder, während Jazhara sich neben James kniete und seine Verbrennungen untersuchte. »Es ist nichts Ernstes«, lautete ihr Urteil.

James starrte sie aus tränenden Augen an und sagte: »Ihr habt gut reden. Es schmerzt höllisch.«

Jazhara nahm ein kleines Töpfchen aus ihrer Gürteltasche und sagte: »Dies wird Euch die Schmerzen nehmen, bis wir Euch zu einem Heiler oder einem Priester bringen können.«

Sie trug sanft eine Salbe auf die Verbrennungen auf, und die Schmerzen ließen tatsächlich nach. »Was ist das für eine Salbe?«, fragte James.

»Sie wird aus einer Wüstenpflanze hergestellt, die in der Jal-Pur wächst. Mein Volk benutzt diese Salbe bei Verbrennungen und Schnittwunden. Sie hindert die Wunden daran, zu eitern, sodass sie in Ruhe heilen können.«

James stand auf und schaute in Richtung des Stadttors. »Ist er weg?«

»Ich fürchte, ja. Schau her!«, sagte William und deutete zur anderen Straßenseite, wo Mitglieder der Stadtwache die Bürger vom Feuer wegdrängten, sodass eine Kette von Männern mit Eimern beginnen konnte, die umstehenden Gebäude zu nässen. Es war klar, dass das Waisenhaus nicht mehr zu retten war, aber der Rest des Viertels konnte vielleicht gerettet werden. William klang niedergeschlagen. »Diese Männer dort gehören zur Torwache. Ich nehme an, dass der Mörder einfach durch das Stadttor nach draußen gelaufen ist.«

»Was ist das nur für ein Ungeheuer, das ein Waisenhaus einfach nur deshalb in Brand steckt, um für Ablenkung zu sorgen?«, fragte Jazhara.

»Die gleiche Art von Ungeheuer, die bei Sonnenuntergang in ein Gefängnis einbricht«, erwiderte James. Er hustete noch einmal, dann fuhr er fort: »Lasst uns zurückgehen und nachsehen, ob wir herausfinden können, hinter wem er her war.« Und mit diesen Worten machte er sich auf den Rückweg zum Gefängnis.

Mittlerweile waren Soldaten vom Palast eingetroffen, um die überlebenden Stadtwachen beim Gefängnis zu unterstützen. James hatte gerade erfahren, dass Sheriff Wilfred Means getötet worden war – genau wie fast alle seine Männer, von denen nur sechs überlebt hatten. Jonathan, der Sohn des Sheriffs, stand im Hauptraum und betrachtete die Verwüstung. James hatte den jungen Mann vor kurzem rekrutiert, damit er an dem gerade im Entstehen begriffenen Spionage-Netzwerk des Prinzen mitarbeitete. Der Junker legte Jonathan eine Hand auf die Schulter. »Es tut mir Leid, was mit Eurem Vater passiert ist. Er und ich sind zwar nicht unbedingt Freunde gewesen, aber ich habe ihn immer als einen ehrlichen Mann voller Loyalität und Diensteifer geachtet.«

Jonathan war sehr blass. Er konnte nur nicken. Nach einigen Augenblicken bekam er seine Gefühle wieder unter Kontrolle und sagte leise: »Ich danke Euch.«

James nickte. »In der nächsten Zeit ist es an Euch und den anderen Wachtmeistern, Hauptmann Guruth Bericht zu erstatten. Arutha wird etwas Zeit brauchen, ehe er einen neuen Sheriff ernennen kann, daher wird die Stadtwache einige Zeit lang unterbesetzt sein.«

»Kann ich jetzt erst einmal nach Hause gehen?«, fragte Jonathan. »Ich muss es meiner Mutter sagen.«

»Ja, natürlich«, antwortete James. »Geht zu Eurer Mutter.« Und mit diesen Worten schickte er den jungen Mann weg. Jonathan war trotz seiner Jugend ein fähiger Mann, aber James bezweifelte, dass Arutha ihn befördern und ihm das Amt seines Vaters übertragen würde. Außerdem würde es James' Plänen überhaupt nichts nützen, wenn Jonathan nur noch hinter einem Schreibtisch hockte. Schulterzuckend schob James diese Gedanken fürs Erste beiseite und machte sich auf die Suche nach Guruth.

Der Hauptmann gab den Arbeitern und Soldaten Anweisungen, die bereits damit begannen, das Gefängnis wieder instand zu setzen. »Ihr habt ihn wohl nicht erwischt?«, fragte er, als er James und die anderen sah.

James hielt einen seiner verbrannten Arme in die Höhe und sagte: »Der Bastard hat das Waisenhaus angezündet. Zur Ablenkung.«

Guruth schüttelte den Kopf. »Das ist eine scheußliche Sache.« Er deutete mit einem Kopfnicken auf die Stufen, die zu den Zellen im Untergeschoss führten. »Ihr solltet Euch ansehen, was er da unten getan hat. Mit dem Kerl möchte ich wirklich keinen Ärger haben.«

James führte die anderen die Stufen hinunter. Das Gefängnis war ein Ort, wo kleinere Kriminelle so lange verwahrt wurden, bis Aruthas Beamte ihnen Gerechtigkeit widerfahren ließen; andere Gefangene warteten hier darauf, in die Verliese des Palastes oder zu den Zwangsarbeiter-Kolonnen überführt zu werden.

Das Gefängnis verfügte über ein großes Untergeschoss, das durch Gitterstäbe und Türen in acht Zellen aufgeteilt war – zwei größere, in denen die normalen Häftlinge untergebracht wurden, sowie sechs kleinere Zellen, um die schwierigeren Gefangenen von den Übrigen fern halten zu können. Zu jeder Tageszeit konnte man hier Betrunkene, kleine Diebe und andere Unruhestifter finden.

Ein Mitglied der Stadtwache salutierte, als er James sah, und sagte: »Es ist kein schöner Anblick, Junker. Es ist nur noch ein Mann am Leben, da hinten, in der hintersten Zelle.«

James glaubte, seinen Augen nicht zu trauen. Wachen trugen Leichen aus einer der größeren Zellen. James begriff rasch, was hier geschehen sein musste. Der große Mann war heruntergekommen, vielleicht mit Handlangern, vielleicht auch allein, und hatte zwei Zellen besetzt vorgefunden und die anderen sechs leer. Die kleine Zelle auf der anderen Seite des Ganges hatte er nicht weiter beachtet, während er die größere geöffnet hatte. Die Tür lag auf dem Fußboden, und James fragte sich, was für eine Art Mann das sein musste, der sie so einfach aus den Angeln reißen konnte.

Drei Tote lagen in der Zelle, der vierte wurde gerade herausgetragen. Drei der Männer waren durch eine Klinge gestorben; nach dem, was James erkennen konnte, waren sie schnell gestorben – aber der vierte Mann sah aus, als wäre er im wahrsten Sinne des Wortes in Stücke gerissen worden. Die gebrochenen Augen noch immer vor Qual und Entsetzen weit aufgerissen, lag der verhutzelte kleine Mann da – sein linker Arm war ihm an der Schulter ausgerissen worden, das rechte Bein zerschmettert und mehrfach gebrochen und das linke Bein knapp unterhalb des Knies abgetrennt. Das Blut war hoch an die Wände gespritzt.

James warf einen Blick auf Jazhara und stellte fest, dass sie in keiner Weise zusammenzuckte, während sie den Leichnam betrachtete. William sah bleich aus, obwohl er schon früher tote Männer gesehen hatte. »Wer tut nur so etwas?«, fragte der junge Leutnant.

»Jemand, der Schankmädchen umbringt und Waisenhäuser in Brand steckt«, antwortete Jazhara.

James kniete sich neben die Leiche und sagte: »Ich kenne diesen Mann. Sein Name ist Knute. Ein Pirat, der an der Küste gearbeitet hat. Er ist gelegentlich hierher gekommen, um Diebesgut an einen Hehler zu verkaufen. Ein kluger Bursche, aber ganz offensichtlich nicht klug genug.«

»Was meinst du damit?«, fragte William.

»Ich habe eine Vermutung, aber ich möchte sie vorerst für mich behalten, bis ich weitere Informationen habe«, sagte James. Er warf seinen Gefährten ein dünnes Lächeln zu und fuhr fort: »Ich möchte nicht wie ein Dummkopf aussehen, falls ich mich irren sollte.«

Er stand wieder auf und wandte sich an den Wachmann. »Was hat er erzählt?«, fragte er und deutete auf die andere Zelle – die, in der der einzige überlebende Gefangene hockte.

Der Wachmann zuckte die Schultern. »Man kriegt nicht viel aus ihm raus, Junker. Ich vermute, er ist ein Einheimischer, total betrunken. Und vor Angst fast wahnsinnig, würde ich sagen.«

James gab seinen Begleitern ein Zeichen, mit ihm zu kommen. Er ging zu der Zelle und blieb vor dem Betrunkenen stehen, der am Gitter stand und die Eisenstäbe umklammerte, als hätte er Angst, sie loszulassen. Sein Haar war grau, sein Gesicht blass und verhärmt; es zeigte die Spuren von zu vielen Nächten, in denen er betrunken im Rinnstein gelegen hatte. Er hatte die Augen fest zusammengekniffen und murmelte vor sich hin. »Ihr Götter! Ihr Götter! Ihr Götter! Ruhig, ganz ruhig. Du musst dich beruhigen. Sie kommen bald. Sie kommen bestimmt jeden Augenblick ...«

»Scovy?«, sagte James.

Der Mann riss die Augen weit auf und spannte sich an, als wollte er sich mit einem Sprung in Sicherheit bringen. Als er James sah, rief er: »Jimmy! Dala segne dich! Du bist gekommen, um mich zu retten!«

»Nicht so schnell, alter Mann«, sagte James. »Hast du gesehen, was passiert ist?«

Die Worte kamen stockend über Scovys Lippen. »Oh, ja, ja, ich hab's gesehen! Ich wollte, ich hätte zur Halle von Lims-Kragma gehen können, ohne vorher mit ansehen zu müssen, was dem armen Kerl da passiert ist.«

»Du meinst Knute?«

Scovy nickte nachdrücklich. »Knute war's. Der Pirat aus der Gegend um die Witwenspitze. Selbstgefällig war er, hat behauptet, dass er nicht hängen wird. Dass der Prinz persönlich seine Freilassung unterzeichnen wird, wenn er erst mal von dem Geheimnis hört, das Knute kennt.«

»Was für ein Geheimnis?«, fragte James.

»Verdammt will ich sein, wenn ich's weiß, Jimmy. Knute wollte es nicht sagen. Ich glaube, es ging um einen Schatz. Knute hat ihn wahrscheinlich versteckt ... darum ging's ja bei dem Ganzen.«

»Sag uns, was heute Nacht hier geschehen ist«, forderte Jazhara.

Scovy warf Jimmy einen fragenden Blick zu. »Komme ich dann raus?«

James nickte. »Wenn mir das, was ich höre, gefällt ...«

»Also, zuerst war da dieses Geräusch oben, als ob der Donner der Götter das Gebäude geschüttelt hätte. Zweimal hat alles gewackelt. Ich habe mich hingesetzt, aber verflucht, ich hätte mir beinahe den Kopf an der Decke gestoßen, so hoch bin ich geschleudert worden. Hab mich so erschreckt, dass ich schlagartig nüchtern geworden bin. Dann kommt dieser Mann die Treppe runter. Ein riesiger Bursche, mit einem Bart und einer Narbe an dem einen Auge. Es hat richtig gefunkelt vor Mordlust. Knute hat ihn ›Bär‹ genannt.«

»Und was ist dann geschehen?«, fragte William.

»Nun, Knute hat sich vor Angst beinahe in die Hosen gemacht und bei allen Göttern geschworen, dass er Bär nicht betrogen hat. Es hat auch so ausgesehen, als wenn der große Mann ihm glaubt, aber dann hat er zugepackt und die Zellentür rausgerissen – einfach so. Und dann ist er in aller Seelenruhe in die Zelle gegangen, hat einen langen Dolch gezogen und die drei anderen Kerle getötet, die noch da waren. Und dann sagte er zu Knute, dass er ihm folgen soll, und Knute hat einen Schritt nach vorn gemacht, und dann hat Bär ihn an der Gurgel gepackt und hochgehoben.

Knute hat wild um sich getreten und wie ein Schwein gequiekt, das zum Schlachter geführt wird, und Bär wollte die ganze Zeit von Knute wissen, wo ›es‹ ist. ›Wo hast du es versteckt?‹, fragte er andauernd. ›Was hast du damit gemacht?‹«

»Und dann?«, fragte Jazhara.

»Knute hat immer wieder geschrien, dass er nichts getan hat ... Bär hat zu Knute gesagt, dass er ein Lügner ist, und dann hat er angefangen, an ihm rumzuschnippeln, ihm Stück für Stück hier und da was abzuschneiden. Er hat noch nicht mal darauf gewartet, ob er wirklich eine Antwort bekommt. Er hat erst innegehalten, als er gehört hat, dass oben gekämpft wird. Da hat er geschrien wie ein Tier und das, was von Knute noch übrig war, in Stücke gerissen.« Der Mann senkte die Stimme, als er fortfuhr. »Ich glaube, ich bin nur noch am Leben, weil er keine Zeit mehr hatte. Er war verrückt, Jimmy. Irgendetwas an ihm ... ist nicht richtig. Ich habe schon viele starke Männer gesehen, aber noch nie einen wie ihn. Ich habe auch schon verrückte Männer gesehen, aber dieser Mann ist der verrückteste von allen.« Seine Lippen zitterten, als er seine Geschichte beendete. »Kann ich jetzt raus?«

James nickte dem Wachmann zu und sagte: »Lasst ihn frei.«

Der Wächter brachte einen Schlüssel zum Vorschein und öffnete die Tür. »Danke, Jimmy. Das werde ich dir nie vergessen.«

»Pass auf, dass du das wirklich nicht tust, Scovy.«

Während der Gefangene die Treppe hinaufrannte, drehte James sich zu seinen Begleitern um. »Und? Habt ihr irgendwelche Vermutungen?«

»Dieser Knute hat also Bär betrogen?«, fragte Jazhara.

James nickte. William meldete sich zu Wort. »Was auch immer dieses ›es‹ ist – dieser Bär muss es dringend haben wollen, wenn er so viel riskiert und so viel Unheil anrichtet, um es zu bekommen.«

James stieß langsam den Atem aus. »Das denke ich auch.« Er wandte sich den nach oben führenden Stufen zu und fuhr währenddessen fort: »Lasst uns nachsehen, ob Guruth in dem Durcheinander irgendwelche verwertbaren Hinweise gefunden hat. Eines weiß ich allerdings ganz genau.«

»Und das wäre?«, fragten Jazhara und William praktisch gleichzeitig.

»Arutha wird nicht besonders glücklich sein.«

Vier

Geheimnisse

Ein Soldat kam die Treppe herunter.

»Wir haben einen Überlebenden gefunden, Hauptmann. Es ist Dennison«, sagte er.

James warf Guruth einen Blick zu. Der Hauptmann gab ihm mit einem Nicken zu verstehen, dass er die Sache untersuchen könne, und James gab Jazhara und William ein Zeichen, ihn ins Obergeschoss zu begleiten.

In den Räumen oben herrschte das gleiche Chaos wie im Erdgeschoss. Durch eine Tür am hinteren Ende der Halle konnten sie ein weiteres Loch in der Außenmauer sehen. Das war ganz offensichtlich der Weg, auf dem der Mann namens Bär das Gefängnis verlassen hatte.

Dennison, der Gefängnis-Schreiber, saß auf einem Stuhl und presste sich einen kalten nassen Lappen an den Kopf. Als sie eintraten, schaute er auf und sagte: »Dank sei Dala, die die Schwachen und Frommen beschützt. Wer weiß, was sie noch Schlimmes mit mir angestellt hätten, wenn Ihr nicht gekommen wärt.«

William schaute sich in dem Raum um. »Was ist hier geschehen?«

»Ich wurde von einem Donnerschlag zu Boden geworfen, und dann bin ich durch einen zweiten fast bewusstlos geworden. Der Stuhl hier, auf dem ich sitze, ist auf mich gefallen und hat mich am Kopf getroffen.« Der Schreiber rieb sich über eine hässliche Beule an seiner Stirn. »Als sie angekommen sind, ist mir von dem Stuhl Blut den Kopf heruntergelaufen, und ich habe so getan, als wäre ich tot. Sie haben alle Wachen in den Unterkünften getötet.« Er deutete auf die Tür, die in den größten Raum im Obergeschoss führte. »Jemand mit einer kräftigen, tiefen Stimme hat die Befehle gegeben, aber ich habe die ganze Zeit die Augen nicht aufgemacht, sodass ich Euch nicht sagen kann, wie er aussieht. Aber einen seiner Männer habe ich ganz kurz gesehen.«

»Und? Habt Ihr ihn erkannt?«

»Ich glaube schon. Ich habe ihn früher schon einmal gesehen. Es geht das Gerücht, dass er der Bootsmannsmaat vom Düsteren Michael, dem Piraten, wäre.«

James kniff die Augen zusammen. Er hatte in seinem Leben schon viele Lügner gesehen, und dieser Mann hier war ein ziemlich schlechter. »Der Düstere Michael? Woher kennt ein gesetzestreuer Diener der Krone wie Ihr einen solchen Mann?«

Der Schreiber blinzelte. »Es ist bekannt, dass ich gerne trinke, und gelegentlich verirre ich mich dann in die weniger angenehmen Schänken unten am Hafen.« Er begann etwas schneller zu sprechen. »Aber vielleicht irre ich mich ja auch. Es ist alles so schnell gegangen, und ich habe ihn auch nur einen kurzen Augenblick gesehen, bevor ich meine Augen wieder zugemacht habe. Ich meine, vielleicht war es ja auch jemand anders …« Seine Stimme wurde leiser, während er sich unbehaglich im Zimmer umblickte.

James warf Jazhara und William einen Blick zu, woraufhin William ein Stück auf die Treppe zuging, während Jazhara sich zwischen den Schreiber und das Loch in der Außenmauer stellte. »In Anbetracht der Tatsache, wie gründlich sie dabei waren, alle anderen zu töten«, sagte James, »was glaubt Ihr – warum haben sie Euch am Leben gelassen?«

Dem Schreiber wich die Farbe aus dem Gesicht. Er stammelte: »Wie ich schon gesagt habe, Junker, ich habe so getan, als wäre ich tot.«

»Merkwürdig, dass sie Euch nicht genauer untersucht haben«, meinte Jazhara kühl.

James nickte William zu. Dann trat der Junker vor und packte den schlanken Schreiber an seinem Hemd. »Es ist mehr als nur ein bisschen merkwürdig, dass sämtliche Leute in diesem Gefängnis getötet wurden – mit Ausnahme von Euch und dem Betrunkenen im Keller.«

»Und der Betrunkene hat nur deshalb überlebt, weil er in einer getrennten Zelle untergebracht war«, bemerkte William.

James drehte den Schreiber so, dass sein Rücken nun zur Wand zeigte. »Die Banditen wussten ganz genau, wann es am leichtesten war, das Gefängnis zu überfallen. Wer weiß über die Pläne der Wachablösungen Bescheid?«

Der Schreiber wurde noch blasser, während er stotterte: »Der Sheriff! Und die Wachtmeister!«

»Und Ihr!«, sagte William eindringlich. Er stand jetzt dicht bei dem Mann. »Diese Söldner haben ein Mädchen getötet – ein Mädchen, das ich geliebt habe! Ich glaube, Ihr wisst mehr, als Ihr uns sagt. Also am besten heraus damit, bevor ich Euch dazu zwinge.«

Der Schreiber hob beschwichtigend die Hand. Er zitterte vor Furcht und schaute flehentlich von William zu James und danach zu Jazhara. »Bitte, meine Herren! Ich habe wirklich nicht die geringste Ahnung!«

William zog seinen Dolch und hielt dem Mann die Spitze an die Kehle. Ein paar Tropfen Blut rannen Dennisons Hals hinunter. »Ihr lügt! Sprecht Euer letztes Gebet!«

»Nein, wartet!«, kreischte der Schreiber. »Ich werde Euch alles sagen! Ich werde Euch alles sagen! Bitte, tötet mich nicht!«

James bewegte sich leicht, als wolle er William von dem Schreiber wegziehen, und fragte mit gelassener Stimme: »Kennt Ihr einen Mann namens Bär?«

Dennison nickte. Er sah niedergeschlagen aus. »Wir haben ein paar Geschäfte miteinander gemacht. Er hat mir hin und wieder ein paar Kronen zukommen lassen, als Gegenleistung dafür, dass ich ihm Informationen über das Gefängnis und die Wachen verschafft habe. Gelegentlich habe ich auch hier und da ein paar Urteile abgemildert, wenn seine Männer aufgegriffen wurden. Niemand hat darauf geachtet. Ich habe keine Ahnung, was Bär mit diesem Piraten namens Knute zu tun hatte, aber er hat sich mächtig aufgeregt, als Knute aufgegriffen wurde.«

»Was für ein Geheimnis hat dieser Pirat besessen, dass Bär ihn dafür umgebracht hat?«

Der Schreiber stieß ein bitteres Lachen aus. »Niemand muss irgendetwas tun, damit Bär ihn umbringt, Junker. Er mordet, wann immer er will. Deswegen konnte ich mich ihm auch in all den Jahren nie widersetzen. Er hätte mich getötet, ohne auch nur ein einziges Mal mit dem guten Auge zu blinzeln. Ich habe keine Ahnung, warum er hinter Knute her war. Ich habe gerade erst herausgefunden, dass Knute ein Zimmer im ›Gebissenen Hund‹ hatte, aber ich hatte noch keine Gelegenheit, es Bär mitzuteilen. Und als dann seine Männer gekommen sind und alle hier getötet haben, hatte ich zu viel Angst, um mich aufzusetzen.«

»Nun, Ihr werdet auch kaum die Gelegenheit haben, es später zu tun«, sagte William, während er seinen Dolch in der Hand herumdrehte und dem Schreiber den Knauf auf den Schädel schlug.

Dennison brach zusammen. William wandte sich an die anderen. »Ich werde den Hauptmann bitten, den Kerl zum Palast zu bringen und streng bewachen zu lassen.«

James nickte. »Er wird mit niemandem reden.«

William hob den schlaffen Körper des Schreibers hoch, warf ihn sich über die Schulter und trug ihn die Treppe hinunter. Jazhara schüttelte den Kopf. »Das alles ist sehr rätselhaft.«

»Welches Geheimnis Knute auch immer besessen haben mag«, sagte James, »Bär wollte es so sehr, dass es ihm nichts ausgemacht hat, deswegen zum meistgesuchten Mann im ganzen Westlichen Königreich zu werden. So wie ich Arutha kenne, wird er einen Preis von mindestens zehntausend Gold-Sovereigns auf Bärs Kopf aussetzen. Dann wird hoffentlich jeder Söldner erst einmal darüber nachdenken, ob er Bär dienen oder ihn uns ausliefern will.«

»Und was machen wir jetzt?«

James schaute sich um und nickte dann mit dem Kopf in Richtung von Dennisons Schreibtisch. »Als Erstes werde ich eine kurze Nachricht an Arutha schreiben. Anschließend werden wir alle Papiere durchgehen, die sich hier befinden – nur für den Fall, dass unser Freund da unten irgendetwas Brauchbares zurückgelassen hat. Und dann würde ich vorschlagen, dass wir anfangen, uns um zwei Dinge zu kümmern.«

Jazhara hob einen Finger. »Erstens: Knutes Geheimnis.«

James nickte und hielt zwei Finger in die Höhe: »Und zweitens: Lucas, Talias Vater.« Nachdenklich fügte er hinzu: »Und ich wäre ganz sicher nicht verwundert, wenn wir durch das eine zum anderen geführt würden.«

Der »Gebissene Hund« war wohl die heruntergekommenste Schänke in ganz Krondor, und das war wirklich keine Kleinigkeit. James schüttelte den Kopf. »Das ist nun aber ganz und gar nicht die Bude, in der ich Lust habe, was zu trinken.«

William lachte wehmütig. »Nach allem, was ich so gehört habe, hast du dich früher in noch viel schlimmeren Spelunken herumgetrieben, James.«

James grinste und stieß die Tür auf. »Schlimmere Orte als diesen gibt es nicht. Behaltet einen klaren Kopf. Wir werden hier nicht willkommen sein.«

Er betrat den Raum; die anderen folgten direkt hinter ihm. Unverzüglich wurde ihnen klar, was er gemeint hatte. Alle Augen im Raum hatten sich William zugewandt – oder genauer, der Uniform, die er trug: Schließlich war es die der persönlichen Garde des Prinzen von Krondor. Die Blutspritzer und Brandspuren wurden natürlich ebenfalls bemerkt.

Am hinteren Ende eines langen Raumes hing eine Gruppe von

Männern um einen hohen, kreisrunden Stehtisch herum. Ihre Kleidung und ihre bloßen Füße wiesen sie als Seeleute aus.

Drei andere Männer, ganz offensichtlich Arbeiter, standen vor der Feuerstelle; auch sie starrten die Neuankömmlinge an.

Zwei schwer bewaffnete Männer in der Nähe der Tür hatten ihre Unterhaltung in dem Augenblick unterbrochen, da William den Raum betreten hatte.

Mehrere Herzschläge lang war es in der Schänke äußerst still; dann begann langsam wieder das Gemurmel leiser Gespräche den Raum zu erfüllen. James entdeckte den Wirt und trat an die lange Theke.

»Verflucht, was wollt ihr?«, lautete der Willkommensgruß des Mannes.

James lächelte. William kannte dieses Lächeln. Es bedeutete, dass Ärger in der Luft lag.

»Etwas zu trinken für mich und meine Freunde.«

Der Schänkenwirt war ein dunkelhaariger Mann mit einem dichten Haarschopf, der so aussah, als hätte er schon mindestens ein Jahr lang keine Bekanntschaft mehr mit einem Kamm gemacht. Er hatte ein stoppeliges Kinn, und die schweren Hängebacken und die Ringe unter den Augen erweckten den Eindruck von jemandem, der sich viel zu häufig ausgiebig an seinem eigenen Bier bediente. Er stellte drei volle Krüge auf die Theke und knurrte: »Das macht sechs Kupferstücke. Trinkt aus und macht, dass ihr hier wegkommt. Wir mögen Spitzel vom Hof nicht besonders.«

»Wie reizend«, murmelte Jazhara, während sie an ihrem Bier nippte. Es war dünn und bitter, sodass sie es wieder auf die Theke stellte und einen Schritt zurücktrat, um sich umzusehen.

»Bist du der Bursche, den sie den Glücklichen Pete nennen?«, fragte James.

Das aufgedunsene Gesicht verzog sich zu einem Lächeln. »Ja, der Glückliche Pete, weil ich so viel Erfolg im Umgang mit dem schönen Geschlecht habe.« Er winkte Jazhara zu und fuhr fort:

»Komm doch später mal zu mir, Schätzchen, dann zeig ich dir mein Holzbein.«

Er legte ihr seine große Pranke auf die Hand. Sie lächelte, beugte sich vor und flüsterte leise: »Du wirst mir bald zwei zeigen können, wenn wir das, was wir suchen, nicht finden.« Sie zog ihre Hand weg.

Pete grinste und kicherte, was sich jedoch keinesfalls vorteilhaft auf seine Erscheinung auswirkte. »Du bist ja richtig feurig! Ich mag's gern, wenn meine Frauen feurig sind.«

»Wir haben gehört, dass hier ein Bursche namens Knute wohnt«, meldete sich William zu Wort.

Pete neigte den Kopf. »Knute? Hast du Knute gesagt? Ich höre nicht mehr gut, mein Junge, und mein Gedächtnis ist leider auch nicht mehr das, was es mal war.« Er legte in einer theatralischen Geste die Hand an die Ohrmuschel.

James schaute sich um und stellte fest, dass ein paar der Männer in dem Raum ihre Unterhaltung schweigsam verfolgten. Er war schon in vielen Spelunken wie dem »Gebissenen Hund« gewesen und wusste, dass sofort eine wüste Schlägerei beginnen würde, falls sie versuchen sollten, Pete einzuschüchtern. Daher griff er in seine Gürtelbörse, nahm zwei Goldmünzen heraus und legte sie auf die Theke.

Petes Gesicht hellte sich auf. »Oh, ja, jetzt kann ich auf einmal viel besser hören!« Er senkte die Stimme. »Ja, ich kenne den alten Knute. Er ist ein unbedeutender kleiner Pirat, aber die meiste Zeit hat er sich ganz gut durchgeschlagen. Zumindest, bis die verfluchten Wachen ihn erwischt haben.« Er waf William einen Blick zu. »Nichts für ungut, ja?«

»Bis jetzt ist noch alles in Ordnung«, antwortete William. »Hat Knute in den letzten paar Tagen irgendetwas Ungewöhnliches gesagt?«

Pete sagte nichts. Als er nach einer Weile noch immer schwieg, legte James eine weitere Münze auf die Theke. Pete sagte noch immer nichts, und so zog James eine vierte Münze aus seiner Börse. Pete schob die Goldstücke zusammen. »Ha! Er hat so viel getrunken, dass es schwer ist, irgendetwas Genaues zu sagen. Ich habe ihn jedenfalls früher noch nie so nervös erlebt, und das Komische war, dass er regelrecht erleichtert wirkte, als die Wachen ihn eingelocht haben. Ganz so, als ob er es darauf angelegt hätte, eingelocht zu werden. Er hat gleich draußen vor der Tür 'ne Rauferei angefangen, ja, das hat er.« Pete zeigte auf die Vordertür. »Burschen wie Knute, die … nun … normalerweise strengen sie sich ganz schön an, damit sie nicht ins Gefängnis kommen. Versteht ihr, was ich meine?« James nickte. »Aber der alte Knute hat einfach 'ne Rauferei angefangen und sich dann so lange hier rumgedrückt, bis einer von den Wachposten vorbeigekommen ist, und dann schüttet er dem Mann Bier ins Gesicht und tritt ihm gegen das Schienbein, macht lauter solchen bekloppten Blödsinn. Knute ist kein Schläger, wenn Ihr versteht, was ich meine. Er ist ein Denker, aber dieses Mal wirkte er fast schon übergeschnappt, nach allem, was man so mitbekommen hat.«

»Können wir sein Zimmer sehen?«, fragte James.

Pete machte ein entrüstetes Gesicht. »Ihr müsst verrückt sein! Ich kann doch nicht einfach Leute in die Zimmer meiner Gäste spazieren lassen!«

James schob zwei weitere Münzen über die Theke. »Dein Gast ist tot, in Stücke gehauen.«

Pete steckte die Münzen ein. »Nun, in diesem Fall wird es ihm wohl nichts ausmachen, vermute ich. Dann geht mal hoch. Ich habe den Schlüssel grade hier.« Er schob ihn über die Theke. »Die linke Tür am oberen Ende der Treppe. Ihr könnt euch umsehen, aber beeilt euch, und belästigt meine anderen Gäste nicht. Und bringt mir den Schlüssel wieder runter, sonst muss ich euch meine Freunde hinterherschicken!«

Sie stiegen die Stufen hinauf und gelangten auf einen kleinen Treppenabsatz, von dem vier Türen abgingen – zwei geradeaus, eine links und eine rechts. James wandte sich der linken zu und schob den Schlüssel ins Schloss.

Als er ihn herumdrehte, hörte er ein Geräusch aus dem Innern des Zimmers. Er trat einen Schritt zurück, zog mit einer geschmeidigen Bewegung sein Schwert und trat die Tür auf. Drinnen wühlte ein großer Mann in einer Kiste, die auf einem ungemachten Bett stand. Als die Tür aufsprang, wirbelte er herum und zog einen großen Dolch.

»Lass die Waffe fallen!«, rief James.

Der Mann drehte den Dolch um, packte ihn an der Spitze, holte aus und schleuderte ihn in James' Richtung. James brüllte: »Runter!«, und ließ sich flach auf den Boden fallen. Die Waffe flog nur wenige Zoll über ihm durch den Türrahmen.

James hörte das Geräusch von splitterndem Glas, als der Mann durch das kleine Fenster sprang, das auf den Hinterhof der Schänke hinausging. William setzte mit einem großen Satz über seinen Freund hinweg und war am Fenster, noch bevor James aufstehen konnte.

»Verdammt«, sagte William, nachdem er hinausgesehen hatte.

James hatte sich wieder aufgerappelt und trat zu ihm. »Was ist?«

William zeigte nach draußen. Der Mann lag ausgestreckt unten im Hof auf den Pflastersteinen; nach dem Winkel zu urteilen, den sein Kopf zum Körper bildete, hatte er sich das Genick gebrochen.

»Schau dich hier drinnen um«, wandte James sich an William. »Jazhara und ich werden unterdessen unseren Freund da unten untersuchen.«

James und Jazhara eilten die Treppe hinunter. Als sie am Glücklichen Pete vorbeikamen, rief der: »Wo ist mein Schlüssel?«

»William wird ihn mit runterbringen, wenn er da oben fertig ist«, sagte James. Dann deutete er auf eine Tür, die sich neben der Theke befand. »Geht's durch die Tür da zum Hinterhof?«

»Ja. Warum?«

»Weil du da hinten eine Leiche liegen hast«, antwortete James und rannte hinaus.

Pete stützte die Ellbogen auf die Theke. »Ach so. Na, das passiert doch andauernd, mein Junge.«

James erreichte den Leichnam und kniete neben ihm nieder. Der Mann hielt noch immer einen kleinen Lederbeutel umklammert. James öffnete die Finger des Mannes und nahm den Beutel an sich, untersuchte den Inhalt. Drinnen befand sich ein einfacher Schlüssel.

»Was glaubt Ihr, wofür der wohl sein mag?«, fragte Jazhara.

»Ich bin mir nicht sicher, aber dieser Schlüssel kommt mir irgendwie bekannt vor.«

William tauchte neben ihnen auf. »Da oben ist nichts, was zu stehlen sich lohnen würde. Nur ein paar Kleidungsstücke.«

»Aber wir haben etwas gefunden«, sagte James und hielt den Schlüssel hoch.

William untersuchte ihn und meinte dann: »Kommt mal hier rüber ins Licht.«

Sie begaben sich zur Hintertür der Schänke, wo eine einzelne Laterne ihren Lichtschein verbreitete; William nahm James den Schlüssel aus der Hand und deutete auf ein Zeichen. »Siehst du dieses Symbol?«

James nahm den Schlüssel wieder in die Hand und betrachtete ihn genauer. »Das ist Lucas' Schlüssel! Das ist der Schlüssel, mit dem er den Durchgang zu den Abwasserkanälen öffnet!«

»Dieser Schurke hat also anscheinend den Schlüssel zu diesem Durchgang gesucht«, sagte Jazhara. »Aber was hat das alles zu bedeuten?«

James klopfte sich mit dem Schlüssel nachdenklich gegen die Wange. »Lucas verfügt über einen geheimen Eingang zu den Abwasserkanälen, der sich im Vorratsraum hinter der Theke befindet. Er hat die Leute gewöhnlich dafür bezahlen lassen, wenn sie den Schlüssel – *diesen* Schlüssel – benutzen wollten.«

»Dann hat also Knute den geheimen Eingang von Lucas benutzt, um in die Abwasserkanäle zu gelangen«, sagte William.

James nickte. »Ja. Wahrscheinlich wollte er den Schatz verstecken, den er bei seinem letzten Überfall erbeutet hat – die Beute, von der Scovy, der Trunkenbold, erzählt hat. Mit der er sich Aruthas Begnadigung erkaufen wollte.«

»Glaubt Ihr, dass er Lucas den Schlüssel gestohlen hat?«, fragte Jazhara.

»Nein, ich nehme an, dass beide da mit drinhängen. Knutes Mörder wollte wissen, wo ›es‹ ist. Ich wette, mit ›es‹ ist dieser Schatz gemeint.«

»Dann muss Lucas in die Abwasserkanäle geflohen sein, als Bär seine Schänke angegriffen hat«, sagte William. »Aber warum hat er dann noch nicht mit dir oder mit dem Prinzen Kontakt aufgenommen?«

»Vielleicht kann er es nicht«, meinte Jazhara.

James schüttelte den Kopf. »Lucas ist der einzige Mensch, der kein Mitglied der Spötter ist und die Abwasserkanäle so gut kennt wie ich. Er kennt da unten ganz sicher mehrere Schlupfwinkel, in denen er sich verkriechen kann.« James' Stimme wurde leiser, als er seine nächsten Gedanken aussprach. »Er weiß vermutlich, was für ein Mensch dieser Bär ist. Und er weiß vermutlich auch, dass Arutha ihm keinen Schutz gewähren wird, wenn er etwas mit Piraterie zu tun hat – selbst wenn er nur Diebesgut kauft oder aufbewahrt. Lucas hat sich sein ganzes Leben lang auf einem schmalen Grat zwischen unerlaubten und erlaubten Geschäften befunden; dieses Mal hat er es wohl übertrieben.«

»Und seine Tochter hat dafür bezahlt«, fügte William hinzu.

James legte William eine Hand auf den Arm. »Und mit diesem Wissen wird Lucas den Rest seines Lebens verbringen müssen.«

»Wobei dieser Rest nicht mehr besonders groß sein wird, wenn Bär ihn findet«, sagte Jazhara. »Unsere Aufgabe ist somit klar: Wir müssen Lucas finden – und zwar schnell.«

James nickte zustimmend. »Beten wir, dass wir ihn finden, bevor es Bär gelingt.«

»Und wo fangen wir an?«, fragte William.

James grinste seinen Freund schief an und deutete nach unten. »In den Abwasserkanälen.«

Auf dem Fußboden des »Regenbogen-Papageis« waren noch immer Blutflecken zu sehen, doch die Leichen waren entfernt worden. Ein Soldat stand neben der Tür, als James, William und Jazhara sich der Schänke näherten.

»Simon!«, sagte William, als er den Soldaten erkannte. »Wie geht es dir?«

»Es ist ruhig hier, Leutnant. Die Leichen werden zum Tempel von Lims-Kragma gebracht, damit sie die letzte Reise antreten können.«

»Wo sind die anderen Wachen?«, fragte James.

»Nun, Jack ist an der Hintertür. Die Übrigen hat Sergeant Tagart abkommandiert, um die Leichen zum Tempel zu bringen. Der Sergeant geht vermutlich nicht davon aus, dass eine Schänke, die bereits ausgeraubt wurde, ein zweites Mal überfallen wird. Am Ende unserer Schicht werden wir von zwei Jungs abgelöst, und dann können wir mit den anderen runtergehen.«

»Runtergehen?«, fragte James.

»Ja, in die Abwasserkanäle. Habt Ihr denn noch nichts davon gehört, Junker?«

»Wovon redet Ihr?«

»Irgendein Kerl ist vor ein paar Stunden aus dem Gefängnis freigekommen. Für ein paar Biere hat er erzählt, warum das Gefängnis angeblich angegriffen wurde.«

James zuckte zusammen. »Scovy.«

»Könnte sein, dass der Bursche so geheißen hat«, sagte der Soldat. »Wie auch immer, es hat 'ne Menge Gerüchte über einen Piratenschatz in den Abwasserkanälen gegeben. Berge von Gold und Juwelen sollen da sein. Dieser Bursche hat behauptet, dass ein Pirat namens Bär das Gefängnis angegriffen hat, weil da jemand drin war, der gewusst hat, wo der Schatz ist.«

»Das heißt, in den Abwasserkanälen wimmelt es jetzt von Schatzsuchern«, sagte William.

»Davon kann man wohl ausgehen, Leutnant«, sagte Simon. »Ein Mann von der Stadtwache, der ein paar Minuten vor Euch hier vorbeigekommen ist, hat erzählt, dass bei dem großen Fangrechen in der Nähe von Fünfpunkt einige Männer rausgekrabbelt sind, die alle verletzt und blutverschmiert waren. Es geht das Gerücht, dass die Spötter versuchen, alle anderen von den Kanälen fern zu halten, damit sie den Schatz selbst finden können.«

James seufzte. »Nun, ich nehme an, es gibt nichts mehr, was es noch schwieriger machen könnte, Lucas zu finden.«

»Nun, jemand hat gesagt, dass sich da unten auch ein Monster rumtreiben soll, Junker.«

James schaute Simon zweifelnd an. »Das ist doch ein Witz, oder?«

»Bei meiner Ehre, Junker«, antwortete der Soldat. »Scheint so, als ob vor zwei Nächten eine Leiche in der Bucht gefunden wurde, die überall angenagt gewesen sein soll, wie eine Maus, die von einer Katze angeknabbert wurde. Und dann soll ein Bursche im ›Gebissenen Hund‹ von einem anderen Kerl gehört haben, dass eine Schmugglerbande von einem Ding angegriffen wurde, das so groß wie ein Bulle war, mit langen Armen und großen Zähnen.«

»Und Ihr wollt wirklich da runter?«, wandte Jazhara sich an James.

»Nein«, entgegnete der ehemalige Dieb. »Aber wir haben keine andere Wahl. Wenn wir Bär erwischen wollen, müssen wir Lucas finden, bevor der Pirat ihn findet. Und ich habe auch schon eine Idee, wo Lucas sich verkrochen haben könnte.«

William nickte. »Selbst wenn Bär Lucas nicht findet – falls Lucas wirklich mit Knute unter einer Decke gesteckt hat und jetzt auf dem Schatz hockt, wird wahrscheinlich jeder, der ihn vor uns findet, versuchen, ihn zu töten.«

James sagte: »Wir sollten nicht noch mehr Zeit verlieren. Kommt mit.« Er wandte sich an Simon. »Wenn die Ablösung kommt, sag dem Dienst habenden Sergeant, dass wir in den Abwasserkanälen sind und den Mörder jagen. Ich möchte, dass eine Nachricht in den Palast geschickt wird, mit der Bitte an den Prinzen, eine Kompanie hinter uns her nach unten zu schicken; die Männer sollen uns helfen, die Schatzsucher zu vertreiben.«

»Wie Ihr befehlt, Junker.« Simon salutierte.

James hatte sich bereits halb herumgedreht, da fügte Simon hinzu: »Eine Sache noch, Junker.«

»Was ist denn noch?«

»Vor einiger Zeit ist ein Gerücht aufgekommen.« Er schaute sich um, als wollte er sich vergewissern, dass sonst niemand zuhörte. »Scheint so, als wäre eine Bande von Betrunkenen aus Fischstadt in der Nähe von Fünfpunkt aus den Abwasserkanälen aufgetaucht. Sie haben angeblich ein paar Kumpane dabeigehabt, die ziemlich mitgenommen ausgesehen haben.«

»Spötter?« James fragte sich, ob die Fischer mit der Diebesgilde aneinander geraten waren.

»Nein, nicht die Spötter, Junker.« Simon senkte die Stimme. »Sie haben gesagt, es war das Monster, von dem ich Euch schon erzählt habe. Sie sind zum Dala-Tempel gegangen und mussten den Priestern jede lumpige Kupfermünze geben, die sie in der Tasche hatten, nur um zu verhindern, dass ihre Freunde verbluteten.«

»Schon wieder dieses Monster?« William blickte zweifelnd drein. »Hör mit dem Unsinn auf.«

Simon zuckte die Schultern. »Ich habe nur erzählt, was ich gehört habe, Leutnant. Irgendein ... Ding, anderthalbmal so groß wie ein Mann. Ein Fischer hat gesagt, es wäre plötzlich in den Tunneln aufgetaucht und hätte angefangen, Knochen zu brechen und Finger abzubeißen.«

»Großartig«, sagte James. »Wirklich großartig.« Er schüttelte den Kopf und führte seine Begleiter in das hintere Zimmer und zu einer Wand, die vom Boden bis zur Decke mit einem Regal voller getrockneter Nahrungsmittel, zusätzlichem Geschirr und Weinflaschen bedeckt war. Er zog den Schlüssel aus der Tasche, den sie in Knutes Zimmer gefunden hatten, und schob einen Beutel mit getrockneten Bohnen beiseite. Dahinter war ein Schlüsselloch, das von der Größe her zu Knutes Schlüssel passte.

Er steckte den Schlüssel ins Schloss und drehte. Ein leises, knirschendes Geräusch und ein lautes Klicken folgten; dann packte James das Regal an einer Seite und zog es nach rechts. Es glitt ohne Mühe zur Seite und gab den Blick auf einen Durchbruch von halber Mannshöhe frei – und auf Stufen, die in die Tiefe führten. »Ihr müsst Euch ein bisschen bücken, wenn Ihr die Stufen hinuntergeht«, sagte er. »William, geh und hol uns eine Lampe oder etwas Ähnliches.«

William verschwand im Gastraum der Schänke und kehrte einen Augenblick später mit einer Laterne zurück. »Wir könnten die Abwasserkanäle an einem Dutzend verschiedener Orte betreten«, sagte James. »Aber hier dürfte es am leichtesten sein, Lucas' Spur aufzunehmen.«

Er deutete an, dass William ihm die Laterne geben sollte, und nahm sie dem jungen Soldaten ab. Dann führte er sie hinab in die Dunkelheit.

»Passt auf, dass Ihr nicht stürzt«, flüsterte James, als er von Lucas' Tunnel auf den drei Fuß tiefer liegenden Boden des Abwasserkanals sprang. Er drehte sich um und bot Jazhara die Hand, die sie auch sofort ergriff. Gleichzeitig benutzte sie ihren Stab, um das Gleichgewicht zu halten, und sprang gewandt hinunter. William sprang als Letzter; als er landete, zermatschte er etwas unter seinem Stiefel.

»Was für ein Gestank!«, beklagte sich der junge Leutnant,

während er seinen Stiefel an den Steinen abstreifte, die aus der zolltief stehenden Flüssigkeit herausragten.

James drehte sich zu Jazhara um. »Ich fürchte, das ist nicht ganz das, was ich gemeint habe, als ich von einer Reise durch die Stadt gesprochen habe. Aber die Pflicht ruft ...«

»Glaubt Ihr wirklich, dass Euer Freund Lucas hierher geflohen ist?«, fragte sie.

James spähte im Dämmerlicht nach allen Seiten. Nach einem kurzen Augenblick antwortete er: »Er kennt die Abwasserkanäle fast genauso gut wie die Spötter.« Er musterte die Wände und den Fußboden, als würde er nach einem Anhaltspunkt Ausschau halten, wo sie mit ihrer Suche beginnen sollten. »Früher, zu Zeiten des Spaltkriegs, hat Lucas sowohl mit den Spöttern als auch mit Trevor Hulls Schmugglern zusammengearbeitet. Er hat sich bei den Spöttern eine Menge Wohlwollen erworben, und deshalb lassen sie ihn hier in Ruhe. Das können nicht viele Menschen von sich behaupten. Aus diesem Grund ist dies der Ort, an den er sich begeben wird, wenn er in Schwierigkeiten ist.«

»Wir müssen ein ziemlich großes Gebiet absuchen«, warf William ein. »Also sollten wir wohl am besten gleich anfangen. Fragt sich nur, wo wir als Erstes hingehen sollen.«

»Da entlang. Flussabwärts.« James deutete in die angegebene Richtung.

»Und warum?«, fragte Jazhara.

»Da unten gibt es ein paar alte Schmuggler-Verstecke, die Lucas kennt. Es gibt nicht mehr viele Menschen, die genau wissen, wo sie sind – nicht einmal bei den Spöttern. Ich wette, Lucas hat sich in einem dieser Schlupfwinkel verkrochen.«

»Und du weißt, wo sie sind?«, fragte William.

James zuckte die Schultern. »Es ist zwar schon Jahre her, aber ich weiß ungefähr, wo sie sich befinden.«

William stieß aufgebracht die Luft aus. »Du weißt *ungefähr*, wo sie sich befinden?«

Jazhara lachte. »Nun, das scheint mir immer noch besser zu sein, als überhaupt keine Ahnung zu haben.«

Sie zogen durch die Abwasserkanäle, und die Geräusche, die sie dabei verursachten, wurden von dem Tröpfeln, Gurgeln und Plätschern überdeckt, mit dem das Wasser an den Steinen entlangschwappte. Von Zeit zu Zeit hob James die Hand, zum Zeichen, dass sie Halt machen sollten, und lauschte.

Nachdem sie sich fast eine halbe Stunde vorsichtig vorwärts bewegt hatten, kamen sie in einen großen Tunnel. Von weiter vorn erklang das Rauschen rasch fließender Wassermassen. »Da vorn liegt das Zentrum des Abwassersystems«, sagte James. »Dort ergießt sich ein halbes Dutzend großer Tunnel in den Hauptkanal, der nach draußen führt, zum südlichen Ende der Bucht. Von dort aus werden wir einen anderen Tunnel nehmen, der uns zum alten Landeplatz der Schmuggler führt. Der Kanal ist so groß, dass man ihn mit einem Boot befahren kann. Deshalb hatten die Schmuggler ihren Landeplatz am entgegengesetzten Ende, in der Nähe der Ostmauer der Stadt.«

»Wird er denn heutzutage noch von jemandem benutzt?«, fragte William.

»Du meinst, abgesehen von Lucas? Ich weiß es nicht. Von denen, die damals hier unten gewesen sind, sind jetzt nicht mehr viele am Leben – und wenn, dann stehen sie in Diensten des Prinzen. Vielleicht haben aber auch die Spötter die Lagerräume mittlerweile entdeckt.«

Sie betraten einen größeren Kanal, und das Rauschen wurde lauter. »Ihr müsst hier besonders vorsichtig sein«, warnte James seine Begleiter.

Sie betraten einen großen Rundbau, von dem sechs Tunnel wie die Speichen eines Rades abzweigten. Über ihnen entleerten sich kleinere Röhren in den runden Mittelteil, und unter ihnen spritzte schmutziges Wasser auf. Sie gingen vorsichtig hintereinander auf dem schmalen Gehweg, der an der Mauer entlanglief, denn die Steine direkt um das tiefe Loch herum waren mit glitschigem Schlamm überzogen. Als sie am zweiten großen Tunnel vorbeikamen, fragte William: »Wo führen die eigentlich hin?«

»Jeder führt in einen anderen Teil der Stadt«, erklärte James. Er blieb kurz stehen und deutete auf einen der Tunnel auf der gegenüberliegenden Seite. »Der da drüben führt zum Palast. Ich nehme an, dass vor vielen Jahren ein Prinz beschlossen hat, das Abwassersystem zu verbessern. Da oben gibt es eine alte Zisterne« – er deutete nach oben in die Dunkelheit –, »die dazu gedacht war, jede Nacht Wasser abzulassen, um die Abwasserkanäle durchzuspülen. Ich habe keine Ahnung, ob es jemals so funktioniert hat, wie es gedacht war, aber …« Er setzte sich wieder in Bewegung. »Ich kenne niemanden, der sich noch daran erinnern könnte, dass sie einmal benutzt worden wäre. Viele Kaufleute graben ihre eigenen Tunnel zu den Abwasserkanälen, wenn sie ihre Geschäfte eröffnen. Die königlichen Ingenieure haben zwar Karten, aber die meisten sind völlig veraltet und somit nutzlos.« Mehr zu sich selbst fügte er hinzu: »Das wäre eine wirklich sinnvolle Sache, diese Karten auf den neuesten Stand zu bringen und die Leute dazu aufzufordern, der Krone Bescheid zu geben, wenn sie irgendetwas ändern.«

Sie betraten den dritten großen Tunnel. »Seid vorsichtig«, sagte James. »Wir betreten jetzt das Gebiet der Spötter.«

Kurze Zeit später öffnete sich dieser Tunnel in ein kleineres kreisförmiges Bauwerk; zwei weitere Tunnel mündeten in gleichmäßigen Abständen, sodass eine Art Y-förmige Kreuzung entstand. In der Nähe dieser Kreuzung stand ein alter Mann, der einen Stock in der Hand hielt, mit dem er in den treibenden Abfällen herumstocherte.

William zog langsam sein Schwert, aber James legte dem Freund die Hand auf den Arm. »Das ist nur Rattenschwanz-Jack, ein alter Tofmann.«

»Ein Tofmann?«, flüsterte Jazhara.

»Er jagt nach Dingen, die etwas wert sind. Ihr würdet Euch wundern, was hier unten so alles auftaucht.«

Langsam bewegte James sich weiter, bis er ins Blickfeld des Mannes geriet, und sagte: »Guten Tag, Jack.«

Der Mann drehte sich um. »Jimmy, wie er leibt und lebt. Na, das ist aber ein paar Jährchen her, dass wir uns gesehen haben.«

Bei näherer Betrachtung stellte sich heraus, dass der Mann mittleren Alters und schlank war und hängende Schultern hatte. Sein Haar war stumpf und schmutzig und von undefinierbarer Farbe. Er hatte ein fliehendes Kinn und große Augen, die jetzt auf James und seine Begleiter gerichtet waren.

»Du spielst Ausguck, wie ich sehe«, sagte James. Ein Grinsen huschte bei diesen Worten über sein Gesicht.

Der Mann hörte damit auf, so zu tun, als würde er im Schlamm herumstochern. »Du kennst unsere Geschäfte zu gut, alter Junge.«

»Was ist denn zurzeit so los?«

»Es gibt blutige Morde und eine Bande von verrückten Schatzsuchern. Eine Hand voll Burschen ist schon zu den Tempeln gebracht worden, damit sie geheilt werden. Es heißt, dass die Straße der Diebe geschlossen werden soll.«

»Ich nehme an, das bedeutet, dass ich umkehren und zurückgehen soll«, sagte Jimmy.

»Ja, auch du, alter Junge.« Der Mann zeigte auf die anderen beiden Tunnel. »Da drinnen warten Schläger. Ihr geht am besten nicht weiter. Das hier ist Spötter-Gebiet. Die großen Ratten da unten werden euch zum Abendessen verspeisen, ja, das werden sie.«

»Können wir nicht trotzdem weiter – um der alten Zeiten willen?«

»Nicht einmal deshalb, Jimmy, mein Junge. Ich habe gehört, dass man das Todesmal von dir entfernt hat, aber du gehörst nun mal nicht zur Bruderschaft, und wenn die Straße der Diebe geschlossen ist, dürfen nur noch Spötter hier durch.«

»Gibt es einen anderen Weg?«, flüsterte William.

»Das dauert zu lang«, entgegnete James. »Wir werden versuchen müssen, die da vorn so lange zu bequatschen, bis sie uns durchlassen.«

»Und wenn das nicht klappt?«, fragte Jazhara.

»Dann kämpfen wir.« James wandte sich wieder Jack zu. »Wir sind auf der Suche nach Lucas. Hast du irgendwas von ihm gesehen oder gehört?«

»Er versteckt sich irgendwo hier unten, mein Junge, aber ich kann euch nicht zu ihm führen.«

»Und was ist mit Bär?«, fragte William. »Hast du von dem auch was gehört?«

»Das ist ein ziemlich übler Bursche«, sagte Jack. »Er war vor ein paar Tagen hier unten und hat nach irgendwas gesucht. Hat ein paar von den Jungs umgebracht. Wir haben ihm das Todesmal aufgeprägt.«

»Er wird auch von der Krone gesucht«, sagte James.

»Das heißt aber noch lange nicht, dass die Spötter und die Krone jetzt dicke Freunde sind, alter Junge«, sagte Jack.

»Wer führt hier das Kommando?«, fragte James.

»Bootsmann Mace.«

James schüttelte den Kopf. Bootsmann Mace war ein Seemann in der Königlichen Flotte gewesen, der wegen Diebstahls den Dienst hatte quittieren müssen. Er hatte sich den Spöttern angeschlossen, um sein Talent gewinnbringender einzusetzen. Er war brutal, leicht reizbar und hatte James nie gemocht, als dieser noch ein Spötter gewesen war. Er war einer der wenigen Männer, die mit dem Lachenden Jack befreundet gewesen waren, einem Schläger, den James getötet hatte, nachdem er ein fehlgeschlagenes Attentat auf das Leben des Prinzen verübt hatte.

»Das dürfte ein ziemlich übler Kampf werden«, sagte James zu seinen Begleitern.

»Das muss aber nicht sein, mein Junge«, mischte sich Rattenschwanz-Jack ein. »Nicht, wenn du deine berühmte Schläue benutzt. Es gibt immer etwas, mit dem man handeln kann, alter Junge.«

»Und das wäre?«, fragte Jazhara.

»Geht und sprecht mit Mace«, sagte Jack. »Wenn er euch bedroht, fragt ihn, wer seine Leute anknabbert. Das dürfte reichen, um ihn hellhörig zu machen.«

»Danke, Jack«, sagte James. Er gab seinen Begleitern ein Zeichen weiterzugehen. Sie nahmen den Tunnel zu ihrer Linken, und als sie ihn betraten, stieß Jack einen gellenden Pfiff aus.

»Was war das?«, fragte William.

»Jack sorgt für sich«, sagte James. »Wenn er nicht Alarm gegeben hätte, könnten die Schläger auf die Idee kommen, dass er mit uns unter einer Decke steckt.«

Kurze Zeit später erreichten sie eine Ausweitung des Tunnels, und von beiden Seiten traten plötzlich Männer in ihr Blickfeld, umringten das Trio. Es war ein halbes Dutzend, allesamt bewaffnet. Ein großer grauhaariger Mann trat nach vorn ins Fackellicht.

Nach einem kurzen Augenblick begann er zu grinsen. Es war kein angenehmer Anblick. Stoppelige Hängebacken schwabbelten um einen Kopf, der eine Nummer zu groß für einen Menschen zu sein schien. Seine Augen erinnerten an ein Schwein. Eine Knollennase, die unzählige Male gebrochen worden war, bildete den Mittelpunkt seines missgebildeten Gesichts.

»Nun, Jimmy die Hand«, sagte der große Mann und schlug mit dem langen Totschläger, den er in der Rechten hielt, in die offene Handfläche seiner Linken. »Bist du auf der Suche nach ein paar Schmerzen, Junge?«

»Ich bin auf der Suche nach einem Gespräch, Mace.«

»Ich fand schon immer, dass du zu viel redest, schon damals, als du noch einer von uns warst, du kleine Rotznase.« Und dann rief er: »Auf sie, Jungs!«, und schwang seinen Knüppel in Richtung auf James' Kopf.

Fünf

Ungeheuer

James duckte sich.

Der Knüppel zerteilte die Luft über seinem Kopf. »Mace! Warte! Wir müssen miteinander reden!«, brüllte er.

Jazhara hielt ihren Stab bereit, und William schwang drohend sein Schwert, doch beide zögerten, auf die sich nähernden Diebe loszugehen, solange diese nicht selbst zugeschlagen hatten.

»Ich werde auch mit dir reden«, antwortete Mace und schwang seinen Knüppel erneut nach dem ausweichenden ehemaligen Dieb, »und zwar auf meine Weise!«

»Wer hat deine Schläger angenagt?«, rief James, während er zum dritten Mal auswich.

Der große Mann hielt inne, den Knüppel hoch über dem Kopf erhoben, bereit für einen weiteren Schlag. »Was weißt du davon, Junge?«

James achtete darauf, dass genug Abstand zwischen ihm und Mace war. »Ich höre so manches.«

Plötzlich sah der Mann besorgt aus, und James wusste, dass etwas Schwerwiegendes geschehen sein musste, denn solange er Mace den Bootsmann kannte, hatte der noch niemals Anzeichen von Furcht oder Zweifel gezeigt. Mace senkte seinen Knüppel und hob seine freie Hand, um die anderen Diebe aufzufordern, ihren Vormarsch zu stoppen.

»Also gut«, sagte er schließlich. »Was hast du gehört?«

»Nur, dass jemand – oder etwas – über deine Männer hergefallen ist und dass sie danach so ausgesehen haben, als wären sie …«

James bluffte. Er wusste nichts Genaues, aber er ging davon aus, dass das, worauf Rattenschwanz-Jack angespielt hatte, auf irgendeine Weise mit dem »Monster« zu tun haben musste, von dem Simon ihnen im »Regenbogen-Papagei« erzählt hatte. Und der Ratschlag des alten Tofmanns, diese Sache zur Sprache zu bringen, hatte bisher den erwünschten Erfolg gehabt.

»Zerfleischt worden«, beendete einer der anderen Diebe den Satz.

»Zerfleischt worden«, wiederholte James.

»Es ist ziemlich widerlich«, sagte ein anderer Dieb. »Als wären sie abgenagt worden, etwa so, wie ein Hund einen Knochen abnagt, versteht Ihr, Junker?«

Die anderen nickten.

»Wo ist das geschehen?«, fragte James.

»Genau das ist ja das Komische an der Sache«, sagte Mace. »Mal hier, mal dort – es sind immer andere Orte, und sie werden anscheinend völlig willkürlich ausgewählt. Nie weiß man, wo es das nächste Mal geschehen wird.«

»Wie lange geht das jetzt schon so?«, fragte James.

»Beinahe eine Woche«, sagte Mace.

»Lass uns vorbei, Mace, dann kann ich herausfinden, was deine Männer tötet, und mich darum kümmern«, schlug James vor.

»Und wie willst du das anstellen, wenn noch nicht einmal einige meiner besten Männer mit diesem Ding – was immer es auch sein mag – fertig werden konnten?«

Jazhara hob die Hand, und eine Kugel aus Licht bildete sich auf ihrer Handfläche.

»Bei den Göttern!«, schrie einer der Diebe. »Das ist eine verdammte Magierin!«

»Das ist die verdammte Magierin des Prinzen«, korrigierte James.

Mace wedelte mit seinem Knüppel in Jazharas Richtung. »Du weißt, dass die Spötter mit Magie nichts zu tun haben wollen!«, rief er. »Auch wenn du jetzt der Junker des Prinzen bist, du kennst noch immer das Gesetz der Spötter.«

Jazhara schloss die Hand, und das Licht erlosch. »Schaut eine Weile in die andere Richtung.«

»Ich könnte auch ein paar Kompanien der regulären Truppen des Prinzen herunterrufen«, sagte William. »Ein paar hundert Bewaffnete müssten das Ding eigentlich wegfegen.«

Der Gedanke, dass sich plötzlich Soldaten auf der Straße der Diebe tummeln könnten, war ganz offensichtlich noch abscheulicher als eine Magierin, denn nach einer kurzen Pause sagte Mace: »In Ordnung, ihr könnt vorbei. Aber wenn noch mehr von meinen Jungs getötet werden, wird dir das Todesmal wieder auferlegt werden, Junge, egal, ob du der Junker des Prinzen bist oder nicht. Darauf gebe ich dir mein Wort.«

James verbeugte sich theatralisch. »Ich habe deine Warnung vernommen. Dürften wir jetzt vielleicht weitergehen?«

Mace winkte sie durch. »Sei vorsichtig, Jimmy die Hand. Nicht alle, die sich hier rumdrücken, sind Mitglieder der Gilde.«

»Ich werd's mir merken. Wie lautet die Parole?«

»Schlaksiger Junge«, sagte Mace.

Sie ließen die Spötter hinter sich und gingen weiter den Tunnel entlang. Als Jazhara überzeugt war, dass sie außer Hörweite waren, meinte sie: »Ich kann verstehen, dass viele Menschen Magie fürchten, aber warum sind die Spötter ihr gegenüber so überaus feindselig eingestellt?«

»Weil Diebe dort gedeihen, wo Täuschung und List herrschen«, sagte James. »Habt Ihr jemals davon gehört, dass ein Dieb einen Magier bestohlen hätte?«

Jazhara lachte. »Nur in Geschichten.«

»Genau. Wenn Arutha die Diebe aus der Stadt vertreiben wollte, könnte ihm das für einige Zeit sogar gelingen, indem er Euch oder jemanden wie Euch beauftragt, sie mit Hilfe von Magie aufzustöbern.«

Jazhara spähte den Tunnel entlang. »Ich glaube, sie überschätzen unsere Fähigkeiten. Ich könnte zwar einer kleinen Anzahl von ihnen in einem begrenzten Gebiet einige Probleme bereiten, aber sobald ich wieder weg wäre, würden sie wahrscheinlich zurückkehren – wie die Ratten.«

James kicherte. »Ziemlich sicher. Aber niemand behauptet, dass Furcht auf etwas Wirklichem oder Wahrem gründet.«

Jazhara warf James einen Blick zu. »Junker, ich kenne Euren Ruf; ich weiß, dass Ihr für einen Mann Eures Alters über erstaunliche Fertigkeiten verfügt. Aber dass Ihr außerdem noch jemand seid, der zu tiefsinnigen Gedanken neigt, ist eine beeindruckende Erkenntnis.«

Jetzt war es an William, leise vor sich hin zu kichern. Woraufhin James sich im Stillen die Frage stellte, ob die Bemerkung als Kompliment oder als Spitze gedacht gewesen war.

Zweimal machten sie Halt, um sich zu verstecken, als Banden bewaffneter Männer vorbeizogen. Nachdem die zweite Gruppe sich weit genug von ihnen entfernt hatte, sagte James: »Die Burschen waren in eine Rauferei verwickelt.«

William nickte, während er die Laterne wieder entzündete. »Zwei von ihnen werden es nicht schaffen, wenn ihre Kumpane sie nicht tragen.«

»Und wohin gehen wir jetzt?«, fragte Jazhara.

»Dorthin, wo diese Männer gerade hergekommen sind«, erwiderte James.

Sie gingen weiter, immer tiefer in das Abwassersystem hinein.

Das Geräusch von tropfendem Wasser kündete von der Existenz eines weiteren großen Gewässers.

»Dies ist die ursprüngliche Fluss-Schleuse«, sagte James. »Einer der ersten Prinzen hat sie erbauen lassen. Man hat mir erzählt, dass das hier ursprünglich oben, auf der Oberfläche war …

es war vielleicht als kleiner Kanal für die Barken vom Fluss gedacht.«

William kniete sich hin und untersuchte das Gemäuer. »Sieht ziemlich alt aus.« Er stand wieder auf und schaute sich um. »Seht her«, sagte er und setzte sich in Bewegung, um eine der nahe gelegenen Wände genauer zu betrachten. »Das sieht nicht so aus wie die übliche Tunnelwand. Es sieht viel eher wie ein Festungswall aus.« Seine Bemerkung bezog sich auf die Größe der Steine und die Tatsache, dass sie beinahe fugenlos aneinander gepasst waren.

»Es gibt keinerlei Halt für Hände oder Füße«, stimmte James ihm zu.

»Und wie kommt es, dass das alles sich jetzt so tief unter der Erdoberfläche befindet?«, fragte Jazhara.

James zuckte die Schultern. »Menschen bauen Dinge. Den Platz dazwischen füllen sie mit Straßen aus. Mindestens ein Dutzend Abwassertunnel sehen aus wie alte Straßen, die man überdeckt hat, und der zentrale Abflusskanal, an dem wir vorhin vorbeigekommen sind, war mit ziemlicher Sicherheit vor langer Zeit eine Zisterne.«

»Faszinierend«, sagte sie. »Was schätzt Ihr, wie alt diese Dinge sind?«

»Krondor ist vierhundert Jahre alt«, sagte James. »Jedenfalls so ungefähr, aber auf eine Woche mehr oder weniger kommt's wohl nicht an.«

Jazhara lachte. »Das ist für keshianische Begriffe immer noch jung für eine Stadt.«

James zuckte die Schultern und setzte sich wieder in Bewegung. »Hier entlang.«

Als sie in einen anderen Durchgang einbogen, der parallel zum Hauptkanal verlief, huschte ein Stück weiter vorn – gerade an der Grenze des Bereichs, den die Laterne ausleuchtete – etwas durch ihr Blickfeld.

»Was war das?«, fragte William und zog sein Schwert.

»Es war groß«, sagte Jazhara. »Eineinhalbmal so groß wie ein Mensch.«

James hatte ebenfalls sein Schwert gezogen. »Wir sollten jetzt gut aufpassen, meine Freunde.«

Sie gingen vorsichtig bis zu der Kreuzung weiter, an der die Gestalt verschwunden war. Vor ihnen lag ein Korridor, der rechts im Dunkel verschwand, während zu ihrer Linken ein kurzer Durchgang zurück zum Rande des Kanals führte. »Vielleicht bewegt sich das Ding im Wasser fort«, sagte William. »Das würde zumindest erklären, warum es so schwer zu finden ist.«

»Und warum es sich so schnell von einem Ort zum anderen bewegen kann«, ergänzte James. »Da lang«, sagte er und deutete nach links.

Sie gingen langsam weiter; nach zehn Schritten konnten sie in einiger Entfernung ein schwaches, flackerndes grünes Licht ausmachen. »Mir stehen die Haare zu Berge«, flüsterte Jazhara. »Hier muss irgendwo ganz in der Nähe Magie am Werk sein.«

»Danke für die Warnung«, sagte James.

Jazhara zog etwas aus ihrer Gürteltasche. »Wenn ich es sage, werft euch auf den Boden und bedeckt eure Augen.«

»Verstanden«, sagte William. James nickte nur.

Sie bewegten sich vorsichtig weiter auf das Licht zu und entdeckten eine Tür in der Mauer. Sie war offen. Als sie die Tür erreichten, blieben sie stehen.

James versuchte sich auf das, was sie da vor sich sahen, einen Reim zu machen. Menschliche Gebeine lagen überall herum, dazwischen die Knochen von Ratten und anderen kleinen Tieren. Lumpen und Stroh waren zu einem großen kreisförmigen Lager aufgeschichtet worden, in dem mehrere große, ledrig wirkende Objekte lagen, jedes davon so lang wie ein Männerarm. Sie pulsierten in einem kränklich wirkenden grünen inneren Licht.

Jazhara keuchte auf. »Bei den Göttern!« Plötzlich begriff

James, was die Objekte enthielten. In den Ledersäcken, wie er sie im Stillen nannte, zeichneten sich irgendwelche Umrisse ab.

»Es sind Eier!«, rief die Magierin entsetzt. Sie schloss die Augen und begann mit leiser Stimme eine Beschwörung zu murmeln. Nach kurzer Zeit riss sie die Augen wieder auf und sagte: »Das ist schwärzeste Magie. Dieser Ort muss vernichtet werden. Schützt eure Augen.«

Während die beiden Männer der Tür und dem Raum dahinter den Rücken zuwandten, nahm Jazhara einen Gegenstand aus ihrer Gürteltasche und schleuderte ihn auf die Eier. Ein Blitz aus weißem Licht tauchte ihre Umgebung in gleißendes Licht, und ein Hitzeschwall schwappte über sie hinweg.

In der plötzlichen Helligkeit konnten sie weiter als bisher in den Korridor hineinblicken und entdeckten in einiger Entfernung eine missgebildete, bucklige Gestalt, die mehr als sieben Fuß groß sein musste. Der Kopf der Kreatur wirkte selbst für den massigen Körper viel zu groß, das Gesicht mit seiner vorspringenden Schnauze voller Zähnen von der Größe eines Männerdaumens war gleichsam eine Karikatur eines menschlichen Gesichts. Glänzende schwarze Knopfaugen waren angesichts des Lichtblitzes entsetzt aufgerissen. Die Arme der Kreatur reichten bis zum Boden, und anstelle von Händen stützte sich das Wesen auf große, schwielige Flossen.

Das Ungeheuer zögerte einen kurzen Augenblick – dann brüllte es und griff an.

Während Jazhara sich noch umdrehte, machten James und William sich bereit.

Als das Ding sie schon beinahe erreicht hatte, schleuderte James mit der Linken seinen Dolch; es war ein schneller, kräftiger Wurf, der die Kreatur in die Brust traf. Das Ungeheuer stieß ein schmerzerfülltes Gebrüll aus, verlangsamte jedoch seinen Angriff nur unmerklich.

Der Lichtschein des Feuers hinter ihnen enthüllte klaffende

Wunden am Körper der Kreatur. James hoffte, dass die Kämpfe mit anderen Gruppen in den Tunneln das Ungeheuer geschwächt hatten; zumindest wusste er jetzt, dass die Kreatur sterblich war, da einige der Wunden immer noch bluteten.

Williams Schwert zuckte über James' Kopf nach vorn, und er bereitete sich darauf vor, die Kreatur in die Klinge rennen zu lassen. Doch das Ungeheuer wurde langsamer, und statt sich selbst aufzuspießen, hob es die vorderen Gliedmaßen, die auf James eher wie Arme als wie Vorderbeine wirkten. Die flossenähnliche Hand fetzte durch die Luft, und James schaffte es gerade noch, sich zu ducken, um nicht enthauptet zu werden. Es gab ein sattes Geräusch, als die Flosse gegen die Steine der Tunnelwand klatschte; James vermutete, dass sich an der Flosse harte Schwielen oder Knochen befanden, die einen menschlichen Körper wie eine Klinge zerteilen konnten.

Jazhara sang eine Beschwörungsformel und hob die Hand. Ein Punkt aus sengendem rotem Licht erschien auf dem Kopf der Kreatur, und plötzlich heulte sie voller Qual auf. Beide Flossen zuckten nach oben, als ob sie den Kopf schützen wollten. Diese Bewegung verschaffte William die Chance, auf die er gewartet hatte.

Das große Bastard-Schwert schoss vorwärts. William war zwar kein großer Mann, aber er hatte kräftige Schultern und Arme, und er legte sein ganzes Körpergewicht in den Stoß. Die Klinge drang tief in den Oberkörper des Wesens ein. Die Kreatur heulte ein zweites Mal auf.

Gewandt schob sich James an seinem Begleiter vorbei und rammte dem Ungeheuer das Rapier in die Kehle, und Sekunden später lag die Kreatur tot auf den Steinen.

»Was ist das bloß?«, fragte William. Er atmete schwer.

»Jedenfalls nichts Natürliches«, erwiderte Jazhara.

»Ihr glaubt also, jemand hat es erschaffen?«, fragte James und bewegte sich vorsichtig um den leblosen Körper herum.

Jazhara kniete sich hin, berührte eine Flosse und fuhr dann mit der Hand über die Stirn oberhalb der jetzt ins Leere starrenden Augen. Schließlich stand sie wieder auf und wischte sich dabei eine Träne aus dem Augenwinkel. »Das war ein Kind.«

»Das … Ding da war ein Kind?« William klang beinahe so, als würde er sich an seinen eigenen Worten verschlucken.

Jazhara drehte sich um und schritt in den Tunnel hinein. »Ich muss hier weg«, sagte sie mit erstickter Stimme.

James und William beeilten sich, sie einzuholen. »Wartet!«, rief James.

An der Kreuzung machte Jazhara Halt. Noch bevor James oder William etwas sagen konnten, drehte sie sich zu ihnen um. »Manche Magie ist so böse, dass sie unsere Vorstellungskraft übersteigt«, sagte sie leise. »Es gibt einen Zweig des Niedrigen Pfads, den einige Magier ›Arcane Vitrus‹ nennen. Das ist eine Bezeichnung aus der alten Sprache und bedeutet ›das geheime Wissen um das Leben‹. Man kann dieses Wissen zum Guten benutzen und versuchen, die Gründe zu entschlüsseln, warum Menschen krank werden und sterben, oder man kann nach Heilungsmethoden für bestimmte Krankheiten suchen. Doch wenn dieses Wissen zum Bösen verwendet wird, kann man mit seiner Hilfe solche Kreaturen wie die da erschaffen.«

»Und dazu benutzt man Kinder?«, fragte William.

Jazhara nickte. »Kinder, die wenige Stunden nach ihrer Geburt gestohlen oder gekauft und dann in diese Eiersäcke gestopft werden. Dort werden sie dann von üblen Künsten umgestaltet und widernatürlich verändert.«

»Also war das hier nur das erste Ungeheuer, das geschlüpft ist?«, fragte James und schüttelte den Kopf.

»Das arme Kind war kein Ungeheuer«, sagte Jazhara. »Das wirkliche Ungeheuer ist vielmehr derjenige, der es geschaffen hat – wer immer das auch gewesen sein mag.« Sie warf James einen Blick zu. »Irgendwo in Krondor muss sich ein Magier aufhalten, der etwas ganz, ganz Böses im Schilde führt. Jemand, der in der Stadt des Prinzen großes Unheil anzurichten wünscht.«

James schloss die Augen. »Als ob wir mit Bär nicht schon genug zu tun hätten.« Er seufzte und fuhr dann fort: »Jedes Problem zu seiner Zeit. Jetzt sollten wir zunächst einmal versuchen, Rattenschwanz-Jack und Mace und danach Lucas zu finden.«

Sie drehten sich um und gingen den Weg zurück, den sie kurze Zeit zuvor gekommen waren.

Nachdem sie einige Schritte gegangen waren, ergriff Jazhara das Wort. »Diese Kreatur kann noch nicht allzu lange hier unten sein.«

James warf ihr einen nachdenklichen Blick zu. »Mace hat gesagt, das alles hätte vor ungefähr einer Woche angefangen.«

»Vielleicht wollte der ... Schöpfer dieses Wesens erst einmal nur eines erschaffen, um zu sehen, wie die Magie wirkt. Und als er dann mit dem Ergebnis zufrieden war, wollte er noch mehr erschaffen«, warf William ein.

»Ich glaube, du hast Recht«, sagte Jazhara. »Was bedeutet, dass diese Magie überaus mächtig sein muss, denn sie verändert nicht nur die äußere menschliche Erscheinung, sondern sie wirkt auch sehr schnell, vielleicht in wenigen Tagen oder einer Woche.«

»Dann war die Kreatur also tatsächlich ein Kind – sogar in doppelter Hinsicht«, sagte James.

»Ja, und sie hatte Schmerzen.« Bitterkeit schwang in Jazharas Stimme mit. »Das ist genau die Art von abscheulichem Experiment, weswegen viele Leute gegen alle sind, die die mystischen Künste praktizieren. Solche Dinge sorgen dafür, dass Magier gemieden und gehasst werden. Ich muss Meister Pug eine Nachricht schicken; er muss erfahren, dass in Krondor ein übler Magier mit großen Kräften sein Unwesen treibt.«

»Nun, das würde ich dem Prinzen überlassen«, sagte James. »Arutha neigt zu einer direkteren Herangehensweise. Wenn er es für notwendig hält, Stardock zu informieren, wird er das ganz sicher auch tun.«

»Natürlich«, antwortete Jazhara. »Ich werde Seiner Hoheit nur den Rat geben, Meister Pug eine Nachricht zukommen zu lassen.«

Sie gingen schweigend weiter und machten gelegentlich Halt, wenn die Geräusche anderer Menschen, die sich in den Abwasserkanälen bewegten, zu ihnen drangen. Schließlich gelangten sie zu der Stelle, an der Mace und seine Bande sie vorher aufgehalten hatten. »Sind sie etwa weg?«, fragte William verwundert.

James ging einfach weiter. »Sie sind ganz in der Nähe. Glaube mir.«

Sie begaben sich in den großen Kanal und stießen auf Rattenschwanz-Jack, der noch immer in den vorbeitreibenden Abfällen herumstocherte. Als sie näher kamen, blickte er auf. »Ihr seid also noch am Leben. Dann sollten wir dich wohl belohnen, Junker.«

James machte ein spöttisches Gesicht.

»Wie wäre es damit: Wir töten dich nicht, obwohl du deinen Eid gegenüber den Spöttern gebrochen und ohne unsere Erlaubnis die Abwasserkanäle betreten hast? Ist diese Belohnung groß genug für dich, Junker?«

James sagte nur ein einziges Wort: »Lucas.«

»Dann ist das Ungeheuer tatsächlich tot?«

»Ja. Und jetzt will ich wissen, was du von Lucas weißt.«

Jack hörte auf, in dem träge dahinschwappenden Unrat herumzustochern. »Wir haben Lucas beobachtet. Er ist ein alter … Geschäftspartner aus längst vergangenen Tagen, aber wir waren der Ansicht, dass er Geschäfte gemacht hat, die eigentlich unsere Sache sind. Eines Nachts sind drei Boote den Hauptkanal vom Hafen her raufgekommen, mit düster dreinblickenden Männern an den Rudern. Wir konnten nicht nahe genug rankommen, um festzustellen, welchen alten Schmuggler-Schlupfwinkel er benutzt hat, aber wir hätten ihn früher oder später gefunden. Lucas ist zu seiner Schänke hoch.

Dann taucht er plötzlich gestern hier unten bei uns auf und bietet uns seine Schänke an, wenn wir ihn durchlassen. Nun, im Tausch für seine nette kleine Schänke lassen wir ihn natürlich durch, und er huscht davon. Der gute alte Lucas kennt die Abwasserkanäle, oh, und wie er sie kennt! Er schüttelt den Burschen, der sich ihm an die Fersen heften sollte, einfach ab, lange bevor er den Landeplatz der Schmuggler erreicht. Wir sind trotzdem sicher, dass wir ihn finden werden, denn die Jungs, die sich oben umhören, kriegen Gerüchte mit von wegen Piraten und Gold und so. Wir kommen zu dem Schluss, dass Lucas weiß, wo dieser Schatz versteckt ist. Deshalb konnte er uns auch einfach so seine Schänke anbieten. Also überlegen wir, ihm ein paar Schläger hinterherzuschicken, aber dann taucht plötzlich dieses Ungeheuer auf, und wenig später wimmelt es in den Tunneln von allen möglichen Schatzsuchern …«

»Wo ist Lucas jetzt?«

»Wir wissen ziemlich genau, wo er war, Junker, aber du weißt, wie das bei uns Spöttern ist. Wir verlegen immer wieder wichtige Dinge. Wenn die Bezahlung allerdings stimmt, lässt sich so ziemlich alles auch wieder finden.«

»Wir haben das Ungeheuer getötet«, sagte William.

»Und dafür erhaltet ihr freien Durchgang, sonst nichts«, entgegnete Jack.

»An was für eine Bezahlung habt ihr denn gedacht?«, fragte James.

»An einen Gefallen, den ihr – du und deine neuen Freunde – uns tun müsst, der aber erst später genauer benannt werden wird.«

»Was?«, rief William.

»Warum?«, wollte James wissen.

»Na ja, ganz so schnell werdet ihr uns diesen Gefallen nicht tun müssen, vielleicht sogar nie«, sagte Jack. »Aber wir glauben, dass sich da Ärger zusammenbraut. Großer Ärger. Das Ungeheuer war nur ein kleiner Teil davon. Und dann sind wir auf alle Freunde angewiesen, die wir kriegen können.«

»Ihr wisst, dass ich meinen Eid gegenüber dem Prinzen nicht brechen und für euch etwas Illegales tun kann«, sagte James.

»Das verlange ich auch gar nicht von dir«, erklärte Jack. »Aber man braucht Freunde – oder nicht, Jimmy die Hand?«

James dachte einige Zeit über das Ansinnen nach und sagte schließlich: »Wir werden es tun, Rattenschwanz-Jack. Ihr habt mein Wort darauf.«

»Wir glauben, dass Lucas sich in der Nähe der Grundmauern aufhält – dort, wo Trevor Hull die Prinzessin versteckt hatte, als du noch ein Junge warst. Es gibt da noch ein paar Keller von abgerissenen Gebäuden, in die man noch hineinkommen kann, und die sind auch groß genug, um in ihnen einen Schatz zu verstecken, und nahe genug am Wasser, um ihn überhaupt hinzubringen.«

»Ich kenne das Gebiet«, sagte James. »Bei Sonnenaufgang werden wir die Abwasserkanäle wieder verlassen haben.«

»Sorgt dafür. Wir können nicht jeden mörderischen Hund kontrollieren, der sich hier unten rumtreibt.«

James gab Jazhara und William ein Zeichen, und gemeinsam machten sie sich wieder auf den Weg in Richtung des zentralen Kanals.

Schweigend bewegten sich die drei Gefährten durch die Abwasserkanäle. Aus einiger Entfernung drang das leise Gemurmel menschlicher Stimmen an ihre Ohren.

James und seine Begleiter gingen vorsichtig weiter, bis sie beinahe die Stelle erreicht hatten, an der sich der Hauptkanal mit einem anderen großen Kanal kreuzte. Hier kauerten sie sich in der Dunkelheit hin, die Laterne abgeblendet, und warteten.

Sechs schwarz gekleidete Männer unterhielten sich mit einem weiteren Mann. Sie sprachen sehr leise. Als Jazhara, die sich hinter James befand, scharf die Luft einsog, war das für ihn der Hinweis, dass sie wusste, um was für Männer es sich handelte. James und William hatten es bereits ein paar Augenblicke zuvor erkannt. Es waren Izmalis. Keshianische Assassinen. Erst vor ein paar Monaten war mehr als ein Dutzend von ihnen in der Wüstenfestung der Nachtgreifer aufgetaucht, die Prinz Arutha wenig später hatte zerstören lassen.

James machte sich keine falschen Hoffnungen: Wenn Jazhara zwei oder drei der Männer mit einem magischen Spruch ein paar Minuten außer Gefecht setzen konnte, dann hatten er und William eine Chance. Falls sie sich ohne das Element der Überraschung auf einen offenen Kampf einließen, müsste schon ein Wunder geschehen, damit sie alle drei überleben würden.

James drehte sich um und tippte Jazhara an die Schulter. Er deutete auf die sechs Männer, dann flüsterte er ihr direkt ins Ohr. »Was könnt Ihr tun?«, fragte er so leise wie möglich.

»Ich könnte versuchen, sie zu blenden«, flüsterte Jazhara ebenso leise zurück. »Wenn ich Euch Bescheid gebe, müsst Ihr ganz fest die Augen schließen.«

Sie gab diese Anweisung auch an William weiter, flüsterte sie ihm ebenfalls ins Ohr. Dann erhob sie sich und begann mit einer Beschwörung. Ihre Stimme war noch immer sehr leise. Irgendetwas – ein Wort, das ein bisschen zu laut war, das Rascheln eines Kleidungsstücks, das Scharren einer Stiefelsohle auf den Steinen – alarmierte einen der Assassinen, und er drehte sich um und spähte in den dunklen Tunnel hinein. Dann sagte er etwas zu seinen Gefährten, und schlagartig beendeten sie ihr Gespräch und starrten in die Richtung, in die er deutete.

Langsam zogen sie ihre Waffen. »Tut es jetzt!«, flüsterte James.

»Schließt die Augen«, rief Jazhara und beendete ihren Beschwörungsspruch. Eine Fontäne aus goldenem Licht löste sich von ihrer Hand und explodierte in einem brennend heißen weißen Blitz. Die sechs Meuchelmörder waren augenblicklich geblendet. »Jetzt!«, rief Jazhara.

James setzte sich rasch in Bewegung, William war nur einen Schritt hinter ihm. Jazhara öffnete die Laterne, entriss die Einzelheiten des Tunnels der Dunkelheit. Der Junker zog dem ersten Assassinen seinen Schwertknauf über den Schädel, was den Mann bewusstlos in den Kanal stürzen ließ. »Versucht, einen von ihnen lebend zu erwischen«, rief er.

William schlug einen Mann nieder und wäre anschließend beinahe von seinem nächsten Gegner aufgespießt worden, der eine Verteidigungsstellung eingenommen hatte und bereit war, auf jedes Geräusch, das auf einen Angriff hindeutete, zu reagieren. »Ich glaube, ich werde erst mal versuchen, selbst am Leben zu bleiben, James«, rief er, während er sein langes Schwert an der Deckung des Mannes vorbeibrachte und ihn tötete.

Jazhara tauchte neben William auf, und ihr eisenbeschlagener Stab traf einen anderen Assassinen mitten im Gesicht. Der Mann brach wie ein nasser Sack zusammen.

James stellte fest, dass die nächsten beiden Izmalis bereits einen Teil ihrer Sehfähigkeit zurückerlangten und sich auf einen Angriff vorbereiteten. Wenn man mehreren Gegnern gegenüberstand, neigten diese manchmal dazu, sich gegenseitig zu behindern; das wusste James aus Erfahrung. Aber diese beiden erweckten ganz den Eindruck, als hätten sie Übung darin, zu zweit zu kämpfen. »Ich könnte ein bisschen Hilfe gebrauchen«, sagte er zu Jazhara.

Im gleichen Augenblick begannen die beiden Männer mit einer aufeinander abgestimmten Attacke, und nur seine außergewöhnlich schnellen Reflexe retteten ihn. Der erste Mann schlug zu, zielte mit der geschwungenen Klinge seines Krummsäbels auf James' Körpermitte, während sein Kumpan einen halben Herzschlag später zu seinem Hieb ansetzte, der dorthin gerichtet war, wo James hätte stehen müssen, wenn er wie erwartet auf die erste Attacke reagiert hätte.

Stattdessen hatte James nach rechts mit seiner Klinge pariert, und anstatt zurückzuweichen, hatte er sich mit aller Kraft gegen seine Klinge gestemmt und auf diese Weise den ersten Assassinen gezwungen, sich noch weiter nach links zu bewegen. James packte den rechten Ellbogen des Izmali mit seiner Linken und warf sich mit seinem Gewicht gegen den Mann, sodass der sich überschlagend in den Kanal stürzte.

Jetzt stand der zweite Assassine alleine James gegenüber, während Jazhara mit ihrem Stab auf ihn zusteuerte, bereit zum Zuschlagen.

William kämpfte mit seinem letzten Gegner. »Ich hab hier einen, der in der Klemme steckt!«, rief er seinen Gefährten zu.

Der Izmali vor Jazhara sagte etwas in einer Sprache, die James nicht verstand, dann führte er seine linke Hand zum Mund und brach auf den Steinen zusammen. Williams Gegner tat es ihm gleich und fiel mit einem lauten Platschen in den Kanal.

»Verdammt!«, rief James und packte zu. Er erwischte den zusammenbrechenden Assassinen, noch bevor er den Boden berührte. Doch wie er erwartet hatte, war der Mann bereits tot.

Jazhara warf einen Blick auf den Assassinen, den James in den Kanal befördert hatte. »Er schwimmt mit dem Gesicht nach unten«, sagte sie.

»Was ist das gewesen?«, fragte William.

»Das waren Nachtgreifer, die sich selbst umgebracht haben. Es sind Fanatiker.« An Jazhara gewandt, stellte James die Frage: »Habt Ihr verstanden, was er gesagt hat?«

»Ich glaube, er hat seinen Gefährten befohlen, sich zu töten. Ich weiß allerdings nicht, in welcher Sprache sie gesprochen haben. Es heißt, dass die Izmalis eine eigene Sprache haben, die niemand lernen darf, der nicht zu ihrem Clan gehört.«

»Wir sind auf ein paar von ihnen gestoßen, als in einer verlassenen Festung in der Wüste ein Dämon beschworen wurde«, sagte William.

»Ein Dämon?«, fragte Jazhara.

»Das werde ich Euch genauer erzählen, wenn wir wieder im Palast sind«, sagte James. »Aber es ist offensichtlich, dass die Nachtgreifer auch Keshianer in ihren Banden aufgenommen haben.«

»Was diese Banden zu einer Bedrohung sowohl für das Kaiserreich wie auch für das Königreich macht.«

James sah die junge Frau eine Zeit lang an. »Es wäre möglicherweise klug, Eurem Onkel ein paar besondere Informationen zu übermitteln«, sagte er schließlich.

»Möglicherweise«, erwiderte Jazhara und lehnte sich auf ihren Stab. »Aber wie Ihr bereits vorhin bemerkt habt, ist das eine Entscheidung, die der Prinz treffen muss.«

James grinste. »Lasst uns die Leichen untersuchen.«

Sie untersuchten die vier Assassinen, die nicht im Kanal gelandet waren, fanden dabei aber nichts Verwertbares. Die einzigen persönlichen Gegenstände, die sie bei sich trugen, waren ihre Nachtgreifer-Amulette.

»Und ich habe gedacht, wir hätten dieses Pack in der Wüste zum letzten Mal gesehen«, sagte William.

»Wir haben ihnen damals sicher einen schweren Schlag versetzt, und wir haben auch eines ihrer Nester zerstört. Aber es gibt noch mehr von ihnen.« James stand auf und stopfte sich ein Amulett unter sein Hemd. »Ich werde das hier dem Prinzen geben. Er wird nicht besonders erfreut sein.«

»Was haben sie bloß hier unten gemacht?«, fragte Jazhara.

»Ich nehme an, sie haben nach dem Schatz gesucht«, erklärte William.

»Wenn sie ihr widerliches kleines Reich wieder neu errichten wollen, brauchen sie Gold«, stimmte James ihm zu. Er schaute sich um. »Ich glaube, wir sind gerade noch rechtzeitig gekommen.« Er ging zu einer großen Mauer, in die zwei Eisenringe eingelassen waren, und drehte den linken. Nach einem kurzen Augenblick erklang ein tiefes Rumpeln, und die Steine bewegten sich zur Seite.

»Lucas!«, rief James. »Ich bin's, James! Ich komme vom Prinzen, um dir zu helfen!«

Von irgendwoher aus dem Innern des dunklen Durchgangs erklang eine Stimme. »Jimmy! Den Göttern sei Dank, dass du es bist. Sie haben überall nach mir gesucht. Sie versuchen mich zu töten.«

James gab Jazhara ein Zeichen, die Laterne zu bringen, und dann betraten alle drei den Tunnel. Ein Dutzend Schritte weiter stand Lucas, eine Armbrust in der Hand; sobald er die beiden jungen Männer erkannte, ließ er die Waffe sinken. Auf seinem Gesicht zeichnete sich Erleichterung ab. »Die Schläger von diesem Wahnsinnigen, diesem Bär, sind schon einen ganzen Tag lang hinter mir her.«

»Und das sind nicht die Einzigen«, sagte William. »Dazu kommen noch Schatzsucher und Assassinen und Diebe.«

»Verdammt!«, sagte Lucas. »Knute hat gesagt, seine Männer wären handverlesen und könnten ein Geheimnis für sich behalten, aber ich fürchte, der Narr konnte seine große Klappe nicht halten.«

»Hinter was ist Bär eigentlich her?«, wollte James wissen.

»Ich weiß es nicht, verdammt«, antwortete Lucas. Der alte Mann setzte sich auf einen Wassereimer. »Ich habe Knute dabei geholfen, die Beute von seinem letzten Raubzug zu verstecken. Ich nehme an, dass Bär von Knute reingelegt worden ist, denn plötzlich ist er mit einigen seiner Männer in meiner Schänke aufgetaucht und hat angefangen, alle umzubringen, die zufällig da waren. Ich habe es gerade noch geschafft, Talia und den anderen zu sagen, dass sie durch die Küche fliehen sollen, bevor ich mich selbst aus dem Staub gemacht habe.«

James und William wechselten einen Blick. »Talia ist tot, Lucas. Bär hat sie erwischt. Er hat versucht, von ihr zu erfahren, wo du dich versteckt hast«, sagte James mit sanfter Stimme.

Lucas schien innerlich zusammenzubrechen. Sein Gesicht wurde grau, und seine Augen füllten sich mit Tränen. »Talia?« Das Kinn sank ihm auf die Brust. Eine ganze Zeit lang saß er nur stumm und reglos da, dann sagte er schniefend: »Ich habe meine Söhne im Krieg verloren, aber ich hätte niemals gedacht, dass Talia ...« Er seufzte und schwieg wieder einige Zeit. Dann fuhr er fort: »Durch dieses Geschäft mit Knute wäre ich aufgestiegen, und Talia hätte nicht mehr als Barmädchen arbeiten müssen. Sie hätte eine anständige Mitgift für einen anständigen jungen Mann gehabt.« Er hob den Kopf und schaute William an.

Auch William hatte Tränen in den Augen. »Du weißt, wie viel sie mir bedeutet hat, Lucas. Wir werden Bär finden, das schwöre ich dir. Talia wird gerächt werden.«

Lucas nickte traurig. »Diese ganze Mühe, die vielen Morde, und jetzt ist plötzlich alles so sinnlos. Ich sollte die Beute einfach Knute zurückgeben.«

»Dann hast du noch nichts von Knute gehört?«, fragte James.

»Ich habe gehört, dass die Wachen ihn vorletzte Nacht erwischt und eingelocht haben. Er sitzt im Gefängnis.«

»Nicht mehr«, sagte William. »Bär ist ins Gefängnis eingebrochen und hat Knute in Stücke geschnitten.«

»Bei den Göttern! Er muss vollkommen verrückt geworden sein!«, rief Lucas.

»Wir werden uns um Bär kümmern«, sagte William nachdrücklich.

»Ich danke dir, William«, sagte Lucas, »aber sei bloß vorsichtig. Talia ist tot, aber du bist noch unter uns, und ich würde es vorziehen, wenn das auch so bleiben würde. Dieser Bär ist gefährlich, und er kennt sich gut mit Magie aus.«

»Mit welcher Magie?«, fragte Jazhara.

»Es sind dunkle Kräfte, Mylady. Knute ist einmal dabei gewesen, als Bär Magie gewirkt hat. Es hat ihn so schockiert, dass er mit ihm gebrochen hat.« Er schüttelte den Kopf. »Wollt ihr sehen, worauf es diese Schurken abgesehen haben?«

James nickte. »Ich muss gestehen, dass ich allerdings ein bisschen neugierig bin.«

Lucas stand auf und führte sie zu einer massiven Holztür. Er warf den Querbalken beiseite und zog die Tür auf. Jazhara trat mit ihrer Lampe einen Schritt vor, und selbst James konnte nicht anders, als anerkennend einen leisen Pfiff auszustoßen.

Der kleine Raum war knietief mit Schätzen gefüllt. Säcke voller Goldmünzen waren auf mehrere kleine Kisten gestapelt. Dazwischen lagen Statuen aus massivem Gold und haufenweise Juwelen. Lucas trat in den Raum und öffnete eine der Kisten. In ihr befanden sich noch mehr Gold und eine kleine Statuette. Jazhara griff hinein und hob die Statuette hoch. »Die ist ishapianisch«, sagte sie leise. »Das ist das Symbol von Ishap, eine heilige Ikone ihrer Kirche.«

James' Augen weiteten sich. »Sie haben ein ishapianisches Schiff überfallen! Nach allem, was ich weiß, kann man sich kaum ein gefährlicheres Ziel für einen Piratenüberfall aussuchen.«

»Die meisten Menschen würden ein solches Unternehmen als tollkühn bezeichnen«, sagte Lucas. »Bär wollte etwas haben, das sich auf diesem Schiff befand, etwas ganz Bestimmtes. Knute war sich allerdings ganz sicher, dass es nicht bei dieser Beute hier war.«

»Wie konnte er das wissen?«, fragte Jazhara.

»Knute hat mir erzählt, dass Bär einen Wutanfall bekommen hat, als das Schiff zu sinken begann – obwohl sie all das hier schon erbeutet hatten.« Er wedelte mit der Hand. »Es war einer der Gründe, warum Knute Bär zurückgelassen hat und vorhatte, ihn ertrinken zu lassen. Er fürchtete, Bär würde ihn dafür verantwortlich machen, dass das Schiff so schnell gesunken ist.«

»Eine nur zu berechtigte Furcht, wenn man bedenkt, was Bär ihm angetan hat«, stellte Jazhara fest.

William blickte verwirrt drein. »Aber bringt uns das weiter? Wir wissen immer noch nicht genau, wen wir eigentlich jagen – und was genau er sucht.«

Lucas öffnete eine weitere Kiste, eine, die sich von allen anderen unterschied. Sie war aus dunklem Holz und wirkte viel älter als alles andere hier, und sie erweckte den Anschein, als wäre sie nie sauber gemacht worden. Sie war fleckig, und die Scharniere waren verrostet. Lucas zog ein zusammengerolltes Stück Pergament aus der Kiste und reichte es James. Dann gab er Jazhara ein in Leder gebundenes Buch, das einigermaßen mitgenommen aussah. »Es ist alles da. In diesen Papieren sind sämtliche Schiffe verzeichnet, die Knutes Mannschaft in all den Jahren versenkt hat, auch der letzte Überfall, den er zusammen mit Bär verübt hat.«

James warf einen Blick auf die Karte. »Das hier wird uns darüber Auskunft geben, wo das ishapianische Schiff überfallen wurde.«

»Knute ist immer gründlich gewesen, das muss man dem kleinen Gauner lassen«, sagte Lucas.

»Aber es gibt uns immer noch keinen Hinweis auf das, was Bär eigentlich sucht«, stellte Jazhara fest.

»Vielleicht können wir ihn ja in eine Falle locken, wenn wir das Gerücht verbreiten, wir wüssten, was er haben will«, meinte William.

»Vielleicht«, sagte James nachdenklich, »aber wir sollten der Reihe nach vorgehen. Zunächst einmal muss ich zum Palast zurückkehren und dem Prinzen Bericht erstatten.« Er wandte sich an Lucas. »Du bleibst mit William hier. Ich werde Jonathan Means und ein paar Wachtmeister zu euch herunterschicken; die werden sich um all das Gold kümmern.«

»Was wirst du damit tun?«, fragte Lucas.

James lächelte. »Es den Ishapianern zurückgeben. Wir wissen

zwar nicht, wonach Bär sucht, aber ich verwette mein ganzes Jahressalär darauf, dass sie es ganz bestimmt wissen.«

Lucas' Schultern sanken ein wenig herab, aber er nickte stumm.

Jazhara folgte James, als er den Raum verließ, und sie kehrten in die Abwasserkanäle zurück. Während sie einen Gang entlangeilten und sich auf den nächsten Ausgang zubewegten, hörten sie, wie sich hinter ihnen die Geheimtür zu dem alten Schmugglerversteck schloss.

Sechs

Intrigen

Arutha wartete darauf, dass der Page ging.

Als der junge Mann das private Arbeitszimmer des Prinzen verlassen hatte, warf der Herrscher des Westlichen Teils des Königreichs der Inseln James einen auffordernden Blick zu. »Nun, das klingt nach weit mehr Durcheinander, als wir erwartet hatten, nicht?«

James nickte. »Ja. Es steckt wesentlich mehr dahinter als einfach nur die Jagd nach einer Piratenbeute, Eure Hoheit.«

Arutha richtete den Blick seiner dunklen Augen auf die Magierin und bedachte die junge Frau mit seinem bekannten Halblächeln. »Mir scheint, Ihr habt einen ziemlich ungewöhnlichen Empfang in unserer Stadt erhalten, Mylady.«

»Nun, Hoheit, angesichts der jüngsten Ereignisse ist er vielleicht doch gewöhnlicher, als uns lieb ist«, spöttelte James.

Jazhara lächelte über die ungezwungene Plauderei der beiden Männer. »Eure Hoheit, die Anweisungen, die mir Herzog Pug gegeben hat, waren ziemlich einfach: Ich sollte nach Krondor gehen und Euch auf jede erdenkliche Weise bei allen Angelegenheiten helfen, die irgendetwas mit Magie zu tun haben. Aus genau diesem Grund bin ich hier – um zu dienen, selbst wenn das bedeutet, dass ich zur Verteidigung Eures Reiches die eher kriegerische Seite meiner Künste ausüben muss.«

Arutha lehnte sich auf seinem Stuhl zurück und legte die Fingerspitzen aneinander, sodass seine Hände ein Zelt bildeten. Er presste sie leicht gegeneinander und lockerte sie dann wieder, eine nervöse Angewohnheit, die James vom ersten Tag an, da sie sich begegnet waren, bei ihm beobachtet hatte. Nach einer kurzen Pause sagte der Prinz: »Es gibt zwei Punkte, über die wir uns unterhalten müssen, und beide könnten es erforderlich machen, dass Ihr auf die – wie Ihr es genannt habt – ›eher kriegerische Seite‹ Eurer Künste zurückgreifen müsst.«

»Da wäre zunächst einmal die Kreatur«, warf James ein.

Jazhara nickte zustimmend. »Eure Hoheit, die Anwesenheit jenes widernatürlichen Kindes und die Qualität der bösen Magie, die für ein solches Unterfangen benötigt wird, deuten darauf hin, dass bösartige Kräfte von großer Macht in diese Angelegenheit verstrickt sind.«

»In der Tat«, sagte der Prinz. »Könnt Ihr Euch irgendeinen Grund vorstellen, warum jemand diese entsetzliche Magie mitten in der Stadt ausübt? Die Gefahr, entdeckt zu werden, ist doch selbst in einem abgelegenen Winkel der Abwasserkanäle noch ziemlich groß.«

»Wenn es darum ging, Chaos in Eurer Stadt zu säen, ergibt eine solche Vorgehensweise durchaus Sinn, Eure Hoheit«, sagte Jazhara. »Ansonsten allerdings entzieht sich diese Vorgehensweise meinem Verständnis.

Wenn wir aber davon ausgehen, dass es tatsächlich darum gegangen ist, für Chaos zu sorgen, muss es eine Belohnung gegeben haben, die das Risiko einer vorzeitigen Entdeckung wert gewesen ist.« Jazhara zögerte einen kurzen Augenblick, ehe sie fortfuhr: »Die Kreatur, die mittels böser Magie aus einem Kind geschaffen wurde, wäre ohne Zweifel immer mächtiger geworden. Das eine Wesen, das wir vernichtet haben, hat – wenn man den Berichten Glauben schenken darf – innerhalb weniger Tage mehr als ein Dutzend bewaffnete Männer getötet oder verwundet. Als wir mit ihm gekämpft haben, war es bereits geschwächt. Und, was noch dazukommt, es war unreif, es war – nach welchen Maßstäben man es auch betrachtet – immer noch ein Kind. Ich vermute, dass es in ein paar Wochen weit mächtiger gewesen wäre. Eine ganze Horde von solchen Wesen, die frei in der Stadt herumlaufen …«

»Ihr zeichnet da ein nicht besonders angenehmes Bild«, sagte Arutha. »Aber was Ihr sagt, klingt überzeugend.« Er beugte sich vor. »Seit der Ankunft von Gorath, dem abtrünnigen Moredhel, hatten wir es mit einer ganzen Reihe anscheinend unerklärlicher Ereignisse zu tun, doch allen diesen Ereignissen war eines gemeinsam: Jemand scheint Krondor ins Chaos stürzen zu wollen.«

»Der Kriecher«, sagte James.

Arutha nickte. »Ich stimme mit dir überein.«

»Wer ist dieser Kriecher, Eure Hoheit?«, fragte Jazhara.

Arutha nickte James auffordernd zu, der daraufhin das Wort ergriff. »Wir wissen es nicht. Wenn wir es wüssten, wäre er schon längst gehängt worden. Er ist vor mehr als einem Jahr das erste Mal aufgetaucht, als Anführer einer Bande, die versucht hat, die Spötter aus Krondor zu vertreiben. Doch gleichzeitig scheint er auch im Hafen sein Unwesen zu treiben, sich in den Handel einzumischen. Außerdem haben wir in Erfahrung gebracht, dass zwischen ihm und den Nachtgreifern eine enge Verbindung besteht. Mit anderen Worten: Er ist ein durch und durch übler Bursche.«

»Und möglicherweise noch viel gefährlicher, als wir ursprünglich gedacht haben«, mischte Arutha sich ein. »Es sieht so aus, als hätte er auch bei dem Angriff auf Herzog Olasko und seine Familie die Hand im Spiel gehabt.«

»Der Mann ist auf vielen Ebenen aktiv«, sagte James.

»Und dann ist da noch die Sache mit den Ishapianern«, sagte Arutha und deutete auf die Statuette, die Jazhara in den Palast mitgebracht hatte. »Ich habe dem Hohepriester des Tempels hier in Krondor eine Botschaft übermitteln lassen, und ich erwarte, dass wir bald etwas von ihm hören werden.«

»Hat das möglicherweise etwas mit dem Haus zu tun, das gegenüber dem Palast auf der anderen Seite des Platzes steht, Eure Hoheit?«, fragte James.

Das bekannte halbe Lächeln huschte wieder über Aruthas Gesicht. »Dir bleibt aber auch wirklich nichts verborgen, was?«

James lächelte nur und verbeugte sich leicht.

»Du hast Recht«, sagte Arutha, »aber ich möchte warten, bis der Hohepriester oder sein Bevollmächtigter hier ist, bevor ich dir erzähle, was es damit auf sich hat. Geht jetzt und ruht euch etwas aus, alle beide, aber seid bereit, sofort zu kommen, wenn ich nach euch schicken lasse. Ich glaube, dass die Ishapianer nicht viel Zeit verstreichen lassen, ehe sie auf meine Einladung reagieren.«

Arutha hatte Recht. Jazhara und James hatten noch nicht einmal die Hälfte des Weges zu ihren jeweiligen Gemächern zurückgelegt, als sie von Pagen eingeholt wurden, die ihnen mitteilten, dass der Prinz unverzüglich ihre Anwesenheit im Thronsaal wünsche.

Die beiden kehrten zurück und fanden im Thronsaal den Hohepriester von Ishap, zwei weitere Priester und einen Kriegermönch vor. Der Hohepriester war ein bereits etwas älterer Mann mit kurz geschnittenen schneeweißen Haaren und dem Aussehen eines Gelehrten. Wie der Oberste ihres Ordens waren auch die beiden Priester barhäuptig und trugen ihr dunkles Haar kurz geschoren. Im Gegensatz zu anderen Orden bevorzugten die Ishapianer häufig schlichte Gewänder. Die Priester waren in weiße Roben mit braun abgesetzten Säumen gekleidet; der Mönch trug eine Rüstung und hatte sich einen Helm unter den linken Arm geklemmt. An seinem Gürtel hing ein gewaltiger Kriegshammer.

Prinz Arutha saß auf seinem Thron; zwar waren außer ihm nur noch zwei offizielle Mitglieder seines Hofstaates anwesend – Herzog Gardan und dessen Schreiber –, aber James begriff dennoch sofort, dass Arutha diese Besprechung aus einer Position der Macht heraus führen wollte.

Die Ishapianer waren lange Zeit als der geheimnisvollste aller religiösen Orden Midkemias betrachtet worden, weil sie im Gegensatz zu den anderen Tempeln keine Konvertiten umwarben. James hatte bereits früher – in der alten Abtei bei Sarth – mit ihnen zu tun gehabt und wusste, dass hinter den Ishapianern mehr steckte, als allgemein geglaubt wurde. Sie besaßen eine Art Oberhoheit über die anderen Orden, die zumeist versuchten, Konflikten mit ihnen aus dem Weg zu gehen.

Der Hohepriester ergriff das Wort. »Eure Hoheit, Eure Botschaft enthielt einen dringlichen Ton, daher bin ich sofort hierher geeilt.«

»Ich danke Euch«, erwiderte der Prinz. Er gab Gardan ein Zeichen, und der Schreiber des alten Herzogs brachte die Statuette zum Vorschein, überreichte sie dem Hohepriester, damit der sie untersuchen konnte. »Wo habt Ihr das her, Eure Hoheit?«, fragte der Hohepriester. In seiner Stimme schwangen Überraschung und Sorge mit.

Arutha gab James ein Zeichen. »Diese Statuette haben wir heute in einem geheimen Lager mit gestohlenen Wertsachen entdeckt«, erklärte James. »Es handelt sich um Beute aus einem Piratenüberfall.«

»Beute?«, fragte der Hohepriester.

»Wir wissen beide, Vater«, sagte Arutha, »was dieses Jahr geschehen wird. Ich muss wissen, ob dieser Gegenstand von dem Schiff stammt, das in diesem Monat in Krondor einlaufen sollte.«

»Wie Ihr wisst, Eure Hoheit, handelt es sich dabei um Angelegenheiten, die nicht in aller Öffentlichkeit besprochen werden können«, sagte der Hohepriester.

Arutha nickte Gardan zu, und der Herzog schickte seinen Schreiber hinaus. Der Hohepriester warf James und Jazhara einen Blick zu, was Arutha zu der Bemerkung veranlasste: »Der Junker ist mein persönlicher Bevollmächtigter, und Jazhara ist meine Ratgeberin in allen Angelegenheiten, die etwas mit Magie zu tun haben. Der Herzog genießt in jeglicher Hinsicht mein vollstes Vertrauen. Ihr könnt also offen sprechen.«

Die Schultern des Hohepriesters sanken sichtlich herab, als ob sie von einer schweren Last niedergedrückt würden. »Die *Morgenröte Ishaps* hätte schon vor einer Woche in Krondor eintreffen sollen, Eure Hoheit. Wir haben Schiffe ausgeschickt, um nach ihr zu suchen, den ganzen Weg bis hin zu den Freien Städten. Vielleicht ist sie manövrierunfähig, oder sie ...« Er warf James einen Blick zu. »Ein Piratenüberfall? Ist denn so etwas möglich?«

»Anscheinend«, erwiderte James. »Es hat ganz den Anschein, als ob ein Wahnsinniger namens Bär mit Hilfe dunkler Magie Euer Schiff gekapert hätte. Wachen werden den Rest der Beute zum Palast bringen, wo Ihr ihn abholen könnt, Vater.«

Ein Hoffnungsschimmer leuchtete in den Augen des Hohepriesters. »Sagt mir ... befindet sich bei der Beute auch eine große Kiste ...«

»Nach Aussage des Ersten Maats ist das, was Bär haben wollte – was immer es auch war –, anscheinend zusammen mit dem Schiff gesunken«, unterbrach ihn James. »Das war auch der Grund für beträchtliche Reibereien zwischen den beiden. Bär hat den Mann mit bloßen Händen in Stücke gerissen, um von ihm die Position des gesunkenen Schiffes zu erfahren.«

Der Kriegermönch machte weiterhin ein ungerührtes Gesicht, doch der Hohepriester und die beiden anderen Priester schienen kurz davor zu sein, in Ohnmacht zu fallen.

»Dann ist alles verloren«, flüsterte der Hohepriester.

Arutha beugte sich vor. »War an Bord dieses Schiffes etwa die Träne der Götter?«

»Ja«, antwortete der Hohepriester. »Und außerdem alle anderen Schätze, die in den vergangenen zehn Jahren von allen Tempeln von der Fernen Küste bis hin zu den Freien Städten angehäuft worden sind. Doch all das Gold und die Edelsteine« – er schwang die Statuette – »sind ohne die Träne wertlos.«

James fing einen Blick Aruthas auf. »Als ich diesen Thron bestiegen habe«, sagte der Prinz langsam, »hat man mir etwas über die Bedeutung der Träne erzählt. Doch ihr eigentliches Geheimnis habt Ihr der Krone niemals mitgeteilt. Warum ist dieses Artefakt so besonders wertvoll?«

»Was ich Euch jetzt sagen werde, Eure Hoheit, wissen nur Euer Bruder, der König in Rillanon, und einige wenige Mitglieder unseres Ordens«, sagte der Hohepriester. »Ihr müsst schwören, dass Ihr über das, was ich Euch jetzt sagen werde, mit keinem anderen Menschen sprechen werdet.«

Arutha warf Gardan einen Blick zu; der Herzog nickte. Dann schaute er zu James und Jazhara, die ebenfalls ihr Einverständnis signalisierten. »Wir schwören es«, sagte der Prinz.

»Alle zehn Jahre wird an einem geheimen Ort im Norden der Grauen Türme ein Edelstein geschaffen. Über den Ursprung dieses Edelsteins wissen wir nichts; selbst unsere ältesten Schriften geben nicht den geringsten Hinweis darauf, wann oder unter welchen Umständen unser Orden das erste Mal von der Existenz der Träne der Götter erfahren hat.

Was wir jedoch wissen, ist dies: Alle Macht der Götter kommt durch dieses Artefakt zu den Menschen. Wenn es dieses Artefakt nicht mehr gäbe, würden wir taub für die Worte der Götter werden, und die Götter könnten unsere Gebete nicht mehr vernehmen.«

Jazhara konnte nicht mehr an sich halten. »Ihr würdet jeglichen Kontakt zu Euren Göttern verlieren«, platzte sie heraus.

»Wir fürchten, es würde noch mehr geschehen als das«, sagte der Hohepriester. »Wir glauben, dass auch alle Magie aus der Welt verschwinden würde. Denn nur durch die Gnade der Götter wird den Menschen erlaubt, die magischen Künste auszuüben, und ohne göttliche Vermittlung würden wir bald wie alle anderen Menschen sein. Schon bald wird die existierende Träne in unserem Muttertempel in Rillanon verblassen, ihr leuchtend blaues Licht erlöschen. Wenn das geschieht, bevor die neue Träne an Ort und Stelle ist, werden wir unsere Verbindung zu den himmlischen Sphären verlieren.«

»Aber es wird doch in zehn Jahren eine neue Träne geben, nicht?«, fragte James.

»Das schon – aber könnt Ihr Euch zehn Jahre der Dunkelheit vorstellen? Zehn Jahre, in denen die Menschen nicht mit den Göttern zu Rate gehen können? Zehn Jahre, in denen die Kunst des Heilens nicht ausgeübt werden kann? Zehn Jahre, in denen keine Gebete erhört werden? Zehn Jahre ohne jede Hoffnung?«

James nickte. »Das hört sich wirklich ziemlich schlimm an, Vater. Was können wir tun?«

»Wir wissen, wo das Schiff gesunken ist«, sagte Arutha.

Erneut erschien ein Hoffnungsfunke in den Augen des Hohepriesters. »Wisst Ihr das wirklich?«

»Wir können das Gebiet ziemlich gut eingrenzen«, sagte James. »Wir haben eine Karte, und wenn das Schiff lotrecht gesunken ist, sollten wir in der Lage sein, es zu finden.«

»Wir verfügen über magische Künste, mit denen vieles möglich ist, Hoheit«, sagte der Hohepriester. »Aber einen Menschen mit der Fähigkeit auszustatten, unter Wasser zu atmen und das Wrack ausfindig zu machen, übersteigt unsere Fähigkeiten. Gibt es irgendeine andere Möglichkeit?« Er blickte Jazhara auffordernd an.

Arutha war sich der Bedeutsamkeit dieser Frage nur zu bewusst; die Tempel waren gegenüber Magie, die sie nicht selbst kontrollierten, noch weitaus argwöhnischer als alle anderen Institutionen. Im günstigsten Fall wäre Jazhara ein Objekt des Misstrauens – doch dies war alles andere als der günstigste Fall. »Wisst Ihr von einer anderen Möglichkeit, Jazhara?«, fragte der Prinz.

Sie schüttelte den Kopf. »Nein, Eure Hoheit, bedauerlicherweise nicht. Ich weiß von einigen Magiern aus Stardock, die zu solchen Kunststücken fähig sind, aber nur die wenigsten von ihnen könnte man als kräftige Männer bezeichnen. Für solch eine Aufgabe benötigt man einen guten Schwimmer und eine Lichtquelle.«

»Das wird nicht reichen«, sagte James.

Arutha zog fragend eine Augenbraue hoch. »Ach nein?«

James grinste. »Eure Hoheit, ich habe mein Leben lang am Meer gelebt. Ich habe gehört, was sich die Seeleute so erzählen. Wenn man in eine gewisse Tiefe vordringt, übt das Wasser einen großen Druck auf den Körper aus. Selbst mit einem magischen Spruch, der beim Atmen hilft, würde es sich als ziemlich unmöglich erweisen, einem solchen Druck zu widerstehen. Nein, so geht das nicht – aber es gibt eine andere Möglichkeit.«

»Sagt sie uns«, forderte der Hohepriester ihn auf.

»Ich denke an die Wrackberger-Gilde«, sagte James. »Es ist ihr Beruf, gesunkene Schiffe zu heben. Sie pflegen sie so lange an die Wasseroberfläche zu bringen, bis alles Verwertbare daraus entfernt wurde. Manchmal können sie auch ein Leck stopfen und ein gesunkenes Schiff sicher zu einem Hafen schleppen, wo es repariert wird. Das habe ich mit eigenen Augen mehr als einmal gesehen.«

»Aber man müsste ihnen von der Träne erzählen«, sagte der Hohepriester. »Und wir dürfen niemandem davon erzählen.«

James schüttelte den Kopf. »Nein, Vater. Wir brauchen ihnen nur zu sagen, dass sie das Schiff heben sollen. Dann geht jemand, der das Vertrauen der Krone genießt, an Bord des Wracks, sucht nach dem Artefakt, findet es und bringt es hierher nach Krondor.«

Der Hohepriester deutete auf den schweigenden Kriegermönch zu seiner Linken. »Dieser Jemand sollte Bruder Solon sein. Um die Träne herum existieren mystische Schutzvorrichtungen; selbst wenn dieser Bursche namens Bär die Träne erreicht hätte, wäre er vielleicht nicht in der Lage gewesen, sie mitzunehmen. Bruder Solon weiß, wie man die Schutzvorrichtungen aufhebt, sodass die Träne geborgen werden kann.«

James warf Arutha einen Blick zu. »Eure Hoheit, wenn dieser

Bär nicht genau weiß, wo sich die Träne im Augenblick befindet, drückt er sich dann nicht wahrscheinlich irgendwo in der Nähe herum und wartet darauf, dass eine ishapianische Expedition zum Wrack aufbricht? Natürlich wird er abwarten, bis das Artefakt geborgen ist – und dann zuschlagen.«

»Wir haben die Mittel, die Träne zu verteidigen«, sagte der Hohepriester.

»Ich möchte Euch nicht zu nahe treten, Vater, aber nach dem, was Lucas uns über Knutes Sicht der Dinge erzählt hat, besitzt Bär irgendeinen mächtigen Schutz gegen Eure Magie. Wie hätte er sonst auch Euer Schiff kapern können ...?«

Der Hohepriester wirkte beunruhigt, während Jazhara hinzufügte: »Ich glaube, er hat etwas von einem Amulett gesagt, das den Träger vor priesterlicher Magie schützt.«

Arutha blickte James fragend an. »Du schlägst also vor, es heimlich zu tun?«

»Ja, Hoheit«, sagte James. »Wir müssen einen Weg finden, Bärs Aufmerksamkeit auf etwas anderes zu lenken. Wir müssen ihn lange genug ablenken, dass er gar nicht erst in dem fraglichen Gebiet auftaucht, während wir das Schiff heben und das Artefakt zurückholen. Er darf erst merken, dass er abgelenkt worden ist, wenn wir wieder zurückgekehrt sind ...« Er zuckte die Schultern. »Dann haben wir vielleicht eine Chance ...«

»Eure Hoheit, ich würde eine große bewaffnete Streitmacht vorziehen –«, begann der Hohepriester.

Der Prinz hob eine Hand. »Ich bin mir der Tatsache bewusst, dass die Sorge um die Träne in den Aufgabenbereich des Ishap-Tempels fällt, Vater – aber es war mein Gefängnis, das zerstört wurde, es war das von meiner Frau gestiftete Waisenhaus, das niedergebrannt wurde, es waren meine Wachtmeister, die abgeschlachtet wurden ... Das macht die ganze Sache zu einer Angelegenheit der Krone, denn ich muss dafür sorgen, dass so etwas niemals wieder geschehen kann.

Wenn die Berichte stimmen und Bär und seine Söldner Eurer Magie gegenüber tatsächlich immun sind, brauchen wir Bewaffnete, um die Träne zurückzuholen. Wie viele Kriegermönche könnt Ihr binnen eines Tages aufbieten?«

Der Hohepriester musste sich geschlagen geben. »Nur drei, Eure Hoheit. Die Mehrzahl unserer Kriegermönche hat sich an Bord der *Morgenröte Ishaps* befunden, um die Träne der Götter zu bewachen.«

James mischte sich ein. »Angesichts der Tatsache, dass hier in Krondor bereits viele Menschen getötet wurden, möchte ich Euch folgenden Rat geben, Vater: Es wäre am besten, die Träne zurückzuholen und sie sicher auf den Weg nach Rillanon zu bringen, bevor Bär überhaupt merkt, dass sie sich nicht mehr am Grund des Meeres befindet.«

Arutha schwieg einen Augenblick, dann sagte er: »Ich pflichte James' Vorschlag bei.« An James gewandt fuhr er fort: »Was die ›Ablenkung‹ angeht: Schicke unverzüglich die Kundschafter los, sie sollen sich auf die Suche nach Bär machen. William soll eine Patrouille aus Mitgliedern der Königlichen Leibgarde zusammenstellen und den Kundschaftern so rasch wie möglich folgen. Nach allem, was du mir erzählt hast, hat William mehr als genug Gründe, Bär auf den Pelz zu rücken und ihn durch die Wildnis zu jagen. Bär mag gegen Magie immun sein, aber ich bin mir ziemlich sicher, dass zwei Dutzend Schwerter ihn genügend beunruhigen, um in Bewegung zu bleiben. Und sag William, dass Bär das Todesmal trägt und er mit ihm nach eigenem Gutdünken verfahren kann, wenn er ihn ergreift. Das sollte eigentlich ›Ablenkung‹ genug sein.«

»Und was ist mit der Träne?«, fragte James.

»Du und Jazhara, ihr beide geht zur Wrackberger-Gilde und beschafft euch genügend Männer, um das Schiff zu heben. Sammelt euch in aller Stille irgendwo außerhalb der Stadt; am besten, ihr verlasst die Stadt in Zweier- und Dreiergruppen und trefft euch in einem der Dörfer auf dem Weg nach Sarth. Dann reitet schnell zur ...«

»Witwenspitze«, sagte Arutha, »und macht euch daran, die Träne zurückzuholen.«

James verbeugte sich. »Wie viele Männer sollen wir mitnehmen?«

»Ich möchte, dass morgen früh bei Tagesanbruch eine kleine Gruppe aufbricht – du und Jazhara, Bruder Solon und wen immer du von der Gilde bekommen kannst. Ich werde am folgenden Tag eine Patrouille aussenden und sie nach ...« Er warf Gardan einen Blick zu. »Welcher Ort liegt der Witwenspitze am nächsten?«

Herzog Gardan musste dazu nicht erst auf die Karte sehen. »Haldenkopf. Das Städtchen liegt auf den Klippen oberhalb der Witwenspitze. Es ist ein Rückzugort für die Strandräuber, die sich an der Küste über die Wracks hermachen, aber im Großen und Ganzen ist es ein verschlafener kleiner Ort.«

»Das ist zu nah, Hoheit«, sagte James. »Wenn sich irgendwo in der Nähe des Wracks Gewährsleute von Bär herumtreiben, dann werden die mit ziemlicher Sicherheit in Haldenkopf sitzen. Schon allein unsere Ankunft wird für Unruhe sorgen, es sei denn, wir ziehen binnen eines Tages weiter. Aber das Auftauchen einer unvorhergesehenen Patrouille wird Bärs Männer ganz sicher alarmieren.«

»Wie heißt das nächste Dorf im Süden?«, fragte Arutha.

»Müllersruh«, antwortete der Herzog.

»Dann stationiert sie dort. Sobald ihr die Träne habt, James, begebt ihr euch so rasch wie möglich nach Süden, nach Müllersruh; die Patrouille wird euch dann nach Krondor geleiten. Und wenn ihr es mit etwas zu tun bekommt, mit dem ihr allein nicht fertig werdet, schickt jemanden nach Müllersruh, damit die Patrouille euch zu Hilfe kommt. Ist das klar?«

»Ja, Hoheit«, sagte James und verbeugte sich.

Jetzt wandte Arutha sich an den Hohepriester. »Vater, geht und trefft alle notwendigen Vorbereitungen. Sorgt dafür, dass Euer Mann zwei Stunden nach Tagesanbruch an der ersten Kreuzung außerhalb der Stadttore zu James' Gruppe stößt.

James, du brichst mit der Hälfte der Männer von der Wrackberger-Gilde bei Tagesanbruch auf. Jazhara und die restlichen Männer der Gilde werden euch eine Stunde später folgen. Ihr solltet euch unter die anderen Händler und Reisenden mischen, die in der Morgendämmerung die Stadt verlassen.« Mit einem Blick auf James fügte der Prinz hinzu: »Muss ich noch extra darauf hinweisen, dass ihr vorsichtig sein sollt?«

»Natürlich werden wir vorsichtig sein, Eure Hoheit, ganz bestimmt werden wir das«, sagte James mit einem fast schon unverschämten Grinsen.

Arutha deutete anklagend mit dem Finger auf James. »Wir haben schon vieles gemeinsam erlebt, James – mehr als die meisten Männer in zehn Leben –, aber diese Aufgabe ist nicht mit denen zu vergleichen, die du zuvor bewältigt hast. Du musst deine Sache gut machen, denn unser aller Schicksal liegt in deinen Händen.«

James verbeugte sich. »Das werde ich tun, Eure Hoheit.«

Dann wandte Arutha sich an Jazhara. »Ich vertraue darauf, dass Ihr unseren jungen Abenteurer an die Bedeutung seiner Aufgabe erinnern werdet.«

Auch sie verbeugte sich. »Sofern es notwendig werden sollte, Eure Hoheit.«

»Dann geht jetzt; mögen die Götter Eure Anstrengungen mit einem Lächeln bedenken.«

Außerhalb des Thronraumes bedeutete James Jazhara, zusammen mit ihm zu warten, bis schließlich auch Herzog Gardan den Raum verließ. »Euer Gnaden?«, sagte James.

Der Herzog drehte sich um. Seine dunkle Haut war so zerknittert wie altes Leder, aber seine Augen waren noch immer hell und wach. »Was gibt es, Junker?«

»Ich wollte Euch fragen, ob Ihr dem Ausrüstungsoffizier vielleicht eine Nachricht schicken könntet, dass wir zu ihm hinunterkommen werden, um uns für unsere Reise auszustatten?«

»Was gibt es denn da für Probleme?«, fragte der Herzog.

James grinste verlegen. »Nun, meine Glaubwürdigkeit hat in letzter Zeit ein wenig gelitten. Es scheint, als hätte ich den Namen des Prinzen ein bisschen zu häufig benutzt ...«

»Ohne dass Arutha davon Kenntnis hatte«, beendete Gardan den Satz. Auch er lächelte jetzt. »Nun gut, ich werde unverzüglich eine Nachricht schicken.«

»Wann werdet Ihr Euch endgültig zurückziehen?«, fragte James. »Ich dachte, Ihr hättet bereits die Zustimmung des Prinzen, Euren Abschied nehmen zu dürfen.«

»Eigentlich hätte ich in einem Monat nach Crydee aufbrechen sollen. Jetzt weiß ich allerdings nicht, wann es dazu kommen wird«, antwortete Gardan mit einem fast schon theatralischen Seufzen. »Ich nehme an, wenn *Ihr* damit aufhört, eine Krise nach der anderen anzuschleppen.«

»Wenn Ihr wirklich darauf wartet, werdet Ihr noch in zehn Jahren hier sein, fürchte ich«, sagte James und grinste spitzbübisch.

»Das will ich nicht hoffen«, erwiderte der Herzog. »Aber ich werde ziemlich sicher noch hier sein, wenn Ihr zurückkehrt. Solange diese Krise nicht beigelegt ist, darf sich niemand seiner Pflicht entziehen. Und jetzt kümmert Euch um Euren Auftrag.« Er verbeugte sich vor Jazhara. »Mylady.«

»Euer Gnaden«, antworteten James und Jazhara gleichzeitig.

Nachdem der alte Herzog davongeschritten war, fragte Jazhara: »Und was jetzt?«

»Jetzt gehen wir zum Seetor und statten der Wrackberger-Gilde einen Besuch ab«, sagte James.

Mitten am Vormittag herrschte um das Seetor herum ein geschäftiges Treiben. Fracht, die im Hafen gelöscht und dann in die Stadt gebracht wurde, sorgte dafür, dass sich Dutzende von Karren und

Wagen langsam die Straße entlang auf den Alten Markt zubewegten. Gerade erst eingetroffene Seeleute eilten von ihren Schiffen und machten sich schleunigst auf die Suche nach Schänken und Frauen. Über den Docks kreisten und kreischten die Seevögel, suchten in den über Bord geworfenen Abfällen und Resten von Frachtgut nach etwas zu fressen.

Während sie dahinschritten, unterdrückte Jazhara ein Gähnen. »Ich bin so müde, dass ich das Gefühl habe, ich würde schlafwandeln, wenn ich alle diese Menschen so geschäftig hin und her laufen sehe.«

James lächelte. »Ihr werdet Euch noch daran gewöhnen. Eines der Dinge, die ich gelernt habe, seit ich in Aruthas Diensten stehe, ist, ein Nickerchen zu machen, wann immer ich die Gelegenheit dazu habe. Meine persönliche Bestleistung sind vier Tage ohne zu schlafen. Natürlich hatte ich dabei die Hilfe eines magischen Tranks, und als seine Wirkung nachgelassen hat, war ich eine Woche lang zu nichts mehr zu gebrauchen ...«

Jazhara nickte. »Solche Mittel dürfen nur sehr vorsichtig angewendet werden.«

»Was wir festgestellt haben, als wir uns auf dem Heimweg befanden«, sagte James, der jetzt ebenfalls ein Gähnen unterdrücken musste. »Was uns auch erwarten mag – ich hoffe, wir können zumindest noch einmal eine Nacht richtig schlafen, bevor wir aufbrechen.«

»Das hoffe ich auch.«

Sie erreichten das Quartier der Wrackberger-Gilde, ein ziemlich unauffälliges zweigeschossiges Gebäude, das einen Block vom Seetor entfernt lag. Vor dem Haus standen ein paar Männer um einen großen Wagen herum. Zwei von ihnen kletterten auf den Wagen, während zwei andere davongingen und dabei eine große Kiste mitschleppten.

James blieb stehen und tippte einem der Männer auf die Schulter.

Ohne sich umzudrehen und nachzusehen, wer sich da hinter ihm befand, schnarrte der Mann: »Mach, dass du wegkommst!«

James war müde und nicht in der Stimmung für irgendwelche Grobheiten. Er sagte nur: »Wir sind im Auftrag des Prinzen hier.«

Der Mann warf ihm einen raschen Blick zu. »Also, wenn Ihr wegen der Sache mit dem Gildenmeister hier seid – ich habe dem Hauptmann der Wache bereits alles gesagt, was ich weiß.«

James packte den Mann jetzt fester an der Schulter und drehte ihn zu sich herum. Der Packer holte mit seiner großen Faust aus, um James zu schlagen, doch ehe er das tun konnte, hielt ihm der Junker bereits einen Dolch an die Kehle. »Sei etwas nachsichtig mit mir«, flüsterte er. Der drohende Unterton in seiner Stimme war nicht zu überhören.

»Vielleicht könntest du dir einen kleinen Augenblick Zeit nehmen und mir das Ganze auch einmal erzählen. Was genau hast du Hauptmann Guruth über den Gildenmeister erzählt?«

Der Mann ließ die Faust sinken und trat einen Schritt zurück. »Selbst das Gehirn eines Ochsen würde ausreichen, um zu bemerken, dass er ermordet wurde.«

Einer der anderen Packer, der das Gespräch beobachtet hatte, rief: »Es war Kendaric! Der war's, oh, ja! Seine Gier wird uns alle noch teuer zu stehen kommen!«

Der erste Mann deutete auf den Eingang zum Gildenhaus. »Wenn Ihr irgendwelche Einzelheiten wissen wollt, dann solltet Ihr am besten reingehen und mit Jorath sprechen. Er ist jetzt der verantwortliche Geselle.«

James steckte seinen Dolch wieder ein und gab Jazhara ein Zeichen mitzukommen. Sie betraten den Gildensaal, in dem ein paar Männer in einer Ecke standen und eifrig miteinander diskutierten. Ein junger Mann, der dem Aussehen nach Lehrling sein musste, stand ganz in der Nähe. Er kontrollierte eine Reihe von Möbelstücken und persönlichen Gegenständen und trug Zahlen in ein Hauptbuch ein. James trat zu ihm. »Wir suchen den Gesellen Jorath.«

Der Junge hörte nicht auf zu zählen, sondern deutete mit seinem Federkiel einfach nur über seine Schulter auf eine Tür an der Rückwand.

James bedankte sich und ging mit Jazhara zu der angewiesenen Tür.

Sie betraten einen Raum, der fast völlig von einem großen Tisch und mehreren Stühlen eingenommen wurde. Vor dem Tisch stand ein Mann in mittleren Jahren mit dunklen Haaren und einem sauber gestutzten Bart. Er trug ein einfarbiges blaues Gewand, das auch einem Priester oder Magier hätte gehören können. Er blickte von dem Dokument auf, mit dem er sich gerade beschäftigt hatte, und fragte: »Ja, was ist?«

»Ich komme vom Palast«, sagte James.

»Dann vermute ich, dass Ihr gekommen seid, um mir mitzuteilen, welche Fortschritte Ihr inzwischen gemacht habt – schließlich habe ich bereits alle Fragen beantwortet.« Die Stimme des Mannes troff förmlich vor Arroganz.

James kniff einen kurzen Moment die Augen zusammen, schob seinen Ärger jedoch zunächst einmal beiseite. »Wir gehören nicht zur Garde. Wir wollen ein Schiff heben lassen.«

»Ich fürchte, da habt Ihr leider Pech. Die Gilde ist geschlossen. Ihr habt es wohl noch nicht gehört, aber der Gildenmeister ist ermordet worden.«

»Was ist geschehen?«, fragte James.

»Das weiß niemand so genau. Anscheinend hat es einen Kampf gegeben. Der Gildenmeister wurde tot in seinem Zimmer gefunden, und all seine persönliche Habe lag um ihn herum verstreut. Er muss einen guten Kampf geliefert haben, aber wie es scheint, hat irgendwann sein Herz versagt.«

»Und warum wird die Gilde geschlossen?«, fragte James.

»Der Gildenmeister und Geselle Kendaric waren die einzigen

Mitglieder unserer Gilde, die dazu in der Lage waren, das Ritual durchzuführen, das notwendig ist, um ein großes Schiff zu heben.«

»Nun, dann müssen wir unverzüglich mit diesem Gesellen sprechen.«

»Ich fürchte, das ist völlig unmöglich. Kendaric ist der Hauptverdächtige, was den Mord am Gildenmeister anbelangt, und es scheint, als wäre er untergetaucht. Und da der Gildenmeister tot und Kendaric verschwunden ist, können wir unsere Geschäfte nicht mehr fortführen.« Der Mann stieß einen leisen Seufzer aus. »Was insgesamt betrachtet vielleicht gar nicht so schlecht ist.«

»Was meint Ihr mit ›insgesamt betrachtet‹?«, fragte James.

Jorath legte das Pergament beiseite, in dem er gelesen hatte. »Ganz im Vertrauen gesagt, hat die Gilde nun schon seit einigen Jahren Verluste gemacht. Die Gilden anderer Städte – etwa von Ylith oder Durbin – haben neue Techniken entwickelt, die es ihnen ermöglichen, viel wirkungsvoller zu arbeiten. Sie haben alle neuen Verträge eingeheimst.«

James schwieg längere Zeit. Schließlich sagte er: »Und woher wisst Ihr, dass dieser Kendaric den Gildenmeister getötet hat?«

Jorath nahm eine andere Schriftrolle vom Stapel und warf einen Blick darauf. »Sie haben pausenlos gestritten. Manchmal hat es so ausgesehen, als würden sie sich gleich prügeln. In der Nacht, in der der Gildenmeister ermordet wurde, hat Abigail – das ist die Frau, die das Gildenhaus sauber macht – einen lauten Wortwechsel zwischen ihm und Kendaric gehört.«

»Das ist noch kein Beweis«, sagte Jazhara.

»Nein, das stimmt. Aber seit die Leiche gefunden wurde, ist er verschwunden. Daher kann man davon ausgehen, dass er schuldig ist.«

Jazhara wollte etwas erwidern, aber James schüttelte fast unmerklich den Kopf. Er wandte sich an Jorath. »Könnten wir uns vielleicht die Zimmer von Kendaric und dem Gildenmeister ansehen?«

Jorath zuckte die Schultern. »Bitte. Die Wache ist bereits oben gewesen, aber wenn Ihr glaubt, dass es etwas bringen könnte – nur zu.« Er wandte sich wieder seinen Schriftrollen zu und überließ James und Jazhara sich selbst.

Jazhara wartete, bis sie die Treppe hinaufgestiegen waren. Als sie allein waren, fragte sie James: »Was?«

»Was, was?«

»Was sollte ich nicht zu Jorath sagen?«

»Das, was Ihr gedacht habt«, sagte James und ging auf die erste von drei geschlossenen Türen zu.

»Und was habe ich gedacht?«, fragte Jazhara.

James öffnete die Tür und warf einen Blick über die Schulter zu Jazhara zurück. »Dass Kendaric möglicherweise ebenfalls tot ist. Und dass irgendjemand vielleicht etwas dagegen hat, dass bei der Witwenspitze ein ganz bestimmtes Schiff gehoben wird.« Er schaute nach unten. »Dieses Türschloss ist aufgebrochen worden.«

Dann neigte er den Kopf leicht zur Seite, als würde er lauschen, und gab Jazhara zu verstehen, dass sie sich ganz still verhalten sollte. Schließlich hob er die Hand. »In dem Zimmer ist jemand«, flüsterte er.

Jazhara stellte sich neben James und nickte. James machte einen Schritt zurück und trat dann kräftig gegen die Tür; die Schlossplatte zerbarst, als die Tür weit aufschwang.

Die alte Frau, die sich in dem Zimmer befand, machte einen Satz rückwärts und schrie auf. »Himmel!«, rief sie. »Wollt ihr eine alte Frau zu Tode erschrecken?«

»Tut mir Leid«, sagte James mit einem verlegenen Lächeln. »Ich habe gehört, dass jemand hier drin ist, und gesehen, dass das Schloss aufgebrochen worden ist ...« Er zuckte die Schultern.

»Als ich den Meister nicht wecken konnte«, sagte die alte Frau,

»habe ich zwei Lehrlingen aufgetragen, eine Stange zu bringen, und die Tür aufzubrechen. Ich habe den Meister gefunden … Dort hat er gelegen.« Sie schniefte und wischte sich mit dem Handrücken eine Träne aus dem Augenwinkel.

»Was kannst du uns erzählen?«, fragte James. »Wir sind im Auftrag des Prinzen hier.«

»Der Meister war ein wunderbarer Mensch, aber er hatte ein schwaches Herz. Ich habe ihm immer Hagedorntee gemacht, gegen die Schmerzen in der Brust. Es hat ihm nicht gut getan, sich dauernd mit dem Gesellen Kendaric zu streiten.«

»Und wie war Kendaric so?«, fragte Jazhara.

»Er war ein armes Straßenkind, hatte keine Familie, keine Freunde. Der Gildenmeister hat sein Eintrittsgeld in die Gilde bezahlt, weil Kendaric so arm war. Aber der alte Meister hat gewusst, dass der Junge außergewöhnlich begabt war, und es wäre ein Verbrechen gewesen, ihn nur deswegen nicht zuzulassen, weil er arm war. Der Meister hatte Recht, denn der Junge wurde ein sehr guter Geselle, der beste sogar. Er wäre deshalb auch der nächste Gildenmeister geworden, wenn nicht …« Ihre Stimme verebbte, während ihr erneut Tränen in die Augen traten.

»Ihr habt gesagt, er war außergewöhnlich begabt?«, hakte Jazhara nach.

»Oh, er ist immer wieder auf neue Ideen gekommen, wie man dies und das tun könnte. Er hat an einem Spruch gearbeitet, der es einem einzigen Gildenmitglied ermöglichen würde, ganz allein große Schiffe zu heben. Er hat gedacht, es würde der Gilde mit seinem neuen Spruch besser gehen, aber der Gildenmeister wollte die traditionellen Methoden bewahren, und sie haben deswegen gestritten. Der Meister hat immer gesagt, dass er mit Kendaric diskutiert hat, um ihn zu bilden, um seinen Verstand zu schärfen und ihn stark genug zu machen, dass er die Gilde übernehmen könnte, wenn er selbst einmal nicht mehr wäre. Und das macht die ganze Sache auch so merkwürdig.«

»Was macht die ganze Sache so merkwürdig?«, fragte Jazhara.

»Nun, dass Kendaric den alten Meister getötet haben soll. Denn trotz ihrer ständigen Streitereien hätte ich geschworen, dass er ihn wirklich gern gehabt hat.«

Jazhara dachte laut nach. »Alle scheinen davon überzeugt zu sein, dass Kendaric der Mörder ist. Aber sind das nicht eigentlich nur Vermutungen?«

Die alte Frau seufzte. »Vielleicht. Doch ich habe gehört, wie Kendaric und der Gildenmeister sich gestritten haben – in der Nacht, in der der Meister ermordet wurde. Sie haben sich immer mal wieder gestritten, aber dieser Streit war lauter als alle anderen zuvor. Und am nächsten Morgen, als ich dem alten Meister das Frühstück bringen wollte, war er tot. Wie ich schon gesagt habe, zwei Lehrlinge mussten die Tür aufbrechen. Kendaric muss ihn geschlagen haben, und als das Herz des Meisters versagt hat, muss er durch das Fenster geflohen sein. Das habe ich auch den Wachen erzählt, nachdem ich sie gerufen hatte.«

James zögerte einen Moment und sagte dann: »Wenn es dich nicht stört, werden wir uns ein bisschen umsehen.«

Sie stellten schnell fest, dass alles, was von Wichtigkeit hätte sein können, von den Wachen bereits mitgenommen worden war. »Was ist in den anderen beiden Räumen?«, fragte Jazhara.

»Das sind die Zimmer der Gesellen«, erklärte Abigail.

»Und wo ist das Zimmer von Kendaric?«, fragte James.

»Es ist gleich nebenan«, antwortete die alte Frau.

James kehrte auf den Korridor zurück und öffnete die nächste Tür. Augenblicklich ließ er sich zu Boden fallen; er schaffte es gerade noch, dem sengenden Hitzestoß zu entgehen, der durch die Tür schoss.

Jazhara tat es ihm gleich, wobei James nicht sagen konnte, ob es ihr gelungen war, den Flammen zu entgehen. Er hatte auch nicht die Zeit, sich darum zu kümmern, denn der Magier, der den Feuerball nach ihm geworfen hatte, trat jetzt zur Seite, um einen schwarz gekleideten Krieger vorbeizulassen, der sofort auf ihn losstürmte.

Der Izmali hob sein Schwert und ließ es auf James' Kopf zuschnellen.

Sieben

Verschwörung

James rollte sich nach rechts.

Das Schwert des Izmali krachte mit voller Wucht genau an der Stelle auf den Boden, wo sich wenige Augenblicke zuvor noch James' Kopf befunden hatte; unglaublich schnell hatte der Assassine es wieder erhoben, um erneut zuzuschlagen.

James hatte keine Zeit, seinen eigenen Degen zu ziehen, daher trat er mit aller Kraft aus. Seine Anstrengung wurde von dem Geräusch einer brechenden Kniescheibe und dem gedämpften Schmerzensschrei des schwarz gekleideten Mörders belohnt. Der Izmali taumelte, fiel aber nicht hin.

James rollte sich erneut zur Seite, als der Krieger schwankte, und kam in einer einzigen geschmeidigen Bewegung auf die Beine, wobei er gleichzeitig seinen Degen zog.

Jazhara ließ einen Zauberspruch los, aber der Funken sprühende Ball aus roter Energie schoss seitlich davon und krachte unweit des gegnerischen Magiers auf den Fußboden. Der Magier war zwar nicht getroffen worden, doch er wirkte alarmiert, als er feststellen musste, dass er einem Gegner gegenüberstand, der ebenfalls über magische Fähigkeiten verfügte. Er drehte sich um und sprang durch das offene Fenster hinaus auf die Straße.

Als James auf den Assassinen zutrat, wandte sich auch Jazhara dem Mann zu. Sie hob ihren Stab über Schulterhöhe, zielte dabei mit dem dicken Ende auf den Mann, bereit, sofort anzugreifen, falls James zurückwich. James schwang seinen Degen – eine Bewegung, mit der er erreichen wollte, dass sein Gegner zurückwich und dabei das verletzte Bein belastete. Der Mann war ein erfahrener Schwertkämpfer, und er verlagerte sein Gewicht auf eine Weise, dass er eher riskierte, getroffen zu werden, als sein verletztes Knie anzustrengen. Er setzte sofort zu einem Konter an und führte einen schnellen Schlag nach innen, der James beinahe enthauptet hätte.

Als James zurückwich, stieß Jazhara mit ihrem Stab zu und zwang so den Assassinen, sich weiter in den Raum zurückzuziehen. Klugerweise blieb er gleich hinter dem Türrahmen stehen, sodass James und Jazhara ihn nicht gleichzeitig, sondern immer nur nacheinander angreifen konnten. Ohne den Blick von dem Assassinen abzuwenden, sagte James: »Jazhara! Geht nach unten und seht nach, ob Ihr irgendeinen Hinweis auf den Verbleib seines Magierfreundes findet. Ich werde mich in der Zwischenzeit um dieses mörderische Schwein kümmern.«

Jazhara befolgte die Anweisung, ohne irgendwelche Einwände zu erheben; sie machte auf dem Absatz kehrt und eilte die Stufen hinunter. Von unten – wo man die Kampfgeräusche zweifellos hören musste – drangen fragende Rufe herauf.

James wog die Situation ab. Weder er noch der Assassine würde freiwillig durch die Tür gehen. Wer auch immer sich vorwärts bewegte, konnte sicher sein, dass er in dem Augenblick angegriffen werden würde, da er direkt im Türrahmen stand und dadurch in seiner Bewgungsfreiheit eingeschränkt war. Der Angriff würde es zweifellos erforderlich machen, zu einer Seite hin auszuweichen. Sie steckten in einer Pattsituation.

Schließlich trat James einen Schritt zurück, senkte den Degen, als würde er seinen Gegner regelrecht einladen, ihn anzugreifen.

Der Izmali blieb in Habachtstellung, ließ misstrauisch die Schwertspitze kreisen; er weigerte sich, die Einladung anzunehmen.

»Schon bald wird Hilfe hier sein«, sagte James. »Ich bezweifle, dass du mit der gebrochenen Kniescheibe aus dem Fenster springen wirst.« Er schaute an dem verletzten Bein hinunter. »Ich bewundere deine Stärke. Die meisten Männer würden jetzt auf dem Boden liegen und sich vor Schmerzen winden.«

Der Assassine kam einen winzigen Schritt – nicht mehr als zwei Zoll – näher.

James sprach weiter. »Ich habe in den letzten Jahren schon eine ganze Menge von euch Nachtgreifern getroffen. Der Erste, den ich getötet habe – das ist inzwischen viele Jahre her –, hat versucht, den Prinzen zu ermorden. Damals war ich noch ein Junge. Ich habe ihn vom Dach geworfen.«

Der Assassine bewegte sich einen weiteren Zoll vorwärts.

James ließ die Degenspitze auf den Boden sinken und holte tief Luft, als würde er sich entspannen. »Aber das war nichts im Vergleich zu der Horde in der Wüste. Ich glaube nicht, dass du schon davon gehört hast, denn du warst wahrscheinlich die ganze Zeit hier. Ich meine, wenn du mit in der Wüste gewesen wärst, wärst du jetzt genauso tot wie alle anderen, stimmt's?«

Und noch ein Zoll.

»Ich verstehe noch immer nicht, wieso sich eure Bruderschaft von einer Horde religiöser Fanatiker manipulieren lässt. Dabei ist doch bisher nur eines herausgekommen: Die meisten von deinem Clan sind getötet worden. Der Kriecher hat wohl doch nicht ganz so viel Kontrolle über die Nachtgreifer, was?«

Der Assassine spannte sich an.

James machte eine kurze Pause, verlagerte sein Gewicht etwas nach vorn, als würde er sich auf seinen Degen stützen. »Es ist wirklich ulkig, dich hier zu finden. Ich dachte, ich hätte den Letzten von eurem Haufen in der Sonne verrotten lassen, als Fressen für die Bussarde.«

Von draußen erklangen Rufe, die von der Ankunft der Stadtwachen kündeten. Der Izmali spannte sich noch mehr an, hob sein Schwert und machte einen Satz auf James zu. Doch James bewegte sich in dem Augenblick, da er das Schwert des Assassinen hochzucken sah.

Wie James gehofft hatte, hatte seine Tirade den Assassinen so abgelenkt, dass er nicht wahrgenommen hatte, dass James sich wieder auf die Tür zubewegt hatte. Die Spitze des Krummsäbels prallte gegen den Sturz und wurde abgelenkt, während sich James dem Schwertkämpfer entgegenwarf und seine eigene Klinge hochbrachte. Das verletzte Knie des Mannes gab nach, und er stolperte und stürzte halb auf James' ausgestreckten Degen.

James warf sich mit seinem ganzen Körpergewicht in den Stoß, und der Assassine erstarrte, als das Rapier sich tief in seinen Körper bohrte. James ging wieder zurück in die Ausgangsstellung und zog seinen Degen mit, während der Assassine auf dem Fußboden zusammenbrach.

Einen Augenblick später erschienen Jazhara und zwei Stadtwachen auf dem oberen Treppenabsatz. »Der Magier ist entkommen«, sagte die junge keshianische Adlige. »Diese Wachen hier waren am Tor, und ich habe sie um Hilfe gebeten.«

Mit einem Blick auf den toten Assassinen meinte einer der Männer: »Sieht ganz so aus, als würdet Ihr gar nicht so viel Hilfe brauchen, Junker.«

James kniete sich hin und untersuchte den toten Assassinen. »Na, was haben wir denn da?«, sagte er und zog ein kleines Stück Pergament aus der Tunika des Toten. »Normalerweise haben diese Burschen überhaupt nichts bei sich.« Er warf einen Blick auf das Blatt und reichte es an Jazhara weiter. »Könnt Ihr das lesen?«

Sie studierte den Zettel sorgfältig. »Ja. Die Schrift ähnelt der Wüstenschrift, die auch in der Mitteilung an Yusuf benutzt worden ist. *Holt die Schriftrolle zurück, beseitigt den Zeugen in der Gasse, und kehrt dann zum Hund zurück*. Es gibt weder eine Unterschrift noch ein Siegel.«

»Den Zeugen in der Gasse?«, fragte der ältere der beiden

Wachmänner. »Das muss der alte Thom sein – ein alter Seemann, der kein Zuhause mehr hat.«

»Er besitzt ein paar Kisten in dem Gässchen hinter diesem Gebäude, da haust er gewöhnlich«, fügte der zweite Wachmann hinzu.

»Jazhara, lasst uns nachsehen, wonach diese Burschen gesucht haben«, sagte James. Dann wandte er sich an die Wachen. »Einer von euch sollte sich bereithalten.« Er gab Jazhara ein Zeichen, ihm in das Zimmer zu folgen.

Sie schauten sich um, konnten aber nichts Ungewöhnliches entdecken. James zuckte die Schultern. »Ich war ein bisschen zu beschäftigt, um mir zu merken, wo diese Meuchelmörder gestanden haben, als wir die Tür geöffnet haben.«

»Sie haben vor diesem Schreibtisch hier gestanden«, sagte Jazhara.

James untersuchte den Schreibtisch, der auf den ersten Blick völlig normal aussah.

»Was glaubt Ihr, was bedeutet dieses ›kehrt dann zum Hund zurück‹?«, fragte Jazhara.

James untersuchte noch immer den Schreibtisch. »Das ist wahrscheinlich irgendeine Code-Bezeichnung für eine Person oder einen Ort.« Sein Blick blieb an etwas hängen, und er zog eine Schublade auf. Mit geübtem Blick schätzte er die Tiefe der Schublade ab und sagte schließlich: »Hinter dieser Schublade ist ein Geheimfach – so wahr man mich früher Jimmy die Hand genannt hat.« Er kniete sich hin und griff in die Öffnung. Man konnte das Klicken eines kleinen Riegels hören, und ein zierliches Türchen sprang auf und enthüllte einen kleinen Beutel aus rotem Samt. James holte ihn aus dem Fach.

Nachdenklich wog er den Beutel in der Hand. »Er ist schwer. Es fühlt sich an wie ein Stein.« Geschickt löste er die Seidenkordel, mit der der Beutel verschlossen war, drehte ihn um und ließ das, was sich darin befand, in seine andere Hand gleiten.

Auf seiner Handfläche lag ein in grünen und weißen Farbtönen schimmernder Stein, der so bearbeitet worden war, dass er wie eine Muschel aussah.

»Das ist eine Eortis-Muschel!«, rief Jazhara.

»Und was ist das?«, fragte James. »Ich habe ein paar Anhänger dieses Gottes kennen gelernt, als ich vor einiger Zeit Silden besucht habe, aber ich weiß so gut wie nichts über ihren Glauben.«

»Ich habe solch ein Artefakt in Stardock gesehen.« Jazhara hielt ihre Hand über das Objekt, schloss die Augen und murmelte eine kurze Beschwörung. Dann öffnete sie weit die Augen. »Sie ist echt! Es ist ein altes und seltenes Stück, das bei der Ausübung von Wasser-Magie hilft. Man muss jemanden wie die Meister von Stardock oder den Hohepriester des Tempels von Eortis, dem Meeresgott, kennen, um von solch einem Gegenstand überhaupt zu hören. Aber einen zu besitzen ... das muss ein Teil des Geheimnisses der Wrackberger-Gilde sein.«

»Aber warum war diese Muschel dann nicht im Besitz des Gildenmeisters?«, dachte James laut nach. »Ist dies ein weiterer Beweis dafür, dass Kendaric am Tod des Gildenmeisters beteiligt war, oder hat der Meister sie seinem Lieblingsschüler in Verwahrung gegeben?«

»Und warum haben die Nachtgreifer danach gesucht?«, ergänzte Jazhara.

»Könnte man diesen Gegenstand benutzen, um ein Schiff zu heben?«, fragte James.

»Nein, aber man könnte ihn dazu benutzen, bei einem solchen Unternehmen für günstiges Wetter zu sorgen, wenn man den richtigen Spruch kennt.«

»Glaubt Ihr, dass sie dieses Objekt gesucht haben?«

Jazhara überlegte einen Augenblick, ehe sie antwortete: »Da es nicht dazu benutzt werden kann, ein Schiff zu heben, wahrscheinlich nicht.«

»Dann sollten wir weitersuchen.« James untersuchte die andere Seite des Schreibtischs und fand eine weitere falsche Schublade; diesmal war es eine, die man nur entdeckte, wenn man von der Schublade aus oben in den Schreibtisch griff.

»Ziemlich schlau«, sagte James, als er eine kleine Schachtel zum Vorschein brachte. »Aber nicht schlau genug.«

Die Schachtel war ungefähr einen Fuß breit, einen halben Fuß tief und drei Zoll dick. Ein Schloss oder ein Riegel waren nirgends zu entdecken, und der Deckel war mit einem Mosaik aus Steinen ausgelegt. James versuchte es auf die einfachste Weise und schob mit den Daumen den Deckel hoch. Er ließ sich ohne Probleme hochschieben, doch die Schachtel war leer. »Nichts«, sagte er.

»Doch, da ist etwas«, sagte Jazhara. »Schließt den Deckel, und öffnet ihn noch einmal.«

James tat, wie ihm geheißen, und Jazhara sagte: »Es ist ein scathianisches Puzzle. Es ist ein Schloss.«

»Aber zu was? Diese Schachtel ist leer. Und die Seiten sind zu flach, um Platz für ein weiteres Geheimfach zu bieten.«

»Es ist ein Zauber. Seine Natur ist, das zu verbergen, was sich darin befindet, bis es aufgeschlossen wird.«

»Könnt Ihr es aufschließen?«

»Ich kann es versuchen.« Jazhara nahm die Schachtel, schloss den Deckel und stellte sie dann vor sich auf den Schreibtisch.

Sie studierte das Mosaik im Deckel und legte einen Finger auf eine Kachel. Ihre Farbe veränderte sich von Rot zu Grün zu Blau, und für einen ganz kurzen Augenblick glaubte James, ein verwaschenes Bild über die Oberfläche der Kachel huschen zu sehen. Jazhara wiederholte die Geste rasch, berührte eine benachbarte Kachel. Wieder veränderte sie ihre Farbe, und ein anderes Bild erschien auf ihrer glatten Oberfläche.

Geschickt bewegte Jazhara die Fliesen, denn sie glitten genau dahin, wo sie sie haben wollte. James war fasziniert, denn die Kunst, Fallen zu entschärfen und Schlösser zu knacken, war in seiner Zeit als Dieb eine Notwendigkeit gewesen. Niemals jedoch war er so etwas wie diesem Ding begegnet. Nach einer Weile weiteten sich seine Augen, denn er bemerkte, dass die Fliesen sich wieder in ihrem ursprünglichen Muster anordneten, wenn Jazhara zu lange zögerte, eine zu bewegen. Und je mehr sie sich dem Ende des Puzzles näherte, desto rascher verblassten sie.

Jazharas Finger flogen jetzt förmlich über das Mosaik, bewegten unglaublich schnell die Fliesen, bis sich schließlich das Bild eines Schiffes auf See bildete. Dann ertönte ein kaum wahrnehmbares Klicken, und der Deckel sprang auf.

Die Schachtel war nicht mehr leer. In ihr lag ein einzelnes Stück Pergament. James griff in die Schachtel und nahm das Blatt heraus. Er warf einen Blick darauf und sagte: »Das kann ich nicht lesen.«

Jazhara nahm das Pergament und studierte es sorgfältig. »Ich glaube, das hier ist der Spruch, den sie benutzen, um die Schiffe zu heben.«

»Wie funktioniert er?«

Jazhara musterte das Pergament noch sorgfältiger. »Unglaublich«, flüsterte sie. Dann fügte sie in normaler Lautstärke hinzu: »Mit diesem Pergament und ein paar anderen Komponenten kann ein einziges Mitglied der Gilde ein Schiff mit Hilfe eines mystischen Nebels heben.«

»Und was ist daran so verwunderlich?«

»Gilden wie die Wrackberger-Gilde, die eine begrenzte Form der Magie ausüben, besitzen normalerweise nur ein paar geringere Zaubersprüche, die von Generation zu Generation weitergegeben werden, und normalerweise braucht man mehrere Mitglieder der Gilde, um irgendetwas zu erreichen. Wer auch immer das hier geschrieben hat, weiß eine ganze Menge mehr über Magie als der Rest der Gilde.« Sie machte eine Pause und fügte dann nachdenklich hinzu: »Ich würde wetten, dass dieser Kendaric niemals geahnt hat, dass er ein Magier des Geringeren Pfads ist.«

»Dann muss dieser Spruch für die Gilde ein Vermögen wert sein.«

»Zweifellos«, sagte Jazhara. »Jeder Magier des Geringeren Pfads mit einer Affinität zur Wasser-Magie könnte ihn letztlich verwenden. Ich vermute, Kendaric ist der Einzige, der ihn so benutzen kann, wie er hier geschrieben steht.«

»Dann müssen wir diesen Kendaric finden.« James deutete auf die Schriftrolle. »Versteckt das.« Er drehte sich um und verließ das Zimmer. Jazhara verbarg das Schriftstück in einem Geheimfach der Tasche an ihrer Taille und folgte James einen Augenblick später.

James warf einen Blick auf den toten Nachtgreifer und sagte zu dem Wachmann: »Behalte die Leiche im Auge. Wenn er anfängt, sich zu bewegen, ruf mich.« Dann wandte er sich an Jazhara. »Und jetzt werden wir uns das Gässchen ansehen.«

Als sie die Treppe hinuntereilten, sagte Jazhara: »Wenn er anfängt, sich zu *bewegen*?«

James warf ihr über die Schulter einen Blick zu. Auf seinem Gesicht lag ein reumütiger Ausdruck. »Die Nachtgreifer haben die ärgerliche Angewohnheit, nicht lange tot zu bleiben.«

Er führte sie nach draußen und um die nächste Ecke herum zur Rückseite des Gebäudes, wo sich eine lange, dunkle, gewundene Gasse befand. Es war noch immer sehr früh am Tag, und in dem düsteren Zwielicht hingen in jeder Ecke Schatten, in denen sich alles Mögliche verbergen konnte. Reflexhaft zog James sein Rapier. Jazhara packte ihren Stab fester und machte sich auf alles gefasst.

Sie bewegten sich durch die Gasse, bis sie unter dem offenen Fenster ankamen, durch das der Magier gesprungen war. James deutete auf den Boden. »Hier muss er gelandet sein, und dann ist er« – er schaute in beide Richtungen – »hier entlang gelaufen.« Er deutete in die Richtung, aus der sie gerade gekommen waren. »Ich bin mir ziemlich sicher, dass in der anderen Richtung eine Sackgasse ist.«

»Wenn er die Straße erreicht hat und einfach normal weitergegangen ist, dann hat er sich kaum von den unzähligen Bürgern unterschieden, die ihren morgendlichen Geschäften nachgehen.«

James nickte. »Genau aus diesem Grund liebe ich die Städte und hasse es, allein in der Wildnis zu sein. In einer Stadt gibt es viel mehr Orte, an denen man sich verstecken kann.«

Sie gingen weiter. »Ich weiß, dass viele meiner Landsleute in dieser Hinsicht anderer Meinung sind«, sagte Jazhara. Sie starrte in die Dunkelheit. »Sie finden es leicht, sich in der Wüste zu verstecken.«

»Nun, wie Ihr vielleicht schon bemerkt habt, bin ich kein Wüstensohn«, erwiderte James.

Sie kamen zu einem Stapel aus Kisten, und James schob eine davon beiseite. Der Gestank, der dabei aufstieg, veranlasste Jazhara, einen Schritt zurückzutreten. Im Innern befanden sich eine schmutzige Decke, ein paar halb verfaulte Nahrungsmittel und einige persönliche Habseligkeiten – eine Wollmütze, ein zerbrochener Kamm und eine schmutzige Tunika. »Niemand zu Hause«, sagte James. Er schaute sich um. »Der alte Thom muss unterwegs sein – zum Betteln oder auf Diebestour. Wir werden hier vor Einbruch der Dunkelheit niemanden finden.«

»Ich kann es kaum glauben, dass Menschen tatsächlich so leben können.«

»Wenn man sich erst einmal daran gewöhnt hat, ist es gar nicht mehr so schwer. Der Trick dabei ist, den Abfall dazu zu benutzen, die Wachen auf Abstand zu halten.« Er schaute sich noch einmal in dem Gässchen um. »Gehen wir.«

»Wohin?«

»Zurück zum Palast. Wir sollten uns ein bisschen Ruhe gönnen; nach Sonnenuntergang werden wir dann hierher zurückkommen und uns ein bisschen mit Thom unterhalten. Ich nehme an, er hat etwas gesehen, von dem jemand anderer will, dass er nicht darüber spricht. Wenn wir herausfinden können, was das ist, können wir in all dem vielleicht endlich einen Sinn entdecken.«

»Es ist ganz offensichtlich, dass irgendjemand nicht will, dass wir das Schiff heben.«

»Ja«, sagte James. »Und während William Bär durch die Wildnis jagt, sorgt jemand anderer dafür, dass Gildenmeister und Bettler ermordet werden.«

»Der Kriecher?«, fragte Jazhara.

»Das vermute ich zumindest«, erwiderte James. »Kommt, lasst uns in den Palast zurückkehren und uns etwas ausruhen.« Eilig verließen sie die immer noch düstere Gasse und traten hinaus auf die helle, von geschäftigem Treiben erfüllte Straße.

William gab seinen Männern ein Zeichen, Halt zu machen, als ein einsamer Reiter auf dem Pfad rasch auf sie zugeritten kam. Sie waren noch nicht einmal eine Stunde von der Stadt entfernt und folgten den Zeichen, die zwei Königliche Kundschafter für sie hinterlassen hatten. Der Reiter zügelte sein Pferd und salutierte. Es war Maric, einer der Kundschafter. »Leutnant.«

»Was habt Ihr entdeckt?«, fragte William.

»Ein halbes Dutzend Männer hat die Stadt zu Fuß über die Felder nordöstlich des Nordtores verlassen. Sie haben sich nicht die geringste Mühe gegeben, ihre Spuren zu verwischen. Einer von ihnen war ein großer Mann, ein schwerer Mann, wahrscheinlich derjenige, der Bär genannt wird. Seine Fußstapfen sind groß und tief. Am Rande des Feldes haben Pferde auf sie gewartet; anschließend sind sie in raschem Tempo diesen Pfad entlanggeritten. Jackson folgt ihnen. Er wird Zeichen hinterlassen.«

William bedeutete seinen Leuten, sich wieder in Bewegung zu setzen. Maric lenkte sein Pferd neben das des Leutnants. Die Kundschafter genossen einen legendären Ruf; es waren Männer, die von den ersten Förstern und Wächtern der frühesten Prinzen von Krondor abstammten. Sie kannten die sie umgebende

Wildnis so gut, wie eine Mutter die Gesichtszüge ihrer Kinder kennt, und sie neigten dazu, sich zurückzuziehen und nur widerwillig Befehle von einem Offizier entgegenzunehmen, der nicht zu ihrer Kompanie gehörte. Ihr eigener Hauptmann ließ sich nur höchst selten im Palast blicken, außer auf direkte Anordnung des Prinzen, und sie mischten sich nicht gern unter die regulären Truppen der Garnison. Aber sie gehörten zu den besten Fährtensuchern, die es im Westen gab, und kein einziger Mann in den Armeen des Westens zog ihre Fähigkeiten in Zweifel.

Nachdem sie ein paar Minuten schweigend dahingeritten waren, fragte William: »Und was gibt es noch?«

»Was meint Ihr, Leutnant?«, lautete die Gegenfrage des Kundschafters.

»Das, was Ihr mir anscheinend nicht sagen wollt.«

Der Kundschafter warf dem jungen Offizier einen Blick zu; dann nickte er und lächelte leicht. »Diese Männer geben sich nicht die geringste Mühe, ihre Spuren zu verwischen. Sie haben keine Angst, gefunden zu werden. Sie beeilen sich aus einem anderen Grund.«

»Sie müssen schnell irgendwohin«, stellte William fest.

»Oder sie wollen jemanden treffen«, machte Maric einen zweiten Vorschlag.

»Befürchtet Ihr einen Hinterhalt?«, fragte William.

»Es wäre möglich«, entgegnete der Kundschafter. »Wenn sie so tun, als hätten sie es eilig, und dann plötzlich umkehren …« Er zuckte die Schultern.

»Jackson würde uns warnen.«

Ohne jede Gefühlsregung entgegnete Maric: »Wenn er noch lebt.«

Schweigend ritten sie weiter.

Das Gässchen war schon am Tag düster gewesen; in der Nacht war es tintenschwarz. James öffnete eine Laterne, die er sich im Palast beschafft hatte.

Nachdem sie den späten Vormittag und den frühen Nachmittag hindurch geschlafen hatten, hatten James und Jazhara mit Prinz Arutha und seiner Familie zu Abend gegessen. Für Jazhara war es das erste Essen mit der königlichen Familie gewesen – ein Privileg ihrer neuen Stellung –, und sie hatte die Gelegenheit genossen, Prinzessin Anita, Prinzessin Elena und die Prinzen Borric und Erland – die Zwillinge – ein bisschen näher kennen zu lernen und sich mit ihnen zu unterhalten. James hatte den Prinzen über die Fortschritte in Kenntnis gesetzt, die sie bisher gemacht hatten, und Arutha hatte die Untersuchungen gutgeheißen, die James in Bezug auf Kendaric, den vermissten Gesellen, angestellt hatte.

Erneut in ihre praktische Reisekleidung gehüllt, schritt Jazhara einen Schritt hinter James durch das dunkle Gässchen. Als sie sich den Kisten näherten, gab James ihr ein Zeichen, sich leise zu verhalten, und Jazhara berührte ihn zum Zeichen, dass sie verstanden hatte, leicht an der Schulter.

Als sie an die Kisten herantraten, schallte ihnen eine Stimme entgegen: »Nein! Nein! Der alte Thom hat keiner Menschenseele etwas erzählt!«

»Thom, ich werde dir nichts tun«, rief James zurück. Er drehte die Laterne so, dass ihr Licht auf die Kisten fiel, und jetzt konnten sie einen alten, in Lumpen gekleideten Mann erkennen, der inmitten der Kisten kauerte. Seine Nase war missgestaltet und rot; Ersteres deutete darauf hin, dass er sie sich in seiner Jugend mehrfach gebrochen hatte, Letzteres, dass er inzwischen ein Trinker war. Seine Vorderzähne fehlten, und die paar Haare, die er noch hatte, waren fast weiß; sie standen ihm rings um den Kopf ab, sodass es fast wie ein Heiligenschein aussah.

Rot geäderte, wässrig blaue Augen richteten sich auf sie. Die

Stimme erklang erneut. »Ihr seid nicht hier, um dem alten Thom wehzutun?«

»Nein«, sagte James. Er kniete sich hin und drehte die Laterne so, dass sie sein eigenes Gesicht beleuchtete. »Ich bin nicht hier, um dir wehzutun. Ich will dir nur ein paar Fragen stellen …«

»Ah, Ihr seid ein Mann des Prinzen, nicht wahr«, sagte der alte Bettler. »Das Schicksal ist gut zu mir. Ich hab gedacht, es sind diese Mörder, die zurückgekommen sind und den alten Thom erledigen wollen.«

»Warum sollten sie dich erledigen wollen?«, fragte Jazhara, die jetzt hinter James hervorgetreten war.

Thom warf Jazhara einen Blick zu und meinte dann: »Ich denke, weil ich in der Nacht hier war, als sie ins Gildenhaus eingebrochen sind.«

»Wann war das?«, wollte James wissen.

»In der Nacht, als der Gildenmeister gestorben ist. Zwei von ihnen hatten dunkle Gewänder an und sind die Wand hoch- und in sein Zimmer geklettert, oh, ja.«

»Nachtgreifer«, sagte James. »Sie wollten zurückkommen, Thom, aber wir haben sie erwischt, bevor sie dich finden konnten.«

»Ihr seid ein guter Bursche, wirklich. Ich danke Euch.«

»Ist schon in Ordnung«, sagte James lächelnd. »Hast du sonst noch etwas gesehen?«

»Tja, also, bevor die Kerle mit den dunklen Kleidern reingegangen sind, haben sie ein Stück weiter vorn in der Straße mit jemandem gesprochen.«

»Hast du gesehen, wer das war?«, fragte Jazhara.

»Tja, also der alte Thom hat ihn nicht so richtig sehen können – nur, dass er die Farben der Gilde getragen hat.«

»Hat er einen Halsreif getragen?«, fragte James.

»Ja, dieses bunte Ding, das ein paar von ihnen um den Hals tragen.«

»Könnte es vielleicht Kendaric gewesen sein?«, fragte Jazhara.

»Ah, Ihr meint den Burschen, mit dem sich der alte Gildenmeister immer gestritten hat«, sagte der alte Thom. »Ich habe ihn in der Nacht gesehen, als der Meister getötet wurde, ja, da habe ich ihn gesehen. Er hat das Gildenhaus in dieser Nacht früh verlassen und ist nie mehr zurückgekommen.«

»Könnte Kendaric derjenige gewesen sein, der mit den Nachtgreifern gesprochen hat?«, fragte James noch einmal.

»Er könnte es gewesen sein«, erwiderte der alte Thom. »Aber vielleicht auch nicht. Als er gegangen ist, hat er die Farben der Gilde jedenfalls nicht getragen.«

James erhob sich aus seiner knienden Position, blieb aber in der Hocke. »Es gibt nur zwei andere Männer, die die Gildenfarben tragen würden: der Meister und Jorath. Heute Nacht ist das Haus der Gilde geschlossen, aber ich glaube, wir werden dem Gesellen Jorath morgen noch einmal einen Besuch abstatten.«

James fummelte in seiner Börse herum und brachte zwei Goldmünzen zum Vorschein. Er gab sie dem alten Thom und sagte dabei: »Besorg dir was Vernünftiges zu essen und eine warme Decke, alter Freund.«

»Danke, mein Sohn«, sagte der alte Fischer. »Der alte Thom dankt Euch.«

James und Jazhara ließen den alten Mann in seiner Kiste zurück und kehrten auf die großen Straßen der Stadt zurück.

Als der Morgen dämmerte, befanden sich James und Jazhara einmal mehr im Büro der Wrack-Gilde; doch dieses Mal war alles sehr viel ruhiger als am Tag zuvor. Als sie das Gildenhaus betraten, fanden sie Jorath im Hauptbüro; er las gerade ein paar Dokumente. Er schaute auf und sagte: »Was, ihr schon wieder?«

»Wir hätten da noch ein paar Fragen, Geselle«, sagte James.

»Nun gut.«

»Wir haben ein paar Dinge aufgedeckt, aber ganz offensichtlich wird in dieser Sache keine Ruhe einkehren, solange wir den Gesellen Kendaric nicht gefunden haben. Was könnt Ihr uns über ihn sagen?«

»Er ist der älteste Geselle der Gilde gewesen«, sagte Jorath, »der einzige, der älter war als ich. Es gibt noch zwei andere, aber beide halten sich zurzeit nicht in der Stadt auf. Kendaric war ein Mann, der über ungewöhnliche Talente verfügt hat, und er hätte der Beste von uns werden können, vielleicht sogar der nächste Gildenmeister. Unglücklicherweise war er aber auch gierig und arrogant, was möglicherweise daran lag, dass er zum Teil keshianischer Abstammung war.«

Jazharas Miene blieb ungerührt, aber James sah, dass ihre Knöchel weiß wurden, als sie ihren Stab fester umklammerte.

»Glaubt Ihr wirklich, dass seine Abstammung dabei eine Rolle spielt?«, fragte James mit ruhiger Stimme.

»Allerdings«, erwiderte Jorath. »Er ist schon immer arrogant gewesen, aber seit er seine Beziehung zu einem Mädchen aus dem Königreich aufgeben musste, hat er es auf uns alle abgesehen. Die Eltern wollten nicht, dass ihre Tochter einen Keshianer heiratet – wer könnte ihnen das auch verübeln?«

»Eure offensichtlichen Vorurteile gegenüber Keshianern kränken mich, Gildenmann«, sagte Jazhara.

Jorath neigte leicht den Kopf. »Lady, ich bin kein Fanatiker, aber als Gelehrter mit gewissen Fähigkeiten kann ich Euch sagen, dass Keshianer – und vor allem Mischlinge – grundsätzlich nicht in der Lage sind, ihre Gefühle zu beherrschen.«

Jazhara beugte sich vor. »Als gerade erst berufene Hofmagierin von Krondor und als Großnichte von Abdur Rachman Memo Hazara-Khan, Botschafter von Groß-Kesh am Hofe des Prinzen, kann ich Euch versichern, dass Ihr da einem schwerwiegenden Irrtum unterliegt«, sagte sie mit einem eisigen Lächeln. »Wenn ich nicht dazu in der Lage wäre, meine Gefühle unter Kontrolle zu halten, wärt Ihr jetzt nichts weiter als ein sich windender Wurm.«

Das Blut wich aus Joraths Gesicht. »Ich möchte mich in aller Aufrichtigkeit entschuldigen, Mylady«, stammelte er. »Bitte, vergebt mir.«

James verbarg seine Erheiterung, als er sich zu Wort meldete: »Erzählt uns von dieser Frau, mit der Kendaric sich verlobt hatte.«

Jorath schien froh darüber, das Thema wechseln zu können. »Sie war eine einheimische Ladenbesitzerin, wenn ich mich recht entsinne. Ich weiß allerdings nicht, wie sie hieß.«

James warf dem Gesellen einen harten Blick zu. »Ich danke Euch. Sollten wir weitere Fragen haben, werden wir wiederkommen.«

Als sie das Büro verließen, warf James einen Blick die Treppe hinauf. Er bedeutete Jazhara, leise zu sein, und lautlos huschten sie die Stufen hinauf. Am oberen Ende der Treppe deutete James auf die dritte Tür: Es war die, die zu Joraths Zimmer führte.

»Was habt Ihr vor?«, fragte Jazhara.

»Unser Freund da unten kann ein bisschen zu genau erklären, was passiert ist. Er verbirgt etwas vor uns.«

»Da stimme ich Euch zu. In Anbetracht der Tatsache, dass seine Welt vollständig aus den Fugen geraten sein muss, wirkt er beinahe … erleichtert.«

James knackte gewandt das Schloss der Zimmertür, und gemeinsam betraten sie den Raum. Das Zimmer war adrett; alles schien da zu sein, wo es hingehörte. »Ein ordentlicher Bursche, unser Geselle, findet Ihr nicht auch?«, bemerkte James.

»In der Tat.«

James trat an einen Schreibtisch, während Jazhara den Inhalt einer Kiste untersuchte, die am Fußende des Bettes des Gesellen stand. Im Schreibtisch fand James ein paar Dokumente und ein Hauptbuch. Er nahm sie heraus und fing an, in ihnen zu lesen, als Jazhara plötzlich ausrief: »Schaut her!«

James blickte zu ihr hinüber. Jazhara hielt ein Hauptbuch in die Höhe, das genauso aussah wie das, das James in seinem Schoß liegen hatte. »Das war unter ein paar Kleidern versteckt.«

James nahm das zweite Hauptbuch und legte es neben das erste. Nach ein paar Augenblicken sagte er: »Tja, da ist es. Unser Freund Jorath hat Gelder der Gilde unterschlagen. Und jetzt, wo der Gildenmeister tot ist, wird wohl niemand mehr die Akten überprüfen.«

»Wenn er jetzt auch noch Kendarics Schriftrolle mit dem Spruch finden würde, könnte er die Gilde wieder eröffnen, mit ihm selbst als Gildenmeister und einer sauberen Akte«, sagte die Magierin.

James nickte. Er las weiter, legte Schriftrolle um Schriftrolle beiseite. Plötzlich hielt er inne. »Seht Euch das hier mal an«, flüsterte er. Er reichte Jazhara das Pergament.

Sie las laut vor. »Gildenmann. Ihr habt die richtige Entscheidung getroffen, als Ihr mit Euren Plänen zu uns gekommen seid. Wir haben das Gold erhalten, das Ihr uns versprochen habt. Wenn Ihr dem Wirt diesen Brief zeigt, wird er sich sehr kooperativ verhalten. Meine Leute werden beim Hund auf Euch warten und mit Euch die letzten Einzelheiten und die Frage der weiteren Bezahlung klären. Orin.«

»Beim Hund«, sagte James.

»Ist das ein Ort?«

James packte die restlichen Schriftrollen weg. »Ja. ›Zum Gebissenen Hund‹.«

»Natürlich«, sagte Jazhara. »Der Mann hinter der Theke. Der Glückliche Pete.«

»Die Dinge fügen sich allmählich zusammen«, sagte James, während er die beiden Hauptbücher und die Schriftrollen an sich nahm. »Ich glaube, wir sollten noch einmal ein Gespräch mit dem Gesellen Jorath führen.« Er wickelte die Hauptbücher und die Schriftrollen in eine Tunika, die er aus der Kiste genommen hatte.

Sie eilten die Treppe hinunter und betraten erneut das Büro, in dem Jorath noch immer Dokumente durchging. »Ja?«, sagte er und schaute auf. »Was gibt es denn noch?«

»Ihr wisst, wer den Gildenmeister getötet hat«, sagte James.

Jorath stand langsam auf und verteilte die Dokumente ordentlich vor sich auf dem Schreibtisch. »Erstaunlich. Ich hätte vermutet, dass die Diener des Prinzen weit mehr Intelligenz besitzen, als Ihr im Augenblick vermuten lasst.«

»Wir wissen, dass Ihr Geschäfte mit den Nachtgreifern gemacht habt«, sagte Jazhara.

Diese Anklage schien Jorath nicht im Geringsten zu beunruhigen. »Selbst wenn ich die Neigung besäße, mit Verbrechern zu verkehren – mit wem ich mich außerhalb der Gilde treffe, ist immer noch allein meine Sache. Es sei denn, Ihr könnt beweisen, dass ich in die Planung eines Verbrechens verwickelt bin.

Abgesehen davon habe ich mein ganzes Leben in dieser Gilde verbracht. Warum sollte ich all das aufs Spiel setzen, indem ich den Meister töte?«

James wickelte die Hauptbücher und das Schriftstück aus. »Um zu verhindern, dass man Eure Unterschlagungen entdeckt.«

»Und außerdem ist da noch Kendarics neuer Spruch«, fügte Jazhara hinzu. »Wenn Kendaric erst aus dem Weg wäre, könntet Ihr ihn als Euren eigenen ausgeben.«

»Sofern Ihr den Spruch gefunden hättet«, fuhr James fort. »Es sieht so aus, als hättet Ihr die Nachtgreifer für beide Aufgaben benötigt.«

»Eine interessante Theorie«, sagte Jorath und wich langsam ein Stück zurück. »Aber sagt mir eins: Glaubt Ihr, ich wäre damit durchgekommen, wenn Ihr Euch nicht eingemischt hättet?«

Noch bevor James oder Jazhara darauf antworten konnten, zog der Gildenmann etwas aus dem Ärmel seiner Tunika und warf es in die Luft. Ein helles Licht blitzte auf, und James war für einen Augenblick geblendet. Reflexhaft wich er unverzüglich ein paar

Schritte zurück, denn er wusste, dass er angegriffen werden würde, solange er nichts sehen konnte.

Er spürte die Klinge nur knapp an sich vorbeizischen, während er wild blinzelte und gleichzeitig seinen eigenen Degen zog. Er wich noch ein bisschen weiter zurück und stieß, ohne zu zögern, zu – damit wollte er Jorath auf Abstand halten, und mit viel Glück würde er so vielleicht auch einen Treffer landen.

Er hörte, wie der Geselle zurückwich, und wusste, dass er ihn beinahe getroffen hätte. James hatte schon häufig in der Dunkelheit gekämpft, und er schloss die Augen, denn er wusste, dass die Dunkelheit ihn weniger ablenken würde als die verschwommenen Bilder und Lichter, die vor seinen Augen tanzten.

Er spürte, dass sich Jazhara ein Stück von ihm entfernt hatte; ihr Instinkt hatte dafür gesorgt, dass sie sich aus der Gefahrenzone zurückzog. James führte jetzt einen wilden Hieb aus, und er spürte den Ruck in seinem Arm, als Jorath ihn parierte.

Ohne zu zögern, ließ James seine Klinge an der von Jorath entlang nach unten rutschen, bewegte sich dabei nach vorn anstatt zurück. James hoffte, dass der Gildenmann kein erfahrener Schwertkämpfer war, denn wenn das der Fall war, würde er ganz sicher verwundet werden.

Doch wie erhofft stieß der Gildenmann einen erstaunten Ruf aus, als James sein ganzes Gewicht nach vorn warf und mit der freien linken Hand Joraths rechtes Handgelenk packte. Er riss seinen Schwertarm hoch und hörte zufrieden, wie sein Degenknauf mit einem satten Geräusch auf das Kinn des Mannes prallte.

Jorath sackte schlaff zu Boden, während James erneut blinzelte, um die Tränen zu vertreiben. Allmählich klärte sich seine Sicht wieder, und er konnte erkennen, dass der Geselle bewusstlos auf dem Fußboden lag. Auch Jazhara blinzelte heftig und versuchte, ihr Sehvermögen wiederzuerlangen.

»Es ist in Ordnung«, sagte James. »Er ist bewusstlos.«

»Was wird jetzt mit ihm geschehen?«, wollte Jazhara wissen.

»Arutha wird ihn höchstwahrscheinlich hängen lassen, aber zunächst einmal wird er verhört werden.«

»Glaubt Ihr, dass er etwas mit der Suche nach der Träne zu tun hat?«

James schüttelte langsam den Kopf. Ein Lehrling der Gilde erschien im Türrahmen und warf einen Blick auf den am Boden liegenden Gesellen. Die Augen des Jungen weiteten sich erschrocken. »Hol die Stadtwache, Junge!«, rief James.

Der Junge eilte davon.

James warf Jazhara einen Blick zu. »Ich glaube, dass er für den Kriecher und die Nachtgreifer einfach nur eine nützliche Funktion erfüllt hat«, sagte er. Dann schüttelte er den Kopf, als ihm klar wurde, wie wenig er eigentlich wusste. »Für denjenigen jedenfalls, der hinter all diesem Wahnsinn steht – wer immer das auch sein mag.« Er seufzte. »Ich nehme an, die Nachtgreifer und derjenige, der sie angeheuert hat, wollten sicherstellen, dass niemand außer ihnen das Schiff heben kann. Meine Vermutung ist die, dass sich jemand in Ylith befindet und eine Mannschaft aus der dortigen Wrack-Gilde zusammenstellt, die dann zur Witwenspitze aufbrechen wird.« Er deutete auf die Tasche, in der Jazhara Kendarics Spruch verstaut hatte. »Hätten sie dieses Schriftstück gefunden, wäre die ganze Sache für die Nachtgreifer noch viel einfacher gewesen. Sie hätten Jorath alles Mögliche versprochen, um ihn dazu zu bringen, das Schiff zu heben. Und anschließend hätten sie ihn getötet.« James warf einen Blick auf den Bewusstlosen und schüttelte missbilligend den Kopf. »Wie auch immer, am Ende ist er ein toter Mann. Was für eine Verschwendung.«

»Und was jetzt?«, fragte Jazhara.

»Wir werden dem Glücklichen Pete einen Besuch abstatten und sehen, ob wir diesen letzten Schlupfwinkel der Nachtgreifer auffliegen lassen und sie ausmerzen können. Dann werden wir

Kendaric suchen. Ich glaube, wir können davon ausgehen, dass er nicht länger verdächtig ist.«

»Wie können wir ihn finden?«

»Wir werden nach der Frau suchen, mit der er verlobt war. Vielleicht weiß sie, wo wir mit der Suche beginnen können.«

»Jorath hat behauptet, dass er sich nicht an ihren Namen erinnern kann.«

James grinste. »Vielleicht kann er das wirklich nicht. Aber ich halte jede Wette, dass irgendjemand hier sich daran erinnert. Vielleicht weiß es die alte Abigail. Es wird zu gerne über solche Dinge getratscht, als dass sie lange verborgen bleiben könnten.«

»Dann gehe ich zu ihr und frage sie«, sagte Jazhara.

James nickte. »Ich werde solange hier bleiben und auf die Stadtwache warten.«

Als Jazhara ein paar Minuten später zurückkehrte, tauchten auch gerade zwei Männer der Stadtwache mit dem Lehrling auf. James gab ihnen Anweisungen, Jorath zum Palast zu schaffen und Herzog Gardan eine Botschaft zu überbringen. Die Wachen salutierten und nahmen den immer noch bewusstlosen Gesellen mit.

Nachdem sie verschwunden waren, fragte James: »Und? Habt Ihr einen Namen?«

Jazhara nickte. »Sie heißt Morraine. Sie betreibt einen Laden namens ›Das Goldene Zauberbuch‹.«

James nickte. »Das ist doch genau der passende Ort für Euch. In dem Laden werden Heilmittel verkauft, aber man kann auch ein bisschen Magie erwerben, wenn man den Gerüchten glauben darf. Er befindet sich in einem der besseren Viertel der Stadt.« Er schaute sich noch einmal um. »Hier haben wir nichts mehr verloren.«

»Und wohin gehen wir jetzt zuerst?«, fragte Jazhara, während sie auf die Tür zuschritten.

»Zuerst gehen wir zum Palast und trommeln ein halbes Dutzend der besten Schwertkämpfer des Herzogs zusammen. Und dann gehen wir noch einmal zum ›Gebissenen Hund‹.«

»Dann rechnet Ihr also damit, dass es Ärger gibt?«, fragte Jazhara.

James lachte. »Das tue ich immer.«

Acht

Kendaric

James winkte.

Der Junker und Jazhara studierten die Umgebung, während sie auf den »Gebissenen Hund« zugingen. Sechs Mitglieder der Königlichen Leibgarde des Prinzen warteten an der Kreuzung, die dem Eingang der Schänke am nächsten lag; sie verbargen sich in den Schatten, während sich die Dunkelheit über die Stadt herabsenkte. Zusätzlich war noch ein junger Wachtmeister – Jonathan Means – auf der gegenüberliegenden Seite der Straße in Position. Er war der Sohn des ehemaligen Sheriffs Wilfred Means, und auch wenn es noch keinen direkten Befehl des Prinzen gab, agierte er an Stelle seines Vaters. James hatte ihn außerdem als einen seiner ersten Agenten rekrutiert, denen er vollstes Vertrauen schenkte und die eines Tages – so hoffte er – den Nachrichtendienst des Königreichs bilden würden. Der junge Means würde fünfzehn Minuten warten und dann die Schänke betreten. Oder er würde, falls irgendetwas auf größeren Ärger hindeutete, den Soldaten das Zeichen geben, unverzüglich das Gebäude zu stürmen.

James und Jazhara wollten allerdings zunächst einmal versuchen, dem Glücklichen Pete etwas zu entlocken, ohne sofort Drohungen einzusetzen. Aber falls Nachtgreifer anwesend waren, würde es nur nützlich sein, einen Trupp Soldaten in der Nähe zu haben, der sich auf Handgemenge verstand.

James stieß die Tür auf. Im Innern der Schänke begann gerade der nächtliche Trubel; Huren und Hafenarbeiter, die nach einem

Tag harter Arbeit auf dem Weg nach Hause waren, standen in drei Reihen um die Tische herum und zechten lautstark.

James schaute sich um und bemerkte, dass sie einem Arbeiter in der Nähe der Tür aufgefallen waren; der Mann starrte die schönen Kleider von James und Jazhara an. »Wen haben wir denn da?«, fragte er laut.

Sein Kumpan drehte sich um. »Sieht aus wie ein Stiefellecker vom Hof mit seinem keshianischen Schätzchen, wenn du mich fragst.«

Ohne sich die Mühe zu machen, den Mann anzublicken, sagte Jazhara: »Sei vorsichtig mit dem, was du sagst, Freund. Dieses Schätzchen hat Krallen.«

Der Mann, den sie derart zurechtgewiesen hatte, blinzelte verwirrt, doch sein Freund brach in schallendes Gelächter aus.

»Das genügt«, sagte James. »Wir wollen keinen Ärger.« Er nahm Jazharas Ellbogen und führte sie durch den Gastraum zur Theke am hinteren Ende; hier war der Besitzer damit beschäftigt, Krüge zu füllen und sie einem Schankjungen hinzustellen, der sie dann an die Tische trug.

Der Glückliche Pete schaute auf, als sie an die Theke traten. »Was wollt ihr denn diesmal?«

»Nur ein paar Informationen, Pete«, sagte James.

Der Junge nahm die Krüge und eilte davon, und Pete wischte mit einem schmuddeligen Lappen eine Bierpfütze auf. »Das kostet 'ne Kleinigkeit. Wie immer.«

»Hast du von dem Ärger in der Wrack-Gilde gehört?«

Pete zuckte die Schulter. »Vielleicht.«

James schob eine Münze über die grob behauenen Bretter der Theke.

»Tja, ich habe tatsächlich was gehört.«

James schob eine weitere Münze über die Theke, doch Pete schwieg. Nach einem kurzen Augenblick schob James eine dritte Münze dazu, und Pete begann zu sprechen. »Es sieht so aus, als hätte ein Geselle nicht darauf warten können, dass der alte Meister von allein stirbt. Um schneller an seine Stelle rücken zu können, hat er den alten Meister zur Halle von Lims-Kragma geschickt. Der Junge soll Kendaric heißen.«

»Das haben wir auch gehört«, erwiderte James. »Hast du irgendeine Idee, wo wir diesen Kendaric vielleicht finden könnten?«

»Diese Antwort gibt's umsonst: Nein.«

James dachte einen Augenblick darüber nach, dass Pete möglicherweise lügen könnte, aber angesichts der Geldgier des Wirts glaubte er nicht daran. Wenn er wirklich log, dann nur, um noch mehr Gold zu bekommen, nicht aber, um weniger zu kriegen. James warf Jazhara einen kurzen Blick zu. Sie nickte unmerklich. Auch sie war also der Ansicht, dass es sich nicht lohnte, weitere Fragen in dieser Richtung zu stellen.

James senkte die Stimme. »Ich könnte auch Informationen darüber gebrauchen, wie ich an ... ›besondere Dienste‹ kommen könnte.« Er schob eine weitere Münze über die Theke.

»Was für eine Art von ›besonderen Diensten‹ meint Ihr denn?«, fragte Pete und grabschte nach der Münze.

»Ich brauche die Fähigkeiten, die Männer mit ... Muskeln bieten.«

Pete zuckte die Schultern. »Schläger kann man in Krondor für 'ne Kupfermünze im Dutzend bekommen. Ihr findet sie im Hafen, auf den Märkten ...« Er zog die Augen zusammen. »Aber das wisst Ihr natürlich bereits, nicht wahr?«

James schob noch eine weitere Münze über die Theke. »Ich habe gehört, dies hier wäre der Ort, an dem man mit einer ganz bestimmten Art von Nachtwesen in Kontakt treten könnte.«

Pete rührte die Münze nicht an. »Und warum wollt Ihr mit diesen ›Nachtwesen‹ reden?«

»Wir möchten ihnen einen gut bezahlten Auftrag anbieten.«

Pete schwieg einen Augenblick und nahm dann die Münze.

»Ihr mögt ja einigen Mut haben, mein Junge – aber habt Ihr auch das nötige Geld dafür?«

James nickte. »Mehr Gold, als du bisher in deinem Leben gesehen hast, wenn ich bekomme, was ich will.« Er legte noch eine Münze auf die Theke und setzte vorsichtig vier weitere darauf, sodass sie einen netten kleinen Stapel bildeten.

Pete steckte die Münzen ein. »Das ist nur die erste Rate, Junker.« Er grinste und entblößte dabei verfärbte Zähne. »Ja, mein Junge, Ihr seid hier am richtigen Ort. Geht um die Theke herum nach hinten. Im Hinterzimmer sind ein paar Männer, mit denen Ihr Euch unterhalten solltet.« Er warf James einen Schlüssel zu und deutete auf eine Tür jenseits der Theke. »Den werdet Ihr brauchen, Junge.«

James fing den Schlüssel auf und ging zu der Tür, auf die Pete gedeutet hatte. Er schloss sie auf und warf über seine Schulter einen Blick zu Jazhara, die so aussah, als wäre sie auf jede Art von Ärger gefasst. James schätzte, dass sie noch ungefähr zehn Minuten Zeit hatten, dann würde Jonathan Means die Schänke betreten. James' Anweisungen waren eindeutig gewesen: Wenn er und Jazhara nicht zu sehen waren, sollte Jonathan die Soldaten holen.

James und Jazhara betraten einen Korridor, während hinter ihnen die Tür zum Gastraum klickend wieder ins Schloss fiel. Drei weitere Türen gingen von den Wänden des Korridors ab. Die Tür direkt zu ihrer Linken führte in eine Vorratskammer, der James nur einen kurzen Blick schenkte. Hinter der ersten Tür auf der rechten Seite verbarg sich ein erbärmlich aussehendes Zimmer, das schmutzig und voller Kleidungsstücke und Essensreste war. »Das muss Petes Zimmer sein«, flüsterte James. Er warf noch einmal einen Blick über die Schulter zurück zu der Tür, die zum Gastraum führte. »Könntet Ihr mit dieser Tür gleich irgendetwas anstellen, das laut genug ist, um Means und die Wachen herzuholen?«, fragte er.

Jazhara nickte. Ein leichtes Lächeln spielte um ihre Lippen.

»Da habe ich genau das Richtige, sofern ich nicht gerade abgelenkt werde.«

»Gut«, sagte James und öffnete die letzte Tür. Sie betraten einen kleinen Raum, in dem nur ein Tisch stand. Zwei Männer saßen daran. Der Mann näher bei James, der rechts saß, war bärtig und hatte dunkle Haare und dunkle Augen. Der andere war glatt rasiert; seine blonden Haare fielen ihm bis auf den Kragen seiner Jacke. Beide trugen schwarze Tuniken und schwarze Hosen, und jeder hatte ein Schwert an der Hüfte und trug schwere schwarze Handschuhe.

Die beiden Männer blickten James an. »Was ist?«, erkundigte sich der eine.

»Pete hat uns erklärt, dass wir hier jemanden finden würden, der uns möglicherweise bei der Lösung eines besonders lästigen Problems helfen könnte.«

Beide Männer lehnten sich auf ihren Stühlen zurück. Die Bewegung wirkte beiläufig, doch James wusste, dass es ihnen dadurch leichter fiel, notfalls aufzuspringen und das Schwert zu ziehen. »Was wollt Ihr?«, fragte der zweite Mann.

James zog den Brief aus dem Gürtel, den er in Joraths Zimmer gefunden hatte. »Wir wissen von Eurer Abmachung mit der Wrack-Gilde. Gegen eine kleine Gebühr werden wir dafür sorgen, dass sonst niemand davon erfährt.«

Die beiden Männer warfen einander einen Blick zu. Dann sagte der Blonde: »Falls du versuchst, dir die Taschen mit Gold voll zu stopfen, sei gewarnt, dass du es hier mit der Gilde des Todes zu tun hast. Wer versucht, uns zu erpressen, lebt längst nicht mehr so lange und gemütlich, wie er es sonst getan hätte. Es sei denn, du könntest uns noch irgendeine andere Abmachung anbieten.«

James lächelte. »Das ist genau das, woran ich gedacht hatte. Meine Idee ist folgende ...« James machte einen Satz nach vorn und warf den Tisch gegen den blonden Mann, wobei er gleichzeitig zur Seite hin austrat und dem Bärtigen den Stuhl unter dem Gesäß wegkickte. »Jazhara! Jetzt!«

Jazhara drehte sich um, deutete mit ihrem Stab auf die Tür am anderen Ende des Korridors und stieß ein paar Worte hervor. Ein Blitz aus weißer Energie explodierte aus ihrem Stab, schoss den Korridor entlang und fetzte mit einem ohrenbetäubenden Geräusch die Tür aus den Angeln.

James hatte sein Schwert in der Hand. Er grinste. »Das sollte ihnen Beine machen.« Der erste Schwertkämpfer wich zurück, weg von James' Klinge, während er gleichzeitig versuchte, sein eigenes Schwert zu ziehen. Der blonde Mann benutzte den umgestürzten Tisch als Deckung, sodass er ein paar Schritte zur Wand zurückweichen konnte und genug Platz hatte, seine Klinge zu ziehen.

James musste einen Satz zur Seite machen, um einem Hieb des Blonden zu entgehen, der auf seine linke Seite gezielt war. Jazhara schlug dem Mann auf den Schwertarm, traf sein Handgelenk mit einem Hieb, der den Arm taub werden ließ. Der blonde Mann schrie schmerzerfüllt auf und ließ sein Schwert fallen. Als er versuchte, mit der anderen Hand seinen Dolch zu ziehen, knallte Jazhara ihm das eisenbeschlagene Ende ihres Stabes an die Schläfe. Der Mann fiel zu Boden.

James hörte Schreie und Geräusche von der Vorderseite des Gebäudes, und er wusste, dass Jonathan Means und die Wachen jetzt den Gastraum betreten hatten. Falls sich dort keine weiteren Nachtgreifer aufhielten, würden die bewaffneten Wachen wohl kaum herausgefordert werden, denn so etwas war von den Hafenarbeitern nicht zu erwarten.

James schlug mit seinem Schwert zu, streifte die Hand des Bärtigen, der noch immer auf dem Fußboden kauerte und versuchte, sein Schwert zu ziehen. Der Hieb hatte den gewünschten Effekt, denn der Mann ließ das Heft des Schwertes los. James hielt dem Mann die Spitze seiner Klinge an die Kehle. »Ich gebe dir den Rat, dich nicht zu bewegen, wenn du weiter atmen willst.«

Jazhara wandte sich zur Tür und machte sich bereit für den Fall, dass der erste Mensch, der hindurchkam, ihnen nicht freundlich gesonnen war.

Der Bärtige bewegte sich leicht, und James drückte dem Mann die Schwertspitze gegen die Haut, bis er aufschrie. Geschickt schob James mit der Schwertspitze den Kragen des Mannes beiseite und fuhr unter eine Kette um seinen Hals. Mit einer schnellen Drehung des Handgelenks schnippte er die Kette über den Kopf des Mannes. Ein Amulett glitt an der Klinge entlang nach unten.

Als die Spitze von James' Schwert sich in die Luft schraubte, versuchte der Bärtige noch einmal verzweifelt, sein eigenes Schwert zu ziehen. Ohne den Blick von dem Amulett abzuwenden, trat James mit dem linken Fuß zu. Er traf den Mann an der Kinnspitze und schickte ihn ins Reich der Träume.

Genau in diesem Augenblick brach Jonathan Means durch die Tür am anderen Ende des Korridors, gefolgt von zwei Männern aus der Leibgarde des Prinzen. Sie schleppten den Glücklichen Pete mit sich; sein Holzbein schlug in beinahe komischer Weise auf den Fußboden.

»Die meisten haben den Gastraum verlassen, als Jazhara die Tür aus den Angeln gerissen hat«, sagte Jonathan Means. Er lächelte sie an und fuhr fort: »Zumindest nehme ich an, dass Ihr das wart, Mylady, und nicht etwa ein anderer Magier?«

Sie nickte und erwiderte das Lächeln des jungen Mannes.

Der Dienst habende Sheriff fuhr fort: »Die meisten von denen, die noch da waren, sind geflohen, als sie uns sieben hereinkommen sahen. Der da« – er deutete auf Pete – »und ein paar andere haben versucht zu kämpfen, aber wir hatten sie binnen weniger Minuten unter Kontrolle.« Er warf einen Blick auf die beiden bewusstlosen Männer auf dem Fußboden. »Was haben wir denn da?«

James drehte sich so, dass sein Schwert auf Means zeigte, und ließ das Amulett von der Klinge rutschen. »Falsche Nachtgreifer.

Ein Teil der Bande, die vor ein paar Monaten in die Abwasserkanäle geschickt wurde, um der wahren Gilde des Todes die Schuld in die Schuhe zu schieben, wenn ich mich nicht völlig irre.«

»Woher wisst Ihr denn, dass es sich um falsche Nachtgreifer handelt?«, fragte Jazhara.

»Sie haben keine Giftringe, und sie haben auch nicht versucht, sich umzubringen«, antwortete James. »Die Nachtgreifer sind Fanatiker; sie tun alles, um nicht lebend in Gefangenschaft zu geraten.« Er schob sein Schwert zurück in die Scheide.

»Und was bedeutet es, wenn das hier falsche Nachtgreifer sind?«, fragte Jonathan.

»Das werden wir vielleicht herausbekommen, wenn wir die zwei hier befragen«, sagte James. »Ich schlage vor, Ihr bringt sie in das Verlies im Palast und haltet sie dort fest, damit sie später befragt werden können. Da das Gefängnis am Marktplatz nicht mehr zu gebrauchen ist, müssen wir sie im Gefängnis des Palasts oder bei den Docks unterbringen.«

Means nickte. »Dann also im Palast, Junker.«

Means schickte nach den übrigen Männern, und kurz darauf kamen vier weitere Gardisten, um die bewusstlosen »Nachtgreifer« wegzutragen. James drehte sich zum Glücklichen Pete um und sagte: »Und jetzt sollten wir beide uns einmal unterhalten.«

Pete versuchte zu lächeln, doch auf seinem Gesicht breitete sich panische Angst aus. »Nun, Junker, ich weiß nichts, wirklich gar nichts. Ich habe diesen Burschen nur ein paar Zimmer und den Keller vermietet.«

James zog die Augen zusammen. »Den Keller?«

»Ja. Er ist hinter der Falltür, die Treppe runter«, sagte Pete und deutete auf eine Stelle auf dem Fußboden des Korridors.

»Verdammt«, sagte James und zog erneut sein Schwert. Er wandte sich an Means. »Lasst einen Mann hier bei Pete und folgt mir.«

James zog die Falltür hoch und kletterte durch die Öffnung hinab, ohne nachzusehen, wer ihm wirklich folgte. Er rannte die Steinstufen hinunter; auf halbem Weg gab es einen schmalen Absatz, von wo aus die Treppe eine Kehrtwendung machte. Ein Stück oberhalb von ihm erklang Jazharas Stimme. »James! Irgendetwas stimmt hier nicht!«

James drehte sich um und warf einen Blick zu ihr hinauf. »Ich weiß, ich habe das gleiche Gefühl.«

Energie knisterte in der Luft, was darauf hindeutete, dass ganz in der Nähe Magie zusammengezogen wurde, und James' Erfahrung sagte ihm, dass das nichts Gutes bedeuten konnte. Die Haare auf seinen Armen und im Nacken stellten sich auf, als er die untersten Stufen erreichte und vor einer Tür ankam. Er wartete, bis er sich sicher war, dass Jazhara, Means und ein weiterer Wächter dicht hinter ihm waren, dann rief er: »Jetzt!«

Er trat die Tür auf und befand sich vor einem großen Raum, der unter der Schänke ausgehöhlt worden war. Unweit der Mitte des Raums standen drei Männer; zwei waren genauso gekleidet wie die beiden, auf die sie oben gestoßen waren – sie trugen schwarze Tuniken und Hosen sowie schwarze Handschuhe und Schwerter an der Hüfte. Der dritte Mann trug ein langes Gewand, und James erkannte in ihm den Magier, dem sie im Haus der Wrack-Gilde begegnet waren.

Aber was James innehalten und nach Luft schnappen ließ, war das Wesen, das sich in der Mitte des Raums bildete, innerhalb eines komplizierten Musters, das mit einer weißen Substanz auf den Fußboden gemalt worden war. »Ein Dämon!«, rief er. Das Wesen war gerade im Begriff, Gestalt anzunehmen, besaß bereits vom Kopf bis zur Taille Substanz. Der Kopf war missgestaltet und hatte zwei geschwungene Hörner, die von der Stirn leicht nach unten gerichtet wegführten. Das Wesen betrachtete die Eindringlinge aus glühenden roten Augen und brüllte wie ein Bulle. Die gewaltigen Schultern spannten sich an, als es versuchte, nach ihnen zu greifen.

»Haltet sie zurück! Wir sind fast fertig!«, rief der feindliche Magier.

Die beiden schwarz gekleideten Schwertkämpfer zogen ihre Waffen und griffen über die kurze Entfernung an, die James von dem Dämon trennte. Jazhara versuchte, einen Zauberspruch anzubringen, konnte sich jedoch nicht voll darauf konzentrieren, da sonst die Gefahr bestanden hätte, von einem der beiden Männer aufgespießt zu werden.

James parierte den Angriff des zweiten Mannes, als Jonathan Means und der Wächter in den Raum kamen.

»Bei den Göttern!«, rief Means. »Was ist denn das für ein Ding?«

»Tötet den Magier«, brüllte James.

Der Gardist zögerte keinen Augenblick. Statt das Risiko einzugehen, sich dem Magier zu nähern und dabei womöglich in Reichweite des Dämons zu geraten, zog der Soldat einen Dolch aus dem Gürtel und schleuderte die Waffe mit aller Kraft auf den Magier.

Der Dolch traf den Magier mitten ins Herz, und die Wucht des Aufpralls ließ ihn zurücktaumeln, während der Dämon weiterhin Gestalt annahm. Der Dämon brüllte vor Wut und versuchte anzugreifen, doch die Linien auf dem Fußboden schienen eine mystische Barriere zu bilden, die ihn daran hinderte, James und die anderen zu erreichen.

James sah, dass Means an Jazharas Seite geeilt war, und konzentrierte sich auf seinen eigenen Gegner. Der Mann war ein hervorragender Schwertkämpfer, und James war sich des tobenden Dämons bewusst, den er über die Schulter des Mannes hinweg sehen konnte. Auch der Assassine war sich des Dämons bewusst, denn er genehmigte sich einen schnellen Blick nach hinten, bevor er sich wieder auf James konzentrierte. James versuchte, die winzige Ablenkung zu seinem Vorteil zu nutzen, doch damit hatte der Schwertkämpfer gerechnet.

James bewegte sich zur Seite. »Jazhara! Könnt Ihr dieses Ding irgendwie in Schach halten?«, rief er.

Jazhara versuchte, sich aus dem Handgemenge mit dem zweiten Schwertkämpfer zu lösen, um so dem Gardisten oder Jonathan Means die Möglichkeit zu geben, mit ihm zu kämpfen, aber dazu war es in dem Raum zu eng. »Im Moment bin ich gerade beschäftigt, James«, rief sie zurück.

»Lasst mich vorbei!«, rief Means, und unverzüglich zog Jazhara ihren Stab zu sich heran, hielt ihn senkrecht vor sich. Dann drehte sie sich zur Seite, und plötzlich war Means an ihr vorbei und drang auf den Schwertkämpfer ein, der gezwungen war zurückzuweichen.

Jazhara betrachtete den Dämon und sagte: »Ich weiß so gut wie nichts über solche Kreaturen, James!«

James schlug einen hoch geführten Angriff seines Gegners zurück und versuchte, ihn so weit zurückzudrängen, dass er in Reichweite des Dämons geriet. »Ich werde allmählich zu einem Experten in solchen Dingen, so ungern ich das auch sage«, rief er zurück. »Dies ist die dritte derartige Kreatur, die mir in meinem Leben bisher begegnet ist.«

»Eins weiß ich allerdings genau«, sagte Jazhara. »Ihr solltet bloß nicht in die Zeichnung treten und die Linien zerstören.«

»Ich danke Euch«, sagte James. Er schlug mit seinem Schwert zu, schaffte es, den Assassinen am Bein zu verwunden. »Ich werde es mir merken«, fügte er hinzu, während er sich ein kleines Stück zurückzog.

Jazhara sah die Pattsituation zwischen ihren Gefährten und den beiden Assassinen und hielt inne, um wieder zu Atem zu kommen. Sie schloss die Augen und versuchte, sich an eine Beschwörungsformel zu erinnern. Als sie sie wieder im Kopf hatte, formte sie ihren Spruch, und ein Blitz aus karmesinroter Energie löste sich von ihrer ausgestreckten Hand und traf den Assassinen, gegen den James kämpfte, mitten im Gesicht. Der Mann ließ schreiend sein Schwert fallen, wischte sich über die Augen und stolperte rückwärts. Er schrie noch immer.

Plötzlich bemerkte er, dass er in das Muster auf dem Boden getreten war. Er versuchte sich wieder zurückzuziehen, doch es war bereits zu spät. Der zwölf Fuß große Dämon packte den Assassinen von hinten und hob ihn hoch, wie ein Vater einen Säugling hochnehmen würde. Dann warf er den Mann in die Luft, sodass er im wahrsten Sinne des Wortes von der aus Erde und Steinen bestehenden Decke abprallte. Als der Assassine wieder herabstürzte, spießte der Dämon ihn mit seinen bullengleichen Hörnern auf. Der Mann schrie noch ein letztes Mal auf und starb.

James kümmerte sich nicht weiter um das Gemetzel, sondern richtete seine Aufmerksamkeit auf den zweiten Schwertkämpfer; er streckte sein Schwert über Means Schulter hinweg und schlitzte dem Assassinen die Kehle auf. Ein nasses Gurgeln erklang, als der Mann seine Klinge fallen ließ, und ein erstaunter Ausdruck trat in sein Gesicht, als ihm das Blut aus Mund und Nase zu laufen begann. Mit einer schwachen Bewegung seiner linken Hand versuchte er, nach seiner Kehle zu greifen, als wollte er die Blutung stillen. Dann fiel er vornüber und blieb reglos liegen.

James drehte sich um und wandte sich dem Dämon zu, der den Assassinen mittlerweile regelrecht in Stücke gerissen hatte. Überall im Raum lagen Körperteile herum, und die Kreatur brüllte vor Wut auf, als sie sich James und seinen Gefährten entgegenstellte.

»Was sollen wir tun?«, fragte Jonathan Means. Er zitterte mittlerweile am ganzen Körper, da ihm erst jetzt richtig bewusst geworden war, was für ein Ungeheuer sie da vor sich hatten.

»Es kann das Muster nicht verlassen«, sagte Jazhara. »Dazu müsste es die Erlaubnis von dem haben, der es beschworen hat. Allerdings wird es ziemlich lange hier bleiben, wenn wir es nicht bannen oder töten können.«

»Diese Kreaturen sind verdammt schwer zu töten«, sagte James. »Das weiß ich aus eigener Erfahrung.«

Jazhara wandte sich an den Gardisten. »Gebt dem Palast Bescheid. Teilt Vater Belson mit, dass hier ein Dämon gebannt werden muss.«

Der Wächter warf James einen kurzen Blick zu. James nickte.

»Verlassen wir also diesen Raum und warten darauf, dass der gute Vater kommt«, sagte er.

Die Zeit schien endlos dahinzukriechen, während sie auf die Ankunft von Prinz Aruthas religiösem Ratgeber warteten. James stand direkt vor der Tür und schaute zu, wie die böse Kreatur wütete und ihn aus Augen voller Boshaftigkeit anstarrte. Mehrere Male täuschte der Dämon einen Angriff vor, doch stets wurde er von der mystischen Barriere aufgehalten.

»Was ist das für ein Unsinn über einen Dämon?«, rief eine Stimme von oben.

James drehte sich um und sah Vater Belson die Treppe herunterkommen. Der schlanke Priester mit dem schwarzen Bart kam in eiligen Schritten herbei, ohne sein übliches scharlachrotes und purpurnes Gewand. Stattdessen trug er ein wollenes Nachthemd, über das er einen schweren Umhang geworfen hatte. »Dieser Idiot hier«, sagte er und deutete auf den Gardisten, »hat mir noch nicht einmal die Zeit gelassen, mich vernünftig anzuziehen –« Dann fiel sein Blick an James vorbei auf den Dämon. »Du meine Güte«, sagte er leise.

»Ich ziehe mich zurück und lasse Euch Eure Arbeit machen, Vater«, sagte James.

»Ihr lasst mich meine Arbeit machen?«, fragte Vater Belson und blinzelte verwirrt. »Was für eine Arbeit meint Ihr? Was soll ich denn tun?«

»Uns von dem Dämon befreien. Deshalb haben wir Euch rufen lassen.«

»Ich soll uns von dem Dämon befreien? Aber das kann ich nicht«, sagte der Prandur-Priester in offensichtlichem Entsetzen.

James blinzelte wie eine Eule, die plötzlich in einen hellen Lichtstrahl geraten ist. »Ihr könnt das nicht?«

»Dämonen sind Kreaturen der niederen Sphären, und als solche verzehren sie häufig Feuerenergie. Ich diene aber dem Lord der Flammen, und das verhindert, dass ich irgendwelche Fähigkeiten in der Ausübung von Magie habe, die dieser Kreatur Schaden zufügen könnte.« Nach einem weiteren Blick auf den Dämon fügte der Priester sanft hinzu: »Ich könnte ihn bestenfalls reizen, und schlimmstenfalls macht ihn das nur noch stärker.«

»Und wie sieht es mit einem Exorzismus aus?«, fragte Jazhara.

Der Priester blickte die keshianische Magierin an. »Das tut mein Tempel nicht. Dafür müsst Ihr einen Sung-Priester – und zwar einen überaus mächtigen Sung-Priester – finden, oder einen Ishapianer.«

James seufzte. Er wandte sich an den Gardisten, der Vater Belson mitgebracht hatte. »Eilt zum Ishap-Tempel und sagt dem Hohepriester, dass wir die Dienste von jemandem benötigen, der einen Dämon bannen kann – und zwar schnell. Benutzt den Namen des Prinzen, um Euch Gehör zu verschaffen. Und jetzt geht!«

Der Gardist salutierte. »Jawohl, Junker.« Er machte auf dem Absatz kehrt und hastete davon.

James wandte sich wieder an Vater Belson. »Es tut mir Leid, dass wir Euch aufgeweckt haben.«

Ohne den Blick von der Kreatur abzuwenden, entgegnete Vater Belson: »Oh, ich hätte diesen Anblick um keinen Preis der Welt verpassen wollen.«

»Gut«, sagte James. »Dann behaltet doch das Wesen ein bisschen im Auge, während ich einem Gefangenen in der Zwischenzeit ein paar Fragen stellen werde.«

James kehrte in den Raum im Erdgeschoss zurück. Pete saß auf einem Stuhl, ein Gardist war an seiner Seite. »Also, wo waren wir stehen geblieben, bevor wir so grob unterbrochen wurden …«, begann James.

Pete sah aus, als würde er gleich in Panik ausbrechen. »Ich sagte Euch doch, Junker, ich weiß von nichts. Da waren nur diese Burschen, die mir Gold zugesteckt haben, damit ich wegsehe. Also habe ich in die andere Richtung geschaut, wenn sie den Kellerraum benutzt haben, oder den Durchgang zu den Abwasserkanälen. Ihr wisst doch, wie das ist …«

James nickte. Er wusste nur zu gut, wie das war. Er blickte den Wächter an. »Bringt ihn zum Palast. Schließt ihn im Verlies ein, und wenn wir demnächst wieder etwas Zeit haben, werden wir uns erkundigen, ob ihm nicht doch noch etwas eingefallen ist.«

Der Gardist packte Pete grob unterm Arm. »Los, los, kleiner Mann«, sagte er.

Der ehemalige Seemann mit dem Holzbein wies zeternd darauf hin, dass er misshandelt würde, ging aber ansonsten friedlich mit.

Es dauerte fast eine Stunde, bis die Ishapianer endlich kamen – ein grauhaariger Priester von höherem Rang und zwei bewaffnete Kriegermönche. Nachdem James sie mit der Situation im Untergeschoss vertraut gemacht hatte, stimmten sie ihm zu, dass es eine gute Idee gewesen war, sie rufen zu lassen.

Sie eilten die Stufen zum Keller hinunter. Unten angekommen sagte der Ishap-Priester zu Vater Belson: »Ihr könnt jetzt gehen, Diener Prandurs.«

Belson verbeugte sich leicht. »Wie Ihr wünscht.«

Als er an James vorbeiging, fragte ihn dieser: »Ihr wollt gehen?«

Ein dünnes Lächeln spielte um die Lippen des Priesters, als er antwortete: »Ich weiß, wann ich nicht erwünscht bin.«

James war verblüfft. Seit er an Aruthas Hof gekommen war, hatte er viel über die politischen Verwicklungen gelernt. Die Beziehungen der Tempel untereinander waren jedoch ein einziges Knäuel aus Intrigen, von denen er bisher kaum etwas geahnt hatte, und es hatte bislang auch keinen Anlass gegeben, sie genauer zu untersuchen.

Der Ishap-Priester wandte sich an James. »Wie ist dieses Wesen hierher gekommen?«

»Es war dieser Mann da«, sagte James und deutete auf den toten Magier, der vor der Rückwand des Raumes lag. »Er hat die Kreatur heraufbeschworen.«

Der Priester schaute zu der Leiche hinüber. »Wenn er noch leben würde, wäre es leichter, die Kreatur zu jener Stufe der Hölle zurückzuschicken, von der sie hierher beschworen wurde«, meinte er.

»Vorausgesetzt, er hätte ihr nicht zuvor den Befehl zum Angriff gegeben«, sagte Jazhara trocken.

Der Priester starrte die Magierin an, reagierte jedoch nicht auf ihren Einwand. Er wandte sich wieder an James und sagte: »So sei es also. Lasst uns beginnen.«

Die beiden Kriegermönche stellten sich zu beiden Seiten des Ishap-Priesters auf und begannen mit einem leisen Gesang. Nach einem kurzen Augenblick spürte James, wie die Luft sich deutlich abkühlte, und dann hörte er, wie die Stimme des Priesters sich über die Stimmen der Kriegermönche erhob. Die Sprache war auf quälende Weise vertraut, aber trotzdem konnte er sie nicht verstehen.

Der Dämon stand hinter seiner Barriere, die mit den mystischen Symbolen auf dem Fußboden geschaffen worden war, und blickte hilflos drein. Von Zeit zu Zeit verzerrten sich seine Züge, die James noch immer an einen Bullen erinnerten, und er brüllte herausfordernd, aber schließlich verschwand er einfach. James blinzelte erstaunt. Einen Augenblick zuvor hatte die Kreatur noch dagestanden, und jetzt war sie weg, und die einzigen Hinweise auf ihr Verschwinden waren eine kaum wahrnehmbare Veränderung des Luftdrucks und ein leises Geräusch, als ob irgendwo in der Nähe eine Tür zugefallen wäre.

Der Priester wandte sich erneut an James. »Der Tempel schätzt sich glücklich, dass er der Krone helfen konnte, aber es wäre gut für uns alle, wenn Ihr Euch wieder der gefährlichen Aufgabe zuwenden würdet, die Ihr zu erfüllen habt, Junker.«

»Wir hatten eigentlich heute Morgen aufbrechen wollen, aber die Dinge haben sich ungünstiger entwickelt, als mir lieb gewesen wäre. Wir werden uns so bald wie möglich auf den Weg machen.«

Der Priester nickte mit ausdrucksloser Miene. »Bruder Solon wird morgen bei Anbruch der Dämmerung am Tor auf Euch warten.« Er drehte sich um und verließ den Raum, gefolgt von den beiden Mönchen.

James seufzte. »Arutha wird nicht sehr erfreut sein, wenn wir noch länger aufgehalten werden.«

»Wir haben nur noch eine Sache zu erledigen, dann können wir gehen«, sagte Jazhara.

»Wir müssen Kendaric finden«, sagte James. »Und ich glaube auch, ich weiß, wo wir mit unserer Suche beginnen sollten.«

Das »Goldene Zauberbuch« war ein bescheidener, aber gut ausgestatteter Laden. Es war eine Art Heilmittel-Geschäft, aber Jazhara erkannte sofort, dass viele Krüge und Schachteln Ingredienzen enthielten, deren sich auch Magier bedienten. Eine verschlafen aussehende junge Frau hatte sie hereingelassen, aber erst, als James ihr nachdrücklich klargemacht hatte, dass sie im Auftrag des Prinzen unterwegs waren. »Was wollt Ihr?«, fragte sie, als sie im Laden standen. Misstrauen schwang in ihrer Stimme mit.

James schaute sie an. Das muss Morraine sein, dachte er, die Frau, mit der Kendaric verlobt gewesen war. Sie war schlank, hatte ein schmales Gesicht und war auf eine bestimmte Weise durchaus hübsch. James war jedoch überzeugt, dass sie noch viel anziehender aussehen musste, wenn sie erst einmal richtig wach und ordentlich gekleidet war.

James zog die Muschel aus der Tasche und zeigte sie ihr. »Könnt Ihr uns sagen, was das hier ist?«

Morraine zog die Augenbrauen hoch. »Legt es bitte dorthin.« Sie deutete auf ein Stück grünen Filz auf der Theke, neben dem eine Laterne brannte. James folgte der Aufforderung, und sie studierte die Muschel sorgfältig. »Das ist eine Muschel von Eortis, da bin ich mir sicher. Sie hat ein mächtiges magisches Potenzial. Es heißt, dass nur wenige davon existieren. Sie ist von unschätzbarem Wert für einen Kapitän oder jeden anderen, der über die Meere reist.« Sie schaute James an. »Wo habt Ihr sie her?«

James bewunderte die Fähigkeit der jungen Frau, ihre Beherrschung zu bewahren. Sie wäre sicherlich eine gute Spielerin, dachte er im Stillen. »Ich bin mir sicher, dass Ihr ganz genau wisst, wo wir sie gefunden haben, Morraine«, sagte er.

Morraine hielt seinem Blick einen Moment lang stand, dann senkte sie den Kopf. Sie wirkte nicht überrascht, dass James ihren Namen kannte. »Ihr habt sie von Kendaric. Wir waren einige Zeit ein Paar, aber meine Familie hat uns eine Heirat untersagt. Ich habe sie ihm geschenkt. Sie war mein wertvollster Besitz.« Dann fügte sie beinahe trotzig hinzu: »Ich habe ihn schon seit langer Zeit nicht mehr gesehen.«

James lächelte. »Ihr könnt mit dem Lügen aufhören. Ihr macht das nicht besonders gut. Kendaric ist unschuldig, und wir haben Beweise dafür. Geselle Jorath hat den Gildenmeister töten lassen, um zu verhindern, dass seine Unterschlagungen von Gildengeldern ans Tageslicht kommen.«

Die Frau sagte nichts; nur ihr Blick wanderte von einem Gesicht zum anderen. »Ihr könnt uns glauben«, sagte Jazhara. »Ich bin Jazhara, die Hofmagierin des Prinzen, und dies ist James, sein persönlicher Junker. Wir benötigen Kendarics Anwesenheit für einen höchst schwierigen Auftrag, den wir im Namen der Krone durchführen müssen.«

»Kommt mit«, sagte Morraine leise. Sie nahm die Laterne vom

Tresen und führte sie zu einer Wand, an der mehrere Regale voller Bücher standen.

Jazhara warf einen Blick auf die Titel und sah, dass viele von ihnen Kräuterbücher und Fibeln für die Herstellung von Arzneimitteln und Heilgetränken waren; einige befassten sich allerdings auch mit magischen Dingen. »Wenn ich einmal Zeit habe, sollte ich noch mal hierher kommen«, murmelte sie.

Morraine nahm einen großen Band herunter, und das ganze Regal glitt beiseite und enthüllte eine nach oben führende Treppe, die bisher verborgen gewesen war. »Diese Treppe führt zu einer Geheimkammer auf dem Dachboden«, sagte sie.

Sie führte sie die Stufen hinauf und in einen winzigen Raum, der kaum Platz für ein Bett und einen Tisch bot. Auf dem Bett saß ein Mann in einer grünen Tunika. Er trug einen Schnurrbart und einen Spitzbart und hatte einen goldenen Ring im linken Ohr. »Was sind das für Leute?«, fragte er Morraine in besorgtem Tonfall und starrte James und Jazhara an.

»Sie kommen vom Prinzen«, sagte Morraine.

»Ich war es nicht!«, rief Kendaric.

»Beruhigt Euch«, sagte James. »Wir haben Beweise, dass Jorath für die Ermordung des Gildenmeisters verantwortlich ist.«

»Und was ist mit diesen schwarz gekleideten Männern?«, fragte der Geselle der Wrack-Gilde. »Sie haben versucht, mich zu töten. Ich konnte ihnen gerade noch entkommen.«

Jazhara bemerkte den Hauch eines keshianischen Akzents in seinen Worten; es klang, als würde er aus einer der nördlichen Städte stammen. »Mit denen haben wir uns auch schon befasst«, sagte sie.

Kendaric sprang auf und umarmte Morraine. »Das ist ja wunderbar! Ich kann zur Gilde zurückkehren. Ich danke Euch für diese Neuigkeiten.«

Jazhara hob die Hand. »Einen Augenblick, Gildenmann«, sagte sie. »Wir brauchen Eure Dienste.«

»Natürlich, aber das hat doch sicher noch einen Tag Zeit, oder?«, meinte Kendaric. »Ich habe viel zu tun. Wenn Jorath des Mordes schuldig ist, muss ich zurückkehren und mich um die Lehrlinge kümmern. Es wird ein Weilchen dauern, bis in der Wrackberger-Gilde wieder Ruhe und Ordnung eingekehrt sind.«

»Leider brauchen wir Eure Hilfe jetzt gleich«, widersprach ihm James. »Der Prinz braucht Eure Hilfe. Und in Anbetracht der Tatsache, dass Euch auch die Nachtgreifer zuerst hätten finden können – was aufgrund unserer Anstrengungen nicht der Fall war –, schuldet Ihr uns etwas.«

»Ich habe Euch nicht um Hilfe gebeten, oder? Ich muss zurück zur Gilde. Wenn ich nur an all die Verpflichtungen denke, die zu bezahlen sind!«

»Kendaric!«, sagte Morraine in scharfem Tonfall.

»Ja, Morraine?«, sagte er sanft.

»Du bist undankbar und unhöflich zu den Leuten, die dir das Leben gerettet haben.«

»Aber die Kosten, meine Liebe –«

»Wir werden uns schon etwas einfallen lassen. Wir haben uns immer etwas einfallen lassen.« Sie wandte sich an James. »Er wird Euch helfen, Junker. Er ist ein guter Mann, und er hat ein gutes Herz, aber manchmal führen ihn seine persönlichen Wünsche etwas in die Irre.«

»Morraine!«

»Es tut mir Leid, mein Lieber, aber es ist die Wahrheit. Deshalb bin ich ja da – um dich wieder auf den rechten Weg zurückzuführen.«

»Dann wollt Ihr Euch also über den Wunsch Eurer Eltern hinwegsetzen?«, fragte Jazhara.

Morraine reckte das Kinn und lächelte tapfer. »Wir werden heiraten, sobald Kendaric von dieser Mission zurückkehrt, an der er auf Euren Wunsch hin teilnehmen soll.«

Der Gildenmann gab sich geschlagen. »Nun gut.«

»Bitte passt auf ihn auf. Kendaric übernimmt sich manchmal etwas.«

Jazhara lächelte. »Wir werden gut auf ihn aufpassen.«

»Ich danke Euch dafür, dass Ihr seinen guten Namen wiederhergestellt habt.«

Sie gingen die Treppe hinunter und zur Tür. James und Jazhara traten hinaus auf die Straße, während Kendaric sich von Morraine verabschiedete. Als der Geselle aus dem Laden kam, sagte Jazhara: »Ihr solltet Euch glücklich schätzen, so geliebt zu werden.«

»Das tue ich auch, und zwar mehr, als Ihr ahnen könnt«, sagte Kendaric. »Ich wage gar nicht daran zu denken, was für ein übler Kerl ich gewesen bin, bevor ich Morraine kennen gelernt habe. Ihre Freundlichkeit hat mir das Leben gerettet, aber ihre Liebe meine Seele.«

James warf einen Blick zum sternenklaren Himmel hinauf. »In drei Stunden wird es hell. Genug Zeit, um zum Palast zurückzukehren, dem Prinzen Bericht zu erstatten und Bruder Solon am Tor zu treffen.«

Während sie durch die Straßen auf den Palast zuschritten, fragte James den Gesellen: »Könnt Ihr reiten?«

»Ich fürchte, nicht sehr gut«, sagte Kendaric.

James lachte. »Nun, bis wir unser Ziel erreicht haben, werdet Ihr es bestimmt ganz hervorragend können.«

Neun

Ablenkung

William wartete geduldig.

Sein Pferd scharrte unruhig mit den Hufen, wollte entweder weitertraben oder aber eine Stelle zum Grasen finden. William sah sich gezwungen, die Zügel kurz zu halten und dem Tier die Schenkel fest gegen den Rumpf zu pressen.

Es war kalt geworden im Laufe dieses Tages, und er konnte seinen eigenen Atem sehen, als die Nacht hereinbrach. Die Patrouille hatte auf einer kleinen Lichtung im Wald Halt gemacht, wo Platz genug war, um das Lager aufzuschlagen. Die Männer hinter ihm waren still; sie vermieden die beiläufigen Gespräche und das Gemurmel, die unter Soldaten bei einer Rast gemeinhin üblich waren. Sie wussten, dass der Feind ganz in der Nähe war.

Als sich das Zwielicht zwischen den Bäumen allmählich in Dunkelheit verwandelte, waren alle nervös. Sie konnten förmlich spüren, dass ein Kampf bevorstand. Degen steckten locker in ihren Scheiden, und die Bögen lagen griffbereit in Reichweite, während die Männer ihre Blicke schweifen ließen, nach irgendeinem Anzeichen für heraufziehenden Ärger suchten.

Dann erschienen weiter vorn zwei Gestalten auf dem Pfad, schälten sich aus der Düsternis. Maric und Jackson ritten in einem langsamen Trab, und William entspannte sich unverzüglich. Wenn der Feind in der Nähe wäre, würden sie wahrscheinlich in vollem Galopp herangeprescht kommen.

Ohne auf ihren Bericht zu warten, wendete William sein Pferd und sagte: »Wir werden hier lagern.«

Der Sergeant, der die Patrouille befehligte – ein altgedienter Veteran namens Hartag –, nickte und sagte: »Ich werde als Erstes die Wachposten einteilen, Leutnant.«

Während der Sergeant seine Befehle bellte, zügelten die beiden Kundschafter ihre Pferde. »Wir haben sie verloren«, sagte Maric.

»Was?« William fluchte.

Jackson, der andere Kundschafter, ein älterer Mann, der nur noch einen Haarkranz hatte, von dem ihm die grauen Haare jedoch bis auf die Schultern fielen, nickte. »Sie haben in felsigem Gelände plötzlich die Richtung geändert, und wir haben ihre Spur verloren. Wir werden sie morgen sicher wieder finden, aber nicht bei dieser Dunkelheit.«

William konnte seine Enttäuschung nur schwer verbergen. »Dann wissen sie also, dass wir sie verfolgen.«

»Sie wissen, dass sie verfolgt werden«, sagte Maric. »Aber es ist nicht sicher, dass sie wissen, von wem und von wie vielen.«

»Wie weit sind sie uns voraus?«

»Zwei, vielleicht auch drei Stunden. Wenn sie heute noch länger weiterreiten als wir, vergrößert sich der Abstand möglicherweise auf einen halben Tag, bis wir ihre Spur wieder gefunden haben.«

William nickte. »Besorgt euch etwas zu essen und legt euch früh schlafen. Ich möchte, dass ihr so früh wie möglich wieder aufbrecht – sobald ihr glaubt, dass es hell genug ist, um ihre Spur wieder zu finden.«

Die beiden Kundschafter nickten und stiegen von ihren Pferden.

William ritt ein kleines Stück den Pfad entlang, als wollte er versuchen, in der Ferne etwas zu erkennen. Sein Pferd verlangte nach Futter. William benutzte sein emphatisches Talent, das ihn befähigte, mit Tieren auf einer geistigen Ebene zu kommunizieren, und schickte ihm einen beruhigenden Gedanken: *Bald.*

Er stieg ab und rieb die Nase des Pferdes, dessen Lippen daraufhin zu zittern begannen. Er wusste, dass das Tier diese Berührung mochte. Die ganze Zeit spähte er weiter in den immer dunkler werdenden Wald. Er dachte daran, dass irgendwo dort draußen Bär wartete. Schließlich wendete er das Pferd und ging zur Lichtung zurück. Er konnte die ersten Lagerfeuer sehen, und die Männer hatten bereits ihre Decken ausgebreitet.

Ganz in der Nähe der Stelle, an der sein Sergeant stand, fand er ein freies Fleckchen. Er nickte dem Mann zu, band seine Decken los und ließ sie zu Boden fallen. Anschließend führte er sein Pferd in die behelfsmäßig errichtete Koppel. Er nahm dem Tier den Sattel und das Zaumzeug ab und band es am Zaun an. Dann hängte er ihm einen Futterbeutel mit Hafer um und schickte schließlich ein beruhigendes *Bald könnt ihr grasen* an sämtliche Pferde. Einige Tiere schnaubten und schickten mentale Bilder zurück, die William nur mit menschlichem Sarkasmus gleichsetzen konnte, als ob sie sagen würden: *Also,* das *haben wir schon öfters gehört*.

Bei dieser Vorstellung huschte ein Lächeln über Williams Gesicht. Einen Augenblick später wurde ihm klar, dass dies sein erstes Lächeln gewesen war, seit Talia tot war. Er warf einen Blick zum Himmel hinauf und sagte unhörbar: *Bald wirst du gerächt sein*. Dann wandte er seine Aufmerksamkeit wieder seinen Leuten zu und fragte sich nebenbei, wie weit James und die anderen inzwischen wohl mit ihrer Aufgabe gekommen waren.

James führte sein Pferd am Zügel. Sie waren vor ein paar Minuten abgestiegen, damit die Pferde sich etwas erholen konnten, hatten aber keine Rast gemacht. Ihre Reise war bisher vollkommen ereignislos verlaufen, und James wünschte sich sehr, dass dies so bliebe. Noch ein Tag, dann würden sie das Dorf Müllersruh erreichen, und einen Tag später schließlich Haldenkopf.

James hatte sich entschieden, die Stadt im Schutz einer kleinen Karawane zu verlassen, indem sie sich unter die Wachen und Händler gemischt hatten. Bei einer kleinen Abzweigung ein

Stück außerhalb der Stadt waren er und die anderen dann auf einen Pfad abgebogen, der zu einer selten benutzten Straße in Richtung Norden führte. Sie waren eine Woche unterwegs und hatten es bisher anscheinend geschafft, nicht entdeckt zu werden – zumindest, soweit sie das beurteilen konnten –, und James betete im Stillen darum, dass sie noch vor Einbruch der Nacht ein kleines Gasthaus finden würden.

Wenn alles nach Plan verlief, würden sie in diesem Gasthaus auch mit einem Agenten von Prinz Arutha Kontakt aufnehmen, und James hoffte, den Mann in das Netzwerk, das er gerade aufbaute, integrieren zu können. Im Augenblick war der Mann – der den Namen Alan trug – einfach nur ein kleiner, vom Hof bestallter Beamter, der die Aufgabe hatte, eine Reihe im Norden des Fürstentums gelegener persönlicher Liegenschaften des Prinzen zu verwalten. Darüber hinaus war er ein Schnüffler, der häufig wichtige Informationen an seinen Herrscher im Süden schickte.

Kendaric und Bruder Solon hatten die meiste Zeit geschwiegen. James nahm an, dass der ishapianische Mönch von Natur aus ein ruhiger Mann war, der nur selten freiwillig Informationen preisgab und es bevorzugte, auf Fragen nur mit Ja oder Nein zu antworten. James hatte mehrfach versucht, den Mönch in ein Gespräch zu verwickeln, einfach nur, um die Langeweile zu bekämpfen – und natürlich auch ein bisschen aus Neugier. Solon hatte einen etwas eigenartigen Akzent, der James vage vertraut vorkam, aber der Mönch sprach so selten, dass James ihn immer noch nicht zuordnen konnte.

Kendaric hingegen war fast den ganzen Weg lang mürrisch gewesen. Er war fest davon überzeugt, das Schiff mit Hilfe des Spruchs, den Jazhara in seinem Zimmer gefunden hatte, heben zu können – aber er wehrte sich dagegen, die Reise auf dem Pferderücken unternehmen zu müssen, auch wenn das unumgänglich war. Er war ein ungeübter Reiter, und die ersten Tage hatten ihm eine Menge Unbequemlichkeiten und Schmerzen beschert, obwohl er allmählich doch anfing, mit einer gewissen Anmut auf seinem Reittier zu sitzen. Mittlerweile beklagte er sich auch immer weniger über seinen schmerzenden Rücken oder die schmerzenden Beine.

Jazhara war James' redseligste Begleiterin gewesen, obwohl selbst sie gelegentlich in ein tiefes, nachdenkliches Schweigen verfiel, das nur hin und wieder von einer Frage, die sich auf ihre Umgebung bezog, unterbrochen wurde. Sie fand die Gegend nördlich von Krondor faszinierend; das kühle Waldland war ein neues und fremdartiges Gelände für eine in der Wüste geborene Adlige. James war noch immer beeindruckt von ihrer Intelligenz und ihrem Interesse an allem, was sie umgab. Er war zu dem Schluss gekommen, dass sie nicht nur sympathisch war, sondern auch eine großartige Ergänzung für Aruthas Hof darstellte. Und er konnte mittlerweile auch verstehen, warum sie solch eine Anziehungskraft auf William ausgeübt hatte, als der noch in Stardock gelebt hatte. James kannte derartige Gefühle nicht – einmal abgesehen von der Bewunderung, die ein Mann einer beeindruckenden Frau entgegenbrachte –, aber er konnte sehr wohl erkennen, wie leicht ein anderer Mann sich in sie verlieben konnte.

Überraschend meldete sich plötzlich Bruder Solon zu Wort. »Findet Ihr nicht, dass die Straße vor uns aussieht, als wäre sie wie geschaffen für eine Überraschung?« Seine offensichtliche Sorge hatte ihn veranlasst, den längsten Satz von sich zu geben, den James seit dem Tag ihrer ersten Begegnung gehört hatte.

Der Kriegermönch rollte das »r« und sagte »för« statt »für«. James warf einen Blick zurück über die Schulter. »Jetzt weiß ich endlich, woran mich Eure Sprechweise erinnert!«, sagte er. »Ich habe genug Zeit mit Zwergen verbracht, um ihren Akzent zu erkennen.« Er schaute nach oben, über Solons Kopf hinweg – eine übertriebene Geste hinsichtlich der Größe des Mannes –, und sagte: »Ihr seid der größte Zwerg, dem ich jemals begegnet bin, Solon!«

»Und Ihr seid der dümmste Bursche, der jemals einem Fürsten gedient hat, wenn Ihr wirklich glaubt, dass ich ein Zwerg wäre«, entgegnete der Mönch. »Ich bin auf einem Bauernhof in der Nähe von Dorgin aufgewachsen, und die einzigen Jungen, mit denen ich spielen konnte, waren Zwerge. Das ist der Grund für meine Art zu sprechen. Aber Ihr solltet nicht das Thema wechseln.« Er deutete nach vorn. »Habt Ihr gehört, was ich gerade über die Straße vor uns gesagt habe?«

»Ein paar Büsche und ein freier Fleck auf der Straße beunruhigen Euch?«, fragte Kendaric.

James schüttelte den Kopf. »Er hat Recht. Jemand verbirgt sich in den Bäumen da vorn.«

»Und zwar ziemlich schlecht«, fügte Solon hinzu.

»Sollen wir kehrtmachen?«, fragte Jazhara.

Der Mönch reichte Kendaric die Zügel seines Pferdes. »Ich glaube nicht, Mylady. Ich werde nicht auf diesem Pfad wie ein Feigling herumschleichen.« Er hob die Stimme. »Bei meiner Treu, ihr seid entdeckt, die ihr euch versteckt. Bleibt und stellt euch der Macht Ishaps, oder flieht wie die feigen Hunde, die ihr seid!«

Nach ein paar Augenblicken tauchte eine kleine Gruppe von Männern aus ihren Verstecken auf. Sie trugen Kleider, die kaum mehr als Lumpen waren, und eine merkwürdige, nicht zusammenpassende Mischung aus Rüstungsteilen und Waffen. Zwei Bogenschützen blieben im Hintergrund, während zwei andere Männer sich zu den Seiten begaben. Die kleine Gruppe bewegte sich auf die Straße und kam näher, blieb schließlich ein paar Schritte vor Solon stehen.

Der Anführer machte einen Schritt nach vorn; er war ein mittelgroßer Mann mit einer riesigen Nase und einem gewaltigen Adamsapfel. James fand, dass er mehr als jeder andere Mensch, den er bisher gesehen hatte, einem Truthahn glich. Er rechnete schon beinahe damit, dass der Mann jeden Augenblick zu kollern anfangen würde.

Stattdessen lächelte der Mann und entblößte dabei Zähne, die verfault und schwarz waren. »Ich bitte um Entschuldigung«, sagte er und verbeugte sich ungeschickt, »aber wenn Ihr sicher Euer Ziel erreichen wollt, wäre es klug von Euch, uns etwas Silber auszuhändigen, damit Ihr ungestört weiterziehen könnt. Dies sind nämlich in der Tat unwirtliche Hügel.«

Solon schüttelte drohend die Faust. »Ihr wagt es, einen Priester auszurauben?«

Der Anführer warf einen Blick auf seine Kumpane, die nicht ganz zu wissen schienen, was sie tun sollten. Dann blickte er wieder Solon an. »Ich bitte um Entschuldigung, Priester. Wir wollen keinen Ärger mit den Göttern. Ihr seid frei von unseren Forderungen und könnt gehen, wenn Ihr wollt. Aber die da müssen bezahlen.« Er deutete auf die Übrigen.

»Sie stehen unter meinem Schutz!«

Der Bandit starrte erst auf den bedrohlich dreinblickenden Mönch, und dann wieder auf seine Kumpane. »Sie tragen aber gar keine heiligen Gewänder«, sagte er schließlich und versuchte, entschlossen auszusehen. »Sie stehen nur unter ihrem eigenen Schutz.«

Solon trat dicht an ihn heran. »Wenn du es wirklich wagst, den Zorn meines Gottes heraufzubeschwören, solltest du einen ziemlich guten Grund dafür haben!«

»Wir sollten sie einfach umbringen und machen, dass wir weiterkommen«, sagte James.

»Nein, kein Blutvergießen, wenn es sich vermeiden lässt, James«, erwiderte Solon. Mit einer Geschwindigkeit, die für einen Mann seiner Größe erstaunlich war, schwang der Kriegermönch seine Faust empor und traf den Anführer der Banditen genau unterm Kinn. Der schmächtige Mann wurde von den Füßen gerissen und nach hinten geschleudert. Seine bunt zusammengewürfelte Bande bemühte sich, ihn aufzufangen. Solon blickte unter dem Rand seines goldfarbenen Helms hervor und warf ihnen einen düsteren Blick zu. »Ist vielleicht noch einer von euch so dumm zu glauben, er könnte uns Silber abringen?«

Die Männer warfen einander düstere Blicke zu, dann packten zwei von ihnen ihren bewusstlosen Anführer, und sie eilten davon, während die anderen am Straßenrand im Unterholz verschwanden.

Als die Straße wieder leer war, kehrte Solon zu seinem Pferd zurück. »Ich hatte auch nicht damit gerechnet«, sagte er.

James und Jazhara wechselten einen Blick, dann mussten beide lachen. James stieg wieder auf sein Pferd. »Auf geht's!«, sagte er.

Die anderen folgten seinem Beispiel, und schon bald ritten sie wieder durch das düstere Waldland.

Als die Nacht hereinbrach, folgten sie einer Kehre der Straße und entdeckten ein Stück voraus einen Lichtschein. James gab ihnen ein Zeichen, dass sie vorsichtig sein sollten, und sie ließen die Pferde im Schritt weitergehen.

Als sie sich dem Licht näherten, erkannten sie, dass sie auf ein Gasthaus gestoßen waren, das sich direkt an der Straße in eine kleine Lichtung schmiegte. Es handelte sich um ein zweistöckiges Holzgebäude mit einer großen Scheune für die Pferde. Im Innern schimmerte ein freundliches Licht, und Rauch stieg aus dem Kamin. Über der Tür hing ein Schild, das einen Mann mit einem Rucksack und einem Wanderstock zeigte.

»Das hier müsste ›Der Wandersmann‹ sein«, sagte James.

»Dann sollte da drin der Agent des Prinzen auf uns warten, nicht? Dieser Mann namens Alan?«, fragte Kendaric.

James nickte. »Bevor wir da reingehen«, sagte er zu Kendaric, »solltet Ihr Euch noch einmal in Erinnerung rufen, dass Ihr nicht zu freigebig mit Informationen darüber umgehen solltet, wer wir sind oder wohin wir wollen. Auch Bär könnte hier Agenten haben.«

»Hört, ich mache mir nicht das Geringste aus diesen ganzen

Intrigen. Ich will nur ein Bett und eine warme Mahlzeit. Ist das etwa zu viel verlangt?«, entgegnete Kendaric.

James musterte den Gildenmann. »Unglücklicherweise ist es tatsächlich häufig zu viel verlangt«, meinte er trocken.

Sie stiegen ab, und James rief nach dem Stallknecht.

Nach kurzer Zeit kam ein Bediensteter aus der Scheune hinter dem Hauptgebäude und nahm die Pferde mit. James verbrachte ein paar Augenblicke damit, dem Jungen zu erklären, wie er mit ihren Reittieren umzugehen hatte. Als er überzeugt war, dass die Pferde gut behandelt würden, gab er den anderen ein Zeichen, ihm in das Gasthaus zu folgen.

James stieß die Tür auf, und sie betraten eine ordentliche, wenn auch überfüllte Schankstube. Im Herd brannte ein Feuer, und Reisende und Einheimische saßen zwanglos beieinander, während sie aßen und tranken.

James führte seine Gefährten quer durch die Schankstube zur Theke. Hinter dem Tresen stand ein stämmig wirkender Mann; er schaute auf und lächelte breit. »Mein Herr!«, rief er. Dann entdeckte er Jazhara und die anderen beiden Männer und fügte hinzu: »Meine Dame, meine Herren, ich bin Royos, der Besitzer dieser Herberge. Womit kann ich euch dienen?«

»Für den Anfang mit einer Runde Bier. Die Reise hat uns ein wenig ermüdet.«

»Aber gewiss doch!« Mit geübter Geschicklichkeit brachte Royos vier Zinnkrüge mit Bier zum Vorschein. Als er sie auf die Theke stellte, fragte er: »Wohin führt euch eure Reise?«

»Nach Norden«, antwortete James. »Und was gibt es Neues in dieser Gegend?«

»Oh, hier ist es in letzter Zeit ziemlich ruhig gewesen. Aber die Frau von Bauer Toth ist kürzlich nach Krondor geritten. Sie wirkte ziemlich aufgebracht.«

»Wisst Ihr möglicherweise auch, wieso?«, fragte Jazhara.

Royos zuckte die Schultern. »Nein, ich weiß es nicht. Sie und ihr Mann haben einen Bauernhof etwa zehn Meilen vor Haldenkopf. Normalerweise machen sie hier Halt, um einen Bissen zu essen, wenn sie unterwegs in die Stadt sind oder von dort zurückkommen, und manchmal verbringen sie auch die Nacht draußen unter ihrem Wagen, dort, wo ich die Pferde aufbewahre. Es sind nette Leute.«

»Ihr habt gerade Haldenkopf erwähnt«, sagte Kendaric. »Wir wollen dorthin. Ist es noch weit von hier?«

Jazhara verdrehte die Augen. »Kendaric …«

»Nach Haldenkopf? Nein, bis dorthin sind es nur noch zwei Tagesreisen«, sagte Royos. »Ich möchte Euch keinen Schrecken einjagen, aber es geht das Gerücht, dass Haldenkopf verflucht ist, mit Zauberei.«

»Was genau meint Ihr mit ›Zauberei‹?«, fragte Jazhara.

»Nun, versteht mich nicht falsch«, erwiderte Royos. »Ich bin nicht abergläubisch, aber Schiffe sind in der Nähe der Witwenspitze gesunken, seit die Menschheit angefangen hat, diese Meere zu befahren. Manche halten es für einen Fluch, aber ich glaube, es liegt nur an den Riffen und Sandbänken und der stürmischen See.«

»Habt Ihr gerade gesagt, dass dort viele Schiffe untergehen?«, mischte sich Bruder Solon ins Gespräch ein.

»Ja, und das schon seit hunderten von Jahren. Einige fallen der Unkenntnis ihrer Kapitäne zum Opfer, die die Riffe und die Gezeiten nicht genügend kennen, andere werden von Piraten versenkt. Es gibt Piraten, die die Uferlinie dort so gut wie ihren Handrücken kennen. Sie locken die Schiffe in die Untiefen und entern sie dann, wenn sie hilflos sind.«

»Ihr klingt, als ob Ihr wüsstet, wovon Ihr sprecht«, sagte James.

Royos lachte. »Nun, ich bin nicht immer Wirt gewesen …«

James nickte. »Ich frage Euch lieber nicht, was Ihr vorher gewesen seid.«

»Das ist eine kluge Entscheidung«, sagte Royos.

»Also, was ist nun bei Haldenkopf los, dass man so abergläubisch werden könnte?«, kam Bruder Solon noch einmal auf das Thema zurück.

Royos gluckste. »Nun, es gibt Leute, die behaupten, das Gebiet würde von den Geistern der toten Seeleute heimgesucht.« Er schüttelte den Kopf. »Wahrscheinlich ist es nur der Nebel, der auf dem Meer vor der Küste aufsteigt.«

»Und das ist alles?«, hakte Solon nach.

Royos runzelte ernst die Stirn. »Nun, vor kurzem habe ich gehört, dass dort Leute verschwunden sind und dass das Vieh krank geworden ist. So was in der Art.« Seine fröhliche Stimmung kehrte zurück. »Aber es wird immer mal wieder Vieh krank, denke ich, und von Zeit zu Zeit gehen auch Leute weg.«

»Wir suchen auch noch nach einem Burschen namens Alan«, sagte Kendaric.

»Alan sitzt da drüben, in der Ecke rechts von Euch«, sagte Royos. »Er macht hier immer Halt, wenn er vorbeikommt.« Der Wirt senkte die Stimme. »Ich glaube, dass er gelegentlich für die Krone arbeitet, obwohl er nur wenig spricht.« Er lehnte sich wieder zurück und fuhr fort: »Aber er ist ein wunderbarer Zuhörer. Ich habe noch nie erlebt, dass er weggegangen wäre, wenn eine gute Geschichte erzählt wird.«

James warf Kendaric einen bösen Blick zu, drehte sich um und schlängelte sich zwischen den Leuten hindurch zur gegenüberliegenden Ecke. Ein einzelner Mann saß mit dem Rücken zur Wand an einem kleinen Tisch und ließ seine Blicke durch den Raum schweifen. »Alan?«, sagte James.

»Ich bitte um Entschuldigung. Müsste ich Euch kennen?«

»Ich glaube nicht, dass Ihr mich oder meine Begleiter kennt. Wir kommen von der ›Zitadelle‹.«

Alan winkte James ein Stückchen näher zu sich heran. »Freut mich zu hören. ›Onkel Arthur‹ hat mir eine Nachricht geschickt, dass Ihr vorbeikommen würdet.«

James setzte sich auf den einzigen anderen Stuhl, der noch am Tisch stand; Kendaric und Jazhara stellten sich hinter ihn, während Bruder Solon sich im Gastraum umschaute, um sicherzustellen, dass sie nicht belauscht wurden.

»Wie kommt William mit seiner Suche voran?«

»Er macht sich gut. Er und seine Freunde jagen oben in den Bergen. Es heißt, sie hätten ›Bärenspuren‹ gefunden.«

James senkte die Stimme. »Was habt Ihr von Haldenkopf gehört?«

»Ich bin schon eine Zeit lang nicht mehr dort gewesen. Auf dieser Stadt scheint irgendein Fluch zu lasten. Ich habe etwas von kranken Leuten und kranken Tieren gehört – Vieh vor allem –, von verschwundenen Kindern und dunklen Kreaturen, die nachts umherstreifen. Ich weiß nicht, was davon wahr ist, aber ich habe unterwegs eine Menge Leute getroffen, die zusehen, dass sie von dort wegkommen. Sie sagen, es hätte etwas mit Zauberei zu tun.«

»Ich hasse dieses Wort!«, sagte Jazhara. »Was genau meint Ihr damit?«

Alan richtete den Blick auf Jazhara, und auch wenn er sie noch nie zuvor gesehen hatte, musste er zu dem Schluss gekommen sein, dass sie die neue Magierin des Prinzen war. Zumindest deuteten seine nächsten Worte darauf hin. »Ich bitte um Entschuldigung, Mylady. Bei der Witwenspitze lebt eine alte Frau, die die Einwohner von Haldenkopf wegen ihrer gewöhnlichen kleinen Krankheiten und Wehwehchen aufsuchen. Sie haben sie stets geduldet, sie sogar bei sich empfangen, wenn sie krank waren. Aber seit in letzter Zeit diese seltsamen Dinge geschehen, haben sie angefangen, sie als Hexe zu bezeichnen.«

»Vielleicht können wir ihr helfen, wenn wir nach Haldenkopf kommen«, sagte Jazhara.

»Wohin geht Ihr als Nächstes?«, fragte James.

»Ich werde mich schleunigst zur Garnison nach Sarth begeben. Es heißt, dass Goblins im Osten von dort Raubzüge unternehmen. Wahrscheinlich haben sie ganz in der Nähe ein Lager.«

»Könnten sie uns Probleme bereiten, wenn wir versuchen, Haldenkopf zu erreichen?«, fragte James.

»Das glaube ich eigentlich nicht, aber es wäre sicher am besten, wenn Ihr nur am Tage reisen und auf der Straße bleiben würdet. Bis jetzt habe ich nur gehört, dass sie Bauernhöfe überfallen haben, um sich von den Tieren ernähren zu können.« Er schaute sich in dem überfüllten Raum um und sagte: »Ich verschwinde jetzt am besten wieder. Ein Stück weiter die Straße entlang lagert die kleine Patrouille, die mich begleitet. Ich wollte so wenig Aufmerksamkeit wie möglich erregen und sollte mich jetzt wohl wieder zu ihnen gesellen, damit wir im ersten Morgengrauen gen Süden aufbrechen können.« Er stand auf. »Eine letzte Sache noch. Die Patrouille, die ausgeschickt wurde, um Euch zu unterstützen, ist bis jetzt noch nicht in Müllersruh angekommen. Vielleicht sind sie da, wenn Ihr dort vorbeikommt, vielleicht tauchen sie auch erst später auf. Aber solange Ihr nicht sicher wisst, dass sie an Ort und Stelle sind, solltet Ihr in Haldenkopf jedem Ärger aus dem Weg gehen.«

James dankte Alan, und der Agent verschwand.

»Können wir uns etwas zu essen bringen lassen?«, fragte Kendaric.

James nickte. »Und wir lassen uns ein paar Zimmer geben.« Er stand auf und kehrte an die Bar zurück, um die entsprechenden Abmachungen mit Royos zu treffen.

Geduldig wartete William darauf, dass die Kundschafter zurückkehrten. Er hatte seine Patrouille auf einer kleinen Lichtung in der Nähe eines Bachs Halt machen lassen. Ein Baum war mit dem vereinbarten Zeichen gekennzeichnet worden, einem Symbol, das »Wartet hier!« bedeutete.

Er konnte die Anspannung in seiner Magengrube spüren. Der

Grund, eine solche Markierung zu hinterlassen, konnte nur darin bestehen, dass sie sich ihrer Beute näherten. Die Zeit verging langsam, während er auf die Rückkehr seiner Fährtensucher wartete. Er sann über die Möglichkeiten nach, die er hatte. Er war Bär jetzt seit mehr als einer Woche auf der Spur. Mehrere Male hatte er warten müssen, wenn die Fährtensucher die Spur ihrer Beute verloren hatten – nur, um sie ein paar Stunden später wieder zu finden. Es war klar, dass Bär sich zweimal mit anderen Männern getroffen hatte. Die Kundschafter vermuteten, dass er Söldner anheuerte. Zweimal hatten ein paar Reiter Bärs Gruppe verlassen, um den einen oder anderen Auftrag zu erfüllen. Dreimal waren sie auf Anzeichen gestoßen, die darauf hindeuteten, dass sich Goblins in diesem Gebiet herumtrieben, und William hatte sogar einen seiner Männer nach Krondor zurückgeschickt, um das Fürstentum über ein mögliches Eindringen dieser Wesen zu unterrichten. William betete im Stillen, dass es sich nur um einen Stamm handelte, der sich auf der Wanderschaft zu besseren Jagdgründen befand, und nicht um eine Bande von Plünderern. Er wollte seine Energie auf Bär und seine Männer konzentrieren und sich nicht mit einer Horde nichtmenschlicher Unruhestifter herumschlagen, die versuchten, Kühe und Kinder zu stehlen. Er wusste, dass seine Ehre von ihm verlangte, die Goblins wieder zurück in die Berge zu treiben, sollten er und seine Männer einer solchen Bande von Plünderern begegnen – auch wenn das bedeuten würde, möglicherweise Bärs Spur zu verlieren. Sosehr er Talias Tod auch rächen wollte, er konnte sich nicht an den Gedanken gewöhnen, dass ein Kind in den magischen Riten der Goblins geopfert wurde.

Schließlich tauchte einer der beiden Kundschafter auf. Es war Jackson, der sein Pferd am Zügel auf die Lichtung führte. »Wir haben eine Söldnerbande ausfindig gemacht, Leutnant.«

»Sind es Bärs Männer?«

»Maric geht davon aus. Von Bär selbst haben wir allerdings

keine Spur gefunden. Der Beschreibung nach ist er eigentlich kaum zu übersehen. Maric ist in der Nähe der Bande geblieben. Sie lagert auf einer kleinen Lichtung, ungefähr eine Meile die Straße entlang. Am besten schlagen wir mit der Hälfte der Kompanie vorsichtig einen Bogen um sie und greifen dann von beiden Seiten an.«

William dachte über den Vorschlag nach. Ihm missfiel die Idee, seine Truppe zu teilen, solange sie noch unterwegs waren, aber er wusste, dass die Söldner durchbrechen und in die Wälder fliehen konnten, wenn er sie nur von einer Seite angriff. Und darüber hinaus benötigte er Informationen weit dringender als Leichen. Schließlich nickte er. »Wie lange wird es dauern?«

»Wir können in einer Stunde bei ihnen sein.«

William warf einen Blick zum Himmel. Es war später Nachmittag. Sie würden die Söldner bei Einbruch der Dunkelheit angreifen. »Gut. Haltet euch bei Sonnenuntergang bereit. Greift erst an, wenn ihr uns kommen hört, aber dann schlagt mit aller Macht zu.«

»Leutnant.«

»Ja, Jackson, was ist?«

»Ich kenne diese Truppe. Es sind die Grauen Krallen aus dem Süden, aus Landreth.«

»Aus Landreth?«, fragte William. »Also Tiefländer.«

Jackson nickte. »Harte Burschen. Das letzte Mal, als ich von ihnen gehört habe, haben sie unten im Tal für ein Handelsunternehmen gegen keshianische Banditen gekämpft. Sie kommen manchmal nach Krondor, um dort ihr Gold zu verprassen, aber normalerweise sind sie so hoch im Norden nicht zu finden.«

William dachte über die Bedeutung dieser Tatsache nach. »Sie müssen in Krondor gewesen sein, als auch Bär dort war, und Bärs Agent muss ihnen aufgetragen haben, sich nach Norden zu wenden.«

»So ähnlich dürfte es gelaufen sein«, stimmte Jackson ihm zu.

»Was bedeutet, dass von Bärs ursprünglicher Mannschaft nicht mehr allzu viele übrig sind.«

»Das klingt vernünftig«, sagte Jackson. »Aber diese Burschen werden erst um Gnade bitten, wenn sie schwer getroffen worden sind. Ich kenne den Ruf, den sie genießen.«

»Doch es bedeutet auch, dass sie diesem Monster keine persönliche Loyalität entgegenbringen. Wenn wir sie gefangen nehmen …« Er drehte sich um und gab Sergeant Hartag ein Zeichen. »Wie sieht das Gelände aus? Sollen wir zu Fuß oder zu Pferd angreifen?«

»Ich glaube, es wäre besser zu Fuß, Leutnant. Es wird zu viel Lärm machen, die Pferde am Abend in Stellung zu bringen. Und unsere Aussichten, den Kampf für uns zu entscheiden, steigen, wenn wir schon nahe bei ihnen sind, ehe wir mit dem Angriff beginnen.«

»Also zu Fuß«, willigte William ein. »Nehmt die Hälfte der Männer und geht mit Jackson. Macht die Pferde irgendwo fest und versucht, so nahe wie möglich von der anderen Seite an das Lager heranzukommen. Stellt Eure Bogenschützen an einer Seite auf. Sie werden Zeichen geben, wenn sie so weit sind. Wir brauchen sie und ihre Pfeile, um sicherzustellen, dass keiner von diesen Raufbolden entkommen kann. Wenn Ihr in Schwierigkeiten geratet, lockt sie zu den Bäumen, dann setzt Euch ab und überlasst sie den Bogenschützen.

Wartet, bis Ihr uns von dieser Seite des Pfades her angreifen hört – und dann schlagt schnell und hart zu. Aber merkt Euch – ich möchte mindestens einen von ihnen lebend haben.« An Jackson gewandt fügte er hinzu: »Geht und erzählt Maric, er soll am Pfad auf uns warten, und dann führt diese Männer an die entsprechende Stelle.«

Der Kundschafter nickte, stieg auf sein Pferd und ritt davon. Binnen weniger Augenblicke hatte der Sergeant alle seine Männer aufsitzen lassen und die Kompanie in zwei Gruppen aufgeteilt. Dann führte er die Erste auf den Pfad, dem Treffpunkt mit den Kundschaftern entgegen. William wartete, bis sie alle auf dem Pfad waren, dann gab er den bei ihm verbleibenden Männern den Befehl, der ersten Gruppe zu folgen.

Während er durch das düstere Waldland ritt, konnte William spüren, wie seine Vorfreude stieg. Schon bald würde er wissen, wo Bär sich versteckte – und dann würde er ihm gegenüberstehen.

Die Männer warteten auf das Zeichen. William hatte sich das feindliche Lager genau angesehen und musste zugeben, dass die Männer, denen sie sich gegenübersahen, erfahrene Kämpfer waren, die ihr Handwerk verstanden. Es waren ungefähr dreißig, und auch wenn sie sich entschlossen hatten, auf dem Boden zu schlafen, so hatten sie sich doch die Stelle auf der Lichtung ausgesucht, die am leichtesten zu verteidigen war, auf einer kleinen Hügelkuppe mit freier Sicht nach allen Seiten. Glücklicherweise allerdings hatten sie sich nicht damit aufgehalten, irgendwelche Verteidigungsstellungen zu errichten. Selbst ein einfacher, mit abgeschnittenen Ästen bestückter Erdwall wäre für Williams Männer ein spürbares Hindernis gewesen. Diese Männer hier waren ganz offensichtlich in Eile; sie hatten das Lager erst kurz vor Einbruch der Nacht aufgeschlagen und planten wohl, beim ersten Morgengrauen wieder aufzubrechen. Sie hatten sicherlich Posten aufgestellt – die höchst wachsam sein würden.

William wartete, bis die Sonne weit genug hinter den in einiger Entfernung gelegenen Hügeln versunken war und das ganze Gelände in einen tiefen Kontrast aus Hell und Dunkel tauchte. Er hatte einen Plan ersonnen und gab seinen Bogenschützen Anweisungen. Von dem Dutzend Männer, die er bei sich hatte, würden sich fünf im Hintergrund halten.

William wedelte mit seinem Schwert und trat auf die Lichtung hinaus; sieben Mann gingen unbeschwert neben ihm her. Er hatte ungefähr ein Dutzend Schritte zurückgelegt, als eine Stimme vom Lager her erklang. »Wer ist da?«

»Hallo, Leute!«, rief William zurück und ging betont lässig weiter. »Ich suche die Grauen Krallen.«

»Nun, Ihr habt sie gefunden«, erscholl die Antwort. »Aber kommt keinen Schritt näher!«

William blieb stehen. »Ich habe eine Nachricht von Bär.« Das Zeichen, auf das die Bogenschützen warteten, war das Wort »Bär«.

Als der Wachposten gerade antworten wollte, schossen fünf Pfeile über ihre Köpfe hinweg, und William rief: »Jetzt!«

Die Bogenschützen hatten gut gezielt; fünf der Söldner waren bereits tot, bevor sie überhaupt begriffen hatten, dass sie angegriffen worden waren. Vom gegenüberliegenden Waldrand flogen weitere Pfeile. Wie William feststellen konnte, standen auch die Bogenschützen von Sergeant Hartag bereit.

Auf beiden Seiten des Lagers tauchten jetzt Soldaten aus dem Königreich auf, während die Grauen Krallen nach ihren Waffen griffen und sich bereitmachten, dem Angriff entgegenzutreten. William griff den nächsten Wachposten an, der den Schild hob, um den Hieb von Williams großem Bastard-Schwert aufzufangen. William schwang die Klinge nach unten, drehte dann die Waffe und ließ sie eine elliptische Kurve beschreiben, sodass die mächtige Klinge seitlich auf den Schild krachte, ihn zur Seite schlug und dabei den Soldaten drehte, sodass er nicht zurückschlagen konnte, da sein Schwertarm sich jetzt auf der von William abgewandten Seite befand. Als der Wachposten sich wieder umdrehte, um seinerseits zuzuschlagen, ließ William sein Schwert von dem Schild nach unten zucken; er traf den Mann von hinten in die Beine, zerschnitt ihm die Kniesehnen. Der Wachposten stieß einen Schrei aus und ging zu Boden, und William trat ihn mit dem linken Fuß. Der Söldner war nicht tot, aber er würde auch nicht mehr kämpfen. William wollte Gefangene. William wollte wissen, wo er Bär finden konnte.

Williams Männer hatten den Vorteil der Überraschung auf ihrer Seite, aber die Söldnertruppe der Grauen Krallen war ein hart gesottener, erfahrener Haufen. Der Kampf war blutig, und nur die Tatsache, dass ein halbes Dutzend Söldner schon zu Beginn des Scharmützels ausgeschaltet worden war, ließ Williams Männer den Sieg davontragen. Nachdem William den dritten Gegner getötet hatte, schaute er sich um. Er hatte erwartet, dass die Söldner um Gnade bitten würden, doch zu seiner Überraschung kämpften sie noch immer weiter, obwohl sich mittlerweile jeder von ihnen zwei Männern des Prinzen gegenübersah.

»Lasst zumindest einen am Leben!«, rief William, obwohl er sich an den Mann erinnerte, dem er die Kniesehnen durchtrennt hatte und der irgendwo inmitten des Getümmels auf dem Boden liegen musste. Die Bogenschützen hatten ihre Bögen beiseite gelegt, ihre Schwerter gezogen und mischten sich jetzt ebenfalls ins Geschehen. Die Söldner leisteten noch immer Widerstand, und mehrere von Williams Leuten lagen am Boden; sie waren entweder tot oder schwer verwundet. »Hört auf!«, rief William einem sich zurückziehenden Söldner zu, der verzweifelt versuchte, zwei Soldaten aus Krondor auf Distanz zu halten.

Der Mann ignorierte Williams Worte und suchte weiter nach einer Lücke in der Deckung seiner Angreifer. William fluchte angewidert, als ein weiterer Söldner getötet wurde. Er umging einen der letzten noch lebenden Söldner und schlug ihm von hinten die flache Seite der Klinge gegen den Helm. »Tötet ihn nicht!«, brüllte er den beiden Männern zu, die im Begriff waren, den Mann aufzuspießen. Der Mann stolperte, und einer von Williams Soldaten machte einen Satz nach vorn, packte den Söldner am Schwertarm. Der andere trat jetzt ebenfalls vor und schlug dem Söldner den Schwertknauf so kräftig ins Gesicht, dass er betäubt zu Boden sank.

Dann war es vorbei. William schaute sich um. »Sergeant!«, rief er.

Hartag eilte herbei. »Leutnant?«

»Wie sieht es mit unseren Verlusten aus?«

»Sechs Männer liegen am Boden, Leutnant. Drei sind tot, und zwei weitere werden ihnen bald folgen. Einer könnte vielleicht überleben, wenn wir ihn schnell zu einem Heiler bringen. Ein paar andere sind verwundet, aber es ist nichts Ernstes.«

»Verdammt«, murmelte William. Damit blieben ihm noch achtzehn Mann, von denen nicht einmal alle voll einsatzbereit waren. »Und was ist mit den Söldnern?«

»Es sieht ziemlich übel aus, Leutnant. Sie haben nicht um Gnade gebeten, sondern bis zum Tod gekämpft. Ich habe noch nie von Söldnern gehört, die so etwas getan haben. Normalerweise sind sie klug genug, um zu wissen, wann sie besiegt sind.«

»Wie viele von ihnen sind noch am Leben?«

»Zwei«, antwortete Hartag. »Der eine verblutet allmählich an einer tiefen Beinwunde und wird nicht mehr allzu lange unter uns weilen.« William nickte. Ihm war sofort klar, dass das der Mann sein musste, dem er die Kniesehnen durchtrennt hatte. »Bei dem anderen handelt es sich um den Burschen, dem Ihr eines übergezogen habt«, fuhr Hartag fort. »Der müsste eigentlich bald aufwachen.«

Ein paar Minuten später kam der Söldner tatsächlich wieder zu sich, und William ließ ihn zu sich bringen. »Wer bist du? Bist du einer von Bärs Männern?«

»Nicht mehr. Ich heiße Shane McKinzey. Im Augenblick …« Er schaute sich um. »Ich hab zu den Grauen Krallen gehört. Bärs Agent hat mit uns Kontakt aufgenommen, daher sind wir hierher gekommen, um uns in seine Dienste zu stellen. Wir haben diesen Bär getroffen, und er hat uns gesagt, was wir tun sollen.«

»Und warum habt ihr bis zum Tode gekämpft?«, fragte Hartag.

»Wir hatten Befehle.« Der Söldner rieb sich den Hinterkopf. »Scheint so, als ob unser Hauptmann« – er deutete auf einen

Leichnam, der gerade auf einen behelfsmäßigen Scheiterhaufen gezogen wurde –, »er hat mitbekommen, dass Bär irgendwelche magischen Kräfte besitzt. Er hat gesagt, dass er jeden Mann, der ihn betrügt, jagen und seine Seele essen würde.« Er blinzelte, als wollte er seine Sicht klären. »Oh, Mann, ich hab auch schon früher mal eines übergezogen gekriegt, aber noch nie so.« Er schüttelte den Kopf. »Wie auch immer, also der Hauptmann sagt, dass ein sauberer Tod und ein schneller Ritt zu den Hallen Lims-Kragmas besser ist, als wenn dir irgendeine Höllenbrut das Blut aussaugt und dir deine Seele raubt.«

»Warum habt ihr hier gelagert?«

»Wir wurden hier zurückgelassen, weil wir jeden töten sollten, der ihm folgt. Das hier war der erste Auftrag, den wir für ihn zu erledigen hatten. Sieht so aus, als wär's auch unser letzter …«

»Wo ist Bär jetzt?«

»Weiß ich nicht. Wir sollten hier lagern und jeden töten, der vorbeikommt. Am Morgen des neuen Kleinen Mondes sollten wir ihn dann am Zwei-Fänge-Pass treffen.«

»Du lügst«, sagte Hartag.

»Vielleicht, aber da ihr mich ohnehin töten müsst, um mich daran zu hindern, Bär zu warnen … warum sollte ich dann ehrlich sein?«

»Wenn wir dich ohnehin töten«, sagte William, »könntest du eigentlich auch alles gestehen und uns dadurch helfen, den Mann zu erwischen, der euch reingelegt hat.«

Shane musterte William und sagte dann: »Ich bin schon länger ein Söldner, als du ein Schwert trägst, mein Junge. Ich habe keine Angst vor dem Tod, aber ich sehe, dass du dich davor fürchtest, kaltblütig jemanden umzubringen.«

William deutete dorthin, wo seine Männer die Toten aufstapelten. »Schau dir deine Leute an und sag mir dann, wovor ich mich fürchte. Aber du könntest am Leben bleiben, wenn du ehrlich bist. Du hast vorher noch nie für Bär gearbeitet, richtig?«

»Was hat das damit zu tun?«

»Dann musst du auch nicht die gleiche Strafe erleiden wie Bär. Sag uns einfach, was wir wissen wollen, und meine Männer werden dich nach Krondor geleiten. Dort kannst du ein Schiff besteigen und hinfahren, wohin du willst. Ich würde allerdings vorschlagen, am besten wieder zurück in dein Tal.«

Der Söldner rieb sich erneut den Hinterkopf, während er die Möglichkeiten, die sich ihm boten, gegeneinander abwog. »Nun, ich schätze, von meiner Kompanie ist sowieso nicht mehr viel übrig. Also gut, wir sind uns einig. Ich habe gelogen, was diese Sache mit ›wir sollten alle töten, die hier vorbeikommen‹ angeht. Wir sollten es so aussehen lassen, als könnte man uns leicht angreifen – verdammt, wir haben es tatsächlich ein bisschen zu leicht gemacht –, ein paar Verluste hinnehmen und dann abhauen. Bär stellt euch am Zwei-Fänge-Pass eine Falle, in die wir euch locken sollten. Wenn ihr euch beeilt, könnt ihr ihn dort erwischen.«

»Du hast dich gut entschieden. Danke.« William winkte einen in der Nähe stehenden Soldaten herbei. »Du und Blake, ihr bringt McKinzey nach Krondor und nehmt dabei alle anderen mit, die so schwer verwundet sind, dass sie nicht mehr weiter mitgehen können.«

»Jawohl, Leutnant!«, lautete die Antwort.

Hartag wandte sich leise an William. »Glaubt Ihr, dass er diesmal wirklich die Wahrheit gesagt hat, Will?«

»Ja. Er hat keinen Grund zu lügen. Und er kann gar nichts Besseres tun, als so viel Abstand wie möglich zwischen sich und Bär zu legen.« Williams Augen schienen aufzuleuchten, als er fortfuhr: »Wir haben ihn. Die Männer sollen sich zum Aufsitzen bereitmachen. Wir werden diese und auch die nächste Nacht durchreiten, wenn es sein muss, damit wir vor Bär am Zwei-Fänge-Pass ankommen.«

»Jawohl, Leutnant«, sagte Hartag. Er drehte sich um und machte sich daran, die Befehle auszuführen.

Zehn

Goblins

James wachte auf.

Irgendetwas war falsch. Er sprang auf die Beine und trat gegen das Fußende von Kendarics Bett. Der Gildenmann setzte sich auf. »Was ist?«, murmelte er mit schläfrigem Gesichtsausdruck.

»Ich rieche Rauch.«

James eilte zum nächsten Zimmer, in dem Jazhara und der Mönch schliefen, und polterte gegen die Tür. Der Flur war bereits voller bläulichem Qualm, und der scharfe Geruch von brennendem Holz stach ihm in die Augen. »Wacht auf!«, brüllte er. »Das Gasthaus brennt!«

Überall im Flur flogen krachend die Türen auf, als die anderen Gäste aus ihren Zimmern kamen, um zu sehen, was das Geschrei zu bedeuten hatte. James wiederholte seine Warnung noch einmal, während er das Schwert umgürtete und nach seinem Packsack griff. Einen Augenblick später tauchten Jazhara und Solon auf, und gemeinsam rannten sie die Treppe hinunter.

Im Gastraum war sofort zu erkennen, dass das Feuer irgendwo in der Nähe der Eingangstür ausgebrochen sein musste, denn die gesamte Wand um die Tür herum war völlig in Flammen gehüllt. »Zur Küche!«, rief James. Er eilte durch die Tür hinter dem Tresen und sah Royos und eine junge Frau Eimer mit Wasser heranschleppen. »Bleibt ganz ruhig!«, rief der Wirt.

James hielt den Mann an seinem Hemd fest. »Das braucht Ihr gar nicht erst zu versuchen. Das Feuer lässt sich nicht mit ein paar Eimern Wasser löschen. Seht zu, dass Ihr hier rauskommt!«

Der Mann zögerte einen kurzen Augenblick, dann nickte er. Er geleitete das Mädchen aus der Küche in den Hinterhof, während die letzten Gäste durch die Hintertür flohen.

Schreie alarmierten James und machten ihn auf die Tatsache aufmerksam, dass das Feuer nicht die einzige Gefahr war, mit der sie sich auseinander setzen mussten.

Daher hielten er und Solon ihre Waffen bereit, als sie an der Rückseite des Gebäudes herauskamen, wo sie prompt eine Bande Goblins entdeckten, die versuchten, die Pferde unter dem Vordach der Scheune loszumachen.

James hatte sie rasch gezählt: Ungefähr ein Dutzend der Kreaturen trieb sich hier herum. Goblins waren etwas kleiner als Menschen und hatten auch etwas schmalere Schultern. Schräg abfallende Stirnen endeten in dicken Brauen aus dichtem schwarzem Haar. In der schwarzen Iris ihrer gelben Augen spiegelten sich die Flammen, sodass es aussah, als würden sie in der Dunkelheit glühen. James hatte schon früher gegen Goblins gekämpft und erkannte sofort, dass dies eine Bande war, die Erfahrung mit Überfällen hatte. Drei der Krieger trugen ihre Haare in Form von Stammesknoten, die mit Federn und Knochen geschmückt waren, was bedeutete, dass sie Häuptlinge oder Priester waren. Alle hatten Schilde und Schwerter in den Händen, aber James stellte mit Erleichterung fest, dass sie anscheinend keine Bogenschützen dabeihatten.

Drei weitere bewaffnete Männer tauchten aus dem Gasthaus auf, sodass James schließlich – wenn er sich selbst, Solon und die bewaffneten Gäste mitzählte – auf elf kampfbereite Männer kam. Jazhara konnte auf sich selbst aufpassen, wie er wusste. »Schafft das Mädchen nach hinten!«, rief er daher Royos zu.

Die Goblins griffen an, und Jazhara schleuderte einen Feuerball mitten in die Gruppe. Drei Goblins wurden sofort von den Flammen verzehrt, während drei weitere schlimme Brandverletzungen erlitten.

Die noch übrigen sechs Goblins kamen heulend und wild die Waffen schwingend herangestürmt. Aus dem Augenwinkel sah James, wie Solon geschickt seinen Kriegshammer schwang und einem Goblin den Schädel zerschmetterte, bevor die Kreatur sich wegducken konnte.

Wieder einer weniger, dachte James, bleiben also noch fünf.

Kendaric geriet in sein Blickfeld. Er schwang ungeschickt eine kurze Klinge, und schlagartig begriff James, dass der Geselle sich nicht selbst verteidigen konnte. James machte einen Satz nach links und verpasste dem Goblin, der schon halb an ihm vorbei war, einen Tritt, der die Kreatur mit weit ausgestreckten Gliedern zu Boden gehen ließ. Dann machte er einen Satz nach rechts und drang auf einen Goblin ein, der Kendaric bedrohte. James' Klinge grub sich tief in den Nacken des Angreifers.

Der Geselle der Wrackberger-Gilde starrte James entsetzt aus weit aufgerissenen Augen an. »Geht zu Royos rüber!«, schrie James.

Kendaric rührte sich nicht; er schien vor Panik regelrecht gelähmt zu sein. James schaffte es gerade noch, einen Schwerthieb abzublocken, der plötzlich von hinten kam. Er hatte den Angriff im allerletzten Augenblick erahnt und sich nach links weggeduckt. Wenn er sich nach rechts geduckt hätte, wäre er jetzt wohl einen Kopf kürzer, dachte er.

James wirbelte herum und sah, dass ihn einer der verbrannten Goblins angegriffen hatte. Die rechte Seite der Kreatur qualmte noch immer, und ihr rechtes Auge war zugeschwollen, daher bewegte James sich unverzüglich nach links, griff auf der blinden Seite des Goblins an.

Jazhara ließ einen weiteren Zauber los, einen sengenden roten Blitz, der einen der Goblins, die sich Kendaric näherten, mitten ins Gesicht traf. Die Kreatur schrie auf, ließ ihr Schwert fallen und griff sich an die Augen. Die anderen wandten sich der Stelle zu, von der dieser Angriff gekommen war, zögerten jedoch.

Kendaric nutzte die Gelegenheit, um sich umzudrehen und zu fliehen, sodass der Goblin jetzt völlig allein dastand. Bruder Solon und ein anderer Mann aus dem Gasthaus tauchten dort auf, wo eben noch Kendaric gestanden hatte, und griffen den Goblin gleichzeitig an. Der Goblin sah Solons großen Kriegshammer auf sich zukommen und duckte sich, während der andere Mann versuchte, mit seinem Schwert zuzuschlagen. Doch die beiden Männer behinderten einander, sodass der Goblin die Gelegenheit nutzen und sich umdrehen und fliehen konnte.

Plötzlich rannten alle noch übrigen Goblins um ihr Leben. James führte noch einen halbherzigen Stoß gegen einen der Fliehenden, dem es jedoch gelang, der Schwertspitze auszuweichen. Er blickte sich um.

Das Gasthaus brannte jetzt lichterloh. Royos und die junge Frau hielten einander umklammert und starrten in die Flammen. Der Stallbursche stand bei den Pferden, die Augen furchtsam aufgerissen.

Ein halbes Dutzend Goblins lag reglos am Boden.

James schüttelte den Kopf. »Was führt Goblins so nahe zur Küste?«, wunderte er sich laut.

Bruder Solon stellte sich neben James. »Goblins sind normalerweise einfältige Gesellen, aber sie sind nicht völlig blöd. Wenn sie versuchen, Pferde zu erbeuten, dann heißt das, dass sie ganz in der Nähe ein Lager haben müssen.«

Das junge Mädchen trat zu ihnen. »Die Frau von Bauer Toth ist hier vorbeigekommen; sie war auf dem Weg nach Krondor, weil sie Soldaten holen wollte, die ihr Kind retten sollten«, sagte sie.

»Maria!«, rief Royos. »Das hättest du eigentlich gar nicht mitkriegen sollen.«

»Glaubst du wirklich, du könntest mich vor allem Bösen in der Welt beschützen, Vater?«, antwortete das Mädchen. Sie drehte sich um und warf noch einmal einen Blick auf das brennende

Gasthaus. »Ist mein Heim nicht direkt vor meinen Augen zerstört worden?«

Der Wirt legte ihr einen Arm um die Schultern. »Manchmal vergesse ich, dass du allmählich erwachsen wirst, meine Tochter.«

Die anderen Gäste – unter ihnen zwei Männer mit Schwertern und einer mit einem großen Jagdmesser sowie zwei Frauen – kamen jetzt ebenfalls heran. »Meinen Dank für alles, was Ihr getan habt, um die Goblins zu vertreiben«, sagte Royos.

James nickte. »Ich wünschte, wir hätten mehr tun können.«

»Ihr habt Leben gerettet«, sagte Royos. »Gasthäuser können wieder aufgebaut werden. An Kunden zu kommen ist viel schwieriger.« Er küsste Maria auf den Scheitel. »Genau wie an Töchter.« Royos und Maria wandten sich wieder dem Gasthaus zu; sie wollten eine Eimerkette organisieren, um die immer noch lodernden Flammen zu löschen.

»Tja«, sagte Solon. »Sie hatten uns alle beim Rauskommen abschlachten wollen.«

James kratzte sich am Ohr. »Warum solch ein auffälliger Überfall? Sie müssten doch eigentlich wissen, dass ihnen in den Bergen schon bald eine Patrouille auf den Fersen sein wird ...«

»Vielleicht, um eine Patrouille von einem anderen Ort abzuziehen?«, sagte Jazhara.

James warf der jungen Magierin einen Blick zu und bedeutete ihr, ein paar Schritte mit ihm zu gehen. Er wartete, bis sie außer Hörweite der anderen waren, ehe er fragte: »Ihr glaubt, dass Bär dahinter steckt?«

»Vielleicht. Es kann ihm doch nur daran gelegen sein, dass keine Soldaten in der Nähe von Haldenkopf oder der Witwenspitze sind, wenn er versucht, die Träne der Götter in seine Gewalt zu bekommen.«

»Wenn wir wüssten, wie er an die Träne herankommen will, dann könnten wir leichter darauf schließen, wo er sich im Moment wahrscheinlich aufhält«, sagte James.

»Wenn ich dieser Bär wäre und darin versagt hätte, mir Kendarics Spruch zu besorgen, würde ich einfach warten, bis Kendaric auftaucht, und ihn mir dann holen.«

»Oder warten, bis wir die Arbeit getan haben, und uns die Träne wegnehmen, wenn wir wieder festen Boden unter den Füßen haben.«

»Doch in beiden Fällen würde ich dafür sorgen, dass Kendaric bis zur Witwenspitze kommt«, beendete Jazhara den Gedankengang.

»Ich warte eigentlich nur ungern länger, aber ich möchte die Angelegenheit auch nicht gern angehen, solange die Truppen noch nicht in Müllersruh sind.« Er warf einen Blick zu den anderen hinüber. »Bruder Solon!«, rief er. »Mir scheint, Ihr wisst einiges über die Goblins. Dieses Lager, das wahrscheinlich nicht allzu weit von hier entfernt liegt – was glaubt Ihr, wie groß es wohl sein wird?«

Der Kriegermöch dachte einen Augenblick lang nach, ehe er antwortete. »Das ist schwer zu beurteilen. Diese verrückten Kreaturen denken nicht so wie Ihr und ich. Es sind vielleicht drei Kompanien – von der Größe wie die, die den Überfall durchgeführt hat. Eine bewacht das Lager, während die beiden anderen auf Raubzüge gehen. In dieser Gruppe hier waren mehrere Häuptlinge und Priester, was irgendwie ungewöhnlich ist.«

»Was werden sie tun?«, fragte Kendaric, der sich mittlerweile wieder genügend von seinem Schock erholt hatte, um dem Gespräch folgen zu können.

»Ah, das ist doch offensichtlich«, sagte Solon. »Sie haben ein Kind geraubt.« Er warf einen Blick zum Himmel, an dem der abnehmende Kleine Mond stand. »Sie werden das Kleine in zwei Tagen opfern, bei Neumond, als ein Opfer für ihren Gott. Das sind keine Banditen, die unterwegs sind, um ein bisschen zu plündern. Das ist ein allumfassender Raubzug, um die Geister zu beruhigen. Ihre Vorfahren haben ihnen gesagt, dass sie hierher kommen und das Blut von Menschen vergießen sollen, dass sie menschliche Sklaven und Pferde rauben und dann zurückkehren sollen. Das ist eine ziemlich üble Geschichte.«

»Wir müssen etwas unternehmen«, sagte Jazhara. »Die Soldaten werden auf keinen Fall rechtzeitig hier eintreffen, wenn die Goblins das Kind schon übernächste Nacht töten wollen.«

»So wenig mir der Gedanke gefällt, dass ein Kind auf eine solche Weise sterben soll – wir haben andernorts etwas Dringlicheres zu erledigen«, erklärte James.

Jazhara packte James am Oberarm. Ihre Stimme war leise, klang aber verärgert, als sie zu ihm sagte: »Ihr würdet zulassen, dass ein Kind wie ein Schlachttier getötet wird?«

James verdrehte die Augen und schüttelte den Kopf. »Ich habe nicht das Gefühl, als ob ich überhaupt noch eine Wahl hätte.«

»Nein, die habt Ihr auch nicht. Wenn es sein muss, gehe ich nämlich auch allein.«

James entzog seinen Arm ihrem Griff. »Ihr müsst Eure Pflicht tun.«

»Und Ihr habt bereits gesagt, dass dies alles vielleicht nur geschehen ist, um unsere Soldaten wegzulocken. Außerdem – wenn Ihr nicht nach Haldenkopf wollt, solange die Patrouille noch nicht hier ist, müssen wir so oder so warten. Wenn wir das Kind retten und es zu seiner Familie zurückbringen können, verlieren wir nur ein paar Tage, und wenn die Soldaten, die uns folgen, dann hier ankommen, können sie gleich weiter nach Müllersruh ziehen.«

James seufzte resignierend und winkte Solon und Kendaric heran. »Solon, könnte es sein, dass diese Goblins für Bär arbeiten?«

»Das glaube ich nicht«, sagte der Mönch. »Obwohl er sie vielleicht beeinflusst haben könnte. Mit Geschenken wie ein paar Waffen oder ein bisschen Magie, mit Informationen, wo es für sie ungefährlich wäre, zu plündern, mit ein paar Krügen Wein oder Bier, sodass sie am Ende glauben, es wäre ihre eigene geniale Idee gewesen, hier unten ihre Raubzüge durchzuführen.«

»Ist dieser Bär denn überall?«, fragte Kendaric.

»Nein, das glaube ich nicht«, entgegnete James. »Ich glaube nicht, dass Bär hinter dieser Sache hier steckt. Ich glaube, dass er für jemand anderen arbeitet.«

»Warum?«, wollte Jazhara wissen.

»Ich erzähle es Euch unterwegs.« Er blickte zum Himmel empor. »In ein paar Stunden wird die Morgendämmerung anbrechen, und dann sollten wir zum Aufbruch bereit sein.«

»Und wohin gehen wir?«, fragte Kendaric.

»Wir gehen Goblins jagen«, sagte James mit einem schiefen Lächeln.

Kendaric beklagte sich schon wieder. »Das ist ganz und gar nicht klug!«

James schüttelte den Kopf und beachtete den Gesellen nicht weiter. An Solon gewandt sagte er: »Sie geben sich anscheinend nicht die geringste Mühe, ihre Spuren zu verbergen, oder?«

Der Kriegermönch führte sein Pferd am Zügel, während er den Spuren der Goblins folgte. »Nein. Ich nehme an, sie sind ein bisschen mitgenommen und wollen so schnell wie möglich zu ihren Heilern kommen.«

James deutete nach vorn. In einiger Entfernung begannen die Hügel, und hinter ihnen ragten die Gipfel des Calastius-Gebirges auf. »Glaubt Ihr, dass sie sich schon wieder oben zwischen den Felsen befinden?«

»Ziemlich sicher«, antwortete der Mönch. »Sie haben eine Stellung gesucht, die sich gut verteidigen lässt – entweder eine Schlucht oder eine kleine Wiese; es wird höllisch schwer werden, sie da auszuheben.«

»Und wir vier sind also jetzt unterwegs, um sie ›auszuheben‹?«, wollte Kendaric wissen.

James verlor allmählich die Geduld. »Nein, wir werden sie nicht ausheben«, sagte er. »Wir werden auf die Pferde aufpassen und Euch zu ihnen schicken, damit Ihr sie vernichten könnt.«

Kendaric zügelte abrupt sein Pferd und blickte mit einem völlig verblüfften Gesichtsausdruck zu Boden. »Mich?«

Jazhara konnte nicht mehr an sich halten und fing an zu lachen. Selbst der wortkarge Solon erlaubte sich ein leises Glucksen.

James schüttelte den Kopf. »Macht Euch keine Sorgen. Ich habe einen Plan.«

Er wandte sich von Kendaric ab, der jetzt ein Stück zurückblieb. Jazhara lehnte sich zu James herüber. »Ihr habt also einen Plan?«, fragte sie flüsternd.

»Nein, aber wenn wir erst einmal dort sind und uns umgeschaut haben, werde ich einen haben. Und vielleicht hält Kendaric wenigstens bis dahin den Mund«, erwiderte James ebenso leise.

Jazhara lächelte und nickte. Sie ritten weiter.

Schließlich gab Solon ihnen das Zeichen, Halt zu machen. »Ich bin, wie Ihr wisst, kein richtiger Fährtensucher, aber man müsste schon blind sein, um diese Spuren zu übersehen.« Er stieg vom Pferd und deutete auf eine Stelle, wo sich – wie James sofort erkennen konnte – die Abdrücke schwerer Stiefel tief in die Erde gegraben hatten.

»Er ist anscheinend ziemlich in Eile«, sagte der Mönch.

»Wen meint Ihr?«, fragte Kendaric.

»Nun, es ist natürlich nur eine Vermutung«, sagte Solon, »denn niemand von uns kann hellsehen, aber ich gehe davon aus, dass wir hier die Spuren jenes Bauern sehen, der gekommen ist, um sich sein kleines Mädchen zurückzuholen.«

»Eine ziemlich zutreffende Vermutung«, sagte James und deutete nach vorn. In einiger Entfernung sahen sie einen einsamen Wanderer einen Hügel erklimmen. Bisher hatte ein etwas näher gelegener Abhang ihn vor ihren Blicken verborgen, aber jetzt konnten sie sehen, wie er entschlossen den Pfad entlangging. »Wir sollten zusehen, dass wir ihn einholen, bevor er getötet wird.«

Solon stieg wieder in den Sattel, und sie trieben ihre Pferde zu einem leichten Galopp. Schnell hatten sie den Bauern eingeholt. Der Mann drehte sich um und musterte die Reiter misstrauisch. Er hielt eine Sense in Brusthöhe – bereit, zuzuschlagen oder einen Angriff zu parieren.

»Haltet an«, sagte James, wobei er die geöffnete rechte Hand in die Höhe hielt. »Wir sind im Auftrag des Prinzen unterwegs.«

»Na endlich! Ich habe allmählich schon geglaubt, dass gar keine Hilfe mehr kommt. Wie geht es meiner Frau?«

»Ich fürchte, Ihr verwechselt uns mit jemand anderem«, sagte James.

»Was?! Wollt Ihr damit sagen, dass Ihr nicht von Becky aus Krondor geschickt worden seid? Ich dachte, Ihr wärt gekommen, um meine Tochter zu retten!«

»Ganz ruhig, Bauer Toth. Ihr befindet Euch jetzt in Ishaps Gunst. Wir wissen von Eurem Kind. Erzählt uns bitte genau, was Eurer Tochter geschehen ist«, sagte Solon.

Der Mann schien sich zu entspannen. »Es ist schon fast eine Woche her, da waren mein Freund Lane und ich auf der Jagd. Wir waren in den Vorbergen östlich von hier, als wir eines Nachts plötzlich Flöten und Trommeln gehört haben.

Wir sind hingegangen und wollten nachsehen, was das war, und in einer Schlucht, die gar nicht weit weg von hier liegt, sind wir auf eine Bande Goblins gestoßen. Sie hatten einen kleinen Jungen bei sich, und dann haben sie … oh, ihr Götter … dann haben sie das Kind entzweigeschnitten. Sie haben den Jungen geopfert! Ich habe laut geschrien … ich konnte nicht anders. Aber daraufhin haben sie uns entdeckt und sind auf uns losgegangen. Wir konnten ihnen entkommen, aber dann, vorgestern, haben sie meinen Hof überfallen. Lane und ich haben versucht, sie aufzuhalten, aber es waren zu viele. Sie sind in unser Haus eingedrungen … und haben meine Tochter mitgenommen! Lane ist ein Fährtensucher und hat sich an ihre Spuren geheftet, und ich habe

Becky, meine Frau, nach Krondor geschickt, damit sie Hilfe holt, und bin Lane gefolgt. Und jetzt seid Ihr aufgetaucht.«

»Wohin ist Lane gegangen?«, fragte James.

»Zurück zur Schlucht, da bin ich mir ziemlich sicher. Er hat kleine Hinweise für mich hinterlassen, damit ich ihm folgen kann. Zuerst wollte ich auf die Soldaten warten, aber ich konnte den Gedanken nicht ertragen, dass sie mein kleines Mädchen opfern könnten.«

»Bis zum nächsten Neumond wird ihr nichts geschehen«, sagte Solon.

»Die Nacht, in der wir Zeugen wurden, wie der Junge getötet wurde, war die Neumondnacht des Mittleren Mondes«, stimmte Toth zu. Dann wirkte er plötzlich besorgt. »Morgen ist die Neumondnacht des Kleinen Mondes!«

»Wir müssen schnell handeln«, sagte Jazhara.

»Das ist alles die Schuld dieser Hexe«, sagte Toth.

»Was für eine Hexe?«, fragte Jazhara.

»Es gibt Gerüchte über Hexerei in Haldenkopf – diese verfluchte Hexe hat meine Tochter sicher stehlen lassen, weil sie sie für ihre üblen Sprüche braucht!«

Jazharas Augen verengten sich. »Habt Ihr diese ›Hexe‹ gesehen, als die Goblins den kleinen Jungen getötet haben?«

»Nun, das nicht, aber …«

»Das ist jetzt nicht weiter wichtig«, mischte Solon sich ein. »Wenn wir wirklich helfen wollen, sollten wir sehen, dass wir weiterkommen.«

»Ich bitte Euch, tut etwas!«, sagte Toth. »Bitte helft mir, meine Tochter zu finden.«

Solon schaute sich um. »Lagert hier, guter Bauer. Wir müssen noch heute Nacht zuschlagen, sonst ist das hübsche Kind verloren.«

James nickte. »Also los, weiter.«

Sie führten ihre Pferde auf die Straße, während der Bauer sich nach einer Stelle umschaute, an der er warten konnte. James warf einen Blick zurück und sah den Gesichtsausdruck des Mannes. Es war offensichtlich, dass sämtliche Hoffnungen des Bauern jetzt auf ihnen ruhten.

»Sieht ganz so aus, als hätte Toths Freund Schwierigkeiten bekommen«, sagte James. Ein Stück weiter vorn auf dem Pfad, dem sie seit ungefähr einer Stunde folgten, lagen ein paar Leichen auf einem Haufen. Ein paar Schritte weiter lagen noch zwei Goblins über einer reglosen menschlichen Gestalt.

»Er hat die Bastarde teuer bezahlen lassen«, grollte Solon.

»Aber um welchen Preis?«, fragte Kendaric. »Der Mann ist tot!«

»Beruhigt Euch«, sagte Jazhara.

»Beruhigen … ich soll mich beruhigen, sagt sie«, murmelte Kendaric vor sich hin und schüttelte den Kopf.

»Ich habe den Eindruck, dass er sich gerade bewegt hat«, sagte James, sprang vom Pferd und eilte zu dem jetzt wieder reglos daliegenden Mann hinüber. Er zerrte die beiden Goblins von seinem Körper und untersuchte den Mann. »Bringt mir etwas Wasser!«, wies er seine Begleiter an.

Jazhara eilte zu ihm, einen Wasserschlauch in der Hand. James bettete den Kopf des Mannes in seine Arme und schaute zu, wie die Magierin ihm etwas Wasser über das Gesicht träufelte. Die Wirkung zeigte sich unverzüglich.

Lane blinzelte. »Goblins«, sagte er und sprach dann langsam und mit langen Pausen weiter. »Sie … sie haben die Tochter meines Freundes … mitgenommen. Ich habe ihr Lager gefunden, aber … es waren zu viele …«

»Macht Euch keine Sorgen, wir werden sie finden«, sagte Jazhara.

»Sie sind ganz nah. In der Schlucht nördlich von hier. Bitte. Lasst nicht zu, dass sie das kleine Mädchen umbringen.«

James wollte eine Frage stellen, doch plötzlich verdrehte Lane die Augen. James brachte sein Ohr dicht an den Mund des Mannes. »Er ist tot«, sagte er eine Minute später.

»Er ist nicht umsonst gestorben. Wir werden dafür sorgen, dass Gerechtigkeit geübt wird«, sagte Solon.

James ließ den Kopf des Mannes sanft auf den felsigen Untergrund zurücksinken und stand auf. Er schaute zum Himmel hinauf und sagte: »In weniger als zwei Stunden wird es dunkel. Sehen wir zu, dass wir diese Schlucht finden.« Er wies Solon und Kendaric mit einer Handbewegung an abzusteigen. »Wir werden die Pferde von jetzt an am Zügel führen und sie an der Mündung der Schlucht zurücklassen. Und wenn wir zurückkehren, werden wir Lane ein anständiges Begräbnis zukommen lassen.«

Sie brauchten nicht einmal eine Stunde, um den Eingang der Schlucht zu erreichen. Ein kleiner Bach kam hier aus den Felsen, überquerte den Pfad und plätscherte dann den Hügelhang hinab. James wandte sich an Kendaric. »Tränkt die Pferde und sorgt dafür, dass sie nicht weglaufen. Wir kommen so schnell wie möglich wieder zurück.«

»Ihr lasst mich hier allein zurück?«, fragte Kendaric entsetzt.

»Nun, wenn Ihr lieber zum Lager der Goblins gehen wollt ...?«

»Nein! Es ist nur ... so allein ...«

»Sosehr es mich auch schmerzt, das jetzt sagen zu müssen, aber im Augenblick seid Ihr wichtiger als Jazhara oder ich«, sagte James. Er dachte einen Augenblick nach und fuhr dann fort. »Solon, Ihr bleibt auch hier. Wenn wir nicht zurückkommen, geht Ihr nach Müllersruh und holt die Patrouille. Dann geht nach Haldenkopf, hebt das Schiff und holt Euch die Träne.«

Solon schien kurz davor, irgendwelche Einwände zu erheben, doch dann erkannte er, dass James' Plan vernünftig war. »In Ordnung, ich werde warten.«

James und Jazhara arbeiteten sich die Schlucht hinauf. Nachdem sie sich vorsichtig ihren Weg durch den engen Eingang gesucht hatten, kamen sie zu einer Stelle, an der die Schlucht scharf nach links abknickte. James spähte vorsichtig um die Ecke. Dann drehte er sich wieder zu Jazhara um, streckte zwei Finger in die Höhe und hauchte: »Zwei Wachen.« Sie nickte. Er warf einen Blick zum Rand der Schlucht hinauf und deutete auf eine Stelle knapp hinter Jazhara.

Sie folgte seinem Blick, sah eine Stelle, an der sie sich festhalten konnte, und nickte zustimmend. Sie hängte sich ihren Stab über den Rücken und kletterte gewandt zum Rand der Schlucht hinauf. James folgte ihr. Als sie oben angekommen waren, flüsterte er ihr ins Ohr: »Ich gehe noch ein bisschen weiter und sehe nach, was da ist. Wenn es eine Möglichkeit gibt, die Wachen zu umgehen, werde ich sie finden. Falls nicht, werden wir es auf der anderen Seite versuchen.«

»Und was ist, wenn es weder hier noch auf der anderen Seite einen Weg gibt?«, flüsterte sie.

»Dann müssen wir die Wachen töten und uns beeilen, bevor wir entdeckt werden.«

Jazharas Reaktion auf diese Möglichkeit stand ihr eindeutig ins Gesicht geschrieben. »Bitte, versucht einen anderen Weg zu finden«, sagte sie.

James kroch am Rand der Schlucht entlang; er blieb die ganze Zeit geduckt, um die Gefahr zu verringern, entdeckt zu werden. Er kam an dem Knick vorbei und warf einen Blick nach unten, um sich zu vergewissern, dass er nicht ohne weiteres von den Wachen entdeckt werden würde, die auf der anderen Seite der Schlucht aufgestellt waren, aber zu seiner Erleichterung waren die Wachposten nirgends zu sehen.

James bewegte sich langsam weiter. Der Hang stieg leicht an, als er den Rand erreichte. Unter sich konnte er ein Dutzend Zelte ausmachen; sie wurden von einem besonders großen dominiert, in dem mindestens zwölf Krieger Platz fanden. James kauerte sich einen Augenblick auf die Fersen und wog seine Bedenken gegeneinander ab. Die Zelte waren menschlichen Ursprungs. In ihren eigenen Dörfern bauten die Goblins Häuser aus Stöcken und Ästen, doch wenn sie sich auf einem Raubzug oder auf der Jagd befanden, hielten sie sich an Höhlen oder Überhänge.

Und dann sah James einen Menschen. Hinter den Überfällen der Goblins steckten also menschliche Abtrünnige. Er erwartete halb, dass der Mann das Schwarz der Nachtgreifer tragen würde, und war fast enttäuscht, als er sich dem Feuer näherte und das flackernde Licht enthüllte, dass es sich um einen einfachen Söldner handelte. James dachte einen Moment darüber nach: Söldner und Goblins. Es schien, als wäre Bär auch in die Goblin-Überfälle verwickelt – oder derjenige, der hinter Bär stand …

Was für James ein Problem darstellte, über das er allerdings erst zu einem späteren Zeitpunkt nachdenken wollte; jetzt musste er sich zunächst einmal darauf konzentrieren, das Kind zu retten.

Der Söldner trat nach einem Goblin, der widerwillig zur Seite wich, sodass der Mensch nach seinem Messer greifen und sich ein Stück Fleisch von dem Ochsenviertel abschneiden konnte, das an einem Spieß über dem Feuer röstete. Der Mann stieß seinen Dolch geschickt in den Braten, schnitt sich ein Stück ab und verließ danach den Kreis der Goblins wieder, der um das Feuer hockte. James beobachtete ihn dabei, wie er das wohlschmeckende Rindfleisch kaute.

Dann hörte er das Kind weinen. Ein Strom von Gefühlen, mit denen er nicht gerechnet hatte, begleitete die Erkenntnis, dass das Kind noch immer am Leben war, und ließ in ihm Erleichterung aufsteigen – und die Gewissheit, dass sie sich beeilen mussten. James' Blicke huschten hierhin und dorthin, wanderten durch das ganze Lager. Der Dieb in ihm entdeckte einen Weg, der ihn am Rand der Schlucht entlang direkt an eine Stelle oberhalb des großen Zeltes bringen würde, in dem sich das Kind befand.

James warf noch einmal einen Blick auf das Lager. Ein paar Goblins stellten stolz Verletzungen zur Schau, die sie sich ganz offensichtlich bei dem missglückten Überfall in der Nacht zuvor zugezogen hatten. *Wie komme ich rein und wieder raus, ohne entdeckt zu werden?*, fragte sich James.

Er warf einen Blick zum Himmel und schätzte, dass es noch drei Stunden dauern würde, bis der abnehmende Kleine Mond aufging. Der Mittlere Mond war zu einem Viertel voll und stand im Augenblick hoch am Himmel. Er würde untergehen, wenn der Kleine Mond aufging. Auch der Große Mond war zurzeit in der abnehmenden Phase, und er würde eine Stunde nach dem Kleinen Mond aufgehen.

James rechnete. Das gab ihm ungefähr eine Stunde, in der es ziemlich dunkel sein würde. Eine Stunde, in der er in das Lager eindringen, das Kind stehlen und dorthin zurückkehren musste, wo Kendaric und Solon warteten. So ungern er auch das Risiko einging, sich noch dreimal an den Wachen vorbeizuschleichen, so wusste er doch, dass er zu Jazhara zurückkehren und mit ihr über den Plan sprechen musste; er würde ihre Hilfe brauchen.

Er bewegte sich langsam und vorsichtig zurück, passierte die Biegung und erreichte die Stelle oberhalb Jazharas. Leise flüsterte er ihren Namen und hörte von unten eine Antwort. »Ich bin hier.«

Er sprang hinunter.

»Was habt Ihr gefunden?«, fragte Jazhara.

»Das Kind lebt, und ich glaube, ich kann es zurückholen. Ich muss aber wissen, ob Ihr das Mädchen irgendwie ruhig halten könnt. Ich werde mit ziemlicher Gewissheit entdeckt werden, wenn die Kleine zu weinen anfängt.«

»Ich kann da schon etwas machen. Wie viel Zeit haben wir dafür?«, fragte Jazhara.

»Ich muss in einer Stunde oberhalb des Zelts sein.«

»Dann habe ich nur wenig Zeit. Ich brauche ein kleines Feuer, aber alle meine Utensilien befinden sich auf meinem Pferd.«

James bedeutete ihr, ihm zu folgen. »Leise«, sagte er. Er führte sie durch die Schlucht zurück an jene Stelle, wo Kendaric und Solon warteten. Kendaric begann unverzüglich damit, Fragen zu stellen, aber James wedelte abwehrend mit der Hand. »Das Kind lebt, und ich werde es zurückholen, aber jetzt brauche ich erst mal ein Feuer.«

Solon zögerte keinen Augenblick, sondern begann sofort, in der Umgebung ihres Lagerplatzes nach Zweigen und kleinen Ästen zu suchen. Jazhara nahm ihren Packsack vom Pferd und setzte sich auf den Boden. Sie holte schnell mehrere kleine Fläschchen, einen kleinen Kupferkessel und ein Paar Handschuhe aus dem Bündel. Während sie vor sich hinwerkelte, sagte sie: »Es könnte schwierig werden, das Mädchen dazu zu bringen, etwas zu trinken, und sie könnte bei dem Versuch, ihr etwas einzuflößen, zu schreien anfangen. Ich kann aber einen Trank herstellen, der die Kleine mehrere Stunden lang tief schlafen lässt, wenn Ihr es irgendwie schafft, dass sie die Dämpfe einatmet. Es genügt, wenn Ihr ein bisschen davon auf ein Stück Stoff träufelt und es ihr einen Moment vor Mund und Nase haltet. Aber achtet darauf, dass Ihr die Dämpfe nicht selbst einatmet, nicht einmal aus einiger Entfernung. Ihr werdet zwar vielleicht nicht gleich einschlafen, aber Ihr könntet die Orientierung verlieren und es schwer haben, hierher zurückzukehren.«

»Was sie meint, ist, dass Ihr getötet werden könntet«, sagte Kendaric.

»Hat Euch eigentlich schon mal jemand gesagt, dass Ihr manchmal so viel Charme habt wie ein Furunkel am Hintern, Bürschchen?«, meinte Solon.

James lachte leise in sich hinein, aber Jazhara konzentrierte sich ausschließlich darauf, winzige Mengen Flüssigkeit und Pulver aus den fünf Fläschchen, die sie ausgewählt hatte, in den Kessel zu schütten. Sie fügte ein paar Tropfen Wasser hinzu und stellte den Kessel dann mit einer Beschwörung ganz nah neben das kleine Feuer, das Solon entfacht hatte.

Dann holte sie ein leeres Fläschchen aus ihrem Bündel, zog den Stöpsel heraus, nahm den Kupferkessel und hielt ihn behutsam zwischen zwei behandschuhten Fingern. Schnell schüttete sie den Inhalt des Kessels in das Fläschchen und stöpselte es anschließend wieder zu.

Sie reichte James das Fläschchen. »Seid vorsichtig.« Dann wühlte sie noch einmal in ihrem Bündel herum. Schließlich fand sie, was sie gesucht hatte, und streckte es ihm entgegen. »Hier ist ein sauberes Stück Stoff. Schüttet ein bisschen von der Flüssigkeit darauf und haltet es auf das Gesicht des Kindes, bevor Ihr es hochhebt. Ein paar Augenblicke müssten eigentlich reichen. Die Kleine wird nicht aufwachen, selbst wenn Ihr sie schüttelt oder es lautes Geschrei oder Ähnliches geben sollte.«

»Danke«, sagte James. »Falls es wirklich laut werden sollte, spielt es keine Rolle mehr, ob sie wach wird oder nicht.« Er schaute zum Himmel hinauf. »Ich muss mich beeilen. Wartet hier und haltet die Pferde bereit, damit wir schnell verschwinden können, wenn ich angerannt komme.« Er dachte einenAugenblick nach und fügte dann hinzu: »Haltet die Pferde auf alle Fälle für einen schnellen Rückzug bereit – ganz egal, was passiert.«

»Das ist zumindest mal ein weiser Vorschlag«, sagte Kendaric und grinste.

James legte seinen Schwertgürtel ab. Er wusste, dass er und das Kind vermutlich ohnehin schon dem Tod ins Auge blicken würden, wenn er es wirklich nötig hatte, seine Klinge zu benutzen. Er überprüfte seinen Dolch und steckte ihn dann wieder fest in die Scheide. Schließlich stopfte er sich das Fläschchen und das Stück Stoff unter das Hemd, drehte sich um und eilte zurück zur Mündung der Schlucht.

Flink kletterte er wieder zum Rand der Klamm hinauf, doch dieses Mal kletterte er so lange weiter, bis er über dem Zelt war. Der Mittlere Mond war im Westen untergegangen, und der Kleine Mond und der Große Mond würden bald aufgehen. Das Feuer in der Mitte des Lagers war weit heruntergebrannt; unweit davon lagen mehrere Goblins schlafend auf dem Boden. Schnarchgeräusche aus mehreren Zelten zeigten James, dass sich das ganze Lager zur Nachtruhe begeben hatte – natürlich mit Ausnahme der Wachen, die irgendwo patrouillieren würden. Er schickte ein kurzes Gebet zu Ruthia, der Göttin des Glücks und der Diebe, in dem er darum bat, dass die Goblins und die abtrünnigen Menschen nicht so klug gewesen waren, auch entlang des Grates Wachen patrouillieren zu lassen. Er befand sich jetzt genau über dem größten Zelt und schaute sich noch einmal um. Dann begann er, vorsichtig die Schluchtwand hinabzuklettern.

Als er den Erdboden erreichte, legte er sein Ohr an das Zelt und lauschte, doch durch den dicken Stoff hindurch konnte er nichts hören. Das Zelt war mit vielen Pflöcken am Boden festgemacht, was es ihm unmöglich machte, eine Zeltbahn hochzuheben und darunter hindurchzukriechen. Er zog seinen Dolch.

Leise stieß er die Spitze in den schweren Zeltstoff und führte die Klinge mit einer gleichmäßigen, kräftigen Bewegung nach unten – und zwar so, dass er möglichst wenig Lärm verursachte. Er machte den Schlitz groß genug, um hindurchzuspähen, und schaute ins Innere des Zelts. Bei dem Geruch, der ihm entgegenschlug, hätte er sich beinahe übergeben. Er kannte diesen Gestank: Es stank nach Leichen. Er schluckte das würgende Ekelgefühl und den Brechreiz hinunter und schaute sich um.

Drei Goblins schliefen auf Decken auf dem Boden, während ein weiterer auf einem leicht erhöhten Podest vor einer Art Altar lag. James suchte nach dem Kind und entdeckte schließlich hinter dem Altar einen kleinen Gegenstand von der Größe einer Wiege. Er glitt durch den Schlitz in der Zeltbahn und kroch auf das Objekt zu.

Es war in der Tat eine grob zusammengezimmerte Wiege, und in ihr lag das schlafende Kind. Er schaute sich um und unterdrückte ein Schaudern. Auf dem Altar lagen Körperteile, und sie waren so angeordnet, dass sie eine Art grotesker Parodie der menschlichen Gestalt bildeten. Der Oberkörper einer Frau lag oberhalb des Beckens eines Mannes. Auf der linken Seite war ein Kinderarm platziert worden, während auf der rechten der Arm eines älteren Kindes oder einer Frau lag. Gleichermaßen nicht zusammenpassende Beine und Füße schlossen sich unten an das Becken an. James warf erneut einen Blick in die Wiege. Es schien ganz so, als ob dieses Kind für den Kopf hätte sorgen sollen. Er hatte nicht die geringste Ahnung, welche Art von schwarzer Magie hier ausgeübt wurde, und er hatte auch nicht vor, lange genug hier zu bleiben, um es herauszufinden. Seine jüngsten Erfahrungen in der Wüstenfestung der Nachtgreifer, wo er beinahe der Ehrengast bei einer Dämonenbeschwörung gewesen wäre, hatten dafür gesorgt, dass er solchen Vorgängen eine tiefe Abscheu entgegenbrachte.

James zog geschickt das Fläschchen und das Stück Stoff aus seinem Hemd und träufelte ein paar Tropfen der Flüssigkeit auf das Tuch, wobei er sicherheitshalber den Atem anhielt. Sobald das Tuch sich ein bisschen feucht anfühlte, nahm er es und legte es dem Kind aufs Gesicht. Nach einem kurzen Augenblick legte er das Stück Stoff in eine Ecke der Wiege, dann stöpselte er das Fläschchen wieder zu und steckte es in sein Hemd. Er beugte sich nach vorn, um das Kind aus der Wiege zu nehmen.

Ein erstauntes Grunzen ließ ihn innehalten und quer über den Altar blicken. Dort stand der Goblin-Priester, der auf der anderen Seite geschlafen hatte, und starrte ihn aus vor Erstaunen weit aufgerissenen Augen an. James packte das Tuch und schleuderte es quer über den Altar, wo es nach einem wirbelnden Flug auf Mund und Nase des Goblins landete. Der Priester blinzelte überrascht, dann begann er die Hände zum Gesicht zu heben, doch genau in dem Augenblick, da seine schwarzen Krallenfinger das Tuch berührten, verdrehte er die Augen, bis nur noch das Weiße zu sehen war, und brach schlaff auf dem Fußboden zusammen.

»Danke, Jazhara«, sagte James leise und hob das Kind aus der Wiege.

Aus der Decke des Kindes machte er sich eine Schulterschlinge und floh von diesem schrecklichen Ort. Dabei trug er das Kind so, wie er früher, als Junge, als er noch Häuser ausgeraubt hatte, seine Diebesbeute getragen hatte. Er kletterte an den Felsen hinauf und bewegte sich so schnell wie möglich entlang der Kante zurück zur Mündung der Schlucht, wobei er auf Schritt und Tritt einen Alarmschrei erwartete. Als er eine Stelle erreicht hatte, an der er gefahrlos hinuntergelangen konnte, sprang er mit einem Satz in die Tiefe und begann zu rennen.

Es schien eine Ewigkeit zu dauern, bis er endlich bei den anderen ankam, aber sie hielten die Pferde bereit und saßen bereits im Sattel, als er auftauchte.

»Ich habe sie«, sagte James. Jazhara streckte die Arme aus. James reichte der Magierin das Kind und stieg dann auf sein eigenes Pferd.

Die vier trieben ihre Pferde an und trabten wenig später bereits wieder den Pfad hinab.

Eine Stunde später stießen sie auf Bauer Toth, der ängstlich an einem kleinen Feuer hockte und wartete. Als sie in Sicht kamen, sprang er auf und rannte ihnen entgegen.

»Habt ihr sie?«, rief er, als er das Bündel in Jazharas Armen entdeckte.

Jazhara reichte ihm das Kind und sagte: »Sie wird bis morgen früh schlafen, und anschließend wird sie noch ein paar Stunden etwas teilnahmslos sein. Danach wird es ihr jedoch wieder gut gehen.«

»Ich danke Euch! Gepriesen seien die Götter! Sie ist am Leben und gesund. Ich danke Euch von ganzem Herzen.«

James ließ seine Blicke schweifen. »Wir werden mit Euch zu Eurem Hof zurückreiten. Möglicherweise bemerken die Goblins ihr Verschwinden erst bei Anbruch der Dämmerung, aber es ist trotzdem besser, vorsichtig zu sein.«

»Ich bin Euch überaus dankbar«, sagte der Bauer; er drehte sich um und schritt an ihrer Seite den Pfad entlang.

»Wir haben noch andere Neuigkeiten ... schlechte Neuigkeiten«, sagte Jazhara. »Es tut mir Leid, das sagen zu müssen, aber Euer Freund Lane ist tot.«

»Das habe ich schon befürchtet, als Ihr ohne ihn zurückgekehrt seid«, erwiderte Toth.

»Er muss den Bastarden einen heftigen Kampf geliefert haben«, sagte Solon. Er warf einen Blick auf Kendaric, der jedoch klug genug war zu schweigen. »Er war ein Held, daran gibt es keinen Zweifel.«

Toth schwieg einen Augenblick, bevor er antwortete: »Wir müssen unserer Tochter noch einen Namen geben, und ich glaube, von jetzt an werde ich sie zum Gedenken an meinen Freund ›Lane‹ nennen.«

»Das ist eine große Ehre«, stimmte Solon ihm zu.

Als die Morgendämmerung anbrach, waren sie bereits mehrere Meilen weit auf der Straße. Sie hatten zweimal kurz Rast gemacht, und James und Solon hatten Toth zwischendurch ein Stück reiten lassen, während sie die kleine Lane getragen hatten.

Kurz nach Sonnenaufgang wurde das Kind unruhig und zappelig. »Sie hat Hunger, und ihre Mutter ist nicht da«, sagte der Bauer. »Sie wird warten müssen, bis wir unsere Farm erreichen und ich die Ziege melken kann.«

»Wie weit ist es noch?«, fragte Kendaric, der allmählich ein steifes Genick bekam, da er sich alle paar Minuten umdrehte und einen Blick über die Schulter warf.

»Nicht mehr weit«, erwiderte Toth. »Und mit ein bisschen Glück hat meine Frau in Krondor Hilfe gefunden und ist schon wieder auf unserem Hof, wenn wir dort hinkommen.«

James und Jazhara ließen ihre Pferde ein paar Schritte zurückfallen. »Ihr habt kaum etwas darüber gesagt, was Ihr in dem Lager gesehen habt«, bemerkte Jazhara.

»Ja«, stimmte James zu.

»Irgendetwas hat Euch beunruhigt«, hakte Jazhara nach.

»Ja.«

»Etwas, über das Ihr anscheinend nicht sprechen wollt?«

»Ja«, erwiderte James. Nach einem kurzen Augenblick fuhr er fort: »Nein, vielleicht sollte ich doch darüber sprechen, zumindest mit Euch. Schließlich seid Ihr die Ratgeberin des Prinzen in magischen Angelegenheiten.« Er beschrieb den Altar und die Körperteile, die darauf gelegen hatten.

»Das ist bestimmt irgendeine Art von schwarzer Nekromantie«, sagte Jazhara. »Eine ziemlich üble Sache, aber es passt zu dem Ungeheuer, das wir in den Abwasserkanälen von Krondor gefunden haben. Irgendjemand erschafft Wesen, die Chaos verbreiten sollen, und lässt sie auf das Königreich los – aber wozu das alles …?«

»Könnte es nicht auch ein Zufall sein? Vielleicht haben die Goblins zufällig Interesse an der gleichen …« Jazharas missbilligender Blick brachte James zum Schweigen.

»Ihr wisst genau, dass dem nicht so ist«, entgegnete sie. »Da steckt jemand oder etwas dahinter, eine Macht, die das alles leitet und organisiert.«

»Der Kriecher?«, fragte James.

Jazhara zuckte die Schultern. »Vielleicht. Vielleicht ist es aber auch jemand, der mit dem Kriecher im Bunde ist, oder es ist jemand, der den Kriecher benutzt. Oder aber im Westen des Königreichs sind gleichzeitig *zwei* böswillige Mächte am Werk – das wäre dann wirklich ein Zufall.«

»Na wunderbar«, murmelte James. »Meine alte Jungensbeule sagt mir, dass nichts von dem, was gerade geschieht, unabhängig vom anderen ist und dass das alles irgendwie zusammenhängt. Wir können bloß im Augenblick das Muster noch nicht erkennen.«

»Und was ist, wenn es kein Muster gibt?«, dachte Jazhara laut nach.

»Was meint Ihr damit?«

»Was ist, wenn alles, was wir sehen, das Ergebnis einer Reihe zufälliger Entscheidungen ist? Was ist, wenn es sich nicht um einen einzelnen Plan handelt, sondern eher um eine Folge von Ereignissen, die dazu gedacht sind, die Region bis in ihre Grundfesten zu erschüttern?«

»Und wer sollte davon etwas haben?«, fragte James.

Jazhara lächelte. »Habt Ihr eine Stunde Zeit, James, dann könnten wir eine ganze Liste durchgehen …«

James nickte und gähnte dabei. »Ich werde wohl allmählich müde«, bekannte er sich geduldig. »Kesh, Queg, außerdem ein paar von den Königreichen im Osten; hinzu kommen mehrere kleinere Adlige, denen eine Zeit der Unruhe die Gelegenheit bieten könnte, zu großen, mächtigen Adligen aufzusteigen, und so weiter und so weiter …«

»Und das sind nur die politischen Gegebenheiten«, sagte Jazhara. »Es gibt auch dunkle Mächte, die zwar keine politischen Ziele verfolgen, aber gesellschaftlichen Ehrgeiz haben – wenn nicht Schlimmeres.«

»Was meint Ihr damit?«

»Ich meine Kräfte, die mit dunklen Mächten im Bunde sind, die jegliches Chaos freudig begrüßen würden, in dessen Schutz sie zu einer hervorragenden Stellung aufsteigen können.«

Solon drehte sich um. »Ich habe zugehört. Sie hat Recht, müsst Ihr wissen. Es gibt Mächte im Universum, deren einziges Ziel es ist, Elend und Dunkelheit über uns zu bringen.«

»Ich habe mit diesem Konzept immer meine Schwierigkeiten gehabt, aber ich bin natürlich auch niemals der verrückte Priester einer dunklen Macht gewesen«, sagte James.

Jazhara lachte, und selbst Solon kicherte leise. »Nun, Ihr seid zumindest klug genug, um zuzugeben, dass etwas existieren könnte, das Ihr Euch nicht vorstellen könnt«, sagte der Mönch und ließ sein Pferd ein bisschen zurückfallen, sodass er neben James und der Magierin reiten konnte.

»Ich kann mir eine ganze Menge vorstellen«, sagte James. »Und was Ihr gerade über Mächte gesagt habt, deren einziges Ziel es ist, Elend und Dunkelheit über uns zu bringen, passt sicherlich ganz hervorragend zu unserer derzeitigen Mission.«

»Ja«, stimmte der Mönch ihm zu, »das kann man wohl sagen.«

Schweigend ritten sie weiter, bis sie schließlich Toths Hof erreichten. An einen Zaun waren zwölf Pferde angebunden. Eine Kompanie Soldaten hielt sich auf dem Hof auf, und James war überrascht, in ihrer Mitte ein vertrautes Gesicht zu entdecken.

»Jonathan!«, rief er laut. »Was führt Euch hierher, so weit weg von Krondor?«

Der Sohn des früheren Sheriffs von Krondor drehte sich um und hob grüßend die Hand. »Man ist dort noch immer auf der Suche nach einer Lösung für ein ganz bestimmtes Problem, Junker, und aus diesem Grund hat Seine Hoheit es für das Beste gehalten, wenn ich eine Weile aus dem Weg wäre.«

James stieg ab und reichte die Zügel einem in der Nähe stehenden Soldaten, während Bauer Toth und seine Frau ein glückliches Wiedersehen feierten. James gab Jonathan Means mit einer Handbewegung zu verstehen, dass er mit ihm ein Stück beiseite treten sollte, und sagte: »Was hat das zu bedeuten?«

»Es bedeutet, dass Hauptmann Guruth Seine Hoheit zu überzeugen versucht, das Amt des Sheriffs abzuschaffen und die Überwachung der städtischen Ordnung in die Hände der Stadtwache zu legen.«

»Um auf diese Weise seine eigene Macht und Autorität zu vergrößern«, sagte James.

»Und seine Bedeutung«, ergänzte Jonathan. »Es geht mir gar nicht darum, das Amt selbst auszuüben, aber es hat in Krondor schon immer einen Sheriff gegeben.«

James schüttelte den Kopf. »Manchmal ...« Er stieß langsam den Atem aus. »Es ist noch nie klug gewesen, die Stadt in eine Art Privatbesitz der Krone zu verwandeln. Die Prinzen, die die Stadt gegründet haben, mussten das auf die harte Weise lernen. Ein Hofstaat von Beamten und das Amt eines Sheriffs, das außerhalb der Zuständigkeit dieser Beamten liegt, sind schon immer die beste Möglichkeit gewesen, mit kleinen Verbrechen und Streitereien unter den Bürgern umzugehen.« Er blickte Jonathan direkt an. »Wenn ich nach Krondor zurückkomme, werde ich mit Arutha über die Sache reden. Ich kann mir eigentlich kaum vorstellen, dass er Guruths Vorschlag zustimmen wird.« Und mehr zu sich selbst fügte er leise hinzu: »Aus welchem Grund wollte er Euch dann tatsächlich aus der Stadt haben?«

Means hatte auf James nie den Eindruck eines besonders humorvollen Menschen gemacht, doch der junge Mann lächelte jetzt, als er erwiderte: »Vielleicht wollte er ein paar Neuigkeiten hören, darüber, wie die Dinge hier im Norden stehen?«

»Das bezweifle ich – es sei denn, Ihr hattet noch weitere Instruktionen als nur die, zur Unterstützung des Bauern und seiner Frau hierher zu kommen.«

Jonathan nickte, und sie entfernten sich noch ein paar Schritte weiter von den anderen. »Arutha sagt, es gibt Berichte darüber, dass in dieser Gegend ein paar ziemlich schreckliche Dinge vorgehen. Alan, sein Agent, hat in den letzten beiden Wochen mehrere solcher Berichte geschickt – über Seuchen, die das Vieh befallen, Ungeheuer in den Wäldern, verschwundene Kinder und ähnliche Geschichten. Ihr müsst Euch auf Eure Mission konzentrieren, doch Ihr sollt vorsichtig sein. Ich werde mich mit der Patrouille treffen, die nach Müllersruh unterwegs ist, und mich bereithalten, falls noch weitere Unterstützung benötigt wird.«

»Dann hat Arutha also Zweifel, ob ein Dutzend reguläre krondorianische Soldaten ausreichen?«, fragte James.

»Anscheinend«, sagte Jonathan. »Seid vorsichtig, wenn ihr

euch auf der abgesperrten Straße nach Müllersruh befindet. Von dort bis Haldenkopf seid ihr auf euch allein gestellt, bis wir die Nachricht erhalten, dass wir kommen und euch herausholen sollen.«

»Ich danke Euch«, sagtes James. Mit einem leichten Kopfnicken deutete er an, dass Jonathan Means zu seinen Männern zurückkehren sollte.

Für einen Augenblick war James mit seinen Gedanken allein; er wunderte sich erneut über den Aufwand, der getrieben wurde, um die Träne zu bekommen. Wie passte das zu dem anscheinend willkürlichen Durcheinander aus Nachtgreifern, toten Dieben, Ungeheuern, Zauberern, wahnsinnigen Priestern und all den anderen, mit denen sie zu tun gehabt hatten, seit Makala und die anderen tsuranischen Magier in Krondor Verrat geübt hatten? Er wusste, dass es immer einen dritten Spieler gegeben haben musste. Und das war nicht der Kriecher, genauso wenig wie die Bruderschaft des Dunklen Pfades; und es waren auch nicht die wahnsinnigen Priester, die die Kontrolle über die Nachtgreifer an sich gerissen hatten.

Er spürte, dass Jazhara Recht hatte. Es gab eine vorrangige Präsenz hinter all dem, was im letzten Jahr geschehen war, und er war entschlossen, nicht eher zu ruhen, als bis er sie entlarvt und den Westen für immer von ihr befreit hatte.

Elf

Haldenkopf

Zwei Tage lang waren sie nun schon unterwegs.

Als James und seine Begleiter nach Müllersruh gekommen waren, hatte dort keine Patrouille auf sie gewartet. Sie hatten wenig Anlass, hier länger zu verweilen, und daher kauften sie in einem kleinen Laden unweit der Mühle, der der Ort seinen Namen verdankte, ein paar Vorräte und zogen in nördlicher Richtung weiter, auf Haldenkopf zu.

Ein Stück südlich der Stadt zweigte eine kleine Straße nach Westen ab. Sie führte zwischen felsigen Klippen hindurch zu einem breiten Strand. James stieg vom Pferd. »Wir sind nur ein kurzes Stück von der Witwenspitze entfernt«, sagte er. Er deutete auf ein felsiges Vorgebirge, das ins Meer hinausragte. »Wenn die Karten stimmen, die wir im Palast haben, müssten wir jenseits der Biegung unterhalb der Klippen auf eine Landzunge stoßen.«

Sie tränkten die Pferde und banden sie fest und machten sich anschließend zu Fuß auf den Weg. »Es wird noch ein paar Stunden hell bleiben«, sagte James, während sie durch den Sand stapften. »Kendaric, wie lange dauert es, den Spruch einzusetzen?«

»Ein paar Minuten«, sagte der Geselle der Wrackberger-Gilde. »Ich kann das Schiff heben und lange genug über den Wellen halten, dass Ihr an Bord gehen und holen könnt, was immer Ihr sucht.«

»Dann brauchen wir also ein Boot«, bemerkte Solon.

Kendaric lachte. »Nein, wir brauchen kein Boot, Mönch. Das

Raffinierte an meinem Spruch ist nicht nur, dass schon ein einzelner Mann ihn einsetzen kann, sondern dass er auch noch das Wasser um das Schiff herum verfestigt. Ihr könnt daher zu Fuß hingehen, wenn Ihr Euch Euer Spielzeug zurückholt.«

James grinste. »Vielleicht haben wir ja wirklich Glück und kriegen das ›Spielzeug‹ so leicht zurück.«

Sie umrundeten das Vorgebirge und stellten fest, dass die Karten des Prinzen tatsächlich exakt waren. Ein langer Finger aus Felsen und Erde reckte sich ins Meer hinaus. Das Wetter war mild an diesem Nachmittag, und träge Sturzwellen hoben und senkten sich beiderseits der Spitze. Sie konnten ein paar Masten aus dem Wasser ragen sehen – die Überreste alter Wracks, die das Meer noch nicht vollständig verschlungen hatte. Sie liefen auf dem natürlichen Wellenbrecher entlang, bis sie sein Ende erreichten.

Kendaric ließ seinen Blick über die Wracks schweifen, die bei dem verhältnismäßig niedrigen Wasserstand sichtbar waren – ein Dutzend schräger Masten als Grabsteine für ebenso viele Schiffe. Er runzelte die Stirn. »Und welches davon soll ich heben?«, fragte er.

»Ich habe keine Ahnung«, antwortete James.

Solon trat zu ihnen. »Dies ist ein Ort des Todes«, sagte er mit Unheil verkündender Stimme. »Ein Friedhof für Schiffe und Menschen.«

Auch Solon ließ seinen Blick jetzt über die Wracks schweifen, und er öffnete gerade erneut den Mund, als Kendaric sagte: »Was ist das für ein Geruch? Wie vor einem Sturm … scharf …«

Jazhara kam als Letzte am äußersten Zipfel der Landzunge an. »Das ist Magie!«, rief sie.

Gleichsam aus dem Nichts kamen plötzlich Windböen auf, schüttelten sie und zerrten an ihren Kleidern. Um sie herum begann das Meer zu wogen, während ein bisschen weiter weg alles ruhig war.

Ein plötzlicher, besonders heftiger Windstoß brachte Solon ins

Schwanken, und dann fiel er mit voller Wucht auf die Felsen. James hatte bereits sein Schwert in der Hand, doch es war nichts zu sehen, wogegen er hätte kämpfen können. Kendaric zog den Kopf ein und kauerte sich hin, machte sich so klein wie möglich, während Jazhara ihren Stab über den Kopf hob und mit lauter Stimme rief: »Auf dass die Wahrheit enthüllt werde!«

Ein gleißend helles weißes Licht brach aus ihrem Stab; es blendete so sehr, dass James den Blick abwenden und Tränen aus den Augen blinzeln musste.

Dann hörte er Jazhara schreien: »Seht da!«

Er wischte sich die Augen, und als er nach vorn schaute, sah er zwei Kreaturen über einem der Masten in der Luft schweben. Beide sahen ein bisschen wie Reptilien aus, mit langen, geschwungenen Hälsen und Schwänzen. Große Flügel – denen von Fledermäusen nicht unähnlich – peitschten wild die Luft; sie waren die Ursache der heftigen Windstöße. Die Köpfe besaßen außer zwei rubinroten Augen und einem schlitzähnlichen Maul, das sich öffnete und schloss wie bei einem Fisch im Wasser, so gut wie keine charakteristischen Merkmale.

Jazhara war stehen geblieben und begann mit einer Beschwörung. Sie musste schreien, damit man sie hören konnte. Ein karmesinroter Ball aus Energie erschien in ihrer Hand, und sie schleuderte ihn den Ungeheuern entgegen. Der Ball aus rotem Licht traf die rechte der beiden Kreaturen, und sie öffnete das Maul, als würde sie vor Schmerzen aufschreien. Aber James und seine Begleiter hörten nur ein neuerliches Aufheulen des Windes. Das Ungeheuer zur Linken ließ sich in die Tiefe fallen und stieß auf die kleine Gruppe herab. James sprang mit erhobenem Schwert auf, und auch Solon stand auf und schwenkte seinen Kriegshammer.

Die Kreatur stürzte sich auf Jazhara, und James schwang sein Schwert gegen das Wesen. Als die Klinge es berührte, blitzten heiße weiße Funken auf; die Kreatur riss in offensichtlichem Entsetzen das Maul auf. Das Heulen und Kreischen des Windes wurde ohrenbetäubend. Das Ungeheuer zögerte, und Solon machte einen Schritt vorwärts, schlug mit seinem gewaltigen Kriegshammer zu. Der kraftvoll geführte Hieb betäubte die Kreatur, und sie stürzte auf die Felsen.

Kaum hatte die Spitze eines Flügels den Boden berührt, brach eine grüne Flamme hervor, die sich schnell den ganzen Flügel entlang ausbreitete und das Ungeheuer schließlich vollständig einhüllte. Es wand sich einen Moment auf den Felsen, flatterte dabei hilflos mit den Flügeln, während James und seine Gefährten ein paar Schritte zurückwichen. Und dann war es fort, und der dünne Rauch, der noch übrig geblieben war, wurde vom Wind davongetrieben, auch wenn er jetzt nur noch halb so stark wehte wie zuvor.

Die zweite Kreatur hatte die Nachwirkungen von Jazharas Zauber abgeschüttelt und kreiste über ihnen. Sie stieß ein Heulen aus – ein Geräusch, das klang, als würde der Wind durch einen hohlen Baum pfeifen.

»Seht!«, sagte Jazhara und deutete nach oben.

Eine weitere Kreatur tauchte plötzlich auf, kreiste einmal und gesellte sich dann zur Ersten. Der Wind, der an ihnen zerrte und rüttelte, war plötzlich wieder doppelt so stark wie zuvor, und sie mussten sich anstrengen, um überhaupt noch aufrecht stehen zu können.

Noch einmal setzte Jazhara ihre magischen Fähigkeiten ein, schoss dieses Mal einen durchbohrenden Strahl aus karmesinroter Energie ab, der das erste Ungeheuer mitten ins Gesicht traf. Er wand sich in Agonie, verlor die Orientierung und begann zu schwanken, als ob es versuchen würde, sich mitten in der Luft auf die Seite zu legen; schließlich stürzte es langsam und torkelnd dem Meer entgegen. Sobald es die Wasseroberfläche berührte, verschwand es in einem Auflodern grüner Flammen, genau wie das erste Wesen.

James schaute sich um und entdeckte einen Felsbrocken; er hob ihn auf, holte weit aus und schleuderte ihn, so fest er konnte, auf die noch verbliebene Kreatur. Das Wesen fing bereits damit an, das heulende Geräusch von sich zu geben, das James für einen Beschwörungsruf hielt. Der Felsbrocken traf das Ungeheuer am Kopf, ließ es abrupt verstummen.

»Jazhara!«, rief James. »Wenn Ihr irgendeine Idee habt, was Ihr dem Ding da noch entgegenschleudern könnt, dann solltet Ihr es jetzt tun, bevor es noch ein weiteres Wesen seiner Art herbeiruft.«

»Einen Trick habe ich noch nicht ausprobiert«, sagte Jazhara.

Sie zeigte mit ihrem Stab auf das Ungeheuer, und ein Feuerball barst aus der Spitze. James und Solon wandten sich ab, als er zwischen ihnen hindurchflog, denn sie konnten die sengende Hitze spüren. Der Feuerball flog unbeirrbar auf die Kreatur zu, hüllte sie in Flammen, die plötzlich hellgrün wurden – und dann war von der Kreatur nichts mehr zu sehen.

Augenblicklich erstarb der Wind.

Langsam stand Kendaric auf. Er schaute sich um, als würde er jeden Augenblick einen weiteren Angriff erwarten. »Was waren denn das für Dinger?«, fragte er.

»Ich nehme an, es waren Elementargeister – Luftgeister –, auch wenn ich sie noch nie zuvor gesehen habe«, sagte Jazhara. »Meine Lehrer behaupten, dass solche Wesen früher einmal Stardock angegriffen hätten.«

James nickte. »Die Geschichte habe ich von Gardan gehört. Wenn sie mit Feuer, Wasser oder Erde in Berührung kommen, werden sie verschlungen.«

Kendaric nickte energisch. »Bei den Göttern, ich hoffe, dass wir sie nicht noch einmal zu Gesicht bekommen werden.«

»Anscheinend gibt es jemanden, der etwas dagegen hat, dass wir das Schiff heben«, sagte Solon.

»Noch ein Grund mehr, es zu heben, bevor dieser ›Jemand‹ zurückkehrt – wer auch immer dieser ›Jemand‹ sein mag. Immerhin war er in der Lage, es von solchen Wächtern beschützen zu lassen«, bemerkte Jazhara.

»Aber welches Schiff ist es denn nun?«, fragte Kendaric.

»Das da natürlich, Ihr holzköpfiger Narr«, sagte Solon und deutete auf eines der Wracks.

»Und woher wollt Ihr das wissen?«

James lachte. »Weil es das Schiff ist, das die Elementargeister bewacht haben!«

Solon schloss für einen kurzen Moment die Augen. »Und außerdem kann ich spüren, dass da unten etwas ist.«

»Was denn?«, fragte der Geselle der Wrackberger-Gilde.

»Das, weswegen wir hierher gekommen sind und was wir uns zurückholen wollen«, entgegnete der Mönch.

»Nun gut«, sagte Kendaric. »Gebt mir jetzt bitte die Schriftrolle.«

Jazhara nahm ihren Rucksack ab und öffnete ihn. Sie griff hinein und zog die Schriftrolle heraus, die sie mit sich herumgetragen hatte, seit sie und James sie in Kendarics Zimmer gefunden hatten. Der Geselle nahm sie, las und nickte. »Ich könnte es auch alleine tun, Magierin, aber wenn Ihr mir helft, wird alles sehr viel schneller gehen.« Er deutete auf zwei Textstellen und sagte: »Sprecht diesen Teil der Beschwörung gemeinsam mit mir, und dann noch diese Passage hier. Für eine Magierin mit Eurer Macht müsste das einfach sein.«

»Ich habe mir Euren Spruch genau angesehen«, sagte Jazhara ernst. »Ich werde tun, was ich kann, um Euch zu unterstützen.«

Kendaric drehte sich um, sodass er aufs Meer hinausschauen konnte. Dann deutete er mit einer Hand auf den Mast des fraglichen Schiffes und begann zu singen. Bei der Textstelle, auf die Kendaric gezeigt hatte, fiel Jazhara mit ein, und ihre Stimmen erfüllten die Luft mit mystischen Worten.

An dem Punkt, auf den Kendaric deutete, bildete sich Nebel. Er verschmolz knapp oberhalb der Wasseroberfläche, und die See begann voll mystischer Energie zu brodeln. Ein schrilles Geräusch erfüllte die Luft, und James sah, dass die Mastspitze zu vibrieren anfing.

Schlagartig hörte alles auf. Der Nebel verschwand, das Meer beruhigte sich wieder, und das Schiff hörte auf, sich zu bewegen.

»Ich habe den Eindruck, dass Euer Spruch noch nicht ganz ausgereift ist«, sagte James.

»Nein«, widersprach Jazhara. »Es hat nicht an seinem Spruch gelegen. Ich habe gespürt, dass uns jemand bekämpft hat, während wir die Beschwörung durchgeführt haben. Dieser Jemand ist schuld daran, dass es nicht geklappt hat.«

Kendaric warf einen Blick zu den Felsenklippen hinter ihnen, als würde er versuchen, dort jemanden zu entdecken. »Sie hat Recht. Ich habe es ebenfalls gespürt.«

Auch Solon ließ jetzt seinen Blick über die Klippen hinter ihnen schweifen. »Dann müssen wir herausfinden, wer sich da eingemischt hat. Denn wenn wir es nicht tun, gerät der gesamte Ishap-Orden in Gefahr, und eines seiner größten Geheimnisse könnte in die Hände des Feindes fallen.«

Kendaric warf James einen fragenden Blick zu. Ganz offensichtlich wusste er nicht so recht, ob das jetzt eine Übertreibung war oder den Tatsachen entsprach. James erwiderte den Blick mit grimmigem Gesicht.

Kendaric nickte, und dann machten sie sich – Jazhara vorneweg – auf den Weg zurück zu den Pferden.

Haldenkopf war ein kleines Dorf, das nur aus ungefähr einem Dutzend Gebäuden bestand, die sich um eine Kreuzung gruppierten. Die Königliche Straße verlief in Nord-Süd-Richtung von Müllersruh bis Questors Sicht. In Ost-West-Richtung führte sie von der Witwenspitze zu einigen Bauernhöfen, die verstreut in dem Gebiet zwischen dem Dorf und den bewaldeten Gebirgsausläufern lagen.

Im Zentrum des Dorfes gab es ein Gasthaus, das den Namen Seemannsruh trug. Als die Reisenden ins Dorf ritten, sahen sie zwei Männer vor dem Gasthaus stehen, die sich laut stritten.

Der eine – ein Bauer, seiner groben Kleidung nach zu urteilen – brüllte: »Das reicht jetzt endgültig! Sie muss aufgehalten werden! Du hättest sie von den Soldaten töten lassen sollen, als sie hier waren!«

Der andere Mann trug eine gut gearbeitete Tunika und darüber eine ärmellose Jacke. Er war mittleren Alters und ziemlich beleibt. Er brüllte zurück: »Aber du hast keine Beweise, Alton! Willst du nach all dem Elend, das wir schon durchgemacht haben, tatsächlich noch mehr verursachen?«

»Wenn du so weitermachst, Toddy, wirst du nicht mehr lange Bürgermeister sein. Zur Hölle, wenn du so weitermachst, wird es bald auch kein Dorf mehr geben. Lyle hat mir erzählt, dass –«

James und seine Gefährten zügelten ihre Pferde, und der Mann namens Toddy unterbrach sein Gegenüber. »Lyle ist ein Säufer! Wenn er glaubt, dass wir ...« Endlich wurde er darauf aufmerksam, dass gerade Fremde in sein Dorf gekommen waren.

»Sieht so aus, als hätten wir Gäste«, sagte der Bauer.

»Willkommen in Haldenkopf, Fremde. Werdet ihr lange hier bleiben?«, fragte der Bürgermeister.

»Wohl kaum – wenn sie wissen, was gut für sie ist«, warf der Bauer ein.

»Alton! Es gibt noch viel zu tun. Willst du dich nicht lieber darum kümmern?«

»Wir werden später noch einmal darüber reden, Toddy! Bei den Göttern, das werden wir!«, erwiderte der Mann namens Alton.

Alton drehte sich um und eilte davon. Der andere Mann sagte: »Ich möchte mich für Bauer Altons Unhöflichkeit entschuldigen. Er ist ein bisschen aufgebracht, weil es in letzter Zeit einige Probleme gegeben hat.«

»Was hat er da von Soldaten gesagt?«, fragte Jazhara.

»Ein Trupp Wachen aus Krondor ist hier vor ein paar Tagen durchgekommen. Ich glaube, sie haben einen Flüchtling verfolgt.«

Jazhara warf James einen Blick zu. »Könnte das Williams Kompanie gewesen sein?«

James nickte. »Das ist gut möglich.«

Solon stieg vom Pferd. »Der Bauer schien mir wirklich besorgt zu sein. Auf was für Schwierigkeiten hat er sich denn vorhin bezogen?«, fragte er.

Toddy blickte zu Boden, dann schaute er wieder auf. »Wir ... äh ... wir hatten in letzter Zeit ein paar Probleme mit Wölfen. Das ist bei dem langen Winter und all dem ... Nun, wenn ihr mich jetzt bitte entschuldigen würdet, ich muss zurück zum Gasthaus. Ihr würdet gut daran tun, euch mir anzuschließen, denn ich lasse die Türen nach Sonnenuntergang nur noch ein oder zwei Stunden offen, und es würde mir ganz und gar nicht gefallen, wenn ihr draußen gefangen wärt ...« Er eilte ins Innere des Gasthauses und schloss die Tür.

»Das war aber merkwürdig«, sagte Kendaric.

James gab ihnen durch ein Handzeichen zu verstehen, dass sie zur Rückseite des Gasthauses reiten sollten; als sie den Hof vor den Ställen erreichten, rannte sogleich ein Junge herbei, um ihnen die Pferde abzunehmen. James gab dem Jungen Anweisungen, wie er mit den Tieren umgehen sollte, und dann gingen sie zurück zur Vorderseite des Gasthauses und traten durch den Haupteingang.

Das Gasthaus war zwar klein, machte aber einen angenehmen Eindruck. Im unteren Stockwerk gab es die Schankstube und die Küche, und an der Rückwand führte eine Treppe hinauf ins Obergeschoss. In einer Feuerstelle zur Linken loderte ein prasselndes Feuer. Vor der Feuerstelle hing ein großer Kupferkessel, in dem eine wohlriechende Suppe brodelte. An der einen Seite stand ein großes Spießgestell bereit, das wahrscheinlich für den Braten gedacht war, der am heutigen Abend die Hauptmahlzeit darstellen würde.

Einen Augenblick später erschien Toddy mit einer großen aufgespießten Rinderkeule, die er in dem Gestell anbrachte. »Maureen!«, brüllte er. »Komm her und dreh den Spieß!«

Eine ältere Frau eilte aus der Küche herbei; sie nickte dem Gastwirt zu, als sie an ihm vorbeiging. Toddy wandte sich an James und seine Gefährten. »Ich bin froh, dass ihr euch entschlossen habt, die Nacht hier zu verbringen. Es ist vielleicht nicht so schön, wie ihr es gewohnt seid, doch ich würde mich freuen, wenn ihr es als eine Art Heim betrachten könntet. Wenn ihr wollt, kann ich euch ein Bier bringen.«

»Das wäre schon mal ein guter Anfang«, meinte Kendaric.

»Gut«, sagte der Gastwirt. »Setzt euch. Ich werde euch das Bier gleich bringen.«

Wenige Minuten später kehrte er mit vier Steingutkrügen voller schäumendem Bier zurück. »Mein Name ist Aganathos Toddhunter. Die Menschen hier nennen mich ›Toddy‹. Ich bin der Gastwirt und zugleich auch der Bürgermeister dieses kleinen Ortes. Ich besitze eine Urkunde des Prinzen, die besagt, dass ich bei Vergehen als Richter und bei allen bürgerlichen Belangen als Friedensrichter agieren darf«, bemerkte er voller Stolz.

»Das ist wirklich eine Menge Verantwortung«, sagte James trocken.

»Eigentlich nicht«, erwiderte Toddy. Er wirkte ein bisschen ernüchtert. »Um die Wahrheit zu sagen, hier passiert nicht viel, höchstens mal, dass ein Schwein auf den Besitz eines Nachbarn wandert. Ich muss dann entscheiden, wer Schadensersatz bezahlt oder wer das Schwein behält.« Der Versuch, die ganze Sache ins Lustige zu ziehen, wirkte gezwungen.

»Warum setzt Ihr Euch nicht zu uns und trinkt ein Glas mit uns?«, fragte Jazhara.

»Oh, wie nett von Euch, so viel Freude in dieser freudlosen Nacht zu verbreiten«, sagte Toddy. Er ging hinter den Tresen und schenkte sich selbst einen Krug Bier ein, dann kehrte er wieder an ihren Tisch zurück und blieb daneben stehen. »Herzlichen Dank.« Er nahm einen großen Schluck von seinem Bier.

»Und warum ist diese Nacht so freudlos?«, fragte Jazhara nach.

»Nun, wegen dieser ... die Wölfe und so ... wir haben schon mehrere Mitbürger verloren.«

Solon warf Toddy einen harten Blick zu. »Es ist ziemlich ungewöhnlich, dass Wölfe sich so nah an der Küste herumtreiben. Gewöhnlich machen sie um dichter besiedelte Gegenden eher einen großen Bogen. Gibt es denn hier niemanden, der Jagd auf sie machen will?«

Toddy nahm noch einen Schluck von seinem Bier. »Bitte – es tut mir Leid, dass ich es überhaupt erwähnt habe«, sagte er. »Das sollte eure Sorge nicht sein. Amüsiert euch heute Abend einfach nur. Aber ich bitte euch – geht heute Nacht nicht nach draußen.«

James musterte den Gastwirt. Der Mann fürchtete sich sehr, doch er versuchte offensichtlich, es mit aller Macht zu verbergen. »Ihr habt vorhin ein paar Soldaten erwähnt«, sagte er und wechselte damit das Thema. »Was wisst Ihr sonst noch über sie?«

»Sie sind eine Nacht hier geblieben und dann weitergezogen. Das war vor zehn Tagen.«

»Erinnert Ihr Euch noch, wer ihr Anführer war?«, fragte Jazhara.

»Ein ziemlich junger Offizier. Ich glaube, er hieß William. Einer seiner Fährtensucher hat die Spur des Flüchtlings, den sie verfolgt haben, ein Stück östlich von hier gefunden.« Toddy leerte seinen Bierkrug und fuhr dann fort: »Wenn ihr mich jetzt bitte entschuldigen wollt, ich muss mich um meine Verpflichtungen kümmern. Wenn ihr zu Bett gehen wollt, zeige ich euch eure Zimmer.«

Der einzige andere Kunde in dem Gasthaus war ein Mann, der ganz allein in einer Ecke saß und versonnen in seinen Krug starrte.

James beugte sich vor, damit der einsame Trinker nicht mitbekam, was er seinen Begleitern zu sagen hatte. »Nun, hat jemand irgendwelche großartigen Ideen, was wir als Nächstes tun sollten?«

»Ich kann immer noch nicht verstehen, warum mein Spruch nicht die erwartete Wirkung gezeigt hat«, sagte Kendaric. »Es hätte klappen müssen, aber eine andere Macht hat mich ... behindert. Hier in diesem Gebiet muss es irgendetwas geben, das gegen uns arbeitet.«

»Es ist möglich, dass ein anderer Zauber benutzt wird, um das Schiff so lange unter Wasser zu halten, bis Bär oder der, für den er arbeitet – wer immer das auch sein mag –, bereit ist, es selbst zu heben. Wenn das wirklich so ist, wird *Euer* Zauber erst dann wirken, wenn *jener* Zauber entfernt wird«, sagte Jazhara.

James schwieg einen Moment. »Also müssen wir die Quelle dieser blockierenden Magie finden und sie entfernen?«, fragte er dann.

Solon nickte ebenfalls. »Aber das ist leichter gesagt als getan, mein Junge. Mein Wissen über die mystischen Künste ist zwar von gänzlich anderer Natur als das von Jazhara, aber ich weiß dennoch, dass solch ein Zauber nicht von einem Stümper gewirkt werden kann. Wer auch immer das Schiff mit einem Bann belegt hat, um es unter Wasser zu halten, ist kein Anfänger, was die Ausübung der magischen Künste angeht.«

Kendaric nickte ebenfalls. »Das stimmt vermutlich. Denn keine mir bekannte Kraft hätte meinen Zauber daran hindern können, seine Wirkung zu entfalten.«

James seufzte. »Warum kann sich ein Plan nicht wenigstens ein einziges Mal so durchführen lassen, wie es beabsichtigt war?« Und mit kaum verhohlener Enttäuschung fügte er hinzu: »Wäre es nicht wundervoll, morgen wieder zurück in Krondor zu sein und sagen zu können: ›Was? Aber nein, Eure Hoheit, es hat nicht die geringsten Schwierigkeiten gegeben. Wir haben einfach nur einen Spaziergang zur Witwenspitze gemacht, das Schiff gehoben, uns die Träne geholt und sind dann entlang der Küste wieder zurückgewandert. Und hier sind wir nun.‹ Wäre das nicht herrlich?« Er seufzte erneut. Schweigen senkte sich auf die kleine Gruppe herab.

Nachdem sie ein paar Minuten getrunken hatten, ohne ein weiteres Wort zu wechseln, kam der Gastwirt an ihren Tisch. »Wollt ihr etwas essen?«

Angesichts der Tatsache, dass sich außer ihnen kaum ein Gast in der Schankstube befand, antwortete James mit einer Gegenfrage: »Ist denn sonst noch jemand hier, der etwas essen will?«

»Nein«, sagte Toddy mit einem gequälten Lächeln. »Es ist nur so, dass einige Reisende versuchen, die Kosten niedrig zu halten, und sich ihre eigene Verpflegung mitbringen, das ist alles.«

»Wir werden etwas essen«, sagte James und nickte in Richtung der Frau, die den Bratspieß drehte.

»Das Essen müsste in einer Stunde fertig sein«, sagte der Gastwirt.

Als er sich zum Gehen wandte, meldete sich Jazhara zu Wort. »Einen Augenblick noch.«

Der Gastwirt blieb stehen. »Ja, Mylady?«

»Es scheint hier einige Probleme zu geben, oder täusche ich mich da?«

»Es war leider nicht zu übersehen, dass das Dorf so gut wie verlassen ist«, fügte Solon hinzu. »Was quält diesen Ort?«

Toddy wirkte einen Augenblick besorgt, doch er zwang sich zu einem Lächeln und erwiderte: »Oh … nun ja … dieses Jahr hat sich alles ein bisschen verspätet. Es sind noch keine Ernten eingebracht, noch keine Karawanen mit Getreide aufgebrochen … Ihr wisst doch, wie es in kleinen Dörfern manchmal laufen kann.«

James blickte Toddy direkt an. »Offen gestanden haben wir einige sehr merkwürdige Dinge über diese Gegend hier gehört. Wie viel Wahrheit steckt denn in all den Gerüchten?«

Der Bürgermeister schaute sich um, als befürchtete er, es könnte jemand zuhören. »Nun ... manche Leute sagen, dass die Witwenspitze von den Seelen der Ertrunkenen heimgesucht wird, die von etwas Uraltem, schrecklich Bösem gehindert werden, die Hallen Lims-Kragmas zu erreichen ...« Er senkte die Stimme. »Andere wiederum behaupten, dass Hexerei unser Dorf verflucht hat, aber ich glaube, dass das alles abergläubischer Unsinn ist.«

»Von dieser ›Hexerei‹ war jetzt schon einige Male die Rede«, sagte Jazhara.

James musterte das Gesicht des Mannes und sagte dann: »Bürgermeister Toddhunter, ich bin im Auftrag des Prinzen unterwegs. Ihr dürft es niemandem weitererzählen, aber ich bin in einer dringlichen Mission unterwegs, und das, was hier vorgeht, könnte möglicherweise die Durchführung meines Auftrags erschweren. Daher fordere ich Euch auf, offen und ehrlich zu mir zu sein, oder Haldenkopf wird einen neuen Bürgermeister haben, sobald ich nach Krondor zurückkehre. Was geht hier vor? Warum sind die Straßen auch am Tage leer und verlassen?«

Der Mann gab sich geschlagen. Er nickte zögernd. »Die Menschen hier haben Angst. Sie hetzen von einem Haus zum anderen, versuchen sogar am Tag so wenig Zeit wie möglich draußen zu verbringen. Bei Nacht verbarrikadieren sie ihre Türen und drängen sich um ihre Feuerstellen. Es ist etwas Böses im Gange.«

»Welcher Art ist dieses Böse?«, fragte Solon.

Toddy stieß langsam den Atem aus. »Nun, ich schätze, irgendjemandem muss ich es erzählen. Dieser Ort wird von einer Kreatur – oder mehreren Kreaturen – bedrängt. Diese Wesen schleichen nachts umher, töten ehrbare Bürger und stehlen ihre Seelen. Selbst Vater Rowland ist machtlos und kann sie nicht aufhalten.«

»Wer ist Vater Rowland?«, fragte Solon.

»Der gute Vater ist ein Anhänger Sungs. Er hält sich schon seit ein paar Jahren in dieser Gegend auf, aber vor kurzem ist er zu dem Schluss gekommen, dass die Hexe für unsere Schwierigkeiten verantwortlich ist.« Als Toddy das Wort »Hexe« gebrauchte, versteifte sich Jazhara, sagte jedoch nichts. Toddy fuhr fort: »Nun, diese Art zu denken hätte ich vielleicht von jemandem wie Alton, dem Bauern, erwartet, aber nicht von einem Priester Sungs, des Barmherzigen und Reinen.«

Jazhara nickte. »Hexerei gibt es nicht. Entweder jemand ist ein natürlicher Heiler und benutzt wahre Magie, oder er kennt einfach die heilende Wirkung von einigen Kräutern und Wurzeln. An ›Hexerei‹ glauben jedenfalls nur ungebildete Menschen.«

»Ihr habt natürlich Recht«, stimmte Toddy ihr zu. »Die alte Frau hat früher einigen Leuten aus dem Dorf mit Umschlägen und Tränken geholfen und war meistens freundlich zu denen, die sie um Hilfe gebeten haben, aber Ihr wisst ja, wie die Leute sind: Immer dann, wenn es Probleme gibt, fangen sie plötzlich an, sich vor dem zu fürchten, was sie nicht verstehen. Die Frau lebt übrigens in der Nähe des Vorgebirges über der Witwenspitze, falls ihr selbst mit ihr sprechen wollt.« Er kratzte sich am Kopf und senkte die Stimme zu einem verschwörerischen Flüstern. »Ich weiß, dass sie mit diesen entsetzlichen Dingen nichts zu tun hat, aber vielleicht weiß sie ja etwas, das es für euch leichter macht, zu entscheiden, ob unsere Schwierigkeiten eine Gefahr für die Mission darstellen können, die ihr im Auftrag des Prinzen erfüllen sollt.«

»Habt Ihr den Prinzen über diese Schwierigkeiten in Kenntnis gesetzt?«, fragte James.

»Ich habe nur etwas zu der Patrouille gesagt, die hier vor ein paar Tagen durchgekommen ist, doch die Männer schienen sehr mit einer anderen Mission beschäftigt zu sein. Eigentlich hätte letzte Woche Alan, der Agent des Prinzen in dieser Gegend, vorbeikommen sollen, aber er ist nicht aufgetaucht. Das passiert von Zeit zu Zeit, wenn er besondere Aufträge für die Krone zu erledigen hat. Ich habe schon daran gedacht, einen Jungen mit einer Botschaft in den Süden zu schicken, aber angesichts der entsetzlichen Dinge, die wir erlebt haben, wollen die in Frage kommenden Eltern das Leben ihrer Kinder nicht aufs Spiel setzen ...«

»Wie hat das alles angefangen?«, fragte James.

»Ich wünschte, ich wüsste es«, antwortete der Bürgermeister. »An einem Tag war noch alles so wie immer, und am nächsten ... Es hat vor mehr als einem Monat angefangen. Ein Holzfäller und seine Familie, die ein paar Meilen östlich des Dorfes lebten, sind verschwunden. Wir wissen nicht ganz genau, wann sie verschwunden sind, aber als der Holzfäller nicht wie üblich das Holz für das Dorf gebracht hat, haben wir angefangen, uns Sorgen zu machen. Am nächsten Tag sind sechs Männer zu seiner Hütte aufgebrochen, aber nur zwei sind zurückgekehrt.«

»Was haben die beiden, die zurückgekommen sind, Euch erzählt?« Die Frage stammte von Kendaric, der seine Besorgnis nicht verbergen konnte.

»Nathan und Malcolm? Malcolm – Lims-Kragma möge ihn geleiten – wurde letzte Nacht von ... von der unbekannten Kreatur, die für diese schreckliche Situation verantwortlich ist, getötet. Nathan hat sich in seinem Haus verbarrikadiert und ist seit damals nicht mehr herausgekommen. Mein Stalljunge bringt ihm jeden Tag etwas zu essen.«

»Ob er wohl mit uns sprechen wird?«, fragte James.

»Ihr könnt es versuchen. Sein Haus ist keine zehn Minuten Fußmarsch von hier entfernt. Ich würde an Eurer Stelle allerdings bis morgen früh warten, denn er wird sich ganz sicher weigern, nach Einbruch der Dunkelheit noch mit jemandem zu reden.« Toddy deutete auf den einsamen Trinker in der Ecke. »Lyle da drüben war ein guter Freund von Malcolm.« Dann beugte er sich näher zu ihnen und fügte hinzu: »Ich kann Euch jedoch nur raten, seine Worte sorgfältig abzuwägen. Die Zuneigung, die er ganz bestimmten Geistern entgegenbringt« – er machte eine Trinkbewegung –, »wirkt sich gelegentlich auf sein Urteilsvermögen aus.«

James stand auf, und Jazhara tat es ihm gleich. Kendaric wollte sich ebenfalls erheben, doch Solon packte den Gildengesellen mit festem Griff am Arm und zog ihn wieder zurück auf den Stuhl, wobei er freundlich lächelnd den Kopf schüttelte. Dann stand der Mönch auf und folgte James und Jazhara. Kendaric öffnete den Mund, um zu widersprechen, doch Solon brachte ihn allein dadurch zum Schweigen, dass er auf das vor ihm stehende Bier deutete – was nichts anderes bedeutete, als dass der Gildengeselle weitertrinken sollte.

James, Jazhara und Solon durchquerten den Raum und gesellten sich zu der einsamen Gestalt, die in ihren leeren Bierkrug starrte. »Darf ich Euch ein Bier ausgeben?«, fragte James.

Der Mann blickte auf. »Na, da sage ich doch niemals Nein, Fremder.«

James forderte Toddy durch eine Handbewegung auf, einen frischen Krug Bier zu bringen, und nachdem der Wirt ihn vor dem Mann abgestellt hatte, zog James sich einen Stuhl heran und setzte sich hin. »Ihr heißt Lyle?«

»Ja, das stimmt«, antwortete der Mann.

»Wie ich gehört habe, seid Ihr mit einem der Männer befreundet, die vor kurzem einen ganz besonderen Angriff überlebt haben.«

»Malcolm, ja, der war mein Freund«, stimmte der Mann zu. »Er ist letzte Nacht gestorben.« Er hob den Bierkrug. »Auf Malcolm!« Und dann trank er ihn in einem Zug aus.

James winkte Toddy, ein weiteres Bier zu bringen. »Was wollt Ihr?«, fragte Lyle, als der Wirt das neue Bier vor ihm abstellte.

»Wir wollen Informationen«, erwiderte James.

»Erzählt uns etwas über diese ›Hexe‹«, fügte Jazhara hinzu.

»Die anderen glauben alle, dass sie mit dunklen Mächten im Bunde ist, aber ich kann mir das nicht vorstellen! Sie ist eine freundliche alte Frau. Ihr könnt euch selbst ein Bild machen. Nehmt den Pfad zur Witwenspitze, und wenn er sich teilt und der Hauptweg nach unten zum Strand führt, bleibt auf dem schmalen Pfad, der weiter ansteigt. Dort werdet ihr sie finden. Meistens ist sie in ihrer Hütte, wenn sie nicht gerade Kräuter sammelt.« Er stieß einen tiefen Seufzer aus. »Nein, die wahre Quelle von all diesem Übel ist etwas anderes.«

»Und was?«, fragte James.

Lyle senkte die Stimme. »Bluttrinker.«

James kniff die Augen zusammen. Er warf Jazhara einen schnellen Blick zu, bevor er seine Aufmerksamkeit wieder auf Lyle richtete und wiederholte: »Bluttrinker?«

»Kreaturen der Nacht. Tote, die wieder zum Leben erwacht sind.«

Jazhara keuchte auf. »Vampire!«

James blickte sie an. »Vampire?«

»Kreaturen aus alten Legenden. Wesen, die durch übelste Nekromantie geschaffen wurden«, antwortete sie.

James erinnerte sich an die Leichen, die bei den Goblins aufgereiht worden waren, und an die Kreaturen in den Abwasserkanälen von Krondor. »Von der Sorte sind uns in letzter Zeit eine ganze Menge begegnet«, sagte er.

»Sie trinken das Blut der Lebenden, um ihren unheiligen Durst zu stillen«, sagte Jazhara. »Und die, deren Blut sie trinken, erheben sich wenig später und gesellen sich zu ihnen.«

James schloss für einen kurzen Moment die Augen. »Ich gehe davon aus, dass sie schwer zu töten sind, da sie ja eigentlich bereits tot sind«, sagte er.

Jazhara nickte. »Sie können durch Magie oder durch Feuer vernichtet werden – oder indem man sie in Stücke haut.«

»Und dagegen haben sie normalerweise eine ganze Menge, da halte ich jede Wette«, sagte James trocken.

»Sie sind aus der Hütte des Holzfällers gekommen«, meldete Lyle sich plötzlich wieder zu Wort. »Der Holzfäller und seine Frau haben erst ein paar Monate dort gelebt, bevor sie verschwunden sind. Sechs gute Männer sind losgezogen, um nach der armen Familie zu sehen. Was auch immer sich dort herumgetrieben hat, hat vier von ihnen getötet und Nathan und den armen Malcolm zu Tode erschreckt.«

»Was ist mit Malcolm geschehen?«, fragte James.

»Er ist tot. Diese Monster haben ihn umgebracht. Malcolm hat immer gewusst, dass sie kommen würden, um ihn und Nathan zu holen, nachdem sie ihnen entkommen waren. Darum hat er versucht, sie vorher zu erwischen. Er hat gedacht, er könnte sich verstecken und ihnen auflauern, der alte Narr. Er hat gewusst, dass sie von der Hütte des Holzfällers gekommen waren, aber einmal hat er mir erzählt, dass sie auch unseren Friedhof entweiht haben. Immerhin hat er zwei von ihnen zuerst erwischt, der arme alte Idiot.«

»Und wie hat er sie erwischt?«, fragte James.

»Er hat einen von denen in einem Grab gefunden; der hat dort während des Tages geschlafen. Er hat das Wesen mit dem Öl überschüttet, das wir benutzen, um unsere Felder zu roden, und es angezündet. Hat wie 'ne Fackel gebrannt, hat er gesagt. Der andere ist gerade aufgewacht, als Sonnenuntergang war. Er hat ihm den Kopf abgeschlagen – mit seinem alten Schwert, das er noch aus seiner Zeit als Soldat während des Spaltkriegs gehabt hat. Er hat den Kopf in den Fluss geworfen und zugesehen, wie er davongeschwemmt wurde. Am nächsten Tag ist er zum Grab zurückgegangen. Er hat gesagt, der Körper des Wesens hätte sich in Staub verwandelt. Aber es waren einfach zu viele. Und letzte Nacht haben sie ihn erwischt, den alten Narr.«

Solon, der bisher nichts gesagt hatte, konnte sich nun nicht mehr zurückhalten. »Vampire, sagt Ihr? Seid Ihr sicher, Mann? Das sind doch Wesen aus Legenden; Geschichten, mit denen man in dunklen Nächten kleine Kinder erschreckt.«

Jazhara nickte zustimmend. »Ich habe sie immer für einen Mythos gehalten.«

»Auch noch nach all dem, was wir bis jetzt schon gesehen haben …?«, meinte James.

»Nein, nein, es gibt sie wirklich. Nathan sagt, dass sie jede Nacht kommen und versuchen, ihn zu holen! Darum schließt er sich immer ein. Er hat keine Angst vor dem Sterben, aber er sagt, wenn diese Kreaturen ihn erwischen, dann behalten sie seine Seele, und dann wird er nie wieder auf Lims-Kragmas Rad des Lebens von neuem beginnen!«

»Wenn das alles wahr ist, ist das tatsächlich übelste Blasphemie«, sagte Solon.

James stand auf. »Nun gut. Es sieht so aus, als ob dieser Nathan der Einzige hier in Haldenkopf wäre, der diese Kreaturen gesehen hat. Ich denke, am besten wäre es, wenn wir zu ihm gehen und mit ihm sprechen.«

»Ich wäre an Eurer Stelle vorsichtig«, sagte Lyle. »Es ist schon fast Sonnenuntergang, und wenn die Sonne erst mal untergegangen ist, verriegelt Toddy die Tür, und dann wird er Euch nicht wieder reinlassen, ganz egal, was Ihr auch sagt.«

»Wie weit ist es bis zu Nathans Haus?«, fragte Solon.

»Wenn Ihr die Tür aufmacht, seht Ihr genau auf die Straße, die darauf zuführt«, antwortete Lyle. »Ihr könnt es gar nicht verfehlen. Ihr kommt an zwei Läden vorbei, und danach ist es das erste Haus auf der linken Seite.«

»Wenn wir uns beeilen, haben wir noch genug Zeit«, sagte James.

Sie holten Kendaric und eilten zur Tür. »Seid bloß zurück, bevor die Sonne untergeht – sonst müsst Ihr die Nacht draußen verbringen!«, rief Bürgermeister Toddhunter ihnen hinterher, als sie hinausgehen wollten.

Nachdem sie das Gasthaus verlassen hatten, fragte Kendaric: »Warum tun wir das? Ich habe alles gehört. Bluttrinker! Seid ihr jetzt alle verrückt geworden?«

»Glaubt Ihr denn, es könnte noch einen anderen Grund geben, warum Euer Spruch nicht gewirkt hat?«, fragte ihn James.

»Ich habe keine Ahnung, warum er nicht gewirkt hat«, musste Kendaric zugeben. »Aber Vampire? Die gibt es doch in Wirklichkeit gar nicht!«

»Ich hoffe, Ihr habt Recht«, sagte Solon. »Die heiligen Schriften sind eindeutig, was die lebenden Toten angeht. Im Besonderen sind sie ein Gräuel für Lims-Kragma und für Ishap, weil sich diese Wesen über die natürliche Ordnung der Welt hinwegsetzen.«

»Ganz zu schweigen davon, dass sie ziemlich sicher versuchen werden, uns zu töten«, fügte James hinzu.

Kendaric warf einen Blick auf die untergehende Sonne und sagte: »Wir haben vielleicht noch eine halbe Stunde Zeit, Junker.«

»Dann sollten wir uns lieber beeilen«, erwiderte James.

Sie erreichten Nathans Haus binnen fünf Minuten, und selbst wenn Lyle ihnen den Weg nicht beschrieben hätte, wäre es leicht zu finden gewesen. Das kleine Haus – kaum mehr als eine Hütte – war rundherum verbarrikadiert. Alle Fenster waren mit dicken Brettern vernagelt; die Tür – ganz offensichtlich die einzige Stelle, an der man ins Innere gelangen konnte – war fest verschlossen; die Spitzen von Nägeln, die um sie herum aus dem Holz ragten, deuteten darauf hin, dass sie von innen auf ähnliche Weise verstärkt war. Im roten Licht der tief stehenden Sonne wirkte das Häuschen beinahe verlassen, doch James konnte durch einen Spalt zwischen zwei Brettern einen flackernden Lichtschein sehen, der zweifellos von einer Laterne oder einem Herd stammte.

»Hallo, Ihr da im Haus!«, rief Kendaric von der vorderen Veranda aus, einer hölzernen Plattform, die dringend einmal ausgebessert werden musste. »Wir würden gerne mit Euch sprechen!«

Aus dem Innern des Hauses erklang eine Stimme. »Verschwindet, ihr elenden Biester! Ihr werdet mich nie dazu bringen, mein Haus zu verlassen!«

»Hallo«, sagte James. »Ich bin Junker James, vom Hofe des Prinzen in Krondor.«

»Lasst mich in Ruhe, ihr blutrünstigen Dämonen! Ich durchschaue eure üblen Tricks!«

James warf Jazhara einen Blick zu und zuckte die Schultern.

Jetzt versuchte es Jazhara. »Ich bin die Hofmagierin des Prinzen. Wir brauchen Informationen über diese Kreaturen, die Euch Probleme bereiten. Wir können Euch vielleicht helfen!«

»Ah, das ist ja schlau, wirklich sehr schlau, in der Tat«, kam die Antwort. »Verschwindet endlich, ihr Seelen stehlenden Unholde!«

James schüttelte ratlos den Kopf. »Wie können wir Euch nur überzeugen, mein Freund?«

»Verschwindet!«

James wandte sich an Jazhara. »Vielleicht könnt Ihr ja mehr ausrichten.«

Solon mischte sich ein. »Lasst es mich mal versuchen.« Er trat dicht an die verbarrikadierte Tür heran und brüllte: »Im Namen des Mächtigen Ishap, des Einen, der Über Allen steht, fordere ich Euch auf, uns eintreten zu lassen!«

Diesmal blieb es längere Zeit still, doch schließlich gab Nathan Antwort. »Das ist gut. Ich habe nicht gewusst, dass ihr Blutsauger den Namen der Götter zitieren könnt! Und noch dazu mit diesem fürchterlichen Akzent der Zwerge. Beinahe hättet ihr mich gekriegt!«

Solons Gesicht rötete sich vor Wut. »Das ist kein fürchterlicher Akzent der Zwerge, du schnatternder Blödmann. Ich bin in der Nähe von Dorgin aufgewachsen!«

James wandte sich an Jazhara. »Habt Ihr es bemerkt? Sein Akzent wird schlimmer, wenn er sich aufregt.«

»Lasst es mich noch einmal versuchen«, sagte Jazhara. Sie hob die Stimme. »Mein Herr, ich bin eine Magierin und könnte in Euer Haus eindringen, wenn ich das wollte, doch ich achte die Unverletzlichkeit Eures Hauses. Aber wenn Ihr uns schon nicht eintreten lassen wollt, dann sagt uns zumindest, was Ihr über das

Böse wisst, das diesen Ort heimsucht. Vielleicht können wir helfen. Wir haben unsere eigenen Gründe, warum wir wollen, dass es gebannt wird.«

Wieder herrschte längere Zeit Schweigen, dann erklang Nathans Stimme durch die Bretter: »Damit hättest du mich fast erwischt, du Monster!« Er lachte irre. »Ihr wollt herausfinden, wie viel ich über euch weiß, damit ihr einen Plan aushecken könnt, wie ihr mir beikommen könnt! Nun, ich werde nicht darauf hereinfallen.«

»James«, sagte Kendaric.

James winkte ihm zu, still zu sein. »Seht, Nathan, wenn Ihr nicht herauskommen wollt, dann müsst Ihr das auch nicht, aber wir müssen den Grund für all die Probleme herausfinden, von denen diese Gegend heimgesucht wird. Wie meine Begleiterin schon gesagt hat, haben wir unsere eigenen Gründe, warum wir wollen, dass das alles endlich ein Ende hat. Wenn es diese ›Vampire‹, wie Ihr sie nennt, tatsächlich gibt, dann könnten sie auch für unsere Probleme verantwortlich sein, und dann werden wir uns um sie kümmern.«

»Dazu werdet ihr schon bald Gelegenheit haben!«, rief Nathan.

»James«, begann Kendaric erneut.

James wedelte wieder mit seiner Hand und sagte: »Nur noch eine Minute!«

Als er wieder mit Nathan sprechen wollte, spürte er, wie ihn jemand am Arm packte. Es war Kendaric, der ihn so herumdrehte, dass er jetzt auf den Pfad blicken konnte, der zum Haus führte. »James!«, rief der Gildengeselle. »Es sieht ganz so aus, als würden wir jetzt unsere Gelegenheit bekommen!«

Als die Sonne hinter dem Hozizont versank, schienen am Rande des nahe gelegenen Waldes Schatten miteinander zu verschmelzen. Man konnte sehen, wie sich etwas in der Dunkelheit bewegte, und plötzlich erschienen dort, wo einen Augenblick zuvor nur leere Luft gewesen war, menschliche Gestalten.

James zog langsam sein Rapier. »Solon, Jazhara, ich wäre Euch für jede Art von Ratschlag überaus dankbar.«

Ein halbes Dutzend Gestalten kam von den nahe gelegenen Wäldern auf sie zu. Sie wirkten menschlich, wenn man von ihrer totenblassen Haut einmal absah – und den Augen, die rötlich zu leuchten schienen. Einige hatten klaffende Wunden am Hals, und ihr Gang war schwankend und unbeholfen.

Die vorderste Gestalt begann plötzlich zu sprechen. »Nathan … komm zu uns … Wir vermissen dich so sehr …«

Jetzt erhoben auch die weiter hinten ihre Stimmen. »Du hättest bei uns bleiben sollen, Nathan. Es gibt keinen Grund, sich vor uns zu fürchten, Nathan.«

Mit immer größer werdender Abscheu erkannte James, dass es sich bei einer der Gestalten um ein Kind handelte – ein kleines Mädchen, das allenfalls sieben Jahre alt sein mochte.

»Ich kann Euch nur einen einzigen Rat geben, mein Freund«, sagte Solon. »Wir müssen sie alle vernichten!« Er hob seinen Kriegshammer und stapfte mit schweren Schritten auf die vorderste Gestalt zu.

Zwölf

Dunkle Magie

James schloss sich Solon an.

»Seid vorsichtig«, rief Jazhara ihnen hinterher. »Ihr könnt sie nur mit Feuer vernichten oder indem Ihr ihnen die Köpfe abschlagt!«

Kendaric blieb hinter der Magierin. Er hielt sein kurzes Schwert in der Hand, sah aber so aus, als wartete er nur auf die passende Gelegenheit, Hals über Kopf davonzurennen. Jazhara stimmte eine Beschwörung an, senkte ihren Stab und deutete mit ihm auf die Gruppe näher kommender Kreaturen. Ein Ball aus grünem Feuer barst aus der Spitze ihres Stabes, zischte zu den Kreaturen hinüber und hüllte vier von ihnen in mystische Flammen. Sie heulten und zuckten und machten noch ein paar torkelnde Schritte, bevor sie zusammenbrachen.

Solon streckte eine Hand aus, die in einem Panzerhandschuh steckte, packte die kindliche Kreatur und stieß die kleine Gestalt nach hinten in die grüne Flamme. Das zarte Wesen kreischte und zappelte und blieb dann reglos liegen.

»Möge Ishap dir Frieden schenken, mein Kind«, rief der Mönch. Er schwang seinen großen Kriegshammer gegen ein erwachsenes Wesen, zerschmetterte dem Ding die Schulter, doch es ging weiter auf ihn los, den verbliebenen Arm ausgestreckt, die Finger gekrümmt wie Krallen, bereit zu zerfetzen und zu zerreißen.

Solon landete einen Schlag mit der Rückhand, und sein Hammer grub sich in den Schädel der Kreatur. Sie stürzte zu Boden und wand sich im Dreck, doch obwohl ihr Schädel zur Hälfte zerschmettert war, versuchte sie immer noch, sich wieder zu erheben. Jazhara rannte zu dem Mönch und rief: »Tretet beiseite!« Er zog sich zurück, und sie senkte den Stab. Einen Augenblick später stand die Kreatur in Flammen.

James hatte Probleme mit einem besonders kräftigen Mann – *einer Kreatur*, korrigierte er sich selbst. Das Ding war ganz offensichtlich früher der Holzfäller gewesen, von dem Lyle ihnen erzählt hatte – ein großer, breitschultriger Mann mit langen, kräftigen Armen. Es versuchte, James zu packen, aber der wich zur Seite hin aus. Doch die Verletzungen, die James der Kreatur mit seinem Rapier beibrachte, machten sie kaum langsamer.

»Kendaric!«, rief James. »Ich könnte ein bisschen Hilfe gebrauchen!«

Der Gildenmann stand mit dem Rücken zu Nathans Haustür, das Schwert fest umklammert. »Was für Hilfe meint Ihr denn?«, rief er zurück.

»Meine Klinge eignet sich nicht unbedingt als Hackmesser.«

Kendaric schwang sein kurzes Schwert. »Aber die hier schon eher, was?«

James duckte sich unter einer großen Hand weg, die durch die Luft wischte, und brüllte: »Sie eignet sich jedenfalls besser zum Hacken als die, die ich in der Hand habe!«

»Aber ich werde Euch meine nicht leihen!«, rief Kendaric, als immer mehr Kreaturen in Sicht kamen. »Ich habe hier meine eigenen Probleme.«

Plötzlich war Jazhara an Kendarics Seite und entrang ihm das Schwert. »Ja, und zwar einen akuten Anfall von Feigheit«, sagte sie voller Verachtung. Dann schleuderte sie das Schwert durch die Luft und rief: »James, fangt!«

Mit fast schon übernatürlicher Geschwindigkeit schlug James mit seinem Rapier zu, verletzte die schwankende Kreatur an der Rückseite ihres Beines. Dann sprang er in die Luft, fing Kendarics Schwert mit der Linken auf, schien einen Augenblick mit dem Rapier und dem Schwert zu jonglieren – mit dem Ergebnis, dass er schließlich das Rapier in der linken und das kurze Schwert in der rechten Hand hielt. Das Ding, das einmal ein Holzfäller gewesen war, stolperte und fiel auf ein Knie, und James schlug mit dem Schwert zu, trennte der Kreatur säuberlich den Kopf vom Rumpf. Der abgetrennte Schädel rollte über den Boden davon.

James warf das kurze Schwert zu Kendaric zurück und rief dem jungen Mann zu: »Ihr solltet uns hier besser ein wenig zur Hand gehen, es sei denn, Ihr seid wild darauf, so wie die hier zu enden!«

Aus den Wäldern tauchten noch mehr von den Kreaturen auf, und Jazhara schoss mehrere ihrer magischen Blitze ab. »Ich kann das nicht mehr lange durchhalten, James«, rief sie. »Ich bin schon ziemlich erschöpft!«

»Wir müssen uns einen Ort suchen, an dem wir uns gut verteidigen können!«, sagte Bruder Solon, während er seinen Hammer auf eine weitere Kreatur niedersausen ließ. Die Wucht des Schlags trieb das Wesen ein gutes Stück zurück.

James eilte zur Tür von Nathans Haus. Er trommelte mit der Faust dagegen und rief: »Bei den Göttern, Mann! Lasst uns rein!«

»Nein, es ist ein Trick, aber ich werde nicht darauf hereinfallen!«, antwortete eine Stimme aus dem Innern des Hauses.

»Lasst uns rein, oder wir werden das Haus um Euch herum abfackeln«, sagte James. »Jazhara, habt Ihr noch einen Flammenblitz übrig?«

»Das kann ich hinkriegen«, sagte die Magierin.

Mit lauter Stimme, doch in ruhigem Tonfall sagte James: »Macht diese Tür auf, oder es wird Euch gleich ziemlich warm werden. Nun, wofür entscheidet Ihr Euch?«

Zunächst blieb es einen Augenblick still, dann erklangen quietschende Geräusche – von Nägeln, die aus Holz gezogen wurden –, und dann polterte es mehrmals, als schwere Bretter zu Boden fielen. Schließlich bewegte sich der Türriegel, und die Tür öffnete sich einen kleinen Spalt. Ein Mann mit verhärmtem Gesicht spähte heraus. »Ihr seht nicht aus wie ein Vampir«, sagte er nach einem Blick auf James.

James nickte. »Ich bin froh, dass Ihr das auch endlich bemerkt. Haltet den Weg frei, während ich meinen Freunden helfe. Wir werden gleich zurück sein. Und sobald wir alle drin sind, werden wir die Bretter wieder annageln.«

James wartete nicht auf das zustimmende Nicken des Mannes, sondern wirbelte herum und rannte los, um sich einer besonders schrecklich aussehenden Kreatur in den Weg zu stellen, die schnurstracks auf Kendaric losging. Der Gildenmann fuchtelte kraftlos mit seinem Schwert in Richtung der Kreatur, die stehen blieb und anscheinend über die Möglichkeit einer Verletzung nachdachte.

Das war die Gelegenheit, auf die James gewartet hatte. Er umrundete die Kreatur und durchtrennte ihr mit seinem Rapier die Kniesehnen. »Das wird dieses Ding nicht töten«, rief der Junker, »aber es wird langsamer werden! Versucht, ihm den Kopf abzuschlagen!«

Kendarics Gesichtsausdruck ließ nicht den geringsten Zweifel daran, wie er über diesen Vorschlag dachte. Er wich zurück, legte mehr Abstand zwischen sich und die Kreatur.

»Kendaric, Ihr nutzloser Haufen Schweinefutter!«, brüllte Solon. Er kam herbeigerannt und benutzte seinen Kriegshammer, um der Kreatur das Rückgrat zu zerschmettern.

Kendaric hielt ihm das Schwert hin. »Schlagt *Ihr* ihm doch den Kopf ab!«

»Plappernder Esel! Heilige Anordnungen untersagen es mir, Fleisch mit einer Klinge zu zertrennen. Wenn ich es dennoch tue, verliere ich meinen heiligen Status und muss mich ein Jahr lang heiligen Riten unterziehen, muss fasten und meditieren, um geläutert zu werden! Ich habe keine Zeit, ein ganzes Jahr mit solchem Blödsinn zu verschwenden! Wir haben eine Aufgabe zu erfüllen!«

Jazhara wandte sich an James. »Ihr hattet Recht. Der Akzent wird stärker, wenn er aufgebracht ist.«

»Öffnet die Tür!«, rief James. Nathan riss mit einer Hand die Tür weit auf, in der anderen schwang er ein Jagdmesser. »Rein mit Euch!«, rief der Dorfbewohner. Kendaric betrat bereits die Hütte, während die anderen noch auf das Gebäude zurannten.

Urplötzlich hörte James das Geräusch von Schritten hinter sich; er wirbelte herum, schlug mit seiner Klinge zu und schlitzte die Kehle eines Wesens auf, das einmal eine junge Frau gewesen war. Sie stürzte nicht zu Boden, blieb aber lange genug stehen, dass er sich wieder umdrehen und weiterrennen konnte. Solon knallte einer anderen Kreatur seinen Hammer ins Gesicht und rannte dann ebenfalls los.

Jazhara raste durch die Tür, Solon und James waren ihr dicht auf den Fersen.

Nathan schlug hinter ihnen die Tür zu und legte den Riegel vor. Dann hob er eines der Bretter auf, die er kurz zuvor entfernt hatte, und rief: »Nun macht schon, wir müssen die Tür mit Brettern vernageln!«

Solon hob ein weiteres Brett auf und benutzte seinen Kriegshammer, um große Nägel in den Türrahmen zu schlagen. »Das hier wird nicht lange halten, wenn sie zu allem entschlossen sind«, sagte der Mönch.

»Es wird halten«, erwiderte der Dorfbewohner. »Sie sind hartnäckig, aber dumm, und sie arbeiten auch nicht besonders gut zusammen. Wenn sie es tun würden, wäre ich schon seit vier Nächten tot.«

James schob sein Rapier zurück in die Scheide und setzte sich auf eine kleine Truhe, die in der Nähe der Feuerstelle stand. Er schaute sich um. Das Gebäude bestand aus einem einzigen Raum, mit einer kleinen Kochecke an der einen Seite. Ein Bett, ein Tisch, eine Kommode und die Truhe, auf der er saß, waren die einzigen Einrichtungsgegenstände.

Ihr Gastgeber war ein drahtiger Mann in mittleren Jahren, in dessen dunklen Haaren und Bart sich erste graue Strähnen zeigten. Er hatte das wettergegerbte Äußere eines Bauern und die Hände eines Mannes, der sein ganzes Leben lang hart gearbeitet hatte.

James stieß langsam den Atem aus. »Und jetzt erzählt mir endlich, was hier eigentlich vorgeht«, sagte er.

»Tja, und dann haben wir gehört, dass auch noch andere Leute verschwunden sind, von den Höfen, die außerhalb des Dorfes liegen. Da oben in den Hügeln gibt es dieses merkwürdige Gehöft und ein paar schöne Wiesen, auf denen manche Leute ihr Vieh grasen lassen oder Sommerweizen anbauen. Ein paar von den Kreaturen, die vorhin angegriffen haben, sind früher einmal die armen Leute gewesen, die dort oben in den Hügeln gelebt haben. Es waren keine Menschen aus dem Dorf, aber wir haben sie gekannt, weil sie hier Vorräte gekauft und Waren verkauft haben.« Er schüttelte den Kopf, als hätte er immer noch Probleme, wirklich zu glauben, was er da gerade erzählt hatte.

James und die anderen hatten dem Bauern mehr als eine Stunde lang zugehört. Und wenn er gelegentlich auch etwas abgeschweift war und manches aus dem Zusammenhang gerissen schien, so hatte sich doch allmählich ein Muster herausgebildet.

»Lasst es mich noch einmal zusammenfassen«, sagte James. »Jemand oder etwas ist in dieses Gebiet gekommen. Dieses Wesen hat die Dorfgemeinschaft hier mit einem schrecklichen Fluch infiziert, der ganz gewöhnliche Menschen in Bluttrinker verwandelt. Ist das so weit richtig?«

Der Bauer nickte. »Ja.«

»Diese Kreaturen ernähren sich vom Blut anderer Wesen«,

fuhr James fort, »und verwandeln ihre Opfer auf diese Weise ebenfalls in Bluttrinker.«

»Vampire«, sagte Jazhara. »Die Geschichten, die es über sie gibt, sind voller Aberglauben.«

»Aber diese Wesen hier sind ziemlich real«, sagte Kendaric.

»Ja«, stimmte Solon ihm zu. »Aber Jazhara hat Recht. Es gibt Legenden über diese Kreaturen, die nichts mit der Wahrheit zu tun haben; das sind eher fantastische Geschichten, mit denen ungezogene Kinder erschreckt werden sollen.«

»Dann muss ich wohl ein ungezogenes Kind sein«, sagte Kendaric. In seiner Stimme schwang ein ärgerlicher Tonfall mit. »Denn zumindest ich bin sehr erschreckt.«

»Der Holzfäller und seine Familie waren also die Ersten hier in der Gegend, die sich in diese Kreaturen verwandelt haben?«, fragte James.

»Ja«, antwortete Nathan. »Wir sind zu sechst losgezogen, um die Sache zu untersuchen. Nur zwei von uns haben es überlebt. Wir sind auf ungefähr ein Dutzend dieser Kreaturen gestoßen, die bereits auf uns gewartet hatten. Ein paar von ihnen waren die Leute von den nahe gelegenen Höfen, von denen ich vorhin erzählt habe; ein paar andere habe ich nicht gekannt.«

»Und wer war jetzt der Erste?«, fragte James.

Nathan schaute sich mit leerem Blick um. »Ich weiß es nicht«, sagte er mit müder Stimme.

»Ist das denn so wichtig?«, fragte Kendaric.

»Ja«, erklärte Jazhara. »Denn wie James schon gesagt hat, irgendjemand oder irgendetwas muss diese Plage hierher gebracht haben.«

»Diese Art von Magie ist von unbeschreiblichem Übel«, meinte Solon.

James setzte sich auf den Fußboden und lehnte den Rücken an die Wand. »Aber was soll das alles? Warum hat man sich ausgerechnet dieses kleine Dorf hier ausgesucht?«

»Vielleicht einfach nur deshalb, weil sie es können?«, sagte Kendaric.

James starrte den Gildenmann an und fragte: »Was meint Ihr damit?«

Kendaric zuckte die Schultern. »Nun, irgendwo müssen sie ja anfangen. Wenn sie hier genügend Leute zusammenkriegen, die so … werden wie sie, dann können sie einige von ihnen irgendwo anders hinschicken und … na ja, es ist eine Plage, genau wie Ihr gesagt habt.«

»Was bedeutet, dass wir dieses Eitergeschwür hier an Ort und Stelle ausdrücken müssen«, sagte Solon.

James konnte draußen das Schlurfen von Füßen hören.

»Verschwindet, ihr mörderischen Blutsauger!«, schrie Nathan.

Von draußen erklangen Stimmen. »Komm mit uns. Schließ dich uns an.«

Jazhara erschauderte. »Ich weiß nicht viel über diese Kreaturen; ich kenne nur ein paar Legenden. Aber ich kann bereits jetzt sagen, dass diese Legenden nur teilweise richtig sind.«

James warf Nathan einen Blick zu. »Habt Ihr hier etwas zu trinken?«

»Wasser«, antwortete der Bauer und deutete auf einen großen Krug neben dem Tisch.

James nahm sich einen Becher und ging zu dem Krug. Dabei sagte er zu Jazhara: »Was meint Ihr damit, dass diese ›Legenden nur teilweise richtig‹ sind?«

»Die Legenden von den Vampiren handeln von gewaltigen, mächtigen Wesen, die Magie einsetzen können«, begann Jazhara, »und die in der Lage sind, ihre Gestalt zu verwandeln und mit Tieren – etwa Ratten und Wölfen – zu sprechen. Die jämmerlichen Kreaturen, denen wir uns hier gegenübersehen, sind zwar alles andere als harmlos, aber wir hätten sie heute Nacht alle zusammen problemlos töten können, wenn wir einen Trupp ausgebildeter Soldaten dabeigehabt hätten.«

James dachte schweigend über ihre Worte nach, während er sich daran erinnerte, wie er als Junge zusammen mit Prinz Arutha den untoten Anhängern des falschen Moredhel-Propheten Murmandamus gegenübergestanden hatte. »Meine Erfahrung sagt mir, dass Wesen, die man nur mit Mühe töten kann, weit gefährlicher sind, als sie auf den ersten Blick scheinen mögen.«

»Und außerdem überseht Ihr etwas ganz Offensichtliches«, fügte Nathan an Jazhara gewandt hinzu. »Da draußen sind keine mächtigen Wesen, die Magie einsetzen können. Das waren einmal Bauern und Tagelöhner.«

»Und das wiederum könnte bedeuten, dass der mächtige Vampir, der Magie einzusetzen weiß, sich irgendwo da draußen herumtreibt«, sagte James. »Und dass er hinter all dem steckt, was hier geschehen ist.«

»Hm«, stimmte Solon ihm zu. »Der Tempel hat mich alles gelehrt, was er über die Mächte der Dunkelheit weiß. Die Bluttrinker sind ein altes, mächtiges Geschlecht des Bösen, das – so sagt man – von einem einzigen verfluchten Magier abstammt, der vor undenklich langer Zeit in einem fernen, unbekannten Land gelebt hat. Niemand weiß, ob diese Geschichte wahr ist, aber in den Chroniken steht geschrieben, dass von Zeit zu Zeit solch ein Verfluchter erscheint – und dann wehe denen, die auf ihn stoßen.«

»Warum?«, fragte Kendaric.

Alle Blicke richteten sich auf ihn.

»Aber warum? Warum ›wehe denen‹, die auf ihn stoßen?«, fragte Solon.

»Nein. Ich meine, warum gibt es solche Kreaturen überhaupt?«

»Das weiß niemand«, erwiderte Solon. »Die Lehren des Tempels besagen, dass die Mächte der Finsternis oft einen Vorteil daraus ziehen, wenn das Chaos regiert, und deshalb ist ein Teil ihres Tuns dazu da, Probleme für die Ordnung und das Gute zu verursachen.«

Kendaric nickte. »Einverstanden, das kann ich akzeptieren. Aber warum ausgerechnet hier?«

»Das sollte doch eigentlich offensichtlich sein«, sagte James. »Irgendjemand will verhindern, dass wir an die Träne herankommen.«

»Die Träne?«, fragte Nathan, der Bauer, verwundert.

James wischte die Frage mit einer Handbewegung beiseite. »Das wollt Ihr gar nicht wissen, glaubt mir. Es genügt wohl, wenn ich sage, dass die Magie hier in dieser Gegend nicht so ist, wie sie sein sollte.«

»Das stimmt«, fügte Jazhara hinzu.

»Es muss diese Hexe sein«, sagte Nathan. »Sie ist hier in der Gegend die Einzige, die Magie einsetzt.«

»Hat es mit ihr zuvor schon jemals irgendwelche Probleme gegeben?«, fragte Jazhara.

»Nein«, gab der Bauer zu. »Aber … nun, wer sollte es denn sonst sein?«

»Genau das wollen wir ja herausfinden«, sagte James. Er lauschte auf die Stimmen, die von draußen hereindrangen, bevor er hinzufügte: »Wie lange dauert dieses Treiben an?«

»Bis zur Morgendämmerung«, sagte Nathan. »Man sagt, dass sie zugrunde gehen, wenn das Tageslicht auf sie fällt.«

»Wer sagt das?«, wollte James wissen.

Nathan blinzelte. »Wie?«

»Ist nicht weiter wichtig«, meinte James und legte sich auf den Fußboden. »Ich habe einfach nur Zweifel, was den Ursprung mancher Überzeugungen angeht. Es ist ein Charakterfehler von mir. Weckt mich, wenn sie sich zurückziehen.«

Jazhara nickte. »Und was tun wir dann?«

»Wir werden diesen Vampir suchen, der die Magie einsetzt, und ihn von seinem Elend erlösen.«

»Ja«, sagte Solon. »Wenn uns das gelingt, wird der Rest einfach verschwinden … so geht zumindest das Gerücht.«

James widerstand der nicht gerade kleinen Versuchung, erneut »Wer sagt das?« zu fragen, und meinte nur: »Es kann hier eigentlich nicht besonders viele Orte geben, an denen sich eine solche Kreatur verstecken kann.«

»Oh, ich kann Euch sagen, wo sich ein solcher Ort befindet«, erwiderte Nathan.

James setzte sich kerzengerade auf. »Wo?«

»Auf dem Friedhof, südlich des Ortes. Es gibt dort eine Gruft, in die eingebrochen wurde. Ich bin mir sicher, dass sich da drin jemand – oder etwas – aufhält.«

»Warum habt Ihr das niemandem erzählt?«

»Aber das habe ich doch getan«, sagte Nathan. »Allerdings wollten Toddy und die anderen nichts davon hören. Auch Vater Rowland hat mich nicht weiter beachtet und gesagt, dass die Macht der Götter diejenigen beschützt, die ordentlich begraben wurden – oder so etwas Ähnliches.«

»Das ist merkwürdig«, sagte Solon. »Ein Priester von Sung, dem Reinen, müsste ein besonders großes Interesse daran haben, solch eine Entweihung zu untersuchen. Sein Orden führt den Kampf gegen diese Art von dunklen Mächten eigentlich an.«

»Das mag für seine Brüder gelten«, sagte Nathan. »Er hingegen hält nur seine Gebetsstunden und wettert gegen die Hexe. Aber vielleicht hat er ja Recht.«

»Schon wieder diese ›Hexe‹«, sagte Jazhara mit offensichtlichem Missfallen. »Was hat diese Frau eigentlich getan?«

»Nun, Bauer Alton behauptet, sie hätte seine Kühe vergiftet, und die kleine Tochter von Bauer Merrick liegt mit einer schlimmen Krankheit im Bett, die die Hexe ihr angehext hat.«

»Aber warum?«, fragte Solon. »Wenn diese Frau früher freundlich zu Euch gewesen ist, warum sollte sie sich dann jetzt plötzlich gegen Euch wenden?«

Nathan zuckte die Schultern. »Das müsstet Ihr mir eigentlich sagen. Ihr seid schließlich ein Priester –«

»Ein Mönch«, korrigierte Solon.

»– ein Mönch, und daher müsstet Ihr doch wissen, warum solche Dinge geschehen.«

Kopfschüttelnd sagte Solon: »Ach, wäre es doch nur wirklich so. Nein, die Wege des Bösen sind ein Geheimnis.«

»Keine ausführliche theologische Debatte bitte, ja? Ich möchte ein bisschen Schlaf kriegen«, meldete James sich noch einmal zu Wort.

Kendaric lauschte auf die Geräusche, die von draußen hereindrangen – leise Stimmen und schlurfende Schritte, die sich immerfort ums Haus bewegten. »Wie könnt Ihr schlafen, wenn da draußen solche Dinge vorgehen?«, fragte er.

James öffnete ein Auge. »Alles Übungssache.« Dann machte er das Auge wieder zu und war in wenigen Minuten eingeschlafen.

Kurz vor Sonnenaufgang verstummten die Stimmen. Als James aufwachte, fiel sein Blick zuerst auf Solon, der ebenfalls auf dem Fußboden lag und schlief, während Jazhara müde dasaß, die Arme um die Knie geschlungen, ihren Stab in der Hand, und die Tür beobachtete. Nathan saß schweigend in ihrer Nähe. Auch Kendaric hatte es vor Müdigkeit nicht mehr ausgehalten; er lag schnarchend auf dem hölzernen Fußboden.

James rollte sich herum. Seine Gelenke protestierten spürbar dagegen, dass er die Nacht auf einer so unnachgiebigen Fläche verbracht hatte. Er stand auf und stupste Kendaric sanft mit der Stiefelspitze an. Der Gildenmann schoss mit einem entsetzten Gesichtsausdruck hoch und schrie: »Was ist?«

Solon war augenblicklich wach. Als er bemerkte, dass nur Kendaric für den Lärm verantwortlich war, ließ er sich wieder zurücksinken. »Ist schon Sonnenaufgang?«

James nickte.

Auch Nathan war inzwischen aufgestanden und wandte sich mit einer Frage an Jazhara. »Was werdet Ihr heute tun?«

»Die Quelle all diesen Übels suchen«, antwortete Jazhara.

»Dann schaut Euch bei der Hexe oben an der Witwenspitze um«, sagte Nathan. »Ich glaube immer noch, dass sie hinter der ganzen Sache steckt. Jemand muss sie vernichten!«

»Habt Vertrauen, mein Freund«, erwiderte Solon. »Wir werden das Böse in ihr zerschmettern, genau wie wir das Böse vernichtet haben, das Euch gequält hat.«

»Wenn sie wirklich die Quelle all diesen Übels ist«, sagte Jazhara scharf.

»Seid Ihr verrückt?«, fragte Nathan. »Ihr habt letzte Nacht gar nichts getan. Glaubt Ihr etwa, ich hätte nicht schon früher gegen diese Dinger gekämpft? Abgesehen von den zweien oder dreien, die ihr mit diesem magischen Feuer verbrannt oder geköpft habt, wird der Rest morgen wiederkommen. Bei Dunkelheit können sie nicht vernichtet werden!«

»Nun, wir werden sehen, was wir tun können«, sagte James. Obwohl er ein paar Stunden geschlafen hatte, fühlte er sich immer noch müde. »Aber zuerst brauchen wir etwas zu essen.«

»Wenn die Sonne aufgegangen ist, wird Toddy Euch die Tür aufmachen«, sagte Nathan. »Würdet Ihr ihm bitte sagen, dass er mir mein Essen schicken soll?«

»Was werdet Ihr tun?«, fragte Kendaric.

»Meine Tür wieder verbarrikadieren.« Nathans Stimme bekam einen verzweifelten Beiklang. »Am Ende werden sie mich erwischen, wisst Ihr, und mich in einen von ihnen verwandeln. Es ist alles nur eine Frage der Zeit.«

»Beruhigt Euch«, sagte Solon. »Nichts dergleichen wird geschehen, mein Freund. Mit Hilfe von Ishaps göttlicher Führung werden wir all den Plagen, die über dieses arme Dorf hereingebrochen sind, ein Ende bereiten.«

James und Solon entfernten die Bretter, die quer vor die Eingangstür genagelt waren, und dann gingen die Gefährten nach draußen. Noch ehe sie die Veranda verlassen hatten, konnten sie hören, wie Nathan die Bretter wieder befestigte. Kendaric warf einen Blick zum Himmel hinauf.

»Was ist?«, fragte James. »Sieht es nach Regen aus?«

»Nein, es ist irgendwie … merkwürdig«, sagte der Gildenmann. »Ich beschäftige mich jetzt schon seit fast zwanzig Jahren mit dem Meer, aber ich habe noch niemals einen Himmel wie den da gesehen.«

»Einen Himmel wie den da?«, wiederholte Jazhara. »Ich kann nichts Merkwürdiges erkennen.«

»Schaut in die Richtung, in der die Sonne aufgeht.«

Sie taten, wie ihnen geheißen, und nach einem kurzen Augenblick sagte Solon: »Bei Ishaps Gnade – was ist mit der Sonne los?«

In einiger Entfernung ging die Sonne auf, aber obwohl die Luft klar war und keine Wolken zu sehen waren, wirkte ihr Licht irgendwie gedämpft, ihr Leuchten abgeschwächt.

»Da ist Magie im Spiel«, sagte Jazhara. Sie machte eine kurze Pause, als würde sie auf irgendetwas lauschen. »Hier ist irgendetwas in der Luft, das das Licht trinkt. Gestern haben wir es nicht bemerkt, weil wir erst kurz vor Sonnenuntergang angekommen sind. Aber irgendeine dunkle Kraft schwächt hier die Sonnenstrahlen ab.«

»Welche Kraft könnte so etwas bewirken?«, fragte James.

Jazhara zuckte die Schultern. »Ein Relikt von großer Macht, oder ein Spruch, den ein besonders kunstfertiger Magier geschaffen hat. Die Kraft müsste allerdings in einem ziemlich großen Gebiet wirksam werden; nur so ließe sich das Sonnenlicht überhaupt spürbar vermindern.«

»Mir kam es so vor, als wäre es bei unserer Ankunft leicht bedeckt gewesen«, sagte James. »Aber ich habe nicht darauf geachtet, ob Wolken am Himmel über den Klippen waren oder nicht.«

»Das hier ist irgendwie unnatürlich«, betonte Kendaric. »Aber aus welchem Grund sollte jemand das getan haben?«

»Vielleicht, um dafür zu sorgen, dass Dinge, die sonst nur

nachts herumlaufen, das auch tagsüber tun können?«, überlegte Solon laut.

»Unser Frühstück sollten wir erst mal vergessen«, sagte James. »Wir müssen sofort los und uns mit dieser Hexe unterhalten.«

Und ohne noch ein weiteres Wort zu verlieren, begann James auf den Berggipfel auf der anderen Seite des Dorfes zuzumarschieren, unter dem sich die Witwenspitze befand.

Als sie durch das Dorf gingen, sahen sie Toddy von seiner Schänke herbeieilen. »Ihr da!«, rief er grinsend, als er James und seine Gefährten sah. »Ihr habt die Nacht tatsächlich überlebt!«

James lächelte. »Überleben ist etwas, das wir sehr gut können. Aber Ihr scheint in Eile zu sein.«

Das Lächeln auf dem Gesicht des Bürgermeisters war plötzlich wie weggewischt. »Die Tochter von Bauer Merrick ist krank, und er hat bei sich zu Hause ein paar Leute aus dem Dorf versammelt. Ich glaube, sie führen nichts Gutes im Schilde.«

James warf Jazhara einen Blick zu; ihre Antwort war ein knappes Nicken. Sie hielten mit dem beleibten Schänkenwirt Schritt, der so schnell dahineilte, wie seine Leibesfülle es gestattete.

Vor der Tür von Bauer Merricks Haus hatten sich ein halbes Dutzend Männer aus dem Dorf und ungefähr genauso viele Frauen versammelt. Der Bauer und seine Frau standen im Türrahmen. »Wir müssen etwas tun«, sagte gerade ein rotgesichtiger, untersetzter Mann. »Das geht jetzt schon viel zu lange so!«

Toddy schlängelte sich durch die versammelten Menschen hindurch. »Was ist hier los?«

»Wir werden uns jetzt endlich um die Hexe kümmern, Toddy!«, brüllte der rotgesichtige Mann.

»Na, na«, sagte Toddy und hob die Arme. »Lasst uns nichts überstürzen. Dieser junge Mann hier« – er deutete auf James – »ist ein Abgesandter der Krone. Er wird sich jetzt dieser Angelegenheit annehmen.«

Schlagartig verstummten alle Gespräche, und alle Augen wandten sich James zu. Der warf Toddy einen düsteren Blick zu, ehe er sagte: »Nun gut. Ja, wir sind im Auftrag der Krone unterwegs, und was hier in letzter Zeit vorgegangen ist, hat sehr wohl Bedeutung für Seine Hoheit. Also, wer kann mir sagen, was eigentlich geschehen ist?«

Augenblicklich begannen alle gleichzeitig zu sprechen. James hob die Hand. »Wartet. Immer langsam, einer nach dem anderen.« Er deutete auf den rotgesichtigen Mann, der gegen die Hexe gewettert hatte, als sie angekommen waren, und sagte: »Du da – sprich! Sag, was du zu sagen hast!«

»Meine Kühe sind krank geworden!«, rief der Mann. Dann bemerkte er, dass er die anderen nicht mehr übertönen musste, und er senkte die Stimme ein bisschen. »Meine Kühe sind krank geworden, und daran ist diese Hexe schuld. Sie hat sie verflucht, damit sie langsam zugrunde gehen.«

Eine Frau in der Menge meldete sich zu Wort. »Und das Tageslicht verschwindet jeden Tag ein bisschen mehr. Jeden Morgen geht die Sonne ein bisschen später auf, und jeden Abend geht sie ein bisschen früher unter. Und der Sonnenschein, den wir haben, der ist – ich weiß nicht, wie ich es erklären soll, aber seht Euch doch um, er ist irgendwie anders. Schon bald werden wir überhaupt kein Tageslicht mehr haben. Und Ihr wisst, was das bedeutet!«, schluchzte die Frau.

Gemurmel erhob sich in der kleinen Menschenmenge. James hob die Hand, um für Stille zu sorgen.

Der Bauer namens Merrick meldete sich zu Wort; er stand noch immer im Türrahmen. »Nicht nur unsere Kühe sind krank. Auch unser kleines Mädchen ist schwer krank.«

James schaute Merrick an. »Was hat das Mädchen denn?«

»Sie ist verflucht«, rief eine Frau, die am Rande der Gruppe stand, die sich im Hof versammelt hatte.

»Dürfte ich sie einmal sehen?«, fragte Jazhara.

»Wer seid Ihr?«, fragte die verzweifelt aussehende Frau neben Merrick. Ihr Gesicht war eingefallen und blass.

»Ich bin Prinz Aruthas persönliche Ratgeberin in allen Angelegenheiten, die mit Magie zu tun haben«, antwortete Jazhara.

»Und ich bin ein Mönch aus dem Tempel Ishaps«, fügte Bruder Solon hinzu. »Wenn es hier irgendwo böse Magie gibt, werden wir sie ausrotten.«

Die Frau nickte und winkte sie in das kleine Haus.

Im Innern gab es einen einzigen Raum, mit einem kleinen Herd an der dem Eingang gegenüberliegenden Wand. Dort standen auch zwei Betten; eines war ganz offensichtlich groß genug für den Bauer und seine Frau, das andere war ein Kinderbett. In diesem Bett lag ein kleines Mädchen mit blassem Gesicht. Jazhara kniete sich neben das Bett und legte dem Kind eine Hand auf die Stirn. »Sie hat kein Fieber«, sagte die Magierin. »Was wisst ihr darüber?«

»Nichts«, antwortete der Bauer. »Nur, dass sie zu schwach geworden ist, um länger als ein paar Minuten am Stück wach oder gar auf den Beinen zu sein. Und wenn sie wach ist, scheint sie uns nicht zu erkennen.«

»Und manchmal hat sie Schüttelfrost«, fügte Merricks Frau hinzu.

Bruder Solon kniete sich neben Jazhara und untersuchte das Mädchen. »Was ist das?«, fragte er und brachte ein kleines Amulett zum Vorschein. »Es sieht wie das Zeichen von Sung aus.«

»Das hat Vater Rowland uns gegeben«, sagte die Frau. Und dann brach es aus ihr heraus. »Ich bin zu der alten Frau bei der Witwenspitze gegangen, und sie hat mir einen Talisman gegeben, der mein Kind heilen sollte. Sie hat mir gesagt, dass eine große Dunkelheit versuchen würde, die Kinder zu holen. Sie hat versucht, sie zu beschützen.«

»Larissa!«, schalt der Bauer seine Frau. »Ich habe dir gesagt, du sollst nichts davon erzählen.«

»Sprecht weiter«, sagte James zu der Frau.

Die blickte ihren Mann trotzig an. »Sie hat versucht, unsere Tochter zu beschützen.«

»So, wie sie Remys Sohn beschützt hat?«

»Ja, genau so!« Sie wandte sich an James. »Es war zu spät, um Remys Jungen zu retten, doch als ich nach Hause gekommen bin und den Talisman unter das Bett gelegt habe, hat mein Kind aufgehört zu zittern. Es ist ihr zwar nicht besser gegangen, aber es wurde auch nicht schlechter! Und dann ist gestern Vater Rowland von einer Reise zurückgekehrt und hier bei uns vorbeigekommen. Er hat die ganze Nacht gebetet, und meine Tochter hat wieder angefangen zu zittern. Und als die Sonne aufgegangen ist, wirkte er sogar verärgert darüber, dass sie noch immer am Leben war, das schwöre ich!« Die Frau wirkte völlig verzweifelt.

»Larissa, das ist Blasphemie!«, sagte Merrick. »Der gute Vater hat versucht, ihre Seele zu retten. Die Hexe ist an allem schuld. Das hat er gesagt, bevor er gegangen ist.«

»Aber was ist, wenn sie nicht an allem schuld ist?«, fragte die Frau.

»Darf ich den Talisman einmal sehen, den die Hexe Euch gegeben hat?«, fragte Jazhara.

Die Frau zog ihn unter dem Bett hervor und gab ihn Jazhara. Die Magierin betrachtete die kleine hölzerne Schachtel, in der sich verschiedene Kräuter und mehrere Kristalle befanden. Sie schloss die Augen und hielt das Schächtelchen eine Minute in der Hand. »Hier drin ist nichts Böses. Das ist ein einfacher Schutzzauber, der den natürlichen Kräften des Kindes bei der Heilung helfen soll«, sagte sie schließlich. Sie warf einen Blick auf das Mädchen. »Aber da ist noch etwas …«

Sie streckte die Hand aus und nahm das kleine Amulett von der Kehle des Mädchens, zog dann plötzlich die Hand zurück, als ob sie sich verbrannt hätte. »Bruder Solon. Ihr wisst mehr von den priesterlichen Künsten als ich; würdet Ihr bitte diesen Schutzzauber untersuchen?«

Solon berührte das Amulett leicht. Er schloss die Augen, murmelte eine kurze Beschwörung – und riss die Augen wieder auf. »Das ist kein Schutzzauber von Sung!« Das Amulett begann sich zu verändern, und er zog seine Hand zurück. Das Metall schien sich zu kräuseln und zu verziehen und dabei dunkler zu werden, bis plötzlich das, was ursprünglich wie ein metallisches Symbol von Sung ausgesehen hatte, eine Form annahm, die an einen winzigen Rachen erinnerte, einen Mund mit schwarzen Lippen und Ebenholzzähnen. Der Mund öffnete sich, als wollte er zubeißen, und das Mädchen begann zu husten. Eine Woge aus grünem Gas stieg aus ihren Nasenlöchern und ihrem Mund auf und wurde in die winzige schwarze Öffnung gesogen. Solon packte das Schmuckstück und riss es dem bewusstlosen Kind ab. Das Mädchen keuchte leicht, und ihr zerbrechlicher Körper zog sich einmal krampfartig zusammen, streckte sich dann wieder auf dem Bett aus. Sie holte einmal tief seufzend Luft und schien danach etwas leichter zu atmen.

Jazhara untersuchte das Mädchen. »Sie scheint mir schon ein bisschen kräftiger zu sein«, erklärte sie.

Solon hielt ihnen das Schmuckstück hin, das jetzt wie eine Klaue aussah, die eine schwarze Perle hielt. »Ich glaube, ich kann die Behauptung wagen, dass das hier der Grund für die Krankheit des Mädchens ist.«

Merrick wirkte verwirrt. »Aber das Amulett hat Vater Rowland ihr gegeben!«

James blickte erst Jazhara und dann die anderen an. »Bevor wir losziehen und eine alte Frau ausräuchern«, sagte er, »sollten wir erst einmal ein ernstes Gespräch mit diesem Vater Rowland führen.«

Und ohne eine Antwort abzuwarten, verließ er das kleine Bauernhaus.

Dreizehn

Verirrungen

James blieb stehen.

Er blickte einen Augenblick zum Himmel, dann drehte er sich zu Jazhara und den anderen um, die sich beeilten, ihn einzuholen. »Bilde ich mir das nur ein, oder wird es wirklich dunkler?«

Kendaric warf einen Blick gen Westen. »Ich kann keine Gewitterfront sehen, nein, da sind eigentlich gar keine Wolken.«

Auch Solon blickte jetzt zum Himmel hinauf. Nach einigen Sekunden sagte er: »Nein, es liegt nicht an Euch. Es wird *wirklich* dunkler.«

Jazhara schaute nach Osten. »Da«, sagte sie und deutete in die entsprechende Richtung. »Schaut Euch die Sonne an!«

Alle drehten sich um und betrachteten den knapp über dem Horizont stehenden leuchtenden Ball – und stellten mit einer Art Faszination, die sich schnell in Entsetzen verwandelte, fest, dass die Sonne dunkler wurde. Das strahlende Weiß wurde zu einem dumpfen Gelb.

»Ich kann die Hitze auf meinem Gesicht spüren, aber das Licht wird schwächer«, sagte Jazhara.

»Ja, da habt Ihr Recht. Irgendjemand stiehlt das Licht aus der Luft!«, meinte Solon.

»Was bedeutet das alles?«, fragte Kendaric voller Angst.

»Ich weiß es nicht«, sagte Jazhara. »Ich kenne keine Magie, die in der Lage wäre, so etwas zu vollbringen.«

»Aber was hat das alles zu bedeuten?«, wiederholte Kendaric hartnäckig seine Frage.

James ging zu dem völlig verschreckten Gildenmann und baute sich vor ihm auf. »Reißt Euch zusammen, Mann! Es ist doch wohl offensichtlich, was das zu bedeuten hat.«

»Und was hat es zu bedeuten?«, wollte Kendaric wissen.

»Es bedeutet, dass unsere Freunde von letzter Nacht schon bald in der Lage sein werden, jederzeit auf der Straße herumzuspazieren.«

Menschen rannten an ihnen vorbei, und James konnte ein paar Worte aufschnappen. »Vater Rowland wird wissen, was zu tun ist!«

Der rotgesichtige Mann, der die anderen vor Merricks Haus aufgewiegelt hatte, tauchte plötzlich bei ihnen auf und sagte: »Wenn ihr wirklich im Dienst des Prinzen steht, wie ihr behauptet, dann solltet ihr auf der Stelle losziehen und die Hexe ausräuchern!«

»Und wer seid Ihr?«, fragte James.

»Mein Name ist Alton. Auf einer Bürgerversammlung hatte ich gegen die Frau gesprochen; daraufhin hat sie meine Kühe mit dem bösen Blick verhext und mit dem auszehrenden Fluch belegt. Fragt meine Nachbarn. Die haben mit angesehen, wie meine Tiere gestorben sind. Und sie hat noch viel schlimmere Dinge getan.«

»Und zwar?«, fragte James ungeduldig.

»Nun, nehmt doch nur einmal den Holzfäller und seine Familie. Das waren nette, ganz normale Leute, und dann sind sie plötzlich verschwunden. Kurz danach sind die Bluttrinker aufgetaucht. Oder die Sache mit Remys kleinem Jungen; er ist krank geworden, nachdem er ihr eines Tages oben bei der Witwenspitze nachspioniert hat. Und ist vierzehn Tage später gestorben.«

»Euer Bürgermeister scheint aber nicht der Ansicht zu sein, dass die alte Frau für all dieses Übel verantwortlich ist«, sagte James.

»Toddy ist ein wunderbarer, freundlicher Mensch, aber manchmal kann er auch ein Narr sein.«

James schüttelte den Kopf, während die anderen Dorfbewohner an ihnen vorbeirannten. »Wo ist Vater Rowland?«, fragte er Alton.

»Folgt einfach den anderen zu der Kirche auf der anderen Seite des Platzes. Da wollen wir nämlich alle hin.« Plötzlich keuchte er auf. »Seht nur!« Er deutete nach Osten, und sie konnten sehen, wie sich die Sonne zu einem dunklen Orange verfinsterte, als ob dichter Rauch den Himmelskörper verhüllen würde.

Als der Bauer nach Osten deutete, erhaschte James einen Blick auf etwas Metallisches an seinem Hals – eine Kette, die sich bewegte, als seine Tunika verrutschte. Und am Ende dieser Kette schien irgendetwas Schwarzes zu hängen.

James war nicht ohne Grund in seiner Jugend »Jimmy die Hand« genannt worden. Mit überraschender Geschwindigkeit packte er zu und zog die Kette ein Stück weit hoch. An ihrem Ende hing eine Metallhand, die eine schwarze Perle umklammerte. »Wer hat Euch das gegeben?«

Die Augen des Bauern weiteten sich. Er trat einen Schritt zurück, als James die Kette losließ. »Ich … ich habe es gefunden.«

»Wo?«

»Äh …«

»Wir haben ein ähnliches Amulett gefunden – am Hals von Merricks Tochter«, sagte Jazhara.

»Es ist nur ein Schmuckstück«, sagte Alton, der Bauer.

Plötzlich bewegte sich Solon – viel schneller, als man es bei einem Mann seiner Größe erwartet hätte – und stellte sich hinter Alton. »Denkt noch nicht einmal daran, Euch vorzeitig zu entfernen, mein Freund.«

James zog langsam sein Rapier – eine mit Bedacht gewählte, dramatische Geste. Er glaubte nicht, dass dieser großmäulige Bauer besonders gefährlich war. Aber er hatte auch das Gefühl, dass die Zeit allmählich knapp wurde – und er brauchte Antworten. »Noch einmal: Wer hat Euch dieses Amulett gegeben?«

Alton versuchte weiter zurückzuweichen, doch Solon packte ihn am Arm und hielt ihn fest. »Ich glaube, es wäre besser, wenn du dem jungen Mann antworten würdest. Es sieht nicht so aus, als ob er in der richtigen Stimmung für irgendwelche Torheiten wäre.«

Alton warf zunächst Jazhara einen Blick zu – ihr Gesichtsausdruck war kalt – und dann Kendaric, der auch so aussah, als würde er allmählich die Geduld verlieren. Und plötzlich sprudelte es aus dem Bauern heraus: »Ich werde euch alles erzählen! Es war nicht meine Idee. Ich war nur ein einfacher, ehrbarer Bauer, der sich um seinen eigenen Kram gekümmert hat, als er zu mir gekommen ist. Ich habe ihm vertraut; alle tun das. Er hat mir Gold angeboten, eine Menge Gold, wenn ich meine eigenen Kühe vergifte und die Hexe beschuldige, da habe ich zugestimmt. Sie ist nur eine alte Frau und wird sowieso bald sterben. Aber ich habe nicht gewusst, was er wirklich ist. Als ich zugestimmt habe, für ihn zu arbeiten, habe ich gedacht, dass er ein Mensch wäre. Ich habe nicht gewusst –« Plötzlich wurden die sich überschlagenden Worte, die der Mann von sich gab, von einem erstickten, gurgelnden Geräusch abgeschnitten, als die Kette um seinen Hals sich abrupt zusammenzog. Alton stolperte rückwärts; seine Augen traten aus ihren Höhlen, und sein Gesicht lief dunkelrot an, während er verzweifelt versuchte, die Kette zu fassen zu bekommen. Als seine Knie nachgaben, hielt Solon ihn noch kurze Zeit aufrecht und ließ ihn dann langsam zu Boden gleiten. Die Wunde in Altons Hals begann jetzt zu bluten. Plötzlich waren die Geräusche von reißenden Muskeln und brechenden Knochen zu hören, und gleichzeitig verdrehte Alton die Augen. Einen Augenblick später löste sich der Kopf des Bauern vom Rumpf und fiel zu Boden. Solon ließ die Arme des Mannes los, und der Leichnam brach im Staub zusammen.

James starrte zunächst den Leichnam und dann die sich verdunkelnde Sonne an. Er bedeutete den anderen, ihm zu folgen, und eilte auf ein kleines Gebäude am Rande des Dorfangers zu. Erst als sie es fast schon erreicht hatten, erkannten sie, dass es eine einfache Kirche war, mit einem großen, weit offen stehenden Eingang. Es gab keine Stühle oder Bänke, daher standen die Gläubigen und lauschten einem Mann in weißen Gewändern, der mit ziemlicher Sicherheit Vater Rowland war.

»Und ich sage noch einmal, wenn wir noch sehr viel länger warten, werden wir von einer Woge des Bösen hinweggespült werde. Und wo, muss ich fragen, liegt da die Gerechtigkeit? Ich werde euch sagen, wo die Gerechtigkeit liegt. Sie liegt in der Kraft unserer Arme, in der Reinheit unserer Seelen und in dem Feuer, das die Welt vom Bösen, von dieser Hexe, erlösen wird!«

Ein paar Dorfbewohner stießen zustimmende Rufe aus.

»Er klingt ein bisschen hart für einen Sung-Priester«, bemerkte Solon.

James nickte. »Er scheint es schrecklich eilig zu haben, die ›Hexe‹ loszuwerden.«

»Wobei er andere dazu zu bringen versucht, die Tat für ihn zu tun«, fügte Jazhara hinzu.

Die Stimme des Priesters wurde lauter. »Manche sagen, dass diese Hexe Wölfe heraufbeschworen hat, die nachts wie Menschen herumlaufen, oder Bluttrinker, die die Seelen der Unschuldigen verschlingen und sie damit ebenfalls in Monster verwandeln! Ich sage, sie hat die personifizierte Dunkelheit heraufbeschworen – Geister, die so übel sind, dass sie guten Menschen wie euch und mir das Leben aussaugen. Auf die eine oder andere Art liegt die Schuld dafür bei ihr. Die Dunkelheit, die jetzt heraufzieht, ist ein Zeichen, dass der letzte Angriff droht! *Wir müssen jetzt etwas tun!*«

Ein paar Männer jubelten und riefen Drohungen, doch James konnte spüren, dass die Menschen sich fürchteten, denn viele Antworten klangen halbherzig und schwach. Er drängte sich zwischen den Dorfbewohnern hindurch und kam vor dem Priester zum Stehen.

»Willkommen, Fremder«, sagte Vater Rowland. Er war ein Mann von mittlerer Größe, mit dunklen Haaren und einem kleinen Spitzbart. Um seinen Hals hing ein einfaches Amulett des Sung-Ordens. Seine weißen Gewänder waren verblichen und fleckig, als wären sie alt und oft gewaschen. »Seid Ihr gekommen, um uns zu helfen, uns von diesem Fluch zu befreien?«

James starrte ihn unverwandt an. »Das bin ich, aber ich kann nicht so recht glauben, dass der Fluch das ist, was Ihr sagt.«

Der Priester kniff die Augen zusammen. »Wie meint Ihr das?«

»Alton ist tot«, sagte James.

Der Priester wirkte schockiert. »Bauer Alton ist tot? Ah, noch ein Opfer dieser boshaften Frau!« Der Priester schaute an James vorbei und schrie: »Ist das nicht endlich genug? Wird es für uns nicht höchste Zeit, endlich etwas zu tun?«

Weitere zustimmende Rufe erklangen aus der Menge, doch dann hörte James Jazharas Stimme: »James, seid vorsichtig! Hier stimmt etwas nicht!«

James schaute sich um und sah, dass einige der Männer, die ihrer Zustimmung mit lauten Rufen Ausdruck verliehen, einen merkwürdig leeren Gesichtsausdruck hatten; ihre Augen wirkten leblos, ihr Blick starr. James wandte sich wieder dem Priester zu – und griff mit unerwarteter Geschwindigkeit nach dem Amulett am Hals des Mannes. Mit einem Ruck riss er es ab und hielt es hoch. Vor seinen Augen veränderte es sich, wandelte die Gestalt, wurde vom Symbol des gütigen Sung zu einer Hand, die eine schwarze Perle umklammerte.

»Das sind Diener des Dunklen! Sie müssen sterben!«, schrie der Priester und streckte die Hände nach James' Kehle aus, die Finger wie Krallen gekrümmt.

James versuchte einen Satz zurück zu machen, aber er wurde plötzlich von Händen gepackt. Er konnte Jazharas Stimme hören. »Diese Menschen sind unschuldig! Sie sind besessen! Versucht, ihnen keinen Schaden zuzufügen!«

James spürte die Finger des Priesters an seiner Kehle und brüllte: »Ich werde versuchen, es mir zu merken!« Dann ließ er sich ein Stück nach unten sinken und sackte weg, und für einen Augenblick rutschten die Finger des Priesters über seinen Kopf. Am Boden konnte James zwar sein Rapier nicht ziehen, aber er konnte an den Dolch kommen, der im Schaft seines rechten Stiefels steckte. Er zog ihn und stieß dem Priester das Messer ins Bein.

Vater Rowland heulte vor Schmerz auf und stürzte nach hinten, und James zog die Beine unter den Körper und kauerte sich eng zusammen, während er von starken Händen festgehalten wurde. Dann machte er mit aller Kraft einen Satz nach vorn. Wie er gehofft hatte, entrang er sich dem Griff dieser Hände.

Einige der Dorfbewohner stolperten vorwärts, und er konnte gerade noch verhindern, dass er rücklings zu Boden gezogen wurde. Der Priester wich zurück. James warf blitzschnell einen Blick in die Runde. Jazhara ließ ihren Stab kreisen und hielt die Dorfbewohner auf Abstand. Kendaric war zu Boden gegangen, und er wurde von einigen starken Bauern festgehalten, während einer versuchte, ihm einen Tritt gegen den Kopf zu verpassen. Bruder Solon benutzte seinen Kriegshammer, um die Leute beiseite zu schieben; er versuchte, den Gildenmann zu erreichen und ihm zu helfen.

James wechselte den Dolch von der rechten in die linke Hand und zog dann mit einer einzigen gleitenden Bewegung seinen Degen. Er drehte die Waffe leicht und schlug dem Mann, der ihm am nächsten stand, das Rapier mit der flachen Seite gegen den Kopf; die dünne Klinge hinterließ trotzdem eine Schnittwunde, wenn auch keine sehr tiefe.

Der Hieb ließ den Mann einen Schritt zurückstolpern, wobei er jene, die sich hinter ihm befanden, einen Augenblick lang blockierte. Ein kleiner Moment war alles, was James brauchte. Noch während Vater Rowland eine magische Beschwörung zu murmeln begann, machte er einen Satz vorwärts. Und bevor der

Priester seine Beschwörung zu Ende gebracht hatte, hatte James ihm das Rapier in den Bauch gerammt.

Der Mann starrte vor Erstaunen wie gelähmt nach unten; erst als James die Klinge zurückzog, weiteten sich seine Augen vor Schmerzen. Dann verdrehte er sie. Doch statt hinzufallen, blieb er weiter aufrecht stehen. Sein Kopf hing schlaff herab, der Mund stand offen, und eine tiefe, fremdartige Stimme erklang: »Auch wenn unser Diener tot ist, so bleibt unsere Macht doch ungeschwächt. Spürt den bitteren Geschmack des Bösen … und spürt die Verzweiflung.«

Der Priester brach zusammen, und James wirbelte herum, bereit, sich dem nächsten Angriff zu stellen. Doch es erfolgte kein Angriff. James sah die Dorfbewohner herumstehen und verwirrt blinzeln. Einige schauten einander an, andere musterten Kendaric, Solon oder Jazhara, und dann begannen alle durcheinander zu reden.

»Was ist geschehen?«

»Wie sind wir hierher gekommen?«

»Warum blutest du?«

James hob die Hand. »Ruhe!«, rief er, so laut er konnte.

Das Stimmengewirr ebbte ab. »Dieser Mann hier war kein Sung-Priester«, fuhr James fort. »In Wirklichkeit war er ein Agent jener Finsternis, die er angeblich bekämpft hat. Er hat dafür gesorgt, dass ihr die wahre Quelle des Bösen nicht erkennen konntet.«

Eine der Frauen in der Menge schrie plötzlich auf. »Die Sonne!«, rief sie und deutete auf die Morgensonne.

James drehte sich um. Es war noch dunkler geworden. »Es wird schon bald Nacht werden«, sagte er und versuchte gar nicht erst zu erklären, was er nicht erklären konnte. »Geht in eure Häuser und verbarrikadiert die Türen. Wir werden uns um die ganze Angelegenheit kümmern.«

Die Dorfbewohner flohen. Einige mussten sich von ihren

Freunden helfen lassen, weil sie Bekanntschaft mit Jazharas Stab oder Solons Kriegshammer gemacht hatten und noch benommen waren, aber James stellte erleichtert fest, dass der einzige Leichnam in dem Raum der von Rowland war.

Kendaric wirkte verängstigt, aber er schien zumindest nicht die Fassung verloren zu haben. Er klopfte sich den Schmutz aus den Kleidern, als sich alle um James versammelten.

»Hat jemand von euch gehört, was er gesagt hat?«, fragte James.

»Nein«, antwortete Kendaric. »Ich war zu sehr damit beschäftigt, mich gegen den Angriff zu wehren.«

»Ich habe zwar gehört, dass er etwas gesagt hat, aber ich weiß nicht, was es war«, erklärte Jazhara.

»Ich habe es gehört«, sagte Bruder Solon. »Er war ein Agent der Finsternis, daran besteht kein Zweifel. Dass er in der Verkleidung eines Dieners von Sung, dem Reinen, auftreten konnte, ist beunruhigend. Selbst ein falsches Symbol wie das, das er getragen hat, sollte von einem Diener des Bösen eigentlich kaum hinzunehmen sein.«

»Wir haben es hier mit überaus mächtigen Feinden zu tun«, sagte James. »Ich habe diese Stimme schon einmal gehört.«

»Und wann war das?«, fragte Jazhara.

»Vor vielen Jahren, aus dem Mund eines Dieners von Murmandamus.«

»Aber Murmandamus wurde vernichtet«, sagte Jazhara. Dann warf sie Solon und Kendaric einen Blick zu; sie war sich nicht sicher, ob sie noch mehr sagen sollte. Da sie die neue Hofmagierin von Arutha war, hatte James ihr einiges darüber erzählt, wie der falsche Moredhel-Prophet von Arutha getötet worden war. Sie wusste auch etwas über die jüngsten Unruhen im Düsterwald, über die Gerüchte, dass er angeblich immer noch am Leben war.

James nickte. »Ich weiß das sehr wohl. Aber selbst wenn wir es möglicherweise nicht mit diesem schwarzen Herz zu tun haben, dann haben wir gewiss jemanden vor uns, der fast ebenso mächtig ist. Und das bedeutet, dass wir es mit etwas zu tun haben, das weit gefährlicher ist, als wir ursprünglich gedacht hatten.«

»Dass das Ganze gefährlich ist, habt Ihr gewusst, seit wir Euch davon erzählt haben, dass unser Schiff überfallen wurde«, sagte Solon. »Ihr werdet Euch doch wohl jetzt nicht zurückziehen?«

»Nein«, sagte James und warf einen Blick zu der immer dunkler werdenden Sonne. »Und schon gar nicht jetzt. Ich kann spüren, wie die Dinge sich entwickeln, und ich glaube, wir sind alle verloren, wenn wir zu lange zögern.« Er bemerkte, dass er immer noch seine Waffen in den Händen hielt, und steckte sie wieder ein. »Wir haben keine Zeit, um Verstärkung anzufordern, und wir wissen auch nicht, ob William weiterhin Erfolg damit haben wird, Bär von hier fern zu halten. Ich glaube, die ganze Angelegenheit wird sich – auf die eine oder andere Weise – binnen der nächsten beiden Tage erledigen.«

»Und was jetzt?«, fragte Kendaric und verschränkte dabei die Arme, als wäre ihm kalt.

James stieß die Luft aus. »Wenn es erst wieder richtig dunkel ist, werden auch diese Bluttrinker wieder auftauchen, und ich glaube, sie sind nur aus einem einzigen Grund hier: um uns zu beschäftigen. Daher gilt: Was auch immer wir tun – wir sollten es schnell tun.« Er warf Jazhara einen Blick zu. »Eine Sache ist mir übrigens aufgefallen. Rowland und Alton hatten zu viel Angst, die Hexe loszuwerden; da kann es nicht nur darum gegangen sein, einen Sündenbock zu finden. Sie haben irgendetwas gefürchtet, das mit ihr zu tun hat.«

»Dann sollten wir zu ihr gehen und mit ihr reden«, sagte Jazhara. Nach einem kurzen Blick auf die Sonne fügte sie hinzu: »Und wir sollten uns beeilen. Ich schätze, wir haben nicht einmal mehr zwei Stunden Zeit, bevor es wieder dunkel wird.«

James nickte. Er setzte sich in Bewegung und sagte: »Besuchen wir also die Hexe an der Witwenspitze.«

Während sie in Richtung der Witwenspitze den Hügel hinaufstiegen, wurde der Wald um sie herum bedrohlich dunkel. Die ersterbende Sonne ließ die Schatten auf dem Pfad dunkler erscheinen als sonst. »Es ist, als würde man im Zwielicht reisen«, flüsterte Solon.

James lachte. »Auch ich spüre den Wunsch, nur leise zu sprechen.«

»Heimlichkeit mag vernünftig sein, aber die Zeit jagt nur so dahin«, sagte Jazhara.

Der Pfad machte eine Biegung, und als sie sie umrundeten, hob James die Hand. »Da vorn ist jemand«, flüsterte er.

Sie bewegten sich vorsichtig weiter, und schon bald konnte James ganz deutlich eine Gestalt erkennen, die ein Stück vor ihnen im Zwielicht kauerte. Es war ein Junge, der kaum mehr als neun Jahre alt sein konnte. James trat von hinten an ihn heran, wobei er nicht die geringste Anstrengung unternahm, besonders leise zu sein, doch die Aufmerksamkeit des Jungen war ausschließlich auf eine kleine Hütte in der Nähe der Klippen gerichtet. Als James dem Kind eine Hand auf die Schulter legte, schrie der Junge vor Schreck auf und wäre vor Überraschung beinahe hingefallen.

»Hab keine Angst«, sagte James. »Wir wollen dir nichts tun.«

Die Augen des Jungen waren vor Entsetzen weit aufgerissen. »Wer seid ihr?«, fragte er.

»Ich bin Jazhara, und das ist Junker James von Krondor. Das da ist Bruder Solon, und das ist Kendaric. Und wer bist du?«

»Ich bin Alaric.« Die Stimme des Jungen klang nicht mehr so zittrig, aber er sah immer noch verängstigt aus. »Ich bin hier, um die Hexe zu beobachten. Pa sagt, dass sie sie schon bald verbrennen werden, und ich wollte vorher noch sehen, wie sie schwarze Magie wirkt, bevor sie kommen und sie holen.«

»Ich glaube, du solltest machen, dass du nach Hause kommst, bevor es noch dunkler wird«, sagte James.

»Ist sie denn jetzt in der Hütte?«, fragte Jazhara den Jungen.

»Ich habe sie nicht gesehen. Manchmal wandert sie unterhalb der Witwenspitze am Strand entlang. An eurer Stelle wäre ich vorsichtig; sie ist wirklich gefährlich.«

»Vielen Dank für den Ratschlag«, sagte James. »Und jetzt ab nach Hause. Deine Familie wird sich schon Sorgen um dich machen.«

Der Junge brauchte keine weitere Aufforderung; er drehte sich um und rannte den Pfad hinab.

Sie gingen weiter zu dem Gebäude, und James rief: »Hallo! Ihr da in der Hütte!«

Es kam keine Antwort.

James trat noch näher heran und stieg die eine Stufe zu der hölzernen Veranda hinauf.

Vom darüber liegenden vorgezogenen Dach hingen verschiedene Kürbisflaschen herab. Jazhara untersuchte die Kadaver einiger kleiner Tiere, die hier zum Trocknen aufgehängt waren, sowie einige Kräuterbüschel. »Entweder diese ›Hexe‹ praktiziert Magie, oder es ist nur eine alte Frau, die sich sehr gut mit Heilmitteln auskennt. Ich kenne einige der Pflanzen. Sie werden für Umschläge und Kräutertees benutzt.«

Die Hütte stand auf einer hölzernen Plattform, die ein paar Fuß über die Vorderwand hinausragte und so die Veranda bildete. »Zumindest hat sie es trocken, wenn's regnet«, sagte Solon nach einem Blick auf den Boden.

»Und an diesem Teil der Küste regnet es ziemlich häufig«, fügte Kendaric hinzu. Er schlang sich die Arme um den Oberkörper, als ob ihm kalt wäre, und meinte: »Es wird nicht nur immer dunkler, es fühlt sich auch so an, als ob es bald regnen würde.«

»Das hat uns gerade noch gefehlt«, sagte James. Er stieß ein Fellstück beiseite, das vom Türsturz hing und als Tür diente. Im Innern der Hütte befanden sich ein primitiver Tisch und ein einzelner Stuhl. Vor einem Feuer kochte etwas in einem Kessel.

Kendaric warf einen Blick auf die braune Brühe. »Sie ist also keine Hexe, ja? Und was ist dann das hier?«

James trat zu ihm und musterte ebenfalls die blubbernde Flüssigkeit. Er nahm einen Schöpflöffel von einem Haken oberhalb der Feuerstelle und tauchte ihn in den Kessel. Den gefüllten Löffel hielt er sich unter die Nase, schnüffelte, schlürfte und drehte sich schließlich zu Kendaric um. »Suppe. Und noch dazu eine sehr gute.«

Gerade als er den Schöpflöffel wieder an seinen angestammten Platz zurückhängte, erklang von der Tür her eine Stimme. »Seid ihr gekommen, um mich zu verbrennen?«

James drehte sich um. Im Eingang stand eine zerbrechlich aussehende alte Frau, die ein Bündel Zweige in der Hand hielt.

»Nun, steht nicht einfach nur herum und starrt in die Gegend. Oder erwartet ihr etwa, dass eine alte Frau das ganze Holz für ihren Scheiterhaufen selbst zusammensucht?«

Die alte Frau war kaum größer als das Kind, als sie kurz zuvor nach Hause geschickt hatten. Das Alter ließ ihre Haut fast durchsichtig erscheinen, und ihr Haar war völlig weiß. Ihre zerbrechlichen Finger bestanden nur aus Haut und Knochen, aber sie hatte noch all ihre Zähne, und ihre Augen waren hell und lebhaft.

James lächelte. »Wir sind nicht hier, um Euch zu verbrennen, Frau.«

»Oh, das sagen alle«, sagte sie, schob sich dabei an Kendaric vorbei und ließ das Reisigbündel neben dem Herd auf den Boden fallen.

»Ihr praktiziert Magie?«, fragte Jazhara.

Die alte Frau setzte sich auf ihren kleinen Stuhl und zuckte die Schultern. »Ich weiß ein paar Dinge. Aber meistens mische ich den Leuten Heilmittel zusammen, oder ich sage ihnen die Zukunft voraus.« Ihr Blick schien in die Ferne gerichtet zu sein. »Manchmal sehe ich Dinge, aber das ist … schwierig. Und meistens nicht besonders angenehm.«

»Ich bin von der Wrackberger-Gilde in Krondor, und ich habe versucht, ein Schiff zu heben, das vor kurzem nicht weit von der Witwenspitze entfernt gesunken ist«, sagte Kendaric. »Aber irgendetwas blockiert meine Magie. Dieses Etwas ist sehr mächtig. Ich muss wissen, was es ist.«

Die alte Frau musterte Kendaric einen Moment, dann drehte sie sich um und blickte Jazhara an. »Ihr praktiziert die Kunst?«

»Ich bin die Hofmagierin von Prinz Arutha«, sagte Jazhara.

»Ach«, sagte die alte Frau, und ein nachdenkliches Lächeln überzog ihre Gesichtszüge. »Eine Magierin. Es hat eine Zeit gegeben, da hätte man Euch getötet, wenn Ihr in Krondor nur gesagt hättet, dass Ihr die Künste kennt.«

»Die Zeiten ändern sich«, sagte James.

»In mancherlei Hinsicht vielleicht schon«, sagte die alte Frau. »In anderer ganz und gar nicht.«

»Nun, vielleicht können wir eines Tages einmal in einer etwas bequemeren Umgebung beieinander sitzen und die Angelegenheit diskutieren. Doch jetzt haben wir andere Sorgen.« Er deutete nach draußen, auf die immer stärker verblassende Sonne.

»Ich habe es gesehen«, sagte die Frau. »Deshalb habe ich auch gedacht, ihr wärt aus dem Dorf und wolltet mich verbrennen.«

»Das war die Schuld von ›Vater‹ Rowland«, sagte Jazhara. »Er hat die Dorfbewohner aufgehetzt, hierher zu kommen und genau das zu tun.«

»Und wie habt ihr ihn aufgehalten?«, fragte die Frau.

»Mit meinem Rapier«, erwiderte James. »Er war gar kein Sung-Priester.«

»Das hätte ich euch auch sagen können«, sagte die alte Frau. »Das Böse ist förmlich aus allen seinen Poren aufgestiegen. Ich nehme an, das war einer der Gründe, warum er gewollt hat, dass ich verschwinde – er hat gemerkt, dass ich gewusst habe, dass er ein Scharlatan ist.«

»Es muss noch einen anderen Grund gegeben haben«, sagte

Solon. »Ihr wärt wohl kaum eine zwingende Zeugin gegen ihn gewesen, nur weil Ihr das Böse in ihm gespürt habt.«

Die Frau nickte. »Es ist, weil ich das Geheimnis von Haldenkopf und der Witwenspitze kenne.«

»Und dieses Geheimnis erklärt, was hier so alles vorgeht? Und auch, warum wir das Schiff nicht heben können?«, fragte James.

»Ohne jeden Zweifel«, sagte die alte Frau.

»Wie heißt Ihr eigentlich?«, fragte Jazhara.

Die alte Frau schwieg einen kurzen Augenblick und lachte dann laut auf. »Es ist schon so lange her, dass mich irgendjemand nicht als ›Hexe‹ oder ›alte Frau‹ bezeichnet hat, dass ich mich kaum noch daran erinnern kann.« Sie seufzte. »Ihr könnt mich Hilda nennen.«

»Hilda«, sagte James, »was ist das für ein Geheimnis, von dem Ihr gerade gesprochen habt?«

Die alte Frau schaute sich um, als würde sie fürchten, jemand könnte ihre Worte hören. »Unterhalb der Klippen gibt es eine tiefe Höhle, einen Platz aus alter Zeit. Es ist ein Tempel des Bösen, und er ist älter als die Erinnerung des ältesten lebenden Menschen.«

»Was für ein Tempel?«, fragte Solon und legte dabei unbewusst die Hand an den Griff seines Kriegshammers.

Hilda stand langsam auf und durchquerte den Raum, um zu einer alten Holzkiste zu gelangen. Sie schlug den Deckel zurück, griff hinein und holte einen kleinen Stoffbeutel heraus, den sie Solon mit den Worten »Öffnet ihn« reichte.

Der Mönch tat, wie ihm geheißen, und als er sah, was sich in dem Beutel befand, schien er nicht willens, das Objekt zu berühren. »Es sieht genauso aus wie die anderen«, flüsterte er. Er schüttelte das Ding auf seine Handfläche und zeigte es den anderen. Auf seiner Handfläche lag eine metallene Hand – entweder aus Zinn oder aus Eisen –, in der eine schwarze Kugel ruhte, die aus einem Stein gearbeitet war, der aussah wie Obsidian. Im Gegensatz zu Obsidian reflektierte das Objekt jedoch nichts – noch nicht einmal das flackernde Licht des Feuers.

»Ich weiß nicht, wer den Tempel der Schwarzen Perle wirklich errichtet hat, aber die Wesen, die es getan haben, waren nicht menschlich«, sagte die alte Frau.

Solon steckte das Artefakt wieder in den Beutel zurück. »Mein Orden führt Listen über jeden Kult und jede Glaubensgemeinschaft, von denen die Menschheit Kenntnis hat – sei es im Königreich, im Osten oder im tiefsten Süden von Kesh. Als Verteidiger der Gläubigen habe ich die betreffenden Dokumente gewissenhaft studiert. Ich habe noch nie von einem Orden der Schwarzen Perle gehört.«

Die alte Frau seufzte. »Und dennoch existiert er.« Sie nahm Solon den Beutel ab. »Was da unterhalb der Klippen liegt, ist das dräuende Böse. Es ist zumindest teilweise dafür verantwortlich, dass so viele Schiffe auf den Felsen auflaufen und untergehen. Es ist auch der Grund, warum nur so wenige Menschen versuchen, auf dem guten Boden, der zwischen dem Dorf und meiner Hütte liegt, etwas anzubauen. Und jene, die es versuchen, werden nach ein oder zwei Jahren unruhig oder ängstlich und ziehen wieder weg. Selbst die Jäger vermeiden es, in diesen Wäldern hier zu jagen.«

»Und wie könnt Ihr es hier aushalten?«, fragte Kendaric.

»Mit Hilfe von diesem Ding hier«, sagte die alte Frau und hielt den Stoffbeutel hoch. »Das ist ein Talisman, der mich vor ihrem Bösen beschützt, indem er so tut, als wäre ich schon eine von ihnen. Ich möchte gerne, dass ihr es an euch nehmt, denn ihr steht einer großen Herausforderung gegenüber.« Sie schaute jedem Einzelnen ihrer Gäste in die Augen, bevor sie Solon den Beutel reichte, der ihn mit einem Nicken entgegennahm. Sie setzte sich wieder hin und fuhr fort: »Es ist noch mehr.«

»Was denn noch?«, fragte James.

»Es ist ein Schlüssel. Wenn ihr den Pfad zu den Felsen hinuntergeht, dann begebt euch in die Nische, die zunächst wie eine Höhlung aussieht, die das Meer in die Felsen gegraben hat. Dort werdet ihr etwa in meiner Augenhöhe ein kleines, schwaches Muster in den Felsen erkennen. Und mit diesem Schlüssel wird sich eine Tür in den Felsen öffnen.«

»Habt Ihr gesehen, wie so etwas geschehen ist?«, fragte Jazhara.

»Ja«, sagte Hilda. »Ich habe jenen, die da unten kommen und gehen, viele Male nachspioniert. Eines der Talente, über die ich verfüge, ist, mich zu verbergen. Ich habe nur wenige Schritte von der Veranda entfernt gestanden, als ihr vorbeigegangen seid, aber ihr habt nicht das Geringste bemerkt, stimmt's?«

Jazhara lächelte und nickte. »Das stimmt.«

»Habt Ihr versucht, dieses Ding zu benutzen, um hineinzukommen?«, fragte James.

»Ja«, erwiderte Hilda. »Ich habe es versucht. Aber ich bin nicht reingekommen.«

»Und warum nicht?«, wollte Kendaric wissen.

»Weil nur die, die sich dem Dienst jener schwarzen Mächte in dem Tempel verschworen haben, es benutzen können. Ich habe es versucht, aber die Tür hat sich nicht geöffnet.«

»Aber wie sollen wir dann den Schlüssel benutzen?«, fragte James.

»Ich glaube, dass ihr eine Chance habt«, sagte die Frau. »Im Dorf versteckt sich eine Kreatur. Ich weiß nicht, wer es ist oder wie sein Name ist, aber dass sie dort ist, das ist gewiss. Es handelt sich um denjenigen, der zuerst die infiziert hat, die zu Bluttrinkern geworden sind. Er ist ein Diener jener dunklen Mächte dort unten. Ich kann seine Absichten nicht verstehen, denn es ist nur eine Frage der Zeit, bis der Prinz mit seiner Armee nach Haldenkopf kommen und die Dinge in Ordnung bringen wird.«

»Wir wissen, warum er hier ist«, sagte James. »Um uns zu beschäftigen und von der Witwenspitze fern zu halten.«

»Damit sein Herr das Schiff heben kann«, fügte Kendaric hinzu.

»Wie können wir dieses Wissen nutzen, um ins Innere des Tempels zu gelangen?«, forschte James weiter.

»Findet das Monster, das so viele Menschen getötet hat. Tötet es und trennt ihm die Hand vom Handgelenk ab. Dann bindet ihm den Talisman an die Hand. Dann sollte sich die Tür eigentlich öffnen.«

»Und wo finden wir dieses Monster?«, fragte James.

»Auf dem Friedhof gibt es eine alte Gruft«, erwiderte Hilda. »Die älteste Familie in diesem Gebiet – die Halden – hat sie gebaut. Heute lebt kein Halden mehr, aber die Gruft wird aus Respekt vor den Gründern des Dorfes instand gehalten. Dort drinnen müsstet ihr meiner Meinung nach eigentlich das Monster finden, und damit auch den Grund für diese Dunkelheit. Wenn das so ist, kehrt bitte anschließend wieder hierher zurück, damit ich weiß, dass ich euch nicht in den Tod geschickt habe.«

»Wir müssen gehen«, sagte James. »Denn bis wir den Friedhof erreichen, werden diese Dinger schon wieder aufwachen, und ich würde dieser Sache lieber ein Ende bereiten, bevor sie über uns herfallen.«

Sie machten, dass sie aus der Hütte kamen, und die alte Frau durchquerte den Raum, stellte sich an die Tür und sah ihnen hinterher, wie sie den Pfad entlang auf das Dorf zueilten. »Mögen die Götter über euch wachen, Kinder«, sagte sie sanft. Dann humpelte sie langsam wieder zurück zu ihrem Stuhl, um zu warten.

Vierzehn

Vampire

Der Himmel verdunkelte sich.

Als James und die anderen sich dem Südrand des Dorfes näherten, wo sie Hildas Angaben zufolge die Gruft finden würden, verblasste das Licht.

»Es wird dunkler«, sagte Kendaric; seine Stimme zitterte vor Furcht.

»Rechnet mit dem Schlimmsten«, sagte Solon. »Rechnet damit, dass die Bluttrinker wissen, dass wir ihnen einen Besuch abstatten wollen.«

»Besitzt Euer Orden denn nicht so etwas wie eine magische Bitte oder so – irgendetwas, das die Kraft besitzt, diese Art von Kreaturen einfach … verschwinden zu lassen?«

»Ha!«, entgegnete der Mönch. »Ich wünschte, es wäre so, mein Junge. Der einzige Orden, der über die Macht verfügt, so etwas zu tun, besteht aus jenen, die Lims-Kragma verehren.«

Kendaric schaute sich nach allen Seiten um. »Ich habe gedacht, die wären mit diesen Kreaturen hier irgendwie verbündet.«

»Nein, nein, mein Junge«, sagte Solon. Die Anspannung ließ seinen Akzent wieder stärker werden. »Sie sind Diener der rechten Ordnung der Dinge und verachten jede Kreatur, die dem Willen ihrer Herrin entgegenarbeitet. Die Kreaturen, denen wir uns hier gegenübersehen, sind für die Diener Lims-Kragmas ein größerer Gräuel als für uns. Aus diesem Grund besteht unsere Mission auch darin, sie zu ihr zu senden, sodass sie die Bastarde zur Schnecke machen kann.«

»Nun, jetzt habt Ihr die Gelegenheit dazu«, sagte James, als sich ein halbes Dutzend Kreaturen auf einem Feld voller Grabsteine aus dem Zwielicht zu schälen begann. Er zog sein Rapier und seinen Dolch. »Lasst euch nicht zu lange von ihnen aufhalten. Wenn Hilda Recht hat, werden die hier sowieso untergehen, wenn wir ihren Meister gefunden und ihn uns vorgenommen haben.«

»Ihr wollt also, dass wir uns möglichst effektiv durch diese Kreaturen hindurchkämpfen sollen?«, fragte Kendaric.

»Ja, genau das hat er gesagt, mein Junge«, sagte Solon. Er zog seinen Kriegshammer und schwang ihn langsam im Kreis vor sich herum. »Schlag ihnen einfach den Schädel ein, oder hau ihnen ein Bein oder sonst was ab, aber beweg dich dabei immer weiter vorwärts.«

Kendarics Gesicht war blass, aber er bemühte sich, einen entschlossenen Eindruck zu machen. »Ja, sicher. Kein Problem.«

»Ich werde mich um diese erste Gruppe kümmern«, sagte Jazhara. Sie senkte ihren Stab, und die Luft begann vor Energie zu knistern. Ein blendend heller Blitz aus Licht schoss heraus und hüpfte wie ein Ball über den Boden. Als er vor der ersten der untoten Kreaturen landete, zerbarst er in kleinere Bälle, von denen jeder in spannungsgeladener Wut ausschlug. Die Vampire erstarrten und heulten vor Schmerz auf, als die knisternde Energie ihr Fleisch versengte und sie bewegungslos machte.

James fing an zu rennen. »Wir müssen uns beeilen!«, brüllte er. »Da vorn ist die Gruft!«

Im Zentrum des kleinen Friedhofs erhob sich ein steinernes Bauwerk, ein kleines Mausoleum mit spitzem Dach, dessen Türen weit offen standen. Im Innern konnten sie mindestens ein halbes Dutzend Marmor-Katafalke erkennen, auf denen steinerne Särge lagen. »Warum können sie ihre Toten nicht verbrennen, wie es sich gehört«, murmelte Kendaric, »und wie es der Rest des Königreichs macht?«

»Wir sind hier nicht weit weg von Yabon«, sagte Solon. »Hier oben ist es immer noch weit verbreitet, die Toten zu begraben.«

»Dieses eine Mal stimme ich mit Kendaric überein«, sagte Jazhara und senkte dabei ihren Stab, sodass er auf die offene Tür deutete.

Im Innern der Gruft herrschte ein unheimliches rotes Glühen, in dem man erkennen konnte, wie sich hinter den steinernen Särgen Gestalten bewegten. »Wir werden uns unseren Weg hinein erkämpfen müssen«, sagte James.

Jazhara ließ einen weiteren Energieblitz los, und mehrere der Kreaturen in der ersten Reihe erstarrten. James raste an ihnen vorbei, nur um sich einem stämmigen Mann mit blasser Haut gegenüberzusehen, dessen Augen ein rötliches Licht zu verströmen schienen. Hinter ihm konnte James eine weitere Gestalt ausmachen. Sie war nicht so stämmig, doch sie verströmte eine derartige Macht, dass er wusste, dass er den Meistervampir vor sich hatte.

»Tötet den da!«, rief James.

Der Meistervampir lachte. »Du armseliges Kind des Kummers, ich war schon lange tot, noch bevor du überhaupt geboren wurdest!«

Der stämmige Vampir schlug nach James; seine Finger waren wie Klauen gekrümmt. James versuchte gar nicht erst, den Schlag zu parieren. Stattdessen duckte er sich darunter weg, richtete sich dann wieder auf und trat mit seinem rechten Fuß aus, knallte seinen Stiefel dem Vampir gegen die Brust. Der stämmige Mann wurde nach hinten geschleudert, kam dem Meistervampir in den Weg. James machte einen Satz nach vorn und versuchte, dem näher kommenden Meistervampir die Kniesehne zu durchtrennen, doch die Kreatur wich mit erstaunlicher Geschwindigkeit zur Seite aus. James verspürte plötzlich Furcht. Nichts Lebendes konnte sich so schnell bewegen. James' bisherige Erfahrungen mit dem Übernatürlichen waren alles andere als angenehm gewesen, und sein einziger Vorteil in diesen Fällen war eine Kombination aus Instinkt und Geschwindigkeit. Sein Plan war gewesen, den Meistervampir durch Zerschneiden der Sehnen zu lähmen und auf diese Weise hilflos zu machen oder ihn auf andere Art zu verletzen, damit Jazhara ihn mit ihrem mystischen Feuer verbrennen konnte.

Jetzt bemerkte er jedoch, dass sein Plan so nicht funktionieren würde.

»Zurück!«, brüllte James. »Wir müssen sie hier drin verbrennen!«

Solon zerschmetterte einem Vampir den Schädel, und Kendaric schaffte es, einem anderen genug Schaden zuzufügen, um ihn auf Distanz zu halten.

Jazhara setzte ihren Stab geschickt ein; sie brachte zwei der Kreaturen zum Straucheln, und eine dritte stürzte dann über die beiden. Anschließend war sie damit beschäftigt, mit ihrem Stab Köpfe einzuschlagen; doch die Warnung, die sie zuvor erhalten hatten, entpuppte sich als wahr: Die Kreaturen wurden dadurch zwar langsamer, aber sie wurden nicht endgültig ausgeschaltet.

Sie zogen sich allmählich zurück, wobei Jazhara und Solon versuchten, einen Weg für James freizuräumen. James unterdrückte seine aufsteigende Panik. Er musste vor den beiden langsam näher rückenden Vampiren zurückweichen, und der stämmige Mann war klug genug, sich nicht noch einmal von James zu Fall bringen zu lassen.

James riskierte einen kurzen Blick über die Schulter nach hinten, was ihn beinahe den Kopf gekostet hätte. Nur indem er mit seinem Rapier zuschlug, schaffte er es, den Vampirlord zurückzudrängen.

Plötzlich stürmte Solon vorwärts. Er schwang seinen Kriegshammer mit beiden Händen und schmetterte ihn dem stämmigen Vampir gegen die Brust. Der Schlag schleuderte die Kreatur rücklings durch die Luft und gegen ihren Meister.

Der Vampirlord wurde von den Beinen gerissen, aber erneut

sprang er mit übernatürlicher Leichtigkeit und Geschwindigkeit auf, warf den anderen Vampir beiseite, als wäre er eine Puppe. Der stämmige Blutsauger blieb auf dem Fußboden liegen, wand sich in Agonie.

Der unerwartete Angriff verschaffte James die Zeit, die er benötigte, um einen Satz rückwärts zu machen und das kleine Mausoleum durch die Tür zu verlassen.

»Schließt die Tür!«, rief er. »Jazhara, verbrennt sie alle!«

Jazhara senkte ihren Stab, und eine Woge aus grünen Flammen barst aus seiner Spitze. Kendaric mühte sich mit dem einen Türflügel ab, während Solon ohne große Anstrengung den anderen zuschob.

James starrte ins Innere des Mausoleums, und seine Augen weiteten sich voller Unglauben, als er sah, wie der Meistervampir durch die Flammen schritt. Er brannte nicht.

Schließlich fiel die Tür zu. Solon warf sich mit seinem ganzen Gewicht dagegen.

»Wir müssen sie irgendwie verbarrikadieren!«, rief James.

Jazhara packte Kendaric am Kragen seiner Tunika und zog ihn herum. »Steine!«, rief sie ihm zu, während der Gildenmann beinahe hintenüberfiel und nur mit Mühe im letzten Augenblick sein Gleichgewicht wieder fand.

Sie eilten zu einem kleinen Grabstein, der eine Grabstätte zierte, und schafften es gemeinsam, ihn aus dem Erdboden zu ziehen. »Ich danke Euch, wer auch immer Ihr gewesen sein mögt«, sagte Jazhara in Richtung des jetzt nicht mehr gekennzeichneten Grabes, während sie und Kendaric den Stein zur Tür des Mausoleums zerrten.

James und Solon stemmten sich mit den Schultern gegen die Türflügel, die sich nach außen beulten, als der Meistervampir sich mit seiner unnatürlichen Kraft dagegenwarf. Erst wurde ein Stein dagegengestellt, dann ein weiterer, bis die Tür nicht mehr nachzugeben drohte.

»Ich habe nicht die geringste Ahnung, wie viel Zeit wir dadurch gewonnen haben«, sagte James keuchend. Er war völlig außer Atem. »Aber ich habe gesehen, wie dieses Ding da drin durch Euer Feuer gelaufen ist, Jazhara. Es hat ihm überhaupt nichts ausgemacht.«

»Dann weiß ich auch nicht, was wir noch tun können«, erwiderte sie.

»Vielleicht muss es ein natürliches Feuer sein«, sagte Kendaric. »Wir könnten hier draußen ein Feuer machen und dann ein paar Lumpen anzünden, die wir vorher mit Öl getränkt haben. Und die könnten wir dann hineinwerfen.«

»Ich bezweifle, dass das einen großen Unterschied machen würde«, sagte die Magierin. Sie überlegte einen Augenblick. »Vielleicht kann Hilda uns sagen, was wir tun sollen.«

Solon meldete sich zu Wort. »Ihr beide lauft zurück zu Hilda, während Kendaric und ich dafür sorgen, dass diese Tür geschlossen bleibt.« Wie um seine Aussage zu unterstreichen, erklang aus dem Innern der Gruft ein dumpfes Geräusch, und die Tür erzitterte und rasselte gegen die Grabsteine. »Beeilt euch!«, sagte Solon drängend. »Er schafft es vielleicht nicht, diese Tür zu bewegen, aber er kann sie ganz sicher binnen kurzer Zeit zerstören.«

James nickte und drehte sich zu Jazhara um. Die Magierin nickte ebenfalls. Und dann begannen die beiden zu laufen, nordwärts durch die Stadt und zurück zur Witwenspitze.

Sie waren völlig außer Atem, als sie die Hütte oberhalb der Klippen erreichten. Hilda hatte sie gehört und kam heraus, erwartete sie auf der Veranda.

»Es läuft nicht besonders gut«, stellte sie fest.

James nickte und versuchte, wieder zu Atem zu kommen. »Der Meistervampir will nicht sterben«, brachte er heraus.

»Es ist nicht einfach, den Vampirlord zu vernichten«, sagte Hilda. »Aber er ist kein Gott.«

»Er brennt nicht«, sagte Jazhara.

»Ah«, sagte die alte Frau. Sie machte ein nachdenkliches Gesicht. »Dann hat er seine Essenz an einem anderen Ort versteckt.«

James warf Jazhara einen Blick zu. Sie schaute verständnislos zu ihm zurück. »Das verstehe ich nicht«, sagte sie zu Hilda.

Hilda zuckte die Schultern. »Ich bin keine Expertin. Nekromantie ist die widerlichste aller Künste; man sollte sich von ihr fern halten.« Sie machte eine Pause und fuhr dann fort: »Doch im Laufe der Jahre hört man so allerlei.«

»Was denn zum Beispiel?«, fragte James.

»Man sagt, dass einige der Diener der dunklen Mächte nicht wirklich leben; selbst die armen Seelen, die von diesem Meistervampir gefangen genommen wurden, haben einen dünnen Lebensfaden; schneidet ihn durch, und sie werden verschwinden«, erklärte Hilda. »Aber einige wenige der mächtigeren Diener des Bösen haben sich verschworen, ihre Körper von jeder Sterblichkeit zu befreien.«

»Und wie kann man solche Wesen vernichten?«, fragte Jazhara.

»Ihr müsst das Seelengefäß finden. Um solch eine Macht zu erlangen, müssen Opfer gebracht werden, und was man einerseits gewinnt« – sie streckte eine Hand aus –, »verliert man andererseits auch wieder.« Sie streckte die andere Hand aus. »Um dem Körper Unsterblichkeit zu verleihen, muss die geistige Essenz irgendwo in der Nähe untergebracht werden. Häufig wird sie von Schutzzaubern geschützt, oder sie ist so gut versteckt, dass sie kaum gefunden werden kann.«

»Dafür haben wir keine Zeit«, sagte James. »Dieser Vampirlord ist sehr stark. Vielleicht ist er inzwischen schon aus der Gruft entkommen und hat Solon und Kendaric überwältigt.«

»Und wenn wir Kendaric verlieren …«, sagte Jazhara.

James nickte grimmig. »Wir hatten keine andere Wahl, wir

mussten ihn mit Solon zurücklassen. Aber wir sollten uns beeilen.«

»Aber wo sollen wir anfangen zu suchen?«, fragte Jazhara. »Könnte sich die geistige Essenz in der Gruft befinden, dort, wo auch der Meistervampir ist?«

Hilda schüttelte den Kopf. »Das ist unwahrscheinlich. Er hat sie zwar wahrscheinlich mitgebracht, aber er hat sie bestimmt an einem sicheren Ort versteckt, als er angekommen ist.«

»Wo ist er zum ersten Mal gesehen worden?«, fragte James.

»Bei der Hütte des Holzfällers«, antwortete Hilda.

»Dann werden wir dort nachsehen«, sagte James. »Wie können wir diese Hütte finden?«

»Lauft zu Altons Bauernhof und folgt dann der Straße, die sich vor seinem Haus nach Osten wendet. Eine Meile, nachdem ihr am letzten Zaun vorbeigekommen seid, werdet ihr einen Pfad sehen, der in den Wald führt, und nach einer weiteren Meile werdet ihr auf das Heim des Holzfällers stoßen. Seid vorsichtig, denn der Vampirlord hat bestimmt noch andere Verbündete.«

James schaute sich um. »Es ist jetzt schon fast so dunkel wie in der Nacht. Habt Ihr eine Laterne oder Fackeln?«

Die alte Frau nickte. »Ich habe Fackeln. Ich hole sie euch.« Sie ging ins Innere ihrer Hütte und kehrte einen Augenblick später mit drei Fackeln zurück. Eine davon brannte, die anderen beiden hielt sie in der Armbeuge. »Das sind alle; mehr habe ich nicht.«

James nahm die brennende Fackel, während Jazhara nach den beiden anderen griff. »Die müssen reichen«, sagte James. »Ich danke Euch für Eure Hilfe, Hilda.«

»Ihr braucht Euch nicht zu bedanken.«

»Wenn das alles hier vorbei ist, werde ich zurückkommen und Euch von Stardock erzählen«, sagte Jazhara.

»Und ich werde Euch zuhören«, sagte die alte Frau.

James warf ihr einen letzten Blick zu, musterte noch einmal

das faltige Gesicht. »Auf Wiedersehen«, sagte er. Dann drehte er sich um und rannte los, auf das Dorf zu. Jazhara folgte ihm.

Die alte Frau blickte ihnen hinterher, bis sie außer Sicht waren, dann drehte sie sich um und ging langsam zurück in die Hütte.

James und Jazhara rannten fast den ganzen Weg; sie machten nur Halt, wenn sie das Gefühl hatten, dass ihnen Gefahr drohte. Sie rannten durch das Dorf und weiter die nach Osten führende Straße entlang; schließlich, als sie den beschriebenen Pfad erreichten, verließen sie die Straße.

Im Wald herrschte Dunkelheit, als ob Mittag und Mitternacht vertauscht worden wären. Hinzu kam noch, dass es kein Mondlicht gab, das ihren Weg beleuchtete. Die Düsternis wirkte sowohl unnatürlich als auch unheilvoll. Der Pfad wurde anscheinend häufig benutzt, aber er war schmal, und James musste den Drang bekämpfen, bei jedem Geräusch zusammenzuzucken.

Die Tagvögel hatten zu singen aufgehört, doch auch die sanften Rufe ihrer nächtlichen Gegenstücke waren nicht zu vernehmen. Es war unnatürlich windstill, als hätte die Magie, die das Sonnenlicht dämpfte, auch den Wind zum Erliegen gebracht.

Plötzlich wurde die nächtliche Stille von einem aus einiger Entfernung erklingenden Geheul zerrissen, dem mehrfach auf die gleiche Weise geantwortet wurde.

»Wölfe!«, sagte James.

»Beeilt Euch«, rief Jazhara, woraufhin James ein solches Tempo vorlegte, dass sie riskierten, sich auf dem schmalen Pfad zu verletzen.

Sie wichen Baumstämmen aus und stolperten über den felsigen Untergrund, bis sie schließlich zu einer Lichtung mit einer kleinen Hütte kamen. Aus dem Innern dieser Hütte drang ein roter Lichtschimmer, der durch die Spalten um die Tür und das kleine daneben liegende Fenster sickerte.

»Da drinnen ist jemand«, sagte James warnend.

»Da draußen ist jemand«, sagte Jazhara und deutete mit dem Finger auf etwas.

Vier Gestalten tauchten von hinter der Hütte auf, marschierten entschlossen auf James und Jazhara zu.

Jazhara senkte ihren Stab, und wieder einmal schoss blendendes Licht aus seiner Spitze. Die Blätter, die auf dem Boden lagen, begannen zu qualmen, als der Lichtblitz hüpfend auf die vier Kreaturen zuschoss. Die Vampire versuchten, sich weiter vorwärts zu bewegen, doch ihre Körper zuckten und zitterten unkontrollierbar.

»Geht hinein!«, rief Jazhara. »Ich kümmere mich um die hier.«

James rannte an den zitternden Gestalten vorbei, von denen zwei mittlerweile zu Boden gestürzt waren und dort wie gestrandete Fische zappelten. Er wurde kaum langsamer, sondern hob den rechten Fuß und trat kräftig gegen die Tür, die nach innen aufflog.

Auf einem Stuhl saß eine Frau. Zuerst hatte es den Anschein, als würde sie sich um ein Kind in einer Korbwiege kümmern, doch als sie sich bei James' Eindringen umdrehte, wurde klar, dass sie eine Vampirin war. Sie erhob sich zischend von ihrem Stuhl und warf sich mit zu Klauen gekrümmten Fingern und gebleckten Fängen auf James.

James duckte sich nach einer Seite weg und schlug gegen die Rückseite ihres Beines, durchtrennte ihre Kniesehne. Mit einem Schrei voller Wut und Schmerz stürzte sie zu Boden, und James stach ihr die Klinge in den Nacken. Sein leichtes Rapier traf auf Knochen und wurde seitlich abgelenkt. Das war einer der Augenblicke, in denen er sich eine schwerere Klinge gewünscht hätte.

Er zog das Rapier aus dem Nacken der Frau und hackte auf ihre ausgestreckten Arme ein. Sie wich vor Schmerzen zurück, krabbelte ein Stück rückwärts und versuchte dann aufzustehen.

Als es ihr gelungen war, machte James einen Satz nach vorn,

trat ihr in den Unterleib und stieß sie so nach draußen. Ihr verwundetes Bein gab unter ihr nach; als sie rückwärts fiel, schlug James mit seiner Fackel zu. Er erwischte den Saum ihres Hemdes mit der Flamme und setzte es in Brand.

Augenblicke später wälzte sich die Frau am Boden, versuchte die Flammen zu ersticken. James richtete seine Aufmerksamkeit auf das Innere der Hütte. Hier gab es wenig zu sehen; nur einen Tisch, die Korbwiege und einen Eimer, der neben der Feuerstelle stand. Es gab keinen Ort, der sich als Versteck geeignet hätte, keine Kiste oder etwas Vergleichbares, in dem man etwas so Besonderes wie das Seelengefäß des Vampirs hätte verstecken können.

James trat einen Schritt vorwärts und blickte in die Korbwiege. Er verzog das Gesicht, als er sah, was darin lag: der Leichnam eines Kindes. Es war ganz offensichtlich schon seit einiger Zeit tot. Der kleine Körper war eingesunken, die Haut spannte sich über den zerbrechlichen Knochen. Doch besonders abstoßend war das rote Licht, das von der Leiche ausging.

James zögerte. Er spürte einen Widerwillen, den kleinen Körper zu berühren. Doch schließlich schob er seinen Abscheu beiseite und berührte den Bauch des Kindes. Er spürte etwas Hartes unter seinen Fingern. Er zog seinen Dolch, holte tief Luft und schnitt dem Kind den Bauch auf. Im Innern des Brustkorbs befand sich ein großer rubinroter Stein, der bösartig glühte.

James musste der Leiche zwei Rippen brechen, um das Objekt herauszuholen. Als er das getan hatte, erreichte Jazhara gerade die Tür. »Sie sind alle tot –« Sie brach bestürzt ab. »Was ist das?«

»Ich bin mir nicht ganz sicher, aber ich glaube, dass das Kind das Seelengefäß ist«, sagte James.

Jazhara starrte das rote Juwel an. »Dann müsste das da der Seelenstein sein«, überlegte sie laut. Sie schloss die Augen, murmelte eine Beschwörung und öffnete sie wieder. »In diesem Edelstein steckt eine ganze Menge Magie«, sagte sie. »Und er riecht förmlich nach Bösartigkeit.«

»Was sollen wir damit tun?«, fragte James.

»Nehmt ihn mit nach draußen«, sagte Jazhara.

Sie hörten das Wolfsgeheul immer näher kommen.

»Beeilt Euch«, drängte sie.

James folgte ihrem Vorschlag nur zu bereitwillig.

Als sie beide draußen waren, schaute Jazhara sich um. »Da!«, sagte sie und deutete auf den Schuppen des Holzfällers, in dem er sein Werkzeug untergebracht hatte. In einer Ecke waren eine kleine Schmiede und ein Blasebalg, die dazu dienten, Werkzeuge zu reparieren und zu schärfen. Sie fand augenblicklich, wonach sie gesucht hatte.

»Legt den Edelstein auf den Amboss«, wies sie James an.

James tat, wie ihm geheißen. Jazhara nahm einen kleinen eisernen Hammer von der Werkbank und hob ihn auf. »Wendet Eure Augen ab!«, wies sie ihn an, und James schaute weg.

Er hörte, wie der Hammer auf den Edelstein krachte, und dann spürte er, wie er eine Gänsehaut bekam. Eine Woge von Energie schwappte über ihn hinweg und machte ihn förmlich körperlich krank, und er musste ein Würgen in der Kehle bekämpfen. Dann durchfuhr ihn ein Gefühl des Verlusts und des Unglücks, eine Sinnlosigkeit, die ihm durch Mark und Bein ging; dieses Gefühl wiederum wurde von einer Woge des Zorns und der Wut abgelöst, die sein Herz rasen und seine Augen tränen ließ.

Er keuchte und hörte, dass Jazhara ebenfalls keuchte. Als er seine Augen öffnete, sah er, dass sie nicht so erfolgreich damit gewesen war, ihre Übelkeit zu bekämpfen.

Obwohl ihm schwindlig war und er sich völlig desorientiert fühlte, musste er versuchen, sich angesichts des immer näher kommenden Wolfsgeheuls zu konzentrieren.

Und dann zerbarst der Himmel. Lichtstrahlen durchstießen die Dunkelheit wie ein Netzwerk aus feinen Linien. Es war, als würden die Scherben eines zerbrochenen Fensters vom Himmel herabfallen, und die schwarze Nacht verschwand. In Stücken schien der dunkle Himmel herabzustürzen, nur um sich in substanzlosen Nebel aufzulösen, noch bevor er die Spitzen der nahe stehenden Bäume erreichte. Und hinter jeder Scherbe leuchtete das helle Tageslicht.

Und dann war es plötzlich wieder richtig hell – wie an einem ganz normalen Tag.

Das Heulen der Wölfe verstummte, und die Tagvögel begannen wieder mit ihrem Gesang und Gezwitscher.

»Das hatte ich nicht erwartet«, sagte Jazhara.

»Nun, unabhängig davon, ob wir so etwas erwartet hatten oder nicht – ich bin jedenfalls froh, die Sonne wieder zu sehen«, entgegnete James. Er warf einen kurzen Blick zu dem glühenden Feuerball hinauf und bemerkte: »Es ist gerade mal Mittag.«

»Es ist eine ganze Menge geschehen«, sagte Jazhara. »Kommt mit, wir müssen zurück zum Friedhof und nachsehen, was sich dort ereignet hat.«

Sie rannten zurück, durch die Stadt und weiter auf den Friedhof zu. Unterwegs sahen sie überall die Dorfbewohner aus Fenstern und Türen schauen; sie wirkten gleichzeitig erstaunt und erleichtert, dass das Tageslicht zurückgekehrt war. Ein paar mutigere Seelen hatten es gewagt, nach draußen zu gehen, und jetzt warfen sie sich Blicke zu, als wollten sie sich gegenseitig versichern, dass schon bald wieder so etwas wie Normalität in ihrem Dorf einkehren würde.

Als sie die Gruft erreichten, waren sie völlig außer Atem und schwitzten von der Hitze, die mit dem Sonnenschein zurückgekehrt war. Solon und Kendaric blockierten noch immer die Tür zum Gewölbe.

»Wo seid ihr gewesen?!«, rief Kendaric.

»Was habt ihr getan?«, fragte der Mönch. »Da drinnen ist der helle Wahnsinn ausgebrochen, und dann ist der Himmel über uns zerbrochen. Ich nehme an, diese beiden Geschehnisse stehen miteinander in Beziehung?«

»Wir haben den Seelenstein gefunden und zerschmettert«, sagte Jazhara.

James wirkte nachdenklich. »Ich dachte eigentlich, er würde … sterben, oder es würde ihm sonst etwas zustoßen, wenn wir den Seelenstein zerschmettern.«

»Ich bin keine Expertin in solchen Angelegenheiten«, sagte Jazhara langsam. »Hilda weiß vielleicht mehr. Aber ich halte jede Wette, dass wir jetzt, da der Seelenstein zerstört ist, auch einen Weg finden, ihn zu vernichten.«

»Können wir sie nicht einfach eingesperrt lassen, bis sie sich in nichts aufgelöst haben?«, fragte Kendaric.

»Nicht, wenn der Meistervampir die Quelle dessen ist, was Euren Spruch nicht wirksam werden lässt.«

Kendaric stand da, einen resignierten Ausdruck im Gesicht. Dann fing er damit an, den ersten Grabstein beiseite zu wälzen, der die Tür zur Gruft versperrte. »Könnte mir jemand vielleicht ein bisschen helfen?«

»Eigentlich lieber nicht«, sagte James, machte sich aber gleichzeitig daran, einen weiteren Grabstein wegzuschieben.

»Haben wir denn einen Plan?«, fragte Solon.

»Wir müssen dem Vampirlord eine Hand abtrennen«, erinnerte ihn Jazhara.

»Wir lassen sie die Tür öffnen«, sagte James. »Sie mögen das Licht nicht, also wird es sie vielleicht schwächen. Ich bin vor noch nicht allzu langer Zeit einem Dämon begegnet, dessen Fleisch im Sonnenlicht zu brennen angefangen hat. Vielleicht ist es mit den Dingern da drin genauso.«

»Das mag für die minderen Vampire vielleicht gelten«, sagte Solon und wuchtete einen weiteren Stein beiseite. »Aber ich befürchte, dass es den Meistervampir allenfalls ein bisschen verärgern wird.«

»Vielleicht können wir sie einen nach dem anderen töten, wenn sie herauskommen«, schlug Kendaric vor, während er einige Schritte zur Seite ging und dort einen Stein fallen ließ. Dann kam er zur Tür zurück, um den Nächsten zu holen.

Die Tür begann sich zu bewegen, als die Vampire im Innern der Gruft sich mit ihrem Gewicht dagegenwarfen. »Wir können sie nicht verbrennen«, sagte Jazhara, »oder zumindest können wir ihren Anführer nicht verbrennen; wir brauchen seine Hand.«

»Vielleicht können wir ihn dazu bringen, sie herauszustrecken«, schlug Kendaric vor, »sie abschlagen und dann so schnell wie möglich davonrennen.«

Solon lachte leise in sich hinein. »Wir zerschmettern Schädel und schneiden Kehlen durch. Es ist ganz einfach.«

James trat ein paar Schritte von der Tür zurück, als die Flügel begannen, sich nach außen zu schieben. »Ja, es ist einfach«, sagte er. Dann schwang die Tür plötzlich weit auf, und zwei Gestalten machten einen Satz auf ihn zu. »Aber das heißt nicht, dass es leicht sein wird!«

James stieß dem ihm am nächsten stehenden Vampir das Rapier in die Kehle, während die Kreatur noch im ungewohnten Sonnenlicht stolperte. Sobald es auf die Kreatur fiel, begann ihr Fleisch schwarz zu werden, und sie fing an, vor Schmerz laut zu heulen.

Der zweite Vampir drehte sich um und versuchte, wieder zurück in die Gruft zu gelangen, wurde aber von zwei weiteren zurückgestoßen, die ihrerseits nach draußen drängten. Solon schlug wild mit seinem Kriegshammer um sich, schleuderte sie erst zur einen und dann zur anderen Seite.

Jazhara hieb mit der eisernen Spitze ihres Stabes nach unten, und kurz darauf lagen drei leblose Körper qualmend im Sonnenlicht. James spähte in die düstere Gruft. Die helle Sonne draußen ließ das Innere noch dunkler und undeutlicher erscheinen. Nichts schien sich zu regen.

»Ich nehme an, wir werden hineingehen und ihn holen müssen«, sagte James leise. Er wandte sich an Kendaric und deutete mit einem Nicken auf das Schwert des Gildenmanns. »Ihr besitzt das einzige Schwert, das sich dazu eignet, diesem Ding den Kopf abzuschlagen. Wenn wir ihn irgendwie auf den Boden bekommen haben, solltet Ihr versuchen, damit weder Solon noch mich in Stücke zu hauen.«

Kendaric wurde blass, aber er nickte.

Anschließend warf James Jazhara einen Blick zu; dabei zog er eine Augenbraue hoch. Dann wandte er sich erneut an Kendaric. »Falls sie gezwungen sein sollte, ihn in Brand zu stecken, möchte ich, dass Ihr so schnell wie möglich hineinrennt und ihm eine Hand abschlagt.«

Kendaric wischte sich mit dem Ärmel die Schweißtropfen von der Oberlippe. »Und welche Hand?«

»Ich glaube, dass das ziemlich egal ist«, sagte James. Er nickte Solon kurz zu, und gemeinsam stürmten sie in die Gruft. Sie rannten links und rechts an dem zentralen Katafalk vorbei, und ihre Blicke schossen in alle Richtungen.

Drei aus jeweils drei Katafalken bestehende Gruppen dominierten die Gruft, und die beiden Männer wussten, dass hinter einem davon der Vampirlord hocken musste. Als James gerade die zweite Gruppe erreichte, hatte er plötzlich eine Vorahnung. »Solon, pass auf! Er kommt von oben!«, rief er.

Noch während der Mönch gehorchte, ließ sich eine Gestalt von der Decke herabfallen; Solon konnte sich nur aufgrund von James' Warnung retten. Doch jetzt reagierte er schnell, wirbelte herum und schwang seinen Kriegshammer, zerschmetterte dem Vampirlord die Rippen.

Der Meistervampir wurde quer durch den Raum geschleudert und krachte mit voller Wucht vor James gegen die steinerne Mauer. James schwang sein Rapier und machte einen Satz vorwärts, versuchte, die Kreatur auf den Fußboden zu nageln, doch sie war mit übernatürlicher Geschwindigkeit wieder auf den Beinen und wich James' Degen nach rechts hin aus.

Dann ließ sich ein zweiter Vampir von oben herabfallen, und plötzlich fand sich James auf dem Fußboden wieder. Der Gestank von Verwesung überwältigte schier seinen Geruchssinn, während er gegen die Kraft und das Gewicht zweier Vampire kämpfte. »Solon!«, brüllte er.

Der mächtige Mönch war mit zwei Schritten bei den drei Gestalten, die auf dem Fußboden miteinander rangen. Er packte eine davon am Kragen ihrer Tunika und warf sie in Richtung der Eingangstür. Die Kreatur schlidderte ins Tageslicht und begann in höchster Agonie zu kreischen.

Kendaric trat vor; er legte all seine Kraft in einen einzigen Hieb und trennte der Kreatur den Kopf vom Rumpf.

»Duckt euch!«, rief Jazhara.

Solon kauerte sich unverzüglich zusammen. Jazhara richtete ihren Stab nach oben und ließ einen grünen Feuerblitz herausschießen. Die Flammen tanzten an der steinernen Decke entlang, und zwei weitere Vampire fielen herab, wanden sich in brennender Agonie.

James befand sich in einem Kampf mit dem stärksten Gegner, mit dem er es jemals zu tun gehabt hatte. Der Vampirlord war nicht viel größer als ein normaler Mann, aber seine Hände packten James' Kinn und drehten seinen Kopf mit der gleichen Leichtigkeit, mit der James den Kopf eines Kindes gedreht hätte. Sosehr James sich auch bemühte, er konnte der Kraft des Vampirs nur wenig entgegensetzen. Seine Nackenmuskeln fühlten sich an, als würden sie auseinander gerissen. Aus dem Augenwinkel konnte er die Fänge der Kreatur sehen und stellte voller Entsetzen fest, dass der Vampir ihm gleich die Kehle zerfetzen würde.

Er versuchte wie wahnsinnig, seinen Körper zu krümmen, um sich einen Augenblick Luft zu verschaffen, aber der Vampirlord besaß die Kraft von drei Männern. Dann sah James Solon hinter dem Vampir auftauchen. Der mächtige Mönch packte das Monstrum an seinen langen Haaren und riss ihm den Kopf zurück. James hörte Jazhara schreien: »Schließt die Augen!«

Die Magierin stieß dem Vampirlord das Ende ihres Stabes mit aller Kraft in den Mund. Er riss vor Überraschung die Augen weit auf und erstarrte einen Moment, als wäre er entsetzt über diesen unerwarteten Angriff.

Dann stieß Jazhara schnell eine kurze Beschwörung aus, und Energie flammte aus der Spitze ihres Stabes. Der Kopf der Kreatur zerbarst in einer Woge aus weißen Flammen, und der Gestank von brennendem Fleisch erfüllte plötzlich den Raum.

Der Vampirlord erhob sich heulend, und Jazhara zog ihren Stab zurück. Kaum spürte James das Gewicht von seinem Körper weichen, kroch er rückwärts davon.

Kendaric eilte herbei. Er wog seinen Hieb gut ab und legte dann seine ganze Kraft hinein, schlug der Kreatur schließlich mit einer einzigen kreisförmigen Bewegung den Kopf ab. Die Leiche des Vampirlords sackte wie ein Stein zu Boden.

Kendaric sah aus, als müsste er sich jeden Augenblick übergeben.

»Danke. Ich danke euch – euch allen!«, sagte James. Und mit einem Blick auf Kendaric fügte er hinzu: »Schlagt ihm die Hand ab!«

Kendaric schüttelte den Kopf. Er drehte das Schwert um und reichte es James mit dem Heft voran. »Wenn es Euch nichts ausmacht, erledigt das bitte selbst. Ich glaube nicht, dass ich das noch schaffe.« Und dann verdrehte er die Augen und sank bewusstlos zu Boden.

Später an diesem Nachmittag erholten sie sich in der Schänke. James labte sich an einem erfrischenden bitteren Bier und versuchte dabei, nicht auf die Schmerzen in seinem verrenkten Nacken zu achten.

»Und was jetzt?«, fragte Kendaric, der sich immer noch darüber ärgerte, dass er in Ohnmacht gefallen war.

»Wir warten bis morgen«, sagte James. »Wir sind alle müde

und brauchen ein bisschen Ruhe. Gleich morgen früh versuchen wir, das Schiff zu heben. Wenn es nicht klappt, wissen wir, dass Hilda Recht hat und es nicht nur an dem Vampirlord liegt, sondern an dem, was dort unten in dem Tempel ist – was immer das auch sein mag.«

»Und wie sieht es mit etwas Unterstützung aus?«, fragte Kendaric.

»Ich werde der Garnison in Müllersruh morgen früh eine Nachricht schicken. Sie werden binnen zwei Tagen hier sein.«

»Und was machen wir so lange – warten wir?«, wollte Solon wissen.

»Nein, wir werden in der Zwischenzeit den alten Tempel erforschen. So etwas habe ich inzwischen schon einige Male gemacht. Es ist ziemlich unwahrscheinlich, dass irgendjemand dort unten ist. Denn wenn dem so wäre, hätte bestimmt jemand aus dem Dorf einmal etwas gesehen, bevor der ganze Ärger hier angefangen hat.«

Jazhara trank einen Schluck Bier, ehe sie sagte: »Zwei Dinge beunruhigen mich noch immer.«

James nickte. »Wer hinter dieser ganzen Sache hier steckt?«

»Ja«, antwortete die Magierin. »Es ist klar, dass jemandem daran gelegen ist, dieses Gebiet hier abzuriegeln, sodass seine Leute sich die Beute holen können.« Sie warf einen Blick in die Runde, um sich zu vergewissern, dass keiner der anderen Gäste – alles Dorfbewohner – zufällig etwas mitbekommen konnte. »Die Träne«, fügte sie leise hinzu.

»Und was beunruhigt Euch außerdem noch?«, fragte Solon.

»Wo William und die Soldaten aus Krondor sind«, sagte Jazhara.

James verstand die doppelte Bedeutung ihrer Worte sofort, denn während Solon und Kendaric vermuteten, dass sie sich Sorgen darum machte, wo sich Bär herumtrieb, wusste er, dass sie sich auch um William sorgte.

James trank langsam einen Schluck Bier. Er dachte ein Weilchen nach und stellte fest, dass er genauso beunruhigt war wie Jazhara.

Fünfzehn

Zwei-Fänge-Pass

William spähte.

Direkt über den Wipfeln der Bäume sah er den Zwei-Fänge-Pass, der sich als schwarze Silhouette im Licht der aufgehenden Sonne abzeichnete. Zwei große Felsen rechts und links des Pfades, die wie die Fangzähne einer Schlange in die Höhe ragten, gaben dem Pass seinen Namen. Seitlich der Fänge befand sich jeweils eine Lichtung. Als William genauer in Richtung Norden blickte, konnte er sehen, dass dichter Wald die rechter Hand gelegene Lichtung begrenzte und sich weiter den Hügel hinaufzog. Die Lichtung auf der linken Seite erstreckte sich auf einer hohen Klippe, die über einem Fluss thronte.

»Ob sie wohl schon hier sind?«, fragte Sergeant Hartag.

»Ich spüre es in meinen Knochen«, antwortete William. »Heute Nacht ist der Neumond des Kleinen Mondes, also müssten uns die Grauen Krallen heute Morgen zu dem Gemetzel führen.«

»Wir haben unser Bestes getan, um so schnell wie möglich herzukommen, Will«, sagte Hartag. »Die Pferde wären längst zusammengebrochen, wenn wir sie noch mehr angetrieben hätten, und die Männer wären so erschöpft, dass sie nicht mehr kämpfen könnten.«

»Nun, zumindest wissen wir, dass uns der Kampf bevorsteht – und dass sie irgendwo da draußen sind.«

»Wie wollen wir vorgehen?«, fragte der Sergeant.

»Du bist doch selbst ein erfahrener Kämpfer, Hartag. Was ist deine Meinung?«

Der Sergeant dachte einige Zeit schweigend nach. Schließlich sagte er: »Sie werden sich höchstwahrscheinlich zwischen den Bäumen verstecken. Aber ich vermute, dass Bär darüber hinaus mindestens ein Dutzend Männer auf die Wiese bei der Klippe geschickt hat. Das Gelände steigt zwar zunächst an, fällt aber später wieder ab, und ich glaube, dass er einigen Bogenschützen befohlen hat, sich dort hinzukauern, wo wir sie nicht sehen können. Er will uns vermutlich dazu bringen, den Pass anzugreifen. Dazu lässt er seine Leute über den Gipfel fliehen, und wenn wir auf der Jagd nach ihnen zu den Fängen kommen, schlägt er von rechts zu. Sobald wir uns dann herumdrehen, um sie anzugreifen, können uns seine Bogenschützen in den Rücken fallen.«

»Genau das glaube ich auch«, sagte William. »Wenn wir also sehen, dass er Reiter auf die Kuppe schickt, die Ausschau nach ankommenden Söldnern halten, wissen wir, dass du Recht gehabt hast.«

Nicht einmal eine Stunde später erschienen zwei Reiter am Waldrand und bezogen am Fuß des Anstiegs Position. »Nun«, sagte William, »sieht ganz so aus, als hätten wir den Bären gefunden.«

»Soll ich die Kundschafter losschicken?«

»Ja. Sie sollen sich durch den Wald so weit wie möglich nach oben vortasten und versuchen, Informationen über die Anzahl unserer Gegner zu bekommen. Ich möchte, dass sie spätestens zur Mittagszeit wieder hier sind.«

Die Zeit verstrich nur langsam, während sie warteten, und William erteilte den Befehl, dass die Männer sich zum Kampf bereitmachen sollten. Er vermutete, dass Bär eine große Gruppe von Männern im Wald versteckt hielt. William verließ sich darauf, dass ihre Chancen aufgrund der Abwesenheit der Söldnertruppe der Grauen Krallen etwas steigen würden.

Kurz vor Mittag kehrten Maric und Jackson zurück. »Ungefähr fünfzig von ihnen haben sich zwischen den Bäumen verteilt, Leutnant.«

»Sind sie beritten oder zu Fuß?«

»Sowohl als auch. Sieht so aus, als wollten sie uns in die Falle locken, indem sie sich zu Fuß sehen lassen und uns niederreiten, sobald wir den Köder geschluckt haben.«

William dachte einen Augenblick nach. »Wir haben keine Chance, wenn wir dieses Spiel mitspielen«, sagte er dann. Er wusste, dass die Feinde ihnen überlegen waren: Seinen sechsunddreißig Mann standen Bärs fünfzig – oder sogar noch mehr – gegenüber. »Nehmt ein halbes Dutzend Männer und schlagt euch zwischen die Bäume«, befahl er den Kundschaftern. »Und egal, was geschieht – ihr wartet! Erst wenn ihr hört, dass Bärs Männer den Befehl erhalten, den Wald zu verlassen, greift ihr von hinten an. Zieht euch rechtzeitig wieder zurück, aber versucht, so viele Reiter wie möglich abzuziehen.« Er deutete zur linken Seite des Passes. »Dort werden wir zuerst zuschlagen.«

»Wie gehen wir vor?«, fragte Hartag.

»Wir reiten mit dreißig Soldaten dorthin« – William deutete auf einen großen Felsblock, der sich am Fuß des Abhangs befand – »und greifen die Bogenschützen an. Wir machen sie so schnell wie möglich nieder und zwingen Bär dadurch, nun seinerseits uns anzugreifen. Entweder sie tun das zu Fuß, oder sie müssen sich erst zurückziehen und die Pferde besteigen. Wenn Jackson, Maric und die anderen ein paar von seinen Reitern ablenken können, ist er gezwungen, sich in dieser Hektik neu zu organisieren. Falls er sich zurückzieht, folgen wir ihm weiter, falls er uns aber nacheinander angreift, gibt er uns die Gelegenheit, ihn fertig zu machen.«

»Und wenn er sich zurückzieht?«

»Werden wir ihm folgen, ihn aber erst bedrängen, wenn wir uns ganz deutlich im Vorteil befinden. So sehr ich auch diesen mörderischen Hund zur Strecke bringen will, unsere Mission ist schon dann erfolgreich, wenn wir es schaffen, ihn von seinem Ziel fern zu halten.«

»Und das wäre?«, fragte der Sergeant.

»Die Witwenspitze, oberhalb von Haldenkopf.«

Der Sergeant schaute sich noch einmal um. »Soweit ich das erkennen kann, Leutnant, führt er uns aber genau dorthin.«

»Was?«, fragte William.

Sergeant Hartag erklärte es ihm. »Auf der anderen Seite dieses Kamms befindet sich rechter Hand ein Pfad, der zunächst über die Gipfel und dann hinunter in ein Waldgebiet etwas östlich von Haldenkopf führt. Wenn man schnell reitet, sind es keine zwei Tagesritte von hier. Wenn wir jetzt aufbrechen würden, wären wir morgen bei Sonnenuntergang da.«

»Verdammt«, sagte William. »Dieser Pfad ist auf keiner der Karten eingezeichnet, die ich gesehen habe.«

Der Sergeant lächelte. »Nun, eine Menge Dinge werden nicht auf den königlichen Karten eingezeichnet, Will. Am besten erkundigt man sich so oft wie möglich bei Reisenden oder den Leuten, die in dem betreffenden Gebiet aufgewachsen sind.«

»Danke vielmals. Ich werde es mir merken.«

»So, und was jetzt?«

»Nun, unter diesen Voraussetzungen lassen wir ihn natürlich nicht von hier weg.« William warf einen Blick in die Runde. »Unser einziger Vorteil ist das Überraschungsmoment. Sie sind uns überlegen; wenn der Kampf also einen ungünstigen Verlauf nehmen sollte, zieht euch zum Fluss zurück.«

»Zum Fluss?«, fragte Hartag. »Seid Ihr wahnsinnig, Will? Selbst wenn wir bei dem Sturz von der Klippe nicht getötet werden, ersaufen wir in den Stromschnellen dort unten, noch bevor …«

»Nein. Wenn es so aussieht, als ob wir verlieren würden, sammle die Männer und fliehe mit ihnen nach Süden. Wenn er es auf Haldenkopf abgesehen hat, wird er uns nicht verfolgen. Wir ziehen uns bis zu der Landbrücke zurück, an der wir gestern vorbeigekommen sind, und bauen dort Flöße. Wenn wir den Fluss benutzen, können wir noch vor Bär in Haldenkopf ankommen, da er gezwungen sein wird, seinen Pferden ein bisschen Ruhe zu gönnen.«

»Ah«, sagte der Sergeant. »Dann habt Ihr also nicht gemeint, dass wir von der Klippe da drüben springen sollen?«

»Nun, wenn die Alternative ist, getötet zu werden …«

»Also als letzter Ausweg, wenn alle Stricke reißen«, sagte Hartag.

William beschattete seine Augen mit der Hand, als er noch einmal die Umgebung musterte. »Wann wird es so weit sein?«

»Maric und die anderen müssten inzwischen eigentlich an Ort und Stelle sein.«

»Dann gib die Befehle weiter. Wir formieren uns und reiten im Trab, bis ich das entsprechende Zeichen gebe. Dann greifen wir links an.«

»Verstanden.«

William wartete, während die Männer sich formierten. Als alle in Position waren, nahm er seinen Platz an der Spitze der Marschkolonne ein. Er warf Sergeant Hartag einen Blick zu und flüsterte: »Das ist das erste Mal in meinem Leben, dass ich mir wünschte, Hauptmann Treggar wäre hier.«

Hartag lachte. Obwohl Treggar als überdurchschnittlich guter Offizier galt, war er den anderen Nachwuchs-Offizieren der Garnison schon vor Williams Ankunft ein Dorn im Auge gewesen. Er und William hatten auf einer Basis gegenseitigen Respekts zwar eine gewisse Übereinkunft getroffen, aber im täglichen, direkten Umgang war er immer noch anstrengend. »Ja, er hat zwar eine harte Schale, aber er ist auch ein Mann, auf den man sich verlassen kann, wenn's mulmig wird«, sagte der Sergeant.

»Nun, da er nicht hier ist, liegt jetzt mein Hals auf dem Hackblock. Reiten wir los!«

Die Kolonne bewegte sich in einem leichten Trab vorwärts. William spürte, wie sich in seinem Magen ein Knoten bildete, und er zwang sich, langsam und gleichmäßig zu atmen. Er wusste, dass seine Nervosität in dem Augenblick verflogen sein würde, da er das Surren einer Bogensehne oder das helle Klappern von Metall auf Metall hören würde. In diesem Augenblick würde er einen Zustand geistiger Klarheit erreichen, der ihn immer wieder überraschte, auch wenn er nun schon in so vielen Schlachten gekämpft hatte. Während eines Kampfes regierte das Chaos; welche Pläne er vorher auch gemacht haben mochte – sie lösten sich schon in den ersten Augenblicken der Feindberührung auf. Schon früh hatte William bemerkt, dass er in einer Schlacht irgendwie spüren konnte, wie die Dinge sich entwickelten und was als Nächstes zu tun war.

Trotz des Streits mit seinem Vater aufgrund der Tatsache, dass er sich entschlossen hatte, Stardock und die dortige Gemeinschaft der Magier zu verlassen und in die Armee des Königreichs einzutreten, wusste William, dass dies seine wahre Berufung, seine besondere Gabe war. Sein Pferd schnaubte aufgeregt, und William schickte dem Tier ein paar beruhigende Gedanken. Es gab Zeiten, da hatte seine einzigartige Fähigkeit, auf geistigem Weg mit Tieren zu sprechen, durchaus seine Vorteile, dachte er.

Als Williams Marschkolonne den tiefstgelegenen Punkt der Straße erreichte, erschienen die beiden Reiter, die den Köder spielen sollten, oben auf dem Kamm. Sie machten eine große Schau daraus, ein paar Schritte über den Kamm zu reiten, dann furchtbar »überrascht« zu sein, die Pferde herumzureißen und zu fliehen.

William hob den Arm und brüllte: »Angriff!«

Doch statt den beiden Lockvögeln hügelan zu folgen, vollführten die Männer einen Schwenk und jagten auf die Wiese hinaus. Die Wiese stieg zunächst leicht an, bildete dann eine Art kleines Plateau und fiel dahinter ziemlich steil ab. Genau wie William erwartet hatte, kauerte ungefähr ein Dutzend Bogenschützen im Gras, bereit, aufzuspringen und von hinten auf Williams Männer zu schießen.

Doch plötzlich hatten sie es mit Reiterei zu tun, und während einige noch einen Pfeil abschießen konnten, wurden die meisten niedergeritten und getötet, bevor sie sich von ihrem Schreck erholt hatten. William befahl seinen Männern, sich zu einer Linie zu formieren, und zügelte dann sein Pferd.

Die Befehle waren klar. Wartet ab, bis der Feind sich zeigt. Wie erwartet, wich Bärs Reaktion nicht sehr von dem ab, was William vorhergesagt hatte. Eine Gruppe Fußsoldaten raste vom Waldrand heran, blieb dann stehen, als würde sie sich zum Angriff bereitmachen. William zählte kurz und stellte fest, dass insgesamt achtzehn Mann als Lockvögel eingesetzt wurden. Das bedeutete, dass mehr als dreißig Berittene im Schutz der Bäume auf sie warteten. »Bleibt ruhig!«, befahl er.

Bärs Männer hatten sich in einer Reihe aufgestellt, und als offensichtlich wurde, dass sie nicht angegriffen werden würden, begannen sie auf ihre Schilde zu trommeln und die Männer aus Krondor zu verhöhnen.

»Bleibt ruhig!«, wiederholte William seinen Befehl.

Einige angespannte Minuten lang standen die beiden feindlichen Parteien nur da und starrten sich an. Schließlich fragte Hartag: »Sollen wir den Einsatz ein bisschen erhöhen, Will?«

»Ja«, antwortete der junge Offizier.

»Bogenschützen!«, brüllte Hartag, und sechs Krondorianer wechselten die Waffen. »Schießt nach eigenem Gutdünken. Jetzt!«, kommandierte er, und die krondorianischen Bogenschützen ließen ihre Pfeile von der Sehne schnellen.

Sechs von Bärs Männern fielen. Zu dem Zeitpunkt, da die Bogenschützen den zweiten Pfeil angelegt hatten und die Bögen spannten, hatten die übrigen zwölf Söldner bereits kehrtgemacht und rannten, so schnell sie konnten, davon. Sie erreichten den Waldrand und verschwanden im Zwielicht unter den Bäumen. Die Bogenschützen schossen, doch als die Pfeile auf der Gegenseite einschlugen, waren dort längst keine lohnenswerten Ziele mehr zu sehen.

»Schultert die Bögen!«, kommandierte Hartag.

Die Bogenschützen taten, wie ihnen geheißen, und zogen dann wieder ihre Schwerter und hoben die Schilde.

Stille senkte sich herab. Bär und seine Männer warteten darauf, dass die Krondorianer angriffen. Doch William war entschlossen, nur auf freiem Feld zu kämpfen.

»Und was jetzt?«, fragte ein in der Nähe stehender Soldat, während sie warteten.

»Wir warten ab, wer sich zuerst am Hintern kratzt, mein Junge«, sagte Hartag.

William hockte derweil im Sattel und fragte sich im Stillen, wie lange sie wohl würden warten müssen.

Kendaric stand auf dem Riff vor der Witwenspitze und blickte hinaus zu dem Mast des Schiffes, das Solon schon vor einiger Zeit identifiziert hatte. »Haltet die Augen offen, falls sich hier noch mehr von den Kreaturen herumtreiben, die schon letztes Mal versucht haben, uns aufzuhalten«, sagte er.

James zog sein Schwert. »Macht weiter«, sagte er.

Kendaric versuchte es noch einmal mit seinem Zauberspruch – und scheiterte erneut. Er drehte sich um und meinte enttäuscht: »Nichts. Da ist noch immer etwas, das mich blockiert.«

Jazhara zuckte die Schultern. »Was wir vermutet haben. Hilda hatte uns ja bereits gesagt, dass der Vampirlord – so böse er auch gewesen sein mag – nicht wirklich dahinter stecken muss.«

»Die Zeit wird knapp. Wir müssen diese Höhle finden«, sagte Solon.

Sie kehrten zum Strand hinter dem Riff zurück und fanden die Höhle überraschend leicht. Sie war klein, nur ein Dutzend Schritte tief, und das Morgenlicht fiel von draußen herein und verjagte das Zwielicht. Am hinteren Ende der Höhle fanden sie ein Muster aus Steinen. James drückte versuchsweise auf einen von ihnen, und er bewegte sich. Er lauschte. Es erklang nicht das geringste Geräusch.

»Es ist nichts Mechanisches«, sagte James.

»Was bedeutet, dass es magischer Natur ist«, erklärte Jazhara.

»Und das wiederum bedeutet, dass ich nicht weiß, wie ich dieses Schloss knacken kann.«

»Und was jetzt?«, fragte Kendaric.

»Wir haben die Hand und das Artefakt«, sagte Solon.

James nahm seinen Rucksack ab und holte den Talisman und die Hand des Vampirs heraus. Er krümmte die Finger der toten Hand um das Artefakt und hielt sie vor das Portal. Er versuchte es auf viele verschiedene Arten, mit unterschiedlichem Druck und aus verschiedenen Richtungen, aber schließlich legte er sie wieder hin.

»Hilda hat uns nicht alles gesagt«, stellte James fest, während er die Gegenstände wieder in seinem Rucksack verstaute.

»Aber sie hat gesagt, dass wir zu ihr zurückkommen sollen«, erinnerte ihn Jazhara.

»Dann sollten wir uns beeilen und sie befragen«, sagte James. Er hängte sich den Rucksack erneut über die Schulter und stand auf.

Der Marsch hinauf zum Gipfel der Witwenspitze dauerte nicht einmal eine halbe Stunde. Als sie bei der Hütte ankamen, wartete Hilda bereits auf sie. »Ihr habt den Vampir erwischt, nicht wahr?«, sagte sie.

»Ja«, antwortete James. »Woher wisst Ihr das?«

»Nun, dazu bedarf es keiner magischen Fähigkeiten, mein Junge. Wenn Ihr ihn nicht erwischt hättet, hätte er Euch erwischt, und dann würdet Ihr jetzt nicht hier vor mir stehen.« Sie drehte sich um und sagte über die Schulter: »Kommt rein und hört, was ich euch zu sagen habe.«

Sie folgten ihr. Sobald sie im Innern der Hütte waren, sagte die alte Frau: »Gebt mir die Hand.«

James öffnete seinen Rucksack und gab ihr die Hand der Kreatur. Die alte Frau nahm eine große eiserne Bratpfanne von einem Haken über der Feuerstelle und legte die Hand des Vampirs hinein. Während sie die Pfanne über die Flammen schob, sagte sie: »Das hier ist der unangenehme Teil.«

Die Hand der Kreatur schrumpfte und wurde schwarz, und plötzlich züngelte eine stinkende blaue Flamme um sie herum. Innerhalb weniger Augenblicke waren nur noch geschwärzte Knochen übrig.

Die alte Frau zog die Pfanne vom Feuer und stellte sie auf dem steinernen Herd ab. »Wir müssen sie einen Augenblick abkühlen lassen.«

»Könnt Ihr uns sagen, mit wem oder was wir es zu tun haben?«, fragte Jazhara.

Hilda machte ein grimmiges Gesicht. »Es hatte einen Grund, weshalb ich Euch nicht vorher gesagt habe, dass es notwendig sein würde, die Hand dieser Kreatur zu Asche zu verbrennen. Es hatte auch einen Grund, weshalb ich Euch nichts über das Schloss verraten habe.« Sie blickte ihnen nacheinander ins Gesicht. »Ihr werdet bald einem großen Übel gegenüberstehen, und ich musste erst genau wissen, dass Ihr dieser Sache würdig seid. Doch Euer Sieg über den Vampirlord beweist, dass Ihr die notwendige Entschlossenheit und genügend Mut besitzt. Aber schon bald werdet Ihr einem weit schlimmeren Feind gegenüberstehen.

Ich weiß schon seit vielen Jahren, dass der Tempel der Schwarzen Perle unterhalb dieser Klippen liegt. Ich bin niemals in der Lage gewesen, einen Blick in sein Inneres zu werfen, außer mit Hilfe meiner Künste. Das wenige, was ich auf diese Weise sehen konnte, ist derart böse, dass es jegliches Vorstellungsvermögen übertrifft.«

»Von was für einem ›großen Bösen‹ sprecht Ihr eigentlich?«, wollte Solon wissen.

»Wo soll ich bloß anfangen?«, fragte Hilda, doch die Frage war natürlich nicht ernst gemeint. »Die Seeleute, die vor dieser Küste gestorben sind – und das waren eine ganze Menge –, haben niemals wirklich Ruhe gefunden. Stattdessen sind ihre Seelen von jenen dunklen Kräften versklavt worden, die den Tempel beherrschen. Ich spüre ihre Präsenz, als wären sie ein großes Auge. Viele Jahre lang war es geschlossen, aber jetzt hat es sich geöffnet und beobachtet dieses Gebiet.«

James dachte an die Schlacht bei Sethanon, wo Murmandamus, der falsche Prophet der Moredhel, die ersterbende Energie seiner Diener aufgefangen hatte. Er hatte gehofft, auf diese Weise mehr Macht zur Verfügung zu haben, als er versuchte, den Stein des Lebens unter Sethanon an sich zu bringen. »Dann können wir also davon ausgehen, dass dieser Plan – wie immer er auch aussehen mag«, fügte er schnell hinzu, um Hilda gegenüber nicht unabsichtlich etwas von der Wiederbeschaffung der Träne zu verraten, »schon seit langer, langer Zeit im Gange ist.«

»Ganz gewiss«, sagte Hilda. Sie stand auf und begab sich zu ihrer Kiste, öffnete sie und holte ein Artefakt heraus. »Aber das Auge hat nicht gewusst, dass es seinerseits beobachtet wurde.« Sie hielt ein langes, schlankes Objekt in der Hand, einen Stab oder Stock, der anscheinend aus eisgrauem Kristall hergestellt worden war. »Ich habe es nur ein einziges Mal gewagt, dieses Ding hier zu benutzen; seither habe ich es beiseite gelegt und auf diesen Augenblick gewartet. Doch ich muss Euch warnen: Was Ihr seht, kann sehr verstörend sein.«

Sie wedelte mit dem Objekt herum und intonierte einen Zauberspruch, und plötzlich erschien in der Luft vor ihnen ein Spalt; er war schwarz, aber irgendwie vermittelte er trotzdem den Eindruck, als wäre er im Innern bunt. Dann entstand plötzlich ein Bild, und sie konnten das Innere einer Höhle sehen. An einer steinernen Wand hing ein reich verzierter Spiegel. Sie konnten eine Gestalt erkennen, die sich näherte und sich in der glatten

Oberfläche spiegelte, und sowohl Jazhara als auch Solon stießen einen leisen Fluch aus. James hatte die Gestalt bereits zuvor gesehen, oder vielmehr ihresgleichen, einen seit langem toten Priester oder Magier, der von den schwarzen Künsten wieder belebt wurde. Solch einem Wesen war er erst vor einigen Monaten unter der alten, verlassenen keshianischen Festung im Süden des Königreichs begegnet, und er wusste, dass es eine Verbindung zwischen dem, was damals dort entdeckt worden war, und dem, was hier vor sich ging, geben musste.

Die Gestalt wedelte mit der knochigen Hand, und das Bild eines Mannes tauchte in dem Spiegel auf. Der Mann hatte eine Adlernase und Augen, in denen ein schwarzes Feuer zu brennen schien. Sein Schädel war unbedeckt, und das lange graue Haar fiel ihm bis auf die Schultern. Er trug Kleidung von unbestimmbarer Mode und sah gleichermaßen wie ein Kaufmann oder etwas anderes aus. Und dann hörten sie die Stimme des untoten Magiers.

»Sie kommen«, sagte er.

Der Mann im Spiegel fragte: »Ist der Mann von der Wrackberger-Gilde bei ihnen?«

»Ja, wie geplant. Sie werden im Morgengrauen geopfert werden. Hast du das Amulett?«

»Nein«, antwortete der Mann. »Es ist noch im Besitz meines Dieners.«

»Du hast es gehabt, doch es war die Stimme unseres Gottes, die es mit Macht erfüllt hat«, sagte die untote Kreatur. »Und jetzt hat sie sich einen anderen gesucht, so, wie sie dich mir vorgezogen hat …«

Bei diesem Kommentar zeigte der Mann im Spiegel eine gewisse Verärgerung. »Aber er ist der Macht nicht würdig.«

»Trotzdem können wir ohne das Amulett nicht weitermachen.«

»Ich werde ihn finden. Und wenn ich das geschafft habe …«

Plötzlich veränderte sich das Bild, und dann sah man auf den

Felsen der Witwenspitze eine Gruppe von Kreaturen aus der tiefsten Hölle aufgereiht stehen. James konnte dem Drang, etwas zu sagen, kaum widerstehen, denn er erkannte einige dieser Kreaturen, doch es waren noch andere dort, und die waren sogar noch furchterregender und mächtiger. Schließlich flüsterte er: »Wer ist das?«

»Ein Magier mit gewaltigen dunklen Kräften, mein Junge«, sagte Hilda. »Ich weiß nicht, wie er heißt, aber ich kenne seine Handschrift, und er ist mit Kräften verbündet, die noch dunkler sind als die, die Ihr in dem Bild sehen könnt. Seht zu, dann werdet Ihr es erfahren.«

Der Mann drehte sich zu den versammelten Kreaturen um, und James' Augen weiteten sich, als er seinen eigenen Körper auf den Felsen liegen sah, den Brustkorb wie von einer großen Hand aufgerissen. Ganz in der Nähe lagen Solon und Jazhara. Kendaric war noch am Leben, aber zusammengeschnürt wie ein Kalb, das zur Schlachtbank geführt wird. Hilflos kämpfte er gegen die Stricke an. Ein schweres Amulett mit einem blutroten Rubin hing an einer Kette um den Hals des Mannes, und in einer Hand hielt er einen Dolch mit langer schwarzer Klinge. In der anderen befand sich ein großer eisblauer Stein. »Die Träne«, flüsterte Solon.

Mit einer einzigen Bewegung kniete der Magier sich hin und schnitt Kendaric die Brust auf, schob seine Hand in den Brustkorb und riss das Herz heraus. Er hielt das immer noch schlagende Herz in die Höhe, drehte sich um und zeigte es den Dämonen. Dabei tropfte Blut auf die Träne, deren Farbe sich von eisblau zu blutrot veränderte, was die Meute in Jubelschreie ausbrechen ließ. Übergangslos verschwand das Bild.

»Lasst euch von diesen Visionen nicht überwältigen«, sagte Hilda.

»Aber sie werden mich töten! Sie werden uns alle töten!« Kendarics Stimme klang hysterisch.

»Sie werden es versuchen, mein Junge«, sagte Hilda. »Aber die Zukunft ist nicht in Stein gemeißelt. Und das Böse ist sehr geschickt darin, nur das zu sehen, was es sehen will. Das ist seine Schwäche. Es kann die Möglichkeit eines Fehlschlags nicht in seine Überlegungen einbeziehen. Ihr hingegen tut das jetzt. Mehr noch – ihr wisst, welchen Preis ihr bezahlen müsst, solltet ihr scheitern.«

»Dann sind diese Visionen also ...?«, fragte Jazhara.

»Sie dienen als eine Art Warnung. Ihr wisst jetzt mehr über euren Feind und seine Pläne, als er über euch weiß. Er weiß, dass ihr die Träne der Götter zurückholen wollt –«

Solon legte die Hand an seinen Kriegshammer. »Woher wisst Ihr das, Frau?«

Hilda wedelte abwehrend mit der Hand. »Ihr seid nicht die Einzigen, die wissen, wie das Universum funktioniert, Ishapianer. Ich bin schon alt gewesen, da war Eure Großmutter noch nicht einmal geboren, und wenn die Götter gnädig sind, werde ich noch so lange leben, bis Eure Urenkel gestorben sind. Aber wenn nicht, war ich immerhin auf meine eigene Weise stets eine Dienerin des Guten, und das macht mich zufrieden. Vielleicht ist es mein Schicksal, Euch zu unterrichten, und ich bin nur deswegen noch hier. Vielleicht endet also meine Zeit, wenn Ihr Eure Aufgabe gemeistert habt oder an ihr gescheitert seid. Ich weiß es nicht. Aber ich weiß, dass ich nicht die Einzige sein werde, auf die ein schreckliches Ende wartet, solltet Ihr scheitern.

Ihr dürft nie vergessen, dass Visionen eine Form gewaltiger Magie sind, doch selbst die beste aller Visionen bleibt doch eine Illusion, eine Widerspiegelung von *Möglichkeiten*. Ihr könnt eure Zukunft noch immer ändern. Und ihr müsst es auch tun!« Sie stand auf. »Und jetzt geht, denn die Zeit ist knapp, und ihr habt noch eine Menge zu erledigen. Diese Kreatur, die ihr gesehen habt, wird in der alten Sprache Gerippe genannt. Er lebt nur dank mächtigster, schwärzester Künste. Er wird euch zu dem führen, was euch daran hindert, das Schiff zu heben – was immer es auch sein mag. Ihr müsst ihn finden, ihn vernichten und dem Übel ein Ende bereiten, das dazu führt, dass Seeleute in ihren eigenen versenkten Schiffen ein nasses Grab finden, Diener der Dunkelheit durch die Nacht wandeln und alte Frauen böse Träume haben. Und ihr müsst es tun, bevor der andere auftaucht, denn den halte ich sogar für noch gefährlicher. Und wenn der erst einmal das Amulett in seinem Besitz hat ... nun, ihr habt gesehen, was er vorhat.«

Hilda setzte sich in Bewegung und ging zu der mittlerweile erkalteten Bratpfanne hinüber. »Bruder Solon, den Talisman, bitte ...«

Solon nahm den Beutel aus der Innentasche seiner Tunika. Auf Hildas Anweisung hielt er den Beutel auf, während die alte Frau einen kleinen silbernen Trichter über dessen Öffnung hielt und die zu Asche verbrannten Überreste der Vampirhand hineinrieseln ließ. Dann nahm sie Solon den Beutel aus der Hand, zog die Schnüre zu, murmelte eine kurze Beschwörung und schüttelte ihn leicht, ehe sie ihn dem Mönch zurückgab.

»Jetzt habt Ihr den Schlüssel zum Tempel«, sagte sie. »Um ihn zu benutzen, müsst Ihr ein bestimmtes Muster auf die Felsentür zeichnen.« Sie malte ein Muster in die Luft, vier Bewegungen, die auf einfache Weise miteinander verwoben waren. »Dann müsste sich die Tür öffnen.«

»Zeigt es uns bitte noch einmal«, sagte Jazhara.

Hilda wiederholte das Muster, und James und Jazhara nickten.

Jazhara ergriff die Hand der alten Frau. »Ihr seid wirklich eine erstaunliche Frau. Eine wahre Fundgrube an Weisheit.« Sie blickte sich um. »Zuerst war ich nur erstaunt über Euer Wissen, was heilende und magische Kräuter und Pflanzen betrifft. Jetzt begreife ich jedoch, dass Ihr noch viel mehr zu bieten habt. Wenn das alles vorbei ist, werde ich zu Euch zurückkehren und Euch von Stardock erzählen. Es würde der Welt nützen, wenn Ihr der dortigen Gemeinschaft beitreten und sie an Eurem Wissen teilhaben lassen würdet.«

Die alte Frau lächelte, doch in ihren Augen standen Zweifel. »Kehrt erst einmal zurück, Mädchen. Dann werden wir uns unterhalten.«

Jazhara nickte und folgte den anderen nach draußen.

Die alte Frau sah ihnen nach. Als sie schließlich zwischen den Bäumen verschwunden waren, ging sie zurück zu ihrer Feuerstelle, denn sie verspürte trotz des warmen Sonnenscheins plötzlich ein Frösteln.

»Jetzt!«, brüllte William und deutete auf den Waldrand. Gleichzeitig gaben seine Männer den Pferden die Sporen und preschten auf die Reiter los, die aus dem Wald geritten kamen. Es hatte fast eine Stunde gedauert, bis Bär schließlich die Geduld verloren hatte; jetzt hatte William das Gefühl, dass sie zumindest eine Chance hatten, denn sie kämpften auf offenem Gelände. Seine Männer mochten zahlenmäßig unterlegen sein, aber er wusste, dass sie besser ausgerüstet und ausgebildet waren. Während die Krondorianer die Straße überquerten, betete William im Stillen, dass sein achtköpfiger Stoßtrupp im Rücken von Bärs Männern die Feinde genügend ablenkte, dass ihre Streitmacht zerfiel.

»Haltet die Linie! Passt auf die Flanken auf!«, brüllte Sergeant Hartag, und die Krondorianer hoben ihre Schwerter und hielten ihre Schilde bereit, um feindliche Hiebe abzublocken; ihre Zügel peitschten die Hälse ihrer Pferde, als sie ihre Reittiere vorwärts drängten.

Williams Welt verengte sich auf eine wüste Abfolge verschwommener Bilder. Wie jedes Mal, wenn er sich in einem Kampf befand, richtete sich seine gesamte Konzentration nur noch auf eine einzige Sache, und zwar auf den Mann, dem er sich gerade gegenübersah. Ein Reiter kam auf ihn zu, stellte sich in seinen Steigbügeln auf, das Schwert hoch erhoben, um damit auf Williams Kopf oder seine Schultern einzuschlagen.

In einer fließenden Bewegung beugte William sich nach rechts, hob den linken Arm über den Kopf und benutzte den Schild, um den Schlag abzuwehren, während sein eigenes kurzes Schwert in das rechte Bein des Reiters fuhr. Der Mann schrie auf – und dann war William auch schon an ihm vorbei.

William wusste nicht, ob der Mann im Sattel geblieben oder zu Boden gestürzt war, und er drehte sich auch nicht um, um nachzusehen. Denn von vorn kam ein anderer Reiter auf ihn zugeprescht, und in diesem Augenblick war der erste Reiter bereits vergessen. Dieser Mann griff William von der linken Seite an, was es dem jungen Offizier zwar erleichterte, den Schlag abzuwehren, aber einen Gegenangriff mit seinem kurzen Schwert erschwerte. Einen kurzen Augenblick beneidete William die Keshianer, die ihre Säbel mit der langen, gekrümmten Klinge zu benutzen wussten, und er dachte an die Reitersäbel des östlichen Königreichs, die sich besonders für den Kampf auf Pferderücken eigneten. Eine leichtere und längere Klinge hätte ihm jetzt wesentlich mehr genützt.

William schüttelte den Gedanken wieder ab, während er sich auf die Attacke vorbereitete. Im letzten Augenblick duckte er sich unter dem Schlag weg, anstatt ihn abzublocken, dann riss er sein Pferd herum und schoss hinter dem Reiter her, der eben an ihm vorbeigeritten war. Der Mann wollte sich gerade auf einen krondorianischen Soldaten stürzen, der abgestiegen war, als William ihn einholte. Ein einziger Hieb von hinten genügte, um ihn aus dem Sattel zu holen; er stürzte schwer zu Boden und rollte seinem Tod in Gestalt jenes Soldaten entgegen, den er nur Sekunden zuvor niederzureiten versucht hatte.

Plötzlich änderte sich Williams Kriegsglück. Sein Pferd schrie auf, und er spürte, wie es unter ihm zusammenbrach. Ohne nachzudenken, löste er seine Füße aus den Steigbügeln und nutzte den Schwung des Pferdes, um sich aus dem Sattel zu werfen. Er ließ sein Kurzschwert los, packte den Schild dafür noch fester. Er zog das Kinn an die Brust und versuchte sich über die linke Schulter abzurollen, wobei er den Schild als Hebel benutzte, da ihm das Langschwert, das in einer Scheide auf seinem Rücken hing, unmöglich machte, dafür seine Schulter zu benutzen.

Der Purzelbaum ließ ihn hinter einem Söldner, der gegen einen seiner Männer kämpfte, wieder auf die Beine kommen. William rammte dem Mann den Schild in den Rücken und überließ es dem Soldaten, ihn zu töten. Mit einer blitzschnellen Bewegung befestigte er den Schild an seinem Gürtel, griff über die Schulter und zog sein Langschwert, ohne dabei auf den stechenden Schmerz in seinen malträtierten, protestierenden Muskeln zu achten.

William packte das Schwert mit beiden Händen und begann, um sich zu schlagen. Wie immer schien sich die Welt um ihn herum zusammenzuziehen, während er sich darauf konzentrierte, am Leben zu bleiben. Doch trotz allem bekam er immer noch mit, wie der Kampf verlief, und er wusste, dass die Dinge nicht zum Besten standen.

Ein Trupp von Bärs Reitern brach aus dem Unterholz; sie bluteten und blickten über die Schulter zurück. Der Stoßtrupp im Rücken ihrer Feinde hatte offensichtlich einigen Schaden angerichtet, aber jetzt begann sich die Waagschale des Kampfes allmählich zugunsten von Bär zu neigen.

William schlug einen Söldner nieder, der vor ihm auftauchte, und blieb dann für eine Sekunde still stehen. Mit aller Kraft schickte er den heranpreschenden Pferden ein einziges Bild: *Löwe*!

Er versuchte, das laute Gebrüll der gewaltigen Löwen der nördlichen Wälder nachzuahmen, und flüsterte den Pferden ein, sie würden den Geruch des Jägers im Wind spüren.

Die Pferde wurden verrückt; sie bockten und schnaubten, und einige warfen ihre Reiter ab.

William drehte sich um und begann, auf einen anderen Gegner einzuschlagen. Wenige Augenblicke später bemerkte er, dass die Söldner flohen.

William drehte sich einmal um die eigene Achse und sah, dass seine Männer entweder die Feinde verfolgten, die davonrannten, oder sich um jene einzelne Gruppe von Bärs Leuten zusammenzogen, die noch immer standhielt und weiterkämpfte. William begann innerlich zu frohlocken. Sie standen dicht davor, diesen Kampf zu gewinnen. Und er wusste jetzt, wo sein Feind sich befand. Wild entschlossen, sich auf Talias Mörder zu stürzen und Rache zu nehmen, rannte er vorwärts.

Als er näher kam, ließ etwas ihm die Haare zu Berge stehen, und er erkannte, dass hier Magie im Spiel war. Er erinnerte sich an die Erfahrungen, die er als Junge in Stardock gemacht hatte, und begriff schlagartig, dass er etwas zu früh siegesgewiss gewesen war.

Ein Krondorianer kam auf William zugestolpert; Blut rann ihm übers Gesicht. »William!«, rief der Mann und fiel auf die Knie. »Er ist gegen unsere Waffen gefeit!« Und dann brach er zusammen.

William sah, dass auch andere Männer zusammenbrachen. Doch Bärs Begleiter verfügten nicht über diese Art von magischem Schutz, und als William schließlich beim eigentlichen Kampfgeschehen ankam, war nur noch Bär auf den Beinen. Wie sein in die Enge getriebener Namensvetter stand Bär trotzig da, umgeben von einem Kreis aus sechs krondorianischen Soldaten. »Nennt ihr das etwa einen Angriff!«, brüllte er herausfordernd.

William spürte einen Schauer über seinen Rücken laufen, als er sah, wie einer seiner Männer Bär von hinten einen Hieb versetzte – doch das Schwert prallte von dem Rücken des Riesen ab, als würde er eine unsichtbare Rüstung tragen. Geschickt drehte Bär sein Schwert um und stieß es nach hinten, rammte es dem Soldaten tief in den Bauch. Sein gesundes Auge war weit aufgerissen, und in ihm spiegelte sich der Wahnsinn. Er lachte, als ob das alles nichts weiter als ein Spiel wäre. »Wer will als Nächster sterben?«, brüllte er.

Einer der Krondorianer nutzte die Gelegenheit und machte einen Satz auf Bär zu, solange dessen Schwert noch nach hinten gerichtet war, doch die Klinge des Soldaten glitt vom Arm des Riesen ab, ohne auch nur einen Kratzer zu hinterlassen. Bär hielt sich noch nicht einmal damit auf, sein Schwert aus dem sterbenden Mann hinter ihm zu ziehen; er trat dem Mann, der sich vor ihm befand, einfach mitten ins Gesicht, sodass der schlaff zu Boden fiel. »Du kümmerlicher Ersatz eines Soldaten! In meiner Kompanie hättest du noch nicht mal einen einzigen Tag überlebt!«

William entdeckte das Amulett, das Bär um den Hals trug. Er sah, dass der rote Stein in seiner Mitte in blutigem Rot glomm, und wusste, dass Bärs Kräfte von diesem Objekt kamen. William packte einen seiner Männer an der Schulter. »Begib dich auf seine rechte Seite und lenke ihn ab!«, befahl er dem Mann.

Williams Plan entsprang der schieren Verzweiflung, aber er erkannte, dass das ihre einzige Chance war. Irgendwie musste er Bär das Amulett abnehmen.

Er tat so, als würde er zögern, und in diesem Augenblick griff der andere Soldat Bär an. Bär mochte unverwundbar sein, aber er hatte trotzdem menschliche Reflexe und drehte sich seinem Angreifer zu. Sofort stieß William mit seinem Langschwert zu. Er hatte allerdings nicht vor, seinen Gegner aufzuspießen, sondern versuchte vielmehr, die Spitze seines Schwerts unter die schwere Kette zu bringen, die Bär um den Hals trug. Die einzelnen Kettenglieder waren so groß, dass William sich berechtigte Hoffnungen machte, er könnte auf diese Weise das Amulett wegschnippsen – und Bär dann mit dem größten Vergnügen töten.

Doch Bär reagierte mit unnatürlicher Geschwindigkeit; blitzschnell zuckte seine Hand vor und packte die schwere Klinge. Schmerzen schossen durch Williams Arme, als das Schwert sich plötzlich keinen Fingerbreit mehr bewegen ließ; es war, als ob es in einem Schraubstock steckte. Bär grinste William bösartig an, dann lachte er spöttisch auf. »Du bist wohl ein ganz Schlauer, was?«

Ohne auf die hektischen Angriffe von Williams Männern in seinem Rücken und an seinen Seiten zu achten, schob Bär sich auf William zu, zwang ihn auf diese Weise, entweder zurückzuweichen oder sein Schwert loszulassen.

William ließ den Schwertgriff los und tauchte nach unten, auf Bärs Beine zu. Er packte ihn in der Mitte der Oberschenkel und versuchte ihn hochzuheben. Bärs Schwung half ihm bei seinem Vorhaben, und der riesige Pirat flog über Williams Schulter und landete flach auf dem Boden. »Werft euch auf ihn!«, befahl William.

Mehrere Soldaten gehorchten augenblicklich, warfen sich auf Bär und versuchten, ihn am Boden festzuhalten.

»Reißt ihm das verdammte Amulett ab!«, schrie William.

Die Männer griffen wild nach der Kette, während William sie alle umrundete und seinerseits versuchte, das Amulett zu ergreifen. Der Stapel aus menschlichen Körpern hob und senkte sich, doch mit unglaublicher Kraft stand Bär auf, schüttelte die Männer auf seinem Rücken ab, wie ein Vater es mit seinen spielenden Kindern tun würde. Er stieß Williams Hand beiseite. »Genug!«

Bösartige Freude spiegelte sich auf seinem Gesicht, als er seine rechte Hand ausstreckte und einem Mann die Kehle zerquetschte und gleichzeitig einem anderen mit einem Rückhandschlag seiner Linken den Schädel einschlug. William wich zurück. Mit vor Entsetzen weit aufgerissenen Augen musste er zusehen, wie Bär die Männer in seiner Reichweite einen nach dem anderen tötete.

Die beiden noch verbliebenen Männer, die sich hinter Bär befanden, wichen einen Schritt zurück. »Lauft!«, rief William ihnen zu.

Sie brauchten keine zweite Aufforderung, sondern drehten sich unverzüglich um und rannten, so schnell sie konnten. Jetzt blickte Bär William an, machte einen Schritt auf den jungen Offizier zu. William täuschte eine Bewegung nach links an, machte dann aber einen Satz nach rechts; Bär konterte die Bewegung, blieb weiter zwischen der Straße und William.

Plötzlich begriff William, dass er nur noch eine einzige Chance hatte. Bär hatte die ganze Zeit mit seinen Männern gespielt. Sie hatten seine Söldner in die Flucht geschlagen, doch er selbst war unverwundbar, und er hatte sie nahe genug an sich herangelockt, um so viele wie möglich mit bloßen Händen zu töten.

William drehte sich um und rannte auf die Klippen zu. Bär zögerte kurz und nahm dann die Verfolgung auf. William drehte sich nicht um; er wusste, dass schon ein halber Schritt darüber entscheiden konnte, ob er leben oder sterben würde. Ein Sprung von den Klippen würde ihm zumindest eine Chance verschaffen, mochte sie auch noch so klein sein.

Als er sich dem Rand der Klippe näherte, widerstand William dem Drang, langsamer zu werden und einen Blick in die Tiefe zu werfen. Er rannte einfach weiter, vertraute auf sein Glück, machte einen Satz, der ihn so weit wie möglich hinaustragen sollte; er hoffte, er würde dort in den Fluss eintauchen, wo das Wasser am tiefsten war, denn sonst würden die Felsen ihn sicher töten. Schließlich hatten die Klippen an dieser Stelle eine Höhe von einhundert Fuß.

Der Sturz schien kein Ende zu nehmen, und die ganze Zeit klangen ihm Bärs Verwünschungen in den Ohren. Schließlich klatschte William auf die Wasseroberfläche – und dann wurde es dunkel um ihn.

Sechzehn

Tempel

James zögerte.

Er schloss einen Moment die Augen und nickte sich dann zu. Das Muster, das er auf der Felsoberfläche entdeckt hatte, passte zu dem, das Hilda ihm gezeigt hatte. Er nahm das mit Asche bedeckte Artefakt und berührte jeden entsprechenden Punkt in der richtigen Reihenfolge. Danach wartete er.

Durch die Sohlen ihrer Stiefel spürten sie ein tiefes Rumpeln, und plötzlich bewegte sich ein Teil der Felswand zunächst nach hinten und glitt dann nach links zur Seite. James nahm eine Fackel und zündete sie an.

Langsam bewegten sie sich in eine dunkle Eingangshalle hinein. Sie schien direkt aus den Felsen gehauen zu sein; ein roh bearbeiteter Tunnel, der irgendwie an den Stollen einer verlassenen Mine erinnerte.

»Wartet«, sagte James, nachdem sie alle eingetreten waren. Er beobachtete die Tür und zählte dabei stumm mit. Nach etwas mehr als einer Minute glitt sie wieder zu. Er untersuchte die Wand neben der Tür und fand den Öffnungsmechanismus. Er drückte darauf, und die Tür glitt wieder auf. Er bedeutete den anderen durch ein Handzeichen, noch zu warten, und begann erneut zu zählen. Nach ungefähr der gleichen Zeitspanne wie zuvor schloss sich die Tür. James kniete sich hin und stopfte das Artefakt zurück in seinen Rucksack. »Nur für den Fall, dass es weiter vorn noch ein Schloss gibt.«

»Nun, es ist gut zu wissen, dass wir auch ohne das Ding hier schnell wieder rauskommen, wenn es sein muss«, erklärte Kendaric.

»Stimmt«, sagte Solon.

Sie begannen, paarweise langsam den Korridor entlangzugehen. James und Jazhara führten die kleine Gruppe an, und Solon und Kendaric folgten ihnen dichtauf. Nachdem sie vielleicht hundert Schritte gegangen waren, meinte Solon: »Bleibt mal einen Moment stehen.« Er deutete auf einen Fleck an der Wand und sagte zu James: »Leuchtet mit Eurer Fackel mal hierhin.«

James tat, wie ihm geheißen, und Solon untersuchte die Wand.

»Dieser Tunnel ist sehr alt«, sagte er. »Hunderte von Jahren. Er wurde bereits lange, bevor das Königreich sich an diesen Küsten breit machte, aus dem Fels gehauen.«

»Wie könnt Ihr das wissen?«, fragte Kendaric.

»Nun, wenn man seine Jugend mit Zwergen verbringt, dann schnappt man ein bisschen was über Stollen und Bergwerke auf.«

»Diese Spuren hier sind allerdings nicht alt«, sagte James, als er seine Aufmerksamkeit dem Boden unter ihren Füßen zuwandte.

Kendaric schaute nach unten. »Was für Spuren?«

James deutete auf kleine Sprengsel aus Sand und Schlamm, die hier und da zu sehen waren. »Hier gibt es keinen Staub, aber diese Spuren sind frisch. Sie stammen ohne Zweifel von Stiefeln, die Leute getragen haben, die hier erst vor kurzem entlanggegangen sind.« Er spähte in die Dunkelheit vor ihnen. »Seid wachsam!«

»Als ob Ihr uns das noch ausdrücklich sagen müsstet, Junker«, erwiderte Kendaric.

Sie marschierten langsam weiter, bewegten sich immer tiefer in die Höhlen unter der Witwenspitze.

Vielleicht zehn Minuten lang gingen sie in angespanntem Schweigen weiter, bis sie ein Portal erreichten, das sich in ein großes Zimmer öffnete. Vorsichtig traten sie ein. Das Licht von James' Fackel warf gespenstische Schatten auf die roh bearbeiteten Felswände. Solons Hand zuckte reflexartig zum Griff seines Kriegshammers, als er das erste Skelett entdeckte. Neun Nischen waren in regelmäßigen Abständen aus den Wänden des Zimmers herausgearbeitet worden. In jeder dieser Nischen stand ein Skelett, das eine reich verzierte Rüstung sowie einen Schild und Waffen trug. In den steinernen Fußboden waren lange Reihen von komplizierten Symbolen geritzt worden, tief genug, um im flackernden Licht der Fackel gerade noch gesehen zu werden, ohne jedoch das Muster vollständig zu offenbaren.

Soweit James es beurteilen konnte, war das Zimmer beinahe dreißig Fuß hoch, ein großer Halbkreis, der von der gegenüberliegenden Wand dominiert wurde. Als sie sich der Wand näherten, schälte sich das dort befindliche Basrelief aus dem Dunkel.

»Bei allen Göttern!«, flüsterte Kendaric.

Unzählige Kreaturen, die den schlimmsten Albträumen entsprungen schienen, waren hier auf vielfältigste Art und Weise dargestellt. Auch Menschen waren zu sehen, die meist die Rolle von Opfern spielten. Die Verworfenheit der Szenen war völlig klar.

»Haltet Eure Fackel mal ein bisschen höher, mein Junge!«, sagte Solon; sein Akzent war so deutlich wie nie zuvor zu hören.

James hob die Fackel, um für mehr Helligkeit zu sorgen, während sie sich weiter der Wand näherten.

»Bleibt stehen!«, wies Solon ihn an, während er eine Hand nach Jazhara ausstreckte. »Schnell, Mädchen, eine andere Fackel! Schnell!« Jazhara wickelte die Fackel aus und gab sie dem Mönch, der sie an James' Fackel entzündete und dann an Kendaric weiterreichte. »Stellt Euch da drüben hin!«, sagte er und deutete nach links.

»Was?«

»Ich hab gesagt, stellt Euch da drüben hin, Ihr granitköpfiger Blödmann.«

Solon ließ sich von Jazhara zwei weitere Fackeln geben und entzündete sie. Eine gab er der Magierin zurück und wies sie an, sich ein Stück weiter nach rechts zu stellen. Dann hob er selbst eine Fackel in die Höhe und schritt vorwärts. Und als er das tat, ergab sich ein vollständiger Überblick über die Steinmetzarbeiten.

»Bei den Heiligen und Helden von Ishap«, flüsterte der Mönch.

»Was ist das?«, fragte James.

»Könnt Ihr das Zentrum sehen, Junker?« Solon deutete auf eine leere Fläche, die wie ein rundes Fenster aussah und um die herum die schrecklichsten der dargestellten Kreaturen voller Ehrerbietung knieten.

»Ja«, sagt James. »Es ist leer.«

»Oh, nein, es ist nicht leer, mein Freund. In diesem Zentrum ist etwas, das Ihr nicht sehen könnt.«

Solon lief eilig vor der Wand auf und ab, wobei er gelegentlich stehen blieb, um die eine oder andere Einzelheit genauer zu studieren. Schließlich steckte er seine Fackel in einen Haufen Felsblöcke und winkte den anderen, dass sie die Arme senken könnten.

»Was soll das eigentlich alles?«, fragte Kendaric.

Solon starrte seine Gefährten nacheinander lange und ernst an. »Was ich euch jetzt sage, müsst ihr euch alle gut merken. Meißelt es euch in euer Gedächtnis, prägt es euch tiefer als alles andere ein, was ihr bisher in eurem Leben gelernt habt.« Er drehte sich um und deutete auf die Wand. »Diese Wand da vor uns erzählt die Geschichte einer überaus grausamen Zeit.« Er unterbrach sich und holte tief Luft. »Im Tempel wird gelehrt, dass nach den Chaos-Kriegen in einigen Teilen der Welt eine Zeit großer Dunkelheit anbrach, während die Kräfte von Gut und Böse um ein Gleichgewicht kämpften. Orte wie dieser hier sind auch schon zuvor gefunden worden; die Heimstätten von Dämonen und anderen Kreaturen von bösartiger Natur – Wesen, die nicht von dieser Welt sind und verbannt werden müssen, wann auch immer man ihnen begegnet.

Diese Wand erzählt eine Geschichte. Die Einzelheiten sind nicht so wichtig. Was hingegen wichtig ist und was meinem Tempel überbracht werden muss, ist die Nachricht von diesem Ort, die Tatsache, dass es ihn überhaupt gibt. Ganz egal, was sonst noch geschehen mag – es gibt zwei Dinge, die wir unbedingt tun müssen.

Als Erstes müssen wir zurückkehren und meinem Orden von diesem Ort erzählen, damit meine Brüder ihn läutern und für alle Zeit versiegeln können. Und ganz egal, was ihr sonst vergesst – ihr müsst unbedingt daran denken, jenes Ding zu beschreiben, das ihr das leere Fenster nennt, und meinem Hohepriester zu sagen, dass ich mir sicher war, dass es das Werk derjenigen war, die dem Namenlosen folgen.«

»Der Namenlose?«, fragte Kendaric. »Wer ist das?«

»Wenn das Schicksal es gut mit Euch meint, mein Junge«, sagte Solon, »werdet Ihr das niemals erfahren.« Er ließ seinen Blick durch den Raum schweifen. »Obwohl ich die Befürchtung hege, dass das Schicksal es im Augenblick alles andere als gut mit uns meint.«

»Ihr habt gesagt, es gäbe zwei Dinge«, sagte James. »Was ist das andere?«

»Dass wir in dem Unterfangen, die Träne der Götter nach Hause zu bringen, auf gar keinen Fall scheitern dürfen. Denn der Verlust würde uns nicht nur verkrüppeln … Ich weiß jetzt, warum nach der Träne gesucht wird – und wer nach ihr sucht!«

»Und warum wird nach ihr gesucht?«, fragte Jazhara.

Solon deutete auf den leeren Fleck an der Wand. »Um ein Portal wie das da zu öffnen. Sollte dieses Portal jedoch tatsächlich eines Tages geöffnet werden, dann wird unvorstellbares Leid über uns hereinbrechen. Kein Mensch, kein Elb, kein Zwerg – noch nicht einmal die Dunklen Brüder, die Goblins oder die Trolle –, nichts, was sterblich ist, wird in der Lage sein, ihm zu widerstehen. Die mächtigsten Priester und Magier werden beiseite gefegt werden wie Spreu im Wind. Selbst die unbedeutenderen Götter werden zittern.« Er deutete auf die Steinmetzarbeiten, in denen unmenschliche Kreaturen dargestellt waren, wie sie Menschen fraßen oder ihnen Gewalt antaten. »Und so sähe das Schicksal der Überlebenden aus«, fügte er hinzu. »Wir wären nichts weiter als Vieh, das aufgezogen wird, um ihren Hunger zu stillen.«

Jegliche Farbe wich aus Kendarics Gesicht.

»Wenn Ihr noch mal ohnmächtig werdet, lassen wir Euch einfach hier liegen«, sagte James.

Kendaric holte tief Luft. »Es wird schon gehen. Lasst uns einfach weitermachen und herausfinden, was meine Magie blockiert.«

Sie begaben sich zu einer großen zweiflügeligen Tür zu ihrer Linken. »Sie ist abgeschlossen«, sagte James, nachdem er sie untersucht hatte, und deutete auf ein paar Juwelen, die in einem bestimmten Muster in die Tür eingelassen waren.

»Könnt Ihr sie öffnen?«, fragte Kendaric.

»Ich kann es versuchen«, sagte James. Er schaute sich das Muster genauer an und sagte dann: »Ich glaube, es ist ein ... magisches Schloss.« Er fluchte leise. »Die sind immer am schlimmsten.«

»Warum?«, wollte Kendaric wissen.

»Weil mechanische Schlösser einem nur vergiftete Nadeln in den Daumen jagen oder in einem Feuerball in die Luft fliegen, wenn man einen Fehler macht«, sagte James. »Ich habe mal eins aufmachen müssen, aus dem kam eine ziemlich widerliche Klinge herausgeschossen, und die hätte mir glatt die Hand abgetrennt, wenn ich sie nicht rechtzeitig wieder weggezogen hätte ... Magische Schlösser allerdings ... die können alles Mögliche tun.«

Kendaric trat einen Schritt zurück. »Seid Ihr wirklich sicher, dass Ihr an dem Ding da ... herumspielen wollt?«

»Nun, ich habe für alle Vorschläge ein offenes Ohr«, sagte James ungeduldig. Er musterte das Schloss aus allernächster

Nähe. »Es gibt sechs Edelsteine. Und sechs Löcher, um die herum eine blasse Farbe vorherrscht. Etwas, das wie ein Rubin aussieht und ein rotes Loch. Ein grüner Edelstein und ein grünes Loch.« Er beugte sich noch näher an die Tür heran, steckte fast schon seine Nase in das Schloss. »An der Kante sind winzig kleine Spiegel.« Er ließ sich auf die Fersen sinken und berührte einen kleinen weißen Edelstein in der Mitte. Plötzlich schossen sechs Lichtstrahlen daraus hervor. »Oh, verdammt!«, sagte er. Er begann hektisch, die winzig kleinen Spiegel an der Kante des kreisförmigen Schlosses zu bewegen.

»Was ist das?«, fragte Kendaric.

»Ich glaube, James muss jeden Edelstein und jeden Spiegel so bewegen, dass das Licht durch den Edelstein geht, die Farbe ändert und dann ins richtige Loch reflektiert wird«, sagte Jazhara.

James sagte nichts, während er verzweifelt genau das zu tun versuchte.

»Und wo ist das Problem?«

»Nun, angesichts der Tatsache, wie sehr James sich auf die Sache konzentriert, vermute ich mal, dass es eine zeitliche Grenze gibt, wie lange man es versuchen kann«, antwortete Jazhara.

James war immer noch damit beschäftigt, die sechsfache Edelstein-Spiegel-Kombination zu bewegen, als plötzlich das Licht ausging.

Nichts geschah.

Dann erklang hinter ihnen ein Geräusch.

Als sie sich umdrehten, hatte Solon bereits seinen Kriegshammer gehoben und James sein Schwert in der Hand.

In den neun Nischen nahmen die Skelettkrieger gerade ihre Waffen und Schilde auf und traten dann heraus auf den Fußboden.

»Das sieht nicht gut aus«, flüsterte Kendaric.

William lag im Dunkeln.

Das Letzte, woran er sich erinnern konnte, war, wie er auf die

Wasseroberfläche geprallt und dann von der reißenden Strömung mitgerissen worden war und wie er sich schließlich an einem Felsen den Kopf angeschlagen hatte.

Er stand auf und stellte fest, dass er vollkommen trocken war. Er betrachtete seine Hände und schaute dann an sich hinunter und sah keine einzige Wunde. Er betastete vorsichtig sein Gesicht und seinen Kopf und fand nicht die kleinste Verletzung. Keine Hautabschürfung, kein Riss, noch nicht einmal ein blauer Fleck.

Einen Augenblick lang fragte er sich, ob er womöglich tot war und sich irgendwo in Lims-Kragmas Halle befand.

»William!«

Er wirbelte herum und stellte fest, dass er im Innern des »Regenbogen-Papageis« war. Vor ihm stand Bär und hatte Talia an der Kehle gepackt, schüttelte sie, wie ein Terrier eine Ratte schütteln würde. Der große Mann schleuderte die junge Frau beiseite, und sie krachte hart gegen die Wand. Er selbst eilte durch den Hinterausgang der Schänke davon.

William versuchte sich auf das Mädchen zuzubewegen, aber irgendetwas hielt seine Füße an Ort und Stelle fest. *Ich träume*, dachte er.

Plötzlich barst um Talia herum eine Flammensäule in die Höhe, und sie rappelte sich vor Schmerz schreiend auf. Flammenkreaturen – Dämonen mit Tierköpfen – erschienen und umringten Talias Flammengefängnis. »William!«, kreischte sie.

Plötzlich stellte er fest, dass er sich doch bewegen konnte. Er trug eine Rüstung und ein Schwert aus blendend hellem Licht. Er schlug von hinten auf den ersten Dämon ein, und das Wesen schrie voller Qual auf.

Alle Kreaturen drehten sich gleichzeitig um, als wären sie ein einziges Wesen, und begannen sich gemeinsam auf William zuzubewegen, der entschlossen stehen blieb und sich weigerte, auch nur einen Fußbreit zurückzuweichen. Er hieb dabei wild mit dem Schwert um sich, doch für jeden Dämon, den er niederschlug, tauchte ein neuer auf. Heiße Krallen fetzten an seinem Schild und seiner Rüstung. Er spürte Hitze und Schmerz, doch die Rüstung blieb heil. Er merkte, dass sein Arm müde wurde und seine Beine zitterten, aber er blieb tapfer stehen und schlug weiter um sich, landete Treffer auf Treffer.

Nach einer schier endlos erscheinenden Zeitspanne hatte er das Gefühl, seine Lungen würden im nächsten Augenblick bersten, und er musste sich zu jedem einzelnen Hieb zwingen; seine Arme und Beine weigerten sich förmlich, ihm zu gehorchen. Doch die Dämonen drängten noch immer heran, und mehr und mehr ihrer Schläge trafen ihn.

Noch immer konnte er keine Beschädigungen an der Rüstung feststellen und auch keine Verletzungen an sich sehen, obwohl er die Krallen und Fänge spürte, die brennende Hitze ihrer Berührung auf seiner Haut wahrnahm. Sie trieben ihn zurück, und er spürte Verzweiflung in sich aufsteigen, doch jedes Mal, wenn er dachte, dass es unmöglich war, weiterzumachen, hörte er Talias flehende Stimme: »William! Rette mich! William, hilf mir!«

Er hob erneut den Arm, obwohl die Schmerzen ihn zu überwältigen drohten, und schlug einmal mehr zu.

Langsam wendete sich das Blatt. Ein Dämon fiel, doch dieses Mal erschien kein anderer. Er wandte seinen von Schmerzen gemarterten Körper der nächsten Kreatur zu und schlug auf sie ein, bis sie verschwand.

Mit jeder Kreatur, die fiel, stieg neue Hoffnung in William auf und ließ ihn vorwärts drängen. Er zapfte Kraftreserven an, von denen er überhaupt nicht gewusst hatte, dass er sie besaß, und schlug zu, noch einmal und noch einmal.

Und dann war plötzlich der letzte Dämon verschwunden. William stolperte; er war kaum noch in der Lage, einen Fuß vor den anderen zu setzen. Irgendwie schaffte er es bis zu dem Turm aus lodernden Flammen, in dem Talia gefangen war. Sie stand ganz ruhig da und lächelte ihn an.

Er öffnete die ausgedörrten Lippen, und seine Stimme war so trocken wie Sand, als er sagte: »Talia?«

Als er die Hand ausstreckte, um die Flammen zu berühren, verschwanden sie. Das Mädchen, das er liebte, schwebte vor ihm in der Luft, und auf ihrem Gesicht lag ein strahlendes Lächeln.

»Wir haben es geschafft, Talia. Es ist vorbei«, sagte er sanft.

Um sie herum erklang ein Grollen, und dann zerbarst der Gastraum des »Regenbogen-Papageis« wie ein Spiegel, dessen Scherben ins Nichts davonstürzten. Sie standen einander in einer konturlosen schwarzen Leere gegenüber.

William streckte die Hand aus, um Talia zu berühren, doch bevor er ihre Wange erreichen konnte, erklang eine dröhnende Stimme: »Nein, Sohn der conDoin. Auch wenn du Talias Seele davor bewahrt hast, verzehrt zu werden, hat deine Aufgabe in dieser Angelegenheit doch gerade erst begonnen.«

Talia schaute William an. Ihre Lippen bewegten sich nicht, aber er konnte in seinem Innern noch immer ihre ersterbende Stimme hören.

»Ich schwöre bei Kahooli, dass ich meine Rache haben werde.«

Wieder erklang die tiefe, dröhnende Stimme. »Ich bin Kahooli, der Gott der Rache, und ich erkenne deine Hingabe. Um dieser Hingabe willen werde ich auf das Gebet dieser Frau antworten, das sie im Augenblick ihresTodes an mich gerichtet hat. Du wirst bei dem, was vor dir liegt, nicht allein sein.«

Talia begann vor seinen Augen zu verschwinden. William streckte die Hand nach ihr aus, doch seine Finger glitten durch sie hindurch wie durch Rauch.

Weinend rief er: »Talia, bitte bleib hier!«

Auch in Talias Augen standen Tränen, und als sie ihm antwortete, klang ihre Stimme so sanft wie eine flüsternde Brise. »Sag Lebewohl zu mir … bitte …«

Im letzten Augenblick, bevor sie sich völlig in Nichts auflöste, flüsterte William: »Leb wohl, meine Liebe …«

Plötzlich wurde sein Körper von fürchterlichen Schmerzen gemartert, und seine Lungen brannten, als stünden sie in Flammen. Er rollte sich zur Seite, würgte und erbrach das Wasser, das sich in seinen Lungen gesammelt hatte. Keuchend versuchte er sich aufzusetzen und spürte starke Hände, die ihm dabei halfen.

Er blinzelte, und allmählich klärte sich sein Blick. Er war klatschnass und trug die Rüstung, die er getragen hatte, als er Bär gegenübergestanden hatte, nicht mehr die mystische Panzerung, die er beim Kampf gegen die Dämonen getragen hatte.

Er erkannte verschwommen ein Gesicht, das langsam deutlicher wurde. Ein Mann mit einer mächtigen Adlernase betrachtete ihn eindringlich.

»Ich kenne Euch!«, sagte William nach einem kurzen Augenblick.

»Ja, mein junger Freund«, sagte der Mann, der am Flussufer auf den Fersen hockte und William musterte. »Ihr seid der junge Offizier, dem ich vor ein paar Wochen begegnet bin; da habt Ihr einen Würdenträger aus einem fremden Land auf der Jagd begleitet, wenn ich mich recht erinnere. Mein Name ist Sidi.

Ich habe Euch im Fluss treiben sehen, und da es sehr ungewöhnlich ist, einen Mann schwimmen zu sehen, der eine Rüstung trägt, habe ich geschlossen, dass Ihr möglicherweise ein bisschen Hilfe gebrauchen könntet. Es scheint so, als hätte ich Recht gehabt.«

William schaute sich um. »Wo bin ich?«

»Ganz offensichtlich am Flussufer.« Sidi deutete flussabwärts und fügte hinzu: »In dieser Richtung liegt ein Ort namens Haldenkopf, und ein Stück dahinter kommt das Meer.«

William ließ erneut seine Blicke schweifen. Sie befanden sich in einem Waldgebiet, und außer Bäumen war in der Nähe nicht viel zu sehen. »Was macht Ihr hier?«

»Ich habe nach jemandem gesucht.«

»Und nach wem?«

»Nach einem mörderischen Schlächter, der den Namen Bär trägt.«

William spürte, wie die Benommenheit allmählich von ihm abfiel. »Es ist besser für Euch, dass Ihr ihn nicht gefunden habt. Ich habe ihn mit dreißig regulären krondorianischen Soldaten gestellt, und er hat uns ganz allein vernichtend geschlagen.«

»Das Amulett«, sagte Sidi. Er nickte vor sich hin. Schließlich sagte er: »Kommt. Wir können uns unterhalten, während wir gehen.«

»Ihr wisst von dem Amulett?«, fragte William.

»Wie ich Euch letztes Mal, als wir uns begegnet sind, schon gesagt habe, bin ich ein Händler, ein Reisender, der mit seltenen, kostbaren Dingen ebenso handelt wie mit eher gewöhnlichen Gütern. Das Amulett ist ein besonders altes und kostbares Artefakt. Unglücklicherweise verleiht es demjenigen, der es trägt, nicht nur bedeutende Macht, sondern hat auch die Neigung, ihn in den Wahnsinn zu treiben. Es war dazu gedacht, im Besitz eines Magiers von großer Macht und Intelligenz zu sein und nicht einem Tier wie Bär in die Hände zu fallen.«

»Wie ist er denn daran gekommen?«

Sidi blickte William von der Seite heran. »Wie er daran gekommen ist, ist unerheblich. Die wesentlich wichtigere Frage ist, wie wir es zurückbekommen.«

»Wir?«

»Wenn, wie Ihr bemerkt habt, einunddreißig junge Soldaten Bär nicht überwältigen konnten, wie könnte ich dann hoffen, dass es mir – einem einzelnen alten Mann – gelingen könnte?« Er lächelte. »Doch wenn Ihr und ich zusammenarbeiten …« Er ließ das Ende des Satzes in der Luft hängen.

»›Du wirst bei dem, was vor dir liegt, nicht allein sein‹, hat er gesagt«, murmelte William.

»Was?«

William warf Sidi einen Blick zu. »Ich glaube, man hat mir gesagt, dass Ihr mir helfen würdet.« Er schaute an sich herab und blickte dann noch einmal seinen Begleiter an. »In Anbetracht der Tatsache, dass ich unbewaffnet bin …«

»Waffen können gegen das Amulett genauso wenig ausrichten wie Magie. Man kann Bär nur mit Hilfe von Finten und Täuschungen angreifen. Aber ich habe meine Mittel, mein junger Freund. Sorgt dafür, dass ich nahe genug an Bär herankomme, und ich werde Euch helfen, ihm das Amulett abzunehmen. Ihr führt ihn seiner gerechten Bestrafung zu, und ich werde das Schmuckstück seinem rechtmäßigen Besitzer zurückgeben.«

»Ich weiß nicht, ob ich das versprechen kann«, sagte William. »Alles, was wir zurückbekommen, muss nach Krondor geschickt werden, damit es am Hofe des Prinzen untersucht werden kann. Wenn Ihr einen Anspruch auf den Gegenstand habt und der Prinz zu dem Schluss kommt, dass er keine Bedrohung für sein Reich darstellt, könnt Ihr eine Bittschrift einreichen, um ihn wiederzubekommen.«

Sidi lächelte. »Darüber können wir auch noch später nachdenken. Zunächst einmal geht es doch in allererster Linie darum, es Bär zu entreißen. Wenn wir ihn erst einmal unschädlich gemacht haben, können wir uns gerne noch einmal darüber unterhalten, was letztlich mit dem Amulett geschehen soll. Kommt, wir müssen uns beeilen. Die Zeit wird knapp; Bär wird ziemlich sicher vor uns in Haldenkopf eintreffen.«

William schüttelte den Kopf. Er fühlte sich noch immer ein bisschen benommen. Er spürte, dass es etwas gab, das er den Mann fragen sollte, doch er konnte es nicht so richtig festhalten. Aber unabhängig von allem anderen hatte Sidi in einem Punkt Recht: Bär musste aufgehalten werden – und das erforderte zunächst einmal, ihm das Amulett zu entreißen.

Jazhara senkte ihren Stab und hob die Hand. Eine Kugel aus karmesinrotem Licht erschien auf ihrer Handfläche; das Licht spielte über den Skelettkrieger, der ihr am nächsten war, als wäre es von einer Laterne. Die Kreatur stockte und begann dann zu zittern.

Solon reckte seinen Kriegshammer mit einer Hand in die Höhe, während er mit der anderen ein Muster in die Luft zeichnete und dabei eine Beschwörung murmelte. Zwei der Krieger zögerten kurz – dann drehten sie sich um, als wollten sie so viel Abstand wie möglich zwischen sich und den Mönch legen.

Doch noch immer kamen sechs Gestalten drohend auf sie zu.

Solon schwang seinen Kriegshammer und stürmte vorwärts. Der erste Skelettkrieger blockte den Hieb mit seinem Schild ab. Das dumpfe Dröhnen hallte in der Höhle mehrmals wider. Der Kampf war eröffnet.

Das Skelett, das Jazhara mit einem Bann belegt hatte, lag zuckend und zitternd auf dem Boden. Daher wandte sie ihre Aufmerksamkeit jetzt den Übrigen zu, die langsam näher kamen. Sie hob ihren Stab und stieß nach einem Skelettkrieger, doch der reagierte mit unerwarteter Geschwindigkeit; er blockte den Stoß ab und schlug mit seinem langen, gekrümmten Schwert nach ihr. Sie schaffte es gerade noch, rückwärts auszuweichen. Plötzlich bemerkte sie, dass die Wand nur ein paar Fuß hinter ihr war. Wenn sie dort festgenagelt wurde, säße sie in der Falle. Daher begann sie sich nach rechts zu bewegen, bestrebt, sich so viel Raum wie möglich zu verschaffen, um sich bewegen zu können.

Kendaric versuchte standhaft zu sein, doch sobald der Skelettkrieger, der ihm gegenüberstand, zuschlug, fiel er hin und rollte über den Boden. Sein Fuß traf den Knöchel des Kriegers, und die Kreatur verlor das Gleichgewicht und stürzte hin. Kendaric trat kräftig aus; es fühlte sich an, als hätte er gegen Eisen getreten, aber er wurde mit einem krachenden Geräusch belohnt.

Er rollte sich herum und wollte gerade aufstehen, als ein anderer Krieger zuschlug; Kendaric schaffte es nur mit Mühe, nicht enthauptet zu werden. Er wollte losrennen und stieß dabei mit einem anderen Krieger zusammen. Der Aufprall ließ ihn erneut zu Boden stürzen. Dieses Mal fiel er der Kreatur, mit der sich Solon herumschlagen musste, von hinten gegen die Beine.

Der Skelettkrieger stürzte vornüber, und Solon schlug mit seinem Kriegshammer zu und zerschmetterte der Kreatur den Schädel. Das Skelett zuckte ein paarmal, dann fielen seine Knochen auseinander.

Kendaric drehte sich um und rappelte sich auf die Knie, kauerte inmitten der jetzt lose herumliegenden Knochen. Solon betrachtete ihn amüsiert. »Ihr seid eine wandelnde Katastrophe, die sich als Mensch verkleidet hat, aber zumindest dieses Mal verschafft Ihr denen da mehr Ärger als uns«, sagte der Mönch. Er schwang seinen Kriegshammer gegen einen weiteren Skelettkrieger, der von der Wucht des Schlags ein Stück nach hinten geschleudert wurde; Solon nutzte die Zeit, griff nach unten, packte Kendaric am Kragen und stellte ihn wieder auf die Beine. »So, und jetzt seid ein guter Junge und seht zu, ob Ihr noch einem ein Bein stellen könnt, ohne dass Ihr dabei umgebracht werdet.« Er gab Kendaric einen Stoß und ließ seinen Kriegshammer gegen den Schild des nächsten Skelettkriegers krachen.

James duellierte sich mit einer der Kreaturen, die – wie er schnell feststellte – seiner Fechtkunst längst nicht gewachsen war. Das Problem war jedoch, wie er ihr Schaden zufügen konnte. Sein Schwert glitt von den Knochen ab; zwar hinterließ es gelegentlich eine Kerbe, aber es gab keine Substanz, die er wirklich treffen konnte. Irgendwann würde er müde werden, und dann würde das Wesen ihn sicherlich verletzen.

James warf einen Blick in die Runde und sah, dass Jazhara Erfolg damit gehabt hatte, ein bisschen Abstand zwischen sich und ihren Widersacher zu bringen; doch schon schlich sich eine weitere Kreatur von hinten an sie heran.

»Passt auf, hinter Euch!«, rief er ihr zu.

Sie wirbelte herum und duckte sich, als ein Schwert durch die

Luft pfiff, stieß dann mit ihrem Stab kräftig gegen die Beine des Angreifers. Mit einem scheppernden Knall ging das Ding zu Boden.

Plötzlich hatte James eine Idee. »Bringt sie zu Boden!«, rief er. »Bringt sie zu Fall!«

Jazhara drehte ihren Stab erneut und stieß ihn zwischen die Beine jener Kreatur, die als Erste auf sie losgegangen war, schickte sie zu Boden. James täuschte einen hoch angesetzten Hieb an und duckte sich dann ganz tief. Er tauchte zwischen die Beine der Kreatur, packte jeweils eines mit einer Hand, stand auf und warf die Kreatur hintenüber. Augenblicklich wirbelte er herum und machte einen großen Satz, landete mit seinem ganzen Gewicht auf dem Schädel der Kreatur. Ein harter Schlag fuhr durch seine Beine, als wäre er auf einen Felsen gesprungen, doch er hörte ein befriedigendes Knirschen und spürte durch die Sohlen seiner Stiefel hindurch, wie Knochen brachen.

Kendaric kroch wie ein Krebs seitlich davon, wich einem Hieb aus, rollte sich von einer Seite zur anderen. Jazhara folgte James' Beispiel und zerschmetterte einem der Skelettkrieger mit ihrem Stab den Schädel, während der zweite versuchte, wieder auf die Beine zu kommen.

James eilte zu Jazhara und trat der Kreatur von hinten in die Beine; die Magierin schwang ihren Stab zu einem mörderischen Hieb nach unten. James schaute sich in dem Raum um. »Drei sind erledigt.«

»Vier«, sagte Jazhara, als Solon den Schädel eines weiteren Skelettkriegers zermalmte.

»Wir sollten zusammenarbeiten!«, rief James.

»Wie?«, rief Kendaric zurück, während er sich unter einem weiteren wilden Schwerthieb wegduckte und dabei blindlings mit seiner Waffe herumwedelte, als ob das die Kreatur irgendwie dazu hätte bringen können, von ihm abzulassen. Er kroch ein kleines Stück von dem Angreifer weg, der ihn bedrängte – genau vor die Füße des Nächsten. Mit einem entsetzten Kreischen sprang er auf – und stieß rücklings gegen einen dritten Krieger, der vor Solon zu Boden ging.

Jazhara brachte einen weiteren Skelettkrieger zu Fall und ermöglichte es James, ihm den Schädel zu zerschmettern, während Solon den erledigte, den Kendaric zu Boden gebracht hatte.

Es wurde still in dem Raum. Nur zwei Skelettkrieger waren noch übrig – es waren die beiden, die noch immer versuchten, vor Solons Magie zu fliehen. Jazhara erledigte sie mit ihren karmesinroten Feuerbällen, und dann hatten die Gefährten endlich wieder Gelegenheit, tief durchzuatmen.

»Bei den Göttern!«, sagte Kendaric. »Das war zu viel. Was mag uns sonst noch alles erwarten?«

»Schlimmeres«, erwiderte James und wandte seine Aufmerksamkeit wieder dem Schloss zu. »Es wird ziemlich sicher noch schlimmer kommen.« Er musterte das Arrangement aus Edelsteinen, Spiegeln und Löchern und sagte: »Bitte seid mal einen Augenblick still.«

Er drückte auf die Mitte des Schlosses, und wieder schossen die Lichtstrahlen heraus. Geschickt und mit großer Genauigkeit bewegte er die Edelsteine und Spiegel sanft an die richtige Stelle. Als der letzte Edelstein – er sah aus wie ein Topas – einen gelben Lichtstrahl in ein gelbes Loch warf, hörten sie ein Klicken, gefolgt von einem tiefen Rumpeln, und dann schwangen die Türflügel weit auf.

Vor ihnen öffnete sich ein riesiger Felsendom, und es roch nach Wasser – nach Salzwasser, genauer gesagt. Als sie sich ein Stück vorwärts bewegten, sahen sie zwei riesige Teiche; schmale Wege führten an ihnen entlang und zwischen ihnen hindurch.

»Müssen wir etwa da langgehen?«, fragte Kendaric.

»Seht Ihr irgendwo einen anderen Weg, mein Junge?«, entgegnete Solon.

James zögerte. »Wartet«, sagte er nach kurzem Nachdenken..

Er nahm seinen Rucksack ab und öffnete ihn, holte das Artefakt heraus, mit dem sie sich an der äußeren Tür Einlass verschafft hatten.

»Ich glaube, es wäre vielleicht nicht dumm, das Ding hier bei der Hand zu haben.«

Sie gingen weiter und begaben sich auf den mittleren Weg. Als sie ungefähr auf halbem Weg zwischen der Tür und der gegenüberliegenden Wand waren, tauchte links und rechts von ihnen ein Paar gigantischer Tentakel aus dem Wasser auf. Kendaric stieß ein entsetztes Quieken aus, doch James hielt einfach nur das Artefakt in die Höhe.

Die Tentakel erstarrten, als wollten sie jeden Augenblick zuschlagen. Sie zitterten voller Vorfreude, griffen aber nicht an.

»Woher habt Ihr das gewusst?«, fragte Jazhara im Flüsterton.

»Ich habe es nicht gewusst«, antwortete James. »Es war nur eine Vermutung.«

Sie marschierten aus der Reichweite der Tentakel, die sich nach einiger Zeit wieder ins Wasser zurückzogen. Solon warf einen letzten Blick zurück über die Schulter. »Gut gemacht, mein Junge. Die Dinger hätten uns wie Insekten zerquetscht.«

James sagte nichts und führte sie weiter in die Dunkelheit.

Siebzehn

Die Schwarze Perle

Kendaric deutete nach vorn.

»Was ist das?«

»Es sieht aus wie ein Tempel oder eigentlich eher wie ein Abgrund aus schwarzem Wahnsinn. Und das hier sind Archive, wenn ich mich nicht irre«, flüsterte Solon.

Sie betraten ein weiteres riesiges Zimmer; es war voller vom Boden bis zur Decke reichender Regale, die mit Pergamentrollen und uralten, in Leder gebundenen Büchern voll gestopft waren. Über ihnen verschwanden schwebende Laufgänge im Zwielicht. Hier und da brannten Fackeln, deren Licht die Dunkelheit in dem Raum ein wenig aufhellte; viele Fackelhalter an den Wänden und den Regalen waren allerdings leer. »Wenn sie die auch noch benutzen würden, wäre es hier ein bisschen heller«, stellte James fest. »Die Fackeln da sollen den Leuten nur helfen, sich durch dieses Gewölbe zu bewegen.«

Das Geräusch von Stiefeln auf Steinfliesen warnte sie davor, dass sich jemand näherte, und James führte seine Gefährten schnell von den Fackeln weg in die Deckung einiger Regale. Sie spähten zwischen aufgestapelten Pergamentrollen hindurch und sahen eine kleine Kompanie Goblins vorbeieilen.

Nachdem die Goblins wieder verschwunden waren, sagte James: »Nun, jetzt wissen wir, dass diese Plünderer nicht nur einfach so aus den Bergen heruntergekommen sind.«

»Was machen die Goblins denn hier?«, fragte Kendaric.

»Ich halte jede Wette, dass die hier einen Stützpunkt aufbauen«, sagte Solon. »Dieser Tempel ist riesig. Irgendwo muss es Unterkünfte für die Soldaten geben. Und dort werden auch die Goblins sein.«

James dachte einen Augenblick nach. »Eines verstehe ich allerdings noch immer nicht ganz – wie passen all die unangenehmen Ereignisse, die in jüngster Zeit in Krondor stattgefunden haben, mit dem hier zusammen?«, fragte er ratlos.

»Vielleicht tun sie das gar nicht«, bemerkte Jazhara. »Nach dem, was Ihr mir erzählt habt, gibt es eine Verbindung zwischen dem Kriecher mit seinen Plänen, die Unterwelt von Krondor zu übernehmen, und demjenigen, der hinter diesem Versuch steckt, die Träne der Götter zu stehlen. Es könnte aber sehr wohl sein, dass sie nichts weiter als gelegentliche Verbündete sind.«

»Manchmal frage ich mich, ob ich dieses Geheimnis wohl jemals völlig lösen werde«, sagte James. Er schaute nach vorn in die Finsternis. »Kommt mit«, flüsterte er seinen Gefährten zu.

Sie bewegten sich vorsichtig weiter und machten nur einmal kurz Halt, damit James sich orientieren konnte. Ein Stück voraus leuchteten zwei einander gegenüberliegende Lichter, die sich jeweils im rechten Winkel zu ihrem Weg befanden. James versuchte sich zu orientieren; er ging davon aus, dass das, was sie suchten, sich mit ziemlicher Sicherheit im tiefsten Teil des Tempels, weit unter der Erdoberfläche befand.

Jazhara las die Beschriftung, die auf dem Rücken eines der alten Bücher eingeprägt war, und flüsterte: »Oh, barmherzige Götter!«

»Was ist?«, fragte Solon.

Sie deutete auf den entsprechenden Band. »Das ist keshianisch, aber eine alte Form. Wenn ich es richtig gelesen habe, dann ist dies ein machtvoller Band über schwarze Nekromantie.«

»Das passt zu allem anderen, was wir bisher gesehen haben«, sagte James.

»Ich bin nur ein armer Geselle der Wrackberger-Gilde«, jammerte Kendaric. »Was hat es mit dieser Nekromantie auf sich, dass ihr Priester und Magier darauf immer so verstört reagiert?«

Solon übernahm die Antwort. »Es gibt eine grundsätzliche Ordnung im Universum, und es gibt Grenzen für jede Macht – oder zumindest sollte es sie geben. Jene, die mit der Essenz des Lebens herumspielen und den Tod verhöhnen, verletzen die wichtigsten Grundsätze dieser Ordnung. Oder seid Ihr zu begriffsstutzig, um das zu verstehen?«

»Ich hab ja nur gefragt«, sagte Kendaric mit weinerlicher Stimme. Er strich mit den Fingerspitzen über das Buch. »Ein schöner Einband.«

»Das ist Menschenhaut«, sagte Jazhara.

Kendaric zog die Hand zurück, als hätte er sich verbrannt.

»Kommt«, sagte James. Sie machten sich wieder auf den Weg und bewegten sich noch tiefer in den Tempel hinein.

Die Zeit verstrich, und noch immer führte ihr Weg sie durch aus Stein gehauene Hallen. Gelegentlich machten sie Halt, und James eilte voraus, um das vor ihnen liegende Terrain auszukundschaften. Sie hörten andere Wesen, die sich in dem riesigen Tempel befanden, und manchmal waren sie gezwungen, sich zu verstecken, aber sie schafften es tatsächlich, niemandem zu begegnen, und marschierten tapfer weiter.

Ungefähr eine Stunde, nachdem sie den Tempel betreten hatten, gelangten sie in eine riesige Halle, an deren hinterem Ende sich eine gigantische Statue befand, eine heldenhafte Gestalt, die auf einem Thron saß. Als sie den Fuß der Statue erreichten, starrten sie nach oben. Der Koloss ragte zwei Stockwerke hoch über ihnen auf.

Die Gestalt war allem Anschein nach menschlich, mit breiten Schultern und mächtigen Armen, und sie saß unglaublich gelassen da. Aus dem Stein gehauene, mit Sandalen bekleidete Füße lugten unter dem Saum eines bodenlangen Gewandes hervor.

»Seht«, sagte Kendaric. »Seht euch das Gesicht an.« Das Gesicht der Statue war restlos abgeschlagen worden.

»Warum hat man sie auf diese Weise gesichtslos gemacht?«

»Als Schutz gegen das Böse, das sie repräsentiert«, sagte Jazhara leise.

»Wer ist das?«, fragte Kendaric. »Welchen Gott stellt diese Statue dar?«

Solon legte Kendaric sanft eine Hand auf die Schulter. »Das wirst du niemals erfahren, und dafür solltest du dankbar sein.«

James bedeutete ihnen, dass sie weitergehen sollten.

James blieb stehen und schnüffelte. Er hob die Hand.

»Was ist?«, fragte Kendaric flüsternd.

Solon schob sich nach vorn und fragte: »Könnt Ihr es denn nicht riechen?«

»Ich rieche etwas«, sagte Kendaric. »Aber was ist das?«

»Goblins«, sagte James.

Er hob die Hand, um seinen Gefährten klarzumachen, dass sie stehen bleiben sollten, während er in die Knie ging und auf allen vieren auf eine offene Tür zukroch. Das letzte Stück legte er sich flach auf den Bauch und schob sich ganz langsam vorwärts, um in den Raum zu spähen.

Dann drehte er sich um, krabbelte zurück und sprang in einer einzigen fließenden Bewegung wieder auf die Beine. Als er zu seinen Gefährten trat, zog er sein Schwert. »Die meisten waren wohl bei der Patrouille, die wir gesehen haben. Zwei schlafen in ihren Betten, und zwei andere essen am hinteren Ende des Raums irgendwas aus einem Topf«, sagte er mit leiser Stimme.

»Ich kann mich um die beiden kümmern, die beim Essen sind – und zwar so, dass sie kein Geräusch von sich geben können«, sagte Jazhara.

»Gut«, erwiderte James. »Dann werde ich die anderen beiden zum Schweigen bringen.«

Jazhara schloss die Augen, und James spürte einmal mehr, wie sich die Härchen auf seinen Armen aufrichteten, als sie begann, ihre Magie zu wirken. Für gut zwei Minuten blieb sie völlig reglos stehen, dann öffnete sie die Augen wieder. »Ich bin fertig.«

»Was war das denn?«, fragte Kendaric.

»Einer von der Sorte, für die man ein bisschen Zeit braucht. Jetzt ist der Spruch fast fertig. Ich muss nur noch eine letzte Beschwörung hinzufügen, und er beginnt zu wirken. Er ist sehr nützlich, wenn man die entsprechende Sorgfalt walten lässt – und nicht besonders nützlich, wenn man's eilig hat.«

»Aha«, sagte Kendaric, als ob er alles verstanden hätte. Aber es war ganz klar, dass er überhaupt nichts begriff.

James bedeutete ihnen, sich in Bewegung zu setzen. Sie erreichten die Tür, und Jazhara trat hindurch. Sie sprach ihre letzte Beschwörungsformel laut aus.

Der eine Goblin hörte die ersten Worte und hob den Kopf. Er wollte aufstehen, aber Jazharas Spruch zeigte bereits Wirkung, denn er war gelähmt, war gefangen wie ein Insekt im Bernstein. Sein Gefährte hockte auf seinen Fersen, seine Schüssel im Schoß und eine Hand auf halbem Weg zum Mund erstarrt.

Sie blieben beide völlig reglos, gefangen in einem reinen Energiefeld aus sprühendem Weiß, einem Feld, das wie ein mit Diamantstaub bedeckter Gazeschleier aussah.

James begab sich zielbewusst zu den Betten, in denen die beiden schlafenden Goblins lagen, und schnitt ihnen rasch die Kehle durch. Dann machte er das Gleiche bei den beiden erstarrten Goblins.

»Wir müssen uns beeilen«, sagte James zu seinen Gefährten. »Die Patrouille wird ganz sicher noch vor heute Abend zurückkehren.«

Sie eilten zum hinteren Ende der Unterkünfte, wo James eine Tür öffnete. Dahinter befand sich eine leere Küche, in der ein Kessel auf einer Feuerstelle brodelte.

Kendaric wurde totenbleich und musste sich am Türrahmen festhalten; auch Jazhara wich das Blut aus dem Gesicht. Auf dem Hackklotz lagen die Überreste eines menschlichen Torsos. Ein Kopf lag achtlos beiseite geworfen in einer Ecke, daneben noch eine Hand und ein Fuß.

»Mutter der Götter!«, flüsterte Solon.

James war sprachlos. Er gab seinen Begleitern einen Wink, ihm zu folgen. Sie verließen die Küche und gingen einen kurzen, dunklen Gang entlang, in dem James erneut Halt machte.

»Riecht ihr das?«

»Sind das Goblins?«, fragte Kendaric.

»Schweiß und Dreck«, sagte Jazhara.

Sie bogen in einen langen Korridor ab, der aus dem Fels herausgemeißelt worden war. Am anderen Ende konnten sie ein Licht sehen. Sie schlichen sich vorsichtig weiter, bis sie klar erkennen konnten, was da vor ihnen lag; einmal mehr hob James die Hand und ging allein weiter. Er gelangte an eine offene Tür und ließ seinen Blick durch den dahinter liegenden Raum schweifen, dann winkte er die anderen heran. Der Raum war quadratisch, und in ihm befanden sich vier große Käfige, die jeweils durch schmale Durchgänge voneinander getrennt waren. In jedem Käfig befanden sich ein paar Dutzend Menschen. Die meisten schienen Seeleute zu sein, einige sahen allerdings auch wie Bauern oder Stadtbewohner aus.

Einer der Gefangenen blickte auf und stieß dem Mann neben ihm den Ellbogen in die Rippen, als James und seine Begleiter in Sicht kamen. Die beiden Männer machten einen Satz nach vorn und umklammerten die Gitterstäbe.

Einer der Männer flüsterte: »Dala sei Dank, dass ihr gekommen seid!«

James schaute sich in den Käfigen um. Andere Gefangene begannen damit, die Nachricht weiterzuverbreiten, und schon bald drängten sich unzählige Menschen an den Gitterstäben.

James hob die Hände und bat um Ruhe. Er kniete sich hin und untersuchte das Schloss. »Wer hat den Schlüssel?«, fragte er.

»Wir wissen nicht, wie er heißt«, sagte der Mann, der der Käfigtür am nächsten war. »Er ist der Anführer der Goblins. Wir nennen ihn Gefängniswärter.«

»Er ist wahrscheinlich mit der Patrouille unterwegs, die wir vorhin gesehen haben«, sagte Solon.

James nahm seinen Rucksack ab. Er fuhrwerkte darin herum und holte einen kleinen Beutel heraus, in dem sich mehrere unterschiedlich lange, dünne und teilweise gekrümmte Metallstäbe befanden. Er wählte einen aus und begann damit am Schloss zu hantieren.

»Interessant«, bemerkte Jazhara.

James wandte den Blick nicht einen Augenblick von dem Schloss ab, während er entgegnete: »Alte Angewohnheiten.«

Es gab ein Klicken, und dann öffnete sich die Tür. »Wartet«, wies James die Insassen an, »bis ich auch die anderen aufgemacht habe.«

Wenige Minuten später waren alle vier Käfigtüren offen.

»Kennt ihr den Weg nach draußen?«, fragte Jazhara.

»Ja, werte Dame«, sagte ein Seemann. »Wir sind zum Arbeiten hier, und wenn sie nicht gerade einen von uns schlachten, um ihn zu essen, müssen wir hier alles in Ordnung bringen. Es sieht so aus, als würden sie die Ankunft weiterer Goblins erwarten und wollten alles dafür vorbereiten.«

»Wisst ihr, wo ihr Waffen finden könnt?«

»Nicht weit von hier sind Soldatenunterkünfte, und daneben ist eine Waffenkammer, aber da sind immer Goblins«, sagte ein dünner Mann.

»Heute waren es nur vier«, sagte James, »und die sind jetzt tot.«

Die Männer murmelten aufgeregt durcheinander.

James schwieg ungefähr eine Minute, ehe er fragte: »Würdet ihr uns einen Gefallen tun?«

»Wenn ihr nicht gekommen wärt, hätten sie uns alle gegessen«, sagte der dünne Mann. »Sie haben jeden Tag einen von uns getötet. Natürlich werden wir euch einen Gefallen tun. Was sollen wir machen?«

»Zunächst einmal warten. Ich werde die Türen unverschlossen lassen, aber wieder zuschieben – für den Fall, dass jemand hier vorbeikommt, ehe wir unsere Mission vollendet haben. Falls ihr irgendwelche Kampfgeräusche hört, rennt zu den Soldatenunterkünften und besorgt euch Waffen, und dann kämpft euch den Weg frei. Wenn ihr bis in … sagen wir mal einer Stunde nichts hört, könnt ihr gehen. Ist das ein annehmbarer Vorschlag?«

Der Mann schaute sich um und sah, dass ein paar seiner Mitgefangenen nickten. »Ja«, sagte er.

»Gut«, erwiderte James. Die Männer kehrten in ihre Käfige zurück. Die Türen wurden zugezogen, und ein Mann setzte sich hin und begann, langsam und rhythmisch zu zählen, um festzustellen, wann die Stunde verstrichen sein würde.

Bevor sie die Sklavenpferche verließen, sagte James: »Wir sehen uns in Haldenkopf. Dort müsste jetzt ein Trupp Soldaten des Königreichs sein. Falls ihr sie dort trefft und wir nicht zurückkehren, sagt den Soldaten, was ihr hier gesehen habt.«

»Das werde ich.« Der dünne Mann warf James einen Blick zu. »Wo wollt ihr jetzt hin?«, fragte er schließlich.

»Ins Herz dieses üblen Ortes«, antwortete Solon.

»Dann hütet euch vor dem Anführer«, sagte der Gefangene.

»Habt ihr ihn gesehen?«

»Ja«, flüsterte der dünne Mann.

»Wie hat er ausgesehen?«

»Ich nehme an, dass er früher einmal ein Mensch war. Aber jetzt ist er … ein … ein untotes … Ding! Er ist völlig verfault und zerfallen, und er trägt zerrissene Gewänder, die zum Himmel stinken, und er wird von Kreaturen bewacht, die ich noch nicht einmal benennen kann. Wir haben ihn nicht oft gesehen; er hält sich meistens auf den tieferen Ebenen auf, und dort sind nur wenige von uns jemals hingekommen.«

»Mögen die Götter mich euch sein«, sagte James.

Die Männer nickten.

James führte seine Begleiter weiter, in den nächsten dunklen Korridor hinein.

Sie stiegen eine Treppe hinunter, an der sie ein paar Minuten zuvor vorbeigekommen waren und die zu einer Reihe von Tunneln führte. James war mehrere Male stehen geblieben und hatte sich dann entschlossen, im Hauptkorridor, der vom Fuß der Treppe wegführte, weiterzugehen. Er nahm an, dass der kürzeste Weg sie zum Herz des Tempels bringen würde, während alle anderen Korridore in andere Bereiche führten. Zumindest hoffte er, dass sich diese Vermutung im Nachhinein als richtig herausstellen würde.

Schon nach kurzer Zeit kamen sie zu einer Öffnung in einer steinernen Mauer und traten hindurch. Auf der anderen Seite entdeckten sie etwas, das man eigentlich nur als Galerie bezeichnen konnte – ein großer Raum, in dessen vier Wände im Abstand von ein paar Fuß unzählige Nischen eingelassen waren. Dieses Mal standen darin keine Skelettkrieger, sondern Statuen. Einige stellten Menschen dar, aber es gab auch viele andere, und James kannte bei weitem nicht alle Rassen, die hier für alle Ewigkeit in Stein gehauen worden waren.

Auf Podesten, die in regelmäßigen Abständen auf dem Fußboden verteilt waren, standen Statuen in heldenhaften Posen, die entweder die Kleider von Kriegern oder lange Gewänder trugen. Und alle verströmten etwas Böses.

Am gegenüberliegenden Ende des großen Raums war eine Tür. James betastete prüfend den Riegel und öffnete ihn. Er drückte ganz leicht gegen die Tür und spähte durch den sich öffnenden Spalt. »Das ist es«, flüsterte er.

Er stieß die Tür auf und enthüllte einen weiteren, quadratischen Raum. Drei Wände waren von menschlichen Schädeln gesäumt, die vierte war mit einem großen Mosaik verkleidet, das die gleichen Bilder zeigte wie das Basrelief im Eingangsbereich des Tempels. Auch hier dominierte das leere Fenster das Zentrum der Bilder.

Vier große Säulen stützten die Decke; sie waren aus Stein gemeißelt und stellten menschliche Schädel dar, die von Tentakeln umschlungen wurden. Der Fußboden war mit geheimnisvollen Runen übersät.

Mitten darauf ruhte ein riesiger Altar; er war mit einer Kruste aus Blut überzogen, die mehrere Zentimeter dick und so alt war, dass sie schwarz wirkte. Auf dieser von zahllosen Opfern erzählenden Oberfläche lag eine riesige Hand mit zu Klauen gekrümmten Fingern, die anscheinend aus Silber oder Platin war. Die Finger umklammerten eine riesige schwarze Perle, doppelt so groß wie der Kopf eines Mannes. Ihre Oberfläche schimmerte voller mystischer Energie; schwache Farbschlieren liefen darüber hinweg, wie der dunkle Regenbogen, der sich bildet, wenn Öl in Wasser gerät.

»Oh, ja, in der Tat, das ist ›es‹«, sagte Jazhara.

Sie eilte zu dem Objekt. »Dies ist die Quelle der mystischen Energie, die Euren Spruch blockiert, Kendaric. Da bin ich mir ganz sicher.«

»Lasst es uns zerstören und wieder von hier verschwinden«, sagte Solon. Er hob seinen Kriegshammer.

»Das wäre ziemlich unklug«, erklang eine trockene Stimme von irgendwo aus den Schatten.

Aus einer dunklen Nische tauchte eine Gestalt auf. Sie war in zerfetzte Gewänder gekleidet, und James erkannte sie sofort als das Wesen aus der Vision. Jazhara reagierte unverzüglich. Sie senkte ihren Stab und feuerte einen Blitz aus karmesinroter Energie ab.

Die Kreatur wedelte mit der Hand und lenkte dadurch den

Energieblitz ab, sodass er in die Wand einschlug, wo er sich prasselnd verteilte und auflöste. An der Stelle, an der der Blitz eingeschlagen hatte, blieb ein rauchender, verkohlter Fleck zurück.

»Närrisches Weib«, flüsterte die Gestalt. Ihre Stimme klang wie ein alter Wind, der vom Bösen kündete. »Lasst den Gildenmann hier, und ihr könnt gehen und euer erbärmliches Leben behalten. Ich brauche seine Fähigkeiten. Doch wenn ihr mir Widerstand leistet, werdet ihr sterben.«

Ohne nachzudenken, trat Kendaric einen Schritt zurück und ging hinter Solon in Deckung. »Ihr werdet mich doch wohl nicht einfach hier lassen?«

»Nein«, sagte James.

Die Kreatur deutete auf die Gefährten. »Tötet sie«, befahl sie.

Zwei riesige Gestalten betraten den Raum durch zwei einander gegenüberliegende Türen an den Seitenwänden. Es waren Skelettkrieger, die denen glichen, gegen die sie bereits gekämpft hatten, nur, dass diese hier um die Hälfte größer waren. Sie maßen von den Fußsohlen bis zur Helmspitze beinahe neun Fuß, hatten vier Arme und trugen ebenso viele Schwerter mit langer, gekrümmter Klinge. Ihre Köpfe steckten in leuchtenden karmesinroten, mit Gold besetzten Helmen.

»Das ist nicht gut«, sagte Kendaric. »Oh, nein, das ist ganz und gar nicht gut.«

Solon griff hinter sich, packte Kendaric am Ärmel und zog ihn beiseite. »Seid ein guter Junge und versucht einfach nur, nicht im Weg herumzustehen.«

Plötzlich setzte der Mönch mit überraschender Geschwindigkeit zum Angriff an; er reckte seinen Kriegshammer hoch über den Kopf und brüllte: »Ishap, gib mir Kraft!«

Der Skelettkrieger, der Solon am nächsten war, zögerte nur einen winzigen Augenblick. Dann begann er so schnell mit seinen Schwertern um sich zu schlagen, dass sie nur noch verschwommen zu erkennen waren. Mit überraschender Geschicklichkeit fing Solon mit seinem Kriegshammer Hieb um Hieb ab. Dann kniete er sich hin und schmetterte seinen Kriegshammer mit gewaltiger Wucht auf den linken Fuß des Skelettkriegers. Ein deutlich hörbares Krachen erklang, als der große Zeh der Kreatur zerbarst.

Die stumme Kreatur zeigte nicht die geringste Reaktion, sondern ließ weiter ihre Klingen wirbeln, sodass Solon es gerade noch schaffte, den Kopf auf den Schultern zu behalten. Er hatte mehrere Schnittwunden an Armen und Schultern und war gezwungen, sich zurückzuziehen und sich darauf zu konzentrieren, sich selbst zu verteidigen.

James warf Jazhara einen Blick zu. »Helft ihm. Ich werde versuchen, den anderen abzulenken.«

James eilte der Kreatur entgegen, die sich von der weiter entfernten Tür her näherte, während Jazhara ihren Stab senkte und dem Krieger, der Solon angriff, einen Spruch entgegenschickte. Doch der Zauber, der sich im ersten Zimmer als so wirkungsvoll erwiesen hatte, badete die Kreatur nur einen kurzen Augenblick in funkelndes blassblaues Licht und erlosch dann wieder. Solon nutzte die Gelegenheit, als die Kreatur einen Moment zögerte; er schoss vor, ließ seinen Hammer auf den gleichen Fuß wie zuvor niederkrachen und zog sich ebenso schnell wieder zurück.

Das Wesen schwankte leicht, als es sich wieder vorwärts bewegte.

James ging auf die zweite Kreatur los und versuchte, in der Abfolge ihrer Schwerthiebe so etwas wie ein Muster zu erkennen. Wenn es eines gab, so war es allerdings nicht offensichtlich, daher zögerte er, näher heranzugehen. Doch irgendwie musste er das Ding ablenken, wenn sie überhaupt eine Überlebenschance haben wollten. Gemeinsam würden die Kreaturen sie binnen weniger Minuten niedermachen.

James begann im Stillen zu zählen, und als die Kreatur den ersten Schlag von oben gegen seinen Kopf führte, erkannte er plötzlich das Muster. James' Klinge schoss nach oben, lenkte den ersten Hieb ab, dann blockte er rechts, dann tief rechts und dann quer vor der linken Seite seines Körpers, wobei er sich leicht drehte. Das Geräusch von Stahl auf Stahl dröhnte durch den Raum; James wusste, dass er die Angriffe dieser Kreatur höchstens für ein oder zwei Minuten abblocken konnte. Und er versuchte nicht daran zu denken, was geschehen würde, sollte die Kreatur das Muster ihrer Hiebe ändern.

Jazhara versuchte es mit einem anderen Zauberspruch, aber auch der zeigte keine Wirkung. Daher machte sie einen Satz nach vorn, den Stab hoch über den Kopf erhoben, als wollte sie versuchen, die vielfältigen Schwerthiebe abzuwehren. Erst in der allerletzten Sekunde ließ sie ihre rechte Hand zu ihrer linken rutschen, sodass sie den Stab jetzt wie eine lange Keule hielt. Sie schlug mit aller Kraft auf den gleichen Fuß ein, den Solon bereits beschädigt hatte, und wurde von dem Geräusch brechender Knochen belohnt.

Sie schaffte es gerade noch, den Kopf auf den Schultern zu behalten, bekam aber einen langen, üblen Schnitt an der rechten Schulter ab. Das Blut begann aus der Wunde zu strömen, als sie zur Seite hin auswich, und dann war Solon wieder da, ging auf den gleichen Fuß los.

Die Kreatur schlug zu, und Solon wurde von einer Schwertspitze auf die Brustplatte getroffen. Die Rüstung hielt, doch die Wucht des Schlages war so groß, dass er rücklings zu Boden ging. Die Kreatur setzte nach, und es war klar, dass der Mönch nicht mehr rechtzeitig auf die Beine kommen würde.

Kendaric schaute in stummem Entsetzen zu, wie sich die Kreatur immer weiter auf den Mönch zubewegte. Jazhara versuchte, das Skelett von der Seite her anzugreifen, wurde jedoch von einem seitwärts geführten Schwerthieb zurückgetrieben. Jetzt hatte die Kreatur Solon fast erreicht.

Kendaric stieß sich von der Wand ab, an der er sich zusammengekauert hatte. Mit einem Satz stellte er sich zwischen Solon und den Skelettkrieger und schlug mit seiner Klinge wild in alle Richtungen.

»Nein!«, schrie der untote Magier. »Töte ihn nicht!«

Die Kreatur zögerte. Solon rollte sich zur Seite, erhob sich auf die Knie und stand dann ganz auf, den Kriegshammer bereits wieder hoch erhoben. Er legte alle Kraft, die er aufbringen konnte, in diesen Schlag – und zerschmetterte der Kreatur den linken Fuß.

Als Kendaric und Solon sich wieder zurückzogen, versuchte die Kreatur, sich vorwärts zu bewegen. Sie schwankte und fiel dann vornüber, landete krachend zu Solons Füßen auf dem Boden. Kendaric zögerte nur eine Sekunde, langte nach unten und packte den Rand des verzierten Helms der Kreatur. Er riss den Helm weg – und im gleichen Augenblick schlug Solon noch einmal mit seinem Hammer zu, getrieben von der Kraft der Verzweiflung.

Ein trockenes Krachen erfüllte die Halle, als der Schädel der Kreatur zerbarst. Das Skelett wurde schlaff, die Knochen sanken rasselnd auf dem Steinfußboden zusammen.

Jazhara näherte sich bereits der Kreatur, mit der James es zu tun hatte. »Ich könnte ein bisschen Hilfe gebrauchen«, erklärte der ehemalige Dieb. Er war völlig nass geschwitzt, und seine Arme wurden allmählich schwer, aber er konnte die Hiebe des Kriegers noch immer erfolgreich abblocken.

Solon drehte sich zu dem untoten Magier um. »Wir haben keine Zeit zu versuchen, den anderen Krieger auch irgendwie zu Fall zu bringen«, sagte er zu Kendaric.

Kendaric nickte und packte sein Schwert fester.

Sie gingen auf den untoten Magier zu, der eine Hand in die Höhe reckte. Ein Blitz aus weißer Energie schoss auf Solon zu, der es gerade noch schaffte, zur Seite hin auszuweichen. Kendaric rannte los und spießte die Kreatur mit seinem Schwert auf.

Der untote Magier schaute geringschätzig nach unten. »Du kannst mich nicht vernichten, mein Junge«, sagte er; gleichzeitig schoss seine Knochenhand vor, und er packte Kendaric am Arm. »Und jetzt hab ich dich!«

»Solon!«, rief der Gildenmann verzweifelt. »Er will einfach nicht sterben!«

Jazhara versuchte, den zweiten Skelettkrieger abzulenken, um James eine Atempause zu verschaffen. Sie drehte sich um und rief: »Er muss seine Seele in einem Gefäß untergebracht haben!«

Solon zögerte einen Augenblick. »Und wo soll das sein?«, brüllte er dann.

Jazhara ließ ihren Blick hektisch durch den Raum schweifen. »Es könnte überall sein. Es könnte sich in einem anderen Raum befinden ... oder sogar ... in der Perle!«

Entschlossen schritt Solon auf den Altar und die darauf ruhende Perle zu.

»Nein!«, schrie der untote Magier.

Solon hob den Hammer und ließ ihn mit einem gewaltigen Hieb auf die Perle krachen. Auf der schwarzen Oberfläche zeichneten sich kurz wütende Energien ab, dünne Linien aus heißem weißem Feuer zogen sich wie ein feines Gitternetz über die gesamte Kugel. Er schlug erneut zu, und von der Perle stieg ein dunkler Nebel auf. Ein dritter Hieb zerschmetterte die Perle – sie explodierte förmlich, und zwar mit solcher Macht, dass der Ishap-Mönch rücklings quer durch den ganzen Raum geschleudert wurde.

Der untote Magier betrachtete das Geschehen mit vor Entsetzen weit aufgerissenen Augen. »Was hast du getan?«, sagte er leise.

Kendaric spürte, wie sein Arm losgelassen wurde. Der Untote drehte sich um und sagte: »Noch habt ihr nicht gewonnen, Gildenmann.«

Der zweite Skelettkrieger begann zu zittern, und seine Bewegungen wurden langsamer. James stolperte nach hinten von ihm weg. Er war kaum noch in der Lage, die Arme zu heben, und Jazhara packte rasch zu und stützte ihn. Die Kreatur machte noch ein, zwei torkelnde Schritte, als wäre sie betrunken, und brach dann mit lautem Geschepper zusammen.

Der untote Magier tastete nach Kendaric. »Ich bin noch nicht fertig mit dir, mein Freund.«

Kendaric streckte die Hand aus; er griff nach dem Heft seines Schwertes, das noch immer aus dem Bauch des untoten Magiers ragte. Er drehte die Klinge, und das Gerippe krümmte sich vor Schmerzen.

»Aber ich bin mit dir fertig!«, erklärte Kendaric. »Jetzt ist es für dich an der Zeit, endlich zu sterben.« Er riss die Klinge zurück, und der untote Magier erzitterte vor Schmerzen und sank auf die Knie. Ohne auch nur einen winzigen Augenblick zu zögern, drehte Kendaric sich leicht zur Seite und führte einen Hieb gegen den Nacken des Untoten. Die Haut riss auf wie trockenes Papier, und die Knochen brachen wie dürres Reisig. Der Kopf des Gerippes fiel von den Schultern und kullerte über den Fußboden.

James hatte einen Arm um Jazharas Schultern gelegt. »Nun, das war wirklich interessant«, sagte er.

Solon rappelte sich auf; er hatte eine Vielzahl kleiner Schnitte im Gesicht, die von den Splittern der zerborstenen Perle stammten. »Das ist zwar nicht unbedingt das Wort, das ich gebrauchen würde, aber ich verstehe, was Ihr meint.«

»Und was jetzt?«, fragte Kendaric.

»Wir sollten uns gut umsehen«, sagte James. »Es könnte sein, dass sich hier unten noch andere Kreaturen herumtreiben, die Ärger machen könnten.«

»Ich bin der Ansicht, wir sollten diesen Ort mit Feuer reinigen, wenn wir gehen«, sagte Jazhara.

»Ja«, stimmte Solon ihr zu. »Das Böse ist hier so fest verwurzelt, dass dieser Ort geläutert werden muss. Und wenn wir warten, bis mein Tempel meine Brüder hierher schickt, um die Läuterung durchzuführen, könnte viel von dem Bösen, das sich hier befindet, längst woanders einen neuen Zufluchtsort gefunden haben.«

Sie gingen dorthin, wo der kopflose Leichnam des jetzt endgültig toten Magiers lag. In der Nische, aus der er aufgetaucht war, befand sich eine Tür. Sie traten hindurch und gelangten in einen großen Raum, der dem untoten Magier ganz offensichtlich als Privatquartier gedient hatte. Unmengen von großen und kleinen Krügen standen auf unzähligen Tischen, und in der hintersten Ecke des Raumes war ein Käfig an den steinernen Wänden befestigt.

Im Innern des Käfigs hockte eine Kreatur, die ein bisschen an das Ding erinnerte, dem sie in den Abwasserkanälen von Krondor begegnet waren. Die Kreatur starrte sie aus schmerzerfüllten Augen an und winkte sie mit einer klauenartigen Hand zu sich heran. Sie traten langsam näher. Als sie dicht vor dem Käfig standen, öffnete das Wesen den Mund. »Bitte …«

Jazharas Augen füllten sich mit Tränen. »Hat denn all das Übel niemals ein Ende?«, flüsterte sie.

»Anscheinend nicht«, sagte Solon.

Während die Kreatur erneut den Mund öffnete, bewegte sich James hinter sie. »Solche Schmerzen … bitte …«

Mit einer blitzschnellen Bewegung stieß James dem Kind, das zu einem Monster geworden war, das Schwert in den Nacken; ohne einen Laut von sich zu geben, sackte die Kreatur in sich zusammen. James' Gesicht war eine wütende Maske.

Jazhara warf ihm einen Blick zu, sagte aber nichts.

»Es war ein Akt der Barmherzigkeit«, brach Solon schließlich das Schweigen.

»Und was jetzt?«, fragte Kendaric.

James' Antwort kam leise. »Wir verbrennen es. Wir verbrennen alles, was sich hier befindet.« Er eilte zu einem Wandregal, auf dem sich dickleibige Bücher und Schriftrollen stapelten, packte es und warf es um. Auf dem Arbeitstisch in der Nähe des Regals stand eine kleine Kohlepfanne. James hob sie hoch und schwang sie in großem Bogen. Flammen und glühende Kohlestückchen regneten auf das Papier auf dem Fußboden herab. Das Feuer breitete sich rasch aus.

»Seht mal hierher!«, rief Kendaric.

Sie drehten sich um und sahen, dass der Gildenmann eine weitere Perle gefunden hatte. Doch im Gegensatz zu der anderen war diese hier durchsichtig, und in ihrem Innern konnten sie ein Bild von Haldenkopf erkennen.

»Dies ist ein magisches Gerät, mit dem man sehen kann, was an anderen Orten geschieht«, sagte Jazhara.

Das Bild änderte sich. Jetzt konnten sie die Witwenspitze und die Hütte der alten Frau namens Hilda sehen.

»Könnte das das Ding sein, das verhindert, dass mein Zauber wirkt?«, fragte Kendaric.

»Ja, ich glaube schon«, sagte Jazhara. »Dieses Ding hier erzeugt ein großes magisches Feld in dem Gebiet, das gerade beobachtet wird. Dabei wird nicht jede Art von Magie abgeschwächt, aber dieses Ding könnte dazu benutzt worden sein, ganz besonders Euren Zauber nicht wirksam werden zu lassen, solange sie Euch nicht in ihrer Gewalt haben.«

Hinter ihnen breiteten sich die Flammen immer weiter aus. »Was machen wir jetzt damit?«, fragte James.

Jazhara nahm die große Perle und warf sie ins Feuer. »Das.«

»Gut«, sagte James. »Wir sollten jetzt gehen. Nehmt Fackeln und steckt alles in Brand, was sich irgendwie entzünden lässt, während wir verschwinden.«

»Was ist, wenn die Goblins etwas dagegen haben?«, fragte Kendaric.

Solon machte trotz seiner Wunden noch immer einen entschlossenen Eindruck. »Nun, wenn die Gefangenen sie auf ihrer Flucht noch nicht erledigt haben, dann müssen wir es eben selbst machen, oder?«

James nickte. »Kommt. Lasst uns gehen und ein Schiff heben.«

Und sie machten sich auf den Weg zurück zur Oberfläche.

Achtzehn

Die Träne der Götter

Die Sonne stand bereits tief über dem westlichen Horizont, als sie die Höhle verließen.

»Könnt Ihr das Schiff heben?«, fragte James Kendaric.

»Jetzt?« Der junge Mann schüttelte den Kopf. »Ich kann es versuchen, aber ich dachte eigentlich, dass wir lieber bis morgen warten sollten, nach allem, was wir durchgemacht haben.«

»Nun, ehrlich gesagt bin ich nach allem, was wir durchgemacht haben, nicht in der richtigen Stimmung, noch länger zu warten. Bär treibt sich irgendwo da draußen rum, und wir sollten sehen, dass wir so schnell wie möglich die Träne finden und nach Krondor zurückbringen.«

Solon nickte; er blutete aus mehreren kleinen Wunden. Auf ihrer Flucht waren sie ein paar Dienern des toten Gerippes begegnet – zwei Goblins, die sich sofort auf sie gestürzt hatten, und zwei weiteren Skelettkriegern. Und sie waren auf ihrem Weg zurück an die Oberfläche auch auf das Chaos gestoßen, das über andere Diener der Schwarzen Perle hereingebrochen war. Es gab nicht den geringsten Zweifel daran, dass die fliehenden Gefangenen in der Rüstkammer bei den Unterkünften Waffen gefunden hatten, und sie waren mit denjenigen, die sie aufzuhalten versucht hatten, nicht besonders nett umgegangen.

Jazhara strich sich über die behelfsmäßige Kompresse, die sie sich angelegt hatte, um die Blutung an ihrer Schulter zu stillen. »Ich fürchte, dass unsere Chancen nicht sehr gut stehen, wenn es jetzt noch Probleme geben sollte«, sagte sie.

James gab den anderen ein Zeichen, dass sie aus dem Felsengewölbe herauskommen sollten. »Unsere Chancen standen schon die ganze Zeit über nicht sehr gut«, sagte er. »Aber wir haben Glück gehabt.«

»Glück ist das Ergebnis harter Arbeit«, sagte Solon. »Zumindest hat mein Vater das immer gesagt.«

»Trotzdem werde ich Ruthia ein großes Opfer darbringen, wenn ich nach Krondor zurückkomme«, bemerkte James. Er hatte schon immer eine besondere Beziehung zur Göttin des Glücks gehabt, die auch die Schutzgöttin der Diebe war. Leise murmelnd fügte er hinzu: »Auch wenn sie manchmal ein launisches Miststück ist.«

Solon, der die Bemerkung sehr wohl mitbekommen hatte, gluckste leise.

Als sie das Ende des felsigen Vorgebirges erreichten, setzte Kendaric zu einer Erklärung an. »Wenn alles klappt, wird das Schiff vom Meeresgrund aufsteigen, und es wird sich von hier bis zu seinem Rumpf eine Nebelbrücke bilden, die sich allmählich verfestigt. Sie müsste eigentlich lange genug halten, dass wir zum Schiff gelangen, die Träne holen und ans Ufer zurückkehren können.«

»›Müsste‹, sagt Ihr?«, fragte James. »Und wie lange wäre dieses ›müsste‹ wohl?«

Kendaric lächelte und zuckte gleichzeitig mit den Schultern. »Nun, ich hatte nie die Gelegenheit, es auszuprobieren. Ich arbeite noch daran, die Dauer zu verlängern. Als Endziel soll der Spruch ein Schiff so lange an der Oberfläche halten, dass die gesamte Fracht entladen werden kann. Im Augenblick wirkt er vielleicht eine Stunde.«

»*Vielleicht* eine Stunde?« James schüttelte den Kopf. »Nun, dann sollten wir jetzt wirklich anfangen.«

Kendaric schloss die Augen und streckte die Hand nach Jazhara aus, die die Rolle mit dem Spruch in ihrem Rucksack hatte. Sie reichte sie ihm, und er begann zu lesen.

Zuerst beruhigte sich das Meer um das Schiff herum; die Sturzwellen und Brecher schienen in einen immer größer werdenden Ring aus ruhigem Wasser zu strömen. Dann erschien Nebel auf der Wasseroberfläche, und plötzlich begann der Mast des Schiffes zu zucken. Dann schüttelte er sich – und das Schiff begann aufzusteigen. Zuerst waren zerbrochene Spieren und zerfetzte Segel zu sehen, dann kam tropfendes Tauwerk in Sicht, das von den Rahnocks baumelte, und schlaffe Fahnen, die von den Flaggenstangen hingen. Es dauerte nur wenige Minuten, und das Schiff schwamm auf der Oberfläche, bewegte sich auf und ab, während Wasser von den Decks strömte.

Die Reling war voller Seetang, und Krabben huschten über das Hauptdeck, wollten zurück ins Meer. Der Nebel um den unteren Teil des Schiffes wurde dichter und fester, und nach einigen Augenblicken hörte das Schiff auf, sich zu bewegen.

Kendaric drehte sich zu James und Jazhara um; sein Gesicht leuchtete vor Verwunderung. »Es hat geklappt!«

»Habt Ihr denn daran gezweifelt?«, fragte Solon.

»Nun, eigentlich nicht, aber andererseits weiß man nie …«

James musterte Kendaric mit kaum verhohlener Wut. »Denkt lieber nicht darüber nach, was ich mit Euch angestellt hätte, wenn wir herausgefunden hätten, dass das Artefakt im Tempel mit den Problemen beim letzten Versuch gar nichts zu tun hatte. Wenn es einfach nur darauf hinausgelaufen wäre, dass der Spruch nicht funktioniert …« Er zwang sich dazu, wieder ruhiger zu werden. »Lasst uns zu dem Schiff gehen.«

Kendaric berührte den inzwischen festen Nebel vorsichtig mit der Stiefelspitze, stellte sich dann mit dem ganzen Gewicht darauf. »Es ist noch ein bisschen weich«, stellte er fest.

Solon ging an ihm vorbei. »Wir vergeuden nur unsere Zeit!«

Die anderen folgten dem Mönch, der über die mystische Nebelbrücke eilig dem Schiff entgegenstrebte.

Sie erreichten das Schiff und fanden mehrere herabhängende Taue, an denen sie hochklettern konnten. James und Kendaric hatten keine Schwierigkeiten mit dem Klettern, doch die verwundete Jazhara und Solon brauchten etwas mehr Zeit und benötigten Hilfe. Nachdem sie alle das Deck erreicht hatten, schauten sie sich um.

Schlamm bedeckte die Decks, und die überall herumliegenden verwesenden Leichen, die unter herabgestürzten Holzteilen oder Tauwerk eingeklemmt waren, begannen die Luft mit widerlichem Gestank zu verpesten. Der Geruch nach verwesendem Fleisch, brackigem Wasser und Salz war so stark, dass er Kendaric würgen ließ.

»Wo gehen wir hin?«, fragte James.

»Hier entlang«, sagte Solon und deutete auf die Tür eines Aufbaus, durch die man hinab zu den unteren Decks gelangte. Sie hielten sich an den mit Wasser voll gesogenen Tauen des Handlaufs fest, während sie die schlüpfrigen Stufen des schmalen Niedergangs hinabstiegen.

Als sie am Fuß der Treppe angekommen waren, entzündete Jazhara eine Fackel, denn im Innern des Schiffs war es so dunkel wie in der tiefsten Nacht. Das flackernde Licht ließ die Umgebung plastisch hervortreten, und als sie weitergingen, tanzten Schatten an den Wänden entlang. Das Wasser brauchte lange, um von den tieferen Decks und dem Frachtraum abzulaufen, sodass sie durch eine schmutzige, kniehohe Brühe wateten.

»Hier entlang«, sagte Solon und deutete auf eine Tür an der rückwärtigen Wand.

Als sie das Deck zur Hälfte überquert hatten, schrie Kendaric auf.

»Was ist?«, fragte James und zog sein Schwert.

»Irgendetwas hat mein Bein gestreift!«

James stieß wütend den angehaltenen Atem aus. »Das war ein Fisch. Im Meer gibt es eine Menge Fische.«

Kendaric wirkte nicht so recht überzeugt. »Hier unten könnte auch ein Monster lauern.«

James schüttelte den Kopf, sagte aber nichts.

Sie erreichten die Tür und stellten fest, dass sie klemmte. James untersuchte sie sorgfältig. »Irgendjemand hat dieses Schloss aufgebrochen, aber die Strömung muss es wieder geschlossen haben, und jetzt hat sich die Tür vollkommen verkantet. Wir sollten sie aus den Angeln heben.«

Solon benutzte einmal mehr seinen Hammer, drosch damit auf die Angeln ein, bis sie sich lösten. Die Tür sprang ihnen förmlich entgegen – gefolgt von einer Wasserwoge. Leichen wurden an ihnen vorbeigeschwemmt, während die Wasserstände sich in den beiden Räumen einander anglichen. Solon warf einen Blick auf einen Leichnam, der vor ihm vorbeitrieb. Das Fleisch verfaulte an den Knochen, und es war offensichtlich, dass die Fische sich an dem Gesicht gütlich getan hatten. Dort, wo früher einmal Augen gewesen waren, klafften jetzt zwei leere Höhlen.

»Guter und treuer Diener Ishaps«, sagte Solon mit respektvoller Stimme. Dann schien er etwas entdeckt zu haben und langte nach unten. Er zog dem Leichnam einen riesigen Kriegshammer aus dem Gürtel und erklärte: »Das ist der Kriegshammer von Luc d'Orbain! Er hat einst einem ishapianischen Heiligen aus Bas-Tyra gehört und ist ein Relikt, das vom Tempel in hohen Ehren gehalten wird. Es wird dem Führer meines Ordens als Zeichen seiner Stellung verliehen und ist ein magischer Talisman von gewaltiger Kraft. Außerdem ist er eine gute Waffe.« Er warf noch einmal einen Blick auf die Leiche. »Das hier ist Bruder Michael von Salador.« Er schüttelte bedauernd den Kopf. »Es ist nur logisch, dass er persönlich die Gruppe angeführt hat, die sich um den Schutz der Träne kümmern wollte.«

»Wieso nehmt Ihr den Hammer nicht einfach mit?«, fragte James. »Wir sollten machen, dass wir die Träne finden und von diesem Schiff verschwinden, bevor es wieder sinkt.«

»Hier entlang«, sagte Solon. Er deutete auf einen Durchgang zum achtern gelegenen Laderaum.

»Wartet«, sagte er, als sie die nächste Tür erreichten. Er griff in seine Tunika und zog eine feine Kette heraus, an der ein kleiner blauer Edelstein hing, der schwach leuchtete. »Die Träne der Götter muss ganz in der Nähe sein.«

»Was ist das?«, fragte James.

»Ein Stück von der alten Träne. Der Hohepriester hat es mir gegeben. Es kann uns helfen, die Träne ausfindig zu machen, falls sie sich nicht mehr auf dem Schiff befinden sollte.«

James streckte eine Hand nach dem Türriegel aus. »Wartet!«, sagte Solon noch einmal.

»Und was ist jetzt?«, fragte James.

»Um die Träne herum wurde ein Schutzzauber errichtet. Falls Bär oder einer seiner Männer der Träne zu nahe gekommen ist, bevor das Schiff gesunken ist, könnte er ausgelöst worden sein.«

»Und was genau ist das für ein Schutzzauber?«, fragte James. Er war ganz offensichtlich verärgert darüber, erst jetzt – in allerletzter Minute – von diesem Schutzzauber zu erfahren.

»Die Seele eines ... eines Drachen wurde eingefangen und eingesperrt. Er wird sich manifestieren und jeden angreifen, der der Träne zu nahe kommt, wenn vorher nicht bestimmte Rituale durchgeführt werden.«

»Früher oder später hättet Ihr uns das bestimmt noch erzählt, nicht wahr?«, fragte James. »Bislang habt Ihr es wahrscheinlich einfach vergessen.« Seine Stimme troff vor Sarkasmus.

»Solange wir die Träne noch gar nicht gefunden hatten, hat es dafür keinen Grund gegeben, Junker. Aber bedenkt, dass die Bestie keinerlei Verstand besitzt und jeden von uns angreifen wird, wenn sie erst einmal entfesselt ist.«

»Wie ist es denn überhaupt möglich, dass ein Drache in diesen Frachtraum passt?«, fragte Kendaric verwundert. »So ein Wesen ist doch eigentlich ziemlich groß, oder?«

»Es ist kein richtiger Drache, sondern nur der Geist eines Drachen. Ein Gespenst, wenn Ihr so wollt.«

»Je mehr Ihr sagt, desto unglücklicher macht mich das alles, Solon«, bemerkte James. »Warum erzählt Ihr uns nicht einmal etwas Gutes?«

»Ich kenne das Ritual, mit dem man die Kreatur bannen und zurück in die Sphäre der Geister schicken kann.«

»Das ist in der Tat gut«, sagte James.

»Aber es dauert eine gewisse Zeit.«

»Das ist weniger gut«, sagte James. »Lasst mich raten: Der Drache wird uns angreifen, während Ihr versucht, ihn zu bannen.«

»Ja.«

»Und während wir gegen den Drachen kämpfen – den Ihr zur gleichen Zeit zu bannen versucht –, könnte das Schiff sinken.«

»Ja«, sagte Kendaric.

»Dies ist nicht gerade ein guter Tag gewesen, und er wird sogar noch schlechter«, sagte James. Er griff nach dem Türriegel. »Also, bringen wir die Sache hinter uns.«

Er stieß die Tür auf. Dahinter befand sich ein Raum, der bis auf einen einzelnen Tisch völlig leer war.

»Das ist die Kajüte des Kapitäns«, sagte James. »Er muss sie dem Tempel zur Verfügung gestellt und woanders geschlafen haben.«

»Und das da ist die Träne«, sagte Solon.

Auf dem Tisch stand eine große Kiste, in die das Bild eines Drachen geschnitzt war. Sie schimmerte in einem mystischen blauen Licht, und sogar James konnte die Magie spüren, die sie verströmte.

Ein leichtes Flackern neben der Kiste war die einzige Warnung. Plötzlich fegte eine Windböe durch die Kajüte. Irgendetwas Unsichtbares versetzte Kendaric einen Schlag, und der junge Mann wurde von den Beinen gerissen und stürzte in das brackige Wasser.

Ein Bild entstand in der Luft: ein schwebender Drache aus feinem, goldenem Nebel. »Haltet ihn von mir fern, sonst habe ich keine Möglichkeit, ihn zu bannen!«, rief Solon.

James schwang sein Schwert und versuchte die Kreatur abzulenken, während Jazhara Kendaric im Auge behielt, um dafür zu sorgen, dass er nicht ertrank. Dann hob sie ihren Stab, hielt ihn mit beiden Händen hoch über den Kopf und begann einen Zauberspruch aufzusagen.

Der Drache wandte seine Aufmerksamkeit jetzt James zu. Sein geisterhafter Kopf schoss nach vorn. James spürte den Windstoß, noch bevor die Schnauze bei ihm war, und er legte den Kopf in den Nacken, um dem Schlag auszuweichen. Seine Wucht war trotzdem noch deutlich zu spüren. »Uff«, sagte James angesichts der Schmerzen, während er weiter versuchte, die Kreatur von Solon abzulenken.

Er warf einen schnellen Blick zu dem Mönch hinüber und sah, dass er drohend den Hammer von Luc d'Orbain schwang; Solon hatte die Augen geschlossen, während seine Lippen sich unter dem Gemurmel ritueller Beschwörungen hektisch bewegten.

Jazhara beendete ihren Zauberspruch, und karmesinrote Energie barst empor. Sie strömte unter dem Dach der Kabine entlang und fiel auf den Drachen, hüllte ihn in ein rubinrotes Netz. Die Kreatur schlug um sich und versuchte Jazhara anzugreifen, doch sie war in dem Netz gefangen.

»Wie lange wird das halten?«, fragte James.

»Ich habe keine Ahnung«, gestand Jazhara. »Ich habe so etwas noch nie zuvor getan.«

»Wie geht es Kendaric?«

»Er ist bewusstlos, aber sonst ist ihm nicht viel geschehen.«

Der Gildenmann lehnte schlaff an einem Spant; das Kinn war ihm auf die Brust gesunken, als würde er schlafen.

»Das höre ich gern«, sagte James. »Ich habe das Gefühl, als hätte mich ein Maultier getreten.«

Sie drehten sich um, als Solon immer lauter wurde; ganz offensichtlich neigte sich seine Beschwörung dem Ende zu. Voller Verwunderung schauten sie zu, wie der goldene Drache sich ausdehnte, das rubinrote Netz zum Zerreißen spannte. Als die letzten Worte von Solons Beschwörung durch die Kabine hallten, begann der Drache zu schrumpfen, bis er nur noch ein stecknadelkopfgroßer goldener Punkt aus Licht war, der vor ihren Augen verschwand.

Plötzlich war das Netz leer. Es sank hinunter auf die Wasseroberfläche, wo es sich in nichts auflöste.

»Es ist vollbracht«, sagte Solon.

»Gut«, sagte James. »Dann lasst uns jetzt die verdammte Schachtel bergen und von diesem Schiff verschwinden, bevor alles nur noch schlimmer wird!«

Solon nickte, hängte sich den zweiten Kriegshammer an den Gürtel und nahm vorsichtig die Schachtel mit der Träne der Götter. James und Jazhara packten Kendaric an den Armen und hoben ihn hoch. Die Bewegung weckte ihn auf. »Was ist?«, murmelte er.

»Kommt mit«, sagte James. »Es ist Zeit, nach Hause zu gehen.«

»Das ist das Beste, was ich in den letzten Tagen gehört habe«, sagte Kendaric. Er schüttelte ihre Arme ab und erklärte: »Ich kann allein laufen.«

Sie stiegen vorsichtig die glitschige Treppe hinauf; Solon musste die Schachtel mit der Träne kurz an James übergeben, nahm sie aber wieder an sich, sobald sie auf Deck waren. James, Jazhara und Kendaric glitten an Tauen in den mystischen Nebel hinunter. Solon warf James die Schachtel zu und rutschte dann ebenfalls hinab.

Die Nacht brach herein, während sie durch den Nebel hetzten. Kurz bevor sie die Felsenspitze erreicht hatten, sagte James plötzlich: »Verdammt!«

»Was ist los?«, fragte Kendaric.

»Am Strand sind bewaffnete Männer.«

»Vielleicht die entflohenen Gefangenen?«, meinte Jazhara.

»Das glaube ich nicht«, sagte James. »Seht nur!«

Eine nur als dunkle Silhouette erkennbare Gestalt kam den Pfad von den Hügeln herunter. Sie wirkte überaus kräftig. Von ihrer Brust ging ein rotes Leuchten aus.

»Bär!«, sagte James.

»Der Nebel wird allmählich schwächer«, sagte Solon. Noch während der Mönch sprach, spürte James, wie seine Füße ein Stück einsanken.

Sie legten die letzten zehn Meter zurück und näherten sich dem Strand. »Haben wir noch irgendwelche anderen Möglichkeiten?«, fragte James.

»Nein, keine. Wir müssen kämpfen«, erwiderte Solon.

Bärs Stimme dröhnte von den düsteren Felsen zu ihnen herüber: »Ihr habt nicht viele Möglichkeiten, und meine Geduld neigt sich allmählich dem Ende zu. Entweder ihr gebt mir die Träne, oder wir töten euch.«

»Warum suchst du nach der Träne?«, fragte Jazhara. »Was kann sie dir nützen?«

Sie blieben dort stehen, wo der Sandstrand in die Felsen überging, während Bärs Männer mit gezogenen Klingen langsam näher kamen.

»Ha!«, sagte der große Mann. »Hat der Mönch es euch nicht erzählt? Die Träne gibt uns die Möglichkeit, zu den Göttern zu sprechen, nicht wahr, Ishapianer? Und außer Ishap gibt es noch andere Götter!«

»Wenn du die Macht Ishaps nicht fürchtest, bist du ein Narr!«, brüllte Solon.

»Ich habe alles, was ich brauche, um mit euch Ishapianern fertig zu werden!«, sagte Bär, während er an dem Amulett um seinen Hals herumfingerte. »Ihr könnt mir nichts anhaben.« Er zog ein gewaltiges Schwert. »Aber ich kann euch etwas anhaben. Und jetzt gebt mir die Träne!«

Plötzlich tauchte auf den Felsen über ihm eine Gestalt auf, sprang mit einem gewaltigen Satz auf ihn zu. Es war William, der sich auf Bär warf und den riesigen Mann zu Boden riss.

Das alles geschah so plötzlich, dass alle Anwesenden einen Moment vor Überraschung erstarrten. Der Söldner, der James am nächsten stand, wandte sich dem Tumult zu, und James nutzte die Gelegenheit, zog sein Schwert und stieß es dem Mann in den Rücken. Der Mann war tot, bevor er auch nur die Gelegenheit hatte, sich wieder umzudrehen und James anzusehen.

Solon stellte die Schachtel mit der Träne in den Sand und zog den Kriegshammer von Luc d'Orbain aus dem Gürtel. Seine Lippen bewegten sich in einem stummen Gebet zu Ishap. Jazhara senkte ihren Stab, deutete mit dem Ende auf eine Gruppe von Bärs Männern und schoss einen Energieblitz ab.

Kendaric zog sein Schwert. »Ich werde die Träne bewachen!«, rief er.

William rang einen Moment mit dem riesigen Piraten, versuchte ihm das Amulett wegzureißen. Dann brachte Bär einen mörderischen Schlag an, der William zur Seite schleuderte.

William landete so hart auf dem Boden, dass die Rüstung die Erschütterung an seinen Körper weiterleitete. Aber er rollte sich ab und kam wieder auf die Beine.

Auch Bär sprang schnell wieder auf. Mit einem bösartigen Grinsen sagte er: »Das war tapfer, mein Junge. Dafür werde ich dich schnell töten.«

William warf einen Blick zur Oberkante des Riffs hinauf, wo Sidi stand und alles beobachtete. »Helft mir!«

Sidi zuckte die Schultern. »Ich habe gesagt, dass ich Euch helfen würde, wenn Ihr das Amulett in Euren Besitz bekommen habt, mein Junge. Ohne das Amulett seid Ihr jedoch auf Euch allein gestellt.« Er machte einen zerknirschten Eindruck.

Eine Woge der Enttäuschung schwappte über William hinweg. »Kahooli!«, rief er. »Du hast gesagt, dass ich nicht allein sein würde!«

Bär lachte. »Kahooli? Du rufst einen geringeren Gott an?« Er reckte sein Amulett in die Höhe und deutete dorthin, wo die Träne in ihrer Schachtel im Sand lag. »Mit diesem Amulett bin ich unbesiegbar. Und wenn ich auch noch die Träne habe, werde ich die Macht der Götter besitzen. Ich werde ein Gott *sein!*«

William warf den Kopf in den Nacken. »Kahooli, gewähre mir meine Rache!«

Plötzlich war ein lautes Heulen zu hören, das James, Jazhara und einige der Piraten dazu veranlasste, sich vor Schmerzen die Ohren zuzuhalten. Selbst Bär war gezwungen, vor der Quelle des Geräuschs zurückzuweichen. Nur William schien das schrille Geheul nichts auszumachen. Und dann tauchte eine Gestalt zwischen Bär und William auf. Sie war durchscheinend und blass, aber trotzdem zu erkennen.

»Talia!«, keuchte William.

Das Mädchen lächelte ihn an. »Du bist nicht allein, William.«

Sie bewegte sich auf William zu und trat in seinen Körper. Er leuchtete im Licht der Erscheinung auf, und seine Rüstung schien sich zu bewegen, als wäre sie plötzlich flüssig geworden.

Vor den erstaunten Augen der Umstehenden wurde William verwandelt. Seine Statur wurde kräftiger, seine ohnehin breiten Schultern wurden noch breiter. Die Rüstung wurde dunkler; das silberne Kettenhemd eines krondorianischen Offiziers wurde zu einem Plattenpanzer, der von so tiefroter Farbe war, dass er beinahe schwarz wirkte. Ein Helm erschien auf seinem Kopf, der seine Gesichtszüge verbarg, und die Augenschlitze glommen in einem düsteren Rot. Eine Stimme erklang, und sie gehörte weder William noch Talia. »Ich bin Kahooli. Ich bin der Gott der Rache!«

Die Gestalt hob die Hand, und in ihr erschien ein Flammenschwert. Mit einem verblüffend schnellen Hieb traf die Klinge Bärs Arm.

Bär zuckte zusammen und wich zurück, und sein gesundes Auge weitete sich vor Erstaunen. »Ich blute! Ich spüre den Schmerz!«

Er zog sein Schwert und schlug auf die rot gerüstete Gestalt ein, und ein schmerzhafter Schlag lief durch seinen Arm, als der Gott den Hieb parierte. Dann stieß Kahoolis Verkörperung mit dem Schwert zu. Bär schaute an sich hinunter und sah eine tiefe, blutende Wunde auf seiner Brust. Er taumelte rückwärts. »Nein! Das ist unmöglich!«

Bär schlug erneut zu, doch auch dieses Mal parierte der Geist des Rachegottes, der sich in Williams Körper manifestiert hatte, den Hieb und ließ ihn wirkungslos verpuffen. Und dann rammte er Bär das Schwert mit einem direkten Stoß bis zum Griff in den Bauch.

Bär sank in die Knie, umklammerte die flammende Klinge. »Nein«, sagte er ungläubig. »Du hast gesagt, dass so etwas niemals passieren würde. Ich kann nicht sterben. Du hast es mir versprochen. Du hast gesagt, ich würde niemals sterben!« Er fiel rücklings in den Sand, und sein Auge starrte hinauf zum Nachthimmel. »Du hast … gesagt … ich würde niemals … sterben …«

Die Gestalt blieb einen Augenblick über ihm stehen und schaute auf ihn hinunter. Dann begann sie erneut zu schimmern und verwandelte sich zurück in William.

Der junge Soldat taumelte, als würde er von einem Schwächeanfall heimgesucht. Er sank auf die Knie und schaute sich um. Erneut erschien der Schatten von Talia. Mit sanfter Stimme sagte er zu ihr: »Wir haben es geschafft, Talia. Es ist vorbei.«

Der Geist des jungen Mädchens lächelte ihn an. »Und jetzt werde ich ruhen. Ich danke dir, William.«

William liefen Tränen über die Wangen. »Talia! Nein! Bitte bleib!«

Während sie allmählich verblasste, wisperte Talias Geist: »Nein, William. Das Leben gehört den Lebenden. Du hast noch ein langes Leben vor dir, und ich muss meinen neuen Platz auf dem Rad einnehmen. Bitte, sag mir Lebewohl.«

Kurz bevor sie verschwand, schien sie für einen winzigen Augenblick in einem hellen Licht aufzuleuchten. Sie streckte die Hand aus und berührte Williams Wange. Und dann verschwand sie.

»Leb wohl, Talia«, sagte William leise, während ihm immer noch Tränen übers Gesicht rannen.

James schaute sich um und stellte fest, dass Bärs übrige Männer geflohen waren. Er nahm sein Schwert auf und sah, dass Solon die Träne bereits wieder sicher verwahrt hatte.

James und Jazhara gingen zu dem immer noch am Boden knienden jungen Offizier. »Gut gemacht, William. Jetzt ist sie gerächt«, sagte James.

Jazhara legte William sanft eine Hand auf die Schulter. »Und die Träne ist in Sicherheit.«

»Dann ist es also wahr, was er über die Träne gesagt hat?«, fragte William.

»Ja. Das und noch mehr«, sagte Solon. »Die Träne verfügt über große Macht, und Ihr habt dafür gesorgt, dass diese Macht nicht dazu missbraucht werden kann, Böses zu tun.« Er hielt die Schachtel mit der Träne fest in der Hand. »Doch dies war nur ein kleineres Scharmützel. Der Krieg ist noch lange nicht gewonnen.«

»Was ist mit Bärs Amulett?«, fragte Jazhara.

»Das Artefakt ist eigentlich viel zu mächtig, als dass wir es hierlassen sollten«, meinte Kendaric.

James hob es mit Hilfe seines Schwertes auf. »Ich würde das Ding um keinen Preis der Welt anfassen«, sagte er. »Es scheint die gewalttätige Seite in einem Menschen zum Vorschein zu bringen.«

Er ging zurück zu jener Stelle, wo die Felsen weit ins Meer hinausragten. Dort stellte er sich hin, benutzte sein Schwert als Hebel und schleuderte das Amulett, so weit er konnte, ins Meer hinaus. Im herrschenden Dämmerlicht konnten sie nicht erkennen, wie es auf der Wasseroberfläche auftraf.

James marschierte zu seinen Gefährten zurück. »Wenn das Schicksal uns gnädig gesinnt ist, wartet oben in Haldenkopf ein Trupp Soldaten auf uns, sodass wir für den Rückweg nach Krondor eine Eskorte haben werden.«

Zerschlagen und mitgenommen humpelten sie den Pfad hinauf, der nach Haldenkopf führte.

Die blassrosa und golden gefärbten Wolken am östlichen Himmel kündeten von der einsetzenden Morgendämmerung, während Jazhara durch den Wald zu Hildas Hütte marschierte. Als sie die Lichtung erreichte und freie Sicht auf das Gebäude hatte, stieg ein Gefühl der Unruhe in ihr auf.

Die Hütte war verlassen. Das konnte sie selbst aus dieser Entfernung erkennen, denn es gab nicht den geringsten Lichtschein, der auf ein Feuer oder eine Laterne im Innern hingedeutet hätte. Außerdem stand die Tür sperrangelweit offen, und die Pflanzen und Kräuter, die auf der Veranda unter den Dachsparren gehangen hatten, fehlten.

Langsam stieg sie die Stufen zur Veranda hinauf und trat ins Innere der Hütte. Dort befanden sich nur noch der Tisch und der Stuhl; die Truhe und alle anderen persönlichen Gegenstände waren verschwunden.

Auf dem Tisch lag ein einzelnes Blatt Pergament.

Jazhara hob es hoch.

Mädchen, stand da geschrieben,

meine Zeit ist um. Ich sollte hier über das Böse wachen, bis eines Tages jemand kommen und es von hier vertreiben oder ausmerzen würde. Ihr seid tapfere und findige junge Leute. Die Zukunft gehört euch. Dient den Mächten des Guten.

Hilda

»Sie ist fort«, sagte Jazhara leise zu William, der hinter ihr lautlos auf die Veranda gekommen war.

William betrat jetzt das Innere der Hütte. »Wer war sie?«

»Eine Hexe, sagen die Leute«, erwiderte Jazhara.

»Aber das ist nicht deine Meinung«, sagte William. Er war in Stardock aufgewachsen, und die Vorurteile, mit denen Frauen zu kämpfen hatten, die Magie praktizierten, kannte er genauso gut wie sie. »Und wer war sie wirklich?«

»Eine weise Frau«, antwortete Jazhara. Sie faltete den Zettel zusammen und schob ihn in ihre Gürteltasche. »Eine Dienerin des Guten. Und jetzt ist sie fort.«

»Hat sie gesagt, wo sie hingehen würde?«

»Nein«, sagte die junge Magierin. Sie ließ den Blick durch die Hütte schweifen, bevor sie William direkt anschaute. »Warum bist du mir gefolgt?«

»Ich wollte mit dir reden, ohne dass all die anderen dabei sind, was auf dem langen Weg zurück nach Krondor wohl die ganze Zeit der Fall sein dürfte.«

»Wir können auf dem Rückweg ins Dorf miteinander reden«, schlug Jazhara vor.

William trat beiseite, um sie durchzulassen, und ging dann auf dem Pfad nach Haldenkopf neben ihr her. »Sprich. Ich höre dir zu«, sagte Jazhara, nachdem sie ein paar Schritte gegangen waren.

William holte tief Luft. »Es ist mir sehr unangenehm.«

»Das muss es nicht sein.«

»Ich habe da Dinge gesagt –«

Sie blieb stehen und legte ihm die Hand auf den Arm. »Das haben wir beide getan. Du bist jung gewesen … wir sind beide noch sehr jung gewesen. Aber dieses … Missverständnis, es ist längst vergangen und vergessen.«

»Dann ist zwischen uns also wieder alles in Ordnung?«

Jazhara nickte. »Zwischen uns ist alles in Ordnung.«

William setzte sich wieder in Bewegung. »Gut. Ich habe gerade erst … jemanden verloren, den ich sehr gern gehabt habe, und … ich möchte nicht noch eine Freundin verlieren.«

»Du wirst mich niemals verlieren, William«, sagte Jazhara. Dann schwieg sie einige Zeit. »Das mit Talia tut mir Leid«, meinte sie schließlich. »Ich weiß, dass sie dir sehr viel bedeutet hat.«

William warf Jazhara einen Blick zu. »Das hat sie. Genau wie du.«

Jazhara lächelte. »Und du bedeutest mir auch sehr viel.«

»Wir beide werden uns in den nächsten Jahren ziemlich oft sehen. Ich wollte einfach nicht, dass es da Probleme zwischen uns geben würde.«

»Das möchte ich auch nicht.«

Den Rest des Weges gingen sie schweigend dahin, zufrieden damit, dass sie begonnen hatten, die Kluft, die sich vor langer Zeit zwischen ihnen aufgetan hatte, zu schließen.

Die Rückreise nach Krondor verlief ohne besondere Vorkommnisse. Die Entsatztruppen aus Müllersruh hatten bereits in Haldenkopf auf sie gewartet, als sie vom Strand heraufgekommen waren. Sie geleiteten James und seine Gefährten zurück nach Krondor.

Ohne viel Aufsehen zu erregen, ritten sie vier Tage später durch die Stadt und in den Palasthof. Während sich Stallburschen und Lakaien um ihre Reittiere kümmerten, wurden James, Jazhara, Solon, Kendaric und William direkt in die privaten Empfangsgemächer des Prinzen geführt.

Sie hatten einen Reiter vorausgeschickt, als sie schon ziemlich nah vor der Stadt gewesen waren, und der Prinz hatte seinerseits den Hohepriester des Ishap-Tempels benachrichtigen lassen, der jetzt zusammen mit dem Prinzen auf die müde Gesellschaft wartete.

James ging voran – gemeinsam mit Solon, der die Schachtel mit der Träne nicht einen Augenblick aus den Händen gab. Kendaric, Jazhara und William folgten ihnen.

James verbeugte sich. »Eure Hoheit. Es ist mir eine große Freude, Euch mitzuteilen, dass wir unser Ziel erreicht haben. Bruder Solon hat die Träne der Götter bei sich.«

Solon warf dem Hohepriester einen Blick zu, der jetzt einen Schritt nach vorn trat und die Schachtel öffnete, die der Mönch in den Händen hielt. Im Innern der Schachtel lag ein großer blassblauer Kristall. Er war so groß wie der Unterarm eines kräftigen Mannes und schien von innen heraus zu leuchten. Noch während sie ihn anschauten, war plötzlich ein schwacher Ton zu hören – wie leise, aus großer Entfernung herangetragene Musik.

»Es gibt nur wenige Menschen, die nicht zu unserem Orden gehören und die Träne der Götter schon einmal gesehen haben, Hoheit«, sagte der Hohepriester. »Doch alle, die sich in diesem Raum befinden, haben diese Ehre mehr als verdient.«

Sie standen einige Augenblicke schweigend da, dann schloss der Hohepriester die Schachtel wieder. »Wir werden in der Morgendämmerung aufbrechen, um die Träne zu unserem Muttertempel in Rillanon zu bringen«, sagte der Hohepriester. »Bruder Solon wird sich persönlich um den Transport kümmern.«

»Ich hatte ohnehin gerade vor, eine Kompanie Lanzenreiter dorthin zu schicken«, sagte Prinz Arutha. »Wenn Ihr also nichts dagegen einzuwenden habt …«

Mit einer leichten Verbeugung verkündete der Hohepriester, dass er keineswegs etwas gegen diesen Vorschlag einzuwenden hatte.

»Ihr dient Eurem Gott sehr gut«, sagte Arutha an Solon gewandt.

»Er ist unser guter und treuer Diener«, fügte der Hohepriester hinzu. »Er wird befördert werden, um Michael von Salador zu ersetzen. Solon, wir vertrauen Euch die Führung der Brüder von

Ishaps Hammer an, und auch den Hammer von Luc d'Orbain. Hütet ihn gut.«

»Ich fühle mich geehrt, Vater«, sagte der Mönch.

Jetzt richtete der Hohepriester seinen Blick auf die anderen im Zimmer. »Eure Tapferkeit und die Stärke eures Geistes haben uns das wiedergebracht, was eines der Fundamente unseres Glaubens ist. Der Tempel von Ishap schuldet euch allen ewige Dankbarkeit.«

»So wie der Hof von Krondor Euch, Bruder Solon«, erklärte Arutha. An William gewandt, fügte er hinzu: »Ihr habt Eure Sache sehr gut gemacht, Leutnant. Ihr seid eine Ehre für die Palastwache.«

William verbeugte sich.

»Gildenmann Kendaric«, sagte Arutha.

Der Geselle der Wrackberger-Gilde trat einen Schritt vor und verbeugte sich. »Eure Hoheit.«

»Ihr habt der Krone einen großen Dienst erwiesen. Wir stehen in Eurer Schuld. Wir wissen, dass Eure Gilde durch den Tod Eures Gildenmeisters in Auflösung begriffen ist. Da es sich um eine von der Krone geschützte Gilde handelt, ist es unser Wunsch, dass Ihr den Rang des Gildenmeisters einnehmt und für eine neue Gefolgschaft sorgt.«

»Ich fühle mich geehrt, Eure Hoheit«, sagte Kendaric. »Aber die Gilde ist völlig ruiniert. Wegen Joraths Unterschlagungen besitzen wir nicht eine einzige Kupfermünze mehr, und die anderen Gesellen, die uns verlassen haben …«

»Wir werden uns um diese Einzelheiten kümmern. Die Krone erweist sich stets als großzügig gegenüber jenen, die ihr dienen. Wir werden eure Schatzkammer wieder auffüllen und sicherstellen, dass ihr euch von dem verursachten Schaden erholen könnt.«

»Eure Hoheit sind mehr als großzügig«, sagte der neue Gildenmeister.

Dann wandte Arutha sich an die Keshianerin. »Lady Jazhara,

Ihr habt bewiesen, dass ich mit Eurer Berufung zur Hofmagierin eine weise Wahl getroffen habe.«

Jazhara neigte den Kopf. »Hoheit.«

Der Prinz von Krondor lächelte nur selten, doch jetzt bekam sein Gesichtsausdruck beinahe etwas Überschwängliches, und seine Augen leuchteten vor Stolz. »James, du warst wie immer ein guter und treuer Diener. Ich möchte dir meinen persönlichen Dank aussprechen.« Er stand auf. »Ihr alle habt eure Sache mehr als gut gemacht.«

James antwortete darauf, auch im Namen der anderen. »Es war unsere Pflicht, und es war uns allen eine Freude, Hoheit.«

»Ich habe veranlasst, dass euch zu Ehren heute Abend ein Fest stattfindet«, sagte Arutha. »Geht also jetzt in eure Gemächer, und kehrt heute Abend als meine Gäste zurück.«

Er verließ den Thronsaal und bedeutete James, ihm zu folgen.

Jazhara wandte sich an Solon. »Werdet Ihr auch kommen?«

»Nein, Mädchen«, antwortete der große Mönch aus Dorgin. »Als Oberhaupt meines Ordens muss ich mich um die Sicherheit der Träne kümmern, bis wir Rillanon erreicht haben. Und bis dahin werde ich sie nicht aus den Augen lassen. Lebt also wohl, ihr alle.« Er winkte zwei Mönche heran, die bisher stumm in einer Ecke gewartet hatten. Sie drehten sich um und verbeugten sich respektvoll vor dem Hohepriester. Die beiden Mönche bezogen hinter dem Hohepriester und Bruder Solon Position und verließen mit ihnen und der Träne den Raum.

»Und was jetzt?«, richtete William das Wort an Kendaric.

»Ich werde zu Morraine gehen und heute Abend mit ihr wiederkommen. Als Gildenmeister werde ich genug verdienen, um sogar ihre Familie zufrieden zu stellen. Wir werden so schnell wie möglich heiraten.«

»Es freut mich, das zu hören«, sagte Jazhara.

Kendaric nickte nachdrücklich. »Ich muss mich beeilen. Wir sehen uns später noch.«

»Darf ich dich zurück in deine Gemächer begleiten?«, fragte William.

»Das ist nicht notwendig«, sagte Jazhara. »Früher oder später muss ich sowieso lernen, mich in diesem Palast zurechtzufinden. Wenn ich mich verirre, kann ich immer noch einen Pagen nach dem Weg fragen.«

William wusste natürlich, dass sie den Weg kannte. Er lächelte. »Bis heute Abend.«

Er wollte gerade gehen, als sie leise fragte: »William?«

»Ja, Jazhara?'«

Sie trat einen Schritt vor und hauchte ihm einen Kuss auf die Wange. »Es ist schön, wieder bei dir zu sein.«

Er sah in ihre dunkelbraunen Augen und war einen Moment regelrecht sprachlos. Dann gab er ihr ebenfalls einen Kuss und sagte: »Ja, das ist es.«

Und dann begaben sie sich zu ihren jeweiligen Quartieren.

Arutha saß hinter seinem Schreibtisch. »Du kannst mir morgen noch einen vollständigen Bericht liefern«, sagte er zu James. »Du siehst so aus, als könntest du etwas Schlaf gebrauchen, ehe heute Abend das Fest beginnt.«

»Nun, der Viertageritt war nicht besonders geruhsam, aber die meisten Wunden und Prellungen heilen bereits.«

»Die Träne ist in Sicherheit, das ist die Hauptsache. Was hast du sonst noch herausgefunden?«

»Über den Kriecher nichts. Ich glaube, dass der Mann einer von mehreren Agenten eines Mannes namens Sidi war.«

William hatte James alles erzählt, was er über Sidi wusste, sowohl was den Angriff auf den Herzog von Olasko betraf, als auch das, was im Zusammenhang mit ihrer letzten Begegnung mit ihm stand. James gab also weiter, was William ihm erzählt hatte. Er schloss mit den Worten: »Er scheint eine Art Händler zu sein, ein Abtrünniger. Er macht nicht nur mit den Goblins und den Bewohnern im hohen Norden jenseits der Berge Geschäfte, sondern auch mit ehrbareren Geschäftspartnern. Zumindest hat es den Anschein.«

»Du vermutest also, dass da noch mehr dahinter steckt?«

»Viel mehr sogar. Er hat einfach zu viel gewusst, und außerdem ...« James machte eine kurze Pause. »Ich habe ihn nur einen kurzen Augenblick oben auf den Klippen gesehen, während William mit diesem Bär gekämpft hat. Ich kriege immer eine Gänsehaut, wenn ich ihn sehe, Hoheit. Ich glaube, dieser Mann ist weit mehr als nur ein einfacher Händler.«

»Du meinst, er ist ein Magier oder ein Priester?«

»Möglicherweise. Auf alle Fälle hat er verzweifelt versucht, das Amulett zurückzubekommen, das Bär getragen hat, wobei ich annehme, dass er selbst es Bär ursprünglich gegeben hatte.«

»Mit welchen dunklen Kräften haben wir es hier nur zu tun?«, fragte Arutha.

»Diese Frage, Hoheit, bereitet mir ebenfalls Kopfzerbrechen.« Schweigend stand Arutha auf und ging quer durch den Raum zu jenem Fenster, das auf den Palasthof hinausschaute. Soldaten trainierten gerade, und er sah den jungen William in Richtung der Unterkünfte eilen, die für die ledigen Offiziere bestimmt waren. »William hat sich sehr gut geschlagen«, sagte Arutha.

»Er wird eines Tages Marschall von Krondor werden, sofern Ihr Euch jemals dazu entschließen könnt, Gardans Wunsch nach Rückzug aus dem Dienst stattzugeben«, sagte James.

Der Prinz drehte sich um. Auf seinem Gesicht lag ein Grinsen – etwas, das James in den mehr als zehn Jahren, die er nun schon Arutha diente, nur wenige Male gesehen hatte. »Er hat mir gesagt, dass er das nächste Mal einfach den Palast verlässt und mit dem Schiff nach Crydee reist. Ich soll dann ruhig Soldaten schicken, um ihn holen zu lassen.«

»Und was werdet Ihr tun?«

»Ich werde ihn noch ein bisschen länger hier behalten und

dann Locklear zurückrufen. Ich werde ihm die Position übertragen.«

»Locklear soll Marschall von Krondor werden?«

»Du selbst hast immer gesagt, dass ich einen Verwalter benötigen würde, solange ich diese Armee eigentlich noch selbst führe. Locklear hat sicher das entsprechende Talent für diese Aufgabe.«

»In der Tat«, stimmte James zu. »Ich selbst habe ja mit Rechenschaftsberichten nie wirklich etwas anfangen können.«

»Ich werde ihn noch einen weiteren Winter bei Baron Moyet schmoren lassen, dann hole ich ihn zurück und schicke Gardan nach Hause.«

»Und dieses Mal wirklich?«

Arutha lachte. »Ja. Ich werde ihn nach Crydee zurückkehren lassen, wo er auf Martins Hafenmauer hocken und fischen kann, wenn er das wirklich will.«

James stand auf. »Ich müsste vor heute Abend noch ein paar Dinge erledigen, Hoheit. Mit Eurer Erlaubnis …«

Arutha winkte James hinaus. »Bis heute Abend.«

»Hoheit«, sagte James noch einmal und verließ das Zimmer.

Arutha, Prinz von Krondor und zweitmächtigster Mann des Königreichs der Inseln, stand am Fenster. Er befand sich in nachdenklicher Stimmung. Als junger Mann hatte er zu Zeiten des Spaltkrieges bei der Belagerung von Crydee das Kommando gehabt. Jetzt war er in mittleren Jahren.

Wenn die Götter ihm wohlgesonnen waren, hatte er noch viele Jahre vor sich, doch das Wissen, dass das Schicksal seines Königreichs in den fähigen Händen jüngerer Männer und Frauen ruhte – Männer und Frauen wie James, Jazhara und William –, verschaffte ihm ein tief gehendes, beruhigendes Gefühl. Er gestattete sich den Luxus, diesen friedvollen Augenblick noch ein bisschen länger auszukosten, bevor er zu seinem Schreibtisch zurückkehrte und sich den Berichten widmete, die seine Aufmerksamkeit erforderten.

James eilte durch den Palast. Er musste unbedingt eine Botschaft an Jonathan Means und zwei weitere seiner Agenten schicken, um ihnen mitzuteilen, dass er wieder in Krondor war. Und dann musste er kurz hinaus auf die Straße, um einem seiner Informanten – demjenigen, der ein Auge auf alle Anzeichen von Aktivität haben sollte, die den Kriecher und seine Bande betrafen – einen kurzen Besuch abzustatten. Jetzt, wo die Geschichte mit der Träne der Götter erledigt war, war James fest entschlossen, seine Aufmerksamkeit auf diesen Möchtegern-Bandenboss zu lenken und ein für alle Mal herauszufinden, wer er war. Und dann würde er die Stadt von der Gegenwart dieses Mannes befreien.

James ging im Geiste noch einmal die Dinge durch, die er erledigen musste. Wenn er sich beeilte, würde die Zeit gerade noch reichen, nach seiner Rückkehr ein Bad zu nehmen und die Kleider zu wechseln, ehe das abendliche Fest seinen Anfang nahm.

Er war müde, doch schlafen konnte er auch am nächsten Tag noch. In diesem Augenblick tat er genau das, was er am liebsten tat: dem Prinzen dienen. Und er war an jenem Ort, der ihm der liebste auf der ganzen Welt war: Krondor.

Epilog

Herausforderung

Die einsame Gestalt hinterließ eine Spur aus Wassertröpfchen, während sie den langen, dunklen Tunnel entlangtrottete. Die Luft stank nach Rauch und Leichen.

Sidi stellte fest, dass das kleine Feuer, das er an diesem Morgen entfacht hatte, immer noch brannte. Er nahm eine Fackel aus einer Wandhalterung, zündete sie an und setzte seinen Weg fort.

Schließlich kam er in den Raum, in dem das tote Gerippe lag; der Leichnam verwandelte sich schnell in Staub. »Idiot!«, schrie er das Wesen erneut an. Es konnte ihn nicht verstehen.

Er begab sich hinter den Thron und fand den geheimen Riegel. Er drückte darauf, und ein Teil der Wand bewegte sich zur Seite. Er betrat den Raum, von dem noch nicht einmal das Gerippe etwas gewusst hatte und den Sidi ausschließlich für sich selbst benutzte.

Als er eintrat, sagte eine Stimme: »Du hast verloren!«

»Nein, das habe ich nicht, du altes Weib!«, schrie er die Stimme aus der Luft an. Er zog sich die tropfende Tunika aus.

»Du hast das Amulett nicht gefunden.« Die Stimme hatte einen spöttischen Tonfall.

»Ich werde auch weiterhin danach suchen. Es sind gerade erst vier Tage vergangen.«

»Einmal angenommen, du findest es tatsächlich – was willst du dann damit tun? Du hast weder Diener noch Verbündete.«

»Es ist ziemlich ermüdend, mit der leeren Luft zu sprechen. Also zeige dich …«

Eine nur schemenhaft zu erkennende Gestalt erschien; sie war durchscheinend und farblos, aber eindeutig eine Frau mittleren Alters. Der Magier zog seine Hose aus, griff nach einer Decke und wickelte sich darin ein. »Ich habe diese kalten, feuchten Orte so satt … Wie nennst du dich zurzeit überhaupt?«

»Meistens Hilda.«

»Also, Hilda. Ich habe diesen Ort hier so satt. Diener kann ich für Gold bekommen. Das habe ich im Übermaß. Verbündete sind fast ebenso leicht zu gewinnen, wenn man erst einmal herausgefunden hat, was sie sich wünschen.« Er betrachtete das blasse Abbild. »Du weißt, dass ich schon seit ein paar Jahren gespürt habe, dass du in der Nähe bist. Aber ich habe bisher keine Notwendigkeit gesehen, dich aufzustöbern.«

»Du kannst mich nicht so einfach loswerden, und das weißt du genauso gut wie ich.«

Der Mann seufzte. »Du hast keine Gläubigen mehr, keine Priester; nicht einer von zehn Millionen Menschen auf dieser Welt kennt überhaupt noch deinen Namen. Und doch bestehst du weiterhin darauf, noch länger hier zu verweilen. Das schickt sich nicht für eine Göttin.«

Der Schatten, der einst die alte Frau in der Hütte gewesen war, antwortete: »Das ist meine Natur. So lange du versuchst, deinem Meister zu dienen, so lange muss ich mich ihm entgegenstellen.«

»Mein Meister lebt!«, sagte Sidi und deutete mit dem Finger auf den Schatten. »Du besitzt noch nicht einmal genug Anstand zuzugeben, dass du tot bist. Verschwinde!«

Die Gestalt verschwand.

Sofort spürte Sidi einen Stich des Bedauerns. So wenig er die Frau und ihre Inkarnationen auch mochte, so war sie doch mehrere Jahrhunderte lang ein Teil seines Lebens gewesen. In mehr als tausend Jahren war er der Erste gewesen, der das Amulett entdeckt hatte. Er hatte seiner Macht nachgegeben. Jahrelang hatte er Impulse gespürt, die er sich nicht hatte erklären können, und

Stimmen gehört, die außer ihm niemand sonst hatte wahrnehmen können. Seine Macht hatte zugenommen, und lange Zeit auch sein Wahnsinn. Und dann hatte er plötzlich eine geistige Klarheit erlangt, die den Wahnsinn überwunden hatte. Und er hatte herausgefunden, wem er diente: dem Namenlosen.

Er hatte das Amulett bereits zuvor benutzt, um andere in die Dienste seines Meisters zu locken, Wesen wie das Gerippe Savan und seinen Bruder. Das war ein Fehler gewesen. Er seufzte. Der Finsternis zu dienen bedeutete, dass man benutzen musste, was gerade des Weges kam.

Die alte Frau war zum ersten Mal aufgetaucht, kurz nachdem er seine Kräfte gewonnen hatte. Sie war die Gegenspielerin des Namenlosen, und sie hatte sich geweigert, Sidi in Ruhe zu lassen. Er musste wider Willen zugeben, dass sie die einzige Person war – wenn man denn den Geist einer toten Göttin eine Person nennen konnte –, die er länger als nur ein paar Jahre gekannt hatte. Die meisten anderen waren auf die eine oder andere schreckliche Weise getötet worden. Es mochte merkwürdig klingen, aber irgendwie hatte er die alte Göttin beinahe gern.

Er seufzte. Die Schlacht war verloren, aber der Krieg würde weitergehen, und er würde versuchen, den Wunsch seines Meisters zu erfüllen. Irgendwann würde sein Meister auf diese Welt zurückkehren. Es mochte noch Jahrhunderte dauern, aber Sidi hatte Zeit. Man bezahlte einen hohen Preis, wenn man seinem Meister diente, aber man erhielt auch Belohnungen. Sidi mochte wie ein Fünfzigjähriger aussehen, doch er hatte bereits nahezu fünfmal so lange gelebt.

Er legte sich auf das Bett und seufzte tief. »Ich muss zusehen, dass ich einen angenehmeren Ort zum Leben finde – und zwar bald.«

Danksagung

Wie bei allen anderen Projekten zuvor schulde ich auch dieses Mal vielen Menschen Dank – bei diesem Werk sogar noch viel mehr als bei allen anderen, die ich bisher verfasst habe. Das hat zu einem erheblichen Teil mit der Entwicklung des Spiels »Return to Krondor« zu tun, denn die Geschichte, die das Herzstück jenes Spiels bildet, dient auch als Herzstück dieses Romans. Ich würde ziemlich nachlässig mit den Menschen umgehen, die für jenes Projekt – das Spiel – verantwortlich sind, auf dem dieses Werk hier aufbaut, wenn ich nicht ausdrücklich auf ihre Arbeit hinweisen würde; auch wenn sie niemals im Zusammenhang mit dem Spiel gewürdigt werden, haben sie sich mit Dutzenden von möglicherweise verhängnisvollen Problemen, Ablenkungen und Terminverschiebungen herumgeschlagen.

An der Entstehung von »Return to Krondor« haben im wahrsten Sinne des Wortes hunderte von Menschen mitgewirkt, viel zu viele, um sie hier alle einzeln aufzulisten. Ich weiß natürlich, dass diese Liste unvollständig bleiben muss, dennoch möchte ich ein paar Leuten ganz besonders danken:

Andy Ashcraft, Craig Boland, Chuck Mitchell, Susan Deneker, Leanne Moen und Michael Lynch, die sich zu den unterschiedlichsten Zeiten meine Meinung anhören mussten, obwohl sie wahrscheinlich lieber gearbeitet hätten.

Scott Page, der sich unerwarteterweise in der Situation wiederfand, mit dem Durcheinander umzugehen, das andere Leute angerichtet hatten, der aber alles in geregelten Bahnen hielt.

Bob Ezrin, der während der sehr schwierigen Zeit auf dem 7. Level unser aller Vater war, der ein unglaubliches Chaos in Ordnung bringen musste, das Menschen angerichtet hatten, die sein Vertrauen missbraucht hatten, und der zu einem Zeitpunkt meine Hand gehalten und alles am Leben erhalten hat, wo er wahrscheinlich lieber in seinem Studio gewesen wäre und Musik gemacht hätte.

St. John Bain, der ein Chaos geerbt hat und der mit Humor und Entschlossenheit die Vision eines anderen zu seiner eigenen gemacht hat; das einzige Wort, das sein Engagement in Sachen Krondor treffend beschreibt, heißt unermüdlich.

Steve Abrams, meinem alten Freund und Bruder in Schande, dessen Beiträge zu meinem Werk in all diesen Jahren häufig unerwähnt – aber niemals unbeachtet – blieben.

Jonathan Matson, meinem Agenten, aus all den üblichen Gründen – und in diesem Fall auch aus all den nicht so üblichen Gründen.

Meiner Tochter Jessica und meinem Sohn James, weil sie aus jedem Tag, den ich mit ihnen verbracht habe, einen besseren Tag gemacht haben.

Jennifer Brehl und Jane Johnson, meinen Lektorinnen in New York und London, für vieles mehr, als ihre Arbeitsplatzbeschreibung von ihnen verlangen würde.

Noch eine persönliche Anmerkung: Die Arbeit an diesem Buch fand parallel zum Ende meiner zwölf Jahre währenden Ehe und somit in einer für mich persönlich sehr schwierigen Zeit statt; eine ganze Menge Leute haben mir in dieser Zeit geholfen – Leute, die nicht direkt etwas mit der Entstehung dieses Romans zu tun hatten, aber die mir einfach dadurch dabei geholfen haben, dieses Projekt zu beenden, dass sie sich um meine geistige Gesundheit verdient gemacht haben.

Also, noch einmal ein ganz besonderes Dankeschön an Steve Abrams, Andy Abramson, Jim Curl, Jonathan Matson, Rich

Spahl und Janny Wurts, dass sie sich von Anfang an um mich gekümmert haben und auch über einen längeren Zeitraum immer für mich da waren. Es haben mir auch noch andere Menschen geholfen, aber die oben genannten haben dies weit über die normale Hilfeleistung hinaus getan. Es gibt keine Worte, die meine Dankbarkeit wirklich ausdrücken können. Ich bin unglaublich glücklich, solche Freunde zu haben.

Und schließlich will ich noch der »Bande« vom Flemming's in La Jolla, dem besten Steakhaus und der besten Weinstube von Kalifornien, dafür danken, dass sie einen Ort geschaffen haben, an dem ich mich gerne aufhalte.

Raymond E. Feist
San Diego, Kalifornien
30. August 2000

Im Weltbild Verlag ist außerdem erschienen:

Wolfgang Hohlbein
Horus

702 Seiten
Format: 14 x 22 cm,
Best.-Nr. 637 434
ISBN 978-3-8289-9138-5
12,95 €

»Hohlbein ist Kult, und Kult verpflichtet.«

HörZu

London, 1888. Ein Schiff läuft in den Hafen ein. Der einzige Passagier an Bord ist eine Frau – rätselhaft, anmutig wie eine Katze und mit einer Haut schwarz wie die Nacht. Sie nennt sich Bast und sagt, sie sei nach London gekommen, um ihre Schwester zu suchen. Doch das Rätsel um Bastet, so ihr eigentlicher Name, geht viel tiefer. Ihre Familie ist alt, sehr alt. Einst hat man sie als Götter verehrt, noch immer sind sie mehr als gewöhnliche Sterbliche, und ihre Gefühle sind übermenschlich. Liebe treibt sie, Hunger brennt in ihnen, und Hass legt sich über die Stadt wie die dunklen Schwingen eines riesigen Falken. Und während des Nachts ein Mörder durch die nebligen Gassen von London schleicht, entbrennt in den unterirdischen Kanälen ein Kampf zwischen Mächten, die so alt sind wie die Menschheit.
Vergessen Sie alles, was Sie bislang über Jack the Ripper und die altägyptischen Götter wussten! Wolfgang Hohlbein gibt auf unnachahmliche Weise Einblick in seine ganz eigene Interpretation beider Legenden.

Im Weltbild Verlag ist außerdem erschienen:

Birgit Jaeckel
Die Druidin

656 Seiten
Format: 13 x 19 cm,
Best.-Nr. 281973
ISBN 978-3-8289-8910-8
10,95 €

»Ein spannendes, fantasiepralles Debüt.«
(Buchjournal)

Die Keltin Talia, die ohne ihre leiblichen Eltern aufwachsen musste, entdeckt etwas Übernatürliches an sich: sie hat die Fähigkeit, die Seele eines Menschen zu sehen und diese vor Unheil zu bewahren.
Doch diese Gabe wird ihr bald zum Verhängnis, da ein skrupelloser Druide eine Konkurrenz in ihr sieht. Sie flieht mit Hilfe des Söldners Ataric nach Alte-Stadt, in der ihr Vater Caran regiert. Da dieser sie jedoch als Baby töten lassen wollte, gibt sie sich nicht zu erkennen. Doch dann überschlagen sich die Ereignisse: Zuerst wird Caran Vater, doch sein Kind ist zu schwach zum Leben, und schließlich wird erst Carans Status als Stammesführer, dann sogar sein Leben bedroht. Wird Talia die Vergangenheit vergessen und sich für ihren Vater entscheiden? Nur sie allein kann das Schicksal abwenden ...

Im Weltbild Verlag ist außerdem erschienen:

Martin Langfield
Dämonium

569 Seiten
Format: 13 x 19 cm,
Best.-Nr. 275969
ISBN 978-3-8289-9352-5
10,95 €

»Absolut kultverdächtig«

Shots Magazine

Allein der Journalist Robert Reckliss kann New York noch retten. Irgendwo liegt eine uralte Waffe verborgen, die alles zerstören könnte. Doch die Uhr läuft gegen ihn: er muss in nur 7 Tagen mit 7 Schlüsseln 7 Aufgaben lösen. Kann Robert diese schreckliche Verantwortung tragen? Oder wird er an den Rätseln scheitern und Manhattan grausam vernichtet werden? Ein spannender Wettlauf mit der Zeit beginnt ...

Die Verschwörung der Magier

RAYMOND

FEIST

DIE VERSCHWÖRUNG DER MAGIER

DIE KRONDOR-SAGA I

ROMAN

Aus dem Amerikanischen
von Susanne Gerold

Weltbild

Die Originalausgabe erschien 1995 unter dem Titel *Krondor the Betrayal. Book One of the Riftwar Legacy* bei Avon Books, New York.

Besuchen Sie uns im Internet:
www.weltbild.de

Genehmigte Lizenzausgabe für Verlagsgruppe Weltbild GmbH,
Steinerne Furt, 86167 Augsburg

Ein Unternehmen der Verlagsgruppe Random House GmbH, München.
Übersetzung: Susanne Gerold
Umschlaggestaltung: Johannes Frick, Augsburg
Umschlagmotiv: © Lap Marco / Bildagentur Schlück
Gesamtherstellung: CPI Moravia Books s.r.o., Pohorelice
Printed in the EU

ISBN 978-3-8289-9401-0

2011 2010 2009 2008
Die letzte Jahreszahl gibt die aktuelle Lizenzausgabe an.

Für John Cutter und Neal Hallford,
denen ich für ihre Kreativität
und ihre Begeisterung danke.

NORDBERGE
NORDLANDE
BERGENSTEIN
5
ELVANDAR
4
HOHE BUR
TYR-SOG
YABON
DIE GRAUEN TÜRME
CRYDEE
LORIEL
LA MUT
FALKENHÖHLE
HOGEWAL
10
YLITH
WALINOR
CALASTIUS GEBIRGE
CARSE
JONRIL
HUSH
NATAL
DIE ENDLOSE SEE
NATALHAVEN
BORDON
GUESTORS SICHT
SETHAN
TULAN
QUEG
SARTH
1
FINSTERM
MARGRAVS HAFEN
STRASSE DER FINSTERNIS
PALANQUE
2
KRONDOR
SALADO
DAS BITTERE MEER
LANDRETH
SEE D
TRÄU
ELARIAL
DURBIN
SHAMATA
TAL DER TRÄUME
CARALYAN
9
TROLLHEIM-GEBIRGE
DIE STERNPFEILE
WÜSTE VON JAL-PUR
MIDKEMIA
N
W
S

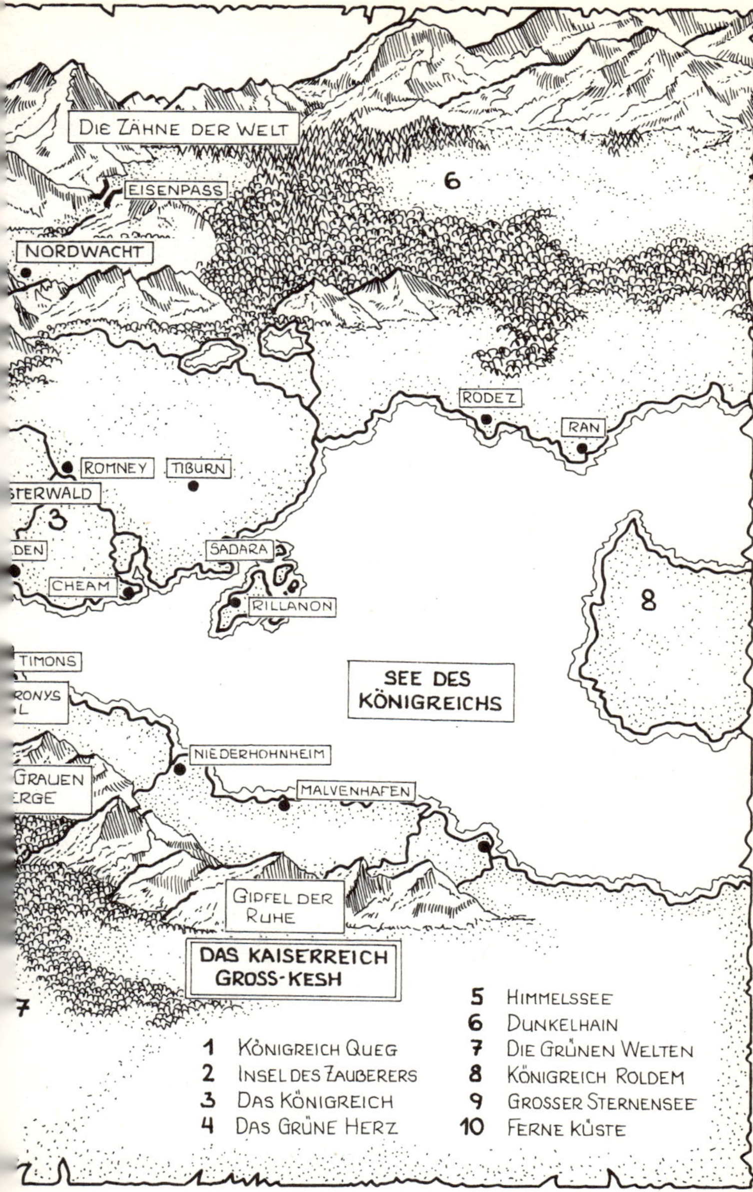

DIE ZÄHNE DER WELT
EISENPASS
NORDWACHT
6
RODEZ
RAN
ROMNEY
TIBURN
STERWALD
3
DEN
SADARA
CHEAM
RILLANON
8
TIMONS
RONYS
L
SEE DES KÖNIGREICHS
NIEDERHOHNHEIM
GRAUEN
ERGE
MALVENHAFEN
GIPFEL DER RUHE
DAS KAISERREICH GROSS-KESH
7
1 KÖNIGREICH QUEG
2 INSEL DES ZAUBERERS
3 DAS KÖNIGREICH
4 DAS GRÜNE HERZ
5 HIMMELSSEE
6 DUNKELHAIN
7 DIE GRÜNEN WELTEN
8 KÖNIGREICH ROLDEM
9 GROSSER STERNENSEE
10 FERNE KÜSTE

Prolog

Warnung

Der Wind heulte.

Locklear, Junker am Hof des Prinzen von Krondor, saß in eine schwere Decke gehüllt auf seinem Pferd. Der Sommer verschwand früh aus den Nordlanden und den Pässen jener Berge, die die Zähne der Welt genannt wurden. Während die Nächte im Süden noch immer mild und warm waren, hatte es hier im Norden nur einen kurzen Herbst gegeben, und rasch hatte der Winter Einzug gehalten – ein Winter, der lange anhalten würde. Locklear verfluchte seine eigene Dummheit, die ihn an diesen verlassenen Ort verschlagen hatte.

»Verdammt kalt, was?«, meinte Sergeant Bales. Der Sergeant kannte die Gerüchte, die sich um das plötzliche Auftauchen des jungen Edlen in Tyr-Sog rankten; es hatte etwas mit einer jungen Frau zu tun, die mit einem bekannten Kaufmann in Krondor verheiratet war. Locklear war nicht der erste junge Geck, den man an die Grenze geschickt hatte, um ihn außer Reichweite eines wütenden Ehemannes zu schaffen. »Wohl nicht ganz so mild wie in Krondor.«

»Tatsächlich?«, erwiderte der junge Mann trocken.

Die Patrouille folgte einem schmalen Pfad über den Grat eines Gebirgsausläufers, der die nördliche Grenze des Königreichs der Inseln bildete. Locklear war kaum eine Woche am Hof von Tyr-Sog gewesen, da hatte Baron Moyiet dem Junker nahegelegt, mit einer außerordentlichen Patrouille das Gebiet östlich der Stadt auszukundschaften. Es kursierten Gerüchte, dass Abtrünnige und Moredhel – Dunkelelben, die als die Bruderschaft des Dunklen Pfades bekannt waren – im Schutz von heftigen Schnee- und Regenschauern in den Süden vordrangen. Die Spurenleser fanden zwar nur wenige Hinweise, die dies bestätigen konnten, doch das Gerede und die hartnäckigen Behauptungen der Bauern, die angeblich Kompanien von dunkel gekleideten Kriegern auf dem Weg in den Süden gesehen hatten, hatten den Baron zu dieser Patrouille veranlasst.

Locklear wusste so gut wie die dort in der Garnison stationierten Männer, dass sie nur eine geringe Chance hatten, im späten Herbst oder frühen Winter irgendwelche Bewegungen auf den kleinen Bergpässen zu entdecken. Wenn der Frost auch gerade erst die Ausläufer erreicht hatte, so lag doch auf den höher gelegenen Pässen bereits reichlich Schnee, der bei vorübergehendem Tauwetter zusätzlich von Matsch bedeckt sein würde.

Doch seit Murmandamus, der charismatische Anführer der Dunkelelben, vor zehn Jahren seine Armee ins Königreich geführt und einen Krieg begonnen hatte, der als die Große Erhebung bekannt geworden war, mussten alle diesbezüglichen Hinweise genauestens untersucht werden. Außerdem war der Befehl direkt von König Lyam gekommen.

»Ja, das ist wohl eine ordentliche Abwechslung zum Leben am Hof des Prinzen, Junker«, stichelte der Sergeant. Als Locklear in Tyr-Sog eingetroffen war, hatte er ganz das Gehabe eines krondorianischen Gecken an den Tag gelegt – er war ein großer, schlanker, gut gekleideter junger Mann Mitte zwanzig mit einer Vorliebe für einen Schnauzbart und lange Ringellöckchen. Locklear glaubte, der Schnauzbart und die schönen Kleider würden ihn nicht so jung erscheinen lassen, aber wenn überhaupt, bewirkten sie genau das Gegenteil von dem, was er sich wünschte.

Langsam wurde Locklear der – wenn auch spielerischen – Neckerei des Sergeanten überdrüssig. »Aber hier ist es immer noch wärmer als auf der anderen Seite der Berge, wenn ich mich recht entsinne.«

»Auf der anderen Seite?«, fragte der Sergeant.

»In den Nordlanden«, sagte Locklear. »Dort sind die Nächte sogar im Frühling und Sommer kalt.«

Der Sergeant warf dem jungen Mann einen misstrauischen Blick zu. »Ihr seid dort gewesen, Junker?« Außer Abtrünnigen und Waffenschmugglern waren nur wenige Männer lebend aus den Nordlanden ins Königreich zurückgekehrt.

»Zusammen mit dem Prinzen«, erwiderte Locklear. »Ich bin mit ihm bei Armengar und Hohe Burg gewesen.«

Der Sergeant schwieg und schaute nach vorn. Die Soldaten neben Locklear tauschten bedeutungsvolle Blicke und nickten. Einer flüsterte dem Mann hinter sich etwas zu. Es gab wohl keinen Soldaten im Norden, der nicht von Armengars Fall zehn Jahre zuvor gehört hätte, von Murmandamus, dem mächtigen Moredhel-Anführer, der mit seinen Horden die Stadt der Menschen in den Nordlanden zerstört hatte und dann ins Königreich eingedrungen war. Nur durch seine Niederlage bei Sethanon hatte man verhindern können, dass seine Armee aus Dunkelelben, Trollen, Goblins und Riesen das Königreich vernichtete.

Die Überlebenden von Armengar hatten sich in Yabon angesiedelt, nicht weit entfernt von Tyr-Sog, und mit jeder Erzählung wuchsen die Darstellungen des großen Kampfes und der Flucht der Überlebenden wie auch die Rolle, die Prinz Arutha und seine Kameraden dabei gespielt hatten. Jeder, der unter Prinz Arutha und Guy du Bas-Tyra gedient hatte, musste als Held betrachtet werden. Der Sergeant warf dem jungen Mann einen neugierig musternden Blick zu und hielt den Mund.

Locklears Belustigung darüber, wie er den redegewandten Sergeanten zum Schweigen gebracht hatte, erfuhr ein jähes Ende, als es wieder zu schneien begann und von Minute zu Minute stürmischer wurde. Innerhalb der Garnison mochte er seinen Stand durchaus verbessert haben, und man würde ihm in Zukunft mehr Respekt entgegenbringen, doch noch immer war er weit entfernt vom Hof in Krondor mit seinen guten Weinen und den hübschen Mädchen. Es war schon ein Wunder nötig, wenn er sich im nächsten Winter nicht noch immer hier, an diesem Hof voller Dummköpfe aufhalten, sondern bereits wieder in Aruthas Gunst stehen wollte.

Nachdem sie zehn Minuten stumm geritten waren, sagte der Sergeant: »Noch zwei Meilen, und wir können den Rückweg antreten.«

Locklear enthielt sich einer Antwort. Wenn sie die Garnison wieder erreichten, würde es dunkel sein – und noch kälter als jetzt schon. Er würde das warme Feuer in den Unterkünften der Soldaten willkommen heißen und sich möglicherweise mit einem Mahl bei den Truppen begnügen, es sei denn, der Baron forderte ihn auf, zusammen mit dem Haushalt zu speisen. Das hielt Locklear jedoch für unwahrscheinlich, denn der Baron besaß eine kokette junge Tochter, die den jungen Edlen seit der ersten Nacht, da er in Tyr-Sog eingetroffen war, zu umgarnen versuchte; zudem wusste der Baron nur zu gut, was Locklear an seinen Hof verschlagen hatte. Und so war es kein Zufall, dass die Tochter die zwei einzigen Male, die er mit dem Baron gespeist hatte, nicht da gewesen war.

Es gab ein Wirtshaus nicht allzuweit entfernt von der Burg, doch Locklear wusste, wenn er erst einmal wieder in der Burg wäre, würde er genug von der Kälte und dem Schnee haben und sich beidem nicht noch einmal aussetzen wollen – auch nicht für eine so kurze Wegstrecke. Und außerdem waren die beiden Kellnerinnen dick und dumm.

Mit einem unhörbaren, ergebenen Seufzer dachte Locklear, dass sie ihm bei Anbruch des Frühlings im nächsten Jahr möglicherweise gar nicht mehr dick und dumm, sondern hübsch und charmant erscheinen würden.

Er hoffte inständig, rechtzeitig zum Mittsommernachtsfest von Banapis wieder in Krondor zu sein. Er würde seinem besten Freund, Junker James, schreiben und ihn bitten, seinen Einfluss geltend zu machen, damit Arutha ihn vorzeitig zurückrief. Ein halbes Jahr an diesem Ort war Strafe genug.

»Junker Locklear«, unterbrach Sergeant Bales seine Gedanken. »Was ist das?« Er deutete auf den felsigen Pfad. Eine Bewegung zwischen den Felsblöcken hatte seine Aufmerksamkeit erregt.

»Ich weiß nicht«, entgegnete Locklear. »Wir sollten es uns mal näher ansehen.«

Bales machte ein Zeichen, und die Patrouille wandte sich nach links, den Pfad hinauf. Sofort erkannten sie, was da geschah. Eine einsame Gestalt eilte zu Fuß den Felspfad entlang, und eindeutige Geräusche kündeten davon, dass sie verfolgt wurde.

»Es sieht aus, als hätte ein Abtrünniger Streit mit einigen Brüdern des Dunklen Pfades«, meinte Sergeant Bales.

Locklear zog sein Schwert. »Abtrünniger oder nicht, wir können nicht zulassen, dass die Dunkelelben ihn kriegen. Sie glauben sonst noch, sie könnten einfach gen Süden marschieren und hier nach Lust und Laune die gewöhnlichen Leute belästigen.«

»Los!«, rief der Sergeant, und die kampferprobten Männer der Patrouille zogen die Schwerter.

Die einsame Gestalt erblickte die Soldaten, zögerte einen Moment und rannte dann weiter. Locklear konnte sehen, dass es sich um einen großen Mann handelte, dessen Gesicht im Schatten der Kapuze eines dunkelgrauen Umhangs lag, so dass es nicht zu erkennen war. Ihm folgte ein Dutzend Dunkelelben zu Fuß.

»Wir müssen sie aufhalten«, sagte der Sergeant ruhig.

Offiziell war Locklear der Befehl über die Patrouille übertragen worden, aber der Junker besaß genug Erfahrung, um sich zurückzuhalten, wenn ein Veteran wie Sergeant Bales Befehle gab.

Die Reiter drängten den Pass hoch, vorbei an der einsamen Gestalt, und warfen sich den Moredhel entgegen. Die Brüder des Dunklen Pfades mochten alles Mögliche sein – keinesfalls jedoch feige und unfähig, wenn es um kriegerische Auseinandersetzungen ging. Es war ein heftiger Kampf, doch die Soldaten des Königreichs waren deutlich im Vorteil: Sie besaßen Pferde, und das Wetter hatte die Bögen der Dunkelelben nutzlos gemacht. Die Moredhel machten sich nicht einmal die Mühe, nach ihren nassen Bögen zu greifen, denn sie wussten, dass kaum einer ihrer Pfeile die Feinde erreichen, geschweige denn die Kraft haben würde, eine Rüstung zu durchbohren.

Ein einzelner Dunkelelb, größer noch als die anderen, sprang auf einen Felsblock und blickte der fliehenden Gestalt nach. Locklear wendete sein Pferd und stellte sich dem Dunkelelb in den Weg, der aufmerksam auf den jungen Edlen sah.

Ihre Blicke trafen sich einen Augenblick, und Locklear spürte den Hass des Elben förmlich wie eine schwere Last. Er schien Locklear stumm zu zeichnen, als versuchte er, sich dessen Äußeres für eine zukünftige Konfrontation einzuprägen. Dann gab er einen Befehl, und die Moredhel zogen sich über den Pass zurück.

Sergeant Bales war zu klug, um jemandem über einen Pass zu folgen, auf dem man gerade einmal zehn Meter weit sehen konnte. Und das Wetter wurde zunehmends schlechter.

Locklear wandte sich um und sah die einsame Gestalt ein kleines Stück neben dem Pfad an einem Felsblock lehnen. Er lenkte sein Pferd neben den Mann. »Ich bin Junker Locklear vom Hof des Prinzen. Du hast hoffentlich eine gute Geschichte für uns, Abtrünniger.«

Der Mann, dessen Antlitz noch immer von der tiefen Kapuze seines schweren Umhangs verhüllt war, antwortete nicht. Die Kampfgeräusche verklangen, als die Moredhel zurück über den Pass flohen und sich in Felsspalten verkrochen, wohin die Reiter ihnen nicht folgen konnten.

Die Gestalt schaute Locklear einen Augenblick an, hob dann langsam die Hand und schob die Kapuze zurück. Dunkle, fremde Augen betrachteten den jungen Edlen. Locklear kannte solche Gesichtszüge, die hohe Stirn, das kurz geschnittene Haar, die gewölbten Augenbrauen und die großen, nach oben gebogenen Ohren, die keine Ohrläppchen besaßen. Aber es war kein Elb, der vor ihm stand; Locklear spürte es in seinen Knochen. Die dunklen Augen, die auf ihn gerichtet waren, konnten ihre Verachtung kaum verbergen.

»Ich bin kein Abtrünniger, Mensch«, erklärte die Gestalt in der Sprache des Königreichs, jedoch mit deutlichem Akzent.

Sergeant Bales kam zu ihnen geritten. »Verflucht! Ein Bruder des Dunklen Pfades. Wahrscheinlich wollten die anderen ihn wegen einer Stammesangelegenheit töten.«

Der Moredhel bannte Locklear mit seinem Blick und musterte ihn eine Zeit lang. »Wenn Ihr vom Hof des Prinzen seid, könnt Ihr mir vielleicht helfen.«

»Dir helfen?«, fragte der Sergeant. »Viel eher werden wir dich hängen, Mörder.«

Locklear hob die Hand, und der Sergeant schwieg. »Wieso sollten wir dir helfen, Moredhel?«

»Weil ich Eurem Prinzen eine Warnung überbringen möchte.«

»Was für eine Warnung?«

»Sie ist nur für ihn bestimmt. Könnt Ihr mich zu ihm bringen?«

Locklear blickte den Sergeanten an. »Wir sollten ihn zum Baron bringen«, sagte dieser.

»Nein«, sagte der Moredhel. »Ich spreche nur mit Prinz Arutha.«

»Du tust genau das, was wir sagen, Meuchler!« Deutlich war der Hass aus Bales' Stimme herauszuhören. Er hatte sein ganzes Leben lang gegen die Bruderschaft des Dunklen Pfades gekämpft und war viele Male Zeuge ihrer einfallsreichen Grausamkeiten geworden.

»Ich kenne solche wie ihn«, sagte Locklear. »Ihr könnt seine Füße anzünden und ihn bis zum Hals in Brand setzen. Trotzdem wird er nicht reden, wenn er nicht will.«

»Genau«, antwortete der Moredhel. Er musterte Locklear erneut. »Ihr seid meinem Volk begegnet?«

»Armengar«, sagte Locklear. »Dann Hohe Burg. Und schließlich Sethanon.«

»Es ist Sethanon, über das ich mit Eurem Prinzen sprechen will«, erklärte der Moredhel.

Locklear wandte sich an Bales. »Lasst uns einen Augenblick allein, Sergeant.«

Bales zögerte, aber in der Stimme des jungen Edlen lag eine Bestimmtheit, die frei von jeder Ehrfurcht vor dem Veteranen war; dies war ein Befehl. Der Sergeant wandte sich ab und schickte seine Patrouille weg.

»Fahre fort«, sagte Locklear.

»Ich bin Gorath, Anführer der Ardanier.«

Locklear musterte den Dunkelelben. Nach menschlichen Maßstäben wirkte er jung, aber Locklear hatte genug Elben und Moredhel gesehen, um zu wissen, dass dieser Eindruck täuschte. Der hier hatte einen Bart mit grauen und weißen Streifen und auch ein paar Linien um die Augen; Locklear schätzte, dass er mehr als zweihundert Jahre alt sein musste, nach allem, was er über die Elben wusste. Gorath trug eine gut gearbeitete Rüstung und einen Umhang aus äußerst schönem Stoff; Locklear hielt es für möglich, dass er wirklich war, was er zu sein behauptete. »Worüber möchte ein Moredhel-Anführer mit einem Prinzen des Königreichs sprechen?«

»Meine Worte sind allein für Prinz Arutha bestimmt.«

»Wenn du nicht den Rest deines Lebens im Kerker des Barons von Tyr-Sog verbringen willst, solltest du allmählich mit etwas herausrücken, das mich davon überzeugt, dass es Sinn macht, dich nach Krondor zu bringen.«

Der Moredhel betrachtete Locklear eine ganze Weile, dann winkte er ihn näher zu sich heran. Der Junker griff zum Dolch an seinem Gürtel – für den Fall, dass der Dunkelelb etwas vorhatte – und beugte sich zum Hals seines Pferdes hinab, so dass sein Gesicht auf gleicher Höhe mit dem von Gorath war.

Der Dunkelelb flüsterte ihm zu. »Murmandamus lebt.«

Locklear wich zurück und schwieg einen Augenblick, dann wendete er sein Pferd. »Sergeant Bales!«

»Junker!«, antwortete der alte Kämpfer; angesichts von Locklears befehlendem Ton klang seine Stimme nun respektvoll.

»Legt den Gefangenen in Ketten. Wir kehren sofort nach Tyr-Sog zurück. Niemand darf ohne meine Erlaubnis mit dem Dunkelelben sprechen.«

»Jawohl!«, antwortete der Sergeant, während er zwei seiner Männer zu sich heranwinkte, damit sie den Befehl ausführten.

Locklear beugte sich wieder zu dem Moredhel hinab. »Möglicherweise lügst du, um dein Leben zu retten, oder du hast wirklich eine schreckliche Nachricht für Prinz Arutha. Für mich spielt das keine Rolle, denn was es auch ist – ich werde gleich morgen früh nach Krondor aufbrechen.«

Der Dunkelelb sagte nichts; er hatte sich damit abgefunden, reglos dazustehen, während er von den zwei Soldaten entwaffnet wurde. Er rührte sich auch nicht, als ihm Handschellen angelegt wurden, die durch eine kurze Kette miteinander verbunden waren. Nachdem die stählernen Fesseln geschlossen worden waren, hielt er die Hände einen Moment vor sich, bevor er sie langsam senkte. Dann warf er Locklear einen Blick zu, drehte sich um und begann, ohne auf die Erlaubnis seiner Wächter zu warten, in Richtung Tyr-Sog zu marschieren.

Locklear bedeutete dem Sergeanten, ihm zu folgen, dann lenkte er sein Pferd neben Gorath und trabte neben dem Gefangenen durch das immer schlechter werdende Wetter.

Eins

Begegnung

Das Feuer knisterte.

Es war Nacht, und Owyn Belefote saß allein vor den Flammen und suhlte sich in seinem persönlichen Unglück. Er war der jüngste Sohn des Barons von Timons, und obwohl er bereits ein gutes Stück von zu Hause entfernt war, wünschte er sich noch viel weiter weg. In seinen jungen Gesichtszügen spiegelte sich Niedergeschlagenheit.

Die Nacht war kalt und das Essen spärlich, ein gewaltiger Unterschied zu all dem Überfluss im Haus seiner Tante in Yabon, das er gerade hinter sich gelassen hatte. Er hatte Verwandte besucht, die von dem Streit zwischen ihm und seinem Vater nichts gewusst hatten, und in der einen Woche, die er bei ihnen gewesen war, hatten sie ihn wieder mit jenen Aspekten seines Zuhauses vertraut gemacht, die er bereits vergessen hatte: der Kameradschaft unter Brüdern und Schwestern, der Wärme einer vor dem Feuer verbrachten Nacht, den Unterhaltungen mit seiner Mutter, selbst den Auseinandersetzungen mit seinem Vater.

»Vater«, murmelte Owyn. Es war beinahe zwei Jahre her, seit der junge Mann sich seinem Vater widersetzt hatte und nach Stardock gegangen war, zur Insel der Magier im südlichen Teil des Königreichs. Sein Vater hatte seine Entscheidung, Magie zu studieren, missbilligt; er hatte von Owyn verlangt, wenigstens Geistlicher eines der gesellschaftlich anerkannteren Priesterorden zu werden. Auch dort konnte man Magie lernen, hatte er behauptet.

Owyn seufzte und zog den Umhang fester um sich. Er war so

sicher gewesen, dass er eines Tages als großer Magier zu seiner Familie zurückkehren würde, vielleicht gar als Vertrauter des legendären Pug, der die Akademie in Stardock gegründet hatte. Stattdessen hatte sich herausgestellt, dass er für das Studium dort nur schlecht gerüstet gewesen war. Er hatte auch kein Interesse an einer der Gruppen von Studenten gezeigt, die sich um den einen oder anderen Lehrer scharten und versuchten, das Studium der Magie in eine andere Art von Religion zu verwandeln. Er wusste jetzt, dass er bestenfalls ein mittelmäßiger Magier war und auch niemals mehr sein würde; wie sehr er es sich auch wünschen mochte, Magie zu studieren – es fehlte ihm einfach an Talent.

Nachdem Owyn etwas mehr als ein Jahr in Stardock studiert hatte, war er gegangen; er hatte sich schlicht eingestanden, dass er einen Fehler gemacht hatte. Dies auch seinem Vater gegenüber zuzugeben war eine Aufgabe, die ihm Furcht einflößte; so hatte er zunächst Angehörige seiner Familie in der entfernten Provinz Yabon besucht, um dann den Mut zu fassen, nach Osten zurückzukehren und sich seinem Erzeuger zu stellen.

Ein Rascheln in den Büschen veranlasste Owyn, nach einem schweren Holzstab zu greifen und aufzuspringen. Er hatte wenig Übung mit Waffen, da dieser Teil der Erziehung vernachlässigt worden war, doch besaß er genug Fähigkeiten, sich mit diesem Stab zu verteidigen.

»Wer ist da?«, wollte er wissen.

Eine Stimme kam aus der Düsternis. »Hallo, ihr da. Wir kommen jetzt.«

Owyn entspannte sich etwas; Banditen pflegten sich kaum anzukündigen. Abgesehen davon war, wie man leicht sehen konnte, ein Angriff auf ihn auch nicht besonders lohnenswert; er sah inzwischen nicht viel besser aus als ein heruntergekommener Bettler. Dennoch schadete es niemals, vorsichtig zu sein.

Zwei Gestalten schälten sich aus dem Dunkel, einer hatte etwa Owyns Größe, der andere war einen Kopf größer. Beide waren in schwere Umhänge gehüllt, und der Kleinere hinkte deutlich.

Der hinkende Mann blickte über die Schulter, als wäre jemand hinter ihm her. »Wer seid Ihr?«, fragte er dann.

»Wieso ich? Wer seid denn Ihr?«, erwiderte Owyn.

Der kleinere Mann schob seine Kapuze zurück. »Locklear, Junker von Prinz Arutha.«

Owyn nickte. »Ich bin Owyn, Sohn von Baron Belefote.«

»Von Timons, ja, ich weiß, wer Euer Vater ist«, erwiderte Locklear, während er sich vor dem Feuer niederließ und die Hände ausstreckte, um sie zu wärmen. Er warf einen Blick auf Owyn. »Ihr seid ganz schön weit weg von zu Hause, nicht?«

»Ich habe meine Tante in Yabon besucht«, sagte Owyn. »Ich bin jetzt auf dem Rückweg.«

»Ein langer Weg«, kam es von der noch immer in Umhang und Kapuze gehüllten Gestalt.

»Ich werde mich nach Krondor durchschlagen und dann versuchen, mit einer Karawane nach Salador zu reisen. Von dort werde ich ein Boot nach Timons nehmen.«

»Nun, da wir uns einmal getroffen haben, sollten wir vielleicht zusammen bleiben, bis wir in LaMut sind«, erklärte Locklear, der die Wärme sichtlich genoss. Sein Umhang öffnete sich etwas, und Owyn sah Blut auf der Kleidung des jungen Mannes.

»Ihr seid verletzt«, sagte er.

»Nur ein bisschen«, erwiderte Locklear.

»Was ist geschehen?«

»Wir sind angegriffen worden, ein paar Meilen nördlich von hier«, sagte Locklear.

Owyn begann, in seinem Reisebeutel zu kramen. »Ich habe etwas gegen Verletzungen«, sagte er. »Zieht Eure Tunika aus.« Locklear legte Umhang und Tunika ab, während Owyn Bandagen und Puder aus seiner Tasche nahm. »Meine Tante hat darauf bestanden, mir das hier mitzugeben – nur für den Fall. Ich habe es für die Marotte einer alten Frau gehalten, aber anscheinend war es das nicht.«

Locklear ließ den Jungen die Wunde waschen – eine Schwertwunde, die bis zu den Rippen reichte – und zuckte zusammen, als er Puder darauf streute. »Euer Freund redet nicht viel, nicht wahr?«, sagte Owyn, während er sich an den Rippen zu schaffen machte.

»Ich bin nicht sein Freund«, antwortete Gorath. Wie zum Beweis hielt er seine Handschellen ins Licht. »Ich bin sein Gefangener.«

Owyn versuchte, einen Blick auf das im Dunkel der Kapuze liegende Gesicht des Gefangenen zu erhaschen. »Was hat er getan?«, wandte er sich an Locklear.

»Nichts – wenn man davon absieht, dass er auf der falschen Seite der Berge geboren wurde«, erklärte Locklear.

Gorath schob seine Kapuze zurück und bedachte Owyn mit dem Hauch eines Lächelns.

»Bei den Zähnen der Götter!«, rief Owyn. »Er ist ein Bruder des Dunklen Pfades!«

»Moredhel«, korrigierte Gorath mit einer Spur ironischer Bitterkeit. »›Dunkelelb‹ in Eurer Sprache, Mensch. Beziehungsweise das, was unsere Verwandten in Elbenheim Euch glauben machen wollen.«

Locklear zuckte zusammen, als Owyn Salbe auf die verletzten Rippen strich. »Herzlichen Dank, Gorath, aber nach etwa zweihundert Jahren Krieg sind wir durchaus in der Lage, uns unsere eigene Meinung zu bilden.«

»Ihr Menschen versteht so wenig«, entgegnete Gorath.

»Nun«, meinte Locklear, »ich habe im Augenblick ohnehin nichts Besseres vor, also klär mich auf.«

Gorath musterte den Junker einen Augenblick, als suchte er nach etwas Bestimmtem, und schwieg eine Zeit lang. »Was das Blut betrifft, sind die, die Ihr ›Elben‹ nennt, und die Angehörigen meines Volkes eins«, sagte er schließlich. »Aber wir leben unterschiedlich. Wir waren die erste sterbliche Rasse nach den Großen Drachen und den Uralten.«

Owyn blickte Gorath neugierig an, während Locklear damit

beschäftigt war, die Zähne zusammenzubeißen. »Geht es vielleicht auch etwas schneller, bitte?«

»Wer sind die Uralten?«, fragte Owyn flüsternd.

»Die Drachenlords«, sagte Locklear.

»Die Lords der Macht, die Valheru«, vervollständigte Gorath. »Als sie diese Welt verließen, legten sie unser Schicksal in unsere Hände und erklärten uns zu einem freien Volk.«

»Ich habe davon gehört«, sagte Locklear.

»Es ist mehr als nur eine Geschichte, Mensch, denn es war mein Volk, dem sie diese Welt übergeben haben. Doch dann seid ihr Menschen gekommen, und nach euch die Zwerge, und danach noch andere. Jetzt ist dies eure Welt, ihr habt sie uns genommen.«

»Na ja, ich bin zwar kein Student der Theologie, und meine Kenntnisse der Geschichte sind mehr als kläglich«, erklärte Locklear, »aber es scheint mir doch, dass unabhängig davon, welchen Grund unsere Anwesenheit auf dieser Welt auch haben mag, wir nun einmal hier sind und es keinen anderen Ort gibt, an den wir gehen könnten. Wenn also deine Verwandten, die Elben, damit leben können – wieso dann ihr nicht auch?«

Gorath musterte den jungen Mann, sagte aber nichts. Dann stand er auf und schritt mit tödlicher Entschlossenheit auf Locklear zu.

Owyn hatte gerade die Bandagen befestigt; er schlug hart auf dem Boden auf, als Locklear ihn in dem Bemühen, aufzustehen und das Schwert zu ziehen, rüde beiseite stieß.

Doch statt Locklear anzugreifen, sprang Gorath an den beiden vorbei, fuchtelte über Locklears Kopf mit der Kette herum, die seine Handschellen verband. Beim Klang des klirrenden Metalls fuhr Locklear zusammen. »Attentäter!«, rief Gorath, dann versetzte er Owyn einen Tritt und schrie: »Steht endlich auf!«

Owyn wusste nicht, von wo der Attentäter gekommen war; eben waren sie noch zu dritt auf der kleinen Lichtung gewesen, und jetzt war Gorath in einen tödlichen Kampf mit einem anderen Dunkelelb verstrickt.

Die zwei Gestalten rangen im Schein des Feuers miteinander, und ihre Gesichtszüge wirkten im Kontrast zu den hellen Flammen und der Dunkelheit des Waldes vollkommen starr. Gorath hatte dem anderen Moredhel das Schwert aus der Hand geschlagen, und als dieser stattdessen einen Dolch zu ziehen versuchte, schlüpfte Gorath hinter ihn und legte ihm die Kette um den Hals. Er riss kräftig daran, und die Augen des Angreifers traten vor Entsetzen hervor. »Kämpfe nicht dagegen an, Haseth. Um der alten Zeiten willen werde ich es kurz machen.« Mit einem kräftigen Ruck drückte er dem anderen die Luftröhre ein, und der Dunkelelb erschlaffte.

Gorath ließ ihn zu Boden sinken. »Möge die Göttin der Dunkelheit dir Gnade erweisen.«

Locklear stand auf. »Ich dachte, wir hätten sie abgehängt.«

»Ich wusste, dass es nicht so war«, sagte Gorath.

»Warum hast du es mir dann nicht gesagt?« Locklear zog seine Tunika wieder an.

»Es war klar, dass wir uns ihm früher oder später stellen mussten«, erklärte Gorath und nahm seinen Platz wieder ein. »Entweder jetzt oder in ein oder zwei Tagen, wenn Ihr vom Blutverlust und Hunger noch mehr geschwächt gewesen wärt.« Gorath blickte in die Dunkelheit, dorthin, wo sich der Attentäter versteckt gehalten hatte. »Wäre er nicht allein gewesen, hättet Ihr dem Prinzen nur noch meine Leiche zeigen können.«

»So leicht kommst du mir nicht davon, Moredhel. Ich habe dir noch nicht die Erlaubnis gegeben zu sterben, nach all dem Ärger, den ich bisher damit hatte, dich am Leben zu halten«, schimpfte Locklear. »Ist er der Letzte?«

»Das ist ziemlich unwahrscheinlich«, sagte der Dunkelelb. »Er ist nur der Letzte von dieser Gruppe. Andere werden folgen.« Er warf einen Blick in die andere Richtung. »Und wieder andere sind möglicherweise bereits vor uns.«

Locklear griff in einen kleinen Beutel neben sich und brachte einen Schlüssel zum Vorschein. »Dann halte ich es für besser, wenn ich dir die Fesseln abnehme«, sagte er. Er schloss die Handschellen auf, und Gorath blickte ihnen mit gelassener Miene hinterher, als sie klirrend zu Boden fielen. »Du kannst dir das Schwert des Attentäters nehmen.«

»Vielleicht sollten wir ihn begraben?«, schlug Owyn vor.

Gorath schüttelte den Kopf. »Das ist bei uns nicht üblich. Sein Körper ist nur eine Hülle. Die Aasfresser sollen ihn sich holen und der Erde zurückgeben, damit die Pflanzen sich davon ernähren können und die Welt auf diese Weise erneuert wird. Sein Geist hat die Reise durch die Dunkelheit angetreten, und mit dem Wohlgefallen der Göttin der Dunkelheit wird er den Weg zu den Gesegneten Inseln finden.« Gorath schaute nach Norden, als suchte er etwas Bestimmtes. »Er war mein Verwandter, wenn auch keiner, den ich besonders gern gemocht habe. Aber die Blutbande zählen viel bei meinem Volk. Die Tatsache, dass er mich gejagt hat, ist daher ein eindeutiges Zeichen, dass ich bei meiner Rasse als Ausgestoßener und Verräter gelte.« Er blickte Locklear an. »Wir haben also ein gemeinsames Ziel, Mensch. Denn wenn ich die Mission, für die mein Volk mich verflucht, ausführen will, muss ich überleben. Wir müssen uns also gegenseitig helfen.« Er nahm das Schwert von Haseth und wandte sich an Owyn. »Begrabt ihn nicht, Mensch, aber schafft ihn uns aus den Augen. Morgen früh wird er noch unansehnlicher sein.«

Owyn blickte unsicher drein bei dem Gedanken, eine Leiche anfassen zu müssen. Er enthielt sich jedoch einer Bemerkung, beugte sich vor und packte den toten Moredhel an den Handgelenken. Er war überraschend schwer. Während Owyn begann, Haseth von der Lichtung zu ziehen, rief Gorath hinterher: »Und seht nach, ob sein Reisebeutel im Wald liegt. Möglicherweise ist was zu essen drin.«

Owyn nickte; er wunderte sich im Stillen, welch seltsames Schicksal ihn dazu gebracht hatte, eine Leiche durch das dichte Unterholz zu schleifen und auszuplündern.

Am nächsten Morgen kämpfte sich ein müdes Trio durch den Wald, immer in Sichtweite der Straße, aber stets darauf bedacht, nicht direkt auf ihr zu gehen.

»Ich begreife nicht, wieso wir nicht nach Yabon zurückkehren und uns ein paar Pferde besorgen«, klagte Owyn.

»Wir sind bereits dreimal angegriffen worden, seit wir Tyr-Sog verlassen haben«, erklärte Locklear. »Wenn es noch weitere Moredhel auf uns abgesehen haben, möchte ich nur ungern direkt in sie hineinlaufen. Außerdem finden wir ja vielleicht auf dem Weg nach LaMut ein Dorf, in dem wir Pferde bekommen können.«

»Und womit sollen wir die bezahlen?«, fragte Owyn. »Ihr habt gesagt, dass die Pferde bei dem Kampf, der Euch diese Verletzung eingebracht hat, weggelaufen sind. Ich nehme doch wohl an, dass bei dem Pferd auch Eure Sachen waren? Und Euer Geld? Ich habe jedenfalls nicht genug bei mir, um drei Reittiere zu erwerben.«

Locklear lächelte. »Ich bin nicht ganz ohne Mittel.«

»Wir könnten sie uns einfach so nehmen«, schlug Gorath vor.

»Schon möglich«, stimmte Locklear zu. »Aber ohne ein offensichtliches Rangabzeichen oder eine Erklärung des Prinzen, die auf meine Person ausgeschrieben ist, wird es schwierig sein, den Wachtmeister von meinem ehrlichen Anliegen zu überzeugen. Und ich glaube kaum, dass wir in einem Dorfgefängnis sicher vor den Mördern sind, die nach uns suchen.«

Owyn schwieg. Sie waren seit Sonnenaufgang unterwegs, und er war müde. »Wie sieht es mit einer Pause aus?«, fragte er vorsichtig.

»Nicht sehr gut«, sagte Gorath; seine Stimme versiegte zu einem Flüstern. »Hört.«

Einen Augenblick sprach keiner der beiden Menschen, doch dann meinte Owyn: »Was ist denn? Ich höre nichts.«

»Das ist es ja«, erklärte Gorath. »Die Vögel in den Bäumen da vorn haben plötzlich aufgehört zu singen.«

»Eine Falle?«, fragte Locklear.

»Davon gehe ich aus«, antwortete Gorath und zog das Schwert, das er seinem toten Verwandten abgenommen hatte.

»Meine Seite brennt zwar noch, aber ich kann kämpfen.« Locklear wandte sich an Owyn. »Was ist mit Euch?«

Owyn hob seinen Stock. Er bestand aus harter Eiche, deren Enden mit Eisenkappen versehen waren. »Wenn es nötig ist, kann ich diesen Stock schwingen. Und ich beherrsche etwas Magie.«

»Könnt Ihr sie dazu bringen, sich zurückzuziehen?«

»Nein«, sagte Owyn. »Das kann ich nicht.«

»Schade«, meinte Locklear. »Dann versucht, Euch aus dem größten Getümmel herauszuhalten.«

Sie gingen vorsichtig weiter, und als sie sich der Stelle näherten, von der Gorath gesprochen hatte, gelang es Locklear, eine schattenhafte Gestalt zwischen den Bäumen auszumachen. Der Mann oder Moredhel – Locklear konnte es nicht erkennen – hatte sich ganz leicht bewegt und so seine Position verraten. Wäre er reglos geblieben, hätte Locklear ihn niemals entdeckt.

Gorath machte Locklear und Owyn ein Zeichen, sich mehr rechts zu halten, während er sich hinter die Wache schlich. Da sie nicht wussten, mit wie vielen Männern sie es zu tun hatten, war es nur sinnvoll, den Vorteil der Überraschung zu nutzen.

Gorath bewegte sich, kaum dass er Owyn und Locklear verlassen hatte, wie ein Geist durch den Wald, lautlos und unsichtbar. Locklear bedeutete Owyn, sich rechts hinter ihm zu halten; er musste genau wissen, wo sich der Junge befand, während sie sich dem Hinterhalt immer weiter näherten.

Der Klang flüsternder Stimmen drang an ihre Ohren, und Locklear begriff, dass es keine Elben sein konnten – Elben, die jemandem auflauerten, pflegten mucksmäuschenstill zu sein. Die Frage war nur, ob es sich lediglich um Banditen handelte oder um Männer, beauftragt, Goraths Reise zu beenden.

Ein Ächzen von weiter vorn kündete von Goraths erstem Kontakt mit den im Hinterhalt liegenden Männern. Ein Schrei folgte, und Locklear und Owyn rannten los.

Vier Männer waren auf einer kleinen Lichtung zwischen zwei Baumreihen zu erkennen, einer lag bereits sterbend am Boden.

Die Position war für einen Hinterhalt wie geschaffen. Locklear spürte ein seltsames Flackern hinter sich, und irgendetwas sauste an seinen Augen vorbei, als hätte hinter ihm jemand einen Pfeil abgeschossen. Doch diese Empfindung war auch schon alles, zu sehen war nichts.

Einer der drei verbliebenen Angreifer schrie vor Entsetzen gellend auf und hielt schützend die Hand vor die Augen, die ins Leere zu starren schienen. »Ich bin blind!«, kreischte er voller Panik.

Locklear begriff, dass das Owyns Werk war, und er dankte der Göttin des Glücks dafür, dass der Junge soviel Magie beherrschte.

Gorath war mit einem Angreifer beschäftigt, während Locklear sich jetzt dem anderen näherte. Plötzlich erkannte er die Kleidung der Männer. »Es sind Queganer!«

Die Männer trugen kurze Tuniken und Beinkleider sowie mit Kreuzbändern versehene Sandalen. Der Mann, der Locklear gegenüberstand, hatte sich ein rotes Tuch um den Kopf geschlungen, und über seiner Schulter hing ein Gehenk, in dem noch kurz zuvor ein Entersäbel gesteckt hatte. Jetzt fuhr die Klinge zischend durch die Luft und sauste auf Locklears Kopf nieder.

Der Junker parierte, und der Hieb schickte eine Woge aus flammendem Schmerz durch seine verwundete Seite. Locklear versuchte, ihn zu ignorieren, und konterte, und der Pirat wich zurück. Ein unterdrückter Schrei teilte Locklear mit, dass auch der zweite Pirat zu Boden gegangen war.

Wieder schoss die seltsame Empfindung an ihm vorbei, und auch der Mann vor Locklear kauerte sich zusammen, die Hände vor das Gesicht haltend, als wollte er die Augen schützen.

Ohne zu zögern, erstach Locklear ihn.

Gorath tötete den Letzten, und dann war es plötzlich wieder still im Wald.

Locklears Seite brannte fürchterlich, aber er hatte nicht den Eindruck, dass neue Wunden hinzugekommen waren. Er hob sein Schwert. »Verflucht.«

»Seid Ihr verletzt?«, fragte Owyn.

»Nein«, antwortete Locklear.

»Was ist dann das Problem?«, wollte Owyn wissen.

Locklear blickte sich auf der Lichtung um. »*Die da* sind das Problem. Jemand muss gewusst haben, dass wir hier vorbeikommen würden. Daran besteht kein Zweifel.«

»Aber wie sollen sie es erfahren haben?«, fragte Gorath.

»Es sind queganische Piraten«, erklärte Locklear. »Schaut Euch nur ihre Waffen an.«

»Ich würde niemals einen Queganer erkennen, auch dann nicht, wenn ich über einen stolpere«, sagte Owyn. »Ich glaube also Euren Worten, Junker.«

»Betreiben Piraten ihr Handwerk denn nicht gewöhnlich auf See?«, fragte Gorath.

»Ja, das tun sie«, antwortete Locklear, »zumindest, solange sie niemand dafür bezahlt, dass sie sich an irgendeiner Straße auf die Lauer legen und auf drei Männer warten, die zu Fuß unterwegs sind.« Er kniete sich neben dem Mann hin, der zu seinen Füßen gestorben war. »Seht Euch nur seine Hände an. Es sind die Hände eines Mannes, der an die Arbeit mit Seilen gewohnt ist. Die queganischen Entersäbel sind der entscheidende Beweis.« Er untersuchte den Mann, suchte nach einem Beutel oder einer Börse. »Sucht nach etwas, das wie eine Nachricht aussieht«, forderte er die anderen auf.

Das taten sie, und sie fanden etwas Gold und zwei Dolche, zusätzlich zu den vier Entersäbeln. Aber sie fanden keinerlei Nachrichten oder Botschaften, nichts, was darauf hingedeutet hätte, in wessen Auftrag sich die Piraten auf die Lauer gelegt hatten. »Wir sind nicht nahe genug an Ylith, dass eine Bande von Piraten in der gleichen Zeit, die wir von Yabon bis hierher gebraucht haben, unbemerkt so weit nach Norden gelangt sein könnte.«

»Also muss jemand sofort, als ich die Nordlande verließ, eine Nachricht nach Süden geschickt haben«, sagte Gorath.

»Aber wie?«, fragte Owyn. »Nach allem, was Ihr beide gesagt habt, seid Ihr nur zwei Tage in Tyr-Sog gewesen, und bis gestern seid Ihr auch noch geritten.«

»Für einen Studenten der Magie ist das eine ziemlich seltsame Frage«, befand Gorath.

Owyn errötete leicht. »Oh.«

»Ihr habt Zauberwirker, die so etwas können?«, wandte sich Locklear an Gorath.

»Nicht solche, die die Eledhel – ›Elben‹ in Euren Worten – Zauberwirker nennen. Aber wir haben Magier, die so etwas beherrschen, und Leute Eurer Art, die ihre Künste verkaufen.«

»Ich habe es niemals selbst erlebt«, erklärte Owyn, »aber ich habe von dieser Fähigkeit gehört. Sie nennt sich ›Gedankensprache‹ und ermöglicht es einem Zauberwirker, über größere Entfernungen mit einem anderen zu reden. Und es gibt auch etwas, das ›Traumsprache‹ genannt wird. Beide –«

»Irgendjemand will unbedingt deinen Tod, nicht wahr?«, unterbrach Locklear den Wortschwall des Jungen.

»Delekhan«, erklärte Gorath. »Er hat alle um sich geschart, die solche Fähigkeiten besitzen. Ich kenne seine Ziele, aber ich weiß nicht genau, was er für einen Plan hat. Doch wenn Magie ein Teil davon ist, fürchte ich das Schlimmste.«

»Das kann ich gut verstehen«, sagte Locklear. »Ich hatte genügend Auseinandersetzungen mit Leuten, die Magie angewandt haben, es aber besser nicht getan hätten.« Er sah Owyn an. »Dieses Blenden war sehr gut, Junge.«

Owyn wirkte beschämt wegen des Lobs. »Ich dachte, es könnte vielleicht helfen. Ich kenne ein paar solcher Zaubersprüche, aber nichts, was einen Gegner wirklich überwältigen könnte. Dennoch werde ich immer versuchen zu helfen, so gut es geht.«

»Das weiß ich«, meinte Locklear. »Machen wir uns also wieder auf den Weg nach LaMut.«

LaMut schien mitten auf der Straße emporzuwachsen; wer von Yabon nach Ylith unterwegs war, musste entweder die Stadttore passieren oder die Mühe eines langen Umwegs nach Osten über gefährliche Gebirgsausläufer auf sich nehmen.

Die Stadt wucherte in alle Richtungen, und die alten Stadtmauern waren inzwischen beinahe nutzlos geworden; zu leicht wäre es für einen Angreifer, das Dach eines der angrenzenden Gebäude zu erklimmen und von dort aus auf die Brustwehr zu gelangen.

Es war beinahe Sonnenuntergang, und die drei Reisenden waren erschöpft; ihre Füße fühlten sich müde an, und sie hatten Hunger. »Wir können Graf Kasumi morgen aufsuchen«, meinte Locklear.

»Wieso nicht jetzt?«, wollte Owyn wissen. »Ich könnte eine Mahlzeit und ein Bett gebrauchen.«

»Aber die Garnison ist da oben«, erklärte Locklear und deutete auf eine Festung, die sich in einiger Entfernung auf einem Hügel hoch über der Stadt abzeichnete. »Und das bedeutet noch mal zwei Stunden marschieren, während es hier ganz in der Nähe eine billige Schenke gibt.« Er deutete auf das Tor.

»Werden sich Eure Landsleute nicht an meiner Anwesenheit stören?«, fragte Gorath.

»Das würden sie, wenn sie von deiner wahren Herkunft wüssten. Doch sie werden dich für einen Elben aus Elbenheim halten und dich nur ein wenig anstarren. Gehen wir. Wir haben jetzt genug Gold, um eine halbwegs angenehme Nacht verbringen zu können. Morgen suchen wir den Grafen auf; vielleicht kann er uns ja dabei helfen, sicher nach Krondor zu gelangen.«

Sie marschierten unter den aufmerksamen Blicken der ansonsten gelangweilt dreinblickenden Soldaten in die Stadt. Einer von ihnen löste sich von seinen Kameraden; er war etwas kleiner und hatte etwas Geschäftsmäßiges an sich. Locklear lächelte und nickte den anderen Wachen zu, aber keiner der drei hielt an oder sagte etwas. Ein kurzes Stück hinter dem Stadttor lag eine Schenke, vor der ein leuchtend blau bemaltes Wagenrad hing. »Da vorn«, sagte Locklear.

Sie betraten die Schenke, die zwar gut besucht, aber nicht überfüllt war, und schritten zu einem Tisch an der Wand, die dem Eingang gegenüberlag. Nachdem sie Platz genommen hatten, kam eine junge, kräftige Kellnerin zu ihnen und nahm ihre Bestellung auf. Während sie warteten, bemerkte Locklear, dass jemand sie vom anderen Ende des Raums unentwegt anstarrte.

Es dauerte einen Augenblick, bis der Junker begriff, dass es kein Mensch, sondern ein Zwerg war. Er kam jetzt auf sie zu. Eine auffällige lange Narbe zog sich vom linken Auge ausgehend über sein Gesicht. Der Zwerg baute sich vor den dreien auf. »Erkennt Ihr mich etwa nicht mehr, Locky?«

Die Stimme half Locklear, sich allmählich daran zu erinnern, dass er den Zwerg tatsächlich kannte; damals hatte er allerdings noch keine Narbe im Gesicht gehabt, sondern stattdessen eine Augenbinde getragen. »Dubal! Ohne Augenbinde hätte ich Euch beinahe nicht erkannt.«

Der Zwerg nahm neben Owyn Platz und saß somit Gorath genau gegenüber. »Das ist eine Erinnerung an einen Kampf mit einem von seinem Volk«, – er deutete auf Gorath –, »aber ich will eher die Mutter eines Drachen sein, als dass ich diese Narbe verstecke.«

»Dubal hat mich nach der Schlacht von Sethanon in einem Keller gefunden, in dem ich mich versteckt hielt«, erklärte Locklear.

»Zusammen mit einem hübschen Mädchen, wenn ich mich nicht täusche.« Der Zwerg lachte.

Locklear zuckte mit den Achseln. »Na ja, das war nur Zufall.«

»Aber jetzt sagt mir, was verschlägt einen Junker vom Hof des Prinzen nach LaMut, noch dazu in Begleitung eines Moredhel-Anführers?« Er sprach leise, aber trotzdem blickte Owyn sich verstohlen um; er wollte wissen, ob womöglich irgendjemand diese Worte gehört hatte.

»Ihr kennt mich?«, fragte Gorath.

»Ich kenne Eure Rasse, denn Ihr seid der Feind meines Volkes, und ich erkenne Eure Rüstung. Ein Mensch würde den Unterschied möglicherweise nicht bemerken, aber wir von den Grauen Türmen haben lange genug gegen Euer Volk gekämpft, um Euch nicht mit einem aus Elbenheim zu verwechseln. Ihr habt es nur Euren gegenwärtigen Begleitern zu verdanken, dass ich Euch nicht gleich hier und jetzt töte.«

Locklear hob beschwichtigend die Hand. »Ich – und ich spreche jetzt auch für Prinz Arutha – würde es als Freundlichkeit und persönlichen Gefallen werten, wenn Ihr diese Person weiterhin für einen Elben halten könntet.«

»Ich denke, das geht in Ordnung. Aber Ihr werdet zu den Grauen Türmen kommen und mir den Grund für diese Maskerade erklären müssen.«

»Das werde ich tun, sobald ich kann«, versprach Locklear. »Und nun sagt mir, was führt Euch ganz allein nach LaMut?«

»Wir haben Probleme mit unseren Minen; es hat einen Einsturz gegeben. Jetzt sind einige von uns auf dieser Seite der Grauen Türme gefangen, und ich bin in die Stadt gekommen, um ein paar Vorräte zu kaufen. Morgen werde ich einen Wagen mieten und dann wieder zurückfahren. Doch im Augenblick genieße ich es, hier zu sitzen und zu trinken und ein bisschen mit den Tsuranis zu quatschen, die hier in LaMut sind. Ich habe im Krieg gegen sie gekämpft und festgestellt, dass sie sich als ganz schön harte Burschen entpuppen, wenn man sie näher kennenlernt.« Er deutete auf die Theke. »Der große Bursche da« – Locklear musste lachen, dass jemand einen Tsurani »groß« nannte – »ist Sumani, der Besitzer dieser Schenke. Er hat eine ganze Reihe Geschichten über die Zeit, die er auf seiner Heimatwelt verbracht hat, auf Lager, und ich will verdammt sein, wenn das Meiste nicht so klingt, als wäre es die Wahrheit.«

Locklear lachte. »Die meisten Tsuranis, die ich kenne, neigen nicht gerade zu prahlerischen Geschichten, Dubal.«

»Scheint so, aber man weiß ja nie. Ich habe auch gegen diese großen Käfer, die Cho-ja, gekämpft, aber wenn ich daran denke, was er sonst noch so erzählt … nun ja, ich neige doch sehr dazu, es zu glauben.«

Die Kellnerin kam mit dem Essen und dem Bier, und sie griffen tüchtig zu. »Jetzt seid Ihr an der Reihe«, meinte Dubal. »Was hat Euch hierher geführt?«

»Darüber kann ich im Augenblick leider nicht sprechen«, wehrte Locklear ab, »aber wir wüssten gerne von Euch, ob sich hier Queganer rumgetrieben haben.«

»Vor zwei Tagen ist eine Bande von ihnen hier gewesen, jedenfalls ging so das Gerücht«, sagte Dubal. »Ich war gerade erst angekommen und habe mich um das Material gekümmert, das wir benötigen. Sind Queganer hier nicht ein bisschen weit weg von ihrer Heimat?«

»Das könnte man sagen«, meinte Locklear. »Wir sind auf einige gestoßen und haben uns gefragt, ob sie wohl Freunde hatten.«

»Nun, dem Klatsch nach zu urteilen haben sich alle nach Norden aufgemacht. Wenn Ihr also nicht auf eine sehr große Gruppe gestoßen seid, müssen sie hier wohl tatsächlich Freunde gehabt haben.«

»Das habe ich mir gedacht.«

Sie aßen eine Weile schweigend weiter, während Dubal sich an seinem Becher Bier zu schaffen machte. »Ihr seid nicht zufällig auf einen armengarischen Monster-Jäger gestoßen?«

»Was für ein Monster-Jäger?«, fragte Owyn.

»Er meint einen Bestien-Jäger«, erklärte Locklear. »Ich bin mal einem begegnet.« Die Erinnerung ließ ihn lächeln. Sie waren mit Prinz Arutha vor einer Bande Moredhel geflüchtet und auf einen Bestien-Jäger aus Armengar und seinen Jagdhund gestoßen. Sie waren in eine Falle geraten, aber sie hatte sie vor den Moredhel bewahrt, die hinter ihnen her gewesen waren. »Nein, ich glaube, diejenigen, die noch übrig sind, halten sich in den Bergen nördlich von Yabon auf. Wieso?«

»Oh, wir haben einen Brak Nurr in der Mine verloren und brauchen jemanden, der ihn wieder für uns einfängt. Wir können entweder die Mine neu aufbauen oder ihn jagen, denn auf dieser Seite des Gebirges sind nicht genug von uns, um beides zu tun.«

»Was ist ein Brak Nurr?«, wollte Owyn wissen. »Ich habe von einem solchen Wesen noch niemals gehört.«

»Es handelt sich mehr um ein Übel als um eine Bedrohung«, sagte Dubal. »Es ist ein ziemlich dummes Geschöpf, und die meisten von ihnen halten sich nur in den unteren Minen und Tunneln auf. Der Brak Nurr hat menschenähnliche Gestalt, sieht aber aus wie ein wandelnder Stapel aus Felsklötzen. Das macht diese Wesen auch so gefährlich, Junge«, sagte Dubal zu Owyn. »Man sieht sie erst, wenn man auf ihre Zehen getreten ist, und das geschieht sehr häufig. Sie sind langsam und schwerfällig, aber auch stark, und sie können einem Menschen mit einem Schlag den Schädel zertrümmern. Der, den wir suchen, kam wohl wegen des Felsrutsches nach oben, jedenfalls nehme ich das an, aber was auch immer der Grund dafür war – er hat zwei von unseren Kameraden verletzt. Wir haben ihn verjagt, hatten aber nicht die Zeit, ihn wieder einzufangen. Wenn Ihr ein bisschen Spaß haben wollt, kann ich Euch hinbringen, und wenn Ihr die Minen von ihm befreit, erhaltet Ihr eine großzügige Belohnung.«

»Belohnung?«, fragte Locky. »Dieses Wort liebe ich, aber leider haben wir nicht die Zeit dazu. Wenn uns die Umstände in der nächsten Zeit zu den Minen führen sollten, helfen wir Euch sicher gern, aber im Augenblick müssen wir dringend nach Süden.«

Dubal stand auf. »Ich verstehe. Sobald wir den Tunnel fertig haben, machen wir uns auf die Suche nach der Bestie. Aber jetzt gehe ich schlafen, denn ich muss morgen schon früh aufbrechen. Es hat gut getan, Euch wiederzusehen, Junker« – er deutete auf Gorath –, »selbst in solcher Gesellschaft. Möge Euch das Glück gewogen sein.«

»Und Euch ebenso, Dubal.«

Locklear beendete seine Mahlzeit und stand dann auf, um zum Besitzer der Schenke zu gehen.

Der Mann trug eine Tunika im Stil des Königreichs sowie Hosen, die in hohen Kalbslederstiefeln steckten. Zusätzlich hing noch ein schwerer, pelzgesäumter Wollumhang – wenn auch lose – um seine Schultern, ganz so, als wäre es ihm selbst in diesem warmen Gasthaus noch zu kalt.

»Bitte?«, fragte der Wirt; sein deutlicher Akzent klang seltsam in Locklears Ohren.

»Ehre Eurem Haus«, sagte Locklear auf Tsuranisch.

Der Mann lächelte und erwiderte etwas. Locklear lächelte ebenfalls und zuckte mit den Achseln. »Es tut mir leid, das war alles Tsuranisch, das ich kann.«

Das Lächeln des Mannes verstärkte sich. »Es ist immer noch mehr als das, was die meisten anderen können«, sagte er. »Ihr seid nicht aus LaMut«, fügte er dann hinzu.

»Das stimmt. Ich habe Eure Sprache ein bisschen bei Sethanon gelernt.«

»Ah«, meinte der Wirt und nickte verstehend. Nur wenige, die bei Sethanon gewesen waren, sprachen von dem, was dort geschehen war, hauptsächlich deshalb, weil nur die wenigsten es verstanden. Auf dem Höhepunkt der Schlacht hatten merkwürdige Ereignisse die Armeen dazu gebracht, aus der Stadt zu fliehen – sowohl die der Angreifer als auch die der Verteidiger. Ein grünes Licht und eine seltsame Erscheinung am Himmel, gefolgt von der Zerstörung des Stadtkerns, hatten die meisten Männer vollkommen gelähmt, einige sogar über die Zeit nach dem Kampf hinaus taub gemacht. Niemand konnte genau sagen, was geschehen war, auch wenn die meisten sich darin einig waren, dass große magische Kräfte entfesselt worden waren. Die meisten spekulierten, dass der Magier Pug, ein Freund des Prinzen, seine Hand im Spiel gehabt hatte, aber niemand konnte das mit Sicherheit sagen.

Locklear hatte das Ende der Schlacht zum größten Teil verpasst, weil er in einem Keller eingeschlossen gewesen war, aber er hatte genug von anderen gehört, um sich ein eigenes, klares Bild zu machen. Seit damals bestand ein besonderes Band zwischen denen, die die Schlacht bei Sethanon überlebt hatten, ungeachtet ihrer Geburt, denn es waren Tsuranis gewesen, Männer des Königreichs und sogar keshianische Soldaten, die die Moredhel und die mit ihnen verbündeten Goblins zurück in die Nordlande getrieben hatten.

»Ich habe gesagt«, erklärte der Wirt, »›Ehre Euren Häusern, und willkommen in der Schenke zum Blauen Rad‹.«

»Blaues Rad? Ist das nicht eine Eurer politischen Parteien?«

Jetzt strahlte der Wirt über das ganze Gesicht und enthüllte dabei gleichmäßige, weiße Zähne. Seine dunklen Augen schienen im Licht der Laterne regelrecht zu glitzern. »Ihr kennt uns!« Er streckte Locklear nach Art des Königreichs die Hand entgegen. »Ich bin Sumani. Wenn es irgendetwas gibt, das meine Bediensteten oder ich für Euch tun können, lasst es mich wissen.«

Locklear schüttelte die Hand des Mannes. »Ein Zimmer für die Nacht, sobald wir mit unserem Mahl fertig sind, würde genügen. Wir müssen morgen bei Sonnenaufgang zur Festung.«

Der kräftige, ehemalige Kämpfer nickte. »Ihr habt Glück, mein Freund. Letzte Nacht hätte ich nur mein Bedauern äußern können und die Scham ertragen müssen, weil ich nicht in der Lage gewesen wäre, Eurer Bitte nachzukommen. Wir waren vollständig belegt, aber da heute Morgen eine große Gruppe abgereist ist, haben wir wieder einige freie Zimmer.« Er griff unter die Theke und zog einen schweren Eisenschlüssel hervor. »Auf meiner Heimatwelt wäre dies soviel wert wie das Leben eines Mannes, hier ist es nichts weiter als ein Werkzeug.«

Locklear nickte; er wusste, dass Metalle auf Kelewan sehr rar waren. Er nahm den Schlüssel an sich. »Eine große Gruppe, habt Ihr gesagt?«

»Ja«, erklärte Sumani. »Fremde. Queganer, schätze ich. Ihre Sprache klang merkwürdig.«

Locklear blickte sich in dem offensichtlich wohlhabenden Gasthaus um. »Wie kommt ein tsuranischer Soldat dazu, in LaMut ein Wirtshaus zu führen?«

»Nach dem Krieg hat Graf Kasumi denjenigen Tsuranis, die auf dieser Seite des Spalts gefangen waren, die Möglichkeit gegeben, hier als Untertanen des Königreichs zu leben. Als der Spalt wieder geöffnet wurde, haben wir die Erlaubnis erhalten, den Dienst zu quittieren und auf die Güter der Shinzawai zurückzukehren. Einige sind zurück nach Kelewan gegangen, um dort wieder unter Kasumis Vater Lord Kamatsu zu dienen, doch die meisten sind hier geblieben. Ein paar von uns haben sich hier in LaMut niedergelassen. Ich selbst habe keine Familie auf Kelewan.« Er blickte sich um. »Und um die Wahrheit zu sagen, ich lebe hier besser, als es mir zu Hause je möglich gewesen wäre. Dort wäre ich vermutlich Bauer geworden – oder Arbeiter auf den Gütern der Shinzawai.« Er deutete auf die offene Tür zur Küche, wo eine große, kräftige Frau damit beschäftigt war, Essen zuzubereiten. »Ich habe eine Frau aus dem Königreich. Wir haben zwei Kinder. Das Leben ist gut. Und ich bin Mitglied der Stadtwache, also übe ich mich noch immer in der Schwertkunst. Die Götter beider Welten lächeln auf mich herab, und ich bin erfolgreich. Ich finde das geschäftliche Leben genauso spannend wie die Kriegskunst.«

Locklear lächelte. »Ich habe keinen Sinn für das Geschäft, aber man hat mir oft gesagt, dass es der Kriegskunst sehr ähnlich wäre. Gibt es irgendwelche Gerüchte?«

»Viele. Im letzten Monat sind viele Reisende nach LaMut gekommen, und es hat auch viele Vermutungen gegeben. Eine große Gruppe von Erhabenen war letzte Woche hier. Und es heißt, dass auch einige Graue Krieger, Banditen aus meiner Heimatwelt, in der Nähe der Stadt gesehen worden sind.«

»Graue Krieger?«, fragte Locklear. »Männer ohne Haus und ohne Ehre? Was hätten die wohl hier in LaMut zu schaffen?«

Sumani zuckte mit den Achseln. »Möglicherweise haben sie

gehört, dass ein Mann sich hier mit Hilfe seines eigenen Verstandes und seiner Fähigkeiten emporarbeiten kann, dass er nicht durch seine Geburt unwiderruflich an einen bestimmten Stand gebunden ist. Oder sie suchen hier nach irgendwelchen Reichtümern. Wer kann das bei einem Grauen Krieger schon sagen?« Ein Stirnrunzeln überzog Sumanis Gesicht.

»Was ist?«, fragte Locklear.

»Nun, der Spalt wird von jenen kontrolliert, die den Erhabenen auf Kelewan dienen, und auf dieser Seite bewachen ihn die Soldaten des Königreichs. Um überhaupt hindurchzugelangen, müssen die Grauen Krieger also Dokumente besitzen oder Verbündete unter denen haben, die den Spalt bewachen.«

»Bestechung?«

»Auf dieser Seite vielleicht. Ich habe herausgefunden, dass das Konzept der Ehre im Königreich ein ganz anderes ist als bei uns zu Hause. Aber sich vorzustellen, dass die Diener der Erhabenen einen Verrat begangen hätten …« Er schüttelte den Kopf. »Das ist unmöglich.«

»Danke«, sagte Locklear. Er spürte, dass sich da ein Rätsel auftat. »Ich halte Augen und Ohren offen.«

Der Tsurani lachte. »Das ist ein witziger Spruch«, erklärte er. »Lasst es mich wissen, wenn ich Euch noch irgendwie helfen kann.«

Locklear nickte. Er erhielt vom Wirt noch eine Laterne und kehrte dann an seinen Tisch zurück. Gorath und Owyn erhoben sich, und Locklear führte seine Begleiter die Treppen empor zu einem einfachen Raum mit vier Betten. Er forderte Owyn auf, ihm dabei zu helfen, eines der Betten vor die Tür zu schieben, um sie vor einem überraschenden Angriff zu schützen, dann schob er noch ein zweites davor. Er deutete auf das Bett unterhalb des Fensters. »Owyn, Ihr schlaft in dem da.«

»Wieso? Dort zieht es ziemlich.«

Gorath blickte ihn an, die Mundwinkel spöttisch hochgezogen, als wäre er amüsiert. »Weil Eure Schreie uns warnen werden, denn falls jemand durch das Fenster klettern sollte, wird er auf Euch treten«, erklärte Locklear.

Grummelnd zog sich Owyn den Umhang fester um die Schultern und legte sich hin. Locklear deutete auf eines der anderen Betten, und Gorath folgte der Aufforderung ohne Kommentar. Dann setzte sich der Junker auf sein eigenes Bett und löschte die Laterne. Dunkelheit erfüllte den Raum. Von unten aus der Gaststube drangen Stimmen herauf, und Locklear ließ seine Gedanken schweifen. Die Anwesenheit von Fremden und der Angriff der Queganer beunruhigten ihn, und die Gerüchte, dass in dieser Gegend tsuranische Graue Krieger aufgetaucht waren, bereiteten ihm zusätzliches Unbehagen. Doch die Müdigkeit und seine Verletzung ließen ihn rasch einschlafen.

Zwei

Täuschung

Der Soldat winkte sie herein.

»Ihr dürft eintreten«, sagte er zu Locklear.

Locklear führte seine Begleiter in den Raum, der den Wachen der Burg vorbehalten war.

Sie waren früh am Morgen aufgebrochen und hatten die Festung zu Fuß über eine sich schier endlos windende Straße erreicht. Er war froh, dass sie die Nacht in der Stadt verbracht hatten. Seine Rippen schmerzten zwar noch immer, aber nach einer Nacht in einem verhältnismäßig warmen Bett und zwei Mahlzeiten fühlte er sich doppelt so gut wie am Tag zuvor.

Der Hauptmann der Burgwache schaute auf, als sie eintraten. »Junker Locklear, nicht wahr?«

»Ja, Hauptmann Belford«, erwiderte Locklear und gab dem Hauptmann die Hand. »Wir haben uns vor ein paar Monaten kennengelernt, als ich unterwegs nach Norden war.«

»Ich erinnere mich«, meinte der Hauptmann, den Mund zu einem spöttischen Grinsen verzogen. Locklear zweifelte nicht daran, dass die Gerüchte über den Grund seiner Verbannung in den Norden auch bis ans Ohr des Hauptmanns gedrungen waren.

»Ich würde gern den Grafen sprechen, sofern er Zeit hat.«

»Ich bin überzeugt, dass er Euch ebenfalls gerne wiedersehen würde, doch der Graf ist gar nicht hier«, erklärte der erfahrene alte Kämpfer. »Er ist mit einem Trupp Tsuranis aufgebrochen, um etwas zu erledigen. Mir obliegt solange die Verantwortung.«

»Und die Gräfin?«, erkundigte sich Locklear nach Kasumis Frau.

»Sie ist unten in der Stadt und macht mit ihrer Familie ein paar Einkäufe und Besuche.« Graf Kasumi hatte die Tochter eines sehr wohlhabenden Kaufmanns geheiratet. »Wenn es um etwas Offizielles geht, müsst Ihr warten, bis der Graf oder die Gräfin zurückgekehrt ist. Oder Ihr könnt mit mir sprechen, Junker. Allerdings nur, solange Ihr nicht gerade eine bewaffnete Eskorte braucht.«

Locklear verzog das Gesicht. »Genau darum hatte ich ihn bitten wollen; ich könnte gut einige Männer gebrauchen, die uns nach Ylith begleiten.«

»Ich würde Euch gerne helfen, Junker, und wenn Ihr ein Schreiben des Prinzen bei Euch hättet, würde ich sofort ein Dutzend Schwertträger zusammenrufen. Aber ich kann nicht. Der Graf ist fort, um Rekruten auszubilden, und ich habe wie üblich Patrouillen an die Grenze geschickt. Die übrigen Jungs sind unterwegs, um ein paar abtrünnige Tsuranis aufzustöbern.«

»Abtrünnige Tsuranis?«, fragte Owyn verständnislos, denn Locklear hatte ihnen nichts von den Grauen Kriegern erzählt.

»Ich habe Gerüchte gehört«, erklärte Locklear.

Der Hauptmann bedeutete ihm, Platz zu nehmen. Owyn blieb stehen, während Gorath und Locklear es sich auf den zwei freien Stühlen bequem machten. »Ich wünschte, es wären wirklich nur Gerüchte«, sagte Belford. »Kennt Ihr den tsuranischen Magier Makala?«

»Nur vom Hörensagen«, erklärte Locklear. »Er sollte einige Wochen nach meiner Abreise in Krondor eintreffen. Die anderen Erhabenen haben zwar von ihm gesprochen, aber da die Schwarzgewandeten nicht sehr gesellig sind, habe ich nur wenig über ihn erfahren. Er ist wohl sehr einflussreich in der Versammlung der Magier und darauf bedacht, den Handel zu stärken. Und er will etwas fördern, das der Prinz wohl ›kulturellen Austausch‹ zwischen dem Kaiserreich von Tsuranuanni und dem Königreich der Inseln nennt. Er wollte persönlich zu einem Besuch kommen.«

»Ja, das hat er auch getan«, sagte der Hauptmann. »Er kam vor ein paar Tagen hier an und wollte den Grafen sprechen. Das tut jeder Tsurani, egal, welchen Rang er besitzt, denn der Vater des Grafen ist auf Kelewan ein sehr bedeutender Mann. Es ist daher ihre Pflicht.« Der alte Hauptmann fuhr sich mit der behandschuhten Hand über das stopplige Kinn. »Die Tsuranis halten sehr viel von ›Pflicht‹, wie ich gelernt habe, seit ich beim Grafen bin. Wie auch immer, sie waren ein paar Tage hier – Makala, einige andere Schwarzgewandete, ihre Ehrengarde und Träger und so weiter –, und es schien, als wären nicht alle Träger wirklich Träger, sondern eine Art entehrte Krieger aus dem Kaiserreich.«

»Graue Krieger«, sagte Locklear. »Ich habe davon gehört.« *Es würde erklären, wie die Grauen Krieger durch den Spalt kommen konnten,* dachte Locklear im Stillen – nämlich als Träger verkleidet.

»Nach denen suchen meine Soldaten. Es heißt, sie wären nach Osten geflohen. Wenn sie es über die Berge und in den Hogewald schaffen sollten, werden wir sie niemals finden.«

»Warum all diese Mühe?«, fragte Owyn. »Handelt es sich denn um Sklaven, oder sind sie einem Lehnsherrn anderweitig verpflichtet?«

»Wie bitte?«, fragte der Hauptmann.

»Er ist der Sohn des Barons von Timons«, erklärte Locklear.

»Nun, junger Herr«, sagte der Hauptmann, »diese Männer sind auf ihrer eigenen Welt so etwas wie Ausgestoßene, was natürlich nicht Grund genug ist, dass ich hinter ihnen her bin, aber sie haben diesem Makala etwas gestohlen – einen Rubin von einigem Wert, wie ich vermute –, und er macht genug Wirbel darum, dass man glauben könnte, er hätte ihn von den Göttern höchstpersönlich bekommen und müßte ihn nächste Woche wieder zurückgeben. Und weil der Graf höflich ist und weil er auch ein Tsurani und gewohnt ist, sofort zu springen, wenn einer dieser Schwarzgewandeten bellt, lässt er uns die Berge nach diesen Bastarden absuchen.«

Locklear lächelte Owyn zu, als wollte er fragen, ob ihm diese

Erklärung genügte. Der Hauptmann schaute Gorath an; er schien beinahe zu erwarten, dass auch dieser etwas sagen würde. Doch Gorath schwieg. Locklear wusste nicht, ob der Hauptmann den Moredhel als das erkannte, was er war, oder ob er ihn für einen Elben hielt, aber er sah auch keinen Grund, ihm den wahren Sachverhalt zu erklären. »Wofür benötigt Ihr denn die Eskorte, wenn ich mir die Frage erlauben darf?«

»Wir hatten einige Probleme auf dem Weg hierher«, sagte Locklear. »Jemand hat queganische Schwerter angeheuert, um uns daran zu hindern, Krondor zu erreichen.«

Der Hauptmann strich sich erneut übers Kinn und dachte einen Augenblick schweigend nach. »Ich kann eines machen«, sagte er dann. »Ich muss ohnehin eine Patrouille an die Grenze zu den Freien Städten schicken. Ihr könntet mit ihr reisen, bis sie sich nach Westen wendet, das heißt, bis auf halbe Strecke zwischen LaMut und Zūn. So könntet Ihr zumindest einen Teil des Weges in Sicherheit zurücklegen.«

Locklear schwieg einen Augenblick. »Ich habe eine bessere Idee«, sagte er dann.

»Was denn für eine?«, fragte Hauptmann Belford.

»Wenn es Euch gelingt, drei Männer aufzutreiben, die unsere Rollen übernehmen und die Stadt für alle sichtbar durch das Südtor verlassen, könnten wir uns heimlich nach Osten wenden, über die Berge verschwinden und den Gebirgspass in südliche Richtung nehmen. Es würde einige Zeit dauern, bis jemand die Täuschung bemerkt.«

»Ein Trick also?«

»Ja«, nickte Locklear. »Ich habe ihn von Prinz Arutha gelernt. Er hat ihn im Spaltkrieg angewandt – mit hervorragender Wirkung. Wenn Ihr diejenigen, die uns auf den Fersen sind, nur lange genug auf eine falsche Fährte locken könnt, bis wir auf der anderen Seite der Berge sind, müssten wir es eigentlich schaffen.«

»Das dürfte kein Problem sein.« Er warf einen Blick auf Owyn und Gorath. »Ich habe einige Männer, die man für Euch halten könnte; wir müssen nur demjenigen, der den Elben spielen soll, eine Kapuze aufsetzen.« Er stand auf. »Lasst mich jetzt die nötigen Vorbereitungen treffen. Die Abendpatrouille wird Euch dann aufsuchen. Wo seid Ihr denn untergebracht?« Er schaute sie fragend an.

»In der Schenke zum Blauen Rad.«

Belford lächelte. »Sumanis Schenke. Lasst Euch von seinem Lächeln bloß nicht täuschen; er ist ein knallharter Bursche. Er soll Euch einige seiner Kampftricks zeigen; für ein paar Münzen nimmt er sich gern die Zeit. Es war ein herber Verlust für uns, als er den Dienst quittiert hat.«

Der Hauptmann verschwand, um kurze Zeit später wieder zurückzukehren. »Es ist alles in die Wege geleitet. Kehrt zur Stadt zurück und achtet darauf, dass wer immer Euch folgen könnte, Euch auch zurückkehren sieht. Versteckt Euch dann bis heute Abend in der Schenke. Ich lasse drei Pferde in den Stall bringen.« Er reichte Locklear ein Pergament. »Hier ist ein Passierschein. Sollte Euch einer unserer Jungs auf der Straße nach Osten aufzuhalten versuchen, wird ihn das eines Besseren belehren.«

Locklear erhob sich. »Ich danke Euch, Hauptmann. Ihr seid eine große Hilfe. Falls ich irgendetwas für Euch tun kann, wenn Ihr das nächste Mal in Krondor seid, lasst es mich bitte wissen.«

Der alte Hauptmann lächelte und strich sich erneut über das Kinn. »Nun, würdet Ihr mich wohl der jungen Kaufmannsfrau vorstellen, die – wie ich gehört habe – ja wohl der Grund für Euren Aufenthalt in dieser Gegend ist?«

Owyn grinste, während Gorath gleichgültig dreinblickte und Locklear errötete. Dann grinste auch er. »Ich werde sehen, was sich machen lässt.« Sie verließen die Wachstube.

»Gehen wir zu Fuß?«, fragte Owyn.

»Ja«, sagte Locklear, wobei er bereits auf das Haupttor der Burg zumarschierte. »Aber es geht ja immerhin bergab.«

»Was noch viel ermüdender ist«, bemerkte Gorath.

Locklear fluchte. »Es hatte auch nur ein Witz sein sollen.«

»Wirklich?«, meinte Gorath so trocken, dass Owyn einen Augenblick brauchte, um zu begreifen, dass er Locklear aufzog. Owyn unterdrückte ein Lächeln, und gemeinsam marschierten sie in die Stadt zurück.

Locklear schlüpfte durch die Tür ins Zimmer. Gorath blickte lediglich kurz auf, aber Owyn sprang alarmiert aus dem Bett. »Wo seid Ihr gewesen?«

»Ich habe ein bisschen herumgeschnüffelt. Es mag klüger sein, hier herumzusitzen, aber mich juckt diese Beule zu sehr.«

»Beule?«, fragte Owyn.

Locklear lächelte. »Ich bin wohl zu viele Jahre in falscher Gesellschaft gewesen, schätze ich, denn diese Berichte über die Grauen Krieger und den Diebstahl eines wertvollen Gegenstands, der einem tsuranischen Erhabenen gehört, geben mir sehr zu denken. Wenn ich auf einer fremden Welt etwas stehlen würde, was könnte ich wohl damit anfangen?«

»Ich würde sagen, das hängt davon ab, was es ist«, bemerkte Owyn.

Gorath nickte nur leicht, sagte aber nichts.

»Es muss ein Kontakt zu Ortsansässigen bestehen, zu einer Person, die weiß, was man mit wertvollem Diebesgut macht.«

»Und Ihr habt erwartet, diese Person mitten im Gewühl dieser Stadt zu finden und von ihr zu der Diebesbande geführt zu werden?«, fragte Gorath.

»Nein«, entgegnete Locklear und wischte die Bemerkung mit einer schnellen Handbewegung beiseite. »Der Hauptmann hat gesagt, dass es sich bei dem gestohlenen Gegenstand um einen Edelstein handelt, dessen Herkunft nicht ungewöhnlich ist. Es gibt auf Kelewan nicht viel, was kostbar und leicht zu transportieren ist und auch hier einen hohen Preis erzielen kann. Ich nehme an, dass wir den Edelstein am schnellsten finden, wenn wir uns einmal überlegen, in wessen Hände er vermutlich gelangen soll.«

»Ein Hehler?«

»Nein, denn wenn stimmt, was ich vermute, und der Wert des Edelsteins ausreicht, um einer ganzen Bande von verzweifelten Männern auf einer fremden Welt einen Neuanfang zu ermöglichen, muss es schon jemand sein, der die Reise des Steins geheimhalten kann. Jemand, der normalerweise ganz legale Geschäfte macht.«

»Ihr scheint von dieser Art von Geschäften mehr zu verstehen, als es den Adligen Eurer Rasse geziemt«, bemerkte Gorath.

»Ich sagte ja schon, ich war wohl zu lange in falscher Gesellschaft. Nachdem ich einigen Leuten ein bisschen was zu trinken spendiert habe, erfuhr ich, dass es einen Kaufmann von nicht gerade gutem Ruf gibt, der mit Edelsteinen, Juwelen und anderen Luxusgegenständen handelt. Sein Name lautet Kiefer Alescook.«

»Wer hat Euch das gesagt?«, fragte Owyn.

»Unser Wirt höchstpersönlich«, antwortete Locklear und bedeutete den anderen, dass es an der Zeit war zu gehen. Sie standen auf und packten ihre Sachen, dann gingen sie hinunter zum Schankraum. Sie winkten Sumani kurz zu und traten durch die Tür ins Freie; sie gingen zum Stall der Schenke hinüber und stießen dort auf drei Männer, von denen jeder zwei Pferde hielt.

»Wir müssen schnell die Umhänge tauschen«, sagte einer der Männer.

Jeweils einer von ihnen hatte die entsprechende Größe wie einer der drei Gefährten, und der Wechsel ging rasch vonstatten. Falls der Mann, der Goraths Rolle spielte, auch nur einen blassen Schimmer davon hatte, wen er darstellte, so behielt er solche Gedanken für sich; er reichte dem Moredhel lediglich einen großen blauen Umhang und nahm im Gegenzug einen dunkelgrauen in Empfang. Locklear ergriff die Zügel von einem der Pferde.

Als die drei Soldaten aufsaßen, kündete Hufgetrappel von der Ankunft der Patrouille, die an diesem Abend nach Zūn aufbrechen sollte. Draußen vor dem Stall erklang die Stimme eines Sergeanten. »Wir sind hier, um Euch zu begleiten, Junker Locklear!«

Jetzt war Locklear an der Reihe. »Wir sind gleich soweit«, rief er zurück. Er nickte den drei Männern zu, die an ihrer Stelle nach draußen gingen und sich der Kolonne anschlossen. Locklear ließ noch ein paar Minuten verstreichen, ehe er sich an Owyn wandte. »Ihr müsst jetzt losreiten. Wendet Euch nach links und verlasst die Stadt durch das Tor. Nach einer Meile haltet Ihr an und wartet auf uns. Gorath und ich werden Euch in wenigen Minuten eingeholt haben.«

Gorath brummte zustimmend. »Für den Fall, dass sich hier noch jemand herumtreiben sollte, wird er jedenfalls keine drei Reiter sehen.«

Locklear nickte, und Owyn reichte ihm seinen langen Stab. »Haltet ihn bitte einen Augenblick«, sagte er und schwang sich in den Sattel. Er nahm den Eichenstab wieder an sich und schob ihn mit einer geschmeidigen Bewegung hinter seinem Rücken durch den Gürtel, wo er ihn so zurechtrückte, dass er weder ihn noch das Pferd zu sehr behinderte.

Gorath schwang sich mühelos auf sein Pferd, blickte aber etwas bekümmert drein.

»Du reitest wohl nicht viel?«, meinte Locklear, während Owyn bereits davontrabte.

»Nein, nicht sehr viel. Ist schon eine Weile her, dreißig Jahre etwa.«

»Es gibt wohl nicht viele Pferde in den Nordlanden?«

»Es gibt überhaupt nicht viel in den Nordlanden«, entgegnete Gorath ohne jeden Hauch von Bitterkeit.

»Ich erinnere mich.«

Gorath nickte. »Viele sind bei Armengar gestorben.«

»Aber wohl nicht genug. Es hat euch jedenfalls nicht daran gehindert, über Hohe Burg in den Süden vorzudringen.«

Gorath deutete mit dem Kinn in Richtung Tür. »Wir sollten jetzt besser los.« Er wartete nicht auf Locklear, sondern drückte dem Pferd die Absätze in die Flanken und ritt davon.

Locklear zögerte noch einen Augenblick, dann folgte auch er. Er hatte den Dunkelelben bereits eingeholt, als dieser sich noch durch die Menschenmenge quälte. Männer hasteten zur Abendmahlzeit nach Hause, auf beiden Straßenseiten schlossen die Geschäfte. Reisende, die gerade erst eingetroffen waren, eilten auf die Schenke zu, begierig, den Staub der Reise mit einem Bier hinwegzuspülen, und an den Straßenecken tauchten nach und nach die Schönen der Nacht auf.

Locklear und Gorath ritten unbeachtet von den Wachen durch das Tor und trieben ihre Pferde zum Galopp. Ein paar Minuten später sahen sie Owyn am Straßenrand sitzen.

Er drehte sich um, als sie auf ihn zugeritten kamen. »Und was tun wir jetzt?«

Locklear deutete auf ein kleines Wäldchen in einiger Entfernung. »Wir werden ein vermutlich eher ungemütliches Lager aufschlagen und gleich im Morgengrauen ein paar Meilen nach Norden reiten. Dort führt eine Straße nach Osten, auf die andere Seite der Berge hinüber, von wo aus wir uns nach Süden wenden können. Mit etwas Glück entwischen wir denen, die unseren Freund hier suchen, und gelangen südlich von Questors Sicht unbeschadet auf die Königliche Hochstraße.«

»Wenn wir auf die andere Seite der Berge gehen, bedeutet das doch, dass wir in die Nähe von Loriel kommen, nicht wahr?«, fragte Owyn.

»Ja«, erwiderte Locklear mit einem Lächeln. »Und das wiederum bedeutet, dass wir unterwegs einen gewissen Kiefer Alescook aufsuchen können.«

»Aus welchem Grund sollten wir uns in diese Angelegenheit einmischen?«, fragte Gorath. »Wir müssen so schnell wie möglich nach Krondor.«

»Das tun wir auch, aber eine kurze Unterhaltung mit Meister Alescook kann uns nur nützen. Falls wir herausfinden, wo der verloren gegangene Edelstein ist, können wir der Anerkennung von Prinz Arutha gewiss sein, denn ich bin sicher, dass er gegenüber den Magiern von Kelewan als großzügiger Gastgeber erscheinen möchte.«

»Und wenn wir es nicht herausfinden?«, fragte Owyn. Sie ritten auf den Wald zu.

»Dann muss ich mir etwas anderes einfallen lassen, weshalb ich Tyr-Sog ohne seine Erlaubnis verlassen habe und es wage, mit nichts weiter als diesem Moredhel und einer ungewöhnlichen Begründung zurückzukehren.«

Owyn seufzte hörbar. »Ich mache Euch einen Vorschlag. Ihr lasst Euch etwas einfallen, das ich meinem Vater bei meiner Rückkehr erzählen kann, und ich versuche, mir etwas für den Prinzen einfallen zu lassen.«

Gorath kicherte.

Owyn und Locklear wechselten einen bedeutungsvollen Blick. Der Junker schüttelte im schwachen Licht der Abenddämmerung den Kopf. Niemals hätte er gedacht, dass ein Dunkelelb Sinn für Humor haben könnte.

Kalter Wind fegte über die Pässe, und da der Winter kurz bevorstand, hing hartnäckiger Schnee an den Felsen in den Höhen oberhalb von ihnen. Die Mulden auf der Straße waren von tückischem Eis überzogen, das den Weg immer wieder glitschig machte.

Sie ritten langsam; Locklear und Owyn hatten sich fest in ihre Umhänge gehüllt. Gorath hatte die Kapuze hochgezogen; er machte ganz und gar nicht den Eindruck, als würde ihm der Ritt missfallen.

»Wie lange müssen wir denn noch reiten?«, fragte Owyn mit vor Kälte klappernden Zähnen.

»Eine halbe Stunde weniger als zu der Zeit, da Ihr das letzte Mal gefragt habt«, antwortete Locklear.

»Junker«, sagte Owyn. »Ich friere.«

»Wirklich. Wie ungewöhnlich«, entgegnete Locklear.

Gorath hob die Hand. »Still«, sagte er leise mit eindringlicher Stimme, die gerade bis zu seinen Kameraden reichte, aber kein bisschen weiter. Er machte eine vage Geste nach vorn. »Da ist etwas zwischen den Felsen«, flüsterte er.

»Was denn?«, fragte Locklear mit unterdrückter Stimme.

Gorath hielt vier Finger hoch.

»Vielleicht sind es Räuber«, flüsterte Owyn.

»Sie sprechen meine Sprache«, sagte Gorath.

Locklear seufzte. »Sie verbergen sich also anscheinend überall.«

»Wie gehen wir vor?«, wollte Owyn wissen.

Gorath zog sein Schwert. »Wir töten sie.« Er trieb sein Pferd an und preschte vorwärts, und Locklear zögerte nur einen winzigen Augenblick, ehe er ihm folgte.

Owyn zog rasch den Stab hervor, steckte ihn sich wie eine Lanze unter den Arm und lenkte sein Pferd ebenfalls weiter. Er hörte jemanden rufen, noch während er der leichten Biegung der Straße folgte, die sich danach verbreiterte; ein Dunkelelb lag tot auf dem Boden. Gorath preschte weiter.

Die anderen drei waren nicht so leicht zu überwältigen, denn sie flüchteten in die höher gelegenen Felsen, wohin ihnen die Pferde nicht folgen konnten. Locklear zögerte jedoch keine Sekunde, sondern erhob sich mit einer geschmeidigen Bewegung, die Owyn zutiefst verblüffte, noch während des Ritts aus dem Sattel und sprang ab, wobei er gleichzeitig sein Schwert auf einen Moredhel niedersausen ließ, der gerade einen Felsblock erklimmen wollte.

Rechts von sich sah Owyn, wie ein anderer Moredhel sich umdrehte, behende nach seinem Bogen griff und im Köcher nach einem Pfeil suchte. Owyn trieb sein Pferd vorwärts und schwenkte den Stab. Er traf den Bogenschützen direkt unterhalb der Knie, so dass er von den Beinen gerissen wurde und mit dem Hinterkopf auf die Felsen prallte.

Owyns Pferd schreckte bei der unerwarteten Bewegung zurück, und der junge Mann fiel hintenüber. Mit einem lauten Schrei prallte er auf etwas, das sich weicher als Felsgestein anfühlte. Ein verblüfftes »Ups« begleitete seinen Aufprall, und ein Stöhnen teilte ihm mit, dass er auf dem verletzten Dunkelelb gelandet war.

Als hätte er sich an einer Flamme verbrannt, sprang Owyn auf und krabbelte langsam rückwärts. Plötzlich stieß ihn sein Pferd von hinten mit der Schnauze an, drehte sich um und stob davon. »Hey!«, rief Owyn, als könnte er dem Reittier auf diese Weise befehlen stehenzubleiben.

Dann begriff er, dass ein Kampf stattfand und der bereits zweimal verletzte Moredhel versuchte, sich zu erheben. Owyn blickte sich suchend nach einer Waffe um und fand den Bogen des Bogenschützen. Er griff nach ihm und benutzte ihn wie einen Knüppel; er traf den Moredhel mit aller Wucht, die er zusammenraffen konnte, am Kopf. Der Bogen zerbarst, und der Kopf des Kriegers sackte mit einem Ruck nach hinten. Owyn zweifelte nicht daran, dass dieser Moredhel sich nie mehr erheben würde.

Der junge Magier wandte sich um und sah Locklear neben einem jetzt toten Elb stehen, und auch Gorath stand neben einem Feind. Der Moredhel wandte sich um und blickte in alle Richtungen, als suchte er nach weiteren Feinden. Dann ließ er sein Schwert sinken. »Sie waren allein.«

»Woher weißt du das?«, fragte Locklear.

»Es sind welche von meinem Volk«, erklärte Gorath, und in seinen Worten schien keine Bitterkeit mitzuschwingen. »Selbst für eine solche Gruppe ist es ungewöhnlich, so weit nach Süden zu reisen.« Er deutete auf ein kleines Feuer. »Sie haben nicht damit gerechnet, uns hier zu begegnen.«

»Was haben sie dann hier getan?«, fragte Locklear.

»Vielleicht haben sie auf jemanden gewartet.«

»Aber auf wen?«, fragte Owyn.

Gorath blickte sich im Licht des späten Nachmittags um, als könnte er an den weit entfernten Gipfeln oder in den Felsen am Wegesrand etwas erkennen. »Ich weiß es nicht. Aber sie haben hier gewartet.«

»Wo ist Euer Pferd, Owyn?«, fragte Locklear.

Owyn blickte über die Schulter. »Irgendwo da hinten. Ich bin runtergefallen.«

Gorath lächelte. »Ich habe gesehen, wie Ihr auf dem da gelandet seid.« Er deutete auf die Leiche.

»Ihr müsst den Weg zurücklaufen und das Pferd irgendwie einfangen«, erklärte Locklear. »Wenn es bereits zu weit weggelaufen ist, müssen wir natürlich mit den beiden hier auskommen. Aber ich möchte nicht mehr als nötig aufgehalten werden.«

Während Owyn sich aufmachte, wandte sich Gorath an Locklear. »Wieso lasst Ihr ihn nicht einfach zurück?«

Locklear musterte den Moredhel, als wollte er versuchen, dessen Miene zu deuten. »Das ist nicht unsere Art«, sagte er schließlich.

Gorath lachte spöttisch. »Meine Erfahrungen mit Eurem Volk sagen mir da aber etwas ganz anderes.«

»Dann ist es eben nicht *meine* Art.«

Gorath zuckte mit den Schultern. »Das akzeptiere ich.« Er machte sich daran, die Leiche, die vor Locklears Füßen lag, zu durchsuchen. »Das ist ja interessant.« Er hielt einen Gegenstand in die Höhe, so dass auch Locklear ihn begutachten konnte.

»Was ist das?«, fragte der Junker und starrte auf einen facettenreichen Stein von seltsam blauer Farbe.

»Ein Schnee-Saphir.«

»Ein Saphir!«, rief Locklear verblüfft. »Er ist so groß wie ein Ei!«

»Aber nicht besonders wertvoll«, erklärte Gorath. »Diese Steine kommen nördlich der Zähne der Welt recht häufig vor.«

»Was ist es dann? Ein Andenken?«

»Vielleicht, aber ein Kriegstrupp, der unsere Heimat verlässt, hat nur wenig Gepäck bei sich – Waffen, Vorräte, zusätzliche Bogensehnen, solche Dinge. Wir können uns gut von dem ernähren, was wir unterwegs finden.«

»Vielleicht war das dann gar kein Kriegstrupp?«, mutmaßte Locklear. »Vielleicht haben sie hier in der Nähe gelebt?«

Gorath schüttelte den Kopf. »Falls sich Mitglieder meines Volkes überhaupt noch südlich der Zähne der Welt aufgehalten haben, dann in den Grauen Türmen. Aber auch sie sind in die Nordlande geflohen, als die Tsuranis kamen. Seit das Königreich in diese Berge kam, hat niemand von meiner Rasse mehr so dicht am Bitteren Meer gelebt. Nein, diese hier stammen zwar nicht aus meinem Clan, aber sie sind ganz sicher aus den Nordlanden.« Er steckte den Edelstein in die Gürteltasche und fuhr fort, die Leichen zu durchsuchen.

Es verstrich einige Zeit, und schließlich tauchte auch Owyn wieder auf, sein Pferd am Zügel führend. »Verdammt seien alle Pferde«, fluchte er. »Ich musste so lange hinter ihm herjagen, bis es ihm zu langweilig wurde.«

Locklear lächelte. »Dann dürft Ihr beim nächsten Mal eben nicht runterfallen.«

»Es war auch diesmal nicht gerade meine Absicht gewesen«, erwiderte Owyn mürrisch.

»Wir müssen die Leichen verstecken«, unterbrach Gorath das Geplänkel. Er deutete auf die vier toten Moredhel, nahm einen von ihnen auf die Schultern und trug ihn ein kurzes Stück den Weg entlang. Dann warf er ihn ziemlich unzeremoniell in eine Schlucht.

Owyn blickte Locklear an, dann band er die Zügel seines Pferdes an einen nahe stehenden Busch. Er nahm die Füße der nächstliegenden Leiche, während Locklear sie unter den Achseln packte.

Schon bald hatten sie alle vier Leichen der rund hundert Meter tiefen Schlucht übergeben, und sie stiegen wieder auf ihre Pferde. Ohne sich weiter um die Frage zu kümmern, was die Moredhel an einen solch einsamen Ort wie diese selten benutzte Straße verschlagen hatte, ritten sie davon.

Loriel tauchte vor ihnen auf, eine kleine Stadt – oder vielmehr ein großes Dorf –, eingebettet in ein großes Tal, das sich nach Osten erstreckte. Ein weiteres Tal verlief quer dazu nach Süden.

»Wir brauchen was zu essen«, erklärte Gorath.

»Eine Tatsache, die meinem Magen nur zu bewusst ist«, antwortete Locklear.

»Nicht, dass ich mich danach sehne, so schnell wie möglich meinem Vater gegenüberzustehen, aber so langsam entwickelt sich das hier zu einer Reise im Kreis, Junker«, sagte Owyn.

Locklear deutete auf das nach Süden führende Tal. »Die Straße dort führt direkt nach Falkenhöhle. Von dort haben wir verschiedene Möglichkeiten – entweder folgen wir einem schmalen Grat nach Süden, oder wir wenden uns nach Südwesten, wo wir auf die Königliche Hochstraße stoßen.«

»Über die wir dann nach Krondor gelangen?«, fragte Gorath.

»Über die wir dann nach Krondor gelangen«, bestätigte Locklear mit einem Nicken. »Mir ist das alles nicht ganz geheuer. Oder wie mein Freund Jimmy sagen würde: Meine Sorgenbeule juckt mal wieder, als wären die Flöhe drüber hergefallen. Gorath, dieser gestohlene Rubin, die tsuranischen Magier – das alles ist … es ist mehr als nur ein Zufall.« Er kratzte sich ausgiebig am Kopf.

»Wieso?«, fragte Owyn.

»Wenn ich das wüsste«, antwortete Locklear, »würden wir nicht bei Alescook vorbeischauen müssen. Vielleicht weiß er etwas, oder er kennt jemanden, der weiß, was los ist, aber je länger ich über dieses Rätsel nachdenke, desto mehr beunruhigt mich, dass ich noch nicht einmal die geringste Ahnung habe, was dahintersteckt. Also werden wir es entweder herausfinden – oder bei dem Versuch sterben.«

Owyn blickte angesichts der zweiten Möglichkeit alles andere als glücklich drein, enthielt sich jedoch einer Bemerkung. Gorath ließ seinen Blick über die Stadt schweifen, während sie auf das kleine Wachhäuschen zuritten, das am Wegesrand stand.

Eine Wache in fortgeschrittenem Alter und von beachtlichem Leibesumfang streckte ihnen die erhobene Hand entgegen. »Halt!«

Die drei zügelten die Pferde. »Was ist los?«, erkundigte sich Locklear.

»In der letzten Zeit waren eine ganze Reihe von Abtrünnigen hier, mein Junge, daher solltet Ihr Euch erklären.«

»Wir sind auf dem Weg nach Süden und wollen hier nur unsere Vorräte auffüllen«, sagte Locklear.

»Und wer wären diese ›wir‹, die da einfach so aus den Bergen auftauchen und nach Süden wollen?«

Locklear holte das Pergament hervor, das Hauptmann Belford ihm gegeben hatte. »Das sollte so viel erklären, wie Ihr wissen müsst, Wachtmeister.«

Der Mann nahm das Dokument und begutachtete es mit zusammengekniffenen Augen. Locklear begriff, dass er gar nicht lesen konnte, sondern nur so tat, als würde er es studieren. Schließlich, von dem großen Siegel am Ende des Dokuments überzeugt, reichte er ihm das Pergament zurück. »Ihr dürft passieren. Seid aber wachsam, wenn Ihr Euch nach Einbruch der Dunkelheit noch draußen aufhaltet.«

»Wieso?«, fragte Locklear.

»Wie ich schon sagte, hier tauchen seit einiger Zeit eine ganze Reihe von Raufbolden und Banditen auf und auch nicht gerade wenige von der fürchterlichen Bruderschaft des Dunklen Pfades. Sie sehen ein bisschen aus wie Euer Elbenfreund hier, aber sie haben lange, schwarze Nägel und nachts rotglühende Augen.«

Locklear konnte seine Erheiterung kaum verbergen. »Wir werden wachsam sein, Wachtmeister.«

Sie ritten weiter, und Gorath meinte: »Der da hinten ist in seinem ganzen Leben noch keinem einzigen von uns begegnet.«

»Das denke ich auch«, erwiderte Locklear. »Dennoch sollte ich nachts mehr auf deine Augen achten. Dieses rote Glühen muss mir bisher entgangen sein.«

Owyn gluckste, und sie suchten sich eine Schenke. Sie war schmutzig, vollbesetzt und dunkel, was Locklear willkommen war, denn seine Münzen gingen allmählich zur Neige. Er hatte Hauptmann Belford bitten wollen, ihm etwas zu leihen, aber dann davon Abstand genommen, weil der ihn vermutlich doch nur auf Graf Kasumis Rückkehr vertröstet hätte. Und wenngleich es ihm nichts ausmachte, einen Umweg nach Krondor zu nehmen, um einem Hinterhalt aus dem Weg zu gehen, so wollte er Arutha doch so rasch wie möglich von den merkwürdigen Dingen berichten, die in den Nordlanden vor sich gingen.

Es waren keine Zimmer mehr frei, was Locklear überraschte, aber der Wirt erlaubte ihnen, im Schankraum zu schlafen. Owyn nahm das leicht grummelnd zur Kenntnis, doch Gorath behielt seine Gedanken für sich.

Bisher hatte während ihrer gesamten Reise noch niemand Anstoß an der Anwesenheit des Moredhel genommen, entweder, weil sie ihn nicht als das erkannten, was er war, und ihn stattdessen für einen Elb hielten, oder weil in diesen Bergen ein Moredhel in der Gesellschaft abtrünniger Menschen kein ungewöhnlicher Anblick war. Was auch immer es sein mochte, Locklear war dankbar dafür, dass er sich nicht mit neugierigen Zuschauern abgeben musste.

Sie nahmen ihre Mahlzeit an einem gut besetzten Tisch ein und lauschten danach einem gleichgültig wirkenden Sänger. Dann begannen einige Glücksspiele, und es juckte Locklear regelrecht in den Fingern, sein Glück bei den Karten auszuprobieren, sei es Pashawa oder Pokir. Er widerstand dem Drang jedoch, denn er konnte es sich nicht leisten zu verlieren, und eine Lektion, die er von seinem Vater und seinen älteren Brüdern gelernt hatte, lautete: Spiele nicht, wenn du es dir nicht leisten kannst zu verlieren.

Als sich die Schenke etwas geleert hatte und jene, die dort schlafen wollten, sich ihre Plätze in den Ecken und unter den Tischen suchten, trat Locklear zum Wirt, einem wuchtigen Mann mit schwarzem Bart. »Ja, bitte?«, fragte er, als der Junker sich zwischen zwei anderen Männern hindurchdrängelte und vor ihm stehenblieb.

»Sagt mir, Freund«, setzte Locklear an, »ist hier ein Kaufmann in der Stadt, der mit Edelsteinen handelt?«

Der Wirt nickte. »Drei Türen weiter auf der rechten Straßenseite. Er heißt Alescook.«

»Gut«, erklärte Locklear. »Ich brauche ein Geschenk für eine Dame.«

Der Schenkenwirt grinste. »Ich verstehe. Nur eines: Seid vorsichtig.«

»Ich verstehe nicht«, sagte Locklear.

»Ich will nicht etwa sagen, dass man Kiefer Alescook nicht trauen kann, aber ... Sagen wir mal so – die Quelle eines Teils seines Unternehmens ist nicht ganz einwandfrei.«

»Ah«, machte Locklear und nickte, als hätte er jetzt begriffen. »Danke. Ich werde es mir merken.«

Er kehrte zum Tisch zurück. »Ich habe unseren Mann gefunden. Er ist ganz in der Nähe, und wir werden ihn gleich morgen früh aufsuchen.«

»Gut«, meinte Gorath. »Ich werde Eurer Gesellschaft langsam müde.«

Locklear lachte. »Ihr seid aber auch nicht gerade eine Stimmungskanone, Gorath.«

»Wie auch immer, ich bin ziemlich müde, und wenn wir schon auf dem Boden schlafen müssen, will ich wenigstens nicht allzuweit weg vom Feuer liegen«, schaltete Owyn sich ein.

Locklear sah sich um und begriff, dass die Männer in der Schenke sich auf die Nacht vorbereiteten. »Da drüben.«

Sie gingen zu dem Fleckchen, auf das er gedeutet hatte, und rollten ihre Decken aus. Ein paar Minuten lauschte Locklear auf die Geräusche der paar Männer, die noch an den Tischen saßen und sich leise unterhielten, auf das Auf- und Zuklappen der Türen, wann immer sich einer von ihnen aufmachte, um nach Hause zu gehen. Dann schlief er übergangslos ein.

Der Kaufmann blickte auf, als die drei Männer den Raum betraten. Er war ein alter Mann und wirkte schwach, ja beinahe gebrechlich. Er betrachtete die drei aus verschnupften Augen und musterte Gorath eine Zeit lang. »Falls Ihr wegen des Goldes gekommen seid – ich habe es vor zwei Tagen zweien von Euresgleichen nach Norden mitgegeben«, sagte er dann.

»Ich bin nicht wegen Gold gekommen«, erwiderte Gorath.

Locklear schaltete sich ein. »Wir sind hier, weil wir Informationen brauchen.«

Der Kaufmann schwieg eine Weile. »Informationen? Dann solltet Ihr einen suchen, der Gerüchte verbreitet. Ich handle mit Edelsteinen und anderen schönen Gegenständen.«

»Und nach allem, was wir gehört haben, seid Ihr nicht besonders wählerisch, was die Herkunft dieser Gegenstände betrifft.«

»Wollt Ihr mir unterstellen, dass ich mit Diebesgut handle?«, fragte der Mann mit lauter werdender Stimme.

Locklear hob beschwichtigend die Hand. »Ich will gar nichts unterstellen, aber ich suche einen ganz bestimmten Stein.«

»Was für einen?«

»Einen Rubin von ungewöhnlicher Größe und ebenso ungewöhnlichem Aussehen. Ich will ihn seinem rechtmäßigen Besitzer zurückgeben, ohne Fragen zu stellen. Wenn Ihr ihm begegnet seid, wird Euch kein Vergehen oder Fehler unterstellt werden, *sofern* Ihr uns helft, ihn wiederzubeschaffen. Wenn nicht, könnte ich mir gut vorstellen, dass Ihr Besuch von einem Königlichen Beamten und einigen missmutig dreinblickenden Wachen der Garnison von Tyr-Sog erhaltet.«

Der Gesichtsausdruck des alten Mannes wurde nachdenklich. Sein kahler Schädel glänzte im Licht der einzigen Laterne, die von der Decke herabhing. Mit vorgetäuschter Gleichgültig meinte er dann: »Ich habe nichts zu verbergen. Aber möglicherweise kann ich Euch helfen.«

»Was wisst Ihr?«, fragte Locklear.

»In der letzten Zeit ist mein Geschäft recht lebhaft gewesen, aber es ist ein ungewöhnliches Geschäft, und ich führe es seit fünfzig Jahren. Vor kurzem habe ich im Auftrag von bestimmten

Gruppen gehandelt, die ich nicht selbst kennengelernt habe, sondern mittels Agenten und Kurieren vertrete. Das ist höchst ungewöhnlich, aber sehr profitabel. Es ging um Edelsteine von hoher Qualität, die zum größten Teil sehr selten und überaus bemerkenswert waren.«

»Tsuranische Edelsteine?«, fragte Locklear.

»Genau das!«, sagte der alte Mann. »Ja, sie sahen unseren eigenen Rubinen, Saphiren, Smaragden und so fort zwar sehr ähnlich, aber es gab auch Abweichungen, die allerdings so gering waren, dass nur Experten sie erkennen würden. Andere Edelsteine dagegen unterscheiden sich sehr von denen dieser Welt.«

»Wen vertretet Ihr?«, wollte Locklear wissen.

»Es ist niemand, den ich kenne«, erwiderte der alte Mann. »In letzter Zeit sind in unregelmäßigen Abständen Dunkelelben wie dieser da gekommen und haben die Edelsteine abgegeben. Später kommt dann ein Mann aus dem Süden und bringt mir Gold. Ich gebe ihm die Edelsteine, ziehe eine bestimmte Kommission davon ab und warte darauf, dass der Dunkelelb wiederkehrt und das Gold mitnimmt.«

Gorath wandte sich an Locklear. »Delekhan. Er benutzt das Gold, um unser Volk zu bewaffnen.«

Locklear hob die Hand, um ihn zum Schweigen zu bringen. »Wir sprechen später darüber.« Er wandte sich wieder an den alten Mann. »Wer kauft die Edelsteine?«

»Ich weiß es nicht, aber der Mann, der sie erhält, ist bekannt als Isaac. Er lebt unten in Falkenhöhle.«

»Habt Ihr diesen Isaac einmal gesehen?«, fragte Locklear.

»Schon oft. Ein junger Mann, etwa von Eurer Größe, mit hellbraunen, schulterlangen Haaren.«

»Spricht er wie einer, der aus dem Osten kommt?«

»Ja … jetzt, wo Ihr es erwähnt, fällt es mir wieder ein. Manchmal hat er auch etwas Höfisches an sich.«

»Ich danke Euch. Ich werde Eure Hilfe erwähnen, sollte es irgendeine amtliche Untersuchung geben.«

»Ich bin stets bestrebt, der Obrigkeit zu Diensten zu sein. Ich leite ein rechtmäßiges Geschäft.«

»Gut.« Locklear deutete auf Goraths Beutel. »Verkauf ihm diesen Stein da.«

Gorath nahm den Schnee-Saphir, den er dem toten Moredhel abgenommen hatte, heraus und gab ihn Alescook.

Der Kaufmann begutachtete ihn. »Oh, das ist ein sehr schöner Stein. Ich habe unten im Süden einen geeigneten Käufer dafür. Ich gebe Euch einen Sovereign dafür.«

»Fünf«, sagte Locklear.

»Der Stein ist nicht so selten«, erklärte Alescook und gab ihn Gorath zurück, der ihn schon wieder einstecken wollte. »Aber andererseits ... zwei Münzen.«

»Vier«, sagte Locklear.

»Drei, und das ist mein letztes Wort.«

Sie nahmen das Gold, das für eine Mahlzeit unterwegs reichen würde, und traten nach draußen. Locklear wandte sich an seine beiden Begleiter. »Auf unserem Weg nach Krondor kommen wir an Falkenhöhle vorbei, was die Wahl unserer Reiseroute also vereinfacht. Wir müssen Isaac aufsuchen.«

»Ihr kennt diesen Isaac?«, wollte Gorath wissen, während er auf sein Pferd stieg.

»Ja«, antwortete Locklear. »Er ist der zweitgrößte Schurke, den ich in meinem Leben kennengelernt habe. Ein guter Kumpel, wenn es ums Saufen und Raufen geht. Wenn er in irgendetwas Dubioses verwickelt ist, würde es mich nicht wundern.«

Sie bestiegen ihre Pferde und verließen das große, hügelige Tal von Loriel und erreichten den schmalen Fluss, der nach Süden führte. Locklear hatte in der Schenke etwas Essen erstehen können, doch der Mangel an Münzen begann ihm ernsthafte Sorgen zu bereiten. Er wusste, sie könnten jagen, aber während des Tages wuchs sein Gefühl, dass sich etwas Düsteres zusammenbraute. Ein abtrünniger Moredhel-Anführer kam mit der Warnung vor einer möglichen Invasion, während Geld in den Norden wanderte, um von Schmugglern Waffen zu kaufen, und auf irgendeine Weise waren auch die Tsuranis in die Angelegenheit verstrickt. Wie immer er es auch betrachtete – es war eine schlechte Situation.

Unfähig, seine düsteren Vorahnungen beiseite zu schieben, behielt er diese Gedanken für sich.

Gorath hob die Hand und deutete nach vorn. »Da ist etwas«, sagte er leise.

»Ich sehe nichts«, sagte Owyn.

»Wenn dem nicht so wäre, müsste ich Euch ja auch nicht warnen«, verkündete der Elb.

»Was seht Ihr denn?«, fragte Locklear.

»Einen Hinterhalt. Seht Euch diese Bäume an. Einige der tiefhängenden Äste sind abgetrennt worden, aber nicht von der Axt oder Säge eines Waldarbeiters.«

»Owyn, könnt Ihr diesen Trick mit dem Blenden öfter anwenden?«, wollte Locklear wissen.

»Ja, sofern ich die Person sehe, die ich blenden will.«

»Na ja, während wir hier in aller Seelenruhe stehen bleiben und auf sie deuten, werden die im Hinterhalt wohl auch merken, dass wir sie durchschaut haben und ...«

Locklear wurde von sechs Gestalten unterbrochen, die zu Fuß von den Büschen her auf sie zukamen. »Es sind Moredhel!«, rief Locklear, während er auf sie zupreschte.

Er spürte die Energie an seinen Ohren vorbeizischen, als Owyn versuchte, den angreifenden Elb zu blenden. Der Zauber tat seine Wirkung, denn der Moredhel brach zusammen und griff sich erschreckt an die Augen.

Locklear beugte sich zum Nacken seines Pferdes hinab, als ein Pfeil an ihm vorbeischwirrte. »Kümmert Euch um den Bogenschützen!«, rief er Owyn zu.

Gorath gab einen Kriegsschrei von sich, ritt einen Angreifer über den Haufen und schlug gleichzeitig einen zweiten nieder.

Locklear beschäftigte einen Dunkelelben, der zögerte, einen berittenen Gegner anzugreifen. Locklear wusste aus bitterer Erfahrung, wie tödlich die Moredhel sein konnten. Obwohl sie selbst nur selten beritten waren, hatten sie sich der Reiterei der Menschen seit Hunderten von Jahren entgegengestellt und waren durchaus in der Lage, einen Reiter vom Rücken seines Pferdes herunterzuholen. Locklear, der ihre Taktik kannte, gab seinem Pferd die Sporen und riss es abrupt nach links. Dadurch wurde einer der Angreifer zu Boden geschleudert, während der, der sich endlich entschieden hatte, aufzuspringen und ihn vom Pferd zu zerren, ohne Deckung dastand. Locklear ließ sein Schwert durch die Luft sausen und traf den Moredhel oberhalb der metallenen Brustplatte an der Kehle. Er ließ sein Pferd weiter hin und her schwenken, und so fand er sich rasch wieder dem ersten Angreifer gegenüber.

Das zischende Gefühl erklärte ihm, dass Owyn wieder einen von ihnen blendete, und Locklear konnte nur hoffen, dass es der Bogenschütze war. Der Moredhel, der zurückgefallen war, als er das Pferd zur Seite gerissen hatte, stürzte jetzt auf Locklear zu und versetzte ihm einen fürchterlichen Hieb gegen das Bein.

Er schaffte es gerade noch rechtzeitig, sein Schwert nach unten zu bringen. Die Kraft des Schlags jagte einen dumpfen Schmerz seinen Arm hinauf. Seine steifen Rippen behinderten ihn beim Parieren, und so klatschte die flache Seite seines eigenen Schwerts in die Flanke des Pferdes. Das Tier bäumte sich auf.

Locklear brachte das Pferd mit Hilfe seines linken Beins wieder unter Kontrolle, während er selbst sich so drehte, dass er seinen Feind im Auge behalten konnte. Seine Rippen schmerzten von der Anstrengung, aber er blieb am Leben, obwohl der Moredhel wieder auf ihn einschlug. Locklear wehrte den Hieb ab und konterte mit einem schwachen Gegenhieb, der seinen Gegner im Gesicht traf und ihn zwar wütend machte, aber nur geringen Schaden anrichtete.

Doch der Schlag verlangsamte den Angriff des Moredhel genügend, dass Locklear sein Pferd herumreißen konnte. Er erinnerte sich an etwas, das sein Vater und seine Brüder ihm immer wieder eingeschärft hatten: Ein Soldat, der im Besitz einer Waffe ist und sie nicht benutzt, ist entweder ein Idiot oder tot.

Sein Pferd war eine Waffe, und Locklear presste die Beine hart in die Flanken des Tieres, zog mit der freien Hand fest an den Zügeln. Das Pferd fiel in Galopp, was für den Moredhel so aussah, als würde es plötzlich auf ihn zuspringen.

Der Krieger war ein Veteran und sprang zur Seite, aber Locklear zügelte sein Pferd, riss es hart nach links. Dies wiederum wirkte auf den Moredhel, als wollte sich Locklear abwenden, und so traute er sich wieder näher heran.

Locklear ließ das Pferd in einem engen Kreis tänzeln, und der Moredhel erkannte seinen Fehler, als der Junker den Kreis mit einem kräftigen Hieb nach unten beendete. Es war ein überaus kräftiger Schwerthieb, der den Schädel des Moredhel zerschmetterte, als er ihn seitlich am Kopf traf.

Locklear warf einen Blick auf Gorath und sah, wie er von zwei Feinden bedrängt wurde, dann suchte er nach Owyn und fand ihn etwa hundert Meter entfernt zu Fuß, bemüht, mit seinem Stab einen Schwertkämpfer von sich fernzuhalten. In der Hoffnung, dass der Bogenschütze noch immer von Owyns Magie geblendet war, ritt er auf ihn zu.

Er gab dem Pferd die Sporen, und das Tier fiel in raschen Galopp, so dass der Moredhel ihn kommen hörte. Der Dunkelelb wandte sich um, wollte einen Blick auf den zweiten Gegner werfen, und gab Owyn die Möglichkeit, mit dem Stab zum entscheidenden Schlag auszuholen. Der Schlag brach dem Moredhel den Kiefer, und er sackte zu Boden.

Locklear zügelte das Pferd so plötzlich, dass es die Hufe in den Boden stemmte und beinahe zum Sitzen kam. Während er das Tier herumdrehte, winkte er Owyn zu. »Ihr müsst den Bogenschützen von uns fernhalten!«

Als würde die Göttin des Glücks sich taub stellen, wurde

Locklear von einem Pfeil aus dem Sattel geschleudert. Er prallte hart auf dem Boden auf, und nur unter größter Mühe gelang es ihm, sich abzurollen und zu verhindern, dass Knochen brachen. Der Pfeil in seiner rechten Schulter brach ab, und der Schmerz raubte ihm beinahe das Bewusstsein und nahm ihm den Atem.

Einen winzigen Augenblick kämpfte Locklear gegen die Ohnmacht an, dann spürte er, wie seine Augen wieder klarer wurden, und er bezwang den Schmerz in seiner Schulter. Er hörte einen unterdrückten Schrei hinter sich und fuhr herum. Über ihm ragte ein Moredhel brüllend auf, das Schwert zum entscheidenden Hieb erhoben. Dann war plötzlich Gorath hinter dem Moredhel und rammte ihm sein eigenes Schwert in den Rücken.

Owyn rannte vorbei, den Stab über seinem Kopf wirbelnd. Locklear schaute auf, als der Moredhel vor ihm erst auf die Knie sank und dann vornüber zu Boden sackte. Bevor Locklear auch nur ein einziges Wort sagen konnte, hatte Gorath sich bereits umgedreht und rannte hinter Owyn her.

Locklear erhob sich langsam auf wackligen Beinen, während er Owyn auf den Bogenschützen zujagen sah; der Moredhel rieb sich in dem Versuch, klarer zu sehen, verzweifelt die Augen, als Owyn ihn niederschlug. Er prallte hart auf dem Boden auf und starb Sekunden später durch einen Schwerthieb von Gorath.

Gorath wirbelte einmal im Kreis herum, als suchte er nach weiteren Feinden, aber Locklear sah, dass jetzt alle sechs tot waren. Gorath stand mit dem Schwert in der Hand da, und Enttäuschung schien sich auf seinem Gesicht auszubreiten. »Delekhan!«, brüllte er wütend.

Locklear trat taumelnd zu dem Dunkelelb. »Was ist los?«

»Sie haben gewusst, dass wir kommen würden!«, sagte Gorath.

»Sie haben die Nachricht irgendwie nach Süden gebracht?«, fragte Owyn.

Gorath reckte sein Schwert in die Höhe. »Nago.«

»Wie?«, fragte Locklear.

»Nicht wie, sondern *wer*«, antwortete Gorath. »Nago. Er ist einer von Delekhans Zauberern. Er und sein Bruder Narab dienen diesem Mörder. Sie sind selbst mächtige Anführer, aber im Augenblick tun sie, was Delekhan von ihnen verlangt. Ohne ihre Hilfe hätte Delekhan niemals soviel Macht erlangen und die Anführer der anderen Clans überwältigen können. Ohne ihre Hilfe hätte uns das hier«, – er deutete mit der Hand auf die toten Moredhel – »niemals erwartet.« Er kniete sich neben einen der Toten. »Der hier war mein Cousin, mein Verwandter.« Er deutete auf einen anderen. »Der da stammt von einem Clan, der seit Generationen ein eingefleischter Feind meines Clans ist. Dass sie beide diesem Monster dienen, ist ein weiteres Zeichen für seine Macht.«

Locklear deutete auf seine Schulter und sank zu Boden. Owyn untersuchte sie. »Ich kann die Pfeilspitze herausziehen, aber es wird weh tun«, erklärte er.

»Es tut auch so schon weh, also macht endlich.«

Während Owyn sich um Locklear kümmerte, fuhr Gorath fort: »Nago und Narab beherrschen beide die Gedankensprache. Besonders untereinander. Irgendjemand muss einem der Brüder eine Nachricht übergeben haben; entweder die beiden, die wir auf der Straße nach Loriel getötet haben, oder irgendein anderer, der uns belauscht hat. Und von diesem Bruder ging die Nachricht an die hier.«

»Damit haben wir also gute Chancen«, meinte Locklear, »dass auch einer von denen hier vor seinem Tod noch Nago benachrichtigt hat?«

»Ziemlich sicher.«

»Wunderbar«, sagte Locklear zwischen zusammengebissenen Zähnen hindurch, als Owyn mit seinem Dolch die Pfeilspitze herausschnitt. Seine Augen tränten, und die Sicht verschwamm einen Augenblick, aber er atmete tief und langsam und sorgte so dafür, dass er nicht das Bewusstsein verlor.

Owyn versorgte die Wunde mit einigen Kräutern, die er aus seinem Beutel am Gürtel nahm, dann legte er ein Stück Stoff darauf. »Haltet das und drückt fest darauf«, befahl er. Er trat zu der nächstliegenden Leiche, riss mit Hilfe seines Dolches einen Streifen Stoff ab und band diesen dann fest um Locklears Schulter. »Mit Eurem linken Arm könnt Ihr vorläufig nicht viel machen, Junker, angesichts der Schulter- und der Rippenverletzung.«

»Das ist genau das, was ich hören wollte«, erwiderte Locklear, während er versuchte, den linken Arm zu bewegen. Doch er fand Owyns Bemerkung nur bestätigt. Er konnte ihn lediglich wenige Zentimeter bewegen, bevor ein heftiger Schmerz ihn davon abbrachte. »Was ist mit den Pferden?«

»Sie sind weggelaufen«, sagte Owyn.

»Wunderbar«, sagte Locklear. »Mich hat man immerhin aus dem Sattel gestoßen, aber was ist Eure Ausrede?«, wandte er sich an die beiden anderen.

»Es war zu anstrengend, vom Pferderücken aus zu kämpfen«, erklärte Gorath.

»Ich kann vom Sattel aus keine Magie wirken. Es tut mir leid«, sagte Owyn.

Locklear stand auf. »Dann gehen wir also zu Fuß weiter.«

»Wie weit ist es noch bis Falkenhöhle?«, wollte Owyn wissen.

»Zu weit«, sagte Locklear. »Wenn sie wirklich schon auf uns warten, ist es viel zu weit.«

Drei

Enthüllung

Der Wachposten blinzelte überrascht.

Einen Augenblick zuvor war nichts zu sehen gewesen – und jetzt standen plötzlich drei Gestalten vor ihm. »Wer ist da?«, rief er, während er seinen alten Speer in eine Position brachte, die Bereitschaft ausdrücken sollte.

»Ganz ruhig, Freund«, sagte Locklear. Er stützte sich auf Owyns Schulter und erweckte den Eindruck, als wäre er dem Tode nahe. Zwischen jener Stelle, an der ihnen die Pferde davongelaufen waren, und Falkenhöhle waren sie auf drei weitere Hinterhalte gestoßen. Um die ersten beiden, bei denen es Banditen auf sie abgesehen hatten, hatten sie unbemerkt einen großen Bogen machen können. Doch die sechs Moredhel, die ihnen dann aufgelauert hatten, waren zu aufmerksam gewesen. Es war ein blutiger Kampf gewesen, und er hatte einen hohen Preis gefordert. Gorath hatte eine hässliche Schnittwunde an der linken Schulter erlitten, die so stark geblutet hatte, dass es Owyn kaum gelungen war, die Blutung zu stillen. Locklear war erneut verwundet worden – er wäre ohne die Hilfe des jungen Magiers gestorben. Auch der junge Magier hatte ein halbes Dutzend Wunden davongetragen, die allerdings unbedeutender waren.

»Wer seid ihr?«, fragte der noch immer verwirrte Wachposten. Er war allem Anschein nach Bauer oder Arbeiter, und Locklear vermutete, dass er zur Stadtwache gehörte.

»Locklear, Junker am Hofe des Prinzen von Krondor; diese beiden hier sind meine Begleiter.«

»Auf mich wirkt ihr wie Banditen«, erwiderte der Posten.

»Wir können uns ausweisen«, sagte Locklear, »aber zuerst einmal würde ich gerne jemanden finden, der uns versorgt, bevor wir verbluten.«

»Bruder Malcolm vom Silban-Tempel ist gerade in der Stadt, in Logans Taverne. Er kommt ungefähr alle sechs Monate vorbei. Er kann euch helfen.«

»Wo ist Logans Taverne?«, fragte Owyn, als Locklear das Bewusstsein zu verlieren drohte.

»Einfach die Straße runter. Ihr könnt sie gar nicht verfehlen; auf ihrem Schild ist ein Zwerg.«

Sie machten sich auf den Weg zur Taverne und standen kurze Zeit später vor einem Schild, auf das jemand irgendwann einmal mit leuchtenden Farben einen Zwerg gemalt hatte. Jetzt waren die Farben jedoch verblasst.

Sie gingen hinein. Drinnen stießen sie auf mehrere Stadtbewohner, die auf einen Priester warteten; er trug die Robe des Ordens von Silban und kümmerte sich in der Ecke um ein krankes Kind. Zwei der ortsansässigen Bauern warteten; der eine hatte eine verbundene Hand, der andere wirkte blass und schwach.

Der Priester schaute auf, als er mit dem Jungen fertig war, der jetzt wie der Blitz vom Schoß seiner Mutter aufsprang und zur Tür sauste. »Liegt Ihr schon im Sterben?«, erkundigte sich der Priester bei Locklear.

»Noch nicht ganz«, antwortete der Junker.

»Gut, denn diese Leute waren vor Euch hier. Ich möchte sie nur dann länger warten lassen, wenn Ihr dem Tode wirklich nahe seid.«

Locklear bemühte sich, soviel Humor aufzubringen, wie ihm unter den gegebenen Umständen noch geblieben war. »Ich werde mich bemühen, es Euch rechtzeitig wissen zu lassen, wenn ich mich ans Sterben mache«, meinte er trocken.

Gorath verlor die Geduld. Er trat auf den Priester zu und baute sich vor ihm auf. »Jetzt kommt erst einmal mein Gefährte dran. Die anderen können warten.«

Wie ein Turm ragte der finster dreinblickende Dunkle Bruder über dem kleingewachsenen Priester auf. Sein Gesichtsausdruck und seine Stimme duldeten keinen Widerspruch. Der Priester warf Locklear erneut einen Blick zu und sagte: »Nun gut, wenn Ihr es wirklich für so dringend haltet. Bringt ihn zu diesem Tisch da.«

Sie schafften Locklear zum Tisch und legten ihn vorsichtig auf die Tischplatte. »Wer hat den Verband angelegt?«, fragte der Priester.

»Ich war das«, erwiderte Owyn.

»Gute Arbeit«, sagte der Priester. »Er ist noch am Leben, und das ist das Wichtigste.«

Sie zogen Locklear die Tunika aus, und der Priester nahm den Verband ab. »Silban beschütze uns! Ihr habt drei Wunden, die sogar einen weit größeren Mann gefällt hätten«, sagte der Priester; dann streute er einen Puder auf die Wunden. Locklear keuchte vor Schmerzen. Der Priester schloss die Augen und begann zu singen.

Owyn spürte, wie sich Macht in dem Raum manifestierte. Die Härchen in seinem Nacken richteten sich auf. Er war in seinem Leben nur selten priesterlicher Magie begegnet, und sie kam ihm immer noch merkwürdig und exotisch vor.

Ein blasser Schimmer floss von den Händen des Priesters zu Locklears Wunden, badete sie in Licht, und während Bruder Malcolm weiter seinen Gesang herunterleierte, konnte Owyn sehen, dass die Wunden zu heilen begannen. Sie waren noch immer deutlich zu erkennen, wirkten aber längst nicht mehr so frisch und bösartig, und als der Priester seinen Gesang beendete, sahen sie fast schon harmlos aus. Blass und von der Anstrengung gezeichnet, sagte der Priester: »Das ist alles, was ich im Moment für ihn tun kann. Ausreichend Schlaf und gutes Essen werden den Rest besorgen.« Er musterte Owyn und Gorath eingehend. »Seid Ihr ebenfalls verwundet?«

»Ja«, erwiderte Gorath, »aber wir können warten, bis Ihr die zwei da versorgt habt.« Er deutete auf die beiden Einheimischen, die stumm dasaßen und warteten.

Malcolm nickte. »Gut.« Als er an Gorath vorbeiging, fügte er hinzu: »Ihr habt möglicherweise fragwürdige Manieren, Moredhel, aber ganz sicher einen ausgezeichneten Instinkt. Eine Stunde später, und er wäre vermutlich verblutet.«

Gorath schwieg angesichts der Tatsache, dass der Priester ihn als Dunklen Bruder erkannt hatte, trat zu Owyn und setzte sich neben ihn.

Malcolm versorgte die beiden Bauern. Der eine hatte einen zerquetschten Finger – das Ergebnis eines missglückten Hammerschlags –, der andere ein übles Fieber. Schließlich wandte er sich wieder Gorath und Owyn zu. »Wer ist der Nächste?«

Gorath gab Owyn ein Zeichen, und der Magier ging zu dem Priester hinüber und setzte sich vor ihn. Interessiert sah er zu, wie der Priester geschickt seine Wunden behandelte und verband. Sie sprachen wenig, denn Owyn konnte sich kaum noch auf den Beinen halten.

Als der Magier versorgt war und Gorath seinen Platz einnahm, musterte er den Priester sorgfältig. »Ihr habt mich als Moredhel erkannt, und dennoch ruft Ihr nicht die Stadtwache. Wieso?«

Der Priester zuckte mit den Schultern, während er Goraths Wunden untersuchte. »Ihr befindet Euch in Begleitung von Männern, die auf mich nicht wie Abtrünnige wirken. Ihr tötet im Augenblick niemanden und brennt keine Häuser nieder – also nehme ich an, dass Ihr in friedlicher Mission unterwegs seid.«

»Wie kommt Ihr darauf, dass ich eine Mission habe?«

»Warum sonst würdet Ihr in die von Menschen besiedelten Gebiete reisen? Ich habe noch nie gehört, dass Moredhel nur so zum Vergnügen herumreisen.«

Gorath brummte zustimmend.

Malcolm war schnell fertig. »Ihr hättet als Zweiter dran sein sollen; Eure Wunde war ernster als die Eures Freundes. Aber Ihr werdet es überleben.« Er wusch sich die Hände und trocknete sie sorgfältig mit einem Handtuch ab. »Es ist meine Aufgabe, zu helfen und zu dienen, aber es ist auch Brauch, dass jene, denen ich geholfen habe, eine Spende geben.«

Gorath warf Locklear, der inzwischen aufrecht auf dem Tisch saß, auf den sie ihn zuvor gelegt hatten, einen Blick zu. Locklear seufzte. »Ich fürchte, ich kann Euch nur eine dürftige Anzahlung auf das geben, was wir Euch tatsächlich schulden, Bruder, aber solltet Ihr nach Krondor kommen, dann sucht mich unbedingt auf, und ich werde es Euch zehnfach vergelten.«

Er kramte in seiner Börse herum und überlegte, wieviel Geld er und seine Begleiter heute noch brauchen würden; schließlich brachte er einen Goldsovereign und zwei Silbermünzen zum Vorschein. »Das ist alles, was wir entbehren können.«

»Das wird fürs Erste genügen«, sagte der Priester. »Wo in Krondor kann ich Euch finden?«

»Im Palast. Ich bin Junker Locklear, einer der Männer des Prinzen.«

»Dann werde ich Euch einen Besuch abstatten, wenn ich das nächste Mal in Krondor bin, Junker Locklear, und Ihr könnt dann Eure Schuld begleichen.« Er warf einen prüfenden Blick auf Locklears frisch verbundene Wunden. »Seid noch ein bisschen vorsichtig. Morgen werdet Ihr Euch schon besser fühlen. Wenn es Euch gelingt, Euch in den nächsten Tagen nicht noch einmal aufspießen zu lassen, werdet Ihr am Wochenende beinahe wieder der Alte sein. Ich muss jetzt gehen und mich ausruhen. Ich habe an diesem einen Nachmittag mehr Heilungen vollbringen müssen als in einer normalen Woche.« Mit diesen Worten ging er.

Locklear erhob sich langsam und ging quer durch den Raum hinüber zum Tresen, den der Wirt gerade abwischte. »Willkommen im Staubigen Zwerg, meine Freunde. Was kann ich für Euch tun?«, fragte der wohlbeleibte Mann.

»Wir hätten gerne etwas zu essen und ein Zimmer«, erwiderte Locklear.

Er setzte sich zu Owyn und Gorath an einen Tisch, und es

dauerte nicht lange, bis der Wirt kam und eine große Platte mit kaltem Braten, frischem Brot vom Morgen, Käse und Früchten hinstellte. »Später am Abend kann ich Euch auch ein warmes Mahl anbieten, aber so früh am Tag habe ich nur kalte Kost.«

Während Owyn und Gorath bereits kräftig zulangten, sagte Locklear: »Das ist in Ordnung. Bringt uns bitte noch etwas Bier.«

»Kommt sofort.«

Schnell wie der Blitz war der Wirt mit dem Bier wieder da. »Könnt Ihr mir erzählen, welche Geschichte sich hinter dem Namen dieser Schenke verbirgt?«, fragte Owyn.

»Der Staubige Zwerg?«

»Ja.«

»Nun, um die Wahrheit zu sagen, da gibt es keine besondere Geschichte. Früher gehörte diese Schenke einem Mann namens Strubel. Damals hieß sie ›Zum Fröhlichen Zwerg.‹ Ich weiß allerdings auch nicht, wieso. Das Schild der Schenke war mit leuchtenden Farben bemalt, doch solange Strubel der Besitzer war, hat er es nie neu gestrichen. Es war daher schon ganz verblasst, als ich ihm die Schenke abgekauft habe. Die Einheimischen nannten es schon einige Zeit nur noch ›Zum Staubigen Zwerg‹, und ich habe den Namen einfach beibehalten. Außerdem erspart mir der Name, das Schild neu streichen zu müssen.«

Owyn lächelte pflichtschuldig, während sich der Wirt um die Wünsche seiner übrigen Gäste kümmerte. Locklear sah so aus, als würde er gleich einschlafen. Trotzdem ergriff er jetzt das Wort: »Nun gut. Wir haben zwei Möglichkeiten: Wir können entweder die Hauptstraße runter nach Questors Sicht nehmen, oder hintenrum durch Eggly und Tannerus reisen. Das würde uns ein paar Tage mehr kosten.«

»Ich kann nur Vermutungen anstellen, aber nach dem, was Gorath erzählt hat, stehen Nago oder Narab über diese Gedankensprache mit ihren Agenten in Verbindung«, meinte Owyn. »Wie ich bereits gesagt habe, ich weiß nur wenig über diese Gedankensprache – aber eines weiß ich sehr wohl: Sie zu benutzen ist überaus anstrengend. Die Tochter von Pug, dem Magier, gilt als überaus begabt und fähig, und sie kann sich über große Entfernungen verständigen, aber sie ist eine Ausnahme, vielleicht sogar eine einzigartige Ausnahme. Magier mit geringeren Fähigkeiten müssen sich immer wieder davon erholen.«

Gorath starrte mit ausdruckslosem Gesicht vor sich hin, doch Locklear sagte: »Komm zur Sache, wenn es dir nichts ausmacht, Freund. Ich kann die Augen kaum noch offenhalten.«

»Die Sache ist die: Wer immer dieser Magier ist, er hält sich irgendwo versteckt und wird wahrscheinlich von einigen Wachen beschützt. Vermutlich hat er einen oder zwei Schlüsselagenten in einem bestimmten Gebiet. Seine übrigen Anweisungen dürften von Boten überbracht werden. Sie wissen also, wo wir gewesen sind, sie können vielleicht sogar vermuten, wo wir heute sind, aber sie können nicht ganz sicher sein, und sie wissen nicht, welchen Weg wir nehmen werden.«

»Schön und gut. Aber was hat das damit zu tun, für welchen Weg wir uns entscheiden?«, fragte Locklear.

»Es bedeutet, dass er seine Männer zu gleichen Teilen auf die beiden möglichen Wege aufteilen muss«, mischte sich Gorath ein. »Daher sollten wir den Weg nehmen, auf dem wir uns am besten verteidigen oder auf dem wir uns einer größeren Gruppe – etwa einer Handelskarawane – anschließen können.«

Locklear winkte den Wirt herbei, der ihm einen Schlüssel für ein Zimmer im Obergeschoss gab. Während sie die Treppe hinaufstiegen, meinte Locklear: »Wenn wir auf dem Rückweg von Kesh wären, würde sich eine Handelskarawane gut als Schutz eignen. Aber die Königliche Hochstraße wird normalerweise sehr gut bewacht. Deshalb reisen die meisten Händler nur mit ein paar Söldnern als Leibwächter – wenn sie nicht ganz und gar auf Wachen verzichten. Die meisten Waren werden ohnehin entlang der Küste auf Schiffen transportiert.«

Mittlerweile waren sie in ihrem Zimmer angekommen.

»Könnten wir es bis nach Questors Sicht schaffen und dort ein Schiff mieten?«, fragte Owyn.

»Womit?«, stellte Locklear die naheliegende Gegenfrage. »Das Empfehlungsschreiben von Hauptmann Belford ist nicht gerade ein königliches Dekret. Wenn ein Schiff der Kriegsflotte vor Anker liegen würde, könnte ich den Kapitän überreden, uns an Bord zu nehmen und nach Krondor zu bringen, aber ich bin nicht wild darauf, herumzusitzen und zu warten, bis eines auftaucht. Ich bin eigentlich auf gar nichts wild – außer auf einige Stunden ungestörter Nachtruhe und darauf, Isaac zu finden und das Rätsel dieses besonderen Rubins zu lösen und herauszubekommen, wie wir so schnell wie möglich nach Krondor gelangen.«

»Was die ungestörte Nachtruhe angeht – dagegen lässt sich wohl kaum etwas einwenden«, sagte Owyn.

Gorath enthielt sich einer Bemerkung.

Eine Stunde nach der Morgendämmerung verließen sie die Schenke. Locklear fühlte sich erstaunlich gut erholt. Bewegungen, die am Vortag noch zu ununterbrochenen, mörderischen Schmerzen geführt hatten, fühlten sich jetzt nur noch etwas steif und schwach an.

Er schlug vor, sich zum nördlichen Ende der Stadt aufzumachen. »So wie ich Isaac kenne, wird er wahrscheinlich im Haus seines Cousins wohnen, einem gewissen Austin Delacroix.«

»Aus Bas-Tyra?«, fragte Owyn, während sie sich unter die Menschenmenge auf der Straße mischten. Überall öffneten sich Fenster, während die Verkäufer ihre Waren herausbrachten, um sie auszustellen, und Hausfrauen die morgendliche Brise und die Morgensonne in ihre Häuser ließen.

»Ursprünglich ja«, erwiderte Locklear. »Es ist eine Familie von niederem Adel – Nachkommen irgendeines halbvergessenen Kriegshelden aus der Zeit, in der Bas-Tyra noch ein Stadtstaat war. Ihr ganzer Rang leitet sich davon ab.«

»Diese Dinge bei den Menschen wie Rang oder Stellung sind … nicht einfach zu verstehen«, bemerkte Gorath.

»Wieso?«, fragte Owyn. »Habt ihr denn keine Anführer?«

»Doch, natürlich«, erwiderte Gorath. »Aber sie besitzen diesen Rang nicht von Geburts wegen, sondern verdienen sich ihn durch ihre Taten. Delekhan ist durch Verrat und Blutvergießen aufgestiegen, doch mehr noch dadurch, dass er einst Murmandamus und Murad gedient hat.« Er spuckte die beiden Namen förmlich aus. »Wenn sein Sohn Moraeulf die gleichen Ziele wie sein Vater hat, dann wird er sie nur über die Leichen solcher Leute wie mir verfolgen können. In besseren Zeiten könnten wir sein Schwert gut gebrauchen, um gegen den Feind unseres Volkes zu kämpfen, aber dies sind keine besseren Zeiten.«

»Ich glaube, das da müsste das Haus sein«, sagte Locklear und deutete auf ein Gebäude, das früher sicher einmal ansehnlich gewesen war, dessen beste Zeit allerdings eindeutig schon lange zurücklag. Genau wie die Häuser rechts und links davon war es klein, aber solide gebaut und bestand aus Stein und Holz, mit einer robusten Tür und Läden vor den Fenstern. Doch während die anderen Häuser sauber und frisch gestrichen waren, war dieses hier schmutzig, und jegliche Farbe war längst verblasst.

Locklear klopfte laut und kräftig an die Tür, und einige Minuten später erklang aus dem Inneren eine schläfrige Stimme. »Was ist?«

»Isaac?«, brüllte Locklear. Die Tür öffnete sich einen Spalt.

Ein junger Mann mit langen blonden Haaren streckte seinen Kopf heraus und fragte: »Locky, bist du das?« Dann öffnete der junge Mann die Tür weit und bat sie, hereinzukommen. Er trug Hosen und eine zerknitterte Tunika, die so aussahen, als hätte er in ihnen geschlafen. »Ich bin gerade erst aufgestanden.«

»Sieht ganz so aus«, sagte Locklear.

In dem Zimmer war es dunkel und stickig. Das war kein Wunder, denn sämtliche Fenster und Läden waren geschlossen. Der Geruch vergangener Mahlzeiten vermischte sich mit dem Gestank nach Schweiß und dem säuerlichen Aroma von verschüttetem Bier. Die Einrichtung war einfach – es gab einen hölzernen Tisch mit vier Stühlen, dahinter ein einfaches Regal und noch einen weiteren kleinen Tisch, auf dem eine Lampe stand. Eine Treppe führte zum Schlafraum im Obergeschoss. Ein verblichener Wandteppich, der einst in einer weit stilvolleren Umgebung gehangen hatte, war das einzige Stück, das etwas ungewöhnlicher wirkte. Er hing hinter Isaac, rahmte ihn gleichsam mit einer Szene ein, in der sich zwei Prinzen trafen und Geschenke austauschten, während um sie herum weitere Adlige standen und zusahen.

»Locklear«, sagte Isaac. Er schien den Namen auszukosten. »Welch eine Freude. Du hast dich gut gehalten. Mir gefällt der Schnurrbart. Du hattest schon immer einen Hang zum Außergewöhnlichen.« Er drehte sich um und trat zum Tisch. Er hinkte deutlich. »Setzt euch. Ich würde euch gerne Tee oder Kaffee anbieten, aber mein Cousin besucht zur Zeit gerade einige Verwandte in Bas-Tyra, und ich bin erst letzte Nacht zurückgekommen, daher haben wir kaum Vorräte.«

»Ist schon in Ordnung«, sagte Locklear. »Wann haben wir uns das letzte Mal gesehen? Bei Aruthas Hochzeit?«

Isaac ließ sich auf einen schmalen, hölzernen Stuhl sinken und schlug die Beine so übereinander, dass er sein krankes Bein entlastete. »Ganz genau. Du hättest den Wutanfall erleben sollen, den der alte Zeremonienmeister deLacy bekommen hat, als er herausfand, dass ich nicht Baron Dorgins Sohn war.«

»Weil es nämlich gar keinen Baron Dorgin gibt«, ergänzte Locklear. »Wenn du dich vorher schlau gemacht hättest, wäre dir dieser Fehler nicht passiert.«

»Woher hätte ich denn wissen sollen, dass die Länder außerhalb der Zwergen-Enklaven zur Provinz des Herzogs der Südmarschen gehören?«

»Wie wäre es mit Studien betreiben?«, schlug Locklear lässig vor.

Isaac wedelte abwehrend mit der Hand. »Das war noch nie meine Stärke.«

»Nun ja, immerhin war deLacy so sehr mit der Hochzeit beschäftigt, dass er dich erst am nächsten Tag hinausgeworfen hat«, sagte Locklear. »Wir hatten viel Spaß in jener Nacht. Was hast du seither gemacht?«

»Ich war einige Zeit im Osten, bei meiner Familie. Vor ein paar Jahren bin ich dann in den Westen des Königreichs zurückgekehrt. Seither habe ich alle möglichen Aufträge entlang der Grenze ausgeführt. Aber erzähl mal, was führt ein Mitglied des Hofes von Krondor so weit weg von zu Hause – und noch dazu in solch ungewöhnlicher Gesellschaft?«

»Eine Reihe von Ereignissen, die teilweise ziemlich blutig sind und unglücklicherweise zu dir führen ...«

»Zu mir?«, fragte Isaac mit ungläubigem Blick. »Du machst Witze.«

»Ich mache so wenig Witze wie ein Königlicher Folterer. Und falls du mir nicht die Wahrheit sagst, wirst du die Möglichkeit erhalten, das durch eigene Erfahrungen selbst zu überprüfen. Gorath wird dich festhalten, während ich den Wachtmeister hole. Du hast die Wahl – wir können uns hier nett und freundlich unterhalten, oder wir gehen gemeinsam nach Krondor und führen dort ein wesentlich unangenehmeres Gespräch.«

Locklear hatte natürlich gar nicht die Absicht, den Wachtmeister zu holen, denn dann wäre er gezwungen gewesen, ihm erst mal seinen Rang und seine Stellung klarzumachen – und das, ohne dass er ein königliches Dokument bei sich hatte. Aber das konnte Isaac nicht wissen, und Locklear hatte nicht vor, ihn aufzuklären.

»Ich habe nicht die leiseste Ahnung, wovon du sprichst«, sagte Isaac und stand langsam auf.

»Falls du versuchen solltest, nach dem Schwert hinter dir zu greifen, wirst du *zwei* verletzte Beine haben, noch bevor deine Finger das Heft berühren, Mensch«, sagte Gorath mit sanfter Stimme.

»Verdammt«, entfuhr es Isaac. Langsam ließ er sich wieder auf den Stuhl zurücksinken.

»Der Rubin«, sagte Locklear.

»Welcher Rubin?«, fragte Isaac.

»Der Rubin, den du Kiefer Alescook abgekauft hast. Der Rubin, den du mit Gold bezahlt hast, um dann nach Norden zu reisen und für Delekhan Waffen zu kaufen. Der Rubin, der einem bedeutenden Tsurani-Magier gestohlen wurde. Der Rubin, der nur das letzte Stück in einer ganzen Reihe derartiger Transaktionen darstellt.«

Isaac wischte sich mit der Hand übers Gesicht, fuhr sich durch den blonden Schopf. »Locky, es war eine schwere Zeit.«

Locklears Gesichtsausdruck verdüsterte sich, und seine Stimme bekam einen derart drohenden Unterton, dass Owyn sich überrascht zurücklehnte. »So schwer, dass es Verrat rechtfertigt, Isaac? So schwer, dass es den letzten Ruck am Henkersseil wert ist?«

»Wer spricht denn von Verrat, Locky?« Isaacs Stimme bekam einen bettelnden Klang. »Heh, wir sind doch Freunde. Schon seit unserer Kindheit, lange bevor ich meinen Unfall hatte. Du würdest das verstehen, wenn du in meiner Lage wärst; dann wüsstest du, was es bedeutet, ein Söldner mit einem lahmen Bein zu sein. Locky, ich war fast am Verhungern, als sich diese Gelegenheit ergeben hat. Und als ich entdeckt habe, wer eigentlich dahintersteckt, war ich schon viel zu tief drin.«

»Erzähl uns alles, was du weißt, und ich werde sehen, was ich für dich tun kann«, sagte Locklear.

Isaac wirkte niedergeschlagen, als er wie ein reuiger Sünder begann. »Ich steckte schon bis über beide Ohren in der Sache drin, bis ich begriffen habe, mit wem ich es zu tun hatte. Alescook ist ein alter Kumpel von mir; ich kenne ihn schon von früher. Ich weiß, dass er von Zeit zu Zeit Schmuckstücke ›findet‹, deren Herkunft ...äh, sozusagen etwas im Dunkeln liegt, um es freundlich auszudrücken ...«

»Gestohlen trifft es wohl besser«, warf Locklear ein.

Isaac wand sich. »Wie dem auch sei, im Königreich ist es schwierig, solche Schmuckstücke zu verkaufen, und so wandern sie meist nach Süden, nach Kesh oder hinüber nach Queg oder auch in die Freien Städte. Ich bin nur ein Mittelsmann. Nur jemand, der eine kleine Reise zum Tal der Träume macht oder nach Krondor oder Sarth, wo ich etwas an Bord eines Schiffes bringe. Das ist alles.«

»Und was ist mit dem Rubin?«, fragte Locklear.

Isaac wollte aufstehen, zögerte jedoch, als Gorath sich vorbeugte, die Hand am Schwertgriff. Schließlich erhob er sich ganz langsam und stieg die Stufen zu dem Zimmer im Obergeschoss hinauf. Locklear nickte Owyn auffordernd zu, worauf dieser aufstand und hastig durch eine schmale Tür trat, die sich an der Wand neben dem Wandteppich befand. Er gelangte in eine winzige Küche, die so schmutzig war, dass er sich kaum vorstellen konnte, wie hungrig er sein müsste, um etwas zu essen, das hier zubereitet worden war. Er duckte sich und trat durch die Hintertür ins Freie, warf einen Blick nach oben, zu dem Fenster, an dem gerade Isaacs Kopf wieder nach drinnen verschwand. Owyn grinste. Locklear hatte richtig vermutet. Der hinkende ehemalige Kämpfer mochte daran gedacht haben, durch das Fenster im zweiten Stock zu fliehen, aber er wusste auch, dass er nicht schnell genug war, um wirklich zu entkommen, falls jemand unten auf ihn wartete.

Einen Augenblick später bat Locklear Owyn zurückzukommen, und der junge Magier kam diesem Wunsch sofort nach. Er betrat das Zimmer – und blieb abrupt stehen. Die Härchen auf seinem Arm stellten sich auf. »Lasst mich diesen Stein sehen«, sagte er drängend.

»Es ist kein besonders wertvolles Stück, aber ich werde gut bezahlt«, meinte Isaac, während er Owyn den Edelstein reichte.

»Ich habe keine Ahnung von Edelsteinen und ihrem jeweiligen Wert, aber ich weiß, dass dieser Stein hier mehr ist, als er zu sein scheint«, erwiderte der junge Magier. Er musterte den Rubin sorgfältig, während er weitersprach. »Dieser Stein ist präpariert worden.«

»Präpariert wofür?«, fragte Locklear. »Für eine Fassung?«

»Nein, eher als eine Art Matrix für Magie. Ich weiß nicht genug über solche Dinge …« Er legte den Edelstein auf den Tisch. »Um die Wahrheit zu sagen, ich weiß so gut wie nichts über irgendwelche magischen Dinge. Deshalb habe ich Stardock auch verlassen. Der einzige, der mir etwas über Magie beigebracht hat, war ein unbedeutender Magier namens Patrus – ein verbitterter alter Mann. Doch mein Vater war dagegen, und das Letzte, was ich von Patrus gehört habe, war, dass er nach Norden unterwegs war …« Er schüttelte seine bedrückte Stimmung ab. »Es ist nicht weiter wichtig … Patrus hat mir gesagt, dass es Magie gibt, die einer gewissen Harmonie folgt und durch Edelsteine gebündelt werden kann. Oder in ihnen ›aufbewahrt‹ werden kann. Er behauptete einmal sogar, dass unter bestimmten Voraussetzungen Magie sogar in Form von Edelsteinen existieren könnte. So kann man zum Beispiel auch eine Falle aus Edelsteinen bilden, und jeder, der den bewussten Bereich betritt, ist gefangen.«

»Kannst du uns sagen, wofür dieser Edelstein benutzt worden ist?«

»Nein«, erwiderte Owyn mit einem bedauernden Kopfschütteln. »Vielleicht soll er auch erst in Zukunft benutzt werden.«

»Du glaubst also, dass er wichtig ist?«, fragte Gorath.

»Ich kann jetzt zumindest verstehen, warum der Tsurani-Magier so wütend darüber war, dass ihm der Stein gestohlen wurde.«

Locklear nahm den Rubin in die Hand und warf ihn ein paar Mal spielerisch in die Luft, während er nachdachte. Dann legte er den Stein wieder beiseite und wandte sich an Isaac. »Erzähl uns, was du sonst noch weißt.«

Isaac wirkte niedergeschlagen. »Nun gut. Die Edelsteine kommen völlig unregelmäßig durch den Spalt. Manchmal eine Hand voll, manchmal nur ein einzelner wie dieser hier. Ich bekomme mein Geld in Krondor auf die unterschiedlichste Art und Weise – aber nie zweimal auf die gleiche. Es gibt eine neue Bande in Krondor, deren Anführer sich der Kriecher nennt und der den Spöttern einigen Ärger macht.«

»Den Spöttern?«, fragte Gorath.

»Das sind Diebe«, sagte Locklear. »Ich werde es dir später erklären. Aber jetzt erzähl weiter«, wandte er sich wieder an Isaac.

»Irgendwer in Krondor bezahlt einen guten Preis für die Edelsteine. Die Tsuranis bringen sie durch den Spalt und übergeben sie den Moredhel. Die wiederum bringen sie zu Alescook, und ich hole sie bei ihm ab und bringe sie nach Krondor. Ein ziemlich einfaches Arrangement.«

»Aber irgendjemand steckt dahinter. Wer – und wo hält er sich auf?«

Isaac seufzte. »Es gibt da ein Dorf, südlich von Sarth. Es heißt Gelbau. Kennst du es?«

»Solche Dörfer stellen normalerweise keine Schilder auf, aber wenn es an der Königlichen Hochstraße liegt, bin ich sicher schon durchgeritten.«

»Es liegt nicht an der Königlichen Hochstraße. Ungefähr zwanzig Meilen südlich von Sarth gabelt sich die Hochstraße. Wenn du landeinwärts ziehst, stößt du auf einen alten Pfad, der hinauf in die Berge führt. Folgst du diesem Pfad ungefähr fünf Meilen, kommst du nach Gelbau. Niemand reist dort herum, deshalb benutzen die Moredhel diesen Pfad. Es ist leicht für seinesgleichen« – er hob den Kopf und deutete mit der Kinnspitze auf Gorath – »sich dort zu bewegen, ohne gesehen zu werden. Es gibt einen alten Schmuggler namens Cedric Rowe, der mittlerweile ein Bauer geworden ist und dort lebt. Die einzige Art von Loyalität, die er kennt, gilt dem Gold. Er hat seine Scheune einem Dunklen Bruder namens Nago vermietet.«

»Nago!«, sagte Gorath. »Wenn wir uns ihn schnappen, haben wir die Möglichkeit, seinen Untergebenen zu entkommen. Ohne ihn sind sie blind, und wir könnten es bis Krondor schaffen.«

»Vielleicht«, sagte Locklear nachdenklich. »Sicher ist nur eines: Wenn wir ihn dort lassen, wird es für seine Agenten umso leichter sein, uns zu finden, je mehr wir uns Krondor nähern.«

»Wieso denn das?«, fragte Owyn.

»Er zieht die Schlinge enger, mein Freund«, sagte Isaac, »weil seine Leute ein kleineres Gebiet überwachen müssen.«

»Jetzt ergibt auch die Sache mit den Queganern Sinn«, meinte Locklear. »Dieser Rowe hat bestimmt sein ganzes Leben lang mit den queganischen Piraten Geschäfte gemacht und einfach an irgendjemanden in Sarth eine Botschaft geschickt. Das erste Schiff, das mit dem Ziel Queg ausgelaufen ist, hat diese Botschaft überbracht – und innerhalb eines Monats hat er so viele erfahrene Seeräuber, wie er braucht. Und wenn Nago mit genügend Gold um sich wirft, gibt es entlang der Straßen nach Krondor mehr Queganer, als ein Bettler Läuse hat.«

»Queganer werden auch kaum zu den Soldaten des Königs rennen, wenn etwas schief geht. Im schlimmsten Fall verdrücken sie sich in den nächsten Hafen und suchen ein Schiff, das demnächst ausläuft. Es ist unwahrscheinlich, dass dich jemand betrügt, der leicht kalte Füße bekommt«, fügte Isaac hinzu.

»Was weißt du sonst noch?«, forschte Locklear.

»Nichts mehr.« Isaac stand auf und nahm einen Umhang vom Kleiderhaken. »Sowie ich meinem Cousin eine kurze Notiz hinterlassen habe, mache ich mich auf nach Kesh. Ich habe mir gerade Nagos Assassinen auf den Hals gehetzt, aber davon weiß er noch nichts. Jede Stunde, die verstreicht, bevor er es erfährt, erhöht meine Chancen, Kesh auch wirklich zu erreichen.«

»Ich habe gesagt, ich würde dir entgegenkommen, Isaac, und ich halte mein Versprechen. Ich werde dich nach Kesh fliehen lassen – um der alten Zeiten willen und weil du deinen Teil des Handels erfüllt hast … aber nur, wenn du uns alles erzählst!«

»Wie kommst du auf die Idee, dass da noch irgendwas sein könnte?«

Mit einer blitzschnellen Bewegung zog Locklear sein Schwert

und setzte Isaac die Spitze an die Kehle. »Weil ich dich kenne. Du hältst immer etwas in der Hinterhand, allein schon für den Fall, dass du plötzlich ein Hintertürchen brauchst. Ich vermute, dieses Theater soll dir die Möglichkeit verschaffen, vor uns die Stadt zu verlassen, nur für den Fall, dass du einem von Nagos Agenten über den Weg laufen solltest, denn dann kannst du ihn uns auf den Hals hetzen, bevor sie herausfinden, dass du sie verraten hast. Irgendwas in der Art.«

Isaac grinste. »Locky! Warum sollte ich ...«

Locklear verstärkte ein wenig den Druck auf die Schwertspitze, und Isaac verstummte so plötzlich, dass er fast seine Zunge verschluckt hätte. »Erzähl uns alles.« Obwohl Locklear nur flüsterte, schwang eine unüberhörbare Drohung in den Worten mit.

Langsam hob Isaac die Hand und schob vorsichtig die Schwertspitze beiseite. »Es gibt da eine Schlosstruhe ...«

»Eine was?«, fragte Locklear.

»Eine Kiste, in der man wertvolle Gegenstände einschließt«, mischte sich Gorath ein. »Mein Volk verwendet sie, um wichtige Dinge zu transportieren.«

»Weiter«, forderte Locklear Isaac auf.

»Es gibt da also diese Schlosstruhe außerhalb der Stadt. Wenn du die Straße in Richtung Questors Sicht fünf Meilen entlanggehst, siehst du am rechten Straßenrand einen Baum, in den der Blitz eingeschlagen hat. Dahinter ist ein dichtes Gebüsch. Dort drin befindet sich die Truhe. Ich soll den Rubin heute Nacht dort hinterlegen, und wenn ich morgen wieder hingehe, müsste mein Gold auf mich warten.«

»Du hast deine Kontaktperson aus Krondor also nie gesehen oder getroffen?«

»Niemals. Das gehörte zu Nagos Anweisungen.«

»Aber du hast Nago gesehen?«, fragte Locklear.

»Ich bin ihm begegnet«, erwiderte Isaac. »In Gelbau. Er ist ein großer, kräftiger Kerl, genau wie dein Freund hier, nicht so schlank wie viele andere Moredhel. Er hat meist schlechte Laune und überhaupt keinen Humor. Und seine Augen haben einen merkwürdigen Glanz, wenn du verstehst, was ich meine.«

»Ich kann es mir vorstellen«, erwiderte Locklear. »Was kannst du uns über die Leute sagen, die sich bei ihm befinden?«

»Er hat immer nur ein paar Krieger bei sich – ich habe nie mehr als drei gesehen –, weil es sonst auffallen könnte. Aber es kommen immer wieder genug Queganer durch, so dass er schnell zu Kämpfern kommen kann, sollte er sie brauchen. Aber er benutzt Magie, Locky, er ist ein richtig elender Hexer, und wenn du dich ihm entgegenstellst, kann er dich mit einem einzigen Blick braten.«

Locklear warf Gorath einen schnellen Blick zu. Der Moredhel nickte zustimmend. Er hatte anscheinend keine Einwände. »Nun gut, Isaac«, sagte Locklear. »Ich werde dir jetzt sagen, was du zu tun hast. Hol etwas zu schreiben.«

Isaac sah sich im Zimmer um und entdeckte in einer Ecke einen alten, verblassten Lederfetzen. Er ging hinüber zu der kleinen Feuerstelle und fischte ein Stück Holzkohle heraus. »Was soll ich schreiben?«

»Schreibe: *Die Männer des Prinzen haben den Rubin. Die drei, die du suchst, sind auf dem Weg nach Eggly. Ich bin erledigt und muss fliehen.* Dann unterzeichne mit deinem Namen.«

Isaac setzte seinen Namen unter die Nachricht. Er war sehr blass. »Das brandmarkt mich, Locky.«

»Du warst bereits in dem Augenblick gebrandmarkt, als du das Gold genommen und dich gegen deinen König gewendet hast. Du verdienst es eigentlich, gehängt zu werden, und vielleicht wird das eines Tages auch geschehen, wenn du dich nicht änderst. Aber das wird dann für ein anderes Verbrechen sein. Diesmal bist du noch einmal davongekommen.«

»Außer, Nagos Agenten finden dich zuerst«, fügte Gorath hinzu.

Isaac wollte nichts mehr hören. Er hob den beschriebenen Lederfetzen. »Was soll ich jetzt damit machen?«

»Lege ihn in die Truhe – dahin, wo du eigentlich den Rubin hinlegen solltest. Und dann solltest du wohl anfangen zu rennen. Falls du auf die Idee kommen solltest, die Nachricht nicht in die Truhe zu legen, werde ich Assassinen anheuern, sobald ich nach Krondor komme. Und sie werden dich finden, selbst wenn sie dazu in den hintersten Winkel von Kesh reisen müssten. Du kannst dir die Haare abschneiden, du kannst sie färben, du kannst dir einen Bart stehen lassen, nur noch Pelze tragen wie ein Brijainer – aber du wirst niemals dein lahmes Bein verstecken können. Und jetzt verschwinde, Isaac!«

Isaac zögerte nicht einen einzigen Herzschlag. Er packte sein Schwert, seinen Umhang und die Nachricht und hastete durch die Hintertür hinaus.

»Wieso hast du diesen Verräter verschont?«, fragte Gorath.

»Tot nützt er uns nur wenig; so kann er unsere Feinde vielleicht auf eine falsche Fährte locken.« Locklear sah Gorath geradeheraus an. »Außerdem – findest du es nicht ein bisschen merkwürdig, dass gerade du soviel Verachtung für einen Verräter empfindest?«

Den Blick, den Gorath ihm zuwarf, konnte man nur mörderisch nennen. »Ich bin kein Verräter. Ich versuche, mein Volk zu *retten*, Mensch!« Ohne einen weiteren Kommentar drehte er sich um und fuhr dann fort: »Wir müssen weg. Solchen Burschen kann man nicht trauen. Vielleicht versucht er, mit einem Handel sein Leben zu retten.«

Locklear nickte. »Ich weiß. Aber entweder legt er die Nachricht in die Truhe, oder er wird vorher gefunden und erzählt, was er weiß – aber das ist wenig genug. Sie haben schon versucht, uns zu töten, noch bevor wir den Rubin hatten. Sie können uns nicht mehr töten, nur weil er jetzt in unserem Besitz ist.«

»Ich glaube, ich habe eine Möglichkeit gefunden, wie wir für einige Zeit unbemerkt bleiben und möglicherweise ungesehen an Nago herankommen können«, sagte Gorath.

»Wie soll das gehen?«, fragte Locklear.

»Ich kenne den Weg zu diesem Dorf, Gelbau. Wenn wir die Kammstraße in Richtung Eggly nehmen und dann an der Stelle abbiegen, von der in der Nachricht die Rede war, stoßen wir dort etwa einen schnellen Tagesmarsch südlich von hier auf einen Pfad, der hinauf in die Berge führt. Ich nehme an, dass es der gleiche Pfad ist, der sich irgendwo in der Nähe von Rowes Farm im Nichts verliert.«

»Woher willst du das wissen?«, fragte Locklear misstrauisch.

Gorath schien mit seiner Geduld fast am Ende zu sein, doch es gelang ihm, ruhig zu antworten. »Weil ich als Kind in diesen Bergen gelebt habe – bis ihr Menschen gekommen seid, um uns zu belästigen. Bevor dieses Land von deinesgleichen heimgesucht wurde, lebte mein Volk in diesen Bergen. Ich habe in diesen Flüssen gefischt und in den Tälern gejagt.« Er senkte die Stimme. »Vielleicht habe ich mein Lagerfeuer einmal genau hier angezündet, wo ihr Menschen dann dieses Haus gebaut habt ... Doch jetzt sollten wir gehen. Für einen Moredhel ist es keine lange Reise, aber ihr Menschen ermüdet leicht, und außerdem werden euch eure Wunden noch langsamer machen.«

»Und deine werden das nicht tun?«, fragte Owyn.

»Nicht so sehr, dass ihr es bemerken könntet«, erwiderte der Dunkelelb. Ohne auf eine Antwort zu warten, drehte er sich um und verließ das Gebäude.

Locklear und Owyn beeilten sich, ebenfalls nach draußen zu gelangen, wo Gorath auf sie wartete. »Wir müssen Vorräte kaufen. Haben wir genug Gold?«

»Für Vorräte reicht es«, erwiderte Locklear, »aber nicht für Pferde.«

Sie marschierten zu einem Gasthaus am östlichen Rand der Stadt, wo Locklear Reiseproviant erstand – getrocknete oder in Salzlake eingelegte Lebensmittel, die zusätzlich noch in mit Bienenwachs überzogenem Pergament eingewickelt waren, um sie vor dem Verderben zu schützen. Während sie warteten, fragte Locklear, wie denn die Bedingungen auf der Straße nach Eggly wären; seine Stimme war dabei laut genug, dass einige verdächtig aussehende Männer, die zu dieser frühen Stunde zwischen den Einheimischen herumhingen, es auch wirklich hören konnten. Sollte irgendjemand sich nach ihnen erkundigen – und davon war Locklear überzeugt –, wäre dies nur die Bestätigung der falschen Fährte, auf die sie ihre Feinde mit Isaacs Nachricht locken wollten.

Sie verließen das Gasthaus und marschierten rasch die Straße in Richtung Eggly entlang. Locklear spähte nach oben, dachte an den Grat, der auf der rechten Seite des Weges hinter den Bäumen schnell anstieg, dachte auch darüber nach, ob es wohl eine kluge Entscheidung war, dort hinauf und auf der anderen Seite der Berge wieder hinunter zu steigen, geradewegs in den Schlupfwinkel einer Mörderbande, die von einem gefährlichen Moredhel-Zauberer angeführt wurde. Er kam immer wieder zum gleichen Ergebnis: Es gab zumindest keine bessere Idee.

Also ergab er sich seinem Schicksal, das aus einem langen Marsch und kalten Nächten bestand, und folgte Gorath, Owyn an seiner Seite.

Vier

Reise

Der Wind heulte durch den Pass.

Zähneklappernd murmelte Locklear: »Was tue ich nicht alles für meinen König und mein Land.«

»Ignoriere die Kälte«, meinte Gorath. »Solange du deine Finger und Zehen noch spüren kannst, ist es nur ungemütlich, nichts weiter.«

»Du hast gut reden«, sagte Owyn, der am ganzen Körper unkontrolliert zitterte. »Du hast im Nordland gelebt und dich an die Kälte gewöhnt.«

»Man gewöhnt sich niemals an die Kälte, Mensch. Du musst lediglich lernen, die Dinge zu akzeptieren, die man doch nicht ändern kann.« Er warf seinen beiden Begleitern einen bedeutungsvollen Blick zu. »Wir müssen jetzt jederzeit mit einem Wachposten rechnen.«

»Was sollen wir tun?«, fragte Locklear. Kälte und Hunger schienen seinen Verstand zu lähmen.

»Wartet hier, während ich die Gegend auskundschafte.«

Locklear und Owyn zogen sich in den behelfsmäßigen Schutz der windabgewandten Seite eines großen Felsblocks zurück und warteten. Nur langsam verstrich die Zeit, während sie eng aneinander gekauert dahockten, um sich gegenseitig zu wärmen.

Unvermittelt tauchte Gorath wieder auf. »In der Nähe der Scheune befinden sich vier Wachen«, sagte er. »Wie es drinnen aussieht, weiß ich nicht, aber selbst wenn Nago allein ist, ist er gefährlich.«

Locklear erhob sich und stampfte mit den Füßen auf, um wieder warm zu werden. Unentwegt öffnete und schloss er die Fäuste und trat auf der Stelle, um sich für den Kampf mit dem Feind bereit zu machen. »Was sollen wir jetzt tun?«, fragte er erneut. Unter den gegebenen Umständen war er froh, dass Gorath die Führung übernommen hatte.

»Ich habe keine Ahnung, was du kannst, Owyn«, sagte Gorath, »aber Nago ist ein Zauberwirker von großen Fähigkeiten. Er kann mit seinen Künsten einen Feind verdorren lassen, ihn in Asche verwandeln oder ihn dazu bringen, voller Entsetzen schreiend davonzurennen. Er und sein Bruder gehören zu Delekhans gefährlichsten Verbündeten, und seit Die Sechs gekommen sind, dienen sie ihm noch entschlossener.«

»Wer sind Die Sechs?«, fragte Owyn.

Locklear wischte die Frage mit einer Handbewegung beiseite. »Also, wie gehen wir jetzt vor?«

Gorath deutete auf Owyn. »Du musst Nago ablenken, Junge. Locklear und ich werden uns um die vier Wächter kümmern – und um alle anderen, die sich möglicherweise im Innern der Scheune aufhalten –, aber der Magier ist deine Sache. Bringe ihn dazu, dass er ins Stocken gerät, zögert, zu fliehen versucht – was auch immer; wichtig ist nur, dass du ihn in der Scheune festhältst, damit ich ihn erwischen kann, und dass du ihn daran hinderst, seine magischen Fähigkeiten einzusetzen. Schaffst du das?«

Owyn hatte offensichtlich Angst, das war deutlich zu erkennen. »Ich werde es versuchen«, sagte er dennoch.

»Mehr kann niemand verlangen«, murmelte Gorath. An Locklear gewandt, fuhr er fort: »Wir haben den Vorteil der Überraschung, aber wir werden die ersten beiden sehr schnell töten müssen. Sollten wir überwältigt werden oder sollten wir einfach nur zu lange brauchen, um zu Nago vorzudringen, wird diese Geschichte ein böses Ende nehmen. Wenn Owyn es nicht schafft, den Magier so lange zu beschäftigen, bis wir ihn erreicht haben, wird unsere Reise hier zu Ende sein – und wir werden Prinz Arutha niemals warnen können.«

»Warum tun wir es dann?«, fragte Locklear. Er hob abwehrend die Hand, bevor Gorath antworten konnte. »Die Schlinge zieht sich zu, ich weiß, und wenn wir es jetzt nicht tun, werden wir Krondor niemals erreichen.«

Gorath nickte. »Lasst uns aufbrechen.«

Sie hasteten die Straße entlang, bis sie das Dach einer Scheune sehen konnten, die sich jenseits eines Stücks freien Feldes eng an den Kamm des Gebirges schmiegte. Tief geduckt, um weniger leicht entdeckt zu werden, huschte Locklear den Pfad hinab. »Wo sind die Wachen?«, fragte er Gorath.

»Ich weiß es nicht. Gerade eben waren sie noch zu sehen.«

»Vielleicht sind sie in die Scheune gegangen«, meinte Owyn.

Gorath deutete auf eine tiefe Einkerbung am Rande des Pfades, wo Wind und Wetter das Erdreich zwischen zwei großen Felsen abgetragen und ausgewaschen hatten. Er trat zwischen die beiden Felsen und ließ sich die Böschung bis zum Rand des Feldes hinuntergleiten. Locklear war dicht hinter ihm, während Owyn die Nachhut bildete.

»Wir müssen uns beeilen«, sagte der Dunkelelb. »Die Mütter und Väter lächeln auf uns herab, und die Wachen sind drinnen. Wir wissen jedoch nicht, wie lange sie dort bleiben werden.« Er schlug ein mörderisches Tempo an, um die freie Fläche so schnell wie möglich zu überqueren. Trotz des Steifheitsgefühls und der Schmerzen in seinen Gelenken zwang sich Locklear, mit Gorath Schritt zu halten. Seine Wunden waren verheilt, aber er fühlte sich immer noch schwach. Er wünschte sich alles andere, als schon wieder kämpfen zu müssen, aber falls dieser Nago wirklich hinter all den Angriffen steckte, begrüßte er die Möglichkeit, sie beenden und einen Teil der Schmerzen, die er erlitten hatte, zurückzahlen zu können.

Gorath hatte mittlerweile die Scheune erreicht, kauerte sich in ihren Schatten und sah sich dabei nach allen Seiten um. Nichts deutete darauf hin, dass sie entdeckt worden waren. Er hob die Hand, um für Ruhe zu sorgen.

Sie lauschten. Gedämpfte Stimmen erklangen aus der Scheune; da Locklear die Sprache nicht kannte, konnte er auch nicht verstehen, was sie sagten. Bei Gorath sah das anders aus – und er hörte außerdem noch viel besser. »Sie unterhalten sich über die Tatsache, dass wir seit Falkenhöhle nicht mehr gesehen wurden. Sie befürchten, wir könnten ihnen auf der Straße durch Tannerus irgendwie entschlüpft sein.«

»Was machen wir jetzt?«, flüsterte Owyn.

»Genau das, was wir besprochen haben: Wir töten sie«, erwiderte Gorath. »Seid tapfer.« Er bewegte sich auf die Tür der Scheune zu und zog sein Schwert. Dann zog er sich die Kapuze tief ins Gesicht, so dass seine Züge im Dunkeln lagen, versteckte das Schwert unter dem Umhang und drehte sich noch einmal zu Locklear und Owyn um. »Macht euch bereit, aber wartet noch einen Moment, bevor ihr hereinkommt.«

Gorath stieß die Tür auf. Im düsteren Zwielicht des Spätnachmittags konnte er für die drinnen nicht mehr sein als ein schwarzer Umriss vor einem dunkler werdenden Himmel. Aus dem Innern der Scheune erklang eine fragende Stimme. Gorath machte einen großen Schritt nach vorn, als wolle er näher kommen, um sich besser unterhalten zu können, und antwortete in der Sprache der Moredhel. Er musste sie für einen Moment verwirrt haben, denn noch einmal erklang eine Frage – und dann schrie plötzlich eine andere Stimme gellend auf: »Gorath!«

Als Locklear das hörte, zögerte er keine Sekunde, sondern hechtete förmlich durch die offene Tür. Owyn folgte ihm auf dem Fuß.

Im Innern der Scheune befanden sich fünf Moredhel. In der Mitte stand ein großer Tisch mit einer Bank dahinter, von der der Magier Nago überrascht aufsprang, als die, die er eigentlich zu jagen glaubte, plötzlich direkt vor ihm standen.

Gorath fällte einen Moredhel mit dem ersten Schwertstreich und nahm sich sofort den nächsten vor, schlug wild auf ihn ein und drängte ihn zurück. Noch während der Wachposten Schritt um Schritt zurückwich, um Goraths Angriff zu entgehen, und dabei seinen blutenden Schwertarm umklammerte, sprang Locklear vor und tötete den verwundeten Moredhel mit einem Hieb in den Nacken. Jetzt hatten sie es nur noch mit zwei Wachposten zu tun.

Owyn musterte den Moredhel-Magier, der angesichts der Beute, die er wochenlang gejagt hatte, vor Überraschung reglos dastand. Doch als Owyn über die Türschwelle trat, stimmte Nago einen leisen Gesang an, und der junge Magier spürte sofort die Macht, die sich manifestierte. In dem Wissen, dass er ohnehin nicht viel tun konnte, murmelte Owyn den einzigen Spruch, den er ohne lange Vorbereitung anwenden konnte – den Zauber des Blendens, den er auf der Reise schon häufiger benutzt hatte.

Der Dunkelelb blinzelte überrascht; sein Gesang geriet ins Stocken, sein Zauber verpuffte. Owyn zögerte einen Augenblick, dann hob er seinen Stab. Er bemühte sich, etwas wie einen Kriegsschrei zustande zu bringen, und begann mit seinem Angriff. Ein dünner, trillernder Laut entschlüpfte seinen Lippen, als er an Gorath und Locklear vorbeirannte, die noch immer mit den beiden verbliebenen Moredhel-Wachen kämpften.

Bei dem Versuch, noch dichter an den Moredhel-Magier heranzukommen, rutschte Owyn plötzlich aus und fiel hin. Der Sturz rettete ihm jedoch das Leben, denn der tobende Nago schleuderte einen purpurgrauen Energieblitz genau auf die Stelle, an der sich Owyn noch einen Herzschlag zuvor befunden hatte. So traf der Energieblitz ihn nicht wie beabsichtigt mitten in die Brust, sondern streifte nur den Rücken des jungen Magiers, wo er allerdings eine Woge aus Qualen verursachte. In Owyns Kopf begann sich alles zu drehen, und er fühlte sich benommen. Die Muskeln in seinen Beinen und seinem verlängerten Rücken weigerten sich, ihm zu gehorchen. Er wehrte sich dagegen, doch es war, als würde er von der Hüfte abwärts in eisernen Fesseln liegen.

Schließlich rollte sich Owyn herum und sah, dass der Magier

erneut zu einem Spruch ansetzte. Owyn konnte nichts mehr tun, als seinen Stab nach dem Moredhel zu schleudern. Wie er erwartet hatte, duckte sich Nago zur Seite und unterbrach seinen Zauberspruch. Der Moredhel-Magier schloss die Augen, als ob er Schmerzen hätte, und Owyn wusste, dass Nago versuchte, erneut seinen Zauberspruch zu sprechen. Owyn war zwar noch ein Neuling, was die Magie betraf, aber er verstand doch soviel davon, um zu wissen, dass ein unterbrochener Zauberspruch einem Magier Schmerzen bereiten konnte. Nago würde einige Augenblicke der Konzentration brauchen, bevor er seinen Gegner erneut mit magischen Mitteln attackieren konnte.

Owyn versuchte sich zu konzentrieren, um Nago vielleicht mit einem weiteren Zauberspruch noch etwas länger ablenken zu können, doch seine Gedanken schweiften immer wieder ab, verfingen sich in einander widersprechenden Bildern. Sätze und Konzepte, die er zuvor nicht gekannt hatte, stahlen sich immer wieder in sein Denken, und es war ihm trotz größter Anstrengungen unmöglich, irgendeine nützliche Beschwörung zustande zu bringen. Schließlich begann er an seinem Gürtel herumzufummeln und nach einem Dolch zu suchen, um ihn auf Nago zu schleudern.

Der Dunkelelb öffnete die Augen, blickte jedoch an Owyn vorbei – dorthin, wo die Kämpfe gerade zu Ende gingen. Owyn rollte sich herum und sah, wie Gorath seinen Gegner durchbohrte, während Locklear sein Gegenüber ebenfalls zu besiegen schien. Owyn warf einen Blick über die Schulter zurück auf Nago und sah, dass der Magier kurz zögerte, sich dann jedoch umdrehte und fliehen wollte.

»Er versucht zu entkommen!«, rief Owyn, doch seine Stimme war schwach, und er war sich nicht sicher, ob seine Gefährten ihn verstanden hatten.

Gorath hatte ihn jedoch gehört und war mit drei großen Schritten an ihm vorbei. Der Moredhel-Magier wirbelte herum und schleuderte etwas auf Gorath; Energiefunken blitzten rund um den Anführer der Dunkelelben. Gorath stöhnte vor Schmerz auf und brach zusammen.

Owyn warf seinen Dolch. Es war ein schwacher Wurf, doch er traf Nago mit dem Knauf an der Schläfe. Als wäre er aus einem Gefängnis befreit worden, erhob sich Gorath daraufhin wieder und führte einen solch gewaltigen Hieb gegen Nagos Nacken, dass er dem Moredhel-Magier fast das Haupt vom Hals trennte.

Locklear eilte herbei und half Owyn auf die Füße. »Wir hätten einen Gefangenen gebrauchen können«, bemerkte er.

»Diese Wachen wissen nichts, was für uns wichtig sein könnte«, erwiderte Gorath. »Und Nago konnten wir nicht am Leben lassen. Während du versucht hättest, ihn auszufragen, hätte er gleichzeitig seine Verbündeten benachrichtigt, dass wir hier sind.« Der Dunkelelb sah auf Owyn hinab, der noch immer auf dem Boden kauerte. »Du hast dich wacker geschlagen, Junge. Bist du in Ordnung?«

»Ich kann meine Beine kaum bewegen«, lautete die Antwort. »Aber das wird bald wieder werden.«

»Das will ich hoffen«, sagte Locklear. »Ich würde dich nur ungern hier zurücklassen.«

»Und ich würde nur ungern zurückgelassen werden«, erwiderte Owyn.

Gorath sah sich um. Er ging zu einem großen Gitterkäfig mit Vorräten und holte etwas Brot und einen Wasserschlauch heraus. Er nahm einen Schluck davon, dann reichte er den Schlauch an Locklear weiter. Anschließend brach er den Brotlaib in drei Teile und reichte seinen Gefährten ihren Anteil.

Locklear half Owyn, sich an den Tisch zu setzen, auf dem ausgerollt eine Karte lag. »Was haben wir denn hier?«, fragte er und betrachtete die Karte genauer.

Sie zeigte die Gegend südlich von Falkenhöhle. Eingezeichnet waren nicht nur die Standorte der Wachposten, sondern frische Tintenmarkierungen deuteten auf Sichtungen hin. Es wurde rasch deutlich, dass sie auf dem Weg von Falkenhöhle nach Gelbau wirklich nicht entdeckt worden waren. »Owyn, kann es sein, dass Nago noch eine Nachricht weitergegeben hat, dass wir hier sind?«, wandte sich Locklear an den jungen Magier.

Owyn tastete sorgsam seine Beine ab, als könnte er auf diese Weise herausbekommen, was mit ihnen nicht in Ordnung war. »Eigentlich nicht. Ich habe ihn die ganze Zeit beschäftigt, und außerdem hat er versucht, uns zu töten. Ich kann mir vorstellen, dass er zwei Dinge gleichzeitig tun konnte, aber drei … das ist unwahrscheinlich. Wenn er in regelmäßigen Abständen mit seinen Agenten Kontakt aufnimmt, werden sie aber ohnehin bald merken, dass etwas nicht in Ordnung ist – allein schon, weil er sich *nicht* mehr meldet«, erwiderte Owyn.

»Dann müssen wir uns rasch auf den Weg machen«, betonte Gorath. »Wie weit ist es noch bis Krondor?«

»Der Weg über die Königliche Hochstraße dauert etwa zwei Tage. Zu Pferd ist es von hier aus weniger als eine Tagesreise. Durch die Wälder hingegen werden wir vielleicht drei Tage brauchen.«

»Wie lange wird es dauern, bis du wieder gehen kannst?«, wandte sich Gorath an Owyn.

»Ich weiß nicht …« Plötzlich bewegten sich Owyns Beine. »Ich glaube, es geht wieder«, sagte er und stand langsam auf. »Interessant …«

»Was ist interessant?«, wollte Locklear wissen.

»Der Zauberspruch. Er ist dafür gedacht, einen Gegner zu fesseln, aber nur für kurze Zeit.«

»Und was ist daran so interessant?«

»Es ist eine Art Kampfmagie. So etwas wird in Stardock nicht gelehrt.«

»Beherrschst du diesen Zauberspruch auch?«, fragte Gorath. »Er könnte sich als äußerst nützlich erweisen.«

»Ach wirklich?«, warf Locklear ein.

»Ich weiß es nicht«, sagte Owyn. »Als der Zauber mich getroffen hat, ist etwas passiert … als würde eine undeutliche, ferne Erinnerung ganz langsam zurückkehren. Ich werde darüber nachdenken, und vielleicht finde ich ja heraus, wie er es getan hat.«

»Nun gut, versuch, es unterwegs herauszufinden, falls du zum Aufbruch bereit bist«, sagte Locklear mit vollem Mund. Sie durchstöberten die Vorräte und fanden einige dunkle, graublaue, pelzgesäumte Mäntel. »Die werden uns gute Dienste leisten«, meinte Locklear. Noch war er vom Kampf erhitzt, aber er wusste nur zu gut, wie kalt die Nächte an der Küste um diese Jahreszeit werden konnten. Locklear sammelte die Landkarten und einige Botschaften ein, die alle besagten, dass Streitkräfte an verschiedenen Punkten überall im Westen vor Ort waren, um gezielte Attacken durchzuführen. Er stopfte alles in einen Beutel und hängte ihn sich über die Schulter.

Sie verließen die Scheune und schlugen einen Bogen um das dunkel und still daliegende Hauptgebäude. Sein Eigentümer schlief anscheinend – oder er war tot, von seinen Gästen betrogen. Was es auch sein mochte, sie hatten keine Lust, es herauszufinden. Vor ihnen lagen drei gefährliche Tage, und sie wussten, dass unterwegs nach Krondor noch genügend Gefahren auf sie lauerten. Sie brauchten sie nicht noch zu suchen.

Zweimal waren sie Assassinen oder Banditen ausgewichen. Einmal hatten sie im Schlamm einer Wasserrinne neben einem Waldpfad gelegen, während eine Horde schwerbewaffneter Queganer an ihnen vorbeigestürmt war. Jetzt standen sie unter den Bäumen am Waldrand. Vor ihnen erstreckte sich offenes Ackerland. Und dahinter lag Krondor.

»Beeindruckend«, sagte Gorath mit gleichgültiger Stimme.

»Ich habe Armengar gesehen«, meinte Locklear. »Es wundert mich, dass du das hier beeindruckend findest.«

»Es ist nicht die Größe dieses Ortes«, sagte Gorath. »Es ist die unglaubliche Anzahl von Menschen darin.« Für einen kurzen Augenblick starrte er in die Ferne. »Ihr kurzlebigen Kreaturen habt keinen Sinn für Geschichte oder euren Platz in dieser Welt«, sagte er. »Ihr vermehrt euch wie ...« Er warf einen flüchtigen Blick auf Locklears düsteren Gesichtsausdruck und unterbrach sich kurz – dann fuhr er fort: »Egal. Ihr taucht anscheinend an jedem Ort zu jeder Zeit in Massen auf, und hier sind besonders viele an einem ziemlich kleinen Ort.« Er schüttelte den Kopf. »Meinem Volk sind derartige Ansammlungen fremd.«

»Und doch habt ihr euch vor Sar-Sargoth versammelt«, stellte Locklear fest.

»Ja, das haben wir getan – und es hat vielen von uns großes Leid gebracht.«

»Überqueren wir einfach diesen Acker zur Königlichen Hochstraße?«, fragte Owyn.

»Nein!«, sagte Locklear. »Seht euch das an!« Er deutete auf eine Stelle, wo ein kleiner Weg zu einem der Gehöfte die Königliche Hochstraße kreuzte. Ein halbes Dutzend Männer standen dort müßig herum, als würden sie auf irgendetwas warten. »Nicht gerade der geeignete Ort, um einen zu heben und sich über die Mühsal des Tagewerks zu unterhalten, oder?«

»Nein«, erwiderte Owyn. »Aber wohin gehen wir dann?«

»Folgt mir«, sagte Locklear und wandte sich im Schutz der Bäume nach Osten. Sie gelangten zu einer langen Abflussrinne, einem natürlichen Bachbett, das zur Zeit der Schneeschmelze in den Bergen Wasser führte. Im Augenblick jedoch enthielt es nur ein kümmerliches Rinnsal. »Dieses Bachbett führt zu einer Stelle in der Nähe des Osttors, in der Vorstadt.«

»Vorstadt?«, fragte Gorath.

»Das ist der Teil der Stadt, der außerhalb der Stadtmauern liegt. Dort gibt es Wege, um in die Stadt hinein oder aus ihr heraus zu kommen – wenn man sich auskennt. Die Abwasserkanäle unter der Vorstadt und der Stadt selbst sollten eigentlich keine Verbindung zueinander besitzen, damit nicht ein Feind durch sie eindringen kann.«

»Aber sie tun es«, vermutete Gorath.

»Ja, an zwei Stellen. Eine ist so gefährlich, dass wir auch zu den Männern zurückgehen und sie nach dem Weg zum Palast des Prinzen fragen könnten. Dieser Eingang wird von der Diebesgilde kontrolliert. Aber der andere – sagen wir mal so: Außer mir und einem sehr guten Freund wissen nur sehr wenige von seiner Existenz.«

»Und wie kommt es, dass Ihr davon wisst?«, fragte Gorath.

»Mein Freund und ich haben ihn vor langer Zeit einmal benutzt, um Arutha nach Loriel zu folgen.«

Gorath nickte. »Wir haben davon gehört. Es war eine Falle, in der Murmandamus den Lord des Westens fangen und töten wollte.«

»Richtig«, sagte Locklear. »Und jetzt sollten wir so leise wie möglich sein.«

Sie folgten Locklears Aufforderung unverzüglich und bewegten sich schweigend durch die Wasserrinne, bis sie zu einem Abzugskanal kamen, dessen Steine vom Wasser über all die Jahre glattgeschliffen worden waren. Sie folgten ihm und gingen unterhalb des Straßenniveaus weiter, während die Spätnachmittagssonne immer längere Schatten warf. Schließlich verschwand der Abzugskanal unter einer kleinen steinernen Brücke und verschaffte ihnen somit ein hervorragendes Versteck, das zusätzlich durch Packkörbe voller Vorräte, die links und rechts der Straße aufgestapelt waren und auf ihren Transport warteten, vor neugierigen Blicken geschützt war. Gelangweilte Arbeiter warteten darauf, die Packkörbe auf Wagen zu verstauen.

»Wir warten eine Weile, bis es dunkler wird«, sagte Locklear. »Wir müssen den geeigneten Zeitpunkt abwarten, um uns unter die Leute auf der Straße neben dem Abzugskanal zu mischen.« Er ging hinüber zur anderen Seite der Brücke und spähte nach oben. Schnell zog er den Kopf zurück.

Mit einer nach oben weisenden Geste meinte er: »Da oben ist jemand.«

»Was sollen wir tun?«, fragte Gorath. Der Dunkelelb fühlte

sich ganz offensichtlich hier so fremd und unbehaglich wie Locklear auf dem Bergpfad.

»Wir warten«, sagte Locklear. »Wenn die Sonne untergeht, kommt hier eine Patrouille der Stadtwache vorbei und fordert jeden Bewaffneten auf weiterzugehen. Nach Einbruch der Nacht ist es außerhalb der Stadtmauern gefährlich, und die Stadtwache mag es ganz und gar nicht, wenn sich zu viele Schwerter an ein und derselben Stelle aufhalten.«

Sie hockten in den Pfützen beiderseits des Wasserlaufs unter der Brücke und warteten schweigend, während die Stunden dahinschlichen. Locklear und Owyn verbrachten die meiste Zeit damit, die lästigen Fliegen beiseite zu wedeln, die sie pausenlos umschwirrten, während Gorath die Quälgeister überhaupt nicht wahrzunehmen schien.

Kurz vor Sonnenuntergang hörte Locklear die Schritte schwerer Stiefel auf dem Pflaster über sich. Stimmengemurmel erklang, und Locklear sagte: »Jetzt!«

Er kletterte schnell hinter der Brücke die Böschung hinauf, duckte sich hinter einigen Frachtkörben, während sich eine Gruppe Bewaffneter unter den wachsamen Blicken der Stadtwache zerstreute. »Sie werden auf ihrem Rückweg zum Palast wieder hierher kommen«, sagte Locklear. »Dann hängen wir uns an sie dran, denn selbst, wenn wir gesehen werden, wird man uns kaum angreifen – nicht in Sichtweite von einem Dutzend Soldaten, die beim ersten Anzeichen von Ärger Prügel austeilen.« Er deutete auf Gorath. »Du solltest deine Kapuze tiefer ins Gesicht ziehen. Zwar können die meisten Menschen hier einen Elben selbst dann nicht von einem Moredhel unterscheiden, wenn er ein Schild um den Hals trägt, aber man kann nie wissen. Sollte Ruthia launisch sein, wird der erste Mensch, mit dem wir es zu tun haben, ein Veteran aus den Kriegen im Norden sein«, meinte er mit einer Anspielung auf die Glücksgöttin.

Gorath tat, wie ihm geheißen, und zog seine Kapuze weiter nach vorn, um seine Gesichtszüge zu verhüllen. Als die Soldaten wieder die Straße neben dem Kanal entlanggingen, beeilte er sich zusammen mit Locklear und Owyn, mit den Soldaten Schritt zu halten.

Sie marschierten vom äußersten Nordosten der Stadt bis hinunter zum Südtor, doch als die Stadtwache sich dem Eingang zum Palast näherte, zog Locklear seine Begleiter rasch beiseite.

»Warum folgen wir ihnen nicht einfach in den Palast hinein?«, fragte Owyn.

»Seht doch mal«, sagte Locklear. Sie schauten in die Richtung, in die er gezeigt hatte, und entdeckten eine Gruppe von Arbeitern vor dem Tor. Zwei Pferdegespanne waren an einen Flaschenzug angeschirrt. »Es sieht so aus, als hätte sich jemand am Tor zu schaffen gemacht.«

Der Kommandant der Wache rief dem Patrouillenführer von der Mauerkrone aus etwas zu, woraufhin Letzterer salutierte und mitsamt seinen Männern kehrtmachte. »Kommt, Leute«, sagte er, »wir müssen zum Nordtor.«

Locklear bedeutete seinen Gefährten, ihm zu folgen, und führte sie in ein finsteres Seitengässchen. »Hier entlang«, drängte er.

Sie kamen zu einem Tor, das sich als Hintereingang einer kleinen Schenke entpuppte. Locklear öffnete es und verschloss es von innen sorgfältig wieder. Sie standen in einem winzigen Stallhof, mit einem kleinen Schuppen an der einen Seite. Locklear blickte sich argwöhnisch um, ob sie beobachtet wurden, dann deutete er zur Hintertür des Schankraums. »Falls uns jemand entdeckt, haben wir uns verirrt und sind auf der Suche nach einer Mahlzeit. Sobald wir dann im Schankraum sind, gehen wir direkt auf die Vordertür zu; wenn irgendwer was dagegen hat, rennen wir so schnell wir können.«

»Wo sind wir denn hier?«, fragte Gorath.

»Wir befinden uns hinter einer Schenke. Die Leute, denen sie gehört, sind ganz sicher nicht begeistert, wenn sie erfahren, dass wir diesen Ort kennen oder was wir vorhaben.« Locklear bewegte sich auf den Schuppen zu, doch anstatt hineinzugehen, trat er an die Stelle, wo der Schuppen an die Wand stieß. Er tastete die Wand ab, drückte auf einen Hebel, und ein Schnappschloss klickte. Ein großer Stein schob sich zur Seite, und Owyn und Gorath konnten erkennen, dass der »Stein« gar keiner war, sondern aus bemalter Leinwand bestand. Locklear musste sich flach auf den Boden legen und sich mit den Füßen voraus durch die schmale Öffnung winden, aber er schaffte es. Owyn kam als Nächster, und Gorath, der kaum durch die Öffnung passte, bildete den Abschluss.

»Wer benutzt diesen Zugang?«, fragte Owyn flüsternd. »Kinder?«

»Ja«, erwiderte Locklear. »Die Spötter haben viele Kinder in ihren Reihen, und in der Stadt sind Dutzende von diesen Mauselöchern verteilt.«

»Wo sind wir?«, fragte Owyn.

»Benutze deine Sinne, Mensch«, sagte Gorath, »oder riecht ihr Menschen euren eigenen Gestank nicht?«

»Oh«, rief Owyn, als der Gestank der Abwasserkanäle auch in seine Nase drang.

Locklear langte nach oben und zog die Abdeckung wieder vor den Eingang, wodurch es um sie herum völlig dunkel wurde.

»Wir können im Dunkeln besser sehen als die Menschen«, sagte Gorath, »aber selbst wir brauchen ein bisschen Licht.«

»Es müsste hier ganz in der Nähe eine Laterne geben«, meinte Locklear. »Wenn ich mich noch recht an die Entfernung und die Richtung erinnere ...«

»Was heißt das?«, fragte Gorath. »Du weißt nicht, wo sich das Licht befindet?«

»Ich kann helfen«, warf Owyn ein. Einen Augenblick später bildete sich ein schwacher Lichtschimmer um die rechte Hand des jungen Mannes, und es wurde heller, bis sie ein Dutzend Schritte weit in jede Richtung sehen konnten.

»Wie hast du das gemacht?«, fragte Locklear.

Owyn streckte seine Linke aus, an der er einen Ring trug. »Ich habe ihn Nago abgenommen. Er besitzt magische Kräfte.«

»Wohin?«, fragte Gorath.

»Hier entlang«, erwiderte Locklear, und dann führte er seine Gefährten in die Abwasserkanäle von Krondor.

»Wo sind wir?«, flüsterte Owyn.

»Ich glaube, »wir sind nördlich vom Palast«, erwiderte Locklear; er klang unsicherer als gewöhnlich.

»Du glaubst es?«, fragte Gorath mit verächtlichem Schnauben.

»Also gut«, räumte Locklear etwas gereizt ein. »Ich habe mich anscheinend ein bisschen verlaufen. Ich finde ...«

»Den Tod, rasch und dreckig«, erklang eine Stimme aus dem Dunkel.

Drei Schwerter glitten aus den Scheiden, als Locklear sich bemühte, die Düsternis jenseits des Lichtscheins zu durchdringen.

»Wer seid ihr, und was habt ihr in den Geheimgängen zu suchen?«

Locklear neigte den Kopf leicht zur Seite, angesichts des schlechten Versuchs, ihn formal herauszufordern, und er wusste, dass sein Gegenüber noch sehr jung sein musste. »Ich bin Junker Locklear, und ich mache in den Abwässerkanälen des Prinzen, was immer ich will. Wenn du auch nur halb so intelligent bist, wie deine Worte uns glauben machen wollen, lässt du uns jetzt passieren.«

Ein junger Bursche trat aus den Schatten, schlank und mit einer Tunika bekleidet, die viel zu groß für ihn war und mit einem Gürtel um die Taille befestigt war. Aus den Hosen war er beinahe herausgewachsen, und auf seinem Kopf saß eine nach oben zugespitzte Filzkappe. Er trug ein Kurzschwert. »Ich bin Limm und kann gut mit dem Schwert umgehen. Einen Schritt weiter ohne meine Erlaubnis, und euer Blut wird fließen.«

Gorath schaltete sich ein. »Junge, das einzige, was geschehen wird, ist, dass du stirbst. Also tritt schon beiseite.«

Die sich auftürmende Gestalt des Moredhel-Anführers schien den Jungen nicht zu beeindrucken, und wenn doch, so zeigte er es nicht. »Ich hab schon als Junge hervorragend gefochten«, meinte er kühn. Er trat vorsichtig zurück. »Davon einmal abgesehen, sind dahinten fünf Schläger, die nur auf meinen Befehl warten.«

Locklear hob die Hand, um Gorath zurückzuhalten. »Du erinnerst mich an Jimmy die Hand«, sagte Locklear. »Auch der prahlt gern und zieht immer eine Schau ab. Lauf schon weg, dann muss überhaupt kein Blut fließen.« Leise wandte er sich an Gorath: »Falls er wirklich ein paar Schläger in der Nähe hat, sollten wir uns das hier sparen.«

»Jimmy die Hand, ja?«, fragte Limm. »Nun, wenn du ein Freund von Junker James bist, werden wir euch durchlassen. Aber wenn ihr ihn findet, sagt ihm, er soll so bald wie möglich zu uns kommen, sonst ist unsere Abmachung geplatzt.« Bevor Locklear etwas erwidern konnte, war Limm in den Schatten verschwunden – so lautlos, dass sie seine Schritte kaum hören konnten. Aus einiger Entfernung meinte er: »Und achte darauf, wohin du gehst, Locklear-Der-Jimmy-Die-Hand-Kennt. Es treiben sich hier einige sehr unangenehme Burschen rum.« Die Stimme wurde schwächer. »Ihr habt euch nämlich vollkommen verlaufen. Biegt beim nächsten Abflusskanal rechts ab und haltet euch immer geradeaus bis zum Palast.«

Locklear wartete, ob er noch mehr sagen würde. Aber jetzt herrschte Stille, durchbrochen lediglich von dem Tröpfeln des Wassers und dem gelegentlichen Rauschen eines Abwasserkanals in der Ferne.

»Das war ja sehr seltsam«, sagte Gorath.

»Ja«, pflichtete Owyn ihm bei.

»Mehr noch, als ihr ahnt«, sagte Locklear. »Dieser Junge wartete auf meinen Freund James. Doch James trägt das Todesmal der Spötter, er darf niemals wieder in ihr Gebiet eindringen. Das war der Handel, den Prinz Arutha vor vielen Jahren eingegangen ist, um James' Leben zu retten.«

»Manchmal ändern sich Vereinbarungen«, meinte Owyn.

»Oder sie werden gebrochen«, fügte Gorath hinzu.

»Nun, das werden wir später herausfinden«, sagte Locklear. »Im Augenblick jedoch müssen wir den Weg zum Palast finden.«

»Was hat er gemeint mit ›Es treiben sich hier einige sehr unangenehme Burschen rum‹?«, fragte Owyn.

»Ich weiß es nicht«, antwortete Locklear. »Aber ich habe das Gefühl, dass wir es herausfinden werden, wenn wir nicht überaus vorsichtig sind«, flüsterte er.

Sie wandten sich in die Richtung, die Limm ihnen gewiesen hatte, und traten an die Ecke, wo sie sich nach rechts wenden sollten. Als sie ein kurzes Stück auf diesem Weg gegangen waren, meinte Gorath: »Da vorn ist jemand.«

Owyn versteckte den Ring unter dem rechten Arm, und das Licht erlosch. »Es sind zwei Männer«, flüsterte Gorath. »In Schwarz.«

»Genau deshalb kann ich sie nicht sehen«, erklärte Locklear.

»Wer sind sie?«, fragte Owyn.

Locklear wandte sich um und wusste, daß sein vernichtender Blick in der Dunkelheit untergehen würde, daher sagte er: »Du kannst ja hingehen und sie fragen.«

»Wenn sie nicht zum Prinzen oder diesen Spöttern gehören, müssen es Feinde sein«, sagte Gorath. Er beschleunigte seine Schritte, das Schwert zum tödlichen Hieb bereit.

Locklear zögerte einen Augenblick, und als er sich endlich ebenfalls in Bewegung setzte, war Gorath bereits bei den zwei Männern angekommen. Der erste drehte sich gerade rechtzeitig genug um, um seinem Tod ins Auge blicken zu können, denn Gorath versetzte ihm einen mächtigen Hieb zwischen Kopf und Schulter.

Der zweite Mann zog sein Schwert und zielte mit seinem Streich auf Goraths Kopf, aber Locklear stellte sich dazwischen, parierte den Schlag und gestattete so Gorath, dem Unbekannten das Schwert in die Brust zu stoßen. All das hatte nur wenige Sekunden gedauert.

Locklear kniete sich hin und untersuchte die beiden Leichen. Sie trugen identische Hosen und Tuniken aus schwarzem Stoff und außerdem schwarze Lederstiefel. Beide Männer hatten Kurzschwerter, und einer hatte einen Kurzbogen in Reichweite neben sich liegen. Beide Männer besaßen weder einen Beutel noch eine Börse, aber beide hatten die gleichen Medaillons unter ihren Tuniken.

»Nachtgreifer!«, entfuhr es Locklear.

»Attentäter?«, fragte Owyn.

»Aber sie müssten doch …« Locklear schüttelte den Kopf. »Wenn diese zwei da Nachtgreifer sind, bin ich Goraths Großvater!«

Gorath schnaubte bei dieser Vorstellung. »Wir haben von euren Nachtgreifern gehört; einige standen im Dienst der Agenten von Murmandamus.«

»Es heißt, dass sie beinahe magische Fähigkeiten hätten«, meinte Owyn.

»Gerüchte«, sagte Locklear. »Mein Freund James war gerade mal vierzehn Jahre alt, da musste er auf einem Dach gegen einen kämpfen; er hat am eigenen Leib erfahren, dass es nur Gerüchte sind.« Locklear erhob sich wieder. »Sie waren gut, aber trotzdem nichts anderes als gewöhnliche Menschen. Dennoch hat ihnen die Legende ein gutes Stück geholfen. Doch diese da« – er deutete auf die beiden toten Männer –, »das waren keine Nachtgreifer.«

Ein Pfeifen erklang aus einem der anderen Tunnel. Gorath wirbelte herum, das Schwert für einen weiteren Angriff erhoben. Locklear jedoch legte zwei Finger an den Mund und pfiff ebenfalls. Einen Augenblick später trat ein junger Mann ins Licht. »Locky?«, fragte er.

»Jimmy!«, sagte Locklear, als er seinen alten Freund umarmte. »Wir haben gerade von dir gesprochen.«

James, Junker am Hof des Prinzen, betrachtete seinen besten Freund. Er musterte die langen Haare, die hinten zu einem Knoten zusammengebunden waren, und den buschigen Schnauzer. »Was hast du mit deinen Haaren gemacht?«

»Ich habe dich seit Monaten nicht gesehen, und das Erste, was du von dir gibst, ist eine Bemerkung über meine Haare?«, fragte Locklear.

James grinste. Sein Gesicht war noch jung, obwohl er längst kein Junge mehr war. Er hatte lockige braune Haare, die er kurz geschnitten trug, und war in schlichte Kleidung gehüllt – Tunika, Hose, Stiefel, Umhang. Seine einzige Waffe war ein Messer am Gürtel. »Was führt dich zurück an den Hof? Arutha hat dich für ein ganzes Jahr verbannt, wenn ich mich nicht irre.«

»Dieser Moredhel hier«, erklärte Locklear. »Er heißt Gorath und will Arutha sprechen, um ihm eine Warnung zu überbringen.« Er deutete auf seinen anderen Kameraden. »Und das ist Owyn, der Sohn des Barons von Timons. Er ist mir ebenfalls eine große Hilfe gewesen.«

»Ein Moredhel-Anführer in Krondor. Nun, hier geschehen in letzter Zeit ohnehin seltsame Dinge«, meinte James. Er blickte auf die beiden toten Männer. »Jemand hat ein paar ziemlich dumme Männer bestochen, die Rolle von Nachtgreifern zu spielen – hier in den Abwasserkanälen und in anderen Teilen der Stadt.«

»Warum?«, fragte Locklear.

»Wir wissen es nicht«, erwiderte James. »Ich bin auf dem Weg, mich mit einigen ... alten Bekannten zu treffen. Möglicherweise können wir uns auf eine Zusammenarbeit verständigen, um herauszufinden, wer hinter diesem Mummenschanz steckt.«

»Die Spötter«, sagte Locklear. »Wir sind auf einen von ihnen gestoßen. Ein Bursche namens Limm.«

James nickte. »Ich treffe mich gleich mit einigen von ihnen. Besser, ich enttäusche sie nicht. Aber bevor ich verschwinde – was habt ihr hier unten in den Abwasserkanälen zu suchen?«

»Jemand ist sehr erpicht auf Goraths Tod«, erklärte Locklear. »Ich habe mehr Hiebe abbekommen als eine Pferdeflanke bei einem Schlachter. Wir sind hier, weil wir in den Palast gelangen müssen und ich einige ziemlich gefährlich dreinblickende Männer in der Nähe der Palasteingänge gesehen habe. Als ich versucht habe, uns reinzubringen, indem wir uns an die Stadtwachen dranhängten, stellten wir fest, dass das Tor blockiert war.«

»Das hat jemand mit Absicht getan, genauso wie beim nördlichen Eingang zum Palast. Der einzige Weg, über den man jetzt noch reinkommen kann, ist der durch das Tor am Hafen oder hier.«

Locklear blickte besorgt drein. »Du meinst, sie haben sogar das Tor versperrt, um uns davon abzuhalten, den Palast zu erreichen?«

James nickte. »Das würde das Rätsel erklären. Hör zu, ihr geht jetzt am besten zu Arutha, und ich komme später nach.«

»Ist das der Weg?«, vergewisserte sich Locklear.

»Ja«, bestätigte James. Er kramte einen Schlüssel hervor und reicht ihn Locklear. »Aber wir haben die Geheimtür verschlossen. Du hättest ziemlich lange warten müssen, wenn ich nicht zufällig vorbeigekommen wäre.«

»Ich hätte das Schloß möglicherweise geknackt«, sagte Locklear. »Ich habe dir ein paar Mal zugesehen.«

»Und Schweine können fliegen«, meinte James und gab Locklear einen freundschaftlichen Klaps auf die Schulter. »Es tut gut, dich wiederzusehen, wenn auch unter eher düsteren Umständen.« Er deutete auf den Weg, den er gekommen war. »Geht da entlang, vorbei an zwei großen Abzugskanälen auf der linken Seite, dann siehst du die Leiter, die zum Palast führt.« Er grinste zum Abschied. »Ich schlage vor, ihr nehmt ein Bad, bevor ihr zu Arutha geht.«

Locklear grinste, dann musste er richtig lachen. Zum ersten Mal seit Monaten fühlte er sich sicher. Sie waren nur einen Katzensprung vom Palasteingang entfernt, und er wusste, dass er bald ein heißes Bad genießen würde. »Komm zu mir, wenn du zurück bist«, sagte er zu James. »Wir haben uns viel zu erzählen.«

»Das werde ich«, versprach James.

Locklear ging mit Gorath und Owyn zu der Leiter, die zum

Palast führte – sie bestand aus einer Reihe von Eisenstangen, die in die Steine geschlagen worden waren und sich etwa zu der Höhe eines Stockwerks erhoben. Dort war ein Gitter mit einem schweren Schloss eingesetzt worden, das Locklear mit dem Schlüssel, den James ihm gegeben hatte, öffnete. Sie schwangen das Gitter beiseite und betraten einen kleinen Tunnel, der in das untere Stockwerk des Palastes führte. Locklear führte sie schweigend zu einer Tür, hinter der sich wiederum ein Tunnel befand. Dieser war von Fackeln erhellt, die in großen Abständen an der Wand angebracht waren. Als sich die Tür hinter ihnen schloss, war nur noch eine Steinmauer zu sehen.

Locklear nahm sie mit in sein Quartier, vorbei an zwei Palastwachen, die den Junker des Prinzen nur interessiert anblickten, als er mit einem anderen jungen Mann und jemandem, der wie ein großer Elb aussah, vorbeimarschierte.

Locklear warf durch das Fenster einen Blick auf die Stadt. »In einer Stunde gibt es Essen. Es ist noch Zeit für ein Bad und frische Kleidung. Wir können nach dem Essen mit dem Prinzen reden.«

Gorath war irritiert. »Es ist so … seltsam, hier zu sein.«

»Nicht ganz so seltsam wie die Tatsache, dass du hier bist«, meinte Locklear, während er die Tür zu seinem Quartier öffnete. Er trat beiseite, um seine Gäste einzulassen, dann winkte er einen Pagen herbei, der gerade einen angrenzenden Gang entlanghuschte. »Junge!«, rief er.

Der Page hielt an und kam dann zu ihm gelaufen. »Ja?«, fragte er.

»Benachrichtige den Prinzen, dass ich mit einer wichtigen Nachricht zurückgekehrt bin.«

Der Page, der Locklear gut kannte, ließ sich noch schnell zu einer Bemerkung hinreißen, bevor er den Auftrag ausführte. »Eine wichtige Nachricht, in Ordnung; möglicherweise ist sie aber nur für Euch wichtig, oder seid Ihr sicher, dass der Prinz Eure Meinung teilt, Junker?«

Mit einem freundschaftlichen Klaps auf den Kopf schickte

Locklear ihn weg. »Und sorge dafür, dass wir heißes Wasser für drei Bäder bekommen!«

Der Junge winkte mit der Hand, um zu zeigen, dass er verstanden hatte. »Ich werde es weitergeben, Junker.«

Locklear ging zurück in sein Zimmer, wo Owyn – den Rücken an die Wand gelehnt – auf seinem Bett saß. Gorath stand ein Stück davon entfernt und wartete geduldig. Locklear ging zu seinem Kleiderschrank und nahm ein paar Kleidungsstücke heraus. »Während wir baden, werde ich etwas holen lassen, das groß genug für dich ist«, erklärte er Gorath. Er reichte Owyn eine Tunika und eine Hose sowie frische Unterwäsche. »Folgt mir zum Bad, meine Freunde.«

In dem Zimmer am Ende des Gangs waren vier Diener damit beschäftigt, heißes Wasser in eine große Wanne zu gießen; ein weiterer stand dabei und wartete. »Hinein mit dir«, meinte Locklear zu Owyn, und der Junge streifte seine schmutzigen Kleider ab und stieg in die Wanne. Mit einem genüßlichen »Ah« glitt er ins heiße Wasser und lehnte sich entspannt zurück.

»Ist die dritte Wanne für mich?«, fragte Gorath.

»Eigentlich wollte ich die nehmen, aber wenn du –«

»Lass sie mit kaltem Wasser füllen.«

Die Diener tauschten bedeutungsvolle Blicke, aber da Locklear ihnen zunickte, liefen sie dienstbeflissen davon und nahmen auch die zwei Diener wieder mit, die gerade mit heißem Wasser aus der Küche gekommen waren. Schon bald kehrten sie zurück und machten sich daran, auch die letzte Wanne zu füllen.

Gorath zog sich aus und kletterte hinein; er ließ sich von einem der Diener kaltes Wasser über den Kopf schütten, ohne mit der Wimper zu zucken. Als sie fertig waren und auch für Gorath saubere Kleider bereitlagen, wollte Owyn wissen: »Wieso kaltes Wasser?«

»Wir baden in den Gebirgsbächen eines Landes, in dem die Gipfel nie ohne Schnee sind«, erklärte Gorath. »Dieses Wasser war für meinen Geschmack viel zu warm.«

Locklear zuckte mit den Achseln. »Man lernt doch immer noch dazu.«

»Ja«, sagte Gorath. »Das tust du wohl.«

Als sie angekleidet waren, verließen sie den Baderaum und stellten fest, dass vor der Tür eine Gruppe von Palastwachen auf sie wartete. »Wir sollen Euch zum Prinzen bringen, Junker.«

»Nicht nötig«, entgegnete Locklear. »Ich kenne den Weg.«

Der Sergeant, ein kräftiger, alter Kämpfer, ignorierte den höheren Rang des jungen Adligen. »Der Prinz hat es anscheinend aber doch für nötig befunden, Junker.«

Er gab den Soldaten ein Zeichen, und sie nahmen Gorath in die Mitte; jeweils einer marschierte rechts und links von ihm, zwei folgten hinter ihm. So gingen sie den Gang entlang, der schließlich in den Speisesaal führte, wo Prinz Arutha, Prinzessin Anita und ihre Gäste gerade ihre Mahlzeit beendeten.

Arutha, Herrscher des westlichen Teils des Königreichs der Inseln, saß in der Mitte vom Kopfende des Tisches. Er war noch immer ein junger Mann. Obwohl er bereits seit zehn Jahren regierte, waren auf seinem Gesicht erst seit kurzem die Spuren zu erkennen, die das Alter und große Verantwortung gewöhnlich mit sich brachten. Er war stets rasiert, und so wirkte er immer noch wie der Junge, der als Held aus dem Spaltkrieg hervorgegangen war. Seine Haare waren bis auf ein paar graue Strähnen schwarz, und er sah noch fast genauso aus wie damals, als Locklear als Page vom Hof seines Vaters in Endland nach Krondor gekommen war. Aruthas braune Augen hefteten sich auf Locklear; es war ein Blick, der geringere Männer häufig zu zitternden Kindern gemacht hatte. Locklear hatte ihm jedoch im Laufe der zehn Jahre, die er nun an Aruthas Hof diente, mehr als einmal standgehalten.

Prinzessin Anita lächelte Locklear freundlich zu; ihre grünen Augen strahlten beinahe, als einer ihrer bevorzugten Höflinge nach solch langer Abwesenheit zurückkehrte. Wie die anderen jüngeren Männer am Hof verehrte auch Locklear die Prinzessin wegen ihrer Anmut und ihres natürlichen Charmes.

Am Tisch saßen andere, die Locklear ebenfalls kannte, darunter Gardan, der Marschall des Prinzen, und Brendan, der Herzog der Südmarken. Aber neben der Prinzessin saß jemand, den Locklear noch nie gesehen hatte: ein Mann in der schwarzen Robe eines tsuranischen Erhabenen. Er hatte über der Stirn zurückweichendes, schneeweißes Haar, das ihm bis auf die Schultern fiel. Sein Blick schien Locklear zu durchbohren, und Owyn spürte, dass er ein Mann war, dem Kräfte zur Verfügung standen wie nur wenigen auf dieser Welt. Locklear kam zu dem Schluss, dass das Makala sein musste, der tsuranische Erhabene, der erst kürzlich an diesen Hof gekommen war.

»Junker«, begann Arutha formal, »Ihr seid angewiesen worden, dem Grafen von Tyr-Sog ein Jahr lang zur Verfügung zu stehen. Nach meiner Berechnung seid Ihr viele Monate zu früh wieder zurück. Gibt es einen überzeugenden Grund dafür, dass Ihr meinen Befehl ignoriert habt?«

Locklear verneigte sich. »Hoheit. Es sind schwerwiegende Neuigkeiten aus dem Norden, die mich dazu veranlasst haben, meinen Posten frühzeitig zu verlassen und hierher zu eilen. Dies ist Gorath, der Anführer der Ardanier. Er ist gekommen, um Euch zu warnen.«

»Wovor willst du mich warnen, Moredhel?«, fragte Arutha misstrauisch. Seine bisherigen Erfahrungen mit den Moredhel waren von Mord und Verrat geprägt.

Gorath trat vor. »Ich möchte Euch vor Krieg und Blutvergießen warnen. Die Kriegstrommeln schlagen wieder bei Sar-Sargoth, und die Clans versammeln sich.«

»Zu welchem Zweck?«, fragte Arutha.

»Delekhan, der Anführer der Darkanier, sammelt die Clans um sich. Er stimmt Gesänge der Macht an und bereitet sich darauf vor, in den Süden zurückzukehren.«

»Aber wieso tut er das?«

»Er schwört, dass Murmandamus lebt und Ihr ihn in Sethanon gefangenhaltet. Und er schwört bei dem Blut unserer Ahnen, dass wir zurückkehren müssen, um unseren Anführer zu befreien.«

Arutha war verblüfft. Er hatte Murmandamus getötet, wenn auch nur wenige den Kampf mitverfolgt hatten. Er wusste außerdem, dass Murmandamus gar kein Dunkelelb, sondern ein Geschöpf der pantathianischen Schlangenpriester gewesen war, um so die Moredhel dazu zu bringen, ihren dunklen Absichten zu dienen.

Arutha erhob sich. »Wir sollten in meinem privaten Audienzzimmer weiter darüber sprechen.« Er verbeugte sich vor seiner Frau und nickte Makala zu. »Wenn Ihr uns bitte begleiten würdet?«

Der tsuranische Magier nickte und stand ebenfalls auf. Locklear sah, dass er für einen Tsurani ungewöhnlich groß war, über fünf Fuß. Makala sprach kurz mit einem Diener, der sich tief verneigte und davoneilte, um den Auftrag seines Meisters auszuführen.

Locklear bedeutete Owyn und Gorath, ihm zu den großen Türen auf der rechten Seite des Speisesaals zu folgen, die den Eingang zu den privaten Gemächern der Königlichen Familie bildeten. »Ich kann nur hoffen, dass du Arutha ein bisschen mehr als das zu sagen hast, denn sonst stecken wir beide in großen Schwierigkeiten«, zischte Locklear Gorath leise zu.

»Die Schwierigkeiten sind größer, als du ahnst, Mensch«, erwiderte Gorath.

Fünf

Mission

Jenseits des Grats dröhnten die Trommeln.

Gorath war wie erstarrt vor Verwirrung. Ein Teil von ihm wusste, dass es sich nur um eine Erinnerung handelte, und doch fühlte sich alles genauso wirklich an wie damals, als er diese Vorgänge erlebt hatte. Er verschränkte die Hände ineinander und betrachtete sie. Es waren kleine Hände, Kinderhände. Er blickte hinunter und sah nackte Füße, und doch war er nicht mehr barfuß gelaufen, seit er ein Junge gewesen war.

Die Trommler auf den umliegenden Bergen schlugen beharrlich einen drängenden Rhythmus, während Flammen die Nacht erhellten. Seit langem miteinander verfeindete Clans suchten misstrauisch nach Anzeichen von Verrat, doch alle waren gekommen, um den *Sprecher* zu hören. Gorath schleppte sich stolpernd weiter; seine Füße waren von einer seltsamen Müdigkeit befallen, und wie sehr er sich auch bemühte, er kam nicht schneller voran.

Er wusste, dass der Friede gebrochen worden war, dass das Volk seines Vaters verraten worden war. Aber er war erst zwölf Sommer alt und hätte eigentlich noch Jahrhunderte warten müssen, ehe ihm der Mantel des Anführers zufallen würde. Doch das Schicksal hatte anders entschieden. Ohne dass es jemand gesagt hätte, wusste er, dass sein Vater tot war.

Seine Mutter trat hinter ihn. »Beeil dich. Wenn du uns anführen willst, musst du erst einmal überleben.« Ihre Stimme hallte, sie klang wie aus weiter Ferne, und als er sich umdrehte, um sie anzusehen, war sie verschwunden.

Plötzlich fand er sich in Rüstung und Stiefeln wieder – sie waren zu groß für ihn und gehörten doch ihm. Sein Vater war gefallen, als sich der Friede des *Sprechers* in Wut verwandelt hatte. Wie andere zuvor hatte der *Sprecher* versucht, das Banner von Murmandamus zu erheben, des einzigen Anführers, der jemals die unzähligen Clans der Moredhel vereinigt hatte. Jetzt stand Gorath, ein Junge noch, der kaum in der Lage war, das Schwert seines toten Vaters zu halten, vor den Männern des Falkenclans – selten hatte sich eine so niedergeschlagene Gruppe um das Feuer versammelt wie diese. Seine Mutter tippte Gorath auf die Schulter, und er drehte sich um. »Du musst zu ihnen sprechen«, flüsterte sie.

Gorath blickte die Männer seines Clans an; er brachte kaum etwas heraus, und doch warteten diese Krieger, von denen einige bereits mehr als ein Jahrhundert lebten, begierig darauf, die Worte eines Jungen zu hören. Worte, die sie aus den Tiefen ihrer Hoffnungslosigkeit herausreißen würden. Gorath sah ihnen der Reihe nach in die Augen. »Wir werden durchhalten.«

Eine Welle des Schmerzes durchfuhr Gorath, und er fiel auf die Knie. Plötzlich war er ein Mann, kniete vor Bardol und schwor ihm als Gegenleistung für dessen Schutz die Treue. Bardol hatte keine Söhne und brauchte einen starken Ehemann für seine Tochter. Gorath hatte sich als kluger Anführer erwiesen, der sein Volk hoch hinauf ins Eisgebirge geführt hatte, wo sie in flechtengesäumten Höhlen gelebt und Bären und Rentiere gejagt hatten. Fünfundzwanzig Jahre hatte sein Volk überlebt und war gesundet, und als er wieder nach Hause zurückkehrte, hatte er sich auf die Suche nach dem Verräter seines Vaters gemacht. Er war in das Lager von Jodwah eingedrungen und hatte ihm herausfordernd den Kopf seines Bruders Ashantuk vor die Füße geworfen. Dann hatte er Jodwah in einem fairen Kampf getötet, und die Krieger von Lahuta, dem Adlerclan der Nördlichen Seen, hatten sich mit dem Falkenclan der Eishöhen verbündet. Gorath war als Anführer der Ardanier hervorgegangen, der fliegenden Jäger, wie es in der alten Sprache hieß. Und obwohl er immer noch ein Bursche von erst siebenunddreißig Sommern war, befehligte er mehr als einhundert Krieger.

Zwei weitere Male hatte er an einer Versammlung teilgenommen, die notwendig geworden war, weil es Anführer gab, die Rechte jenseits ihres Herrschaftsbereichs beansprucht hatten, und er hatte zusehen müssen, wie sein Volk durch Schlachten ausblutete. Er war klug gewesen und hatte seinen Stamm von solchen Auseinandersetzungen ferngehalten, und er war zu einem Mann geworden, den man aufsuchte, weil man seinen Rat erbat, denn er verfolgte keine eigennützigen Ziele. Viele vertrauten Gorath. Er näherte sich seinem besten Alter und war einhundertsechzig Jahre alt. Eintausend Schwerter hörten auf sein Kommando.

Die Zeit war ein Fluss, und er schwamm darin. Zwei Frauen, die ihm Kinder geboren hatten, hatte er verloren; die erste war von einem Pfeil der Menschen getroffen worden, die andere hatte ihn verlassen. Er hatte Söhne und eine Tochter, aber von ihnen lebte niemand mehr. Denn der Strom des Wahnsinns, der Murmandamus gewesen war, hatte selbst Gorath ergriffen, dem sie wegen seiner weisen Ratschläge und seiner Bedachtsamkeit vertrauten.

Derjenige, den man Murmandamus nannte, war zurückgekehrt, wie die Prophezeiungen es verkündet hatten. Er trug das Zeichen des Drachen und besaß große Kräfte. Ein Priester eines weit entfernten Volkes diente ihm, ein Wesen, das sich in schweren Gewändern verbarg. Zu seinen Anhängern zählte Murad, der Anführer des Dachsclans von den Zähnen der Welt. Gorath hatte gesehen, wie Murad einem Soldaten über seinem Knie das Rückgrat gebrochen hatte, und er wusste, dass nur ein mächtiger Anführer Murads Gehorsam erlangen konnte. Als Zeichen für Murmandamus' Macht hatte Murad sich selbst die Zunge abgeschnitten – zum Beweis, dass er seinen Herrn niemals verraten würde.

Zum ersten Mal in seinem Leben wurde Gorath von Wahnsinn überschwemmt. In seinen Ohren pochte das Blut im Gleichklang mit den Trommelschlägen auf den Bergen. Er hatte seine Armee an den Rand des großen Weidenwalds geführt und die Wahnsinnigen bekämpft, Barbaren des Alten Königs Rotbaum, und er hatte die Flanke gehalten, während Murmandamus Sar-Isbandia angegriffen hatte, die Stadt der Menschen, die sie selbst Armengar nannten.

Tausende waren bei Armengar gestorben, aber sein Stamm existierte noch. Ein paar waren gefallen, während sie die Flanke gegen den Wald verteidigten oder sich auf dem Weg durch den Pass befanden, den die Menschen Hohe Burg nannten. Dort, bei Hohe Burg, hatte er seinen Verwandten Melos verloren, den Sohn der Schwester seiner Mutter. Dort, bei Hohe Burg, war ein Drittel der Ardanier umgekommen.

Dann Sethanon. Die Kämpfe waren brutal gewesen, aber die Stadt hatte ihnen gehört. Doch im Augenblick des Triumphes war ihnen der Sieg entrissen worden. Murmandamus war verschwunden. Den Aussagen einiger Krieger zufolge hatte er sich im einen Augenblick noch im Wachhaus der Burg von Sethanon befunden und war im nächsten plötzlich verschwunden gewesen. Dann waren die Keshianer eingetroffen und die Tsuranis, und die Schlacht hatte sich gewandelt. Die Riesen, die sie aus ihren Dörfern in den Höhen rekrutiert hatten, waren als Erste geflohen, dann hatten auch die Goblins, die zwar mutig waren, wenn ihnen der Sieg leuchtete, aber leicht in Panik gerieten, die Schlacht verlassen. Es war Gorath gewesen, der einzige überlebende Anführer bei der Burg, der den Rückzug befohlen hatte. Er war gekommen, um nach dem Meister zu suchen, weil zwei Stämme über die Beute in Streit geraten waren und nur Murmandamus die Auseinandersetzung hätte beilegen können.

Menschen hatten wegen der Kämpfe entkommen können. Niemand konnte den Anführer finden, und Gorath hatte alle Omen verflucht, alle Prophezeiungen und Herolde der Zerstörung, und er war zurückgekehrt, um die Ardanier zu versammeln und nach Norden zu führen.

Die meisten seiner Krieger hatten überlebt, aber viele der anderen Anführer brandmarkten Gorath und seine Anhänger als Verräter. Neun Sommer lang lebten die Ardanier zurückgezogen hoch oben im Nordgebirge in ihrem Tal. Dann hörten sie den Ruf.

Wieder wurden die Banner erhoben, und jetzt war es Goraths Todfeind Delekhan, der die Stämme um sich scharte – der Sohn des Mannes, der Goraths Vater erschlagen hatte und dafür durch Goraths Hände den Tod gefunden hatte. Es war jener Delekhan, der mit Murad und dem Schlangenpriester gespeist hatte und der der einzige Überlebende von Murmandamus' Ratgebern gewesen war. Delekhan schwor, dass Murmandamus noch immer in einem Gefängnis im Herzen Sethanons leben würde und dass die Völker des Nordens ihn befreien müssten, wenn sie das Land zurückgewinnen wollten, das ihnen die verhassten Menschen genommen hatten.

Und jeder, der seine Stimme gegen Delekhan erhob, wurde niedergestreckt. Die Sechs wandten dunkle Magie an, und die Gegner von Delekhans Plan verschwanden einer nach dem anderen. Gorath wusste, dass auch er bald an der Reihe sein würde und dass er seine Feinde im Süden benachrichtigen musste, denn sie waren die einzige Hoffnung für sein Volk.

Es war Nacht, und er floh durch Eis und Schmerz. Männer, die einst wie Brüder für ihn gewesen waren, versuchten, ihn jetzt zu ergreifen und seinem Leben ein Ende zu bereiten. Haseth, der letzte seiner Blutsverwandten, dem Gorath einst den Umgang mit dem Schwert beigebracht hatte, hatte sie angeführt. Und es waren Goraths eigene Hände gewesen, durch die dieser letzte Verwandte gestorben war.

Dann hörte er wieder die dröhnenden Trommeln. Wieder sah er die Feuer auf dem Berg, doch jetzt spürte er, wie sein Geist in die Gegenwart zurückkehrte, wie die Erinnerungen seines Lebens langsam wieder verblassten …

Das Mädchen war jung, nicht ganz siebzehn Jahre alt, doch ihre Haare waren beinahe weiß, mit einem winzigen Hauch von Gold. Der Blick ihrer hellblauen Augen ruhte auf Gorath, dessen Hand sie jetzt losließ. Hinter ihr standen der Prinz von Krondor, der schwarzgewandete Tsurani und noch ein anderer Zauberwirker; dieser war zwar klein, aber die Macht, über die er gebot, umgab ihn wie eine Aura. Auch andere waren zugegen, doch die, mit denen Gorath gereist war, Owyn und Locklear, befanden sich in einem anderen Raum.

»Was hast du gesehen?«, fragte der Prinz.

»Ich kann keine Falschheit entdecken, Hoheit«, erklärte das Mädchen mit matter Stimme. »Aber ich finde auch die Wahrheit nicht. Sein Geist ist … fremd und ungeordnet.«

Prinz Arutha kniff die Augen zusammen, als er Gorath betrachtete. »Verbirgt er seine Gedanken?«

Der bärtige Magier meldete sich zu Wort. »Hoheit, Gorath ist ein Moredhel, und obwohl Gamina außergewöhnliche Fähigkeiten im Lesen von Gedanken besitzt, mag sein Geist über viele angeborene Möglichkeiten verfügen, sich zu verteidigen. Wir haben niemals das Privileg besessen, einen Moredhel zu studieren. Nach allem, was ich aus meiner Zeit bei den Eldar weiß …«

Bei der Erwähnung der Bewahrer der uralten Elbenüberlieferungen kniff Gorath die Augen zusammen. »Ihr müsst Pug sein«, sagte er.

Pug nickte. »Ja, der bin ich.«

»Wir haben von Euch gehört – von dem, der bei den Eldar studiert hat«, sagte Gorath.

»Was ist nun?«, fragte Arutha.

»Ich glaube, er spricht die Wahrheit«, sagte Pug.

»Das glaube ich ebenfalls«, äußerte sich Makala. Er wandte sich an Arutha. »Vergebt mir, aber ich habe mir die Freiheit genommen, meine eigenen Fähigkeiten einzusetzen, während Gamina den Moredhel untersuchte. Es ist so, wie sie behauptet; es ist ein fremder Geist und einer voller Verwirrung, aber es liegt keine Falschheit in ihm. Obwohl er sich von uns unterscheidet, ist er so ehrlich wie jeder andere, den Ihr kennt.«

»Aus welchem Grund habt Ihr Eure Fähigkeiten angewandt, ohne meine Erlaubnis einzuholen?«, fragte Arutha. In seinem Tonfall schwang eher Neugier als Ärger mit.

»Krieg im Königreich hätte viele weitreichende Konsequenzen, nicht zuletzt eine Unterbrechung des Handels, der zur Zeit zwischen unseren beiden Welten besteht, Eure Hoheit. Das Licht des Himmels wäre sehr unzufrieden, wenn dieser Fall einträte, ganz abgesehen davon, welche Gefahr es bedeuten würde, wenn solche wie er« – er deutete auf Gorath – »die Geheimnisse des Spalts erfahren würden.«

Arutha nickte; er verzog nachdenklich das Gesicht. Gorath sagte: »Ungeachtet der Handelsabkommen nützt ein Krieg nie jemandem, Prinz. Trotzdem müsst Ihr Euch auf einen vorbereiten.«

Aruthas Worte waren scharf, aber seine Stimme klang gelassen. »Was ich zu tun oder zu unterlassen habe, obliegt allein meiner Verantwortung. Und meine Entscheidungen basieren auf mehr als nur dem Wort eines abtrünnigen Moredhel-Anführers. Wenn Locklear nicht so viel Vertrauen in dich hätte, wärst du längst unten in der Folterkammer und hättest die Bekanntschaft mit unserem Folterknecht gemacht, statt Gamina deine Hand zu reichen.«

Goraths Augen blitzten. »Auch unter glühendem Eisen, der Peitsche oder der Klinge würdet Ihr nichts anderes von mir hören, Mensch!«

»Warum verratet Ihr dann Euer eigenes Volk, Gorath?«, mischte sich Pug ein. »Wieso kommt Ihr mit einer Warnung nach Krondor, wo doch Euer Volk seit Bestehen der Rassen nichts anderes versucht hat, als die Menschheit zu vernichten? Wieso wollt Ihr Delekhan an das Königreich der Inseln verraten? Versucht Ihr möglicherweise mit Hilfe unserer Armee das zu erreichen, was Euch aus eigener Kraft nicht gelingt, nämlich die Vernichtung eines Feindes?«

Der Dunkelelb musterte den Magier. Trotz seines jugendlichen Aussehens war er ein Mann von großer Macht, und bis jetzt hatte er Gorath sowohl in Worten als auch im Tonfall vollen Respekt gezollt. Gorath sprach betont sanft. »Delekhan mag für das Königreich nur bitteres Bier sein, doch er ist Gift in den Kehlen meines Volkes. Er versklavt und erobert, und er versucht, einen höheren Rang zu erklimmen, aber …« Er holte tief Luft.

»Mein Volk ist nicht sehr groß«, sagte er langsam. »Wir werden niemals so viele Schwerter und Pfeile zählen wie die Menschen. Wir verlassen uns auf die, die uns freiwillig dienen, die Goblins, die Bergriesen, die Trolle und die abtrünnigen Menschen.« Seine Stimme bekam jetzt einen bitteren Unterton. »Ich habe zwei Söhne und eine Tochter betrauert und zwei Frauen, von denen eine zu den Müttern und Vätern gereist ist, während die andere mich verlassen hat, weil ich bei Sethanon den Rückzug angeordnet habe. Mein letzter Blutsverwandter ist in jener Nacht durch meine Hand gestorben, als ich den jungen Owyn kennen gelernt habe.« Er sah Arutha direkt in die Augen. »Ich kann niemals mehr zurückkehren, Prinz von Krondor. Ich werde in einem fremden Land sterben, umgeben von Menschen, die meine Rasse verachten.«

»Warum also tust du das alles?«, fragte Arutha.

»Weil mein Volk einen weiteren Krieg wie den bei Sethanon nicht überleben wird. Delekhan taucht mit dem Drachenhelm von Murmandamus auf, und Schwerter werden erhoben und Bluteide geschworen, aber wenn wir auch Mut und Hingabe im Überfluss besitzen, so mangelt es uns doch an der nötigen Zahl. Wieder würden viele von uns sinnlos sterben, und die Nordlande wären den Eroberungsbestrebungen der Menschen hilflos ausgeliefert. Wir wären nur noch Echos im Wind, denn hundert Jahre später würde kein Moredhel mehr am Leben sein.«

»Wir sind durchaus zufrieden damit, auf dieser Seite der Zähne der Welt zu leben. Wir verfolgen keinerlei Absichten in den Nordlanden«, sagte Arutha.

»Das mag auf Euch zutreffen, Prinz, der Ihr in dieser warmen Burg in Krondor lebt. Aber Ihr wißt sehr gut, dass es in Eurer Rasse viele gibt, die gern erobern, um sich einen Titel zu verschaffen. Wenn jemand also zu Eurem König käme und ihm sagen würde, dass er die Stadt Raglam in Besitz genommen und Harlik besetzt hat und dass er jetzt ein Drittel der Nordlande kontrolliert – würde Euer König ihm nicht einen Erbtitel und das Einkommen dieser Ländereien zuerkennen?«

»Das würde er wohl«, gestand Arutha.

»Dann wisst Ihr also, was ich meine«, sagte Gorath.

Arutha rieb sich das Kinn. Er stand eine Zeit lang gedankenverloren da. »Du bist sehr überzeugend, Gorath. Ich werde von dem ausgehen, was Makala und Gamina über dich gesagt haben und annehmen, dass keine Falschheit in dir ist. Doch jetzt müssen wir herausfinden, ob wirklich stimmt, was du als wahr empfindest.«

»Was meint Ihr damit?«, fragte Gorath.

»Was er meint, ist, dass Ihr unwissentlich ein Werkzeug Delekhans sein könntet«, erklärte Pug. »Wenn Delekhan von Eurer Feindseligkeit weiß, könnte er Euch mit entsprechenden Informationen versorgt haben, die Ihr nach Krondor bringt und die den Prinzen veranlassen, an einem von ihm bestimmten Ort zu erscheinen.« Pug deutete auf die Karten und Botschaften, die Locklear aus der Scheune in Gelbau mitgebracht hatte. »Mindestens ein halbes Dutzend falscher Nachrichten sind den Agenten des Prinzen zugespielt worden, und alle berichten von Angriffen auf ungewöhnliche Orte – Tannerus, Eggly, Hohe Burg, ja sogar Romney.«

Gorath hob den Kopf. »Ich habe den Namen schon einmal gehört.«

»Romney?«, fragte Arutha. »Was heißt das?«

»Nur, dass ich den Namen Romney von welchen gehört habe, die im Dienst von Delekhan stehen. In der Gegend arbeiten Agenten für ihn.«

»Du kennst sie nicht zufällig?«

Gorath schüttelte verneinend den Kopf. »Wer von den Menschen für Delekhan arbeitet, wissen – wenn überhaupt – nur ein paar wenige, die ihm sehr nahe stehen: Nagos Bruder Narab, sein zweitwichtigster Berater, sowie sein Sohn Moraeulf und Die Sechs.«

»Wer sind diese Sechs?«, fragte Pug. »Ihr habt sie schon zuvor erwähnt.«

»Niemand weiß es. Sie tragen solch schwarze Roben wie Euer tsuranischer Freund und Ihr selbst und ebenfalls tiefe Kapuzen.«

»Pantathianer?«, mutmaßte Pug.

»Keine Schlangenpriester, dessen bin ich mir sicher«, erwiderte Gorath. »Sie sprechen wie Ihr oder ich, wenn auch mit Akzent. Doch sie dienen Delekhan und geben ihm die Macht, die Clans um sich zu scharen und sie zu vereinigen. Ihre Magie war mächtig genug, um Nago und Narab zweimal gefügig zu machen, als sie sich von Delekhan distanzieren wollten. Und das, obwohl die beiden bei meinem Volk die mächtigsten Zauberwirker überhaupt sind.«

»Pug, würdet Ihr mir bitte die Karte dort bringen?«, bat Arutha.

Pug holte die Karte, auf der das zentrale Drittel des Königreichs verzeichnet war. Er legte sie neben die, die Locklear aus Gelbau mitgebracht hatte. »Welchen Grund könnte Delekhan haben, aus einer Flussstadt mitten im Herzen des Königreichs heraus zu operieren?«

»Möglicherweise genau deshalb, *weil* sie im Herzen des Königreichs liegt?«, sagte Pug. Er deutete auf die Karte. »Als Murmandamus gegen uns marschiert ist, kam er durch Hohe Burg und durchquerte die Hochebene, wandte sich dann nach Südwesten und betrat den Hogewald, von wo aus er in südlicher Richtung nach Sethanon marschierte. Möglicherweise will Delekhan diesen Pass hier nehmen und mit Booten über den Cheston kommen.«

Arutha nickte. »Bei Romney könnte er auf den Silden wechseln, und nördlich der Stadt Silden könnte er sich westwärts wenden und nach Sethanon marschieren. Es ist der schnellste Weg, und auch der leichteste, wenn ich die Armeen des Westens bei LaMut und Tannerus und einem Dutzend anderer Städte zwischen Krondor und Yabon zusammenschließe. Er würde sich außerdem westlich von der Armee des Königs befinden.«

Arutha blickte Gorath an. »Zumindest macht jetzt ein bisschen von all dem Sinn.«

»Wenn ich nach Romney ginge, könnte ich vielleicht Beweise finden«, sagte Gorath.

»Es ist eine Sache, dir zu glauben«, entgegnete Arutha, »aber etwas anderes, dir auch zu vertrauen. Unsere Völker waren zu lange Feinde, als dass Vertrauen so einfach wäre.«

»Dann schickt mich zusammen mit Soldaten hin«, sagte Gorath. »Delekhan muss unbedingt aufgehalten werden. Wenn Ihr seinen Angriff abwehrt und ihn mit einer blutigen Nase in den Norden zurückschickt, werden seine Anhänger ihn stürzen, und mein Volk wird gerettet werden. Wie auch Eures.«

Arutha dachte darüber nach. »Ich habe da jemanden, der sich für diese Aufgabe hervorragend eignen würde. Aber Jimmy ist gerade dabei, etwas anderes für mich zu erledigen …«

»Die Nachtgreifer?«, fragte Gorath.

»Was weißt du davon?«, fragte Arutha.

Gorath berichtete von den falschen Nachtgreifern in den Abwasserkanälen und ihrem Zusammentreffen mit Junker James.

Arutha nickte. »Jemand versucht zielstrebig, mich dazu zu bringen, meine Armee in die Abwasserkanäle zu schicken, um in der Zeit die Gilde der Spötter zu säubern. Möglicherweise hängen die beiden Dinge zusammen, vielleicht ist aber alles auch nur ein Zufall.«

»Ich glaube nicht, dass es ein Zufall ist«, sagte Gorath. »Ich habe zwar nie jemanden von den Nachtgreifern sprechen hören, aber ich habe sie sagen hören, dass Delekhan im ganzen Königreich Agenten besitzt.«

Makala meldete sich zu Wort. »Und nach dem, was der junge Locklear gesagt hat, müssen auch im Kaiserreich Agenten arbeiten.« Er hielt den Rubin hoch, den Locklear ihm zurückgegeben hatte. »Diese Diebstähle dauern jetzt schon geraume Zeit an.« Der tsuranische Magier blickte zu Arutha. »Ich neige auch eher zu der Annahme, dass die Ereignisse miteinander verbunden sind.«

Arutha nickte. »Ich lasse dich unter Bewachung auf dein Zimmer zurückbringen«, sagte er zu Gorath. »Morgen werde ich nach dir schicken, und wir werden deine Reise nach Romney ausarbeiten. Selbst mit schnellen Pferden wird es Wochen dauern, bis du wieder zurück bist, aber wir brauchen die Informationen so rasch wie möglich.«

Gorath erhob sich, und mit einem leichten Nicken zu Gamina und Pug verließ er den Raum.

Arutha seufzte tief. »So viel von dem, was er gesagt hat, basiert auf mitgehörten Gesprächen und Gerüchten. Ich glaube, dass seine Warnung ehrlich gemeint ist, aber entspricht sie auch der Wirklichkeit?«

Marschall Gardan, der geschwiegen hatte, solange der Moredhel im Zimmer gewesen war, mischte sich jetzt ein. »Ich traue ihm nicht, Hoheit. Wir haben in all den Jahren zu oft gegen sie gekämpft, um ihnen trauen zu können.«

»Aber welche Wahl habe ich, Marschall?«, fragte Arutha. »Wenn seine Warnung richtig ist, stehen wir kurz vor einer neuen Großen Erhebung, und wenn wir ihn falsch einschätzen, haben wir die gleiche Situation wie beim letzten Mal. Dann eilen wieder Armeen nach Sethanon, um sich dort zu vereinigen, während die Moredhel längst da sind.«

»Wieso Sethanon?«, fragte Makala und blickte von der Karte auf. »Wie kommen sie darauf, dass Murmandamus gerade dort gefangen gehalten wird?«

Arutha warf Pug einen Blick zu und sagte: »Dort ist er damals verschwunden. Es ranken sich einige Gerüchte um diesen Ort, und Murmandamus verfiel dem Glauben, dass er das Königreich hätte vernichten und uns besiegen können, wenn er diese Stadt erobert hätte.«

Es war eine schwache Lüge, und Pug wusste das, aber Makala meinte nur: »In Kriegszeiten gründen sich Entscheidungen oft auf schlechten Annahmen. Aber gibt es einen Beweis dafür, dass Murmandamus wirklich tot ist?«

»Nur mein Wort«, sagte Arutha. »Denn ich war derjenige, der ihn getötet hat.«

Makala blickte Arutha an. »Und wir können wohl ziemlich sicher davon ausgehen, dass sie Eurem Wort nicht trauen, richtig?«

Arutha nickte.

Pug schüttelte missmutig den Kopf. »Meine Tochter und ich müssen Euch für eine Weile verlassen, aber wir kehren so bald wie möglich zurück, Arutha. Ich mache mir mehr Sorgen über diese geheimnisvollen sechs Magier als über all die anderen Neuigkeiten, die Gorath uns gebracht hat.«

»Ja«, meinte Makala. »Diese seltsamen Magier. Ich und die anderen von der Versammlung werden dir gerne behilflich sein, Pug. Du musst es nur sagen.«

»Kommst du nach Stardock?«, fragte Pug.

»Ich muss erst noch meinen Kameraden auf Kelewan einige Nachrichten zukommen lassen. Aber ich werde dich bald in Stardock aufsuchen.«

Pug nickte, nahm ein seltsam geformtes Gerät aus seiner Robe und legte seiner Tochter den Arm um die Taille. Er setzte das Gerät in Gang, ein leises Summen erklang – und dann waren die beiden verschwunden.

»Ich wünschte, wir Übrigen könnten auch so rasch von einem Ort zum anderen gelangen«, sagte Arutha.

»Um Armeen daran zu hindern, genau das zu tun, ist meine Bruderschaft so bestrebt, diese Geräte zu bewachen, Hoheit. Wir müssen vorsichtig sein, was unsere Rolle bei diesen Angelegenheiten betrifft, trotz der grundsätzlichen Einstellung des Kaisers.« Er bezog sich darauf, dass Ichindar, der Kaiser von Tsuranuanni, sich tatsächlich für enge Beziehungen zum Königreich ausgesprochen hatte. »Doch Ihr könnt rasche Hilfe erwarten, sollte sie notwendig werden.«

Arutha dankte ihm, und Makala und Gardan gingen ebenfalls. Prinz Arutha blieb noch bis spät in die Nacht in seinem Zimmer und grübelte über die Warnung, die ihm ein abtrünniger Moredhel-Anführer gebracht hatte. Wie oft er sie auch als Scharade oder als Versuch, innerhalb der verschiedenen Gruppen der Moredhel-Völker mehr Macht zu erlangen, beiseite schieben wollte – es gelang ihm nicht. Ein neuer Krieg stand ihnen bevor; er spürte es in seinen Knochen. Solange es seinem hochgeschätzten Agenten, einem ehemaligen Dieb und jetzigen Höfling, nicht gelang, ihn den Händen derer zu entwenden, die ihn über die Völker bringen wollten.

Arutha nahm eine kleine Glocke vom Tisch und läutete. Sofort erschien ein Page an der Tür. »Hoheit?«

»Benachrichtige die Wachen, dass ich sofort informiert werden möchte, wenn Junker James in den Palast zurückkehrt – egal wie spät es ist.«

»Wie Ihr wünscht«, bestätigte der Page den Auftrag und schloss die Tür wieder hinter sich.

Arutha kehrte noch immer nicht in seine eigenen Gemächer zurück, denn wenn er sich auch entschieden hatte, Jimmy mit Gorath nach Romney zu schicken, gab es noch tausend andere Fragen zu bedenken. Die wichtigste war sicher: Wer sind Die Sechs?

Gorath wachte sofort auf, als die Tür sich öffnete. Er erhob sich mit geballten Fäusten, denn wenn er auch unbewaffnet war, konnte er sich doch immer noch verteidigen. Er war alles andere als überzeugt, dass sich nicht doch ein Attentäter in den Palast schleichen konnte. Schließlich war dies vor vielen Jahren, als die Prinzessin von Krondor beinahe durch die Hand eines Anhängers von Murmandamus gestorben wäre, schon einmal geschehen.

Gorath entspannte sich, als er sah, dass es Junker James war. »Grüße«, sagte der junge Mann.

»Grüße«, entgegnete Gorath. Er ließ sich auf einem Stuhl neben dem Fenster nieder, von dem aus man in einen Garten hinausblickte. »Soll ich wieder befragt werden?«

»Nein«, erwiderte James. »Wir machen eine Reise nach Romney.«

Gorath erhob sich. »Da ich nichts zu packen habe, bin ich fertig.«

»Die Vorräte sind auch bereit, aber wir werden nur wenig mitnehmen.«

»Ich bin davon ausgegangen, dass uns mindestens eine ganze Kompanie begleiten wird, um uns vor Angriffen zu schützen«, sagte Gorath.

James lächelte. »Zu viel Lärm und Aufhebens.« Er griff in seine Tunika und zog ein seltsam aussehendes Gerät hervor, eine Kugel mit winzigen Hebeln daran, die mit dem Daumen betätigt werden konnten. »Und wir werden auch nicht reiten.«

»Wie gelangen wir dann an unser Ziel?«, fragte jemand hinter James.

James drehte sich um und sah sich Owyn gegenüber.

»*Wir* gar nicht. Gorath und ich gehen. Du kannst hier bleiben oder zurück nach Timons gehen, wie du willst.«

»Ich kann aber nicht hier bleiben«, sagte Owyn. »Ich habe hier nichts zu tun, und ich stehe nicht im Dienst des Prinzen. Und ich kann auch nicht zurück nach Timons gehen. Was ist, wenn ich unterwegs gefangen werde und man mich zum Reden zwingt?«

James lächelte. »Was könntest du denn schon wissen?«

»Ich weiß immerhin, dass ihr nach Romney wollt«, antwortete Owyn.

»Woher weißt du das?«

»Ich bin durchaus in der Lage, eine Karte zu lesen, und ich habe genug von dem Gespräch zwischen Locklear und Gorath mitbekommen, um zu wissen, dass ich mitgehen werde.«

Owyn zögerte kurz, bevor er fortfuhr: »Abgesehen davon stamme ich aus dem Osten und kenne mich dort aus. Ich habe Verwandte in Ran, Cavell und Dolth, und ich bin bereits in Silden und Romney gewesen.«

James schüttelte den Kopf, als würde er sich an etwas erinnern. »Was soll's! Ich erinnere mich daran, dass Locklear und ich auch einmal so mit jemandem gesprochen haben, der uns nicht dabeihaben wollte. Das ist schon viele Jahre her. Du kannst mitkommen. Vermutlich ist es ohnehin besser, dich unter Kontrolle zu haben als außer Sichtweite und tot.«

James führte sie in einen anderen Teil der Burg und dort in einen ansonsten leeren Raum, wo Waffen und andere Dinge für die Reise aufgestapelt waren. Gorath nahm ein Schwert und rief: »Ein Neunauge!«

»Das ist ein Blutsauger, ja«, meinte James. »Aber warum nennst du ihn so?«

»Es ist nur ein Name, weiter nichts«, erwiderte Gorath. »Mein Volk lebte nicht immer in den Bergen, Mensch. Früher einmal wohnten wir an den Ufern des Bitteren Meeres.« Er bewunderte die leichte Krümmung der Klinge und wog das Schwert abschätzend in der Hand. Dann steckte er es zurück in die Scheide. »Ich werde lieber nicht danach fragen, wie ein von meinem Volk hergestelltes Schwert hierher kommt.«

»Ziemlich sicher so, wie du vermutest.« James deutete auf zwei Rucksäcke. »Darin sind Nahrungsmittel und ein paar andere Dinge, denn wir müssen auch ein Stück normal reisen. Ich hoffe aber, dass wir unseren Auftrag rasch erledigen und Romney schnell wieder verlassen können.«

»Wo ist Locky?«, fragte Owyn.

»Er bricht in einer Stunde zu einer anderen Mission für den Prinzen auf. Ich treffe ihn, wenn wir mit der Sache in Romney fertig sind. Das hier ist sozusagen nicht das einzige Eisen, das gerade geschmiedet wird, auch wenn es vielleicht das wichtigste zu sein scheint.«

Sie nahmen ihre Habseligkeiten auf. »Und jetzt?«, fragte Owyn.

James holte erneut die Kugel hervor. »Kommt nah zu mir. Gorath, leg deine Hand auf meine Schulter, und du deine auf seine, Owyn.« James legte seine linke Hand auf Owyns Schulter und aktivierte mit der rechten Hand die Kugel.

Es erklang ein Summen in der Luft, und der Raum um sie herum begann zu schimmern. Plötzlich fanden sie sich in einem anderen Raum wieder. »Wo sind wir?«, fragte Gorath.

»Malac's Cross.« James ging zur Tür und spähte nach draußen. »Wir sind in einem Gebäude, das Freunden des Prinzen gehört. Ich gehe am besten vor, damit euer Kopf nicht schneller gespalten wird, als ihr Gelegenheit habt, euch zu erklären.«

Sie waren im zweiten Stockwerk eines Gebäudes. Als sie die Stufen hinuntergingen, bog gerade ein Mönch in grauen Gewändern um die Ecke und starrte sie mit offenem Mund an. »Oh ...«, begann er.

James hob die Hand. »Berichtet Abt Graves, dass wir hier sind, Bruder.«

Der Mönch drehte sich um und eilte davon, um das zu tun, was ihm aufgetragen worden war. James führte sie in einen Raum, der früher einmal wahrscheinlich als Schankraum gedient hatte. Ein großer Mann mit kurzem, grau meliertem Bart eilte auf sie zu. »Jimmy, du Halunke! Was hat das alles zu bedeuten?« Er zeigte auf Gorath und Owyn.

»Hallo, Ethan. Jemand von großer Bedeutung möchte, dass wir so rasch wie möglich im Osten und wieder zurück sind. Dieses tsuranische Gerät hat uns die bei weitem schnellste Möglichkeit geboten.«

»Also kommst du aus Krondor?«

James nickte. »Hast du Pferde, die du uns leihen könntest?«

»Nein, aber ich werde einen Bruder hinüber zu Yancys Stall schicken und drei besorgen lassen. Willst du mir sagen, worum es geht?«

»Nein«, entgegnete James. »Vertrau mir einfach.«

Der Mann namens Ethan Graves blickte ernst drein. »Wir kennen uns ziemlich lange, Junge, aus den dunklen Zeiten, als ich noch ein anderer Mensch war. Doch wenn ich deinen Meister auch hoch schätze, gilt meine Loyalität jetzt ausnahmslos dem Tempel. Wenn diese Angelegenheit also irgendetwas mit dem Tempel von Ishap zu tun hat, solltest du mir das mitteilen.«

James zuckte mit den Schultern. »Sobald ich das kann, werde ich das auch tun, aber im Augenblick gibt es nicht mehr als Vermutungen und Spekulationen. Lass es mich so ausdrücken: Es ist an der Zeit, wachsam zu sein.«

Graves lachte. »Wir sind immer wachsam. Warum sonst hätten wir diese Schenke gekauft und so rasch in ein Kloster verwandelt?«

»Ist alles ... in Ordnung?«

»Sieh selbst nach«, sagte Graves. »Du kennst die Stelle ja.«

»Werden die Pferde bereitstehen, wenn wir zurückkehren?«

»Die Pferde und was immer du sonst noch brauchst.«

»Nur Pferde. Alles andere haben wir dabei.« James deutete auf das Gepäck, das sie trugen.

Er nahm seinen Rucksack ab und wandte sich an Gorath und Owyn. »Kommt mit mir. Wir sind in einer Stunde wieder zurück.«

Sie verließen die Schenke, und Owyn blickte über die Schulter zurück. Es war ein bescheidenes Gebäude, zwei Stockwerke hoch, mit einem Stallhof, einer Scheune und zwei weiteren Nebengebäuden, und es lag am Rand einer bescheidenen Stadt, die sich von hier aus gesehen nach Osten erstreckte. Einige Mönche des Ordens von Ishap waren eifrig damit beschäftigt, den das Grundstück umgebenden Holzzaun durch eine Steinmauer zu ersetzen.

»Was hat das alles zu bedeuten?«, fragte Gorath, während sie in südlicher Richtung einen gewundenen Pfad entlang marschierten, der durch ein Waldgebiet führte.

»Das ist früher mal eine verlassene Schenke gewesen, die der Tempel von Ishap übernommen hat. Sie machen ein Kloster daraus.«

»Wozu?«, fragte Gorath.

»Nicht weit von hier ist etwas, das sie gerne im Auge behalten möchten.«

»Und das wäre?«, fragte Owyn.

»Etwas, von dem keiner von euch beiden wissen muss«, antwortete James.

Sie folgten dem Pfad etwa zehn Minuten lang durch den Wald. Dann gelangten sie auf eine Lichtung, und völlig verblüfft von dem Anblick, der sich ihnen bot, blieb Gorath stehen. Vor ihnen erhob sich die Statue einer liegenden Drachin, vollkommen bis ins kleinste Detail. Der Kopf der Drachin ruhte auf dem Boden, während die Flügel ausgebreitet waren, als wollte sie sich gerade vom Boden erheben.

»Was ist das?«, fragte der Dunkelelb. Er ging um die Drachin herum und musterte sie eingehend.

»Das ist das Orakel von Aal«, sagte James. Er deutete auf eine Weihegabe in Form eines Tellers, der vor der Drachin auf dem Boden stand.

»Ich habe das Orakel immer für eine Legende gehalten«, sagte Owyn.

»Wie so viele Legenden basiert auch diese auf Wahrheit«, entgegnete James. Er deutete auf den Teller. »Wirf eine Münze hinein und berühre die Statue.«

Owyn fischte eine Silbermünze aus seinem Beutel und warf ihn auf den Teller. Kurz bevor die Münze die Oberfläche des Tellers berührte, verschwand sie. Owyn streckte die Hand aus und berührte die Statue …

Und fand sich an einem anderen Ort wieder. Es war eine große Kammer; oder besser eine riesige Kammer, wie Owyn dachte. Die Luft bewegte sich hier mit der erhabenen Muße der Jahrhunderte, und vor Owyn ragte eine Drachin von gigantischen Ausmaßen auf, deren auf dem Boden ruhender Kopf größer war als jedes Wagenrad, das Owyn bisher gesehen hatte. Der Körper des Wesens war von Edelsteinen umgeben, die in sämtlichen Farbtönen leuchteten: überwiegend Diamanten, aber auch Smaragde, Saphire, Rubine und Opale, die alle zusammen auf dem Rücken der Drachin das Muster eines Strudels bildeten und sie aussehen ließen, als würde sie einen schimmernden Regenbogen tragen. Owyn konnte kaum den Blick abwenden.

»Schlafe ich?«, fragte Owyn.

»Auf gewisse Weise. Aber beeile dich, du betrittst einen gefährlichen Pfad. Was möchtest du vom Orakel von Aal wissen?«

»Ich finde mich in Vorgängen wieder, die ich nicht verstehe, und doch fühle ich mich gezwungen, meine Kameraden zu begleiten. Ist das weise?«

»Am Ende der Reise wirst du nicht mehr der sein, der du jetzt bist, und du wirst niemals den Weg zurückkehren, den du gekommen bist. Die Zeit, die vor dir liegt, ist voller Härten, und viele Male wirst du dich für weit geringer halten, als du wirklich bist.«

»Kann ich diesem Moredhel Gorath wirklich trauen?«

»Er ist mehr, als sogar er selbst weiß. Vertraue ihm, auch wenn er sich nicht immer selbst vertraut. Er wird ein großer Held werden, selbst für jene, die seinen Namen verfluchen und niemals von seiner Größe erfahren werden.«

Plötzlich fühlte Owyn seine Beine wacklig werden, und er taumelte. Starke Hände fingen ihn auf und stützten ihn. Er blinzelte und stand wieder vor der Statue. »Was?«

»Geht es dir gut?«, fragte Gorath. »Du hast die Statue berührt, und es sah aus, als würdest du stolpern.«

»Ich war ganz woanders«, sagte Owyn. »Wie lange war ich weg?«

»Weg?«, fragte Gorath. »Du warst nicht weg. Du hast nur die Statue berührt und leicht geschwankt, dann habe ich dich am Arm gepackt.«

»Es kam mir länger vor«, sagte Owyn.

»Das passiert manchmal«, erklärte James und berührte ebenfalls den Stein. Einen Augenblick später zog er seine Hand wieder zurück. »Wer mit dem Orakel sprechen darf, obliegt allein der Wahl des Orakels. Was hat sie zu dir gesagt?«

Owyn blickte Gorath und James an. »Nur dass ich euch vertrauen muss … euch beiden.«

»Hat das Orakel auch noch etwas richtig Sinnvolles gesagt?«, fragte James und griff nach Owyns Arm.

»Nur, dass die vor uns liegende Zeit voller Härten sein wird.«

Gorath schnaubte verächtlich. »Dafür hätten wir kein Orakel gebraucht.«

»Kehren wir zur Abtei zurück und sehen nach, ob die Pferde bereit sind. Wir haben immer noch einen weiten Weg vor uns.«

»Wohin reiten wir? Salador?«, wollte Owyn wissen.

»Nein, die Hochstraße nach Silden. Sie ist weniger bereist und so gesehen gefährlicher, aber ich vermute, dass alle, die nach uns suchen, noch in Krondor sind und darauf warten, dass wir unsere Köpfe aus dem Palast strecken. Mit etwas Glück werden wir schon längst auf der Straße nach Romney sein, wenn unsere Feinde bemerken, dass wir nicht mehr im Palast sind.«

Owyn nickte, und als sie den Rückweg zum ehemaligen Wirtshaus und künftigen Kloster antraten, warf er einen Blick über die Schulter zurück auf die Lichtung, auf der die Statue der Drachin lag. Er hatte in seinem Traumzustand etwas gespürt, das er nicht erwähnt hatte. Das Orakel hatte Angst gehabt.

Sechs

Die Reise

Der Abt winkte schon von weitem, als sie von der Statue zurückkehrten; er wartete vor der umgebauten Schenke auf sie. »Du solltest in der Stadt vorbeischauen, bevor du weiterreist, James.«

»Wieso?«, fragte James, während er den Abt neugierig musterte.

»Ihr wart gerade zur Statue unterwegs, als hier einige Reiter vorbeigekommen sind, die zur Stadt wollten.«

James blinzelte in die Richtung, in der die Stadt lag, als glaubte er, die Reiter noch erkennen zu können. »Es muss etwas Besonderes an ihnen gewesen sein, sonst wären sie dir wohl kaum so aufgefallen. Was war es denn?«

»Sie tragen die Farben des Königs. Und so wahr ich mich noch an meine Tage als Dieb in Krondor erinnere – der alte Guy du Bas-Tyra höchstpersönlich hat sie angeführt.«

»Das ist in der Tat etwas, dem wir nachgehen sollten«, sagte James. Er bedeutete Gorath und Owyn, ihm zu folgen, während er sich zur Stadt aufmachte. »Wir sind bald wieder zurück, Ethan.«

Der Abt winkte zum Abschied und ging ins Gebäude zurück.

Sie beeilten sich, die Stadt zu erreichen, und marschierten geradewegs zum Marktplatz. Ein Trupp Reiter war gerade damit beschäftigt, vor einer Schenke die Pferde abzusatteln. Vor der Schenke hing ein Schild, auf dem eine Schachfigur prangte – eine weiße Dame. Die Soldaten trugen die Livree des Königlichen Hauses: Stiefel und Hosen in Schwarz, eine graue Tunika, darüber einen scharlachroten Überwurf mit einem weißen Kreis, in dem sich ein ebenfalls scharlachroter Löwe zum Sprung erhob, auf dem Haupt eine goldene Krone und in der Pranke ein Schwert. Es war der Waffenrock der Königlichen Soldaten. Die purpurne Linie entlang des Kreises deutete darauf hin, dass es sich um Palastwachen handelte – also um Soldaten, deren oberste Pflicht der Königlichen Familie galt. Zwei Wachen standen an der Tür. »Halt, Freund«, sagte einer der Männer zu James. »Der Herzog von Rillanon ist gerade in der Schenke und ruht sich aus, und solange er nicht wieder fort ist oder es ausdrücklich gestattet hat, geht niemand hier herein.«

»Dann müsst Ihr zu ihm gehen, Soldat, und ihm sagen, dass Junker James von Krondor hier ist. Ich bin im Auftrag des Prinzen unterwegs.«

Der Soldat warf James und seinen Kameraden einen prüfenden Blick zu und beschloss, die Angelegenheit dem Herzog selbst zu überlassen. Er verschwand in der Schenke.

Kurz darauf erschien ein großer Mann, dessen graue Haare bis zu den Schultern reichten und der eine schwarze Klappe über dem linken Auge trug. Er blieb einen Moment in der Tür stehen, dann winkte er sie ins Innere der Schenke.

Als James und die anderen den Schankraum betraten, waren die Soldaten der Königlichen Garde noch dabei, die Räumlichkeiten genauer unter die Lupe zu nehmen.

Guy du Bas-Tyra, Herzog von Rillanon und Erster Berater des Königs der Inseln, winkte sie zu einem Tisch, an dem er sich schwerfällig niederließ. »Bringt mir was zu trinken!«, rief er, und ein Soldat – der persönliche Bursche des Herzogs – eilte zu dem ängstlich dreinblickenden Wirt, der hinter der Theke stand. Der Mann riss sich beinahe an der Thekenkante die Hand auf, als er ein Tablett mit Zinnbechern hervorholte. Rasch füllte er die Becher und brachte sie zum Herzog. Er stellte den ersten vor Bas-Tyra ab, dann bediente er die anderen am Tisch. »Möchtet Ihr auch etwas zu essen haben, Mylord?«, fragte er.

»Später«, erwiderte Guy, während er langsam die Handschuhe

abstreifte. »Bringt uns irgendetwas Warmes. Kocht ein Stück Rind.« Der Schenkenwirt verbeugte sich und ging rückwärts wieder davon; dabei stieß er einen Stuhl um, den er jedoch rasch wieder aufstellte. Guy nickte James zu.

Der Junker runzelte die Stirn, nickte aber ebenfalls. »Arutha hat euch also hierher geschickt, damit ihr ein bisschen herumschnüffeln könnt?«, fragte der Herzog.

»Das ist die eine Weise, es zu sehen, Euer Gnaden«, sagte James.

Guy deutete auf Gorath. »Erklär mir doch bitte, wieso ich nicht einfach dem da das Herz herausschneiden und dich aufknüpfen sollte – mit der Begründung, dass du ein boshafter Schurke bist und noch dazu ein Verräter gegenüber der Krone?«

Goraths Hand schloss sich fester um den Griff seines Schwerts, aber er rührte sich nicht. Owyn wurde leichenblass, doch zu seiner Überraschung lächelte James nur.

»Vielleicht, weil Ihr dadurch Aruthas Zorn auf Euch ziehen würdet?«

Guy lachte. »Du hast noch immer deine große Klappe, was, Jimmy?«

»Das wird wohl auch so bleiben«, antwortete der Junker. »Wir haben zu viel gemeinsam durchgemacht, als dass Ihr meine Loyalität ernsthaft in Frage stellen könntet. Ich nehme also an, Ihr habt Eure schlechte Laune nur deshalb an mir ausgelassen, weil Arutha nicht da ist. Aber wieso hat er Euch denn so verärgert?«

Der Herzog von Rillanon, nach der Königsfamilie der mächtigste Adlige im Königreich, lehnte sich auf dem schlichten Holzstuhl zurück und machte eine ausschweifende, allumfassende Handbewegung. »Wieso er mich so verärgert hat? Weil ich mich hier in einer Stadt aufhalten muss, deren einzige Existenzberechtigung sich darin erschöpft, genau zwischen Krondor und Salador zu liegen, und weil Lyam sich Sorgen macht. In der letzten Zeit sind Berichte zum Hof gedrungen, die von abtrünnigen Moredhel«, – bei diesen Worten heftete er den Blick seines gesunden Auges auf Gorath – »und einigen anderen unangenehmen Burschen künden, die sich zwischen hier und Romney herumtreiben.«

»Wieso hat er gerade Euch geschickt?«

»Aus einer ganzen Reihe von Gründen«, erklärte der Herzog. Er nahm einen großen Schluck von seinem Bier. »Gewöhnlich trinke ich nicht so früh am Tag, aber gewöhnlich reite ich auch nicht die ganze Nacht hindurch.«

»Diese anderen unangenehmen Burschen – könnte es sich dabei zufällig um Nachtgreifer handeln?«, fragte James.

»Könnte sein«, meinte Guy. »Hat Arutha etwas gehört?«

»Nichts, bis ich zurückkehre und ihm Bericht erstatte«, sagte James. »Aber auf dem Weg nach Krondor haben Locky und diese beiden hier zwei Schwindler getroffen, die die Rolle der Gilde des Todes übernommen haben.«

Guy blickte einen Augenblick in die Ferne, als wollte er seine nächsten Worte abwiegen. »Wenn man vorhat, die Nachtgreifer wiederzubeleben«, meinte er zu James, »und gleichzeitig andere in dem Glauben wiegen will, dass man es nicht tut – wie nützlich wären da ein paar Stümper, die sich als falsche Nachtgreifer herausstellen?«

James riss die Augen auf. »Das ist ja brillant! Es würde die Aufmerksamkeit von dem ablenken, was ich wirklich tue, und ich hätte einige Schachfiguren, die ich nach Belieben opfern kann, während die Leute, um die ich mir die meisten Sorgen machen muss, mich gar nicht ernst nehmen würden.«

»Gib acht, Jimmy«, sagte Guy. »Finde heraus, wer wirklich hinter den Unruhen steckt. Es gibt eine alte Regel: ›Entferne jede widersprüchliche Information und setze voraus, dass dein Feind vernünftig handelt.‹ Die logische Folge davon wäre: ›Handle dumm, und dein Feind wird dich nicht ernst nehmen.‹«

»Ihr habt immer noch nicht gesagt, wieso Ihr hier seid«, sagte James.

Guy nickte. »Der König möchte, dass ich mich in dieser Gegend etwas umsehe. Einige der hier ansässigen Adligen haben sich verdächtig gemacht.«

»Werden sie des Verrats beschuldigt?«

»Nein, das nicht, aber es ist natürlich nicht ausgeschlossen.« Guy trank sein Bier aus. »Sie werden vielmehr der Unfähigkeit verdächtigt. So steht der Graf von Romney kurz vor einem Gildenkrieg, scheint aber unfähig zu sein, etwas dagegen zu unternehmen. Bevor ich aufgebrochen bin, habe ich eine Kompanie von Königlichen Lanzenreitern losgeschickt, um ihm zu helfen; sie müssten irgendwann nächste Woche eintreffen.«

»Was für ein Krieg ist das?«, fragte James.

»Ich kenne die Einzelheiten nicht, aber es scheint, als hätte die Bruderschaft der Treidler ihre Preise so stark angehoben, dass die Kaufleute es sich nicht mehr leisten konnten, ihre Güter den Fluss entlangziehen zu lassen, und andere Gilden haben gemeinsame Front gegen die Treidler-Gilde gemacht. Beide Seiten haben Söldner angeheuert, und nach allem, was ich weiß, hat der Graf von Romney inzwischen das Kriegsrecht verhängt. Himmel, soviel ich weiß, steht die Stadt kurz davor, in Flammen aufzugehen.« Er schlug wie zur Betonung mit der Faust auf den Tisch, als würde es ihn nicht kümmern, ob Romney in Flammen aufging oder nicht.

»Abgesehen davon hat diese Reise nicht nur den Zweck, die Dinge wieder in den Griff zu bekommen, sondern der König will auch zeigen, dass er ein persönliches Interesse daran hat. Daher werden wir die königlichen Banner all jenen wieder einmal vor die Nase halten, die es nötig haben, daran erinnert zu werden. Und Seine Majestät hat mich ersucht, heute Abend einen Vortrag zu halten.«

»Einen Vortrag?«, fragte James, der ein Lachen kaum unterdrücken konnte. »Worüber? Und vor wem?«

Guy seufzte. »Über die Schlacht bei Armengar, und vor allen, die zuhören wollen.« Er schüttelte den Kopf, als könnte er seinen eigenen Worten nicht glauben. »Du kennst doch diesen Verbrecher, Graves, den die Ishapianer hierher geschickt haben, um ein neues Kloster zu errichten?«

James nickte. »Ich habe Ethan schon gekannt, bevor er den Ruf Ishaps empfangen hat. Damals war er ein ziemlich rauhbeiniger Kerl; einer der besseren Schläger bei den Spöttern.«

»Das glaube ich gern. Auf jeden Fall hat er beschlossen, oder besser, der Tempel von Ishap in Rillanon hat beschlossen, dass hier in Malac's Cross, dem ›Zentrum des Königreichs‹, eine Schule errichtet werden soll, die von jungen Adligen besucht werden soll. Sie nennen es *Kollegium.*« Er senkte leicht seine Stimme. »Ich nehme an, sie sind ziemlich misstrauisch gegenüber dem, was unser Freund Pug in Stardock tut, und denken, sie würden etwas gewinnen, wenn sie eine ähnliche Stätte haben, um die jungen Adligen des Königreichs beeinflussen zu können. Und ich glaube auch, dass sie einen Standort haben wollten, der in der Nähe von ...« Sein Blick wanderte von Gorath zu Owyn, und er ließ den Satz unvollendet.

James wusste auch so, was er hatte sagen wollen, und so nickte er nur stumm, als er den Satz im Stillen vollendete. *Der in der Nähe von Sethanon und dem Stein des Lebens lag.* Er blickte sich um und meinte: »In dieser Gegend gibt es aber nicht viele junge Adlige, Guy.«

Guy streckte die Hand aus und versuchte, James einen freundschaftlichen Klaps auf den Kopf zu geben, doch der Junker wich geschickt aus. »Du hattest schon immer ein freches Mundwerk, Jimmy, und das wird sich wohl nie ändern.« James grinste, während Guy fortfuhr. »Selbst wenn sich eines Tages dein Wunsch erfüllen sollte und du Herzog von Krondor wirst, glaube ich kaum, dass du dein freches Mundwerk jemals ablegst.«

James lachte. »Möglicherweise nicht. Aber jetzt sagt mir doch, was das für junge Adlige sind, die zu dem Vortrag kommen sollen?«

Guy seufzte. »Ein paar werden von den umliegenden Gütern herkommen, denke ich. Deshalb bin ich ja die ganze Nacht durchgeritten. Wegen des verfluchten Wetters ist mein Schiff erst zwei Tage später als geplant in Salador eingetroffen, und so musste ich die ganze Nacht im Sattel verbringen, damit niemand dem König vorwerfen kann, er hätte sein Wort nicht gehalten.« Er nahm noch einen Schluck Bier. »Und deshalb möchte ich, dass du heute Abend ebenfalls an dem Vortrag teilnimmst. Er findet in einem Haus am östlichen Stadtrand statt. Du kannst es nicht verfehlen; es ist das, vor dem die Königliche Garde steht.« Er stand auf, und James erhob sich gleichfalls, genau wie Owyn und Gorath. »Lyam hat mich darum gebeten – als einen Gefallen gegenüber dem Tempel von Ishap und weil ich ohnehin hier beschäftigt bin. Loyal, wie ich nun mal bin, konnte ich meinem König die Bitte kaum abschlagen. Und du, loyal, wie du nun mal bist, kannst mir meine Bitte nicht abschlagen. Du dienst mir heute Abend als Claqueur, Junker James. Aber jetzt werde ich mich erst einmal um meine Männer kümmern, und dann hoffe ich, ein bisschen Schlaf zu kriegen.«

Der Herzog verließ sie und ging nach oben zu den Räumen, die für ihn und seine Männer vorbereitet worden waren. Gorath wandte sich an James. »Was meint er mit *Claqueur*?«, fragte er.

James lachte. »Damit meint er Leute, die von Theaterbesitzern angeheuert werden, um bei den Vorstellungen laut Beifall zu klatschen und den unwissenden Zuschauern einzureden, dass das Stück außerordentlich gut ist. Manchmal ist das richtig witzig. Fünf oder sechs Leute jubeln laut, während die übrigen Zuschauer die Schauspieler ausbuhen und vergammeltes Gemüse auf die Bühne werfen.«

Gorath trank sein Bier aus und schüttelte entsetzt den Kopf. »Menschen.«

Der Schenkenwirt kam herbei. »Haben die Herren noch einen Wunsch?«

Er betrachtete James' Gesicht eine Zeit lang und meinte dann: »Oh, Entschuldigung. Ich habe Euch für jemand anderen gehalten.« Er räusperte sich. »Noch etwas?«

»Wenn ich nach all dem Bier nicht gleich was zu essen kriege, bin ich in einer Stunde eingeschlafen«, sagte Owyn. »Ich war um diese Zeit noch nie so betrunken.«

Gorath stieß ein missbilligendes Grunzen aus, sagte aber nichts.

James wandte sich an den Schenkenwirt. »Irgendwas zu essen, äh ...?«

»Ivan ist mein Name, Herr«, sagte der Wirt und verneigte sich, bevor er sich umdrehte und wegging.

Die Tür zur Schenke öffnete sich, und drei Männer traten herein. James, Gorath und Owyn blickten gleichzeitig auf; ihr Auftrag hatte sie misstrauisch werden lassen. Die drei Männer stammten aus der Gegend, und einer hatte ein Schachspiel bei sich. Sie stellten es auf den Tisch, und zwei begannen zu spielen, während der dritte zuschaute.

Ivan kehrte zurück und trug das Essen auf – kaltes Fleisch, Käse, gewürztes grünes Gemüse und gesüßte Äpfel. Er stellte die Platte auf den Tisch. »Noch etwas Bier?«

James nickte. Zwei weitere Männer kamen und stellten ebenfalls ein Schachspiel auf, und James fragte: »Ist das hier üblich?«

Ivan nickte. »Dass in der Schenke *Zur weißen Dame* Schach gespielt wird? Die Figur auf dem Schild ist nicht umsonst da drauf. Der alte Bargist. der diese Schenke vor etwa dreißig Jahren eröffnet hat, ist selbst ein guter Spieler gewesen, und seitdem wissen alle, ob Reisende oder Ortsansässige, dass dies genau der richtige Ort ist, wenn man im Schachspiel seine Kräfte messen will. Spielt Ihr auch, Herr?«

»Nicht gut«, antwortete James. »Mein ... Herr spielt aber sehr gut, und er hat mir einmal die Grundlagen beigebracht.«

»Ihr findet hier immer jemanden, der Lust hat, mit Euch zu spielen«, sagte Ivan, während er wegging, um sich zu erkundigen, was die Soldaten haben wollten.

Die Tür öffnete sich erneut, und eine alte Frau in zerrissener Kleidung schlüpfte herein. Sie schloss die Tür hinter sich, durchquerte den Raum und blieb genau vor James stehen. »Ich dachte, du wärst nach Lyton gegangen, Lysle. Und wo hast du diese Sachen her?« Sie griff James an die Schulter, um den Stoff anzufassen und zu prüfen, wie er sich anfühlte. »Die hast du wohl einem Baron geklaut, so wie sich das anfühlt.« Sie blinzelte James an, als hätte sie Probleme, ihn zu erkennen.

»Ich glaube, du verwechselst mich mit jemandem. Mein Name ist James ...«

»James, ja?«, unterbrach sie ihn. »Nun, wenn du sagst, du bist James, dann ist es wohl so.« Sie stieß ihn mit dem Ellenbogen an und zwinkerte ihm verschmitzt zu. »Wie damals, als du die Seife gegessen hast und mit schäumendem Mund rumgelaufen bist, was, Schätzchen? Almosen von den Leichtgläubigen nehmen? Wenn du das sagst. Sei lieb und kauf der alten Petrumh etwas zu essen, ja?« Dann sah sie Gorath. »Was macht der Elb da bei dir, Junge? Weißt du denn nicht, dass sie Unglück bringen? Sie waren es schließlich, die meinen alten Jack getötet haben, und sie haben auch das Unheil in Sethanon verursacht. Was denkst du dir dabei?«

»Was für ein Unheil in Sethanon?«, fragte James.

Sie beugte sich vor und musterte blinzelnd sein Gesicht. »Ihr seid gar nicht Lysle!«, sagte sie dann. Sie gab ihm einen schwachen Klaps auf die Schulter. »Wieso habt Ihr dann sein Gesicht?« Ihre Hand fuhr zum Mund, und sie machte einen hastigen Schritt zurück. »Oh!«, schrie sie. »Ihr seid ein böser Elb, das ist es! Ihr habt Lysles Gestalt angenommen, um mich hereinzulegen!«

James hob beschwichtigend die Hände. »Frau! Wir sind keine bösen Elben.«

»Und ich bin auch kein Elb«, murmelte Gorath leise.

Die alte Frau beugte sich wieder vor. »Nun, Ihr seht nicht böse aus, das ist wahr. Aber es ist auch wahr, dass Ihr ein Zwillingsbruder von Lysle sein könntet.«

James winkte Ivan herbei und gab ihm eine Münze. »Sorgt dafür, dass diese Frau was zu essen kriegt«, wies er ihn an. Dann wandte er sich wieder an Petrumh. »Du sagst, dass dieser Lysle nach Lyton gegangen ist?«

»Er ist vor ein paar Tagen aufgebrochen«, bestätigte sie. »Er hat gesagt, dass er dort einen feinen Herrn treffen will. Ich befürchte, dass er in Schwierigkeiten ist, so traurig das auch ist. Aber so ist Lysle nun mal. Er hat den Hang, in Schwierigkeiten zu geraten, ja das hat er. Und ich bezweifle, dass der Bursche wirklich einen feinen Herrn trifft.«

Ivan führte die Frau am Ellenbogen zu einem Tisch in der Ecke und hieß sie vor einem gefüllten Teller Platz zu nehmen. Sie schaufelte das Zeug in sich hinein, ohne aufzuschauen, und James wandte seine Aufmerksamkeit wieder seinen Kameraden zu.

»Ein Doppelgänger?«, fragte Gorath.

»Könnte es sein, dass absichtlich jemand vor uns nach Romney geschickt wurde, der dir sehr ähnlich sieht?«, fragte Owyn.

James zuckte mit den Schultern. »Möglicherweise. Das ist schon häufiger geschehen. Ich habe einmal einen Doppelgänger des Prinzen in den Abwasserkanälen von Krondor entdeckt. Wenn er nicht so schmutzige Stiefel angehabt hätte, wäre es ihm gelungen, vielen Leuten vorzugaukeln, Arutha zu sein. Er hätte ziemlich viel Schaden anrichten können.« Er schüttelte den Kopf. »Aber ich bezweifle, dass es in diesem Fall auch so ist. Nach dem, was die alte Frau gesagt hat, hat sich dieser Lysle eine ganze Weile in dieser Gegend aufgehalten. Es ist vielleicht nur ein seltsamer Zufall. Vor einiger Zeit haben einige Jungs in Tannerus versucht, mich wegen etwas zu verprügeln, das ein anderer getan hat – bis ich sie davon überzeugen konnte, dass ich gar nicht der war, für den sie mich gehalten haben. Da das jetzt in weniger als einem Jahr schon zum zweiten Mal passiert ist, glaube ich, dass es wirklich jemanden gibt, der mir sehr ähnlich sieht. Nach allem, was ich bisher gehört habe, tut er mir jedoch keinen großen Gefallen damit.« Er winkte den Schenkenwirt zu sich.

»Habt Ihr mich schon mal gesehen?«, fragte James.

»Ich glaube nicht«, sagte Ivan.

»Aber Ihr habt es kurz geglaubt, als ich gekommen bin?«, bemerkte James.

»Nein, ich dachte nur, Ihr wärt jemand anderer.«

»Wer?«, fragte James.

»Lysle Riggers«, sagte Ivan. »Ein Halunke aus dieser Gegend, um die Wahrheit zu sagen. Er hat seine Finger in … in einer ganzen Reihe fragwürdiger Geschäfte. Aber er ist auch ein guter Mann, wenn man jemanden braucht … wenn Ihr versteht, was ich meine.«

»Ja, das tue ich«, sagte James. »Kennt Ihr diesen Lysle schon lange?«

»Mit Unterbrechungen etwa zehn Jahre«, sagte Ivan. »Er kommt und geht. Mal ist er einen Monat hier, dann ein ganzes Jahr weg, oder er ist ein Jahr hier und dann für einen Monat verschwunden. Niemand weiß, was er gerade vorhat.« Er blickte die drei der Reihe nach an. »Kann ich Euch noch etwas bringen?«

»Nein, das ist alles«, sagte James.

»Und jetzt?«, fragte Owyn und gähnte; das Bier so früh am Tag hatte ihn müde gemacht.

»Ich kehre zum Kloster zurück, um mit meinem alten Freund Ethan zu plaudern«, sagte James. »Du könntest ein Nickerchen vertragen. Und heute Abend werden wir Herzog Guy zuhören, wenn er den Leuten hier aus der Gegend von der Schlacht bei Armengar erzählt.«

»Ich kann genauso gut hier bleiben«, sagte Gorath. »Ich weiß alles über Armengar. Ich war dabei.«

James grinste. »Ich auch. Aber wir werden hingehen. Es ist nicht sehr diplomatisch, einen Herzog zu enttäuschen, mein Freund. Man kann sich auf diese Weise große Schwierigkeiten einhandeln.«

Goraths Antwort war eine Art undefinierbares Schnauben, aber er erhob sich. »Ich werde mich mal etwas umsehen. Nach den Worten der alten Frau könnte es sein, dass sich andere Moredhel in der Nähe aufgehalten haben. Ich werde nach Hinweisen suchen.«

»Gut«, meinte James und stand auf. »Dann sind wir ja alle beschäftigt.«

James und Gorath verließen die Schenke, und Owyn trat zu Ivan, der hinter der Theke stand und Gläser putzte. »Könnte ich für heute Nacht ein Zimmer bekommen?«, fragte er.

»Normalerweise würde ich Euch nur zu gern eines geben«, erwiderte Ivan. »Aber sie sind alle von den Männern des Königs belegt.«

»Gibt es noch eine andere Schenke in der Nähe?«, fragte Owyn.

»Einen halben Tagesmarsch westlich, aber die würde ich nicht unbedingt empfehlen. Und einen halben Tagesmarsch östlich ist auch eine, aber die würde ich ebenfalls nicht empfehlen.«

»Vielleicht ein Fleckchen in Eurer Scheune?«

»Die Soldaten des Königs würden es nicht gestatten. Es tut mir leid.«

Owyn wandte sich ab und beschloss, James hinterherzugehen. Wenn er schon nicht schlafen konnte, fand er vielleicht im Kloster von Ishap etwas Interessantes, mit dem er sich beschäftigen konnte.

Zu James' großer Überraschung kamen recht viele zu Guys Vortrag über die Schlacht von Armengar. Auch Owyn war da; er saß schläfrig neben ihm. Er war zum Kloster zurückgekehrt, wo er einige Bücher hatte auftreiben können. Eines, das von Magie handelte, hatte ihn besonders gefangen genommen; es war in vielerlei Hinsicht sehr interessant gewesen.

Während des Vortrags hatte James Owyn zweimal angestoßen, als er beinahe eingeschlafen wäre. Als der Vortrag sich dem Ende zuneigte, musste James zugeben, dass die Verteidigungstaktik des ehemaligen Kommandeurs von Armengar wirklich brillant gewesen war. Allein die Tatsache, dass eine ansehnliche

Zahl von Überlebenden wohlbehalten in Yabon angekommen war, war als Verdienst zu sehen; in den Zähnen der Welt hatte es schließlich nur so von Goblins und Moredhel gewimmelt, die darauf aus gewesen waren, menschliche Flüchtlinge zu erwischen.

Die Zuhörerschaft applaudierte höflich, nachdem Guy seinen Vortrag beendet hatte, und einige junge Adlige aus der Gegend näherten sich dem Herzog, um mit ihm zu sprechen. »Warte hier«, sagte James zu seinem Kameraden und ging davon, um sich von Guy zu verabschieden. Nicht lange danach kehrte er zurück. »Wir können gehen«, erklärte er.

»Wohin?«, erkundigte sich Owyn. »Es gibt in der ganzen Stadt keinen Ort, an dem wir schlafen könnten.«

»Wir können im Kloster auf dem Boden schlafen und morgen gleich bei Tagesanbruch aufbrechen.«

»Gute Idee«, meinte Owyn gähnend. »Ich bin dafür.«

»Du solltest lernen, nicht zu viel zu trinken, Owyn«, meinte Jimmy grinsend.

Sie gingen die Straße entlang, und James war nicht sehr überrascht, als plötzlich Gorath zu ihnen trat. Aber Owyn machte vor Schreck fast einen Satz von der Straße, als der Dunkelelb unerwartet aus der Dunkelheit auftauchte.

»Hast du was gefunden?«, fragte James.

»Spuren. Hier sind tatsächlich vor kurzem Moredhel durchgekommen.«

»Was noch?«

»Ein Teil der Leute hat die Stadt nicht direkt durchquert, sondern einen Bogen über den nördlichen Teil gemacht.«

»Vermutlich, weil sie nicht gesehen werden wollen. In welche Richtung sind sie gegangen, nach Osten oder nach Westen?«

»Sowohl als auch. Viele Leute gehen in beide Richtungen, bleiben aber außer Sichtweite.«

James schüttelte den Kopf. »Verflucht, das gefällt mir alles nicht.«

Sie schwiegen den Rest des Weges, bis sie das Kloster erreicht hatten. »Nun«, sagte Graves, als sie den ehemaligen Schankraum betraten. »Wie war der Vortrag?«

»Ich hätte einen Sänger vertragen können«, meinte James mit ernstem Gesicht.

»Im nächsten Monat wird Herzog Armand de Sevigny einen Vortrag halten«, sagte Graves, »und danach Baldwin de la Troville.«

»Ich werde versuchen, die Vorträge nicht zu verpassen«, versicherte James. »Können wir heute Nacht hier irgendwo schlafen?«

»Ihr könnt euch gerne in diesem Zimmer unter die Tische legen, Jimmy. Die Räume oben werden von den Brüdern oder als Lagerräume benutzt.«

»Unter den Tischen ist in Ordnung«, sagte Owyn, der bereits sein Reisebündel ausrollte. Gorath tat es ihm schweigend gleich.

James ließ sich gegenüber dem ehemaligen Dieb und jetzigen Geistlichen nieder. Er sprach leise. »Wieso gerade du, Ethan?«

Der Abt zuckte mit den Schultern. »Ich weiß es nicht, Jimmy. Du weißt, dass der Orden in der Nähe von Sethanon sein will«, meinte er. »Es gibt ein Dorf ein paar Meilen weiter südlich von der alten Stadt – beileibe nichts, was man eine richtige Stadt nennen würde. Aber die Straße dort ist noch immer ein ordentlicher Handelsweg, und es scheint Leute zu geben, die sich von den Karawanen und Reisenden etwas versprechen, die dort immer wieder vorbeiziehen. Es wäre zu offensichtlich, wenn wir dort ein Kloster errichtet hätten. Hier können wir vorsichtig vorgehen und von Zeit zu Zeit einen Bruder hochschicken, der sich dort ein bisschen umsieht – einfach nur um sicherzustellen, dass der gegenwärtige Zustand nicht bedroht ist.«

»Mir ist aufgefallen, dass die beiden Männer, die als Nächste hier Vorträge halten, welche sind, denen Guy du Bas-Tyra vertraut.«

Graves nickte. »Hier gehen zu viele seltsame Dinge vor, als dass eine andere Entscheidung möglich wäre. Es gibt ein paar Adlige …« Er zuckte mit den Achseln. »Einige sind nicht so vertrauenswürdig, wie sie eigentlich sein sollten.«

»Du glaubst doch nicht etwa an Verrat?«

»Ich weiß nicht, woran ich glauben soll«, sagte Graves. »Ich bin ein ehemaliger Dieb, der ganz bewusst vom Tempel in Rillanon für einen möglicherweise schwierigen, vielleicht sogar gefährlichen Auftrag ausgewählt worden ist.« Er senkte den Blick, als fürchtete er sich davor, James in die Augen zu sehen. »Ich weiß nicht, ob ich dieser Aufgabe gewachsen bin.«

»Ich hätte nie gedacht, dass du auch schüchtern sein kannst, Ethan.«

Graves seufzte. »Es gibt so einiges, was du nicht weißt, Jimmy. Ich habe einige alte … sagen wir mal Verbindungen. Es war nicht leicht, sie zu kappen. Du weißt, wie das ist.«

James lachte. »Besser als die meisten. Ich bin mit dem Todesmal der Spötter gezeichnet und darf die Grenzen ihres Gebiets eigentlich nicht übertreten. Trotzdem tue ich es immer wieder. Und solange es ihnen passt, übersehen sie mein Verschulden geflissentlich. Ich denke, ich weiß sehr gut, was du meinst.«

»Ich hoffe, du weißt wirklich, was ich meine, wenn es so weit ist«, sagte Graves. Er stand auf. »Ich muss mich zurückziehen. Es gibt hier viel Arbeit zu tun. Schlaf gut, Jimmy.«

»Du auch, Ethan.«

James rollte sein Bettzeug aus und legte sich neben Owyn, der bereits eingeschlafen war. Als er langsam in den Schlaf glitt, fragte er sich, was Graves wohl gemeint haben könnte – »wenn es so weit ist«.

Der Nordwind pfiff durch die Nacht. James kauerte mit Owyn und Gorath am Feuer und wickelte sich fester in seinen Mantel. Die Straße von Malac's Cross nach Silden wurde zwar seltener benutzt als die Königliche Hochstraße nach Salador, führte dafür aber direkt zum Ziel. Hinter ihnen standen die drei Pferde, die

James erworben hatte; sie verzehrten friedlich einen Teil des Futters, das er für sie mitgenommen hatte.

»James, ich mache mir schon die ganze Zeit über etwas Sorgen«, meinte Owyn, »und seit Malac's Cross möchte ich mit dir darüber sprechen.«

»Deshalb hast du so beunruhigt ausgesehen«, sagte Gorath.

»Was ist denn los?«, fragte James.

»Ich weiß es nicht genau, aber es hat mit dem Orakel zu tun ... es ist eine Art Vorahnung.«

»Was unter diesen Umständen wohl nicht besonders unpassend ist«, sagte Gorath.

»Was meinst du?«, fragte James und heftete seinen Blick auf Owyn.

»Ich hatte den Eindruck, als wäre das Orakel beunruhigt.«

James schwieg eine Zeit lang. Dann meinte er: »Ich kenne mich mit Orakeln nicht besonders gut aus, und das Orakel von Aal habe ich niemals selbst gesehen. Aber nach allem, was ich gehört habe, ist das Orakel zwar in der Lage, eine mögliche Zukunft vorherzusagen – nicht aber die eigene.«

»Eine mögliche Zukunft?«, fragte Gorath.

James dachte kurz nach. »Vielleicht erkläre ich es falsch, aber Pug hat mir einmal gesagt, dass die Zukunft nichts Feststehendes oder Unveränderliches ist, sondern das Resultat von verschiedenen Handlungen. Das heißt, wenn man heute eine Handlung verändert, verändert sich damit auch die Zukunft.«

»So würden Delekhans Pläne sich ungestört weiterentwickeln, wenn du nicht in den Süden gezogen wärst, Gorath«, meinte Owyn.

»Das leuchtet mir ein«, sagte Gorath. »Aber welchen Sinn macht ein Orakel, wenn die Zukunft nur etwas Fließendes ist?«

James zuckte mit den Schultern. »Ich weiß es nicht, aber ich habe gehört, dass dieses Orakel viel Weisheit besitzt.«

Owyn blickte Gorath an. »Ich denke, James hat Recht. Trotzdem weiß ich nicht, was diese Besorgnis zu bedeuten hat.«

»Vielleicht ist das Schicksal des Orakels mit dem verknüpft, was wir tun«, überlegte Gorath. »Wenn James mit seiner Vermutung Recht hat, wird auch klar, dass es die eigene Zukunft nur schwer erkennen kann. Vielleicht ist das Orakel deshalb beunruhigt.«

James schwieg. Er war einer der wenigen, die von dem Stein des Lebens wussten, der unter Sethanon ruhte. Gerade mal eine Hand voll von denen, die bei der Schlacht dabei gewesen waren, wussten von dem magischen Relikt aus der Zeit der Drachenlords. Und noch weniger wussten, dass das Orakel von Aal die Hüterin des Steins des Lebens war und in einer riesigen Kammer unterhalb von Sethanon hauste.

Die Statue Malac's Cross war dazu gedacht, jene in die Irre zu führen, die nichts von der Existenz des Orakels als Drachin wussten. Sollte jemand das Orakel aufsuchen, bot die Statue die Möglichkeit, mit dieser Person Kontakt aufzunehmen, ohne wirklich anwesend sein zu müssen.

»Ich will mal versuchen, die Einzelteile zu einem Ganzen zusammenzusetzen«, sagte James. »Da sind zum einen tsuranische Erhabene, denen ihre Kostbarkeiten gestohlen werden. Tsuranische Abtrünnige verkaufen diese Gegenstände an Moredhel-Banditen, die sie wiederum gegen Waffen eintauschen. Dann ist da die falsche Gilde des Todes; möglicherweise ist sie nur dazu gedacht, die echten Nachtgreifer zu tarnen, die damals überlebten, als wir ihr Hauptquartier in Krondor ausgeräuchert haben. Und dann gibt es noch eine Reihe falscher Spuren im Westen, die auf eine Invasion aus dem Norden hindeuten.«

»Mein Volk wird vorsichtig sein«, meinte Gorath. »Bevor meine Leute marschieren, werden sie von Delekhan Beweise verlangen, dass Murmandamus wirklich in Sethanon lebt und dort gegen seinen Willen festgehalten wird.«

»Ich will dein Volk ja nicht beleidigen – aber ein solcher ›Beweis‹ ist doch leicht herzustellen«, sagte James.

»Zugegeben«, erwiderte Gorath, »deshalb versucht Delekhan ja auch, alle umzubringen, die sich ihm in den Weg stellen.«

James lehnte sich zurück, den Mantel eng um sich geschlungen. »Nun, wir werden die Antworten finden oder auch nicht, aber im Augenblick wäre mir etwas Schlaf ganz recht.«

»Hast du vor, in Lyton nach deinem Doppelgänger zu suchen?«, fragte Owyn.

»Lyton liegt auf unserem Weg«, meinte James. »Wenn wir ohnehin durch den Ort müssen, kann ich mich auch mal kurz umsehen.«

Owyn drehte sich zur Seite; er versuchte, so nah am Feuer zu liegen, dass er von ihm gewärmt wurde, ohne sich zu verbrennen. Gorath lag vollkommen reglos da, bis er eingeschlafen war.

James brauchte lange, um endlich einzuschlafen; eine ganze Weile wälzte er noch die einzelnen Fragmente und Hinweise in Gedanken hin und her. Er war überzeugt, dass es ein System in all dem Chaos gab, dass die Stücke irgendwie zusammenpassen und einen Sinn ergeben würden.

Der Ritt nach Lyton verlief ereignislos, und bei Sonnenuntergang erreichten sie die Außenbezirke der Stadt. Etwas abseits von der Straße stand ein einsamer Hof, der ziemlich verlassen wirkte. Daneben war eine baufällige Scheune, um die einige schwarz gekleidete Gestalten herumschlichen.

Gorath sah sie zuerst. »Ich hätte sie gar nicht bemerkt, wenn du mich nicht darauf hingewiesen hättest«, meinte James.

»Sie sind zu fünft, und sie scheinen äußerst erpicht auf das zu sein, was sich in dieser verlassenen Scheune befindet.«

»Meine Sorgenbeule juckt gerade wie wahnsinnig. Ich denke, wir sind auf echte Nachtgreifer gestoßen«, sagte James.

»Was tun wir?«, fragte Owyn.

James zog sein Schwert. »Mit etwas Glück töten wir sie, noch bevor sie uns bemerken.«

Er lenkte sein Pferd von der Straße und trieb es über ein brachliegendes Feld, das mit Gras bewachsen war. Da das Gras den Pferden bis zur Brust reichte und die schwarz gekleideten Gestalten ihre Aufmerksamkeit auf die Scheune richteten, konnten sie den Rand des Feldes erreichen, ohne gesehen zu werden.

Der erste Attentäter, der sie sah, stieß einen so lauten Warnruf aus, dass sich zwei andere umwandten. James trieb sein Pferd zum Angriff. Einer der schwarz gekleideten Männer trug ein Schwert und rannte auf James zu, während ein anderer ihm aus dem Weg sprang. Ein dritter stand an der Ecke der Scheune; in einer einzigen, fließenden Bewegung hob er einen Bogen, legte einen Pfeil an die Sehne und zielte. Plötzlich wurde die gesamte Seitenwand der Scheune von dunkler Energie getroffen. Sie verfehlte den Bogenschützen, doch er taumelte rückwärts und wurde genügend abgelenkt, dass er den Pfeil nicht abschießen konnte.

Gorath sprang von seinem Pferd und kämpfte mit dem zweiten Mann, während James sich um den ersten kümmerte. Owyn fluchte, als er begriff, dass es ihm zwar gelungen war, das Geheimnis des Zaubers zu entwirren, den Nago ihm entgegengeschleudert hatte, und dass er seine Kraft auch verdoppeln konnte, aber dass er Schwierigkeiten hatte, ihn unter Kontrolle zu bringen. Er schwenkte den Stab wie eine Kriegskeule über dem Kopf und preschte auf den Bogenschützen zu. Er wollte ihn niederschlagen, bevor er sich wieder erholt hatte und doch noch dazu kam, den Pfeil abzuschießen.

Gorath zerquetschte seinem Gegner mit der flachen Seite der Klinge die Kehle; als er sich erhob, sah er, dass James gerade von dem zweiten Nachtgreifer bedrängt wurde, während Owyn, den Stab in den Händen, auf den dritten Mann zuritt. Der Bogenschütze war viel zu sehr damit beschäftigt, Owyns Hieben auszuweichen, als dass er noch hätte schießen können. Schließlich warf er Pfeil und Bogen beiseite und versuchte, sein Schwert zu ziehen.

James sah, wie Gorath unschlüssig dastand. »Such den vierten Mann!«, rief er ihm zu.

Ohne eine Entgegnung eilte Gorath davon. Als er um die Ecke

bog, fand er die Scheunentür geöffnet. Im Innern herrschte eine Schwärze, die für das menschliche Auge verwirrend sein musste, nicht aber für einen Dunkelelben; ihm bot sich ein Muster aus Dunkelheit und Licht, aus hellen und dunklen Grautönen. Gorath sah aus den Augenwinkeln Bewegungen in den Dachsparren und an der linken Wand. Er wartete.

Einen Augenblick später rutschte die Gestalt in den Dachsparren aus, und Heu fiel herunter. Sofort wirbelte der Mann in der Nähe der Wand herum und schickte einen Pfeil in die Richtung, aus der das Geräusch gekommen war. Gorath stürmte los. Noch bevor der Nachtgreifer einen neuen Pfeil an die Sehne legen konnte, war der Dunkelelb über ihm.

Der Kampf dauerte nur wenige Sekunden, dann hatte Gorath den Mann getötet. Auch Jimmy hatte sich inzwischen gegen seinen Gegner durchgesetzt und kam jetzt Owyn zu Hilfe.

Als der Kampf vorbei war, kamen James und Owyn ebenfalls in die Scheune. »Was ist hier los?«, fragte James.

Gorath deutete zu den Dachsparren hinauf. »Jemand versteckt sich da oben«, verkündete er.

»Kommt da runter!«, rief James daraufhin. »Wir werden Euch nichts tun.«

Ein Mann ließ sich langsam von den Sparren herunter, hielt sich noch einen Augenblick fest, bevor er losließ. Er landete geschickt auf den Fußspitzen und blickte seine Retter an. »Danke«, sagte er.

Der Mann ging auf sie zu und blieb kurz vor ihnen stehen. »Götter«, meinte Owyn erstaunt.

James blickte den Mann an, der ihm so ähnlich sah, dass er genauso gut auch sein Zwillingsbruder hätte sein können. »Ihr müsst Lysle sein«, vermutete James.

»Wie kommt Ihr darauf?«, fragte der Mann.

»Weil die Leute mich immer wieder mit Euch verwechseln«, erklärte James, während er sich so drehte, dass der schwache Lichtschein, der durch die Tür fiel, sein Gesicht erhellte. »Vor einigen Monaten hätten mich ein paar äußerst unzufriedene Männer deswegen sogar fast getötet.«

Der Mann lachte. »Das tut mir leid, aber sie warten darauf, dass ich mit den Sachen zurückkehre, die ich in ihrem Auftrag besorgen sollte. Ich bin leider aufgehalten worden und habe es nicht geschafft, rechtzeitig zurück zu sein.« Er hielt einen Augenblick inne. »Ihr seht mir aber wirklich verdammt ähnlich, so dass ich verstehe, wenn die Leute verwirrt sind. Ich bin Lysle Riggers.«

»Ich bin James, aus Krondor«, kam die Antwort. »Dies sind meine Freunde Owyn und Gorath. Wir sind unterwegs nach Romney. Als wir in Malac's Cross waren, hat eine alte Frau mich für Euch gehalten.«

»Die alte Petrumh«, sagte Lysle. »Sie ist ein bisschen verrückt. Seit ihr Mann bei einem Feuer ums Leben gekommen ist. Die meisten Leute in der Stadt geben ihr etwas zu essen oder lassen sie in ihrer Scheune schlafen. Aus irgendeinem Grund hat sie angefangen, allen zu erzählen, dass sie meine Großmutter wäre.« Er schüttelte den Kopf.

»Würdet Ihr uns erzählen, weshalb diese Nachtgreifer vorhatten, Euch zu töten?«

»Nachtgreifer?«, fragte Riggers achselzuckend. »Attentäter? Ich habe keine Ahnung. Vielleicht haben sie mich für Euch gehalten.«

Gorath blickte James an und sagte nichts. Owyn meinte: »Möglicherweise ...«

James schnitt ihm das Wort ab. »Nein, jemand will *Euren* Tod, Riggers. Gehen wir in die Stadt; vielleicht fällt Euch ja unterwegs noch ein, was sie gegen Euch haben könnten.«

Der Mann blickte die drei Gestalten an, als würde er überlegen, ob er fliehen oder Widerstand leisten sollte. Offensichtlich verwarf er beide Möglichkeiten, denn er nickte. »Gehen wir zur Stadt. Es gibt dort eine recht ordentliche Schenke – sie heißt *Am Wegesrand* –, und nach diesem Erlebnis könnte ich ein Bier gut vertragen.«

»Durchsucht die Leichen«, sagte James. Gorath und Owyn gingen hinaus und machten sich an die Arbeit. »Müsst Ihr noch irgendetwas mitnehmen?«, fragte James.

»Nein. Ich hatte ein Schwert, aber das habe ich schon im Wald verloren, als ich vor diesen Attentätern geflohen bin. Es war auch kein sehr gutes. Ich werde mir dafür eins von ihren nehmen.«

»Das ist nur angemessen«, meinte James, während sie nach draußen gingen.

»Sie haben nichts bei sich, James«, sagte Owyn. »Keine Papiere, kein Geld. Nur Waffen und diese schwarze Kleidung.«

Gorath trat hinzu. »Und das da«, sagte er, während er ein Medaillon hochhielt, auf dem ein Falke prangte.

James nahm es, und nachdem er es eine Weile betrachtet hatte, warf er es zu Boden. »Die hier sind die richtigen Nachtgreifer«, meinte er. »Nicht diese Schwindler, die wir in Krondor gesehen haben.«

»Schwindler?«, fragte Riggers.

»Das ist eine lange Geschichte.«

»Gut«, sagte Riggers. »Das heißt also: zwei Bier. Machen wir uns auf den Weg.« Er marschierte auf die hellen Lichter der Stadt zu, und die anderen saßen auf.

Owyn ritt neben Jimmy. »Für einen Kerl, der beinahe von Attentätern aufgeschlitzt worden wäre, benimmt er sich ziemlich fröhlich.«

»Ja, das tut er«, meinte James.

Und dann folgten sie ihrer neuen Bekanntschaft schweigend in die Stadt.

Sieben

Morde

Die Schenke war voller Leute.

Lysle Riggers hatte James, Gorath und Owyn zu der Schenke *Am Wegesrand* geführt, die ihren Namen offensichtlich wegen ihrer Lage erhalten hatte, denn sie lag an der Straße gleich außerhalb der Stadt. Aber es hatte den Anschein, als wäre sie beliebt, denn eine Reihe Arbeiter, Kämpfer und auch einige unangenehm dreinblickende Gestalten tummelten sich im Schankraum.

James und seine Kameraden ließen ihre Pferde bei dem Jungen ihm Stallhof zurück und gaben ihm entsprechende Anweisungen, dann folgten sie Lysle ins Innere der Schenke.

Lysle führte sie zu einem Tisch in der Ecke. Er bedeutete ihnen, Platz zu nehmen, und winkte den Wirt herbei, der auch sofort zu ihnen eilte und die Bestellung aufnahm. James bestellte eine Runde Bier und etwas zu essen. Der Blick des Wirtes wanderte rasch von ihm zu Riggers, doch ohne eine Bemerkung ging er schweigend in die Küche zurück.

»Nun, ich nehme an, ich schulde Euch eine Erklärung«, sagte Riggers. »Voher habe ich aber eine Frage an Euch. Wie kommt es, dass Ihr zufällig – und rechtzeitig – dort aufgetaucht seid, um mich zu retten?« Er musterte James eine Zeit lang und fügte dann hinzu: »Wenn es purer Zufall war, hat das Schicksal eine seltsame Vorstellung von Humor, mein Freund.«

»Es war wirklich eine Art Zufall«, erklärte James, »obwohl ich Euren Namen unten in Malac's Cross gehört habe, da ein paar Leute mich für Euch gehalten haben. Aber wieso wir rechtzeitig zu Eurer Rettung aufgetaucht sind – nun, das *war* nichts als Zufall, auch wenn wir genau nach der Art von Unruhe Ausschau gehalten haben, in der wir Euch dann schließlich fanden.«

»Ihr habt die Leute erkannt, die mich angegriffen haben«, sagte Riggers und senkte dabei die Stimme. »Offensichtlich wisst Ihr mehr als ein gewöhnlicher Söldner.« Er deutete mit einer ruckartigen Bewegung seines Kopfes in die Richtung von Gorath. »Solche wie er tauchen in der letzten Zeit immer in dieser Gegend auf, aber niemals so offensichtlich und noch dazu mit Menschen. Das alles führt mich zu der Annahme, dass es sich bei Euch um jemanden handeln muss, über den ich mehr wissen sollte, bevor ich ihm meine Geschichte erzähle.«

James grinste. Riggers erwiderte das Grinsen, und wieder waren die anderen verblüfft über die große Ähnlichkeit. »Wenn ihr keine Brüder seid, müssen die Götter seltsame Launen haben«, sagte Owyn.

»Die haben sie in der Tat«, meinte Riggers, »abgesehen von allem anderen.«

»Folgendes kann ich Euch erzählen«, meinte James. »Ich arbeite für Leute, die gegenwärtig keinen Grund haben, Euren Tod zu wünschen, Riggers. Seht also zu, dass Ihr ihnen auch keinen gebt. Es sind außerdem Leute, die mit denen, die Eure Attentäter angeheuert haben, nicht auf gutem Fuß stehen.«

»›Und der Feind meines Feindes ist mein Freund‹«, sagte Riggers und zitierte damit eine alte Binsenwahrheit.

»Bis zu einem gewissen Grade, ja«, bestätigte James. »Im Augenblick gefällt mir die Vorstellung, dass wir mehr Grund haben, einander zu helfen als uns zu schaden.«

Riggers schwieg eine Zeit lang, dann kam das Essen und gewährte ihm einen weiteren Aufschub, während er eine Scheibe Käse nahm und auf das warme Brot legte. Nachdem auch das Bier auf dem Tisch stand und er einen großen Schluck genommen hatte, meinte er: »Verzeiht mir eine gewisse Vorsicht, dann werde ich Euch erzählen, soviel ich kann.

Ich repräsentiere die Interessen bestimmter Leute in Krondor, die von gewissem Rang sind und gute Verbindungen besitzen. Sie haben Handelsverbindungen im ganzen Königreich, bis nach Kesh und über das Bittere Meer nach Natal. In der letzten Zeit wurden sie von einem neuen Konkurrenten bedrängt, der sich bemüht, die bestehenden Handelsbeziehungen zu zerstören und ein neues Handelsimperium zu errichten.«

James dachte schweigend darüber nach. »Macht es Euch etwas aus, mir den Namen Eures Auftraggebers oder des neuen Konkurrenten mitzuteilen?«

Lysle grinste noch immer, aber das Lächeln war aus seinen Augen verschwunden. »Was das Erste betrifft, ja, es macht mir etwas aus, aber der Zweite ist eine ziemlich geheimnisvolle Person. Sie wird von einigen der Kriecher genannt.«

James beugte sich vor und sprach so leise, dass nur die am Tisch ihn verstehen konnten. »Ich bin Junker James vom Hofe des Prinzen, also bin ich ein Mann des Königs. Aber ich war eine Zeit lang auch als Jimmy die Hand bekannt, daher weiß ich, von wem Ihr sprecht. ›Mutter gibt eine Gesellschaft.‹«

»›Und alle werden eine schöne Zeit verbringen‹«, vollendete Riggers den Spruch. »Ihr seid Jimmy die Hand? Das hätte ich nie geglaubt.« Er lehnte sich zurück. »Ich gehe nicht oft nach Krondor. Meine … Auftraggeber ziehen es vor, wenn ich hier im Osten bleibe. Aber die Geschichten um Euren Aufstieg haben sich weit verbreitet.«

»Möglicherweise haben wir mehr gemeinsam, als Ihr ahnt«, sagte James. Er erzählte von den falschen Nachtgreifern in den Abwasserkanälen von Krondor und von dem Verdacht, dass jemand versuchen könnte, den Prinzen das Versteck der Spötter stürmen zu lassen, um so die falschen Nachtgreifer zu finden.

»Das klingt ganz nach dem Kriecher«, sagte Lysle. »Er würde die Krone fröhlich gegen die Spötter aufhetzen, sich in aller Ruhe zurücklehnen und das Schauspiel genießen. Möglicherweise würden die Spötter überleben, aber sie wären auf jeden Fall so geschwächt, dass sie sich ihm nicht mehr entgegenstellen könnten; und wenn sie vernichtet wären, könnte er hingehen und ihren Platz einnehmen.«

»Das ist unwahrscheinlich, solange Arutha in Krondor ist«, sagte James. »Er ist zu schlau, um auf ein so offensichtliches Spiel hereinzufallen. Was uns aber wirklich beunruhigt, ist die Existenz dieser echten Nachtgreifer – derjenigen also, die versucht haben, Euch zu töten.«

»Ich will nicht einmal nach dem Grund dafür fragen«, erwiderte Lysle. »Ich nehme an, es hat etwas mit dem Wohl des Königreichs zu tun.«

»Sie waren vor zehn Jahren an den Versuchen beteiligt, Prinz Arutha zu töten. Aber unabhängig davon, ob sie Überlebende von damals sind oder andere, die in ihrem Namen weiterarbeiten – auf jeden Fall sind sie eine Bedrohung. Könnt Ihr uns etwas über sie sagen?«

Lysle lehnte sich zurück. »Da ich morgen nach Tannerus aufbreche, um die Angelegenheit zu bereinigen, die Euch beinahe an meiner Stelle das Leben gekostet hätte, werde ich Euch sagen, was ich weiß. Dieser Mann, der sich Kriecher nennt, scheint an zwei Orten eine Art Basis errichtet zu haben. Ich habe gehört, dass er an den Docks von Durbin den Großteil aller verbrecherischen Machenschaften kontrolliert und in Silden die einheimischen Gauner vertrieben hat. Die Spötter sind zwar außerhalb Krondors niemals besonders stark gewesen, aber sie hatten immer gute Verbindungen im Bereich des Bitteren Meeres, und sie hatten auch einigen Einfluss in Silden. Doch in der letzten Zeit gab es in einigen Häfen am Bitteren Meer Probleme, wodurch die Geschäfte der Spötter behindert wurden, und in Silden sind all die verschwunden, die den Spöttern freundlich gesinnt waren. Wirklich brenzlig ist es jedoch weiter nördlich: In Romney herrschen zurzeit große Unruhen, und nach allem, was ich mir zusammenreimen kann, wickeln diese Nachtgreifer dort einen Großteil ihrer Geschäfte ab.«

»Wir haben davon gehört, dass es dort Probleme geben soll.«

»Ging es um die Gilde der Treidler?«, fragte Lysle.

James nickte.

»Das ist der Kriecher«, fuhr Lysle fort. »Er setzt an den Docks an, indem er es den Händlern schwer macht, Handelsgut in die Stadt hinein oder aus ihr heraus zu schaffen. Aber er bringt nicht nur die Geschäfte der Händler zum Erliegen, sondern auch die der dort arbeitenden Diebe. Nach einer Weile beginnen die Leute, Schutzgeld dafür zu bezahlen, dass ihre Waren rein- oder rausgelassen werden, und wenn er seine Hand erst einmal in ihrer Tasche hat, läßt er sich nie mehr vertreiben. Damon Reeves ist der führende Kopf der Treidler und eigentlich ein ehrlicher Mann. Irgendjemand muss ihm etwas ins Ohr geflüstert haben.«

»Ihr glaubt also wirklich, dass der Kriecher hinter dem Anschlag der neuen Nachtgreifer auf Euch steckt?«, fragte James.

»Ich weiß nicht, was ich glauben soll. Möglicherweise hat er einen Preis auf meinen Kopf ausgesetzt, weil er es leid geworden ist, dass ich herumflitze und Ärger mache. Oder jemand anders, der mit dem Kriecher überhaupt nichts zu tun hat, will aus einem ganz anderen Grund meinen Tod. Ich würde schon sagen, dass ich mir im Laufe der Zeit ein paar Feinde gemacht habe.« Lysle grinste bei diesen Worten.

»Daran habe ich keinen Zweifel«, meinte Gorath mit trockenem Humor.

»Wo sollen wir anfangen?«, fragte James.

»Beginnt bei einem Mann namens Michael Waylander. Es scheint, als würde er immer im Zentrum solcher Probleme stehen. Die Gegner der Treidler führt Arle Stahlherz von den Eisenwarenhändlern an. Beide Seiten sprechen aber noch mit Waylander. Es heißt, er wäre in einige dunkle Angelegenheiten verwickelt; nichts allzu Großes, aber es reicht, um ihn gefährlich zu machen.«

»Sonst noch etwas?«

»Nichts, was ich Euch mitteilen möchte; aber es behindert Eure Nachforschungen auch nicht, wenn Ihr es nicht wisst.«

»Nun«, sagte James, »das ist immerhin mehr als das, was wir

hatten, bevor wir auf Euch gestoßen sind. Wenn Ihr morgen nach Tannerus aufbrecht, wissen wir ja, wo wir Euch finden können.«

Lysle grinste, und James hatte das Gefühl, als würde er in einen Spiegel blicken. Obwohl Lysle zwei oder drei Jahre älter war als er, war die Ähnlichkeit verblüffend. »Genau das habe ich vor. Aber wer kann schon sagen, wo ich sein werde, wenn Ihr nach mir sucht?«

James bedachte ihn mit einem wissenden Blick und meinte: »Vertraut mir, Freund. Jetzt, da ich Eure Bekanntschaft gemacht habe, werde ich Euch im Auge behalten. Wir werden uns wiedersehen, zweifelt nicht daran.«

Lysle beendete sein Essen, entschuldigte sich und ließ die drei allein. »Ich erkundige mich mal, ob wir hier ein Zimmer bekommen können«, sagte James. Er leitete alles Nötige in die Wege, und die drei zogen sich zum Schlafen zurück.

Als sie am nächsten Morgen den Stallhof der Schenke betraten, fanden sie einen ziemlich verwirrten Stalljungen vor. »Die Pferde? Aber Ihr habt doch letzte Nacht eins davon genommen und die anderen beiden meinem Meister verkauft.«

James drehte sich um und starrte die Straße entlang, die nach Westen führte und irgendwann auch Tannerus erreichte. Er nahm sich im Stillen fest vor, diesen Lysle Riggers eines Tages aufzusuchen. Und hatte er bis zu diesem Augenblick noch irgendwelche Zweifel gehegt, dass sie verwandt waren, so lösten sie sich spätestens jetzt in Luft auf. James lachte. »Nun, ich nehme an, wir müssen neue Pferde kaufen, Junge. Was habt ihr denn anzubieten?«

Owyn und Gorath wechselten angesichts von James' seltsamer Reaktion einen erstaunten Blick, aber keiner von ihnen sagte ein Wort, während der Stalljunge seinen Meister holte, damit der mit ihnen um den Kaufpreis von drei Pferden feilschen konnte.

Ein Hindernis versperrte die Straße nach Romney, und bewaffnete Männer bedeuteten den drei Gefährten anzuhalten. »Was ist los?«, fragte James.

Einer der Männer trat hinter der Barriere hervor, die zum größten Teil aus Kornsäcken und Kisten bestand. »Wir lassen zur Zeit keine Fremden nach Romney.«

»Ich bin im Auftrag des Königs unterwegs«, sagte James, »und außerdem habe ich eine Vollmacht des Prinzen von Krondor bei mir.«

»Eine Vollmacht des Prinzen von Krondor, ja?«, sagte der Mann und rieb sich mit der behandschuhten Hand über das Kinn. Mit seinen muskulösen Armen, den aufgekrempelten Hemdsärmeln, seinem kräftigen Brustkorb und Nacken und dem sonnengebräunten Gesicht wirkte er wie ein Schauermann. Er trug einen langen Stab von der Art bei sich, wie man sie gewöhnlich benutzte, um Frachtkisten zu öffnen, und er sah aus, als wäre er durchaus gewillt, ihn auch in diesem Fall einzusetzen. »Nun, der Prinz ist ziemlich weit weg; dieses Gebiet gehört nicht einmal zum Westen, daher sehe ich keinen Grund, wieso uns das umstimmen sollte.«

»Wer führt hier das Kommando?«, fragte James und sprang vom Pferd. Er reichte Owyn die Zügel.

»Nun, gewöhnlich tut das Michael Waylander. Er will die Treidler davon abhalten, die Kontrolle über die Stadt an sich zu reißen, aber im Augenblick ist er dort und erledigt ein paar Dinge, daher hat er mir den Befehl übertragen.«

»Und Euer Name ist …?«

»Ich bin Karl Widger«, sagte der Mann.

Bevor der Mann auch nur die kleinste Bewegung machen konnte, war James schon bei ihm und versetzte ihm mit aller Kraft einen Schlag in den Bauch. Der Mann krümmte sich mit einem lauten »Uff« nach vorn, und James rammte ihm das Knie ins Gesicht. Widger sackte zusammen.

Gelassen schritt James über den am Boden liegenden Dockarbeiter hinweg. »Würde jetzt bitte jemand in die Stadt laufen und Michael Waylander herholen? Sagt ihm, dass Karl zur Zeit außer Gefecht ist und niemand das Kommando hat. Es sei denn«, fügte er hinzu, während er sein Schwert zog, »jemand von euch möchte zu mir kommen und mir erklären, dass er jetzt die Verantwortung dafür trägt, uns nicht nach Romney zu lassen.«

Zwei Männer berieten sich auf der anderen Seite der Barrikade, dann rannte einer auf eine kleine Brücke zu, die die Straße nach Romney von der Königlichen Hochstraße trennte. Keiner der übrigen Männer schien erpicht darauf, über die Barrikade zu klettern und James herauszufordern, aber es war dem Junker auch klar, dass er nicht einfach zwischen einem Dutzend Bewaffneter hindurchreiten konnte.

Owyn stieg ab und gab James die Zügel zurück. »Das war ganz schön kühn.«

»Aber auch ein bisschen dumm«, antwortete Jimmy leise. »Als ich diesem wandelnden Baumstamm meine Hand mit aller Kraft in den Bauch gerammt habe, habe ich sie mir beinahe gebrochen. Und dabei war das nur der Magen! Ich bin froh, dass ich es nicht mit seinem Kopf probiert habe. Wahrscheinlich hätte ich mir sämtliche Knöchel zerschmettert. Mein Knie klopft jetzt noch wie wahnsinnig.«

Es dauerte nicht lange, bis Michael Waylander eintraf. Er war ein großer Mann, blond und mit einem kurz geschnittenen Bart, der in der Nachmittagssonne rötlich schimmerte. »Was geht hier vor?«, fragte er mit deutlichem Nachdruck.

»Das würde ich auch gern wissen«, sagte James. »Ich habe eine Vollmacht des Prinzen von Krondor und bin im Auftrag des Königs unterwegs. Wie kommt Ihr dazu, mir den Weg zu versperren?«

»Unsere Handlungen unterstehen der Autorität des Grafen von Romney«, erklärte Waylander. »Wir hatten in der letzten Zeit viele Probleme und stehen kurz vor einem Gildenkrieg.«

»Einem Gildenkrieg?«, fragte James, als würde er zum ersten Mal davon hören.

»Die verdammten Treidler haben die Preise erhöht und dabei jede bisherige Vereinbarung verletzt. Jetzt drohen sie damit, sämtliche Geschäfte flussauf- und flussabwärts zu unterbinden. Ich vertrete eine Allianz aus anderen Gilden – Glasierern, Seilern, Zimmerleuten, Schmieden und einem Großteil der hiesigen Kaufleute. Wir haben uns geweigert zu zahlen.«

»Ich möchte Eure Ausführungen abkürzen«, sagte James. »Ihr wolltet Vereinbarungen treffen, um Eure eigenen Waren in die Stadt und heraus zu schaffen, und die Treidler haben angefangen, die Waren in den Fluss zu werfen und die Boote zu zerstören.«

»Mehr noch«, sagte Waylander. »Sie haben vor drei Wochen zwei Lehrlinge getötet und ein halbes Dutzend Boote in Brand gesetzt.«

»Nun, das sind lokale Angelegenheiten«, meinte James. »Wir sind im Auftrag der Krone unterwegs und können uns keine weiteren Verzögerungen leisten.«

»Ich würde gerne Eure Vollmacht sehen«, sagte Waylander.

James zögerte. Dieser Waylander war kein Adliger oder Beamter der Krone. Dem Gesetz nach bekleidete er keinen rechtsgültigen Stand, und James war somit auch nicht verpflichtet, seinem Wunsch nachzukommen. Aber praktische Überlegungen und ein Dutzend bewaffneter Männer brachten ihn dazu, in die Tunika zu greifen und die Reiseermächtigung herauszuholen, ebenso wie die Vollmacht, die seinen Anspruch auf sofortige Hilfe festlegte und jeden Adligen anwies, James bei seinem Auftrag für die Krone behilflich zu sein.

»Nun, wir können nicht vorsichtig genug sein. Diese Treidler haben Schwerter angeheuert, und die Stadt ist dabei, sich in ein bewaffnetes Lager zu verwandeln. Wir können nicht viel gegen die unternehmen, die bereits in der Stadt sind, aber wir können verhindern, dass noch mehr reinkommen.« Er reichte James die Vollmachten zurück.

»Was ist mit dem Grafen?«, fragte Owyn. »Sorgt er denn nicht für die Aufrechterhaltung des Friedens?«

»Es gibt hier keine Garnison«, erklärte Waylander, und etwas in seinem Tonfall verleitete James zu der Annahme, dass ihm die

Vorstellung gefiel. »Wir befinden uns im Herzen des Königreichs, und der größte Ärger, den wir gewöhnlich haben, geht von grölenden Betrunkenen an den Docks aus oder von den wenigen Banditen, die aus den nördlichen Bergen zu uns kommen, um irgendjemanden auf der Straße zu überfallen. Wir haben eine Stadtmiliz, aber die meisten Männer, die ihr angehören, haben sich bei diesem Streit auf die eine oder andere Seite geschlagen. Die Treidler sind die wichtigste Gilde in diesem Gebiet, aber zusammengenommen sind die anderen Gilden stärker. Es ist dennoch eine knappe Angelegenheit, und es gibt nicht viele unparteiische Gruppen in Romney. Graf Richard bat mich, mein Heim in Sloop – etwa einen halben Tagesmarsch südlich von hier – zu verlassen und hierher zu kommen, gerade weil ich nicht von hier stamme. Ich habe Freunde auf beiden Seiten, und manchmal hören sie mir auch zu. Aber die Treidler halten sich einfach nicht mehr an die Regeln – anders kann man es eigentlich nicht sehen.«

James steckte die Vollmachten wieder zurück in die Tunika. »Ich nehme an, dass sie über diese Angelegenheit anders denken. Aber das betrifft mich nicht. Ich muss den Grafen sprechen.«

Waylander setzte gerade zu einer Bemerkung an, als Pferdegetrappel James veranlasste, sich umzudrehen. Eine Kompanie Reiter näherte sich in gemächlichem Tempo auf der Straße; das Banner an der Spitze der Truppe kündigte die Königlichen Lanzenreiter an.

Ihr Anführer kam näher und brachte die anderen mit erhobener Hand zum Stehen. »Was geht hier vor? Macht uns den Weg frei, Männer.«

James nickte, und Waylander gab einen entsprechenden Befehl. Sofort begannen die Männer, die Kornsäcke und Kisten beiseite zu schaffen.

James trat zu dem Offizier und musterte ihn so lange, bis er ungeduldig wurde. »Was starrt Ihr mich so an, Junge?«

James grinste. »Walter von Gyldenholt? Hat Baldwin Euch also endlich nach Süden geschickt?«

Der ehemalige Hauptmann der Garnison von Hohe Burg war erstaunt. »Kennen wir uns?«

James lachte. »Wir sind uns in Hohe Burg begegnet. Ich bin James, Junker am Hof des Prinzen.«

»Ah, ja«, sagte der alte Hauptmann. »Jetzt erinnere ich mich.«

James musste grinsen. Als er dem Hauptmann zum ersten Mal begegnet war, war er eines der ersten Opfer gewesen, die darunter gelitten hatten, dass Guy du Bas-Tyra in Ungnade gefallen war. Er war ein Offizier von Guys loyalstem Verbündeten gewesen und durch jahrelangen, harten Dienst bei den Grenzbaronen in diese Position gekommen. James betrachtete Walters beachtliche Leibesfülle. »Friedenszeiten sind gute Zeiten, wie es scheint.«

»Was führt Euch her, Junker?«, fragte der Hauptmann, der die freundschaftliche Stichelei ignorierte.

»Wir erledigen einige Aufträge für den Prinzen. Seid Ihr die Kompanie, die Guy geschickt hat, damit hier die Ordnung wiederhergestellt wird?«

»Ja, die sind wir«, bestätigte Walter. »Wir wären schon ein paar Tage früher gekommen, aber südlich von hier hat es ein bisschen Ärger gegeben. Eine Gruppe von schwarz gekleideten Burschen versuchte, uns daran zu hindern, diesen Weg zu nehmen. Sie haben uns zu einer spaßigen Jagd herausgefordert, aber es ist uns gelungen, ein paar von ihnen zu töten, bevor die übrigen sich aus dem Staub machen konnten.«

James blickte Gorath und Owyn an. »Das sind Angelegenheiten, über die wir hier draußen vielleicht besser nicht sprechen sollten, Hauptmann. Ich muss mit dem Grafen reden. Ich könnte mir vorstellen, dass das auch Euer Wunsch ist.«

»In der Tat«, sagte der Hauptmann. Er gab seinen Männern das Zeichen, durch die nun geöffnete Barrikade hindurchzureiten. »Reitet mit uns, Junker. Wir werden Euch diese Rüpel vom Hals halten.« Er lächelte James zu.

James lachte und stieg auf, dann bedeutete er seinen Kameraden, sich mit ihm dem Trupp anzuschließen. Die Kompanie bestand aus fünfzig Lanzenreitern – genug, dass es ernsthaften Ärger gar nicht erst geben würde und beide Seiten davon abgehalten wurden, irgendetwas Unüberlegtes zu tun. Zumindest war das James' Hoffnung.

»Es war unsere Aufgabe, diese Brücke so lange zu halten, bis die Lanzenreiter kommen, Junker. Sagt dem Grafen, dass meine Männer und ich nach Sloop zurückkehren«, meinte Waylander.

James nickte zur Bestätigung, dass er der Bitte nachkommen würde, und sie passierten die Brücke.

Romney war ein wichtiger Handelsplatz im Osten. Die Stadt war groß genug, um nach westlichen Maßstäben als riesig zu gelten, aber hier in der östlichen Hälfte des Königreichs war sie nicht viel mehr als eine größere Stadt, etwa halb so groß wie Krondor. Jetzt, da er fünfzig Lanzenreiter zu seiner Verfügung hatte, konnte der Graf seine Wachmannschaften auffüllen und die Ordnung wiederherstellen – zumindest, solange niemandem an einem offenen Krieg gelegen war.

Die Spannung in der Stadt war beinahe greifbar. Als die Lanzenreiter hineinritten, blickten Neugierige verstohlen aus den Fenstern oder verschwanden von den Straßen, um die Soldaten passieren zu lassen.

»Hier liegt eine Menge Furcht in der Luft«, erklärte Gorath.

»Die Leute machen sich Sorgen, dass Unruhen ausbrechen könnten«, erklärte James. »Selbst die, die sich nicht für eine der beiden Seiten entschieden haben, könnten von der Woge der Gewalt mitgerissen werden und Schaden erleiden. Bei einem Gildenkrieg sterben immer wieder Menschen bei dem Versuch, anderen zu erklären, dass sie gar nicht auf der Seite von einer der beiden streitenden Parteien stehen.«

Sie bogen um eine Ecke und erreichten den Marktplatz, der von einem riesigen Brunnen beherrscht wurde. James bemerkte gleich, dass etwas sonderbar war. »Es sind gar keine Straßenhändler und Verkäufer hier.«

Owyn nickte. »Ich bin früher manchmal hier durchgekommen, wenn ich unterwegs zu meinem Onkel in Cavell Keep war. Immer waren Händler auf dem Marktplatz.«

»Vielleicht hatten sie Angst, in den Sog der Gewalt zu geraten, von dem du gerade gesprochen hast«, meinte Gorath.

James nickte. An der Nordseite des Platzes thronte eine große Schenke; das Schild über der Tür zeigte ein schwarzes Schaf vor einer grünen Wiese. »Dort werden wir unser Hauptquartier errichten«, verkündete Walter von Gyldenholt.

Die Lanzenreiter stiegen ab, und was immer James von dem ehemaligen gehässigen Hauptmann von Hohe Burg denken mochte, sein Trupp war ein Vorbild an Effizienz. Der Hauptmann winkte jemanden zu sich, der gerade zufällig vorbeikam. »Wisst Ihr, wo der Graf von Romney ist?«

»Er hat sich in diesem Haus dort niedergelassen«, antwortete der Mann. Er deutete auf ein Gebäude am anderen Ende des Marktplatzes.

Walter reichte einem der Soldaten die Zügel seines Pferdes. »Junker James, lasst uns Seiner Lordschaft einen Besuch abstatten.«

James stieg ebenfalls ab und wandte sich an Owyn. »Such ein Zimmer für uns, aber in einer anderen Schenke. Wir können leichter Erkundigungen einziehen, wenn wir nicht in der Gesellschaft von fünfzig Königlichen Lanzenreitern auftauchen.«

»Ich kenne diese Stadt. Ich bin mal mit meinem Vater hier abgestiegen.« Owyn deutete eine Straße entlang. »Da vorn ist noch eine Brücke, sie führt über den Cheam, und genau auf der anderen Seite liegt eine Schenke. Auf ihrem Schild ist eine grüne Katze. Wir warten dort auf dich.«

James wandte sich um und eilte Walter hinterher, der zielstrebig auf die Tür des Hauses zusteuerte, in dem sich der Graf von Romney aufhalten sollte. Der Hauptmann hatte kaum geklopft, da wurde die Tür bereits aufgerissen. »Die Herren möchten bitte eintreten«, sagte ein Diener.

Der Mann trug einen Überwurf mit dem gräflichen Wappen

darauf – ein stilisierter Fluss, aus dem ein Fisch sprang, darüber ein Stern. Der Diener führte sie in den hinteren Teil des Hauses in einen kleinen Raum.

Graf Richard war noch jung, und obwohl er eine Rüstung und ein Schwert trug, wirkte er weniger wie ein Adliger, sondern eher wie ein Händler oder Kaufmann. James war bisher von Adligen umgeben gewesen, die sowohl Herrscher als auch Kämpfer gewesen waren; diese östlichen Adligen, die ihre Schwerter nur als Zierde trugen, waren etwas, an das er sich erst noch gewöhnen musste. »Willkommen, meine Herren. Guy du Bas-Tyra hat also meiner Bitte entsprochen.« Die Stimme des Grafen war überraschend tief und kraftvoll.

James überließ zunächst Walter das Wort. »Wir haben uns sofort auf den Weg gemacht.«

»Wie viele Männer habt Ihr dabei?«

»Eine Kompanie von fünfzig Königlichen Lanzenreitern.«

Der Graf blickte besorgt drein. »Ich kann nur hoffen, dass sie ausreichen, um die Leute zu besänftigen. Es wäre mir sehr viel lieber, wenn wir diesen Streit beenden könnten, ohne Gewalt anwenden zu müssen.«

Walter blickte James an und zuckte mit den Achseln. Der Graf wurde jetzt auf James aufmerksam. »Und Ihr seid?«

»James, Junker am Hofe von Prinz Arutha«, sagte er und zog die Vollmachten hervor. Das zweite Dokument – die Aufforderung, den Reisenden auf ihren Wunsch hin Hilfe zu gewähren – schien beim Grafen einiges Missfallen zu erzeugen. »Welche Art von Hilfe?«

»Für den Augenblick zunächst einmal Informationen. Wir haben Gerüchte gehört, dass sich Mitglieder der Bruderschaft des Dunklen Pfades hier herumtreiben sollen und dass möglicherweise die Nachtgreifer zurückgekehrt sind.«

»Möglicherweise?«, fragte der Graf, während sein Gesicht zunehmend dunkler wurde. »Liest denn überhaupt jemand die Berichte, die ich der Krone schicke? Natürlich sind sie *möglicher-*

weise zurückgekehrt! Sie haben für die Treidler zwei Mitglieder der Eisenwarenhändlergilde getötet und auch zwei Mitglieder der Treidler umgebracht; sie töten für den, der sie gerade bezahlt. Soviel ich weiß, versteckt sich Baron Cavell sogar im Dorf, weil sie ihn verfolgen! Angeblich hat er in jedem einzelnen Zimmer seiner kleinen Residenz Wachen aufgestellt!«

Irgendwas klingelte bei dem Namen Cavell, aber James konnte nicht genau sagen, was es war.

»Meine Gefährten und ich werden ein paar Tage hier bleiben und uns umhören«, erklärte James. »Wir würden es vorziehen, wenn unser Besuch nach außen hin inoffiziell bleibt. Sollte jemand Fragen stellen, werden wir erklären, dass wir auf der Durchreise sind und hier Station gemacht haben, um Euch die Grüße des Prinzen zu überbringen.« Er warf einen Blick auf Walter. »Wir werden drüben in der *Grünen Katze* wohnen, damit es glaubwürdiger erscheint, Hauptmann.«

Walter von Gyldenholt zuckte mit den Schultern, als wäre das für ihn ohne Bedeutung. Er wandte sich an den Grafen. »Mylord, wir stehen zu Eurer Verfügung. Ich werde morgen mit den Hauptleuten Eurer Miliz sprechen und eine Patrouille zusammenstellen. Sobald die Menschen hier sehen, dass meine Soldaten die Straßen auf und ab reiten, wird sich die Lage wieder beruhigen.«

James und der Hauptmann verabschiedeten sich und zogen sich zurück. Draußen meinte Walter: »Also dann, Junker, wir werden die Angelegenheit ja wohl bald unter Kontrolle haben.«

Wieder spürte James eine seltsame Spannung in der Luft. »Ich hoffe es, Hauptmann. Ich hoffe wirklich sehr, dass dem so sein wird.«

Sie trennten sich, und James ging zu seinem Pferd, saß auf und ritt quer durch die Stadt in die Richtung, die Owyn ihm gewiesen hatte. Unterwegs sah er sich interessiert um.

Romney breitete sich auf einem Gebiet aus, das von drei Flussläufen durchzogen wurde. Der Rom kam von den Zähnen der Welt aus der Nähe von Nordwacht, der ältesten Grenzbaronie.

Bei Romney gabelte er sich: Ein Arm floß als Cheam nach Südosten, während der Rom selbst die Richtung nach Südwesten einschlug, bis er sich in der Nähe der Küste dann wieder südöstlich wandte. James hielt an der Brücke inne, die sich über den Cheam spannte. Irgendetwas nagte an ihm, eine Erinnerung, die er nicht genau benennen konnte, die aber dennoch wichtig war, wie er spürte. Er wartete einen Augenblick ab, ob möglicherweise ein Hinweis an die Oberfläche seines Bewußtseins drang, doch da nichts dergleichen geschah, schob er die seltsame Empfindung erst einmal beiseite.

Er überquerte die Brücke und stellte fest, dass die Menschen in diesem Teil der Stadt sogar noch angespannter wirkten. Ängstlich hasteten sie durch die Straßen, und ihre Blicke flogen unruhig hin und her, als würden sie hinter jeder Straßenecke einen Angriff erwarten. Auch hier waren nirgendwo Straßenhändler zu sehen.

Er erreichte die Schenke *Zur Grünen Katze* und ritt gleich in den Stallhof, wo Gorath und Owyn auf ihn warteten. »Wieso seid ihr nicht schon reingegangen?«, fragte James, während er abstieg.

Ein Stalljunge antwortete; sein Blick war ängstlich. »Herr, mein Meister ist unwillig, Euren ... Freund zu bedienen.« Bei den letzten Worten deutete er auf Gorath.

James hatte schon ein leises »Ich würde ihn nicht gerade einen Freund nennen« auf den Lippen, doch dann besann er sich, warf dem Burschen die Zügel zu und marschierte zur Hintertür der Schenke. Nach kurzem Zögern folgten ihm Owyn und Gorath.

Im Innern der Schenke sah James einen großen Mann in fortgeschrittenem Alter, unter dessen beachtlicher Leibesfülle sich aber noch immer breite Schultern und eindrucksvolle Muskeln verbargen. Der Mann drehte sich um, als er hörte, dass jemand vom Stall hereinkam. Er deutete mit seinen fleischigen Fingern auf Gorath und sagte: »Du! Ich habe dir doch schon gesagt, dass ich von deiner Sorte keinen in meiner Schenke haben will!«

James stellte sich rasch zwischen den Schenkenbesitzer und Gorath. »Welche Sorte meint Ihr denn?«

Der Mann blickte James an und versuchte ihn einzuschätzen. Der junge Mann war nicht übermäßig groß oder eindrucksvoll, aber da war etwas in seinem Benehmen, das den Wirt innehalten ließ. »Dunkelelben! Fünfzehn Jahre habe ich an der Grenze gedient! Ich habe genug von seiner Sorte getötet, um sie zu kennen. Sie haben viele meiner Kameraden umgebracht. Wer zum Teufel seid Ihr überhaupt, dass Ihr mich das fragt?«

»Ich bin Junker James vom Hofe Prinz Aruthas in Krondor. Der da ist mein Kamerad, und wir sind im Auftrag der Krone unterwegs.«

»Und ich bin die Königin von Banapis«, entgegnete der Schenkenbesitzer.

James grinste, während er in seine Tunika griff und die Vollmachten herausholte. »Nun, Majestät der Liebe und Schönheit, lest das hier, denn sonst werde ich Graf Richard herholen lassen, damit er für uns bürgt. Und dann werden wir ja sehen, wie es ihm gefällt, sich in dieser angespannten Lage hierher bemühen zu müssen.«

Der alte Mann konnte lesen, wenn auch nur langsam und dabei leise vor sich hin murmelnd. James unterließ es, ihm seine Hilfe anzubieten. Dann gab der Wirt ihm die Papiere zurück. »Verflucht. Ihr seid so was wie ein Offizier des Prinzen, ja?«

James zuckte mit den Achseln. »Falls ein alter Soldat wie Ihr es dann besser versteht: Wenn ich in der Armee wäre, wäre ich Leutnant. Nun, ich möchte ein Zimmer, das groß genug für uns drei ist, außerdem Bier und etwas zu essen für uns.«

Der Mann warf Gorath einen finsteren Blick zu und wandte sich dann wieder an James. »Folgt mir … Junker.« Er führte sie zur Theke, hinter der er kurz verschwand, um mit einem großen eisernen Schlüssel in der Hand zurückzukommen. »Die Treppe hoch und dann immer geradeaus. Es ist hinten rechts.« James nahm gerade den Schlüssel entgegen, als ein Leuchten in die Augen des Mannes trat. »Sechs goldene Sovereigns pro Nacht.«

»Sechs!«, rief James. »Ihr seid ein Dieb!«

»Zwei pro Person. Ihr könnt das Zimmer nehmen oder es lassen.«

James wusste sehr gut, dass die fünfzig Lanzenreiter viele Zimmer in den anderen Schenken für sich beanspruchen würden, und so meinte er nur: »Wir nehmen es.«

»Im voraus.«

James zählte zwölf Münzen ab. »Zwei Nächte. Wenn wir länger bleiben, zahlen wir übermorgen.«

Der Mann schob die Münzen zu sich heran. »Essen und Bier sind nicht im Preis eingeschlossen«, sagte er.

»Das habe ich mir gedacht«, erwiderte James. Er wandte sich an Owyn und Gorath. »Holen wir unser Gepäck, dann können wir etwas essen.«

Sie nahmen den Pferden die Reisesäcke ab, stellten sicher, dass der Stalljunge auch wusste, was er mit den Tieren tun sollte, und gingen nach oben. Wie James bereits vermutet hatte, war es das unangenehmste Zimmer von allen, da es genau über den Ställen lag. Er beschloss jedoch, kein Aufhebens darum zu machen.

Als sie am Tisch saßen, dauerte es außerordentlich lange, bis die Getränke und das Essen aufgetragen wurden, obwohl nicht viele andere Gäste zugegen waren. James dachte gerade darüber nach, wann er dem alten Soldaten einen Dämpfer verpassen sollte, als das Essen endlich kam. Zu seiner großen Freude bestand es aus hervorragenden Zutaten und schmeckte ausgezeichnet.

Während des Essens besprachen sie die Situation. James teilte den anderen beiden mit, was er von Graf Richard erfahren hatte. »Also – die Nachtgreifer arbeiten für die Treidler oder die Eisenwarenhändler?«, fragte Owyn.

»Nein, weder noch«, mutmaßte Gorath.

»Verwirrung und Zwietracht sind Delekhans Verbündete hier im Königreich.«

»Ich glaube, Gorath hat Recht. Ich weiß nicht, ob die Nachtgreifer mit diesem Kriecher oder mit Delekhan zusammenarbeiten, möglicherweise auch mit beiden gleichzeitig. Vielleicht sind wir auch in einen Konflikt hineingeraten, der mit unserem Auftrag gar nichts zu tun hat, aber wie auch immer – er nützt Delekhan. Was bedeutet, dass wir helfen müssen, ihn zu beenden.«

»Aber wie?«, fragte Owyn.

»Findet heraus, wer diese Sache angefangen hat, und versucht, einen Weg zu finden, wie wir beide Seiten dazu bringen können, sich an einen Tisch zu setzen und miteinander zu reden. Wenn der Graf in diesem Konflikt vermitteln kann, herrscht in dieser Stadt vielleicht schon wieder so etwas wie Ordnung, wenn wir weiter müssen. Diese Lanzenreiter können den Deckel auch nur eine gewisse Zeit auf dem brodelnden Topf halten; früher oder später wird jemand ein Schwert ziehen, oder irgendwer wird jemandem den Hals umdrehen, und dann wird es zu einem richtigen Aufruhr kommen.« Er sprach noch leiser als ohnehin schon. »Und wenn die meisten Stadtwachen auf der einen oder anderen Seite stehen, werden auch die fünfzig Lanzenreiter nicht in der Lage sein, sie aufzuhalten.«

Owyn nickte. »Was erwartest du also von uns?«

James deutete auf Gorath. »Ich möchte, dass du dich morgen gleich bei Sonnenaufgang aufmachst und dich außerhalb der Stadt ein wenig umsiehst. Du weißt, wonach du suchen musst.« Dann wandte er sich an Owyn. »Kennst du eine von den vornehmen Familien hier in Romney?«

»Nicht gut«, meinte Owyn. »Aber da mein Vater ein Baron ist und ich genug Namen anderer Familien kenne, die ich in die Runde werfen kann, werde ich schon irgendwo eine Einladung zum Tee oder Essen bekommen.«

»Gut«, meinte James. »Ich werde mich ebenfalls ein bisschen umsehen.«

»Wo?«, wollte Owyn wissen.

James grinste. »In einem Teil der Stadt, wohin weise Männer nicht gehen sollten.«

Owyn nickte. »Was gibt es sonst noch?«

»Kennst du einen Baron Cavell, der nördlich von hier leben soll?«, fragte James.

Owyn hatte gerade den Mund voll und beeilte sich, rasch zu Ende zu kauen. »Du meinst Corvallis von Cavell? Den sollte ich allerdings kennen. Er ist mein Onkel. Das heißt, er ist der Onkel meiner Mutter, aber er ist nur ein paar Jahre älter als sie. Wieso?«

»Richard von Romney sagt, dass er von den Nachtgreifern belästigt wird.«

»Das überrascht mich nicht«, meinte Owyn. »Onkel Corvallis hatte schon immer ein hitziges Temperament und eine unnachgiebige Art. Er war gut darin, sich Feinde zu machen. Dennoch kann ich mir kaum vorstellen, dass jemand seinen Tod wünscht.«

James zuckte mit den Achseln. »Das behauptet der Baron von Cavell zumindest, wie Graf Richard sagte.«

»Wenn sie wirklich seinen Tod wollten, wäre er schon tot«, sagte Gorath.

»Hmm. Nach allem, was Richard sagte, versteckt sich dein Onkel Corvallis in einem Haus mitten im Dorf Cavell, und er hat Wachen in jedem Zimmer.«

Owyn nickte. »Der alte Burgfried ist vor Jahren bei einem rätselhaften Feuer vollkommen ausgebrannt. Die Familie lebt seither im besten Haus im Dorf und spricht ständig davon, den alten Burgfried zu restaurieren, aber bisher ist noch nichts geschehen.«

»Nun, möglicherweise sollten wir deinen Onkel aufsuchen und mit ihm sprechen, wenn wir die Nachtgreifer hier nicht finden können.«

»Ich habe nicht den Eindruck, dass es besonders schwer ist, die Nachtgreifer zu finden«, meinte Gorath.

James nickte zustimmend. »Auch wieder wahr.«

Sie beendeten ihre Mahlzeit und begaben sich auf ihr Zimmer, um zu schlafen.

Der Schrei am nächsten Morgen war kaum in James' Bewusstsein gedrungen, da war er schon aus dem Bett und griff nach seiner Hose und den Stiefeln. Auch Gorath war wach und zog sein Schwert. Owyn rührte sich schläfrig auf der Pritsche. »Was ist los?«

»Klingt so, als wäre ein Aufruhr ausgebrochen«, sagte Gorath.

James lauschte, dann schüttelte er den Kopf. »Nein, das ist etwas anderes.«

Er kleidete sich vollends an und eilte den Flur entlang zur Treppe, die in den großen Schankraum führte. Als er zur Vordertür ging, konnte er Stimmen hören. Der Schenkenwirt stand an der Tür und sah sich die Leute an, die draußen vorbeiliefen.

»Was ist los?«, fragte ihn James.

Mit einem finsteren Blick wandte sich der Wirt um.

»Mord. Es heißt, es hätte in dieser Nacht Tote gegeben.«

»Tote?«, fragte Owyn, der gerade die Treppe heruntereilte. »Wer wurde denn getötet?«

»Ich weiß es nicht«, antwortete der Wirt. »Aber es soll im *Schwarzen Schaf* passiert sein.«

Die Worte hingen noch in der Luft, da war James schon aus der Tür, gefolgt von Owyn und Gorath. Er machte sich gar nicht erst die Mühe, sein Pferd zu satteln, sondern rannte zu Fuß durch die Straßen, folgte der Menschenmenge, die sich wie ein Strom weiterschob, über die Brücke hinweg zum Marktplatz der Stadt.

Als er den Marktplatz beinahe erreicht hatte, stellte er fest, dass die Leute von Soldaten mit Stöcken zurückgehalten wurden; die Männer trugen alle Armbinden. Keiner von den Königlichen Lanzenreitern war zu sehen. James musste sich mühsam einen Weg durch die Menge bahnen, und als er endlich vorn angekommen war, hielt ein Mann mit einem Spieß ihn auf Abstand.

James schob den Spieß beiseite. »Im Auftrag der Krone!«

Der Mann war auf so etwas offensichtlich nicht vorbereitet und zögerte, so dass James, Gorath und Owyn passieren konnten, bevor er die anderen wieder zurückschob.

Richard, Graf von Romney, eilte mit großen Schritten auf den Brunnen zu. Als er James sah, rief er ihn zu sich. »Junker!«

James trat zu ihm. »Mylord? Was ist geschehen?«

Der Graf war kaum in der Lage zu sprechen, so wütend war er. Er deutete auf die Tür zum *Schwarzen Schaf*. »Seht selbst!«

James eilte hinüber.

Überall im Schankraum lagen Königliche Lanzenreiter – auf den Tischen und am Boden, die Augen leer und starr. James musste keinen Heiler oder Priester fragen, um zu wissen, dass diese Männer tot waren. Er bemerkte einen zusammengekauerten Stalljungen, der die Leichen eine Stunde zuvor gefunden hatte, als er in den Schankraum gekommen war, um zu frühstücken. »Alle?«, fragte ihn James.

Der Junge war so erschreckt, dass er kaum sprechen konnte. Er nickte. »Der Offizier liegt oben in seinem Zimmer, zusammen mit dem Sergeanten und einigen anderen. Die übrigen sind hier gestorben.«

Gorath trat zum Tisch und griff nach einem Becher Bier. Er roch daran. »Gift«, sagte er, »oder ich will ein verfluchter Goblin sein. Man kann es riechen.«

James nahm den Becher und roch daran. Er kam zu dem Schluss, dass der Moredhel einen schärferen Geruchssinn besitzen musste als er selbst, denn er konnte keinen anderen Geruch als den nach warmem Bier wahrnehmen. Er bemerkte aber eine schwärzliche Substanz, die sich im Becher abgesetzt hatte. Er fischte mit seinem Finger etwas davon heraus und berührte es mit der Zungenspitze. Er spuckte sofort aus. »Du hast möglicherweise recht, und es ist wirklich Gift im Bier. Aber was du hier riechst, ist Teerkraut.«

»Teerkraut?«, fragte Owyn und wurde noch blasser, obwohl er bereits die vielen Leichen gesehen hatte.

James nickte und stellte den Becher zurück auf den Tisch. »Es ist ein alter Trick, der in schäbigen Schenken gerne angewandt wird. Teerkraut ist scheußlich, wenn es in großen Mengen angewandt wird, aber in kleinen Dosen macht es einfach nur durstig. Wenn man schlechtes Bier damit versetzt, trinken die Leute, als wäre es Zwergenwinterbier.«

»Kann es jemanden töten?«, fragte Owyn.

»Nein, aber es gibt viele geschmacklose Gifte, die das können«, erklärte James.

Er wandte sich an den Jungen. »Wie heißt du?«

»Jason«, antwortete der Junge angsterfüllt. »Was werden sie jetzt mit mir tun?«, fragte er.

»Nichts. Wieso glaubst du, dass sie mit dir etwas tun sollten?«

»Ich habe diese Männer bedient, Herr. Mein Meister hat immer gesagt, dass das Wohl unserer Gäste in unserer Verantwortung liegt.«

»Ja, sicher, aber du konntest doch wohl kaum gewusst haben, dass das Bier vergiftet war, oder?«

»Nein, aber mir ist irgendetwas komisch vorgekommen, und ich habe es nicht gesagt.«

Jetzt war James interessiert. »Was ist dir komisch vorgekommen?«

»Die Männer, die mit dem Bier gekommen sind. Wir kaufen unser Bier im *Umgekippten Bierfass* unten in Sloop. Ich kenne die Fahrer. Aber diesmal waren es fremde Männer.«

James packte Jason fest an den Schultern und schaute ihm in die Augen. »Gibt es etwas, das du uns über diese Männer sagen kannst? War irgendetwas Besonderes an ihnen?«

Jason starrte einen Augenblick an die Decke, als versuchte er angestrengt, sich zu erinnern. »Es waren dunkelhäutige Männer, vielleicht Keshianer, und sie haben seltsam gesprochen. Und sie machten den Eindruck, als wären sie besorgt, obwohl sie nichts dergleichen gesagt haben. Einer hat ein Medaillon getragen; es ist unter seiner Tunika hervorgerutscht, als er sich nach vorn gebeugt hat, um einem anderen ein Fass zu reichen.«

»Wie hat das Medaillon ausgesehen?«, wollte James wissen.

»Es war ein Vogel drauf.«

James warf Gorath und Owyn einen bedeutungsvollen Blick zu. »Was noch?«, fragte er.

»Sie haben mir gesagt, dass ich vergessen soll, dass ich sie gesehen habe«, antwortete Jason. »Und sie haben seltsam gerochen, so wie Seeleute aus Silden es tun, wenn sie hierher kommen, nach sonnenbeschienenen Zeltstoffen und Blumen.«

Gorath und Owyn begannen damit, den Schankraum zu untersuchen, während James nach draußen ging. Er sah Graf Richard noch immer an derselben Stelle stehen. Der Schock über die vielen Morde hatte ihn anscheinend ziemlich unfähig gemacht, überhaupt irgendetwas zu tun. James hatte so etwas schon vorher bei Männern gesehen, die an Blutvergießen nicht gewöhnt waren. Er eilte zum Grafen. »Graf Richard, was schlagt Ihr vor?«

Richard blinzelte, als hätte er Schwierigkeiten, den Junker zu verstehen. »Was ich vorschlage?«, wiederholte er schwach.

James deutete auf die Menschenmenge. »Ihr müsst ihnen irgendetwas sagen. Die Menge muss sich zerstreuen, damit die Lage nicht noch schlimmer wird, als sie es ohnehin schon ist. Und dann müssen wir uns um die Leichen kümmern.«

»Ja«, sagte Graf Richard. »Das ist richtig.« Er kletterte auf den Brunnen und stellte sich so hin, dass alle ihn sehen konnten. »Bürger von Romney«, rief er, und als er zu sprechen begann, erkannte James, dass er häufig zu den Stadtbewohnern sprach, denn die Vertrautheit dieser Aufgabe brachte ihn wieder zu Verstand.

»Geht nach Hause!«, befahl der Graf. »Bewahrt Ruhe. Es sind heimtückische Morde geschehen, doch jene, die dafür verantwortlich sind, werden gesucht und bestraft werden.« Er sprang vom Brunnen herunter und winkte eine Stadtwache zu sich. »Ich möchte, dass je ein Vertreter der Treidler und der Eisenwarenhändler in fünf Minuten bei mir erscheinen.«

»Verflucht!«, sagte der Graf zu James. »Ich muss jemanden nach Cheam schicken, um weitere Truppen zu bekommen. Der finstere Guy wird nicht gerade begeistert sein, wenn er erfährt, dass in meiner Stadt fünfzig Männer des Königs umgekommen sind.«

»Und der König ebenfalls nicht«, bemerkte James. Er sah, wie sich das Gesicht des Grafen bei der Erwähnung von Lyam umwölkte, und daher fuhr er rasch fort »Meine Kameraden und ich werden alles tun, um Euch zu helfen.«

»Das Beste, was Ihr im Augenblick tun könnt, Junker, ist, herauszufinden, wer hinter all dem steckt.«

»Das weiß ich bereits«, sagte James. Er erzählte ihm von dem Teerkraut und den zwei Männern, die anscheinend aus Silden waren.

»Nachtgreifer«, flüsterte der Graf so leise, dass niemand sonst es hören konnte. Die Menschenmenge begann bereits, sich aufzulösen. »Verflucht! Ich würde mir fast wünschen, dass Damon Reeves oder Arle Stahlherz dahinter stecken.«

»Wieso gerade sie?«, fragte James.

»Weil ich dann den einen oder den anderen hängen lassen könnte und auf einen Schlag zwei Probleme gelöst hätte. Reeves leitet die Treidler, und Arle Stahlherz ist der Anführer der Gilde der Eisenwarenhändler. Sie stehen im Zentrum des Streits.« Er deutete auf zwei Männer, die sich näherten. Als sie vor dem Grafen stehen blieben, meinte er: »Sagt Euren jeweiligen Leuten, dass ich von der Gewalt in Romney genug habe. Ich werde die führenden Köpfe der Treidler und der Eisenwarenhändler persönlich für das Verhalten beider Seiten in dieser Auseinandersetzung verantwortlich machen. Wenn es auch nur eine einzige weitere Gewalttat gibt, werde ich sie nebeneinander am Stadttor aufhängen lassen. Und jetzt geht und berichtet den beiden, was ich gesagt habe.«

Der erste Mann, einer der Eisenwarenhändler, meinte: »Aber Arle Stahlherz ist unten in Sloop!«

»Dann müsst Ihr eben nach Sloop gehen«, befahl der Graf.

James mischte sich ein. »Graf, das kann ich machen.« Die beiden Männer wechselten einen Blick, als wollten sie fragen, wer dieser Fremde war, der bereit war, eine solche Nachricht zum Anführer einer der beiden streitenden Parteien zu bringen.

»Sorgt dafür, dass jeder erfährt, dass das Leben von Arle und Damon verwirkt sein wird, wenn es in meiner Stadt noch mehr Probleme gibt.« Die beiden Männer nickten und eilten davon.

»Könnt Ihr diese Drohung denn auch durchsetzen, Graf?«, fragte James, als die Männer außer Hörweite waren.

»Wahrscheinlich nicht, aber sie werden hoffentlich so entsetzt über die Vorstellung sein, dass sie sich so lange benehmen, bis die nächsten Soldaten hier eintreffen.« Er sah James an. »Wieso wollt Ihr nach Sloop gehen?«

»Weil das vergiftete Bier daher kommt, und weil ich denke, dass wir danach weiter nach Silden gehen müssen.«

»Dann sagt Stahlherz und Waylander, dass ich beide Männer nach Ablauf von drei Tagen hier erwarte, zusammen mit Reeves und den anderen Anführern der örtlichen Gruppen. Sollte einer von ihnen nicht erscheinen, weiß ich, dass seine Hand bei den Morden im Spiel war. Dann werde ich höchstpersönlich seinen Tod anordnen. Wenn sie kommen, werde ich sie gemeinsam in einen Raum sperren, den sie erst verlassen dürfen, wenn sie diese Streitigkeiten beigelegt haben. Es kümmert mich nicht, ob sie auf den Boden pinkeln müssen oder vor Hunger sterben. Diese Angelegenheit wird geklärt sein, bevor einer von ihnen das Sonnenlicht wieder erblickt.«

Absolut überzeugt von der Ernsthaftigkeit, die der Graf an den Tag legte, meinte James: »Meine Kameraden und ich werden in einer Stunde aufbrechen, Graf.« Er verbeugte sich und kehrte zum *Schwarzen Schaf* zurück, wo zwei Arbeiter damit beschäftigt waren, mit Jason die Leichen wegzuschaffen; sie wurden auf einen Wagen geladen und für die Verbrennung fortgebracht. Owyn winkte James zu sich.

»Hast du was Interessantes gefunden?«

»Nur das hier«, sagte Owyn. Er hielt zwei Gegenstände hoch. Bei dem einem handelte es sich um eine kleine Silberbrosche, die wie eine übergroße Spinne aussah.

»Was ist das?«, fragte James.

»Du musst es umdrehen«, sagte Gorath.

James tat das und sah eine große Rinne durch die Mitte des Gegenstands laufen. Darin war eine fest verpackte, gummiähnliche

Substanz. James hielt sich das Teil unter die Nase und roch daran. »Silberdorn!«, sagte er.

»Bist du sicher?«, fragte Owyn.

»Ich erkenne diesen Geruch, vertrau mir«, antwortete James.

»Es ist das Werkzeug eines Attentäters«, sagte Gorath. »Man fährt mit der Spitze des Dolches über diese Rinne, und selbst, wenn man keinen tödlichen Stich austeilt, stirbt das Opfer innerhalb weniger Stunden.«

»Was noch?«, fragte James.

Owyn hielt ein Messingrohr hoch, an dessen beiden Enden sich Glas befand. »Ein Spionierglas?«, fragte James.

»Sieh hindurch«, schlug Owyn vor.

James tat es, und seine Perspektive wurde anders. Die Farben veränderten sich durch das Glas, und plötzlich sah er wechselnde Muster auf der Kleidung seiner Kameraden und den Wänden des Gebäudes. Er nahm es wieder herunter. »Was ist das?«

»Es ist magisch«, sagte Owyn. »Ich werde es studieren müssen, aber ich nehme an, es lässt einen Dinge sehen, die man sonst nicht sehen kann, so etwas wie magisch verborgene Gegenstände.«

James blickte auf die beiden Gegenstände. Er wünschte, er hätte bessere Hinweise, aber diese beiden würden für den Anfang genügen müssen.

Acht

Geheimnisse

Dunkle Gestalten huschten in der Abenddämmerung verstohlen hin und her.

James deutete auf sie, doch während Gorath nickte, blickte Owyn nur verständnislos drein. »Was ist denn?«

Sie waren gegen Mittag nach Sloop aufgebrochen und hatten die Pferde bis zum Äußersten getrieben, um so rasch wie möglich dort anzukommen und Stahlherz und Waylander die Botschaft des Grafen zu überbringen. Bei Sonnenuntergang hatten sie gerade einen Hügel erklommen und konnten von der Hügelkuppe aus einen Blick auf das Dorf werfen. Im Norden waren bewaffnete Männer zu sehen, die durch den Wald auf die ersten Häuser zuschlichen.

Gorath preschte weiter, während er gleichzeitig sein Schwert zog. Sekunden später folgten James und Owyn, und gemeinsam jagten sie auf die Männer zu. »Alarm! Das Dorf wird überfallen!«, rief James laut.

Er wusste jedoch, dass die Reaktion der Bewohner auf seine Warnung sehr von dem Dorf selbst abhing; es konnte sein, dass Männer mit Waffen in den Händen aus den Häusern stürzen, aber es war auch möglich, dass die Leute ihre Türen und Fenster verschlossen und verrammelten. Im Westen pflegten in einem solchen Fall innerhalb kürzester Zeit ein Dutzend Männer auf der Straße aufzutauchen und sich den Eindringlingen entgegenzustellen. Doch hier, im verhältnismäßig ruhigen Osten, war er sich dessen nicht so sicher.

Als sie das erste Haus passierten, sah er jemanden neugierig durch das Fenster blinzeln. Er rief erneut: »Überfall! Zu den Waffen!«

Der Mann schlug die Fensterläden zu, und James wusste, dass er als Nächstes die Türen verriegeln würde.

Gorath hatte den ersten Schwertkämpfer bereits eingeholt, und er sprang vom Pferd und stürzte sich auf den Mann. James durchzuckte der Gedanke, dass er doch einmal einen Nachmittag opfern sollte, um dem Dunkelelben beizubringen, wie man wirkungsvoll vom Pferderücken aus kämpfen konnte.

Dagegen war Owyn inzwischen sehr gut darin, seinen schweren Stab auch im Sattel zu schwingen, und schlug mit großem Erfolg auf Schädel und Waffen ein.

Schon nach wenigen Minuten flüchteten die Banditen zurück in die Wälder. James lenkte sein Pferd neben Gorath, der sich gerade an die Verfolgung der Fliehenden machen wollte. »Halt! Trotz deiner großen Fähigkeiten im Wald ist es keine gute Idee, ein halbes Dutzend wütender Nachtgreifer dorthin zu verfolgen.«

»In Ordnung«, stimmte Gorath zu und sah sich suchend nach seinem Reittier um.

James lenkte sein Pferd zu dem Haus, das offensichtlich das Ziel des Überfalls gewesen war, und stieg ab. Er klopfte an die Tür. »Im Namen des Königs, öffnet die Tür!«

Ein vor Furcht weit aufgerissenes Augenpaar starrte ihn durch den Sehschlitz an. Die Tür öffnete sich, und Michael Waylander erschien. »Junker. Was hat dieser ganze Lärm zu bedeuten?«

»Es sieht so aus, als hätte jemand das Spiel auf eine neue Stufe gehoben. Wir haben gerade eine Gruppe von Nachtgreifern vertrieben, die wohl vorhatten, Euch einen Besuch abzustatten.«

Waylander erbleichte. »Nachtgreifer?« Seine Knie begannen zu zittern, und er musste sich am Türpfosten festhalten. »Wo bin ich da hineingeraten?«

»Um das zu erfahren, sind wir hergekommen«, sagte James.

Gorath und Owyn banden ihre Pferde neben dem von James

fest und kamen ebenfalls zur Tür. Waylander trat rasch beiseite, um sie einzulassen. Es war ein bescheidenes Haus, aber James sah auf den ersten Blick, dass es gut gepflegt war. Die Möblierung und die Ausstattung zeugten von Wohlstand, und man spürte sofort, dass es Michael Waylander, einem gewöhnlichen Arbeiter in einem kleinen Dorf, ziemlich gut gehen musste. Das Haus war zwar nicht sehr groß, besaß aber drei Räume. Die Tür zum Schlafzimmer stand offen, und so konnte James ein kunstvoll geschnitztes Himmelbett erkennen. Eine andere offene Tür gewährte Einblick in die Küche. Waylander ließ sich kraftlos auf einen Stuhl fallen, und James nahm ebenfalls Platz.

»Jemand wünscht Euren Tod, Waylander«, sagte James. »Habt Ihr eine Ahnung, wer das sein könnte?«

Waylander lehnte sich langsam zurück; in seinem Gesicht spiegelte sich Niedergeschlagenheit. »Ich bin ein toter Mann.«

»Nicht unbedingt«, meinte James. »Ich vertrete Prinz Arutha, und wenn Ihr auch offensichtlich einige Leute in mächtigen Positionen verärgert habt, so ist der Prinz von Krondor nach dem König doch der mächtigste Mann in diesem Land. Wenn Ihr mit uns zusammenarbeitet, kann ich Euch möglicherweise seinen Schutz garantieren.«

Waylander starrte einen Augenblick ins Leere, als würde er über etwas nachdenken. »Ich stecke bis über beide Ohren in dieser Sache drin. Ich werde tun, was immer Ihr verlangt, um da wieder herauszukommen.«

James beugte sich nach vorn. »Wieso beginnt Ihr nicht einfach damit, uns zu erklären, was ›diese Sache‹ bedeutet?«, schlug er vor.

»Etwa vor einem Jahr sind ein paar Männer aus Silden zu mir gekommen. Sie hatten einen Plan, und ich habe ihn Arle Stahlherz weitererzählt.«

»Was war das für ein Plan?«

»Es war der Plan, die Kontrolle über alle Geschäfte entlang des Flusses zu erlangen, von Silden bis zu den kleinen Dörfern in den Bergen.«

»Wie sollte das erreicht werden?«, fragte James.

»Diese Männer sagten, dass sie Verbindungen zu den Treidlern hätten, und einer davon hätte ihnen gesagt, dass die Gilde höhere Preise nehmen wollte, um die Ladung den Fluss entlangzuziehen.«

»Also die Gilde wollte die Preise erhöhen?«

»Ja«, bestätigte Waylander. »Gewöhnlich tun sie das nur sehr vorsichtig, denn wenn die Preise zu hoch sind, laden die Kaufleute ihre Güter auf Wagen und benutzen die Königliche Hochstraße.«

»Aber wenn die Kaufleute auf der Hochstraße mit zu vielen Schwierigkeiten zu kämpfen hätten, wären sie gezwungen, doch die Barken der Treidler zu benutzen«, beendete James.

»Ja.« Waylander nickte bestätigend. »Diese Männer sagten, sie würden dafür sorgen, dass es keine Rivalen zu den Treidlern geben würde. Dann könnten Arle Stahlherz und ich die anderen Gilden in Romney und den umliegenden Ortschaften organisieren, und wir könnten uns gegen die Treidler erheben. Wenn sich die Dinge weit genug entwickelten, würde der König das Kriegsrecht verhängen, und die Treidler wären aus dem Geschäft.«

»Und was macht es schon, wenn dabei einige Köpfe rollen müssen?«, fragte Owyn trocken.

»Waylander«, fragte James, »wieso habt Ihr geglaubt, dass die Treidler aus dem Geschäft sind, wenn der König das Kriegsrecht verhängt?«

»Wir hatten vor, Damon Reeves, den führenden Kopf der Treidler-Gilde, ermorden zu lassen.« Er ließ den Kopf hängen, als schämte er sich für dieses Eingeständnis. »Ich wollte das nicht, aber zu dem Zeitpunkt, als sie mir von diesem Teil des Plans erzählten, war ich schon zu tief darin verstrickt. Sie sagten, sie würden es so aussehen lassen, als hätten die Nachtgreifer es getan, also würde kein Verdacht auf uns fallen. Ja, sie haben behauptet, sie würden es so aussehen lassen, als wäre es jemand aus der Gilde gewesen, der Reeves hatte aus dem Weg schaffen wollen. Und dann würde die Gilde sich auflösen. Ich kenne Damon Reeves seit Jahren; er ist ein alter Freund von mir, aber es gab nichts, was ich für ihn hätte tun können.«

James blickte Gorath und Owyn an. »Wessen Idee war es, den Verdacht auf die Nachtgreifer zu lenken?«

»Es war die Idee der Männer aus Silden«, sagte Waylander. »Wieso?«

»Nichts weiter, nur dass uns das vertraut vorkommt.«

Owyn begriff, dass James von den falschen Nachtgreifern in den Abwasserkanälen von Krondor sprach, und er nickte.

»Was soll ich nur tun?«, fragte Waylander.

»Ihr müsst zusammen mit Stahlherz nach Romney gehen, und dort werdet Ihr Euch mit den Treidlern an einen Tisch setzen und Frieden schließen. Wenn Ihr das nicht tut, wird der Graf Euch beide und auch Reeves hängen lassen, und das gleiche Schicksal droht allen, die Euch ersetzen wollen.«

»Der Graf hat bisher noch nie eine Drohung ausgesprochen. Wieso jetzt auf einmal?«, wollte Waylander wissen.

»Weil in seiner Stadt gerade jemand fünfzig Königliche Lanzenreiter ermordet hat«, erklärte James.

Waylander riss die Augen auf, und sein Gesicht wurde aschfahl. »Fünfzig Königliche Lanzenreiter! Götter der Barmherzigkeit!« Er hielt sich am Tisch fest. »Wer ist zu so etwas fähig?«

»Es scheint so, als wäret Ihr den Nachtgreifern in die Quere gekommen«, mutmaßte James. »Und allem Anschein nach sind sie nicht sehr begeistert von den Versuchen, sie für Taten verantwortlich erscheinen zu lassen, die sie nicht begangen haben. Egal, für wie schlau Ihr und Eure Leute Euch auch gehalten habt – Ihr seid nur das Werkzeug eines Mannes gewesen, der sich selbst ›der Kriecher‹ nennt. Er hat versucht, in Krondor die Spötter-Gilde aus den Angeln zu heben, und er scheint ebenfalls erpicht darauf, die Docks in den Städten im Osten zu kontrollieren. Die Männer, mit denen Ihr gesprochen habt, haben Euch nicht geholfen; Ihr seid nur benutzt worden, um eine Situation zu schaffen, in der sie als Eure Nachfolger die Kontrolle übernommen hätten – natürlich erst, nachdem sie Euch, Reeves, Stahlherz und einige andere, die ihren Zielen im Weg standen, beseitigt hätten. Es würde mich nicht wundern, wenn die Agenten des Kriechers die Nachtgreifer darüber informiert hätten, dass Ihr ihnen den Mord an Reeves in die Schuhe schieben wolltet.«

»Als ob es einen Unterschied machen würde, wenn man ihnen noch einen weiteren Mord anhängt«, bemerkte Gorath.

»Das ist wahr«, sagte James. »Aber meine Erfahrung sagt mir, dass Verbrecher zwar stolz auf ihre eigenen Verbrechen sind, aber nichts mit denen zu tun haben wollen, für die sie nicht verantwortlich sind. Das klingt seltsam, ich weiß, aber so ist es nun mal.«

»Ihr redet, als hättet Ihr schon viele Verbrecher gekannt«, meinte Waylander.

»Ja, nicht wahr?« James lächelte, aber das Lächeln war ohne jede Wärme.

»Was geschieht, nachdem ich mich mit dem Grafen getroffen habe?«

»Ich schlage vor, Ihr bittet um Nachsicht«, sagte Owyn.

James nickte. »Eurer Entscheidung wegen sind viele Leute gestorben, und Ihr und Stahlherz werdet Euch dafür verantworten müssen. Aber wenn Ihr dem Grafen helft, die Ordnung wiederherzustellen und diejenigen zu entlarven, die hinter diesem Plan stecken, werden wir tun, was wir können, um Euch vor dem Galgen zu bewahren.«

»Vielleicht sollte ich einfach weglaufen«, meinte Waylander.

»Ihr würdet nicht einmal bis Silden kommen«, sagte James. »Sie würden Euch jagen wie einen tollwütigen Hund. Und wohin könntet Ihr schon gehen?«

»Ich habe Verbindungen nach Kesh«, erwiderte Waylander. »Wenn ich es bis zum Hühnerhundkopf schaffe, könnte ich mich einer Karawane anschließen und über die Gipfel der Ruhe entkommen.«

»Ihr solltet nichts Unüberlegtes tun«, sagte James. »Wenn alles so läuft, wie meine Freunde und ich uns das vorstellen, werden die Nachtgreifer bald kein Problem mehr sein. Ich rate Euch daher, zum Grafen zu gehen und dort zu bleiben. Ich werde Euch benachrichtigen, sobald es wieder sicher für Euch ist.«

»Aber was ist mit den Männern in Silden?«

James erhob sich. »Die sind ebenfalls ein Problem.«

»Aber ich weiß so gut wie nichts über sie; nur wie sie aussehen und mit Vornamen heißen – Jacob, Linsey und Franklin. Und das waren womöglich noch nicht einmal ihre richtigen Namen.«

»Wahrscheinlich nicht«, sagte James. Er nahm das Spionierglas und die Silberspinne aus dem Reisebeutel. »Könnt Ihr mir dazu etwas sagen?«

»Die Spinne habe ich von einem Händler, der sich Abuk nennt«, sagte Waylander. »Er reist zwischen Sloop und Malac's Cross hin und her und kommt dabei regelmäßig durch Silden. Das letzte Mal habe ich ihn dort gesehen, also ist er möglicherweise auf dem Weg zu uns. Er besitzt einen grün bemalten Krämerwagen, auf dem sein Name in großen, roten Buchstaben steht.«

Owyn zuckte bei der Beschreibung zusammen. »Diesen Wagen können wir wohl kaum verfehlen.«

James' Gesicht verdüsterte sich. »Wir haben diese Spinne heute Morgen bei den toten Lanzenreitern gefunden«, sagte er.

»Dann kann es aber nicht dieselbe sein!«

»Wieso nicht?«, wollte James wissen.

»Ich habe zwar eine bei Abuk gekauft, aber die haben die falschen Nachtgreifer bekommen, um damit Damon Reeves zu töten.«

James blickte den Gegenstand an. »Vielleicht gibt es mehr als eine davon. Aber das reicht trotzdem noch nicht, um Eure Unschuld zu beweisen.«

Waylander untersuchte die Spinne. »Seht her!«, rief er dann. Er deutete auf die Furche, in der sich das Gift befand. »Ich weiß nicht genau, was das hier ist, aber in meiner war tödlicher Nachtschatten!«

»Silberdorn ist hier im Süden schwer zu bekommen«, gab Gorath zu bedenken.

»Aber nicht unmöglich«, meinte James. »Trotzdem neige ich dazu, Euch zu glauben. Was ist mit dem Spionierglas?«

»Darüber weiß ich nichts«, erwiderte Waylander. »Aber ich könnte mir vorstellen, dass Abuk so etwas ebenfalls verkauft.«

James forderte seine Gefährten mit einer Geste auf, ihm zu folgen, und ging zur Tür. »Geht zum Grafen, Michael«, sagte er. »Ihr und Arle solltet morgen vor Sonnenuntergang bei ihm auftauchen, wenn Euch Euer Kopf lieb ist. Wir bleiben bis zur Morgendämmerung in der Schenke, dann brechen wir nach Süden auf.«

»Ich werde Euch zu Arles Haus begleiten«, sagte Waylander. »Und dann werden wir morgen zusammen den Grafen aufsuchen. Wohin geht Ihr?«

»Zuerst nach Silden, um Abuk und die drei Männer zu finden, von denen Ihr gesprochen habt. Wenn wir Glück haben, können wir diese Angelegenheit innerhalb weniger Tage bereinigen.« Waylander sagte nichts dazu, und James wusste, dass selbst dann, wenn sämtliche Nachtgreifer und die Männer des Kriechers beseitigt sein würden, es noch Verbrechen gab, für die der Mann würde bezahlen müssen. *Aber einige Jahre im Kerker sind immer noch besser als der Tod,* dachte James. *Und außerdem gibt es im Kerker die Möglichkeit zur Flucht.*

Der letzte Gedanke brachte ihn zum Lächeln, als er sich zur Schenke aufmachte.

Sie verlangsamten das Tempo, als sie sich Silden näherten. Eine Gruppe von Männern ritt aus westlicher Richtung ebenfalls auf die Stadt zu. »Natürlich wissen wir nicht genau, ob sie es auf uns abgesehen haben«, sagte James an den Dunkelelben gewandt. »Aber so oft, wie du bisher angegriffen worden bist, würde ich gerne so lange warten, bis wir wissen, was sie vorhaben.«

Gorath wusste nicht, was er dagegen hätte einwenden können, daher schwieg er. Die Reiter passierten die Brücke, die sich über den Rom spannte und direkt in die Stadt führte. Weil die Stadt auf einer Klippe errichtet worden war, die steil zum Hafen hin abfiel, besaß Silden keine Vorstadt außerhalb der Stadtmauern. Stattdessen sprenkelte eine Reihe kleinerer Dörfer die Bucht von Silden, und auf der anderen Seite der Brücke, am westlichen Ufer, gab es sogar ein ziemlich großes Dorf.

Sie ritten durch das nördliche Stadttor und passierten zwei gelangweilt dreinblickende Stadtwachen. James wandte sich an Owyn. »Hast du irgendwelche Freunde oder Verwandte hier?«

»Nicht, dass ich wüsste«, antwortete Owyn. »Oder zumindest keine, die zu kennen mein Vater nicht weit von sich weisen würde.«

James lachte. »Das kann ich gut verstehen. Dies ist nicht gerade ein hübsches Fleckchen, was?«

Silden hatte nur für zwei Arten von Leuten Bedeutung: für jene, die hier lebten, und für Schmuggler. Der größte Teil der Händler, die über den Fluss nach Norden wollten, nahmen den viel größeren Handelshafen von Cheam, der etwas weiter östlich gelegen war und großzügige Docks sowie ein riesiges Arsenal an Lagerhäusern besaß; Cheam war nach Bas-Tyra immerhin der zweitgrößte Hafen am nördlichen Ufer der See des Königsreiches. Dafür war Silden ein höchst einträglicher Ort für all jene, die ihre Geschäfte machen wollten, ohne die Königlichen Zollbeamten daran teilhaben zu lassen. Es hatte wiederholt Versuche gegeben, den Schmuggel einzudämmen, aber da sich sowohl in westlicher als auch in östlicher Richtung nur einen Tagesmarsch weit entfernt eine Reihe Dörfer befanden, hatte sich dies als praktisch unmöglich erwiesen. Daher war Silden seit Jahren beliebt bei rivalisierenden Verbrecherbanden, zu denen die Spötter von Krondor gehörten, die keshianischen Drogenschmuggler, brutale Gruppen aus Rillanon und eine Gemeinschaft ortsansässiger Diebe. Die ständigen Streitigkeiten hatten Silden so stark in die Nähe einer offenen Stadt gerückt, wie es im Östlichen Königreich überhaupt nur möglich war.

Die Grafschaft von Silden, eigentlich ein attraktives und durchaus einträgliches Lehen, dessen Pachtverträge und Einnahmen einer adligen Familie ein vornehmes Leben hätten ermöglichen können, war verwaist. Der letzte Graf von Silden war im letzten Jahr des Spaltkriegs beim großen Angriff von König Rodric dem Vierten auf die Tsuranis umgekommen. König Lyam hatte die Grafschaft bisher niemandem als Schenkung übergeben, was dem Herzog von Cheam sehr wohl gefiel, denn gegenwärtig genoss er selbst die Einnahmen aus jenen Besitztümern, die zur Grafschaft zählten. James war der Meinung, dass die Grafschaft in ein richtiges Herzogtum verwandelt und von der Stadt aus geführt werden sollte. Ein dort ansässiger Adliger würde die Probleme dieser eigentlich wertvollen Hafenstadt lösen können. Er würde es gleich bei seiner Rückkehr gegenüber dem Prinzen erwähnen, doch im Augenblick war Silden eine vernachlässigte Provinz ohne richtige Aufsicht.

Das Ergebnis dieser Situation war die beinahe völlige Abwesenheit von Gesetz und Ordnung in Silden, abgesehen von dem, was die ortsansässigen Stadtwachen einfordern konnten. Und nach allem, was James wusste, endete die Macht der Stadtwachen gleich dort, wo sich das Marktviertel der Stadt zum Ufer wandte, und an einer breiten Allee, die durch ein Schild mit vier fliegenden Möwen gekennzeichnet war. Die eine Seite der Straße war von Läden und Häusern gesäumt, denen man den Wohlstand ihrer Besitzer ansah, die andere von Schenken und Lagerhäusern. In der Mitte der Straße verlief eine lange, rote Linie.

»Was ist denn das?«, fragte Gorath, während sie die Straße entlangritten.

»Eine Todeslinie«, erklärte James. »Wenn man auf dieser Seite lärmt, kümmert das niemanden. Aber tut man es auf der anderen, gerät man in die Fänge der Banden.«

Er bedeutete ihnen, die Todeslinie zu überqueren, und als sie das Hafenviertel erreichten, meinte er: »Oh, ich liebe Städte, die unmissverständlich klarstellen, wie die Dinge sich verhalten.«

Gorath blickte Owyn an und zuckte mit den Achseln. »Wieso heißt sie Todeslinie?«, fragte er dann.

»In der Vergangenheit war es so, dass man gehängt wurde, wenn man nach der Sperrstunde von den Soldaten des Königs auf der falschen Seite erwischt wurde«, antwortete Owyn.

Sie ritten durch mehrere dunkle Straßen, die an einer Seite jeweils von hohen Lagerhäusern begrenzt wurden, und überquerten eine recht große Straße, auf der Wagen entlang rumpelten und kräftige Männer Handkarren vor sich herschoben, auf denen Waren hoch aufgetürmt waren. Dann starrten sie auf den Hafen hinab; ein Gewirr aus eng aneinandergedrängten Docks und Landungsstegen, von denen einige aus Stein, die meisten jedoch aus Holz waren. Kleine Schiffe glitten in den Hafen und aus ihm hinaus. Silden genoss immerhin einen wichtigen Vorteil: Die hohen Klippen, auf denen die drei Reiter nun standen, boten selbst vor den härtesten Winterstürmen genügend Schutz.

Sie folgten der langen Straße zu den Docks hinunter. Unten angekommen, deutete James auf eine Schenke, vor der ein Schild hing, das aus dem weiß bemalten Anker eines alten Schiffes angefertigt worden war. Ein bescheidener Stallhof schloss sich auf einer Seite an, und als James hineinritt, eilte ihnen ein schmuddelig wirkender Junge entgegen. »Mach ihnen die Hufe sauber, gib ihnen Wasser und Heu und reib sie ab«, befahl James dem Jungen, während er abstieg und ihm die Zügel reichte.

Der Junge nickte. »Und sag allen, die es interessiert, dass ich es als persönliche Höflichkeit betrachten würde, wenn die Tiere morgen früh noch immer hier sind.« James machte eine kleine Geste mit dem Daumen, und der Junge nickte leicht.

»Was war denn das?«, fragte Owyn.

James erklärte es ihm, während sie die Schenke *Zum Anker* betraten. »Nur ein paar Worte an die richtigen Leute.«

»Ich meine, was du mit Daumen und Zeigefinger machtest.«

»Das diente nur dazu, den Jungen wissen zu lassen, dass er gut daran täte, mir zuzuhören.«

Der Schankraum war ziemlich heruntergekommen und düster, und James blickte sich um und versuchte, in dem Zwielicht die übrigen Gäste auszumachen. Es waren Seeleute und Dockarbeiter, Glücksritter, die auf ein demnächst auslaufendes Schiff warteten, Frauen, die ihre Tugend feilboten, und die übliche Mischung aus Halsabschneidern und Dieben. James führte seine Kameraden zu einem Tisch im hinteren Bereich der Schenke. »Und jetzt warten wir.«

»Worauf?«, fragte Gorath.

»Darauf, dass die richtige Person hier auftaucht«, erwiderte James.

»Wie lange werden wir wohl warten müssen?«, wollte Owyn wissen.

»In diesem Loch? Einen Tag, höchstens zwei.«

Gorath schüttelte den Kopf. »Ihr Menschen seid wie ... wie Tiere.«

»Es ist gar nicht so schlimm, wenn man sich erst einmal daran gewöhnt hat, Gorath«, erwiderte James. »Es ist sogar ein ziemlicher Fortschritt gegenüber einigen anderen Orten, die ich einmal mein Heim genannt habe.«

»Das ist eine seltsame Bemerkung von einem, der dem Prinzen seiner eigenen Rasse dient«, meinte Gorath.

»Zugegeben«, stimmte der Junker ihm zu. »Aber dennoch wahr. Ich habe die ungewöhnliche Gelegenheit erhalten, meine Situation zu verbessern.«

»Das Gegenteil von meinem Schicksal«, sagte Gorath. »Ich war einst der Anführer meines Clans; man hat mich aufgesucht, um meine Ratschläge zu hören, und ich zählte zu den bedeutendsten Führern meines Volkes. Jetzt sitze ich hier mit den Feinden meiner Rasse im Dreck.«

»Ich bin niemandes Feind, solange man mir oder den Meinen keinen Schaden zufügt«, widersprach James.

»Das glaube ich dir sogar, James«, sagte Gorath. »Auch wenn es meine eigenen Sinne beinahe überfordert, mich das sagen zu hören. Aber das, was du gesagt hast, kann ich von den meisten deiner Rasse nicht behaupten.«

»Ich habe nie in Anspruch genommen, im Namen der Mehrheit meiner Rasse zu sprechen«, wandte James ein. »Wie du vielleicht bemerkt hast, sind wir häufig genug mehr damit beschäftigt, uns gegenseitig umzubringen, als dass wir uns damit beschäftigen, den Nationen im Norden Probleme zu bereiten.«

Plötzlich lachte Gorath. Bei dem Geräusch zuckten Owyn und James beinahe gleichzeitig zusammen, so überraschend musikalisch und voll klang es. »Was ist denn so lustig?«, fragte Owyn.

Goraths Lächeln verschwand wieder, und er sagte: »Ich habe nur daran gedacht, dass ich mich nicht mit einem tollwütigen Hund wie Delekhan herumschlagen müsste, wenn ihr in euren Versuchen, euch gegenseitig umzubringen, ein bisschen erfolgreicher wärt.«

Als der Name Delekhans fiel, wurde James an die Notwendigkeit erinnert, all die Knoten zu entwirren und herauszufinden, wer hinter der Intrige steckte. Bisher war er der Überzeugung gewesen, dass dieser Kriecher – wer immer das auch sein mochte – zwar durchaus ein größeres Problem für den Aufrechten und seine Spötter darstellte, wie auch für Prinz Arutha und andere Adlige. Eine Verbindung zwischen ihm und Delekhans Plänen hatte er bisher jedoch nicht gesehen.

Die Nachtgreifer machten offensichtlich entweder mit dem Kriecher oder den Moredhel gemeinsame Sache – oder mit beiden. Was James wirklich Sorgen bereitete, war die Möglichkeit, dass sie wieder Schachfiguren der pantathianischen Schlangenpriester sein könnten. James nahm sich vor, bei Gelegenheit mit Gorath über die Schlangenpriester zu sprechen, aber nicht an einem solch öffentlichen Ort, wie diese Schenke es war.

Die Kellnerin war eine kräftige Frau, die in ihrer Jugend wahrscheinlich eine Hure gewesen war, sich jetzt aber nicht mehr auf ihre verblühte Schönheit verlassen konnte, um sich ihren Lebensunterhalt zu verdienen. Sie trat zu ihnen und blickte argwöhnisch zu Gorath hinüber, dann fragte sie nach ihren Wünschen. James bestellte Bier, und sie ging davon, um die Bestellung auszuführen. James widmete sich wieder seinen Überlegungen.

Es musste noch einen anderen Mitspieler geben, eine Partei, die den gesamten Aufruhr im Königreich inszenierte – entweder die Pantathianer oder andere. Das war es, was James Sorgen bereitete. Er dachte an das, was Gorath mehrmals zu Arutha und ihm gesagt hatte, und meinte: »Ich würde viel drum geben, wenn ich herausfinden könnte, um wen es sich bei diesen Sechs handelt.«

»Es ist nur wenig über sie bekannt«, erklärte Gorath. »Lediglich Delekhans engste Vertrauten wissen etwas über sie. Ich selbst kenne niemanden, der ihnen begegnet ist. Sie sind sehr mächtig, und sie haben mein Volk bis zum Überfluss mit Waffen versorgt. Gleichzeitig sind Delekhans Feinde plötzlich verschwunden. Ich wurde aufgefordert, bei einer Ratsversammlung zu erscheinen, und auf der Straße nach Sar-Sargoth wurde ich ergriffen und von Narab, dem engsten Berater von Delekhan, in den Kerker geworfen.«

»Davon hast du uns bisher noch nie etwas erzählt«, meinte James erstaunt.

»Du hast nicht danach gefragt, was ich getan habe, bevor ich Locklear kennen gelernt habe«, sagte Gorath.

»Wie bist du entkommen?«

»Jemand hat die Flucht arrangiert«, sagte Gorath. »Ich bin nicht ganz sicher, wer, aber ich vermute, dass es eine alte … Verbündete war. Eine Frau mit großem Einfluss und großer Macht.«

Plötzlich war James' Interesse geweckt. »Sie muss aber sehr viel Einfluss haben, um dich sozusagen unter Delekhans Augen zu befreien.«

»Es gibt viele in Delekhans Umfeld, die sich nicht trauen, sich ihm öffentlich in den Weg zu stellen, die es aber genießen würden, wenn seine Pläne fehlschlagen. Narab und sein Bruder zählen auch zu ihnen, aber solange Die Sechs Delekhan dienen, tun sie es ebenfalls. Sollte Delekhan irgendetwas zustoßen, bevor er die Stämme vereinigt hat, wird sich jede Vereinigung zerschlagen, die er bis dahin möglicherweise zustande gebracht hat. Selbst seiner Frau und seinem Sohn traut er nicht so ganz, und das aus gutem Grund. Seine Frau ist Anführerin der Hamandier, der Schneeleoparden, eines der mächtigsten Clans nach Delekhans, und die Ambitionen seines Sohnes sind offensichtlich.«

»Klingt ganz nach einer glücklichen Familie«, bemerkte Owyn.

Gorath kicherte bei diesen Worten; seine Stimme klang ironisch. »Mein Volk traut selten denen, die nicht zu ihrer eigenen Familie, ihrem Stamm oder Clan gehören. Alles andere sind politische Allianzen, und manchmal sind sie so flüchtig wie Träume. Wir sind nicht gerade ein vertrauensseliges Volk.«

»So habe ich es auch empfunden«, meinte James. »Aber das sind wir ja im Grunde auch nicht gerade.« Er erhob sich langsam. »Entschuldigt mich einen Augenblick. Ich bin gleich wieder zurück.«

Er ging an der Kellnerin vorbei, die ihn ignorierte, als sie das Bier an den Tisch brachte, was Owyn dazu zwang, mit einem ergebenen Grinsen das Bier aus seiner mageren Geldbörse zu bezahlen. Gorath fand das sehr erheiternd.

James trat zu einem Mann, der aus dem hinteren Zimmer hervorgekommen war; seine dunkle Haut und der Bart kennzeichneten ihn als jemanden, in dessen Adern keshianisches Blut floss. »Kann ich Euch helfen?«, fragte er mit abschätzendem Blick. Dem Akzent nach war er noch in Kesh geboren worden. Er war dünn und gefährlich – wie James vermutete –, und wenn der kurz geschnittene Bart auch schon ergraute, war er wahrscheinlich doch noch kräftig genug, um einen tödlichen Gegner abzugeben.

»Seid Ihr der Besitzer dieser Schenke?«, wollte James wissen.

»Ja, das bin ich«, antwortete der Mann. »Ich bin Joftaz.«

James senkte die Stimme. »Ich vertrete hier die Interessen von

Leuten, die in letzter Zeit besorgt den Rückgang ihrer Geschäfte verfolgen. Es gibt Schwierigkeiten, die mit den Aktivitäten von Männern zusammenhängen, die vor kurzem in Romney und im Westen gewesen sind.«

Joftaz musterte James argwöhnisch. »Warum erzählt Ihr mir das?«

»Ihr lebt an einem Ort, an dem viele vorbeikommen. Ich dachte, Ihr hättet möglicherweise etwas gehört oder gesehen.«

Joftaz lachte derart übertrieben fröhlich, dass es ganz und gar nicht überzeugend wirkte. »Mein Freund, in meinem Beruf und angesichts der Tatsache, wo wir uns befinden, ist es nur in meinem Interesse, nichts zu hören, niemanden zu bemerken und wenig zu sagen.«

James betrachtete den Mann einen Augenblick. »Gewisse Informationen wären von einigem Wert.«

»Von wie hohem Wert?«

»Das hängt von den Informationen ab.«

Joftaz blickte sich um. »Das falsche Wort ins falsche Ohr gesprochen kann für einen Mann das Ende seines Lebens bedeuten.«

»Nicht nur ein Dolch hat eine Spitze«, erklärte James. »Ihr auch.«

»Auf der anderen Seite benötige ich gerade Hilfe in einer äußerst heiklen Angelegenheit, und für den richtigen Mann könnte ich mich möglicherweise an ein paar Dinge erinnern oder an ein paar Gesichter, die ich kürzlich gesehen habe.«

James nickte. »Kann dieser heiklen Angelegenheit womöglich mit einer bestimmten Summe Gold abgeholfen werden?«

Joftaz lächelte. »Ich mag Eure Art, junger Mann. Wie darf ich Euch nennen?«

»Ihr könnt mich James nennen.«

Einen Augenblick flackerten die Augen des Wirtes heftig. »Und Ihr seid aus …?«

»Jetzt kommen wir aus Sloop, davor waren wir in Romney.«

»Dann sind also die Männer, die Ihr sucht und die kürzlich in Romney waren, in irgendeine Sache dort verstrickt?«

»In irgendeine Sache, ja, aber bevor wir über das reden, was ich wissen muss, möchte ich den Preis dafür erfahren.«

»Dann, mein Freund«, antwortete Joftaz, »sind wir wohl in eine Sackgasse geraten, denn ich kann Euch nicht ein bisschen von meiner Not erzählen, ohne Euch von meiner ganzen Not zu erzählen. Wie heißt es doch so schön: alles oder nichts.«

James lächelte. »Ich bin zutiefst verletzt, Joftaz. Was muss ich tun, um Euer Vertrauen zu gewinnen?«

»Sagt mir, wieso Ihr diese Männer sucht.«

»Ich suche sie nur aus einem einzigen Grund: Sie sind ein Glied in einer Kette. Sie könnten mich zu einem anderen führen, einem, mit dem ich eine ernste Angelegenheit zu regeln habe. Er steckt hinter Mord und Verrat, und ich werde ihn dem Henker übergeben, oder er wird tot zu meinen Füßen liegen; mir ist beides recht.«

»Ihr seid also ein Mann des Königs?«

»Nicht direkt, aber wir beide schätzen meinen Auftraggeber sehr.«

»Dann schwört bei Ban-ath, dass Ihr mich nicht betrügen werdet, und wir können zu einem Handel kommen.«

James' Grinsen wurde breiter. »Wieso gerade beim Gott der Diebe?«

»Welcher wäre denn besser geeignet? Für zwei Diebe, wie wir es sind.«

»Also bei Ban-ath«, meinte James. »Und was ist nun Eure Not?«

»Ich möchte, dass Ihr für mich dem gefährlichsten Mann in Silden etwas stehlt, mein Freund. Wenn Ihr das für mich tut, werde ich Euch helfen, die Männer zu finden, die Ihr sucht. Vorausgesetzt natürlich, Ihr überlebt den Auftrag.«

James zwinkerte. »Ich und stehlen? Wie kommt Ihr auf die Idee, dass ich das für Euch tun würde?«

»Ich lebe schon lange genug, um ziemlich schnell zu wissen, von welchem Stamm ein Apfel ist, junger Mann.« Joftaz lächelte. »Wenn Ihr bereit seid, bei Ban-ath zu schwören, habt Ihr diesen unlauteren Pfad schon zuvor beschritten.«

James seufzte. »Ich würde meinen Eid brechen, nur noch die Wahrheit zu sagen, wenn ich das bestreiten würde.«

»Gut. Also zur Sache. Nur ein kurzes Stück entfernt von hier steht ein Haus, in dem ein Mann wohnt. Er heißt Jacob Ishandar.«

»Ein Keshianer?«

»Hier wohnen viele aus Kesh.« Er klopfte sich auf die Brust. »So wie ich. Aber dieser Mann und andere wie er sind erst vor kurzer Zeit nach Silden gekommen, etwa vor zwei oder drei Jahren. Sie arbeiten im Auftrag von jemandem, der wie eine Spinne im Zentrum eines riesigen Netzes sitzt, und wie die Spinne spürt er jede Erschütterung in seinem Netz.«

James nickte. »Ihr sprecht von einem, der als der Kriecher bekannt ist?«

Joftaz senkte den Kopf, um anzudeuten, dass dies der Fall war. »Es gab hier niemals so etwas, was man eine friedliche Gemeinschaft nennen würde, aber es folgte doch alles bestimmten, von allen respektierten Regeln. Doch mit den Männern des Kriechers – Jacob und zwei andere, die Linsey und Franklin heißen – haben hier in einer Weise Blutvergießen und Schmerzen Einzug gehalten, die bei weitem übertrifft, was Männer unseres Schlags bei unserer Arbeit aushalten könnten.«

»Was ist mit den Dieben aus dieser Gegend und mit denen, die Verbindungen nach Rillanon und Krondor haben?«

»Sie sind alle weg, bis auf mich. Einige sind geflohen, andere sind … verschwunden. Wenn ich heute in Silden einen Dieb anheuern würde, würde er ganz sicher für den Kriecher arbeiten. Ich nehme an, da ich von Geburt Keshianer bin, erkennen diese Männer mich nicht als einen von denen, die sie vernichten wollen. Es sind noch immer ein paar von uns hier in Silden, aber wir betreiben keine anderen Geschäfte mehr als die öffentlichen, wie diese Schenke hier. Sollten die Unternehmungen dieser Eindringlinge fehlschlagen, werden genügend von uns zurückkehren und das für sich beanspruchen, was uns genommen wurde.«

James kratzte sich am Kinn, während er nachdachte. »Bevor ich in den Handel einwillige, möchte ich Euch etwas zeigen.« Er holte die silberne Spinne hervor. »Kennt Ihr so etwas?«

»Ja, ich habe so was schon einmal gesehen«, bestätigte der Keshianer. »Sie sind sehr selten, und wenn mir eine über den Weg läuft, merke ich mir das. Sie stammen von einem Schmied, der in einem Dorf ganz in der Nähe der Gipfel der Ruhe lebt. Diejenigen, die das Königreich erreichen, stammen vom Hühnerhundskopf oder aus Malvenhafen.« Er nahm James die Spinne aus der Hand und untersuchte sie. »Ich habe schon schlechte Kopien gesehen, aber diese hier ist bei weitem die schönste. Man kann Silber nicht bearbeiten und es haltbar machen, wenn man den besondern Kniff nicht kennt.«

»Es müssen schon seltsame Vögel sein, die solche Sachen kaufen.«

Joftaz lächelte. »Nachtvögel, zum größten Teil. Ihr spielt ein gefährliches Spiel, mein Freund. Ihr seid genau der Mann, den ich suche.«

»Nun, dann könnt Ihr mir vielleicht sagen, wem Ihr diese hier verkauft habt?«

»Ja, das kann ich, und noch mehr.« Joftaz wurde ernster. »Aber nicht, bevor Ihr nicht einige Dinge für mich erledigt habt.«

»Dann zu den Einzelheiten.«

»Dieser Mann, den ich erwähnt habe, Jacob Ishandar, ist der Anführer von denen, die vor einiger Zeit von Kesh hierher gekommen sind. Er hatte unter anderem eine Tasche in seinem Besitz« – er breitete die Hände aus, um anzudeuten, dass die Tasche etwa die Größe einer großen Münzbörse oder eines Gürtelbeutels hatte –, »deren Inhalt es wert gewesen wäre, seine Operationen für das nächste Jahr in Silden zu unterschreiben.«

»Und Ihr verlangt von mir, dass ich diesen Beutel für Euch stehle?«

Joftaz nickte.

»Ich würde doch annehmen, dass Ihr durchaus in der Lage wärt, eine solche Aufgabe selbst auszuführen«, bemerkte James.

»Möglicherweise, aber ich muss weiter hier in Silden leben – gleichgültig, ob das Unterfangen Erfolg hat oder nicht. Solltet Ihr versagen, wäre ich noch immer hier.«

»Ich verstehe. Was ist in der Tasche?«

»Wonnenherz«, sagte Joftaz.

James schloss einen Augenblick die Augen. Wonne war eine bekannte Droge, die in den Armenvierteln der meisten Städte in Kesh genommen wurde und hin und wieder auch in Krondor und anderen Städten des Königreichs auftauchte. Eine kleine Dosis, in Wein oder Wasser aufgelöst, pflegte eine angenehme Euphorie hervorzurufen, die bis zu einer Nacht lang dauern konnte. Mit einer größeren Dosis glitt man in eine Seligkeit, die Tage anhalten konnte. Wenn die Dosis jedoch zu groß war, konnte man auch bewusstlos bleiben.

Wonnenherz war jedoch etwas ganz anderes. Es war die Essenz der Droge, eine Mischung, die es einfach machte, sie zu transportieren. Nach dem Verkauf wurde sie mit einem harmlosen, auflösbaren Pulver – gemahlenem Zucker oder sogar Mehl – versetzt. Sie war tausendmal mehr wert als Wonne, die in den Straßen der Stadt verkauft wurde.

»Eine Tasche von dieser Größe ist soviel wert wie …«

»Genug, um sicherzustellen, dass Jacob um sein Leben rennen muss, sobald der Kriecher es herausfindet, und dass auch seine Kameraden, die ebenfalls verantwortlich gemacht werden würden, also Linsey und Franklin, mit ihm fliehen werden.«

»Und die Lücke, die dann entsteht«, ergänzte James, »werdet Ihr ausfüllen und die Geschäfte wieder in Eurer Art führen, ganz wie es Euch gefällt.« Er kniff die Augen zusammen. »Und der, der das Pulver findet, wird eifrige Käufer finden, die bereit sind, darüber zu schweigen, woher es kam, da sie gewaltige Profite riechen.«

Joftaz lächelte. »Genauso ist es.«

»Also, wenn ich die Tasche besorge, werdet Ihr die Agenten des Kriechers in Silden außer Gefecht setzen und Euch ganz nebenbei zu einem reichen Mann machen.«

»Wenn alles gut geht.«

»Wir sitzen dort in der Ecke, meine Freunde und ich. Wenn Ihr bereit seid, sagt mir, wohin ich gehen und was ich wissen muss.«

»Wir schließen den Schankraum um Mitternacht. Wartet solange, dann werden wir uns um Eure Bedürfnisse kümmern.«

James kehrte zum Tisch zurück. »Was hast du herausgefunden?«, fragte Owyn.

»Dass es nichts im Leben umsonst gibt«, erklärte James und setzte sich wieder. Er lehnte den Stuhl gegen die Wand und machte sich auf einen langen Nachmittag und Abend gefaßt.

Das Haus war augenscheinlich verlassen, die Bewohner unterwegs zu irgendeinem Auftrag. Gorath war angewiesen, ein paar Türen weiter Wache zu stehen, damit niemand sie von den Docks her überraschen konnte. Owyn stand auf der anderen Seite der Straße und blickte in die entgegengesetzte Richtung. Beide hatten in dieses Unternehmen eingewilligt, wenn sie auch beide ihre Zweifel an seinem Sinn angemeldet hatten.

James untersuchte die Tür rasch nach irgendwelchen Warnvorrichtungen, konnte jedoch keine finden. Er kam zu der Überzeugung, dass das Schloß schnell aufzubrechen sein müsste, aber zur Sicherheit fuhr er mit dem Daumen über den Türpfosten. Er fand einen unerwarteten Riß im Holz, der sich unter seinem Daumen verschob. Vorsichtig drückte er dagegen und hörte ein leises Klacken. Als er fester drückte, bewegte sich das Holz und schob sich ein wenig zur Seite. Dahinter war ein Stück Metall zu sehen.

James holte einen Messingschlüssel aus dem Versteck im Holz.

Er lachte beinahe. Es war ein alter, sehr schlichter Trick, und er diente genau zwei Zielen: Der Besitzer konnte den Schlüssel niemals verlieren, wenn er in aller Hektik aufbrechen musste, und er setzte jede Falle außer Kraft, die drinnen auf ihn warten mochte. Im Tageslicht hätte er wahrscheinlich stundenlang suchen können, ohne es zu finden, aber ein alter Dieb hatte ihm einmal beigebracht, auch seinen anderen Sinnen zu vertrauen, besonders seinem Tastgefühl. Mit dem Daumen über das Holz zu fahren brachte einem gelegentlich Splitter als einzige Belohnung, aber das klackende Geräusch von gerade eben machte all die Stunden wieder wett, die James schon damit verbracht hatte, mit einer Stahlnadel Splitter aus seinem Daumen zu pulen.

James kniete immer noch, als er die Tür leise aufschob; gefaßt auf alles Mögliche, das ihn auf eine weitere Falle hinweisen mochte. Außerdem – sollte womöglich eine Armbrust auf die Tür gerichtet sein, würde ihr Bolzen über seinen Kopf hinwegfliegen.

Die Tür glitt lautlos auf, ohne dass sich eine Todesvorrichtung bemerkbar machte. Er huschte rasch ins Innere und schloss die Tür wieder. Er blickte sich zunächst aufmerksam in dem Raum um, ohne sich zu bewegen. Er wusste niemals im Voraus, wo jemand wertvolle Dinge versteckt hatte, aber die meisten Leute waren vorhersehbar. In diesem Fall jedoch handelte es sich bei dem Besitzer des Hauses nicht um einen jener »meisten Leute«, sondern um jemanden, der etwas völlig Unerwartetes tun würde. So beschloss er, zunächst nach etwas Ungewöhnlichem zu suchen.

Der Raum war vollkommen durchschnittlich. Ein schlichter Tisch, ein großer Wäscheschrank, ein Bett. Eine Tür, die zu einem Garten in den Hinterhof führte, wo das Außenhaus sein musste. Eine Feuerstelle, über der Topfblumen auf einem breiten Regal standen, daneben eine Tür, die in eine kleine Küche führte.

Dann begriff James. Topfblumen? Er ging näher, um sie zu untersuchen. Sie waren trocken und kurz davor abzusterben, und er kannte auch den Grund dafür. Er konnte sich nicht an den genauen Namen dieser Pflanzen erinnern, aber Prinzessin Anita hatte sich bemüht, dieselben Pflanzen in ihrem Garten in Krondor zu ziehen. Sie hatte erzählt, dass es sehr schwierig war, sie in Erde anzupflanzen, die so salzhaltig war wie die in der Nähe des Palastes, und dass sie viel Sonnenlicht benötigten.

James fragte sich, wieso der Anführer einer Bande von Halsabschneidern in einem Pestloch wie Silden Topfblumen auf seinem Regal stehen hatte. Er hob die Töpfe vorsichtig hoch, einen nach dem anderen, bis er schließlich ganz rechts den richtigen erwischte. Er war leichter als die anderen. Er hob die Pflanze hoch, und sie löste sich leicht aus dem Topf; es war nicht viel Erde an ihren Wurzeln. Unter ihr fand er eine Tasche. Er nahm sie heraus, steckte die Pflanze in den Topf zurück und öffnete die Tasche. Auch im schwachen Licht, das durch das einzige Fenster hereinfiel, sah er, was er zu sehen erwartet hatte: ein hellgelbes Pulver.

Er verschloss die Tasche wieder und eilte rasch zur Tür. Ein Blick zurück versicherte ihm, dass er sonst nichts berührt hatte, auch nicht unbeabsichtigt. Er schlüpfte durch die Tür und zog sie hinter sich ins Schloß. Dann verschloss er die Tür wieder und legte den Schlüssel zurück, setzte damit auch die Falle wieder in Gang, die einen unachtsamen Eindringling auf der anderen Seite erwartete – was immer das auch sein mochte.

Auf der Straße machte James seinen Freunden ein Zeichen, und sie kehrten zur Schenke zurück. Als sie sich der Tür im hinteren Teil des Gebäudes näherten, die Joftaz für sie offen gelassen hatte, spürte James eine Welle von Erregung durch sich hindurchströmen. Egal, wie weit er im Dienste des Königs noch aufsteigen mochte – ein Teil von ihm würde immer Jimmy die Hand bleiben.

Drinnen reichte er Joftaz das Päckchen. »Nun, jetzt müsst Ihr Euren Teil der Abmachung erfüllen.«

Joftaz bewunderte die Tasche mit dem Pulver einen Augenblick, dann versteckte er sie hinter der Theke. »Um den Besitzer dieser Spinne zu finden, müsst Ihr den Händler Abuk ausfindig machen. Ich habe ihm im Lauf der letzten zwei Jahre vier solcher Teile verkauft.«

James holte das Spionierglas hervor. »Was ist mit dem hier?«

Joftaz bewunderte das Glas und hielt es sich vor die Augen. Erschrecken zeichnete sich auf seinem Gesicht ab; er legte das Glas wieder hin und blickte sich um. »Das ist etwas sehr Gefährliches, mein Freund.«

»Wieso?«

»Weil es Geheimnisse verrät, und zwar Geheimnisse, für die es sich zu töten lohnt, wenn man sie bewahren oder entlarven kann.« Er reichte James das Spionierglas zurück. »Ich habe von diesen Dingern gehört. Sie sehen bescheiden aus, sind aber von hohem Wert. Mit einem solchen Glas durchdringt Ihr Illusionen, seht Fallen und Verstecke. Ich habe gehört, dass sie für Generäle hergestellt werden, damit sie in der Schlacht durch Nebel und Rauch hindurchsehen können.«

»Könnt Ihr mir sagen, wer das möglicherweise verkauft hat?«

»Auch hier würde ich sagen, Abuk. Wäre dieser Gegenstand aus einer anderen Quelle zu Euch gekommen, hätte ich keinen Grund für diesen Verdacht, aber Ihr habt ihn in der Nähe der Spinne gefunden, und so nehme ich an, dass Abuk beide Gegenstände verkauft hat, und zwar an dieselbe Person.«

»Dann brauchen wir ein Zimmer für die Nacht, mein neuer alter Freund. Und gleich morgen früh werden wir uns auf die Suche nach Abuk machen.«

Sie gaben sich die Hand. »Ihr dient Eurem König gut, mein neuer alter Freund«, meinte Joftaz, »denn Ihr strebt nicht nur danach, die Nachtgreifer ausfindig zu machen, die ihre finsteren Morde in der tiefsten Stunde der Nacht begehen, sondern Ihr habt Silden außerdem von der Plage des Kriechers befreit. Jacob und seine Kameraden werden mit dem nächsten Schiff in ferne Lande aufbrechen, sobald diese Nachricht ihre Auftraggeber erreicht. Und jetzt zeige ich Euch Euer Zimmer. Danach muss ich einen bestimmten Mann finden, der das Gerücht streuen soll, dass drei keshianische Männer, die in Silden wohnen, gerade eine große Menge Wonnenherz an einen Schmuggler verkauft haben, der ins Königreich von Roldem unterwegs ist.«

Joftaz führte sie nach oben und wünschte ihnen eine gute Nacht; er erklärte ihnen, dass sie Abuk auf der Straße nach Lyton finden würden, denn er wurde in den nächsten Tagen von dort zurückerwartet. James machte es sich auf dem Bett bequem und schlief rasch ein – mit dem guten Gefühl, dass er inzwischen einige Fortschritte gemacht und einen Teil des Rätsels entwirrt hatte.

Neun

Verdacht

Die Maultiere schleppten sich die Straße entlang.

Es war unmöglich, den Wagen zu verfehlen, als sie etwa einen Tagesmarsch von Silden entfernt um eine Biegung kamen. Er war grün, und auf der einen Seite prangte in riesigen, roten Buchstaben: »Abuk. Krämer vieler guter Waren.« Der Fahrer war ein großer, stiernackiger Mann mit einer beeindruckenden Mähne aus flammend roten Haaren und einem langen Bart, der ihm bis zum Gürtel reichte. Er sah aus wie ein Zwerg – allerdings einer, der über sechs Fuß groß war, dachte James, als sie vor dem Wagen ihre Pferde anhielten.

»Seid Ihr der Krämer Abuk?«, fragte James mit lauter Stimme.

Der Krämer zügelte seine Maultiere. »Das steht zumindest in großen Buchstaben auf dieser Seite des Wagens, Fremder, also könnt Ihr entweder nicht lesen, oder Ihr seid blind gegenüber dem, was Ihr seht. Ja, ich bin Abuk.«

James zog eine Grimasse. »Nun, Ihr hättet das Gefährt ja auch gestohlen haben können.«

»Sicher, und dann hätte ich ihm die Haare und den Bart abgeschnitten, um meine Verkleidung zu vervollständigen. Aber das habe ich nicht.« Er musterte die drei Reiter, die vor ihm auf ihren Pferden saßen. »Was kann ich für Euch tun?«

»Wir suchen Informationen.«

»Informationen sind häufig meine beste Ware«, sagte Abuk.

James führte sein Pferd dicht genug an den Wagen heran, um ihm die silberne Spinne geben zu können. »Könnt Ihr mir sagen, wem Ihr die verkauft habt?«

»Ja«, sagte Abuk. »Für einhundert Goldsovereigns kann ich das sicherlich.«

James grinste, doch sein Lächeln war eine einzige Drohung. »Wir könnten natürlich auch eine Unterhaltung mit dem Königlichen Inquirator arrangieren, bei der es zum Beispiel darum gehen könnte, was Ihr mit dem Tod von fünfzig Königlichen Lanzenreitern zu tun habt.«

»Was?«, fragte Abuk sichtlich entsetzt. »Es wurden fünfzig Königliche Lanzenreiter getötet?«

»In Romney«, ergänzte Owyn.

Der Krämer schwieg eine Zeit lang. James' Menschenkenntnis – falls er denn wirklich welche besaß – brachte ihn zu der Annahme, dass Abuk seine Überlebenschancen gegen die Möglichkeit abwägte, Profit machen zu können. Schließlich meinte der Krämer: »Ich übernehme keine Verantwortung für diese Taten; ich verkaufe lediglich Güter, die vom Gesetz nicht verboten sind.« Er reichte James die Spinne zurück. »Diese Spinne ist eine von zweien, die ich im Norden verkauft habe. Eine dürftige Imitation habe ich einem Mann in Sloop verkauft, Michael Waylander. Er ist ein führendes Mitglied der Glasierer-Gilde in Romney. Die andere habe ich an einen Mann verkauft, an dessen Namen ich mich nicht mehr erinnern kann, aber ich weiß, dass er aus dem Norden ist.«

James zeigte Abuk das Spionierglas. »Und was ist damit?«

»Dieses Glas beweist, dass der Mann, nach dem Ihr sucht, tatsächlich derjenige ist, den ich beschrieben habe. Er hat auch dieses Glas erworben. Ich habe beide Gegenstände in der Schenke *Zur weißen Dame* in Malac's Cross verkauft. Vielleicht kann Euch der Schenkenbesitzer weiterhelfen, denn er schien den Mann zu kennen. Er muss ein hervorragender Schachspieler sein, nach allem, was ich gehört habe.«

»Wenn Ihr ihm in Malac's Cross begegnet seid – wieso habt Ihr dann gesagt, dass er aus dem Norden stammt?«

»Weil ich zufällig mitbekommen habe, wie der Schenkenbesitzer ihn fragte, ob er in den Norden zurückkehren würde. Der Mann hat das bejaht.«

James blickte nicht sehr glücklich drein. »Das heißt also, wir müssen nach Malac's Cross zurück.«

»Ich könnte Euch diese Reise möglicherweise ersparen, gegen ein kleines Entgelt, versteht sich.«

»Wie klein?«, fragte James.

»Ein Dutzend Goldsovereigns, würde ich sagen.«

»Fünf, denke ich, und ich vergesse Euren Namen, wenn ich mit dem Inquirator des Königs spreche.«

»Abgemacht«, sagte Abuk.

James gab ihm die Münzen, und der Mann begann zu reden. »Jetzt, wo meine Erinnerung allmählich zurückkehrt, fällt mir ein, dass er eine Stadt namens Kenting erwähnt hat.«

James blickte Owyn an, und der nickte. »Ich kenne den Ort. Er liegt nördlich von Cavell, wo mein Onkel Corvallis wohnt.«

Abuk musterte Owyn. »Euer Onkel ist der Baron Corvallis?«

»Ja, das ist er.«

»Ich kenne ihn«, sagte Abuk. »Er ist ein ziemlich übellauniger Mann, wenn ich mir diese Bemerkung erlauben darf.«

Owyn grinste. »Das würde niemand von denen, die ihn kennen, bestreiten.«

»Sind wir somit fertig?«, fragte Abuk an James gewandt. James nickte zustimmend, und der grellgrüne Wagen setzte sich ruckelnd wieder in Bewegung.

Als Abuk in sicherer Entfernung entschwunden war, wandte sich James an Owyn. »Was meinst du? Gehen wir nach Malac's Cross oder nach Kenting?«

»Kenting ist eine kleine Stadt mit kaum mehr als einem Dutzend Läden und Schenken, und in der Gegend gibt es hauptsächlich Bauernhöfe und kleine Güter. Es dürfte dort nicht so schwer sein, den Mann zu finden, auf den die Beschreibung paßt, die wir haben.«

»Also gut«, erklärte Gorath. »Allmählich drängt auch die Zeit.

Es ist mehr als ein Monat vergangen, seit ich meine Heimat verlassen habe, und Delekhans Macht wird immer größer, während wir noch damit beschäftigt sind, weitere Informationen zu sammeln. Es nützt uns ziemlich wenig, wenn wir seine Pläne dadurch herausfinden, dass wir zusehen, wie er sie ausführt.«

»Da ist was dran«, meinte James und wendete sein Pferd. »Also reiten wir nach Kenting.« Er spornte das Tier an und trabte in flottem Tempo davon. Ein paar Minuten später hatten sie Abuk eingeholt; sie winkten ihm kurz zu, als sie an ihm vorbeiritten.

Die Reise nach Romney, wo sie auf dem Weg nach Kenting noch einmal vorbeikamen, verlief ereignislos. Sie blieben dort eine Nacht, um die Pferde zu wechseln und sich zu erkundigen, ob alles in Ordnung war.

Michael Waylander, Damon Reeves und Arle Stahlherz hatten sich die Warnung des Grafen zu Herzen genommen und waren wenige Tage, nachdem sie die Nachricht erhalten hatten, in die Stadt zurückgekehrt. Sie befanden sich jetzt in ernsten Gesprächen mit den anderen Anführern, um den Kampf der rivalisierenden Gilden zu beenden. So langsam kehrte also wieder Ruhe in Romney ein.

Am nächsten Morgen brachen James, Gorath und Owyn mit frischen Pferden wieder auf; ihre Reise führte sie zunächst in nördliche Richtung durch hügeliges Ackerland, das an den Rom grenzte. Die Städte und Dörfer, die am Fluss lagen, waren kaum voneinander zu unterscheiden und hatten zudem viel Ähnlichkeit mit Sloop; sie trugen Namen wie Grünland, Hobbs, Tuckney, Prunkstein und Fernsicht. Tagelang ritten sie dahin, immer wachsam und in gleichmäßigem Tempo. So erreichten sie schließlich das Gebiet südlich von Cavell. Mehrere Male waren sie an Gruppen von bewaffneten Männern vorbeigekommen, aber niemand hatte sie herausgefordert, und so kamen sie ohne Zwischenfall in der Stadt an.

Sie folgten der leichten Kehre der Straße und passierten eine kleine Brücke, die über einen lebhaften Fluss führte. James blickte hinunter. »Ganz schön tief.«

»Der Fluss ist noch viel tiefer, als er aussieht«, sagte Owyn. »Immer wieder setzt sich irgendein Idiot in den Kopf, von einer Seite zur anderen zu schwimmen, und ertrinkt dabei. Der Fluss speist den Rom, der dort aus den Bergen kommt.« Er deutete nach Westen, wo sich Felsen erhoben. »Kommt mit«, sagte er und lenkte sein Pferd von der Straße weg. »Ich möchte euch etwas zeigen.«

Sie folgten ihm über einen alten, unbefestigten Weg, der an vielen Stellen mit Gras überwuchert war; er war offensichtlich lange Zeit nicht mehr regelmäßig benutzt worden. »Ich sehe frische Spuren«, meinte Gorath. »Jemand ist erst vor kurzem hier entlanggeritten.«

»Zweifellos«, sagte Owyn. »Ich zeige dir, weshalb, wenn wir um diese Biegung kommen.«

Sie kamen um eine scharfe Kehre, an der sich eine Klippe steil in den Himmel reckte, und hielten an. Vor ihnen donnerte ein beachtlicher Wasserfall aus einer Höhe von etwa dreihundert Fuß die Felsen herab. Die Schlucht war steil und auf beiden Seiten dicht bewaldet.

»Das ist der Cavell, unterhalb des Burgfrieds.« Owyn deutete hinauf zur Spitze der Klippen, und James blinzelte. Schließlich konnte er das graue Gebäude ausmachen, das oben auf dem Felsen thronte.

»Und unter dem alten Burgfried, also hinter dem Wasserfall, befindet sich ein Tunnellabyrinth.«

»Woher weißt du das?«

Owyn wendete sein Pferd. »Als ich noch ein Junge war, bin ich häufig hierher gekommen. Meine Cousine Ugyne und ich haben gern in den Tunneln gespielt. Es ist ein riesiges Gewirr aus Gängen und Höhlen. Früher wurden sie mal als Lagerraum benutzt, aber heute sind sie praktisch alle verlassen.« Er blickte sich um und deutete zum Wasserfall hinüber. »Es gibt sogar eine Nische hinter dem Wasserfall, die man aber nur sehen kann, wenn man genau weiß, wo man suchen muss. Ugyne und ich haben sie von einem der Gänge aus gefunden, als ich neun und sie acht war. Wir haben uns ausgezogen und sind schwimmen gegangen. Wir haben uns beinahe den Tod geholt, so kalt war es. Das Wasser dort ist Schmelzwasser, das aus den Schluchten der weiter oben liegenden Berge herabfließt. Ugyne hat von ihrem Vater eine ziemliche Tracht Prügel bekommen. Seit ich meinen Onkel kenne, war er unfähig, seine Wut zu unterdrücken. Aber das hat Ugyne und mich nie davon abgehalten, noch öfter dort zu spielen.«

»Wie viele kennen diese Tunnel?«, erkundigte sich James.

»Die meisten Ortsansässigen wissen natürlich, dass sich unter dem alten Burgfried Gänge befinden. Einige vermuten vielleicht sogar, dass es hinter dem Wasserfall eine Nische geben könnte. Aber ich bezweifle, dass irgendwer außerhalb der Familie – abgesehen von dem alten Kommandanten der Burgwachen und vielleicht ein oder zwei älteren Bediensteten – davon weiß. Sie ist ziemlich gut versteckt.«

Sie setzten ihre Reise fort und erreichten das Dorf am Nachmittag. Als sie auf den Marktplatz zuritten, meinte James: »Das sieht mir aber nach einem sehr wohlhabenden Dorf aus.«

Owyn lachte. »Stimmt. Cavell war etwa zwei Jahrhunderte lang ein Dorf, doch dann wurde es vor vielleicht fünfzig Jahren ein geschäftiges Zentrum für Ackerbau und Viehzucht. Seit das Feuer im Burgfried vor etwa drei Jahren meinen Onkel zwang, ins Dorf umzuziehen, werden sämtliche Geschäfte von hier aus geführt. Ich würde sagen, er und sein Haushalt bewohnen etwa ein Drittel der Häuser hier.«

»Feuer?«, fragte James, während sie die ersten Gebäude erreichten. »Was war das für ein Feuer?«

»Niemand weiß es so genau«, sagte Owyn. »Es heißt, dass mein Onkel in einem der tiefer gelegenen Räume zu tun gehabt hätte, als ein Feuer ausbrach und sich nach oben ausbreitete, so dass der Burgfried völlig ausbrannte und es unmöglich war, noch länger darin zu wohnen. In den unteren Gängen war es bereits früher zu einem Einsturz gekommen, als mein Onkel seinen Weinkeller hatte ausbauen lassen. Mein Cousin Neville ist damals ums Leben gekommen. Er war ein paar Jahre älter als Ugyne und ich und irgendwie seltsam. Ich hatte immer den Eindruck, als hätte sein Vater ihn nie sonderlich gemocht. Ugyne war immer der Liebling meines Onkels ...« Er verstummte für einen Augenblick, schien in Gedanken ganz weit weg zu sein. »Wie auch immer, dieser Teil des Kellers wurde abgesperrt – zusammen mit der Leiche meines Cousins, die unauffindbar war und noch immer unter Tonnen von Fels liegt.

Das Feuer hat wohl nicht weit davon seinen Ausgang genommen, doch die Magd, der man die Schuld dafür gab, kam ebenfalls in den Flammen um, und so ließ sich niemals mit Gewissheit sagen, wie alles begonnen hatte. Die Flammen breiteten sich von unten nach oben aus, verzehrten das Holz und brachten Decken und Wände zum Einsturz. Mein Onkel hat immer gesagt, dass er alles reparieren wollte und eines Tages zurück in den Burgfried ziehen würde, aber bisher deutet nicht sehr viel darauf hin, dass er das wirklich tun wird.«

Sie ritten die Hauptstraße entlang, eine breite Durchgangsstraße, die auf einem großen Platz endete, der von einem Springbrunnen beherrscht wurde; drei Straßen liefen in ungewöhnlichen Winkeln auf den Platz zu. »Es ist das Haus da vorn«, sagte Owyn und lenkte sein Pferd um den Springbrunnen herum. Der nachmittägliche Markt war in vollem Gange, und die Käufer und Verkäufer beachteten die drei Reiter nicht weiter, abgesehen von ein oder zwei Leuten, die Gorath neugierige Blicke zuwarfen.

Sie erreichten die Vorderseite des Hauses, und ein Stalljunge rannte auf sie zu. »Meister Owyn! Es ist Jahre her, seit ich Euch das letzte Mal gesehen habe!«

Owyn lächelte. »Hallo, Tad. Bist du jetzt für die Pferde verantwortlich?«

Der Junge, der kaum älter als zwölf oder dreizehn Jahre sein konnte, nickte. »Ja, Herr. Da wir nicht genügend Ställe haben, bringt der Baron die Pferde seiner Gäste droben bei der Schenke unter.« Er deutete auf ein Haus, das genau gegenüber lag. Ein hölzernes Schild mit dem Kopf einer Ente hing davor. »Ich werde dafür sorgen, dass dort Zimmer für Euch hergerichtet werden.«

Owyn lächelte. »Willst du damit sagen, dass mein Onkel nicht glücklich darüber wäre, mich zu sehen und mir ein Zimmer anzubieten?«

Der Junge nickte. »Er ist in letzter Zeit grundsätzlich alles andere als glücklich, wenn er jemanden sehen muss, Meister Owyn. Wenn Ihr allein wärt, würde er Euch vielleicht sogar ein Zimmer anbieten, aber mit Euren Freunden …« Er lächelte entschuldigend und verstummte.

Owyn schickte ihn mit den Pferden davon – und mit der Anweisung, nur ein einziges, dafür aber großes Zimmer für die Nacht zu besorgen.

Sie betraten die Stufen, die zu dem großen Haus hinaufführten. James blickte sich um. »Dieses Haus stellt alle übrigen Gebäude des Dorfes in den Schatten.«

Owyn musste bei der Bemerkung, die eine glatte Untertreibung war, lächeln. Die übrigen Gebäude des Dorfes waren einfache Hütten aus Flechtwerk und Lehm und einem Strohdach, allerhöchstens zweistöckige Häuser mit kleinen Gärten. Lediglich die Schenken konnten noch mit dem Wohnhaus des Barons mithalten.

»Das Haus war einmal eine Schenke, fiel jedoch harten Zeiten zum Opfer. Mein Onkel hat sie gekauft und für seine eigenen Bedürfnisse umgestaltet. Es gibt zwar hinten einen Stall, aber der wird von seiner Leibwache benutzt.« Owyn senkte die Stimme. »Wie bei vielen anderen geringeren Adligen entsprechen seine Finanzen nicht seinem Rang. Die Pachteinnahmen sind bescheiden, doch die Steuern, die er dem Herzog von Cheam schuldet, sind beachtlich, und mein Onkel war niemals das, was man einen Mann mit Unternehmergeist nennen würde.«

Sie klopften an die Tür, die sich daraufhin einen kleinen Spalt öffnete. Eine Dienerin mittleren Alters blinzelte vorsichtig nach draußen, und als sie Gorath in seiner Rüstung vor sich stehen sah, weiteten sich ihre Augen vor Schreck, und sie wurde bleich. »Hallo, Miri«, sagte Owyn und trat in ihr Blickfeld. »Es ist alles in Ordnung. Die beiden gehören zu mir.«

»Meister Owyn«, sagte die Frau und schwang die Tür weit auf.

»Könntest du bitte Onkel Corvallis benachrichtigen, dass wir hier sind?«

Die Frau nickte und eilte davon. Ein paar Minuten später tauchte ein großer Mann in Samtmantel und spitzenbesetztem Hemd auf; er hatte viel zu viele Ringe an den Fingern. »Niemand hat uns mitgeteilt, dass du kommen wolltest, Neffe«, sagte er mit kühler Stimme. Er warf einen missbilligenden Blick auf James und Gorath.

»Das geht schon in Ordnung, Onkel. Wir kommen unangemeldet. In der Schenke am Platz wird außerdem bereits ein Zimmer für uns hergerichtet. Ich möchte dir James vorstellen, Junker am Hof von Prinz Arutha, sowie unseren Kameraden Gorath. James, Gorath, das ist mein Onkel, Baron Corvallis von Cavell.«

Bei der Erwähnung des Prinzen von Krondor hellten sich die Züge des Barons ein wenig auf. Er nickte James zu und meinte: »Junker.« Dann blickte er Gorath an, als wüsste er nicht, was er mit ihm machen sollte. »Willkommen, Elbenherr«, sagte er dann. Er machte eine ausladende Bewegung mit dem Arm und bat sie ins Haus. »Kommt bitte mit in mein Zimmer, ich lasse etwas Wein holen.« Er winkte die Dienerin zu sich. »Miri, eine Flasche Wein und vier Gläser.«

Sie folgten dem Baron durch mehrere Zimmer, die vermutlich früher einmal nur ein einziger großer Raum gewesen waren – der ehemalige Schankraum. Am Ende der Eingangshalle war die hintere Treppe zu erkennen, die zu den oberen Räumen führte, und James fragte sich geistesabwesend, ob die alte Theke wohl noch intakt war. Doch das würde er nie erfahren, denn sie bogen in ein Eckzimmer mit zwei großen Fenstern ab, von denen man einen hervorragenden Blick auf den Marktplatz hatte. Der Baron deutete auf drei Stühle und zog sich selbst einen vierten heran. »Was führt Euch nach Cavell, Junker?«

»Ich bin im Auftrag des Prinzen unterwegs«, antwortete James. »Es gab Ärger unten in Romney, und als Folge davon gehen wir einigen Gerüchten nach, die besagen, dass die Nachtgreifer ins Königreich zurückgekehrt sein sollen.«

Bei der Erwähnung der Nachtgreifer wäre der Baron beinahe von seinem Stuhl aufgesprungen. »Gerüchte!«, rief er. »Das sind keine Gerüchte. Hier im Norden ist es schon mehrfach zu Meuchelmorden gekommen, und ich habe meinem Herrn, dem Herzog von Cheam, auch bereits darüber berichtet. Dreimal haben sie inzwischen versucht, mich zu töten!«

James bemühte sich, besorgt dreinzublicken. »Genau das hat mich hierher geführt. Der Prinz ist unerbittlich, genau wie sein Bruder, der König« – Lyam hatte wahrscheinlich gar keine Ahnung von dem, was da vor sich ging, aber James hatte schon vor langer Zeit gelernt, dass es wirkungsvoll war, den Namen des Königs hin und wieder zu erwähnen –, »sie können es nicht akzeptieren, wenn ihre Adligen aus dem Nichts heraus grundlos angegriffen werden.«

Bei der Erwähnung des Königs schien der Baron sich zu beruhigen. »Gut, das ist gut.«

»Wieso sagt Ihr uns nicht alles über die Situation, in der Ihr Euch befindet?«, fragte James.

Das Gesicht des Barons errötete vor Leidenschaft, und er sprach rasch und voller Zorn. »Vor drei Jahren ist eine Magd bei einem Feuer umgekommen, das in einem verlassenen Weinkeller ausgebrochen war. Damals habe ich das alles noch für nichts weiter als einen tragischen Unfall gehalten, aber inzwischen bin ich fest davon überzeugt, dass es der erste Anschlag auf mein Leben war.

Als ich vor einem Jahr bei der Jagd war, erschien eine Gruppe schwarz gekleideter Reiter auf dem Kamm und ritt mit erhobenen Waffen auf uns zu. Nur ein Fuchs, der von meinen Jagdhunden aufgescheucht worden war, rettete mich; das Tier schoss über ein Feld zwischen mir und den Angreifern, und die Hunde hielten ihre Pferde auf. Ich habe an jenem Tag meinen besten Hund verloren.«

Er deutete auf Miri, die an der Tür erschien, um ihre Gäste zu bedienen. »Und dann wurde im letzten Monat aus dem Hinterhalt auf mich geschossen. Der Pfeil hat meine Tunika zerrissen, hier.« Er deutete auf seine Schulter. »Nur eine Handbreit tiefer, und ich wäre ein toter Mann gewesen.«

James blickte Owyn an, und der nickte leicht als Bestätigung, dass der Baron nicht übertrieb.

Baron Corvallis fuhr fort: »Ich wage kaum noch, mein Haus zu verlassen, gehe allenfalls umgeben von meinen Leibwachen gelegentlich zur Schenke hinüber. Meine Tochter widersetzt sich mir; sie rennt wie ein gewöhnliches Kind über die Felder und trifft sich mit allerlei zweifelhaftem Pöbel. In ihrem Alter sollte sie längst respektable Bewerber empfangen, aber stattdessen läuft sie mit ... mit einem verabscheuungswürdigen Kerl durch die Gegend, der sie mit süßen Lügen umgarnt.«

Owyn bemühte sich, weiterhin ernst dreinzublicken, aber irgendetwas schien ihn sehr zu erheitern. »Was ist das denn für ein nichtsnutziger Kerl, Onkel?«

»Ein Mann des Handels! Ugyne sollte sich von anderen den Hof machen lassen, von den Söhnen anderer Barone, Grafen oder sogar Herzöge, aber nicht von einem gewöhnlichen Kaufmann. Mein Anwalt Myron liebt sie, und wenn er auch von niederer Geburt ist, hat er doch Verbindungen zum Adel. Ich würde es ihm gestatten, um ihre Hand anzuhalten, wenn sie nur etwas zur Ruhe kommen würde. Aber sie hat so verrückte Vorstellungen von Romantik und Abenteuer, was schon bei einem Sohn ärgerlich genug ist, aber völlig inakzeptabel bei einer Tochter.«

»Hat dieser Agent des Chaos auch einen Namen, Onkel?«, fragte Owyn.

»Navon du Sandau!« Corvallis spuckte diese Worte beinahe aus. »Ich weiß, dass er ein Verbrecher ist. Er trägt Kleider aus kostbaren Stoffen und reitet das schönste schwarze Pferd, das ich je gesehen habe, und doch spricht er sehr wenig von seinen Geschäften. Er behauptet, für einige reiche Familien und Adlige eine wichtige Rolle zu spielen und als Agent in Handelsangelegenheiten im Süden und Westen tätig zu sein. Aber ich habe ihn nie bei der Ausübung eines seiner Geschäfte gesehen; er ist entweder auf geheimnisvolle Weise abwesend, oder er treibt sich hier herum und umgarnt meine Tochter.«

Owyn nippte am Wein. »Wo ist Ugyne eigentlich, Onkel?«

»Wahrscheinlich draußen auf den Feldern, wo sie darauf wartet, dass entweder Schnee fällt oder Navon kommt.«

James nahm noch einen Schluck von dem eher mittelmäßigen Wein. »Wir haben Eure Gastfreundschaft lange genug in Anspruch genommen.« Er erhob sich. »Wir werden der Sache so rasch wie möglich nachgehen und sehen, was wir tun können, um den Anschlag auf den Frieden Eures Dorfes zu beenden.«

»Ich danke Euch, Junker«, sagte der Baron. Dann wandte er sich an Owyn. »Richte deinem Vater und deiner Mutter herzliche Grüße von mir aus, wenn du sie das nächste Mal siehst.« Er nickte Gorath zu, als der an ihm vorbeiging. Unsicher, was er zu ihm sagen sollte, nickte er ein zweites Mal.

An der Tür wandte er sich erneut an Owyn. »Owyn, wenn du nächsten Sechstag noch hier im Dorf bist, bereite mir doch die Ehre und komm zum Essen. Und bring deine Freunde mit.«

Die Tür schloss sich, und James lachte auf. »Das heißt, wir haben fünf Tage, um herauszufinden, was wir suchen, und wieder zu verschwinden, bevor er gezwungen ist, sein Angebot wahr zu machen.«

»Mein Onkel ist selbst in guten Zeiten ein schwieriger Mann, aber jetzt ist er völlig verängstigt«, sagte Owyn.

»Das konnte selbst ich spüren, obwohl ich eure Rasse nicht so gut kenne«, meinte Gorath. »Doch eine Sache beunruhigt mich.«

»Ach was?«, fragte James. »Nur eine?«

»Unter anderem«, antwortete Gorath. »Wenn die Nachtgreifer wirklich seinen Tod wollten, wäre er schon längst tot. Möglicherweise haben die Hunde tatsächlich den Angriff bei der Jagd verhindert. Aber dass ein Bogenschütze sein Ziel nicht trifft, halte ich doch für ziemlich unwahrscheinlich.«

»Nach meinen eigenen Erfahrungen mit den Nachtgreifern muss ich dir zustimmen«, sagte James. Sie betraten die Schenke *Zum Entenkopf*.

Der Schankraum war verhältnismäßig leer, da es noch Nachmittag war. Der Wirt kam hinter der Theke hervor und meinte: »Seid Ihr die Herren, die gekommen sind, um den Baron zu besuchen?«

»Ja«, sagte James.

»Ich bin Peter der Graue«, meinte er mit einer leichten Verbeugung. »Ich habe die Ehre, diese Einrichtung mein eigen nennen zu können. Eure Zimmer sind jederzeit bereit, und wir können Euch volle Kost und eine Auswahl an Weinen und Bier zur Verfügung stellen.«

»Bier«, meinte Gorath. »Ich habe wenig Verlangen nach Wein.«

James lachte. »In Anbetracht dessen, was der Baron uns angeboten hat, kann ich es dir nicht verübeln.«

Owyn nickte. »Ihr könnt euch nicht vorstellen, wie es gewesen wäre, wenn du nicht jemand vom Hof des Prinzen wärst.«

Peter der Graue wölbte die Augenbrauen. »Jemand vom Hof des Prinzen? Nun, dann sorge ich wohl besser rasch dafür, dass Ihr nur das Beste erhaltet. Jemand vom Hof!«

Als Peter davoneilte, rief James ihm hinterher: »Und etwas zu essen, bitte!«

Sie setzten sich hin. »Es tut mir leid, dass du die ausschweifende Erzählung meines Onkels über dich ergehen lassen musstest. Verglichen mit den Problemen, die wir zu lösen haben, hören sich seine Sorgen recht harmlos an.«

James blickte nachdenklich drein. »Möglicherweise, aber es könnte auch eine Verbindung geben. Ich bin nicht ganz sicher, wo genau, aber warum sollten die Nachtgreifer deinen Onkel belästigen, ohne ihn zu töten?«

»Um ihn einzuschüchtern«, meinte Gorath. In diesem Augenblick erschien Peter der Graue und stellte Becher mit Bier vor sie hin; sie waren außen ganz beschlagen, so kühl war die Flüssigkeit. James nippte daran und nickte anerkennend. »Wunderbar.«

»Das Bier stammt von den Grauen Türmen. Wir halten es hier kühl.«

»Ihr lasst Eis mit dem Schiff herschaffen?«

»Nein«, sagte Peter. »Nicht weit von hier gibt es tiefe Höhlen, in denen ich die Fässer lagere. Das Bier ist so schnell verkauft, dass das Fass leer ist, bevor das Bier warm wird.«

James lächelte. »Ihr müsst den Baron recht häufig sehen, da Eure Schenke seinem Haus direkt gegenüber liegt«, meinte er.

Peter schüttelte den Kopf. »Um ehrlich zu sein, ich sehe ihn eher selten. Der Baron verlässt sein Haus nicht oft, und wenn doch, dann immer nur mit bewaffneten Leibwachen.« Er nahm das Tablett. »Ich werde Euch sofort etwas zu essen bringen, Junker.«

»Irgendetwas nagt an mir, aber ich kriege es nicht ganz zu fassen«, sagte James.

»Etwas, das mit meinem Onkel zu tun hat?«

»Ja«, antwortete James. »Aber Gorath hat schon auf das Entscheidende hingewiesen: Wieso sollten sie den Baron so verängstigen, wenn sie ihn nicht töten wollen?« Plötzlich riss er die Augen auf. »Peter!«, rief er.

Der Schenkenwirt eilte rasch zu ihm. »Ja, bitte?«

»Was habt Ihr noch darüber gesagt, dass Ihr den Baron nicht oft zu Gesicht bekommt?«

»Ich habe nur gesagt, dass der Baron selten sein Haus verlässt, und wenn, dann nur mit bewaffneten Leibwachen.«

»Wann hat das begonnen?«

»Gleich, nachdem die Nachtgreifer angefangen haben, ihn zu verfolgen, glaube ich.«

»Ihr wißt von den Nachtgreifern?«, fragte James.

»Nun, ich weiß das, was die Leute so sagen.«

»Und das wäre?«

»Dass die Gilde der Assassinen hier ein Geschäft eröffnet hat und dass sie den Baron ausgewählt haben, um ihn für irgendetwas zu bestrafen.«

»Danke, Peter«, sagte James. »Es tut mir leid, dass ich Euch belästigt habe.«

»Was hast du von ihm gewollt?«, fragte Owyn.

»Er sollte mir helfen, das alles noch einmal zu durchdenken«, erklärte James. »Seht mal, die Nachtgreifer versuchen gar nicht, den Baron zu töten. Sie sorgen nur dafür, dass er in seinem Haus bleibt.«

»Wieso?«, fragte Gorath.

»Um ihn daran zu hindern, den Burgfried wieder aufzubauen«, antwortete James.

»Was in aller Welt sollten sie damit bezwecken? Es handelt sich um eine alte Festung, und wenn eine Armee hierherkommen würde, hätte sie ihr nicht viel entgegenzusetzen«, meinte Owyn.

»Ich glaube nicht, dass es wirklich um den Burgfried geht. Ich glaube, es geht um das, was darunter liegt.«

Owyn riss die Augen auf. »Die Tunnel?«

»Du hast doch gesagt, dass es einen geheimen Zugang zu den Höhlen gibt, die sich unter dem Berg befinden, und dass früher dort die Waffenkammer und die Lagerräume des alten Burgfrieds waren. Man könnte also eine ganze Armee dort unterbringen, nehme ich an.«

»Oder ein Nest von Nachtgreifern«, pflichtete Gorath ihm bei.

»Aber woher hätten sie das wissen können?«, fragte Owyn. »Die Tunnel sind kein Familiengeheimnis, oder?«

»Nein, es gibt noch ein paar andere, die von ihrer Existenz wissen, aber es ist beinahe unmöglich, von außen den Eingang zu finden.«

»Owyn!«, erscholl eine glückliche weibliche Stimme quer durch die Schenke.

Die drei wandten sich um und sahen eine groß gewachsene, junge Frau in einfacher Kleidung auf sie zukommen. Owyn fiel beinahe mit dem Stuhl nach hinten, als sie beide Arme um ihn schlang und er gleichzeitig versuchte aufzustehen.

»Oh, Ugyne!«, grinste Owyn und errötete, als sie ihn umarmte.

Das Mädchen war hübsch auf eine wilde, sonnengebräunte Art. Ihre Haare waren vom Wind zerzaust und ungekämmt, und sie sah aus, als hätte sie auf dem Boden gesessen, denn an ihrem Kleid hafteten noch Reste von Erde.

Sie hielt in ihrer wilden Umarmung gerade lang genug inne, um ihm einen leidenschaftlichen Kuss auf die Lippen zu drücken, dann trat sie zurück und musterte ihn. »Du bist ja ein richtig gut aussehender Mann geworden. Wenn ich an das jämmerliche Bild denke, das du als kleiner Junge geboten hast …«, meinte sie mit einem Lachen.

Owyn errötete noch tiefer, lachte aber ebenfalls. »Du hast dich jedenfalls nicht verändert, wie ich sehe.«

Sie drückte ihn in den Stuhl zurück und setzte sich gebieterisch auf seinen Schoß. »Natürlich habe ich das. Ich war ein kleines Mädchen, als du mich das letzte Mal gesehen hast. Jetzt bin ich eine erwachsene Frau.«

James grinste. Diese erwachsene Frau war allem Anschein nach etwa achtzehn Jahre alt, und ihre Lebhaftigkeit hatte in der Tat etwas Bezauberndes. Doch sie hatte noch immer etwas Aufgeschossenes an sich, und ihre Bewegungen verrieten mitunter das bemühte Ziel, ihre Unsicherheit zu überdecken.

»Ugyne, dies hier sind meine Freunde James und Gorath«, sagte Owyn.

Sie nickte und lächelte. »Hallo.« Dann wandte sie sich wieder ihrem Cousin zu. »Hast du Papa schon gesehen? Ich nehme es an. Tad hat mir gesagt, du wärst hier.«

»Wir haben ihn getroffen. Und wenn wir am Sechstag immer noch hier sind, werden wir auch mit euch essen.«

»Oh, bitte, bleibt solange. Es ist immer so langweilig, mit Vater allein zu essen.«

»Möglicherweise sind wir schon weg, Ugyne. Wir haben dringende Dinge zu erledigen«, sagte James.

»Was für Dinge?«, fragte sie und verzog dabei die Lippen zu einem Schmollmund. Sie blickte Owyn fest in die Augen. »Da kommt mein Lieblingscousin nach vielen Jahren endlich wieder einmal in mein Dorf und will schon am nächsten Tag wieder abreisen?«

»Nein, aber wir sind im Auftrag der Krone unterwegs.«

»Oh!«, erwiderte sie mit hochgezogenen Augenbrauen. »Wirklich?«

James nickte. »Wirklich.«

»Nun, wenn das so ist«, sagte sie, »muss ich entweder darauf bestehen, dass Vater euch eher einlädt oder dass ihr länger bleibt. Du verlässt die Stadt jedenfalls nicht, ohne dass wir Gelegenheit hatten, uns zu treffen.«

»Was tust du denn so in letzter Zeit?«, fragte Owyn. »Dein Vater wirkt sehr besorgt darüber, wie du deine Zeit verbringst.«

Sie reckte das Kinn bei der Erwähnung ihres Vaters. »Wenn es nach meinem Vater ginge, dann müsste ich den ganzen Tag in diesem dunklen Haus sitzen und darauf warten, dass zufällig irgendein Adliger vorbeikommt und meine Hand zum ewigen Bund ergreift. Er hat Angst, dass ich mit jemandem davonlaufen könnte.«

»Mit jemand Besonderem vielleicht?«, fragte Owyn.

Sie griff nach seinem Becher und trank mit einer weichen Geste einen kleinen Schluck Bier, als wäre es die mutigste Tat, die man sich vorstellen konnte. »Da ist Myron, der Anwalt von Vater hier im Dorf. Er ist Witwer und hat eine süße, kleine Tochter, die ich auch sehr mag, aber er ist so …«

»Langweilig?«, kam James ihr zu Hilfe.

»Nein, berechenbar. Er ist ein netter Mann, aber ich will mehr.«

»Jemand anderen?«, fragte Owyn.

»Wieso? Habe ich gesagt, dass es jemand anderen gibt?«, fragte sie mit einem seltsamen Glanz in den Augen. Ihre Lippen verzogen sich zu einem Lächeln.

»Nein«, sagte Owyn, »aber dein Vater hat das gesagt.«

»Navon du Sandau«, sagte Ugyne. »Er macht Vater rasend.«

»Wieso?«, wollte James wissen.

»Er ist ein Mann des Handels und stammt nicht aus dem Adel. Selbst Myron, der Anwalt meines Vaters, hat adlige Verwandte; er ist der Neffe des verstorbenen Grafen von Silden, mütterlicherseits.«

»Liebst du diesen Navon?«, fragte Owyn.

Sie schüttelte den Kopf und rümpfte die Nase. »Nicht wirklich. Er ist interessant, wenn auch etwas … seltsam.«

»Seltsam?«, fragte Owyn. »Inwiefern?«

»Ich habe bemerkt, dass er mich auf sehr merkwürdige Weise betrachtet, wenn er glaubt, dass ich nicht hinschaue.«

Owyn lachte und kitzelte sie. »Das hat damit zu tun, dass du so merkwürdig aussiehst.«

Sie schlug seine Hand spielerisch beiseite. »Aber er ist interessant. Er sieht gut aus, ist intelligent und behauptet, überall gewesen zu sein. Und er ist sehr reich, was der einzige Grund ist, weshalb Vater ihn nicht längst von seinen Wachen hat aus der Stadt peitschen lassen. Wenn ich schon keinen Adligen heirate, dann will Vater wenigstens Reichtum.«

»Wirst du diesen Navon denn heiraten?«

»Wahrscheinlich nicht«, erwiderte sie und sprang auf. »Er ist mir zu leidenschaftlich und zu … gefährlich.«

»Gefährlich?«, fragte Gorath, der das Mädchen jetzt zum ersten Mal direkt ansprach. »Ich weiß zwar nur wenig über die Gepflogenheiten der Menschen, aber ist das nicht eine seltsame Art, einen Bewerber zu beschreiben?«

Sie zuckte mit den Achseln. »Ich weiß nicht. Er ist faszinierend, manchmal etwas seltsam, und er hat mir ein paar Dinge beigebracht.«

»Aha?« In Owyns Stimme schwang gleichermaßen Neugier wie Missbilligung mit.

Sie stieß ihn freundschaftlich an. »Nicht das, was du jetzt denkst, du schrecklicher Kerl! Er hat mir Dinge wie Poesie und Musik nahegebracht, und er hat mir gezeigt, wie man Schach spielt.«

»Schach?«, fragte Owyn und warf James einen bedeutungsvollen Blick zu.

»Ja«, bestätigte sie. »Er ist der beste Schachspieler in Kenting, womöglich in der ganzen Gegend. Er reist regelmäßig nach Malac's Cross, um in der Taverne *Zur weißen Dame* gegen die besten Schachspieler im ganzen Königreich anzutreten, und er hat auch schon gegen Adlige in Krondor und Groß-Kesh gespielt!« In ihrer Stimme schwang ein nicht unerheblicher Stolz mit.

»Nun«, meinte James. »Vielleicht können wir ihn ja einmal kennen lernen.«

»Kommt am Sechstag zum Essen, und ihr werdet Gelegenheit dazu haben«, sagte sie. »Er ist Ende der Woche mit mir verabredet.«

Mit einem Lachen und einer halben Drehung, bei der ihr das Kleid um die Beine wirbelte, wandte sie sich um und begab sich halb hüpfend, halb gehend zur Tür. Sie blickte sich noch einmal um, lächelte Owyn zu und verschwand.

»Die Frauen eures Volkes sind ... sehr interessant«, meinte Gorath.

James lachte. »Sie ist noch jung. Sie bemüht sich ein bisschen zu sehr, lebhaft zu wirken.« Doch er schüttelte anerkennend den

Kopf. »Lass ihr nur ein paar Jahre Zeit, und sie wird sich nicht mehr bemühen müssen. Sie ist zauberhaft.«

Owyn seufzte, während er sich zurücklehnte. »Sie ist die Einzige aus diesem Zweig meiner Familie, die mir jemals etwas bedeutet hat.«

Peter der Graue kam mit dem Essen und deckte den Tisch. »Ich habe meinen Cousin Neville niemals kennen gelernt. Ich war neun, als er gestorben ist, und bis dahin hatte ich ihn nur ein einziges Mal gesehen«, fuhr Owyn fort.

Peter mischte sich ein. »Baron Corvallis Neville war Euer Cousin? Ihr habt zwar gesagt, dass Ihr den Baron aufsuchen wolltet, junger Herr, aber nichts davon, dass Ihr sein Neffe seid.«

»Entschuldigung«, meinte Owyn. »Ich habe es nicht absichtlich verschwiegen.«

»Ihr seid der junge Owyn«, erkannte Peter ihn jetzt. »Aber Ihr erinnert Euch nicht an mich, oder?«

»Tut mir leid, aber ich erinnere mich wirklich nicht«, sagte Owyn.

»Ich war einer der Köche im Burgfried, damals, vor dem tragischen Tag, als der junge Neville gestorben ist. Ihr wart damals erst sechs oder sieben Jahre alt, und ich habe Euch nur ein-, zweimal gesehen, als Ihr zu Besuch gekommen seid. Ich habe diese Schenke kurz danach gekauft, doch bis heute seid Ihr niemals hier gewesen. Der alte Baron … nun, die Sache hat ihn sehr verändert. Er ist seither ein anderer Mann geworden, aber seine Frau hat es umgebracht.«

»Ich erinnere mich nicht sehr gut daran«, gestand Owyn.

Peter benötigte keine weitere Aufforderung, um ein bisschen Klatsch und Tratsch zum Besten zu geben. »Nun, es heißt, dass es Schwierigkeiten zwischen dem Baron und dem Baumeister gegeben hätte, der angestellt worden war, um in den unteren Höhlen und Tunneln die Weinkeller anzulegen. Seltsamerweise hieß dieser Mann ebenfalls du Sandau, genau wie Navon.«

James und Owyn wechselten einen bedeutungsvollen Blick.

Peter fuhr fort: »Nun, dieser Sandau war der beste Steinmetz in der ganzen Gegend, aber er war auch ein Trinker und Frauenheld; es hieß, dass er mit verschiedenen Frauen vom Hof in Rillanon eine Liebelei gehabt hätte, bevor er nach Norden kam. Er hatte schon an anderen Teilen der Tunnel und Höhlen unter dem Burgfried gearbeitet, und gewöhnlich war der Baron auch sehr zufrieden mit seiner Arbeit. Aber bei diesem Weinkeller gab es aus irgendwelchen Gründen Probleme. Sie haben sich gestritten, und der Baron war immerzu schlechter Laune. Dann kam dieser schwarze Tag.«

»Der Tag, an dem Neville starb?«, fragte Owyn.

»Ja, aber auch Sandau ist bei diesem Unfall gestorben. Diese Decke ist eingestürzt. Niemand konnte sagen, wieso. Sämtliche Männer aus der Gegend haben tagelang versucht, das Geröll beiseite zu schaffen, aber es war umsonst; Neville und die Arbeiter im Raum waren tot.«

»Was hatte der Junge dort zu suchen gehabt?«, fragte Gorath.

»Das weiß niemand. Er hat den Steinmetzen immer gerne bei der Arbeit zugesehen, und sein Vater hat nie etwas dagegen gehabt.« Peter zuckte mit den Achseln. »Der Baron ist danach nie wieder derselbe gewesen. Und die Baronin ist aus Trauer gestorben, das schwöre ich. Sie hat monatelang um den Verlust ihres Sohnes getrauert, und dann ist sie krank geworden. Nicht einmal die Priester aus den Tempeln konnten sie am Leben erhalten. Knapp ein Jahr nach dem Unfall ist sie gestorben. Dabei war sie früher einmal eine Frau von ungewöhnlicher Stärke. Ugyne ist genau wie sie; ich nehme an, das ist der einzige Grund, weshalb das Mädchen nicht verrückt geworden ist – in einem Jahr nicht nur den Bruder, sondern auch noch die Mutter zu verlieren!« Peter schüttelte mitfühlend den Kopf, als er sich daran erinnerte, wie es damals für das kleine Mädchen gewesen sein musste. »Sie hat sich inzwischen zu einer ziemlich beeindruckenden Person entwickelt, würde ich sagen.«

James nickte, und Owyn meinte: »Das hat sie zweifellos.«

Peter zog sich wieder zurück. »Ugyne scheint zumindest endlich ein bisschen Glück gefunden zu haben«, meinte Owyn.

»Selbst wenn es ihren Vater quält«, sagte James, und sogar Gorath musste bei diesen Worten lachen.

»Also gut«, meinte Owyn. »Was werden wir jetzt tun?«

»Ich würde sagen, wir essen am Sechstag mit deinem Onkel und schauen, ob irgendjemand hier Schach spielen will.«

Owyn nickte und lehnte sich zurück. Die Vorstellung, noch ein paar ruhige Tage genießen zu können, bevor der nächste Konflikt anstand, gefiel ihm außerordentlich gut.

Zehn

Die Nachtgreifer

Wasser rauschte donnernd den Berg hinab.

James, Gorath und Owyn saßen in der Nähe des Wasserfalls auf ihren Pferden. Da bis zu dem bevorstehenden Essen mit Baron Corvallis am Sechstag noch ein paar Tage Zeit waren, hatte James beschlossen, die Gegend zu erkunden. Er hatte den redefreudigen Peter wissen lassen, dass sie irgendwelche Aufträge zu erledigen hatten und daher die Straße benutzen würden, aber sobald sie Cavell verlassen hatten, waren sie von der Straße abgebogen, um die Tunnel unter dem Burgfried zu untersuchen.

Die Gischt traf James voll ins Gesicht, als der Wind sich drehte. »Hier habt ihr immer gespielt?«, fragte er Owyn.

»Nein, nicht ganz.« Er deutete auf eine Bergseite. »Da oben haben wir gespielt, in einem Teich in der Nähe dieser Nische am Berg.«

»Bei meinem Volk ist es den Kindern verboten, unbeaufsichtigt zu spielen«, erklärte Gorath. »Aber ihr Menschen vermehrt euch ja auch wie die Feldmäuse«, fügte er dann mit leichter Verachtung hinzu. »Wenn ein Kind stirbt, macht ihr einfach ein neues.«

James warf ihm einen finsteren Blick zu. »Ganz so einfach ist es nicht.«

»Also, weshalb sind wir hier?«, wechselte Gorath das Thema.

»Wenn ihr das alte Tunnelsystem als Basis für geheime Operationen nutzen wolltet, würdet ihr dann wollen, dass der Baron und seine Familie noch hier leben?«, fragte James.

Owyn riss die Augen auf. »Du meinst, die Nachtgreifer haben das Feuer gelegt?«

James zuckte mit den Achseln. »Ich kann das natürlich nicht mit Sicherheit sagen. Aber das Feuer war zumindest ziemlich praktisch für sie, und indem sie dem Baron weiterhin ordentlich zusetzen, halten sie ihn davon ab, den Burgfried wieder aufzubauen.«

Sie ritten am Ufer des Flusses entlang auf die Klippen zu. »Ich habe an eurer Seite gegen diese Nachtgreifer gekämpft, und ihr habt schon vorher von ihnen erzählt«, meinte Gorath. »Trotzdem verstehe ich nicht ganz, welche Rolle sie bei all dem spielen.«

»Das ist nicht schwer zu erraten«, sagte James. »Sie sind eine Bruderschaft von Assassinen und arbeiten für diejenigen, die sie bezahlen. Söldner. Dem ersten bin ich auf einem Dach in Krondor begegnet, als ich noch ein Junge war, und ich habe sie seither immer wieder getroffen. Eine Zeit lang dienten sie Murmandamus und seinen Schwarzen Kämpfern als Schachfiguren.«

Gorath spuckte beinahe aus. »Die Schwarzen Kämpfer waren eine Widerwärtigkeit für sich! Männer ohne Ehre, die ihr Leben und ihre Gesinnung an Murmandamus verraten hatten, für das Versprechen von ewigem Ruhm und ewiger Macht! In unseren Überlieferungen heißt es, dass jene, die so etwas tun, sich im Leben danach niemals mit den Müttern und Vätern vereinigen werden.«

James lenkte sein Pferd um eine kleine Kuppe. »Ich muss zugeben, dass ich nur wenig von dir und den Elben weiß, Gorath, obwohl ich gegen die Moredhel gekämpft und auch einige Zeit mit den Glamredhel und den Eledhel verbracht habe.«

»Wir mögen uns so wenig, dass wir nicht gerne mit anderen übereinander sprechen, und ich zweifle nicht daran, dass du von den Eledhel wenig Gutes über uns gehört hast. Die Glamredhel sind die Wahnsinnigen, voller Zielstrebigkeit und ohne Magie. Sie lebten mit Hilfe ihrer Schläue und Stärke beim Weidewald in den Nordlanden, bis man sie gejagt und vernichtet hat.«

James schüttelte den Kopf. »Vernichtet? Sie sind doch nach Elbenheim gegangen, wo sie inzwischen leben.«

Gorath zügelte sein Pferd. »Delekhan!«

»Was ist?«, fragte James und drehte sich zu dem Dunkelelben um.

»Er verbreitete die Nachricht, dass er Earnon und seinen Stamm im Weidewald vernichtet hat.«

»Nun, der alte König Rotbaum ist am Leben und putzmunter; er lebt in Elbenheim. Das Letzte, was ich gehört habe, war, dass er in irgendeine Diskussion darüber verwickelt war, wem die Führung obliegt.«

Gorath neigte den Kopf zur Seite, als lauschte er auf etwas. »Die Führung? Ich verstehe nicht ganz.«

»Ich will nicht behaupten, dass ich es verstehe«, meinte James, während sie einer weiteren Biegung der Straße folgten und dem Wasserfall immer näher kamen. »Herzog Martin ist regelmäßig in Elbenheim zu Gast und schickt immer wieder Berichte nach Krondor. Wenn ich es richtig verstehe, versuchen Rotbaum und seine Leute zu entscheiden, ob sie ein Teil von Aglarannas Volk werden oder weiterhin getrennt bleiben wollen, wobei sie dann trotzdem unter ihnen leben würden. Irgendwie so ähnlich war es, glaube ich.«

»Das ist schon seltsam«, sagte Gorath. »Ich würde doch annehmen, dass Aglaranna sie gefangen genommen hätte, wenn sie gekommen wären und um Zuflucht ersucht hätten.«

James lachte.

»Findest du das komisch?«

»Ich habe den alten Rotbaum getroffen, und er kam mir nicht gerade wie ein Mann vor, der um etwas bittet oder sich gefangen nehmen lässt, ohne dass zuerst ein paar hundert Leute draufgehen.«

Gorath nickte. »Er ist ein sehr fähiger und mächtiger Krieger.«

Wieder wehte der Wind die Gischt des Wasserfalls zu ihnen herüber. »Owyn, wo ist der Eingang?«, fragte James.

»Wir müssen die Pferde hier anbinden und zu Fuß weitergehen.«

Sie folgten Owyns Vorschlag, und als sie eine Stelle hinter dem Wasserfall erreichten, wo die Gischt stark genug war, um sie in kürzester Zeit zu durchnässen, meinte James: »Wie viele Leute wissen von diesem Eingang?«

»Ein paar in meiner Familie und der Dienerschaft. Ugyne und ich haben hier gespielt, außerdem Neville. Wir haben Prügel bezogen, wenn man uns hier erwischt hat, und ich glaube nicht, dass der Baron jemals herausgefunden hat, dass wir den ganzen Weg vom Burgfried bis hierher kannten.« Er deutete auf einen Felsen ein paar Fuß über seinem Kopf. »Deshalb hat niemand im Dorf den Weg in den Burgfried gefunden. Jemand muss mir mal Hilfestellung geben.«

James legte die Hände ineinander, so dass Owyn mit dem Fuß hineintreten konnte, und der junge Magier zog sich an dem Felsen empor. »Reicht mir bitte meinen Stab«, sagte er, »und dann tretet etwas zurück.«

Sie taten wie ihnen geheißen und stellten sich etwas abseits, während Owyn seinen Stab benutzte, um einen Felsbrocken beiseite zu schieben. Ein lautes Poltern veranlasste James, noch weiter zurückzutreten. Ein großer Fels bewegte sich zur Seite. Owyn sprang mit einem »Uff« wieder zu ihnen herunter. »Es ist leichter rauszukommen, denn im Innern liegt eine Brechstange. Aber wenn man den Trick nicht kennt, ist es unmöglich hineinzukommen.«

James trat zum Eingang. »Jemand muss den Trick aber herausbekommen haben, sieh nur.«

Staub bedeckte den Boden des Tunnels, soweit sie sehen konnten, aber in der Mitte des Gangs verliefen deutliche Fußspuren; erst vor kurzem mussten viele Menschen hier entlang gegangen sein. »Je weiter wir in den Tunnel gelangen, desto vorsichtiger müssen wir sein, weil das Geräusch des Wasserfalls dann leiser wird und man uns besser hören kann. Tretet also leise auf«, sagte Gorath.

»Wir brauchen eine Fackel«, meinte James.

»Nein, brauchen wir nicht«, sagte Owyn. »Ich werde uns Licht machen.«

Owyn schloss die Augen, dann streckte er die Hand aus. Eine Sphäre aus weichem Licht umgab ihn, nicht so viel wie bei einer richtigen Fackel, aber genug, um sehen zu können. »Das ist ja praktisch«, meinte James.

Owyn zuckte mit den Achseln. »Bis vor kurzem habe ich nicht gewusst, dass es mir einmal mehr nützen würde, als mitten in der Nacht den Weg zu den Aborten zu finden!«

James grinste. »Gehen wir.«

Er und Gorath zogen ihre Schwerter, und ohne ein weiteres Wort begaben sie sich in den Tunnel.

Das Geräusch eines leisen Schritts, das Schaben eines Lederschuhs auf Stein genügte Gorath, um die anderen zu warnen. Er hob die Hand und lauschte gespannt. Dann wandte er sich um und hielt zwei Finger hoch.

James nickte und bedeutete Owyn, in den Tunnel zurückzugehen, damit ihn der wenn auch schwache Lichtschein nicht verriet. Er und Gorath warteten in der Düsternis auf das, was auf sie zukam – was oder wer auch immer es sein mochte. Einen Augenblick später sahen sie ein helles Licht im Gang schimmern, das sich rasch näherte. Stimmen hallten von den Felswänden wider.

»Mir gefällt das nicht«, sagte der eine.

»Es braucht dir auch gar nicht zu gefallen. Du musst nur Befehle ausführen.«

»Wir waren mal sehr viel mehr, falls du dich noch erinnerst.«

»Ich erinnere mich sehr wohl, aber je weniger von uns noch da sind, desto mehr Gold bleibt für …«

Sobald die beiden Männer um die Biegung kamen, stürzten sich Gorath und James auf sie. Da der Angriff vollkommen unerwartet erfolgte, hatten James und Gorath die beiden fast schon überwältigt, bevor sie richtig begriffen hatten, was da überhaupt vor sich ging.

Doch überrascht werden bedeutete nicht das Gleiche wie sich ergeben, und die beiden Assassinen kämpften wie in die Enge getriebene Tiere, zwangen Owyn, wieder zum Ort des Geschehens zurückzukommen und einem von ihnen mit seinem Stock den Schädel zu zertrümmern.

Der andere starb durch sein eigenes Messer, als James mit voller Wucht auf ihn fiel.

James erhob sich langsam wieder. »Verdammt. Ich wollte einen Gefangenen.«

»Wir sind in ihrem Nest«, sagte Gorath. »Vielleicht wäre es klüger, wenn wir jetzt, da wir wissen, wo sie sich aufhalten, wieder gehen und mit Soldaten zurückkehren.«

»Klüger wäre das vielleicht, aber meine Erfahrung mit diesen Vögeln sagt mir, dass sie längst ausgeflogen sein werden, wenn wir zurückkehren. Es sind niemals besonders viele, und ein paar sind bereits vor kurzem gestorben. Ich bezweifle, dass sich noch mehr als ein halbes Dutzend zwischen hier und den Zähnen der Welt aufhalten.« James deutete in die Richtung, aus der die beiden gekommen waren. »Aber wenn wir ihren Anführer identifizieren oder gefangen nehmen, können wir vielleicht endlich mit diesem Haufen abrechnen.

Ich war bisher davon ausgegangen, dass vor zehn Jahren alle gestorben sind und begraben wurden, aber offensichtlich hatte ich Unrecht. Zumindest einer oder zwei von ihnen müssen geflohen sein, um die mörderische Bruderschaft neu zu beleben. Nur Fanatiker wie sie töten auf diese Art und Weise. Ich muss herausfinden, ob die Männer hier nur angeheuerte Schwertkämpfer waren, die für den arbeiten, der ihnen am meisten Gold verspricht, oder ob sie willige Verbündete von Delekhan waren.«

»Was für einen Unterschied macht das, wenn das Ergebnis das gleiche ist und den Menschen des Königreichs die Kehlen durchgeschnitten werden?«, fragte Gorath.

»Männer, die für Gold arbeiten, sind eine Sache. Männer, die sich einem finsteren Ziel verschrieben haben, eine andere. Wenn diese Männer für Gold arbeiten, können wir so mit ihnen verfahren, wie es uns paßt, denn sie werden kaum mehr wissen, als wo sie ihr Gold zu holen und wen sie zu ermorden haben. Aber wenn sie richtig in diese finsteren Machenschaften verwickelt sind, werden wir dort vorn« – er deutete den Gang entlang – »vielleicht etwas mehr erfahren.«

Gorath und Owyn wechselten einen bedeutungsvollen Blick. »Nun, mir wird langsam langweilig, darauf zu warten, dass ihr zurückkommt«, sagte Owyn. Er hielt den glühenden Ring hoch. »Außerdem bin ich im Besitz des Lichts.«

Gorath gab ein Grunzen von sich, das auch als Lachen hätte durchgehen können.

Etwa eine halbe Stunde lang marschierten sie durch den Tunnel. Dann meinte Owyn: »Da vorn müsste ein Lagerraum sein, wenn ich mich recht entsinne.«

Sie fanden eine große Holztür, noch vollkommen intakt und mit gut geölten Angeln. Dahinter waren Unterkünfte. Eine Reihe von jeweils zehn Betten stand an jeder Wand, und am Ende des Raums befanden sich Regale mit Waffen. Die meisten Betten schienen unbenutzt zu sein, aber vier von ihnen sahen aus, als hätte erst vor kurzem jemand darin geschlafen. Owyn deutete darauf und flüsterte: »Möglicherweise sind noch Freunde von den beiden in der Nähe.«

»Oder sie sind schon weg«, meinte James.

Sie gingen zu den Regalen und warfen einen Blick auf die Waffen; sie waren poliert und befanden sich in bestem Zustand. Es war eine Sammlung von tödlichen Klingen sowie Dolchen, Wurfmessern, Pfeilen und Strangulierseilen. Ganz oben war noch ein Regalbrett mit Gläsern. »Gift, nehme ich an«, sagte James. Er blickte Owyn fragend an. »Wie lang ist dieser Tunnel?«

»Meilenlang, wenn man alle Ebenen zusammen nimmt. Dies ist die unterste, und zwischen hier und dem Keller des Burgfrieds befinden sich noch drei weitere. Doch ich bezweifle, dass wir dorthin gelangen können – wegen des Weinkellers.« Er deutete auf die Tür am anderen Ende des Raums. »Dahinter ist noch so ein Raum; eine Treppe führt von dort aus weiter.«

James ging zur Tür und lauschte. Als er nichts hörte, öffnete er sie und fand wieder zwanzig ordentlich gemachte Betten. »Hier ist eine ganze Zeit lang niemand mehr gewesen«, bemerkte er.

»Das stimmt nicht ganz«, wandte Gorath ein. »Hier sind Fußabdrücke. Sie führen dahin.« Er deutet auf das andere Ende des Raums.

Dort führten Stufen zu einem Loch in der Decke. Neben den Stufen stand – etwas abseits von den anderen – ein ungemachtes Bett, daneben ein riesiger Kleiderschrank mit einer unpassenden Einfassung. Er war aus poliertem Holz gefertigt und an den Kanten mit Gold verziert, und als James ihn öffnete, fand er Kleidung aus teurem Tuch und Stiefel aus sehr gutem Leder.

»Ich schätze, der Anführer dieser Mörderbande ist auch der Galan, der dieses Bett benutzt.« Sein Blick wanderte in dem Raum umher. »Seht nach, ob ihr irgendetwas findet, das uns mehr über diesen modischen Fratz verrät. Ich werde die nächste Ebene untersuchen.«

James stieg die Stufen empor und stellte fest, dass ihm eine große Holztür den Weg versperrte. Sie hing an kräftigen Angeln, und ein an den Steinen befestigtes Schloß verriegelte sie. Schlösser waren für den ehemaligen Dieb gewöhnlich kein Problem, aber das hier war ein beinahe geniales Machwerk, und James hatte seine alte Gewohnheit, mit Schlosshaken durch die Gegend zu reisen, längst abgelegt. »Owyn, was befindet sich hier oben?«

Owyn hielt einen Augenblick inne, als müsste er in seiner Erinnerung kramen. »Da ist ein weiterer Lagerraum«, sagte er dann, »er ist kleiner, ähnelt ansonsten aber dem hier, und außerdem führt ein Tunnel wieder zurück in den Berg.«

James kam wieder herunter. »Entweder unser Mann versteckt da oben etwas vor seinen eigenen Männern, oder er fürchtet, dass jemand von oben in dieses Versteck eindringen könnte.«

»Letzteres bezweifle ich«, sagte Owyn. »Dazu müsste jemand

erst einmal in den alten Burgfried einsteigen und dann auch noch genau wissen, wie sich die Tür öffnen lässt, die von der Waffenkammer zum ersten Tunnel führt. Abgesehen davon ist der größte Teil der oberen Gänge verschüttet, da sie beim Einsturz des alten Weinkellers in Mitleidenschaft gezogen wurden.«

»Dann versteckt er dort aus anderen Gründen etwas.«

»Vielleicht Gold«, vermutete Gorath. »Assassinen müssen bezahlt werden.«

»Also gut«, sagte James. Er kam die Stufen wieder herunter. »Habt ihr irgendwas gefunden?«

»Nur das hier«, sagte Owyn. Er hielt ihm ein Buch hin.

James nahm es und betrachtete die erste Seite. *»Der Bericht des Abtes«*, las er laut vor. Er blätterte ein paar Seiten weiter und meinte: »Es ist eine Sammlung von Geschichten über die Familie deines Onkels, wie es scheint.« Er reichte es Owyn zurück. »Wie ist es hierher gelangt?«

»Ich habe keine Ahnung«, meinte Owyn. »Möglicherweise ist es verloren gegangen, als mein Onkel den Burgfried nach dem Feuer räumen ließ, und jemand hat das Geröll durchsucht und es gefunden.«

»Nimm es mit«, sagte James. »Ich werde heute Nacht vor dem Schlafen noch etwas darin lesen.«

Schweigend marschierten sie den Weg zurück, den sie gekommen waren.

James verrückte die Betten, und Gorath fragte: »Ist das eine menschliche Sitte, die ich noch nicht kenne?«

James grinste. »Na ja, irgendwem wird schließlich auffallen, dass diese zwei Burschen verschwunden sind – anderen Nachtgreifern, falls sich hier noch welche rumtreiben, oder den Leuten, mit denen sie zusammengearbeitet haben. Und es könnte durchaus sein, dass sich jemand überlegt, bei uns nachzusehen, ob wir vielleicht etwas damit zu tun haben.«

Er sprach weiter, als er die Betten gegen die Tür gerückt hatte.

»Wenn sie sich so verhalten wie gewöhnlich, wird einer – es können auch mehrere sein – durch das Fenster eindringen, während die übrigen durch die Tür kommen. Sie werden so rasch die Treppe hocheilen, dass Peter der Graue viel zu spät aus dem Bett springen und nachsehen wird, was den Lärm verursacht hat. Wenn alles nach Plan verläuft, findet der alte Peter, wenn er dann die Treppe hochgehastet ist, nur noch unsere Leichen und ein offenes Fenster.«

»Falls sie kommen«, wandte Owyn ein.

James grinste. »Oh, sie werden kommen, daran gibt es keinen Zweifel. Wir sind die einzigen Fremden in dieser Gegend, die den Baron aufgesucht und ihm Fragen gestellt haben. Die Frage ist lediglich, ob sie schon heute oder erst morgen Nacht kommen.« James drehte das Licht schwächer, so dass er gerade noch lesen konnte, setzte sich neben die Lampe auf den Boden und schlug das Buch auf, das Owyn aus den Tunneln mitgenommen hatte.

Owyn holte ein zweites Buch hervor. »Ich kann die Zeit auch nutzen. Das hier habe ich schon viel zu lange vernachlässigt.«

»Was ist das?«, fragte Gorath.

»Es ist mein Buch der Magie.«

»Du hast ein Buch geschrieben?«, fragte der Dunkelelb.

»Nein, es ist ein Buch, das alle haben, die in Stardock studieren. Es enthält unsere Gedanken, Entdeckungen und Bemerkungen zu all den Dingen, die wir erlebt oder gelernt haben.« Er kramte eine Feder und ein winziges Tintenröhrchen hervor. »Als Nago mich mit diesem Bann fast getroffen hätte, habe ich etwas gespürt, und ... es ist schwer zu erklären, aber ich versuche zu enträtseln, wie er das gemacht hat. Ich denke, wenn ich noch etwas dran arbeite, wird es mir eines Tages gelingen.«

James schaute auf. »Was glaubst du denn, was der Bann bewirkt?«

»Wenn ich mich nicht irre, soll er die Person, die davon getroffen wird, vollkommen reglos machen, vielleicht sogar noch mehr.«

»Noch mehr?«, fragte James, inzwischen ziemlich interessiert.

»Ich nehme an, er könnte das Opfer auch töten.«

»Wenn er es lähmt, wozu ist das dann noch wichtig? Du holst deinen Dolch hervor und schneidest dem Opfer die Kehle durch«, sagte Gorath.

»Vermutlich«, meinte Owyn. »Als ich in Stardock war, haben sich die Lehrer nicht so sehr mit gewalttätigen Vorhaben befaßt.«

James gähnte. »Das ist weise. Mir behagt die Vorstellung nicht besonders, dass ein Haufen von euch Jungs über die Insel wandert und sich gegenseitig Feuerbälle und Blitze an den Kopf wirft. Ihr würdet grauenhafte Blutbäder in den Schenken veranstalten.«

Owyn lachte. »Vielleicht hast du Recht. Ich bin erst zweiundzwanzig Sommer alt; einige der Studenten sind doppelt so alt. Ich glaube, es dauert ziemlich lange, ehe man die Magie wirklich beherrscht.«

»Wenn man es überhaupt jemals tut«, ergänzte James.

»Ich habe gehört, dass Pug ein wahrer Meister wäre«, meinte Owyn.

James gähnte erneut. »Ich war dabei, als er ein paar sehr beeindruckende Dinge getan hat«, musste er gähnend zugeben. »Götter, diese Warterei zehrt langsam an meinen Nerven.«

»Dann schlaf doch ein bisschen«, sagte Gorath. »Ich werde solange wachen.«

»Kennst du Pug sehr gut?«, fragte Owyn.

»Wir sind uns ein paar Mal begegnet«, antwortete James. »Wieso? Hast du ihn in Stardock nicht getroffen?«

»Nein. Ich habe ihn ab und zu mit seiner Familie gesehen, aber die meiste Zeit hat er in seinem Turm oder außerhalb von Stardock verbracht. Der Unterricht wird zum größten Teil von anderen durchgeführt. Ich habe ihn nur einmal kurz in Krondor gesehen, als seine Tochter versucht hat, Goraths Gedanken zu lesen.«

»Ich bin ihr noch nie begegnet, aber nach allem, was ich gehört habe, soll sie ein sehr nettes Mädchen sein«, meinte James, während er in dem Buch blätterte. »Ihr Bruder Willie ist ein guter Kerl. Er will Offizier in Aruthas Garde werden.«

»Hmm«, meinte Owyn, und als James zu ihm hinüberblickte, sah er den jungen Magier gedankenverloren in seinen Notizen wühlen.

James las noch eine weitere halbe Stunde in dem Buch, das auf seinem Schoß lag. »Das ist ja die unglaubwürdigste Zusammenstellung von Berichten, die mir jemals begegnet ist … es sind regelrecht Märchen.«

Owyn schaute auf. »Wie meinst du das?«

»Da sind Listen von Geburtstagen und Todesfällen, als hätte sich jemand eines Tages hingesetzt und diesem Abt Cafrel von Cavell in einer einzigen Sitzung die gesamte Familiengeschichte erzählt, und dann geht es plötzlich um einen fehlenden Schatz, um Schwerter von unglaublicher magischer Macht und Flüche.«

»Klingt interessant«, meinte Gorath in dem Bemühen, höflich zu sein.

James lachte. »Du hast recht«, sagte er und legte das Buch beiseite. »Du wachst, und ich schlafe. Weck mich in zwei Stunden.«

James rollte sich zusammen, und Owyn arbeitete weiter an seinen Notizen. Gorath bewachte mit der Hand am Schwert das Fenster.

Sie kamen in der darauf folgenden Nacht. James hatte wieder in der Familiengeschichte gelesen, und Owyn lag mit geschlossenen Augen meditierend auf dem Bett; er war dabei, eine Methode zu entwickeln, wie er den Bann beschwören konnte, den Nago auf ihn gerichtet hatte. Gorath lag schlafend auf dem Boden; er sollte später Wache halten.

In dem einen Augenblick las James noch, im nächsten schien er pure Bewegung zu sein, als er blitzschnell das Schwert aus der Scheide zog. Owyn wurde nach vorn gestoßen, als jemand mit aller Kraft von der anderen Seite gegen die Tür trat, während gleichzeitig das Fenster nach innen barst. Ein Attentäter hatte ein Seil am Dachbalken befestigt und kam jetzt mit Schwung und den Füßen voran durch die Holzläden in den Raum geflogen.

Er traf James in Brusthöhe, und der Junker wurde rücklings auf Gorath geschleudert. Owyn kam auf die Knie – und musste sich sofort zusammenkrümmen, um einem Schwerthieb zu entgehen, während hinter ihm jemand versuchte, die Tür aufzustoßen.

Owyn war gerade dabei gewesen, in seinem Geist die Beschwörungsformel zu bilden, und plötzlich schienen Buchstaben aus Feuer vor seinem geistigen Auge zu brennen. Er hob die Hand und deutete auf den Attentäter, der mit dem Schwert zum nächsten Hieb ausholte. Eine teuflische, purpurgraue Kugel, über deren Oberfläche schwarze Adern aus Energie tänzelten, entsprang seiner Hand und traf den Attentäter mitten im Gesicht. Der Mann erstarrte, als wäre er in purpurnen Stein verwandelt worden; blaue Blitze zuckten um seinen Körper. Ein schwaches, gequältes Stöhnen entrang sich seinen Lippen.

James sprang auf, rannte zum Fenster und riss sein Schwert hoch, als ein weiterer Mann einzudringen versuchte. Der zweite Nachtgreifer wurde von der Klinge aufgespießt und fiel nach unten in den Innenhof; mit einem grässlichen, klatschenden Geräusch prallte er auf dem Boden auf.

Auch Gorath war mittlerweile auf den Beinen und stemmte sich mit aller Kraft gegen die Tür. »Versuchen wir, die Tür zu halten?«, wollte er wissen.

»Wenn ich rufe, spring zurück und zieh das letzte Bett weg«, antwortete James.

Owyn starrte den benommenen Attentäter an, die Augen vor Erstaunen weit aufgerissen. »Es hat funktioniert«, flüsterte er.

James schlug dem verzauberten Mann die flache Seite seines Schwerts mit voller Wucht gegen den Hinterkopf, und der Attentäter sackte zu Boden, während sich die Energie um ihn herum allmählich auflöste. »Kannst du das noch einmal machen?«

»Ich weiß es nicht.«

»Dann tritt zur Seite! Gorath, jetzt!«

Gorath tat, was James ihm aufgetragen hatte, und zerrte zusammen mit Owyn das Bett beiseite. Die anderen beiden Betten rutschten langsam von der Tür weg.

»Wenn ich die Nachtgreifer richtig einschätze«, meinte James, »würde ich euch dringend empfehlen, euch zu ducken … jetzt!«

Die beiden gehorchten, als James sich zu Boden warf. Die Tür sprang auf, zwei Armbrustbolzen flogen in den Raum – und verschwanden durch das Fenster nach draußen. James machte einen Satz auf das Bett, das Gorath und Owyn gerade erst beiseite gerückt hatten, und warf sich von da aus gegen die beiden Männer direkt bei der Tür, schickte sie durch das Treppengeländer eine Etage tiefer. Sein Schwung ließ ihn über die Kante des Absatzes rutschen, und er stürzte nur deshalb nicht ebenfalls in die Tiefe, weil es ihm gerade noch gelang, sich an einem zerschmetterten Pfosten festzuhalten. Nur sein Schwert schlug im selben Augenblick klirrend unten auf dem Boden auf, als ein vollkommen erstaunter und entsetzt dreinblickender Wirt aus einem Raum hinter der Theke kam. »Was ist los?«, fragte Peter der Graue verwirrt.

James blickte auf und sah, dass ein Nachtgreifer über ihm stand, das Schwert zum tödlichen Hieb erhoben. Die Augen des Attentäters weiteten sich, als Gorath ihm sein Schwert in den Rücken trieb. Der letzte Nachtgreifer stolperte an James vorbei ins Leere und landete eine Etage tiefer direkt vor Peters Füßen.

»Oh weh!«, rief der Schenkenwirt. »Oh weh!«

James hing nur noch mit einer Hand am Absatz. »Wenn es nicht zu viel Umstände bereitet …«

Gorath packte ihn mit seiner kräftigen Hand am Handgelenk und zog ihn auf den Absatz. »Ich danke dir«, keuchte James und eilte sogleich die Stufen hinab, während er sich die schmerzende Schulter rieb. »Ich werde langsam zu alt für solche Sachen«, bemerkte er.

»Was geht hier vor?«, fragte Peter.

James kniete sich neben den letzten Attentäter und begann, ihn zu durchsuchen. »Diese Männer haben versucht, uns umzubringen«, antwortete er ruhig. »Wir haben sie daran gehindert.«

»Nun …«, meinte der Schenkenwirt. »Nun … ich …« Er verstummte einen Augenblick, setzte erneut zum Sprechen an und brachte ein weiteres »Nun« hervor.

»Es soll jemand kommen und diese Sauerei wegmachen, Peter. Sonst verdirbt es Euren Gästen noch den Appetit.«

Der Schenkenwirt drehte sich um und eilte davon, um James' Anordnung auszuführen. Solche Befehle verstand er. James wandte sich an Owyn. »Du gehst besser zu deinem Onkel und erklärst ihm, dass wir gerade die meisten Nachtgreifer erledigt haben, die ihn belästigt haben.«

»Ich denke, angesichts dieser Nachricht müsste er es eigentlich verschmerzen, mitten in der Nacht geweckt zu werden«, meinte Owyn.

Nachdem der junge Magier gegangen war, wandte sich Gorath an James. »Wieso hast du gesagt ›die meisten Nachtgreifer‹?«

James stand auf. Er hatte nichts Wichtiges bei den Leichen finden können. »Ein Nachtgreifer läuft noch immer frei herum, wie ich annehme. Und zwar ein ganz besonders wichtiger.«

»Der Anführer?«

»Ja.«

»Und wie willst du ihn finden?«

»Ich werde ihn gar nicht erst suchen«, meinte James mit zufriedenem Lächeln. »Er wird uns finden. Und ich habe das Gefühl, dass es an diesem Wochenende sein wird, wenn ein bestimmter Schachspieler Owyns Cousine den Hof macht.«

Gorath dachte kurz darüber nach, dann nickte er. »Es ist nur logisch, dass er der Verdächtige ist, aber wie willst du das beweisen? Ihn öffentlich anklagen?«

»Anders als bei deinem Volk, wo – wie ich vermute – eine offene Herausforderung der Ehre einiges Gewicht hat, besitzt dieser

Mann gar keine Ehre«, erklärte James. »Er gehört zu denen, die in den Schatten lauern und aus dem sicheren Schutz der Bäume heraus töten. Er würde jede Anschuldigung weit von sich weisen.«

»Wie willst du ihn denn dann zu einem Geständnis bringen? Durch Folter?«

James lachte. »Für mich hatte die Folter immer nur einen sehr zweifelhaften Nutzen. Fanatiker können auch mit einer Lüge auf den Lippen sterben, und ein unschuldiger Mensch wird sich womöglich selbst anklagen, nur um die Qualen zu beenden.«

»Ich habe herausgefunden, dass Folter, wenn sie vernünftig angewandt wird, zu interessanten Ergebnissen führen kann.«

»Zweifellos«, meinte James mit einem Blick, der gleichzeitig Erheiterung und Argwohn spiegelte.

Peter der Graue kehrte mit einem Stalljungen und zwei Arbeitern zurück, die beim Anblick der Leichen alle sofort hellwach wurden. »Schafft sie hier weg und verbrennt sie«, wies der Schenkenwirt seine Helfer an. Während sie sich an die Arbeit machten, blickte er zu dem zerborstenen Geländer hinauf. »Und wer wird die Kosten für die Reparaturen übernehmen?«

James kramte nach einer Goldmünze. »Ich, zunächst einmal. Wenn ich den Mann finde, der hinter allem steckt, hole ich es mir von ihm zurück. Es ist nicht notwendig, dass Ihr die Bürde der Kosten tragt.«

»Ich danke Euch«, meinte Peter überaus erleichtert.

Owyn kehrte mit seinem Onkel zurück. Baron Corvallis hatte sich lediglich einen weiten Umhang über seine Nachtgewänder geworfen und war barfuß. »Ihr habt die Nachtgreifer getötet?«, fragte er.

»Ich bin mir sicher, dass wir die meisten, die sich in dieser Gegend aufgehalten haben, beseitigen konnten«, sagte James.

Der Baron war kaum wiederzuerkennen, so sehr strahlte er übers ganze Gesicht. Doch dann verfinsterte sich seine Miene wieder etwas. »Die meisten?«, fragte er.

»Ich gehe davon aus, dass die Angelegenheit am Sechstag endgültig beendet werden wird. Dann seid Ihr sicher vor der Gilde der Assassinen, Baron.«

»Owyn, du hättest mich aus keinem besseren Grund wecken können«, sagte Corvallis. Er wandte sich wieder an James. »Ich werde Arutha eine Nachricht zukommen lassen, in der ich Euch für Eure großartige Arbeit lobe.«

»Ich danke Euch, Baron«, antwortete James. »Aber ich werde dem Prinzen selbst einen Bericht schicken.«

»Keine falsche Bescheidenheit, mein Junge.« Der Baron legte väterlich eine Hand auf James' Schulter. »Ihr müsst das Lob nehmen, wenn es kommt. Ihr werdet vielleicht nicht Euer ganzes Leben Junker sein. Wer weiß, mit einem Freund am Hofe und Empfehlungen wie meiner werdet Ihr vielleicht eines Tages in den Rang eines Baronets oder gar Barons erhoben!«

James grinste. »Man weiß ja nie.«

»Also gut«, sagte der Baron und wandte sich an Peter. »Versorge diese Leute mit allem, was sie benötigen.« Dann drehte er sich zu Owyn um. »Ich kann dir gar nicht sagen, wie zufrieden ich bin. Ich freue mich auf eure Gesellschaft am Sechstag.«

Er eilte nach draußen. »Und was jetzt?«, fragte Owyn.

James blickte sich um. »Ich denke, jetzt könnten wir etwas Schlaf gebrauchen.«

Er hob sein Schwert vom Boden auf, säuberte es an der Tunika des toten Nachtgreifers, und als Peter der Graue in den Schankraum zurückkehrte, meinte er zu ihm: »Meister Grau, da oben in unserem Zimmer liegt noch ein Toter. Bitte lasst ihn ebenfalls wegschaffen.«

»Oh weh«, sagte der Schenkenwirt.

»Er ist da«, sagte Owyn, als er ins Zimmer eilte. Gorath und James hatten sich auf den Betten etwas ausgeruht und versucht, nach den aufregenden Ereignissen der vergangenen Nacht ein bisschen Ruhe zu finden.

»Bist du auch ganz sicher, dass er es ist?«, fragte James.

»Er trägt schöne Kleider und sieht aus wie ein Stutzer, außerdem reitet Ugyne hinter ihm und hat ihren Kopf an seine Schulter gelehnt, um ihren Vater zu ärgern.«

»Das ist unser Mann«, sagte James. »Er muss uns bereits halb betrunken vorfinden.«

Sie eilten die Treppen hinab und betraten einen leeren Schankraum, in dem alles so vorbereitet worden war, wie James es gefordert hatte. Ein Schachspiel war aufgebaut worden, und James hatte die Figuren so aufgestellt, wie er es wollte. Einige leere Bierkrüge standen herum, und er bedeutete Peter, drei halb gefüllte herbeizuschaffen.

Owyn nahm James gegenüber Platz. »Ich hoffe, du erwartest von mir keine Kommentare zu diesem Spiel. Ich habe keinerlei Ahnung, was ich da vor mir sehe.«

»Das macht nichts«, meinte James, »deine Aufgabe besteht in nichts anderem, als verwirrt dreinzublicken.«

Owyn wölbte die Brauen. »Na ja, dazu muss ich mich nicht sehr verstellen.«

Kurz darauf öffnete sich die Tür. Ugyne kam förmlich hereingehüpft und zog dabei einen Mann an der Hand hinter sich her, der niemand anders als Navon du Sandau sein konnte. Er war genau so, wie James ihn sich vorgestellt hatte: groß, ganz in Schwarz, mit einem weißen Schal um den Hals. Er hatte einen säuberlich gestutzten Bart und trug einen goldenen Ohrring mit einem großen Diamanten, und mehrere Goldketten hingen ihm bis zur Brust herab. Er ging leichtfüßig, die linke Hand am Schwertgriff. James bemerkte, dass das Heft zwar äußerst dekorativ war, aber auch häufigen Gebrauch verriet, und die Klinge war ziemlich sicher scharf und gut geölt. Es war ein Rapier, und der einzige andere Mensch, von dem James wusste, dass er ein Rapier bevorzugte, war der Prinz von Krondor. Leicht und schnell, war das Rapier in den Händen eines Meisters eine tödliche Waffe; in den Händen eines Novizen hingegen war es eine gute Möglichkeit, getötet zu werden.

James hatte keinen Zweifel daran, dass Navon ein Meister im Umgang mit dieser Waffe war. Ugyne näherte sich. »Owyn, da ist jemand, den ich dir vorstellen möchte.«

Owyn schaute auf. »Gut. Du kannst mich vor der Schmach erretten.«

Ugyne stellte Owyn, James und Gorath vor. »Das ist mein Freund, Navon du Sandau.«

James nickte; er tat sein Bestes bei dem Versuch, sich wie ein Mann zu verhalten, der schon früh zu trinken begonnen hatte. Er nickte leicht in Owyns Richtung, der daraufhin meinte: »Ich glaube, ich sollte aufgeben.«

Navon du Sandau lächelte. »Tut das nicht. Eure Position ist zwar schwierig, aber nicht hoffnungslos.«

Owyn blickte James an, der erneut nickte, und meinte dann: »Habt Ihr Lust, für mich weiterzuspielen? Ich bin mit meiner Weisheit am Ende.«

»Wenn James nichts dagegen hat?«, fragte Navon.

James zuckte mit den Achseln. »Keineswegs. Es war ohnehin keine ernste Sache, nur ein kleines Spiel unter Freunden.«

Owyn stand auf und trat beiseite, um Navon seinen Platz zu überlassen. Der studierte das Schachbrett. »Bin ich dran?«

James nickte. »So ist es.«

Navon betrachtete die Schachfiguren eine Zeit lang und entschied sich dann für genau den Zug, den James erwartet hatte. Der Junker war sich durchaus im Klaren darüber, dass Navon höchstwahrscheinlich ein viel besserer Schachspieler war als er, doch hatte er die Figuren so aufgestellt, wie sie während eines Spiels mit dem keshianischen Botschafter Abdur Memo Hazara-Khan gestanden hatten, nur dass er damals an Navons Stelle gewesen war. Der Botschafter hatte sich große Mühe gegeben, James hinterher seine Fehler zu erklären, und so hatte sich das Spiel fest in seinem Gedächtnis eingegraben. Navon hatte jetzt genau den Zug gemacht, den Hazara-Khan James nach dem Spiel empfohlen hatte.

Ugyne zeigte Owyn ein silbernes Medaillon mit einem kleinen Smaragd. »Sieh mal, was Navon mir mitgebracht hat.«

Owyn nickte anerkennend und betrachtete gleichzeitig das Spiel. Beide Männer ließen sich viel Zeit, bevor sie einen neuen Zug machten. Nach drei Zügen war James davon überzeugt, dass Navon dieses Spiel, sollte es so weiterlaufen, schließlich gewinnen würde. Nur dadurch, dass er von einer Position der Stärke aus begonnen hatte, war es ihm überhaupt möglich gewesen, Navons Interesse zu wecken.

Gorath stand auf, als würde ihn das Spiel langweilen, und ging zur Tür. »Ich bin gleich wieder zurück«, sagte er beiläufig.

Das war Owyns Stichwort. »Oh, Ugyne, erinnerst du dich an dieses seltsame Buch über die Familie?«

»Welches Buch?«, fragte das Mädchen.

»Das mit all den seltsamen Geschichten. Du hast es mir mal gezeigt, als wir noch klein waren. Es war von irgendeinem Geistlichen.«

»Oh!«, sagte sie mit großen Augen. »*Der Bericht des Abtes!* Es ist komisch, daß du jetzt danach fragst, denn ich habe es vor einiger Zeit Navon geliehen, damit er etwas über unsere Familie erfahren kann.«

»Schade, ich hatte gehofft, ich könnte einen Blick hineinwerfen; vielleicht würde ich etwas finden, das mich an die Zeit erinnert, als ich ein Junge war.«

James musterte seinen Gegner. Falls er dem Gespräch hinter seinem Rücken auch nur die geringste Aufmerksamkeit schenkte, war er ein Meister der Beherrschung. Es war nicht das leiseste Zucken zu erkennen oder auch nur ein schwacher Drang, sich umzudrehen und Owyn anzublicken. Er war vollkommen auf das Schachbrett vor sich konzentriert.

»Navon, habt Ihr das Buch bei Euch?«, fragte Owyn.

»Was?«, erwiderte der und blickte sich um. »Welches Buch?«

»Den Familienbericht«, sagte Ugyne. »Ich habe ihn dir vor etwa einem Monat geliehen.«

»Ach ja«, sagte Navon lässig. »Ich habe es zu Hause gelassen. Ich werde es dir nächste Woche mitbringen.«

James senkte leicht den Kopf, und Owyn nickte zur Bestätigung. Er ging zu seinem Rucksack, der auf dem Boden hinter Navon stand, und zog das Buch hervor, trat an den Tisch und legte es neben das Schachbrett.

Abrupt sprang Navon auf und stieß den Tisch dabei so heftig um, dass James zu Boden ging. Dann rammte er Owyn den Ellenbogen unter das Kinn, was den jungen Magier benommen zurücktaumeln ließ.

Ugyne schrie erschreckt auf. »Navon! Was hat das zu bedeuten?«

Der Mann packte sie am Handgelenk und drehte ihr den Arm auf den Rücken. Er hielt sie wie einen Schild vor sich, während er sich langsam zur Tür zurückzog. James rappelte sich wieder auf, das Schwert in der Hand, und beobachtete, wie Navon sich auf die Tür zu bewegte. »Bleibt, wo Ihr seid, sonst töte ich sie«, drohte Navon und zog ebenfalls sein Schwert.

»Du Bastard!«, rief Ugyne und trat ihm mit voller Wucht auf den Spann. Während er verblüfft ein, zwei Schritte rückwärts machte, entwand sie sich seinem Griff. James kam ihr zu Hilfe, riß sie erst zur Seite und stieß sie dann in Owyns Richtung.

Navon blickte James an und meinte: »Ich nehme an, Euer Elbenfreund wartet draußen vor der Tür.« Er rückte von der Tür ab, blieb jedoch immer dicht an der Wand.

James näherte sich, das Schwert kampfbereit erhoben. »Legt Eure Waffe nieder, dann können wir uns unterhalten. Es gibt eine ganze Reihe von Fragen, die auf Antworten warten.«

»Ich habe auf den ersten Blick gesehen, dass Ihr Ärger machen würdet. Genau wie dieser Bastard Lysle Riggers unten in Malac's Cross.«

James grinste. »Das habe ich auch schon gehört.«

»Und ich darf wohl annehmen, dass Ihr meine Männer getötet habt.«

»Tut mir leid, dass wir sie bei ihrem Auftrag nicht unterstützen konnten«, meinte James. »Aber es gibt noch etwas, das ich zu Ende bringen muss.«

Navon sprang vor und stieß mit der Klinge in James' Richtung, doch der parierte. Er wusste, dass er es mit einem ausgezeichneten Schwertkämpfer zu tun hatte. Ihm blieb nur das beruhigende Wissen, dass er zehn Jahre lang mit dem besten Schwertkämpfer im ganzen Königreich trainiert hatte. Es war ein rascher Schlagabtausch: Parade, Gegenangriff, Stoß und wieder Parade, dann lösten sich die beiden Männer wieder voneinander.

»Gut gemacht«, sagte Navon, und in seiner Stimme schwang aufrichtige Anerkennung mit. »Ich vermute, Ihr seid nicht bereit, ein paar Schritte zurückzutreten und mich zu meinem Pferd gehen zu lassen.«

»Dafür gibt es zu viele Geheimnisse, Navon. Oder sollte ich besser sagen: Neville?«

»Neville!«, kreischte Ugyne.

Navons Augen weiteten sich kaum merklich, und für einen kurzen Augenblick wirkte er beunruhigt. »Ihr könnt sagen, was Ihr wollt, James von Krondor. Es wird schon bald keine Rolle mehr spielen.« Er griff erneut an, mit einer Kombination aus einem hohen, einem tiefen und einem zweiten hohen Stoß, mit der er James zurücktrieb – und ihn beinahe getötet hätte, als der Junker zum Gegenangriff ansetzte und Navon plötzlich die Taktik änderte.

Doch James gelang es, dem Hieb auszuweichen und ganz nah an Navon heranzukommen; jetzt hätte er ihn beinahe verletzt. Nach den zwei stürmischen Klingengängen waren die beiden Kämpfer in Schweiß gebadet, und jeder wusste, dass er es mit einem äußerst fähigen Gegner zu tun hatte.

Owyn schob Ugyne auf die Küche zu. »Halt dich aus der Gefahrenzone raus.«

»Aber dein Freund hat ihn Neville genannt. Was meint er damit?«

»Damit meint er, liebe Schwester«, erklärte James' Gegner, »dass man dich in dem Glauben gelassen hat, ich wäre tot.«

»Schwester!«, schrie Ugyne und widersetzte sich Owyns Versuchen, sie in die Küche zu drängen, noch heftiger. »Mein Bruder ist tot!«

»Ich erkläre dir alles, wenn ich deinen Freund hier getötet habe.«

Der Kampf ging weiter. Jeder Hieb wurde mit einem Konter beantwortet, jede Riposte wurde pariert. Schon bald kamen die zwei Männer in einen ganz bestimmten Rhythmus, und jeder wartete darauf, dass der andere einen Fehler machte. Und wer auch immer diesen Fehler zuerst machen würde – davon war James schon nach wenigen Minuten überzeugt –, der würde den Kampf nicht überleben.

Sie umkreisten einander leichtfüßig, kreuzten die Klingen und lösten sich wieder voneinander. Nie zuvor hatte man in Cavell ein so beeindruckendes Beispiel von Fechtkunst gesehen. Owyn versuchte, James zu helfen, aber die Männer bewegten sich derart präzise und geschmeidig, so flink und mit tödlicher Effizienz, dass er zögerte, um nicht versehentlich den Tod seines Gefährten zu verursachen.

James Haare waren schweißnaß. Er stand leicht vornübergebeugt da, das Schwert in der Hand, und wartete auf den nächsten Angriff. Der Mann, der sich Navon nannte, meinte: »Ihr kämpft ausgezeichnet, könnt sowohl mit Schachfiguren als auch mit dem Schwert umgehen. Das ist eine seltene Kombination.«

»Ich hatte gute Lehrer«, sagte James und nutzte die Pause, um Luft zu schöpfen. Er studierte jede Bewegung seines Gegners, wartete auf einen Hinweis, der ihm zeigen würde, was als Nächstes kam.

Navon stand reglos da, ebenfalls Atem schöpfend. James war versucht, einen Angriff zu beginnen, doch dann begriff er, dass er damit genau der Taktik seines Gegners folgen würde. Als wollte er es ihm noch leichter machen, senkte Navon ein wenig sein

Schwert, als würde ihn die Müdigkeit nachlässig machen. James wog seine Chancen ab, aus der Situation einen Vorteil zu ziehen. »Ich habe das Schachspielen beim Botschafter von Groß–Kesh gelernt.«

Navon lächelte. »Hazara-Khan! Ich würde liebend gern einmal gegen ihn spielen. Ich habe gehört, dass er auf der ganzen Welt der Beste sein soll.«

»Legt das Schwert beiseite, und ich werde mich bemühen, das zu arrangieren. Aber natürlich müsstet Ihr im Kerker von Krondor spielen.« Mit diesen Worten begann James absichtlich eine schlecht ausgeführte Attacke, und wie er vermutet hatte, antwortete Navon mit einem raschen und beinahe tödlichen Stoß. Nur James' hervorragende Reflexe bewahrten ihn vor dem Schlimmsten.

Navon grinste. »Das war knapp.«

»Es war schon mal knapper«, erwiderte James.

»Wer hat Euch die Fechtkunst beigebracht?«

James begann einen weiteren, wiederum schlecht angelegten und ausgeführten Angriff, einen Stoß, bei dem er das Heft höher hielt als die Schwertspitze, so dass es aussah, als wäre der Stoß nach unten gerichtet. Navon reagierte darauf genau so, wie James es erwartet hatte, und hätte der Junker einen Satz zurück gemacht, wie es jeder in seiner Position getan hätte, wäre er von Navon aufgespießt worden. Doch stattdessen bückte sich James blitzschnell und stützte sich mit der linken Hand auf dem Boden ab, so dass Navons Klinge über seinen Rücken hinwegstrich – dabei wurde seine Tunika von der Schulter an bis zur Mitte des Rückens aufgerissen. Mit einer abrupten Drehung des Handgelenks brachte James die Schwertspitze wieder nach oben, und Navon lief direkt hinein.

Der Anführer der Nachtgreifer stand einen Augenblick wie erstarrt da. »Ich habe die Fechtkunst bei Prinz Arutha gelernt«, sagte James.

Der Junker zog sein Schwert zurück, und Navon sank auf die

Knie. Er warf James noch einen kurzen, fragenden Blick zu, dann wich jegliches Leben aus ihm, und er fiel vornüber zu Boden.

James kniete sich hin, um ihn zu untersuchen. »Er ist tot«, erklärte der Junker.

Ugyne stand hinter der Theke neben Peter dem Grauen. »Was hat das alles zu bedeuten?«, schrie sie mit schriller Stimme.

James stand auf. »Wir werden Euch alles erklären, aber zunächst einmal muss Owyn Euren Vater holen. Da ist immer noch ein Rätsel, das gelöst werden muss.«

Owyn lief schon zur Tür, da rief James ihm hinterher: »Und denk an ...«

Als Owyn die Tür öffnete, versetzte Gorath ihm einen so kräftigen Hieb ins Gesicht, dass er wieder zurück in den Raum geschleudert wurde. »... Gorath!«, beendete James den Satz. Er erhob sich und ging hinüber zu Owyn, der bewusstlos dalag. Kopfschüttelnd wandte sich James an Ugyne. »Könntet Ihr dann bitte Euren Vater holen?«

Das Mädchen lief davon, um James' Bitte nachzukommen, und Peter der Graue trat zu James. »Ich bitte vielmals um Vergebung, Herr, aber ... nun, ich weiß nicht, wie ich es anders sagen soll: Ich muss Euch wirklich bitten zu gehen.«

James blickte den schüchternen Schenkenwirt an und lachte. »Ich verstehe.«

Sie waren gerade dabei, die Leiche dessen wegzuräumen, der sich Navon genannt hatte, als Baron Corvallis eintraf. Er war leichenblass. »Baron, wir haben ein Rätsel zu lösen«, sagte James.

»Was hat das alles zu bedeuten?«, fragte der Baron.

»Vater, er hat Navon mit ›Neville‹ angesprochen«, erklärte Ugyne.

Das letzte bisschen Farbe schien aus den Wangen des Barons zu weichen. Er sah aus, als würde er jeden Augenblick ohnmächtig werden. »Neville?«

James bedeutete dem Baron, sich zu setzen. »Es sind Morde geschehen, aber nicht erst kürzlich, sondern schon vor langer Zeit. Erzählt mir von du Sandau und dem Weinkeller.«

Der Baron verbarg das Gesicht in den Händen und beugte sich vor, und einen Augenblick lang glaubte James, dass er weinen würde. Als er die Hände schließlich wieder wegnahm, stand jedoch nichts als Erleichterung in seinem Blick. »Er war dein Bruder, Ugyne. Deshalb war ich so dagegen, dass du dich mit ihm treffen wolltest. Er hat dir nur deshalb den Hof gemacht, um mich zu ärgern.«

»Ich verstehe nicht ganz«, sagte das Mädchen.

»Neville war Euer Bruder«, erklärte James. Er sah den Baron an. »Aber er war nicht der Sohn Eures Vaters.«

Das Gesicht des Barons lief rot an, doch er nickte nur stumm, als wäre er unfähig, auch nur ein einziges Wort hervorzubringen.

James wandte sich an das Mädchen. »Ich habe mich ein bisschen umgehört. Es gibt immer Leute, die bereit sind, Klatsch zu verbreiten. Es scheint, als wäre Sandau, der Mann, den Euer Vater vor vielen Jahren angeheuert hat, nicht nur Steinmetz gewesen, sondern auch Bildhauer. Und er hatte den Ruf, auf Frauen zu wirken. Wenn es stimmt, was eine alte Frau mir erzählt hat, war er ein großer, gut aussehender Mann von leidenschaftlichem Wesen – der Typ Mann, den viele Frauen bewundern.«

Der Baron wurde noch röter.

»Meine Mutter ist untreu gewesen?«, fragte Ugyne.

»So etwas soll vorkommen«, sagte James.

Sie warf ihrem Vater einen Blick zu, als wäre er ein Fremder. »Du hast Sandau umgebracht?«

»Ich habe einen Unfall arrangiert«, gestand er mit schwacher Stimme. »Ich habe nicht gewußt, dass die Sache so außer Kontrolle geraten würde. Bei dem Einsturz ist ein halbes Dutzend Männer ums Leben gekommen; und wie ich geglaubt habe, auch Neville.« Der Baron sah jetzt aus, als würde er wütend werden. »Ich habe doch nicht gewusst, dass der Junge auch dort unten sein würde!« Er schlug mit der Faust auf den Tisch. »Ich habe immer versucht, ihn gerecht zu behandeln.« Er blickte Ugyne an. »Ich habe nie mit deiner Mutter darüber geredet, was zwischen ihr und Sandau vorgefallen ist. Ich habe versucht, den Jungen so aufzuziehen, als wäre er mein eigener Sohn.«

Sie erhob sich. »Ich kenne dich nicht«, sagte sie. Sie trat ein paar Schritte zurück. »Ich kenne dich ganz und gar nicht.« Sie drehte sich um und stürmte aus der Schenke.

»Baron, wir haben dringende Aufgaben zu erledigen, aber ich muss dies in meinem Bericht an den Prinzen von Krondor erwähnen«, meinte James. »Ich schlage vor, dass Ihr Euren Lehnsherrn in Romney aufsucht, vielleicht auch den König. Beiden schuldet Ihr ein volles Geständnis, und ich denke, Ihr solltet Eure Angelegenheiten in Ordnung bringen. Ich bezweifle, dass der König Euch im Rang eines Barons belassen wird. Ich würde außerdem vorschlagen, dass Ihr Ugyne für eine Weile zu Owyns Familie gebt.«

Owyn erlangte das Bewußtsein wieder. »Was ist los?«, fragte er.

Gorath half ihm auf die Füße. »Ich hatte jemand anderen erwartet. Entschuldigung.« Es klang aufrichtig.

Owyn rieb sich das Kinn, das bereits anzuschwellen begann. »Es geht schon.« Er blickte sich um. »Was ist geschehen?«

»Ich erzähle es dir unterwegs.«

»Unterwegs wohin?«, fragte Owyn.

James zeigte ihnen den Schlüssel, den er Navon abgenommen hatte. »Zurück zu den Tunneln von Cavell.«

Als sie die Tür geöffnet hatten, meinte James: »Es war klar, dass nur ein Familienmitglied wissen konnte, wie man die Tür von außen öffnet.« Owyn sprang vom Felsstück herunter. »Wenn die anderen Kinder aus dem Dorf diese Stelle schon nicht finden konnten, wie hätte dann ein Navon du Sandau aus Kenting *zufällig* hier auftauchen und den Weg hinein finden sollen?«

Sie betraten den dunklen Tunnel, und Owyn verschaffte ihnen mittels seiner Magie wieder Licht. »Daher habe ich hier und dort ein paar Fragen gestellt und die nötigen Hinweise bekommen«, fuhr James fort. »Wir haben den Baron ja gesehen. Man braucht nicht viel Phantasie, um sich vorzustellen, dass die Baronin sich von einem leidenschaftlichen, gut aussehenden Mann angezogen fühlte – selbst wenn es sich nur um einen gewöhnlichen Steinmetz handelte. So wurde Neville gezeugt.

Der Baron findet heraus, dass er nicht der Vater ist, und er und seine Frau kommen überein, nicht darüber zu sprechen. Aber jeden Tag sieht er den Jungen und wird an die Schmach erinnert.

Nach zehn Jahren, in denen ihm seine Schmach täglich vor Augen geführt worden war, hält er es einfach nicht mehr aus und beschließt, sich zu rächen. Er will den Verräter in die Tunnel locken und einen Unfall inszenieren. Unglücklicherweise hat der Junge gesehen, was passiert ist.«

»Ich war nicht da, und Ugyne konnte den Eingang nicht allein von außen öffnen«, ergänzte Owyn.

»Und der Baron hat vermutlich gar nicht gewusst, dass es ihn gab. Ich weiß es nicht, und es interessiert mich auch nicht. Er hat mindestens vier Menschen auf dem Gewissen und wird sich dafür verantworten müssen.«

Sie erreichten die Unterkünfte und strebten auf die Stufen zu, an deren Ende sich die verschlossene Tür befand. »Neville hat es irgendwie geschafft, aus dem Tunnel rauszukommen. Ich vermute, dass er entweder verwundet oder verängstigt war – oder beides. Wir werden es niemals genau erfahren. Jemand muss ihn gefunden haben, und es gelang ihm zu überleben. Möglicherweise waren es die Nachtgreifer, aber vielleicht ist er auch erst später zu ihnen gestoßen. Vielleicht hat ein kluger, junger und talentierter Bursche wie Neville die Gelegenheit beim Schopf gepackt und die Kontrolle über die Nachtgreifer an sich gerissen, als Arutha sie vor zehn Jahren in Krondor beinahe ausgelöscht hatte. Falls es damals Überlebende gegeben hat, war es wohl genau der richtige Zeitpunkt, sich an eine Zufluchtsstätte wie diese abgelegenen Tunnel zu begeben.

Er hat sein Äußeres so verändert, dass alle, die den Jungen gekannt hatten, ihn nicht mehr wieder erkennen würden. Manche Leute verändern sich dramatisch in der Zeit zwischen ihrem elften und zweiundzwanzigsten Lebensjahr. Vielleicht haben sie auch Magie angewandt. Wie ich schon sagte, wir werden es niemals erfahren. Aber wir wissen, dass Neville einige Beziehungen geerbt hat – Beziehungen zwischen den Nachtgreifern, den Moredhel und den Pantathianern.«

Bei den letzten Worten spuckte Gorath beinahe aus. »Die verdammten Schlangen und ihre Magie. Ich kann sie nicht ausstehen.«

»Aber Murmandamus hat sie für nützlich befunden.« James unterließ es, den anderen mitzuteilen, dass sich hinter Murmandamus in Wirklichkeit ein Pantathianer verborgen hatte, der sich mittels Magie das Aussehen eines Moredhel gegeben hatte. Er griff nach dem Schloss und öffnete es mit dem Schlüssel, den er Navon abgenommen hatte. Das Schloss klackte, und James drückte die Falltür nach oben.

Die Tür schwang weit auf, und James kletterte die Stufen hinauf. Er fand sich in einem Privatgemach mit einer einzigen Tür wieder. Ein rascher Blick zeigte ihm, dass dort noch andere Unterkünfte waren, die jedoch – anscheinend schon seit Jahren – leer standen. Dafür gab es in diesem Zimmer Kisten, die voller Gold, Edelsteine und Dokumente waren.

James schenkte dem Gold und den Edelsteinen keine Beachtung, überflog nur hastig die Dokumente.

»Verflucht!«, rief er plötzlich.

»Was ist?«, fragte Owyn.

»Nordwacht. Delekhan plant, über Nordwacht zu kommen.«

»Wieso?«, fragte Gorath.

James schwieg einen Augenblick und hob abwehrend die Hände. Er wollte in Ruhe nachdenken. »Ja, das macht Sinn. Deshalb all dieser tödliche Wahnsinn. Wenn Delekhan Nordwacht überrennt, kann er den Vosna benutzen; der Fluss führt an den nördlichen Gebirgsausläufern der Calara-Berge entlang und durch die Mastak-Schlucht. Von dort ist es nur ein kurzer Weg bis zum Oberlauf des Rom. Und dann ist er nur noch wenige Tage von Romney entfernt. Romney!« Er blickte Owyn und Gorath an. »Deshalb also all diese Unruhen in Romney. Er braucht eine Stadt, die sich im Chaos befindet, damit sie keinen Widerstand leisten kann.«

»Wieso gerade Romney?«, fragte Owyn.

»Weil er von dort erst einmal den Rom nach Süden nimmt, bis zu der Stelle, wo er sich wieder nach Südosten wendet. Von dort marschiert er über Land weiter nach Sethanon.«

»Und da sie den Burgfried bei Cavell zerstört und die Tunnel besetzt haben …«

»… verhindert er, dass jemand hinter den Linien eine starke Position einnehmen könnte«, beendete James den Satz.

Er stand auf und eilte die Stufen hinunter. »Wir müssen sofort aufbrechen.«

Owyn und Gorath folgten ihm rasch. »Wohin gehen wir denn?«

»Ich gehe nach Nordwacht«, antwortete James. »Ich muss Baron Gabot vor dem bevorstehenden Angriff warnen. Ihr beiden müsst zu Arutha gehen und ihm diese Dokumente überbringen.« Er reichte Owyn drei zusammengerollte Pergamente.

»Arutha?« Owyn schüttelte den Kopf. »Wenn wir nicht dein tsuranisches Gerät benutzen können, werden wir Wochen brauchen, bis wir Krondor erreichen.«

»Der Prinz ist nicht in Krondor, also würde euch das Gerät gar nichts nützen«, sagte James, als sie den Ausgang hinter dem Wasserfall erreichten. »Er lagert mit einem großen Teil seiner Armee am nördlichen Rand des Hogewalds und wartet auf eine Nachricht, wo der Angriff stattfinden wird, damit er weiß, wohin er mit seinen Truppen marschieren soll. Von dort braucht er nicht mehr als eine Woche, um in Sichtweite von Tyr-Sog, Hohe Burg oder Nordwacht zu sein.«

»Wir sollen ihm also sagen, dass er nach Nordwacht kommen soll.«

»Ja«, bestätigte James, während er die nassen Felsen bis zu der Stelle hinabkletterte, wo sie die Pferde angebunden hatten.

»Was ist, wenn er uns nicht glaubt?«, fragte Gorath. »Er hat meine Behauptungen sehr skeptisch aufgenommen, als ich bei ihm war.«

»Viel weniger skeptisch, als es den Anschein hatte«, sagte James. »Aber wenn er doch große Zweifel hegt, sagt ihm: ›Mutter gibt eine Gesellschaft.‹ Dann weiß er, dass die Nachricht von mir stammt.«

»Das klingt zwar seltsam, aber wir werden es tun«, sagte Owyn.

»James«, meinte Gorath, »wenn der Prinz sich im Hogewald aufhält, sind auch schon Teile von Delekhans Streitmacht dort. Falls wirklich Sethanon das eigentliche Ziel ist, sind bereits große Gruppen von meinem Volk durch die kleinen Pässe in den Zähnen der Welt geströmt und dabei, alles für die im nächsten Frühling zu erwartende Armee vorzubereiten.«

»Das ist mir nur zu bewusst«, sagte James. »Ich erinnere mich noch gut daran, wie wir Hohe Burg evakuiert haben und über die Hochebene und durch den Hogewald reiten mussten.«

»Was ist, wenn wir gefangen genommen oder getötet werden?«

James stieg auf. »Dazu kann ich nur eines sagen.«

»Und das wäre?«, fragte Owyn.

»Seht zu, dass ihr es verhindert«, sagte James, wendete sein Pferd und ritt davon.

Owyn stieg ebenfalls auf. »Wir sollten noch bei meinem Onkel anhalten, damit ich Ugyne auf den Weg zu meinen Eltern schicken kann. Außerdem könnten wir etwas zum Essen mitnehmen.«

»Das wäre nicht dumm«, meinte Gorath.

»Das ist aber auch das Einzige, was an diesem Plan nicht dumm ist«, bemerkte Owyn.

Elf

Flucht

Ein kleiner Stein rollte gräuschvoll den Berg hinunter.

Noch bevor er liegenblieb, hatte Gorath sein Schwert in der Hand. »Owyn!«

Der junge Mann aus Timons blinzelte in die Nacht; er sah kaum etwas, da er die ganze Zeit ins Feuer gestarrt hatte. Aus dem Dunkel erklang eine Stimme, doch Owyn verstand die Sprache nicht. Pfeile bohrten sich mit einem leisen Zischen neben ihm in den Boden, als wollten sie die Worte unterstreichen – was immer sie bedeutet haben mochten.

»Wehr dich nicht. Wir sind umzingelt«, sagte Gorath.

Eine Gruppe von Menschen und Moredhel trat in den Lichtschein. Einer von ihnen ging auf Gorath zu und blickte ihm einen Moment lang in die Augen; dann schlug er ihm mit voller Wucht ins Gesicht. Owyn betrachtete den Moredhel; er war überzeugt, ihn schon einmal gesehen zu haben, aber er konnte sich nicht daran erinnern, wo das gewesen war.

Dann trat der Moredhel zu Owyn und redete mit ihm in der Sprache des Königreichs. »Ihr habt diesem wandernden Müllhaufen wohl geholfen, meinen Bruder zu töten.« Ein plötzlicher Schmerz loderte in Owyns Gesicht auf, als der Moredhel auch ihm einen Schlag versetzte.

Entsetzt und noch ganz benommen blieb Owyn auf dem Boden liegen. Er begriff, dass der Moredhel der Bruder von Nago sein musste, dem Magier, den sie in Gelbau getötet hatten. »Nur zu gern würde ich deinen Kopf auf einen Pfahl spießen und wie ein Banner vor mir hertragen, Mensch, während ich diesen Verräter nach Sar-Sargoth bringe«, sagte Narab und blickte bei den letzten Worten Gorath an. »Doch leider muss ich dieses Vergnügen Delekhan überlassen.« Er wandte sich an seine Begleiter. »Fesselt sie und holt ihre Pferde.«

Owyn wurde emporgerissen, und jemand flößte ihm gewaltsam ein bitteres Getränk ein. Er spuckte es aus und erhielt dafür einen kräftigen Schlag ins Gesicht. Jemand riss seinen Kopf hart zurück und drückte ihm die Nase zu, während ein anderer dafür sorgte, dass ihm der Trank die Kehle hinunterrann. Es blieb ihm gar nichts anderes übrig, als zu schlucken. Schon bald danach spürte er, wie sich eine bleierne Schwere in seinen Armen und Beinen ausbreitete, wie sich sein Verstand immer stärker trübte und die Sicht vor seinen Augen verschwamm. Er spürte, wie ihm die Hände fest auf dem Rücken zusammengebunden wurden und jemand ihm eine Augenbinde um den Kopf band. Dann wurde er unsanft in den Sattel gehoben. Kaum dass er oben saß, befestigten sie seine Füße an den Steigbügeln und führten das Pferd weg. Weitere Männer und Dunkelelben erschienen mit Pferden, und Narab befahl ihnen aufzusteigen.

Es war der Beginn eines alptraumhaften Rittes.

Viele Male wurden die Pferde gewechselt, und Owyn erinnerte sich, dass es eine Pause gab – ob sie aber nur wenige Minuten dauerte oder Stunden, konnte er nicht genau sagen, er wusste nur, dass Zeit verging. Die Droge sollte offenbar seinen Verstand benebeln, damit er unfähig war, zu irgendeiner Art von Magie zu greifen. Hin und wieder spürte er, dass die Wirkung der Droge nachließ, aber dann erhielt er stets aufs Neue etwas von dem Trank. Einmal rutschte er vom Sattel, und nur die an den Steigbügeln festgebundenen Füße verhinderten, dass er ganz herunterfiel. Seine Begleiter mussten anhalten und ihn wieder aufrecht hinsetzen. Sie banden ihn mit weiteren Seilen fest.

Wie aus weiter Ferne verspürte er Hunger und Durst, aber es war eher ein schwaches, kaum wahrnehmbares Unbehagen als ein richtiges Bedürfnis. Die meiste Zeit hatte er das Gefühl, von dichtem, grauem Nebel umfangen zu sein, durch den nichts außer dem beständigen Stampfen des Pferdes drang, auf dem er ritt. Dann zerrten sie ihn von seinem Reittier und legten ihn auf kalte, feuchte Steine. Eine ganze Zeit lang blieb er so liegen, noch immer gefesselt und mit der Augenbinde um den Kopf.

Phasen der Bewusstlosigkeit wechselten mit solchen, in denen er wach war. Er war sich durchaus der ungemütlichen Lage bewusst, in der er sich befand, doch die Droge verhinderte, dass ihm das etwas ausmachte. Dann wurde das Wechselspiel plötzlich unterbrochen, und er erwachte mit Schmerzen. Er bewegte sich langsam und spürte, dass seine Beine frei waren, während seine Arme noch immer gefesselt und die Augen verbunden waren.

Owyn setzte sich auf und bewegte seine schmerzenden, steifen Glieder. Die Innenseiten der Oberschenkel waren voller blauer Flecken; er wusste, dass er eine lange Zeit in unbequemer Haltung geritten war. Er ahnte, dass der Ritt auch dann eine Tortur gewesen wäre, wenn er bei vollem Bewusstsein gewesen wäre; er hatte mindestens sieben oder acht Tage gedauert, so weit er sich erinnern konnte, und mehrere Male waren die Pferde gewechselt worden. Anscheinend hatte er es nur der Gnade der Götter zu verdanken, dass er den Ritt – umnebelt und im Sattel festgebunden – überlebt hatte.

Der Klang näher kommender schwerer Schritte auf Stein sowie das Geräusch einer sich öffnenden Zellentür kündigten die Wärter an. Jemand riss Owyn empor, und wider Willen stöhnte er vor Schmerz auf.

Irgendjemand nahm ihm die Augenbinde ab, und Owyn musste trotz des schwachen Lichts, das eine Fackel außerhalb der Zelle spendete, blinzeln. Ein Dolch zerschnitt die Fesseln um seine Handgelenke, und als er seine Arme bewegte, schoss ein gewaltiger Schmerz durch seine Schultern. Der Schmerz raubte ihm beinahe das Bewußtsein, aber zwei Wärter verhinderten, dass er zu Boden fiel.

Narab baute sich vor Owyn auf. »Er hat sicherlich noch immer so viel von der Droge in sich, dass er harmlos ist.« Er drehte sich um und geleitete Owyn hinaus. Aus einer anderen Zelle wurde Gorath geführt, und Owyn bemerkte, dass sein Gefährte sich keineswegs in einem besseren Zustand befand, wenngleich er beim Gehen weniger Schwierigkeiten zu haben schien.

Der Gang war lang und dunkel, und Owyn ahnte, dass er sich tief unterhalb der Erdoberfläche befinden musste. Trotz seiner immer noch halb betäubten Sinne spürte er sofort, dass hier einmal eine große Macht geherrscht hatte. Etwas Altes und Schreckliches war an diesem Ort, und trotz seines umnebelten Verstandes begann er sich zu fürchten.

Sie wurden durch eine ganze Reihe von Gängen gebracht, dann eine Reihe von Stufen emporgeführt, wieder einen langen Flur entlang bis zu einer gewaltigen Kammer. In der Mitte der Kammer stand ein riesiger Thron, der im Augenblick leer war. Rechts davon befand sich ein zweiter Thron – etwas kleiner als der erste –, und auf ihm saß ein großer, kräftiger Moredhel. Das konnte eigentlich nur Delekhan sein.

»Meister, ich habe eine Beute für Euch«, sagte Narab.

Die Wachen stießen Owyn und Gorath nach vorn, so dass sie der Länge nach vor ihm auf den Boden fielen. »Was hat das zu bedeuten?«, wollte Delekhan wissen. Er erhob sich und baute sich vor den beiden Gefangenen auf.

»Das ist Gorath von Ardanien! Ich habe ihn gefangen genommen. Überlasst mir die Ehre, ihm das Herz herauszuschneiden, damit ich den Tod meines Bruders rächen kann.«

»Dein Bruder war ein Narr!«, rief Delekhan. Owyn blickte den Moredhel an und sah, dass sein breites Gesicht für einen Elben überraschend grob war. Seine Miene war eine einzige Maske aus Wut; solch starke Gefühle hatte Owyn kaum jemals zuvor bei einem Elben gesehen. »Und du bist ebenfalls ein Narr«, fügte Delekhan hinzu. »Du hast alles verdorben, du elender Hund!«

Owyn beobachtete Narab, der mit blassem Gesicht dastand

und vor Verblüffung und Wut zu beben begann. »Aber ... ich habe Euch einen Verräter gebracht! Wir können ihn foltern und die Namen der anderen Abtrünnigen erfahren.«

»Du verstehst *gar nichts!*« Delekhan wandte sich an die Wachen. »Schafft die beiden zurück in ihre Zellen. Ich werde sie später befragen.« Er widmete sich wieder Narab. »Dein Leben hängt an einem äußerst dünnen Faden. Noch ein weiterer derartiger Fehler, und dein Kopf schmückt einen der Pfosten draußen vor dem Tor!« Er ging auf eine Tür zu. »Und jetzt verschwinde, du Nichtsnutz, und wage es ja nicht, mir vor die Augen zu treten, sofern ich dich nicht ausdrücklich gerufen habe.«

Obwohl Owyn nicht geübt darin war, den Gesichtsausdruck von Moredhel zu deuten, erkannte er die Mordlust in Narabs Blick. Ein Blick, der sich auf Delekhans Rücken heftete. Owyn wurde von zwei Wachen jäh herumgerissen, wieder auf die Beine gezerrt und zurück in den Kerker von Sar-Sargoth geschleppt.

Er bekam weder zu essen noch zu trinken, aber er war fest davon überzeugt, dass er nicht lange Durst und Hunger würde leiden müssen, da sie in wenigen Stunden ohnehin tot sein würden. Nur langsam verging die Zeit, und Gorath schwieg. Auch Owyn hatte keine große Lust zu sprechen, da er sich noch immer ziemlich benommen und müde fühlte. Der Ritt, der Mangel an Nahrung und Schlaf, die Droge – das alles machte es ihm sehr schwer, gegen den Wunsch anzukämpfen, sich einfach auf den eiskalten Stein zu legen und sich auszuruhen.

Nur langsam verstrich die Zeit; ein Meer an Gedanken, die kurz auftauchten und wieder verschwunden waren, ehe er sich an sie erinnern konnte. Möglicherweise döste er auch eine Weile.

Plötzlich schoss er in die Höhe; ein prickelndes Gefühl strich über seine Haut. Magie! Er war wie elektrisiert von der übersinnlichen Wahrnehmung eines anderen Wesens, das irgendwo einen Zauber wob. Er griff nach den Gitterstäben seiner Zelle, und klickend sprang die Tür auf. »Gorath!«, flüsterte er rau.

Gorath blickte ihn an, und die Augen des Moredhel weiteten sich vor Erstaunen, als er die geöffnete Zellentür sah. »Jemand benutzt Magie, um uns zur Flucht zu verhelfen!« Owyn trat durch die Tür; er achtete nicht weiter auf seine Verletzungen und die Müdigkeit.

Gorath versuchte sich an seiner Zellentür und fand sie ebenfalls unverriegelt vor. »Wer war das?«, fragte er verwundert.

»Ich habe keine Ahnung«, antwortete Owyn. »Vielleicht dieselbe Person, die dir damals geholfen hat, als du aus dem Norden nach Krondor geflohen bist?«

»Wir sollten lieber später darüber nachdenken«, riet Gorath. »Jetzt müssen wir schleunigst aus dieser Festung verschwinden, bevor man uns vermisst.«

Sie schlichen durch die Gänge des Kerkers. Als sie auf einen großen Gang stießen, der nach oben führte, fanden sie eine tote Wache; der Leichnam war noch warm und das Blut noch nicht geronnen. »Wer immer diesen Zauber gewirkt hat, muss es von hier getan haben«, mutmaßte Owyn.

»Da.« Gorath deutete auf einen Tisch; darauf lagen die Habseligkeiten, die man ihnen abgenommen hatte. Gorath griff nach seinem Schwert und warf seinem Gefährten den Stab zu. »Ich nehme nicht an, dass sie mir mein Gold gelassen haben«, meinte Owyn.

»Wohl kaum.«

Owyn kniete sich hin und untersuchte den toten Wächter. Er kam mit einem kleinen Beutel zurück. »Nun, dann wird das hier reichen müssen.«

Sie wandten sich den Stufen zu. »Weißt du, welcher Weg nach draußen führt?«

»Es gibt mehrere«, erwiderte Gorath. »Diese Stadt wurde mit dem Ziel errichtet, Zehntausende von meinem Volk unterzubringen. Es würde mich erstaunen, wenn Delekhan mehr als ein paar hundert Leute vor der Burg versammelt hat. Abgesehen davon kennen sich viele der Stämme gar nicht, und es halten sich auch viele abtrünnige Menschen hier auf. Wenn wir also erst einmal aus dieser Burg heraus sind, könnten wir es mit ein bisschen Schlauheit durchaus nach draußen schaffen.« Er ging die Treppe hoch. »Das funktioniert aber nur, wenn wir uns längst nicht mehr in der Burg aufhalten, wenn sie uns vermissen.«

Gorath führte Owyn eine Steintreppe empor, dann durch eine Halle und einen dunklen Gang entlang. Sie rechneten jeden Augenblick damit, aufgeregte Stimmen hinter sich zu hören, aber alles blieb still.

Dann waren sie plötzlich oben und fanden sich in einem Hof wieder, der vollkommen verlassen war. Gorath winkte seinem Gefährten auffordernd zu, und Owyn beeilte sich, ihm zu folgen. Trotz seiner Verletzungen und der immer noch wirkenden Droge verspürte er in seinem Innern eine wilde Mischung aus Hoffnung und Furcht.

Sie verkrochen sich gerade in einem Hain aus Büschen, als es plötzlich zu schneien begann. »Wird es eigentlich jemals Frühling in diesem Land?«

»Ja«, sagte Gorath zögernd. »Sehr spät und auch nur wenige Tage. Aber ja doch, wir haben Frühling.«

»Ich habe Yabon schon für kalt gehalten«, meinte Owyn.

»Wie ist es in deiner Heimat?«, wollte Gorath wissen.

»Timons? Warm, jedenfalls die meiste Zeit über.« Owyn starrte in die Ferne. »Wir haben ein bisschen Regen, und manchmal gibt es auch kräftige Stürme von der See her, aber im Sommer ist es sehr heiß. Meine Mutter kümmert sich um den Garten, während mein Vater Pferde züchtet. Erst jetzt wird mir klar, wie sehr ich das alles vermisse.«

»Warum bist du weggegangen?«

Owyn zuckte mit den Achseln. »Es war wohl jugendliche Dummheit. Mein Vater hatte einen Diener, einen Magier aus dem Norden, der eine Zeit lang bei uns lebte. Patrus, so hieß er, hat mir meine ersten Lektionen beigebracht. Dann bin ich nach Stardock gegangen. Nach einer Weile habe ich begriffen, dass Patrus als Magier nicht so mächtig war wie die anderen auf der Akademie, aber er war *sehr* klug. Er hatte die Begabung, die Dinge zu durchschauen. Ich glaube, das war es, wonach ich wirklich gesucht habe – einen Weg zu finden, um die Welt besser zu verstehen.«

Gorath schwieg eine Weile. »Ich denke, es wäre für alle besser, wenn mehr versuchen würden, die Welt zu verstehen, statt sie zu beherrschen.« Er blickte in das dämmernde Tageslicht. »Komm, es ist Zeit.«

Sie hatten die Dunkelheit abgewartet, um aus dem Bereich der Festung zu verschwinden. Stundenlang hatten sich dort Moredhel-Krieger und abtrünnige Menschen – Fußsoldaten wie Berittene – aufgehalten. Zuerst hatten sie geglaubt, man würde nach ihnen suchen, aber nach einiger Zeit war ihnen klar geworden, dass es um mehr gehen musste als nur um die Jagd nach zwei Flüchtlingen. Sie bereiteten sich auf den Krieg vor.

Gorath führte Owyn durch eine Reihe schneegefüllter Gräben, über einen Hügel und durch ein kleines, schmales Tal, das zu der Ebene südlich der Stadt führte. »Dies ist die Ebene von Sar-Sargoth«, sagte Gorath. »Der Legende nach haben sich hier die Valheru getroffen, um Rat zu halten. Die Drachen ruhten hier, während sich ihre Reiter versammelten.«

Owyn sah ein Meer aus Zelten und in deren Mitte einen großen Pavillon; eine Standarte erhob sich davor, ein karmesinrotes Feld, in dem ein weißer Leopard kauerte. »Wie können wir das Lager umgehen?«

»Gar nicht«, antwortete Gorath und führte den verblüfften Gefährten mitten zwischen die Zelte. »Aber selbst wenn wir hier keine Freunde finden, so doch zumindest auch keine Feinde.«

Mehrere Moredhel warfen Gorath und Owyn einen Blick zu, als die beiden durch das Lager gingen. Sie schienen sich nicht sonderlich für sie zu interessieren, abgesehen davon, dass einer aufstand und davonrannte. Als sie dann den großen Pavillon erreichten, stand die Besitzerin bereits wartend am Eingang, um sie zu begrüßen.

»Grüße, Gorath von Ardanien. Waren die Kerker von Sar-Sargoth nicht nach deinem Geschmack?« Die Sprecherin bot einen verblüffenden Anblick. Sie war groß und hatte stattliche Züge; ihre dunkelroten Haare waren am Hinterkopf zusammengebunden und ergossen sich in einer wahren Kaskade den Rücken hinab. Sie trug Waffen wie die Männer ihres Stammes, und doch war Owyn von ihrer überragenden Schönheit, selbst in der Kleidung einer Kriegerin, überrascht. Fremdartig und seltsam war sie, deshalb aber kein bisschen weniger verlockend. Sie trat zur Seite und bedeutete ihnen einzutreten. Dann führte sie sie an einen Platz in der Nähe eines kleinen Feuers. »Iss und ruh dich eine Weile aus. Ich bin davon ausgegangen, dass Delekhan dich inzwischen getötet hat. Deine Flucht wird ihm einige Unannehmlichkeiten bereiten.«

»Du klingst, als würdest du Gefallen an dieser Vorstellung finden, Liallan.«

»Ich bin durch den Aufstieg meines Ehemannes mit aufgestiegen, Gorath«, sagte sie, »aber unsere Heirat hatte nichts mit Leidenschaft zu tun. Das Ziel unserer Vermählung war, durch die Verbindung zweier mächtiger Stämme die Kontrolle über unsere jeweiligen Clans zu behalten und sie daran zu hindern, gegenseitig ihr Blut zu vergießen … zumindest eine Zeit lang. Nichts weiter.«

»Deshalb also diese Scharade, Liallan? Du glaubst zwar an Delekhans wahnsinnige Pläne ebenso wenig wie ich, aber nach außen hin unterstützt du ihn. Du befehligst einen Stamm, der so mächtig ist wie sein eigener, und dein Einfluss im Rat kommt fast dem von Narab gleich.«

»Es ist zu lange her, seit du uns verlassen hast, Gorath. Vieles hat sich in sehr kurzer Zeit geändert. Narab versammelt gerade in diesem Augenblick seinen eigenen Clan und bereitet sich darauf vor, Delekhan entgegenzutreten.« Sie setzte sich neben Gorath und nahm ein kleines Stück Fleisch aus einem köchelnden Topf neben dem Feuer. Sie platzierte das Stück genau zwischen Goraths Zähnen – in einer Geste, die für Owyn eindeutig verführerisch war, doch selbst er konnte erkennen, dass es sich hier mehr um ein Ritual handelte als um ein Angebot. »Unser neuer Herr ist unzufrieden mit Narab. Ich schätze, das hat etwas mit deiner Gefangennahme zu tun.«

Gorath schluckte das Stück Fleisch hinunter, dann nahm er eine Schüssel und reichte sie Owyn. Der brach sich von dem Laib Brot, der neben dem Fleisch lag, ein großes Stück ab, und benutzte es wie einen Löffel, um den heißen Eintopf zu essen. »Wieso sollte sich dein Mann darüber aufregen, dass ich gefangen genommen wurde? Er hat sich doch wohl genug bemüht, meine Flucht nach Süden zu verhindern«, sagte Gorath.

Liallan lehnte sich zurück. Sie blickte Gorath einen Augenblick an. »Du bist ein Krieger von großen Ehren, Gorath, und dein Mut steht außer Frage, ebenso wie deine Sorge um deinen Clan. Aber manchmal bist du einfach nur naiv.«

Gorath sah aus, als wollte er Anstoß daran nehmen; er betrachtete die Frau mit zusammengekniffenen Augen. »Das kommt einer Beleidigung sehr nahe.«

»So war es nicht gemeint. In diesen Tagen haben deine Offenheit und Ehrlichkeit etwas sehr Erfrischendes.« Sie machte sich daran, die Rüstung abzulegen, und löste die Brustplatte. Owyn sah, dass sie darunter nur eine einfache, ärmellose Tunika trug. Sie hatte einen langen Nacken und schlanke Arme, und doch war nichts Zerbrechliches an ihr. Ihre Bewegungen verrieten, dass sie sehr schnell sein konnte, und die Muskeln ihrer Arme und ihres Nackens zeugten von großer Kraft. Sie war eine gefährliche Frau, ob man sie nun nach den Maßstäben der Moredhel oder der Menschen beurteilte.

»Was willst du damit sagen, Liallan?«

»Ich will sagen, dass man dich für eine bestimmte Rolle ausgesucht hat. Du bist der ideale Anführer dafür gewesen.«

»Ich hatte also entkommen *sollen?*«

»Was glaubst du denn, wer deine Flucht von Sar-Sargoth vor all diesen Monaten in die Wege geleitet hat?« Sie hielt einen Augenblick inne. »Ich war es. Genauso, wie ich Delekhans Soldaten in die Schneeebene geführt habe, während Obkhars Familie in die Berge beim Himmelssee geflohen ist. Wenn sie es geschafft haben, den Eledhel und den Zwergen bei Bergenstein aus dem Weg zu gehen, müssten sie eigentlich wohlbehalten beim Grünen Herz angekommen sein.«

»Wieso?«, fragte Gorath.

»Um Delekhan zu beschäftigen«, sagte Liallan. »Er verfolgt seinen Zeitplan, ich meinen eigenen. Es dient meinen Zielen, seinen Angriff auf das Königreich noch ein bisschen hinauszuzögern. Seine Dummheit im Umgang mit Narab wird mir einen weiteren Monat bescheren. Wenn erst Narabs Kopf auf einem Pfahl vor den Toren von Sar-Sargoth steckt, wird es Delekhan mindestens einen weiteren Monat kosten, bis die zänkischen Clan-Anführer ihm wieder kritiklos gehorchen. Delekhan will einen Feldzug im frühen Frühjahr; ich bin dafür, erst später im Jahr zu beginnen.«

»Habt Ihr uns bei der Flucht geholfen?«, fragte Owyn.

»Nein, diesmal nicht«, antwortete Liallan. »Das Verdienst gebührt mir nicht. Was immer ihr getan habt, es ist euer eigenes Verdienst.«

»Nein, jemand anderer hat die Zellentür geöffnet«, widersprach Owyn.

»Dann vermute ich, dass es Narab getan hat. Ich würde ihm durchaus zutrauen, derart gereizt zu reagieren. Wenn Delekhan ihn bedroht, weil er euch gefangen genommen hat, warum soll er euch dann nicht rauslassen?«

»Wirst du uns jetzt wieder helfen?«, fragte Gorath.

»Wenn ich es tue, dann weil ich glaube, dass es für die Zukunft der Nordlande wichtig ist, Gorath. Dich zu töten oder meinem Mann zu übergeben, bringt mir gar nichts. Dich gehen zu lassen kostet mich wenig, und in der Zukunft kann deine Hilfe nützlich sein. Ich habe Agenten überall in den Nordlanden, und ich werde einige von ihnen benachrichtigen, dass sie dir auf der Reise nach Süden behilflich sind.«

»Ich werde mich bemühen, dir ebenfalls zu helfen, wenn das Schicksal es erlaubt.«

Sie lächelte und enthüllte perfekte, weiße Zähne. »Ruh dich etwas aus. Ich werde in der Zwischenzeit Pferde besorgen. Haltet euch westlich und meidet die Straßen. Der beste Weg ist durch die Inclindel-Schlucht, wie die Menschen sie nennen, südlich von Sar-Isbandia. Aber meidet das Dorf Harlik, denn dort lagert Moraeulf, und der kennt dich gut.«

Sie reckte sich, und Owyn musste einmal mehr ihre Schönheit und katzenartige Geschmeidigkeit bewundern. »Ruht euch jetzt etwas aus, denn am Morgen geht es außerhalb der Stadt sehr lebhaft zu. Narabs Clan folgt seinem Ruf, und zweifellos wird Delekhan den Zorn der Sechs auf ihn herabrufen. Es müsste bald vorbei sein.«

»Wer sind diese sechs Magier?«, fragte Gorath.

Liallans Stimme versiegte zu einem Flüstern, als könnte jemand zuhören. »Sie beraten Delekhan, unter anderem. Sie schmieden nachts Pläne mit ihm. Nur wenige bekommen sie zu Gesicht, und niemand weiß, wer sie wirklich sind. Sie waren es, die Delekhan geraten haben, deinen Stamm auszulöschen.«

»Aber wieso?«, fragte Gorath. »Wir haben niemals zu Delekhans Rivalen gezählt, auch wenn wir ihm nur zögernd dienten.«

»Wieso? Weil du klein warst und weil dein Stamm sich schon seit langer Zeit abseits gehalten hat. Als dein Vater starb, bist du mit deinen Leuten in die kalten Berge des Nordens geflohen. Das war weise, aber es machte dich auch verdächtig. Du hast dich gerächt, wie man erwarten konnte, aber unter denen, die du getötet hast, waren auch welche, die mit Delekhan blutsverwandt waren. Er konnte deine Handlungen nicht ignorieren, denn er wurde beobachtet, und er wurde von der Notwendigkeit getrieben, mächtige Verbündete zu finden. Kurz und gut, du hast einen erbitterten Feind abgegeben, und die Zerstörung deines Stammes war eine wirkungsvolle Lektion. Wie auch Narabs Tod eine sein wird.«

»Haben die Sechs das angeordnet?«

Liallan zuckte mit den Achseln. »Ich weiß es nicht, aber ich wäre nicht überrascht, wenn mein Mann in den letzten paar Monaten vor Narab und Nago gewarnt worden wäre. Du hast Delekhan einen Gefallen erwiesen, als du Nago getötet hast. Er selbst zögerte noch, gegen den einen Bruder vorzugehen, solange der andere noch am Leben war. Zusammen waren sie die mächtigsten Zauberer unseres Volkes, und ihr Clan gehört nicht gerade zu jenen, die man so einfach ignorieren kann.«

Gorath aß eine Zeit lang stumm weiter, dann fragte er: »Woher kommen die Sechs?«

»Das weiß niemand. Es weiß auch niemand, welcher Rasse sie angehören. Sie sind Zauberwirker und besitzen eine Macht, die der unserer eigenen Rasse bei weitem überlegen ist. Einige vermuten, dass sich wieder Pantathianer unter uns aufhalten.«

»Murmandamus«, sagte Gorath leise.

»Ja«, sagte Liallan. »Dieselben wie jene, die dem Gezeichneten gefolgt sind.«

»Wohnen sie in Sar-Sargoth?«

»Wenn sie Delekhan beraten. Gegenwärtig sind sie mit seinem Sohn Moraeulf in Harlik. Sie suchen weitere Flüchtlinge aus deinem Clan – jene, die versucht haben, zu fliehen und zum Grünen Herzen nach Süden zu gelangen.«

»Dann habe ich noch einen Grund mehr, Prinz Arutha zu warnen. Wenn ich Delekhan schon selbst nicht die Kehle zudrücken kann, werde ich dem helfen, der ihn vernichten wird.«

»Sei vorsichtig«, sagte Liallan.

Owyn hatte den Eindruck, als wäre sie ehrlich besorgt um ihn.

»Möglicherweise tragen unsere Pläne ja einmal Früchte. Sollte ich mein Banner über die Mauern von Sar-Sargoth tragen, lade ich dich und die anderen Ardanier, die dann noch existieren, aufrichtig ein, in das Herz ihres Volkes zurückzukehren.«

Gorath blieb weiterhin wachsam, wie seine Miene verriet. »Dich muss man genauso fürchten wie Delekhan, Liallan.«

Sie lächelte und sah wieder gefährlich aus. »Nur, wenn man mir oder meinem Stamm Schaden zufügen will, Gorath. Wenn der Tag kommt, kehre in Frieden in deine Berge in den Norden zurück.« Sie stand auf. »Und jetzt ruht euch etwas aus. Bei Sonnenaufgang werden Pferde draußen stehen.« Als sie die Tür erreicht hatte, warf sie noch einmal einen Blick über die Schulter. »Du musst dich gut verstecken und schnell sein, Gorath. Wenn du mir das nächste Mal begegnest und Delekhan noch nicht gestürzt ist, werde ich ihm deinen Kopf als Friedensangebot bieten.«

»Ich verstehe, Liallan. Du bist sehr großzügig zu einem, den das Schicksal so erniedrigt hat.«

Sie ging, und Gorath wandte sich an Owyn. »Sie hat Recht. Wir müssen etwas schlafen.«

Owyn lag satt und zufrieden beim Feuer; er war glücklich darüber, dass er endlich diese Droge los war, die seine Sinne so viele Tage umnebelt hatte. Dennoch war ihm, als wäre nur ein kurzer Augenblick vergangen, als Gorath ihn schüttelte. »Es ist soweit.«

Er stand auf und zwang seine steifen Muskeln, ihm zu gehorchen, während er einen schweren, pelzgesäumten Moredhel-Umhang um sich schlang und anschließend eines der bereitstehenden Pferde bestieg. Falls die Wachen sich wunderten, wer Liallans Gäste waren, so sagten sie jedoch nichts, sondern sahen lediglich zu, wie die beiden Fremden davonritten.

Das Gebäude sah heruntergekommen aus, aber ein Dutzend Pferde standen davor. »Wir könnten drinnen etwas essen«, meinte Gorath.

Der Beutel, den Owyn mitgenommen hatte, enthielt ein paar

Münzen, einige davon aus dem Königreich, aber auch queganische sowie ein keshianisches Silberstück und ein paar Edelsteine. Sie stiegen ab. »Was ist das für ein Ort?«, wollte Owyn wissen.

»Du würdest es eine Schenke nennen. Es zählt zu den Gepflogenheiten, die wir von deiner Rasse übernommen haben. Mein Volk hätte sich so etwas nie von allein ausgedacht, aber inzwischen wissen wir den Nutzen solcher Einrichtungen zu schätzen.«

Sie gingen hinein und fanden sich in einem dunklen, kleinen Raum wieder, in dem etwa zwanzig Menschen und Moredhel herumstanden. An der hinteren Wand bildeten ein paar lange Bretter auf einigen Fässern eine Art Theke. Gorath schob sich zwischen zwei Männern hindurch darauf zu. »Bier und etwas zu essen.«

Der Schenkenwirt, ein Mensch, brachte eine Platte mit Käse und Brot darauf – angesichts der schäbigen Umgebung sogar einigermaßen gut aussehend und, wie sich herausstellte, auch genießbar. Owyn vertraute darauf, dass Gorath wusste, wie sie sich in der Schenke verhalten sollten, und imitierte ihn so gut es ging. »Wo sind wir eigentlich?«, fragte er mit gedämpfter Stimme.

»In der Nähe von Sar-Isbandia. Ihr Menschen nennt diese Stadt Armengar. In dieser Gegend gibt es sehr viele Städte und Dörfer. Es wird viel Handel mit dem Süden getrieben.«

»Die meisten im Königreich halten die Zähne der Welt für eine Art Mauer, die unsere beiden Völker trennt«, meinte Owyn.

»Möglicherweise sind sie eine Barriere für Wohlstand, aber unternehmungsfreudige Menschen finden immer einen Weg für den Handel. Es gibt Dutzende von Wegen, die durch die Berge südlich von hier führen.«

Hinter ihnen erhob sich eine tiefe Stimme. »Und alle sind sehr gut bewacht, Gorath.«

Gorath wirbelte herum, die Hand am Schwertgriff. »Zieh die Klinge und stirb«, sagte der andere Moredhel, »oder iss deinen Käse und lebe.«

Gorath lächelte nicht, aber sein Gesicht entspannte sich. »Ich sehe, du trägst deinen Kopf noch immer auf deinen Schultern, Irmelyn.«

»Sicher nichts, was ich Delekhan zu verdanken hätte«, erwiderte Goraths Gegenüber. Er deutete mit einem Nicken auf einen kleinen Tisch in der Ecke. Owyn nahm den Käse und das Bier und folgte den beiden.

»Delekhan wird nur eines erreichen: dass die Flüsse Pisse führen und die Hühner zu Staub zerfallen sind, wenn das alles vorbei ist«, meinte Irmelyn. »Also trink, solange du noch kannst, mein guter alter Feind.«

»Was tust du hier, Irmelyn? Ich habe gehört, dass Obkhars Stamm geflohen ist.«

»Es stimmt, die meisten von uns sind weg. Ein paar aber sind in der Hoffnung, unseren Anführer befreien zu können, hier geblieben.«

»Er lebt?«, fragte Gorath so leise wie möglich.

Irmelyn nickte. »Er lebt, und zwar ganz in der Nähe. Er wird in den Naphtha-Minen unterhalb der zerstörten Stadt gefangen gehalten.«

»Er wird gefangen gehalten?« Gorath blickte verwirrt drein. »Wieso ist er nicht tot?«

»Weil Delekhan ihn nicht erkannt hat. Er arbeitet als Sklave in den Minen. Sie halten ihn für einen Mann namens Okabun, von Liallans Schneeleoparden.«

»Also seid ihr noch hier, weil ihr ihn befreien wollt?«

»Ja. Aber wir brauchen Hilfe. Würdest du uns diese Hilfe gewähren?«

»Als Tausch gegen was?«

»Als Tausch gegen einen sicheren Weg nach Süden. Wie ich schon sagte, die Pässe werden streng bewacht, aber ich weiß, wie man durchkommen kann.«

»Was müssen wir tun?«, fragte Gorath.

»Kommt mit nach draußen.«

Sie erhoben sich und verließen die verhältnismäßig warme Schenke. Sobald sie draußen waren, meinte Irmelyn: »Wir haben einen Weg gefunden, der aus den Minen herausführt. Er ist unbewacht.«

»Warum spaziert Obkhar dann nicht einfach raus?«, fragte Owyn.

»Wenn ich von dir etwas hören will, Hund, werde ich mich schon bemerkbar machen …«

»Dann frage ich dich«, unterbrach ihn Gorath, »warum Obkhar nicht einfach rausspaziert.«

»Wegen der Dämpfe, die in den Tunneln hängen. Als die Menschen die Stadt anzündeten und flohen, sind mehrere Tunnel des alten Burgfrieds zusammengebrochen. Bis auf einen, aber der ist klein, und die Dämpfe, die dort hängen, können sich schon beim kleinsten Funken entzünden und machen es unmöglich, ihn zu passieren.«

»Aber du hast einen Plan?«, fragte Gorath.

»Wir haben Masken gefunden, die die Menschen früher getragen haben. Sie bestehen aus Knochen und den Membranen von Drachenlungen und sind luftdurchlässig, aber sie halten die tödlichen Dämpfe ab.«

»Ihr braucht also jemanden, der hineingeht und Obkhar eine Maske bringt«, meinte Owyn.

Der große Moredhel warf dem jungen Mann einen kurzen Blick zu, doch dann meinte er nur: »Ja, wir brauchen jemanden, der Obkhar eine Maske gibt und mit ihm flieht.«

»Wieso wir?«, fragte Gorath. »Wieso nicht ein Mitglied aus deinem Clan?«

»Es sind nur noch wenige von uns in den Nordlanden zurückgeblieben, und Moraeulfs Soldaten kennen unsere Gesichter. Du bist ihnen zwar vom Namen her bekannt, aber nicht von Angesicht zu Angesicht. Die Ardanier haben viele Jahre abseits der anderen gelebt; du könntest behaupten, Mitglied irgendeines beliebigen Clans zu sein. Wer könnte das bestreiten?«

»Was schlägst du also vor?«, fragte Gorath.

»Geh zum Sklavenhändler, einem Mann namens Venutris. Er behauptet zwar, aus Lan zu sein, einer Stadt des Königreichs, aber ich weiß, dass er Queganer ist. Sag ihm, dass du den Jungen verkaufen willst.«

»Was?«, entrüstete sich Owyn.

Gorath hob beschwichtigend die Hand. »Sprich weiter.«

»Venutris ist so bestechlich, wie man es sich nur wünschen kann. Er wird natürlich versuchen, dich gefangen zu nehmen. Hindere ihn nicht daran.

Zwei seiner Wachen werden eingeweiht sein und dir erlauben, deine Bündel mit in die Minen zu nehmen; sie werden sie für dich aufbewahren. Wenn sie dich nach unten bringen, werden sie dir die Sachen zurückgeben und dich unbewacht zurücklassen. Obkhar hält sich irgendwo auf der Ebene westlich der großen Balustrade auf. Mehr kann ich dir nicht sagen. Wenn du einverstanden bist und ihn da rausholst, führen wir dich und deinen Kameraden sicher nach Süden.«

Gorath dachte nach. »Bevor ich mich entscheide, möchte ich noch eines wissen: Hast du etwas von Cullich gehört?«

»Ja, sie wohnt ganz in der Nähe in einer Hütte zwischen hier und Karne. Wenn du willst, können wir sie auf dem Weg nach Süden besuchen.«

Gorath schwieg einen Augenblick. »Ja, das will ich. Wir sind also einverstanden.«

»Dann geht zum Eingang der Mine«, sagte Irmelyn. »Dort wird man dich zur Rede stellen. Sag der Wache, dass du Venutris sprechen willst. Ich werde solange eure Pferde und Waffen nehmen und euch später an einem Ort wiedertreffen, den Obkhar kennt.«

»Würdet Ihr uns diesen Ort netterweise verraten?«, fragte Owyn.

»Nein, denn wenn ihr Obkhar nicht befreit, habt ihr euren Teil der Abmachung nicht erfüllt. Dann müsst ihr sehen, wie ihr ohne unsere Hilfe durchkommt.«

Gorath wandte sich an Owyn. »Komm mit. Es ist ein langer Weg bis zur Mine.« Und ohne sich noch einmal umzudrehen, schritt er davon.

Venutris war ein gewaltiger Mann, dessen enorme Leibesfülle kaum von dem massiven Gürtel gehalten werden konnte, den er sich um die Taille gebunden hatte. Er musterte Owyn prüfend und meinte: »Wo hast du den denn aufgegriffen?«

»Ich habe ihn nicht aufgegriffen«, antwortete Gorath. »Er ist ein ehemaliger Küchenjunge, der das Königreich verlassen hat, um sein Glück woanders zu versuchen. Nun, er hat beim Spielen verloren und konnte seine Schulden nicht bezahlen.«

»Er ist etwas hager«, meinte der Sklavenhändler. »Aber kommt mal mit.« Ohne abzuwarten, ob Gorath und Owyn ihm folgten, marschierte er in Richtung Mineneingang.

Sie betraten die Mine, und Venutris fragte: »Und wer bist du, Krieger?«

»Ich bin Gorath von ... den Balakhar, vom Grünen Herzen.«

»Also stammst du nicht von hier?«, sagte Venutris. »Das ist gut. Wir können einen strammen Arbeiter wie dich gut gebrauchen!«

Wachen senkten die Speere, und plötzlich waren Owyn und Gorath umzingelt. »Würdest du aus dieser Gegend stammen, mein Freund, hättest du gewusst, dass niemals jemand ohne Verbündete zu mir kommt. Delekhan verlangt von uns unglaubliche Mengen an Naphtha für die Invasion des Königreichs, und daher kann ich immer neue Arbeiter gebrauchen.« Er wandte sich an seine Leute. »Schafft sie runter.«

Gorath und Owyn wurden von den Wachen zwei Stockwerke nach unten gebracht, genau wie Irmelyn es vorhergesagt hatte. Dann wurden sie in eine große, leere Höhle geführt.

Einer der Wächter blieb bei ihnen zurück, während die anderen bereits wieder gingen. »Wartet hier«, flüsterte er.

Sie blieben eine Zeit lang sich selbst überlassen; nur das schwache Licht einer Laterne durchdrang die Dunkelheit. Sie war raffiniert gebaut: Eine dünne, transparente Membran bedeckte die Flamme. »Ich glaube nicht, dass wir hier viele Fackeln zu Gesicht bekommen«, bemerkte Owyn.

»Wenn diese Gänge wirklich voller Naphtha-Schwaden sind, hast du wahrscheinlich Recht.«

Kurze Zeit später kehrte der Wächter zurück, in den Händen die Bündel, die man ihnen abgenommen hatte. Zusätzlich hatte er ein drittes Bündel bei sich. »Ihr müsst diesen Gang entlanggehen. Er führt in westliche Richtung. Wenn ihr euren Freund gefunden habt, folgt der Richtung, aus der ihr das Wasser rauschen hört. Ihr müsst das letzte Stück nach draußen schwimmen.«

Der Wächter verschwand, und Gorath nahm das neue Bündel an sich. Es enthielt drei seltsam anmutende Gegenstände, die offensichtlich dazu gedacht waren, über Mund und Nase gestülpt zu werden.

Der Tunnel nach Westen führte leicht bergab, und plötzlich blieb Gorath stehen.

»Was ist?«, fragte Owyn.

»Wir müssen uns jetzt genau unter der alten Stadt Sar-Isbandia befinden.«

Owyn wusste nicht, was er darauf erwidern sollte.

Gorath ging weiter. Bald stießen sie auf einen großen Stollen; die Geräusche von Arbeitern drangen zu ihnen. Eine einzelne Wache trieb sich hier herum und beaufsichtigte die bedauernswerten Männer, die das dickflüssige Öl, das durch die Erde sickerte und sprudelnd an die Oberfläche drang, in großen Eimern wegschafften.

Owyns Augen tränten bereits. »Jetzt begreife ich, weshalb die Masken notwendig sind; das ist ja wohl erst der Anfang.«

»Such nach einem Moredhel, dessen Haare frei herabfallen. Er hat eine Narbe von der Stirn bis zum Kinn.«

Als der Wächter sich am entferntesten Punkt seines Rundgangs befand, schlüpften sie durch den Hauptstollen in einen anderen Tunnel. Immer wieder warfen ihnen jene, die hier unter fürchterlichen Bedingungen schufteten, kurze Blicke zu.

Sie tasteten sich einen langen Gang entlang, der in einen weiteren Stollen mündete; hier arbeitete nur eine kleine Gruppe von Moredhel.

Owyn blickte sich um. »Ich sehe überhaupt keine Wachen.«

Gorath wischte sich über die Augen. »Ich glaube, sie halten sich nur an den Enden der Gänge auf, weil die Luft da besser ist. Wohin sollten diese Gefangenen denn schon fliehen?«

»Nirgendwohin, Gorath«, ertönte eine Stimme hinter ihnen.

Sie wirbelten herum und standen einem großen, ausgemergelten Moredhel gegenüber; er hatte die von Gorath beschriebene Narbe im Gesicht. »Obkhar!«

Obkhar musterte Gorath von oben bis unten. »Zuerst dachte ich, die Naphtha-Dämpfe hätten mir endgültig den Verstand geraubt, aber ich sehe, das war nicht der Fall. Wie kommst du hierher? Ich hörte, man hätte deinen Kopf auf einen Pfahl vor den Toren von Sar-Sargoth gespießt.«

Gorath verschränkte die Arme vor der Brust. »Nicht alle, die in den Nordlanden geblieben sind, haben sich Delekhans Willen gefügt. Und nicht alle, die rebellieren, sterben. Ich hatte Hilfe bei der Flucht, so wie du jetzt. Andere sind gestorben, damit ich die Freiheit erlangen konnte.«

»Dann hast du eine schwere Schuld abzutragen.«

»Grund genug, dafür zu sorgen, dass Delekhans Herrschaft ein Ende findet, Obkhar! Er soll mir und meinem Stamm Blutzoll zahlen!«

»Die meisten von meinem Stamm befinden sich jetzt im Grünen Herzen, aber wenn du dein Banner gegen Delekhan erhebst, Gorath, werden sie dir zu Hilfe eilen.«

Gorath lächelte. »So vergibst du mir also diese Narbe?«

Obkhar lachte. »Niemals. Ich plane nach wie vor, dich deshalb zu töten. Irgendwann einmal, aber im Augenblick sind wir Verbündete.«

Owyn holte die Masken hervor. »Wo ist der Tunnel der Dämpfe?«

»Hier«, sagte Obkhar und führte sie einen Nebentunnel entlang.

Sie kamen zu einer Stelle, wo die Dämpfe so dicht wurden, dass sie sie zu ersticken drohten. »Setzt die Masken auf«, erklärte Obkhar. »Sie werden zwar unsere Augen nicht vollkommen schützen, aber zumindest bekommen wir dann noch Luft. Wir haben einen langen Weg vor uns und müssen am Ende in eiskaltem Wasser schwimmen. Der Tunnel, der nach draußen führt, ist zur Hälfte überflutet und mündet in einen Nebenfluss des Isbandi.«

Sie legten ihre Masken an, und Owyn stellte überrascht fest, dass sie funktionierten. Die Dämpfe brannten ihm zwar in den Augen, aber durch häufiges Zwinkern war es ihm möglich, noch etwas sehen zu können. Obkhar schreckte fürchterlich zusammen, als Owyn mit Hilfe der Magie Licht machte. »Einen Augenblick dachte ich, du hättest ein Feuer entfacht und wir würden jeden Moment in Flammen stehen«, meinte der alte Moredhel-Anführer.

Sie gelangten zum überfluteten Teil des Tunnels und gingen in dem eiskalten Wasser weiter, das ihnen anfangs bis zu den Knien reichte. Der Wasserspiegel stieg jedoch umso höher, je weiter sie kamen, bis sie schließlich brusttief im Wasser standen. Obkhar machte ihnen ein Zeichen und tauchte unter. Owyn und Gorath folgten seinem Beispiel. Sie spürten einen Ruck und wurden in einen unterirdischen Strom gerissen.

Owyn trat wild um sich, während er weitergetrieben wurde, und als er wieder hochkam, stieß er mit dem Kopf gegen Felsen. Er kämpfte gegen seine Panik an, ließ sich noch ein kleines Stück weitertreiben und fand eine Stelle, an der er auftauchen konnte. »Ihr könnt die Masken jetzt wieder abnehmen«, sagte Obkhar.

»Gut«, erwiderte Owyn. »Ich habe meine ohnehin unter Wasser verloren.«

Gorath gab ein Geräusch von sich, das einem Kichern ähnelte. »Wir müssen jetzt noch etwa eine Meile schwimmen«, erklärte Obkhar.

Sie schwammen los, und Owyn musste mit aller Kraft gegen das Gewicht seiner dicken Kleidung ankämpfen, das ihn nach unten zu ziehen drohte. Als er plötzlich Sterne über sich sah, wusste er, dass sie nach draußen gelangt waren.

Sie schwammen noch ein kurzes Stück weiter den Fluss entlang, bis sie Fackeln brennen sahen. Jemand rief leise nach ihnen.

»Ich bin es, Irmelyn.«

Sie ließen sich aus dem Wasser helfen und zu einem Feuer bringen, wo sie ihre nassen Kleider gegen schwere, warme Gewänder tauschten. »Hat schon jemand Alarm geschlagen?«, fragte Obkhar.

»Bisher noch nicht«, antwortete ein Moredhel, den Owyn noch nicht gesehen hatte. »Aber die Wachen, die wir bestochen haben, werden ohnehin nichts sagen, und so bleibt dein Verschwinden möglicherweise noch eine ganze Weile unbemerkt. Außerdem sterben viele in den Minen, und ihre Leichen bleiben unbeachtet in einem der Tunnel liegen.«

»Was ist jetzt mit Cullich?«, fragte Gorath.

Obkhar schaltete sich ein. »Ist sie noch am Leben?«

»Ja, und zwar ganz in der Nähe«, antwortete Irmelyn.

»Du hast gesagt, dass ich sie auf unserem Weg nach Süden sehen kann«, sagte Gorath.

Obkhar blickte Irmelyn an, und der nickte. »Ein Versprechen muss man halten«, sagte der Anführer daraufhin. »Ich muss jetzt zusammen mit den anderen von meinem Stamm, die mir folgen wollen, aufbrechen; wir wollen den Weg über die Pässe nehmen. Irmelyn wird dich zu Cullich bringen und dir danach zeigen, wie du über die Berge kommst.«

»Du musst Harlik meiden«, sagte Irmelyn. »Moraeulf und Die Sechs halten sich dort auf.«

»Das werde ich«, erwiderte Obkhar, während er in einen dicken, pelzgesäumten Umhang schlüpfte. »Gorath, alter Feind, ich wünsche dir viel Glück. Und achte darauf, dass niemand anderer als ich dir das Leben nimmt.«

»Pass auf, dass du ebenfalls überlebst«, antwortete Gorath, »damit ich eines Tages deinen Kopf bekomme.«

Nachdem sie gegangen waren, wandte sich Owyn an Gorath. »Das klang beinahe so, als würdet ihr euch mögen.«

Gorath kaute an einem getrockneten Stück Rindfleisch, das Irmelyn ihm gegeben hatte. »Natürlich mögen wir uns. Freunde können dich verraten, aber bei einem alten Feind weißt du immer, woran du bist.«

»So habe ich das noch nie betrachtet«, meinte Owyn.

»Sind die Menschen nicht eine seltsame Rasse?«, fragte Irmelyn.

»Ziemlich seltsam«, pflichtete Gorath ihm bei.

Die Hütte war einfach; kaum mehr als vier Wände aus alten, zusammengeflickten Holzstücken und ein strohgedecktes Dach. Aus dem steinernen Schornstein drang ein dünner Rauchfaden – der einzige Hinweis darauf, dass jemand zu Hause war.

»Ist sie da drin?«, fragte Gorath.

Irmelyn nickte. »Ja.«

Gorath stieg ab, und Owyn folgte ihm. »Delekhan lässt sie gelegentlich beobachten. Ich bleibe besser hier draußen. Aber wenn ich euch rufe, müsst ihr sofort kommen.«

Gorath nickte und öffnete die Tür.

Die Frau, die drinnen in einer Ecke neben dem Feuer hockte, schien nicht sonderlich überrascht über sein unerwartetes Erscheinen, oder sie verbarg ihr Erstaunen gut. Sie blickte lediglich auf und meinte: »Komm rein und schließ die Tür.«

»Einen herzlicheren Empfang hast du nicht für mich, Cullich? Immerhin ist dein Ehemann zurückgekehrt.«

Owyn fiel die Kinnlade herunter, so überrascht war er.

Sie erhob sich mit einer schlangenartigen und doch kräftigen

Bewegung; Owyn war verblüfft über die Ähnlichkeit zwischen ihr und Liallan, wenngleich ihre Kleider zerlumpt und ihre Haare schmutzig und verfilzt waren. Die Haare dieser Frau waren rabenschwarz, während Liallans rot gewesen waren. Und während Liallan schlank und geschmeidig war, war Cullich drall mit runden, kräftigen Hüften, und ihr Gesicht war breit. Dennoch hatte sie mit der hohlwangigen Anführerin des Schneeleoparden-Clans etwas gemeinsam. Beide strahlten Macht aus.

»Ehemann?«, fragte die Frau spöttisch, die blauen Augen auf Gorath geheftet. »Wie das? Clan-Anführer? Aufgrund welchen Rechts? Anführer einer Armee? Nicht mehr. Einst haben dir diese Titel gehört, und du hattest dir diesen Rang durch Geschicklichkeit und Mut, durch Schlauheit und Stärke verdient. Wie ein schlafender Drache hat der Clan Ardanien dich umgeben und auf ein Wort von dir gewartet, um sich zu erheben und jene zu erschlagen, die sich uns entgegenstellten. Doch wo ist der Drache jetzt?«

»Fort, irgendwo im Norden, in den Zähnen der Welt verstreut. Er versteckt sich.«

»Dann nenn dich nicht weiter Anführer eines Clans und Ehemann, Gorath. Das Recht auf diese Titel hast du verwirkt, als du den Befehl gegeben hast, aus Sethanon zu fliehen. Als du dich meiner Weisheit widersetzt hast.«

»Deiner Weisheit, alte Zauberin? Du rätst zu Mord und Wahnsinn. Träumst du noch immer von Eroberungen, von den hohlen Phrasen von Murmandamus? Hast du nichts aus der Vernichtung unseres Volkes bei Armengar und Sethanon gelernt? Zwei Söhne habe ich fallen sehen. Einer davon war auch *deiner*.«

»Was willst du von mir, alter Mann?«, fragte die Frau.

»Ich will dem Wahnsinn ein Ende bereiten. Wirst du mir helfen?«

»Indem ich sterbe und mein Kopf auf einen Pfahl vor Sar-Sargoth gespießt wird?«

»Delekhan muss aufgehalten werden.«

»Wieso? Welches Schicksal erwählst du für dein Volk, Gorath? Willst du, dass wir erneut auf dem Boden kriechen? Sollen wir jetzt der Eledhel-Königin dienen, so wie einst den Valheru? Wir sind ein freies Volk! Oder spürst du den Ruf der Zurückkehrenden?«

»Nein!«, rief Gorath, und seine Augen blitzten vor Wut. »Aber ich habe einige Dinge gehört, und ich habe vieles gelernt.« Er deutete auf Owyn. »Nicht alle Menschen sind unsere Feinde.«

»Nein«, sagte Cullich. »Es gibt jene, die uns für Gold dienen.«

»Nein, es gibt solche, die mit uns in Frieden leben möchten, in Nachbarschaft.«

»In Frieden?«, fragte die Frau und lachte verächtlich. »Wann haben die Moredhel von Frieden gesprochen? Du klingst wie einer, der nach Elbenheim zurückgekehrt ist. Die, die einst wütende Bullen gewesen waren, sind nun kastrierte Ochsen, sie dienen der Königin und sind nicht besser als Sklaven.«

»Das ist nicht wahr«, erwiderte Gorath. »Die Glamredhel haben sich mit den Eledhel zusammengetan, nicht als Sklaven, sondern als willkommene Brüder.«

»Die Wahnsinnigen!«, sagte die Moredhel. »Wenn du das glaubst, geh ruhig. Ich werde bleiben. Hier ist mein Heim, und irgendwann werde ich jemanden finden, der meine Fähigkeiten und mein Wissen nutzen kann. Er wird ein Krieger sein, und ich werde ihm zeigen, wie er aufsteigen und Macht gewinnen und sie behalten kann. Ich werde andere Söhne haben, Söhne, die leben werden.«

Gorath seufzte. »Ich hatte befürchtet, dass deine Antwort so lauten würde.«

»Warum bist du dann gekommen? Doch sicher nicht, um eine Liebe zu erneuern, die schon längst gestorben ist?«

»Nein … ich brauche deine Hilfe. Nur für eine kurze Zeit, dann werde ich aus deinem Leben verschwinden, auf die eine oder andere Weise.«

»Um jener Liebe willen, die einst zwischen uns war, will ich dir zuhören«, sagte sie. Sie war offensichtlich überrascht von Goraths Eingeständnis.

»Wo befinden sich die Streitkräfte von Delekhan jetzt?«

Cullich blickte durch das vereiste Fenster nach draußen. »Sie versammeln sich an der Grenze zum Königreich. Die Banner der Clans Krieda, Dargelas und Oeirdu warten als Reserve in der Nähe von Raglam. Ich habe gehört, dass die Streitkräfte von Liallan und Narab ebenfalls bald marschieren werden.«

Gorath lächelte. »Narab hat sich wie ein tollwütiger Wolf gegen seinen Meister gewandt.«

»Trotzdem befinden sich genug Armeen entlang der Grenze, um ein Durchkommen schwierig zu machen.«

»Wir kennen einen Weg«, sagte Gorath.

»Was willst du dann von mir?«

»Du besitzt großes Wissen, Zauberin. Was weißt du über Die Sechs?«

»Ich habe einmal versucht, mich mit Hilfe des Kristalls an sie heranzutasten. Ich war länger als einen Tag besinnungslos. Ich weiß nur, dass sie Künste besitzen, die jenseits meiner Vorstellungskraft liegen. Von all den Dingen, in denen Delekhan seine Hände hat, sind Die Sechs vermutlich das gefährlichste. Er glaubt, sie unter Kontrolle zu haben; ich bezweifle das.«

Von draußen ertönte eine Stimme. »Wir müssen aufbrechen«, rief Irmelyn.

»Geh also«, sagte die Hexe. »Ich nehme an, dass wir uns niemals wiedersehen, und das stimmt mich nicht traurig. Zu viel Leid ist zwischen uns geschehen. Dies werden unsere letzten Worte als Eheleute sein. Wenn du durch diese Tür trittst, endet unsere Ehe. Aber wisse: Ich wünsche dir alles Gute bei dem, was dich erwartet – in welchem Leben auch immer.«

»Und ich wünsche dir ebenfalls alles Gute«, meinte Gorath traurig. »Viel Glück, Frau.«

»Viel Glück, Mann.«

Gorath verließ die Hütte. Als er die Tür zugeschlagen und seine Ehe damit beendet hatte, blieb er noch einen kleinen Moment zögernd stehen; dann saßen er und Owyn auf, und sie ritten davon. Irmelyn rief ihnen zu: »Es ist unbedingt notwendig, dass ihr den Pass spätestens bei Sonnenaufgang verlasst, sonst sind die auf der anderen Seite ersetzt worden.«

Ganz in Gedanken versunken, schwieg Gorath, und Owyn dachte, dass es schon etwas Glücks bedurfte, um das Königreich lebend wiederzusehen.

Zwölf

Vorbereitungen

Wind und Regen peitschten den Reitern entgegen.

Owyn war nicht sicher, ob dies besser war als der Schnee, mit dem sie auf der anderen Seite der Berge zu kämpfen gehabt hatten; es war jetzt zwar wärmer, aber auch sehr viel nasser. Seine schwere, pelzgesäumte Robe war völlig durchnässt und hing wie Blei an seinem Körper. Aber immerhin stand er diesmal nicht unter Drogen und war auch nicht ans Pferd gefesselt.

Obkhars Eskorte hatte sie sicher zu einem Pass geleitet, der von seinen eigenen Leuten kontrolliert wurde. Als sie die Ausläufer des Gebirges erreicht hatten, konnten sie einen Läufer abfangen, der unterwegs war, um vor einem Ausfall in der Nähe von Sar-Sargoth zu warnen. Delekhans Streitkräfte waren von Narab eingekreist worden; Delekhan hatte den Magier aus dem inneren Zirkel ausgeschlossen und durch seinen Sohn Moraeulf ersetzt. Es hieß, dass Narab versuchen musste, Delekhan rasch zu besiegen, da sonst Die Sechs eingreifen und ihn und seinen Clan vernichten würden. Gorath nahm die Neuigkeiten scheinbar gelassen auf; er vertraute Owyn aber später an, dass er am glücklichsten wäre, wenn sie sich gegenseitig töten würden.

Als sie den höchsten Punkt des Passes erreicht hatten, machte die Eskorte kehrt, da die Strecke fortan von Streitkräften des Königreichs bewacht wurde. Tatsächlich stießen sie noch am selben Tag auf ein Patrouille krondorianischer Soldaten. Der befehlshabende Offizier, ein Leutnant namens Flynn, hätte sie nur zu gern als Abtrünnige gebrandmarkt, aber Owyn behauptete, eine Nachricht von Junker James an Arutha zu besitzen – und was noch wichtiger war, er wusste, dass Arutha im Düsterwald lagerte.

So waren Gorath und Owyn an eine andere Abteilung weitergereicht worden, die sie wiederum zum Lager im Düsterwald eskortiert hatte. Schon aus weiter Ferne waren die Feuerstellen der dort lagernden Soldaten zu sehen gewesen. Gorath hatte mit Erstaunen festgestellt, dass sich ein beträchtlicher Teil der Armee des Königreichs im Wald aufhielt.

Arutha saß mit Marschall Gardan an einem Kommandotisch und studierte eine große Karte; sein Hauptaugenmerk galt den Bergen nördlich des Düsterwalds. Als Gorath und Owyn zu ihm geführt wurden, blickte er auf. »Ihr seht aus, als würdet ihr gleich zusammenbrechen. Setzt euch.« Er deutete auf zwei Stühle. Owyn ließ sich das nicht zweimal sagen und nahm etwas schwerfällig Platz, während Gorath zu der Karte trat und sie ebenfalls musterte. »Hier«, sagte er und deutete auf Nordwacht, jenen Ort, der früher einmal auch unter dem Namen Wächter des Nordens bekannt gewesen war. »An dieser Stelle will Delekhan Eure Streitkräfte angreifen.«

Arutha verharrte einen Augenblick schweigend, den Blick auf den Moredhel gerichtet. Schließlich meinte er: »Wo ist eigentlich Junker James?«

Owyn meldete sich zu Wort. »Prinz, er hat uns aufgetragen, Euch zu benachrichtigen, da er selbst nach Nordwacht eilen musste, um Baron Gabot zu warnen. Er hat uns diese Dokumente mitgegeben.« Er reichte die Dokumente einem Soldaten, der sie Marschall Gardan in die Hand drückte. Owyn berichtete, wie sie das Nest der Nachtgreifer bei Cavell ausfindig gemacht und zerstört hatten. Er erzählte auch von James' Theorie, wie Delekhan nach Sethanon gelangen wollte – mit Booten von Nordwacht nach Romney und dann weiter über Land.

Arutha schwieg wieder und betrachtete die Dokumente eingehend. »Diese Dokumente ähneln denen, die ihr damals aus Gelbau mitgebracht habt. Darin hieß es allerdings, die Angriffe würden an Orten wie Tannerus und Eggly stattfinden. Was sollen wir nun glauben?«

Gardan blickte zweifelnd drein. »Du behauptest, dass ihr euch in Cavell von James getrennt hättet. Wie kommt es dann, dass meine Soldaten euch aufgegriffen haben, als ihr vom Norden über die Berge kamt? Das ist nicht gerade der direkte Weg zu uns, Moredhel.«

»Es war nicht unsere Entscheidung, Prinz«, schaltete sich Owyn ein. Er berichtete von der Gefangennahme und versuchte, die chaotischen Bedingungen bei den verschiedenen Clans im Norden zu skizzieren.

Als er fertig war, ergriff Arutha wieder das Wort. »Nach Eurer Darstellung herrschen Verwirrung und Rivalität unter den Clans, doch unseren Patrouillen und den vorgerückten Einheiten bietet sich ein anderes Bild. Sie finden eine einheitliche Front vor, einen Feind, der in höchst koordinierter Weise handelt.«

»Sie sehen nur die Truppen, die Delekhan gegenüber loyal sind und sich südlich der Zähne der Welt aufhalten, Prinz Arutha«, sagte Gorath. »Die Clans, die nicht auf seiner Seite sind oder gar Widerstand leisten, fliehen in die eisigen Berge hoch oben im Norden, oder sie versuchen in den Süden, zum Grünen Herzen, zu gelangen.«

»Wir haben Berichte von Herzog Martin erhalten, denen zufolge außergewöhnlich viele Moredhel jenseits der östlichen Grenze von Crydee gesichtet worden sind, Eure Hoheit«, meinte Gardan. »Martin behauptet, er hätte Hinweise auf Frauen und Kinder gefunden; demnach handelt es sich nicht um Kriegstruppen.«

»Ich bin noch immer skeptisch«, erwiderte Arutha. »Ich habe Locklear vor zwei Wochen in den Norden geschickt, um von den Baronen an der Ostgrenze Informationen einzuholen. Er wird nach Hohe Burg und Nordwacht gehen und müsste in zwei Wochen wieder hier sein. Wenn James wirklich ebenfalls dort ist, wird Locklear mit einer entsprechenden Nachricht zurückkehren.«

»James hat uns gewarnt, dass Ihr möglicherweise schwer zu überzeugen seid«, sagte Gorath. »Er trug uns auf, Euch zu sagen …« Er warf Owyn einen Blick zu.

»›Mutter gibt eine Gesellschaft‹«, sagte Owyn.

Arutha nickte. »›Und alle werden eine schöne Zeit verbringen.‹ Es ist das Kennwort der Spötter-Gilde, das James und ich benutzt haben, als wir uns zum ersten Mal getroffen haben.«

»Dann glaubt Ihr uns jetzt, Hoheit?«, fragte Owyn.

»Ich glaube, dass James an all das glaubt«, sagte Arutha. Er lehnte sich zurück und grübelte. »Ich kann nur hoffen, dass er Recht behält.«

»Wie lauten Eure Befehle, Hoheit?«, fragte Gardan.

»Ich habe keine Wahl. Es bleibt mir wohl nichts anderes übrig, als James' Informationen zu vertrauen. Eine Abteilung soll hier zurückbleiben, um dieses Gebiet zu sichern, aber die Hauptmacht der Armee soll sich zum Marsch nach Nordwacht bereitmachen.«

Gardan studierte die Karte. »Wäre es nicht weiser, den König zu benachrichtigen, damit er seine Armee ausschickt, um Gabot zu Hilfe zu eilen?«

»Das wäre in der Tat weiser, wenn die Armee des Ostens bereits mobilisiert wäre. Ich werde Lyam eine Nachricht schicken und ihn bitten, seine Truppen in Bereitschaft zu versetzen, um uns zu helfen, falls Delekhan sich daranmacht, Nordwacht zu verlassen und in unsere Richtung zu marschieren. Aber wir können schneller als Lyam dort oben sein, und damit ist die Entscheidung gefallen. Wir brechen im Morgengrauen auf.«

Gardan salutierte und verließ das Zelt, um die entsprechenden Anordnungen zu geben. »Berichtet mir etwas über Die Sechs«, sagte Arutha.

Owyn versuchte, sich all das in Erinnerung zu rufen, was er über die geheimnisvollen Magier gehört hatte, die in Delekhans Diensten standen. Arutha stellte immer neue gezielte Fragen, und als Owyn schließlich alles gesagt hatte, was er wusste, meinte der Prinz: »Ich habe einen Auftrag für euch zwei.«

»Ich würde es vorziehen, selbst nach Nordwacht zu reisen, Prinz«, erklärte Gorath. »Dann kann ich Delekhan den Empfang bereiten, den er verdient hat.«

»Das bezweifle ich nicht«, meinte Arutha. »Aber persönliche Ehre und Blutschuld müssen erst einmal hintangestellt werden. Wenn unsere Bemühungen scheitern, wer könnte uns dann rächen? Ich möchte, dass ihr zurück nach Krondor geht und Pug aufsucht. Wenn er nicht da sein sollte, ihr aber seine Frau Katala findet, kann sie euch helfen, ihn zu erreichen. Für den Fall, dass sie auch nicht da ist, gebe ich euch einen Talisman mit, den Pug mir eigens für einen solchen Zweck zur Verfügung gestellt hat. Die Prinzessin kennt ihn und weiß, wie man ihn benutzt. Wenn ihr Pug trefft, sprecht mit ihm über Die Sechs. Ich glaube, dass in dem bevorstehenden Konflikt Magie eine sehr große Rolle spielen wird, und falls bei Nordwacht magische Kräfte eingesetzt werden, bin ich nicht besonders gut vorbereitet.«

»Aber das kann Owyn doch auch allein machen,«, wandte Gorath ein.

»Pug besitzt die Mittel, um deinem Bewusstsein Wissen zu entlocken, an das du dich möglicherweise gar nicht mehr erinnerst«, sagte Arutha. »Aber das kann er nur mit deiner Hilfe tun.«

Gorath schwieg eine Zeit lang. »Wenn wir diesen Auftrag erledigt haben, möchte ich zurückkehren und kämpfen.«

Arutha nickte. »Das verstehe ich.« Er dachte einen Augenblick nach. »Nein, ich verstehe es nicht. Es war eine anmaßende Behauptung. Ich weiß eigentlich gar nichts von deiner Rasse, davon, was dich beschäftigt oder antreibt.« Er musterte Gorath eine Zeit lang, als versuchte er, ins Innere des Moredhel-Anführers zu blicken. »Aber ich würde mich freuen, wenn ich es eines Tages erfahren könnte. Ich weiß dein Bedürfnis, ein Unrecht wieder gutzumachen, zu würdigen. Wenn du deinen Auftrag in Krondor erfüllt hast, kehre zu mir zurück, und dein Schwert wird mir willkommen sein.«

»Auch Ihr seid anders, als ich es erwartet hatte, Prinz Arutha«, antwortete Gorath. »Und ich würde auch gern mehr über Euer Volk erfahren.« Er warf einen Blick auf Owyn. »Wenngleich ich durch Owyn und James schon eine ganze Menge gelernt habe – Dinge, die mich dazu bringen, die Haltung meines Volkes gegenüber Eurer Rasse infrage zu stellen.«

»Das ist doch ein Anfang«, sagte Arutha. »Vielleicht lässt sich eines Tages noch mehr daraus machen.« Er kam um den Tisch und streckte Gorath die Hand entgegen. Gorath ergriff sie, und so standen sie einen kurzen Augenblick händeschüttelnd da. Es war mehr als nur eine Geste.

»Ihr seid sehr gütig, Prinz«, bemerkte Gorath.

»Ruht euch jetzt aus. Morgen brecht ihr mit der Patrouille auf, die ich nach Malac's Cross schicke. So seid ihr schneller, als wenn ihr durch den Wald nach Sethanon und dann über die Berge nach Finstermoor marschiert. Ich werde Dokumente anfertigen lassen, mit deren Hilfe ihr bei Malac's Cross und Finstermoor über eine Eskorte befehlen könnt. So müsstet ihr eigentlich sicher nach Krondor gelangen. Seid ihr erst einmal dort angekommen, wird Pug wissen, was zu tun ist.«

Owyn und Gorath brachen auf, und ein Soldat begleitete sie zu einem anderen Zelt. Er hielt die Zeltklappe auf und meinte: »Die Jungs, die hier gewöhnlich schlafen, sind bis morgen auf Patrouille; es wird sie daher nicht stören, wenn ihr hier schlaft – es sei denn, ihr beklaut sie.« Er lächelte sie an, um zu zeigen, dass er einen Witz gemacht hatte, doch Gorath warf ihm einen solch finsteren Blick zu, dass ihm das Lächeln rasch wieder verging.

»Neben dem Zelt des Prinzen ist eine große Feuerstelle, wo es was zu essen gibt, falls ihr hungrig seid«, meinte der Soldat noch und verschwand dann schnell.

»Ich werde es genießen, endlich wieder etwas Warmes zu essen«, bemerkte Gorath. Er blickte auf eine der beiden Bettrollen und stellte fest, dass Owyn sich bereits ausgestreckt hatte und schnarchte.

Während sich James über einen gefrorenen Grat quälte, verfluchte er im Stillen alle geringeren Barone, die nur dem König gegenüber verantwortlich waren. Beim Ausatmen bildeten sich weiße Wölkchen vor seinem Gesicht. Die Luft brannte beim Einatmen, seine Zehen waren taub, und das Gefühl der Leere in seinem Magen erinnerte ihn daran, dass er noch immer nichts gegessen hatte.

James hatte die Burg von Baron Gabot wenige Stunden nach Locklear erreicht. Die Festung bestand aus einem hohen, steinernen Burgfried, der einen der drei wichtigsten Pässe zum östlichen Teil der Zähne der Welt beherrschte. Doch während Hohe Burg sich mitten auf dem Pass erhob und so ein Hindernis in Form eines Tores darstellte, war Nordwacht auf einer kleinen Anhöhe errichtet worden, um die herum sich der Pass wand, den man auch als das Tor zum Nordland bezeichnete. Es war eine einzige Straße, die sich den großen Hügel in einer lässigen S-Kurve hinabwand und nach unten hin immer breiter wurde; diese Straße gestattete es nicht nur den Streitkräften des Barons, in voller Aufstellung hinabzupreschen, wenn es darum ging, es mit irgendeinem Feind aufzunehmen, sondern sie zwang auch etwaige Angreifer, die Vorhut klein zu halten, sollten sie so dumm sein und auf der bergauf führenden Straße angreifen wollen.

Baron Gabot hielt die Straße mit Hilfe einer Reihe von Wurfmaschinen unter Kontrolle, die auf den beiden nach Norden und Westen zeigenden Festungswällen standen. Die Verteidigungseinrichtungen in westlicher Richtung waren besonders gut, während die in Richtung Norden eigentlich nur auf Truppen eingestellt waren, die vom Pass abbiegen und die kleine Straße hinauf zum Burgfried nehmen wollten. Steinschleudern und Katapulte sowie drei schwere Wurfgeschütze über dem Haupttor sorgten dafür, dass jede Armee, die über den Pass marschieren wollte, große Verluste erleiden würde, bevor sie außer Reichweite der Maschinen gelangen konnte. Sicher würden einzelne Soldaten durchkommen, aber nicht genügend, als dass man weiterhin von einer organisierten Streitmacht sprechen könnte. Und jene, denen es gelingen sollte, sich durchzuschlagen, würden in der Nähe der kleinen Stadt Dencamp-auf-den-Zähnen von einer Garnison berittener Soldaten empfangen werden.

Baron Gabot hatte sich zuversichtlich gezeigt, mit jeder Streitmacht, die durch Nordwacht kommen mochte, fertig zu werden. James hatte die Antwort begrüßt, obwohl er sich sehnlichst wünschte, dass Owyn und Gorath im Düsterwald auf Arutha getroffen waren und bereits Verstärkung unterwegs war. Er begann sich Sorgen zu machen, denn hätten die beiden Arutha erreicht und ihn von der drohenden Gefahr überzeugen können, müsste die Armee des Prinzen inzwischen eigentlich eingetroffen sein.

Aber alles war ruhig. Gabot hatte James' Drängen nachgegeben und eine weitere Botschaft mit der Bitte um Unterstützung zum Düsterwald geschickt, und er hatte auch eine Nachricht nach Süden zum König, seinem Lehnsherrn, auf den Weg gebracht. Immerhin, dachte James beruhigt, war Gabot nicht so halsstarrig wie der alte Baron Brian von Hohe Burg, der Aruthas Rat ausgeschlagen hatte, als Murmandamus damals über diesen Pass nach Süden gezogen war, und der deswegen den Tod gefunden hatte. Mit etwas Glück würde Arutha die Nachricht von Gabot erhalten, auch wenn Gorath und Owyn es nicht geschafft haben sollten.

James spürte, dass ihm diese Möglichkeit gar nicht gefiel; er hatte den jungen Magier ins Herz geschlossen, und verblüfft stellte er fest, dass er auch den Moredhel auf eine seltsame Weise mochte. Er konnte nicht genau sagen, was es war, aber der Dunkelelb hatte etwas Entschiedenes an sich, als hegte er keinerlei Zweifel darüber, wer und was er war. Nur wenige Menschen besaßen eine solche Bestimmtheit, und James bewunderte das. Und er bewunderte die Fähigkeit des Moredhel, seine persönlichen Vorbehalte den Menschen gegenüber beiseite zu schieben und sich stattdessen Hilfe suchend an sie zu wenden, um mit ihnen gemeinsam zu versuchen, das zu verhindern, was er als großes Unrecht gegenüber seinem Volk empfand.

Locklear winkte und deutete auf etwas. Seit Sonnenaufgang waren er und James damit beschäftigt, die Gegend auszukundschaften – eine Gefälligkeit gegenüber Baron Gabot. Sie wollten herausfinden, ob sich am nördlichen Ende des Passes vorgerückte Moredhel-Einheiten befanden. Zwei Tage zuvor war eine Patrouille aufgebrochen, über deren Schicksal sich der Baron zu sorgen begann; bei ihr war auch ein Magier, der in seinen Diensten stand. Es war klar, dass es für den Baron keinen Verlust bedeutete, falls den beiden Junkern etwas zustieß; doch sollte dem Feind noch eine weitere Patrouille in die Hände fallen, würde Nordwacht empfindlich geschwächt werden. Da James und Locklear kein vernünftiger Grund eingefallen war, es abzulehnen, waren sie also auch bei Anbruch des zweiten Morgens ihrer kleinen Erkundungsreise damit beschäftigt, sich durch gefrorenes Gelände zu quälen. Im Stillen verfluchte James sämtliche Grenzbarone.

Ein Geräusch weiter vorn warnte sie davor, dass sie möglicherweise in der Nähe des Feindes waren. Locklear kümmerte sich um ihre Pferde, während James flach auf dem Boden kriechend einen Grat erklomm, um sich einen Überblick verschaffen zu können. Eine einzelne Gestalt hastete den Weg entlang; da sie mit der einen Hand den Saum ihres elfenbeinfarbenen Gewandes hochhielt, kamen spindeldürre Beine zum Vorschein. In der anderen Hand hielt sie einen langen Stab, der an beiden Enden mit Eisenkappen verstärkt war.

Etwa alle dreißig Meter drehte sich die Gestalt um und hielt inne, wartete, bis eine zweite Gestalt in Sichtweite kam, um dann dem – oder der – Unbekannten einen magischen Feuerstoß entgegenzuschicken. Der Flammenstoß hatte etwa die Größe einer Melone und richtete nicht allzu viel Schaden an, gewährleistete aber immerhin, dass die Gestalt auf Abstand blieb. James begann, den Hügel wieder hinabzuklettern. »Was ist los?«, rief Locklear.

Die letzten zehn Meter rutschte James mehr, als dass er lief, und so kam er mit einiger Geschwindigkeit bei Locklear an. »Ich schätze, wir haben den Magier gefunden.« Er holte eine Armbrust vom Pferderücken, spannte sie rasch und steckte einen Bolzen hinein, während Locklear sein Schwert zog und wartete.

Der alte Mann trat um die Biegung und blieb zögernd stehen, als er die beiden sah. Locklear bedeutete ihm weiterzugehen und rief: »Hierher!«

Der alte Mann beeilte sich, und als der Moredhel, der ihn verfolgte, ebenfalls um die Ecke bog, schoss James die Armbrust auf ihn ab. Der Bolzen schwirrte durch die Luft und bohrte sich mit solcher Wucht in den Moredhel, dass er rücklings zu Boden stürzte.

»Du hast geübt«, sagte Locklear. »Ich bin beeindruckt.«

»Ich werde niemals lernen, mit Pfeil und Bogen zu schießen, aber dieses Ding hier ist ziemlich einfach zu handhaben«, meinte James, während er die Armbrust wieder wegpackte.

»Allerdings nicht sehr genau.«

James nickte. »Falls du eine gute findest, behalte sie. Einige von ihnen schießen überall hin; diese hier trifft gewöhnlich auch das, worauf ich gezielt habe.«

Der alte Mann keuchte etwas, und als er sie erreicht hatte, stellte er seinen Stab auf den Boden und stützte sich ab. »Danke, Jungs. Ich wage gar nicht, daran zu denken, wie knapp das war.«

»Seid Ihr Meister Patrus?«, fragte Locklear.

»Patrus genügt«, antwortete der alte Mann. »Aber ja, der bin ich. Wieso, sucht ihr nach mir?«

»Nach Euch und nach der Kompanie von Baron Gabot«, bestätigte James.

Der alte Mann war schlank und hatte einen dünnen, grauen Schnurrbart und einen Spitzbart. Er trug einen lächerlichen Hut in derselben Farbe wie sein Gewand; eigentlich war es weniger ein Hut als vielmehr eine Nachtmütze. Zusammen mit dem elfenbeinfarbenen Gewand hatte es den Anschein, als würde er in seiner Nachtkleidung umherspazieren. Patrus deutete den Weg zurück, den er gekommen war. »Wir sind einen halben Tagesmarsch entfernt von einer Kompanie Dunkler Brüder und Trolle angegriffen worden. Diese Trolle sind harte Burschen, das kann ich euch sagen!«

»Ich habe einmal gegen sie gekämpft«, sagte James. »Habt nur Ihr Euch retten können, oder sind auch noch andere davongekommen?«

»Möglicherweise hat es der eine oder andere auch noch geschafft. Einige von ihnen sind auf den Grat geklettert. Ich bin ein alter Mann und zu schwach dazu; das Einzige, das ich tun konnte, war die Straße zurückzulaufen und zu versuchen, sie hinter mir in Schach zu halten.«

»Wo haben sie Euch angegriffen?«

»Etwa zwei Meilen weiter die Straße entlang«, sagte der alte Magier.

»Dieser Stab da scheint sehr praktisch zu sein«, bemerkte Locklear.

»Na ja, um ehrlich zu sein, er bringt lediglich ein bisschen Feuer zustande – nicht viel mehr, als wenn Euch eine Fackel treffen würde. Immerhin reicht es aus, dass man in Deckung geht, wenn der Feuerball auf einen zurast. Ich habe den Stab vor vielen Jahren entwickelt, als ich im Süden war und von einigen verfluchten Städtern belästigt wurde. Nachdem ich ein paar Feuerbälle auf sie losgelassen hatte, war ich vor ihnen sicher.«

James lachte. »Dass Ihr *so* einer seid, hat Owyn mir nicht erzählt.«

»Owyn? Meinst du Owyn Belefote? Woher kennst du diesen Halunken?«, fragte Patrus.

»Das ist eine lange Geschichte. Ich erzähle sie Euch unterwegs. Wenn Ihr nichts dagegen habt, würde ich mich gern dort umsehen, wo sie Euch angegriffen haben. Oder Ihr geht weiter nach Nordwacht. Der Weg dorthin müsste eigentlich sicher sein.«

»Ich denke, ich bleibe bei euch, Jungs. Wer seid ihr überhaupt?«

»Ich bin Junker James von Krondor, und das ist Junker Locklear. Wir gehören zum Hof des Prinzen.«

»Junker von Prinz Arutha? Oh, dann müsste ich euch edle

Herren ja eigentlich viel höflicher anreden«, meinte Patrus. Er grummelte etwas Unverständliches vor sich hin. »Besser noch, wir verzichten ganz auf diesen Zirkus.«

James grinste Locklear an. Sie machten sich auf den Weg, aber sie ritten nicht wirklich, sondern ließen die Pferde im Schritt gehen, da der alte Mann zu Fuß ging.

»Also, wenn ihr vom Hof Aruthas kommt«, fuhr Patrus nach einer Weile fort, »dann kennt ihr nicht zufällig Pug von Stardock, oder doch?«

»Wir hatten das Vergnügen«, sagte Locklear.

»Ich würde ihn gerne einmal kennen lernen. Ich habe einiges über seine Akademie gehört. Ich habe Owyn ermuntert, ebenfalls dorthin zu gehen; von mir hatte er alles gelernt, was ich ihm beibringen konnte.«

»Als ich Owyn getroffen habe, war er gerade auf dem Rückweg von Stardock«, sagte Locklear. »Er hat seine Tante in Yabon besucht. Stardock ist wohl nicht das Richtige für ihn gewesen, wenn ich ihn richtig verstanden habe.«

»Bah!«, machte der alte Magier, ohne den Blick vom Boden abzuwenden. »Der Junge hat ziemlich viel Talent, nach allem, was ich weiß. Aber ich glaube, er ist einer vom Erhabenen Pfad, was immer das auch genau bedeutet, denn vieles von dem, was ich ihm beibringen wollte, hat bei ihm nicht funktioniert. Doch bei dem, was funktioniert hat, war er ziemlich stürmisch, ja, das war er.« Der alte Magier schaute auf. »Da kommt jemand.«

Locklear zog sein Schwert, und James packte die Armbrust wieder aus. Aber es waren weder Trolle noch Dunkelelben, sondern zwei staubige Mitglieder aus Baron Gabots Kompanie, die in ihr Blickfeld gerieten. Einer war offensichtlich verwundet, der andere blickte ziemlich erschöpft drein.

»Patrus!«, rief der verwundete Soldat. »Wir dachten schon, sie hätten dich gekriegt.«

»Hätten sie auch beinahe«, erwiderte der alte Mann mit einem Grinsen. »Diese Burschen hier haben mir geholfen.«

»Ich bin Junker James. Was habt ihr gesehen?«

Der vermutlich ranghöhere der beiden Soldaten berichtete; ein Trupp von zwanzig Dunklen Brüdern und ebenso vielen Trollen hatte ihre Patrouille in einen Hinterhalt gelockt, und nur ein Streit zwischen den beiden Gruppen hatte verhindert, dass Gabots Männer allesamt getötet worden waren.

»Das ist interessant«, meinte Locklear.

»Ja, sehr sogar«, pflichtete James ihm bei. »Wenn sie streiten, dann um die Höhe des Preises.«

Patrus nickte. »Die Söldner unter den Trollen warten nicht lange, dass sie bezahlt werden. Sie gehen entweder heim oder tragen es auf deinem Rücken aus.«

»Ich weiß nicht, was den Streit verursacht hat«, meinte der verwundete Soldat. »Als wir weggelaufen sind, hat einer von der Bruderschaft des Dunklen Pfades einem Troll etwas zugebrüllt. Statt uns zu verfolgen, hat der sich dann umgedreht und versucht, den Moredhel aufzuschlitzen. Es herrschte ein ziemliches Chaos, als wir uns aus dem Staub gemacht haben.«

Der andere Soldat nickte. »Die Trolle haben getobt vor Wut, und sie waren wohl genauso zufrieden damit, Dunkle Brüder zu töten wie uns.«

»Großartig«, sagte James. »Verwirrung beim Feind. Nun, schafft ihr es, allein zum Baron zurückzukehren?«

»Wenn uns zwischendurch niemand mehr auflauert, wird es gehen«, sagte der Verwundete.

»Das sollte nicht der Fall sein. Dann geht also und erstattet dem Baron Bericht über das, was ihr erlebt habt. Und sagt ihm, dass wir uns noch ein bisschen umsehen werden; vielleicht finden wir ja etwas.«

»In Ordnung, Junker«, erklärte der nicht verwundete Soldat und salutierte.

Die Soldaten gingen weiter. »Was hast du vor?«, fragte Locklear.

»Wenn diese Soldaten von Trollen angegriffen wurden, muss ein Lager in der Nähe sein.«

»Ja«, sagte Patrus. »Noch ein Stück weiter liegt Raglam. Es ist eine Art offene Stadt. Sie gehört nicht richtig zum Königreich und auch nicht ganz zu den Nordlanden, aber es leben eine ganze Reihe Menschen dort. Ständig sind irgendwelche Waffenschmuggler, Sklavenhändler oder anderes Volk dort zugegen.«

»Klingt ganz nach meinem Geschmack«, sagte James mit einem Grinsen.

»Willst du uns umbringen?«

James' Grinsen wurde noch breiter. »Nicht doch, Locklear, alter Freund; du stirbst garantiert eines Tages im Bett, bei einer Frau, nicht durch irgendeinen von meinen Plänen.«

Locklear grinste jetzt ebenfalls. »Nun, wenn sie hübsch genug ist.«

Sie lachten, und Patrus schaltete sich ein. »Gibt es irgendetwas, das ihr mir vielleicht mitteilen möchtet?«

»Ich dachte, wir könnten einen kurzen Ritt nach Raglam unternehmen und uns etwas umsehen.«

Patrus schüttelte den Kopf. »Verrückt, das seid ihr beide. Wirklich. Klingt nach Spaß.«

Der alte Magier machte sich daran, das schmale Tal entlangzuwandern, und James und Locklear tauschten bedeutungsvolle Blicke, dann mussten sie erneut lachen.

Der Patrouillenführer bedeutete seinen Männern anzuhalten, dann wandte er sich an Gorath und Owyn. »Wir sind in Malac's Cross.«

Sie standen vor der Schenke *Zur weißen Dame*, die offensichtlich ziemlich voll war. »Warum versuchen wir es nicht im Kloster?«, fragte Owyn.

Gorath nickte. Sie verabschiedeten sich von ihrer Eskorte und ritten weiter. »Ich hätte vermutet, dass du ein bisschen Bier und die Gesellschaft gewöhnlicher Leute den Mönchen von Ishap vorziehen würdest«, meinte Gorath.

»Das hätte ich auch getan, wenn ich genug Münzen hätte, um

ein Bier bezahlen zu können«, erklärte Owyn. »Es sei denn, du hast irgendeine Beute versteckt, von der du mir noch nichts erzählt hast. Ich besitze jedenfalls dank Delekhans Wachen kein einziges Kupferstück mehr. Und bei all den Vorbereitungen für den Aufbruch der Armee nach Nordwacht habe ich ganz vergessen, den Prinzen um ein paar Münzen zu bitten.«

»Also müssen wir betteln?«

»Nein, wir bitten um Gastfreundschaft. Ich nehme an, dass sich Graves dafür besser eignet als ein überarbeiteter Schenkenwirt.«

»Da könntest du Recht haben«, meinte Gorath.

»Abgesehen davon können wir den Abt vielleicht sogar überzeugen, uns so viel zu leihen, dass wir uns auf dem Weg nach Krondor noch ein oder zwei Mahlzeiten mehr leisten können.«

»Wir hätten wirklich daran denken sollen, bevor wir Arutha verlassen haben.«

»Ich habe aber nicht daran gedacht«, sagte Owyn. »Und du auch nicht. Wir haben beide nicht daran gedacht. Es nützt also kein ›hätten‹, richtig?«

Gorath brummte zustimmend.

Als sie beim Kloster ankamen, fanden sie das Tor verschlossen vor. »Hallo, ihr da drinnen!«, rief Owyn.

»Wer ist da?«, fragte eine Stimme von innen.

»Owyn Belefote. Wir möchten den Abt sprechen.«

»Wartet«, lautete die knappe Antwort. Sie warteten.

Beinahe eine Viertelstunde verging, ehe sich das Tor öffnete; dann ließ ein sehr besorgt dreinblickender Mönch sie hinein. Kaum dass sie das Tor passiert hatten, schloss er es wieder hinter ihnen. »Was ist los?«, fragte Owyn, während er abstieg.

Ein Mönch nahm ihnen die Pferde ab. »Der Abt erwartet Euch dort drinnen.«

Sie gingen hinein und fanden Abt Graves dabei, wie er zwei Mönche anwies, Sachen einzupacken.

»Geht Ihr fort?«, fragte Gorath.

Graves blickte die beiden an. »Wo ist James?«

»Wir haben uns getrennt; er ist unterwegs nach Nordwacht«, erwiderte Owyn. »Wieso?«

»Verdammt!«, fluchte der Abt. »Ich hatte gehofft, er könnte mir einen Dienst erweisen.«

Owyn wiederholte die Frage, die Gorath bereits gestellt hatte. »Geht Ihr fort?«

»Ich muss wohl«, sagte Graves. »Zweimal in der letzten Woche haben Nachtgreifer versucht, mich zu töten.«

Owyn und Gorath tauschten einen fragenden Blick. »Das ist seltsam, denn James hat den Anführer der Nachtgreifer getötet«, sagte Owyn.

»Navon ist tot?«

Bevor irgendjemand etwas sagen konnte, hatte Gorath sein Schwert gezogen und dem Abt die Klinge an die Kehle gesetzt. Die beiden Mönche sprangen erschreckt auf; der eine versuchte, so viel Abstand wie möglich zu dem Moredhel zu bekommen, der andere nahm eine Kampfhaltung ein, als wollte er den Abt verteidigen. »Warte!«, rief Owyn und streckte die Hand aus.

»Woher habt Ihr gewußt, dass Navon du Sandau der Anführer der Nachtgreifer war?«, fragte Gorath. »Wir wären fast getötet worden, weil wir das nicht wussten.«

Graves hob entschuldigend die Hände. »Er hat mich erpresst«, krächzte er.

Owyn legte eine Hand auf Goraths Klinge und schob sie langsam ein Stück beiseite. »Reden wir miteinander«, sagte er ruhig.

Graves machte dem angriffsbereiten Mönch klar, dass er sich zurückziehen sollte, und der junge Geistliche nickte und verschwand; sein Kamerad folgte ihm auf der Stelle.

»Was bedeutet das, Ihr seid ›erpresst‹ worden? Erklärt es mir, oder ich töte Euch«, sagte Gorath.

Owyn antwortete anstelle von Graves. »Sandau hat ihn gegen seinen Willen gezwungen, etwas zu tun, indem er mit irgendetwas gedroht hat«, sagte Owyn. »Stimmt das so?«

»Ja«, erwiderte Graves. »Er hat etwas über mich herausgefunden und dazu benutzt, meine Hilfe bei seinen Plänen zu erhalten – welche das auch sein mochten.«

Owyn saß an dem Tisch, an dem die Mönche bisher gearbeitet hatten. »Wie kann man einen Priester von Ishap dazu zwingen, etwas Bestimmtes zu tun? Ihr beherrscht etwas Magie und könnt Euch auf eine mächtige Kirche stützen. Worum ging es?«

»Wie ich Jimmy – also James – gesagt habe, sind noch nicht alle Verbindungen zu meinem alten Leben durchtrennt«, erklärte Graves. Er setzte sich, und Gorath zog das Schwert zurück. »Ich bin früher ein Dieb gewesen, ein Schläger für die Spötter-Gilde in Krondor. Ich habe ihnen Schutz für die Ladungen geboten, die in die Stadt kamen, und ich habe verhindert, dass andere eine Bande bilden konnten. Außerdem habe ich unsere Mädchen beschützt, damit niemand ihnen etwas antun konnte.«

Er blickte zu Boden, und Bedauern trat in seine Miene. »Als ich den Ruf des Tempels von Ishap hörte, habe ich versucht, dieses Leben hinter mir zu lassen. Ich wurde zwei Jahre lang von der Kirche ausgebildet, dann habe ich das Gelübde abgelegt. Aber mein Eid war nicht wirklich ehrlich.«

»Wie war es Euch möglich zu lügen, als Ihr das Tempelgelübde abgelegt habt?«, wollte Owyn wissen. Erstaunen spiegelte sich jetzt in seinem Gesicht. »Das ist doch unmöglich!«

»Es ist möglich, wenn Ihr selbst nicht wisst, dass es eine Lüge ist. Ich habe aufrichtig geglaubt, meine Vergangenheit hinter mir gelassen zu haben, aber ich habe mich selbst angelogen.«

»Was bedeutet das?«, fragte Gorath.

»Ich habe gedacht, ich hätte alle Bande durchtrennt, aber das stimmte nicht. Als ich in die Bruderschaft der Mönche aufgenommen wurde, bat man mich, für den Tempel von Krondor zu arbeiten. So bin ich an meine alte Wirkungsstätte zurückgekehrt.«

Er schwieg, als zögerte er fortzufahren.

»Was geschah dann?«, fragte Owyn.

»Da gibt es eine Frau. Sie war noch ein Mädchen, als ich sie kennen lernte, ich selbst war damals ein Schläger. Sie war unglaublich stark und so geschmeidig wie eine Katze. So nannten wir sie auch. Kat. Ihr Name war Katherine.«

»Eine Hure?«, fragte Gorath.

»Nein, eine Diebin«, sagte Graves. »Sie war eine recht gute Taschendiebin und stark genug, um auch eine Schlägerin sein zu können, aber wirklich übertroffen hat sie sich beim Stehlen. Sie konnte einem das Nachthemd klauen, während man noch schlief, und wenn man dann wach wurde, war man nackt und fragte sich, wo die Wäsche geblieben war.« Er seufzte. »Sie war richtig schmächtig, als ich sie kennenlernte. Ich habe sie gerne aufgezogen und zugesehen, wie sie wütend auf mich wurde. Als sie dann älter wurde, hat sie mich ebenfalls hochgenommen. Und dann habe ich mich in sie verliebt.«

»Trotzdem habt Ihr sie verlassen und seid in den Orden von Ishap eingetreten?«, fragte Owyn.

»Sie war ein lebhaftes Wesen, und sie sollte es einmal besser haben als ich. Viele der jungen Burschen hätten gerne mit ihr angebandelt. Ich dachte, sie würde schon jemanden finden, der besser zu ihr passen würde. Und ich habe geglaubt, es wäre einfach, sie zu vergessen. Aber das war es nicht.

Ich habe sie immer mal wieder auf der Straße gesehen, und irgendwann ist ein Kerl, der sich der Kriecher nannte, auf sie aufmerksam geworden. Und dann hat sich eines Abends dieser Navon du Sandau in der Schenke *Zur weißen Dame* an meinen Tisch gesetzt und übers ganze Gesicht strahlend gesagt: ›Wir wissen von dir und deinem kleinen Kätzchen in Krondor. Wenn du nicht tust, was wir dir sagen, ist sie tot.‹ Und er hat gesagt, dass sie ebenfalls sterben wird, wenn ich den Tempel um Hilfe bitte.«

»Ihr habt ihm geglaubt?«, fragte Owyn.

»Ich musste ihm glauben. Er wusste etwas. Dieser Kriecher musste über einen langen Zeitraum hinweg Leute beobachtet haben, denn er wusste eine ganze Menge von meinem alten Leben.

Mir war klar, dass er sie töten würde, bevor ich irgendetwas tun konnte.«

»Warum wollt Ihr dann abreisen?«

»Vor einem Monat habe ich eine Nachricht von Sandau erwartet. Stattdessen hat ein Nachtgreifer versucht, an den Klostermauern emporzuklettern. Der Bruder, der damals für die Verteidigung des Klosters verantwortlich war, hat ihn aufhalten können, aber es war sehr knapp, und der Attentäter ist gestorben.

Dann, zwei Wochen später, hat jemand mit einer Armbrust auf mich geschossen, als ich auf dem Rückweg von der Stadt war. Der Bolzen hat den Bruder getroffen, der neben mir ging.«

»Wohin wollt Ihr jetzt?«, fragte Owyn.

»Ein Mann in einem Dorf in der Nähe von Sloop schuldet mir noch etwas. Er wickelt Geschäfte in Kesh ab. Ich habe ihm eine Nachricht geschickt und ihn gebeten, mir dabei zu helfen, das Königreich zu verlassen. Heute kam seine Botschaft, dass er mir helfen würde.«

»Heißt dieser Mann zufällig Michael Waylander?«, wollte Owyn wissen.

»Ja«, erwiderte Graves. »Woher wisst Ihr das?«

»Es hängt alles irgendwie zusammen. Waylander, Ihr, die Nachtgreifer, dieser Kriecher. Ich bin nicht sicher, ob ich alles begreife, aber ich schätze, James würde das Rätsel lösen, wenn er hier wäre.«

»Ich habe keine Zeit zu warten. Selbst wenn Sandau tot ist, leben noch andere Nachtgreifer. Zumindest derjenige, der auf mich geschossen hat, ist noch da draußen.«

»Wohl wahr«, schaltete sich Gorath ein. »Aber kann Euer Orden Euch nicht beschützen?«

Graves schüttelte den Kopf, und wieder zeichnete sich Bedauern auf seinem Gesicht ab. »Vielleicht, wenn ich sofort zu ihnen gegangen wäre. Aber das habe ich nicht getan, und somit habe ich mein Gelübde gebrochen. Meine einzige Hoffnung ist, Kat aus

Krondor zu schaffen und Kesh zu erreichen, bevor die Nachtgreifer mich finden.«

»Wir wollen auch nach Krondor«, sagte Owyn. »Sollen wir zusammen reisen?«

»Eure Fähigkeiten im Umgang mit der Magie und das Schwert Eures Freundes sprechen sehr dafür, aber Ihr würdet Euch meinetwegen in Gefahr begeben.«

Owyn lachte. »Das tue ich, seit ich Gorath getroffen habe.«

»Leben ist Gefahr«, sagte Gorath. »Ich verstehe nicht, wie die Liebe zu diesem Mädchen Euer Pflichtbewusstsein so blenden konnte, aber mir ist ja vieles von dem unverständlich, was die Menschen tun. Wenn Owyn sagt, wir sollen Euch trotz der Rolle, die Ihr bei den Nachtgreifern gespielt habt, nicht töten, folge ich seiner Entscheidung.« Er stellte den Fuß auf die Bank, auf der Graves saß, und beugte sich so weit vor, dass sein Gesicht dicht vor dem des Abtes war. »Aber solltet Ihr uns noch einmal belügen, reiße ich Euch das Herz aus dem Leib.«

Graves lächelte ihn an, und für einen kurzen Moment kam der alte Schläger in ihm zum Vorschein. »Es steht Euch frei, das jederzeit zu versuchen, Elb.«

Gorath schnaubte, und Owyn schaltete sich ein. »Da wir keine einzige Münze bei uns haben, sind wir während der Reise auf Eure Großzügigkeit angewiesen.«

Graves erhob sich und rief nach seinen Mönchen, die zurückkamen und ihm beim Packen halfen. »Wenn Ihr mich lebend nach Krondor bringen könnt, habt Ihr Euch nicht nur anständige Mahlzeiten verdient, sondern auch noch etwas zusätzliches Gold.«

»Wenn dieser Nachtgreifer da draußen das Kloster beobachtet, weiß er, dass wir hier drinnen sind«, meinte Owyn.

»Wir brechen heute Nacht auf«, sagte der Abt.

Owyn zuckte zusammen. »Ich möchte so gern mal wieder in einem richtigen Bett schlafen«, klagte er.

»Ihr könnt hier schlafen«, sagte Graves und deutete auf seine eigene Pritsche in der Ecke. »Ich werde Euch wecken, wenn es Zeit ist.«

Owyn nickte. »Wenn es denn sein muss.«

»Es muss sein«, erwiderte Graves.

Owyn streckte sich auf der Strohmatratze auf dem Boden aus, und Graves wandte sich an Gorath. »Möchtet Ihr auch schlafen?«

»Ja«, erwiderte der Dunkelelb, blieb aber stehen, die Augen auf Graves gerichtet. »Aber erst, *nachdem* wir uns auf den Weg nach Krondor gemacht haben.«

Graves nickte und kümmerte sich wieder um die Vorbereitungen zum Aufbruch.

Dreizehn

Verrat

Die Trolle schauten auf.

»Nur keine hektischen Bewegungen, Leute! Wir müssen ihnen zeigen, dass wir genau wissen, was wir tun«, sagte James leise.

»Wissen wir denn, was wir tun?«, fragte Patrus.

»Frag ihn lieber nicht«, erwiderte Locklear.

Die Trolle hoben ihre Waffen und verteilten sich angriffslustig. James zügelte sein Pferd. »Geht langsam weiter, aber haltet euch bereit.«

Die Trolle sahen den Menschen sehr ähnlich, aber sie hatten praktisch keinen Nacken. Ihre Köpfe saßen direkt auf den Schultern, und so hatte man stets den Eindruck, als würden sie gerade mit den Achseln zucken. James wusste jedoch, dass sie zwar lächerlich aussehen mochten, aber ganz und gar nicht komisch waren. Die Tiefland-Trolle waren zwar kaum mehr als Tiere, sie besaßen weder eine Sprache noch die Fähigkeit, mit Werkzeugen oder Waffen umzugehen. Ihre Verwandten aus den Bergen waren dagegen intelligent, wenn auch nach den Maßstäben der Menschen immer noch dumm – und sie konnten mit Waffen umgehen. Sogar sehr gut. Ihre Sprache klang in menschlichen Ohren eher wie ein Grunzen und Quieken, aber sie besaßen Gesellschaftsstrukturen und wussten, wie man kämpft.

Als die Trolle näher kamen, hob James zur Begrüßung die Hand. »Wo ist Narab?«, fragte er scheinbar beiläufig.

Die Trolle blieben stehen und blickten sich an. Ihre Gesichter waren von einer tiefen Stirn, einer vorspringenden Schnauze und großen Zähnen geprägt; die zwei unteren Fangzähne ragten ein

Stück über die Unterlippe. Einer der Trolle neigte den Kopf leicht zur Seite, als würde er lauschen, dann meinte er: »Kein Narab hier. Wer du?«

»Wir sind Söldner, aber wir wurden ausgeschickt, um Narab zu suchen und herauszufinden, warum ihr Trolle nicht bezahlt worden seid.«

Bei der Erwähnung von Geld begannen die Trolle, sich lebhaft miteinander zu unterhalten. Nach einiger Zeit meinte derjenige, der auch zuvor gesprochen hatte und den James für den Anführer hielt: »Wir nicht kämpfen, wenn nicht Geld.«

»Genau das ist das Problem«, erwiderte James. Er beugte sich vertraulich über den Hals seines Pferdes hinab. »Ich verstehe euch ja. Wenn ich an eurer Stelle wäre und nicht bezahlt werden würde, würde ich auch nicht kämpfen. So wie dieser Delekhan euch behandelt, würde ich meine Leute nehmen und nach Hause gehen.«

»Du zahlen?«, fragte der Troll, der seine Kriegskeule plötzlich wesentlich bedrohlicher in der Hand hielt.

James setzte sich rasch wieder aufrecht hin; er machte sich darauf gefasst, sein Pferd sofort zur Seite zu reißen, sollte sich der Troll mit der Waffe auf ihn stürzen. »Es sieht so aus«, meinte er. Er wandte sich an Locklear. »Wie viel Gold hast du bei dir?«

»Meine Reiseration!«, zischte Locklear. »Etwas mehr als hundert gute Sovereigns.«

James lächelte. »Gib sie ihm.«

»Was?«

»Tu es!«, beharrte der Junker; er war ranghöher als Locklear.

Locklear nahm seine Geldbörse vom Gürtel und warf sie dem Troll zu, der sie mit verblüffender Gewandtheit auffing. »Was drin?«

»Hundert Goldsovereigns«, sagte James.

»Gold ist gut«, sagte der Troll. »Jetzt arbeiten für dich.«

James grinste. »Sehr gut. Wartet hier, bis wir wieder zurück sind. Und haltet alle auf, die uns folgen wollen.«

Der Troll nickte und winkte seine Kameraden beiseite, um

James durchzulassen. Als sie sich ein Stückchen entfernt hatten, meinte Locklear: »Wieso kaufen wir nicht gleich alle und schicken sie nach Hause?«

»Das wäre uns auf Dauer sogar billiger gekommen, keine Frage. Aber ich glaube nicht, dass sie bei den Dunkelelben einen so niedrigen Preis ausgehandelt haben«, erwiderte James.

»Die Bergtrolle besitzen nur eine Eigenschaft, die so ausgeprägt ist wie ihre Dummheit, Jungs«, sagte Patrus.

»Und die wäre?«, fragte Locklear.

»Ihre Gier. Du glaubst doch nicht, dass diese Bande uns auf dem Rückweg einfach vorbeireiten lässt, ohne uns erneut auszunehmen?«

»Nein«, meinte James, »und genau deshalb habe ich ja noch diese andere Börse hier. Für alle Fälle.«

»Deshalb hast du also mein Gold gebraucht? Damit du auf dem Rückweg dein eigenes nehmen kannst?«, fragte Locklear.

»Nein«, antwortete James. »Wenn wir auf dem Rückweg nicht bezahlen müssen, tun wir das natürlich auch nicht. Ich habe dein Gold genommen, weil ich keine Lust hatte, ihnen *meines* zu geben.«

Locklear schnaubte, und Patrus lachte. Sie folgten weiter der Straße, und nach einer Weile sahen sie am Horizont ein paar Reiter, die gemächlich dahintrotteten. »Wir müssen ziemlich in der Nähe sein«, sagte James.

»Ja, Raglam liegt gleich hinter diesem Hügel«, erklärte Patrus.

Sie versuchten, gelassen und entspannt zu wirken, während sie ins Herz des feindlichen Territoriums marschierten. James war es in seinem jungen Leben schon oft gelungen, sich an Orte zu begeben, die eigentlich nicht für ihn bestimmt waren. Dass er es immer überlebt hatte, lag an seiner selbstbewussten Ausstrahlung, die den Eindruck erweckte, als wüsste er genau, wohin er ging, als hätte er einen Grund, gerade dort zu sein. Er hoffte, dass diese Fähigkeit bei den Dunkelelben genauso zum Tragen kommen würde wie bei den Menschen.

Die Straße stieg jetzt eine Anhöhe hinauf und machte dabei eine kleine Biegung. Als sie oben ankamen, hielt James verblüfft inne. »Bei der Gnade der Götter!«, rief er.

Maschinenbauer waren emsig damit beschäftigt, Belagerungstürme für die Burgmauern von Nordwacht zu bauen. »Also gut«, meinte Locklear. »Ich glaube nicht, dass wir noch mehr sehen müssen, um den Baron davon zu überzeugen, dass sie diesen Weg nehmen, oder?«

Patrus ging weiter. »Lasst uns nachsehen, was sie sonst noch vorhaben.«

Sie kamen an einer gelangweilt dreinblickenden Menschengruppe vorbei, die sich um ein riesiges Katapult versammelt hatte. Ein Moredhel-Krieger schritt auf sie zu. »Wohin geht ihr?«, fragte er.

James versuchte, so harmlos wie möglich dreinzublicken. »Wo ist Shupik?«

»Wer?«

»Shupik. Unser Hauptmann. Wir sollten uns bei ihm zurückmelden, aber wir können sein Lager nicht finden.«

»Ich habe noch nie von diesem Shupik gehört«, sagte der Moredhel.

Bevor James antworten konnte, ergriff Patrus das Wort. »Es ist nicht unser Fehler, wenn du das nicht weißt, du spitzohriger Lilienfresser! Geh uns aus dem Weg, damit wir unseren Hauptmann finden können, oder du wirst dich vor unserem Anführer dafür verantworten müssen, dass wir ihm die Nachrichten nicht bringen konnten, auf die er wartet!«

Patrus schritt forsch weiter, und James und Locklear folgten ihm. James schenkte dem Moredhel ein kurzes Achselzucken, als er an ihm vorbeiritt. »Und ich habe *dich* immer für dreist gehalten«, sagte Locklear zu James.

James konnte nur mit Mühe ein Lachen unterdrücken. Sie passierten sechs weitere Türme, an denen ebenfalls gearbeitet wurde. »Da hat jemand eine Menge Studien betrieben. Es dürfte zwar anstrengend sein, diese Dinger zum Burgfried hochzuschleppen, aber wenn sie erst mal da sind, werden sie ihnen gute Dienste leisten und die Krieger schnell auf die Burgmauer befördern.«

Locklear nickte. »Sie sind ganz anders als die großen, schwerfälligen Ungeheuer, die sie bei Armengar benutzt haben.«

James nickte. Er erinnerte sich an die gewaltigen Maschinen, die über die Ebene von Sar-Isbandia zu den Mauern von Armengar gezogen worden waren. Nur dem brillanten Guy du Bas-Tyra war es zu verdanken gewesen, dass die Maschinen die Mauern niemals richtig erreicht hatten. James verspürte jedoch erhebliche Zweifel, ob Baron Gabot sich als ebenso fähiger General erweisen würde, wenn es um die Verteidigung seines Besitzes ging.

»Sie dürften allerhand Probleme kriegen, wenn etwa eine halbe Meile vor den Mauern plötzlich Gräben auf der Straße sind«, meinte Locklear, während sie an den Türmen vorbeiritten.

James grinste. »Ziemlich ernsthafte Probleme, würde ich sagen, die sogar noch größer werden, wenn wir anfangen, etwas runterzuwerfen.«

»So was wie Felsstücke vielleicht?«, fragte Patrus und begann zu lachen – es war ein Gelächter, das man durchaus als »teuflisch« hätte bezeichnen können.

Locklear wirkte aufgekratzt. »Das könnte ziemlich unangenehm für sie werden.« Dann fragte er: »Wie kommt es eigentlich, dass du ausgerechnet in Nordwacht gelandet bist, Patrus?«

Der alte Magier zuckte mit den Schultern. »Der alte Baron Belefote hat mich aus Timons verjagt, weil ich seinen Sohn ›angesteckt‹ hätte, wie er es nannte. Als hätte der Junge nicht auch ohne mich festgestellt, dass er magische Fähigkeiten besitzt. Wie auch immer, ich bin eine Weile herumgewandert und schließlich nach Salador gekommen, wo Herzog Laurie wohnt, der sich überaus gastfreundlich gegenüber Magiern verhält. Aber ich langweile mich schnell, wenn ich nichts Richtiges zu tun habe. Laurie hat mir erzählt, dass Gabot gerne jemanden bei sich hätte, der ihm in

Fragen der Magie zur Seite stehen kann, wegen der Zauberwirker unter den Dunklen Brüdern. So bin ich etwa vor einem Jahr hierher gekommen und arbeite seitdem für den Baron.«

»Was hast du über die Moredhel-Zauberwirker herausgefunden?«, fragte James.

»Ich habe Notizen darüber in der Burg. Es ist eine ganze Reihe kleinerer Dinge. Nicht viel davon macht großen Sinn, zumindest nicht so, wie ich Magie verstehe. Ich wünschte, ich wüsste mehr über die Elben im Westen, dann könnte ich wahrscheinlich das, was ich bisher erfahren habe, besser verstehen. Wenn wir zur Burg zurückkehren, werde ich euch zeigen, was ich habe. Aber im Augenblick«, sagte er und deutete nach vorn, »haben wir ein anderes Problem, wie ich sehe.«

James zügelte sein Pferd, als sie sich zwei Gruppen von Kriegern näherten – auf der einen Seite Menschen und auf der anderen Menschen und Moredhel. Sie waren in eine hitzige Diskussion vertieft, und zu dem Zeitpunkt, da James und seine Kameraden sie erreicht hatten, standen sie kurz vor einem offenen Streit.

»Ich schere mich nicht um das, was er sagt«, rief der offensichtliche Sprecher der Gruppe, die nur aus Menschen bestand. »Kroldech ist nicht einmal geeignet, Flöhen zu befehlen, einen Hund anzufallen.«

»Du bist durch einen Eid gebunden! Du hast das Gold genommen, Mensch!«, entgegnete der Moredhel-Anführer. »Du wirst tun, was man dir befiehlt, oder du wirst als Verräter gebrandmarkt.«

»Ich habe mich Moraeulf verpflichtet! Ich habe *sein* Gold genommen. Wo ist er?«

»Moraeulf dient seinem Vater Delekhan, wie wir alle. Moraeulf ist im Westen, weil sein Vater es so will. Wenn Delekhan Kroldech zu unserem Anführer bestimmt, dann ist er derjenige, dem wir folgen.«

James blickte uninteressiert drein, als sie an ihnen vorbeiritten, aber er sog jedes Wort begierig auf.

»Uneinigkeit in den Rängen«, meinte Locklear, als sie sich ein Stück entfernt hatten.

»Schade«, sagte James trocken.

Er brachte das Pferd zum Stehen.

»Was ist los?«, fragte Locklear.

»Schau dir das Katapult an.«

Locklear blickte auf das Kriegskatapult. »Was soll damit sein?«

»Kommt dir daran nicht irgendetwas komisch vor?«

»Nicht besonders«, meinte Locklear.

Patrus lachte. »Aus dir wird niemals ein General, Junge. Wenn du dieses Ding da bewegen müsstest, was würdest du als Erstes tun?«

»Nun, ich würde es entladen ...« Plötzlich weiteten sich Locklears Augen. »Es ist geladen?«

»Eben das wollte dir dein scharfsinniger Freund schon die ganze Zeit mitteilen«, sagte Patrus. »Und es ist nicht nur geladen, es visiert noch dazu ein völlig falsches Ziel an.«

»Wenn ich nicht ganz falsch liege, ist es so ausgerichtet, dass dieser ziemlich große Felsbrocken in dem Korb am Ende des Arms genau auf dieser Schenke da landen wird.« James wendete sein Pferd und begann, auf die fragliche Schenke zuzureiten.

»Ist das eine gute Idee?«, fragte Locklear.

»Möglicherweise nicht«, antwortete James.

Als sie sich der Schenke näherten, kamen zwei Moredhel-Krieger auf sie zu. »Wohin geht ihr, Menschen?«, fragte der eine.

»Ist dies das Hauptquartier?«, fragte James.

»Es ist das Lager von Kroldech.«

»Ist Shupik bei ihm?«

»Ich kenne keinen Shupik«, erwiderte der Moredhel.

»Nun, dann scheint er tatsächlich nicht hier zu sein«, sagte James und wendete sein Pferd.

Sie ritten davon. »Irgendwem gefällt die Vorstellung ganz und gar nicht, dass Kroldech den Oberbefehl übernommen hat.«

»Was hast du vor?«, fragte Locklear.

»Locky, bester Freund, lass uns doch versuchen, ein bisschen Unfrieden zu stiften.«

Patrus gab wieder sein teuflisches Kichern von sich, während sie sich einer anderen Schenke näherten. Locklear und James stiegen ab, banden ihre Pferde an einem dicken Seil fest und traten gemeinsam mit dem alten Magier ein.

Pug saß müde an seinem Tisch im Studierzimmer der kleinen Wohnung, die Arutha eigens für ihn und Katala hatte herrichten lassen und die ihnen immer zur Verfügung stand, falls sie aus Stardock zu Besuch kamen. Er starrte unkonzentriert vor sich hin, während er versuchte, noch einen Bericht zu lesen, den eine von Aruthas Patrouillen verfasst hatte und der von einem Zusammenstoß mit Moredhel in der Nähe von Yabon handelte.

Stundenlang war er die Berichte durchgegangen – Gerüchte und Schilderungen von Soldaten, Spionen und Zuschauern, die Die Sechs betrafen, die geheimnisvollen magischen Berater Delekhans. Das, was Owyn Belefote ihm über seine Begegnung mit Nago erzählt hatte, und das, was da vor ihm lag, ließen Pug das Schlimmste befürchten.

Er stand auf und trat zu einem Fenster, von dem er über den Hafen und hinaus auf das Bittere Meer blicken konnte. Schaumkronen tanzten auf dem Wasser, aufgewühlt vom kalten Nordwind, der die Küste entlangstrich. Im Licht des späten Nachmittags konnte er sehen, wie Schiffe auf den Hafen zueilten, bemüht, den sicheren Ort zu erreichen, bevor der Sturm seine volle Kraft entfaltete.

In Zeiten wie diesen wünschte sich Pug, er hätte mehr Zeit mit dem verbracht, was gemeinhin der Geringere Pfad genannt wurde. Wettermagie war ein wesentlicher Bestandteil davon. Sein Verstand rang mit einem Konzept, an dem er bereits seit Jahren arbeitete – seit er nach Midkemia zurückgekehrt war und die Ausübung des Erhabenen Pfades, wie die Tsuranis ihre Magie nannten, von Kelewan mitgebracht hatte. Manchmal schien es ihm beinahe, als würde er eine Zwiebel schälen, weil jede abgetragene Schicht nur eine neue, darunterliegende enthüllte und Tränen in den Augen es immer schwieriger machten, den Blick darauf zu richten. Dann traf ihn der Gedanke mit aller Macht: *Es ist immer eine Zwiebel.*

Er lachte. »Es gibt keine Magie. Es gibt nur Zwiebeln.«

Er wusste, er war zu müde, um weiterzumachen, und dennoch kehrte er zum Tisch zurück. Er war zu einer grauenhaften Erkenntnis gelangt, die er wirklich nicht akzeptieren wollte – aber sie war die einzige Antwort, die Sinn machte. Irgendwo, irgendwie hatten die Moredhel einen neuen Verbündeten aufgetan.

Ein leiser Gong brachte Pug dazu aufzuschauen. Das Geräusch war das Signal, das die Ankunft eines tsuranischen Erhabenen im Wohnsitz eines anderen ankündigte, aber er hatte den Klang nicht mehr gehört, seit er Kelewan verlassen hatte – und das war vor neun Jahren gewesen. Er hatte hier kein entsprechendes Muster, daher war es ihm ein Rätsel, wie sein Besucher ihn hatte ausfindig machen können.

Die Luft vor ihm erzitterte einen kurzen Moment, dann stand Makala vor ihm. »Grüße, Milamber«, sagte der tsuranische Magier. »Vergebt mir die Dreistigkeit, unangemeldet einzutreten, aber ich hatte das Gefühl, es ist an der Zeit, dass wir zu einer Übereinkunft kommen.«

»Wie hast du es geschafft, hier einzutreten, obwohl es nirgendwo auf dem Boden ein Muster gibt?«

»Du bist nicht das einzige Mitglied der Versammlung …«

»Ehemaliges Mitglied«, unterbrach ihn Pug. Obwohl er nach dem Spaltkrieg seinen Rang und seine Macht zurückerhalten hatte, war er niemals wieder nach Kelewan zurückgekehrt, um unter den übrigen Mitgliedern der Versammlung der Erhabenen auf der Insel der Magier eine entsprechende Position zu bekleiden.

»Wie du wünschst. Also *ehemaliges* Mitglied der Versammlung. Du besitzt nicht als einziger die Fähigkeit, das zu überwinden, was man die konventionellen Grenzen unserer Künste bezeichnen könnte. Ich habe herausgefunden, dass man sich auch ohne die Einschränkung eines Musters, nur kraft des eigenen Willens an einen Ort oder zu einer Person versetzen kann.«

»Eine nützliche Fähigkeit«, sagte Pug. »Ich würde eines Tages gerne lernen, wie das geht.«

»Das wirst du eines Tages vielleicht auch«, sagte Makala. »Aber ich bin aus einem anderen Grund hier.«

Pug bedeutete ihm, sich zu setzen. Der Tsurani lehnte ab. »Ich werde nicht lange bleiben. Ich bin gekommen, um dich zu warnen.«

Pug schwieg. Er wartete, und nach einer gewissen Zeit fuhr Makala fort. »Ich und einige andere von unseren Brüdern sind in ein Unternehmen verwickelt, das keine Einmischung von deiner Seite duldet, Milamber.«

»Pug«, korrigierte er. »Auf dieser Welt bin ich Pug.«

»Für mich wirst du immer Milamber bleiben, der barbarische Erhabene, der auf unsere Welt kam und Zerstörung unter uns säte.«

Pug seufzte. Er hatte geglaubt, diese Debatte läge ein Jahrzehnt zurück. »Du bist doch wohl nicht hier, um die Vergangenheit wieder aufleben zu lassen, Makala. Was hast du vor, und welche Warnung möchtest du mir überbringen?«

»Was wir tun, hat für dich keinerlei Bedeutung, Milamber. Und meine Warnung lautet: Versuche nicht, dich in irgendeiner Weise einzumischen!«

Pug schwieg einen Moment, dann meinte er: »Ich weiß, dass du zu denen gehört hast, die meine Aufnahme in die Versammlung nur widerstrebend hingenommen haben, damals vor vielen Jahren, als Fumita mich von den Shinzawai-Gütern geholt hat.«

»Widerstrebend?« Makala lächelte. »Ich habe zu jenen gehört, die für deinen Tod gestimmt haben, noch bevor deine Ausbildung begann. Ich habe in dir eine große Gefahr für das Kaiserreich gesehen, und aus meiner Perspektive haben die nachfolgenden Ereignisse meine Befürchtungen voll und ganz bestätigt.«

»Was immer ich getan habe, es diente letztendlich doch dem Wohle des Kaiserreichs.«

»Möglicherweise, aber die Geschichte lehrt uns, dass solche Angelegenheiten häufig eine Frage der Perspektive sind. Aber das spielt im Augenblick keine Rolle. Die Geschehnisse jetzt dienen jedoch zweifellos dem Wohle des Kaiserreichs, so, wie es unserem Auftrag entspricht.«

»So bestätigt dein Auftauchen nur, was ich schon geahnt habe«, sagte Pug.

»Und das wäre?«

»Dass diese Magier, die Delekhan helfen, ›Die Sechs‹, tsuranische Erhabene sind.«

»Ich gratuliere dir, dass du zu diesem Schluss mittels Beweisen gekommen bist, die du nicht selbst zusammengetragen hast. Eine beeindruckende Schlussfolgerung, Milamber. Aber Hochopepa hat ja schon immer behauptet, dass du einen einzigartigen Verstand besitzt.«

»Es war einfach genug, wenn man sich nur einen Augenblick Zeit nahm und das Verhalten der Personen studierte, die an den jeweiligen Geschehnissen beteiligt waren. Die Moredhel? Sie haben schon immer einen tiefen, beständigen Hass auf alle anderen Rassen gehabt und alle, die nicht zu ihrem Volk gehören, für Eindringlinge gehalten. Und sie haben sich häufig der Trolle und Goblins als Werkzeuge bedient.

Aber als ich das zugrunde liegende Muster betrachtet habe, sah ich Edelsteine, die vom Kaiserreich nach Midkemia gelangt sind und gegen Gold eingetauscht wurden. Wäre das Gold nach Tsuranuanni zurückgekehrt, hätte sich jede weitere Frage erübrigt, denn Gold ist dort hundertmal wertvoller als hier. Aber so war es nicht. Es wurde gegen Waffen eingetauscht, und diese Waffen wiederum wanderten zu den Moredhel. Nichts davon schien eine Beteiligung der Tsuranis nahezulegen, jedenfalls nicht auf den ersten Blick.

Doch wenn man die Berichte über die Magie hinzunimmt, die

Delekhan angewandt haben soll, passen die Dinge nicht mehr zueinander. Einen Teil von dem, was da berichtet wurde, konnten nur tsuranische Erhabene vollbracht haben.

Was mich zu der Frage bringt: Wieso?«

»Es ist nicht an dir zu wissen, wieso. Dein Urteilsvermögen steht infrage, Milamber. Du hast dich als einer entlarvt, der nicht zu uns gehört, indem du die Feierlichkeiten des Kaisers zerstört und den Kriegsherrn dazu getrieben hast, sich in Schande das Leben zu nehmen. Du lebst hier, auf deiner Heimatwelt, und du hast eine Thuril zur Frau genommen. Du hast eine Tochter, die die Macht enthüllt hat, und dennoch lässt du sie am Leben.«

Pug kniff die Augen zusammen; ein deutliches Zeichen, dass in ihm eine Wut loderte, die jederzeit zum Ausbruch kommen konnte. »Vorsicht, Makala! Dies ist nicht das Kaiserreich, und deine Worte sind nicht das Gesetz.«

»Wir haben Schwierigkeiten auf beiden Seiten des Spalts«, sagte der tsuranische Erhabene. »Andere von unseren Brüdern müssen sich mit den Folgen auseinandersetzen, die die Zerstörung des Hauses Minwanabi durch das Haus Acoma nach sich gezogen hat. Die Ordnung des Kaiserreichs ist bedroht. Und hier auf deiner Heimatwelt haben sich sogar einige von unseren eigenen Leuten bereit erklärt, deine Studenten an der Akademie zu unterrichten, die du in Stardock gegründet hast.« Seine Stimme wurde laut vor Wut. »Unsere früheren Feinde!«

»Wir sind nicht deine Feinde«, sagte Pug, den plötzlich Müdigkeit zu überwältigen drohte. »Ichindar weiß das.«

»Das Licht des Himmels wird nicht ewig leben. Letztendlich wird die Versammlung eine Rückkehr zu der Ordnung erzwingen, mit der wir zwei Jahrtausende zufrieden gelebt haben.

Um sicherzustellen, dass du dich nicht einmischst – schließlich stellst du die größte Bedrohung unseres Plans dar –, haben wir deine Tochter an einen sicheren Ort gebracht; dort wird sie bis zu dem Zeitpunkt bleiben, da wir überzeugt sein können, dass du keine Gefahr mehr für uns bist.«

Pugs Wut loderte immer heller. Er war kaum noch fähig, sich zurückzuhalten. »Gamina! Was hast du mit ihr gemacht?«, keuchte er.

»Es geht ihr gut. Und es wird ihr weiterhin gut gehen, solange du nicht versuchst, unsere Pläne zu durchkreuzen.«

»Eure Pläne schließen den Tod von Tausenden ein, wenn ihr mit den Moredhel gemeinsame Sache macht, Makala! Glaubst du, ich kann einfach dabei zusehen – selbst wenn das Leben meiner Tochter in Gefahr ist – und zulassen, dass du meine Heimatwelt zerstörst?« Er ging um den Tisch herum und trat dicht an den tsuranischen Erhabenen heran. »Oder willst du deine Macht mit meiner messen?«

»Niemals, Milamber. Du bist der Größte in unserer Bruderschaft, und genau deshalb musstest du ausgeschaltet werden. Aber wenn du mich vernichtest, wird es andere geben, die dafür sorgen, dass getan wird, was getan werden muss. Wir werden uns dir nicht in den Weg stellen, wenn du versuchst, deine Tochter zu finden.« Er trat zur Seite. »Wir werden dich sogar mit den Mitteln ausstatten, sie zu finden, aber ich warne dich davor, dass sich das als Fehler erweisen könnte. Selbst dein Mut und deine überragenden Fähigkeiten können dich nicht wieder zurückbringen.«

»Lass mich zu ihr gehen«, sagte Pug; die Furcht um seine Tochter hatte seine Müdigkeit weggewischt. »Sobald ich meiner Frau eine Nachricht hinterlassen habe.«

»Nein«, erwiderte Makala. »Wenn du gehen willst, dann nur jetzt.« Er holte eine Vorrichtung aus seiner Robe, die dem tsuranischen Transportgerät sehr ähnelte, aber irgendwie auch anders war. Er drehte das Ding in seinen Händen. »Es gibt nur eine Position, Milamber. Dieses Gerät wird dich zu deiner Tochter bringen, aber nur, wenn du es eine Minute, nachdem ich es aktiviert habe, in Gang setzt.« Er klickte an der Seite etwas herunter und legte das Gerät auf den Stapel aus Karten. »Die Minute beginnt jetzt.« Er drehte sich um und ging einige Schritte in Richtung Tür, nahm eine andere Vorrichtung aus seiner Robe und ließ seine Finger darüber gleiten, um sie zu aktivieren. »Meine Motive gelten dem Wohle des Kaiserreichs, Milamber. Ich habe niemals einen persönlichen Groll gegen dich gehegt. Das ist etwas für geringere Männer. Ich hoffe, dass ihr – du und deine Familie – diese Sache gut überstehen werdet, aber wenn du dich mir entgegenstellst, werde ich dafür sorgen, dass ihr alle getötet werdet – für das Wohl des Kaiserreichs.« Er verschwand.

Pug griff nach einer Feder, tauchte sie in Tinte und schob alle Papiere und Pergamente bis auf eine Karte vom Tisch, auf deren Rückseite er hastig sechs Worte kritzelte. Dann ließ er die Feder sinken und griff nach der Schreibkohle, zwei Pergamentseiten und der Vorrichtung von Makala. Mit einem entrückten Summen, einem hohen Jaulen wurde das Gerät aktiviert, und er war verschwunden. Zurück blieben auf dem Boden verstreute Papiere, während draußen vor seinem Fenster der Sturm mit aller Wucht über Krondor hereinbrach.

In der Schenke war es schmutzig und laut; es wimmelte nur so von Männern, die kurz davor standen, beim geringsten Anlass aufeinander loszugehen. James stand an der Theke und grinste.

»Was macht dich so glücklich?«, fragte Locklear leise.

»Ich bin wieder daheim, Locky. Ich habe solche Orte vermisst.«

»Du bist ein verrückter Junge«, meinte Patrus. »Willst du unbedingt jung sterben?«

»Eines Tages erzähle ich dir ein bisschen was über die Orte, an denen ich die meiste Zeit verbracht habe, als ich ein Junge war. Aber im Augenblick genieße ich einfach nur die Aussicht, dass dieser Haufen da in ein paar Wochen nach Süden geschickt wird.«

»Irgendetwas stimmt da nicht«, flüsterte Locklear. »Dies ist keine Armee; es ist der Pöbel.«

»Locky, laß uns etwas frische Luft schnappen«, meinte James.

Er führte seine Kameraden nach draußen. Mittlerweile war die Nacht hereingebrochen, kalt und feucht und mit einem leichten Nieselregen. Als er sah, dass niemand sie belauschen konnte, meinte James: »Überall, wohin ich auch blicke, sehe ich Mauerfutter und ein paar Moredhel-Clans, die bestimmt nicht zu Delekhans bevorzugten Freunden gehören; da gehe ich jede Wette ein.«

»Mauerfutter«, kicherte Patrus. »Das gefällt mir.«

»Nicht, wenn du jemals als Erster über eine solche Mauer klettern musstest«, sagte Locklear, der in Armengar und Hohe Burg mit James auf der Mauer gestanden und gesehen hatte, wie Krieger gestorben waren, als sie genau das versucht hatten.

»Wo ist denn die Armee?«, fragte James, aber es war nur eine rhetorische Frage.

»Sie kommt auf uns zu, noch während wir reden«, erwiderte Locklear humorvoll.

»Wir hätten vielleicht eine bessere Vorstellung, wenn wir wüssten, was Kroldech weiß.«

»Nun«, meinte Patrus, »wieso gehen wir dann nicht einfach zu ihm und fragen ihn?«

»Oder ich könnte mich in sein Hauptquartier schleichen und nachsehen, ob irgendwelche interessanten Schriftstücke herumliegen.«

»Kannst du denn das Hühnergekrakel lesen, das die Moredhel Schrift nennen?«, fragte der Magier.

James' Lächeln verschwand wieder. »Nein, daran hatte ich gar nicht gedacht.« Befehle von Delekhan an seine Kommandanten würden in der Sprache der Moredhel verfasst sein, nicht in der des Königreichs.

Patrus grinste. »Nun, ich kann es.«

»Wie bitte?«, fragte Locklear. »Wer hat dir beigebracht, Moredhel zu lesen?«

»Niemand«, antwortete der Magier; seine Miene verriet Abscheu.

»Oh!«, sagte Locklear, als er endlich begriff. »Magie!«

Patrus verdrehte die Augen. »Richtig, Magie.« Und mit einem freundschaftlichen Klaps auf Locklears Hinterkopf fügte er hinzu: »Dummkopf.«

»Ich fürchte trotzdem, dass wir ein Problem haben.«

»Wieso?«, fragte Patrus. »Du gehst rein, holst die Papiere, bringst sie mir, ich lese sie, du gehst wieder rein, legst sie zurück, und wir verschwinden.«

»Das ist ja das Problem«, meinte James. »Ich sollte wohl in der Lage sein, einmal rein und raus zu gehen, aber noch ein zweites Mal? Und wenn die Pläne weg sind und sie es bemerken, werden sie sie ziemlich sicher ändern.«

»Auf wie vielen verschiedenen Wegen könnten sie denn den Pass überwinden und zum Burgfried marschieren?«, fragte Locklear.

»Auf mehreren«, sagte James, »und wenn wir uns auf einen vorbereiten, nehmen sie einen anderen. Selbst dieses Gesindel hier kann uns Probleme bereiten, die uns teuer zu stehen kommen.« Er schüttelte verärgert den Kopf. »Verflucht.«

Sie gingen weiter, da sie vermeiden wollten, dass jemand sie herumlungern sah. Die meisten Bewaffneten im Lager in Raglam schliefen bereits oder hielten sich in einer der vielen Schenken auf, aber es gab noch immer genügend Menschen und Moredhel, die jeden argwöhnisch beäugten, der herumhing.

»Wie wäre es, wenn wir einen Grund hätten, aus dem wir uns diese Papiere ansehen wollen?«, fragte Locklear.

»Was?«

Locklear grinste. »Ich habe eine Idee.«

»Gewöhnlich mag ich es nicht, wenn du so etwas sagst«, meinte James.

»Na, komm schon«, sagte der jüngere Junker. »Das wird großartig.«

Locklear überquerte die größte Straße am südlichen Ende der Stadt und ging zu einem offenen Feld, wo das auf das Lager zielende Katapult stand. Eine Gruppe von Maschinenbauern schlief auf dem Boden gleich neben der Maschine, und Locklear bedeutete seinen Kameraden, still zu sein. Auf Zehenspitzen schlich er sich bis auf ein paar Schritte an die gewaltige Maschine heran und begutachtete sie. Dann blickte er sich suchend auf dem Boden um, bis er einen Stein von der Größe einer Faust gefunden hatte. Er deutete auf die Maschine und fragte flüsternd: »Glaubst du, du könntest den Hebel des Auslösers von hier treffen?«

James überlegte einen Augenblick. »Nein, aber ich könnte ihn von dort drüben treffen.« Er deutete auf eine Stelle, die zwar ebenso weit von dem Katapult entfernt war, aber in einem anderen Winkel zu ihm stand. »Ich nehme an, du meinst, ob ich den Hebel treffen und den Auslösemechanismus in Gang setzen kann.«

Locklear tat verärgert. »Ja, genau das meine ich. Stell dich da hin, und wenn ich dir ein Zeichen gebe, zählst du bis hundert. Dann wirfst du den Stein und betätigst damit den Auslöser.«

»Und was ist mit diesen Leuten hier?«

»Um die kümmere ich mich. Patrus, komm mit.«

Locklear nahm den alten Magier mit. »Stell dich dorthin« – er deutete auf eine Stelle gegenüber den schlafenden Maschinenbauern – »und warte auf mich.«

Patrus beeilte sich zu tun, wie ihm befohlen war, und als Locklear sah, dass James sich noch nicht bewegt hatte, forderte er ihn mit einem heftigen Wedeln seiner Hand dazu auf. James schüttelte ungläubig den Kopf, aber er tat, was Locklear verlangte.

Locklear kroch dicht an das Katapult heran und blickte auf das große Seil über dem Arm der mächtigen Maschine. Wenn es fehlte, hielten nur der Hebel und das Zahnrad den riesigen Arm davon ab, seine tödliche Ladung ins Ziel zu schleudern. So lautlos wie möglich zog Locklear seinen Dolch heraus und begann, das Seil zu durchtrennen. Es dauerte einige Augenblicke, bis er das dicke Faserbündel zerschnitten hatte, immer ein Auge darauf gerichtet, ob die Maschinenbauer sich rührten.

Als das Seil durchgeschnitten war, schlich er zunächst vorsichtig um die schlafenden Maschinenbauer herum und kehrte dann zu Patrus zurück, nahm den alten Mann beim Arm und führte ihn in die Dunkelheit davon. In dem Moment, da er selbst beinahe im Dunkeln verschwand, gab er James das Zeichen.

James, der noch immer nicht genau wusste, was Locklear eigentlich bezweckte, zählte bis hundert. Als er siebzig erreicht hatte, hörte er in einiger Entfernung Stimmen. Er wartete nicht ganz, bis er hundert erreicht hatte, sondern warf den Stein bei zweiundneunzig. Da er einen scharfen Blick und einen starken Arm besaß, traf er genau die Stelle, die Locklear ihm gezeigt hatte – den Auslöser. Mit einem lauten Krachen schnellte der riesige Arm am Scheitelpunkt seines Bogens kraftvoll gegen den Querträger und katapultierte den mächtigen Stein davon. Das Geräusch weckte die Maschinenbauer, und sie sprangen rasch auf die Füße und schrien wild durcheinander. »Was war das? Was? Wer war das?«

Genau in diesem Augenblick näherten sich Patrus und Locklear mit einer Gruppe von Moredhel-Kriegern. »Da sind sie!«, rief Locklear. »Sie haben versucht, Kroldech zu töten!«

Die Krieger eilten zu den immer noch verblüfften Maschinenbauern, denen diese Anschuldigung anscheinend die Sprache verschlagen hatte. Dieser Augenblick währte jedoch nur kurz, dann brüllten sie plötzlich die Moredhel-Wachen an, die sie des Verrats beschuldigten.

Locklear packte Patrus am Arm und führte ihn zu James, während von der anderen Seite der Stadt lautes Rufen zu ihnen drang.

»Was hast du ihnen erzählt, Locky?«

»Nur dass dieser alte, besorgte Mann hier, der draußen nach seiner Katze gesucht hat, auf ein Nest von Verrätern gestoßen ist, die ihr Katapult genau auf das Haus des Kommandanten gerichtet hatten. Da er nicht gewußt hatte, an wen er sich wenden sollte, habe ich ihn zu diesen loyalen Leuten gebracht.«

»Sind sie denn loyal?«, fragte James mit einem Lachen.

Locklear grinste. »Woher soll ich das wissen? Selbst wenn sie zu der Gruppe gehören, die Kroldech töten will, werden sie über die Maschinenbauer herfallen, weil die nicht gewartet haben, wie man es ihnen befohlen hatte.«

»Verflucht, du kannst manchmal ein ziemlich hinterlistiger

Bastard sein!«, meinte James in einem Tonfall, aus dem Anerkennung sprach.

»Ich nehme das in Anbetracht der Tatsache, dass es von dir kommt, als hohes Lob«, erwiderte Locklear.

Sie erreichten das Gebiet um Kroldechs Hauptquartier. »Ich denke, ich weiß jetzt, was wir tun müssen«, sagte James.

Er zwängte sich zwischen verwirrt dreinblickenden Soldaten und Stadtbewohnern hindurch. »Tretet beiseite! Lasst uns durch!«

Als er vorn angelangt war und den Schaden sehen konnte, blieb auch er einen Augenblick überrascht stehen. Der Stein hatte das Dach in der Mitte getroffen, es zusammen mit dem ersten Stock durchschlagen und war dann im Erdgeschoss liegen geblieben. Die Eingangstüren waren aus den Angeln gerissen worden. »Verflucht, diese Kerle waren gut!«, flüsterte James voller Anerkennung über die Fähigkeiten der Maschinenbauer.

Dann begriff er, dass er still stand, und meinte: »Wir müssen den Kommandanten retten!«

Er winkte ein paar Krieger zu sich: »Helft uns, den Kommandanten zu retten!«

Sie folgten ihm, und James führte sie in die Ruinen der Schenke. Einige verwirrte Krieger lagen auf dem Boden herum, und James musste sich unter zusammengebrochenen Dachbalken ducken, die jetzt nur noch etwa anderthalb Meter über dem Boden im Schankraum hingen. »Wo ist der Kommandant?«, fragte er den Nächstbesten.

»Er war da vorn, im hinteren Bereich des Schankraums«, sagte ein Moredhel-Krieger, dem das Blut übers Gesicht lief.

James wandte sich an die Moredhel, die ihn ins Innere der Schenke begleitet hatten. »Bringt diese Krieger hier in Sicherheit.« Dann deutete er auf Patrus und Locklear, als wären sie nur zwei von vielen. »Du und du, ihr beide kommt mit und helft mir, den Kommandanten zu finden.«

Sie mussten unter einem Dachbalken hindurchkriechen.

Nachdem sie sich etwa eine Minute im düsteren Licht ihren Weg gebahnt hatten, kamen sie zu dem Raum, den der Kommandant benutzt hatte. Auch hier hatte es die Tür aus den Angeln gerissen, und sie mussten über einen herabgestürzten Balken klettern, um ins Innere zu gelangen.

Zwei Moredhel, die von pfeilgroßen, durch die Luft schwirrenden Holzsplittern getötet worden waren, lagen auf dem Boden gleich neben der Tür. Hinter dem Tisch kauerte ein Moredhel, der vor Angst wimmerte, ansonsten aber unverletzt war. Aufgrund der Ringe an seiner Hand und des goldenen Amuletts um seinen Nacken schloss James, dass es sich bei ihm um den Kommandanten handeln musste. Er hatte sich zusammengerollt und war offensichtlich so geschockt, dass kein Funken Verstand mehr in ihm zu sein schien.

»Nicht gerade das, was man sich unter einem Moredhel-Anführer vorstellt«, bemerkte Locklear.

»Schaff ihn nach draußen, Locky«, sagte James, »aber lass dir Zeit. Patrus und ich werden sehen, was wir vor dem Feuer retten können.«

»Welchem Feuer?«, fragte Locklear.

James nahm ein Papier auf und reichte es Patrus. »Ist das wichtig?«

Der Magier schloss einen Moment die Augen, dann öffnete er sie wieder. Er betrachtete das Dokument. »Nein.« James nahm eine zerbrochene Laterne und tauchte das Papier hinein. Dann holte er Feuerstein und Stahl aus seinem Gürtelbeutel und streute Funken auf das Papier. Es entzündete sich. Er nahm Patrus das brennende Papier aus der Hand und deutete mit der Hand darauf. »Diesem Feuer.«

Locklear grinste. »Oh.« Er zerrte an Kroldechs Arm. »Kommandant, wir müssen fliehen! Es brennt!«

Das schien den verwirrten Moredhel-Anführer etwas zu beleben. Er ließ sich von Locklear auf die Beine helfen und sagte etwas in seiner Heimatsprache.

»Kommt mit mir, Kommandant«, wiederholte Locklear. Er führte Kroldech weg.

Patrus und James untersuchten rasch andere Papiere, und jedes, das Patrus an James weiterreichte, weil es nicht wichtig war, wanderte ins Feuer.

Dann fand er es. »Hier. Das ist der Angriffsplan.«

»Lies ihn mir vor«, sagte James. »Schnell.«

Patrus tat das, und James bemühte sich, jedes Wort zu behalten, das er hörte. »Ich habe es. Und jetzt nehmt ein paar andere Papiere und folgt mir.«

Das Feuer wurde allmählich wirklich heftig, und als sie die Stelle erreicht hatten, wo sie unter den Dachbalken hindurchkriechen mussten, wurde es auch richtig heiß. Gerade noch rechtzeitig – kurz bevor die Flammen durch das Dach schlugen – gelangten sie nach draußen und stießen auf Locklear, der den noch immer etwas benommenen Kommandanten hielt.

»Meister! Diese Papiere haben wir retten können!«, sagte James, als er vor den beiden stehen blieb. Er streckte ihm das Papierbündel entgegen.

Kroldechs Blick wurde klarer, und endlich begann er zu begreifen, was geschehen war. »Assassinen!«, rief er. »Sie haben versucht, mich umzubringen!«

»Sie sind in Gewahrsam«, sagte der Moredhel-Anführer, der von Locklear gewarnt worden war. »Diese Söldner haben Euch gerettet, Meister.«

Kroldech nahm James die Papiere aus der Hand und begann, sie zu begutachten. Kurz darauf gelangte er an die Stelle, wo es um die Schlachtpläne ging, und er lächelte. »Gut!« Er gab James einen Schlag auf den Arm, kräftig genug, dass es schmerzte. »Ihr seid Helden!«, sagte er und hielt James den Schlachtplan unter die Nase. »Wisst ihr, was das ist?«

James gab sich unschuldig. »Nein. Wir haben einfach nur versucht, so viel wie möglich rauszuschaffen, Meister.«

»Wenn dies verloren gegangen wäre, hätte ich all unsere Pläne neu zeichnen müssen. Ihr habt mir mühselige, tagelange Arbeit erspart.« Er blickte auf das Feuer. »Und ihr habt mir das Leben gerettet. Ich stehe in eurer Schuld.«

»Das war doch gar nichts«, erwiderte James.

»Unsinn«, sagte Kroldech. »Kommt morgen zu mir, und ich werde euch belohnen.«

»Danke, Meister«, sagte James. »Das werden wir.«

Während sich der immer noch erschütterte Moredhel-Anführer zu einem neuen Quartier führen ließ, drehte sich James zu Locklear um. »Wo ist Patrus?«

»Er war eben noch bei dir. Vielleicht wartet er bei den Pferden auf uns?«

Und tatsächlich: Patrus hatte ein drittes Pferd besorgt und stieg gerade auf. »Kroldech hat gesagt, dass wir Helden sind«, sagte Locklear. »Er möchte, dass wir morgen wiederkommen und uns eine Belohnung abholen.«

»Hast du etwa wirklich vor, solange hierzubleiben, um sie dir abzuholen, James?«, fragte der alte Magier.

»Wenn Trolle fliegen können. Morgen Vormittag möchte ich schon die Hälfte des Wegs nach Nordwacht hinter mir haben.«

Da alle Blicke sich auf die brennende Schenke konzentrierten, konnten sie sich unbemerkt aus der Stadt stehlen; sie schafften es ein gutes Stück die Straße entlang, ehe sie angehalten wurden. Der gelangweilt dreinblickende Söldner fragte sie, was sie um diese späte Nachtzeit auf der Straße zu suchen hätten, und James antwortete: »Die Elben werden unten im Süden nicht mit den Trollen fertig, und wir wurden geschickt, um für Ruhe zu sorgen.«

»Ich hab von dem Ärger gehört«, meinte die Wache. »Viel Glück.«

»Danke«, sagte James.

Als sie außer Hörweite waren, wandte sich Locklear an Patrus. »Woher hast du dieses Pferd?«

»Ich habe es mir geliehen«, sagte der alte Magier mit einem

leichten Kichern. »Kroldech wird es vor morgen nicht vermissen.«

Locklears einzige Befriedigung auf dem Weg zurück bestand darin, dass James ebenfalls seinen Beutel mit Gold abgeben musste, um an den Trollen vorbeizukommen, aber zumindest hielten die Trolle sie jetzt für Freunde. Es war ein schwieriger Ritt, da es sehr kalt und nass geworden war. Die Pferde wurden müde und mussten streckenweise an den Zügeln geführt werden.

Schließlich erreichten sie die Straße, die zum Burgfried hochführte. »Wo sind unsere Soldaten?«, fragte James.

»Ich habe zuerst geglaubt, einige von den vorderen Linien hätten sich aus dem Regen verzogen, aber du hast Recht. Wir hätten längst andere sehen müssen.«

James presste dem Pferd die Fersen in die Flanken und galoppierte davon; er forderte dem müden Tier so viel ab, wie es auf der stark ansteigenden Straße möglich war. Als sie in Sichtweite des Burgfrieds gerieten, sahen sie, dass das Tor geöffnet war und die Fallgitter unten standen, außerdem brannten Fackeln auf den Mauern.

»Sie haben sich ins Innere verzogen und alles dichtgemacht«, sagte Locklear.

Sie erreichten den Burggraben. »Hallo, ihr in der Burg!«

Von oben rief eine Wache hinunter: »Wer da?«

»Junker James, Junker Locklear und Patrus. Lasst uns rein.«

Es gab einiges Gemurmel, aber schließlich senkte sich die schwere Brücke, während das eiserne Gitter nach oben gezogen wurde. James und seine Begleiter ritten über die Zugbrücke.

Im Innern des Burghofs wartete eine Gruppe von Soldaten, und James stieg ab. »Was ist los?«, fragte er.

»Assassinen, Junker. Nachtgreifer«, erklärte ein Soldat.

»Was ist geschehen?«, wollte Locklear wissen.

»Baron Gabot ist tot, Junker. Ebenso zwei Hauptleute und unser Feldwebel.«

»Götter!«, entfuhr es Locklear.

»Wer hat jetzt den Befehl?«, fragte James.

Blicke wanderten zwischen den Soldaten hin und her, dann sagte schließlich einer: »Ihr, Junker.«

Vierzehn

Anweisungen

Die Reiter preschten die Straße entlang.

Owyn, Gorath und Ethan Graves ritten so schnell sie konnten nach Krondor. Sie hatten eine Nacht in einer ordentlichen Schenke in Finstermoor verbracht und sich mit einer guten Flasche Wein vergnügt, von der Gorath widerstrebend zugeben musste, dass sie besser schmeckte als die, die Baron Cavell ihnen aufgetischt hatte. Und sie hatten eine warme Mahlzeit zu sich genommen, bevor sie sich auf Daunenmatratzen zum Schlafen niedergelegt hatten. Der Rest der Reise war längst nicht so angenehm gewesen. Sie hatten abseits der Straße unter freiem Himmel geschlafen, auf Felsgestein und in ihre Umhänge gewickelt, aber nur zweimal im Regen.

Sie hatten die Strecke von Malac's Cross nach Krondor in einer guten Zeit geschafft – weniger als fünfzehn Tage –, ohne dabei ihre Pferde zu Tode zu quälen. Jetzt waren sie in Sichtweite von Krondor.

Sie ließen ihre Pferde langsamer laufen. »Ich muss mich der Gnade des Tempels von Ishap übergeben und meine Sünden bekennen«, sagte Graves.

»Was werden sie tun?«, fragte Owyn.

»Sie können mich hinrichten oder verbannen, ich weiß es nicht.« Er seufzte. »Es kümmert mich auch nicht; aber vorher muss ich Kat aus der Stadt schaffen.«

»Wohin werdet Ihr sie bringen?«

»Nach Kesh. Ich habe dort Verbindungen. Alte Handelspartner in Durbin.«

»Nach allem, was ich so höre, ist Durbin ein ziemlich raues Pflaster.«

»Das ist Krondor auch, wenn man auf der Straße lebt«, erwiderte Graves.

Owyn versuchte noch immer, die Puzzlesteine der verwickelten Beziehungen zusammenzufügen, die er und seine Kameraden enthüllt hatten, seit er Locklear getroffen hatte. Wieder einmal wünschte er sich, dass Junker James noch bei ihnen wäre. »Was ist mit der Gerichtsbarkeit des Prinzen?«, fragte er Graves.

Der ehemalige Abt zuckte mit den Achseln. »Wenn die Ishapianer mich Arutha übergeben, wird er mich vermutlich hängen lassen.«

Owyn dachte darüber nach. In den zwei Wochen, die er in Graves' Gegenwart verbracht hatte, hatte er angefangen, den ruppigen alten Mann zu mögen. Er unternahm nicht einmal den geringsten Versuch, seine Vergangenheit schönzureden, sondern gestand einfach, dass er mit Schmuggel, Erpressung und Mord zu tun gehabt und mehr als einen Menschen auf Geheiß der Spötter-Gilde von Krondor getötet hatte. Er versuchte nicht, sich herauszureden, sondern behauptete lediglich, dass er ein anderer Mann war, seit er den Ruf des Tempels vernommen hatte.

Owyn glaubte ihm das, aber er wusste auch, dass er Graves gerne an seiner Seite gehabt hätte, für den Fall, dass sie in einen Kampf verwickelt werden würden. Er war noch immer ein kraftvoll aussehender Mann, trotz der grauen Haare und der Linien, die sich tief in sein Gesicht eingegraben hatten.

Das Tor zur Stadt war von bewaffneten Posten bewacht, von denen einer die Hand hob. »Halt!«

»Gibt es ein Problem, Wächter?«, fragte Owyn.

Der Wächter deutete auf Gorath. »Wer ist das?«

»Du kannst direkt mit mir sprechen«, sagte Gorath. »Ich spreche eure Sprache.«

»Nun gut, wer also bist du?«, wollte der Mann wissen. »Was hast du in Krondor zu tun?«

»Ich bringe dem Magier Pug eine Nachricht von Prinz Arutha.«

Bei der Erwähnung dieses Namens blinzelte der Wächter überrascht. Er winkte sie zur Seite. »Wir werden euch zum Palast begleiten.« Sein Ton machte deutlich, dass dies kein Angebot war, sondern ein Befehl. Ein anderer Soldat eilte in die Stadt und kehrte einige Minuten später mit einem halben Dutzend stämmiger Männer zurück, die die Überwürfe der Stadtwachen trugen. An ihrer Spitze ging ein großer Mann, auf dessen Überwurf ein Amtszeichen prangte. Er redete eine Zeit lang mit dem Feldwebel, dann trat er zu Gorath. »Du behauptest, eine Nachricht von Prinz Arutha für den Magier Pug zu haben?«

»Genau das habe ich gesagt«, erwiderte Gorath.

»Ich bin der Sheriff von Krondor. Gibt es jemanden im Palast, der für dich bürgen kann?«

Gorath warf einen Blick auf Owyn. »Wir haben eine ganze Reihe Leute getroffen, aber die meisten sind im Feld mit dem Prinzen. Wenn Pug im Palast ist, wird er selbst für uns bürgen«, sagte Owyn.

Der Sheriff verbrachte einige Zeit damit, die drei unheilvoll anzublicken, dann meinte er: »Kommt mit.«

Er wandte sich in Richtung Palast, als Graves ihn aufhielt. »Ich muss zum Tempel von Ishap.«

Der Sheriff antwortete über die Schulter, ohne sich umzudrehen: »Ihr könnt den Tempel aufsuchen, nachdem ich euch am Palast abgegeben habe. Wir haben Befehle bezüglich der Ankunft und Abreise von verdächtig aussehenden Individuen, und Ihr passt sehr gut zu dieser Beschreibung. Wenn der Hauptmann der Königlichen Garde Euch laufen lässt, ist das seine Entscheidung.«

»Ich bin ein Mitglied des Ordens von Ishap, und ich stehe unter seinem Schutz«, sagte Graves.

»Dann können Eure Brüder ja herkommen und Euch rausholen, falls der Hauptmann Probleme mit Eurer Geschichte haben sollte«, sagte der Sheriff, aber es klang nicht so, als sollte es ein Witz sein.

Sie erreichten den Palast ohne weitere Worte, und am Tor übergab der Sheriff sie der Königlichen Garde. Ein Feldwebel kam zu ihnen. »Ihr kommt mir bekannt vor, aber ich habe meine Befehle, also lasst mich eine Nachricht zum Hauptmann schicken; er wird dann entscheiden, was mit Euch geschehen soll.«

Wieder warteten sie, und nach einer Weile kam die Nachricht, dass der Feldwebel sie in den Palast lassen sollte. Der Mann befahl den Palaststallburschen, sich um die Pferde zu kümmern, und den Palastträgern, ihre Bündel ins Innere zu schaffen. Dann führte er die drei zum Büro des Marschalls.

Ein Hauptmann saß allein darin und schaute auf, als sie eintraten. Owyn kannte seinen Namen nicht, aber er war dabei gewesen, als sie das letzte Mal mit dem Prinzen gesprochen hatten; er würde wissen, dass sie die waren, für die sie sich ausgaben. »Owyn«, meinte er zur Begrüßung. »Ihr habt eine Nachricht für Pug, den Magier?«

»Ja«, erwiderte Owyn, »von Prinz Arutha. Er bittet den Magier, sich mit ihm zu treffen, da er befürchtet, dass Magie bei der bevorstehenden Invasion eine wichtige Rolle spielen wird.«

Der Hauptmann, ein Veteran mit einer langen Reihe von Dienstjahren auf dem Buckel, blickte sichtlich verärgert drein. »Ich würde nichts lieber tun, als meinem Lehnsherrn zu gehorchen, aber zur Zeit ist der Magier Pug … abwesend.«

»Ist er nach Stardock zurückgekehrt?«, fragte Owyn.

Der Hauptmann schüttelte den Kopf. »Niemand weiß, wohin er gegangen ist. Vor ein paar Tagen kam seine Frau zu uns, mit der Nachricht, dass er mitten in der Nacht verschwunden wäre und lediglich eine kryptische Notiz hinterlassen hätte. Das ist alles, was wir wissen.«

»Könnte er entführt worden sein?«, fragte Gorath.

Der Hauptmann schüttelte erneut den Kopf. »Ich verstehe wenig von Magie, aber nach allem, was ich weiß, würde ich doch annehmen, dass angesichts der Fähigkeiten, über die Herzog Pug verfügt, der Palast in Schutt und Asche liegen würde, wäre er nicht freiwillig gegangen.«

»Dürfen wir die Notiz sehen?«, fragte Owyn.

»Das müsst Ihr mit seiner Frau Katala besprechen. Ich werde sie benachrichtigen lassen und anfragen, ob sie mit Euch sprechen will.«

Ein Page kehrte rasch mit der Nachricht zurück, dass Katala tatsächlich mit ihnen sprechen wollte. Eilig folgten sie dem Pagen, der sie zu den Gemächern führte, die Pug und seine Familie bewohnten, wenn sie im Palast waren. Katala wartete bereits.

Sie war eine verblüffende Frau, obwohl sie recht klein war, mit dunklem Teint und einigen wenigen grauen Strähnen im ansonsten schwarzen Haar. Trotz ihrer geringen Größe strahlte sie eine ungeheure Stärke aus, und dennoch war ihr der Druck anzumerken, unter dem sie stand. Obwohl sie kurz davor war zu verzweifeln, hatte sie ihre Gefühle unter Kontrolle.

Ihr Akzent klang fremd in Owyns Ohren. Er ähnelte dem, den er bei Sumani und den anderen Tsuranis gehört hatte, denen er in Yabon begegnet war, klang aber doch nicht ganz genauso. »Man sagte mir, Ihr wolltet meinen Mann sprechen?«, fragte sie.

»Ja«, sagte Gorath. »Der Prinz lässt ihm ausrichten, dass er gebraucht wird.«

»Wo ist er?«, fragte Owyn.

»Ich weiß es nicht. Ihr erinnert Euch sicher an unsere Tochter, nehme ich an.«

Gorath nickte.

»Sie ist vor ein paar Tagen verschwunden, und kurz danach habe ich meinen Mann im Turm aufsuchen wollen. Auch er ist verschwunden.«

»Vielleicht sind sie gemeinsam irgendwohin gegangen?«, mutmaßte Graves.

Katala blickte den ihr unbekannten Mann an. »Sind wir uns schon einmal begegnet?«

Owyn stellte ihn vor, und Katala meinte: »Abt, mein Mann hätte niemals diese Nachricht hinterlassen, wenn das der Fall gewesen wäre.«

Sie reichte ihnen ein Pergament, auf dem geschrieben stand: »An Tomas! Das Buch von Macros!«

»Was bedeutet das?«, fragte Owyn.

»Tomas ist mit Pug befreundet, seit sie Kinder waren«, sagte Katala. »Er lebt jetzt in Elbenheim.«

»Der Träger des Weiß und Gold?«, fragte Gorath.

»Das sind seine Farben«, bestätigte Katala.

»Es gibt Geschichten in meinem Volk, dass jenen, die von Himmelssee zum Grünen Herzen reisen und dabei der Grenze zum Land der Eledhel zu nahe kommen, manchmal jemand in den Gewändern der Valheru erscheint. Er besitzt schreckliche Kräfte.«

»Das sind keine Geschichten«, sagte Katala. »Tomas existiert, und er mag der Einzige auf Midkemia sein, der genug Macht besitzt, um meinen Mann und meine Tochter zu finden.«

»Habt Ihr jemanden losgeschickt, um ihn zu benachrichtigen?«, fragte Owyn.

»Noch nicht. Der Prinz hat den größten Teil der Armee mitgenommen; diejenigen Befehlshaber, die zurückgeblieben sind, wie der Hauptmann der Königlichen Garde und der Sheriff von Krondor, sind unwillig, ihre Machtbefugnis über das auszuweiten, was sie als eindeutige Erfordernisse ihres Amtes verstehen. Die meisten übrigen Adligen sind mit dem Prinzen fort oder kümmern sich um irgendwelche anderen Dinge hier im Westen.« Sie wirkte sehr besorgt. »Es gibt wirklich niemanden, den ich schicken könnte, und ich bin nicht einmal sicher, ob diese Nachricht überhaupt an Tomas gerichtet ist.«

»Vielleicht will Pug jemanden beauftragen, dieses Buch von Macros *zu* Tomas zu bringen?«, meinte Gorath.

»Ich habe meinem Mann geholfen, die gesamte Buchsammlung auf Macros' Insel zu katalogisieren; darunter waren jene Bücher, die dort geblieben sind, und jene, die nach Stardock geschickt wurden. Ich kann mich nicht daran erinnern, jemals einen Band gesehen zu haben, der ›Das Buch von Macros‹ hieß, also muss es etwas anderes bedeuten.«

Owyn blickte Graves und Gorath an. »Vielleicht sollten *wir* dieses Pergament nach Elbenheim bringen?«

»So sehr ich auch in Eurer Schuld stehe, Owyn – und in der Eurer Freunde –, mein Leben hängt nur noch an einem dünnen Faden. Ich muss zum Tempel von Ishap gehen und mich meiner Strafe stellen.« Er blickte sich um, als fürchtete er, dass jemand ihn belauschen könnte. »Wenn die, die hier die Macht haben, auch nur ein Zehntel von dem wüssten, was ich getan habe, säße ich längst unten im Kerker, daran gibt es keinen Zweifel.«

Katala blickte verwirrt drein. »Vielleicht kann ich Euch helfen?«

Owyn hob abwehrend die Hand. »Lady Katala, er hat Recht. Zwar war die Liebe zu einer Frau die Triebfeder seines Handelns, aber das ändert nichts daran, dass er sein Volk und seinen Tempel verraten hat.«

»Ich muss zum Tempel und meine Vergehen gestehen. Wenn Ihr mich bitte entschuldigen wollt, ich würde gerne aufbrechen.« Er legte Owyn die Hand auf den Ellenbogen und führte ihn ein Stück zur Seite. »Ihr solltet auf Eurem Weg nach Norden beim Kloster von Sarth einkehren. Wenn überhaupt jemand außer Pug von diesem Buch von Macros weiß, dann die Mönche dort. Abgesehen davon sollten sie auch erfahren, was wir wissen.«

»Ich habe eigentlich gehofft, ein Schiff nehmen zu können«, sagte Owyn. Er sah Katala an. »Sofern Lady Katala das arrangieren kann.«

»Nehmt doch in Sarth ein Schiff«, sagte Graves.

Owyns Miene verriet, dass er dem nichts entgegenzusetzen hatte. »Also gut. Was wird aus Euch werden?«

Graves zuckte mit den Achseln. »Ganz sicher erwarten mich Verbannung und Schande. Möglicherweise erhalte ich die

Chance, im Laufe vieler Jahre durch Sühne Abbitte zu leisten, aber ich denke, man wird mich auf die Straße jagen. Vielleicht erhalte ich einen Aufschub, oder sie teilen der Krone mit, dass ich Verrat begangen habe, und die Wachen nehmen mich in Empfang, wenn ich den Tempel verlasse.« Er schien seinem eigenen Schicksal gegenüber ziemlich gelassen zu sein, aber seine Haltung und seine Stimme änderten sich, als er fortfuhr. »Doch zuerst muss ich Kat aus der Stadt schaffen und dafür sorgen, dass sie in Sicherheit ist. Ich habe das nur getan, um sie zu beschützen, und wenn ich jetzt versage, war alles umsonst.«

»Wie wird sie weiterkommen?«

Graves lächelte. »Meine Kat ist eine Frau von nicht geringen Talenten und großer Stärke. Sie hat sich ihren Weg aus der Stadt bereits gewählt, nehme ich an, und wenn ich sie benachrichtige, wird sie morgen schon verschwunden sein.«

»Könnt Ihr sie denn benachrichtigen?«

»Wenn ich jemanden von den Spöttern erreiche, dürfte das kein Problem sein.«

»Dann wünsche ich Euch viel Glück, Abt.«

»Und ich wünsche Euch viel Glück, Owyn.« Er wandte sich an Gorath. »Und auch Euch alles Gute.« Er verneigte sich vor Katala. »Auf Wiedersehen.«

Er ging.

Owyn wandte sich an Katala. »Lady, wenn es in Eurer Möglichkeit steht, uns die entsprechenden Mittel zu besorgen, werden wir diese Nachricht nach Elbenheim bringen.«

»Was benötigt Ihr?«, fragte sie.

»Münzen, fürchte ich, denn wir haben die meisten im Norden verloren. Frische Pferde, damit wir nach Sarth reiten können. Von dort könnten wir nach Ylith segeln und dann nach Elbenheim reiten. Ich fürchte, ich bitte Euch um nicht wenig, und Ihr kennt uns kaum.«

»Ich weiß, dass meine Tochter Goraths Geist berührt hat. Sie hat gesagt, dass sie nichts Böses gefunden hat, nichts, was sich gegen uns gerichtet hätte.« Sie blickte den Dunkelelben an. »Es ist seltsam, denn nach allem, was ich von Eurer Rasse gehört habe, pflegt sie einen beständigen Hass auf uns.«

»Noch vor zwei Jahren hätte ich das alles ebenfalls sehr merkwürdig gefunden, Lady«, sagte Gorath. »Alles, was ich dazu sagen kann, ist, dass das Leben sich geändert hat und nichts mehr so ist wie einst.« Er starrte aus dem Fenster hinaus auf die Stadt. »Die Welt ist viel größer, als ich einst gedacht hatte, oder mein Platz darin ist weit kleiner, als ich bisher begriffen habe.« Er zuckte mit den Schultern, als wäre es nur ein unbedeutender Unterschied. »Was auch immer es ist, die Welt ist viel komplizierter, als ich es mir in meiner Zeit im eisigen Norden hätte träumen lassen.« Er trat zum Fenster, breitete die Arme aus und berührte den Rahmen mit den Händen. Seine Stimme wurde leiser. »Ich werde helfen, weil ich selbst einmal Kinder hatte. Ich kann nicht mehr über sie sagen, denn der Schmerz ist noch immer vorhanden, und die Wunde wird niemals verheilen.« Er blickte Katala an. »Ich werde Euch helfen, Euren Mann zu finden, und ich werde Euch helfen, Euer Kind zurückzubekommen.«

Katala, die einem stolzen Kriegervolk entstammte, blickte den Moredhel-Anführer mit glänzenden Augen an. Es waren keine Tränen zu sehen, aber Owyn wusste, dass Goraths Worte sie erreicht hatten. »Ich werde tun, was in meiner Macht steht«, versprach sie leise. »Wartet hier.«

Sie ging, und Gorath und Owyn setzten sich. »Ist es gefährlich für dich, nach Elbenheim zu reisen?«, fragte Owyn.

Gorath lächelte Owyn an. »Wir werden es herausfinden, nicht wahr?«

Am nächsten Tag traf eine Nachricht von Graves im Palast ein. Sie lautete: »Wir fliehen nach Durbin. Sagt Jimmy, dass es mir leid tut. Graves.«

Bei der Nachricht lagen eine hastig gezeichnete Karte und einige Anweisungen, wie man von einer verlassenen Zwergenmine aus unterirdisch durch einen geheimen Eingang in die Abtei gelangen konnte. Unten auf dem Papier stand: »Für den Fall, dass Ihr Probleme haben solltet reinzukommen.«

Katala besorgte ihnen Pferde und gab ihnen genug Gold, damit sie von Sarth ein Schiff nehmen und in Ylith weitere Pferde kaufen konnten. Der Hauptmann stellte eine Patrouille zusammen, die sie bis zur Straße begleiten sollte, die zum Kloster von Sarth führte. Am nächsten Tag brachen sie auf.

Owyn prägte sich die Karte ein, die Graves ihnen geschickt hatte, dann bat er Katala, dafür zu sorgen, dass James sie erhielt, wenn er zurückkehrte.

Die Reise nach Norden verlief ereignislos, entweder weil die Dinge schon an einem Punkt angelangt waren, an dem es für Delekhan und seine Agenten nicht länger von Bedeutung war, ob sich Gorath in Freiheit befand oder nicht, oder weil sie einfach nicht mehr wussten, wo er sich aufhielt. Am Fuß der zum Kloster ansteigenden Straße verabschiedeten sie sich von den Soldaten des Königreichs und ritten allein weiter. »Dies muss einmal eine Festung gewesen sein«, meinte Gorath.

»Ich glaube, sie gehörte einem Raubritter. Der damalige Prinz von Krondor hat den Besitz später den Mönchen Ishaps übergeben.«

Die Straße machte eine Biegung. »Es muss mörderisch anstrengend gewesen sein, diese Position einnehmen oder halten zu wollen«, meinte Gorath. Er deutete auf das Kloster, das jetzt auf der Bergspitze zum Vorschein kam. Die hohen Mauern an den Seiten der Klippen boten ein erschreckendes Bild. Owyn musste zustimmen, dass er nicht gerne zu denen gehört hätte, die diese alte Festung einmal hatten stürmen müssen.

Sie erreichten das Tor. »Hallo, ihr da drinnen!«, rief Owyn.

Eine Gestalt erschien auf der Mauer rechts vom Tor. »Hallo, Reisende. Was sucht ihr im Kloster von Ishap bei Sarth?«

»Ich habe eine Nachricht von Abt Graves, der früher in Malac's Cross gelebt hat.«

Die Gestalt verschwand, und einen Augenblick später öffnete sich das große Tor. Sobald sie hindurchgeritten waren, schloss es sich wieder hinter ihnen, und ein sehr alter Mönch, der mit einer riesigen Kriegskeule bewaffnet war, stellte sich hinter sie. »Beim Barte von Tith! Ein Dunkler Bruder reitet so selbstverständlich in das Kloster, als gehörte er hierher!«

Ein anderer Mönch hob besänftigend die Hände. »Bruder Michael, diese beiden haben behauptet, sie hätten eine Nachricht von Abt Graves von Malac's Cross.« Er wandte sich an die beiden, die jetzt abstiegen. »Bruder Michael ist unser Torhüter. In seinem früheren Leben war er Krieger, und gelegentlich fällt er in die Gewohnheiten seiner Jugend zurück.«

Gorath musterte den grauhaarigen alten Mann, der sich trotz seines Alters noch immer sehr aufrecht hielt. Mit einem leichten Kopfnicken bezeugte er ihm seine Achtung. »Wenn es seine Aufgabe ist, wachsam zu sein, dient er Euch gut«, sagte Gorath.

»Ich bin Dominic, der Prior dieses Klosters. Während der Abwesenheit unseres Abtes habe ich den Befehl. Was kann ich für Euch tun?«

Owyn stellte sich und Gorath vor, dann beantwortete er die Frage. »Wir sind mit Junker James vom Hof des Prinzen von Krondor gereist und haben vor ein paar Monaten auf dem Weg nach Romney die Bekanntschaft mit Abt Graves gemacht. Vor kurzem hatten wir Grund, ihn erneut aufzusuchen. Er ist mit uns nach Krondor gereist, um sich der Gnade des Tempels zu ergeben.«

»Folgt mir bitte«, sagte Dominic. Er bedeutete einem anderen Mönch, sich um die Pferde zu kümmern. »Bitte, hier entlang.«

Dominic schien ein Mann mittleren Alters zu sein, aber einer, der sich sehr rasch bewegte. Seine dunklen Haare waren bereits von grauen Strähnen durchzogen, doch in seinen Augen schimmerte eine solch helle Neugier, dass der Anblick erfrischend war. Er führte sie in sein Arbeitszimmer. »Bitte, setzt Euch. Möchtet Ihr etwas trinken?«

»Wasser, bitte«, antwortete Gorath.

Dominic bat einen Mönch, Becher und Wasser zu bringen. »Ich erinnere mich noch gut an James. Er ist vor vielen Jahren einmal hier gewesen. Eine ziemlich ausgeprägte Persönlichkeit.«

»Das ist er immer noch«, meinte Gorath.

Owyn lächelte bei diesen Worten. »Abt Graves bat mich, Euch zu erzählen, was geschehen ist.« Er fasste zusammen, was er wusste, fügte dann Einzelheiten hinzu, als Dominic Fragen stellte.

»Nun, das ist tatsächlich eine Sache für die Mutterkirche in Krondor, aber ich fürchte, der Abt wird einer ernsten Bestrafung nicht entgehen können.«

»Wieso?«, fragte Gorath.

Dominic blickte den Dunkelelben an. »Wieso? Weil er uns verraten hat, natürlich.«

»Werft Ihr schlechte Arbeit dem Werkzeug oder dem Arbeiter vor?«

»Ich verstehe nicht ganz«, sagte der Mönch.

»Euer Orden hat diesen Mann ausgewählt. Ihr Priester habt ihn Riten und Gelübden unterworfen – welche auch immer Ihr benutzen mögt – und trotzdem zugelassen, dass sich ein fehlerhafter Mann in Eure Reihen schleichen konnte.«

Dominic seufzte. »Wir sind nicht vollkommen. Wir machen Fehler. Es war sicherlich ein Fehler, Ethan Graves in unsere Reihen aufzunehmen – wie deutlich er den Ruf auch gehört haben mag.«

»Nun, zumindest ist er zurückgekehrt, um seine Schuld zu bezahlen«, sagte Owyn.

Dominic lehnte sich zurück. »Ich frage mich ...« Er grübelte einen Augenblick, dann erhob er sich. »Wie auch immer, ich kann Euch nicht helfen, was dieses Buch von Macros betrifft. Pug hat uns gestattet, bestimmte Bücher in seiner Bibliothek abzuschreiben, als Gegenleistung dafür, dass wir ihm einige Abschriften von bestimmten Büchern unserer Bibliothek zusandten.«

»Könnte sich das Buch von Macros irgendwo hier befinden, ohne dass Ihr davon wisst?«, fragte Gorath.

Dominic bedeutete ihnen, ihm zu folgen. »Nein, jeder Band, der sich in unserem Besitz befindet, ist katalogisiert und kann von unserem Bibliothekar rasch gefunden werden.« Er führte sie durch das Hauptgebäude des Klosters. »Erholt Euch etwas und esst mit uns. Ich werde einen der Brüder in die Stadt schicken; er soll Erkundigungen darüber einholen, wann das nächste Schiff nach Ylith ablegt. Ihr könnt Eure Pferde bei uns lassen und sie später abholen, wenn Ihr wieder hier vorbeikommt.«

»Ich danke Euch«, sagte Owyn. Sie wurden in einen Raum mit zwei schmalen Betten geführt. Gorath legte sich nieder und war rasch eingeschlafen. Owyn legte sich ebenfalls hin, aber der Schlaf wollte nicht kommen, da seine Gedanken um Fragen kreisten, auf die er keine Antworten fand: Was würde mit Graves und Kat geschehen? Wo waren James und Locklear? Und am allerwichtigsten: Was war das Buch von Macros, und wo konnten sie es finden?

James blickte auf die Karten und schüttelte den Kopf. »Wir haben einfach nicht genug Männer.«

Er hatte in den letzten Tagen versucht, das Beste aus ihrer Situation zu machen, hatte sich eingehend mit verschiedenen Soldaten im Burgfried besprochen und dafür gesorgt, dass es wieder so etwas wie eine Kommandostruktur gab. So waren einige von ihnen zu Offizieren und Feldwebeln auf Zeit ernannt sowie neue Patrouillen und Dienstpläne aufgestellt worden. In der letzten Woche hatte es sogar so ausgesehen, als würde sich die Lage etwas entspannen, aber jetzt häuften sich die Berichte von Truppenbewegungen im Norden. Nicht nur aus diesem Grund hatte er sich mit Locklear zu einer Beratung zurückgezogen.

»Was für Probleme wir Delekhans Truppen mit unserem Streich auch bereitet haben, sie scheinen sie inzwischen überwunden zu haben«, fuhr James fort. »Es besteht kein Zweifel daran, dass sie sich darauf vorbereiten, nach Süden zu marschieren. Es wird höchstens noch einen Monat dauern, und sie sind auf dem Weg zu uns.«

»Sollten wir vielleicht noch einen Boten nach Süden schicken?«, fragte Locklear.

»Der Graf von Dolth hat einen Außenposten an der nördlichen Grenze zum Dunkelhain. Das ist beinahe der einzige Ort, zu dem wir keinen Boten gesandt haben.« James starrte einen Augenblick ins Leere. »Nein, wir haben alles getan, was getan werden konnte. Sofern nicht schon Hilfe unterwegs ist, werden wir auf uns allein gestellt sein. Kümmere dich um deine Aufgaben und versuch vor allen Dingen, zuversichtlich auszusehen; unsere Männer brauchen das.«

»Sollte ich vielleicht losreiten und mich noch einmal draußen umsehen?«, fragte Locklear.

James schüttelte den Kopf. »Nein, sie werden kommen. Dieser Bericht bestätigt, dass sie die Belagerungstürme in Bewegung gesetzt haben, ebenso wie ihre Katapulte.«

»Und was tun wir jetzt?«

»Wir warten«, sagte James. »Eine Patrouille soll den Süden und Westen durchkämmen, um sicherzustellen, dass wir keine Überraschungen aus einer unerwarteten Richtung zu befürchten haben. Und dann müssen wir die umliegenden Dörfer informieren.« James hatte die berittenen Soldaten von Dencamp-auf-den-Zähnen zurückgezogen und sie als Patrouillen eingesetzt. Dadurch hatte er immerhin einen erfahrenen Feldwebel bekommen. »Ich möchte, dass sich hier die Bürgerwehr versammelt und alle, die nicht kämpfen können oder wollen, in den Süden geschickt werden.« Er deutete auf die Karte. »Beginnt gleich morgen früh damit, an dieser Stelle Fallgruben zu errichten. Ich will, dass die Maschinenbauer auf dieser Straße immer wieder neue Löcher füllen müssen, um weiterzukommen.«

Locklear nickte. »Soll ich Mannschaften aufstellen, um die Felsblöcke hochschleppen zu lassen?«

»Ja. Hier, an dieser Biegung befindet sich ein Felsvorsprung, und darüber ist ein Grat.« Sein Finger deutete auf einen bestimmten Punkt auf der Karte. »Wir sollten dort eine Holzkippe aufstellen und mit Felsbrocken bestücken; wenn wir dann die Stützen lösen, können wir die Steine auf die Angreifer herabregnen lassen.« Er grübelte. »Wenn sie keine Magier gegen uns einsetzen, gelingt es uns vielleicht, diese verdammten Belagerungstürme von unseren Mauern fernzuhalten.«

»Hah!«, erklang eine Stimme aus der Ecke, und als James und Locklear sich umdrehten, sahen sie, dass Patrus unbemerkt das Zimmer betreten hatte. »Wenn sie wirklich ihre Zauberer mitbringen, kriegen sie's mit mir zu tun!«

James lächelte. »Gut. Wir verlassen uns auf dich.« Er blickte seinen langjährigen Freund an. »Hast du die Assassinen gefunden?«

Locklear schüttelte den Kopf. »Bis jetzt noch nicht. Und ich mache mir ernsthafte Sorgen. Es könnte jemand aus der Garnison sein, sogar aus dem Beraterstab – jemand, der sich eingeschlichen hat und dann verschwunden ist. Ich weiß es nicht.« Zwei der Hauptleute waren im Feld getötet worden, während sie in ihren Zelten geschlafen hatten, und der Baron war vergiftet worden. Alle anderen am Tisch hatten nicht mehr als ein Sodbrennen verspürt.

»Also sind möglicherweise noch immer einige Nachtgreifer unter uns?«

»Ja«, sagte Locklear. »Ich wünschte, wir fänden eine Möglichkeit, sie aufzustöbern.«

»Lasst mich zwei der Gefangenen über einem Feuer rösten«, sagte Patrus mit einem teuflischen Grinsen. »Das wird die anderen so in Angst und Schrecken versetzen, dass sie sich schuldig bekennen.«

James wirkte einen Augenblick sehr nachdenklich. »Du denkst doch nicht im Ernst daran, seinen Vorschlag in die Tat umzusetzen, oder?«, fragte Locklear.

»Nein«, meinte James und schüttelte ungeduldig den Kopf. Dann grinste er plötzlich wieder. »Aber er hat mich auf eine Idee gebracht.« Er wandte sich an Patrus. »Kannst du ein Geheimnis bewahren?«

»Natürlich nicht«, sagte der alte Mann und lachte über seinen eigenen Witz.

»Gut, denn ich habe ein Geheimnis, und ich möchte dich bitten, es gut zu bewahren, zumindest für ein paar Minuten.«

»Was ist es denn?«, fragte der alte Magier, und seine Züge bekamen einen derart teuflischen Ausdruck, wie Locklear und James es noch nie bei ihm gesehen hatten.

James begann, ihnen seinen Plan zu erklären, und der Magier ließ wieder sein Kichern erklingen.

James und Locklear standen oberhalb der Speisehalle auf einer Galerie, die in den Versammlungsraum des verstorbenen Barons führte. Unten unterhielten sich leise die Soldaten miteinander, während sie ihr Essen verzehrten. »Es verbreitet sich«, sagte Locklear.

»Wie ein Lauffeuer«, sagte James.

»Was glaubst du, wann sie reagieren werden?«, fragte Locklear.

»So wie ich die Nachtgreifer kenne, werden sie genau dann nach einem Fluchtweg suchen, wenn sie das Gefühl haben, dass man sie entdecken könnte. Je länger sie sich noch hier aufhalten, desto größer ist die Gefahr, entlarvt zu werden.«

»Denkst du, sie glauben Patrus?«

»Warum sollten sie es nicht tun?«, fragte James. »Die meisten dieser Soldaten wissen so gut wie nichts über Magie. Als Gruppe sind sie stark, sogar gute Kämpfer, aber nicht sehr klug. Warum sonst würden sie hier an der Grenze Dienst tun?«

»Dagegen kann ich kaum etwas einwenden«, meinte Locklear, der mehr Zeit an der Grenze verbracht hatte als James. »Man muss gewöhnlich ziemlich dumm sein, um hierher verbannt zu werden.«

»Oder man ist sogar noch dümmer und bewirbt sich freiwillig darum«, erklärte James.

»Wirkt schon jemand nervös?«, fragte Locklear.

»Da drüben vielleicht, die drei in der Ecke.«

Locklear blickte auf drei Soldaten, die etwas abseits von den anderen saßen und sich unterhielten; sie steckten die Köpfe über dem Tisch zusammen und bemühten sich offensichtlich, von den anderen nicht gehört zu werden. Einer schien mit den anderen beiden zu streiten, aber was immer sie auch besprachen, sie taten es sehr leise.

Schließlich schien derjenige, der anderer Meinung gewesen war, überzeugt worden zu sein, denn sie standen gemeinsam auf. Einer schaute sich misstrauisch im Raum um, während die anderen versuchten, gleichgültig zu wirken.

»Ist das Tor geschlossen?«, erkundigte sich James.

»Natürlich, genau wie du es angeordnet hast.«

»Dann ist es das Hintertor«, sagte James.

»Was ist mit dem Ausfallstor?«

»Zu nah am vorderen Tor. Nein, sie werden versuchen, sich hinten herum davonzuschleichen. Abgesehen davon«, sagte James mit einem Lächeln, »habe ich es absichtlich nicht besonders gut bewachen lassen. Die ›Aufsicht‹ hat ein ›unerfahrener Kommandant‹, wie es heißt.«

»Jimmy die Hand, du bist wirklich ein grässlicher Bastard!«

»Herzlichen Dank, Locky!«, erwiderte James fröhlich.

Sie verließen die Galerie und eilten eine Treppenflucht hinunter; unten warteten zwei Männer, die sie als vertrauenswürdig empfanden und dort aufgestellt hatten. »Gerade sind drei Männer aufgebrochen, Junker«, sagte der alte Feldwebel.

»Kennt Ihr sie gut?«

»Nein. Zwei von ihnen sind letzten Sommer als Ersatz hier eingetroffen und stammen aus Romney, der andere ist erst vor ein paar Wochen hier aufgetaucht.«

James nickte. »Das sind unsere Männer. Ich wette, wenn wir

den Arbeitsplan durchgehen, werden wir feststellen, dass einer von ihnen in der Nacht, in der der Baron gestorben ist, in der Küche gearbeitet hat, während die anderen beiden mit den beiden Hauptleuten unterwegs waren.«

»Wo sind die anderen?«, fragte Locklear.

»Ich habe zehn Männer gefunden, bei denen ich mir vollkommen sicher war, Junker«, antwortete der Feldwebel. »Die meisten sind bereits seit vielen Jahren hier; einer ist der Sohn meines Bruders. Sie warten in der Nähe der Ställe.«

»Gut«, meinte James. »Gehen wir.«

Die vier eilten durch einen Tunnel am hinteren Ende des Burgfrieds und gelangten an eine Tür, die sich zum Hof mit den Stallungen öffnete. Wie James vermutet hatte, waren die drei verdächtigen Männer gerade dabei, zu den Ställen zu eilen.

Der alte Feldwebel legte zwei Finger an die Lippen und stieß ein paar schrille Pfiffe aus. Die zehn Soldaten lösten sich aus dem Schatten der Ställe und rannten zu den drei Nachtgreifern.

Sofort drehte sich einer von ihnen um und sah die vier von hinten auf sich zukommen. Als sie begriffen, dass sie umzingelt waren, verzichteten sie auf jeglichen Widerstand. Doch als James näher herankam, sah er, dass sich alle drei etwas in den Mund steckten. »Haltet sie auf! Sie wollen sich vergiften!«

Die Soldaten hetzten zu ihnen, aber es war klar, dass sie zu spät kommen würden. Als sie die drei Nachtgreifer erreichten, waren diese bereits zu Boden gesunken; die Augen traten aus ihren Höhlen, und ihre Gliedmaßen zuckten unkontrolliert.

»Verfluchte Fanatiker!«, sagte James.

»Wer sind sie, Junker?«, fragte der alte Feldwebel.

»Echte Nachtgreifer. Möglicherweise sind sie noch von der Großen Erhebung übrig geblieben, oder sie wurden neu rekrutiert. Auf jeden Fall waren sie willig, für dunkle Mächte zu töten und zu sterben.«

Er blickte Locklear an, und der nickte. »Durchsucht sie nach irgendwelchen Papieren, dann verbrennt die Leichen.«

»Bekommen sie keinen Priester?«, fragte der Feldwebel. »Es gibt ein Tempelheiligtum des Ordens von Lims-Kragma unten in Putney.«

»Nein«, sagte James. »Wir müssen sie innerhalb der nächsten Stunde verbrennen. Ich will sicher gehen, dass sie auch tot bleiben.«

»Dass sie auch tot bleiben?«, fragte der Feldwebel.

James antwortete nicht. Es machte keinen Sinn, die Männer zu beunruhigen, aber er erinnerte sich noch lebhaft an die Nachtgreifer im Keller eines Bordells in Krondor, die sich nur Minuten, nachdem sie getötet worden waren, wieder erhoben hatten. Er hoffte, so etwas niemals wieder sehen zu müssen.

»Was tun wir jetzt?«, fragte Locklear, als er seinen Freund eingeholt hatte.

»Wir schärfen unsere Schwerter, ölen unsere Rüstungen und warten auf Arutha«, antwortete James.

Owyn hatte niemals Gefallen an Seereisen gefunden, und Gorath musste zugeben, dass es auch für ihn eine seltsame Erfahrung war. Doch beide hielten sich gut während der raschen Fahrt von Sarth nach Ylith. Da ihnen eine Begegnung mit queganischen Kriegsgaleeren erspart geblieben war und günstige Winde sie schnell vorangebracht hatten, erreichten sie schon nach vier Tagen ihr Ziel.

In Ylith hatten sie mit dem Gold, das sie von Katala erhalten hatten, Pferde erworben, und nach einem Gespräch mit dem örtlichen Garnisonskommandanten hatten sie erfahren, dass im Westen alles ruhig war. Welche Versuche Delekhan auch unternommen haben mochte, das Königreich davon zu überzeugen, dass er im Westen angreifen würde – sie waren anscheinend fehlgeschlagen und dann aufgegeben worden. Owyn konnte daraus nur schließen, dass der Feind das tat, weil er ihre Aufmerksamkeit auf etwas anderes lenken wollte.

Gorath streckte eine Hand aus. »Auf der anderen Seite dieser

Berge liegt das Grüne Herz. Dort versteckt sich ein Teil meines Volkes; diejenigen, die sich Delekhan widersetzen. Sie werden uns helfen, wenn wir sie finden.«

»Nach allem, was wir vom Hauptmann in Ylith erfahren haben«, erwiderte Owyn, »sollten wir uns in das Gebiet der Zwerge begeben, an einen Ort namens Caldara. Die Zwerge müssten bereit sein, uns dabei zu helfen, nach Elbenheim zu gelangen.« Goraths Miene verriet deutlich, dass er dies für ziemlich unwahrscheinlich hielt.

Sie ritten nach Zūn, um von dort eine Straße zu nehmen, die direkt in die Berge führte; jetzt, da der Frühling bevorstand, sollte sie eigentlich schneefrei sein. Man hatte sie in aller Deutlichkeit gewarnt, dass der kürzeste Weg nach Elbenheim auch der gefährlichste war. Wenn sie einen ungefährlicheren hätten nehmen wollen, hätten sie sich nach Yabon wenden müssen, um sich von dort unterhalb des Himmelssees nach Westen zu wenden und dann den Crydee entlangzumarschieren. Dadurch hätte sich die Reise jedoch um einen Monat verlängert, und Owyn und Gorath spürten beide, dass ihnen die Zeit davonlief.

Der Angriff würde nicht mehr lange auf sich warten lassen, denn wer im Sommer eine Armee bei Sethanon haben wollte, musste allmählich damit beginnen, die Dinge in Bewegung zu setzen. Welchen Weg Delekhans Streitkräfte auch nehmen würden, sie mussten Hunderte von Meilen zurücklegen und standen vor dem Problem, viele Personen verköstigen zu müssen. Die besten Chancen, sich von dem zu ernähren, was sie unterwegs fanden, gab es im Frühling und Sommer.

Owyn war sich darüber im Klaren, dass der Feind möglicherweise genau in diesem Augenblick, während sie nach Elbenheim ritten, damit begann, ins Königreich einzudringen.

»Wo bleiben sie nur?«, fragte James. Er stand auf der Brustwehr von Nordwacht und starrte durch die Zinnenlücke nach draußen, als könnte er ins Nordland blicken. Er hatte den Angriff schon eine Woche zuvor erwartet, aber immer noch gab es kein Anzeichen des Feindes.

»Soll ich nicht doch hochreiten und noch einmal nachsehen?«, fragte Locklear.

»Nein. Es wird vermutlich so aussehen wie beim letzten Mal – jede Menge Krieger, die sich versammeln und zum Angriff rüsten.« James versuchte, seinen Ärger nicht zu offensichtlich zu zeigen, aber es fiel ihm nicht leicht. »Sie werden kommen, wenn es an der Zeit ist, und wir können nichts anderes tun als warten.«

»Wenigstens Arutha und die Verstärkungstruppen hätten schon längst hier eintreffen müssen«, meinte Locklear.

»Ja«, erwiderte James, »falls Owyn und Gorath durchgekommen sind.« Dann blickte er nach unten auf die Straße, auf der sie den Feind erwarteten. »Aber wenn sie es geschafft hätten, müsste Arutha doch schon längst hier sein. Irgendetwas muss passiert sein.«

»Dann glaubst du nicht daran, dass wir noch Hilfe bekommen?«, fragte Locklear.

James schüttelte den Kopf. »Es gibt keine Streitmacht von brauchbarer Größe, die nah genug wäre, um uns helfen zu können. Bis auf die Grenzbarone befinden sich all unsere Streitkräfte im Süden in der Nähe der keshianischen Grenze oder im Osten, wo sie mit den östlichen Königreichen zu tun haben.«

Locklear seufzte. Er blickte James an, dann lächelte er. »Nun, es ist nicht das erste Mal, dass wir uns in einer hoffnungslosen Situation befinden, oder?«

»Nein, aber es ist das erste Mal, dass wir in einer hoffnungslosen Situation das Kommando führen«, antwortete James.

Locklears Lächeln verschwand.

Fünfzehn

Die Suche

Ein eisiger Wind fegte über den Pass.

Gorath und Owyn wickelten sich enger in ihre Umhänge, während sie ritten. Es war Frühling, aber in den Bergen herrschte noch immer Winter.

»Wir werden beobachtet«, sagte Gorath.

»Wer ist es?«

»Ich weiß es nicht. Aber ich habe in der letzten halben Stunde auf dem Kamm über uns mehrfach Schatten entlanghuschen sehen. Wenn jemand uns Böses wollte, hätte man uns längst angegriffen.«

Ein paar Minuten später stand auf einem Felsstück vor ihnen plötzlich eine Gestalt, die in einen schweren Umhang gehüllt war und auf sie wartete.

Als sie näher kamen, erkannte Owyn, dass es ein Zwerg war. Er hob seine Hand zum Gruß. Gorath zügelte sein Pferd und sagte: »Du musst zuerst mit ihm sprechen, Owyn.«

Owyn nickte und ritt ein Stück voran; der Moredhel folgte ein paar Schritte hinter ihm. Als sie den Zwerg erreicht hatten, blieb Owyn stehen. Er schob die Kapuze zurück. »Hallo.«

Der Zwerg schlug ebenfalls seine Kapuze zurück, und zum Vorschein kamen ein schwarzer Bart von Ehrfurcht gebietender Dichte und Haare, die sich anscheinend jedem Versuch widersetzten, sich in eine auch nur annähernd ordentliche Form bringen zu lassen. Der Schnauzbart wirkte wie ein riesiger Borstenbesen. Der Zwerg ließ seinen Blick von einem zum anderen schweifen, doch er betrachtete beide voller Misstrauen. »Ich grüße Euch«, sagte er ruhig. »Was führt Euch auf die frostigen Pässe der Grauen Türme?«

»Wir haben eine Nachricht zu überbringen. Sie stammt von Lady Katala, der Frau von Pug, dem Magier, und ist an Tomas gerichtet, den Kriegsführer von Elbenheim«, sagte Owyn.

Der Zwerg kratzte sich am Kinn. »Das ist eine gute Ausrede. Die habe ich noch nicht gehört. In der Tat, ich bin geneigt, Euch zu glauben.«

»Wieso solltet Ihr das nicht?«, fragte Owyn.

Der Zwerg deutete auf Gorath. »Sein Volk ist vor etwa einem Jahr aus dem Norden hierher gekommen; wir hatten ganz vergessen, welch reizbare Nachbarn sie sein können.«

Gorath schob seine Kapuze zurück. »Ich bezweifle, dass sie gegenüber Eurem Volk wärmere Gefühle hegen, Zwerg, aber die Probleme zwischen Eurem und meinem Volk müssen wir auf einen späteren Zeitpunkt verschieben. Im Augenblick brauchen wir sicheres Geleit nach Elbenheim.«

Der Zwerg hockte sich auf den Felsen und sagte: »Elbenheim? Nun, wenn Ihr das sagt. So wie ich es sehe, werdet Ihr bei Euren Verwandten da oben keine herzlichere Aufnahme finden als bei meinem Volk.« Er blickte Owyn an. »Ihr habt nicht zufällig eine Art Vollmacht von einer Autoritätsperson, oder?«

Gorath spuckte vor Verachtung beinahe aus. »Und was gibt Euch das Recht, nach so etwas zu fragen, Zwerg?«

»Nun, als erstes die Tatsache, dass Ihr Euch auf meinem Land befindet. Dann sind da noch die zwanzig anderen, die euch umzingelt haben, während wir uns unterhielten.« Er pfiff, und wie aus dem Nichts erhoben sich etwa zwanzig Zwerge. Owyn sah, dass alle schwer bewaffnet waren.

»Diese Runde geht an Euch«, sagte Owyn. Er griff in seine Tunika und zog eine Nachricht von Katala heraus, auf der ein herzogliches Siegel und eine Zweitunterschrift vom Hauptmann der Königlichen Garde von Krondor zu sehen waren.

Der Zwerg warf einen Blick darauf und reichte ihm das Schreiben zurück. Dann grinste er. »Ich habe Euch von Anfang an geglaubt. Über die Moredhel kann man sagen, was man will; sie waren jedoch niemals wirklich dumm – und das wäre es, hier im freien Gelände herumzureiten, wenn man Übles im Sinn hat. Kommt mit, wir begleiten Euch ins Dorf.«

»Dorf?«, fragte Owyn. »Sind wir denn schon in der Nähe von Caldara?«

»In einer halben Stunde sind wir da. Dann könnt Ihr König Dolgan erklären, warum ihr in solcher Eile nach Elbenheim müsst.«

Weiter wurde nichts gesprochen, während sich alle gemeinsam den Pfad entlangbewegten, und als ein kaum zu erkennender steiler Weg auftauchte, folgten sie ihm hinab in ein kleines Tal, in dem sich ein hübsches, kleines Dorf befand. Alle Gebäude waren aus weiß gewaschenem Stein und besaßen Strohdächer, bis auf eine große Holzhalle mit einem Holzdach, die in der Mitte des Dorfes thronte. Auf dieses Gebäude hielten sie zu. »Die Jungs werden sich um Eure Pferde kümmern. Der König ist im Langhaus«, sagte der Zwerg, der sie geführt hatte.

Sie waren am schmalen Ende des Langhauses angekommen. Owyn und Gorath stiegen die Stufen zum Eingang hinauf. Als sie die Tür erreicht hatten, blieb der Zwerg stehen. »Stellt Euch dem König vor. Ich werde Euch später wiedersehen.«

»Kommt Ihr nicht mit hinein?«, fragte Owyn.

Der Zwerg schüttelte den Kopf. »Nein, ich habe etwas anderes zu erledigen. Ihr werdet den Weg schon finden. Folgt einfach dem Gang bis zum Ende, dann seht Ihr den König.«

»Ihr wart sehr freundlich, Zwerg. Ich wüsste gerne Euren Namen.«

Der Zwerg lächelte. »Ich bin Udell. Ich bin der jüngere Sohn des Königs.«

Owyn öffnete die Tür und blickte in einen langen Gang, von dem beiderseits Türen abgingen und an dessen Ende ein großer Raum zu sehen war. Als er und Gorath den Korridor durchschritten hatten, traten sie in ein Zimmer, das von einem großen Quadrat aus vier langen Tischen beherrscht wurde. In der Ecke saßen fünf Zwerge. Einer von ihnen stand auf. »Ich bin Dolgan.«

Owyn verneigte sich unbeholfen. »Eure Majestät.«

Dolgan wischte den Titel mit einer lässigen Handbewegung beiseite. »Einfach nur Dolgan.« Er stopfte eine Pfeife und zündete sie mit einer glimmenden Kerze an. »Nun, was bringt Euch zwei nach Caldara?«

»Lady Katala, die Frau des Magiers Pug, bat uns, dem Kriegsführer Tomas in Elbenheim eine Nachricht zu überbringen«, sagte Owyn.

Dolgan wölbte eine Braue. »Tomas ist ein alter und teurer Freund von mir.« Er lächelte. »Ein außergewöhnlicher Bursche.« Mit einem Blick auf Gorath fügte er hinzu: »Ihr habt Euch einen ungewöhnlichen Begleiter ausgewählt.«

»Gorath hat dem Prinzen die Warnung überbracht, dass ein Moredhel-Führer namens Delekhan eine Invasion vorbereitet«, antwortete Owyn. Er begann, dem Zwergenkönig alles zu erzählen, und wurde dabei nicht ein einziges Mal unterbrochen.

Nachdem Owyn geendet hatte, blieb der Zwerg eine Weile still sitzen und bedachte das, was er gehört hatte. Dann blickte er Gorath an. »Nun, mein alter Feind, beantwortet mir eine Frage. Wieso warnt Ihr Eure Feinde und fordert sie auf, Eure Verwandten zu töten?«

Gorath schwieg einen Augenblick und dachte über seine Antwort nach. »Ich möchte nicht, dass meine Verwandten sterben müssen«, sagte er dann. »Ich möchte, dass Delekhan gestürzt wird. Er ist zu weit gegangen, und zu wenige von uns stellen sich ihm entgegen. Aber sollte das Königreich ihn besiegen, wird er seine Macht über mein Volk verlieren. Dann werden viele von uns sich erheben und ihn absetzen.«

»Und dann?«, fragte Dolgan. »Kommt dann ein anderer Kriegsherr, der wieder Gefolgsleute um sich schart? Werdet *Ihr* dann seinen Platz einnehmen?«

Gorath blickte den alten König an. »Ich glaube nicht, dass ich die Nordlande jemals wiedersehen werde. Ich habe zwei Frauen, zwei Söhne und eine Tochter verloren. Alle meine Blutsverwandten sind tot. Dort hält mich nichts mehr. Aber was auch immer in der Zukunft geschehen mag, kann ich Euch nicht sagen; alles, was ich weiß, ist, dass Delekhan aufgehalten werden muss.«

Dolgan nickte kurz, aber nachdrücklich. »Gut gesprochen. Wir werden Euch helfen. Während des Spaltkriegs ist mein Volk jedes Jahr nach Elbenheim gegangen, um mit Tomas und den Elben zu kämpfen. Wir kennen einen sicheren Weg, der Euch nahe an ihre Grenze führen wird. Von dort kommt Ihr gefahrlos bis zum Hof der Königin. Ich werde ein paar Jungs vorausschicken, die sicherstellen, dass Euch weder welche vom Volk der Moredhel noch Goblins zusetzen, die uns seit kurzem etwas Ärger bereiten.« Er stand auf. »Und jetzt ruht Euch aus und esst etwas. Morgen könnt Ihr dann aufbrechen.«

»Ich danke Euch … Dolgan«, sagte Owyn.

Der Zwergenkönig lächelte. »Genau.«

Ein anderer Zwerg, eine junge Frau, sofern Owyn ihre Erscheinung richtig deutete, führte sie in einen der Räume, die von dem langen Flur abgingen. Gorath, der gerade eintreten wollte, zögerte plötzlich. »Irgendetwas …«

»Was ist?«, fragte Owyn.

»Ein Gefühl von … nenn es eine Erinnerung. Große Mächte haben hier einst gewirkt.«

»Tomas hat gewöhnlich hier gewohnt, wenn er in Caldara überwintert hat«, sagte die junge Frau. »Ich kann es manchmal auch spüren. Wenn Ihr etwas braucht, streckt einfach den Kopf aus der Tür und ruft mich; mein Name ist Bethlany.«

»Danke, Bethlany«, sagte Owyn.

Owyn setzte sich auf eines der Betten, während Gorath das andere anstarrte. »Dann stimmt also das, was sie über Tomas sagen, denn ich spüre die Macht der Valheru noch zehn Jahre, nachdem er hier gewesen ist.«

»Möglich ist alles«, erwiderte Owyn. Er legte sich hin. »Aber im Augenblick möchte ich nichts als schlafen.«

Der Junge fiel rasch in tiefen Schlaf, aber Gorath hatte nicht das Bedürfnis, sich hinzulegen. Er verließ den Raum kurze Zeit später wieder und trat nach draußen.

Dolgan stand auf der Veranda des Langhauses und ließ seinen Blick über das Dorf schweifen. Es bestand aus einem Dutzend Gebäuden von verschiedener Größe; ein paar waren offensichtlich Wohnhäuser, während es sich bei den anderen um Läden handelte: ein Schmied, ein Zimmermann, ein Bäcker.

»Hübsch, nicht wahr?«, fragte Dolgan.

Obwohl die Frühlingsblumen noch nicht zu sehen waren, war das Tal außerordentlich reizvoll, eingebettet in Kiefern und Espen. Die Leute, die hier lebten, waren emsig, und alles, was man sah, kündete von Wohlstand. Ein Stück weiter oben am Berghang graste Vieh auf einer Wiese gegenüber einer Baumgruppe. Hühner und Enten rannten gackernd und quakend über den Dorfplatz, während zwei Hunde versuchten, das aufgeregte Federvieh zu hüten.

»Es ist ein guter Ort«, stimmte Gorath zu.

»Ich habe nur wenige Moredhel-Dörfer gesehen, und die paar waren verlassen, nachdem die Tsuranis Eure Leute von den Hochweiden vertrieben hatten. Ich erinnere mich, dass sie sich nicht allzu sehr von dem hier unterschieden haben.«

»Wir bauen anders«, sagte Gorath. »Aber ein Dach über dem Kopf ist ein Dach über dem Kopf, und wir backen und schmieden genauso wie Ihr und die Menschen.«

»Am nächsten Mittsommernachtstag werde ich fünfhundertachtundzwanzig Jahre alt, und den größten Teil dieser Zeit habe ich für mein Volk gekämpft.« Dolgan blickte zu dem großen Dunkelelben auf. »Wusstet Ihr, dass Ihr der erste Eurer Rasse seid, mit dem ich ein ganz normales, ordentliches Gespräch führe?«

Gorath setzte sich auf die Stufen. »Und Ihr seid der erste

Zwerg, mit dem ich solcherart spreche. Ebenso war es mit den Menschen, bis vor ein paar Monaten.« Er lehnte sich gegen einen der Stützpfeiler. »Ich stelle fest, dass die Welt viel komplizierter ist, als ich sie mir als Junge immer vorgestellt habe. Ich war erst zwölf Sommer alt, als mir die Verantwortung für das Wohl meiner Gruppe übertragen wurde, und ich war siebenunddreißig Sommer, als ich meinen Vater rächte und Anführer unseres Clans wurde. Mehr als hundert Jahre lang lebten die ardanischen Stämme in den Eishöhlen hoch im Norden, wo die Sonne im Winter niemals scheint und im Sommer niemals untergeht. Wir haben Robben und Walrosse gejagt und mit den Stämmen südlich von uns Handel getrieben; wir haben selbst von den meisten unserer Verwandten weit entfernt gelebt.

Dann sind wir zurückgekehrt, und ich habe um das Überleben meines Clans gekämpft. Wir haben uns erhoben und sind zu einer Macht innerhalb unserer Nation geworden. Wir wurden respektiert und gefürchtet, und wenn ich in der Versammlung das Wort ergriff, beachtete man die Ardanier.«

»Was ist dann geschehen?«

»Murmandamus ist gekommen.«

»Welcher, der erste oder der zweite?«

Gorath lächelte. »Beide, könnte man sagen. Der erste war ein bemerkenswertes Wesen. Er sprach Worte, die bezwingend und eindringlich waren, und mein Volk lauschte ihnen. Ich hörte Geschichten von jenen, die ihn gekannt hatten. Wir haben uns erhoben und sind nach Süden gezogen und haben die Menschen in Yabon überrannt.

Aber Murmandamus starb, während seine Legende weiterlebte, und als der zweite Murmandamus kam, folgten wir ihm bereitwillig, ohne weitere Fragen zu stellen.«

»Blinder Gehorsam ist etwas sehr Gefährliches.«

Gorath nickte. »Bevor der zweite Murmandamus kam, war ein Teil meiner Rasse von mächtigeren Clans aus den Nordlanden vertrieben worden, und sie zogen über die Zähne der Welt in den

Süden. Andere, so wie mein Clan, lebten in den Eishöhlen im hohen Norden. Solch eine Umwälzung hatte es schon hundert Jahre zuvor gegeben.«

»Ich erinnere mich«, sagte Dolgan. »Einige von Euren Burschen wurden etwas dreist und kamen hierher.«

»Auf dieser Seite des Bitteren Meeres habe ich mich niemals zuvor so weit nach Süden getraut. Als Junge habe ich in der Nähe der Stadt gefischt, die die Menschen Sarth nennen.« Er schloss die Augen. »Ich hätte niemals gedacht, dass ich es erleben würde, die Grauen Türme zu sehen.« Er blickte Dolgan an. »Es könnte sein, dass einige von meinem Volk, besonders jene, die meinem Cousin Obkhar gefolgt sind, hier durchkommen, um wieder im Grünen Herzen zu leben.«

»Nun, solange sie sich unten in den Wäldern halten, werden wir ihre Durchreise nicht behindern. Wir hatten niemals viel Ärger mit den Moredhel vom Grünen Herzen, nur Eure Clans oben in den Bergen waren keine angenehmen Nachbarn.«

Gorath musterte den Zwerg und lachte. »Ihr klingt wie Euer Sohn. Wie ich ihm schon sagte, ich vermute, dass auch mein Volk keine angenehmen Worte finden würde, um Euch als Nachbarn zu beschreiben.«

»Tja, davon bin ich überzeugt.« Dolgan kicherte. »Aber was mich schon seit langem verwirrt, ist die Frage, warum das so ist. Wir Zwerge sind, trotz unserer Fähigkeiten als Krieger, eigentlich ein friedliches Volk – sofern man uns in Ruhe lässt. Wir belästigen andere nicht, solange sie uns nicht belästigen. Wir lieben unsere Kinder, sorgen für unser Heim, und im Winter sitzen wir in unserem Langhaus, singen gemeinsam und trinken Bier. Wir führen ein gutes Leben.

Aber solange ich lebe, seid Ihr der Erste Eures Volkes, mit dem ich mich so nett unterhalte, Gorath. Daher möchte ich Euch fragen: Warum hassen die Moredhel uns Zwerge und die Menschen so?«

Gorath dachte eine Zeit lang über die Frage nach, dann sagte er: »Als mein eigener Cousin mich zu töten versuchte und mich zwang, aus meinem Heimatland nach Süden zu fliehen, hätte ich Euch eine ganz bestimmte Antwort gegeben. Ich hätte gesagt: ›Als die Valheru damals verschwanden, haben sie uns zu einem freien Volk gemacht und uns diese Welt überlassen, und ihr und die Menschen seid nichts weiter als Eindringlinge. Ihr nehmt Euch, was uns gehört.‹

Jetzt aber habe ich keine Antwort auf Eure Frage.«

»Was hat sich denn verändert?«, fragte Dolgan, der wirklich neugierig geworden war.

»Eine ganze Menge«, sagte Gorath. »Mein eigenes Volk hat sich ...« Er atmete mit einem tiefen Seufzer aus, als müsste er etwas loswerden, das er schon lange zurückgehalten hatte. »Vor vielen Jahren waren wir – die Moredhel, Eldar, Eledhel und Glamredhel – ein einziges Volk. In unserer Sprache waren wir *das Volk.* Die Namen, die wir jetzt tragen, haben wir uns nicht selbst gegeben, sondern sie stammen zum größten Teil von den jeweils anderen. Eledhel ist ein Wort, das mein Volk voller Verachtung geprägt hat, es bedeutet die ›Elben des Lichts‹ in der Sprache der Menschen. Es war ein Spitzname, den wir jenen entgegenschleuderten, die versuchten, es zu mehr zu bringen als andere. Diese wiederum haben uns die ›Dunklen‹ oder die Moredhel genannt. Und wir haben die Glamredhel benannt, die ›Wahnsinnigen‹.

Inzwischen unterscheiden wir, die wir einst *ein Volk* waren, uns so sehr voneinander, dass ich glaube, wir haben jedes Verständnis für das verloren, was wir einmal gewesen sind.«

Dolgan nickte, aber er schwieg und lauschte weiter.

»Wusstet Ihr, dass es einem männlichen Moredhel nicht möglich ist, ein Kind mit einer Frau der Eledhel oder Glamredhel zu zeugen?«

Dolgan schüttelte den Kopf.

»Unsere Heiler glauben, dass zwischen einem Mann und einer Frau derselben Rasse etwas ganz Bestimmtes benötigt wird, etwas, das sich in jeder der einzelnen Rassen aber so grundlegend geändert hat, dass wir unseren eigenen Verwandten so unähnlich sind wie den Zwergen oder Menschen.«

»Das ist sehr seltsam«, sagte Dolgan.

»Nach den Maßstäben meines Volkes bin ich alt«, sagte Gorath. »Zweihundertsechzig Sommer werde ich nächsten Mittsommernachtstag. Meinem Geburtsrecht nach könnte ich dreimal so alt werden, doch nur unsere Verwandten in Elbenheim erreichen ein solch hohes Alter, Dolgan. Und ich habe herausgefunden, woran das liegt – sie haben nämlich etwas gefunden, das wir im Norden niemals kennen gelernt haben: Frieden.«

Dolgan seufzte. »Frieden ist etwas Wunderbares, sowohl für das Volk …« Er schaute Gorath direkt in die Augen. »Wie auch für das eigene Herz.«

Gorath betrachtete die friedliche Umgebung. »Wir leben hinter Mauern. Unsere Dörfer sind Festungen. Keine Frau begibt sich auf die Wiese zum Schafehüten ohne ein Schwert an ihrer Hüfte und einen Bogen auf dem Rücken. Unsere Kinder spielen mit Waffen.« Er neigte den Kopf und blickte auf den Boden. »Wir lassen zu, dass sie sich gegenseitig verletzen, damit sie frühzeitig ihre Lektion lernen. Ich mache mir große Sorgen um mein Volk, Dolgan.«

Dolgan schwieg eine ganze Weile; schließlich sagte er: »Ich glaube, Ihr solltet wirklich nach Elbenheim gehen. Nicht nur, um Tomas die Botschaft zu bringen.« Er stand auf. »Aber im Augenblick denke ich, dass Ihr auch einen guten Schluck Bier vertragen könntet. Und zufälligerweise weiß ich genau, wo wir den finden werden.«

Gorath brachte ein schwaches Lächeln zustande. »Ihr behandelt einen Feind mit großer Gastfreundschaft, Dolgan.«

Dolgan schüttelte den Kopf. »Ihr seid nicht mein Feind, Gorath von den Ardaniern. Das ist so sicher wie der Bart an meinem Kinn.«

Dolgan führte Gorath hinein.

Als Owyn aufwachte, drang lautes Gelächter zu ihm, und er ging zum Gemeinschaftsraum. Gorath und Dolgan sowie ein halbes Dutzend anderer Zwerge tranken miteinander und erzählten sich Geschichten. Einer der Zwerge, die Owyn nicht kannte, sagte gerade: »Ah, Goblins tun das, wenn man sie davon überzeugt, dass es eine gute Idee ist.«

Owyn blinzelte aus dem Fenster und sah, dass der Morgen bereits angebrochen war. »Habt ihr die ganze Nacht getrunken?«, fragte er.

»Willkommen, mein Freund«, sagte Dolgan. Er nahm seine Füße vom Tisch und blickte aus dem Fenster. »Ja, so scheint es. Habt Ihr Lust, ebenfalls einen Krug zu leeren?«

»Es ist ein bisschen früh für mich, und abgesehen davon müssen wir nach Elbenheim aufbrechen.«

»Das ist wahr. Also gut, Ihr bekommt etwas zum Frühstücken, und dann könnt Ihr Euch auf den Weg machen.« Der alte Zwerg ließ die Faust auf den Tisch niedersausen. »Essen!«

Sofort griffen die anderen Zwerge das Wort auf, schlugen mit den Zinnkrügen auf den Tisch und riefen im Chor: »Essen! Essen! Essen!«

Eine alte Zwergenfrau in einem grauen Kleid, die Haare unter einer weißen Mütze hochgesteckt, kam von der Küche herüber, in der Hand einen großen Holzlöffel. Sie schwenkte ihn wie eine Waffe. »Behaltet eure Rüstungen an, ihr faulen Flegel!«

Ein halbes Dutzend anderer Zwerge kam mit Platten voller Essen. Es gab gewürzte Früchte, heiße Würste, dampfende Brotlaibe, Krüge mit Butter und Honig und wohlschmeckende Pfannkuchen. Und noch mehr Bier.

Owyn setzte sich. »Ich bin erstaunt, wieviel Bier Ihr trinken könnt, ohne dass es irgendeine Wirkung hat.«

»Eine gute Konstitution gehört zum Erbgut eines Zwergs«, sagte Dolgan.

»O ja«, pflichtete Gorath ihm fröhlich bei. »Versuch mal, einen drei oder vier Tage lang zu jagen.«

Alle Zwerge in der Halle verstummten, dann brachen sie plötzlich in raues Gelächter aus. Mit einem trockenen, zerknirschten Lächeln fügte Gorath hinzu: »Oder vor einem davonzulaufen.«

Das Gegröle wurde gut und gerne doppelt so laut, und dann machten sich die Zwerge über das Frühstück her.

Nach dem Essen wurden die Pferde gebracht, und Owyn stellte fest, dass sie mit genug Vorräten für Wochen beladen waren. Die Tier waren gefüttert und getränkt, und sämtliches Zaumzeug war gereinigt und repariert worden. Owyn wandte sich an Dolgan. »Ich danke Euch, Dolgan.«

»Keine Ursache«, sagte der Zwergenkönig. Er deutete auf Gorath. »Ich habe die seltene Möglichkeit erhalten, diesen Kerl hier kennen zu lernen; ein Vergnügen, das ich nicht hätte missen wollen.«

Gorath und Dolgan, die inzwischen Freundschaft geschlossen hatten, gaben sich die Hand. »Deine Gastfreundschaft ist einzigartig, mein Freund«, sagte der Moredhel.

»Du bist immer willkommen in Caldara, Gorath von den Ardaniern.«

»Ich danke dir.« Mit diesen Worten stieg Gorath auf.

Eine Gruppe von jungen, bewaffneten Zwergen näherte sich. »Ein paar von meinen Jungs werden euch bis zum Crydee begleiten und dafür sorgen, dass ihr heil dort ankommt«, sagte Dolgan.

»Noch einmal, danke«, meinte Owyn. Sie machten sich im Schritttempo auf, da die Zwerge zu Fuß neben ihnen hergingen. Owyn wandte sich an Gorath. »Bist du überhaupt in der Lage zu reiten?«

Gorath lachte. »Nein, aber wir tun's trotzdem.«

»Du bist in einer ungewöhnlich fröhlichen Verfassung, Gorath.«

»Ja«, sagte der Dunkelelb. »Es ist lange her, seit ich die Gesellschaft anderer Krieger genossen habe, zusammen mit gutem Bier und langen Geschichten von Tapferkeit und Heldenmut.« Er wurde ernst. »Es ist viel zu lange her.«

Schweigend verließen sie das Zwergendorf.

Die Reise durch die Wälder des Grünen Herzens und den östlichen Teil des Waldes von Crydee verlief ereignislos. Eine Woche, nachdem sie Caldara verlassen hatten, erreichten sie das Flussufer. »Hier werden wir kehrtmachen«, sagte der Anführer der Zwerge, ein Krieger namens Othcal. Er deutete auf den Fluss. »Das ist der Crydee. Auf der anderen Seite liegt Elbenheim.«

»Ich habe es seit gestern gespürt«, sagte Gorath leise.

Othcal deutete auf einen Pfad. »Etwas mehr als eine Meile weiter liegt die Furt, die wir gewöhnlich benutzen. Geht dorthin und wartet.«

Sie verabschiedeten sich von den Zwergen und ritten weiter. »Worauf sollen wir warten?«, wollte Owyn wissen.

»Du wirst sehen«, sagte Gorath.

Sie erreichten die Furt, eine große Sandbank, die von Steinen gehalten wurde; sie hatte den Fluss dazu gebracht, breiter zu werden und schneller zu fließen. Es war jedoch kein Problem, ihn zu Pferd zu durchqueren. Sie warteten. »Ich will ja nicht nörgeln«, sagte Owyn, »aber worauf warten wir denn eigentlich?«

»Darauf, dass wir hineingebeten werden. Niemand darf den Elbenwald ungebeten betreten.«

»Was geschieht, wenn man es doch versucht?«

»Schlimmes.«

»Ich werde es also nicht versuchen. Was tun wir, damit sie wissen, dass wir hier sind?«

»Nichts. Sie wissen es.«

Ein paar Minuten später rief sie eine Stimme vom anderen Ufer, in einer Sprache, die Owyn nicht verstand. Gorath antwortete in der Sprache des Königreichs. »Zwei, die Einlaß nach Elbenheim begehren. Wir haben eine Botschaft für Kriegsführer Tomas von Pugs Frau, Lady Katala.«

Es blieb einen Augenblick still, dann erschien eine Gestalt am anderen Flussufer. »Ich möchte deinen Namen und dein Geschlecht wissen.«

»Ich bin Gorath von den Ardaniern, Anführer meines Clans«, sagte Gorath. Er warf einen Blick auf Owyn.

»Ich bin Owyn, Sohn des Barons von Timons.«

»Tretet ein«, sagte der Elb.

Sie führten ihre Pferde über die Furt und hielten an, als ein halbes Dutzend Elben zwischen den Bäumen hervorkam. Der Anführer trat näher an sie heran und meinte: »Wir sind einen Tagesmarsch von der Grenze der Elbenlichtung entfernt und einen weiteren vom Hof der Königin.« Ohne jede weitere Bemerkung setzte er sich mit langen, leichtfüßigen Sätzen in Bewegung, gefolgt von zwei weiteren Elben. Die anderen blieben zurück.

Owyn musterte die Elben genau; auf den ersten Blick konnte er keinen Unterschied zwischen ihnen und dem Volk von Gorath ausmachen. Aber dennoch gab es sie – feine Unterschiede in Haltung und Gestik.

Gorath war groß, breitschultrig und kräftig. Owyn hatte ihn oft in Bewegung gesehen, dann war er schnell und tödlich. Diese Elben wirkten dünner, sie hatten schmalere Schultern und einen schmaleren Brustkorb, aber sie waren genauso groß wie Gorath. Am meisten unterschieden sie sich in der Art, sich zu bewegen. Es lag eine Leichtigkeit in ihren Bewegungen, als wären sie mit dem Wald verschmolzen, der sie umgab – es war etwas an ihnen, das Owyn nur als Anmut bezeichnen konnte. Ja, sie waren anmutig.

Sie liefen eine Stunde, ohne dass sie auch nur im Mindesten müde wirkten, dann hielten sie für wenige Minuten an. Gorath musterte seine entfernten Verwandten, sagte aber nichts.

Nach einer stummen Kommunikation, die sich aus Owyns Sicht in nichts weiter als einem leichten Nicken von Gorath erschöpfte, erhoben sich die Elben und warteten darauf, dass Gorath und Owyn wieder aufstiegen. Sie ritten bis Sonnenuntergang weiter, dann meinte der Elb, der sie in den Wald gebeten hatte: »Hier werden wir lagern.«

Zu der Zeit, da Owyn sein Pferd abgesattelt und versorgt hatte, brannte bereits ein Feuer auf der Lichtung. Eine Wasserhaut kreiste, und aus den Hüfttaschen wurde etwas zum Essen hervorgeholt. Die Elben saßen auf dem Boden oder lagen seitlich auf ihrer Hüfte und dem Ellenbogen. Sie blieben weiterhin stumm.

Nach dem Essen sprach Owyn den an, der wahrscheinlich der Anführer war; er hatte als Erster gesprochen. »Darf ich Euren Namen erfahren?«

»Caladain«, antwortete der Elb. Er deutete auf die anderen beiden und fügte hinzu: »Dies sind Hilar und Travin.« Die beiden nickten Owyn kurz zu.

Owyn begriff plötzlich, dass er keine Vorstellung davon hatte, was er sagen sollte, und so schwieg er. »Die Eledhel halten nichts von dem Geplauder, das ihr Menschen gerne führt«, sagte Gorath schließlich.

Die Elben lächelten höflich, als wären sie nicht ganz dieser Meinung, aber Owyn konnte sehen, dass die Bemerkung sie amüsierte. »Ich verstehe«, war alles, was Owyn hervorbrachte.

Schließlich packte er seine Decke aus, breitete sie auf dem Boden aus und legte sich hin. Schon bald schlief er unter dem Laubdach des Elbenwaldes.

Die Reise ging beinahe wortlos weiter, aber spät am zweiten Tag bemerkte Owyn, dass der Wald zu seiner Linken immer düsterer wurde. »Ist da drüben etwas, das sich von dem unterscheidet, was hier ist?«, fragte er.

Caladain schien überrascht. »Besitzt Ihr magische Fähigkeiten?«

»Ja, wieso?«

»Weil die meisten Eurer Rasse den Unterschied nicht bemerken würden. Ja, das ist eine der Schlafschneisen. Wer unerlaubt hierher kommt, hat mit mehr zu rechnen als nur mit unseren kriegerischen Fähigkeiten. Diese Wälder sind unsere Verbündeten, und wir haben viele solcher Plätze. In dem Wald da drüben möchte man nichts anderes mehr als schlafen; es ist ein Schlaf, aus dem man ohne Magie niemals mehr erwachen wird.«

Owyn blickte Gorath an. »Sind das die schlimmen Dinge, die du erwähnt hast?«

Gorath nickte. »Unsere Legenden warnen uns vor vielen solcher Gefahren in der Heimat unserer« – er blickte seine Begleiter an – »Verwandten.«

Owyn war sich nicht sicher, aber er hatte das Gefühl, dass die Elben bei diesem Wort beunruhigt wirkten.

Sie durchquerten einen kleinen Bach, erklommen eine Anhöhe und betraten eine große Lichtung. Owyn und Gorath zügelten die Pferde.

Durch die freie Wiese, auf der sie standen, vom Rest des Waldes getrennt, erhob sich eine gewaltige Baumstadt in den Himmel. Riesige Stämme, die selbst die ältesten Eichen in den Schatten stellten, waren zu beeindruckender Höhe herangewachsen. Sie waren durch anmutige Verzweigungen miteinander verbunden, die Spitzen bildeten waagerechte Brücken von einem Baum zum anderen. Die meisten Bäume waren tiefgrün, aber hier und da gab es auch einen mit Blattwerk aus Gold, Silber oder selbst Weiß, umstrahlt von einem schwachen Licht. Das gesamte Gebiet war in ein sanftes Glühen getaucht, und der Anblick erwärmte Owyn auf eine Weise, die er nicht erklären konnte.

Elben bewegten sich auf den Ästen oder auf dem Boden, wo Flammen in Feuerstellen loderten und Köche zu Werke gingen, Schmiede Metall bearbeiteten und andere Aufgaben verrichtet wurden. Es war der schönste Ort, den Owyn jemals gesehen hatte. Er konnte die Augen kaum abwenden, bis Caladain ihn aus seinen Gedanken riss. »Elbenheim.«

Owyn blickte Gorath an und sah, dass auch sein Gefährte hingerissen war. Seine Augen waren geweitet und schimmerten, Feuchtigkeit glänzte darin. Er sagte leise etwas wie zu sich selbst, in einer Sprache, die Owyn nicht verstand. Owyn blickte Caladain an, der ihm erklärte: »Er hat gesagt: ›Woher hätten wir das wissen sollen?‹«

»Gorath?«, fragte Owyn.

Gorath stieg ab. »Es ist eine Legende. Barmalindar, die goldene Heimat unserer Rasse.«

Caladain nahm ihnen die Pferde ab. »Wir kümmern uns um sie. Geht zu dem Baum mit den weißen Blättern; dort werdet ihr auf andere treffen, die euch zu unserer Königin bringen.«

Owyn und Gorath überquerten die Lichtung, und als sie sich den Bäumen näherten, erblickten sie Elbenkinder beim Spielen. Elbenfrauen saßen in einem Kreis und kämmten Wolle, etwas abseits arbeiteten Bogenmacher und Befiederer an Bögen und Pfeilen.

Drei Elben kamen auf sie zu. »Willkommen in Elbenheim. Ich bin Calin, der Sohn von Königin Aglaranna«, sagte einer von ihnen.

»Hoheit, ich bin Owyn Belefote, der Sohn des Barons von Timons.«

»Ich bin Gorath von den Ardaniern.«

»Was führt Euch zu uns?«

»Ich habe eine Botschaft von Lady Katala, Pugs Frau, an Tomas«, erwiderte Owyn.

»Dann folgt mir«, sagte der Prinz. Er schickte die anderen voraus, während er mit Owyn und Gorath weiterging.

»Seit vielen Sommern bist du der Erste deines Volkes, der zu uns kommt«, sagte Calin zu Gorath.

Laute Schritte auf dem Boden warnten sie vor einer Bande von jungen, männlichen Elben, die hintereinander herrannten; einer von ihnen hatte etwas in der Hand. Der Erste, der davonlief, war blond, fast schon weißhaarig, und er warf gerade einen Blick über die Schulter, so dass er beinahe gegen Calin geprallt wäre.

Mit einem Lachen fing Calin ihn auf und wirbelte ihn im Kreis herum. »Vorsicht, kleiner Bruder.«

Der Junge warf einen Blick auf Owyn und Gorath. »Jetzt begreife ich, wieso du in der Sprache des Königreichs sprichst.« Er dachte einen Moment nach. »Ich bitte um Entschuldigung.«

»Nicht nötig«, sagte Calin lachend.

»Wir haben Schnitzeljagd gespielt, und ich war der Hase.«

»Du wärst beinahe gefangen worden.«

Der Junge schüttelte den Kopf. »Ich habe sie nur näher kommen lassen, damit sie nicht die Lust verlieren.«

Calin deutete auf die beiden Fremden. »Das ist Owyn aus Timons, einer Stadt der Menschen, und das ist Gorath von den Ardaniern.«

Dann wandte er sich an Owyn und Gorath. »Und das ist mein jüngerer Bruder Calis.«

Der Junge nickte. »Willkommen, Owyn von Timons.« Er sprach zu Gorath in einer anderen Sprache, und als er geendet hatte, schien er zu warten. Dann trat Gorath vor, und sie gaben sich die Hand. Calis blickte sich zu seinen Freunden um, die still daneben standen und Gorath mit aufmerksamer Neugier anstarrten. Mit einem »Fangt mich« auf den Lippen raste er davon.

Eine Sekunde später jagten die anderen hinterher. »Was hat er zu dir gesagt?«, wollte Owyn wissen.

Gorath wirkte aufrichtig verunsichert. »Er sagte: ›Ich werde gegen dich kämpfen, wenn es sein muss, aber ich würde es vorziehen, dich zum Freund zu haben.‹«

Er wandte sich an Calin. »Dein jüngerer Bruder ist ein bemerkenswerter Junge.«

Calin nickte. »Mehr, als du ahnst. Kommt, wir haben noch ein kurzes Stück zu gehen.«

Er führte sie einige Stufen empor, die in die Seite eines riesigen Baumes geschlagen worden waren. Calin warnte Owyn. »Seht nicht nach unten, wenn Ihr Höhenangst habt.«

Sie drangen immer tiefer in Elbenheim ein, und je näher sie dem Hof der Königin kamen, desto wunderbarer wurde es. Bald hatten sie eine große Plattform erreicht, auf der ein Halbkreis von Bänken stand, und am Scheitelpunkt des Bogens standen zwei Throne. »Mutter, darf ich dir zwei Besucher vorstellen: Owyn, Sohn des Barons von Timons, und Gorath, Anführer der Ardanier.« Er wandte sich an die beiden Reisenden und führte sie zu der beeindruckenden Frau, die auf dem einen Thron saß. »Meine Freunde, meine Mutter, Königin Aglaranna.«

Die Königin war eine stattliche Schönheit, mit geschwungenen Augenbrauen über weit auseinander liegenden, hellblauen Augen. Ihre Haare waren rötlich-golden, und ihre Ungezwungenheit hatte etwas Heiteres. »Willkommen«, sagte sie mit melodiöser Stimme. Sie wandte sich an Owyn. »Unsere menschlichen Freunde sind uns in Elbenheim stets willkommen.« Dann richtete sie ihren Blick auf Gorath. »Wie auch jene von unseren Verwandten, die in Frieden kommen.«

Sie machte eine Handbewegung. »Du bist es, der in unseren Reihen noch gefehlt hat, Gorath.« Er folgte ihren Blicken und sah ihre Berater, einen großen Elben von vielen Jahren, der neben einem stand, den Gorath kannte. »Earnon!«

Der Führer der Glamredhel nickte. Seine Miene war kühl und ausdruckslos. »Gorath«, sagte er.

Ein anderer Elb meldete sich zu Wort, einer, der ebenso alt wirkte wie der erste. »Ich bin Aciala von den Eldar, und ich bin sehr erfreut, dich hier zu sehen.«

Gorath schwieg eine Zeit lang, und Owyn war überzeugt, dass eine Art Kommunikation zwischen den Elben stattfand, stumm, aber dennoch sichtbar. Dann zog Gorath in einer seltsamen Geste das Schwert aus der Scheide. Er ging zur Königin, und Owyn war plötzlich von Furcht erfüllt. Aber er sah, dass sonst niemand beunruhigt wirkte.

Gorath legte der Königin das Schwert zu Füßen und kniete vor ihr nieder. »Herrin, ich bin zurückgekehrt«, sagte er.

Sechzehn

Aufgaben

Die Königin erhob sich.

Sie trat zu Gorath herunter, blieb vor ihm stehen und beugte sich leicht vor, so dass sie ihm die Hände auf die Schultern legen konnte. »Erhebe dich«, sagte sie sanft.

Gorath folgte der Aufforderung, und die Königin studierte seine Gesichtszüge. »Wenn von unseren verlorenen Verwandten jemand zu uns zurückkehrt, lässt sich immer eine gewisse Veränderung in ihm oder ihr erkennen.« Ihr Lächeln war beruhigend, und ihre Stimme klang versöhnlich, als sie fortfuhr. »Aber in dir spüre ich etwas anderes. Du bist noch nicht zurückgekehrt, Gorath, du befindest dich noch in dem Prozess des Zurückkehrens. Du hast die Reise zurück zu deinem Volk noch nicht ganz vollendet.« Sie blickte den Glamredhel-Anführer an. »Andere sind hier, die ihre Reise ebenfalls noch nicht beendet haben, also bist du nicht allein. Wenn du deine Rückkehr vollendet hast, wirst du einen neuen Namen erhalten, aber bis dahin bist du noch Gorath. Aber jetzt bist du Gorath von Elbenheim. Du bist nach Hause gekommen.«

Sie umarmte ihn, hielt ihn einen langen, beruhigenden Augenblick fest und kehrte dann zu ihrem Thron zurück. Owyn sah, wie Gorath das Schwert wieder an sich nahm und zurück in die Scheide steckte. Der junge Adlige rührte sich. »Wenn es Eurer Majestät recht ist, würde ich gerne eine Mitteilung machen.«

»Es ist mir recht«, sagte die Königin.

»Ich habe von Katala, der Frau von Pug, dem Magier, eine Nachricht für Euren Mann.«

»Sohn, geleite die beiden bitte in meine Privatgemächer«, sagte Aglaranna.

Prinz Calin bedeutete Gorath und Owyn, ihm zu folgen. Sie verneigten sich noch einmal vor der Königin. »Ihr könnt gehen, und wenn ihr mit Tomas gesprochen habt und zurückkehrt, werden wir ein Mahl abhalten.«

Owyn ging neben Gorath und meinte: »Ich habe nicht ganz begriffen, was ich da eben gesehen habe.«

»Ich erkläre es dir später«, sagte Gorath.

»Der Mann meiner Mutter wurde bei einem Scharmützel in der Nähe der Grenze verletzt; er ist auf eine Bande Moredhel gestoßen, die sich auf dem Weg nach Süden auf unserem Land herumgetrieben haben«, sagte Calin.

»Das waren keine Banditen«, meinte Gorath. »Das waren die Mitglieder von Obkhars Clan, die vor Delekhan zum Grünen Herzen fliehen.«

Calin neigte den Kopf bei der Berichtigung. »Wie auch immer, Tomas wurde von einem vergifteten Pfeil getroffen und muss jetzt ruhen.«

Er schlug einen reich verzierten Wandteppich zur Seite und führte sie auf eine große, private Terrasse, von der man einen wunderbaren Blick auf Elbenheim hatte. In einem Alkoven, der durch einen Vorhang abgetrennt werden konnte, lag ein großer Mann auf einem Bett. »Lasst mich nachsehen, ob er wach ist«, sagte Calin.

»Ich bin wach«, erklang eine dünne Stimme aus dem Alkoven.

»Tomas, dies sind Owyn von Timons und Gorath, einer aus unserem Volk, der dabei ist, zurückzukehren. Sie haben eine Nachricht von Pugs Frau.«

Owyn und Gorath traten näher an den Alkoven heran. Unter einer Daunendecke, den Kopf von einem Stapel Kissen gestützt, lag ein großer, jung aussehender Mann, der mehr als sechs Fuß messen mochte. Gorath, der das Bett schon beinahe erreicht hatte, blieb plötzlich stehen. »Ich habe die Gerüchte gekannt«, sagte er leise, »doch die meisten haben sie nicht für wahr gehalten. Aber es stimmt. Du bist ein Valheru.«

»Das ist er nicht ganz, zu unserer ewig währenden Freude«, sagte Calin.

Tomas schaltete sich ein. »Ich würde gerne aufstehen, um dich zu begrüßen, aber ich bin gegenwärtig nicht in der Verfassung dazu.«

»Ein vergifteter Pfeil?«, fragte Gorath. »Was für Gift ist es gewesen?«

»Eine dünnflüssige grüne Substanz, die uns völlig unbekannt ist.«

»Coltari«, sagte Gorath. »Es heißt, dass es aus dem Kaiserreich Tsuranuanni stammt und nach der Provinz benannt ist, aus der es kommt. Es gelangte ungefähr zu der Zeit in unsere Hände, als Delekhan begann, die Clans um sich zu versammeln.«

»Gibt es ein Gegengift?«, fragte Calin.

»Darf ich die Wunde sehen?«

Tomas bedeutete Gorath, näher heranzukommen. Dann drehte er den Kopf, sodass an der rechten Seite des Nackens, knapp oberhalb der Schulter, eine böse Wunde sichtbar wurde.

»Eigentlich müsstest du tot sein«, meinte Gorath.

Tomas lächelte, und Owyn war erneut verblüfft, wie jung er wirkte. Er war ein beeindruckender Mann, mit kantigen Gesichtszügen, und seine Ohren liefen beinahe genauso spitz zu wie die eines Elben. »Ich habe herausgefunden, dass ich ziemlich schwer zu töten bin. Aber ich kann ganz sicher in die Knie gezwungen werden. Im Moment habe ich kaum die Kraft eines jungen Hündchens.«

»Wenn du es bis jetzt überlebt hast«, sagte Gorath, »wirst du dich auch ganz erholen, aber ich kann nicht voraussagen, wie lange das dauern wird. Bei denen, die unter leichten Coltari-Vergiftungen litten, hat es Wochen gedauert, bis es ihnen langsam wieder besser ging.«

»In ein paar Tagen bin ich wieder der Alte«, sagte Tomas.

»Der Mann meiner Mutter ist immer optimistisch«, meinte Calin. »Ich glaube, er wird noch Wochen im Bett zubringen. Unsere Heiler haben alles getan, was ihnen möglich war.«

»Was ist das für eine Nachricht, die Katala mir zukommen lässt?«, fragte Tomas.

»Sie hat uns gebeten, Euch zu sagen, dass Pug und Gamina aus Krondor verschwunden sind«, erzählte Owyn. »Pug hat nur eine kryptische Notiz hinterlassen: ›An Tomas! Das Buch von Macros!‹

Wir haben unterwegs im Kloster von Sarth Station gemacht, aber dort weiß niemand etwas von einem solchen Buch. Handelt es sich möglicherweise um etwas, das sich in Eurem Besitz befindet?«

»Ja«, bestätigte Tomas. »Aber es ist kein Buch, um die Wahrheit zu sagen. Calin, würdest du mir diesen Kasten geben, der neben meiner Waffenkiste steht?«

Calin tat, wie ihm befohlen, und brachte Tomas einen kleinen Kasten. Tomas öffnete ihn und nahm ein Pergament heraus. »Das Buch von Macros ist ein Satz, auf den Pug und ich uns einmal geeinigt haben; er sollte dazu dienen, mir mitzuteilen, wenn er meine Hilfe dringend benötigt. Er hat außerdem dieses Pergament geschaffen, damit jene, die den Satz lesen, zu ihm geführt werden können.« Er setzte sich auf. »Calin, hilf mir mit der Rüstung.«

»Nein, Tomas«, widersprach Calin. »Du bist nicht kräftig genug. Du kannst deinem Freund in diesem Zustand nicht helfen.«

»Aber Pug würde niemals eine solche Botschaft abschicken, wenn er meine Hilfe nicht wirklich dringend benötigen würde.«

»Ich werde gehen«, sagte Calin.

»Nein«, sagte Gorath. »Wir gehen.«

Owyn meldete sich zu Wort. »Prinz Arutha hat uns den Auftrag gegeben, Pug zu finden. Wenn dieses Pergament uns zu ihm führt, werden wir es tun.«

Gorath blickte Calin an. »Ich will dich nicht beleidigen, Prinz Calin, aber ich wäre doch sehr verblüfft, wenn ich in Kriegsdingen nicht mehr Erfahrung hätte als du. Außerdem hast du eine Pflicht deinem Volk gegenüber; du musst die Krieger führen, solange Tomas noch nicht wieder im Vollbesitz seiner Kräfte ist.«

»Und ich beherrsche selbst ein bisschen Magie, Tomas«, sagte Owyn. »Das könnte sich als wichtig erweisen.«

»Ich könnte ein paar Tage warten«, wandte Tomas ein.

»Die Zeit läuft uns leider davon«, sagte Gorath. »Wir haben bereits Wochen mit der Reise zugebracht, und schon bald wird Delekhan mit seinem Angriff auf das Königreich beginnen. Arutha fürchtet seine Magier; das ist der Grund, weshalb er Pugs weisen Rat benötigt. Lasst uns also gehen. Wir sind vielleicht nicht die beste Wahl – aber wir sind hier und wir sind dazu bereit.«

Owyn nahm das Pergament und blickte Tomas fragend an. »Also?«

Tomas nickte, und Gorath meinte: »Sagt der Königin, dass wir nach unserer Rückkehr mit ihr speisen werden.«

Owyn entrollte das Pergament und warf einen Blick darauf. »Gorath, stell dich hinter mich und lege die Hände auf meine Schultern.«

Das Pergament war in einer fremden Sprache verfasst, doch das Geschriebene nahm seine Sinne gefangen und zwang seine Augen, ihm Zeile für Zeile zu folgen, und während er das tat, erschienen Symbole vor seinem geistigen Auge, brannten hell wie Buchstaben aus Feuer. Als er schließlich den letzten Satz gelesen hatte, begann alles um ihn herum zu verschwimmen und zu flackern, dann plötzlich wurden sie durch eine gläserne Sphäre getrieben, die in einer grauen Leere hing.

Sie rasten einen Tunnel aus Licht entlang, und Empfindungen wie Geräusche und Gerüche rauschten durch sie hindurch, waren bereits wieder vergangen, noch bevor sie sie wirklich hatten begreifen können. Dann plötzlich rasten sie auf eine andere Sphäre aus silbernem Licht zu, taumelten zu Boden.

Sie standen auf graupudrigem Grund, der an zwei Seiten von

großen, rötlichen Felsen begrenzt wurde. Die Farbe des Himmels ähnelte eher einem lebhaften Violett denn Blau, und die Luft verströmte einen seltsamen, fremdartigen Geruch. Der Wind war trocken und kalt.

»Wo sind wir?«, fragte Gorath.

»Jedenfalls nicht mehr auf der Welt, die wir kennen. Wir sind auf irgendeiner anderen«, antwortete Owyn.

»Wo?«

»Ich weiß es nicht«, sagte Owyn. Im Osten versank eine kleine weiße Sonne gleißend hinter den Bergen, tauchte das Gelände in Schatten aus Indigo und Schwarz. »Aber es sieht so aus, als würde die Nacht hereinbrechen, und wir sollten uns vielleicht ein Dach über dem Kopf suchen.«

Owyn versuchte den Zauber zu aktivieren, der es ihm ermöglichte, Licht zu erschaffen, und plötzlich wurde ihm die ganze Wahrheit offenbar. »Gorath! Hier gibt es keine Magie!«

James studierte die Karte. »Bist du sicher?«, fragte er den Soldaten.

»Ja, Junker. Ich habe mindestens drei von ihren Patrouillen dabei beobachtet, wie sie den Ziegenpfad benutzt haben und über den Grat marschiert sind.«

Locklear blickte auf die Positionen auf der Karte. »Was haben sie nur vor?«

»Über diesen Pfad können sie keine bedeutende Anzahl von Kriegern schicken, also müssen es Kundschafter gewesen sein. Aber was sollten sie dort auskundschaften?«

»Vielleicht wollen sie überprüfen, ob wir Verstärkung erhalten haben?«, vermutete der Soldat.

»Nun, wenn sie Verstärkungen sehen, hoffe ich nur, dass sie den Mut haben, uns das wissen zu lassen«, meinte Locklear.

»Es ist wohl eher so, dass wir mit einem Angriff zu rechnen haben, wenn sie keine sehen«, sagte James, der die Situation überhaupt nicht witzig fand. Er wandte sich an den Soldaten. »Ein

Reiter soll zu einem Tagesritt in Richtung Hogewald aufbrechen und dann wieder zurückkommen. Ich möchte sofort unterrichtet werden, wenn es einen Hinweis darauf gibt, dass der Prinz unterwegs ist. Wenn er nicht unterwegs ist, werden wir vermutlich schon bald mit einem Angriff rechnen müssen.«

Der Soldat eilte davon, und James wandte sich an Locklear. »Ich nehme an, wir müssen davon ausgehen, dass Gorath und Owyn es nicht geschafft haben.«

»Also müssen wir alles darauf ausrichten, dass wir diese Position halten können, bis …?«

»Wir Verstärkung bekommen oder überrannt werden.«

Locklear schwieg einen Augenblick. »Koordinieren wir einen Rückzug wie damals in Hohe Burg, wenn die Niederlage unabwendbar scheint?«

James dachte lange über diese Frage nach. »Nein. Wir kämpfen bis zum bitteren Ende.«

Locklear seufzte tief und theatralisch. »Ich schätze, deshalb haben wir diese Ränge.«

»Arutha würde vermutlich sagen: ›Es ist Zeit, dass wir etwas für unseren Lohn tun.‹«

Locklear schien seine ganze innere Entschlossenheit zusammenzuraffen. »Nun, dann sehen wir doch zu, dass wir das ganz entschieden tun.«

Sie verließen das Arbeitszimmer des verstorbenen Barons und machten sich an die vielen Aufgaben, die es noch zu erledigen galt, um sich auf den bevorstehenden Kampf vorzubereiten.

Die Sonne erhob sich über einer unwirtlichen und fremdartigen Welt. Die wenigen Minuten, die die rasch hinter dem Horizont versinkende Sonne ihnen am Abend zuvor noch gewährt hatte, hatten sie damit zugebracht, eine kleine Höhle zu finden. Sie hatte ihnen zwar Schutz gewährt, aber sie hatten die ganze Nacht gehungert und gefroren.

Als der Himmel heller wurde, weckte Gorath Owyn. Der junge Magier war in einem fast schon verzweifelten Zustand, seit er erkannt hatte, dass er von seiner Magie auf dieser Welt keinen Gebrauch machen konnte.

Und das war der andere Schreck, der Owyn beinahe in sinnlose Panik versetzte: Sie befanden sich auf einer anderen Welt. Es konnte keinen Zweifel daran geben. Gorath kannte den nördlichen Nachthimmel von Midkemia so gut wie alle, die einen großen Teil ihres Lebens draußen im Freien verbracht hatten, doch selbst Owyn wusste, dass auf Midkemia drei Monde existierten – nicht ein einzelner, der doppelt so groß war wie der größte zu Hause.

»Wo ist Pug?«, fragte Gorath.

»Wenn die Beschwörung dazu gedacht war, Tomas zu ihm zu bringen, dürften wir nicht allzu weit von ihm entfernt sein.«

Gorath blickte auf den Boden, während der Himmel hinter ihm immer heller wurde. »Schau mal«, sagte er und zeigte auf die Erde. »Spuren.«

Owyn blickte nach unten und sah Schleifspuren. »Vielleicht ist Pug hier ebenfalls angekommen, und näher kann uns der Zauber nicht an ihn heranbringen.« Er zuckte zusammen, als er begriff, was er gerade gesagt hatte. »Was rede ich denn da? Ich habe keine Ahnung, was mit uns geschehen ist – oder was mit Pug geschehen ist.«

Gorath kniete nieder und studierte die Spuren. »Eine dieser Spuren beginnt hier.« Er deutete auf eine Stelle – nicht weit entfernt von da, wo sie aufgetaucht waren –, dann folgte seine Hand einer Linie. »Wer immer diese Spur hinterlassen hat, nahm diesen Weg.«

Er stand auf und begann ihr zu folgen, während Owyn sich noch umblickte. Das Licht wirkte falsch, und der Himmel war klar, nur ein paar fedrige Wolken waren in den unteren Schichten zu sehen. Der Wind war trocken und kalt, und weit und breit gab es kaum Vegetation. Owyn wurde stark an die hohen, felsigen Berge der Nordlande erinnert, durch die er mit Gorath gereist war.

»Hier vermengt sie sich mit anderen Spuren«, sagte Gorath. Er deutete auf eine Stelle auf dem Boden, doch es waren lediglich schwache Anzeichen von schlurfenden Schritten zu sehen. »Wenn die erste Spur zu Pug gehört, muss er auf mindestens vier andere Wesen gestoßen sein – oder er ist von ihnen verfolgt worden. Dann wären sie alle in dieser Richtung weitermarschiert.«

Er deutete auf eine Gruppe von kleinen Bergen in der Ferne. »Ich nehme an, wir müssen dorthin gehen«, meinte Gorath.

Als die Sonne im Lauf des Tages immer höher stieg, nahmen auch die Temperaturen stetig zu. »Dies ist eine Wüste«, sagte Owyn. »Ich habe Geschichten von Leuten gehört, die in Jal-Pur gereist sind. Die kalte Nacht hat mich irregeleitet.« Er hielt an und öffnete seinen Rucksack. Er holte eine zusätzliche Tunika heraus und band sie sich wie einen Turban um den Kopf. »Als Erstes müssen wir Wasser finden.«

Gorath blickte sich um und sagte schließlich: »Du hast Recht. Aber ich sehe nirgends eine offene Wasserstelle.« Er blickte auf die Berge. »Ich weiß wenig von diesen Wüsten, doch ich nehme an, wenn wir Wasser finden wollen, dann wohl am ehesten in den Bergen. Wir sollten also losgehen.«

Da Owyn dem nichts entgegenzusetzen hatte, stimmte er zu. Sie schleppten sich über eine Landschaft aus hart gebranntem Boden, zerklüfteten Felsen und ausgewaschenen Hügelketten. »Wenn in diesem Land jemals etwas geblüht hat, dann muss das schon lange her sein«, bemerkte Gorath. Während sie weitergingen, fragte er: »Hast du irgendeine Idee, wieso deine Magie hier nicht funktioniert?«

»Nein«, antwortete Owyn und blickte gereizt drein. »Ich habe jeden Zauberspruch und jede Beschwörungsformel ausprobiert, jede Meditation und Übung, an die ich mich erinnern kann. Alles scheint so zu sein, wie es sich gehört, nur dass jedes Mal die Magie fehlt!« Er schüttelte den Kopf. »Es ist, als gäbe es hier kein Mana.«

»Mana?«, fragte Gorath.

»Das ist ein möglicher Begriff dafür«, erklärte Owyn. »Zumindest hat Patrus es immer so genannt. Ich weiß nicht, ob andere Magier das auch so machen. Auf jeden Fall ist Mana die Energie, die sich mit allem anderen verbindet; sie kann aber manipuliert werden, um Magie zu erschaffen. Die meisten Leute verstehen nicht, wie Magie funktioniert. Ich trage die Macht nicht in mir. Alles, was ich weiß, sind eine Reihe von Worten, Handlungen, Bildern und Dingen, die mir helfen, die Macht – das Mana – zu sammeln, das in der Welt um mich herum existiert. Aber hier ist es so, als würde das Mana gar nicht existieren. Ich wünschte, ich wäre vom Geringeren Pfad.«

»Was ist der Geringere Pfad?«, wollte Gorath wissen.

»Sie verfolgen einen anderen Weg der Magie. Patrus ist vom Geringeren Pfad; er hat mir nahe gelegt, nach Stardock zu gehen, als ihm klar wurde, dass er mich die ›falsche‹ Magie gelehrt hat. Bevor Pug auf die tsuranische Welt gereist ist, wusste niemand von den Unterschieden zwischen den beiden Wegen der Magie; zumindest niemand auf Midkemia.

Der Geringere Pfad ist ein Teil der Magie; einen besseren Begriff gibt es nicht. Der Magier verbindet sich mit dem Boden unter seinen Füßen oder mit dem Wasser, das überall ist, selbst mit dem Himmel oder dem Wind. Das Potential, das die meisten Dinge zum Brennen bringt, treibt auch das Wesen dieser Magier an – ihr Wesen ist mit dem Feuer verbunden. Ich denke, ein Magier des Geringeren Pfades könnte aus diesem Ort etwas Magie herausholen, aber ich bin machtlos.«

»Trifft das auch auf Pug zu?«

»Ich weiß es nicht«, sagte Owyn. »Es heißt von ihm, dass er noch mehr ist als der Geringere oder der Erhabene Pfad.« Owyn blickte sich um. »Aber es könnte auch sein, dass seine Kraft so weit zurückgedrängt ist, dass er hier von anderen überwältigt wurde. Nur eins weiß ich ganz sicher.«

»Und das wäre?«

»Ohne Pug haben wir keine Chance, nach Midkemia zurückzukehren.«

Nach diesen Worten marschierten sie stundenlang in tiefem Schweigen nebeneinander her.

Um die Mittagszeit am nächsten Tag sahen sie die Kuppel. Der Hitze wegen bewegten sie sich nur noch sehr langsam und schwerfällig weiter, und noch immer gab es keinen Hinweis auf Wasser. Die Wasserhäute um ihre Hüften waren inzwischen leer, und Owyn begann, die Wirkungen der Austrocknung zu spüren. Schweigend gingen sie auf die Kuppel zu. Als sie näher kamen, sahen sie, dass es sich um ein Gebäude handelte, das aus irgendwelchen Fellen gemacht war, die über ein Netz aus Stäben gespannt waren. »Es sieht aus wie eine Jurte«, sagte Gorath.

»Was ist das, eine Jurte?«

»Die Nomaden der Donnerhöllensteppe benutzen sie. Sie können sie in Windeseile errichten und wieder abbauen.«

Gorath zog sein Schwert und ging um das Gebäude herum, bis er einen Eingang gefunden hatte; er war nur von einer Klappe aus Leder verdeckt. Er schob ihn mit der Schwertspitze beiseite, und als nichts geschah, streckte er seinen Kopf ins Innere.

»Komm und sieh dir das an«, sagte er zu Owyn.

Owyn folgte ihm hinein und schaute sich um. Das Gebäude war leer, abgesehen von einem verblassten Stoffstück, das einst ein Teppich gewesen sein musste und auf dem Gorath jetzt saß. Er hielt ein Stück Pergament in der Hand. Es war mit Kohle beschrieben.

Owyn nahm das Pergament und las.

Tomas,

Katala wird dich zweifellos benachrichtigt haben, und so gehe ich davon aus, dass du erfahren hast, dass Gamina und ich vermisst werden. Sie ist von tsuranischen Magiern, die Makala dienen, entführt und hierher gebracht worden. Ich werde dir mehr Einzelheiten erzählen, wenn wir uns treffen, denn ich habe nur zwei Blätter Pergament zur Verfügung und muss mich kurz fassen.

Verlass dich hier nicht auf deine Magie. Sie funktioniert nicht. Ich habe einige Theorien darüber, warum das so ist, aber auch davon werde ich dir erst berichten, wenn wir uns treffen. Die Abwesenheit von Magie an diesem Ort mag damit zu tun haben, dass dieser Planet einst von den Valheru besucht wurde, aber aufgrund deiner angeborenen Sinne hast du das vermutlich bereits herausgefunden. Eine gewalttätige Rasse wohnt hier, und ich habe bereits vier von ihnen töten müssen. Sie scheinen mit den Pantathianern verbunden zu sein, jedenfalls ähneln sie ihnen in ihrem Äußeren so sehr, dass ich schätze, sie wurden hier während der Zeit, da die Valheru über die Himmel reisten, von Alma-Lodaka zurückgelassen. Nimm dich vor ihnen in Acht, denn ich denke, sie dienen auf irgendeine Weise unseren Feinden.

Gamina habe ich immer noch nicht gefunden, obwohl ich das gesamte Gebiet durchkämmt habe. Ich breche morgen früh auf und gehe zur nördlichen Landspitze dieser Insel. Von einem nahe gelegenen Hügel kannst du dort etwas sehen, das wie Ruinen aussieht. Vielleicht finde ich da eine Antwort. Suche mich dort.

Pug

»Nun, dann müssen wir als Nächstes eben auch dorthin gehen«, sagte Gorath.

»Ich wünschte, er hätte irgendeine Bemerkung über Wasser gemacht«, meinte Owyn.

»Wenn andere auf dieser Insel leben, wird es irgendwo auch Wasser geben.«

Owyn nickte und behielt seine Sorge, dass sie es möglicherweise nicht rechtzeitig genug finden könnten, für sich.

»Immerhin wissen wir jetzt, dass das Ganze hier eine Insel ist«, sagte Gorath. »Das ist gut.«

»Wieso?«

»Weil es bedeutet, dass wir nicht ewig marschieren müssen«, sagte der Dunkelelb.

Für Owyns Geschmack war der Humor etwas zu bitter, und so sagte er nichts darauf. Sie schleppten sich weiter und erklommen einen Bergrücken. Als sie auf dem Kamm angekommen waren, sahen sie in weiter Ferne die Gebäude, die Pug in seiner Nachricht erwähnt hatte. Mehr noch, ein Stück dahinter erblickten sie etwas, das wie ein gewaltiges, blaues Meer aussah.

»Wenn wir es bis zum Ufer schaffen«, sagte Owyn, »finde ich schon einen Weg, wie wir Wasser ohne Salz herstellen können.«

»Vielleicht liegt diese Insel ja auch in einem riesigen See«, meinte Gorath hoffnungsvoll.

Sie kletterten den Kamm wieder hinab, und als sie am Fuße des Berges angekommen waren, rief Gorath: »Wasser!«

Er sprang beinahe in die Spalte. »Es ist frisch. Gib mir deine Wasserhaut.«

Owyn reichte sie ihm, und kurz danach gab Gorath ihm die Haut zurück, nur teilweise gefüllt, damit er sofort trinken konnte, ohne noch länger warten zu müssen. Owyn trank hastig. »Langsam«, sagte Gorath. »Wenn du zu schnell trinkst, fällst du möglicherweise in Ohnmacht.«

Owyn zwang sich, eine Pause zu machen. Die Flüssigkeit war dickflüssig und warm und schmeckte nach Mineralien; dennoch erschien sie Owyn köstlicher als jedes andere Wasser, an das er sich in diesem Augenblick erinnern konnte. Er sah zu, wie Gorath auch seine eigene Wasserhaut füllte und trank, sie dann beiseite legte und Owyns zu Ende füllte. Schließlich waren beide Häute gefüllt. »Ich werde mir diesen Ort merken; falls wir während unserer Suche keine andere Quelle finden sollten, können wir hierher zurückkehren …«

Owyn schaute sich um. »Wir sind schon dicht bei den Ruinen.«

Gorath nickte. »Wir müssten sie vor Sonnenuntergang erreicht haben.«

Sie nahmen noch einen Schluck, dann gingen sie weiter.

Sie kamen an einem anderen jurtenähnlichen Wohnhaus vorbei; es war abgebrannt, und auf den Trümmern lag Staub. Es stand ein paar hundert Meter von ihrem eigentlichen Ziel entfernt. Sie hatten zunächst gedacht, sie hätten Ruinen gesehen, aber als sie allmählich näher herankamen, konnten sie sieben massive Säulen ausmachen, die aus Stein gehauen zu sein schienen. Gorath nahm wieder sein Schwert, um den Ledervorhang beiseite zu schieben, und Owyn blinzelte ins Innere.

Sie fanden eine weitere Nachricht.

Tomas,

ich habe in den Ruinen zwar immer noch keine Spur von Gamina gefunden, aber ich habe einige Dinge über diese Welt herausbekommen. Magie ist hier umgewandelt; was einige Magier »Mana« nennen, ist hier zu einer Kristall-Form reduziert. Für diese Umwandlung kann kein natürliches Phänomen verantwortlich sein, daher kann ich nur annehmen, dass das irgendwelche Wesen im Auftrag der Götter getan haben; auch die Valheru hätten lediglich eine Katastrophe angerichtet, hätten sie einen solchen Versuch unternommen. Möglicherweise inspirierte diese Tat Drakin-Korin dazu, den Stein des Lebens zu erschaffen, aber darüber können wir ein andermal nachdenken, wenn wir mehr Zeit und Ruhe haben.

Ich habe einiges erfahren, als ich die Säulen am nördlichen Ende der Insel berührt habe. Berühre auf keinen Fall die Säule in der Mitte! Ich war noch Tage danach krank. In meinem geschwächten Zustand wurde ich beinahe von zwei dieser Gestalten überwältigt, die ich zuvor bereits erwähnt habe. Nur meine Fähigkeiten im Umgang mit Steinen und Schlingen retteten mich, aber die Auseinandersetzung zehrte sehr an meinen Kräften. Ich habe etwas für dich zurückgelassen; ich weiß nicht, ob es dir bei deiner Valheru-Magie helfen wird, aber ich dachte, es würde nicht schaden, es für dich liegen zu lassen. Vielleicht habe ich später, wenn ich Gamina gefunden habe, Gelegenheit, die Wunder dieser Welt weiter zu studieren.

Pug

Owyn blickte sich um und sah ein längliches Bündel am Rand des runden Zeltes. Er entrollte einen weiteren, verblassten Teppich, der mit dem in der vorherigen Hütte vollkommen identisch war. Darin eingewickelt war ein Stab aus einem seltsamen, blauen Kristall. Owyn berührte den Stab – und abrupt fuhr seine Hand zurück.

»Was ist das?«, fragte Gorath.

»Ich bin mir nicht ganz sicher«, antwortete Owyn. Er streckte vorsichtig die Hand wieder aus und berührte das Teil erneut. »Das ist ja erstaunlich«, sagte er.

Er streckte die rechte Hand aus, und während er den Stab mit der Linken berührte, schloss er die Augen, und einen Augenblick später strahlte glühendes Licht von seinen Fingerspitzen. »Ich kann es nicht erklären, aber dieser Stab hat mir meine Kräfte zurückgegeben. Es ist, als wäre dieser Stab aus dem … ich weiß nicht recht … aus dem kristallisierten Mana, von dem Pug gesprochen hat.«

»Nimm ihn mit«, sagte Gorath. »Wir sollten uns zu den Säulen aufmachen, bevor es dunkel wird.«

Sie standen an der Inselspitze, auf einem Steilufer, das hoch über einem fremden Meer aufragte. Sieben riesige Säulen aus Kristall erhoben sich zu einer Höhe, die etwa das Siebenfache eines Menschen maß. »Ich beginne mit dieser da«, sagte Owyn.

Er ging zu der Säule, die ganz links stand, und berührte sie.

Obwohl sie felsig aussah, fühlte sie sich weich an. Er blinzelte und sah, dass er mit den Fingern über eine Hülle aus Energie strich, die die Oberfläche der Säule wie eine Haut bedeckte.

Owyn blickte die Säule genauer an, und ihre vielen Kristallflächen brachen die Bilder der Wüste, des Meeres und Himmels, aber er sah auch andere Orte, als würde ihm die Säule fremde Länder, Ozeane und Himmel zeigen.

Deine Bemerkungen beeindrucken mich. Du bist ein Savani, *nicht wahr?*

Verblüfft über die Gegenwart einer fremden Stimme in seinen Gedanken, schüttelte Owyn den Kopf. Er war nicht sicher, ob es genügte, seine Antwort nur zu denken, oder ob er sie laut aussprechen musste. Er entschied sich fürs Sprechen, da es auch seine Konzentration fördern würde. »Ich kenne den Begriff *Savani* nicht, daher weiß ich nicht, ob ich einer bin oder nicht. Mit wem rede ich?«

Gorath blickte Owyn an; Überraschung stand in seinem Gesicht. Bevor Owyn irgendetwas zu ihm sagen konnte, hörte er wieder die Stimme in seinem Kopf. *Ich bin Sutakami, Mutter der Tausend Mysterien, einst eine Göttin von Timirianya. Du hast mich erweckt. Was wünschst du?*

»Ich bin nicht sicher, was du damit meinst«, sagte Owyn. »Bist du ein Orakel?«

Nein. Ich kann dir nur sagen, was bereits bekannt ist, auch wenn ich die Dinge, die möglicherweise kommen werden, schwach spüre. Ich spüre, dass du neu auf dieser Welt bist. Vielleicht möchtest du etwas über die Geschöpfe wissen, die sie bewohnen.

Ein Bild erfüllte Owyns Geist, bevor er etwas sagen konnte. Die Rasse wirkte äußerst stolz, wie wunderschöne Vögel mit Armen anstelle von Flügeln. Die Schnäbel waren klein und sahen aus, als wären sie in der Lage, Worte zu bilden. *Dies sind die Timirian. Sie waren Poeten und Gelehrte und Krieger mit großen Fähigkeiten. Sie standen kurz davor, zu den Sternen zu reisen, als die Valheru kamen. Sie wurden ausgelöscht.*

Dann trat eine andere Gestalt vor sein geistiges Auge, eine dunkle Kreatur von so beeindruckendem Äußeren, dass Owyn unwillkürlich zusammenfuhr. Obwohl ein gewaltiges Flügelpaar die Gestalt dominierte, waren es die Augen, kalte eisige Kugeln aus Blau, die Owyn so bannten. *Dies sind die alten Diener von Rlynn Skrr, dem letzten Hohepriester von Dhatsavan, unserem Göttervater, vor der Großen Zerstörung. Es sind Geschöpfe aus Magie, die jetzt frei von allen Hemmnissen umherwandern, also nimm Reißaus, wenn du einen von ihnen siehst, denn sie können nur durch Magie getötet werden, die dazu beschaffen ist, ihre Energie in die Erde zu saugen. Jetzt wandeln sie unter den alten Ruinen des Tempels von Dhatsavan.* Die Stimme wurde schwächer, als würde sie sich entfernen. *Ich muss ruhen … ich werde woanders gebraucht.*

»Warte!« Owyn neigte den Kopf, als wäre er müde. »Ich habe noch einige Fragen.«

»Was ist?«, fragte Gorath.

»Diese Säulen, sie sind … frühere Götter dieser Welt. Ich habe mit dieser hier gesprochen, einer Göttin namens Sutakami.«

»Und wenn du eine andere berührst?«, fragte Gorath.

Owyn nickte. Er ging zur zweiten Säule und berührte sie. »Ich frage mich, was dies ursprünglich für ein Ort gewesen ist.«

Du stehst in den Ruinen des Tempels von Karzeen-Maak, einst der Hohetempel der sieben Götter von Timirianya. Vor langer Zeit waren diese Säulen nichts weiter als Symbole der Götter, geschaffen von den Savani-Handwerkern, die die Diener des Dhatsavan waren. Jetzt sind sie die Gefäße, in die wir geflüchtet sind.

»Was könnte einen Gott oder eine Göttin zur Flucht verleiten?«, wunderte sich Owyn.

Die Valheru, kam die prompte Antwort. *Sie löschten das Leben, so wie wir es auf dieser Welt kannten, aus und ließen nur wenig zurück. Erst als Dhatsavan uns zeigte, dass unsere Kämpfe sinnlos waren, schmiedeten wir einen Plan, die Valheru ihrer Macht zu berauben, sie von unserer Welt zu vertreiben. Sie flohen, um nicht hier gefangen zu sein, und ließen nur einen Teil ihrer Dienerschaft zurück.*

»Was habt ihr gemacht?«, fragte Owyn.

Von den Sieben-Die-Herrschten haben nur sechs die Große Zerstörung überlebt. Zwei haben sich so weit von der Welt zurückgezogen, dass sie ihren Gedanken nicht länger eine Stimme verleihen können; sie sind nichts weiter als fühlende Kräfte der Natur. Nur Dhatsavan wird bleiben und auf die Zeit des Erwachens warten. Er wird uns rufen, wenn die Notwendigkeit dazu gekommen ist ... Wir werden nicht wieder sprechen, Savani.

Owyn blickte Gorath an. »Die Valheru haben diese Trostlosigkeit verursacht.«

»Nur wenig andere haben so viel Macht wie sie erlangt«, sagte Gorath. »Unseren Legenden nach sind sie auf dem Rücken der Drachen von Stern zu Stern gereist. Nur die Götter waren größer.«

Owyn blickte sich um, als die Sonne unterzugehen begann. »Offensichtlich nicht alle Götter. Diese Säulen sind das, was von den sieben wichtigsten Göttern dieser Welt übrig geblieben ist. Einer ist tot. Zwei sind stumm, mit zweien habe ich bereits gesprochen.«

»Pug hat betont, dass man nicht die Säule in der Mitte berühren soll.«

»Das heißt, es bleibt noch einer übrig, mit dem ich sprechen kann. Möglicherweise finde ich heraus, was mit Pug geschehen ist.«

Owyn berührte die nächste Säule, aber er spürte nur eine schwache Empfindung, keinen zusammenhängenden Gedanken. »Dies muss eine von denen sein, die bewusstlos sind.«

Er ging an der in der Mitte vorbei, Pugs Warnung beachtend, und trat zur nächsten.

Er berührte sie und stellte fest, dass sie ohne Leben war. Nicht einmal die schwache Empfindung, die er bei der Letzten wahrgenommen hatte, haftete ihr noch an. Er ging weiter.

Während er die Säule berührte, die noch warm von der Abendsonne war, fragte er sich, wen die Valheru zurückgelassen hatten.

Die Panath-Tiandn. Sie sind Geschöpfe von einer anderen Welt, ausgebildet als Handwerker der Magie. Sie haben nur eine begrenzte Intelligenz, aber sie sind schlau, und sie sind gefährlich. Sie stellten Gerätschaften für die Valheru her.

»Haben sie Pug gefangen genommen?«

Nein. Sie wollten es, aber ich habe es verhindert.

»Wer bist du?«

Wir waren die Götter dieser Welt, und ich, Savani, war einst Dhatsavan, der Herr der Tore. Aber als die Valheru ihre Zerstörungskriege hierher brachten, zogen wir diese Gestalten dem endgültigen Tod vor.

»Ich bin nicht in der Lage, die Bedeutung dessen, was du sagst, zu ermessen«, sagte Owyn. »Ich habe auf meiner Heimatwelt Legenden über die Valheru gehört …«

Was du weißt, ist unwichtig, sagte die Stimme in Owyns Kopf. *Was wir waren, ging im Strom der Zeit verloren, aber es ist noch Zeit für dich, dein Volk vor unserem Schicksal zu bewahren.*

»Unser Volk?«, fragte Owyn. »Die Valheru sind auf meiner Welt schon seit langer Zeit tot. Sie können für uns keine Bedrohung darstellen.«

Ein Gefühl von Gleichgültigkeit überflutete Owyn, als wäre das, was er gesagt hatte, ohne Bedeutung für dieses Wesen. *Der, den du als Pug von Stardock kennst, wird dir mehr erzählen – wenn die Zeit gekommen ist, dass ihr beide – du und dein Kamerad – eine Entscheidung treffen müsst. Und jetzt musst du den Becher von Rlynn Skrr an diesen Ort bringen. Wenn du das tust, werden wir Pug aus seiner Gefangenschaft befreien.*

»Wieso benötigen Götter die Hilfe von Sterblichen, um sich etwas holen und bringen zu lassen?«, wollte Owyn wissen.

Ein Gefühl von Erheiterung strömte durch Owyn, als die Stimme antwortete. *Du stellst weise Fragen, junger Savani, aber es ist nur mir allein bestimmt, die Wahrheit zu kennen. Such den Becher in den entfernten Höhlen in der südlichsten Ecke dieser Insel. Du wirst die Panath-Tiandn töten müssen, die ihn besitzen.*

Bring ihn mir, oder du wirst in der Trostlosigkeit von Timirianya untergehen. Die Wahl ist dein. Aber ich warne dich, versuche nicht, den Becher zu benutzen. Pug hat seine Lektion bereits gelernt, weil er versucht hat, seine Macht ohne meine Hilfe zu benutzen. Und jetzt geh.

»Wir müssen einen magischen Gegenstand von der anderen Seite der Insel holen«, erklärte Owyn. »Und es sieht so aus, als würden wir dabei gegen einige Geschöpfe der Valheru kämpfen müssen.«

»Es war ein langer Tag«, meinte Gorath. »Kehren wir zu dem Zelt zurück und ruhen wir uns etwas aus. Etwas zu essen und ein bisschen Schlaf werden uns helfen, uns auf diese Aufgabe vorzubereiten.«

Owyn folgte Gorath; er hoffte nur, sein Kamerad würde Recht behalten.

Sie hatten den halben Tag damit zugebracht, den Teil der Insel zu finden, wo Owyn nach Aussage des erstarrten Gottes den Becher finden würde. Jetzt machten sie auf einem Bergrücken Rast, der sich über einer Art Dorf erhob – oder zumindest über einer Ansammlung von Hütten vor einer großen Höhle.

Eine halbe Stunde oder noch länger hatten sie die Hütten beobachtet, konnten aber keine Bewegungen feststellen. »Nun«, sagte Owyn, »vielleicht sind sie verlassen.«

»Nein«, entgegnete Gorath. Er deutete auf einen Stapel Feuerholz, dann auf eine Reihe von Urnen. »Wasser, nehme ich an.« Schließlich zeigte er auf etwas, bei dem es sich nur um Nahrungsreste handeln konnte, die in einen Graben am Rande des Dorfes geworfen worden waren. »Möglicherweise leben nicht mehr viele auf dieser Welt, aber dieses Gebiet ist ganz sicher nicht verlassen.«

»Nun, vielleicht sind alle fort.«

»Oder sie schlafen während der heißen Tageszeit und sind alle im Innern?«, überlegte Gorath. Er stand auf. »Wir werden es erst erfahren, wenn wir hinuntergehen und nachsehen.«

Owyn folgte dem Dunkelelben den Berg hinab. Als Gorath das erste Zelt erreicht hatte, sagte er zu dem Moredhel: »Der Becher ist in dieser Höhle.«

Gorath hatte gerade einen Schritt gemacht, als der Ledervorhang der Hütte, die er betreten wollte, sich öffnete und eine Gestalt herauskam.

Owyns Nackenhaare stellten sich beim Anblick der Kreatur auf. Eine aufrecht gehende Echse – ganz in Schwarz gekleidet – stand blinzelnd im Sonnenlicht. Sie hatte keine Zeit, eine Warnung auszustoßen, als Gorath sie mit dem Schwert durchbohrte.

»Drei«, sagte Gorath.

»Drei was?«, fragte Owyn.

»Es sind noch drei übrig, wenn diese hier eine der vier war, die Pug verfolgt haben.«

»Oder es sind noch ein Dutzend übrig, wenn es nicht dieselben sind«, flüsterte Owyn. »Wir müssen uns beeilen!«

Sie eilten zur Höhle, und als Owyn einen großen Vorhang, der über dem Eingang hing, zur Seite schieben wollte, bewegte sich jemand. Er machte einen Satz zurück, als ein Schlangenmensch sich auf Gorath stürzte. Gorath konnte nur mit Mühe einem Knüppel ausweichen, der auf seinen Kopf zielte, und zurückspringen.

Owyn drehte sich um, als ein anderer Schlangenmensch sich zähnefletschend auf ihn stürzte, ihn nach hinten stieß. Owyn rollte sich auf dem Boden ab, kaum in der Lage, den Kristallstab festzuhalten. Das Gesicht der Kreatur war mit gelben Symbolen bemalt, und Owyn wusste, dass er mit einer Art Panath-Tiandn-Schamane kämpfte. Klauen erschienen vor seinem Gesicht, und Owyn verschränkte seinen Blick mit dem der Kreatur.

Plötzlich brannten Symbole aus Feuer vor Owyns geistigem Auge, und er schickte einen geistigen Stoß zurück, der die Kreatur nach hinten warf. Owyn drehte sich unter ihr weg und sprang auf die Beine. Die Kreatur kämpfte darum, sich von Owyns Angriff zu erholen. Owyn trat ihr jedoch mit voller Wucht gegen den Kopf, und sie brach zusammen.

Zwei andere Schlangenmenschen erschienen, während Gorath den ersten tötete, der sich ihm in den Weg gestellt hatte. Owyn suchte in seinem Gedächtnis nach einer anderen Zauberformel und spürte, wie sich der Stab in seiner Hand erwärmte. Eine Kugel aus wilder Energie explodierte vor seiner Hand und schlug die erste Kreatur zu Boden, hüllte sie in Flammen. Die zweite wurde von den Flammen bespritzt, und ihr Gewand entzündete sich.

Die erste starb innerhalb weniger Sekunden, aber die zweite konnte sich wegrollen und schrie, während sie versuchte, die Flammen zu ersticken. Gorath eilte zu ihr und befreite sie von ihrer Qual.

Owyn blickte sich um; er wartete darauf, ob sich noch andere dieser Kreaturen zeigen würden, aber alles war ruhig.

Schließlich hob Gorath sein Schwert auf. »Finden wir endlich diesen verdammten Becher.«

Owyn betrat das Innere der dunklen Höhle, die nur von einer einzigen Flamme in einer winzigen Kohlenpfanne beleuchtet war. Er bekam eine Gänsehaut. Der Platz war der Mittelpunkt schwarzer Magie, und wenn er auch nicht die Symbole lesen konnte, die auf die Wände gemalt waren, so waren die Formen doch fremdartig, und er spürte ihre Bösartigkeit. Er sah sich suchend um und fand etwas, das wie ein kleiner Schrein aussah. Darauf stand ein Becher, der aus einem unbekannten Stein gehauen worden war.

Er griff nach ihm und spürte die Energie seinen Arm entlanglaufen, als er ihn an sich nahm. Er trat wieder nach draußen. »Hier ist er, ohne Zweifel.«

»Was ist das für ein Becher?«

»Ich weiß es nicht, aber ich habe erfahren, dass er Pug geschadet hat, und wenn das der Fall ist, werde ich nicht riskieren, sein Geheimnis zu lüften.«

»Dann sollten wir zurück zu den sogenannten Göttern gehen und nachschauen, ob sie ihren Teil der Abmachung einhalten.«

Gorath blickte sich um. »Ich bezweifle, dass die hier die einzigen Mitglieder dieses Stammes auf der Insel sind, und wenn die anderen sehen, was wir getan haben, werden sie uns verfolgen.«

»Ist es möglich, die Säulen bis Sonnenuntergang zu erreichen?«

»Wenn wir sofort losmarschieren und keine Pause machen«, sagte Gorath. Er drehte sich um und setzte sich in Bewegung, ohne nachzusehen, ob Owyn ihm folgte.

Owyn zögerte einen Augenblick, dann eilte er hinter dem Dunkelelben her.

Siebzehn

Täuschung

Ein kalter Wind fegte über die Zinnen.

James bedeutete den Bogenschützen, sich bereit zu machen, zwei herannahenden Reitern, die verfolgt wurden, mit ihren Pfeilen Deckung zu geben. Die beiden Kundschafter galoppierten die schräge Rampe zur Zugbrücke hinauf, peitschten auf ihre Pferde ein, um noch rechtzeitig die hölzerne Plattform zu erreichen, bevor sie sich zu hoch erhoben haben würde. James hoffte, er hatte die Zeit richtig berechnet; wenn nicht, würden entweder die Kundschafter vor den Mauern bleiben müssen, oder feindliche Reiter würden es ebenfalls auf die Plattform schaffen. Da die Zahl der Verteidiger ohnehin viel zu niedrig war, würde bereits ein einziger Feind im Innern der Burg eine ernsthafte Bedrohung bedeuten.

Der erste Reiter erreichte die Plattform genau in dem Augenblick, als sie sich zu heben begann, der zweite musste seinem Pferd schon kräftig die Sporen geben, damit es die Lücke übersprang. Doch beide gelangten noch rechtzeitig ins Innere der Burg, und James gab den Bogenschützen den Befehl zu schießen.

Die Männer ließen eine Pfeilsalve auf die Verfolger niederprasseln, die sofort zurückwichen, als die ersten drei von ihren Pferden stürzten. Es handelte sich fast ausschließlich um menschliche Abtrünnige; nur zwei Moredhel waren unter ihnen. Da die Feinde zwar weiterhin vor der Burg lauerten, sich aber außer Reichweite der Bogenschützen befanden, ließ James das einzige Katapult abfeuern. Ein Steinhagel ging auf die Abtrünnigen und Moredhel nieder. Sechs von ihnen wurden getötet.

Die übrigen zogen sich auf die Straße zurück.

James war am Brückenkopf, noch bevor der Jubel von den Bogenschützen auf den Burgmauern verklungen war. »Was habt Ihr gesehen?«, fragte er.

Der Anführer war ein junger Unteroffizier. »Im Süden ist alles ruhig; es gibt keinen Hinweis darauf, dass Hilfe naht. Im Norden nähern sich Unmengen von unseren Feinden.«

»Wie sieht es dort aus?«

Der junge Mann rechtfertigte das Vertrauen, das James in ihn gesetzt hatte, denn trotz der Aussicht auf die kurz bevorstehende Schlacht antwortete er gelassen: »Es treibt sich jede Menge Kavallerie dort herum, Junker; sie waren nicht sehr begeistert darüber, dass wir dort herumgeschnüffelt haben. Aus der Ferne waren riesige Staubwolken zu sehen und auch ein paar von diesen Belagerungsmaschinen, von denen Ihr berichtet habt. So wie es aussieht, müssten sie noch vor Einbruch der Nacht unten an der Straße ankommen.«

»Ihr habt Eure Sache gut gemacht«, sagte James. »Seht zu, dass Ihr etwas zu essen bekommt, und ruht Euch ein bisschen aus. Morgen früh wird es ziemlich anstrengend werden.«

James machte sich auf die Suche nach Locklear, dem er die Aufsicht über die Vorräte und Waffen übertragen hatte.

Locklear war gerade dabei, einen der Lagerräume zu inspizieren, und starrte angeekelt auf den Inhalt eines Fasses, als James zu ihm trat.

»Was ist los, Locky?«

»Dieses Fleisch ist voller Würmer. Ich nehme an, das haben wir den Nachtgreifern zu verdanken. Sie wollten den Männern wohl jeden Grund nehmen, hier zu bleiben.«

»Wie schlimm ist es?«

»Das gesamte Fleisch ist verdorben. Der Großteil des Mehls ist voller Wanzen. Wir könnten es vielleicht aussieben, aber solange ich nicht kurz vorm Verhungern bin, würde ich kein Brot essen, das daraus gemacht wird. Das harte Brot sieht noch genießbar aus, und ich schätze, auch die getrockneten Früchte sind überwiegend in Ordnung. Wir können uns also eine Weile halten.«

»Nahrungsmangel wird ohnehin nicht unser eigentliches Problem sein.«

Locklear blickte James an. »Kommen sie?«

»Morgen.«

»Dann sollten wir uns wohl besser darauf vorbereiten.«

James nickte. Er wusste, dass er von seinen Männern nur das Beste erwarten konnte; sie alle waren Veteranen der Grenzkriege. Aber keiner von ihnen hatte sich bisher bei der Verteidigung einer Burg gegen eine gewaltige Übermacht bewähren müssen. Er dagegen hatte bei Armengar und Hohe Burg gekämpft; er hatte mit Prinz Arutha verschiedene Theorien studiert. Er wusste, dass ein Angreifer jedem Verteidiger auf dem Wehrgang zehn eigene Männer entgegensetzen musste. Was James jedoch Sorgen bereitete, war die Frage, was er tun sollte, falls Delekhan *mehr* als zehnmal so viele Männer aufmarschieren ließ, wie die Burg Verteidiger hatte.

Owyn nahm den Becher und hielt ihn so dicht an die Säule, dass er die Kristallschicht berührte.

Dhatsavans Stimme erklang in seinem Kopf. *Du bist mit dem Becher zurückgekehrt. Das ist gut.*

»Wozu brauchst du ihn?«, fragte Owyn.

Ich brauche *ihn nicht. Er muss nur außer Reichweite der Panath-Tiandn sein.*

»Wieso?«

Dieser Gegenstand hat viele Eigenschaften, unter anderem besitzt er gewaltige Macht. Aber er hat auch die Funktion eines Schlüssels. Er gewährt Zugang zu anderen Welten. Die verlassenen Kinder von Alma-Lodaka werden auf diese Welt beschränkt bleiben. Sie sind nichts weiter als ein Ärgernis. Unter der Leitung ihrer pantathianischen Verwandten stellen sie ein gefährliches Werkzeug dar. Irgendwann wird jemand sie von unserer verfluchten Welt vertreiben, aber im Augenblick ist das Universum vor ihnen sicher. Nimm den Becher und bewahre ihn gut auf.

»Unsere Sorge gilt Pugs Wohlergehen. Wir haben den Becher vom anderen Teil der Insel hierher geschafft. Wo ist Pug?«

Er befindet sich in einem sicheren Gebäude, das von den Panath-Tiandn errichtet wurde. Die Schutzbarrieren, die ihn dort festhalten, werden sich auflösen, sobald du ihn aufgespürt hast. Er unterschätzte die Macht, die dieser Becher besitzt. Als er sie erweckte, um den Geist seiner verschwundenen Tochter zu suchen, wurde er von ihr überwältigt und zu einem hilflosen Wesen gemacht, einem Kind nicht unähnlich.

»Du hältst ihn gefangen, um ihn zu beschützen?«

In der Antwort des früheren Gottes schwang so etwas wie Heiterkeit mit, doch Owyn fragte sich, ob mit menschlichen Begriffen überhaupt zu beschreiben war, was er fühlte. *Als Individuum ist er für uns nur von geringem Interesse, aber er war uns von großem Nutzen, weil er den Panath-Tiandn den Becher geraubt hat. Sie beschäftigten sich schon seit langem damit, das Geheimnis des Bechers zu enträtseln, und standen kurz davor, es zu entschlüsseln. Pug hat diesen Prozess unterbrochen; jetzt sind sie in ihrer Arbeit um Jahre zurückgeworfen. Das allein verdient unseren Dank. Nun, da du hier bist, können wir sicher sein, dass der Becher diese Welt verlassen wird. Als Lohn für deine Dienste werden wir deinem Freund die Freiheit schenken.*

Pug besitzt noch immer den größten Teil seiner Identität und seiner Erinnerungen, aber seine Fähigkeiten werden für lange Zeit beeinträchtigt sein. Geh zu einer Hütte westlich von der, wo du den Becher gefunden hast; dort wirst du Pug finden.

»Wie können wir nach Hause zurückkehren?«, fragte Owyn.

Der Weg ist jetzt frei; er führt zu einem Ort in den Bergen. Durch mehrere Höhlen gelangst du zu einer, die von den Valheru bewohnt wurde. Führe Pug aus der Hütte; in nördlicher Richtung wirst du einen Eingang in den Bergen finden. Dort sind auch

Gegenstände, die euch helfen werden, nach Hause zurückzukehren. Du musst Pug mit Hilfe des Bechers vermitteln, was du weißt; nimm den Becher dann mit und bewahre ihn sicher auf. Plötzlich kam Owyn die Erkenntnis, wie er den Becher zu benutzen hatte. *Dann sucht seine Tochter an einem Ort in der Nähe der Berge, wo die Panath-Tiandn sie bewachen; sie halten sie für ein Omen von Alma-Lodaka. Befreit sie und kehrt auf eure eigene Welt zurück. Aber zögert nicht, denn ich kann das Tor zu eurer Welt nur eine bestimmte Zeit lang offen halten. Meine Macht ist nicht mehr, was sie einst war.*

Und jetzt geh.

»Danke«, sagte Owyn und bedeutete Gorath, ihn zu begleiten.

»Wohin gehen wir jetzt?«, fragte der Dunkelelb.

Owyn deutete auf den Weg, den sie gekommen waren. »Wir müssen zurück zu der Stelle, an der wir den Becher gefunden haben, und uns von dort nach Westen begeben. Dort werden wir Pug finden. Und wenn er frei ist, werden wir auch den Weg nach Hause finden.«

»Dann sollten wir uns beeilen. Ich habe langsam genug von diesem rauen, unwirtlichen Land«, meinte Gorath.

Owyn konnte ihm nur zustimmen.

James raste die Stufen zur Mauer hinauf, als er die Jagdhörner hörte. Trommeln dröhnten unten vor den Mauern, und das Geräusch von abgefeuerten Armbrüsten und Kurzbögen erklang, noch bevor er die Zinnen erreicht hatte. »Sie kommen aus nördlicher Richtung!«, schrie Locklear.

James nickte und warf einen Blick nach Osten; große Belagerungstürme wurden die Straße entlanggerollt. Er eilte zur Nordseite und sah Goblins den Hang unterhalb der Mauer emporklimmen. Sie schleppten zusammengerollte Seile und Haken mit sich, um sich daran festhalten zu können. Sofern sie nicht gerade darauf aus waren zu töten, hatten die Goblins – von etwas geringerer Statur als die Menschen – beinahe etwas Komisches, dachte James. Ihre schwarzen Haare bildeten einen schweren Teppich über den dichten Brauen, die sich über den Augen wölbten. Ihre Haut besaß einen Blaustich, als hätte man sie mit Farbe überzogen, und ihre Augen hatten eine schwarze Iris auf gelbem Hintergrund. Sie trugen kleine, runde Schilde am Arm und Kurzschwerter am Gürtel.

Die Verteidiger ließen Pfeile auf die Goblins herabregnen, die in Wellen vorwärts drangen – sie wagten sich ein, zwei Meter vor, hoben ihre kleinen Schilde über den Kopf, und kletterten weiter, sobald ein Schild getroffen war.

»Wir brauchen Steine!«, rief James.

Sofort machten sich einige Soldaten daran, flache Wagen auf Holzrädern herbeizuziehen. Steine lagen darin – von faustgroß bis zur Größe riesiger Melonen. Die Soldaten stemmten die Wagen mit Hilfe von Stäben hoch und brachten sie zum Kippen, während einer von ihnen sie an einem Seilgriff festhielt.

Ein Steinschauer ging auf die Goblins nieder, und sie rutschten den Hang hinunter. Schreie drangen von unten empor; der Beweis, dass die Bemühungen der Verteidiger Erfolg gehabt hatten.

»Das ist ein Ablenkungsmanöver«, sagte James. »Locky, sieh dich auf den anderen Mauern um, während ich zum Torhaus gehe.«

Locklear eilte davon, und James rannte über den Wehrgang zum Torhaus. Er wusste, dass es ein langer Kampf werden würde, noch dazu einer, in dem es keine Gnade geben würde. Während er zum Haupttor hastete, hoffte er insgeheim, die Angreifer irgendwie zum Rückzug bewegen zu können.

Gorath näherte sich vorsichtig der Hütte. Sie waren unterwegs von drei Panath-Tiandn angegriffen worden, und Owyn hatte seinen Kristallstab ziemlich erschöpft. Einem Echsenwesen hatte er sogar Hiebe damit versetzen müssen, um es in Schach halten zu können, während Gorath die anderen beiden Angreifer getötet und dann auch noch den letzten erledigt hatte.

Gorath riss das Schwert mit schmerzverzerrter Miene zurück.

»Was ist?«

»Da ist eine Barriere an der Tür. Ein heftiger Schmerz hat meinen Arm durchzuckt, als ich sie mit dem Schwert berührt habe.«

Owyn zögerte einen Augenblick, dann holte er den Becher von Rlynn Skrr aus seiner Gürteltasche und hielt ihn behutsam an die Tür. Er spürte, wie eine Kraft in den Becher strömte, und sah ihn einen Augenblick aufflackern, als würde er erleuchtet, dann war da nichts mehr. Er schob den Vorhang zur Seite und trat ein.

Pug stand in der Mitte des Raumes; er blickte sich verwirrt um. Er blinzelte ins Licht und fragte: »Tomas?«

Gleichzeitig versuchte er mit Hilfe eines Kristallstabs, der dem von Owyn sehr ähnelte, aufzustehen, sank aber kläglich wieder zurück.

»Nein, Tomas ist nicht hier«, sagte Owyn, als er und Gorath eintraten. »Er ist bei einem Angriff auf Elvandar verletzt worden und erholt sich von einer vergifteten Wunde. Wir sind an seiner Stelle gekommen.«

»Wer seid Ihr?«, fragte Pug. Dann kniff er die Augen zusammen. »Wartet, ich erinnere mich. Ihr seid der Junge, der mit Junker Locklear aus Krondor gekommen ist.«

»Ja. Erinnert Ihr Euch auch an Gorath?«

Pug nickte. »Der Moredhel, dessen Gedanken meine Tochter zu lesen versucht hat.« Plötzlich riss er die Augen auf. »Gamina! Ich muss meine Tochter finden.«

»Wir wissen, wo sie ist«, sagte Owyn. Er senkte die Stimme. »Mehr oder weniger jedenfalls.«

Pug schien verwirrt. »Ich bin noch geschwächt, aber meine Erinnerung kehrt allmählich zurück.« Er blickte auf seine rechte Hand, und Owyn konnte sehen, dass quer über die Innenfläche eine häßliche, alte Narbe verlief. »Aber meine Kräfte sind verschwunden, und ich erinnere mich an fast gar nichts von dem, was geschehen ist.« Er blickte Owyn und Gorath an. »Ihr behauptet, an seiner Stelle gekommen zu sein, aber wie kann ich sicher sein, dass Ihr nicht im Auftrag unserer Feinde hier seid?«

Gorath blickte erzürnt drein. »Ihr beschuldigt uns, ein falsches Spiel zu treiben? Ihr haltet uns für Spione?«

»Ich weiß nur, dass Ihr das erste Werkzeug von Makala wart«, antwortete Pug.

»Makala?« Owyns Gesichtsausdruck zeigte Verwirrung.

»Meint Ihr den tsuranischen Magier?«

»Das alles war sein Plan«, sagte Pug. »Ich behaupte nicht, dass Gorath Makala willig diente, aber er wurde genau wie Delekhan von ihm als Werkzeug benutzt.«

»Delekhan ist ein Werkzeug von diesem Makala?«, fragte Gorath.

»Ich bin fest davon überzeugt. Als Ihr nach Krondor gekommen seid und berichtet habt, dass Delekhan das Kriegsbanner von Murmandamus über Sar-Sargoth erheben würde, bin ich hellhörig geworden. Ich habe die Leiche von Murmandamus damals mit eigenen Augen gesehen; ich weiß genau, dass er nicht mehr lebt. Aber ich hielt es immerhin für möglich, dass das Ganze ein Machwerk der Pantathianer war, die das Gerücht von Murmandamus' Weiterleben in die Welt gesetzt haben, um die Moredhel noch einmal zu vereinigen und sie dazu zu bringen, Sethanon zu erobern.

Ich habe versucht, mit Hilfe meiner Fähigkeiten so viele Informationen wie möglich zu bekommen, und das Gleiche haben auch die Agenten des Prinzen getan. Irgendwann haben wir begriffen, dass es zwischen Delekhan und den Pantathianern keine Verbindung gibt. Ich habe Delekhan daraufhin für einen einfachen Kriegslord gehalten, der selbst die Macht anstrebt und die Aussage, Murmandamus befreien zu wollen, nur als Vorwand benutzt.«

Pug wirkte tatsächlich schwach, und Owyn bot ihm Wasser an. »Wir haben auch etwas zu essen.« Pug nahm einen tiefen Schluck, aber er hob abwehrend die Hand, als Owyn ihm auch etwas zu essen reichen wollte. »Später. Etwas von dem, was Gorath während des Gesprächs mit meiner Tochter gesagt hat, nagte weiter an mir, und erst jetzt begreife ich, dass die Lösung die ganze Zeit offen vor mir gelegen hat. Wäre ich nur etwas schlauer gewesen, hätte ich sie schon früher erkennen können.«

»Was habe ich gesagt?«, fragte Gorath.

»Ihr habt gesagt, dass Delekhan als Beweis dafür, dass Murmandamus noch lebt, seinen Helm vorgezeigt hätte.«

»Ja, den schwarzen Drachenhelm mit den gesenkten Flügeln an den Seiten.«

»Das letzte Mal, als ich diesen Helm gesehen habe, lag er in einem Keller unterhalb des Burgfrieds von Sethanon in einem alten steinernen Gewölbe«, sagte Pug. »Und diesen Raum hätte Delekhan mit keinerlei Fähigkeiten, die mir bekannt sind, selbst erreichen können. Es musste ihn also jemand anderer geholt und zu ihm gebracht haben.

Es gibt nur vier Wesen, denen ich die entsprechende Macht zutraue, aufzuspüren, wo sich dieser Raum befindet, und auch einen Weg dorthin zu finden: Macros den Schwarzen, mich selbst, Elgohar von der Versammlung – und Makala. Macros wird seit dem Ende des Spaltkriegs vermisst, Elgohar hat mir sehr geholfen und ist mit den Studenten in Stardock beschäftigt. Die Schlussfolgerung liegt also auf der Hand.«

»Dass es Makala war«, sagte Owyn. »Aber warum tut er das alles? Ich meine, es erklärt *den* Teil dieses Puzzles, über den Junker James sich immer geärgert hat – die Rolle, die die Tsuranis bei all dem hier spielen …«

»Genau das hat mich misstrauisch gemacht«, sagte Pug. Er versuchte noch einmal aufzustehen und schaffte es schließlich, wenn auch noch etwas zittrig. »Da es offensichtlich bei dem Handel um nichts Handfestes ging, musste man davon ausgehen, dass etwas … Nichtgreifbares ausgetauscht wurde.«

»Informationen«, sagte Gorath.

»Und Dienste«, ergänzte Pug. »Ich bin jetzt sicher, dass Die

Sechs, von denen Ihr gesprochen habt, die tsuranischen Erhabenen sind, die unter Makalas Führung stehen. Er hat das sogar mehr oder minder zugegeben.«

»Aber wieso drängt Makala Delekhan zu einem Krieg mit dem Königreich?«, fragte Owyn. »Will er Rache wegen des Spaltkriegs üben?«

Pug schwieg eine Zeit lang und grübelte über eine Antwort nach. »Was ich Euch jetzt erzähle, betrifft die wichtigsten Interessen von ganz Midkemia, nicht nur die des Königreiches.

Als der Kampf um Sethanon in vollem Gange war, sind uns tsuranische Soldaten zu Hilfe gekommen, wie auch Hochopepa und Shimone, zwei meiner Freunde von der Versammlung der Magier auf Kelewan. Es ist offensichtlich, dass trotz der üblichen tsuranischen Verschwiegenheit bestimmte Leute auf Kelewan von den Gerüchten über die letzten Ereignisse des Kampfes gehört haben.«

Pug holte tief Luft, als würde ihn das Erzählen der Geschichte mehr Kraft kosten, als ihm zur Verfügung stand. »Tief unter Sethanon befindet sich eine uralte Kammer.« Er umschloss die geballte Faust der einen Hand mit der anderen, um seine Aussage zu untermauern. »Aber eigentlich handelt es sich um zwei Kammern an einem Ort, die sich nicht ganz in der gleichen Zeit befinden.«

Owyns Augen weiteten sich. »Sprecht Ihr von einer Zeitverschiebung? Nur die mächtigsten Magier würden daran denken, so etwas auszuprobieren.«

Pug nickte. »Die erste Kammer – die in unserer Zeit – ist die, in der Murmandamus gestorben ist, und dort muss Makala den Helm gefunden haben, den er Delekhan gegeben hat.

Die andere Kammer, die immer ein paar Sekunden voraus ist, ist das wirkliche Ziel. Sie enthält einen Gegenstand von ungeheurer Macht, etwas, das so gefährlich ist, dass es das Ende allen Lebens auf Midkemia bewirken könnte. Ein Sterblicher könnte bis in alle Ewigkeit in dieser Kammer stehen und würde doch die Objekte, die in der zeitverschobenen Kammer liegen, niemals ›erreichen‹; er würde immer ein paar Sekunden zu spät sein, um den Gegenstand zu sehen. Und das ist das eigentliche Ziel dieses Krieges: Er dient als großes Ablenkungsmanöver, das es Makala erlaubt, jenen Zauberspruch zu bewirken, den er für die Zeitverschiebung benötigt – denn nur so kann er in die Kammer mit diesem Gegenstand gelangen.«

»Aber warum will er das so dringend?«, fragte Gorath. »Warum muss er Tausende von Menschen und Moredhel in den Tod schicken, um diese Kammer zu erreichen? Wenn sie das eigentliche Ziel ist, wieso kann er dann nicht einfach seine großen Fähigkeiten als Magier einsetzen und heimlich in diese andere Zeit schlüpfen?«

»Ich habe diesen Gegenstand etwa zehn Jahre lang studiert, und erst vor kurzem hat sich mir ein Schimmer von dem offenbart, was sein Wesen und seinen Zweck wirklich ausmacht«, erklärte Pug. »Wenn er in die falschen Hände gelangt, könnte er ungeheures Unheil anrichten – schlimmer, als wir es uns in unseren furchtbarsten Albträumen vorstellen können.

Niemand darf diesen Gegenstand jemals erreichen, und deshalb habe ich die Kammer damals mit zusätzlichen Verteidigungsvorrichtungen versehen. Wie ich schon sagte, er ist in der Zeit verschoben; das war eine Tat der Valheru, die ich so belassen habe.«

Pug atmete tief ein. »Und dann befindet sich in der riesigen Höhle eine alte Drachin, ein wachsames Orakel mit außergewöhnlichen Fähigkeiten. Es würde selbst meine Kräfte auf eine harte Probe stellen, wollte ich es mit diesem bemerkenswerten Geschöpf aufnehmen. Sobald irgendjemand diese Drachin bedroht, ruft sie den König an, der als Verteidigung gegen ein solches Risiko eine Garnison in der Nähe von Sethanon im Hogewald stationiert hat. Ich bin mir ziemlich sicher, dass einer von Makalas Spionen diese Garnison ausfindig gemacht hat, und ich glaube außerdem, dass er mit Hilfe von Delekhans Truppen diese Garnison angreifen lässt. Dann hätte er nämlich Zugang zu der Kammer, ohne dass die Soldaten der Drachin zu Hilfe kommen können. Doch selbst, wenn sie ausgeschaltet ist, werden Makala und seine Kumpane genug damit zu tun haben, die zeitverschobene Kammer zu finden. Das können sie nicht tun, solange sie gegen die Soldaten des Königreichs kämpfen müssen. Selbst wenn sie die Drachin besiegt haben, benötigen sie noch viele Stunden Zeit.«

»Die Drachin!«, sagte Owyn. »Es ist die, mit der ich bei Malac's Cross gesprochen habe!«

»Ja«, sagte Pug. »Die alte Statue wird dazu benutzt, Kontakt zu dem Orakel aufzunehmen; alle, die sie aufsuchen, werden sogleich weggeführt. Als Ihr mit ihr gesprochen habt, war ihr Geist in Sethanon.«

Owyn blickte Gorath an. »Jetzt verstehe ich, wieso sie gesagt hat, dass du eine wichtige Rolle bei all dem spielen würdest.« Sein Blick wanderte zu Pug, und er fügte hinzu: »Und es erklärt auch Delekhans Plan! Prinz Arutha hat uns ausgeschickt, Euch zu finden, denn er befürchtet, dass Delekhan bei dem Angriff auf Nordwacht Magie einsetzt. Und James meint, dass Delekhans Armee, wenn sie erst Nordwacht passiert hat, mit Schiffen flussabwärts nach Romney zieht, um Sethanon von dort aus über Land zu erreichen. Könnt Ihr sie aufhalten?«

»In meinem gegenwärtigen Zustand nicht«, sagte Pug. »Zwar sind mein Gedächtnis und ein Teil meiner körperlichen Kräfte bereits, während wir hier miteinander gesprochen haben, zurückgekehrt, aber ich fürchte, es dauert noch einige Zeit, bis ich wieder im Vollbesitz meiner Kräfte bin. In meinem blinden Eifer, Gamina zu finden, habe ich einen magischen Gegenstand benutzt; ich hatte gehofft, er würde mir entsprechendes Wissen verleihen. Aber es wäre wohl besser gewesen, ich hätte es nicht getan.«

Owyn nickte. Er griff in seine Tasche und holte den Becher von Rlynn Skrr hervor. Er streckte ihn Pug entgegen. »Das Wesen, das sich Dhatsavan nennt, hat mir erklärt, dass dieser Becher, der Euch Eure Fähigkeiten raubte, sie Euch auch wieder zurückgeben kann. Aber ich muss Euch dabei helfen.«

Pug streckte die Hand aus und berührte vorsichtig den Becher. Owyn verspürte ein leichtes Prickeln in den Fingern. Bilder, Gefühle, unbekannte Erinnerungen, das Empfinden von Macht – all das raste durch seinen Kopf. »Ihr geht damit ein großes Risiko ein, Owyn«, meinte Pug leise. »Möglicherweise kommt Ihr in den nächsten Tagen zu dem Schluss, dass Ihr eine Bürde auf Euch genommen habt, die Ihr gar nicht wolltet. Doch im Augenblick helft Ihr mir damit sehr.«

Pug und Owyn tauchten in eine tiefe Dunkelheit ein.

Owyn und Pug erwachten zur selben Zeit aus ihrer tiefen Trance; Gorath saß neben ihnen. »Ich hatte schon befürchtet, Ihr würdet niemals mehr aufwachen«, meinte er und half den beiden, sich aufrecht hinzusetzen.

»Wie lange waren wir bewusstlos?«, fragte Owyn.

»Zwei Tage«, sagte Gorath. »Ihr wart in Trance, und wenn ich euch etwas zu essen oder trinken eingeflößt habe, habt ihr auch gehorsam geschluckt, aber ansonsten habt ihr nur reglos dagesessen und den Becher festgehalten.«

Owyn blinzelte und spürte, wie Bilder und Gedanken durch seinen Kopf wirbelten. Sobald er sich auf einen Gegenstand in der Hütte konzentrierte, verblassten diese Fragmente, aber wenn er sich zu entspannen versuchte, tauchten sie wieder auf und wirbelten erneut durch seinen Kopf. Er stand leicht taumelnd auf.

Pug erhob sich ebenfalls und nahm den Kristallstab. Er starrte auf seine Hand, und eine Flamme schoss aus seiner Handfläche empor. »Interessant. Das konnte ich vorher nicht.«

»Es ist ein Trick, den ich von einem Magier namens Patrus gelernt habe«, sagte Owyn.

»Ich scheine Fähigkeiten zu besitzen, die neu für mich sind, während jene, die mir eigentlich vertraut sein müssten, außerhalb meiner Reichweite liegen.«

»Und in meinem Kopf tummeln sich neue und seltsame Bilder, die ich noch nicht recht begreifen kann.«

»Im Laufe der Zeit können sich noch viele weitere Dinge manifestieren. Solltet Ihr Hilfe benötigen, sie zu verstehen, so könnt Ihr mich jederzeit aufsuchen«, sagte Pug.

Owyn blickte Pugs Stab an. »Mein Stab hat wohl seine magischen Fähigkeiten verloren, wie es scheint.«

»Wir müssen für Euch mehr von diesem Kristall finden, das hier die Essenz der Magie darstellt – Mana, wie manche es nennen.«

»Ich dachte, der Stab selbst wäre das Mana«, sagte Owyn.

»Nein. Kommt mit, und ich werde es Euch zeigen.« Er führte sie nach draußen und blickte sich in der fremdartigen Landschaft um. Die meisten Pflanzen waren faserig und hart, mit Trieben, die wie gefrorene Kristalle aussahen. »Da vorn«, sagte er. Eine einzelne Pflanze stand dort, umgeben von anderen, aber sie war goldfarben, während die anderen lila oder blau waren. »Das ist keine richtige Pflanze«, erklärte Pug. »Ihr müsst sie mit Eurem Stab berühren.«

Owyn tat das und sah etwas aufblinken. Die Pflanze verschwand. Er spürte, wie die Macht in seinem Stab zu pochen begann. »Haltet immer wieder nach den goldenen Pflanzen Ausschau, während wir weitergehen«, sagte Pug. »Aber jetzt müssen wir meine Tochter finden und nach Hause zurückkehren.«

»Wenn es nicht bereits zu spät ist«, meinte Gorath.

»Dhatsavan muss gewusst haben, wie viel Zeit das alles in Anspruch nimmt«, sagte Owyn. »Er hätte uns sicherlich gewarnt, wenn wir unsere Fähigkeiten erst nach unserer Flucht von dieser Welt hätten tauschen sollen.«

Gorath nickte. »Wir können nur hoffen, dass dem wirklich so ist.«

Owyn deutete nach Norden. »Er meinte, nördlich von hier würden wir ein Gebiet finden, das die Valheru benutzt haben, als sie auf dieser Welt Krieg führten. In der Nähe davon müssten wir

Eure Tochter finden. Er sagte außerdem, dass die Panath-Tiandn sie als heilig betrachten und ihr nichts tun werden.«

»Das wäre ein Segen, falls das stimmt«, sagte Pug. Deutliche Erleichterung spiegelte sich auf seinem Gesicht. »Gehen wir.«

Sie marschierten den ganzen Tag nach Norden und machten nur einmal kurz Rast, um Wasser zu trinken und sich auszuruhen. Owyn sah einige goldene Pflanzen und berührte sie jedes Mal mit seinem Stab, lud ihn so immer wieder mit neuer Magie auf.

Kurz vor Sonnenuntergang hörten sie ein seltsames, tiefes Geräusch aus nördlicher Richtung. Je näher sie kamen, desto lauter wurde das Geräusch. Sie erreichten einen Bergrücken und sahen ein halbes Dutzend Schlangenwesen im Halbkreis stehen und dahinter noch einmal ein Dutzend, und alle verneigten sich vor einer großen Hütte, deren Außenwände mit mystischen Symbolen bemalt waren.

»Das wird schwierig, besonders mit den zweien an den beiden Enden. Sie haben die gleichen Stäbe wie Ihr«, sagte Gorath.

»Ein Moredhel-Zauberer namens Nago hat mal versucht, mich mit einer Beschwörung zu bannen; es ist mir einmal gelungen, das selbst zustande zu bringen«, sagte Owyn.

Pug schloss die Augen. »Ich ... ich weiß, welche Ihr meint. Die magischen Fesseln. Ich ... ich denke, ich schaffe das.«

»Wir müssen die beiden mit den Stäben unbeweglich machen«, meinte Owyn. »Wenn wir dann einen Feuerball auf die übrigen schleudern, sorgt das möglicherweise für genügend Panik, dass wir hineingehen und Eure Tochter holen können.«

Sie besprachen sich rasch, und als Gorath das verabredete Signal gab, erhoben sich Pug und Owyn. Sie hielten die Kristallstäbe in den Händen und murmelten Beschwörungen, die in Form von Energie über die Lichtung schossen und die zwei fremden Beschwörer niederstreckten. Sie wurden von der Kraft ergriffen, die sie auf der Stelle erstarren ließ und ihnen fürchterliche Schmerzen bereitete.

Die anderen Panath-Tiandn waren vor Schreck und Verblüffung regelrecht erstarrt. Sie standen wie gebannt da, so dass Pug und Owyn Feuerbälle in ihre Mitte werfen konnten.

Einige der Echsenmänner schraken zusammen und rannten mit funkenstiebenden, brennenden Gewändern davon. Andere wandten sich in die Richtung, aus der der Angriff zu kommen schien, doch da war Gorath schon bei ihnen.

Einen hielt Owyn auf, indem er ihn blendete, während Pug einen weiteren grauenhaften Energiestrahl aussandte, und noch ein Schlangenmensch erstarrte.

Gorath schlug den ersten Panath-Tiandn, der sich ihm entgegenstellte, nieder; dann wandte er sich einem anderen zu, der mit einem Schwert auf ihn losging. Er wehrte den Schlag ab und drehte sich zur Seite, tänzelte ein paar Schritte zurück und machte sich zu einem neuen Angriff bereit.

Zwei weitere Echsenmänner drehten sich um und flohen, und Pug und Owyn schlugen mit den Kristallstäben auf die übrigen ein. Die Keulen erwiesen sich als überraschend fest; mit ihnen ließen sich harte Schläge austeilen, ohne dass sie zerbrachen. Schon bald waren sämtliche Echsenmänner entweder tot oder auf der Flucht.

Pug rannte zur Hütte und riss den seltsam gewebten Teppich zur Seite, der den Eingang verdeckte. In der Mitte der Hütte stand eine Statue mit groben, weiblichen Konturen; sie musste uralt sein, und es waren kaum Einzelheiten an ihr zu erkennen. »Wo ist Gamina?«, fragte Pug laut.

»Vielleicht in der alten Festung der Valheru?«, meinte Owyn, der zu ihm getreten war.

Gorath folgte den beiden. »Dieser Ort atmet ihre Anwesenheit.«

Pug blickte sich um; er suchte nach etwas, das ihm den Weg zu seiner Tochter weisen konnte.

Gorath hob ein staubiges Bündel auf, das in einer Ecke lag; offensichtlich war es seit langer Zeit nicht bewegt worden. Darunter fand er eine weiße, mit purpurgoldenen Säumen verzierte Rüstung. Gorath ließ sie fallen, als hätte er sich die Finger verbrannt. »Valheru!«, stieß er hervor.

Pug berührte sie. »Ja, sie ist so ähnlich wie die, die Tomas trägt.«

»Ist sie gefährlich?«, fragte Owyn.

Pug strich mit der Hand über ihre Oberfläche. »Nein, der Geist der Valheru ist nicht mehr in ihr«, sagte er dann. »Ich nehme an, das war nur bei Tomas' Rüstung der Fall.« Er wandte sich an Gorath. »Dennoch ist sie erstaunlich haltbar und beinahe undurchdringlich. Wieso nehmt Ihr sie nicht?«

Gorath schüttelte nachdrücklich den Kopf. »Nein. Mir steht nicht der Sinn danach, Relikte der früheren Herren meines Volkes zu tragen. Der Wunsch nach solchen Abzeichen ist einer der wesentlichen Gründe, warum so viele den Dunklen Pfad beschritten haben. Mehr als alles andere ist es diese Gier, die mein Volk in einem unzivilisierten Zustand gehalten hat, während unsere Eledhel-Verwandten einen Anstand entwickelten, wie wir ihn uns nicht einmal erträumen können.«

Es waren die leidenschaftlichsten Worte, die Owyn von dem Dunkelelben jemals gehört hatte.

Pug stieß auf eine alt aussehende Schriftrolle und rollte sie auseinander. »Seht, Owyn.«

Der junge Magier trat hinter Pug und begann, über seine Schulter hinweg mit zu lesen. »Was ist das?«

»Ich bin mir nicht sicher, aber ich denke, es ist der Beschwörungsspruch, von dem Dhatsavan Euch erzählt hat, derjenige, der den Wesen von Rlynn Skrr die Kraft ausgesaugt hat.«

Owyn las weiter, dann meinte er: »Ich fühle mich irgendwie ... merkwürdig.«

»Zwinkert etwas mit den Augen und schaut zur Seite«, sagte Pug.

Owyn folgte seinem Rat, und das seltsame Gefühl verschwand. »Was war das?«

»Es ist eine Magie, die das Auge gefangen nimmt und es zwingt, dem Zauber zu folgen, bis sie sich in Euren Geist gebrannt hat. Ich werde dies einen Augenblick studieren, während Ihr versuchen solltet, es auswendig zu lernen.«

»Wäre es nicht besser, einen anderen Ort zu finden, um das hier zu studieren?«, schaltete Gorath sich ein. »Ich nehme an, diese Schlangenmenschen werden bald wieder zurückkehren.«

Pug rollte das Pergament zusammen und blickte sich in der Hütte um. Da waren noch andere Gegenstände. Aber er hatte nicht die Zeit, sie zu untersuchen. »Zu spät. Da kommen sie«, sagte Gorath. Er eilte zum hinteren Teil der Hütte und schlitzte den Zeltstoff auf. »Hier entlang!«

Pug, Owyn und Gorath eilten aus dem Zelt und flohen über einen Pfad in die Berge.

Sie rannten, bis sie den Eingang zu einer Höhle entdeckten. Owyn entfachte mit Hilfe seiner Magie etwas Licht. »Hier entlang!« Er führte sie tief in die Höhle hinein, und sie versteckten sich hinter einer Biegung, wo sie auf die Geräusche ihrer Verfolger lauschten.

Doch alles blieb still, und nach einer Weile waren sie davon überzeugt, dass die Panath-Tiandn ihnen nicht gefolgt waren. Sie setzten sich hin. »Nun, solange wir hier warten, könntet Ihr Eure Hand mit dem Licht so halten, dass ich das hier lesen kann«, sagte Pug zu Owyn.

Owyn erfüllte ihm den Wunsch, und Pug verbrachte lange Zeit damit, das Pergament zu lesen. Die Minuten zogen sich in die Länge, aber Owyn hielt das Licht ruhig, solange Pug las.

Gorath begann sich zu langweilen und trat zum Ausgang der Höhle, dann ging er hinaus und ein Stück den Weg entlang, um nachzusehen, ob es irgendwelche Hinweise auf Verfolger gab. Er kehrte zur Höhle zurück und stellte fest, dass jetzt auch Owyn damit beschäftigt war, das Pergament zu studieren.

Da er wusste, dass er nicht viel mehr tun konnte als zu warten, machte er sich daran, den Pfad weiter auszukundschaften. Er kämpfte sich einen kleinen Pass hinauf und über einen Hügel, wo der Pfad seine Beschaffenheit änderte; die Steine wurden ausgetretener, als wäre dies einmal eine Steinstraße gewesen.

Da er nachts wesentlich besser sehen konnte als jeder Mensch, bewegte er sich mühelos durch die düstere Nacht, die nur von fremdartigen Sternen erhellt wurde. Er eilte weiter, spürte, dass er sich ganz in der Nähe von etwas befand, das von uralter Magie durchdrungen war.

Er erklomm einen weiteren Hügel und blickte einen Pfad entlang, der zu einem riesigen Höhleneingang führte. Rechts und links davon waren zwei riesige Drachen in den Fels gehauen. Er blieb stehen, hin und her gerissen zwischen dem Gedanken, zu seinen Kameraden zurückzukehren, und dem Wunsch, die Höhle auszukundschaften. Nach einem kurzen Abwägen ging er weiter und betrat mit raschen Schritten die dunkle Höhle.

James erhob sich keuchend; seine Arme und die Brust waren blutverschmiert. Sechsmal hatten Goblins und Moredhel mit Hilfe von Leitern versucht, die Mauern zu erklimmen, und dreimal davon hatte er persönlich den Angriff zurückschlagen müssen. Locklear trat zu ihm, völlig erschöpft. »Es sieht nicht so aus, als würden sie sich für die Nacht zurückziehen! Sie kommen immer wieder!«

»Wie ist die Lage?«

»Den ersten Belagerungsturm haben wir mit den Wurfmaschinen aufhalten können, er ist inzwischen weg. Doch jetzt rücken sie mit zwei anderen weiter vor. Von den insgesamt sechs Belagerungsmaschinen, die sie im Norden gebaut haben, sind drei durch die Steinschleudern auf der Nordmauer zerstört worden. Unglücklicherweise sind dabei sämtliche großen Steine draufgegangen, die wir auch zur Zerstörung der Türme hätten gebrauchen können. Die restlichen drei Belagerungsmaschinen haben die Westmauer erreicht; die erste ist noch von den zwei großen Wurfmaschinen oberhalb des Torhauses zerstört worden.«

»Was ist denn jetzt mit den Wurfmaschinen?«

»Wir haben sie noch nicht repariert. Eine muss vollständig zerlegt und wieder zusammengesetzt werden, die andere benötigt ebenfalls mehr Zeit, als uns zur Verfügung steht. Ich habe überlegt, ob wir sie nicht ziemlich nah herankommen lassen und dann mit brennenden Pfeilen auf sie schießen sollten; dann entzünden sie sich möglicherweise, noch bevor sie die Mauern erreichen.«

Auf James' Gesicht spiegelten sich Zweifel. »Ich glaube nicht, dass sie vergessen haben …«

»Heh!«, sagte Patrus, der plötzlich neben ihnen auftauchte. »Wir haben ein Problem.«

James schüttelte den Kopf, um sich auf die neue Situation einzustellen. »Was ist los?«

»Seht ihr diese riesigen Türme, die da auf uns zurollen?«

James, dem jeder Humor abhanden gekommen war, hielt ihm die blutende Hand entgegen. »Ich war ziemlich beschäftigt.«

»Oh«, sagte der alte Magier. »Nun, also da sind diese zwei riesigen Türme, die auf uns zurollen.«

»Wir haben gerade darüber gesprochen, wie wir sie bekämpfen könnten«, mischte sich Locklear ein.

»Ich wollte gerade sagen, dass ich es mir kaum vorstellen kann, dass Delekhans Generäle sie nicht vor Feuer schützen ließen.«

»Ich weiß nicht«, meinte Patrus. »Warum versuchen wir nicht einfach, es herauszufinden?«

Er ging an ihnen vorbei und senkte seinen Stab über die Mauer – genau in dem Augenblick, als jemand eine Leiter gegen die Steine lehnte. Zwei erschöpft wirkende Soldaten stießen sie mit gabelförmigen Stäben wieder zurück, und ein Schrei drang von unten herauf, als ein Goblin von der Leiter stürzte. Patrus achtete nicht weiter auf den Steinhagel, den die unten stehenden Schleuderer gegen die Mauer schmetterten.

»Es ist gut, dass sie ihre Anstrengungen nur schlecht koordinieren können«, bemerkte Locklear. »Wenn sie die Steine etwas früher hochgeschleudert hätten, hätten sich unsere Jungs damit beschäftigen müssen, und den Goblins wäre es gelungen, die Mauer zu erklimmen.«

»Wir sollten für diese kleinen Geschenke dankbar sein«, sagte James.

Patrus zielte mit dem Stab auf einen der beiden Türme und murmelte leise etwas. Feuer löste sich in einer kleinen Explosion vom Stab. »Derselbe Feuertrick, den er damals im Pass angewendet hat, als wir ihn kennen lernten.«

James wandte sich um und sah, wie ein dritter und vierter Feuerball auf den Turm zuschossen; er konnte die Schreie der Moredhel und Goblins hören, die sich im Innern befanden. Ein paar der Feuerblitze hatten endlich Flammen entzündet.

Patrus drehte sich um und zielte auf den zweiten Turm, verfehlte ihn mit dem ersten Schuss, korrigierte die Zielausrichtung und traf ihn dann dreimal. Es gelang ihm, noch einmal ein halbes Dutzend Feuerbälle auf jeden Turm zu schleudern, und schon bald standen beide lichterloh in Flammen. Jubel erscholl von den erschöpften Verteidigern auf der Mauer, als in der Ferne eine Trompete erklang.

James lehnte sich gegen die Brüstung. »Sie blasen zum Rückzug«, sagte er zu Tode erschöpft. »Wir haben sie aufgehalten.«

Locklear sank zu Boden, während sie hörten, wie die Feinde sich zurückzogen und die Verteidiger noch lauter jubelten. »Was für ein Tag.«

Patrus kniete sich hin. »Nun, Leute, denen haben wir ordentlich eingeheizt. Aber wir dürfen uns nicht zu sehr in Sicherheit wiegen. Wir haben viel zu tun bis morgen.«

Noch ganz benommen vom Kampf, fragte James: »Was ist denn morgen?«

Mit einem fröhlichen Ton, der James beinahe veranlasste, den alten Mann zu erwürgen, antwortete Patrus: »Nun, morgen greifen sie wieder an.«

James kämpfte sich mit allerletzter Kraft auf die Beine. Er antwortete nicht darauf, denn er wusste, dass der alte Mann Recht hatte. Er streckte Locklear die Hand entgegen, und der zog sich daran hoch, mit einem Ächzen, als wäre er ein alter Mann. Schweigend gingen sie in den Burgfried zurück und machten sich daran, sich auf den Angriff am nächsten Tag vorzubereiten, während hinter ihnen im Dunkel der Nacht die beiden Belagerungstürme hell wie Leuchtfeuer brannten.

Pug und Owyn blinzelten, als sie wieder ins Hier und Jetzt zurückkehrten. »Was ist los?«, fragte Owyn.

»Ihr habt dieses Pergament beinahe einen ganzen Tag angestarrt«, sagte Gorath.

»Es ist fremde Magie. Sehr mächtig. Sie hat sich inzwischen in mein Gedächtnis eingebrannt«, erklärte Pug.

»In meins auch«, fügte Owyn hinzu. Er hatte die ganze Zeit über Pug gebeugt dagestanden und richtete sich jetzt auf. »Es ist eine Beschwörung, die den elementaren Rlynn-Skrr-Wesen, von denen Dhatsavan gesprochen hat, die Energie entzieht.«

Pug stand auf. »Wie lange hat es gedauert?«

»Es dämmert beinahe.« Gorath deutete auf den Höhlenausgang. »Ich habe ein bisschen die Gegend ausgekundschaftet.«

»Was habt Ihr gefunden?«, fragte Pug.

»Den Platz der Valheru, von dem Ihr gesprochen habt. Ich nehme an, Eure Tochter ist dort. Der Ort ähnelt einem Tempel.«

Pug wartete nicht, sondern eilte zum Höhlenausgang. »Wo ist es?«

Gorath folgte ihm, dann übernahm er die Führung und zeigte Pug den Weg zu dem Höhleneingang, der an beiden Seiten von Drachen flankiert war. »Im Innern führen nach einem kurzen Stück Stufen zu einer riesigen Kammer. Ich habe Geräusche gehört, die nach Wind klangen, und mich hat eine uralte Furcht ergriffen, die von einem Ort kam, den ich nicht benennen kann. Ich hielt es für das Beste, auf euch beide zu warten, statt mich allein weiter vorzuwagen.«

»Eine kluge Entscheidung«, sagte Pug »Ich glaube, das war eine sehr kluge Entscheidung.«

Pug, Owyn und Gorath traten ein, gingen einen Gang entlang und die Stufen hinunter, von denen Gorath gesprochen hatte. Unten angekommen, betraten sie eine riesige Kammer. Eine Gruppe von Götzendienern mochte sich einst hier versammelt haben, aber im Augenblick war der Raum leer. Wie Gorath gesagt hatte, schien ein übel riechender Wind durch die Kammer zu wehen, der alle drei mit fürchterlicher Angst erfüllte.

Gorath erreichte die Türen und drückte vorsichtig gegen eine. Sie war massiv, aber so hervorragend ausgewuchtet, dass sie langsam, aber gleichmäßig aufschwang.

Als die Öffnung groß genug war, ließ Gorath los und schlüpfte hindurch, gefolgt von Owyn und Pug. In der nächsten Kammer erhob sich ein glühender, blauer Kristall von einem Podest in der Mitte; er wurde von einem Lichtstrahl beleuchtet, der von oben kam. Inmitten des Kristalls war die Gestalt eines jungen Mädchens, deren helle Haare sie wie ein Heiligenschein umgaben.

»Gamina!«, rief Pug.

Aus dem Dunkel zu beiden Seiten des Edelsteins traten zwei Gestalten hervor. Sie waren zehn Fuß groß und so grau wie ein Leichentuch. Ihre Augen glühten bläulich, als wären sie aus Eis. Es war etwas Unbestimmtes an ihnen, denn ständig verlagerten und veränderten sie sich, aber mit ihren großen, ausgebreiteten Flügeln strahlten sie auch etwas sehr Mächtiges aus.

Gorath zögerte, aber Pug wandte sich an Owyn. »Owyn, der Bannspruch!«

Beide Magier schlossen die Augen, und einen kurzen Augenblick stand Gorath einfach nur da, unsicher, was er tun sollte. Dann schlug er mit seinem Schwert um sich, versuchte, die Kreatur zu treffen, die auf Pug zuging. Sein Schwert fuhr durch das Wesen, als wäre es Luft. Nur eine leichte Verlangsamung der Klinge und eine benommene Kälte, die seinen Arm hinunterschoss, zeigten ihm, dass er überhaupt einen Kontakt hergestellt hatte. Dann schlug die Kreatur zu, und Gorath erhielt einen Hieb wie von der Faust eines Riesen, der ihn quer durch den Raum schleuderte.

Und dann schoss funkelndes Licht in sämtlichen Regenbogenfarben von Owyns und Pugs Händen, und jeder Lichtstrahl traf eines der beiden Wesen. Die Kreaturen hielten abrupt inne, als wären sie vor Schreck oder Verblüffung erstarrt. Die Farben peitschten durch die Körper der beiden, dann schossen sie über den Boden – Tausende von winzigen Farbfunken, einer nach dem anderen. Jeder helle Lichtreflex schien ein winziges Partikel von den Kreaturen mitzunehmen, und die beiden Elementarwesen lösten sich langsam vor den zwei Magiern auf, bis nur noch ein schwaches Echo des Windes im Raum zurückblieb.

Gorath stand auf und schüttelte die Wirkung des Schlages ab, den er erhalten hatte.

Wieder rief Pug: »Gamina!« Er eilte zu dem Kristall und sah, dass man seine Tochter hergerichtet hatte, als wäre sie ein symbolisches Ebenbild der Göttin der Panath-Tiandn. Er berührte das Kristall und spürte die Energie durch seine Finger fließen.

Er schloss die Augen und verfolgte in Gedanken die Muster der Energie. Schließlich meinte er: »Gorath! Ein Schwerthieb hierhin!« Er deutete auf eine Facette neben den Füßen des Mädchens.

Gorath zögerte nicht und hob sein Schwert, und mit aller Macht ließ er es genau auf die Stelle niederfahren, auf die Pug gedeutet hatte. Der Kristall zerbarst in einem Schauer aus Edelsteinen und übergoss die drei, als wenn eine Million Diamanten sich aus einem Gefäß ergossen hätten. Pug beachtete die Edelsteine nicht weiter und trat vor, um seine Tochter aufzufangen, da es so aussah, als würde sie jeden Augenblick stürzen. Sie schien in Trance zu sein, aber sie lebte.

»Die Götter seien gepriesen!«, sagte der Magier. Tränen flossen ihm über die Wangen, als er Gamina an seine Brust drückte und sie kraulte, als wäre sie noch das kleine Mädchen, das vor vielen Jahren gekommen war, um mit seiner Familie zu leben. Das Mädchen, das nicht reden konnte, aber ihren Geist als Waffe benutzte, war ihm so lieb geworden wie ein Kind aus eigen Fleisch und Blut. In seinem Herzen war sie genauso seine Tochter, wie William sein Sohn war.

Er hob sanft ihr Kinn und flüsterte ihren Namen.

Ihre Augenlider flackerten, und sie rührte sich. »Papa?«

Gorath riss die Augen auf. Er blickte Owyn an. Der junge Magier nickte. »Ich habe es auch gehört.«

Sie öffnete die Augen, dann schlang sie ihre Arme um den Nacken ihres Vaters. »Papa!« Sie umarmte ihn stürmisch, und er hielt sie fest, als wollte er sie niemals wieder loslassen. »Er hat gelogen, Papa. Makala hat die ganze Zeit gelogen. Er hat mich überrumpelt. Er hat mir etwas zum Einschlafen gegeben, und dann bin ich hier aufgewacht. Er hat gesagt, er würde mir nicht weh tun wollen, aber er wollte dich aus Krondor weglocken!«

»Ich weiß, mein Liebes«, sagte Pug leise. »Es ist in Ordnung. Wir gehen jetzt heim.«

»Wie?«, fragte Gorath.

»Hier muss ein Tor sein«, sagte Owyn. »Zumindest hat Dhatsavan das behauptet. Aber ich nehme an, er hat eine Art Spalt gemeint.«

Pug sah sich in der Kammer um. »Ich sehe nichts.« Er wandte sich an seine Tochter. »Wie geht es dir?«

Sie stand da und beruhigte ihn. »Mir geht es gut, wirklich.«

Owyn starrte das junge Mädchen verblüfft an und dachte, was für eine wunderschöne Frau sie einst sein würde. Sie ertappte ihn bei dem Gedanken, und er wandte den Blick errötend ab.

Pug lächelte. »Du erinnerst dich sicher an Gorath, nehme ich an? Und das hier ist sein Kamerad Owyn.«

»Ja«, sagte sie mit einem scheuen Lächeln. »Ich danke Euch, dass Ihr meinem Vater geholfen habt, mich zu finden.«

»Es ist uns eine Ehre«, meinte Gorath.

Owyn lächelte nur und nickte.

Sie durchquerten die Kammer und fanden auf der anderen Seite einen weiteren Korridor. Wieder türmte sich eine große Tür vor ihnen auf, und Gorath öffnete sie. Sie führte in eine Kammer, in der ein riesiges Gerät aus Holz stand.

Pug warf einen Blick darauf, dann sagte er: »Es ist eine Spaltmaschine!«

»Seid Ihr sicher?«, fragte Owyn.

»Ich habe auf Kelewan mehr darüber geforscht, als jeder andere Schwarzgewandete«, sagte Pug. »Aber selbst wenn ich das nicht getan hätte, hätte ich dieses Gerät wiedererkannt. Es ist tsuranisch.«

»Können wir es benutzen?«, fragte Owyn.

Pug ging zu dem Gerät und untersuchte es einige Zeit, dann sagte er: »Es ist deaktiviert worden.«

»Deaktiviert?«, fragte Owyn.

Pug zog eine Grimasse. »Abgeschaltet. Es funktioniert nicht.«

»Ihr meint, wir sitzen hier fest?«, fragte Gorath.

Pug ließ sich nieder. »Auf dieser verdammten Welt? Ich fürchte ja. Es sei denn, ich finde einen Weg, wie ich dieses Gerät wieder zum Laufen bringen kann. Es ist die einzige Möglichkeit, nach Hause zurückzukehren.«

Gamina schlang die Arme um den Nacken ihres Vaters, und Gorath und Owyn ließen sich auf dem Boden nieder; ihnen fiel nichts Besseres ein, was sie hätten tun können.

Achtzehn

Neugruppierung

Der Rauch nahm den Verteidigern die Sicht.

James hatte es immerhin geschafft, sich eine Stunde hinzulegen, Locklear sogar zwei. Die Soldaten hatten abwechselnd geschlafen; James hatte angeordnet, dass die ganze Nacht hindurch ein paar von ihnen auf der Mauer Wache stehen sollten.

Jetzt hielt sich James beim Torhaus auf, wo das behelfsmäßige Hauptquartier errichtet worden war; er blinzelte mühsam durch die Qualmschwaden, die noch immer von den schwelenden Überresten der beiden Belagerungstürme aufstiegen. Auch die leichte Morgenbrise versprach keine Linderung, denn sie trieb den Rauch nur noch weiter zur Mauer hin. Der Nachthimmel wurde allmählich heller, als die Sonne irgendwo hinter den Verteidigern aufging. Schon bald würde sie über den Bergspitzen aufsteigen. Und irgendwann kurz vor diesem Zeitpunkt würden die Feinde erneut angreifen, so viel war James klar.

Er blickte nach unten und sah Leichen im Graben liegen, sowohl Angreifer als auch Verteidiger. Es waren so viele, dass es nicht allzu schwierig sein konnte, über sie hinweg die Zugbrücke zu erreichen.

James kannte die Berichte der Verteidiger, die an allen Ecken der Burg Position bezogen hatten, und er wusste die grausame Wahrheit: Noch einen weiteren Tag würden sie nicht durchhalten. Sofern die Angreifer nicht über ein hohes Maß an Dummheit verfügten oder das Schicksal eingriff, würde die Burg von Nordwacht noch vor Sonnenuntergang fallen.

James hatte bereits ein halbes Dutzend Möglichkeiten in seinem Kopf gewälzt, wie er – wäre er der Befehlshaber der Angreifer – die Burg einnehmen würde; dann hatte er sich bemüht, sich für jeden dieser möglichen Angriffe eine Gegenmaßnahme auszudenken. Und jedes Mal war er zu dem Schluss gekommen, dass er einfach nicht genügend Männer besaß und somit nicht in der Lage war, einen Angriff abzuwehren, der an mehr als nur einer einzigen Seite stattfand. Selbst eine so schlichte Taktik wie das Erstürmen der Straße, die zum Tor führte, bei einem gleichzeitig stattfindenden neuerlichen Angriff der Goblins auf die Mauer, würde seine Männer überfordern; sie würden unmöglich auch nur eine der beiden Fronten halten können.

Locklear trat zu ihm. »Was tun wir jetzt?«, fragte er.

»Ich denke darüber nach, die äußere Ringmauer aufzugeben und sämtliche Soldaten in den inneren Burghof zurückzuziehen«, erklärte James.

Locklear schüttelte erschöpft den Kopf; die Geste wirkte wie die traurige Bestätigung ihrer Niederlage. »Mir fällt auch nichts Besseres ein. Auf diese Weise werden sie jedenfalls viele Leute verlieren und länger brauchen, um die Burg einzunehmen.«

»Aber es wird uns unmöglich sein, sie zu halten.«

»Glaubst du, wir haben überhaupt eine Hoffnung, sie zu halten?«

»Im Augenblick warte ich verzweifelt auf eine geniale Idee, wie wir uns hinter Delekhans Linien schleichen und ihn von hinten angreifen können.«

Ein Feldwebel, dessen Kleidung noch immer die blutigen Spuren des Kampfes vom Vortag trug, näherte sich langsam. »Wie sieht es aus?«, wollte James wissen.

»Drei weitere Männer sind während der Nacht gestorben, Junker. Wir haben hundertfünfzig voll einsatzfähige Männer auf den Mauern. Siebzig Verwundete können noch kämpfen. Einige von den schwerer Verletzten können sich immerhin noch bewegen und helfen in der Großen Halle.« Die Große Halle war in eine Krankenstation umgewandelt worden; nahezu hundert Soldaten von Nordwacht lagen dort im Sterben, weil kein Heiler zugegen war.

James schüttelte den Kopf. »Die Männer sollen sich ausruhen, bis die Feinde wieder angreifen. Die auf den Mauern sollen so viel Essen und Wasser wie möglich erhalten. Eine weitere warme Mahlzeit wird es nur geben, wenn es uns gelingt, diesen Kampf zu gewinnen.«

»Jawohl, Junker«, antwortete der Feldwebel und eilte davon.

Patrus kam die Stufen herauf, die an der Mauer empor zum Torhaus führten. Er sah müde aus. »Ich habe die Verwundeten versorgt, so gut es ging. Was kann ich hier tun?«

»Finde einen Weg, die Feinde von der Nordmauer oder dem Osttor fernzuhalten, damit wir nicht an zwei Orten gleichzeitig kämpfen müssen.«

»Zu wenig Soldaten für zu viele Mauern, ja?«, fragte der alte Mann.

»So in etwa«, antwortete Locklear.

»Ich denke, ich kann euch helfen. Zumindest, solange sie vor dem nächsten Angriff nicht die Leichen von der Straße räumen. Und je mehr Metall auf dem Boden liegt, desto besser. James, schaff die Jungs zur Nordmauer.«

»Was hast du vor?«, fragte James.

Der alte Mann grinste teuflisch. »Ja was, soll ich dir etwa die Überraschung verderben? Nein, warte ruhig; wenn die Zeit gekommen ist, werde ich dir ein wunderbares Schauspiel bieten.«

»Ich bin an einem Schauspiel aber gar nicht interessiert. Wie viel Zeit kannst du uns verschaffen?«, fragte James.

»Ein paar Stunden vielleicht; hängt davon ab, wie viel Mut diese Moorsoldaten aufbringen, wenn ich's ihnen gezeigt habe.«

»Gib mir zwei Stunden Zeit, die Nordmauer zu verteidigen, bevor ich mich dem Osttor zuwenden muss, und wir haben möglicherweise einen weiteren Tag überstanden.«

»Lasst mich nur machen«, sagte Patrus. »Nun, ich muss in meine Kammer gehen und ein paar Dinge holen.« Er eilte davon.

Locklear wandte sich an James, und trotz seiner Erschöpfung sagte er: »Ist das nicht der teuflischste alte Mann, dem du jemals begegnet bist?«

»Nein«, erwiderte James. Dann lächelte er. »Aber er kommt ihm sehr nahe.«

Trommeln erklangen in der Ferne. »Sie sind auf dem Weg zu uns«, verkündete James.

Rufe von der Nordmauer warnten ihn, dass die Goblins wieder versuchten, die Felswand emporzuklettern. Die Verteidiger hatten ihren Vorrat an Steinen schon längst aufgebraucht, wie sie auch jedes Stück Möbel, Töpferware, Küchengerät und Werkzeug verwendet hatten, das sie hatten entbehren können. So besaßen sie jetzt nichts mehr, das sie auf die Goblins hätten hinunterwerfen können. Auch der größte Teil des Wassers das sie nicht zum Trinken brauchten, war erhitzt und auf die Köpfe der Angreifer hinabgeschüttet worden. Jetzt blieb ihnen nichts mehr übrig, als zu versuchen, einen Goblin nach dem anderen mit den kostbaren Pfeilen zu treffen, während ihre eigenen Bogenschützen dem Pfeilhagel von unten ausgesetzt waren.

Patrus kehrte zurück. »Macht Platz!« Er setzte sich auf die Steine, die Beine gekreuzt, und stellte eine kleine Schüssel vor sich hin. »Es hat mich eine Woche gekostet, das alles vorzubereiten. Und jetzt haltet den Mund und stört mich nicht, es sei denn, die Welt geht gerade unter.« Er schüttete den Inhalt eines kleinen Beutels in die Schüssel: einen Pulverklumpen und etwas, das wie kleine Steine oder Kiesel aussah. Dann schloss er die Augen. Er intonierte einen kurzen Vers, öffnete die Augen wieder und streckte den Zeigefinger aus. Eine kleine Flamme löste sich vom Ende des Fingers und brachte den Inhalt der Schüssel zum Brennen. Eine grünblaue Rauchwolke erhob sich, dicker und undurchsichtiger, als James und Locklear es jemals für möglich gehalten hätten; sie wogte aus der Schüssel heraus und erreichte das Steindach des Torhauses. Der Rauch schien vor den Steinen zurückzuweichen, und Patrus wedelte mit der Hand über dem

Kopf, die Handfläche auf die Straße im Osten gerichtet, als wollte er den Rauch in diese Richtung treiben.

Der Rauch gehorchte seiner Geste und schlängelte sich aus dem vorderen Fenster des Torhauses hinaus, wurde dabei immer dünner, je mehr er sich ausdehnte; inzwischen sah er nur noch wie Wolken aus, die über der Straße hingen. James blickte hinunter und erspähte eine feste Formation aus fellbedeckten Schilden. Es war eine Kompanie von Goblins, gefolgt von Trollen. Die affenähnlichen Trolle besaßen gewaltige Schultern, auf denen sie ohne große Mühe Leitern balancieren konnten, und jeder trug zusätzlich am anderen Arm einen Schild, und an einem Lederriemen baumelte ein Kriegshammer oder eine Axt.

»Ein Angriffstrupp aus Trollen?«, fragte Locklear.

»So scheint es«, meinte James. »Ich habe von so etwas noch nie gehört, aber wenn sie ernsthaft vorhaben, über diese Leitern reinzukommen, haben wir ein echtes Problem.« Trolle waren nicht sehr viel bessere Kämpfer als Goblins oder Moredhel, aber sie waren sehr viel schwerer zu töten. Wer immer die gegnerischen Streitkräfte anführte, musste erkannt haben, dass die Verteidiger der Erschöpfung schon sehr nahe waren.

In all dem Qualm von den Fackeln und den schwelenden Belagerungstürmen fiel der magische Rauch von Patrus gar nicht auf. Doch James und Locklear bemerkten, dass er immer dicker wurde.

Als die Angreifer in ihre Reichweite kamen, begannen die auf der Mauer postierten Bogenschützen, Pfeile auf sie abzuschießen. James war entsetzt darüber, wie wenig Pfeile von den Verteidigern abgeschossen wurden. Er konnte ihre Niederlage geradezu riechen.

Dann war ein dumpfes Grollen vom Fuß der Burg zu hören, und James lehnte sich gegen die Mauer. Er spürte das tiefe Wummern von dem Boden entsteigender Energie.

Die Angreifer nahmen erst Notiz davon, als die Erschütterung auch ihre Füße erreichte – selbst die derjenigen, die mit den schweren Leitern vorwärts stürmten und den Boden immer nur kurz berührten. Der Angriff geriet ins Stocken.

Dann rief Patrus: »Haltet euch fest, Jungs!«

Die Burg schien sich zu heben und zu senken.

Die Hälfte der Angreifer wurde zu Boden geschleudert. Das Geräusch des Erdbebens ertränkte den Lärm der Schlacht. Und dann explodierte der Himmel.

Ein Blitzstrahl traf die Rüstung eines auf dem Boden liegenden Angreifers, und ein ganzes Dutzend seiner Kameraden stürzte mit ihm. Nur einen winzigen Augenblick später folgten Donnerschläge, die die Ohren zum Klingen brachten. Die Luft roch säuerlich, wie mit der Energie der Blitze aufgeladen, und dazu kam der Gestank verbrannten Fleisches. Moredhel, Goblins und Trolle lagen sich vor Qualen windend auf dem Boden, und von ihrer Haut stieg Qualm auf.

Dann schlug der Blitz ein paar Meter entfernt in den Boden ein und tötete ein weiteres Dutzend Angreifer. Einen Moment später traf ein Blitzschlag einen Moredhel mit hoch erhobenem Schwert, hüllte ihn für den Bruchteil einer Sekunde in einen blendend weißen Blitz, bevor er in einem Feuerball explodierte und die meisten in seinem Umkreis tötete.

James duckte sich hinter der Mauer, riss an Locklears Tunika und zog ihn zu sich herunter. »Versteckt euch hinter der Mauer!«, rief er den Männern auf dem Torhaus zu; der Befehl wurde entlang der östlichen Mauer von Mann zu Mann weitergegeben. Ein Blitz nach dem anderen barst aus Patrus' mystischer Wolke, und jeder war begleitet von einem gewaltigen, ohrenbetäubenden Donnerschlag. Die Männer hielten sich die Ohren zu, damit sie von dem Krach nicht taub wurden.

James wünschte, er könnte irgendwie die Stufen hinunterkriechen und zum untersten Stockwerk der Burg gelangen, wo er sich mehr Schutz versprach. Er konnte sich kaum vorstellen, wie es für die sein musste, die unten auf der Straße waren.

Immer wieder zuckten Blitze auf, bis plötzlich Stille herrschte. Im selben Augenblick, da der Lärm versiegte, verebbten auch die Erschütterungen des Erdbebens.

James sprang auf die Beine und schaute über die Mauer; die Armee, die noch wenige Minuten zuvor angegriffen hatte, befand sich jetzt in wilder Flucht den Hügel hinab. Mindestens tausend Angreifer lagen tot auf der Straße, die zur Burg führte, viele von ihren eigenen Kameraden zu Tode getrampelt.

James kniete neben Patrus nieder. Der alte Mann zwinkerte und meinte: »Wie ist es gelaufen?«

»Es hat funktioniert. Sie flüchten wie wild.«

Locklear beugte sich über die Schulter seines Freundes Patrus hinab. »Wie heißt das, was du da getan hast?«

»Ich habe keinen richtigen Namen dafür. Jemand unten in Salador hat es mir beigebracht, und der hatte es von einem Priester von Killian, aber er musste es verändern. Ich nenne es ›Killians Wut‹.« Er stand auf. »Ich hatte es schon lange mal ausprobieren wollen, aber ich bin niemals so wütend auf jemanden gewesen, dass ich das Risiko eingehen wollte.« Er ging zur Mauer, blickte durch eine Scharte hindurch, und bemerkte die große Zahl von Leichen. »Hat noch besser funktioniert, als ich gedacht hatte.«

»Wie sieht es an der Nordmauer aus?«, rief James.

Eine Stimme schrie zurück: »Die Goblins sind bei dem Erdbeben hinuntergefallen.«

James legte die Hand auf Patrus' Schulter. »Du hast uns eine ganze Menge Zeit verschafft.«

Locklear sank zu Boden und lehnte sich gegen die Steine. »Ich kann mich nicht bewegen.«

James riss ihn wieder auf die Füße. »Du musst aber. Sie werden zurückkommen. Und ich weiß nicht, ob Patrus diese kleine Überraschung wiederholen kann.«

Patrus schüttelte den Kopf. »Selbst wenn ich die Mittel hätte, würde es eine Weile dauern, sie zusammenzubringen, und ich müsste nach draußen in den Wald gehen und mich umsehen.«

»Es gibt da etwas, das mich beunruhigt«, sagte Locklear nachdenklich.

»Was denn?«, fragte James.

»Wo sind ihre Magier?«

James' Augen weiteten sich vor Schreck. »Götter! Wenn dieses kleine Schauspiel sie nicht aufgeschreckt hat, sind sie noch nicht einmal annähernd in der Nähe.«

»Was bedeutet das?«, fragte Locklear.

»Das bedeutet, dass wir hinters Licht geführt worden sind.«

»Ich verstehe nicht«, sagte Locklear und sank zurück auf die Steine.

»Wenn sie nicht hier sind, sind sie woanders!«, erklärte Patrus. »Ich weiß, dass du müde bist, aber das ist keine Entschuldigung für Dummheit!«

»Lass mich doch in Ruhe«, sagte Locklear in gespieltem Selbstmitleid. »Ich genieße meinen Wahn. Gerade jetzt habe ich mir zum Beispiel eingebildet, dass ich irgendwo in der Ferne Trompeten gehört hätte.«

James hielt inne und lauschte. »Das war kein Wahn. Ich höre sie auch.«

Er kletterte auf die Mauer; da er in seiner frühen Jugend ein Dieb gewesen war, besaß er einen ausgezeichneten Gleichgewichtssinn und genau die Nerven, die nötig waren, um sich auf eine Schartenbacke zu stellen und in die Ferne zu blicken. Der Rauch verhüllte die Sicht immer noch etwas, aber dann rief James: »Ich erkenne das Banner von Arutha!« Er sprang hinunter. »Lasst die Zugbrücke herunter!«

James eilte wie zu neuem Leben erwacht die Treppe hinunter, gefolgt von Locklear und Patrus. Als sie den Torplatz erreicht hatten, waren die Fallgitter bereits weit genug hochgezogen worden, dass James darunter hindurchklettern konnte. Er rannte zum Ende der sich langsam senkenden Zugbrücke und sprang ab, noch bevor sie den Boden berührte.

Er hielt sein Schwert in der Hand, für den Fall, dass die überall herumliegenden Leichen nicht so tot waren, wie sie aussahen, aber als er den Anfang der Straße erreichte, kam ihm Arutha mit seiner Leibwache bereits entgegen. James blieb vor dem Herrscher des Westlichen Königreiches stehen.

»Ich hatte schon befürchtet, dass Ihr den ganzen Spaß verpassen würdet!«

»Ich konnte doch nicht zulassen, dass du mich für unhöflich hältst«, erwiderte Arutha. »Wie geht es den Männern?«

»Schlecht. Baron Gabot und seine Offiziere sind ermordet worden. Die meisten Männer sind tot oder verwundet, die wenigen, die es nicht sind, sind vollkommen erschöpft. Noch einen Tag länger, und wir wären alle tot gewesen. Ich will nicht unhöflich klingen, aber was hat Euch so lange aufgehalten?«

»Als deine Boten bei uns eintrafen, haben wir uns sofort auf den Weg gemacht. Aber sie sind während ihrer Reise überfallen und entführt worden, und es hat eine ganze Weile gedauert, bis sie sich befreien konnten und mich erreichten. Sie sind erst vor drei Wochen angekommen. Wie sieht es mit Unterstützung aus dem Süden aus?«

»Gibt es nicht. Ich habe eine Nachricht nach Romney geschickt, ebenso nach Dolth und Rillanon.«

»Vielleicht kommen dann noch andere«, sagte Arutha, »oder die Boten wurden ebenfalls überfallen. Owyn hat mir gesagt, dass du den Anführer der Nachtgreifer getötet hast. Ich nehme aber an, dass sie vorher schon Agenten an den wichtigen Stellen gehabt haben.«

»Ich fürchte, wir werden niemals erleben, dass das Nest dieser Mörder wirklich vernichtet wird. Sie sind wie die legendäre Schlange der keshianischen Unterwelt: Schneide den Kopf ab, und er wächst nach«, sagte James. »Aber was noch wichtiger ist: Wir halten das hier für nichts weiter als eine Scharade.«

Arutha ließ seinen Blick über die Folgen der Zerstörung schweifen. »Aber eine ziemlich teure Scharade«, meinte er.

»Und dennoch nichts weiter. Denn als Patrus, der alte Magier, den wir hier getroffen haben, seine Magie benutzt hat, erfolgte keinerlei entsprechende Reaktion von den Magiern der Feinde.«

»Was ist mit denen, die sich Die Sechs nennen?«, wollte Arutha wissen.

»Als wir das letzte Mal von ihnen hörten, waren sie noch im Westen.«

»Im Westen!« Arutha fluchte. »Dieser Angriff auf Nordwacht ist möglicherweise wirklich eine Scharade gewesen, und zwar eine ziemlich grauenhafte, denn die Schlacht wurde vermutlich nur deshalb so intensiv auf dem Rücken von Tausenden von Soldaten ausgetragen, um uns vom Düsterwald wegzulocken.«

»Habt Ihr alle Eure Truppen abgezogen?«

»Nein, die Garnison bei Sethanon ist noch an Ort und Stelle, aber ich habe den Rest meiner Männer mit hierher gebracht. Ich werde Patrouillen in die Pässe aussenden, um feststellen zu lassen, wie zahlreich der Feind ist, der gegen uns antritt.«

Arutha blickte besorgt drein; ein Ausdruck, den James viele Male bei ihm gesehen hatte – und selten ohne Grund. »Gehen wir zur Burg. Dann können sich Eure Männer ausruhen, und wir können all dies hier in Ruhe durchgehen.«

Arutha drehte sich um und gab einem jungen Offizier Befehle. »Ich habe Gardan in der Nähe von Hohe Burg zurückgelassen, und Hauptmann Philip ist bei der Garnison bei Sethanon. Ich gehe davon aus, dass diese beiden in der Lage sind zu verhindern, dass Delekhan allzu leichtes Spiel bei seiner Scharade hat.« Dann blickte er James an. »Aber wenn du gegessen, geschlafen und wieder gegessen hast, möchte ich, dass du zusammen mit Locklear und einer Patrouille zurück nach Sethanon reitest.«

James zog eine Grimasse. »Schon wieder eine von diesen langen Reisen?«

»Ich habe einen Priester mitgenommen, der gleichzeitig auch Heiler ist; ich werde ihn bitten, etwas gegen deine Schmerzen zu tun.«

James blickte Arutha an; er war sich nicht sicher, ob der Prinz scherzte, doch dann sah er, dass es ernst gemeint war. »Also gut«, antwortete der Junker.

Arutha machte sich anscheinend aufrichtig Sorgen, und James fragte: »Was ist, Hoheit? Ich kenne Euch zu lange, um diesen Blick nicht erkennen zu können.«

»Ich habe gerade an Owyn und Gorath gedacht. Ich habe sie wegen der Aussagen, die sie über Die Sechs gemacht haben, zu Pug geschickt, aber wenn sie zwischen Malac's Cross und Krondor in einen Hinterhalt geraten sind oder wenn Pug Krondor zu einem seiner mysteriösen Ausflüge verlassen hat und Katala ihn nicht finden konnte oder wenn irgendeines der vielen anderen möglichen Probleme eingetreten ist … nun, ich nehme an, wenn Die Sechs auftauchen, könnten wir ganz gut einen Magier gebrauchen.«

James grinste. »Ich habe einen.«

»Derjenige, der für die Blitze verantwortlich ist, die wir gesehen haben, während wir näher kamen?« Arutha stieg ab.

»Ja.« James machte sich auf, zu Fuß zur Burg zurückzukehren. »Er ist ein Original, aber ich schätze, Ihr werdet ihn recht unterhaltsam finden. Zumindest ein paar Minuten lang.«

Arutha lächelte sein gewohntes halbes Lächeln, und James fühlte sich schon viel besser, als er das sah.

Gorath blickte auf die Schlinge und rührte sich nicht. Die Kreatur sah aus wie ein Kaninchen mit einem Panzer oder wie eine Schildkröte mit langen Beinen; aber wie auch immer, im Gegensatz zu all den anderen genießbaren Wesen, denen sie hier begegnet waren, handelte es sich in diesem Fall nicht um ein Insekt. Zwei andere Kreaturen hatten sich als ungenießbar erwiesen, nachdem sie sie gefangen hatten. Diese Welt war erfüllt von Insekten, angefangen von winzigen, mückenähnlichen Fliegern, die um Gorath herumschwärmten, während der bemüht war, sich kein bisschen zu bewegen, bis hin zu schabenähnlichen Wesen, die so lang waren wie Goraths Unterarm.

Er hatte ein halbes Dutzend essbarer Wurzeln identifiziert und eine stachelige Pflanze, die wie eine saure Melone schmeckte und festes, klebriges Fruchtfleisch besaß; aber sie enthielt eine Menge Wasser.

Sie hatten eine Quelle in der Nähe des alten Tempels gefunden und aus einem alten Lederstück, das noch im Tempel gelegen hatte, eine Art Wassereimer hergestellt.

Gorath!

Nur noch einen Augenblick, versuchte er die Gedanken zurückzuhalten. Für ihn und Gamina war es immer noch schwierig, sich zu unterhalten, verglichen mit den anderen, aber er wurde besser. Er musste seine Gedanken konzentrieren. Es gelang ihm, ihr etwas zuzurufen. *Ich versuche gerade, uns etwas zum Essen zu fangen,* dachte er.

Ein nichtsprachliches Gefühl von Geduld war die Antwort.

Das gepanzerte Kaninchen rührte sich, und er zog an der Schlinge, die am rechten Hinterbein hing. Im nächsten Augenblick war die Kreatur in seinen Händen, und er ließ sie mit dem Kopf nach unten baumeln, da er nach vielen Erfahrungen herausgefunden hatte, dass sie dann gezwungen war, den Nacken herauszustrecken. Er brach ihn und löste die Kreatur schnell aus dem Panzer. Es war unbedingt notwendig, die Kreatur gleich innerhalb der nächsten Minuten nach ihrem Tod aus der Schale zu holen, denn sie hatten die unerquickliche Erfahrung gemacht, dass das Fleisch ansonsten ziemlich rasch verdarb und die damit verbundenen Magenprobleme äußerst unangenehm waren. Er schnitt das Fleisch vom Panzer und stopfte es in seinen Reisebeutel.

Er drehte sich um und eilte zu Gamina. *Was ist los?* fragte er, wissend, dass sie seine Gedanken lesen würde, bevor ihre Ohren seine Worte aufgenommen haben würden.

Owyn und Vater haben ein weiteres Lager mit Mana entdeckt. Glauben sie, dass wir genug haben?

Vielleicht, sagte sie, als er in ihr Blickfeld geriet.

Sie wandte sich um, und er folgte ihr den Pfad entlang zum Eingang des verlassenen Tempels. Aus irgendeinem Grund – wegen eines religiösen Verbotes, aus Angst vor den Valheru oder aus Furcht vor Gorath, Pug und Owyn – hatten die Schlangenmenschen dieses Gebiet nie wieder betreten.

Sie hatten angegriffen, als Pug und Owyn ein zweites Mal auf die Suche nach weiterem Mana gegangen waren, denn Pug hatte einen Plan, wie er die verlassene Spaltmaschine aktivieren könnte. Gamina hatte versucht, ihre Gedanken zu lesen, und war daraufhin sehr verwirrt gewesen, denn die Panath-Tiandn, die sich selbst Shangri nannten, besaßen eine seltsame Mischung aus sehr einfachem und sehr klugem Denken. Sie waren primitiv und abergläubisch in ihrem täglichen Leben, beinahe animalisch in ihrem Denken, aber brillant in der Manipulation von Magie. Pug hielt es für eine große Ironie, dass sie auf einem Planeten gefangen waren, den sie Timiri nannten, wo Magie wie Getreide geerntet wurde.

Pug hatte sie zu Magie-Handwerkern erklärt, die möglicherweise verantwortlich waren für die Erschaffung von Vorrichtungen für Alma-Lodaka. In Anbetracht seiner Erfahrungen mit den Pantathianern, die offensichtlich mit den Panath-Tiandn verwandt waren, vermutete Pug, dass die alten Valheru absichtlich das Ausmaß ihrer Intelligenz begrenzt hatten, um sie nur auf das zu lenken, was ihnen dienlich war.

Wie es ihnen gelungen war, auf dieser verfluchten Welt zu überleben, wurde Gorath und den Menschen immer offensichtlicher, denn zwei Tage, nachdem sie Gamina gefunden hatten, war ihnen die Nahrung ausgegangen. Seither war eine Woche vergangen, und sie bemühten sich, genug von der Kristallmagie zusammenzuholen, die sie für Pugs Plan benötigten. Gorath war sich nicht sicher, wie die Stücke »erstarrter Magie« nützlich sein könnten, aber er war zufrieden, dass er es den beiden Magiern überlassen konnte, sich mit diesem Problem herumzuschlagen. Er hatte sich entschieden, seine Aufmerksamkeit auf die Beschaffung von etwas Essbarem zu lenken. Wie es häufig an Orten der Fall war, die auf den ersten Blick unfruchtbar wirkten, wimmelte auch diese Welt nur so von Leben, wenn man wusste, wo man danach suchen musste.

Seit sie die Spaltmaschine entdeckt hatten, hatten sie die gesamte Insel ausgekundschaftet, abgesehen von den Höhen oberhalb des Tempels. Die Insel war groß genug, dass Gorath drei Tage unterwegs war, um vom nördlichsten Punkt, wo die sieben Säulen der Götter standen, bis zum südlichsten zu gelangen. Es dauerte ungefähr halb so lang, von Osten nach Westen zu marschieren, obwohl diese Reise nicht in einer direkten Linie verlief, weil sich in der Mitte der Insel Berge erhoben.

Sie glaubten, dass sich weiter im Westen Land befand, oder zumindest glaubte Pug das, nachdem er eines Abends nach Sonnenuntergang eine entsprechende Beobachtung gemacht hatte. Er hatte von Lichteffekten auf dem Wasser gesprochen, von der Dichte der Wolken und anderen Dingen, die aber nur auf abstrakte Weise interessant waren, wie Gorath fand.

Zumindest, solange sie nicht vorhatten, in dieses ferne Land zu reisen, um dort mehr von dieser festen Magie zu suchen.

Gamina hatte bereits ein Feuer entfacht, als Gorath mit seiner Beute die Höhle erreichte. »Werden wir den Plan deines Vaters heute Abend angehen?«

»Ich weiß es nicht«, antwortete sie.

Gorath beobachtete sie, und er musste zugeben, dass sie ein bewundernswertes Kind war, selbst nach den Maßstäben seines eigenen Volkes. Er wusste nur wenig von Menschenkindern, aber er wusste, dass sie einer fürchterlichen Erfahrung ausgesetzt gewesen sein musste, und doch war sie ruhig, konzentriert und – angesichts der Umstände – sogar verhältnismäßig fröhlich.

Sie war auch sehr hübsch, nach menschlichem Ermessen, sofern Gorath solche Dinge beurteilen konnte. Sie hatte ganz sicher Ownys Aufmerksamkeit erlangt, doch Gorath spürte, dass er sehr vorsichtig war, entweder wegen der Gegenwart ihres Vaters oder weil sie noch so jung war. Vielleicht träumte Owyn von den

Jahren, die noch kommen würden. Wieder hatte Gorath das Gefühl, dass er von den menschlichen Konventionen eigentlich nicht viel verstand.

Owyn und Pug tauchten mit einem großen Stoffbündel auf – es war eine gewebte Tür von einer der Hütten. Pug war angesichts so vieler Hütten und so weniger Bewohner zu der Überzeugung gelangt, dass die Bevölkerung im Schwinden begriffen sein musste. Er hatte sich gefragt, wie es wohl in den anderen Teilen dieser Welt aussehen mochte, aber er hatte seine Künste nicht dafür einsetzen wollen, es zu erforschen, da er so viel wie möglich von dieser festen Magie bewahren wollte.

»Ich denke, das müsste genügen«, sagte Pug, als sie das Bündel niederlegten.

»Gut«, meinte Gorath. »Ich werde es auch langsam leid, immer nur diese Kreaturen als Beute zu haben. Ich würde sogar diese altbackenen Brote begrüßen, die wir in den Bergen gegessen haben, Owyn – einfach wegen der Abwechslung.«

»Mir geht es genauso«, bestätigte der junge Magier.

»Was tun wir, wenn das hier nicht funktioniert?«, fragte Gorath.

»Dann erkunden wir den Rest dieser Insel, und wenn es keine Chance gibt, dass wir hier gefunden werden können, müssen wir uns ein Boot bauen und nach Westen zum nächstgelegenen Festland segeln«, sagte Pug.

Owyn schloss die Augen und presste Zeige- und Mittelfinger auf den Nasenrücken.

»Wieder Kopfschmerzen?«, fragte Gamina.

»Ja, aber sie lassen schon wieder nach.« Owyn hatte kurzfristige, aber heftige Kopfschmerzen, seit er mit Pug den Becher von Rlynn Skrr geteilt hatte. »Und es ist nicht so schlimm wie vorher.«

»Wenn wir nach Midkemia zurückkehren, werdet Ihr entdecken, dass Ihr Kräfte besitzt, von denen Ihr niemals zuvor geträumt habt, junger Freund«, sagte Pug.

Owyn seufzte. »*Wenn* wir zurückkehren.«

Pug blickte Owyn an, und in seiner Miene war nicht der Hauch eines Zweifels. »Wir werden zurückkehren.«

»Schön. Was brauchen wir sonst noch?«, fragte Owyn.

»Nichts als Wissen«, entgegnete Pug. Er wandte sich an Gorath. »Haben wir jede Kammer in diesem Komplex untersucht?«

»Ja«, antwortete Gorath, »wie ich es Euch sagte.«

»Dann sollten wir uns darauf vorbereiten, dass wir morgen zurückkehren.«

»Wieso nicht jetzt?«, wollte Gorath wissen.

»Owyn und ich brauchen Ruhe, bevor wir uns diesem Versuch stellen können«, erklärte Pug. »Ich weiß eine Menge über Spalten und ihre Natur, aber diese Maschine wurde von Fremden erbaut und funktioniert möglicherweise nicht so wie die tsuranischen, die ich kenne. Ich möchte es nicht riskieren, einen Fehler zu machen, nur weil ich müde bin. Daher werden wir es morgen früh probieren, nachdem wir ausgeschlafen haben.«

Gorath nickte.

Owyn legte sich auf den Boden; er war müde von den langen Märschen auf der Suche nach dem Mana. »Gorath, ich würde dir gern eine Frage stellen.«

»Ja sicher, Owyn«, antwortete der Dunkelelb.

»Als du dich vor der Königin verbeugt hast, ist es mir so vorgekommen, als wäre es ein Ritual, aber ich habe es nicht begriffen.«

Gorath ließ sich auf den Fersen nieder und dachte nach. Dann meinte er schließlich: »Als ich Elbenheim zum ersten Mal erblickt habe, habe ich es Barmalindar genannt. Das ist der Name einer legendären Welt von goldener Perfektion, die alle Elben als ihre uralte Heimat betrachten.«

»Faszinierend«, sagte Pug. »Ich habe häufig mit Prinz Calin und Tomas und anderen Elben gesprochen, aber von dieser Legende höre ich zum ersten Mal. Ich habe angenommen, ihr wärt ursprünglich von Midkemia.«

»Das sind wir auch, wie auch die Drachen und die Valheru, aber es gibt noch eine spirituelle Quelle unserer Rasse, unabhängig von Midkemia«, erklärte Gorath.

»Wenn wir sterben, reisen wir zur Gesegneten Insel, wo wir uns mit den Müttern und Vätern vereinigen, die vor uns dorthin gegangen sind. Aber wir alle kommen von Barmalindar.«

Gorath warf Owyn einen Blick zu. »Von Zeit zu Zeit hören manche aus meinem Volk einen Ruf, ein Ziehen, das sie zwingt, nach Elbenheim zu reisen. Mein Volk jagt solche Männer und Frauen als Verräter, wenn es möglich ist, und sie töten sie, noch bevor sie Elbenheim erreichen können.« Gorath schloss die Augen, und aus seiner Stimme klang Bedauern. »Auch ich habe das in der Vergangenheit einige Male getan. Aber ein paar kommen durch, und die Eledhel nennen sie die ›Zurückgekehrten‹. Sie nehmen neue Namen an, und es ist, als wären sie ihr ganzes Leben lang Eledhel gewesen.«

»Was ich nicht verstehe«, sagte Owyn, »ist, dass die Königin meinte, du hättest die Rückkehr noch nicht vollendet. Was meinte sie damit?«

»Ich habe noch immer Verbindungen zu meiner Vergangenheit, eine Verpflichtung, die mich davon abhält, mich ganz mit meinen Verwandten in Elbenheim zu verbinden.«

»Was für eine Verpflichtung ist das?«, wollte Owyn wissen. »Ich dachte, deine Kinder wären tot und deine Frau hätte dich verlassen?«

Gorath blickte Owyn an. »Ich muss Delekhan töten.«

»Oh«, sagte Owyn und lehnte sich gegen die Wand. Niemand sagte mehr etwas, während Gamina kochte und Pug Vorbereitungen dafür traf, die Spaltmaschine am nächsten Tag in Gang zu setzen.

James hatte schon zuvor bei Folterungen zugeschaut, aber er hatte noch nie Gefallen daran gefunden. Doch Arutha war erpicht darauf, etwas über Delekhans Plan zu erfahren.

Der Gefangene war eine Art Anführer oder Hauptmann, auf jeden Fall jemand, der durch seine Position mehr wusste als die gewöhnlichen Trolle und Goblins, die den Rest dieser Gruppe bildeten. Das halbe Dutzend abtrünniger Menschen, das sie gefangen genommen hatten, hatte ihnen schnell klar gemacht, dass nur dieser Moredhel wissen mochte, was vor sich ging.

Und Arutha wusste, dass etwas zutiefst Beunruhigendes vor sich ging.

Sie hatten Kundschafter den Pass hinaufgeschickt und herausgefunden, dass es gar keine zweite Streitmacht gab, die der ersten hätte zu Hilfe kommen können. Der Teil, den sie bei Nordwacht zerschmettert hatten, war alles gewesen, was sich von Delekhans Armee in diesem Gebiet aufgehalten hatte.

Tausende von Kriegern, Goblins, Trollen und die Magier, die als Die Sechs bekannt waren, mussten also irgendwo anders sein.

Der Moredhel stöhnte, als die Seile noch straffer gezogen wurden. Seine Füße steckten in zwei am Boden befestigten Eisenringen, und zwei Seile waren um seine Handgelenke geknotet und dann über einen Dachbalken geschlungen worden, so dass sie einen behelfsmäßigen Streckrahmen bildeten.

Arutha sprach mit gleichmäßiger, ruhiger Stimme. »Sprich, Moredhel, und du wirst erleben können, wie deine Kinder aufwachsen. Du hast mein Wort darauf. Ich lockere das Seil, sobald du mir sagst, was ich wissen muss. Wo ist Delekhan?«

Der Moredhel blickte auf, und statt Furcht oder Hass sah James Erheiterung in seinem Gesicht. »Was spielt das für eine Rolle, Prinz des Westens? Wenn ich es Euch sage, werdet Ihr meinen Meister trotzdem nicht davon abhalten können, sein Ziel zu erreichen. Befreit mich von diesen Seilen, und ich werde Euch genau erklären, wo sich Delekhan befindet.«

Arutha nickte, und die Seile wurden gelöst, so dass der Moredhel auf den Steinboden sank. Seine Augen funkelten, und er spuckte aus. »Delekhan ist bei Sar-Sargoth und versammelt dort seine Armee.«

Ein Hauptmann der Königlichen Garde machte eine Bewegung, als wollte er dem Moredhel einen Schlag versetzen. »Du verlogener Hund«, sagte er, doch Arutha hob die Hand und fing den Hieb ab.

»Wieso sollte dein Meister auf dem Thron der Uralten sitzen, während du zusammen mit deinen Kameraden dein Blut in Nordwacht vergießt?«

»Weil Ihr hier seid, Prinz«, erklärte der Moredhel.

»Aber ich habe eine Armee bei Hohe Burg und eine andere bei der Inclindel-Schlucht.«

»Das spielt keine Rolle, Arutha. Ihr habt nur eine kleine Garnison im Düsterwald zurückgelassen, und die wird mein Meister innerhalb weniger Tage überrannt haben; er wird das Spiel gewinnen.«

Arutha kniff die Augen zusammen. »Innerhalb weniger Tage ...?« Er stand auf. »Götter! Sie wollen einen Spalt benutzen!«

»Wie ist das möglich?«, fragte James.

Arutha wandte sich an den Hauptmann. »Bringt den hier zum Tor und lasst ihn laufen. Ich werde mein Wort nicht brechen, aber er soll weder Waffen noch Essen oder Wasser erhalten. Soll er doch seine toten Kameraden plündern, wenn er überleben will.«

Soldaten packten den verletzten Moredhel und schleiften ihn nach draußen. »Hoheit, wie können sie einen Spalt haben?«, wollte James wissen.

»Die Tsuranis wissen, wie man einen Spalt erzeugt, genau wie Pug es weiß. Wir haben bereits vermutet, dass die Pantathianer über ihre Entstehung Bescheid wüssten«, antwortete Arutha. »Doch welche Quelle Delekhan auch benutzen mag – wenn er in der Lage ist, einen Spalt zu errichten, hat der Moredhel-Anführer Recht. Dann ist es nur ein kleiner Schritt von Sar-Sargoth zum Düsterwald, und ich bin am falschen Ort.«

»Was sollen wir also tun?«, fragte James. Er fühlte sich immer noch müde, aber er hatte in der Nacht gut geschlafen; der Heiler von Arutha hatte ihm einen besonderen Kräutertee gebraut, den er zuvor getrunken hatte.

»Du wirst zusammen mit diesem Magier und Locklear zum Düsterwald reiten«, sagte Arutha. »Ihr dürft dabei keine Rücksicht auf die Pferde nehmen; reitet so schnell ihr könnt, bis sie zusammenbrechen, und wenn ihr sie umbringt ... Ich werde Vater Barner anweisen, für euch ein Stärkungsmittel herzustellen, damit ihr euch nicht ebenfalls zugrunde richtet. Ihr müsst zuerst nach Hohe Burg. Sagt Baron Baldwin, dass er mit seiner Garnison nach Sethanon marschieren soll. Dann holt Gardans Kompanie und eilt so schnell wie möglich zum Düsterwald. Ich werde euch folgen, sobald ich diese Armee in Bewegung setzen kann.

Aber du und deine beiden Kameraden, ihr müsst zum Düsterwald reiten, selbst wenn ihr die Soldaten zurücklassen müsst. Findet Hauptmann Philip und sagt ihm, er soll nach dieser Spaltmaschine suchen. Vielleicht können wir Delekhan noch aufhalten, wenn wir es schaffen, die Maschine zu zerstören, bevor er seine ganze Armee herholt.«

»Er ist möglicherweise schon dort«, gab James zu bedenken.

»Was bedeutet, dass ihr gar nicht früh genug aufbrechen könnt«, erwiderte Arutha. »Macht euch also bereit. Ihr habt immerhin noch einen halben Tag zur Verfügung.«

James verbeugte sich und beeilte sich, Locklear und Patrus zu suchen. Er wusste, dass keiner von beiden glücklich über diesen Befehl sein würde. Er war es schließlich auch nicht.

Neunzehn

Begegnung

Pug bedeutete den anderen, etwas zurückzutreten.

Er häufte das stoffliche Mana auf, dann nahm er seinen und Owyns Kristallstab. »So wie ich das sehe, hat dieses Tor zu funktionieren aufgehört, als die Verbindung auf der anderen Seite unterbrochen wurde; von dort muss die Kraft herstammen.«

»Aber wo ist das, diese andere Seite?«, fragte Owyn.

»Irgendwo in Krondor oder ganz in der Nähe davon. Gamina haben sie möglicherweise bewusstlos gemacht und zu einer Spaltmaschine geschafft, die sonstwo stand, bis sie schließlich auf dieser Welt gelandet ist. Doch der Trick, mit dem Makala in meinem Studierzimmer für kurze Zeit ein Tor errichtete, lässt darauf schließen, dass das ursprüngliche Tor ganz in der Nähe sein musste.«

»Wieso?«, fragte Owyn.

»Wenn wir mehr Zeit haben, werde ich Euch die Theorie erklären. Aber lassen wir es im Augenblick dabei, dass die Vorrichtung, die Makala mir gab, nicht die Macht besitzt, mich zwischen zwei Welten hin und her zu schicken. Sie brachte mich lediglich zu einem Spalt, der ganz in der Nähe war.«

Owyn schien zu begreifen. »Habt Ihr jemals herausgefunden, wieso Dhatsavan und die anderen Götter dieser Welt das Mana auf diese Weise erstarren ließen?«

Pug schüttelte den Kopf, während er aufstand und von der Maschine zurücktrat. »Ich nehme an, es war ein Akt der Verzweiflung; wenn sie es auf dem Höhepunkt des Kampfes taten, haben die Valheru diese Welt möglicherweise für zerstört gehalten und sind weitergezogen, sie könnten gespürt haben, wie sich alle Magie verflüchtigte, und fürchteten, hier gefangen zu sein. Wir werden wohl niemals erfahren, warum sie es getan haben. Und ich bin nicht in der richtigen Stimmung, zu den Säulen zurückzukehren, um den Grund herauszufinden.«

»Wie können wir dieses Ding richtig einstellen, wenn wir keine Kraftquelle besitzen?«, fragte Owyn.

Pug hielt den Becher von Rlynn Skrr hoch. »Hierdurch werden wir die Macht kanalisieren. Dhatsavan hat Euch doch gesagt, dass es sich um einen Schlüssel handelt, dass man mit ihm andere Welten erreichen könnte.«

»Natürlich«, erwiderte Owyn.

Pug deutete auf seinen Kopf. »Hier drin ist das Wissen. Doch ich benötige Eure Hilfe.«

Owyn blinzelte. »Inwiefern?«

»Ich muss euch alle warnen: Möglicherweise funktioniert das hier alles nicht, oder es führt gar zu unserer Vernichtung.« Das Letzte war an Gorath und seine Tochter gerichtet. »Ich wünschte, ich könnte euch das Risiko ersparen, aber meine Erfahrung mit einem solchen Spalt sagt mir, dass wir nur ein paar Sekunden Zeit haben, das Tor zu benutzen.«

»Sag uns einfach, was wir zu tun haben, Vater«, meinte Gamina.

»Nachdem ich Owyn meine Anweisungen gegeben habe, werde ich laut zählen, und wenn ich bei ›drei‹ bin, müssen wir versuchen, das Spalttor zu aktivieren. Wenn es funktioniert, müsste ein schimmerndes, silbriges Licht zwischen den beiden Pfosten erscheinen und sich in trübes Grau verwandeln. In dem Augenblick, da es grau geworden ist, springt zwischen den beiden Stäben hindurch. Es ist vielleicht gut, wenn ihr beiden euch an der Hand haltet. Owyn und ich werden kurz danach folgen.«

Er zeigte ihnen, wo sie sich hinstellen sollten. Dann wandte er sich an Owyn. »Dies ist vielleicht die schwierigste Aufgabe, um die Ihr jemals gebeten worden seid. Ihr habt die nötige Energie und das Wissen, auch wenn Ihr das zweite erst seit kurzer Zeit besitzt.«

»Ich verstehe nicht«, sagte Owyn.

Pug nickte. »Meine Kräfte sind noch immer geschwächt, weil ich den Becher unerlaubt benutzt habe. Meine Erinnerungen sind zwar zurückgekehrt, aber es kann noch einige Zeit dauern – möglicherweise Tage –, bis ich wieder voll und ganz auf meine Kräfte zurückgreifen kann. Aber Ihr habt Kraft – die Ihr schon vorher besessen habt – und das Wissen, das Ihr von mir erhalten habt, als wir den Becher geteilt haben.«

»Aber ich verstehe doch gar nichts von Spalten, weder von diesem noch von irgendeinem anderen«, wandte Owyn ein.

»Schließt die Augen und hört auf, darüber nachzudenken, was Ihr tun sollt. Entspannt Euch einfach und lasst die Dinge auf Euch zukommen.«

Owyn blickte zweifelnd drein, schloss aber gehorsam die Augen. Pug wartete ein paar Minuten. »Ihr versucht es noch immer«, sagte er. »Denkt an etwas anderes.«

»An was?«

»Denkt an etwas Langweiliges, vielleicht an ein Buch, das ihr vor vielen Jahren gelesen habt und das Euch nicht interessiert hat, oder an eine von Elgohars Vorlesungen in Stardock.«

Owyn lachte, und plötzlich trat etwas in seine Gedanken. »Ich … wartet, etwas …« Er öffnete die Augen. »Ich habe gelacht, und in dem Augenblick wusste ich etwas über den Spalt.«

»Schließt die Augen und denkt an etwas anderes«, wiederholte Pug.

Owyn holte tief Luft und schloss erneut die Augen. Er ließ seine Gedanken schweifen, und Erinnerungen kamen zurück. Er dachte an seine älteren Brüder, wie sie ihn aufgezogen hatten, als er die wenigen Bücher studiert hatte, die im Besitz seines Vaters gewesen waren. Er erinnerte sich an ein Mädchen aus der Stadt, das er gemocht hatte; er hatte niemals mit ihr gesprochen, obwohl sie wahrscheinlich über die Aufmerksamkeit eines Sohns des Barons geschmeichelt gewesen wäre. Dann dachte er daran, wie er Patrus getroffen hatte, an dessen wenig ehrerbietige Haltung gegenüber seinem Vater, an die tiefe Weisheit, die er unter seinem rauen Äußeren verbarg. Er konnte den alten Mann vor seinem geistigen Auge sehen und sogar hören, wie er über die Zaubersprüche sprach, die er dem Jungen beizubringen versuchte.

»Ich sage dir, Junge«, sagte die Erinnerung von Patrus, »der Trick, Feuer aus deinen Fingerspitzen entstehen zu lassen, ist nichts. Du musst nur wollen, dass die Luft um den Finger heiß wird, und wenn du sie heiß genug bekommen hast und es stark genug willst, erscheint das Feuer.« Owyn erinnerte sich, wie er stundenlang diesen Trick probiert hatte, bis es ihm eines Tages gelungen war.

Dann sagte Patrus in Owyns Erinnerung: »Die Struktur eines Spalts lässt sich am besten verstehen, wenn man die gewöhnliche Vorstellung eines dreidimensionalen Raums aufgibt. Die Vorstellung von ›hier‹ und ›dort‹ ist eher ein Hindernis als eine Hilfe. Wenn du dir den Spalt als ein ›Tor‹ zwischen zwei Orten vorstellst, die in jedem beliebigen Moment direkt nebeneinander existieren können, wenn du …« Patrus' Stimme dröhnte weiter in Owyns Kopf, aber die Lektion war jetzt offensichtlich.

Plötzlich öffnete Owyn die Augen. »Ich weiß, was zu tun ist!«

»Gut«, erwiderte Pug. »Einst führte mich Macros, während ich meine Kräfte benutzte, um in einen Spalt einzutreten und ihn zu zerstören; so werde ich jetzt Euch führen. Gamina?«

»Ja, Vater?«

»Wenn du bitte Owyns Gedanken mit meinen verbindest und dich dann zum Sprung bereitmachst …«

Sie nahm Goraths Hand. »Sobald du fertig bist.«

Pug nickte, und Owyn spürte, wie ihrer beider Gedanken von Gamina verbunden wurden. Dann streckte Pug die eine Hand mit dem Becher von Rlynn Skrr aus, während er in der anderen den Kristallstab hielt. Er stellte den Stab fest auf den Boden. »Fertig?«

Owyn stellte seinen Stab auf den Haufen mit Mana. »Fertig.«

»Eins, zwei, drei!«

Owyn nahm die Energie, die ihm von dem Stab in der Hand verliehen wurde, und ließ sie den Stab entlang auf den Haufen Mana fließen, der vor der Spaltmaschine lag. Dann zwang er sie zurückzufließen, den Stab hinauf, durch ihn, zu Pug, zu dem Becher, den er in der Hand hielt. Ein blendender Energieblitz schoss vom Becher hoch und füllte den Raum zwischen den beiden Pfosten.

Es war, als würde er die Hand ausstrecken und einen Vorhang beiseite schieben, dachte Owyn. Er wusste sogar, wo er den Spalt errichtet haben wollte. Er öffnete die Augen und sah eine schimmernde, silbrige Wand grau werden, dann sah er, wie Gamina und Gorath hineinsprangen und verschwanden. »Jetzt!«, rief Pug, und zusammen mit Owyn, der noch immer Pugs Hand festhielt, sprang er den anderen beiden hinterher.

Es war, als würde er sich durch eine graue Leere hindurchbewegen, ein Augenblick ohne jede Empfindung, und dann stürzten sie auf einen Steinboden und versuchten, nicht auf Gorath und Gamina zu fallen.

Der Raum war dunkel, aber ein schwacher Lichtschein fiel durch das Fenster.

»Wo sind wir?«, fragte Gorath.

Pug lachte. »In meinem Studierzimmer, in Krondor.«

Gamina sprang auf und klatschte vor Freude in die Hände. Noch bevor sie etwas sagen konnte, flog die Tür auf, und Katala eilte herein; sie trug ihr Nachtgewand. Sie drückte ihre Tochter fest an sich, dann legte sie einen Arm um ihren Mann. »Ich wusste, dass du sie finden würdest«, sagte sie.

Pug gab sich einen Augenblick dem Luxus hin, in der Gegenwart seiner Frau und seines Kindes zu schwelgen. »Makala wird sich für einiges verantworten müssen«, meinte er dann.

»Der Tsurani?«, fragte Katala. »Der steckt hinter deinem Verschwinden?«

»Das ist eine lange Geschichte, mein Liebling. Gamina wird dir alles erzählen, wenn ihr wieder zurück in Stardock seid.«

Katala blickte ihren Mann an. »Und wo wirst du dann sein?«

Pug warf einen Blick auf Gorath und Owyn. »Wir müssen nach Sethanon.«

James blickte Patrus an. »Mach dir keine Sorgen um mich, Junge, ich kann selbst auf mich aufpassen«, rief der alte Magier.

James neigte dazu, ihm zu glauben. Der Heiler von Arutha hatte ihnen ein Stärkungsmittel gebraut. Egal, wie müde sie auch waren, wenn sie vor dem Schlafengehen an dem Tee aus den magischen Kräutern nippten, waren sie am nächsten Morgen wieder völlig bei Kräften.

Sie waren wie Wahnsinnige geritten, hatten die Pferde zuschanden geritten, drei- bis viermal am Tag die Tiere gewechselt, unterwegs immer wieder neue beschlagnahmt. Sie hatten den Baron von Hohe Burg gewarnt und sich den Luxus gegönnt, eine Nacht in einem richtigen Bett zu schlafen, waren dann am nächsten Tag mit einem neuen Gefolge und frischen Pferden wieder aufgebrochen. Die erschöpften Soldaten, die nicht in den Genuss des Stärkungsmittels gekommen waren, sollten mit der Garnison von Hohe Burg folgen, die sich in einem Gewaltmarsch zum Düsterwald aufmachte.

Während sie eine leichte Steigung bewältigten, sahen sie in der Ferne Zelte und Banner; sie befanden sich auf der Straße zum nördlichen Rand des Düsterwalds. Sie wurden langsamer, als sie die Banner des Königreichs erkannten, und zügelten die Pferde vor einem Feldwebel der Königlichen Krondorianischen Garnison. Der Feldwebel erkannte die beiden Junker. »Wo ist der Marschall?«, fragte James.

»Mit dem Herzog im Kommandozelt, Junker.«

»Welchem Herzog?«

»Dem Herzog von Crydee, Junker«, antwortete der Feldwebel.

»Martin ist hier? Das ist gut.« Er bedeutete den anderen, ihm zu folgen, und hielt auf den großen Pavillon zu, der das ganze Lager überragte.

James hielt davor an, stieg ab und reichte die Zügel seines Pferdes einem Lakaien. Die anderen waren dicht hinter ihm, wenn auch Patrus aussah, als hätte der Ritt ihn schließlich doch überanstrengt.

»Sagt dem Marschall, dass Junker James und Junker Locklear hier sind«, sagte James zu der Wache am Eingang des Zelts.

Die Wache verschwand im Innern, und einen Augenblick später wurden sie hineingebeten. James und seine Kameraden begaben sich ins Innere und fanden Marschall Gardan beim Studieren einer Karte, die vor ihm auf dem Tisch lag. Er blickte auf, und sein dunkles, faltiges Gesicht verzog sich zu einem Grinsen; das ganze Zelt schien davon erhellt zu werden. Doch seine Augen blickten besorgt drein. »Ich hoffe, Eure Ankunft bedeutet, dass auch Arutha bald eintrifft.«

»Er ist unterwegs, ebenso wie der Baron von Hohe Burg«, sagte James. »Er müsste in weniger als einer Woche ankommen.«

»Eine Woche!«, sagte Gardan.

»Wir haben einige Pferde zuschanden geritten, um so schnell wie möglich hierher zu gelangen«, erklärte Locklear.

»Ihr müsst sofort zur Garnison bei Sethanon aufbrechen«, sagte James. Er blickte sich um. »Es hieß, dass Martin hier wäre.«

»Das war er auch«, sagte Gardan. »Aber er und seine Spurenleser haben sich bereits wieder zum Wald aufgemacht.«

»Was hat ihn hierher geführt?«, fragte Locklear.

»Tomas hat eine Nachricht nach Crydee geschickt und angeregt, dass es vielleicht keine ganz dumme Idee wäre, wenn sich ein paar Leute mit besonderen Fähigkeiten hier im Wald versammeln würden.« Er zeigte nach Süden. »Martin streift mit seinen Spurenlesern und einer Kompanie von Elben durch den Wald und sucht nach Dunklen Brüdern.«

»Dann ist Delekhan also unterwegs?«, fragte James.

»Er ist hier«, sagte Gardan. Er deutete auf eine Stelle auf der

Karte, wo zwei Flüsse, die durch den Düsterwald flossen, ein ›V‹ bildeten. »Er ist vor zwei Tagen hinter uns aufgetaucht. Ich weiß nicht, wie er das gemacht hat, aber statt vor uns zu sein, war er plötzlich hinter uns.«

»Wir glauben, dass er eine Spaltmaschine besitzt«, sagte James.

»Verflucht«, entfuhr es Gardan. »Wenn der Spaltkrieg uns eins gelehrt hat, dann das, dass Entfernungen keine Rolle mehr spielen. Wenn ein solches verdammtes Tor erst mal geöffnet ist, können sie ihre Soldaten so schnell hierher schaffen, wie sie sie in Aufstellung bringen und losmarschieren lassen können.«

»Aber es kann kein großes Tor sein«, wandte Patrus ein.

»Wer ist denn das?«, fragte Gardan.

»Mein Name ist Patrus«, antwortete der alte Magier. »Wenn es ein großes wäre, würde sich Delekhan bereits im Anmarsch befinden.« Patrus zeigte auf eine Stelle südwestlich von der, auf die Gardan gedeutet hatte. »Ist dort eine Furt oder eine Brücke in der Nähe?«

»Wir versuchen, das herauszufinden«, erwiderte der Marschall.

»Kommt, Jungs«, sagte Patrus.

»Wartet!«, meinte James. »Wohin gehen wir?«

»Wenn dieser spitzohrige Teufel bereits da ist, bereitet er sich darauf vor loszumarschieren. Wenn er noch nicht da ist und wir diese verfluchte Maschine abschalten können, bevor er durch den Spalt kommt, werden seine Jungs nach Norden laufen, als stünden ihre Schwänze in Flammen – wenn sie denn welche hätten.« Er grinste. »Diese Dunkelelben mögen es nicht besonders, so weit weg von zu Hause zu sein.«

Gardan blickte James an. »Wer *ist* das?«

»Das ist eine lange Geschichte«, sagte James. »Ich werde sie Euch erzählen, wenn dies alles vorbei ist. Aber er ist der einzige Magier, den wir kriegen konnten, und solange Pug sich nicht blicken lässt, müssen wir mit ihm vorlieb nehmen.«

Patrus zog eine Grimasse. »Mit ihm vorlieb nehmen? Ich sollte nach Hause gehen und euch das hier allein machen lassen.«

»Entschuldigung«, sagte James. »Ich bin müde, das ist alles.«

»Ist schon in Ordnung, Jimmy. Bringt mich nur zu dieser verfluchten Maschine, und ich werde sie abschalten.«

Locklear blickte zweifelnd drein. »Ich hatte bisher den Eindruck, dass es sich um eine ganz besondere Form von Magie handelt, ich meine, was Spalte anbelangt.«

»Was die Erschaffung betrifft, zweifellos. Das wenige, das ich über diese Spalte gehört habe, klang nicht sehr gut; meistens tauchen sie deshalb auf, weil ein Magier einen Fehler gemacht hat.« Patrus wedelte mit der Hand. »Aber Dinge, die irgendwie mit Magie zu tun haben, durcheinander zu bringen ist sehr einfach.«

»Das hoffe ich«, meinte James. »Denn falls es uns gelingen sollte, den größten Teil von Delekhans Armee daran zu hindern, hier aufzutauchen, können wir möglicherweise dafür sorgen, dass der Deckel auf diesem brodelnden Kessel bleibt, bis Arutha mit seiner Armee hier eintrudelt.«

Gardan machte eine ausschweifende Bewegung mit den Händen. »Wir haben eine sehr fließende Front. Sie haben sich hier, hier und hier eingegraben«, sagte er und deutete auf drei verschiedene Stellen am Fluss. »Martin hat diesen Weg genommen.« Er zeigte auf einen Pfad zwischen den zwei nächsten Punkten. »Er dachte, es wäre vielleicht möglich, sich an den Dunkelelben vorbeizuschleichen.«

James schüttelte den Kopf. »Wenn es überhaupt einen Menschen gibt, der sich im Wald an Dunkelelben vorbeischleichen kann, dann ist das Martin Langbogen, aber selbst das kann ich mir nur schwer vorstellen.«

Gardan lächelte. »Wir verschaffen ihm ja auch ein bisschen Ablenkung.«

James erwiderte das Grinsen. »Nun, wenn es im Wald laut und lebhaft zugeht, können wir ihm vielleicht ebenfalls folgen.«

Locklear verzog das Gesicht. »Wann werden wir jemals etwas Ruhe kriegen?«

Patrus blickte den jungen Mann mit einem Ausdruck von Verachtung an. »Lass dich töten, Junge, und du kriegst so viel Ruhe, wie du nur haben willst. Und jetzt komm, wir müssen los.« Locklear nickte resignierend.

»Wir haben eine größere Chance, wenn wir mit wenig Gepäck reisen«, sagte James. »Habt Ihr noch irgendwelche Kundschafter im Lager?«

Gardan schüttelte den Kopf. »Nein, sie befinden sich mit Martin und den Elben am Flussufer. Wenn Ihr Glück habt, erwischt Ihr sie, noch bevor Ihr auf irgendwelche Streitkräfte von Delekhan trefft.«

»Nun, wir haben noch einen halben Tag, ehe es dunkel wird, also sollten wir uns wohl aufmachen.«

»Wie sieht es mit Euren Vorräten aus?«, wollte der Marschall wissen.

»Wir haben genug Nahrungsmittel für eine Woche«, erwiderte Locklear. »Wir haben uns beim letzten Pferdewechsel neue beschafft.«

»Dann möchte ich Euch jetzt das gültige Passwort geben: ›Krondors Adler‹. Hier mischen nämlich auch ein paar Queganer mit.«

»Ich hatte gehofft, nie wieder etwas mit einem dieser verfluchten queganischen Söldner zu tun zu haben, nachdem ich Gorath nach Krondor gebracht hatte«, meinte Locklear.

»Ihr habt meine Erlaubnis, so viele von ihnen zu töten, wie Ihr wollt, Junker«, erklärte Gardan. »Und jetzt brecht auf.«

James lachte und führte Patrus und Locklear aus dem Zelt. Er deutete auf ihre Pferde und fragte eine Wache. »Gibt es in der Nähe frisches Wasser?«

»Da vorn, Junker«, antwortete der Mann. »Hauptmann Philip kümmert sich um die Kavallerie des Marschalls. Er kann Euch alles geben, was Ihr braucht.«

Sie nahmen ihre Pferde am Zügel und machten sich auf zum Kommandanten der Kavallerie. »Oh, wie schön!«, freute sich Patrus. »Es gibt neue Pferde zum Reiten!«

»Möchtest du lieber zu Fuß gehen?«, fragte Locklear.

»In diesem Augenblick würde ich das allerdings lieber«, kam die Antwort, gefolgt von seinem typischen teuflischen Lachen.

James schüttelte den Kopf. Er bemühte sich, den barschen, alten Magier zu mögen, aber je mehr Zeit verstrich, desto schwerer fiel es ihm, Gründe dafür zu finden, ihn nicht zu erwürgen.

James winkte die anderen weiter, und sie kamen auf eine Lichtung, auf der offensichtlich ein Gemetzel stattgefunden hatte. Drei Abtrünnige und ein Moredhel lagen tot auf dem Boden, und die Anzahl der Pfeile in ihren Körpern legte den Schluss nahe, dass sie überrascht worden waren. Doch nur Elben waren in der Lage, einen Moredhel-Späher zu überraschen, wie James wusste, und so bestand die Hoffnung, dass sich Herzog Martin und seine Gefährten in diesem Gebiet aufhalten mussten.

»Glaubst du, dass die Elben sich an unseren letzten Besuch in Elbenheim erinnern? Oder werden sie uns für queganische Abtrünnige halten und auf uns losgehen?«, fragte Locklear.

»Wieso fragt ihr sie nicht einfach?«, antwortete eine Stimme hinter einem der Bäume auf der rechten Seite, bevor James etwas sagen konnte.

Locklear und James rissen überrascht an den Zügeln, als ein großer Mann in braungrünem Leder hinter einem Baum hervortrat.

»Martin!«, rief James. »Schön, dich wiederzusehen.«

Martin, Herzog von Crydee, einst bekannt als Martin Langbogen, stand da mit der Waffe in der Hand, der er seinen Beinamen verdankte. »Ebenfalls schön, euch zu treffen, James, Locklear. Wer ist euer Freund?«

Patrus blickte sich um, als mehrere Elben hinter einem Baum hervorkamen. »Mein Name ist Patrus.«

»Er ist ein Magier und hier, um uns zu helfen, die Spaltmaschine zu schließen«, erklärte Locklear.

»Das ist Martin, Herzog von Crydee.«

Patrus nickte. »Ein seltsam aussehender Herzog, wenn ihr mich fragt.«

Martin grinste; es war jenes halbe Lächeln, das man von seinem Bruder Arutha kannte. »Wie ich herausgefunden habe, eignet sich höfische Kleidung nicht besonders gut, wenn man durch den Wald laufen muss.«

»Nun, das ist wohl wahr«, sagte der alte Mann und kratzte sich im Nacken. »Wir suchen nach dieser Maschine. Habt Ihr eine Vorstellung davon, wo sie sein könnte?«

»Ich weiß sogar ziemlich genau, wo sie ist«, erwiderte Martin. »Als heute Morgen eine große Gruppe von Moredhel nach Süden aufgebrochen ist, haben wir uns hinter ihre Reihen geschlichen und sind ihnen gefolgt. Ich habe die Maschine nicht gesehen, aber ein kleines Gebiet war von so vielen Wachen umgeben, dass ich ziemlich sicher sagen kann, wo sie sich befindet. Abgesehen davon hängt ein seltsames Gefühl in der Luft, das mich an die tsuranische Maschine erinnert, die sich während des Krieges in den Grauen Türmen befand. Ich benachrichtige Gardan, damit er mit den Streitkräften folgen kann, sobald Arutha eingetroffen ist.«

»Zu spät«, erklärte James. »Patrus ist der Meinung …«

»Patrus braucht niemanden, der an seiner Stelle spricht, Junge«, sagte der alte Mann. Er wandte sich an Martin. »Herzog, dieser spitzohrige Bastard hat bisher wahrscheinlich nur wenige Kompanien hierher geschafft, denn sonst würden sie die Wälder bereits nach Königlichen Truppen durchkämmen. Ich denke, er befindet sich auf dem Weg nach Sethanon, wohin er nach Aussagen dieser Jungen gehen will – ihr müsst Euch also vermutlich mit einer Nachhut auseinandersetzen. Aber wenn diese Maschine weiterarbeitet, bis der Prinz hier ist – nun, niemand weiß, wie viele Goblins und Trolle und andere Blutsauger Euch noch begegnen werden, bevor Ihr Euch nach Sethanon durchschlagen könnt.«

Martin war zu besorgt über das, was der alte Magier gesagt hatte, als dass ihn Patrus' burschikose, ganz und gar nicht förmliche Art gestört hätte. »Was schlagt Ihr vor?«

»Bringt uns in die Nähe dieser Maschine und sorgt für eine ordentliche Ablenkung, damit so viele wie möglich von ihnen beschäftigt sind. Vielleicht könnt Ihr einen Großangriff vortäuschen und Euch dann langsam zurückfallen lassen; falls es uns gelingt hineinzukommen, werde ich die Maschine außer Kraft setzen.«

Martin blickte James an, der mit den Achseln zuckte.

»Also gut«, meinte er dann. »Folgt uns. Aber ihr müsst zu Fuß mitkommen.«

Die drei saßen ab, und einer der Elben nahm die Pferde. »Bring sie zurück zum Marschall und sag ihm, was du hier gehört hast. Sag ihm außerdem, dass ich erwarte, dass wir westlich von der alten Steinbrücke etwas Unterstützung von seinen Leuten erhalten.«

Der Elb nickte und verschwand mit den Pferden. Martin blickte durch die Zweige und Äste gen Himmel. »Gut, wir werden bis Sonnenuntergang an der Brücke sein; es müsste euch also gelingen, im Dunkeln durch den Fluss zu schleichen, während wir sie an der Brücke ablenken.«

»Durch den Fluss schleichen?«, fragte Patrus. »Heißt das so viel wie ›nass werden‹?«

»Ja«, meinte Martin mit einem Lächeln. »Ich fürchte, Ihr müsst durch das Wasser waten. Da ist eine kleine Furt etwa eine Meile flussaufwärts, von der ich nicht glaube, dass die Goblins sie kennen.«

»Goblins?«, fragte Locklear.

»Wir haben hauptsächlich Goblins und queganische Söldner gesehen. Ich nehme an, die meisten Moredhel sind mit Delekhan nach Süden gezogen.«

James schwieg einen Augenblick. »Locklear, wie steht's mit deinem Queganisch?«

»Ziemlich gut«, antwortete Locklear. »Wie sieht es bei dir aus?«

»Nicht ganz so gut«, antwortete James. »Im Gegensatz zu dir bin ich ja auch nicht in einer Hafenstadt aufgewachsen.«

»Und wo, bitte schön, liegt Krondor? Etwa im Binnenland?«, wollte der jüngere der beiden Junker wissen.

»Es laufen da aber nicht so viele queganische Kaufleute herum, so habe ich das gemeint.«

»Oh«, machte Locklear. »Aber worauf willst du überhaupt hinaus?«

»Nun, ich schätze, oben in Nordwacht war die Chance nicht sehr groß, Goblins oder Dunkelelben in die Arme zu laufen, die Queganisch sprechen. Aber ich wette gerne mit dir um ein richtig anständiges Essen, dass wir hier eine Menge von diesen verfluchten Queganern finden werden.«

»Du hast doch wohl nicht vor, wieder diese ›Wir-sind-queganische-Söldner‹-Nummer durchzuziehen, oder?«, meinte Locklear mit besorgtem Blick. »Das hat wunderbar funktioniert, als wir die Trolle angelogen haben, aber hier könnten immerhin auch ein paar echte Söldner herumlaufen … Und ich spreche absolut nicht gut genug Queganisch, um einen Queganer hereinzulegen.«

»Darüber können wir uns Sorgen machen, wenn es soweit ist«, schlug James vor.

Locklear verdrehte die Augen. »Na großartig.«

»Martin, was hältst du davon, wenn du nicht versuchst, einen Angriff anzuzetteln, sondern uns in die Arme des Feindes treibst?«

Martin wölbte neugierig eine Braue. »Bist du dir sicher, dass du das tun willst?«

»Nein, aber wir werden es trotzdem machen«, erwiderte James grinsend.

Die Sonne ging gerade im Westen unter, da hörten die Söldner auf der Brücke plötzlich Lärm; zunächst Hilferufe auf Queganisch, dann Geräusche, als ob jemand mit großer Geschwindigkeit durch das Unterholz brechen würde. Augenblicke später sahen sie drei Männer – zwei junge und einen alten – auf die Brücke zurasen, während sich ein Stück weiter entfernt Soldaten aus dem Dunst schälten; die drei wurden ganz offensichtlich verfolgt.

James erreichte die Brücke als erster; er war völlig außer Atem und blickte verzweifelt um sich. Er deutete zurück auf die Soldaten, die hinter ihnen her liefen, und rief auf Queganisch: »Angriff!«

Der zweite junge Mann keuchte: »Haltet diese Brücke! Wir holen Hilfe!«

Der Anführer der Söldner wandte sich an den Troll, der diese Kompanie befehligte, und wollte gerade nachfragen, was sie tun sollten, als ein Pfeil über seinen Kopf schwirrte und ganz in der Nähe aufprallte. Er duckte sich hinter die magere Deckung, die die Seiten der alten Steinbrücke boten, und wandte seine Aufmerksamkeit den angreifenden Elben zu, während die drei, die die Warnung ausgestoßen hatten, hilfesuchend weiterrannten.

James eilte unbeirrt weiter, während er einen Blick über die Schulter warf. Martin und die Elben taten alles in ihrer Macht Stehende, um die auf der Brücke davon zu überzeugen, dass gerade ein großer Angriff begonnen hatte.

James blieb stehen und bedeutete Locklear, ebenfalls anzuhalten, damit Patrus sie einholen konnte. Der alte Mann war eindeutig außer Atem. »Bist du in Ordnung?«, fragte James.

Patrus nickte. »Ich bin nur nicht mehr ganz so schnell wie früher. Lasst mich einen Augenblick ausruhen, dann wird es wieder gehen.« Er lächelte sein teuflisches Lächeln. Sie warteten schweigend, während Patrus tief durchatmete; dann nickte er, und sie eilten weiter.

Sie rannten auf die Stelle zu, von der sie glaubten, dass die Spaltmaschine dort verborgen war – eine kleine Senke zwischen zwei Hügeln, die Schutz gewährten. Eine Gruppe von Moredhel lief ihnen entgegen. »Die Brücke wird angegriffen!«, rief Locklear ihnen auf Queganisch zu.

Der Anführer war ein großer Moredhel, dessen breite Schultern denen von Gorath in nichts nachstanden. Er trug eine schwere Pelzjacke, die jedoch geöffnet war und seine gewaltige Brust unbedeckt ließ. »Ich spreche die Sprache der queganischen Hunde nicht«, rief er.

James hielt inne und holte tief Luft. »Ich spreche die Sprache des Königreichs«, erwiderte er; er bemühte sich, seinen Worten eine gewisse Färbung zu geben. »Die Brücke wird angegriffen. Die Trolle haben uns geschickt, um für Verstärkung zu sorgen.«

»Die Brücke wird angegriffen?« Der Moredhel wandte sich an einen seiner Krieger und schickte ihn zur Brücke. »Ich bin Moraeulf, der Sohn von Delekhan und stellvertretender Kommandeur. Ich befehlige diese Kompanie, während Delekhan nach Sethanon reist. Wem dient ihr?«

Locklear warf James einen Blick zu, und der setzte zu einer Antwort an. »Wir dienen ...«

»Erzähl ihm von den Elben!«, unterbrach Locklear seinen Freund, wie sie es verabredet hatten.

»Elben?«, fragte Moraeulf erstaunt. »Was für Elben?«

»Und es ist auch ein großer Mensch mit einem Bogen bei ihnen, der jemanden auf ein paar hundert Schritt treffen kann«, erklärte James.

»Langbogen!«, fluchte Moraeulf. »Das kann nur Langbogen sein. Sein Tod wird mir Ehre bringen.«

»Wie hat er den anderen noch genannt?«, wollte James von Locklear wissen.

»Calin, glaube ich«, antwortete Locklear.

»Der Prinz von Elbenheim ist hier!«, rief Moraeulf, packte James am Hemd und hob ihn mit augenscheinlicher Mühelosigkeit vom Boden hoch.

»So klang der Name«, erwiderte James, der sich nicht viel Mühe geben musste, um verängstigt zu wirken. »Prinz Calin, das hat er gesagt.«

»Ruft meine Wachen! Wir werden diesen Eledhel-Prinzen und seinen menschlichen Freund suchen! Ich werde ihre Herzen essen!«, rief Moraeulf und ließ James unsanft fallen. »Wo sind sie?«

»An der Brücke im Westen«, antwortete James; er blieb auf dem Boden sitzen.

Die sechs Moredhel rannten auf die Brücke zu, und James rief ihnen hinterher: »Ich werde euch die anderen hinterherschicken!«

Locklear half seinem Freund auf. »Ich kann gar nicht glauben, dass es funktioniert hat.«

»Es wird auch nur so lange funktionieren, bis dieser Hitzkopf es leid ist, Langbogen und die Elben im Wald zu jagen. Ich nehme an, wir haben etwa eine halbe Stunde. Los jetzt!«

Sie liefen weiter durch den Wald, und als James eine andere Gruppe von Moredhel-Wachen auf einer Lichtung sah, rief er ihnen zu: »Moraeulf befiehlt euch, zur Brücke im Westen zu eilen!«

Der Anführer der Moredhel, ein älter aussehender Veteran, antwortete ihnen. »Wir müssen diese Maschine bewachen.« Er deutete auf etwas am Rande der Lichtung, und James begriff, dass er direkt vor der Spaltmaschine stand. Da es bereits dämmerte und sie zwischen den Bäumen stand, wäre er glatt an ihr vorbeigelaufen, hätten die Wachen seine Aufmerksamkeit nicht auf sich gelenkt.

»Moraeulf hat uns beauftragt, sie solange zu bewachen«, erklärte Locklear.

Der Krieger warf ihm einen zweifelnden Blick zu, aber jetzt meldete sich James zu Wort. »Er hat uns gesagt, dass wir queganischen Hunde gut genug sind, um diese Maschine zu bewachen; ihr sollt kommen und Eledhel jagen. Prinz Calin und Martin Langbogen greifen an der westlichen Brücke an.«

Die Wirkung war verblüffend. Die Moredhel schossen sofort in westlicher Richtung davon.

James stand neben der Maschine. »Ich frage mich, ob Calin davon weiß, welch hohes Ansehen er bei seinen dunklen Verwandten genießt.«

»Ich nehme an, er ist genug herumgekommen, um eine Ahnung davon zu haben«, erwiderte Locklear. Er warf einen Blick auf Patrus. »Kannst du dieses Ding anhalten?«

Noch während er die Frage stellte, kam eine Gruppe von sechs Moredhel durch das Tor und marschierte die Rampe herunter. James nahm sofort die Haltung eines Befehlshabers an. »Wir werden im Westen angegriffen! Ihr müsst sofort Moraeulf unterstützen!«

Sie eilten in die angegebene Richtung davon. »Irgendwann wirst du auf einen Moredhel-Anführer stoßen, der dir nicht glaubt«, meinte Locklear.

Patrus schaltete sich ein. »Ich werde mir dieses Ding mal ansehen.« Er ging um die Maschine herum; sie bestand aus einer Plattform, die etwa sechs Fuß breit und zehn Fuß lang war. Zwei Personen konnten bequem nebeneinander stehen, aber nicht mehr. »Ich sehe, dass sie eine Menge Kram herschaffen mussten, um das hier zu bauen«, sagte der alte Magier. »Deshalb ist sie so klein.«

»Die Maschine, die die Tsuranis im Spaltkrieg benutzt haben, muss mindestens sechs- bis achtmal so groß gewesen sein, nach allem, was Arutha mir erzählt hat«, meinte James. »Sie konnten sogar Wagen von einer Seite auf die andere bringen.«

»Hier passt nicht viel mehr durch als ein kleiner Karren«, sagte der Magier. »Nun, mal sehen, was ich tun kann, um das Ding abzuschalten.«

Er fand einige Vorrichtungen, die in die Holzsäule neben ihm eingelassen waren. Sie waren mit Edelsteinen besetzt. Er ließ seine Hand von oben nach unten über sie gleiten. Als er zum zweituntersten gelangte, schoss ein Blitz heraus und schleuderte ihn zu Boden. Rasch half James ihm wieder auf die Beine. »Na ja, etwas habe ich jetzt jedenfalls erfahren«, sagte Patrus.

»Und das wäre?«, fragte Locklear.

»Dass ich diesen Kristall nicht noch einmal anfassen sollte.«

Er ging um die Maschine herum, und als er zu der Stelle kam, wo James stand, tauchten sechs weitere Moredhel auf. Wieder befahl James ihnen, Moraeulf zu finden, und wieder hasteten sie eilig davon, um seinen Befehl auszuführen.

»Kannst du es schaffen?«, fragte Locklear. »Vielleicht können wir sie in Brand setzen?«

»Möglicherweise funktioniert das sogar«, meinte der alte Magier. Dann senkte er die Stimme. »Aber ich bezweifle das. Magie wie diese lässt sich nicht so einfach abfackeln. Gebt mir ein paar Minuten Zeit, Jungs, und lasst mich dieses Ding hier studieren.«

James und Locklear tauschten einen Blick; in beiden Köpfen hallte der gleiche Gedanke: dass sie möglicherweise nicht in der Lage sein würden, ihm ein paar Minuten zu gewähren.

Pug holte tief Luft und wandte sich an Owyn. »Ihr müsst mir noch einmal helfen. Meine Kräfte kehren langsam wieder zurück, aber es ist noch zu früh, um mich darauf verlassen zu können, dass sie uns sicher nach Sethanon bringen. Ihr werdet uns dort hinbringen müssen.«

»Ich?«, wehrte Owyn ab. »Aber ich weiß doch gar nicht, wie.«

»Doch, Ihr wisst es«, sagte Pug. »Ihr wisst viel von dem, was ich weiß. Ihr habt es nur noch nicht richtig begriffen. Und jetzt entspannt Euch und lasst Euch von mir führen.« Er hielt eine Metallkugel in der ausgestreckten Hand.

Da Gamina sie durch die Berührung ihrer Gedanken miteinander verbunden hatte, gelang es Pug, Owyn zu erreichen und ihm dabei zu helfen, seine Magie zu konzentrieren. »Ihr müsst zugreifen. Sethanon ist ... da draußen«, sagte er leise, während Gorath zuschaute.

Pug flüsterte beinahe. »Ihr müsst zugreifen und ...«

Plötzlich weiteten sich seine Augen. »Der Spalt! Ich kann ihn fühlen!«

»Wo?«, fragte Gorath.

»Irgendwo in der Nähe von Sethanon! Das ist die Stelle, von der aus Makala und die anderen arbeiten.«

»Gehen wir also dahin!«, meinte Gorath. »Wenn Delekhan und seine Verbündeten dort sind, muss ich auch dorthin gehen.«

Pug nickte und legte Owyn die Hände auf die Schultern.

»Schließt die Augen und lasst mich Euch führen. Es ist so ähnlich, als würde man durch eine Tür treten.«

Owyn tat, wie ihm geheißen, und sah vor seinem geistigen Auge die Tür. Er spürte Goraths Hände auf denen von Pug, als er im Geiste durch die Tür trat.

Und in eine tiefe Leere fiel.

Er landete reichlich unzeremoniell auf dem Boden. Als er aufschaute, sah er, wie James sich an Patrus wandte und ihn fragte: »Wie hast du das gemacht?«

James streckte Owyn und Pug die Hand entgegen und half ihnen auf, und Locklear kümmerte sich um Gorath. »Passender hättet Ihr es Euch wirklich nicht aussuchen können«, sagte James. »Herzlich willkommen.«

»Danke, James«, erwiderte Pug. Er blickte Patrus an und fragte: »Wer ist das?«

»Mein Name ist Patrus«, erklärte der alte Magier, ging an Pug vorbei und musterte die Maschine. »Eine Seite.«

»Das ist Pug«, sagte James.

»Ich weiß«, sagte Patrus. »Ich habe ihn einmal aus der Ferne gesehen. Er ist nach Timons gekommen, um dort Magier für die Akademie zu suchen. Hallo, Owyn.«

»Hallo, Patrus. Was hat dich hierher verschlagen?«

»Das ist eine lange Geschichte.«

Eine weitere Gruppe von Moredhel erschien in der Spaltmaschine. »Die Elben greifen Moraeulf im Westen an! Lauft und helft ihm!«, rief James.

Die Moredhel waren von dem Durchgang durch die Spaltmaschine noch einigermaßen verwirrt, und der Blick des einen schweifte langsam von James zu Gorath. »Du hast ihn gehört! Mach schon!«, rief der Dunkelelb.

Die Moredhel rannten davon.

»Sie tauchen in Abständen von fünf Minuten hier auf«, erklärte James. »Aber niemals mehr als sechs auf einmal.«

»Das sind immer noch siebzig pro Stunde«, fügte Locklear hinzu, »und Arutha ist noch mindestens einen Tagesmarsch entfernt. Martin und einige Elben halten die Gegend etwas weiter westlich in Aufruhr, und Gardan kommt von Norden, aber wenn es uns nicht gelingt, dieses Ding irgendwie abzuschalten, werden wir morgen um die gleiche Zeit rund tausend Moredhel hier haben.«

»Wo ist Delekhan jetzt?«, wollte Gorath wissen.

»Er und seine Leibwache sind bereits unterwegs nach Sethanon«, erklärte James. »Zumindest hat sein Sohn uns das erzählt.«

»Dann müssen wir ebenfalls nach Sethanon!«, sagte Gorath mit einigem Nachdruck.

»Zuerst einmal müssen wir diese Maschine ausschalten«, wandte James ein.

»Ich kann helfen, aber ich habe nicht die Kraft, es allein zu tun«, sagte Pug.

»Was kann ich tun?«, fragte Owyn.

Patrus sprang auf die Plattform. »Du bleibst schön da vorn in sicherer Entfernung stehen, Junge.«

»Was habt Ihr vor?«, fragte Pug.

»Ihr wisst, was ich tun muss, Magier. Solche Angelegenheiten lassen sich nicht elegant oder gar gefahrlos erledigen.« Er lächelte Owyn an. »Höre ihm gut zu, Junge. Er weiß ein paar sehr wichtige Dinge.« Dann sprang er in das Tor.

»Das ist der falsche Weg!«, rief Pug.

Doch statt wieder zurückzuprallen, wie Pug es erwartet hatte, schien Patrus langsam in die Lücke zwischen den beiden Pfosten der Maschine einzutreten. Sein Stab begann langsam zu glühen, und mit vor Entschlossenheit wild funkelnden Augen rief er: »Du weißt, was du tun musst, Junge! Einer von uns musste das hier tun, und ich bin schon alt und dem Ende meines Lebens ohnehin sehr nahe. Tu du nun deinen Teil!«

Pug packte Owyn fest an der Schulter. »Gebt ihm Eure Kraft!«

Owyn verstand nicht. »Was?«

»Er kann den Spalt nur von innen schließen! Gebt ihm Eure Kraft! Aber macht schnell!«

Owyn schloss die Augen und ließ sich noch einmal von Pug leiten. Er hob die Hand, und Energie floss seinen Arm entlang und aus seinen Fingern und traf den alten Magier, der halb im Tor hing. Patrus gab einen Laut von sich; es war nicht zu erkennen, ob es ein Schmerzensschrei war oder ein Schrei des Triumphes. Dann löschte der Spalt seine Existenz aus, und ein tosender Wind explodierte zwischen den Pfosten, wirbelte sie alle zu Boden.

James war als Erster wieder auf den Beinen und schaute sich um. »Wo ist er hin?«

Pug schüttelte den Kopf. »Er ist weg.«

»Weg?«, fragte Owyn.

»Er wusste, was er tat«, erklärte Pug. »Ich habe auch einmal einen Spalt von innen geschlossen. Ich hatte die Hilfe von Macros dem Schwarzen, und ich hätte das Ganze beinahe nicht überlebt.«

»Er ist ehrenhaft gestorben«, sagte Gorath.

Owyn schloss die Augen und überließ sich einen Augenblick dem Schmerz. Patrus war sein erster Lehrer gewesen, und wenn er auch ein alter, barscher Mann mit wenig angenehmen Eigenschaften gewesen war, so hatte er ihn doch respektiert und bewundert. Nach einiger Zeit seufzte er und stand auf.

»Ich weiß nicht, wie viel Zeit uns noch bleibt, bis Moraeulf und die anderen zurückkehren«, sagte James. »Aber der Wind hier war sicherlich stürmisch genug, um einige von ihnen auf uns aufmerksam zu machen.«

»Wir müssen ohnehin verschwinden«, meinte Pug.

»Wohin?«, wollte James wissen. »Ich verspüre keinen großen Wunsch, schon wieder zu versuchen, mich durch die Reihen der Moredhel zu mogeln. Mir gehen langsam die Geschichten und Ablenkungsmanöver aus.«

»Wir müssen nach Sethanon«, sagte Pug. Er sah Locklear und James an. »Ihr beide wisst, wieso, und die anderen werden es auch bald wissen.«

»Wenn Delekhan in Sethanon ist, muss ich auch dort sein!«, betonte Gorath.

»Bildet einen Kreis«, forderte Pug die anderen auf. Sie gehorchten und hielten sich an den Händen. »Entspannt Eure Gedanken, Owyn, und ich werde Euch noch einmal führen.«

Owyn kam seiner Bitte nach und ließ sich von Pug leiten. Es fiel dem jungen Magier immer leichter, und er reagierte viel schneller auf Pugs Führung.

Plötzlich waren sie an einem anderen Ort. Sie verspürten das Gefühl von Bewegung, Verlagerung und Verschiebung.

»Wir sind fast …«

Sie prallten gegen eine Barriere aus Schmerz, und selbst Gorath schrie vor Qual auf, als sie von ihrem Ziel zurückgewiesen wurden. Der kräftige Moredhel verlor als Letzter das Bewusstsein und sah die anderen noch auf dem kalten Boden liegen, zuckend vor Schmerzen. Dann fiel auch er in tiefe Bewusstlosigkeit.

Zwanzig

Vergeltung

Der Boden fühlte sich feucht an.

Pug rollte sich herum, stützte sich auf seinen Ellenbogen und sah, dass James und Locklear noch immer bewusstlos waren. Gorath war zwar wach, aber desorientiert. Owyn saß aufrecht da und hielt den Kopf mit den Händen umfasst. »Was ist passiert?«, stöhnte er.

»Wir sind gegen eine Barriere geprallt.« Pug schloss die Augen, während er spürte, dass der Schmerz in seinem Kopf allmählich nachließ.

James kam langsam wieder zu Bewusstsein. Er setzte sich auf, blinzelte, und endlich nahm er seine Umgebung wieder wahr. »Wo sind wir?«, fragte er.

Pug stand auf und blickte sich um »Wir sind im alten Innenhof von Burg Sethanon.« Er deutete auf das abgebrannte Torhaus des verlassenen Burgfrieds. »Genau darunter liegt unser Ziel.«

»Wie gelangen wir dorthin?«, fragte Gorath.

»Wir testen die Grenzen dieser Barriere und suchen nach der Stelle, von der aus man in die alten Tunnel gelangt, die unter der Stadt liegen. Sie können die Barriere nicht über dem gesamten Labyrinth errichtet haben.«

»Wieso nicht?«, wollte Owyn wissen.

»Weil auch sechs tsuranische Erhabene eine Barriere wie diese nicht Tag und Nacht aufrechterhalten können. Makala weiß noch nicht, dass ich von Timirianya entkommen konnte. Also wurde diese Barriere nicht meinetwegen errichtet, sondern um ihn vor anderen unliebsamen Überraschungen zu schützen. Was bedeutet, dass seine sechs Magier sich damit abwechseln, sie aufrechtzuerhalten.

Locklear nickte. »Das klingt logisch.« Er stand auf und stöhnte.

»Wenn es einen Ort gibt, der mit den alten Tunneln verbunden ist, ist es das unterste Stockwerk des verlassenen Burgfrieds. Wir sollten unsere Suche dort beginnen.«

»Ich werde versuchen, irgendwo Fackeln aufzutreiben«, erklärte Gorath.

Während sie warteten, wandte sich Pug an Owyn. »Wie fühlt Ihr Euch?«

»Zerschlagen, müde und wütend. Aber ansonsten geht es mir gut. Und wie ist es mit Euch?«

Pug legte die Handflächen zunächst aneinander, dann hielt er sie nur wenige Zentimeter voneinander entfernt. Ein blauer Funke sprang von der einen Hand zur anderen. »Ich spüre meine Kräfte zurückkehren, wenn auch nur langsam. Vielleicht ist uns diese Verzögerung ja auch dienlich.« Er senkte die Stimme. »Ich möchte nicht, dass die anderen es mitbekommen, aber wenn wir sieben tsuranischen Erhabenen gegenüberstehen, wären wir selbst dann unterlegen, wenn ich im Vollbesitz meiner Kräfte wäre. Wir müssen uns also auf die Wirkung der Überraschung verlassen. Wenn wir uns heimlich einem der Magier nähern und es schaffen, ihm körperlich zuzusetzen, können wir ihn davon abhalten, einen Zauberspruch auszusprechen.

Und wir haben noch einen weiteren Vorteil. Die Vorstellung, körperlich angegriffen zu werden, ist den Erhabenen völlig fremd, da sie ihre Macht als beinahe gottähnlich empfinden. Sie sind sehr daran gewöhnt, dass ihre Befehle ohne Zögern und Widerworte befolgt werden; wenn sie versuchen, uns Befehle zu geben, statt uns mit einem Zauberspruch zu begegnen, haben wir erneut einen Vorteil.«

Owyn nickte. »Ich bin nicht sonderlich wild auf diese Konfrontation. Ein bisschen von Eurem Wissen beginnt sich in meinen Gedanken auszubreiten, und ich glaube, ich kann heute ein paar Dinge, die mir gestern noch unmöglich waren. Aber ich bin immer noch sehr unsicher.«

»Dann folgt meiner Führung.«

Gorath kehrte mit Fackeln zurück. »Ich habe sie in einem verlassenen Vorratsschuppen gefunden.« Er trug außerdem eine Armbrust aus dem Königreich und einen Köcher mit Pfeilen bei sich. »Die habe ich ebenfalls gefunden.« Er warf Locklear die Armbrust zu, der sie auffing und eingehend studierte.

»Sie ist schmutzig und wohl seit zehn Jahren nicht mehr geölt worden«, erklärte der Junker. »Aber sie scheint nicht rostig zu sein.« Er stellte die Armbrust mit der stumpfen Nase auf den Boden und trat mit einem Fuß in den metallenen Bügel, der dazu da war, die Armbrust zu fixieren, wenn man sie spannte. Anders als die schweren Armbrüste, die mit einer Kurbel gespannt werden mussten, konnte man diese einfach ziehen. »Und ich habe wenig Zutrauen zu dieser Bogensehne.«

Aber die alte Armbrust rastete mit einem lauten Klicken ein, und Locklear legte einen Pfeil in die längs verlaufende Furche. »Tretet zurück. Wenn die Sehne reißt, könnte jemand verletzt werden.«

Er zielte auf eine nahe Tür und zog am Auslöser. Der Bolzen flog davon und bohrte sich mit einem satten Geräusch in die Tür.

Locklear blickte die Waffe voller Anerkennung an. »Ich schätze, sie wurde für die Ewigkeit gebaut.«

»Möchtest du sie noch einmal ausprobieren?«, fragte James.

»Nein«, antwortete Locklear. »Ich möchte unser Glück nicht allzu sehr herausfordern. Aber wenn ich auch nur einen einzigen überraschenden Schuss abfeuern kann, bringt uns das möglicherweise einen entscheidenden Vorteil.«

James nickte.

Pug blickte die kleine Gruppe an. »Gehen wir.«

Pug blieb stehen. »Wartet.«

Sie befanden sich in einem tiefen Tunnel, der gerade breit genug war, dass sie sich fortbewegen konnten, ohne seitwärts gehen zu müssen. Gorath schrammte mit seinen breiten Schultern immer wieder an der Wand entlang. Sie hatten den Gang hinter einer Treppe gefunden, am hinteren Ende eines alten Steintunnels unterhalb der Burg.

»Was ist?«, fragte James.

»Hier«, sagte Pug und deutete auf eine nackte Mauer. »Wenn ich mich recht entsinne, müsste hier die Tür sein, die zu der Kammer tief unten führt.«

James zog seinen Dolch, und Gorath folgte seinem Beispiel. Die anderen traten zurück, als die beiden auf etwas losgingen, das zunächst wie eine nackte Mauer aus Erde aussah. Schon bald lief James und Gorath der Schweiß über die Stirn, so heftig arbeiteten sie. Die anderen schafften die Erde beiseite, die sie freilegten. Dann stieß James' Dolch auf Felsen.

Er kratzte noch mehr Erde beiseite. »Ich glaube, das ist Mauerwerk.«

»Lass mich mal ran«, sagte Owyn. Er hielt die Fackel an die Mauer, und alte Steine kamen zum Vorschein.

Gorath ignorierte die Hitze und trat dicht an die Mauer heran. »Die Steine sehen aus, als wären sie bröckelig.« Er klopfte kräftig gegen einen der Steine, der mit einem protestierenden Knirschen nachgab. »Tretet zurück«, forderte er die anderen auf. Nachdem sie sich ein Stückchen entfernt hatten, presste Gorath beide Hände gegen die Steine und drückte so kräftig, wie er nur konnte. Mit einem tiefen, knirschenden Poltern gaben erst einer, dann zwei und schließlich ein halbes Dutzend Steine nach.

Es gelang Gorath, das Gleichgewicht zu halten und genau in dem Augenblick zurückzuspringen, als das gesamte Mauerstück zusammenbrach. Der Tunnel füllte sich mit feinem Staub, der Locklear und Owyn zum Niesen brachte.

Gorath verschwendete keine Sekunde. Er riss Owyn die Fackel aus der Hand und trat durch das Loch. Pug und die anderen folgten ihm. Die Kammer war riesig und leer; der Staub vieler Jahrtausende lag auf dem Boden, seit Ewigkeiten ungestört. Pug hob die Hand; Licht löste sich von seinen Fingerspitzen und beleuchtete die gesamte Umgebung.

Es handelte sich um keine natürliche Höhle. Die Decke war aus dem Fels gemeißelt, und an den Wänden befanden sich Reliefs von Drachen, auf denen Geschöpfe in Rüstungen ritten. »Valheru!«, flüsterte Gorath ehrfürchtig. »Dieser Ort gehörte einst ihnen.«

Pug wandte sich an die anderen. »Bevor wir weitergehen, möchte ich euch auf das vorbereiten, was auf uns zukommt. Es gibt noch andere Risiken, nicht nur die Schwierigkeit, dass Die Sechs sich uns entgegenstellen. Ganz in der Nähe ist ein Artefakt, das sich Stein des Lebens nennt.

Dieses Artefakt wurde einst von den Valheru erschaffen – sie schufen es, um es während der Chaoskriege als Waffe gegen die Götter benutzen zu können. Die Möglichkeiten, die es bietet, liegen weit jenseits meiner Vorstellungskraft, obwohl ich es neun Jahre lang studiert habe, wann immer ich die Zeit dazu hatte. Aber eines weiß ich: Es wurde geschaffen, um große Zerstörungen anzurichten. Dieser Gegenstand war während der Großen Erhebung vor zehn Jahren das Ziel des falschen Murmandamus.«

»Des falschen Murmandamus?«, fragte Gorath sichtlich verwirrt.

»Murmandamus war kein wirklicher Moredhel. Er war ein pantathianischer Schlangenpriester, der seine Gestalt mittels schwarzer Magie verwandelt hatte, um Euer Volk dazu zu bringen, seinen Zielen zu dienen, oder genauer: für sie zu sterben. Er riss die Lebensenergie der Sterbenden an sich, um mit ihrer Macht den Stein des Lebens zu aktivieren. Ich fürchte, wenn er sein Ziel erreicht hätte, wäre sämtliches Leben auf Midkemia ausgelöscht worden. Die Ödnis von Timirianya hätte sich gegenüber dem unwirtlichen Klumpen Fels und Erde, der aus Midkemia geworden wäre, wie ein lieblicher Garten ausgenommen.«

Gorath sah aus, als wollte er am liebsten jemanden umbringen. »So viele Tote nur wegen der Pantathianer!«

Auch Owyn war verwirrt. »Ich verstehe das nicht ganz. Auch wenn er ein Priester oder Magier mit großen Fähigkeiten war – wie konnte er etwas aktivieren, das als Waffe gegen die Götter eingesetzt werden sollte? Haben die Valheru, als sie verschwunden sind, nicht auch das Geheimnis von diesem Stein des Lebens mit sich genommen?«

»Nein«, erklärte Pug. »Die Seelen der Valheru sind an den Stein gebunden, und möglicherweise werden sie freigesetzt, wenn man sich an ihm zu schaffen macht. Selbst wenn sie körperlos sind, könnte die Kraft ihrer vereinigten Gedanken noch stark genug sein, um den Stein des Lebens zu benutzen. Wir wissen es nicht, aber wir können das Risiko nicht eingehen.«

»Also will Makala uns vernichten?«, fragte Locklear.

»Ganz so wahnsinnig ist er nicht«, sagte Pug. »Aber er ist dem Kaiserreich blind ergeben und denkt, dass das Königreich eine Waffe besitzt, deren Zerstörungskraft sich einmal gegen sein Volk richten könnte. Er ist wild entschlossen, das Geheimnis dieser Waffe zu ergründen, denn er will entweder ein Mittel finden, um sich gegen sie verteidigen zu können, oder aber für sein Heimatland eine neue bauen, damit Tsuranuanni dem Königreich aus einer Position der Stärke entgegentreten kann.«

»Dieser Narr!« Gorath spuckte aus. »Was für ein armseliger Geist er sein muss.«

»Vielleicht armselig, was seine Sicht des Universums anbelangt«, sagte Pug, »aber mächtig und begabt, wenn es um Magie geht. Wenn ich im Vollbesitz meiner Kräfte wäre, könnte ich ihn ohne allzu große Schwierigkeiten überwältigen, aber in meinem geschwächten Zustand bin ich ihm nicht gewachsen. Deshalb müssen wir zuerst seine sechs Kameraden loswerden und ihm uns dann gemeinsam entgegenstellen – das heißt Owyn und ich.«

Er blickte Gorath und Owyn an. »Ich bringe euch beiden großes Vertrauen entgegen – einem abtrünnigen Moredhel-Anführer aus den Nordlanden und dem jüngsten Sohn eines Adligen aus dem Osten. Nur die Königliche Familie und ein paar andere, die bei der Schlacht von Sethanon dabei waren, so wie Locklear und James, wissen von dem Geheimnis des Steins des Lebens.«

»Ich werde eher sterben, als irgendjemandem davon erzählen«, sagte Gorath.

Owyn vermochte nur zu nicken.

»Und nun folgt mir.«

Pug führte sie den langen Gang entlang; er war früher einmal offensichtlich der Eingang zu einer gewaltigen Stadt unter der Erde gewesen. »Die Städte im Norden, Sar-Sargoth und Sar-Isbandia, sind von den Glamredhel errichtete Nachahmungen dieser Stadt hier. Sie hieß einmal Drakin-Korin.«

»Wir kennen diesen Namen aus unseren Überlieferungen«, sagte Gorath. »Selbst bei den Valheru galt er als wahnsinnig.«

»Und doch war er es, der sie davon überzeugt hat, ihre Essenz dem Stein des Lebens zu übergeben.«

Der Tunnel war gewaltig. »Wieso ist dieser Gang so riesig?«, fragte Owyn.

Pug lächelte. »Habt Ihr jemals einen kleinen Drachen gesehen?«

»Nein.«

»Dieser Gang hier eignet sich hervorragend für einen Drachen, und die Valheru ritten auf sehr großen.«

Sie gelangten zu einer gewaltigen Doppeltür, die aus uraltem Holz bestand, das durch die Versteinerung hart wie Eisen geworden war. Die Scharniere – sie hatten etwa die Höhe eines Menschen – waren seit Jahrhunderten nicht mehr bewegt worden. Doch es war genug Platz zwischen den Türen, dass sie hindurchgehen konnten, und sie betraten eine riesige Halle. Sie hielten inne.

Plötzlich bewegte sich Gorath, und ehe Owyn oder Pug einen

Zauberspruch aussprechen konnten, hatte er sein Schwert aus der Scheide gezogen, und zwei Goblins lagen in der Mitte des gewaltigen Raums tot auf dem Boden.

»Das bedeutet, dass wir dicht dran sind«, erklärte Pug.

»Es bedeutet auch, dass Delekhan in der Nähe ist«, fügte Gorath hinzu.

»Makala mag ihn benutzen«, sagte Pug, »aber ich bezweifle, dass er ihm das Geheimnis vom Stein des Lebens bis ins Letzte enthüllt hat. Keine von euren Moredhel-Zauberinnen könnte ihn hierher bringen. Er müsste einen Weg finden, der von oben hier herunterführt.«

»Ich glaube nicht, dass diese Anlage nur einen Eingang hat.«

»Richtig. Makala könnte mittels seiner Magie jemanden hier herunterholen, wenn er erst einmal weiß, wohin er gehen muss, aber das erste Mal, als er hierher kam, muss ihn jemand geleitet haben.«

»Nago«, sagte Gorath. »Er war beinahe ein Jahr im Süden, bevor dieser ganze Wahnsinn angefangen hat. Ich wette, falls wir diesen Makala zum Reden bringen können, wird er uns Nago als denjenigen nennen, der ihm den Weg zu diesem Ort zeigte.«

»Wir können später darüber spekulieren«, meinte Pug. »Wie sie sich auch getroffen haben mögen, sie haben jedenfalls gemerkt, dass sie genug Gemeinsamkeiten hatten, um dieses Unterfangen durchzuführen.« Pug blickte in die düstere Ferne, als versuchte er, etwas zu erkennen. »Ich glaube trotzdem, dass Makala Delekhan genauso benutzt, wie dieser falsche Murmandamus Euer Volk benutzt hat, Gorath. Er treibt Euer Volk in einen Krieg gegen mein Volk, der auf beiden Seiten Tausenden das Leben kosten wird, nur um die Armee des Prinzen von diesem Ort fernzuhalten.«

Sie gingen weiter. »Wartet!«, rief Pug plötzlich. Er beugte sich leicht nach vorn, die Hand ausgestreckt. »Owyn, fühlt einmal das hier«, befahl er.

Owyn trat zu Pug und streckte seine Hand ebenfalls aus. Er

spürte Energie an seiner Handfläche, ein prickelndes Gefühl, das immer greifbarer wurde, je stärker er dagegen drückte. »Ist das die Barriere?«

»Ja«, erwiderte Pug. »Gegen dies hier sind wir gestoßen, als ich uns in die Kammer ein Stockwerk tiefer bringen wollte.«

Pug drückte erneut dagegen, die Hände erst nach rechts, dann nach links bewegend. Er blickte zufrieden drein. »Es ist eine Sphäre. Wir müssen drumherumgehen, bis wir jene finden, die sie errichtet haben.«

Er ging ganz nach links, bis sie an eine Wand kamen, machte kehrt, kam zurück und ging nach rechts. Ganz rechts, ein kleines Stück hinter ihnen, erspähte Gorath eine Tür. »Vielleicht sollten wir es einmal damit versuchen«, schlug der Dunkelelb vor.

Sie betraten einen weiteren Tunnel und stiegen noch tiefer in die Erde hinab.

Die Magie in der Kammer war so mächtig, dass sogar James und Locklear sie spürten. Es war, als würde ihnen pausenlos ein Schauer über den Rücken laufen. »Was ist das für ein Ort?«, fragte James.

»Eine Schatzkammer«, erklärte Pug. »Eine von vielen. Berührt nichts. Einige von diesen Gegenständen sind magisch, und ich weiß nicht, welche Folgen es haben kann, wenn man sie unbeabsichtigt aktiviert.«

»Was ist das?« Owyn deutete auf ein großes Jagdhorn mit seltsamen, runenartigen Symbolen.

»Ich kenne diese Schrift«, sagte Gorath. »Wir haben unsere eigene danach entwickelt. Es ist Valheru.«

»Was bedeutet es?«, wollte Owyn wissen.

»Es ist die Glyphe des Tyrannen vom Tal des Windes.«

Pug versuchte sich zu erinnern, um welche der Glyphen der Valheru es sich handelte; er war sich sicher, dass Tomas es ihm hätte sagen können. »Dies ist eine Kammer für die Beute«, meinte Gorath. »Hier wurden Trophäen und Beutestücke aller Art gesammelt.« Er blickte auf die staubbedeckte Anhäufung – Gold, Edelsteine und viele andere Gegenstände, sowohl gewöhnliche als auch merkwürdige.

Owyn streckte die Hand aus und hielt sie über das Jagdhorn. »Pug, bitte untersucht das hier.«

Pug berührte vorsichtig das Horn und hob es auf. »Es verströmt Magie«, sagte er leise.

Dann erinnerte er sich, oder der Gegenstand hatte die Fähigkeit, ihm eine Erinnerung zu geben. Er ließ das Horn fallen, als hätte er sich die Hand verbrannt. »Algon-Kokoon! Ermordet von Ashen-Shugar.« Leise fügte er hinzu: »Tomas würde sich ganz gewiss daran erinnern. Es ist ein Jagdhorn, das …« Seine Augen weiteten sich. Er nahm das Horn und legte die goldene Kordel, die daran befestigt war, um Owyns Schultern, so dass es an der Seite des jungen Magiers hing. »Wenn es noch immer funktioniert, könnte es das Gleichgewicht zum Kippen bringen.«

Pug ließ seinen Blick suchend umherschweifen. »Es gibt so viele Dinge hier in Sethanon, dass ich noch nicht die Zeit hatte, sie alle zu studieren. Ich weiß eigentlich noch immer viel zu wenig.«

»Aber wir wissen, dass Makala irgendwo da drüben ist und wir ihn aufhalten müssen«, sagte Owyn.

Pug nickte und drehte sich um, um die alten Schätze hinter sich zu lassen. Sie verließen die Kammer und betraten einen weiteren Gang.

Eine kleine Kammer glühte hell in der Ferne, und Gorath löschte die Fackel. Um nicht zu viel Energie zu verbrauchen, hatte Pug aufgehört, sein magisches Licht zu benutzen. Er wusste, dass das gesamte Wissen zu ihm zurückgekehrt war, und Owyns Fähigkeiten waren weit über das hinausgewachsen, was der Junge besessen hatte, als er Monate zuvor Locklear getroffen hatte. Doch sie wussten, sie würden es mit sieben Erhabenen von Kelewan aufnehmen müssen – mit Makala und seinen sechs Kameraden.

Sie schlichen den Gang entlang und kamen zu einer Kammer. Gorath spähte um die Ecke und zog hastig den Kopf wieder zurück. Er hielt drei Finger hoch und deutete auf Pug und Owyn. Sie nickten verstehend. Zwei Magier hielten sich im nächsten Raum auf, entweder mit einem Bediensteten oder mit einer Wache. Pug hatte lange mit der Frage gerungen, wie er seinen ehemaligen Brüdern begegnen sollte. Er war sich ziemlich sicher, dass Makala ihnen nicht die ganze Geschichte erzählt hatte; und selbst wenn er es getan haben sollte, so war es nicht die Wahrheit, sondern nur Makalas verzerrte Vision.

Doch er war schließlich zu dem Schluss gekommen, dass sie wissentlich ihre Fähigkeiten für Geschehnisse eingesetzt hatten, durch die Tausende zu Tode gekommen waren – Menschen, Moredhel, Trolle, Goblins. Das konnte nicht unbestraft bleiben. Pug nickte, deutete auf sich und machte dann ein Zeichen nach links; dann deutete er auf Owyn und machte ein Zeichen nach rechts. Er deutete auf Locklear und seine Armbrust und hielt drei Finger in die Höhe, zum Zeichen, wer die dritte Person sein sollte.

Er behielt die Hand einen Augenblick oben, und als alle nickten, machte er eine abgehackte Bewegung und betrat den Raum.

Owyn und Pug intonierten bereits ihren Zauberspruch, als die drei Gestalten aufschauten. Zwei trugen schwarze Gewänder, und der Dritte war ein Moredhel-Krieger.

Locklear hob seine Armbrust und atmete tief ein und aus, dann hielt er die Luft an, zielte, wie er es gelernt hatte, und betätigte schließlich den Auslöser.

Der Bolzen surrte durch die Luft und traf den Moredhel mitten in die Brust. Die Wucht des Aufschlags schleuderte den Dunkelelben quer durch den Raum; er prallte mit einem hässlichen Geräusch gegen die Wand, stand einen Augenblick wie erstarrt da und rutschte dann langsam hinunter, eine tiefrote Spur auf den Steinen hinterlassend.

Die zwei Tsuranis waren förmlich erstarrt; sie waren nicht darauf vorbereitet, hier unten mit Gefahren und Überraschungen umgehen zu müssen. Die Wirkung des Zaubers ließ nach, und die beiden stöhnten vor Schmerzen, als die anderen sie umzingelten. Gorath hielt sein Schwert bereits in der Hand und trat vor, um sie zu töten.

Wenige Augenblicke später war es vorbei.

Pug blickte sich um, hob ruhegebietend die Hand und lauschte angespannt.

Alles blieb still.

»Das heißt, es sind noch vier übrig; und Makala«, sagte Pug.

James schaute sich um. »Das hier sieht aus wie ein Schlafzimmer.« Er deutete auf zwei Pritschen. »Hier schlafen sie, während ihre Brüder die Barriere um den Stein des Lebens aufrechterhalten.«

Pug schloss die Augen und schickte seine Sinne aus. Er spürte die Anwesenheit von etwas Vertrautem in der Ferne. Er griff danach, aber es gelang ihm nicht, einen Kontakt herzustellen. »Noch nicht«, flüsterte er.

»Was noch nicht?«, fragte James. In seinem Gesicht begann sich allmählich die Müdigkeit der vergangenen Wochen widerzuspiegeln.

Pug schaute erst ihn, dann Locklear an. »Wie habt ihr für euch gesorgt, seit ihr Nordwacht verlassen habt?«

»Aruthas Heiler gab uns ein Pulver, das wir nachts trinken mussten. Auch nach wenigen Stunden Schlaf sind wir morgens vollkommen erfrischt aufgewacht.«

»Das funktioniert eine kurze Zeit«, erklärte Pug. »Aber wenn sie vorbei ist, müsst ihr mehrere Tage ruhen. Seid vorsichtig. Eure Sinne sind betäubt, und ihr seid nicht so schnell, wie ihr glaubt.«

Locklear warf James einen Blick zu. »Wenn er uns damit sagen will, dass wir müde sind, verrät er uns nicht gerade ein Geheimnis.«

James grinste und gab seinem Freund einen leichten Klaps auf die Wange. »Er fordert uns nur auf, nicht allzu übermütig zu werden, Locky.«

»Jimmy die Hand, übermütig? Der Himmel bewahre!«, erwiderte Locklear trocken.

»Kommt«, meinte Pug. »Ein Bann, der die Macht besitzt, diese Barriere zu errichten, ist keine einfache Sache. Er ist so ähnlich wie die Barriere, die der Gott von Timirianya um mich herum errichtet hatte.«

Sie schlichen weiter den Gang entlang und betraten eine andere große Kammer. In einiger Entfernung bewegte sich etwas, und Pug bedeutete seinen Kameraden, sich zu verteilen.

Plötzlich wurde es in der Höhle hell.

Zwei schwarz gewandete Gestalten näherten sich, und eine Stimme erfüllte den Raum. »Wir haben dich erwartet, Milamber.«

»Stell dich mir nicht in den Weg, Zatapek. Makala hat euch angelogen, und ihr steht bis zum Hals im Blute Unschuldiger. Seht zu, dass ihr nicht darin ertrinkt.«

»Milamber, es gibt außer Makala auch noch andere in unserer Versammlung, die dich für einen falschen Erhabenen halten – für einen, der mehr an seiner Heimatwelt als am Wohl des Kaiserreichs interessiert ist. Warum sonst hättest du diese mächtige Waffe vor uns verbergen sollen?«

Der zweite Magier trat hinter Zatapek hervor; sein Stab war so auf Pug gerichtet, dass es aussah, als hielte er eine Waffe in den Händen. Hinter Pug erklang das Geräusch einer abgefeuerten Armbrust, und der zweite Magier wurde herumgewirbelt; Blut schoss in einer Fontäne aus seiner Schulter, denn sein Arm war zur Hälfte weggerissen worden. Er schrie vor Schmerz, und Zatapek handelte.

Der tsuranische Erhabene hob beide Hände, die Finger nach vorn gestreckt, und eine Kaskade aus blauer Energie schoss hervor und traf Pug mit voller Wucht. Er spürte, wie sich jeder Muskel zur gleichen Zeit anspannte, und er versteifte sich und fiel vornüber. Er schlug hart auf dem Boden auf und krümmte sich in stummer Qual.

Jetzt handelte Owyn. Eine große Kugel aus Feuer entsprang

seiner Hand und raste auf Zatapek zu. Doch der Magier war darauf vorbereitet, und mit einer leichten Drehung seiner linken Hand schien er einen Schild aus Energie zu errichten. Die Feuerkugel klatschte dagegen und sank zu Boden, wo sie auf dem Stein erlosch.

Dennoch hatte Owyns Feuerball etwas Gutes, denn Zatapek verlor durch seine Abwehrmaßnahmen die Kontrolle über die Magie, die er auf Pug gerichtet hatte. Die Energie verschwand, obwohl Pug zitternd auf dem Boden liegen blieb und die Folgen von Zatapeks Magie ihm noch immer Schmerzen bereiteten.

Owyn wusste nicht, was er als Nächstes tun sollte, und so schloss er die Augen und ließ sich von seinem Inneren leiten. Er streckte die Hand aus, und mit einem einzigen Wort sandte er dem tsuranischen Erhabenen eine Säule aus komprimierter Luft entgegen. Einen Augenblick lang konnte Zatapek nichts sehen, und er bereitete sich auf einen weiteren Angriff mittels irgendeiner Art von Energie vor; als er begriff, was wirklich geschah, war es bereits zu spät. Die Wucht des Schlags schleuderte ihn fünf Meter über den Steinboden.

Gorath rannte zu ihm, und das Letzte, was der benommene tsuranische Magier wahrnahm, war die riesige Gestalt des Dunkelelben über ihm – das Schwert zum Todesstoß erhoben. Mit einem einzigen Hieb tötete Gorath den Magier.

Owyn eilte zu Pug und stellte fest, dass der ältere Magier noch immer unter den hartnäckigen Folgen des Spruchs litt, den Zatapek auf ihn gerichtet hatte. Er zitterte am ganzen Körper; sein Gesicht war schmerzverzerrt, die Zähne zusammengebissen und die Lippen zu einem schrecklichen Grinsen verzogen.

»Was kannst du tun?«, erkundigte sich Locklear bei Owyn.

»Ich weiß es nicht«, antwortete Owyn. Er streckte die Hand aus und berührte Pug, und in seinen Fingern explodierte wilder Schmerz. Doch statt sich zurückzuziehen, wandte er seinen Geist dem Schmerz zu und spürte die Energie. Er bewegte sie, richtete sie auf den Boden – und plötzlich war sie fort.

Pug erschlaffte. Dann holte er tief Luft – es klang beinahe wie ein Schluchzen – und atmete hörbar aus.

»Pug! Könnt Ihr mich verstehen?«, rief James.

Pug nickte schwach. Er sprach langsam, weil jeder Muskel seines Gesichts schmerzte. »Helft mir bitte auf die Beine.«

Seine Beine zitterten, als er sich aufrichtete, von James' Arm um die Taille gestützt. »Wenn ich mich etwas bewege, müsste die Wirkung eigentlich bald nachlassen.«

»Ich bin so froh«, sagte Owyn. »Das war mehr Magie in einer Minute, als ich bisher in meinem ganzen Leben gesehen habe.«

»Ihr wart gut. Ihr habt Euren Instinkten vertraut. Wenn Ihr so weitermacht, wird uns die Magie, die Ihr von mir erhalten habt, noch sehr viel nützen.« Pug rückte von James weg und schien mit jedem Schritt mehr zu Kräften zu kommen.

»Das macht schon vier von ihnen. Mindestens einer von den letzten zwei wird die Barriere aufrecht erhalten, wenn nicht beide. Wenn wir sie finden und unschädlich machen können, wird der Bann, der den Stein des Lebens blockiert, fallen, und wir können zu Makala gelangen.«

Er blickte sich um. Der Magier, den Locklear mit der Armbrust angeschossen hatte, lag tot auf dem Boden; er war inzwischen verblutet. »Hinter diesen Türen ist eine weitere Schatzkammer. Die Rückwand dieser Kammer ist zersprengt; die Steine wurden bei einem heftigen Kampf vor vielen Jahren zerstört. Durch die Lücke in den Steinen gelangt man zur Kammer mit dem Stein des Lebens.«

»Dann müssen wir annehmen, dass die letzten beiden tsuranischen Wächter und Makala hinter diesen Türen sind«, meinte Gorath.

»Kommt«, sagte Pug. Er ging langsam, und während er sich den Türen näherte, warf er einen Blick auf Zatapeks Kameraden, einen jungen Erhabenen, den er nicht gekannt hatte. *Er muss noch in Ausbildung gewesen sein, als ich auf Kelewan gelebt habe,* dachte Pug. *Schade.* Mit leeren Augen starrte der tote Magier auf die alten Steine einer fremden Welt. *Welch eine Verschwendung*, dachte Pug.

Kurz vor der Tür bedeutete Pug den anderen, stehen zu bleiben. Er riskierte einen Blick und sah zwei Gestalten; er glaubte nicht, dass sie ihn schon gesehen hatten. Ihre Aufmerksamkeit galt ausschließlich zwei Dingen: auf Pugs Kommen zu achten und die Barriere hinter sich aufrechtzuerhalten. Pug wusste, dass Müdigkeit der Preis für einen solch langen Dienst war, aber er machte sich keine Illusionen darüber, wie viel Zeit ihnen vergönnt sein würde.

Delekhan und seine eigenen Bannbeschwörer waren bestimmt schon irgendwo in der Nähe und versuchten, diese Höhle zu finden – entweder, um Murmandamus zu befreien, wenn sie wirklich glaubten, dass er hier war, oder um das Erbe seiner Macht zu beanspruchen. Was auch geschehen mochte – ob Delekhan auftauchte oder Makala den Stein des Lebens aktivierte –, es würde ihre Bemühungen gefährden.

Pug trat zurück und schloss die Augen.

Ich habe nach dir gerufen, aber ich konnte deinen Geist nicht erreichen, erklang eine bekannte Stimme in seinem Kopf.

Er blickte Owyn an. »Das Orakel.«

Owyn nickte.

Pug sandte eine Antwort. *Wir müssen die Barriere beseitigen und dich befreien.*

Die Schwarzgewandeten haben sich eines Nachts hereingeschlichen und die Höhle mit einem Nebel erfüllt, der meine Bediensteten einschläferte und mich schwächte. Dann haben sie mich mit magischen Fesseln gebunden, die nicht einmal durch meine Macht zu brechen waren. Es war meine Unfähigkeit, meine eigene Zukunft zu erkennen, die mich einer solchen Möglichkeit gegenüber blind gemacht hat. Im Laufe der Zeit mag ich mich befreien können, aber im Augenblick bin ich nur ein Echo dessen, was ich einst war.

Pug dachte daran, welche Macht das Orakel von Aal besaß,

und er war überrascht, welch ausgeklügelte Vorbereitungen Makala getroffen haben musste. Er durfte ihn auf keinen Fall unterschätzen.

Makala ist rücksichtslos und zielstrebig, aber er ist nicht grausam nach dem Standard seines eigenen Volkes; hätte er deinen Tod gewünscht, wärst du bereits tot. Er ist vielmehr zufrieden damit, dich für eine gewisse Zeit unschädlich gemacht zu haben. Ich glaube nicht, dass du langfristige Schäden erlitten hast.

Pug wandte sich an Owyn. »Wir müssen diese beiden so rasch wie möglich loswerden.«

»Seid Ihr dazu in der Lage?«

»Ich muss.« Er wandte sich an James, Gorath und Locklear. »Wenn sie auf Magie vorbereitet sind, rechnen sie möglicherweise nicht damit, körperlich angegriffen zu werden. Sobald wir durch diese Tür sind, eilt hinter uns her, aber haltet euch an der Seite für den Fall, dass wir getroffen werden.« Jetzt richtete er sich direkt an Gorath. »Was Ihr hinter dieser Tür sehen werdet, wird Euch möglicherweise verblüffen und schockieren, aber lasst Euch nicht beunruhigen. Es ist eine große Drachin, aber eine ganz andere als all die anderen von Midkemia. Sie ist das Orakel von Aal und muss vor Delekhan und jeder anderen Bedrohung geschützt werden, bis sie ihre Kräfte zurückerlangt hat. Wenn ich es nicht schaffe, Makala zu überwältigen, ist sie unsere einzige Hoffnung.«

Gorath nickte. »Ich verstehe.« Er blickte Locklear und James an. »Das sind würdige Kameraden. Wir werden den Drachen beschützen, während Ihr Euch um die beiden Magier kümmert.«

Owyn war schon dabei, auf die Tür zuzugehen, als Pug ihn noch einmal aufhielt. »Es gibt einen Zauberspruch, der uns möglicherweise die nötige Zeit verschafft, die wir brauchen, um uns Makala entgegenzustellen. Wenn die Barriere fällt, wird er wissen, dass seine Kameraden versagt haben.«

»Was ist das für ein Spruch?«

»Wenn sie durch ihren Dienst so geschwächt sind, wie ich es vermute, können wir sie mittels einer sanften Beschwörung besinnungslos machen.« Pug erläuterte es ihm. »Wenn es funktioniert, werden sie die Barriere noch einige Augenblicke aufrechterhalten, lang genug für uns, um die Kammer bis zu dem großen Loch in der Wand zu durchqueren. Wir brauchen die Zeit, denn wenn wir es mit Makala aufnehmen wollen, müssen wir uns in der Zeit verschieben.«

Owyn nickte. Er schloss einen Moment die Augen, dann sagte er: »Ich kenne den Spruch, von dem Ihr sprecht.« Seine Augen weiteten sich. »Es scheint einfach zu sein.«

»Wenn wir das hier überleben, solltet Ihr mich daran erinnern, Euch zu erzählen, wie lang ich an genau dieser Beschwörung geforscht habe«, sagte Pug. Er nickte, und sie traten durch die Tür. Die beiden tsuranischen Erhabenen waren offensichtlich vorbereitet, denn beide hielten die Barriere weiter aufrecht, teilten ihre Energie auf, so dass der eine versuchte, sich gegen Pug zu verteidigen, während der andere versuchte, magisches Feuer auf ihn zu schleudern.

»Achtung!«, schrie Owyn, als er aus dem Weg trat.

Die Tsuranis mochten auf Pug vorbereitet gewesen sein, aber sie hatten ganz sicher keinen zweiten Magier erwartet. Sowohl Pug als auch Owyn sprachen ihre Beschwörungen aus, und sie griffen nach den Tsuranis, umfingen ihren müden Geist, so dass sie mit einem Schlag genauso besinnungslos waren, als hätte sie ein Hammer getroffen.

Pug rannte. Owyn war einen Schritt hinter ihm, während die beiden Erhabenen reglos dastanden; sie waren vollkommen gebannt und zumindest einen Augenblick lang unfähig, irgendetwas zu tun. Dann sackten sie zu Boden.

Als die Barriere fiel, enthüllte sie damit auch den dahinter liegenden Raum. Selbst das Wissen, dass er eine Drachin sehen würde, hatte Owyn nicht auf den Anblick dessen vorbereiten können, was er nun sah. Die Drachin war gewaltig, bei weitem das größte Lebewesen, das er jemals gesehen hatte. Ihr Kopf ruhte auf den Steinen und hatte die Größe eines Wagens. Aber was

Owyn beinahe an seinem Verstand zweifeln ließ, war die Haut des Wesens: Sie war mit Edelsteinen besetzt. Tausende von Diamanten bedeckten ihren Körper vom Kopf bis zum Schwanz, auch ihre gewaltigen Schwingen. Überall um sie herum lagen so viele Rubine, Smaragde und Saphire verstreut, dass ein sprühendes, regenbogenfarbenes Licht um ihren Körper tanzte. Gewaltige Lider bedeckten die Augen, und hinter den Lippen, die jetzt zu einem wölfischen Grinsen zurückgezogen waren, kamen weiße Zähne von der Größe von Schwertklingen zum Vorschein.

Ich danke euch, Magier.

Pug entdeckte eine Vorrichtung, ein tsuranisches Gerät, das die Barriere errichtet hatte. Winzige Kristallstücke waren darin. Er untersuchte sie und meinte: »Jetzt wissen wir, weshalb Makala so darauf erpicht war, den Rubin zu bekommen.« Er deutete auf die Maschine. »Ihr erinnert Euch doch an die Steine, die Ihr erwähnt habt, Owyn. Sie wurden benutzt, um diese Maschine am Laufen zu halten, und Die Sechs waren dafür verantwortlich. Ich wusste, es gehörte mehr als einfache Magie dazu, das Orakel außer Kraft zu setzen.« Er wandte sich an die Drachin. »Gorath und die anderen werden dich bewachen, während Owyn und ich uns um Makala kümmern.«

Du musst dich beeilen. Er handelt unbesonnen.

Pug und Owyn rannten zu dem Loch in der Wand, das seine Entstehung dem Kampf zwischen einer Drachin und einem der schrecklichsten Geschöpfe überhaupt, einem Drachenlord, verdankte; es war in der entscheidenden Phase jener Schlacht gewesen, die die Große Erhebung entschieden und Murmandamus' Bedrohung des Königreichs beseitigt hatte.

Pug erstarrte. Er hatte erwartet, einen leeren Raum vorzufinden, in dem er sich und Owyn einen kurzen Augenblick in der Zeit hätte verschieben müssen, um sie beide der Zeit anzugleichen, in der sich der Stein des Lebens befand.

»Götter! Makala hat den Stein des Lebens hierher gebracht!«, sagte er stattdessen.

Der tsuranische Erhabene stand vor einem großen, smaragdfarbenen Stein, der ihm etwa bis zur Taille reichte. Aus der Spitze des Steins ragte ein goldenes Schwert mit einem weißen Heft, das wie Elfenbein aussah. Auf dem Heft war ein goldener Drache eingraviert.

Dann wandte der Schwarzgewandete sich um. »Milamber, ich bin beeindruckt. Ich hätte nicht geglaubt, dass du all meine Verteidigungsmaßnahmen durchbrechen könntest. Ich hoffe, Zatapek und die anderen mussten bei ihrem Versuch, dich aufzuhalten, nicht unnötig leiden?«

Pug konnte seine Wut kaum noch zurückhalten. »Sie sind wie loyale Tsuranis gestorben, ehrenvoll und gehorsam und völlig ahnungslos gegenüber deinem mörderischen, falschen Spiel.«

»Sprich mir gegenüber nicht von Falschheit, Milamber! Du hast dem Kaiserreich einen Eid geschworen, und doch verbirgst du die Existenz dieser schrecklichen Lüge vor uns!« Makala ging einen Schritt auf Pug und Owyn zu. »Vor zehn Jahren warst du in einen Kampf verwickelt, um den Alten Feind von unseren Welten fern zu halten; zumindest hast du das der Versammlung berichtet. Hochopepa und Shimone sind Zeugen dieser Lüge gewesen. Die Söhne großer tsuranischer Häuser sind auf dieser fremden Welt gestorben, um dir dabei zu helfen. Und doch hast du uns jede Erklärung verweigert, wieso diese Stadt so wichtig war, wieso hier tsuranisches Blut vergossen werden musste.«

Er senkte die Stimme. »Als ich auf deine Welt kam, bist du meinen Fragen ausgewichen oder hast so getan, als hättest du sie falsch verstanden. Und als ich mich schließlich daranmachte, es selbst herauszufinden, entdeckte ich diesen Ort, mit all seinen Fallen und magischen Schutzvorrichtungen, und im nächsten Raum fand ich diese Kreatur. All das war hier, und du hast es vor mir und allen anderen, die nicht in deinen Diensten standen, verborgen!« Sein Finger stieß nach vorn und deutete auf den Stein des Lebens.

»Du hast diese Welt nicht vor dem Alten Feind verschlossen! Du hast ihn in diesen Stein gebannt und hütest ihn dort für den

Tag, an dem du glaubst, ihn gegen deine Feinde freilassen zu müssen, vielleicht gegen das Kaiserreich Tsuranuanni!«

»Das kannst du nicht ernst meinen!«, sagte Pug.

»Ich meine das nicht nur ernst, sondern ich habe auch vor, dafür zu sorgen, dass dieser Tag niemals eintreten wird. Ich habe dieses Ding beinahe entschlüsselt, und wenn ich sein Wesen vollkommen begriffen habe, werde ich es in die Heilige Stadt bringen, und dort wird es warten, bis das Kaiserreich es zur Verteidigung benötigt.«

»Pug, er ist wahnsinnig«, sagte Owyn.

Makala wandte sich an Owyn. »Junge, das hier ist nichts für Kinder.« Er machte eine abschätzige Handbewegung, und Owyn wurde zurückgeschleudert, als wäre er geschlagen worden. Im letzten Augenblick erkannte er den Zauberspruch; er war eine Variante desjenigen, mit dem er Zatapek zu Fall gebracht hatte, und es gelang ihm, sich vor größerem Schaden zu bewahren. Trotzdem landete er so unsanft auf dem harten Steinboden, dass es ihm einen Moment den Atem verschlug.

Pug richtete seine Aufmerksamkeit wieder auf Makala. »Du bist ein blutrünstiger Hund, Makala. Ich habe dich in meinem Haus willkommen geheißen, und du hast mich betrogen und mein Vertrauen missbraucht. Du hast meine Tochter als Schachfigur in deinem Spiel benutzt und sie in Lebensgefahr gebracht. Allein dafür hättest du den Tod verdient. Aber Tausende mussten sterben, damit du all dies hier erreichen konntest.«

»Umso mehr Grund für mich, Erfolg zu haben, Milamber. Sonst wären sie alle umsonst gestorben. Wenn dieses Artefakt erst sicher im Kaiserlichen Palast ist, sind sie immerhin für das Wohl des Kaiserreiches gestorben.«

Pug raffte seine noch längst nicht wieder vollständigen Kräfte zusammen; er wusste, dass er es mit einem der fähigsten Mitglieder der Versammlung zu tun hatte.

Makala trat zurück. »Ich werde nicht gegen dich kämpfen, Milamber. Ich war Zeuge, wie du ganz allein, ohne jede fremde Hilfe, die große Arena in Kentosani zerstört hast. Und ich bin nicht so verblendet zu glauben, dass ich es mit dir aufnehmen könnte, auch wenn du noch immer geschwächt sein solltest.« Er wandte sich zur Seite und machte eine Handbewegung, als wollte er jemandem ein Zeichen geben.

Aus den Schatten traten zwei Gestalten hervor; sie waren groß und grau und bedrohlich und besaßen gewaltige Schwingen. »Einer der nützlichen Gegenstände, auf die ich bei der Erkundung von Timirianya stieß, war ein Stab, der einst einem alten Priester namens Rlynn Skrr gehört hat. Er gibt mir die Macht, diese Kreaturen zu befehligen.« Er wandte sich an die zwei Elementar-Wesen. »Tötet sie.«

Pug verständigte sich mit Owyn. »Ich kann gegen einen kämpfen, Ihr gegen den anderen. Aber wir können nicht gegen beide und noch dazu gegen Makala kämpfen. Blast das Horn!«

Owyn zögerte nicht eine Sekunde und führte das Horn an die Lippen. Er blies hinein, und ein langer, klagender Ton hing in der Luft, dem Jaulen eines Hundes so ähnlich wie dem Klang eines Jagdhorns.

Ein kühlender Wind strich durch die Halle, nichts Natürliches, sondern das Ergebnis uralter Magie. Plötzlich standen zwei Jagdhunde von riesiger Statur neben Owyn, mit sabbernden Lefzen und Fängen von der Größe eines Dolchs. Ihre Augen waren rot, und um den Nacken trugen sie eisengespickte Halsbänder. Sie warteten.

»Befiehl ihnen, Owyn«, rief Pug.

»Was soll ich ihnen befehlen?«

Pug wandte sein Gesicht Owyn zu, und der junge Magier sah Wut und Hass in den Augen des Älteren. »Makala!«, rief er.

Owyn stand da und deutete auf den plötzlich unsicher gewordenen tsuranischen Magier. »Angriff!«, kommandierte er.

Die Hunde machten einen gewaltigen Satz nach vorn. Pug wandte sich um, als das erste Elementar-Wesen sich ihm näherte; er griff tief in sein Inneres und wandte jenen Zauberspruch an, den er schon auf Timirianya benutzt hatte. Wie damals hüllten wirbelnde, farbige Energieperlen die Kreatur ein, die daraufhin wie angewurzelt stehen blieb und ein gespenstisches Wehklagen erklingen ließ.

Owyn setzte denselben Spruch gegen die andere Kreatur ein, und auch sie blieb wie gebannt stehen.

Dann richteten sie ihre Aufmerksamkeit auf Makala. Der tsuranische Erhabene hatte einen magischen Schutzschild gegen die großen Bestien errichtet, die sich immer wieder heranpirschten und gegen den Schirm warfen und alles versuchten, einen Weg hinein zu finden. Makala wich zurück, unfähig, irgendeine magische Kraft gegen Pug oder Owyn auszusenden, solange die Hunde immer näher kamen.

Pug umrundete den Stein des Lebens und nahm sich einen Moment Zeit, einen Blick auf ihn zu werfen; er wollte sehen, ob der Stein in irgendeiner Weise in Gefahr war. Er stieß ein kurzes Dankgebet aus; offensichtlich hatte Makala noch nicht damit begonnen, eine körperliche Kontaktaufnahme mit dem Edelstein zu versuchen.

Pug sah wieder zu Makala hinüber, der sich bemühte, den Angriffen der Hunde auszuweichen. Sie konnten ihn zwar nicht erreichen, aber er musste ihre Versuche dennoch als äußerst beunruhigend empfinden.

Pug trat neben die riesigen Hunde. »Makala, in dem gedankenlosen Festhalten an einem blinden tsuranischen Glaubensbekenntnis hast du mich, meine Familie und deine eigene Bruderschaft verraten. Du hast dir nicht einmal die Mühe gemacht, darüber nachzudenken, was denn das ›Wohl des Kaiserreiches‹ überhaupt ist. Hättest du das auch nur ein bisschen begriffen, würdest du wissen, dass du mit dem, was du vorhast, das Kaiserreich einem großen Risiko aussetzt – dem größten seit der Zeit, da der Alte Feind die Nationen über die Goldene Brücke getrieben hat. Tausende sind wegen deiner Arroganz und deiner Eitelkeit gestorben. Daher wirst du zum Tode verdammt.«

Mit einer leichten Handbewegung befahl er einen Zauber, der den Schutzbann aufhob, den Makala um sich errichtet hatte. Der tsuranische Magier begriff erst im letzten Augenblick, was Pug getan hatte. »Nein!«, schrie er. Dann sprangen die Hunde ihn an und begannen, ihn in Stücke zu reißen.

Er starb schnell. Die Hunde zerrten an dem Leichnam, rissen weiter Stücke heraus, die sie überall im Raum verteilten.

Owyn kam herbei, während die Elementar-Wesen allmählich verblassten. »Er hat es nicht anders verdient.«

»Ruft die Hunde zurück«, sagte Pug.

»Halt«, rief Owyn, und die Hunde hielten sofort inne. Dann wandte er sich an Pug. »Was soll ich jetzt mit ihnen tun?«

Pug schüttelte den Kopf. »Ich nehme an, Ihr müsst ihnen einfach nur sagen, dass sie dorthin zurückkehren sollen, woher sie gekommen sind.«

Owyn wandte sich um und tat genau das, und die beiden Hunde verschwanden.

Er legte das Horn auf den Boden. »In diesem Ding steckt eine schreckliche Macht.«

Pug legte Owyn eine Hand auf die Schulter. »Jede Macht ist schrecklich, wenn sie nicht weise benutzt wird.« Er warf einen Blick auf den zerfetzten Leichnam. »Er war einmal ein Mann von großer Macht und hoher Position. Beides hat er missbraucht. Vergesst das niemals.«

»Das werde ich nicht«, sagte Owyn. »Aber ich glaube nicht, dass ich für ein Leben als Magier geschaffen bin.«

Pug brachte tatsächlich ein leises Lachen zustande. »Geschaffen oder nicht – ich glaube kaum, dass Ihr die Wahl habt. Ihr seid ein Mann mit großen Kräften, Owyn.«

»Ich? Ich bin doch nur ein junger Kerl, der von Patrus und Euch ein bisschen was gelernt hat.«

»Ihr seid viel mehr«, entgegnete Pug. »Als unsere Gedanken verbunden waren, habt Ihr viel von meinem Wissen erhalten. Ihr werdet erkennen, dass einiges davon für Jahre unbemerkt bleibt, aber andere Teile werden ungebeten zu Euch dringen. Was immer Ihr mit Eurem Leben vorhabt, wenn Ihr an den Hof Eures Vaters zurückkehrt – Ihr werdet einer der begabtesten Magier auf der Welt sein.«

»Ich glaube, daran muss ich mich erst noch gewöhnen. Ich ...«

Ihre Unterhaltung wurde abrupt unterbrochen, als Schwertgeklirr und laute Schreie aus der Kammer nebenan zu ihnen drangen.

Magier, drangen die Gedanken der Drachin zu Pug, *ich kann sie nicht aufhalten. Ich bin noch zu schwach.*

Pug wandte sich zu dem Loch in der Mauer um und sah jemanden hindurchschlüpfen. Einen Augenblick dachte er, es wäre Gorath, und zu spät erkannte er, dass es ein anderer Moredhel war.

Der hier trug einen Stab, mit dem er auf Pug und Owyn deutete. Ein Energiestoß schleuderte sie beide quer durch den Raum. Pug prallte so hart gegen die Wand, dass Lichter vor seinen Augen tanzten, und Owyn verschlug es wieder einmal den Atem.

Er sah, dass der Moredhel-Zauberwirker hinterrücks von jemandem niedergeschlagen wurde, und dann stolperte Locklear in den Raum, drehte sich gerade noch rechtzeitig um, um dem Schwerthieb eines anderen Moredhel auszuweichen; dieser war ein Krieger, der vergeblich versucht hatte, Locklear daran zu hindern, den Zauberwirker zu erreichen.

Plötzlich war der Raum voller Kämpfender. Locklear kämpfte gegen einen Moredhel, während James versuchte, einem anderen Zauberwirker zu Leibe zu rücken; der Stab, mit dem sich der Moredhel gegen den Junker zur Wehr setzte, ähnelte dem, der Pug und Owyn verletzt hatte.

Immer noch benommen versuchte sich Owyn zu konzentrieren und zu helfen, aber es gelang ihm nicht, seine Gedanken zu ordnen oder gar einen Zauberspruch zu denken. Er ging zu Pug, der immer noch am Boden lag, und half ihm auf. »Ich werde das hier langsam leid. Mein Rücken tut scheußlich weh.«

Pug schüttelte den Kopf. »Was ist los?«

Gorath kämpfte gegen Delekhan. Der Moredhel-Anführer trug den schwarzen Helm, den Pug auf dem Kopf von Murmandamus gesehen hatte, und eine protzige, schwarze Rüstung, deren Brustplatte mit Edelsteinen besetzt war.

Gorath verlor seinen sicheren Stand und taumelte, und Delekhan schlug ihm mit der freien Hand ins Gesicht, so dass der Anführer der Ardanier vollends das Gleichgewicht verlor und rücklings zu Boden fiel.

Delekhan sah die zerfetzte Leiche von Makala, und tatsächlich grinste er vor Befriedigung. Dann entdeckte er den Stein des Lebens.

Pug begriff, dass es ihm unmöglich sein würde, den Stein noch vor dem selbst ernannten Moredhel-Herrscher zu erreichen. Makala war gefährlich gewesen, weil er ein bestimmtes Wissen besessen hatte; Delekhan war gefährlich, weil er genau dieses Wissen nicht besaß. Er sah das goldene Schwert, und seine Augen weiteten sich. »Valheru!«, schrie er. »Es ist das Schwert für einen König!« Er eilte darauf zu, doch Gorath sprang ihn von hinten an und presste ihm mit dem Arm die Kehle zu.

Delekhan tastete mit der Hand nach dem Schwertgriff, als plötzlich ein Trommeln die Höhle erfüllte. Die Augen des Moredhel weiteten sich, und er begann gurgelnde Laute auszustoßen – aber es hatte nichts damit zu tun, dass Gorath ihn würgte. Vielmehr begann eine große Macht, sich in dem Moredhel zu manifestieren.

Langsam hob sich das Schwert, und Gorath ließ von seinem Versuch ab, Delekhan zu töten, und griff stattdessen nach dem Heft und versuchte, das Schwert zurück in den Stein zu stoßen.

Pug schüttelte den Kopf und sah, dass Locklear und James noch immer mit ihren Gegnern beschäftigt waren. »Was sollen wir nur tun?«, fragte Owyn.

»Gorath! Aus dem Weg!«, rief Pug.

»Das kann ich nicht«, erwiderte Gorath. »Wenn ich das tue, wird er das Schwert herausziehen.«

Die beiden Moredhel kämpften; die Muskeln und Sehnen an ihren Armen und Schultern traten vor Anstrengung hervor. Delekhans Augen weiteten sich zu unvorstellbarer Größe, als wollten sie jeden Augenblick aus ihren Höhlen springen; sein Gesicht war gerötet, und Schweißperlen glänzten auf seiner Haut.

Ein fremdartiger Ausdruck erschien auf seinen Gesichtszügen, und es sah so aus, als würde eine andere Person jetzt sein Gesicht tragen. »Er transformiert!«, rief Pug.

»Wir müssen ihn aufhalten«, sagte Owyn.

»Berührt ihn nicht!«, rief Pug über den anschwellenden Lärm hinweg.

»Wir müssen ihm helfen!«

»Das können wir nicht«, sagte Pug. »Aber Ihr müsst mir helfen. Wir müssen sie beide vernichten.«

»Ich kann nicht.«

»Du musst es tun!«, rief Gorath. »Uralte Mächte trachten mir nach dem Leben! Rette mein Volk, Owyn. Rette mich.«

Owyn nickte, und während Tränen in seine Augen traten, wob er mit seinen Händen einen komplexen Zauber über dem Kopf. Auch Pug vollführte diese Bewegungen, und gleichzeitig deuteten sie auf die beiden Moredhel, die vor dem Stein des Lebens in einer tödlichen Umarmung ineinander verstrickt waren.

Ein Hitzestoß schoss aus den Fingerkuppen der Magier, und ein gleißendes Licht traf die beiden Moredhel. Einen Augenblick lang badeten sie in einem blendenden Glanz; das Licht war so grell, dass der Gegner von James den Kopf abwenden musste und es dem Junker gelang, ihm seinen Dolch tief in die Brust zu bohren. James wandte sich dem Licht zu, doch auch er war gezwungen, seinen Blick abzuwenden. Er schirmte die Augen mit einer Hand ab, während er sich weiterbewegte und dem Moredhel, mit dem Locklear kämpfte, von hinten einen Schlag auf den Kopf versetzte. Der Dunkelelb taumelte und brach zusammen, und Locklear versetzte ihm den entscheidenden Hieb.

Ein leises Stöhnen drang von den beiden lichtumfluteten Gestalten, dann verblassten ihre Umrisse. Kurz darauf verschwand auch das Licht.

Stille senkte sich jetzt in die Kammer herab, und die vier Männer traten zueinander; die Erschöpfung drohte sie zu überwältigen.

Owyn weinte, und Pug sagte: »Ich glaube, ich verstehe.«

»Was ist geschehen? Ich konnte nichts erkennen«, meinte Locklear.

James blickte sich um. »Wo ist Gorath?«

»Er hat uns alle gerettet«, erklärte Pug.

James nickte; seine Miene zeugte von Bitterkeit. »Ich werde von den Moredhel niemals wieder so denken wie zu der Zeit, bevor ich Gorath kennenlernte.«

Locklear setzte sich auf den Boden. »Er war manchmal ein etwas schwieriger Kamerad, aber er war ... er war ein Freund.«

Pug war zu betäubt, um sich zu rühren. »Ich glaube, ich werde eine ganze Woche lang schlafen.«

»Haltet die Luft an, Herzog von Stardock, denn es gibt noch einige Arbeit zu tun«, sagte James.

»Arbeit?«, fragte Pug ungläubig.

Mit einem boshaften Grinsen erklärte James: »Habt Ihr vergessen, dass dieser Stein wieder dahin gebracht werden muss, wo er hingehört? Und im Düsterwald treibt sich noch immer eine Armee von Moredhel herum. Und Delekhans Vorhut befindet sich auch irgendwo in der Nähe.«

»Ich werde mir Mühe geben«, meinte Pug.

»Wenn sie jetzt auftauchen, bin ich tot. Ich kann keinen Finger mehr rühren«, sagte Owyn.

»Nun, wenn wir das alles schon überlebt haben, möchte ich nicht unbedingt deshalb sterben müssen, weil ich zu müde bin, mich zu verteidigen. Hat einer von euch Magiern vielleicht eine gute Idee?« fragte Locklear.

»Ich. Helft mir auf«, sagte Pug.

James zog ihn hoch. »Was habt Ihr vor?«, wollte er wissen.

»Wir werden ihnen ein Schauspiel bieten, meine Freunde – mit dem Rest dessen, was uns an Kräften noch geblieben ist«, erklärte Pug.

Locklear blinzelte verwirrt. »Meine Phantasie spielt mir einen Streich. Einen kurzen Augenblick lang dachte ich, Ihr hättet davon gesprochen, ein Schauspiel zu bieten.«

»Genau das habe ich gesagt«, bestätigte Pug. »Kommt mit mir!«

Drei müde, verwirrte Männer wechselten bedeutungsvolle Blicke, dann folgten sie dem seltsamen, kleinen Mann in dem schwarzen Gewand.

Moraeulf war außer sich. Seit zwei Tagen lieferte er sich jetzt schon ein Wettrennen mit Prinz Calin und Langbogen, ohne dass er ihnen wesentlich näher gekommen wäre. In den Bergen lag der Vorteil auf Seiten der Moredhel, aber hier, im dichten Wald, hatten die Eledhel und ihre dämonischen Menschenfreunde die Oberhand.

Das einzig Gute bei all dem war die Richtung, die diese Verfolgungsjagd genommen hatte, denn sie hatte sie an den Rand von Sethanon geführt. Moraeulf wartete auf die Befehle seines Vaters, und inzwischen hatte er die Nachricht erhalten, dass die Spaltmaschine außer Kraft gesetzt worden war. Das würde einige den Kopf kosten, doch Moraeulf war wild entschlossen, dafür zu sorgen, dass seiner nicht zu denen gehören würde, die auf einem Pfahl aufgespießt werden würden.

»Meister, da kommen Läufer.«

Er erwartete, seine eigenen Späher zu sehen, die die Eledhel verfolgt hatten, doch stattdessen näherten sich zwei aus der Ehrengarde seines Vaters – schmutzig, müde und offensichtlich der Panik nah. »Was ist los?«, fragte er.

»Ein Unglück! Auf den Mauern von Sethanon!«

»Erzähl!«, rief Moraeulf.

»Vor drei Tagen sind wir in die Stadt eingedrungen, und unser

Meister hat uns in der Nähe des hinteren Tors der Burg zurückgelassen. Beinahe einen ganzen Tag lang war er verschwunden. Dann erklang ein lautes Geräusch aus der Tiefe der Erde, und dann sahen wir etwas Schreckliches auf den Zinnen der Burg.«

Moraeulf packte eine der Wachen unwirsch am Hemd. »Sag mir, was du gesehen hast!«

Der andere sprach jetzt. »Wir haben Euren Vater auf den Zinnen gesehen, und bei ihm war Murmandamus. Ich weiß, dass er es war, denn er trug kein Hemd, und die Drachennarbe war zu sehen. Er war mager, als hätte er gehungert, und blass, als wäre er unter der Erde gewesen, aber er war es. Daran konnte es keinen Zweifel geben. Er rief, und wir konnten seine Stimme hören, die mit Hilfe von Magie zu uns drang, wie es vor zehn Jahren gewesen war, und es war eindeutig seine Stimme.«

»Jawohl«, bestätigte der Erste. »Es war Murmandamus. Und zwischen ihm und Eurem Vater stand der Menschenprinz Arutha. Er war ihr Gefangener. Murmandamus sagte, er würde jetzt endlich die Prophezeiung erfüllen und das Leben des Herrschers des Westens beenden, aber als er die Klinge hob …«

»Was dann?«, rief Moraeulf ungeduldig und schlug den Krieger so hart, dass er zu Boden fiel. »Bei deinem Leben, sag es mir«, befahl er dem anderen.

»Mylord, hinter ihm erhob sich eine riesige Drachin, ein Wesen, wie es noch kein Lebender gesehen hat. Sie strahlte in hellem Licht und war von Regenbogen umgeben, und auf ihrem Rücken ritt ein schwarz gekleideter Magier. Er rief, dass Murmandamus ein falscher Prophet wäre und dass auch die Prophezeiung falsch wäre, und dann spuckte die Drachin Feuer, und es wurde so heiß, dass wir die Hitze auf dem Boden unter unseren Füßen spüren konnten.

Euer Vater und Murmandamus vertrockneten vor unseren Augen, sie verwandelten sich in Asche, die dann von den Winden zerstreut wurde. Doch der Herrscher des Westens, der Menschenprinz Arutha, blieb bei alldem unverletzt!«

Moraeulf heulte vor Wut auf und schlug auch diesen Mann nieder. »Verflucht seien alle Magier und Propheten!«

Er besaß noch ein halbes Dutzend Krieger und die beiden Wachen seines Vaters. »Gebt folgenden Befehl weiter«, sagte er. »Wir kehren nach Norden zurück. Der Wahnsinn hat ein Ende.«

Die acht Moredhel eilten davon, um die Nachricht zu verbreiten.

Moraeulf wandte sich um; er wollte nach Norden, zu seinem Hauptlager. Er war kaum ein paar Schritte gegangen, da trat ein Schatten aus der Düsternis und fragte: »Mylord?«

»Was ist?«, fragte Moraeulf. Zu spät begriff er, dass er die Person kannte, die sich ihm näherte, und gleichzeitig mit der Erkenntnis kam der Schmerz, als Narab dem Sohn seines Feindes den Dolch in die Brust trieb.

Moraeulf sank auf die Knie, den Mund vor Erstaunen weit aufgerissen, dann fiel er zu Boden.

Von weiter hinten erklang eine Stimme: »Wir haben unseren Teil der Abmachung erfüllt.«

Narab drehte sich um. »Ich werde meinen ebenfalls erfüllen.«

Martin Langbogen und seine Elben tauchten auf. »Meine Familie ist gerächt, und ich werde mein Volk nach Hause führen«, sagte Narab.

»Wir werden niemanden von Euch belästigen, solange Ihr in Richtung Norden zieht«, erklärte der Herzog von Crydee. »Doch kehrt niemals in den Süden zurück.«

»Liallan und ihre Schneeleoparden und mein eigener Clan haben jetzt die Macht im Norden. Solange wir herrschen, werden wir unsere Seite der Berge nicht verlassen«, versprach Narab. Dann deutete er auf Martin und die Elben. »Und auch Ihr würdet gut daran tun, auf Eurer Seite zu bleiben.«

Er wandte sich um und verschwand, und Martin sah seine Begleiter an. »Gehen wir nach Sethanon und finden wir heraus, welches Geheimnis hinter dem steckt, was wir soeben gehört haben. Es würde mir gefallen, Pug zu sehen und herauszufinden, wie es dazu kam, dass Murmandamus gerade lang genug aus seinem Grab auferstanden ist, um erneut getötet werden zu können.«

Der Elb, zu dem er gesprochen hatte, nickte; seine Miene verbarg die eigene Neugier. Martin machte sich in Richtung Süden auf. »Wenigstens findet mein Bruder, wenn er herkommt, das Königreich noch intakt vor. Ich nehme an, das wird ihm gefallen.«

Martin Langbogen, Bruder eines Prinzen und eines Königs, schulterte die Waffe, der er seinen Beinamen verdankte, und stimmte eine namenlose Melodie an. Er kannte noch keine Einzelheiten, aber er wusste, dass sie gewonnen hatten und dass es zunächst einmal wieder eine Zukunft für seine Frau und seine Tochter gab. Das war Grund genug, diese Melodie zu summen; alles Weitere würde er später schon noch erfahren.

Epilog

Würdigung

Arutha erhob seinen Becher.

»Auf Gorath!«, sagte er.

Die anderen im Kommandozelt hoben ebenfalls ihre Becher, riefen laut »Gorath!« und tranken zur Erinnerung an ihn.

Pug hatte von den letzten Stunden des Kampfes berichtet und davon, wie er und Owyn die Illusion erschaffen hatten, um die Moredhel davon zu überzeugen, dass Murmandamus endlich tot war. Während des Essens hatte er von Goraths Opfer erzählt, von seiner großen Würde.

Arutha dachte einen Augenblick über das nach, was er gerade gehört hatte, dann meinte er: »Die Vorstellung, einen Bruder des Dunklen Pfades für edel und würdig zu halten, kommt mir noch immer seltsam vor, aber es gibt wohl keine anderen Worte, die seine Tat besser beschreiben. Selbst als ich ihn mit Owyn und James losgeschickt habe, hatte ich noch meine Zweifel. Ich konnte mich nicht von der Vorstellung frei machen, dass alles nur ein weiterer furchtbarer Plan der Pantathianer sein könnte. Ich habe mich geirrt.«

»Es war deine Pflicht, argwöhnisch zu sein«, meinte Martin. »Es ist ein Teil deiner Aufgaben gegenüber dem Königreich.«

Arutha nippte am Wein und nickte seinem Bruder bei dieser Bemerkung zu. »Möglicherweise, aber ich werde die Bruderschaft des Dunklen Pfades ganz sicher niemals wieder so betrachten wie früher.«

»Darf ich, Eure Hoheit?«, fragte Owyn.

Arutha gab dem jungen Magier die Erlaubnis zu sprechen.

»Ich bin ein paar Wochen mit Gorath in seinem Heimatland gereist, und ich habe festgestellt, dass es so anders ist – noch viel mehr, als ich es mir vorgestellt hatte.« Er erzählte von den menschlichen Gemeinschaften, die Seite an Seite mit den Moredhel lebten, und wenn diese Menschen von ihren Rassegenossen im Königreich auch als Abtrünnige bezeichnet wurden, zeugte es doch davon, dass zwischen beiden Rassen durchaus Frieden möglich war. »Sie haben etwas Grimmiges, wie mir scheint, und doch ist es etwas, das uns nicht fremd genug ist, um es nicht verstehen zu können. Ich habe die Frauen von Delekhan und Gorath kennengelernt; die von Delekhan ist selbst eine mächtige Anführerin, sie war schön und grimmig – und seltsam. Und doch war es ihr einziges Ziel, ihr Volk zu retten, und sie hat uns geholfen.« Owyn seufzte. »Als ich Gorath das erste Mal begegnet bin, sagte er, wir würden sein Volk oder ihre Bräuche und Sitten niemals verstehen. Vielleicht hat er Recht, aber ich kann sie akzeptieren.«

Arutha meldete sich zu Wort. »Wenn doch alle Moredhel so wären wie er. Das Leben im Norden des Königreichs würde weit ruhiger werden.« Der Prinz fuhr fort: »All jene, die den neuerlichen Versuch der dunklen Kräfte, uns zu vernichten, überlebt haben, müssen sich erneut dem Schutz unserer Nation widmen. Sonst haben all die, die gestorben sind, umsonst einen hohen Preis gezahlt. Gorath wird unvergessen bleiben; nicht als Verräter seines Volkes, sondern als ein Held nicht nur unserer, sondern auch seiner eigenen Nation. Er hatte damit begonnen, nur den Moredhel zu dienen. Er ist gestorben, um uns alle zu retten.«

»Ich wünschte nur, er hätte den Rest seines Lebens in Elbenheim verbringen können«, sagte Owyn.

»Das ist etwas, das man jedem wünschen kann«, meinte Martin. »Elbenheim ist ein guter Ort, um dort sein Leben zu beenden. Aber Aglaranna hatte Recht; er war noch nicht ganz zurückgekehrt, und es war sein Hass auf Delekhan, der ihn daran gehindert hat, ganz eins zu sein mit den Eledhel.«

Arutha wandte sich an Pug. »Ich wünschte, ich hätte das kleine Schauspiel sehen können, mit dem Ihr die Moredhel getäuscht habt.«

»Das war nicht nur mein, sondern auch Owyns Werk. Ich bin niemals gut im Erschaffen von Illusionen gewesen, aber er hat ein paar Fähigkeiten in Stardock erlernt. Er hat das Abbild von Murmandamus nach meiner Beschreibung errichten müssen, aber Euch, Arutha, und Delekhan kannte er persönlich. Das Orakel war wieder genügend erstarkt, um sich mit mir als Reiter zu erheben und eine einzige, beeindruckende Flamme auszuspeien. Wir konnten nur hoffen, dass es genügen würde.«

»Das hat es ganz sicherlich«, sagte Martin. »Ich bin nur etwa vier Schritte entfernt gewesen, als ich gehört habe, wie zwei Moredhel-Krieger Moraeulf von dem Tod seines Vaters und dem Ende von Murmandamus berichteten. Sie haben es geglaubt. Selbst Narab hat es wohl geglaubt. Und wenn nicht, dient es immerhin seinen Zielen, andere in dem Glauben zu lassen. Ich nehme an, wir haben nicht mehr zu befürchten, dass die Moredhel Sethanon heimsuchen.« Martin stellte seinen Becher ab. »Ich muss euch jetzt verlassen. Ich habe eine lange Reise nach Elbenheim vor mir, und dann muss ich weiter nach Crydee. Meine Elben und ich werden gleich bei Tagesanbruch aufbrechen, daher werde ich mich jetzt schlafen legen.«

Arutha stand auf und umarmte seinen Bruder. »Wir sehen dich viel zu selten«, meinte er.

»Kommt nach Crydee, du und Anita. Und bringt Borric, Erland und Eliena mit. Verbringt einen Monat bei uns.«

»Vielleicht zwei Wochen, und erst dann, wenn das Baby da ist.«

»Noch ein Baby!«, meinte Martin mit einem Grinsen. »Wann hattest du mir das denn sagen wollen?«

Arutha lächelte. »Ich nehme an, in Crydee wartet bereits eine Nachricht mit dem königlichen Siegel von Krondor auf dich. Du hättest sie schon längst lesen können, wenn du dich wie ein ordentlicher Herzog verhalten hättest und nicht wie deine Elbenfreunde im Wald herumlaufen würdest.«

»Wenn ich nicht im Wald herumgelaufen wäre, hätten diese beiden da« – er deutete auf James und Locklear, die ziemlich unzeremoniell in der Ecke von Aruthas Pavillon auf einem Kissenstapel eingeschlafen waren – »es niemals geschafft, die Maschine zu zerstören, und in diesen Wäldern würde es von den Kriegern Delekhans wimmeln.« Er senkte die Stimme. »Und ich hätte Narab niemals gefunden und ihm nicht den Weg zu Moraeulf weisen können.« Er wandte sich fröhlicheren Dingen zu. »Habt ihr euch schon einen Namen überlegt?«

Arutha nickte. »Wenn es ein Mädchen wird, werden wir sie Alicia nennen, nach Anitas Mutter. Wenn es ein Junge wird, soll er Nicholas heißen, wie unser Urgroßvater.«

»Ich freue mich darauf, von euch von der Geburt zu hören«, sagte Martin.

Arutha umarmte seinen Bruder noch einmal. »Ich weiß. Viel Glück, und gib Briana einen Kuss von mir.«

Martin verschwand, und Arutha blickte auf seine zwei schlafenden Junker. »Ich denke, das hier ist eine Form von Majestätsbeleidigung. Wie denkt Ihr darüber, Pug?«

»Ich denke, die Kräuter, die Euer Heiler ihnen gab, entfalten jetzt ihre Nachwirkung. Ich glaube nicht, dass Ihr sie aufwecken könnt – auch nicht, wenn Ihr mit dem Henker droht.«

»Ich bin froh, das zu hören«, sagte Arutha. »Es sei ihnen also vergeben.« Er blickte Owyn an und fragte: »Und was sollen wir mit Euch machen?«

»Eure Hoheit«, meinte Owyn, »ich sollte schon längst zu Hause sein. Ich denke, ich sollte wirklich zurückkehren, um mich meinem Vater zu stellen. Ich glaube zwar nicht, dass sein Zorn noch größer werden kann, aber je länger ich damit warte, desto schlimmer wird die Strafe für meinen Ungehorsam sein.«

Arutha rieb sich das Kinn. »Nun, dann bekommt Ihr ein gutes Pferd und etwas Gold, damit Ihr unterwegs eine der besseren Schenken aufsuchen könnt. Und ich denke, ich gebe Euch ein persönliches Schreiben an Euren Vater mit, in dem ich ihm mitteile, dass ich in der Schuld des Sohnes des Barons von Timons stehe, weil er der Krone einen großen Dienst erwiesen hat. Ich werde ihm vorschlagen, dass, wenn er für Euch keine Verwendung in seinen Diensten sieht, er Euch dem König anvertrauen möge, damit Ihr der Krone in Rillanon dienen könnt. Ich werde außerdem meinem Bruder eine Nachricht über Eure Dienste schicken. Ich bin sicher, wenn Ihr wollt, findet er Verwendung für einen so hellen Kopf, wie Ihr es seid.«

Owyn lächelte. Wie wütend sein Vater auch wegen seiner Entscheidung, ihm den Gehorsam zu verweigern und nach Stardock davonzulaufen, sein mochte – sein Zorn würde sich angesichts eines persönlichen Empfehlungsschreibens des Prinzen von Krondor auflösen. Ganz zu schweigen von der Empfehlung für den Dienst beim König. Seine Rückkehr schien ihm schon ein ganzes Stück angenehmer. »Ich danke dem Prinzen.«

»Wir müssen noch länger über Sethanon sprechen, Arutha«, sagte Pug, »und darüber, was wir tun müssen, damit so etwas nie wieder geschehen kann.« Er unterdrückte ein Gähnen. »Aber im Augenblick brauchen auch wir unseren Schlaf.«

Der Prinz neigte den Kopf. »Dann seid Ihr hiermit entschuldigt, mein Freund, und wir werden morgen weitersprechen. Gute Nacht.«

Sie wünschten Arutha ebenfalls eine gute Nacht und verließen das Zelt des Prinzen. Pug ging mit Owyn zu dem Zelt, das Arutha für sie hatte errichten lassen. »Was werdet Ihr tun, wenn Ihr nach Hause zurückgekehrt seid?«, fragte Pug.

»Ich bin nicht sicher. Ich weiß, dass mein Leben niemals wieder so sein kann wie früher. Ich habe zu viel gesehen, und das … es verändert einen.«

Pug tippte mit dem Finger an Owyns Stirn. »Und Ihr habt dort oben zu viel, das Ihr nicht müßig herumliegen lassen solltet. Kehrt nach Stardock zurück. Sorgt dafür, dass wir nicht mehr mit solchen wahnsinnigen Zauberern zu rechnen haben, wie Makala es war.«

»Ich weiß nicht«, entgegnete Owyn. »Ich glaube, ich würde gerne mehr über meine Kräfte erfahren, aber ich glaube auch, dass mein Vater über meine Zukunft mitzubestimmen hat.«

»Das ist die Bürde des Adels«, sagte Pug. »Aber Ihr habt Zeit, über die Entscheidung nachzudenken, und Ihr habt dabei jetzt sicher mehr zu beherzigen als zuvor.«

»Zweifellos«, bestätigte Owyn, während sie das Zelt betraten. »Um die Wahrheit zu sagen, einer der Gründe, weshalb ich Stardock verlassen habe, hatte mit all dieser Politik zu tun. Zwei von Euren keshianischen Studenten, Korsh und Watoom, scharen Anhänger um sich, und ich befürchte, einige unangenehme Dinge werden auf uns zukommen, wenn man diese Gruppen nicht auflösen kann.«

»Das befürchte ich auch, aber ich bin mir noch nicht sicher, was man dagegen tun kann«, gestand Pug.

Pug ließ sich auf seiner Matte nieder, und Owyn begann, die Zeltklappen zu schließen. Einen Augenblick hielt er inne und betrachtete den ruhigen Wald um das Lager. In der Ferne hörte er die Soldaten des Königreichs, die um ihre Feuerstellen herumsaßen, und über den Bäumen schimmerten helle Sterne.

Er fragte sich, ob irgendwo da draußen Gorath bei den *Müttern* und *Vätern* war oder bei den Gesegneten Inseln.

Wo immer du auch bist, dachte Owyn, während er die Zeltklappe befestigte, *ich werde dich niemals vergessen.* Dann fügte er hinzu: *mein Freund.*

Er legte sich auf seine Matte. Trotz all der unbeantworteten Fragen und der zahllosen Möglichkeiten, die noch vor ihm lagen, schlief er rasch ein.

Pug blickte den jungen Magier an und erinnerte sich an die Zeit, als er in seinem Alter gewesen war, als er mit der großen Kraft gerungen hatte, von der Owyn im Augenblick noch nicht einmal ahnte, dass er sie besaß. Er fragte sich, welche Entscheidung Owyn wohl treffen würde.

Aber welche es auch sein würde – Owyn würde sie fällen, und

Pug legte sich erleichtert in dem Wissen hin, dass seine Heimat und seine Familie wieder in Sicherheit waren. Er badete in dem Wissen, dass Gamina zu Hause war und er bald wieder mit seiner Familie in Stardock vereint sein würde. Mit diesen Gedanken sank Pug in den Schlaf. Und es war ein guter, langer und friedlicher Schlaf.

Im Labyrinth der Schatten

RAYMOND
FEIST

IM LABYRINTH DER SCHATTEN

DIE KRONDOR-SAGA 2

ROMAN

Aus dem Amerikanischen
von Susanne Gerold

Weltbild

Die Originalausgabe erschien 1999 unter dem Titel *Krondor the Assassins, Book Two of the Riftwar Legacy* bei Avon Books, New York.

Besuchen Sie uns im Internet:
www.weltbild.de

Genehmigte Lizenzausgabe für Verlagsgruppe Weltbild GmbH,
Steinerne Furt, 86167 Augsburg

Ein Unternehmen der Verlagsgruppe Random House GmbH, München.
Übersetzung: Susanne Gerold
Umschlaggestaltung: Johannes Frick, Augsburg
Umschlagmotiv: © Jon Sullivan / Bildagentur Schlück
Gesamtherstellung: CPI Moravia Books s.r.o., Pohorelice
Printed in the EU

ISBN 978-3-8289-9401-0

2011 2010 2009 2008
Die letzte Jahreszahl gibt die aktuelle Lizenzausgabe an.

Für John Cutter und Neal Hallford,
denen ich für ihre Kreativität
und ihre Begeisterung danke.

NORDBERGE
NORDLANDE
BERGENSTEIN
5
ELVANDAR
HOHE BURG
TYR-SOG
4
YABON
DIE GRAUEN TÜRME
CRYDEE
LORIEL
LA MUT
FALKENHÖHLE
HOGEWALD
10
WALINOR
YLITH
CALASTIUS GEBIRGE
CARSE
JONRIL
HUSH
NATAL
NATALHAVEN
QUESTORS SICHT
SETHANON
TULAN
BORDON
QUEG
SARTH
FINSTERMOOR
1
MARGRAVS HAFEN
PALANQUE
2
KRONDOR
DIE ENDLOSE SEE
STRASSE DER FINSTERNIS
SALADOR
DAS BITTERE MEER
LANDRETH
SEE DER TRÄUME
ELARIAL
DURBIN
SHAMATA
TAL DER TRÄUME
9
CARALYAN
TROLLHEIM-GEBIRGE
DIE STERNPFEILER
WÜSTE VON JAL-PUR
MIDKEMIA
N
W
S

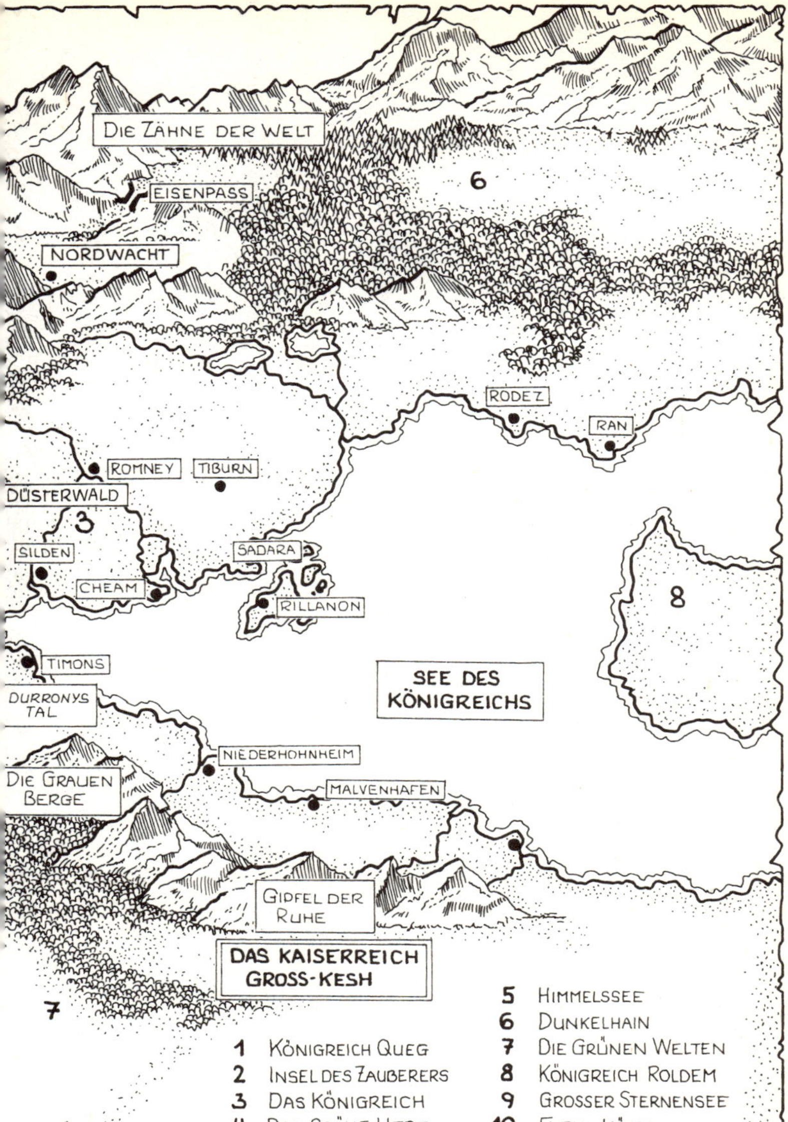

Die Zähne der Welt
Eisenpass
Nordwacht
6
Rodez
Ran
Romney
Tiburn
Düsterwald
3
Silden
Cheam
Sadara
Rillanon
8
Timons
Durronys Tal
See des Königreichs
Niederhohnheim
Die Grauen Berge
Malvenhafen
Gipfel der Ruhe
Das Kaiserreich Gross-Kesh
7
1 Königreich Queg
2 Insel des Zauberers
3 Das Königreich
4 Das Grüne Herz
5 Himmelssee
6 Dunkelhain
7 Die Grünen Welten
8 Königreich Roldem
9 Grosser Sternensee
10 Ferne Küste

Prolog

Abschiede

Die Soldaten marschierten über den Bergkamm.

Arutha hatte den Versorgungstross geteilt; die erste Gruppe – Verwundete und Tote, die in Krondor in Ehren eingeäschert werden würden – setzte sich gerade in Bewegung. Die vielen Wagen und Stiefel wirbelten jede Menge Staub auf, und der feine Puder vermischte sich mit dem beißenden Rauch, der von den erlöschenden Feuerstellen aufstieg. Die aufgehende Sonne schickte ihre orangefarbenen und hellgoldenen Strahlen durch den Dunst, Pfeile aus Farben in einer ansonsten grauen Morgendämmerung. In der Ferne sangen Vögel; sie kümmerten sich nicht um den Nachhall der Schlacht.

Arutha, Prinz von Krondor und Herrscher über den westlichen Teil des Königreichs der Inseln, saß auf seinem Pferd und gestattete sich das Vergnügen, die Herrlichkeit des Sonnenaufgangs und die Serenade aus Vogelgezwitscher zu genießen, während er seinen Männern beim Aufbruch zusah. Die Kämpfe waren glücklicherweise kurz gewesen, aber trotzdem blutig. Zwar waren weniger Opfer zu beklagen gewesen, als er befürchtet hatte, aber er hatte es schon immer gehasst, auch nur einen einzigen Soldaten zu verlieren, der unter seinem Befehl stand. Jetzt ließ er es zu, dass die Schönheit der Landschaft ringsum seine Wut und Trauer eine Zeit lang besänftigten.

Äußerlich unterschied sich Arutha kaum von dem Mann, der zehn Jahre zuvor auf den Thron gekommen war, wenngleich Linien um seine Augen und ein paar graue Strähnen in seinen sonst schwarzen Haaren offenbarten, welchen Tribut das Herrschen von ihm forderte. Wer ihn gut kannte, wusste, dass er auch ansonsten noch immer der gleiche Mann war, ein kompetenter Verwalter, ein militärisches Genie und ein äußerst pflichtbewusster Mann, der sich auch dann unverzüglich opfern würde, wenn es galt, einem Soldaten der untersten Rangstufe das Leben zu retten.

Sein Blick wanderte von einem Wagen zum nächsten, als wollte er sich dazu zwingen, die darin verborgenen Verwundeten zu sehen, als könnte er ihnen so seine Dankbarkeit für die hervorragend ausgeführte Aufgabe übermitteln. Jene, die Arutha nahe standen, wussten, dass er tief in seinem Innern Schmerz über jede Verletzung empfand, die einem Mann zugefügt worden war, der Krondor und dem Königreich diente.

Arutha schob seinen Kummer beiseite und dachte über den Sieg nach. Der Feind – eine verhältnismäßig kleine Armee von Dunkelelben – hatte sich über einen Zeitraum von zwei Tagen zurückgezogen. Eine größere Streitmacht hatte daran gehindert werden können, den Düsterwald zu erreichen, als von den beiden Junkern James und Locklear eine Spaltmaschine zerstört worden war. Ein Magier namens Patrus hatte dabei sein Leben verloren, doch sein Opfer hatte dazu geführt, dass die Eindringlinge ihren eigenen, internen Konflikten anheim fielen. Delekhan, der Möchtegern-Eroberer, war beim Kampf um den Stein des Lebens gestorben, gemeinsam mit Gorath, einem Moredhel-Anführer, der sich als ebenso ehrenvoll und würdig erwiesen hatte wie jedes andere Wesen, dem Arutha bisher begegnet war. Arutha verfluchte die Existenz dieses geheimnisvollen und uralten Artefakts unterhalb der verlassenen Stadt Sethanon, und er fragte sich, ob er es wohl noch erleben würde, dass seine Geheimnisse ergründet und die Gefahren, die in ihm wohnten, beseitigt werden würden.

Delekhans Sohn Moraeulf war durch einen Dolchstoß gestorben, den Narab, einst Verbündeter Delekhans, ihm versetzt hatte. Wie mit Narab vereinbart worden war, verfolgten die Streitkräfte des Königreichs die sich zurückziehenden Moredhel so lange nicht, wie sie sich direkt nach Norden begaben. Es war der Befehl erteilt worden, den Moredhel einen sicheren Weg nach Hause zu gewähren – solange sie sich auf dem Weg dorthin befanden.

Die Streitkräfte des Königs im Düsterwald teilten sich jetzt wieder in ihre unterschiedlichen Garnisonen auf; der größte Teil kehrte nach Westen zurück, einige wandten sich nach Norden zu den Gebieten der Grenzbarone. Sie würden erst später im Laufe des Morgens aufbrechen. Die bisher geheim gehaltene Garnison nördlich von Sethanon würde an einen anderen Ort verlegt und mit frischem Proviant versehen werden.

Arutha begann zu schwitzen, als die Sonne den Morgennebel auflöste und nur noch Rauch und Staub in der Luft hingen. Es wurde bereits heiß, und die Kälte des vergangenen Winters verblasste zu einer fernen Erinnerung. Arutha verdrängte die Sorgen tief in seinem Innern, während er über den letzten Angriff auf den Frieden seines Königreichs nachdachte.

Der Herzog von Krondor war den tsuranischen Magiern nach dem Ende des Spaltkriegs offen und aufrichtig entgegengetreten. Beinahe zehn Jahre lang hatten sie die Freiheit besessen, sich mit Hilfe ihres magischen Spalts zwischen den beiden Welten hin und her zu bewegen. Jetzt hatte er das tiefe Gefühl, hintergangen worden zu sein. Er verstand voll und ganz, welche Gründe den tsuranischen Erhabenen Makala zu dem Versuch getrieben hatten, den Stein des Lebens von Sethanon in seine Gewalt zu bringen – die Überzeugung, dass das Königreich eine Waffe von größter Zerstörungsmacht besaß, eine Maschine mit einer solchen Macht, dass sie im Krieg genau der Person die Vorherrschaft sichern würde, in deren Besitz sie sich befand. Wäre er an Makalas Stelle gewesen und hätte die gleichen Vermutungen gehabt, hätte er möglicherweise ähnlich gehandelt. Aber selbst mit diesem Eingeständnis konnte er die Tsuranis nicht weiter frei nach Belieben im

Königreich herumlaufen lassen, was wiederum bedeutete, dass sich ein Jahrzehnt des Handels und des kulturellen Austauschs dem Ende zuneigte. Arutha verdrängte die Sorge, wie er die notwendigen Veränderungen herbeiführen würde, doch er wusste, dass er sich irgendwann mit seinen Beratern zusammensetzen und einen Plan entwickeln musste, um die künftige Sicherheit des Königreichs zu gewährleisten. Und er wusste auch, dass kaum jemand über die Veränderungen, die er bewirken würde, glücklich sein würde.

Arutha warf einen Blick nach rechts und sah zwei sehr junge Männer rittlings auf ihren Pferden. Der Anblick entlockte ihm ein seltenes Lächeln, kaum mehr als ein schwaches Hochziehen der Mundwinkel, das dennoch genügte, den oft sehr ernsten Ausdruck seines noch jugendlichen Gesichts etwas zu mildern. »Müde, meine Herren?«

James, der rangältere Junker des Prinzen, schenkte seinem Herrscher einen Blick aus Augen, die von dunklen Ringen umrahmt waren. James und sein Kamerad, Junker Locklear, hatten einen atemberaubenden Ritt hinter sich, ermöglicht durch magische Kräuter, mit deren Hilfe sie sich tagelang im Sattel wach gehalten hatten. Die Nachwirkungen dieses Tranks – der plötzliche Ausbruch lang unterdrückter Müdigkeit und körperlicher Schmerzen – hatten die beiden jungen Männer unmittelbar danach ereilt. Beide hatten die ganze Nacht in Aruthas Zelt auf Kissen geschlafen, waren am nächsten Morgen aber trotzdem mit schweren Gliedern und trägem Geist erwacht. James kratzte seinen letzten Rest Humor zusammen. »Nein, wir sehen immer so aus, wenn wir wach werden. Nur seht Ihr uns gewöhnlich erst, wenn wir bereits eine Tasse Kaffee getrunken haben.«

Arutha lachte. »Ich sehe, du bist so charmant wie eh und je, James.«

Ein kleiner Mann mit dunklen Haaren und einem dunklen Bart trat zu ihnen.

»Guten Morgen, Hoheit«, sagte Pug und verneigte sich.

Arutha nickte höflich. »Pug, kehrt Ihr mit uns nach Krondor zurück?«

Besorgnis spiegelte sich auf Pugs Gesicht. »Nicht sofort, Hoheit. Ich muss einigen Dingen in Stardock nachgehen. Die Beteiligung der tsuranischen Erhabenen an diesem jüngsten Anschlag auf Sethanon bereitet mir große Sorgen. Ich muss sicherstellen, dass sie die einzigen Magier waren, die damit zu tun hatten, und dass jene, die noch in meiner Akademie leben, frei von jeder Schuld sind.«

Arutha blickte dem abfahrenden Wagen nach. »Wir müssen uns darüber unterhalten, welche Rolle die Tsuranis von Eurer Akademie bei der Sache gespielt haben, Pug. Aber nicht hier.«

Pug nickte zustimmend. Zwar waren alle, die sich in Hörweite befanden, in das Geheimnis des unter Sethanon ruhenden Steins des Lebens eingeweiht, aber es war trotzdem klüger, in Ruhe und Abgeschiedenheit darüber zu reden. Pug wusste außerdem, dass Arutha sich ernste Gedanken wegen des Verrats machte, den der tsuranische Magier Makala begangen hatte – ein Verrat, der zu dieser letzten Schlacht zwischen der Armee des Prinzen und einer eindringenden Armee von Moredhel-Kriegern geführt hatte. Er erwartete, dass Arutha weit einschneidendere Kontrollen darüber fordern würde, wer durch den Spalt – das magische Tor – zwischen Midkemia und Kelewan, der Heimatwelt der Tsuranis, reisen würde.

»Das werden wir, Hoheit. Doch zuerst einmal muss ich für die Sicherheit von Katala und Gamina sorgen.«

»Ich verstehe Euer Anliegen«, sagte der Prinz. Um Pug von Midkemia wegzulocken, war seine Tochter Gamina mittels Magie auf eine ferne Welt entführt worden – während der tsuranische Magier versucht hatte, sich des Steins des Lebens zu bemächtigen.

»Ich muss sicherstellen, dass ich nie wieder wegen eines Familienmitglieds so verletzbar bin.« Er blickte den Prinzen wissend an. »Was William angeht, so kann ich nichts tun, aber ich kann dafür sorgen, dass Gamina und Katala in Stardock in Sicherheit sind.«

»William ist ein Soldat, also ist er schon allein durch seine Arbeit einer gewissen Gefahr ausgesetzt.« Dann lächelte Arutha Pug an. »Aber er ist so sicher, wie ein Soldat nur sein kann, umgeben von sechs Kompanien der Königlichen Krondorianischen Hausgarde. Wer immer versuchen sollte, Euch durch William zu erpressen, wird es schwer haben, überhaupt an ihn heranzukommen.«

Pugs Miene verriet, dass ihm diese Vorstellung ganz und gar nicht gefiel. »Er hätte so viel mehr sein können.« Sein Blick schien Arutha etwas Bestimmtes nahelegen zu wollen. »Er könnte es immer noch. Es ist noch nicht zu spät für ihn, mit mir nach Stardock zurückzukehren.«

Arutha betrachtete den Magier. Er verstand Pugs Enttäuschung, genau wie seinen väterlichen Wunsch, den Sohn wieder in der Familie zu haben. Aber der Ton des Prinzen ließ keinen Zweifel an seiner mangelnden Bereitschaft, zugunsten von Pug einzugreifen. »Ich weiß, dass Ihr wegen seiner Entscheidung Auseinandersetzungen mit ihm gehabt habt, Pug, aber ich muss es Euch überlassen, die Angelegenheiten für Euch befriedigend zu klären. Wie ich Euch schon damals gesagt habe, als Ihr die ersten Einwände gegen Williams Eintritt in meinen Dienst geäußert habt, ist er kraft der Adoption ein königlicher Cousin und ein freier, mündiger Mann, daher gab es für mich keinen Grund, seiner Bitte nicht zu entsprechen.« Bevor Pug einen anderen Einwand äußern konnte, hob er die Hand. »Nicht einmal als Gefallen Euch gegenüber.« Sein Ton wurde weicher. »Abgesehen davon hat er genug Talent, um weit mehr als nur ein durchschnittlicher Soldat zu werden. Er ist ganz schön geschickt, wenn ich den Worten meines Schwertmeisters glauben darf.« Arutha wechselte das Thema. »Ist Owyn bereits unterwegs nach Hause?« Owyn Belefote, der jüngste Sohn des Barons von Timons, hatte sich im jüngsten Kampf als wertvoller Verbündeter von James und Locklear erwiesen.

»Er hat sich gleich bei Tagesanbruch aufgemacht. Er hat gesagt, er hätte mit seinem Vater etwas zu bereinigen.«

Arutha winkte Locklear zu sich, ohne den Blick von Pug abzuwenden. »Ich habe etwas für Euch.« Als Locklear es unterließ, der Geste Folge zu leisten, war Arutha gezwungen, ihn doch direkt anzublicken. »*Junker*, das Dokument bitte.«

Locklear war kurz davor gewesen, im Sattel einzuschlafen, doch jetzt wurde er schlagartig wach, als die Stimme des Prinzen durch seine benebelten Gedanken drang. Er lenkte sein Pferd neben Pug und reichte ihm ein Pergament.

»Dieses Dokument macht Euch durch meine Unterschrift und mein Siegel zur ersten Autorität bei allen Angelegenheiten, bei denen Magie im Spiel ist, sofern sie den westlichen Teil des Königreichs betreffen«, erklärte Arutha und lächelte leicht. »Es sollte mir keine Schwierigkeiten bereiten, Seine Majestät davon zu überzeugen, dies auf das gesamte Königreich auszudehnen. Wir hören in diesen Angelegenheiten schon lange auf Euch, Pug, aber dieses Dokument verschafft Euch auch Autorität für den Fall, dass Ihr ohne mein Beisein mit einem anderen Edlen oder einem Königlichen Offizier aneinander geratet. Ihr werdet darin zum offiziellen Magier am Hof von Krondor ernannt.«

»Meinen Dank, Hoheit«, sagte Pug. Er schien etwas sagen zu wollen, zögerte aber.

Arutha neigte den Kopf leicht zur Seite. »Es gibt ein ›Aber‹, nicht wahr?«

»Aber ich muss bei meiner Familie in Stardock bleiben. Es gibt viel Arbeit zu tun, und meine Aufgaben dort lassen es nicht zu, dass ich Euch in Krondor diene, Arutha.«

Arutha seufzte leise. »Ich habe verstanden. Aber dadurch fehlt mir noch immer ein Magier am Hof, wenn Ihr nicht bereit seid, in den Palast einzuziehen.«

»Ich könnte Euch Kulgan schicken, damit er Euch ordentlich zusetzt«, sagte Pug mit einem Lächeln.

»Nein, mein früherer Lehrer vergisst allzu leicht meinen Rang und tadelt mich vor meinem Hof. Das ist schlecht für die Moral.«

»Wessen Moral?«, murmelte Jimmy leise.

»Meine natürlich«, sagte Arutha, ohne den Junker anzusehen. Er wandte sich an Pug. »Aber im Ernst, der Verrat von Makala zeigt mir, wie weise mein Vater darin war, einen Berater für die Angelegenheiten der Magie um sich zu haben. Kulgan hat es verdient, sich zur Ruhe zu setzen. Also, wenn nicht Ihr oder der junge Owyn, wer dann?«

Pug dachte einen Augenblick nach. »Ich denke, es gibt da jemanden. Da ist nur ein Problem.«

»Und das wäre?«, fragte Arutha.

»Sie ist Keshianerin.«

»Das heißt, es gibt zwei Probleme«, erwiderte Arutha.

Pug lächelte. »Ich hätte nicht gedacht, dass Eure Hoheit die Vorstellung einer Beraterin befremdlich finden würde – bei einer solchen Schwester und Ehefrau, wie Ihr sie habt.«

Arutha nickte. »Das tue ich auch nicht. Aber viele an meinem Hof werden es ... schwierig finden.«

»Ich hatte bisher nicht den Eindruck, dass Ihr Euch übermäßig viel aus der Meinung anderer macht, wenn Ihr Eure Entscheidung erst einmal getroffen habt, Arutha«, meinte Pug.

»Die Zeiten ändern sich, Pug«, antwortete der Prinz. »Und Männer werden älter.« Er schwieg einen Moment und sah zu, wie ein weiteres Kontingent seiner Armee die Zelte abbrach und sich auf den Abmarsch vorbereitete. Dann wandte er sich wieder zu Pug um, die eine Braue fragend gewölbt. »Aber eine Keshianerin?«

»Niemand wird ihr unterstellen, dass sie sich mit dieser oder jener Gruppe am Hof verbünden könnte«, sagte Pug.

Arutha kicherte. »Ich hoffe, Ihr macht einen Scherz.«

»Nein, mache ich nicht. Sie ist ungewöhnlich begabt, trotz ihrer Jugend. Sie ist kultiviert und gebildet, sie kann verschiedene Sprachen lesen und schreiben, und sie hat eine beachtliche Auffassungsgabe und außerordentliche Wahrnehmungsfähigkeit, wenn es um Magie geht, und das ist es ja, was für Euch in diesem Fall am wichtigsten ist. Aber am allerwichtigsten ist, dass sie die Einzige von meinen Studenten ist, die die Bedeutung und die Wirkung von Magie in politischen Zusammenhängen erkennen kann, denn sie ist am Hof von Kesh ausgebildet worden. Sie stammt aus der Jal-Pur-Wüste und hat auch eine Vorstellung davon, wie die Dinge im Westen laufen.«

Arutha schien eine Zeit lang darüber nachzudenken. »Kommt nach Krondor, sobald Ihr es ermöglichen könnt, und erzählt mir mehr darüber. Ich sage nicht, dass ich nicht in Eure Wahl einwillige, doch Ihr müsst mich noch ein bisschen mehr überzeugen.« Er schenkte dem Magier das gewohnte angedeutete Lächeln und wendete sein Pferd. »Aber mir gefällt allein die Vorstellung, die Mienen der Edlen am Hof zu sehen, wenn eine Frau aus Kesh zu ihnen tritt.«

»Ich verbürge mich für sie, darauf gebe ich Euch mein Wort«, sagte Pug.

Arutha blickte ihn über die Schulter hinweg an. »Ihr seid sehr von ihr überzeugt, nicht wahr?«

»Ja. Jazhara ist jemand, der ich das Leben meiner Familie anvertrauen würde. Sie ist nur ein paar Jahre älter als William und hat beinahe sieben Jahre bei uns in Stardock verbracht, das heißt, ich kenne sie etwa ein Drittel ihres Lebens. Sie ist absolut vertrauenswürdig.«

»Das bedeutet einiges. Eine ganze Menge sogar. Also kommt nach Krondor, wann immer Ihr wollt, und wir werden in aller Ruhe darüber sprechen.« Er winkte Pug zum Abschied zu, dann wandte er sich an James und Locklear. »Meine Herren, wir haben einen weiten Ritt vor uns.«

Locklear konnte die Vorstellung, noch mehr Zeit im Sattel zu verbringen, kaum ertragen, auch wenn sie jetzt sicherlich nicht ein solch mörderisches Tempo vorlegen würden.

»Einen Augenblick, wenn Ihr gestattet, Eure Hoheit. Ich möchte gern noch mit Herzog Pug sprechen«, sagte James.

Arutha gab mit einer leichten Handbewegung seine Einwilligung und ritt mit Locklear ein Stück voraus.

Als der Prinz außer Hörweite war, fragte Pug: »Was ist, Jimmy?«

»Wann wolltet Ihr es ihm sagen?«

»Was denn sagen?«, fragte Pug.

Trotz der überwältigenden Müdigkeit gelang es James, sein vertrautes Grinsen auf sein Gesicht zu zaubern. »Dass das Mädchen, das Ihr ihm schicken wollt, die Großnichte von Lord Hazara-Khan von den Jal-Pur ist.«

Pug unterdrückte ein Kichern. »Ich dachte, ich hebe mir das für einen günstigeren Zeitpunkt auf.« Dann veränderte sich seine Miene; jetzt verriet sie Neugier. »Wie hast du das herausgefunden?«

»Ich habe so meine Quellen. Arutha vermutet, dass Lord Hazara-Khan mit den keshianischen Spionen im Westen verbündet ist – was er nach allem, was ich herausfinde, auch tatsächlich ist. Wie auch immer, Arutha überlegt, wie er dem keshianischen Nachrichtendienst mit einer eigenen Organisation begegnen kann – aber das habt Ihr nicht von mir erfahren.«

Pug nickte. »Natürlich nicht.«

»Da ich meine eigenen Ziele habe, halte ich es für angebracht, wenn ich versuche, mich in dieser Angelegenheit auf dem Laufenden zu halten.«

»Und daher hast du ein bisschen herumgeschnüffelt?«

»So in etwa«, gestand James mit einem Schulterzucken. »Und es kann ja schließlich nicht allzu viele edle keshianische Frauen von den Jal-Pur geben, die Jazhara heißen.«

Pug lachte. »Du wirst es noch weit bringen, Jimmy, sofern dich nicht irgendwer vorher hängt.«

James schüttelte seine Müdigkeit ab, als er das Lachen erwiderte. »Ihr seid nicht der Erste, der das sagt, Pug.«

»Ich werde noch genug Gelegenheit haben, die besondere Verwandtschaftsbeziehung des Mädchens zu erwähnen.« Er winkte Arutha und Locklear ein letztes Mal zu. »Du solltest jetzt besser zu den anderen reiten.«

James nickte, während er das Pferd wendete. »Ihr habt Recht. Einen schönen Tag noch, Herzog.«

»Danke, Junker, und dir auch einen schönen Tag.«

James trat seinem Pferd in die Flanken, und das Tier trabte hinter Arutha und Locklear her. Er lenkte sein Pferd neben seinen Freund, während Arutha zu Marschall Gardan ritt, um mit ihm die weitere Auflösung der Armee zu besprechen.

»Was war los?«, fragte Locklear.

»Ich habe Herzog Pug nur etwas gefragt.«

Locklear gähnte. »Ich könnte eine ganze Woche lang ununterbrochen schlafen.«

Arutha hörte die Bemerkung, da er sich ihnen wieder näherte, und antwortete darauf: »Du kannst eine ganze Nacht in Krondor schlafen, sobald wir zurück sind. Aber dann brichst du in den Norden auf.«

»In den Norden, Hoheit?«

»Du bist ohne meine Erlaubnis von Tyr-Sog zurückgekehrt, obwohl ich zugeben muss, dass du gute Gründe dafür gehabt hast. Jetzt ist die Gefahr jedoch vorüber, und du musst zum Hof von Baron Moyiet zurückkehren und deinen restlichen Dienst dort ableisten.«

Locklear schloss die Augen, als hätte er Schmerzen. Dann öffnete er sie wieder. »Ich dachte ...«

»... du könntest dich auf diese Weise der Verbannung entziehen?«, beendete James leise.

Arutha hatte Mitleid mit dem erschöpften Jungen. »Diene Moyiet gut, und ich hole dich vielleicht früher nach Krondor zurück. Sofern du keinen Unsinn anstellst.«

Locklear nickte, ohne noch eine Bemerkung von sich zu geben, als Arutha seinem Pferd die Hacken in die Flanken trieb und vorausritt.

»Nun, immerhin kannst du vor deinem Aufbruch noch eine ganze Nacht in einem warmen Bett schlafen«, meinte James.

»Was ist mit dir?«, fragte Locklear. »Sind da nicht noch ein paar unerledigte Angelegenheiten in Krondor, um die du dich kümmern musst?«

James schloss einen Moment die Augen, als würde das Denken ihn ermüden. »Ja, es hat einigen Ärger mit der Gilde der Diebe gegeben. Aber nichts, worüber du dir Sorgen machen müsstest. Das kriege ich schon alles in den Griff.«

Locklear schnaubte und schwieg. Er war zu müde, um sich etwas darauf einfallen zu lassen.

»Ja, nach dieser hässlichen Sache mit den Tsuranis und den Moredhel werden die Angelegenheiten mit den Dieben in Krondor vergleichsweise langweilig sein.«

Locklear blickte seinen Freund an, und er sah, dass James mit den Gedanken längst bei den Spöttern war – bei der Gilde der Diebe. Und mit einem Frösteln begriff er, dass sein Freund etwas herunterspielte, was eigentlich sehr ernst zu nehmen war, denn die Gilde der Diebe hatte James mit dem Todesbann belegt – damals, als er sie verlassen hatte, um dem Prinzen zu dienen.

Und da war noch mehr, spürte Locklear. Doch dann erinnerte er sich, dass das immer so war, wenn es um James ging.

Eins

Rettung

Die Geräusche der Verfolger hallten durch die dunklen Gänge.

Limm war fast völlig außer Atem von dem Versuch, jenen zu entkommen, die fest entschlossen waren, ihn zu töten. Der junge Dieb flehte zu Ban-ath, dem Gott der Diebe, dass seine Verfolger die Abwasserkanäle von Krondor nicht so gut kannten wie er. Ihm war klar, dass er ihnen weder davonlaufen noch gegen sie kämpfen konnte; seine einzige Hoffnung war, sie auszutricksen.

Der Junge wusste, dass Panik sein größter Feind war, und während er sich in dem Schatten hielt und vor den Männern floh, die ihn töten wollten, kämpfte er gegen die schreckliche Angst an, die aus ihm ein verängstigtes Kind zu machen drohte – ein Kind, das sich an alles klammerte, was Zuflucht und Geborgenheit bieten mochte. Er blieb einen Augenblick an einer Stelle stehen, wo sich zwei große Abwasserkanäle kreuzten, und wandte sich dann nach links, ertastete sich in der Dunkelheit seinen Weg. Seine einzige Lichtquelle war eine kleine, zerbrochene Lampe. Er hatte das Schiebefenster bis auf einen winzigen Spalt geschlossen, denn er benötigte nur einen schwachen Schimmer, um sich orientieren zu können. Es gab Bereiche im System der Abwasserkanäle, in die von oben Licht gelangte – durch Abzugskanäle, Roste, zerbröckelte Pflastersteine und andere Spalten und Lücken. Dieses bisschen Licht reichte ihm, um seinen Weg entlang der stinkenden Seitenwege unterhalb der Stadt zu finden. Aber es gab auch Bereiche, in denen totale Finsternis herrschte und er so wenig sehen konnte, als wäre er blind.

Er erreichte eine Stelle, wo sich der Umfang des runden Tunnels verringerte, und er duckte sich, um sich nicht den Kopf an der kleineren Öffnung zu stoßen. Seine nackten Füße ließen das dreckige Wasser aufspritzen, das sich am Ende des größeren Abwasserkanals sammelte, bis es weit genug gestiegen war, um wieder eine schäbige Röhre hinabzustürzen.

Limm spreizte die Beine und bewegte sich leicht hoppelnd voran, setzte die Füße so hoch wie möglich an den Seiten des runden Durchgangs auf, denn er wusste, dass weniger als drei Meter vor ihm eine hässliche Mündung im Boden war, die den Abfall in einen riesigen Kanal sechs Meter tief nach unten schickte. Die harten Schwielen an seinen Füßen verhinderten, dass der schroffe Untergrund ihm die Sohlen aufschlitzte. Der Junge schloss das Schiebefenster der Lampe, als er auf einen Tunnel traf, der eine weite Strecke geradeaus führte; er hatte hier kein Problem, sich zurechtzufinden, und er wollte nicht das geringste Risiko eingehen, dass seine Verfolger auch nur den kleinsten Lichtschimmer bemerken konnten. Er tastete sich um eine Ecke herum und betrat den nächsten Gang; er war über hundert Meter lang, und hier war selbst ein äußerst schwaches Licht vom einen Ende zum anderen sichtbar.

Auf diese Weise eilte er weiter, so gut es ging. Er spürte den Druck des Wassers an seinen Füßen, als es mit lautem Rauschen aus einer Öffnung im Rohr von neuem gespeist wurde. Es gab noch andere Mündungen, die sich in dieses Gebiet ergossen – unter den ortsansässigen Dieben auch als »die Quelle« bekannt. Das Plätschern und Gurgeln hallte durch die Röhre und machte es schwierig, die genaue Quelle zu orten, daher kam er nur langsam voran. Schon ein Fehltritt von nur zehn Zentimetern konnte seinen Tod bedeuten.

Etwa drei Meter weiter wäre er beinahe gegen ein Gitter geprallt, so sehr konzentrierte er sich auf die Geräusche derjenigen, die ihn verfolgten. Er kauerte sich hin, machte sich so klein wie möglich, um für den Fall, dass ein Lichtreflex den Tunnel erhellte, keine Zielscheibe abzugeben.

Kurz darauf drangen Stimmen zu ihm; anfangs war es ihm unmöglich, die Worte zu verstehen. »... kann nicht allzu weit gekommen sein. Er ist doch bloß ein Junge«, hörte er jemanden sagen.

»Er hat uns gesehen«, sagte der Anführer, und der Junge wusste nur zu gut, wer der Sprecher war. Das Bild des Mannes und jener, die ihm dienten, hatte sich tief in seinen Kopf gegraben, obwohl er sie nur wenige Augenblicke gesehen hatte, bevor er sich abgewandt hatte und geflohen war. Er kannte zwar nicht den Namen des Mannes, aber er kannte diese Sorte Mensch. Zeit seines Lebens hatte Limm unter solchen Männern gelebt, obwohl er nur wenigen begegnet war, die so gefährlich waren wie jene, die hinter ihm her waren.

Limm machte sich keine Illusionen, was seine Fähigkeiten betraf; er wusste, dass er es niemals auf einen Kampf gegen solche Männer ankommen lassen konnte. Mit dem waghalsigen Verhalten, das er häufig zur Schau stellte, versuchte er lediglich, denen, die stärker waren als er, vorzumachen, dass sie kein leichtes Spiel mit ihm haben würden, und seine Bereitschaft, dem Tod ins Auge zu sehen, hatte ihm mehr als einmal den Hals gerettet. Aber er war kein Narr: Limm wusste, dass diese Männer ihm gar nicht erst die Zeit lassen würden, ihnen etwas vorzumachen. Ohne jegliches Zögern würden sie ihn töten, denn er konnte sie mit einem schrecklichen Verbrechen in Verbindung bringen.

Der Junge blickte sich um und sah Wasser von oben herabrinnen. Trotz des Risikos, entdeckt zu werden, öffnete er den Schieber seiner Lampe einen winzigen Spalt und ließ einen kurzen Augenblick einen schwachen Lichtstrahl auf die Stelle fallen. Das Gitter, vor dem er stand, reichte nicht ganz bis zur Tunneldecke, und auf der anderen Seite führte ein Weg durch die Decke hinauf.

Ohne zu zögern kletterte der Junge das Gitter hinauf und

steckte den Arm durch den schmalen Spalt; aufgrund seiner Erfahrung konnte er einigermaßen abschätzen, ob er durch diese Engstelle passen würde. Er betete zu Ban-ath, dass er nicht allzu sehr gewachsen war, seit er das letzte Mal eine solche Übung ausgeführt hatte. Limm kletterte höher und wandte sich um. Zuerst steckte er seinen Kopf durch die Öffnung, indem er ihn zur Seite drehte und sich dann mit dem Gesicht voran zwischen oberster Gitterkante und Gemäuer hindurch nach vorn schob. Es hatte sich im Laufe der Zeit herausgestellt, dass seine Ohren weniger litten, wenn sie während der Prozedur nicht nach hinten abgeknickt waren. Das dringende Gefühl, sich beeilen zu müssen, überwältigte ihn, ließ ihn die Schmerzen vergessen, während seine Verfolger unbarmherzig näher rückten. Doch die Wangen brannten immer stärker, je weiter er sich durch die kleine Lücke schob. Blut und Schweiß rannen ihm über das Gesicht, und seine Lippen schmeckten nach Salz und Eisen. Ihm kamen die Tränen, doch er gab auch dann keinen Laut von sich, als er sich beide Ohren grausam aufschabte – das eine am Stein, das andere am schmutzigen Eisengitter. Einen Augenblick drohte Panik ihn zu überwältigen, denn die Fantasie gaukelte ihm Bilder vor, in denen er hilflos zwischen Gitter und Gewölbedecke eingeklemmt hing, während seine Verfolger zu ihm eilten und nach ihm griffen.

Dann hatte er den Kopf hindurchgezwängt. Er schob die eine Schulter nach. Im Stillen hoffend, dass er das Gelenk nicht würde ausrenken müssen, um durchzukommen, machte er weiter, zwängte auch die zweite Schulter hindurch. Er atmete tief aus und zog die Brust nach. Mit der zweiten Hand hielt er jedoch noch die Laterne, und er begriff plötzlich, dass sie nicht hindurchpassen würde.

Er holte tief Luft, ließ sie los und stieß sich vollends durch die schmale Lücke. Als die Laterne mit lautem Geschepper auf die Steine fiel, hing er bereits auf der anderen Seite am Gitter.

»Er muss da vorne sein!«, kam ein Schrei ganz aus der Nähe, und Licht erhellte den Tunnel.

Limm erstarrte einen Augenblick und schaute sich suchend um. Genau über ihm befand sich das Loch, das in dem schwachen, aber eilig näher kommenden Licht kaum zu erkennen war. Er schob sich weiter hoch, stemmte die Handflächen gegen die Wände des senkrechten Schachts und stellte die Füße auf das Gitter. Erst musste er sich mit den Händen an etwas festhalten, bevor er sich mit den Füßen abstoßen konnte. Er betastete die Oberfläche des Schachts, bis seine Finger schließlich zwischen zwei Steinen einen tiefen Spalt fanden; er hatte gerade einen weiteren aufgetan, als irgendetwas seinen nackten Fuß berührte.

Spontan schüttelte er es mit einem kräftigen Fußtritt ab, und jemand fluchte laut. »Verdammte Kanalratten!«

»Da kommen wir nicht durch!«, meinte eine andere Stimme.

»Wir vielleicht nicht, aber meine Klinge!«

Der junge Dieb nahm seine ganze Kraft zusammen und zog sich in den Schacht empor. Was er tat, war höchst gefährlich – er legte die Hände in den Rücken und drückte sich mit aller Kraft gegen die Wand, während er die Füße vom sicheren Halt des Gitters löste und emporzog, sie in einer nahezu akrobatischen Darbietung mit unglaublichem Druck gegen die gegenüberliegende Seite presste. Er hörte das Schrappen von Metall auf Eisen, als jemand sein Schwert durch das Gitter steckte. Limm wusste, dass er durchbohrt worden wäre, hätte er auch nur einen Augenblick länger gezögert.

»Er ist durch diesen Schornstein da verschwunden!«, fluchte jemand.

»Dann muss er im Stockwerk drüber ja wieder rauskommen!«, meinte ein anderer.

Einen Augenblick lang spürte Limm, wie sein Rücken am Hemd entlang etwas hinabrutschte und seine nackten Füße über den glatten Stein glitten. Er verstärkte den Druck und betete, dass er die Position halten konnte. Unten entstand Bewegung, und er lauschte.

»Er ist weg!«, rief einer seiner Verfolger. »Wenn er noch da oben gewesen wäre, hätte er doch längst runterfallen müssen!«

Der Junge erkannte die Stimme des Anführers. »Lauft zum nächsten Stockwerk und verteilt euch! Wer ihn tötet, kriegt eine Prämie! Ich will die Ratte noch vor morgen früh tot sehen!«

Limm kletterte Stück für Stück weiter nach oben – eine Hand, ein Fuß, die andere Hand, der andere Fuß. Für jede zwei Zentimeter, die er gewann, verlor er einen wieder. Es ging nur langsam voran, und seine Muskeln schrien geradezu nach einer Pause, aber er kämpfte sich weiter hinauf. Ein kühler Luftzug wehte von oben herab und verriet ihm, dass er den Abwasserkanälen des nächsten Stockwerks schon sehr nahe sein musste. Er hoffte inständig, dass die Röhre groß genug für ihn war, denn ihm war ganz und gar nicht danach, den Schacht wieder hinab und durch das Gitter zurückzuklettern.

Er erreichte den Rand des Schachts und hielt kurz inne. Dann nahm er einen tiefen Atemzug, drehte sich um und griff mit einer raschen Bewegung an die Kante. Die eine Hand rutschte auf etwas Dickem und Klebrigem aus, aber mit der anderen gelang es ihm, sich festzuhalten. Obwohl er noch nie eine Neigung zum Baden verspürt hatte, sehnte er sich jetzt geradezu danach, den Schmutz loszuwerden und saubere Kleidung anzuziehen.

Der Junge blieb eine kurze Zeit still so hängen und wartete. Er wusste, dass die Männer, die ihn verfolgten, jeden Augenblick auftauchen konnten. Er lauschte.

Limm war vom Wesen her eigentlich eher spontan, doch er hatte gelernt, dass voreiliges Handeln in riskanten Situationen manchmal große Gefahren bergen konnte. Sechs andere Jungen waren etwa zur selben Zeit zum Spötterschlupf gekommen wie er. Sie waren inzwischen alle tot. Zwei waren durch einen Unfall gestorben – sie waren von den Dächern gestürzt. Drei waren in jener Zeit, als besonders hartes Durchgreifen angesagt gewesen war, als gemeine Diebe von den Beamten des Prinzen gehängt worden. Der letzte Junge war in der vorigen Nacht durch die Hand der Männer gestorben, die jetzt Limm verfolgten. Denn es war dieser Mord gewesen, den Limm beobachtet hatte.

Der Junge wartete, bis sich sein rasender Puls beruhigt hatte und er wieder gleichmäßiger atmete. Dann hievte er sich über den Rand und fand sich in einer anderen großen Röhre wieder. Er verschwand sofort in der Dunkelheit, indem er sich an der rechten Wand entlangtastete. In den meisten Tunneln hätte er sich auch blind zurechtgefunden, aber er wusste auch, wie leicht es war, sich vollkommen zu verirren. Dazu genügte es schon, ein einziges Mal falsch abzubiegen oder irgendeinen unscheinbaren Seitentunnel zu übersehen. In diesem Viertel der Stadt lag eine zentrale Zisterne, und da Limm wusste, wo er sich im Verhältnis zu ihr befand, besaß er etwas, das ihm genauso gut half wie eine Karte – allerdings nur, solange er einen klaren Kopf behielt und sich konzentrierte.

Er kroch weiter, lauschte auf das schwache Gurgeln und Plätschern des Wassers und drehte den Kopf erst in die eine, dann in die andere Richtung, um sicherzugehen, dass das Geräusch auch wirklich vom Abwasserkanal kam und kein Echo war, das von den Steinen widerhallte. Während er sich blind weitertastete, dachte er über den Wahnsinn nach, der die Stadt in den letzten Wochen befallen hatte.

Zuerst hatte es wie ein eher unwichtiges Problem ausgesehen: Eine neue, rivalisierende Bande war aufgetaucht, wie es von Zeit zu Zeit immer mal wieder geschah. Gewöhnlich genügte ein Besuch von den Schlägern der Spötter oder eine kleine Bestechung seitens der Männer des Sheriffs, und das Problem war aus der Welt geschafft.

Dieses Mal war es anders gewesen.

Eine neue Bande war an den Docks aufgetaucht, darunter eine

große Anzahl keshianischer Verbrecher. Das allein war jedoch kaum der Erwähnung wert, denn Krondor war für Kesh ein wichtiger Handelshafen. Was diese neue Gruppe so ungewöhnlich machte, war die Gleichgültigkeit, die sie gegenüber den Drohungen der Spötter zeigte. Ihr Verhalten war im höchsten Maße herausfordernd, sie bestachen Amtspersonen und forderten die Spötter auf, sich mit ihnen auseinander zu setzen. Sie schienen eine Konfrontation geradezu heraufbeschwören zu wollen.

Als die Spötter schließlich gehandelt hatten, war es ein Desaster gewesen. Elf der gefürchtetsten Schläger – die Vollstrecker der Diebesgilde – waren in ein Lagerhaus am Ende eines halb verlassenen Docks gelockt und dort eingesperrt worden. Dann hatte man das Gebäude angezündet, so dass alle elf verbrannt waren. Von diesem Augenblick an war in Krondors Unterwelt der Krieg ausgebrochen.

Den Spöttern wurde hart zugesetzt, doch auch die Eindringlinge, die für jemanden arbeiteten, der nur als der Kriecher bekannt war, bekamen es zu spüren, als der Prinz von Krondor sich eingemischt hatte, um die Ruhe in seiner Stadt wiederherzustellen.

Es ging das Gerücht, dass Männer, die sich als Nachtgreifer – Mitglieder der Gilde der Attentäter – verkleidet hatten, Wochen zuvor in den Abwasserkanälen gesichtet worden waren. Sie hätten der Köder sein sollen, so hieß es, der die Armee des Prinzen hinter sich her locken und dazu veranlassen sollte, die Spötter zu vernichten. Man war davon ausgegangen, dass die Garde des Prinzen, wäre sie in genügender Anzahl in die Abwasserkanäle hinabgestiegen, sämtliche unter den Straßen lebende Menschen – Attentäter, falsche Nachtgreifer, Spötter – ausgelöscht oder gefangen genommen hätte. Es war ein raffinierter Plan gewesen, aber er hatte keinerlei Erfolg gehabt.

Junker James, der ehemals unter dem Namen Jimmy die Hand ein Mitglied der Spötter gewesen war, hatte die List vereitelt, bevor er plötzlich verschwunden war, weil er einen Auftrag für den Prinzen auszuführen hatte. Dann hatte der Prinz seine Armee aufmarschieren lassen und war mit ihr aufgebrochen. Und wieder hatte der Kriecher zugeschlagen.

Seither versteckten sich beide Seiten, die Spötter in ihrem Spötterschlupf, dem gut verborgenen Hauptquartier, und die Männer des Kriechers in einem unbekannten Versteck irgendwo bei den nördlichen Docks. Wer auch immer versucht hatte, den genauen Ort des Hauptquartiers des Kriechers herauszufinden, war niemals wieder zurückgekehrt.

Die Abwasserkanäle waren zu einer Art Niemandsland geworden. Nur wenige wagten es, sich dort aufzuhalten, und auch nur, wenn es einen triftigen Grund dafür gab. Limm würde auch längst im sicheren, geschützten Spötterschlupf sein, wären nicht zwei Dinge geschehen: Er hatte von einem schrecklichen Gerücht erfahren und die Nachricht eines alten Freundes erhalten. Niemals hätte das Gerücht allein oder nur die Nachricht ihn aus seinem Versteck locken können, doch die Mischung von beidem hatte ihm keine andere Wahl gelassen, als zu handeln.

Spötter hatten gewöhnlich wenig Freunde; die Loyalität zwischen Dieben entsprang selten einer Zuneigung, sondern dem großen Misstrauen all jener, die außerhalb der Gilde standen, und der Furcht vor den anderen. Seinen Platz in der Bruderschaft der Diebe verdiente man sich, indem man Stärke und Verstand bewies.

Gelegentlich entwickelte sich aber doch eine Freundschaft, ein tieferes Band als das, welches gewöhnlich existierte, und diese wenigen Freunde waren es wert, um ihretwillen ein gewisses Risiko einzugehen. Limm kannte weniger als eine Hand voll Leute, für die er überhaupt irgendein Risiko eingegangen wäre, und schon gar nicht eines, das zu einer Gefangennahme oder womöglich zu seinem Tod führen konnte. Aber jetzt waren zwei von den Spöttern in Not, und er musste ihnen unbedingt von dem Gerücht erzählen.

Weiter vorn in der Dunkelheit rührte sich etwas, und Limm erstarrte. Er wartete und lauschte, ob er ein unpassendes Geräusch hörte. Der Abwasserkanal war alles andere als still, denn im Hintergrund war – zusätzlich zu dem unentwegten Tröpfeln, dem Scharren der Ratten und des anderen Ungeziefers – ein ständiges Geräusch zu hören, als in der Ferne grollend Wasser durch den großen Abflusskanal rauschte, durch den gewöhnlich der Abfall der Stadt hinter die Hafenmündung geleitet wurde.

Limm bedauerte, dass er jetzt kein Licht mehr bei sich hatte, und wartete. Geduld war bei Jungen seines Alters, die nicht zu den Spöttern zählten, eine seltene Gabe, doch ein voreiliger Dieb war nur zu schnell ein toter Dieb. Limm verdiente sich seine Bleibe bei den Spöttern, indem er der beinahe geschickteste Taschendieb von ganz Krondor geworden war, und seine Fähigkeit, sich still und ohne Aufsehen zu erregen, durch die Menschenmenge am Markt oder geschäftige Straßen hindurchzuschlängeln, hatte ihm hohe Achtung von Seiten der Führung der Gilde eingebracht. Die meisten Jungen in seinem Alter arbeiteten noch immer zu mehreren auf der Straße – Bengel, die für Ablenkung sorgten, während andere Spötter Waren von den Karren zerrten oder ein fliehender Dieb das Weite suchte.

Limms Geduld wurde belohnt, als er das schwache Geräusch eines Stiefels auf Stein vernahm. Ein kurzes Stück weiter vorn vereinigten sich zwei große Abflusskanäle. Er würde durch das langsam dahinfließende Abwasser waten müssen, um die andere Seite zu erreichen.

Es war ein guter Platz, um zu warten, dachte der junge Dieb. Das Geräusch, das er verursachen würde, wenn er durchs Wasser ging, würde jeden in der Nähe aufscheuchen, und seine Verfolger wären hinter ihm her wie Jagdhunde hinter einem Hasen.

Limm wog im Stillen seine Möglichkeiten ab. Es gab keinen Weg, der an dieser Verbindungsstelle vorbeiführte. Er konnte den Weg zurückgehen, den er gekommen war, aber das würde bedeuten, dass er sich weitere Stunden durch die gefährlichen Abwasserkanäle unter der Stadt würde quälen müssen. Er konnte darauf verzichten, den anderen Abflusskanal zu durchqueren, indem er nach rechts um die Ecke bog, sich an der Wand entlanghangelte, um nicht gesehen zu werden, und dann einfach diesen Gang weiterschritt. Hatte er die Kreuzung erst einmal hinter sich gelassen, war das Schlimmste überstanden.

Limm ging weiter, vorsichtig einen Fuß vor den anderen setzend, damit nicht ein Stein verrutschte oder irgendein anderer Gegenstand ihn verriet. Er unterdrückte den Impuls zu rennen, hielt seinen Atem unter Kontrolle und zwang sich, langsam weiterzugehen.

Schritt für Schritt näherte er sich der Kreuzung der beiden Gänge, und als er die Ecke erreicht hatte, an der er abbiegen wollte, hörte er ein weiteres Geräusch. Ein leichtes Schrappen von Metall auf Stein, als würde ein Schwert oder eine Scheide sanft an einer Wand entlangstreichen. Er erstarrte.

Selbst im Dunkeln hielt Limm seine Augen geschlossen. Er wusste nicht, wieso, doch mit geschlossenen Augen arbeiteten seine anderen Sinne noch besser. Er hatte sich in der Vergangenheit eine Zeit lang Gedanken darüber gemacht herauszufinden, warum das so war. Er wusste einfach, dass sein Gehör und sein Tastsinn darunter litten, wenn er auch nur ein bisschen Energie darauf verschwendete, etwas sehen zu können – selbst im Stockdunkeln.

Nachdem Limm eine Zeit lang still und reglos verharrt hatte, hörte er Wasser auf sich zurauschen. Jemand – ein Ladeninhaber oder ein Arbeiter der Stadt – musste eine Zisterne geklärt oder eine der kleineren Schleusen geöffnet haben, aus denen sich der Abwasserkanal speiste. Das leise Geräusch genügte, um ihm das Weitergehen zu ermöglichen, und er hatte die Ecke rasch umrundet.

Limm eilte – noch immer vorsichtig – weiter; er spürte, wie der

Drang, den Wächter der Kreuzung – wer immer es sein mochte – so weit wie möglich hinter sich zu lassen, immer stärker wurde. Insgeheim zählte er die Schritte, und als er einhundert erreicht hatte, öffnete er die Augen.

Wie erwartet, war vor ihm ein schwacher Lichtfleck zu sehen, von dem er wusste, dass er von einem offenen Gitter des Westlichen Marktplatzes herrührte. Es war nicht so viel Licht vorhanden, dass er wirklich gut sehen konnte, aber es genügte, um erkennen zu können, wo er sich befand.

Er bewegte sich rasch weiter und erreichte eine andere Kreuzung. Er ließ sich in den widerlichen Abwasserkanal hinab und durchquerte den jetzt fließenden Strom aus Abfällen, bis er – ohne allzu laute Geräusche verursacht zu haben – die andere Seite erreichte.

Schnell erklomm er den neben der Wasserrinne verlaufenden Weg und lief weiter. Er wusste, wo seine Freunde sich verschanzten, und er wusste auch, dass es ein verhältnismäßig sicherer Ort war – abgesehen davon, dass angesichts der neuen Umstände der letzten Zeit eigentlich gar kein Ort mehr wirklich sicher war. Was einst die Straße der Diebe genannt worden war – der Bereich über den Dächern von Krondor –, war jetzt genauso offenes Kriegsgebiet wie die Abwasserkanäle. Die Bürgerschaft von Krondor mochte sich in ihrem Unwissen über den Krieg, der über ihren Köpfen und unter ihren Füßen tobte, glücklich wähnen, aber Limm wusste es besser; er wusste, dass er nicht nur den Männern des Kriechers begegnen konnte, sondern auch mit den Soldaten des Prinzen rechnen musste, oder mit den Mördern, die sich als Nachtgreifer ausgaben. In diesen Tagen war es notwendig, nicht nur jenen nicht zu trauen, die er gar nicht kannte, sondern auch nur bedingt jenen, die er lediglich mit Namen kannte.

Limm blieb stehen und betastete die Wand zu seiner Linken. Er war so weit gegangen, wie er seiner Schätzung nach gehen musste, und bemerkte jetzt voller Zufriedenheit, dass er sich nur einen Fuß entfernt von den Eisensprossen befand, die in die Mauer eingelassen waren. Er kletterte an ihnen hoch. Noch immer so gut wie blind betrat er einen Steinschacht und begriff rasch, dass er den Grund eines Kellers erreicht hatte. Er streckte die Hand aus und griff nach dem Riegel. Als er vorsichtig daran zog, stellte er fest, dass die Tür von der anderen Seite verschlossen worden war.

Er klopfte: zweimal schnell, Pause, wieder zweimal schnell, Pause, einmal. Er wartete, zählte bis zehn und wiederholte das Muster dann in umgekehrter Reihenfolge: einmal, Pause, zweimal schnell, Pause, zweimal schnell. Der Riegel auf der anderen Seite glitt auf.

Die Falltür schwang nach oben, doch der Raum über ihm war ebenso dunkel wie der Abwasserkanal unter ihm. Wer immer dort oben wartete, wollte ungesehen bleiben.

Als Limm sich nach oben hievte, wurde er von starken Armen ergriffen und hochgezogen, und die Falltür wurde rasch wieder geschlossen. »Was hast du da unten gemacht?«, flüsterte eine weibliche Stimme.

Limm ließ sich auf den Steinboden sinken. Die Müdigkeit überschwemmte ihn jetzt geradezu. »Ich bin um mein Leben gerannt«, sagte er leise. Als er etwas Atem geschöpft hatte, fuhr er fort. »Gestern Nacht habe ich gesehen, wie Jackie umgebracht worden ist. Es waren Schläger des Kriechers.« Er schnippte mit den Fingern. »Sie haben ihm das Genick gebrochen, als wäre er nichts weiter als ein Hühnchen. Sie haben Jackie nicht einmal Zeit gelassen, um sein Leben zu betteln oder ein Gebet zu sprechen. Wie eine Küchenschabe haben sie ihn zermalmt.« Er stand kurz davor zu weinen, als er ihnen das sagte – zusätzlich überwältigt von der Erleichterung darüber, dass er jetzt zum ersten Mal seit Stunden verhältnismäßig sicher war. »Aber das ist nicht das Schlimmste.«

Ein großer Mann mit einem grauen Bart zündete eine Laterne

an. Der Blick aus seinen zusammengekniffenen Augen sprach Bände: Limm musste schon bessere Gründe dafür anführen, dass er sein Versprechen gebrochen und dieses Versteck aufgesucht hatte. »Was noch?«, fragte er.

»Der Aufrechte ist tot.«

Ethan Graves, einst Anführer der Schläger der Spötter und eine Zeit lang Bruder des Ordens von Ishap, jetzt aber vor jedem Gerichtshof im Königreich auf der Flucht, brauchte einen Augenblick, um diese Neuigkeit zu begreifen.

Die Frau, die Kat hieß, war etwa halb so alt wie ihr Begleiter und eine alte Freundin von Limm. »Wie ist das geschehen?«, fragte sie.

»Es geht das Gerücht, dass er umgebracht worden ist«, sagte Limm. »Niemand weiß es ganz sicher, aber es besteht kein Zweifel daran, dass er tot ist.«

Graves ließ sich an dem kleinen Tisch nieder; er prüfte vorsichtig, ob der kleine Holzstuhl das Gewicht seiner riesigen Gestalt auch wirklich tragen konnte. »Wie könnte das jemand wissen?«, fragte er, ohne dass diese Frage ernst gemeint war. »Niemand weiß, wer er ist … oder wer er war.«

»Ich sage euch alles, was ich weiß«, erklärte Limm. »Der Tagesmeister hat noch gearbeitet, als ich gestern Abend zum Spötterschlupf gekommen bin; er hat sich dort mit Mick Giffen, Reg deVrise und Finger-Phil versteckt.«

Graves und Kat tauschten Blicke. Diese Namen waren ihnen wohl bekannt, es waren die ältesten Diebe der Spötter. Giffen war nach Graves der Anführer der Schläger geworden, deVrise beaufsichtigte die gestohlenen Güter, und Phil kümmerte sich um die Taschendiebstähle, die Ladeneinbrüche und die Bengel, die sich auf den Straßen von Krondor herumtrieben.

Limm fuhr fort: »Der Nachtmeister ist nie aufgetaucht. Kaum hatten wir das erfahren, haben wir uns auf die Suche nach ihm gemacht. Kurz vor der Morgendämmerung haben wir gehört, dass sie den Nachtmeister gefunden hatten. Er trieb in den Abwasserkanälen in der Nähe der Docks. Sie haben ihm den Kopf regelrecht zu Brei geschlagen.«

Kat keuchte. »Niemand würde es wagen, ihn zu berühren.«

»Niemand, der Bescheid weiß. Aber jemand, der sich nichts aus dem Zorn der Spötter macht, könnte so etwas sehr wohl tun«, sagte Graves.

»Jetzt kommt der wirklich heikle Teil«, meinte Limm. »Der Tagesmeister hat gesagt, dass der Nachtmeister den Aufrechten hatte treffen sollen. Aber wenn der Aufrechte sich mit jemandem treffen will und diese Person nicht auftaucht, hätte er doch auf irgendeine Weise den Tagesmeister oder den Nachtmeister informiert. Aber niemand hat je eine Nachricht erhalten. Also hat der Tagesmeister einen seiner Jungen geschickt, Timmy Bascolm, falls ihr euch an ihn erinnert« – sie nickten –, »und eine Stunde später ist Timmy ebenfalls tot.

Daraufhin zieht der Tagesmeister mit einer Gruppe von Schlägern los, und eine Stunde später kommen sie zurück zum Spötterschlupf und mauern sich dort ein. Niemand hat irgendetwas gesagt, aber seither verbreitet sich die Nachricht, dass der Aufrechte von uns gegangen ist.«

Graves schwieg eine Zeit lang. »Er muss tot sein. Es gibt keine andere Erklärung.«

»Dann sind da gestern Abend brutale Kerle durch die Abwasserkanäle gerannt, bei deren Anblick selbst starken Männern unwohl wird, und Jackie und ich haben uns gedacht, dass wir irgendwo untertauchen sollten, bevor die Jagd so richtig losgeht. Wir sind gestern Nacht in der Nähe von Fünfpunkt angegriffen worden« – sowohl Kat als auch Graves kannten diesen Teil der Stadt –, »und als sie Jackie getötet hatten, habe ich es für das Beste gehalten, hierher zu laufen, zu euch.«

»Willst du Krondor verlassen?«, fragte Graves.

»Wenn du mich mitnimmst«, sagte Limm. »Da draußen tobt

ein Krieg, und ich bin der Letzte von meiner Bande, der noch übrig ist. Wenn der Aufrechte tot ist, ist alles offen. Ihr kennt die Regeln. Wenn der Aufrechte nicht hier ist, ist jeder auf sich selbst gestellt und muss allein zusehen, wie er zurechtkommt.«

Graves nickte. »Ich kenne die Regeln.« Seine Stimme ließ den rauen, befehlenden Ton vermissen, den Limm kennen gelernt hatte, als er zu den Spöttern gestoßen und Graves der Anführer der Schläger gewesen war. Doch Graves hatte Limm mehrmals das Leben gerettet, sowohl vor irgendwelchen Verbrechern als auch vor den Männern des Prinzen. Limm würde tun, was immer Graves von ihm verlangte, daran bestand kein Zweifel.

Graves dachte einen Augenblick schweigend nach, dann meinte er: »Du bleibst hier, Junge. Niemand in der Gilde weiß, dass du Kat und mir geholfen hast, und außerdem mag ich dich, um die Wahrheit zu sagen. Du bist immer ein guter Junge gewesen. Vielleicht ein bisschen zu überzeugt von dir, aber welcher Junge ist das nicht manchmal?« Er schüttelte bedauernd den Kopf. »Wir werden da draußen viele Feinde haben – die Spötter, die Männer des Prinzen, die Männer des Kriechers. Ich habe noch ein paar alte Freunde, aber wenn Blut in den Abwasserkanälen fließt, weiß ich nicht, wie lange ich noch auf sie zählen kann.«

»Aber alle glauben, dass du schon längst nicht mehr hier bist!«, wandte Limm ein. »Ich und Jackie sind eine Ausnahme gewesen, denn du hast es uns nur deshalb gesagt, damit wir dir was zu essen bringen konnten. Du hast Nachrichten verschickt – zum Tempel und zu deinen Freunden, zu diesem Magier, mit dem du gereist bist …« Er machte eine Handbewegung, als versuche er, sich an den Namen zu erinnern.

»Owyn«, half Graves ihm auf die Sprünge.

»Owyn«, wiederholte Limm. »In der Stadt geht das Gerücht, dass du nach Kesh geflohen bist. Ich kenne mindestens ein Dutzend Schläger, die die Stadt verlassen haben, um dich zu suchen.«

Graves nickte. »Und ähnlich viele Mönche vom Tempel tun das

Gleiche, schätze ich.« Er seufzte. »So war der Plan. Wir wollten uns hier verstecken, solange sie draußen nach mir suchen.«

Jetzt meldete sich Kat zu Wort, die bis dahin geschwiegen hatte. »Es ist ein guter Plan gewesen, Graves.«

Limm nickte.

»Ich bin davon ausgegangen, dass sie nach weiteren neun oder zehn Tagen zurückkommen würden«, sagte Graves, »und dass sie voneinander denken würden, sie hätten uns aus den Augen verloren. Dann könnten wir eines Nachts zu den Docks gehen, ein Schiff besteigen und nach Durbin segeln. Wie ein gewöhnlicher Kaufmann und seine Tochter.«

»Seine Frau!«, widersprach Kat ärgerlich.

Limm grinste.

Graves zuckte mit den Achseln und breitete die Arme aus – als Zeichen, dass er sich ihr ergab. »Als meine junge Frau«, sagte er.

Sie legte ihre Arme um seinen Nacken. »Als deine Frau«, sagte sie leise.

»Nun, diesen Teil spielt ihr schon sehr gut, aber im Augenblick besteht wohl das größte Problem darin, überhaupt erst zu den Docks zu gelangen.« Limm blickte sich im Keller um. »Kann man nicht durch diese Tür da nach oben gelangen?« Er deutete auf das Dach.

»Sie ist versperrt. Genau deshalb habe ich mir ja diesen Ort als Versteck ausgesucht«, sagte Graves. »Das Gebäude darüber ist verlassen, die Dachbalken sind zusammengestürzt. Der Mann, dem es gehört hat, ist gestorben, und da er vorher seine Steuern nicht bezahlt hatte, gehört es jetzt dem Prinzen. Aber das Instandsetzen alter Gebäude gehört nicht zu den Dingen, die auf der Liste des Prinzen ganz oben stehen, scheint mir.«

Limm nickte anerkennend. »Nun, was meinst du, wie lange sollen wir noch hier bleiben?«

»Du«, sagte Graves und erhob sich, »bleibst im Königreich. Du bist jung genug, um noch was aus dir zu machen, Junge. Verlasse diesen vertrackten Pfad und suche dir einen Meister. Lerne ein Handwerk oder werde ein Diener.«

»Sprichst du etwa von ehrlicher Arbeit?«, fragte Limm und sprang auf. »Wann hat ein Spötter schon mal ehrliche Arbeit gesucht?«

Graves deutete mit dem Finger auf ihn. »Jimmy hat es getan.«

»Jimmy die Hand«, pflichtete Kat ihm bei. »Er hat ehrliche Arbeit gefunden.«

»Er hat dem Prinzen das Leben gerettet!«, wandte Limm ein. »Er ist ein Mitglied des Hofes geworden. Und die Spöttergilde hat ihn mit dem Todesbann belegt! Er könnte nicht einmal dann zu den Spöttern zurückkehren, wenn er es wollte!«

»Wenn der Aufrechte tot ist, gibt es diesen Todesbann nicht mehr«, sagte Graves.

»Was soll ich tun?«, fragte Limm, jetzt ein wenig ruhiger.

»Versteck dich eine Weile, bis die Dinge sich etwas beruhigt haben, und dann verlass die Stadt. Da gibt es einen Mann namens Tuscobar, einen ehemaligen Händler aus Rodez. Er hat einen Laden in der Stadt Biscart, zwei stramme Tagesmärsche die Küste hoch. Er schuldet mir noch einen Gefallen. Er hat keine Söhne, also ist keiner da, der von ihm lernen könnte. Geh zu ihm und bitte ihn, dich in seine Dienste zu nehmen. Wenn er sich weigert, sage ihm einfach: ›Graves erlässt Euch alle Schulden, wenn Ihr das tut.‹ Er versteht schon, was das heißt.«

»Womit handelt er denn?«, fragte Limm.

»Er verkauft Stoffe. Er hat ein gutes Auskommen, da er die Stoffe an die Edlen verkauft, die sie für ihre Töchter benötigen.«

Limms Miene offenbarte, dass ihn dieser Vorschlag nur wenig begeisterte. »Ich würde lieber nach Durbin gehen und mein Glück zusammen mit euch versuchen. Was wollt ihr da machen?«

»Ehrlich werden«, sagte Graves. »Ich habe etwas Gold. Kat und ich werden eine Schenke aufmachen.«

»Eine Schenke«, sagte Limm, und seine Augen begannen zu

leuchten. »Ich mag Schenken.« Er ließ sich in einer übertrieben bittstellerischen Haltung auf die Knie nieder. »Lasst mich mitkommen! Bitte! Ich kann viele Dinge in einer Schenke erledigen. Ich kann mich um das Feuer kümmern und den Gästen ihre Zimmer zeigen. Ich kann Wasser holen und erwische die besten Geldbörsen.«

»Es soll eine ehrliche Schenke sein«, wandte Graves ein.

Limms Begeisterung legte sich etwas. »In Durbin? Na ja, wenn du es sagst.«

»Wir werden ein Baby haben«, sagte Kat. »Wir wollen, dass es in einem ehrlichen Zuhause aufwächst.«

Limm war sprachlos. Er saß mit vor Erstaunen weit aufgerissenen Augen da. »Ein Baby?«, fragte er schließlich. »Seid ihr verrückt?«

Graves lächelte trocken, und Kat runzelte die Stirn. »Was soll an einem Kind verrückt sein?«

»Nichts, vermute ich«, erwiderte Limm. »Zumindest nicht, wenn man Bauer oder Bäcker ist oder sonst eine echte Chance hat, alt zu werden. Aber für einen Spötter ...« Er ließ den Satz unbeendet.

»Wie spät ist es?«, fragte Graves. »Wir sind so lange vom Sonnenlicht abgeschnitten gewesen, dass ich gar kein Gefühl mehr dafür habe, welche Tageszeit jetzt ist.«

»Es ist beinahe Mitternacht«, sagte Limm. »Wieso?«

»Wenn der Aufrechte tot ist oder auch nur das Gerücht umgeht, dass er tot wäre, werden bestimmte Dinge geschehen. Schiffe, die sonst in Krondor geblieben wären, werden noch vor der nächsten Flut morgen früh die Docks verlassen.«

Limm blickte Graves schweigend an. »Du weißt doch etwas?«

Graves erhob sich von dem kleinen Stuhl. »Ich weiß eine ganze Menge, mein Junge.«

Limm sprang auf. »Bitte, nehmt mich mit. Ihr seid die einzigen Freunde, die ich habe, und wenn der Aufrechte tot ist, könnte jeder an seine Stelle treten. Wenn es der Kriecher ist, sind die meisten von uns ohnehin tot, und selbst wenn einer von uns sein Nachfolger sein sollte, kann niemand sagen, wie viel mein Leben noch wert ist.«

Graves und Kat verstanden den Jungen. Der Friede innerhalb der Spötter wanderte von oben nach unten weiter, aber er hatte nichts mit Freundschaft zu tun. Wenn der Aufrechte tot war, würden alte Streitereien wieder aufflackern, alte Rechnungen beglichen werden. Mehr als ein Spötter würde sterben, ohne zu wissen, für welches vergangene Vergehen er mit seinem Leben bezahlen musste. Graves seufzte ergeben. »Also schön. Ich gebe zu, es sieht hier nicht gut für dich aus, und ein paar weitere Augen und flinke Finger könnten sich durchaus als nützlich erweisen.« Er warf Kat einen Blick zu; sie nickte schweigend.

»Wie lautet euer Plan?«

»Wir müssen noch vor der Morgendämmerung an den Docks sein. Dort liegt ein Schiff, die *Stella Maris.* Der Kapitän ist ein alter Geschäftsfreund von mir. Er hat sich versteckt und behauptet, das Schiff überholen zu müssen – so lange, bis wir uns von hier wegschleichen können. Er wird nach Durbin segeln, sobald wir an Bord sind.«

»Eine Menge Schiffe werden mit der ersten Flut morgen früh auslaufen, also werden wir nicht viel Aufmerksamkeit erregen«, erklärte Kat.

Limm blickte aufgeregt drein. »Wann machen wir uns auf zu den Docks?«

»Eine Stunde vor der Morgendämmerung. Dann ist es einerseits noch dunkel genug, dass wir uns in den Schatten halten können, aber andererseits geschäftig genug, dass wir in der Stadt nicht allzu sehr auffallen.«

Kat lächelte. »Wir werden eine Familie sein.«

Limms schmales Jungengesicht verzog sich säuerlich. »Mit dir als meiner Mutter?«

Kat war kaum zehn Jahre älter als Limm. »Als deiner großen Schwester«, schlug sie daher vor.

»Wir haben trotzdem noch ein Problem«, meinte Limm.

Graves nickte. »Wir müssen erst einmal auf die Straße kommen.«

Limm lehnte sich zurück, denn er wusste, dass es keinen Plan, keine List und kein vorhersehbares Wunder geben würde, wodurch sie sicher zu den Docks gelangen könnten. Sie würden einfach dieses Versteck verlassen und es riskieren müssen, sich ein Stück durch einen dunklen Tunnel zu bewegen, in dem ein Dutzend Mörder herumlungern mochte. Und sie würden erst dann genau erfahren, worauf sie sich eingelassen hatten, wenn sie losgingen. Limm wurde plötzlich müde. »Ich glaube, ich schlafe ein bisschen.«

»Gute Idee«, stimmte Graves zu. »Da ist eine Pritsche, die du benutzen kannst. Wir wecken dich, wenn die Zeit zum Aufbruch gekommen ist.«

Limm ging in die Ecke und legte sich hin. »Wie stehen unsere Chancen?«, flüsterte Kat.

»Schlecht«, gestand ihr Geliebter. »Wir müssen dem Jungen was zum Anziehen besorgen. Schmutzige Jungen sind an den Docks nichts Ungewöhnliches, aber jemand, der *so* schmutzig ist …« Er versuchte, alles etwas optimistischer zu sehen. »Trotzdem, wenn der Aufrechte tot ist, könnte es genug Chaos in der Stadt geben, dass wir es ohne großes Aufsehen bis zu den Docks schaffen.«

»Gibt es eine andere Möglichkeit?«

»Nur noch eine«, gab Graves zu. »Und die möchte ich erst dann in Anspruch nehmen, wenn wir gefangen genommen werden.«

»Was für eine ist das?«

Graves blickte die junge Frau an, für die er alles aufgegeben hatte. »Ich habe noch einen Freund, der keinerlei Vorteil davon hat, wenn ich stürzen sollte. Wenn es sein muss, werde ich Limm losschicken, um ihn um Hilfe zu bitten.«

»Wen meinst du?«

Graves schloss die Augen, als fiele es einem so selbstsicheren Mann wie ihm schwer zuzugeben, dass er möglicherweise Hilfe benötigte. »Ich meine den einzigen Dieb, der den Prinzen bitten könnte, mir das Leben zu schenken.«

»Jimmy?«

Graves nickte. »Jimmy die Hand.«

Zwei

Krondor

Die Kolonne ritt auf die Stadt zu.

Die Nachmittagssonne stand schon tief am westlichen Horizont, so dass sich die Türme vor einem zitronengelben Hintergrund dunkel abzeichneten. Über dem östlichen Horizont hingen einige Wolken, die sich jetzt – an einem blauen Himmel, der beinahe zu flimmern schien – rosa und orange färbten. Die Kolonne hinter der Vorhut rückte näher zusammen, als sie die Stadt durch das dem Palast und den Soldaten-Unterkünften am nächsten liegende Südtor betrat. Die hier herrschende Betriebsamkeit war für diese Tageszeit nicht ungewöhnlich: Ein paar Händler lenkten ihre Wagen in die Stadt, während Bauern, die den Tag in Krondor verbracht hatten, wieder aufbrachen und sich auf den Weg nach Hause machten.

James machte eine ausschweifende Handbewegung. »Nicht gerade ein überschwänglicher Empfang, was?«

Locklear bemerkte, dass ein paar neugierige Passanten sich umdrehten und die Kompanie betrachteten, die Arutha durch das Palastviertel geleitete. Ansonsten wurden sie, wie bereits in den Außenbezirken Krondors, von den Stadtbewohnern eher links liegen gelassen. »Ich nehme an, Arutha hat unsere Ankunft nicht angekündigt.«

»Nein, es muss noch einen anderen Grund geben«, sagte James. Seine Müdigkeit war wie weggeblasen, als Neugier sich seiner bemächtigte.

Locklear musterte die Gesichter derjenigen, die am Straßenrand warteten, um den Prinzen und seine Kompanie durchzulassen; er sah, dass ihre Mienen Besorgnis widerspiegelten. »Du hast Recht, James.«

In der Hauptstadt des westlichen Teils des Königreichs der Inseln war es niemals ruhig. Selbst in den düsteren Stunden vor Sonnenaufgang waren überall Geräusche zu hören. Jede Stadt hatte ihren eigenen Puls, und Krondor hatte einen, der James so vertraut war wie sein eigener Herzschlag. Er konnte dem Rhythmus lauschen und verstand, was er ihm mitteilte: *Irgendetwas stimmt nicht.* Es war noch fast eine Stunde bis Sonnenuntergang, doch die Stadt wirkte sehr viel gedämpfter, als sie es eigentlich hätte tun sollen.

Locklear lauschte ebenfalls und wusste, was James hörte, beziehungsweise nicht hörte – es war, als würden alle ein bisschen leiser sprechen als gewöhnlich. Der Ruf des Fuhrmanns, der seine Maultiere zurechtwies, wirkte wie abgeschnitten, als sollte er bloß keine Aufmerksamkeit erregen. Auch die Ermahnung, die eine Mutter ihrem Kind gab, war seltsam knapp, und statt des üblichen, schrillen Schreis folgte nur eine leise, drohende Warnung.

»Was glaubst du, geht hier vor?«, fragte Locklear.

Vor ihnen ritt Arutha; ohne sich zu seinen Junkern umzudrehen, beantwortete er leise die Frage, die eigentlich gar nicht an ihn gerichtet gewesen war. »Wir werden es bald herausfinden.«

Die jungen Männer blickten an ihrem Herrscher vorbei und sahen am Palasttor eine Abordnung auf sie warten. Ganz vorn stand Prinzessin Anita; sie lächelte erleichtert, als sie ihren Ehemann unversehrt vor sich sah. Sie hatte noch immer etwas Jugendliches an sich, trotz zehn Jahren Ehe und Mutterschaft. Die roten Haare waren hochgesteckt; sie verschwanden unter einem breiten, weißen Hut, der sich jedoch – fand James – auf ihrem Kopf mehr wie ein Segelschiff ausnahm. Aber so war die gegenwärtige Hofmode eben, und man machte keine Witze auf Kosten der Prinzessin, besonders dann nicht, wenn sie einen gerade anlächelte.

James erwiderte das Willkommenslächeln der Prinzessin und badete einen Augenblick in seiner Wärme. Seine jungenhafte Verliebtheit in Anita hatte sich in tiefe und beständige Zuneigung verwandelt, und wenn sie auch zu jung war, um eine Art Ersatzmutter für ihn sein zu können, so bot sie mit ihrem fröhlichen Wesen und ihrem Humor einen guten Ersatz für eine ältere Schwester. Wer die beiden kannte, wusste, dass die Prinzessin James als ihren jüngeren Bruder betrachtete, den sie niemals gehabt hatte. Es ging sogar so weit, dass die Kinder der Prinzessin »Onkel Jimmy« zu James sagten.

Neben Anita standen ihre Zwillinge – die neunjährigen Prinzen Borric und Erland –, die sich gegenseitig schubsten, als wäre es ihnen unmöglich, sich auch nur einen Augenblick lang still zu verhalten. Die rothaarigen Burschen waren recht intelligent, wie James wusste, aber auch undiszipliniert. Eines Tages würden sie zu den mächtigsten Edlen im Königreich zählen, doch im Augenblick verhielten sie sich einfach nur wie mürrische Jungs, die keine Lust hatten, sich wie Prinzen zu benehmen, sondern nur darauf erpicht waren, so bald wie möglich von hier wegzukommen und irgendwelchen Unfug anzustellen. Direkt vor ihrer Mutter stand Prinzessin Elena, die vier Jahre jünger als die Jungen war. Ihre Gesichtszüge waren ebenso fein geschnitten wie die ihrer Mutter, doch besaß sie außerdem die dunkle, markante Hautfarbe ihres Vaters. Sie strahlte, als sie ihren Vater an der Spitze seiner Leibwache erblickte. Einem spontanen Impuls nachgebend, deutete sie mit dem Finger auf ihn. »Da ist Papa!«, rief sie laut.

Arutha hob die Hand als Zeichen anzuhalten. Ohne auf eine offizielle Begrüßung durch den Zeremonienmeister zu warten, sprang er vom Pferd und eilte zu seiner Familie. Er umarmte seine Frau und wandte sich dann seinen Söhnen und seiner Tochter zu.

James deutete mit einer leichten Kopfbewegung auf die Wachen, die zum Empfang bereit standen. »Willie hat heute Dienst«, flüsterte er Locklear zu.

William, Pugs Sohn, war Kadett – ein junger, zukünftiger Offizier. Er wechselte einen Blick mit James und nickte ihm leicht zu.

Die Kompanie erhielt den Befehl wegzutreten, und James und Locklear stiegen ab. Stallburschen eilten zu ihnen und führten die müden Reittiere weg.

Da es zu ihren Pflichten gehörte, den Anweisungen des Prinzen Folge zu leisten, beeilten sie sich, rechts von Arutha Position zu beziehen.

Anita schenkte den jungen Männern ein warmherziges Lächeln, dann wandte sie sich wieder Arutha zu. »Ich weiß, ich hätte mir keine Sorgen machen müssen. Ich sollte langsam wissen, dass du immer wieder heil zurückkehrst.«

Arutha lächelte gleichermaßen glücklich und erschöpft. »Immer.«

Einige Hofmitglieder standen reglos hinter der königlichen Familie, und Arutha nickte ihnen zu. Er sah an ihren Mienen, dass seine Anwesenheit dringend im Rat benötigt wurde – und zwar so dringend, dass er nicht einmal das Vergnügen haben würde, sich zuvor ausführlich um seine Familie zu kümmern. Er entdeckte den Sheriff von Krondor und seufzte. Die Anwesenheit dieses Mannes konnte nur bedeuten, dass es ernsthafte Probleme in Krondor gab, denn der Sheriff mochte zwar ein wichtiger Mann in der Stadt sein, aber er war kein Mitglied des Hofes. Arutha warf Gardan einen Blick zu. »Hofmarschall, erkundigt Euch, was der Sheriff und die anderen von mir wollen, und kommt dann in einer halben Stunde in mein privates Audienzzimmer. Ich möchte mir erst den Staub aus den Kleidern schütteln, bevor ich mich zu einer Beratung begebe.« Er lächelte Anita an. »Und ich möchte ein paar Minuten mit meiner Frau und meinen Kindern sprechen, so wichtig das andere auch sein mag.« Er beugte sich vor und küsste Anita auf die Wange. »Geh mit den Kindern schon mal vor. Ich komme gleich nach, Liebste.«

Anita führte die Kinder weg, und Arutha nickte James und Locklear zu. »Die Bösen gönnen uns keine Ruhe, Jungs.« Er betrachtete seine Palastwachen. »Der junge William sieht aus, als würde er gleich platzen, so erpicht scheint er darauf zu sein, euch irgendwelche Neuigkeiten mitzuteilen. Also findet heraus, was es ist. Ich bin sicher, ich kriege von meinen Offizieren eine andere Version zu hören. Wenn es sich als nötig erweisen sollte, dass ihr euch in der Stadt ein bisschen umseht, tut das ruhig, aber seid zum Abendessen wieder zurück.« Dann blickte er James an. »Du weißt, was du zu tun hast.«

James nickte und führte Locklear weg. »Was hatte denn das zu bedeuten?«, fragte dieser.

»Was?«

»›Du weißt, was du zu tun hast‹?«

»Das bezieht sich auf etwas, an dem Arutha und ich arbeiten, seit du nach Tyr-Sog geschickt worden bist, weil du …«

»Ich weiß selbst, wieso ich nach Tyr-Sog geschickt worden bin«, unterbrach ihn Locklear mit müder Stimme. »Sogar ziemlich gut«, fügte er hinzu, als er an die bevorstehende Rückkehr in die kalte und einsame Stadt an der nördlichen Grenze dachte.

James gab der diensthabenden Wache der Kadetten ein Zeichen, und der Mann nahm Haltung an. »Mitglieder des Hofes!«, rief James.

Die Kadetten standen bereits die ganze Zeit stramm, aber als die beiden Junker sich näherten, schienen sie sich sogar noch ein bisschen mehr zu versteifen.

James grüßte Schwertmeister McWirth mit einem leichten Nicken. »Wie machen sich die Kadetten heute Nachmittag, Schwertmeister?«

»Sie sind ein wertloser Haufen, Junker, aber einer oder zwei von ihnen könnten es schaffen und tatsächlich als Offiziere *in meine Armee* aufgenommen werden!«

James lächelte trocken bei dieser spitzen Bemerkung; er und

der Schwertmeister mochten sich nicht besonders. Als Mitglied von Aruthas Hof zählte James formal betrachtet nicht zur Armee, und außerdem übte er sich zusammen mit dem Prinzen im Gebrauch der Waffen. Ja, er war sogar Aruthas bevorzugter Duellpartner und einer der wenigen in der Stadt, die mit einer Klinge so flink umgehen konnten wie der Prinz. Als Junker bekleidete er zusätzlich noch einen gewissen Rang, was bedeutete, dass er häufig den Befehl über Soldaten erhielt, die der Schwertmeister ausgebildet hatte – und das war etwas, das den alten Soldaten sehr verärgerte.

Doch James wusste, dass McWirth seine Arbeit sehr sorgfältig erledigte und dass die Offiziere, die er ausgebildet hatte – besonders die, die der Leibwache des Prinzen zugeteilt wurden –, ohne Ausnahme hervorragende Soldaten waren. Auf seinen Reisen hatte James sowohl schlechte als auch gute Armeen gesehen, und er zweifelte nicht daran, dass diese hier zu den besten im gesamten westlichen Königreich zählte.

»Ich muss mit dem Cousin des Prinzen sprechen, Schwertmeister, das heißt, sofern Ihr ihn nicht weiter benötigt.«

Der mürrische alte Soldat musterte James einen Moment mit finsterem Blick, und einmal mehr schätzte James sich glücklich, dass er nicht dem Befehl des Schwertmeisters unterstand. McWirth drehte sich um. »Abtreten! Kadett William, zu mir!«, brüllte er.

William trat zum Schwertmeister, während die anderen Kadetten sich in ihre Quartiere zurückzogen.

»Mitglieder des Hofes wünschen Eure Gesellschaft, wie es scheint.« Er lächelte James und Locklear an. »Einen schönen Tag noch, Junker.«

Dann wandte er sich an William. »Ich erwarte, dass Ihr Euch, sobald Ihr hier fertig seid, zu den Übrigen begebt und Euch um Eure Ausrüstung kümmert. Ist das klar?«

»Verstanden!«, erwiderte William und salutierte. Der alte

Schwertmeister stapfte davon, und William trat zu Locklear und James.

»Was gibt es für Neuigkeiten?«, erkundigte sich James.

»Eine ganze Menge«, antwortete William. Er war klein, wenn auch größer als sein Vater, und er hatte dunkelbraune Haare und ebensolche Augen. Das Jungenhafte, das ihn bisher umgeben hatte, war verschwunden, seit er in den Dienst der Armee des Prinzen getreten war, und seine Schultern waren breiter geworden. Er konnte außergewöhnlich gut mit dem zweihändigen Schwert umgehen – eine Waffe, die zu handhaben die meisten Soldaten überaus schwierig fanden – und galt als hervorragender Reiter. »Ich werde nächste Woche zum Offizier ernannt!«

»Meinen Glückwunsch«, sagte Locklear. »Ich werde verbannt.«

William kniff die Augen zusammen. »Schon wieder?«

James lachte. »*Immer noch.* Arutha hat zwar die Gründe anerkannt, die zu seinem unerlaubten Weggang geführt haben, aber er hat entschieden, dass es nicht gerechtfertigt wäre, ihn vorzeitig aus dem Dienst im eisigen Norden zu entlassen.«

Locklear runzelte die Stirn. »Ich breche morgen wieder nach Tyr-Sog auf.«

»Irgendwas geht in der Stadt vor. Hast du was mitgekriegt, Willie?«, kam James jetzt zum Thema.

Nur Aruthas Familie, James und Locklear sprachen William mit diesem Spitznamen an – eine Vertrautheit, die er sonst niemandem gestattete. »Es ist seltsam«, sagte William. »Was Genaues kann ich dir natürlich nicht sagen, denn wir Kadetten werden ordentlich beschäftigt, und wenn wir nicht gerade trainieren, kommen wir nicht viel mit den anderen aus der Garnison zusammen. Aber man hört natürlich so dies und das. Es scheint, als hätte es in der letzten Woche außergewöhnlich viele Morde in der Stadt gegeben.«

James nickte. »Das würde erklären, wieso der Sheriff auf den Prinzen gewartet hat.«

»Das tut er nicht häufig«, bestätigte Locklear. »Jetzt, wo du das sagst, fällt es mir auch auf.«

James war einen Augenblick ganz in Gedanken versunken. Er war Sheriff Wilfred Means mehr als einmal begegnet, als er noch Jimmy die Hand genannt worden war und seiner Tätigkeit als Dieb nachgegangen war. Ein paar Mal wäre er sogar beinahe Gast im Alten Stadtgefängnis geworden. Der Sheriff anerkannte James als Junker des Prinzen, und er behandelte ihn mit genau dem Respekt, der ihm von Amts wegen zustand. Doch im besten Fall war ihre Beziehung als unterkühlt zu bezeichnen. Bilder eines jüngeren Wilfred Means traten vor James geistiges Auge, Bilder, in denen der Dieb über die Dächer der Stadt flüchtete und der zu jener Zeit noch ingwerfarbene Schnurrbart des damaligen Wachtmeisters vor Wut über die geglückte Flucht des Jungen beinahe bebte.

Aber der Sheriff übte seinen Dienst pflichtbewusst aus und versuchte, die Verbrechen in Krondor so weit wie möglich unter Kontrolle zu bekommen. Es war eine ruhige Stadt in so ziemlich jeder Hinsicht, und im Gegensatz zu anderen, die vor ihm den Posten innegehabt hatten, war Wilfred Means kein Mann, den man bestechen konnte oder dem man durch ein wie auch immer geartetes Tauschgeschäft einen Gefallen hätte abringen können.

Wenn er höchstpersönlich darauf wartete, so schnell wie möglich mit Arutha sprechen zu können, bedeutete dies, dass etwas wirklich Ernsthaftes vorgefallen war, etwas, das der Prinz so rasch wie möglich erfahren sollte.

»Du kannst dich wieder um deine Pflichten kümmern«, meinte James geistesabwesend zu William. »Locky und ich suchen am besten sofort den Prinzen auf.«

»Nun, Locky«, meinte William, »dann sollte ich dir wohl besser auf Wiedersehen sagen, wenn du gleich morgen früh wieder aufbrichst.«

Locklear rollte theatralisch mit den Augen, drückte aber die

Hand, die ihm entgegengestreckt wurde. »Achte ein bisschen auf diesen Halunken, William. Es wäre fürchterlich, wenn er nur deshalb getötet werden würde, weil ich nicht mehr auf ihn aufpassen kann.«

»Schade, dass du bei der Zeremonie nicht anwesend bist, wenn ich zum Offizier ernannt werde«, sagte William.

James grinste. »Mach dir keine Sorgen, Willie, du wirst eine tolle Feier kriegen. Und wenn wir auch auf diesen Schurken hier verzichten müssen, dessen ruhmvoller Ruf die Mädchen wie ein Magnet anzuziehen scheint – wir werden schon ein paar Hübsche finden, die dich ehrfurchtsvoll anstarren, wenn du dein Rangabzeichen präsentierst.«

William errötete wider Willen. »Pass gut auf dich auf, Locky«, sagte er.

Locklear verabschiedete sich von ihm, und während William zu seinen Kameraden und seinen Pflichten zurückkehrte, meinte er zu James: »Hast du gesehen, wie rot er geworden ist? Ich wette, der Bursche hat noch nie eine Frau gehabt.«

James stieß seinem Freund einen Ellenbogen in die Seite. »Nicht alle sind so verdorben wie du, Locky.«

»Aber er ist schon fast zwanzig!«, rief Locklear in gespieltem Erstaunen.

»Er ist ein heller Bursche und sieht sehr gut aus. Ich bin sicher, dass sich alles geregelt hat, wenn du zurückkehrst«, erwiderte James.

»Glaubst du wirklich?«

»Natürlich glaube ich das«, meinte James, während sie den Palast betraten. »Es dürfte doch wohl kein Problem sein, ihm irgendwann in den nächsten fünf Jahren ein akzeptables Mädchen zu verschaffen.«

Locklears Grinsen verschwand. »Fünf Jahre!« Mit weit aufgerissenen Augen fügte er hinzu: »Du glaubst doch nicht wirklich, dass Arutha mich fünf Jahre dort oben bleiben lässt, oder?«

James lachte, als er sah, wie besorgt sein Freund war. Während die beiden jungen Männer zu den Gemächern ihres Prinzen eilten, stieß Locklear in gespieltem Ärger seinen Ellenbogen in James Richtung – dem der natürlich geschickt auswich –, und einen Augenblick lang waren sie wieder wie kleine Kinder.

James und Locklear erreichten Aruthas privates Audienzzimmer gerade in dem Augenblick, als auch der Prinz nach seinem kurzen Besuch bei seiner Frau und den Kindern dort ankam. Er schritt zielstrebig den kleinen Gang entlang, der die privaten Gemächer der Familie mit dem Audienzzimmer und dem offiziellen Teil des Palastes verband. James und Locklear beeilten sich, ihren Lehnsherrn einzuholen. Zwei Hofpagen standen links und rechts der Tür zum Audienzzimmer, und einer von ihnen öffnete sie rasch, damit Arutha eintreten konnte.

Arutha wurde vom Zeremonienmeister Brian de Lacy begrüßt. Rechts von ihm stand dessen Assistent, Leibwächter Jerome. Die beiden verbeugten sich vor dem Prinzen, und der Leibwächter nickte auch den beiden Junkern flüchtig zu. Jerome hatte bereits als Junker am Hof geweilt, als James und Locklear sich an dieses Dasein noch gewöhnen mussten, und James war der Erste gewesen, der sich dem älteren Jungen, der damals ein unangenehmer Schläger gewesen war, widersetzt hatte. Jetzt war Jerome der Hauptverwalter des Palastes und arbeitete darauf hin, Nachfolger von de Lacy zu werden, der die Oberaufsicht über die täglichen Geschäfte des Hofes hatte. James musste zugeben, dass ihn seine pingelige Aufmerksamkeit auch den kleinsten Einzelheiten gegenüber für diese Arbeit förmlich wie geschaffen erscheinen ließ.

»Ich bin müde und möchte zum Abendessen zurück bei meiner Familie sein«, sagte Arutha. »Alles, was nicht wirklich dringend ist, sollte bis morgen warten und bei der offiziellen Audienz vorgetragen werden. Nun, was ist so furchtbar dringend?«

De Lacy nickte, blickte auf und schaute sich um; anscheinend wollte er feststellen, wer sonst noch im Raum war. »Sollen wir noch auf den Marschall warten?«

In diesem Augenblick betrat Gardan den Raum. »Ich bitte um Vergebung, Hoheit. Ich wollte nur sicherstellen, dass die Männer sich um die Pferde und die Waffen kümmern.«

Arutha runzelte die Stirn, und sein Mund verzog sich zu dem vertrauten angedeuteten Lächeln. »Ihr seid kein Sergeant mehr, Gardan. Ihr seid der Hofmarschall von Krondor. Es gibt doch sicher andere, die dafür sorgen können, dass die Männer und Tiere ordnungsgemäß untergebracht werden.«

»Das ist etwas, worüber ich gerne mit Euch reden würde.« Gardan warf den Edlen des Prinzen einen Blick zu. »Aber das hat Zeit bis später. Hoheit?« Arutha nickte zustimmend.

»Während Eurer Abwesenheit sind mittels Kurieren zwei Kommuniqués aus Groß-Kesh eingetroffen, Hoheit«, erklärte de Lacy. »Darin wird die Krone über Angelegenheiten informiert, die nur von geringer Bedeutung sind, aber dennoch eine formale Antwort notwendig machen.«

Arutha deutete mit einer lässigen Geste auf James. »Lasst sie hier. Ich werde sie noch heute Abend durchgehen und gleich morgen früh eine Antwort anfertigen.«

De Lacy reichte die Dokumente James, der sie sich, ohne einen Blick darauf zu werfen, unter den Arm klemmte.

Der Zeremonienmeister warf dem Sheriff einen aufmunternden Blick zu, und so trat dieser jetzt vor und verbeugte sich. »Hoheit, ich fürchte, ich muss Euch darüber unterrichten, dass während Eurer Abwesenheit in Krondor eine Reihe schlimmer Morde stattgefunden haben.«

Der Prinz schwieg eine Zeit lang und dachte über die Worte nach. »Morde sind in dieser Stadt nicht gänzlich ungewöhnlich, und so nehme ich an, Ihr sprecht von etwas, das meiner persönlichen Aufmerksamkeit bedarf?«

»Genau so ist es, Hoheit. Es sind mehrere bedeutende Männer

mitten in der Nacht im Schlaf getötet worden. Man hat ihnen die Kehlen durchgeschnitten, während die Frauen neben ihnen weiterschliefen, ohne aufzuwachen.«

Arutha warf James einen Blick zu und nickte leicht. James wusste, was der Prinz dachte: Nachtgreifer.

Beinahe zehn Jahre war die Stadt von der Gilde des Todes unbehelligt geblieben. Die Assassinen, die auf Geheiß von Murmandamus' Agenten gehandelt hatten, waren verschwunden, als der Spaltkrieg zu Ende gegangen war. Ein paar Monate später hatten sich Gerüchte über ihre Rückkehr verbreitet. Dann waren sie plötzlich wieder im Königreich aufgetaucht. James hatte den damaligen Anführer getötet, aber er hatte sich nicht der Hoffnung hingegeben, die Nachtgreifer damit womöglich ausgerottet zu haben. Wenn es in Krondor eine neue Gruppe gab, hatte sie sicherlich bereits vom Tod eines Mannes namens Navon du Sandau – einem ehemaligen Kaufmann aus Kenting – erfahren. Das Aufdecken seiner Identität hätte James in einem Duell beinahe das Leben gekostet, und es lag nur an den vielen Stunden, die er sich gemeinsam mit Arutha in der Technik des Schwertfechtens geübt hatte, dass James als Sieger aus dem Kampf hervorgegangen war.

Arutha wandte sich mit besorgter Miene an den Sheriff. »Was haben Eure Männer herausgefunden?«

»Nichts, Hoheit. Bei einigen der Opfer das, was zu erwarten war: Es waren Männer, die aufgrund ihrer Stellung in ihrem Gewerbe Feinde hatten. Aber andere Männer waren nicht sehr wichtig, sehen wir einmal von ihren Familien ab. All diese Morde ergeben nicht sehr viel Sinn. Sie wirken ... so zufällig.«

Arutha lehnte sich zurück und wägte in Gedanken ab, was er gehört hatte. Sein Kopf schwirrte, während er nachdachte, Möglichkeiten ersann und wieder verwarf. »Zufällig?«, fragte er schließlich. »Vielleicht verstehen wir nur noch nicht, welches Muster der Auswahl der Opfer zugrunde liegt. Ich möchte, dass Eure Männer morgen noch einmal die Familien der Opfer befragen, ebenso jene, die mit ihnen zusammen gearbeitet haben, ihre Nachbarn und alle, die sie kurz vor ihrem Tod gesehen haben. Vielleicht erhalten wir so Hinweise, die wir jetzt nicht sehen, weil wir nicht wissen, wie bedeutend sie sind. Schickt einen Schreiber mit den Männern los – er soll die Unterhaltungen niederschreiben. Auf diese Weise erfahren wir vielleicht, was die Ermordeten verbindet.« Er seufzte; Müdigkeit zeichnete sein Gesicht. »Kehrt auf Euren Posten zurück, Sheriff. Und kommt morgen nach der Audienz zu mir, damit wir ausführlich darüber sprechen können. Ich möchte die Berichte Eurer Männer bis morgen Abend bei mir haben.« Der Sheriff verneigte sich und zog sich zurück.

Arutha wandte sich an de Lacy. »Was sonst noch?«

»Nichts, was nicht noch Zeit hätte, Hoheit.«

Arutha erhob sich. »Damit ist die Audienz bis morgen um zehn Uhr aufgehoben.« De Lacy und Jerome verließen das Zimmer, und Arutha wandte sich an Gardan und die beiden Junker. »Also, Gardan, worüber hattet Ihr mit mir sprechen wollen?«

»Hoheit, ich diene Eurem Haus, seit ich ein kleiner Junge war. Ich habe unter Eurem Vater als Soldat und Sergeant gedient und unter Euch als Hauptmann und Hofmarschall. Es ist Zeit für mich, nach Crydee zurückzukehren. Ich möchte mich zur Ruhe setzen.«

Arutha nickte. »Ich verstehe. Können wir beim Abendessen darüber sprechen?«

»Wenn es Euer Wunsch ist«, erwiderte der Marschall.

»Das ist es.« Arutha wandte sich an seine beiden Junker. »Locklear, du bereitest dich am besten auf deinen Aufbruch morgen früh vor. Ich lasse dir die entsprechenden Reisepapiere und Befehlsschreiben bringen. Du ziehst gleich mit der frühen Patrouille nach Sarth. Falls ich dich bis dahin nicht mehr sehen sollte, wünsche ich dir eine gute und sichere Reise nach Tyr-Sog.«

Locklear versuchte, so gleichgültig wie möglich dreinzublicken. »Ich danke Euch, Hoheit.«

Jetzt richtete sich Arutha an James. »Du weißt, was du zu tun hast.«

Arutha und Gardan betraten die Gemächer des Prinzen, während die beiden Junker in die entgegengesetzte Richtung marschierten. Als sie außer Hörweite waren, äffte Locklear den Prinzen nach. »›Du weißt, was du zu tun hast.‹ Also gut: Was hat das alles zu bedeuten?«

James seufzte. »Es bedeutet vor allem, dass ich heute Nacht wieder keinen Schlaf kriege.«

»Ist das deine Art, mir mitzuteilen, dass es mich nichts angeht?«

»Ja«, antwortete James. Das war alles, was er dazu sagte, während sie sich in den Flügel des Palastes aufmachten, in dem sie untergebracht waren. An der Tür zu Locklears Zimmer meinte James: »Ich werde dich wahrscheinlich nicht mehr sehen, also pass gut auf dich auf, und lass dich bloß nicht unterkriegen.«

Locklear schüttelte ihm die Hand, dann umarmte er seinen besten Freund. »Ich werde es versuchen.«

James grinste. »Gut. Mit etwas Glück sehe ich dich beim Mittsommernachtsfest, vorausgesetzt, du stellst nichts an, was Arutha dazu veranlassen könnte, dich noch länger dort zu lassen.«

»Ich werde mich benehmen«, sagte Locklear.

»Merk es dir«, meinte James eindringlich.

Er verließ seinen Freund und eilte in sein eigenes Quartier. Als Mitglied des Hofes stand James ein eigenes Zimmer zu, aber da er nur ein Junker war, war es ein bescheidener Raum mit einem Bett, einem Tisch, an dem er etwas niederschreiben oder eine Mahlzeit verzehren konnte, sowie einem doppeltürigen Kleiderschrank aus Holz. James schloss die Tür hinter sich und zog sich aus. Er trug noch die Reisekleider, aber die waren viel zu auffällig für das, was er vorhatte. Er öffnete seinen Kleiderschrank und nahm ein Bündel Hemden heraus, die aussahen, als müssten sie dringend gewaschen werden. Darunter lag, was er suchte – eine dunkelgraue Tunika und eine dunkelblaue Hose, geflickt und genäht, aber längst nicht so schmutzig, wie sie aussah. Er zog die Sachen an, schlüpfte in seine ältesten Stiefel und steckte einen gut gearbeiteten, aber gewöhnlich aussehenden Dolch in die Stiefelscheide. Jetzt sah er wieder wie viele andere aus, die sich auf den Straßen herumtrieben; er glitt durch die Tür seines Zimmers ins Freie, vorsichtig darauf achtend, dass er Bediensteten und Wachen aus dem Weg ging, während er sich zum Keller vorarbeitete.

Schon bald bewegte er sich durch einen Gang, der den Palast mit den städtischen Abwasserkanälen verband, und als die Nacht über Krondor hereinbrach, huschte Jimmy die Hand wieder einmal die Straße der Diebe entlang.

Die Sonne war bereits untergegangen, als James jene Stelle unterhalb des Palastes erreichte, an der dessen Abwasserkanal in das System der städtischen Abwasserkanäle überging. Der Himmel über ihm mochte noch eine Zeit lang hell sein, aber unter den Straßen war es so dunkel, als wäre es Nacht. An bestimmten Stellen im Kanalsystem strömte während des Tages Licht von oben herein, weil dort die Tunnel so dicht an der Oberfläche lagen, dass die Abzugskanäle eingebrochen waren, Steine von den Straßen fehlten oder durch offene Abflüsse Tageslicht hereinfiel.

Doch nach Sonnenuntergang war das gesamte System so schwarz wie Tinte, abgesehen von wenigen Stellen, die über eigene Lichtquellen verfügten. Nur jene, die mit dem Gebiet besonders vertraut waren, konnten sich gefahrlos durch das Gewirr von Gängen bewegen. Doch James wusste von dem Augenblick an, da er den Palast verlassen hatte, ganz genau, wo er sich befand.

Als er noch Mitglied der Gilde der Diebe – der Spötter – gewesen war, hatte James sich eine Vielzahl verschiedenster, zum Überleben notwendiger Tricks angeeignet; harte Umstände, die unterschiedlichsten Gelegenheiten und ein scharfer, natürlicher Verstand hatten ihm dabei geholfen. Er huschte lautlos zu einem Versteck, das er selbst hergerichtet hatte, und rückte einen falschen Stein zur Seite. Der Stein bestand aus Stoff, Holz und Farbe, und obwohl er im Licht weit heller schimmerte, als man von einem Stein hier unten erwarten mochte, hielt er einer genaueren Begutachtung stand. James legte den falschen Stein auf den Boden und holte eine Laterne aus dem Versteck. In dem Loch befanden sich auch noch ein paar zusätzliche Pickel sowie eine Reihe von anderen Gegenständen, die sich im Palast nicht gut gemacht hätten: einige Ätzmittel, Kletterausrüstung und ein paar eher ungewöhnliche Waffen. Alte Gewohnheiten starben selten aus.

James entzündete die Laterne. Er wäre niemals auf die Idee gekommen, eine Laterne im Palast zu behalten, aus Angst, jemand könnte ihn dabei beobachten, wie er die Verbindung zwischen den Abwasserkanälen des Palastes und denen der Stadt entlangschlich. Es war von höchster Wichtigkeit, dass niemand erfuhr, wie der Palast über die Abwasserkanäle zu erreichen war. Sämtliche Zeichnungen in den vorhandenen Dokumenten des Palastes – von der ursprünglichen Bergfeste bis zur letzten Erweiterung – wiesen die beiden Systeme als vollständig getrennt voneinander aus, genauso, wie die Abwasserkanäle der Stadt von denen außerhalb der Stadtmauern getrennt waren. Aber Schmuggler und Diebe hatten entsprechende Verbindungsgänge geschaffen, und so waren die königlichen Pläne rasch unvollständig geworden.

James rückte den Docht zurecht, zündete ihn an und schloss das kleine Fenster, bis nur noch ein winziger Lichtschein zu sehen war. Das bisschen Licht genügte ihm jedoch vollkommen, um ihn sicher durch das Abwasserkanalsystem zu führen. Er hätte auch ohne Licht gehen können, wie er sehr wohl wusste, aber es hätte länger gedauert, und er hätte beinahe kriechen müssen, um sich seinen Weg an den Wänden entlangzutasten. Und ausgerechnet heute Nacht musste er ein ziemlich weites Stück zurücklegen.

James stellte sicher, dass er nichts vergessen hatte, worüber irgendjemand hätte stolpern können. Er dachte an das niemals endende Bedürfnis nach Sicherheit, das eine seltsame Situation hervorrief: Die Maschinenbauer des Hofes gaben viel Zeit und Gold aus, um die Abwasserkanäle der Stadt zu reparieren – doch genauso schnell, wie sie repariert waren, wurden sie von den Spöttern und anderen wieder beschädigt, um neue Wege zu gewinnen, die vor den Blicken des Hofes geschützt waren. Nicht selten war James es, der eine neue Lücke entdeckte. Gelegentlich verbarg er auch eine, wenn sie seinen Zielen mehr diente, als ihre Schließung der Sicherheit des Palastes förderlich war.

Ein verantwortliches Mitglied am Hofe des Prinzen zu sein, verlangte doch sehr viel mehr, als er es sich damals, als man ihn als Junker aufgenommen hatte, hatte vorstellen können. Mit diesen Gedanken eilte der ehemalige Dieb weiter zu seiner ersten Verabredung.

Die Morgendämmerung stand kurz bevor, als sich James auf die Suche nach seinem letzten Kontaktmann begab. Es fiel dem Junker immer schwerer, seine Sorgen zu verdrängen. Die drei ersten Informanten, die er gesucht hatte, waren verschwunden. Die Docks wirkten unnatürlich ruhig; nicht einmal der übliche Lärmpegel aus dem Gebiet der Schenken und Tavernen war zu hören. Das Armenviertel war eindeutig Niemandsland, denn viele der gewöhnlichen Verstecke und Zugänge der Spötter waren versperrt und dichtgemacht worden.

Von den Spöttern hatte James noch keine Spur entdeckt, was für sich betrachtet jedoch nicht wirklich auffällig war. Nicht nur er war in der Lage, sich unbemerkt durch die Abwasserkanäle und Straßen zu bewegen. Aber in dieser Nacht war etwas anders als sonst. Es gab andere, die die Abwasserkanäle benutzten. Gewöhnlich gab es für Bettler – nicht Spötter – einige Orte, an denen sie ungestört schlafen konnten. Schmuggler schafften ihre Waren über kurze Entfernungen hinweg, von verborgenen Anlegestellen im Hafengebiet, die in die größeren Abflüsse gebaut worden waren, zu Kellern, die weiter innerhalb der Stadt lagen. Diese Tätigkeiten verursachten Geräusche: kleine, unmerkliche Geräusche, die man überhören mochte, wenn man nicht wusste, dass sie vorhanden waren, aber durchaus wahrnahm, wenn man geübt darin war, sie zu erkennen. Heute Nacht jedoch war alles still. Nur das Murmeln des Wassers, das Huschen der Ratten und das gelegentliche Rattern von entfernten Maschinen, Wasserrädern, Pumpen und Schleusentoren hallten durch die Tunnel.

Wer immer in den Abwasserkanälen war, versteckte sich, so viel hatte James inzwischen begriffen. Und das bedeutete Ärger. Traditionell pflegten die Spötter in unruhigen Zeiten die Sektionen des Kanalsystems abzuriegeln, besonders die in der Nähe des Armenviertels, um so die Zugänge zum Spötterschlupf zu versperren – dem Platz, der von der Gilde der Diebe auch »Bei Mutter« genannt wurde. Bewaffnete Schläger nahmen dann ihre Posten ein und warteten darauf, dass die Krise vorüberging. Andere, die nicht zur Gilde gehörten, zogen sich ebenfalls hierhin zurück, bis die Probleme sich aufgelöst hatten. Alle jedoch, die man außerhalb dieser Enklaven und geschützten Bereiche in den Tunneln antraf, waren Freiwild. Ein solcher Zustand hatte zum letzten Mal im ersten Jahr nach dem Spaltkrieg geherrscht, wie James sich erinnerte; damals war Prinzessin Anita verletzt worden, und Arutha hatte das Kriegsrecht verhängt.

Je länger er durch die unterirdischen Abwasserkanäle und über die oberirdischen Straßen gelaufen war, desto mehr gewann James die Überzeugung, dass etwas höchst Schreckliches geschehen sein musste, während er außerhalb der Stadt einen Auftrag des Prinzen erledigt hatte. James blickte sich um; er wollte sichergehen, dass er nicht beobachtet wurde, und zog sich in den hinteren Teil der Gasse zurück.

Zwei alte, große Holzkisten lehnten an einer Steinmauer, um Wind und Wetter abzuhalten. Darunter lag eine reglose Gestalt. Ein Schwarm Fliegen stob auf, als James eine der Kisten vorsichtig hochhob. Noch bevor James die Beine des Mannes berührte, wusste er, dass er nicht schlief. Vorsichtig drehte er die Gestalt um und sah, dass es der alte Edwin war, ein ehemaliger Seefahrer, dessen Liebe zum Trinken ihn seine Arbeit, seine Familie und schließlich auch den letzten Rest seiner Würde gekostet hatte. Aber selbst eine Gossenratte wie Edwin hatte einen besseren Tod verdient, als mit aufgeschlitzter Kehle wie ein abgeschlachtetes Vieh zu enden.

Das dicke, beinahe vertrocknete Blut zeigte James, dass er schon vor einiger Zeit ermordet worden war, möglicherweise bei Morgendämmerung am Tag zuvor. Er war sicher, dass seine anderen Kontaktpersonen ein ähnliches Schicksal ereilt hatte. Wer immer hinter den Unruhen steckte, die die Stadt heimsuchten, tötete entweder ziemlich wahllos – dann hätten die Informanten von James einfach nur fürchterliches Pech gehabt –, oder aber jemand meuchelte systematisch James' Agenten in Krondor. Die zweite Erklärung erschien ihm wahrscheinlicher.

James erhob sich und blickte gen Himmel. Die Nacht verblasste, und graues Licht kündete im Osten vom bevorstehenden Sonnenaufgang. Es gab nur noch einen Ort, an dem er möglicherweise Antworten finden konnte, ohne eine direkte Auseinandersetzung mit den Spöttern zu riskieren.

James wusste, dass der Prinz und die Spötter damals, als er in Aruthas Dienst getreten war, zu einer Vereinbarung gekommen waren, aber er kannte keine Einzelheiten. Doch es hatte sich eine Art Absprache zwischen James und den Spöttern entwickelt. Er hielt sich von ihnen fern, und sie wichen ihm aus. Er trieb sich in den Abwasserkanälen und auf den Dächern der Stadt herum, wann immer es ihm beliebte, und sie sahen zur Seite. Aber niemals gab er sich der Illusion hin, von ihnen warmherzig aufgenommen zu werden, sollte er sich entscheiden, zum Spötterschlupf zurückzukehren. Man war entweder ein Spötter, oder man war es nicht, und er war jetzt immerhin fast vierzehn Jahre lang keiner mehr gewesen.

James verdrängte seine Sorgen darüber, ob er einen Besuch im Spötterschlupf wagen sollte, und wandte sich dem einen, letzten Ort zu, an dem er möglicherweise Informationen finden würde.

James kehrte in die Abwasserkanäle zurück und hielt rasch auf eine Stelle unterhalb einer bestimmten Schenke zu. Sie lag an der Grenze zwischen dem ärmsten Viertel der Stadt und einem etwas ansehnlicheren Gebiet, das von Arbeitern und ihren Familien bewohnt wurde. Ein Belag aus Schlamm verdeckte einen verborgenen Auslöser, und als er ihn betätigt hatte, spürte James, wie ein ganzer Abschnitt von Steinen zur Seite schwang.

Die »Steine« bestanden aus schwerem, mit Gips verkleidetem Zeltstoff und verdeckten den schmalen Eingang zu einem kurzen Tunnel. Als James die verborgene Tür hinter sich wieder verschlossen hatte, öffnete er das Schiebefenster seiner Lampe. Er war sich zwar beinahe sicher, dass er jede Falle entlang dieses Tunnels kannte, aber eben nur beinahe, und daher war er so vorsichtig wie möglich, als er weitermarschierte.

Am Ende des Tunnels stieß er auf eine dicke Eichentür, und er wusste, dass sich auf der anderen Seite eine kurze Treppenflucht befand, die zu einem Keller unterhalb der Schenke führte. Er untersuchte das Schloss, und als er sicher war, dass sich nichts geändert hatte, knackte er es. Als es mit einem leisen Klicken aufsprang, stieß er die Tür vorsichtig ein Stück auf, ungeachtet der Möglichkeit, dass auf der anderen Seite womöglich eine neue Falle angebracht worden war. Es geschah jedoch nichts, und er eilte rasch die Stufen empor.

Oben angekommen, betrat er den dunklen, mit Fässern und Säcken voll gestopften Keller. Er wand sich durch das Gewirr der gelagerten Materialien und erklomm die Holzstufen, die zum Hauptgeschoss des Gebäudes führten und in einer Vorratskammer hinter der Küche endeten. Er öffnete die Tür.

Der spitze Schrei einer jungen Frau zerriss die Stille, und einen

Augenblick später sauste der Bolzen einer Armbrust genau an die Stelle, an der James soeben noch gestanden hatte. Der Junker rollte sich blitzschnell auf den Boden, während der Bolzen die Holztür zersplitterte; dann stand er mit erhobenen Händen auf. »Ganz ruhig, Lucas! Ich bin's doch nur!«

Der Schenkenbesitzer, der in seiner Jugend Soldat gewesen war, hatte sofort nach der Armbrust gegriffen und einen Schuss abgegeben, als er den Schrei gehört hatte. Jetzt lag die Armbrust auf dem Boden, und er stand mit gezogenem Schwert in der Mitte der Küche. Er zögerte einen Augenblick, steckte dann das Schwert in die Scheide zurück und näherte sich James, indem er einen Bogen um einen Schlachtblock machte.

»Du Idiot!«, zischte er, als hätte er Angst, die Stimme zu erheben. »Willst du dich unbedingt ins Grab bringen?«

»Ehrlich gesagt, nein«, antwortete James.

»Wenn du in dieser Kleidung an meiner Kellertür herumschnüffelst – wie soll ich dann wissen, dass du es bist? Du hättest mich benachrichtigen sollen, dass du diesen Weg nimmst, oder du hättest noch eine Stunde warten und wie ein ehrlicher Mann durch die Vordertür reinkommen sollen.«

»Na ja, ich bin doch ein ehrlicher Mann«, sagte James. Er trat von der Küche in den leeren Schenkenraum, ließ seinen Blick umherschweifen und setzte sich dann auf einen Stuhl. »Mehr oder weniger jedenfalls.«

Lucas lächelte leicht. »Mehr als so manche anderen. Was bringt dich dazu, wie eine Katze in der Gosse herumzukriechen?«

James warf dem jungen Mädchen, das ihm und Lucas in den Schenkenraum gefolgt war, einen Blick zu. Sie hatte sich gleich wieder beruhigt, als sich herausgestellt hatte, dass der Eindringling ein Freund des Schenkenwirts war. »Es tut mir Leid, ich wollte dich nicht erschrecken.«

Sie holte tief Luft. »Nun, du hast dir jedenfalls viel Mühe gegeben.« Sie stand aufrecht da, und ihre vom Schreck leicht gerötete Hautfarbe bildete einen hübsch anzusehenden Kontrast zu ihren dunklen Haaren. Sie schien etwa zwanzig Jahre alt zu sein.

»Ein neues Barmädchen?«, fragte James.

»Meine Tochter Talia.«

James lehnte sich zurück. »Lucas, du hast doch gar keine Tochter.«

Der Eigentümer des Regenbogen-Papageien ließ sich James gegenüber nieder. »Geh in die Küche und achte darauf, dass nichts anbrennt, Talia.«

»Ja, Vater«, sagte sie und verschwand.

»Ich habe sehr wohl eine Tochter«, meinte Lucas zu James. »Nach dem Tod ihrer Mutter habe ich sie zu meinem Bruder geschickt, damit sie auf seinem Bauernhof in der Nähe von Tannerbrook leben konnte.«

James lächelte. »Du wolltest sie nicht an einem solchen Ort aufwachsen lassen, richtig?«

Lucas seufzte. »Ja. Hier herrschen raue Sitten.«

James täuschte Unwissenheit vor. »Wieso, Lucas? Ist mir noch nicht aufgefallen.«

Lucas deutete mit einem Finger anklagend auf James' Brust. »Auf diesem Stuhl, Jimmy die Hand, haben schon weit weniger angenehme Personen gesessen als du.«

James hielt die Handfläche empor, als wollte er sich ergeben. »Das bezweifle ich nicht im Geringsten.« Er blickte auf die Küchentür, als versuche er hindurchzusehen. »Aber sie klingt nicht gerade wie eins der Bauernmädchen, die ich bisher kennen gelernt habe, Lucas.«

Lucas fuhr sich mit der knochigen Hand durch das grau durchsetzte Haar. Auf seinem kantigen Gesicht spiegelte sich jetzt leichte Gereiztheit darüber, dass er etwas erklären musste. »Sie hat ja auch mehr Zeit damit verbracht, bei den Nonnen eines nahe gelegenen Klosters etwas zu lernen, als Kühe zu melken. Sie kann lesen, schreiben und rechnen. Sie ist ein kluges Kind.«

James nickte anerkennend. »Lobenswert. Doch ich bezweifle, dass dein durchschnittlicher Kunde diese Qualitäten ebenso schätzen wird wie ihre … offensichtlicheren.«

Lucas' Miene verdüsterte sich. »Sie ist ein gutes Mädchen, James. Sie soll einen ordentlichen Mann heiraten, nicht irgend so einen dreckigen … na, du weißt schon. Ich habe eine Aussteuer für sie zusammengespart, und …« Er senkte die Stimme, damit sie nicht bis in die Küche drang. »James, da du im Palast wohnst und so weiter, bist du der Einzige, von dem ich weiß, dass er ordentliche Burschen kennt. Zumindest, seit Laurie weggelaufen ist und sich in Salador zum Herzog ernannt hat. Kannst du nicht für mein Mädchen den richtigen Jungen finden? Sie ist erst seit ein paar Tagen wieder in der Stadt, und ich fühle mich bereits so grün wie ein frischer Rekrut an seinem ersten Tag. Da ihre Brüder im Krieg gestorben sind, ist sie alles, was mir geblieben ist.« Er blickte sich in dem ordentlichen, aber schlichten Schenkenraum um. »Ich möchte, dass sie mehr bekommt als das hier.«

James grinste. »Ich verstehe. Ich werde sehen, was ich tun kann. Ich bringe mal ein paar in Frage kommende Jungs zu einem Bier mit, und dann lassen wir der Natur ihren Lauf.«

»Aber nicht Locklear!«, betonte Lucas. »Den hältst du gefälligst von ihr fern.«

James lachte. »Keine Sorge. Er reitet vermutlich genau in diesem Augenblick aus Krondor heraus, um einen langen Dienst in Tyr-Sog anzutreten.«

Talia kehrte wieder zurück. »Es ist alles bereit, Vater.«

»Du bist ein gutes Mädchen«, erwiderte er. »Dann öffne die Tür, damit die Leute reinkommen und frühstücken können.«

Während sie verschwand, richtete sich Lucas wieder an James. »Also gut. Du hast das Risiko, von mir umgebracht zu werden, doch sicher nicht auf dich genommen, um Klatsch über mein Mädchen und die Jungen am Hof zu hören? Was also hat dich noch vor Sonnenaufgang hierher geführt?«

James' Gesicht wurde ernst. »Da unten in den Abwasserkanälen ist ein Krieg im Gange, Lucas. Und jemand hat Freunde von mir getötet. Was ist da los?«

Lucas nickte. »Ich habe gewusst, dass du mich das fragen würdest. Ich hatte nur angenommen, du würdest schon früher kommen.«

»Ich bin erst letzte Nacht nach Krondor zurückgekehrt. Ich hatte mit dem Prinzen … etwas zu erledigen.«

»Nun, wenn Arutha auf der Suche nach Unruhen ist, kann er sich auch zu Hause umschauen, denn er bekommt sie haufenweise hier, und ganz umsonst. Ich weiß nicht, was wirklich dahinter steckt, aber den Gerüchten zufolge geschehen viele Morde in den Abwasserkanälen und entlang des Hafenviertels. Die Toten sind sowohl Stadtbewohner als auch Spötter. Ich habe gehört, dass Keshianer Läden in Gebäuden eröffnen, die einmal Kaufleuten des Königreichs gehört haben, und neue Schlägerbanden tummeln sich in den Docks. Niemand weiß, was da geschieht, abgesehen von den Spöttern, die erstmal untergetaucht sind. Ich habe seit einer Woche keinen mehr gesehen. Die meisten meiner Stammgäste kommen später und gehen bald wieder, weil sie unbedingt noch vor Einbruch der Dunkelheit zu Hause sein wollen.«

»Wer steckt dahinter, Lucas?«, fragte James.

Lucas blickte sich um, als hätte er Angst, dass ein unsichtbarer Spion ihn hören könnte. »Jemand, der sich der Kriecher nennt«, flüsterte er.

James lehnte sich zurück. »Wieso überrascht mich das ganz und gar nicht?«, murmelte er.

Drei

Empfang

James wartete.

Ein junger Hofpage klopfte an die Tür; sein Gesichtsausdruck war ernst und unbeteiligt, wie es sich für einen Jungen von zwölf Jahren gehörte, der vor den königlichen Gemächern Posten bezogen hatte. Eine Stimme erklang auf der anderen Seite der mit Schnitzereien reich verzierten doppelflügeligen Holztür, und gleich darauf öffneten zwei Pagen sie von innen. Der Prinz saß gerade mit seiner Familie beim Frühstück. Die streitlustigen Zwillinge stießen sich gegenseitig an, waren aber zugleich bestrebt, die Aufmerksamkeit ihrer Eltern nicht auf sich zu ziehen. Ein warnender Blick ihrer Mutter zeigte ihnen jedoch, dass diese Versuche fehlgeschlagen waren, und so versuchten sie einen Augenblick lang, sich anständig zu benehmen. Die kleine Prinzessin trällerte zufrieden eine einfache, erfundene Melodie vor sich hin, während sie entschlossen mit einem Löffel in der Schüssel mit Frühstücksbrei herumrührte.

Prinzessin Anita lächelte James zu, der sich vor der Familie verneigte. »Ist unser Junker also endlich aufgetaucht«, meinte Arutha trocken. »Ich hoffe doch, wir bereiten dir heute Morgen keine allzu großen Unannehmlichkeiten?«

James erwiderte das Lächeln der Prinzessin, während er sich aufrichtete und dem Prinzen zuwandte. »Ich war in höchst unpassender Weise gekleidet und hätte so unmöglich ein Mahl mit der fürstlichen Familie einnehmen können, Hoheit. Ich bitte wegen meiner Verspätung um Entschuldigung.«

Arutha bedeutete James, rechts von ihm Position zu beziehen; hier stand er gewöhnlich immer, es sei denn, dass sein Herrscher ihm die eine oder andere Aufgabe übertragen hatte. James folgte der Weisung und sonnte sich einen Augenblick im Glanz von etwas, das ihm das Gefühl von Familie vermittelte.

Den Prinzen von Krondor und seinen Junker verband eine außergewöhnliche Beziehung. Mal ähnelte sie jener Kameradschaft, die zwischen einem Herrn und seinem Diener herrschte, mal hatte ihre Verbindung beinahe etwas Brüderliches. Eines allerdings stand immer zwischen ihnen: James vergaß nie, dass Arutha sein Prinz und er der loyale Diener des Prinzen war.

»Du siehst müde aus«, bemerkte der Prinz.

»Es ist lange her, dass ich die Annehmlichkeit eines warmen Bettes genossen habe und ausreichend lange schlafen konnte«, erwiderte James. »Die letzte Nacht eingeschlossen.«

»Nun, hat es sich denn gelohnt?«

»Auf eine Weise sogar sehr. Auf eine andere, nein.«

Arutha warf einen Blick auf seine Frau und seine Kinder. »Sollten wir darüber lieber allein sprechen?«, fragte er dann.

»Ich würde es nicht gerade für die geeignete Tischunterhaltung halten, wenn Ihr das meint, Hoheit«, antwortete James.

»Dann warte in meinem privaten Arbeitszimmer auf mich. Ich werde gleich nachkommen.«

James tat, wie ihm befohlen, und marschierte zu dem nicht weit entfernten Arbeitszimmer, das wie immer überaus aufgeräumt und ordentlich wirkte. Er ließ sich in einen Sessel neben dem Schreibtisch des Prinzen sinken und schloss die Augen.

James fuhr regelrecht zusammen, als Arutha kurz darauf eintrat. »Na, eingeschlafen?«, fragte der Prinz mit leichter Erheiterung, während James sich hastig erhob.

»Es war ein *sehr* langer und ermüdender Ritt nach Hause, Hoheit, und wie ich schon sagte, habe ich eine weitere Nacht ohne Schlaf verbracht.«

Arutha bedeutete James, sich wieder zu setzen. »Ruh dich etwas aus, während wir uns unterhalten, aber schlaf nicht wieder ein.«

»Hoheit«, sagte James und nahm Platz. »Drei meiner Informanten sind verschwunden.«

Arutha nickte. »Nach dem, was der gute Sheriff mir gesagt hat, wird Krondor von einer ganzen Serie von Morden heimgesucht, denen anscheinend keinerlei Muster zugrunde liegt. Aber das Verschwinden deiner Informanten lehrt uns, dass mehr dahinter stecken muss und dass jemand uns daran hindern will herauszufinden, was es ist.«

»Auch ich kann kein Muster erkennen, Hoheit.«

»Noch nicht«, meinte der Prinz. Jemand klopfte an die Tür. »Einen Augenblick noch«, rief Arutha und wandte sich noch einmal an James. »Das muss Gardan mit den Dokumenten für seine Entlassung sein.«

»Also verlässt er Krondor wirklich?«, fragte James.

Arutha nickte. »Ich lasse ihn nur ungern gehen, aber er hat es sich verdient. Er wird nach Crydee zurückkehren und seine letzten Jahre mit seinen Enkeln verbringen. Ich kann mir keinen schöneren Lebensabend für einen Mann vorstellen. Und ich fürchte, dass er mit seinem Vorwurf, ich würde ihm nicht genug Arbeit geben, Recht hat. Er hat mir vorgeschlagen, auf seinen Posten jemanden zu setzen, der Fähigkeiten in Verwaltungsdingen hat und kein Soldat ist, – zumindest, solange ich die Armee selbst beaufsichtige. Das bleibt natürlich unter uns.«

James nickte schweigend.

Arutha deutete zur Tür. »Lass Gardan rein, wenn du gehst. Und sieh zu, dass du etwas Schlaf kriegst. Du bist heute Morgen von sämtlichen Hofpflichten entbunden. Du hast einen anstrengenden Abend vor dir.«

»Soll ich mich noch mal in der Stadt umsehen?«, fragte James.

»Nein, aber meine Frau hat anlässlich unserer Rückkehr einen

Ball arrangiert, und du wirst wohl oder übel daran teilnehmen müssen.«

James verdrehte die Augen. »Kann ich nicht doch noch mal in die Abwasserkanäle gehen?«

Arutha lachte. »Nein. Du wirst im Ballsaal stehen und interessiert dreinblicken, während reiche Kaufleute dich mit ihren Heldentaten über Steuergeschichten unterhalten und ihre faden Töchter dich mit ihren kläglichen Reizen zu verführen versuchen. Das ist ein königlicher Befehl.« Er nahm ein Dokument vom Tisch auf. »Außerdem haben wir die Nachricht erhalten, dass ein Edler aus dem Osten zu einem unerwarteten Besuch vorbeikommt. Wir müssen uns darauf vorbereiten, ihn zu empfangen. Diese Morde können einem wirklich die Freude an allem nehmen, nicht wahr?«, fragte er trocken.

»Ja, Hoheit.«

James öffnete die Tür und ließ Gardan hereinkommen, der zur Begrüßung nickte. Der Junker schlüpfte hinaus und zog die Tür hinter sich zu.

Der Hof war beinahe leer. Schon bald würden de Lacy und Jerome den Edlen, Kaufleuten und anderen Bittstellern Einlass in die große Halle gewähren. Mit einem höflichen Nicken in Richtung der beiden Männer eilte James durch eine andere Seitentür hinaus und begab sich zu seinem Quartier. Er freute sich zwar nicht besonders auf einen weiteren Ball von Prinzessin Anita, aber er hörte den Sirenengesang, mit dem sein Bett ihn lockte. Die letzten Wochen im Norden, besonders der über eine Woche dauernde Ritt, der nur durch magische Kräuter ermöglicht worden war, forderten jetzt ihren Tribut.

Als er um eine Ecke bog, stieß er auf einen Pagen; er befahl dem Jungen, ihn eine Stunde, bevor die Glocke zum Abendessen läutete, zu wecken. James betrat sein Zimmer und war innerhalb weniger Minuten eingeschlafen.

Die Musiker begannen zu spielen, und Arutha wandte sich seiner Frau zu und verbeugte sich vor ihr. Der Hof des Prinzen in Krondor war zwar weniger formell als der königliche Hof in Rillanon, aber auch er war an bestimmte Traditionen gebunden. Und eine von ihnen besagte, dass alle Anwesenden den Eröffnungstanz des Prinzen und der Prinzessin abwarten mussten, bevor sie sich selbst auf die Tanzfläche begeben durften.

Arutha war ein guter Tänzer. James überraschte das nicht im Geringsten. Niemand konnte das Schwert so gewandt schwingen wie der Prinz von Krondor, und niemand besaß einen solch herausragenden Gleichgewichtssinn, ein solches Gefühl für den richtigen Augenblick wie er. Außerdem waren es einfache Tänze. James hatte gehört, dass die Tänze in Rillanon weit komplizierter und überaus formell waren. Hier, im eher bäuerlichen Westen, ähnelten die Hoftänze jedoch denen, die auch bei den Bauern und den Stadtbewohnern im westlichen Königreich verbreitet waren – sie wurden nur mit etwas mehr Zurückhaltung und weniger Lärm ausgeführt.

James sah, wie Arutha und Anita gleichzeitig dem Kapellmeister zunickten. Der Mann hielt den Bogen hoch und gab seinen Musikanten ein Zeichen – einige Männer spielten auf Streichinstrumenten, zwei auf Schlagzeugen, drei auf verschieden großen Flöten. Eine lebhafte Weise wurde angestimmt, und Anita trat einen Schritt von Arutha weg – wobei sie immer noch seine Hand hielt – und vollführte eine Drehung, bei der ihr reich besticktes Kleid aufwirbelte. Sie duckte sich geschmeidig unter seinem Arm hindurch, und James hielt es für ausgesprochen gut, dass die albernen, weißen Hüte, die die Frauen in diesem Jahr trugen, nur für tagsüber gedacht waren. Es erschien ihm unmöglich, dass sie sich unter Aruthas Arm hätte hindurchwinden können, hätte sie noch den Hut aufgehabt.

Der Gedanke erheiterte ihn, und er lächelte. »Was gibt es denn so Lustiges, James?«, fragte Jerome, der neben ihm stand.

James' Lächeln verschwand. Er hatte Jerome nie gemocht, schon bei ihrer ersten Begegnung nicht, als James vor vielen Jahren an den Hof gekommen war. Nach Jeromes erstem und einzigem Versuch, ihn zu verprügeln, hatte James den älteren Jungen niedergeschlagen und ihm deutlich zu verstehen gegeben, dass er der persönliche Junker von Prinz Arutha war und sich von niemandem schlagen ließ. Diese Mitteilung hatte James mit einem auf Jeromes Brust gerichteten Dolch unterstrichen – und zwar war es Jeromes Dolch, den James ihm geschickt vom Gürtel genommen hatte, ohne dass er irgendetwas bemerkt hatte. James hatte seine Botschaft nicht ein einziges Mal wiederholen müssen.

Seit jenem Tag hütete sich Jerome vor James, obwohl er nach wie vor gelegentlich versucht hatte, die jüngeren Junker zu schlagen. Seit er der Schüler von de Lacy war und aller Wahrscheinlichkeit nach der nächste Zeremonienmeister werden würde, hatte er seine Neigung zur Gewalt jedoch etwas unterdrückt, und er und James hatten eine Art Waffenstillstand geschlossen. James hielt ihn noch immer für einen kleinlichen Umstandskrämer, aber jetzt schien er ihm nicht mehr so unangenehm zu sein wie damals, als er selbst noch ein Junge gewesen war. Und manchmal war Jerome sogar ganz nützlich.

»Mir ging gerade ein seltsamer Gedanke über Mode durch den Kopf«, antwortete James.

Jerome verzog seinen Mund zu einem Lächeln. Er ging auf die Bemerkung nicht ein, doch der leichte Wechsel seines Mienenspiels deutete darauf hin, dass er James' Ansichten teilte.

Der Hof wirkte äußerst üppig und großzügig; sämtliche Gäste trugen Kleider, die auf der Höhe der in Krondor herrschenden Mode waren. James fand diese jährlichen Wechsel seltsam und gelegentlich auch lächerlich, aber er ertrug sie mit Fassung. Die Uniformen der Wachen waren auf Bitten der Prinzessin ausgetauscht worden, da ihr die alten, grauen Überwürfe zu langweilig erschienen waren.

Die Ehrengarde, die entlang der Wände postiert war, trug hellbraune Tuniken – ein Ton irgendwo zwischen Kupfer und Gold – mit einem schwarzen Adler darauf, der sich über einen Berggipfel erhob. James wusste nicht recht, ob ihm dieser Bruch mit der Tradition gefiel oder nicht, aber er stellte mit einiger Zufriedenheit fest, dass auf dem scharlachroten Umhang des Prinzen noch immer das alte Wappen prangte.

Neue Gäste trafen ein und strömten in den Ballsaal. James beugte sich leicht zu Jerome und fragte leise: »Die üblichen Gäste?«

Jerome nickte. »Ortsansässige Edle, reiche Kaufleute, ein paar ranghöhere Soldaten, die sich die Gunst des Prinzen erworben haben.«

»Sind auch Keshianer dabei?«, fragte James.

»Ein paar«, antwortete Jerome. »Händler.« Er blickte James an. »Oder hattest du an ganz bestimmte Keshianer gedacht?«

James schüttelte andeutungsweise den Kopf, als der Tanz sich dem Ende zuneigte. »Nein, aber ich wollte, ich hätte es.«

Falls Jerome sich über diese Antwort wunderte, zeigte er es nicht. Es war eine Zurückhaltung, die James inzwischen bewunderte; der Zeremonienmeister verbrachte einen Großteil des Tages mit Idioten, von denen einige auch noch reich und mächtig waren. Die Fähigkeit, etwas überzeugend *nicht* zu hören, war etwas, an dem es James noch mangelte, an dem er noch arbeiten musste.

Am anderen Ende des Saals entstand leichte Unruhe, als der erste Tanz endete. Arutha verbeugte sich vor Anita und reichte ihr die Hand, um sie zum Podest zurückzuführen.

Ein dröhnender Klang hallte durch den Saal, als de Lacy mit dem Zeremonienstab auf den Boden klopfte und so die Ankunft einer bedeutenden Persönlichkeit meldete. De Lacys alte, aber immer noch kräftige Stimme war im ganzen Saal zu hören. »Eure Hoheit, Herzog Radswil von Olasko.«

»Radswil von Olasko?«, fragte James.

»Das wird Rads-vil ausgesprochen, du Idiot«, flüsterte Jerome. »Er stammt aus dem Osten – aus einem Herzogtum.« Er blickte James mit spöttischer Verachtung an. »Guck dir mal die Karte an, mein Freund. Der Mann ist der jüngere Bruder von Großherzog Vaclav und Onkel des Prinzen von Aranor.« Jerome senkte die Stimme jetzt noch mehr. »Was bedeutet, dass er ein Cousin des Königs von Roldem ist.«

Ein Raunen und Rascheln ging durch die Menge, als diejenigen, die bisher auf der Tanzfläche gestanden hatten, jetzt Platz machten, um den großen Mann und sein Gefolge zu Arutha und Anita durchzulassen. Der Prinz und die Prinzessin hatten gerade wieder auf dem Podest Platz genommen. James betrachtete den Mann, und ihm gefiel gar nicht, was er sah.

Der Herzog war – trotz seiner schönen Kleider – ein Schläger, das erkannte James auf den ersten Blick. Er trug einen riesigen Samthut in dunklem Kastanienbraun, der auf die eine Schulter hinabfiel; daran hing eine protzige Silberspange mit einer langen, weißen Feder, die nach hinten zeigte. Seine schwarze Jacke saß perfekt, und James konnte sehen, dass die gewaltigen Schultern nicht gepolstert waren, sondern lediglich den Eindruck verstärkten, dass der Herzog sich auch in den derberen Schenken der Stadt mit Leichtigkeit würde behaupten können. Schwarze Beinkleider und Strümpfe – wie alles andere aus feinstem Stoff – rundeten das Gesamtbild ab. Das Schwert an seiner Seite war ein Rapier, ähnlich dem, das Arutha trug, eine oft benutzte und gefährliche Waffe. Der einzige Unterschied lag darin, dass das Rapier von Radswil einen silber- und goldverzierten Handschutz besaß.

Links von ihm schritt ein junges Mädchen, kaum mehr als fünfzehn oder sechzehn Jahre alt. Sie trug ein Kleid, das dem der Prinzessin in nichts nachstand und so tief ausgeschnitten war, dass es gerade noch als sittsam gelten konnte. James betrachtete ihr Gesicht. Sie war auf eine höchst wilde Weise hübsch und hatte die

Augen einer Jägerin. Einen kurzen Augenblick war er froh, dass Locklear den Hof verlassen hatte. Seit die beiden Jungen sich kannten, witzelte James darüber, dass Locklear eines Tages durch ein Mädchen oder eine Frau sterben würde. Und diese hier wirkte – trotz ihrer Jugend – gefährlicher als alle anderen, die James jemals zuvor gesehen hatte.

Dann spürte James Blicke auf sich ruhen. Rechts von Radswil schritten zwei junge Männer, die etwa in seinem Alter waren. Der eine, der direkt neben dem Herzog ging, wirkte wie eine jüngere Version von Radswil, kräftig und stark und voller Selbstvertrauen. Der andere sah aus wie sein jüngerer Bruder, aber er war schlanker, und in seinen Augen lag ein bedrohlicher Blick, mit dem er jetzt James musterte. Er hatte James die ganze Zeit über beobachtet, und der Junker begriff plötzlich, was er tat: Er suchte nach möglichen Feinden am Hof. James spürte, wie ihm ein Schauer über den Rücken lief, als sich der Herzog vor Arutha verbeugte.

Als Assistent des Zeremonienmeisters war es an Jerome, die entsprechenden Pflichten zu übernehmen, und so trat er vor. »Eure Hoheit, hiermit präsentiere ich Euch Radswil, Lord Steznichia, Herzog von Olasko«, verkündete er mit lauter Stimme.

»Willkommen an unserem Hof, Herzog«, erklärte Arutha. »Eure Ankunft ereilt uns etwas unerwartet. Wir haben erst gegen Ende der Woche mit Euch gerechnet.«

Der Herzog verneigte sich. »Ich bitte um Vergebung, Eure Hoheit«, sagte er mit tiefer Stimme, die beinahe akzentfrei klang. »Wir hatten günstige Winde von Opardum und haben Salador daher eine Woche früher erreicht als geplant. Statt uns dort eine Zeit lang aufzuhalten, haben wir uns sogleich weiter auf den Weg gemacht. Ich hoffe doch, wir bereiten Eurer Hoheit keine unangemessenen Unannehmlichkeiten?«

Arutha schüttelte den Kopf. »Ganz und gar nicht. Wir können Euch nur nicht den Willkommensempfang bieten, der Euch gebührt, das ist alles.«

Der Herzog lächelte, doch das Lächeln verströmte keinerlei Wärme. Der Mann war höflich und offensichtlich gebildet, aber im Herzen blieb er der Schläger, den James sofort in ihm erkannt hatte. »Es tut mir Leid, Hoheit, ich hatte angenommen, diese Gala diene unserem Empfang.«

Anitas Gesicht erstarrte einen Augenblick, dann wandte sich der Herzog ihr zu. »Hoheit, es hatte ein Scherz sein sollen. Die Angelegenheit ist nicht von großer Bedeutung. Wir wenden uns nur aus Höflichkeit an Euch und Euren Gatten. Wir sind unterwegs zum keshianischen Hafen Durbin. Von dort aus werden wir ins Trollheim-Gebirge weiterreisen, denn wir haben gehört, dass dort die Jagd sehr vielfältig und exotisch sein soll. Jede noch so kleine Geste Eurer Gastfreundschaft ist eine Gefälligkeit Eurerseits, die über das hinausgeht, was wir erwarten können.«

James sah, wie Jerome sich versteifte. Der pingelige ehemalige Junker war ein Eiferer des Protokolls, und der Herzog hatte es fertig gebracht, nicht nur eine mögliche Entschuldigung von Seiten Aruthas schon im Keim zu ersticken, sondern gleichzeitig eine Beleidigung auszusprechen, ohne dass dies offensichtlich wurde. Dieser Mann verspürte nicht die geringste Furcht in Anwesenheit eines Prinzen.

Anita war am Hof aufgewachsen und kannte die Tücken des höfischen Umgangs. Sie wusste, dass alles, was sie als Antwort auf diese Beleidigung sagen mochte, ihre Situation nur noch verschlimmern konnte. Sie neigte daher lediglich den Kopf und meinte: »Ich nehme an, wir im Westen sind mit den Feinheiten des Ostens nicht so vertraut. Möchtet Ihr uns nicht Eure Begleiter vorstellen?«

Der Herzog verneigte sich und wandte sich dem jüngeren der beiden Männer zu. »Eure Hoheit, darf ich Euch meinen Neffen vorstellen, Seine Hoheit Vladic aus dem Hause Roldem, Sohn meines Bruders, des Erzherzogs, Erbe des Throns und Kronprinz von Olasko.« Wie auf Kommando trat der junge Mann vor und verneigte sich grüßend vor dem Prinzen und der Prinzessin von Krondor. Der Herzog fuhr fort: »Und das ist Kazamir, mein Sohn und der Erbe meines Hauses, ebenfalls aus dem Hause Roldem.« Der andere Junge verbeugte sich mit offensichtlicher Mühelosigkeit und der seinem Rang angemessenen Ehrerbietung vor Prinz Arutha. Der Herzog wandte sich jetzt dem Mädchen zu. »Und das ist meine Tochter Paulina, Prinzessin aus dem Hause Roldem.«

Arutha nickte zur Begrüßung. »Wir heißen Euch in Krondor willkommen«, sagte er. Er gab Jerome ein Zeichen, woraufhin dieser davoneilte, um die Gästegemächer für den Herzog und sein Gefolge vorzubereiten. James musste im Stillen wieder einmal zugeben, dass Jerome durchaus gut in dem war, was er tat. Er zweifelte keinen Moment daran, dass er die Räume lüften und Wein und andere Erfrischungen dorthin bringen lassen würde und dass eine Gruppe von Pagen für die Bedürfnisse des Herzogs bereitstehen würde.

»Wir feiern die glückliche Rückkehr aus dem Norden, wo es einige Unruhen gab. Ihr seid herzlich eingeladen, an der Gala teilzunehmen«, erklärte Arutha.

Der Herzog lächelte. »Meinen herzlichen Dank. Den Berichten und Gerüchten nach zu urteilen, die wir während unserer Reise von Salador nach Krondor vernommen haben, waren es nicht gerade geringe Unruhen. Eine Gala ist eine höchst angemessene Form, die Rückkehr eines Prinzen zu feiern.

Aber ich bin müde von der Reise und bitte Euch um Vergebung, wenn ich mich lieber zurückziehe. Den Kindern würden nach der langen Reise jedoch ein bisschen Musik und etwas Trubel gut tun.«

James begriff, dass dies kein Wunsch, sondern eine Anweisung war. Die beiden Jüngeren blickten ihren Vater an und verbeugten sich, während der Kronprinz einen Augenblick zögerte und dann leicht nickte. Radswil verneigte sich vor dem Prinzen und zog sich zurück, bevor Arutha auch nur die Möglichkeit gehabt hätte, etwas anderes zu tun, als zustimmend zu winken. De Lacy nahm den Herzog und sein Gefolge an der Tür in Empfang und begleitete sie zum Gästeflügel.

Arutha wandte sich an James. »Junker James, würdet Ihr bitte dafür sorgen, dass unsere Gäste Erfrischungen erhalten?«, wies er ihn in formellem Ton an.

James verneigte sich und trat vom Podest, um sich den Kindern des Herzogs mit einer knappen Verbeugung vorzustellen. Er war sich nur zu sehr bewusst, dass die Reihenfolge bei der Vorstellung der drei jungen Leute ihre formelle Rangordnung widerspiegelte. »Prinz Vladic, Prinzessin, Prinz, darf ich Euch eine Erfrischung anbieten?«

Vladic musterte James einen Augenblick, und seine dunklen Augen verengten sich etwas, dann nickte er.

Ehe James sich versah, und noch bevor er der Prinzessin seine Hand reichen konnte – was eine weit höflichere Geste gewesen wäre –, hatte sie in einer unglaublich geschmeidigen Bewegung ihren Arm mit seinem verschränkt. Die Vertrautheit überrumpelte ihn schier. »Sagt mir, Junker«, meinte Paulina, während sie zu dem großen Tisch schritten, an dem die Erfrischungen aufgestellt waren, »wie kommt es, dass Ihr dem Prinzen persönlich dient?«

James war überwältigt. Da war etwas um diese Prinzessin, ein Geruch, vielleicht ein exotisches Parfum, das sein Blut in Wallung brachte. Er verspürte plötzlich wilde Begierde. Und die wiederum brachte James' »Sorgenbeule« zum Jucken. Sicherlich, Paulina war ein hübsches Mädchen, und manche hätten sie vielleicht sogar als wirklich schön bezeichnet; ganz gewiss war sie eine der attraktivsten Frauen des gesamten Balls. Doch für James waren die Verlockungen der Frauen nichts Ungewöhnliches, und da sie so außergewöhnlich hübsch nun auch wieder nicht war, verstand er nicht, wieso er sich so unwiderstehlich zu ihr hingezogen fühlte.

Er sah die beiden jungen Männer an und glaubte, in Kazamirs Miene einen Hauch Erheiterung erkennen zu können, während Vladics Gesicht eine unbeteiligte Maske war.

Er zwang sich, ihre Frage zu beantworten. »Ich verdanke dieses Amt meinem Dienst gegenüber der Krone.«

»Oh?«, hauchte sie und rückte ein kaum merkliches Stück von ihm weg. Falls ein einzelnes Wort jemals Bände sprechen konnte, so hatte das hier es soeben getan.

James schenkte ihr sein reizendstes Lächeln. »Ja. Ihr könnt das natürlich nicht wissen, da das Land, aus dem Ihr kommt, so weit entfernt ist. Bevor der Prinz mich in seine Dienste genommen hat, war ich ein Dieb.«

Die Prinzessin benötigte ihre gesamte Willenskraft, um nicht sofort von James abzurücken. Ihr erstarrtes Lächeln wirkte jetzt beinahe gequält. »Wirklich?«, fragte sie, während Kazamir, der hinter ihr stand, mühsam ein Lachen unterdrückte. Selbst Vladic verzog die Mundwinkel zu einem leichten, schwach angedeuteten Grinsen.

In diesem Augenblick erspähte James William, der an dem Tisch mit den Erfrischungen Stellung bezogen hatte. »Erlaubt mir, Euch jemanden vorzustellen, Hoheit.« Er bedeutete dem jungen Kadetten, näher zu kommen. »Hoheit, ich habe die Ehre, Euch William conDoin vorzustellen, den Sohn des Herzogs von Stardock und Cousin unseres Prinzen. Er wird heute als Leutnant in die Armee des Prinzen aufgenommen.« James stellte ihm seine Begleiter dem Rang entsprechend vor.

Schlagartig hellte sich die Miene der Prinzessin auf, und sie war wieder ganz das muntere, bezaubernde Geschöpf wie zuvor. William stieg die Röte ins Gesicht, und jetzt war James endgültig davon überzeugt, dass mehr um diese Prinzessin war als nur ihre offensichtlichen körperlichen Gaben. »Vielleicht könnte mir der Kadett einen Teil des Palastes zeigen, während Ihr meinen Bruder und meinen Cousin unterhaltet, Junker James?«

James warf Schwertmeister McWirth, der beim Podest stand, einen Blick zu und versuchte ihm mit einem leichten Nicken mitzuteilen, dass William sich um die edlen Gäste kümmern musste. Der alte Schwertmeister blickte etwas angesäuert drein, doch dann nickte er zustimmend. »William, ich bin sicher, das die Prinzessin gerne die Galerie der Wandteppiche und Prinzessin Anitas Gärten sehen würde«, sagte James zu William.

So gewandt wie ein Aal entschlüpfte die Prinzessin dem Griff von James und hakte sich bei William ein. »Und wie darf ich Euch nennen, mein junger Kadett?«, fragte die Prinzessin.

»Will, Eure Hoheit. Meine Freunde nennen mich Will.«

Während William die Prinzessin wegführte, um ihr die Wandteppiche zu zeigen, deutete James auf das Essen und den Wein. Der Kronprinz nahm einen Weinkelch und nippte daran. »Sehr gut«, sagte er. »Finstermoor?«

James nickte. »Ich nehme es an. Unsere besten Weine kommen von dort.«

»Ihr trinkt nichts?«

James lächelte. »Ich bin im Dienst.«

Kazamir nickte. »Ich verstehe. Ich bin übrigens beeindruckt, wie geschickt Ihr die Situation eben gehandhabt habt. Nicht viele junge Männer verzichten so leicht auf die Gesellschaft meiner Schwester.«

»Das glaube ich gern«, erklärte James. »Da ist etwas um sie ...«

Vladic betrachtete James eine Zeit lang, und James konnte sich des Gefühls nicht erwehren, als würde er von einem zukünftigen Gegner abgeschätzt. »Ihr habt eine gute Wahrnehmung, Junker«, meinte Vladic. »Meine Cousine wird von dem starken Bedürfnis beherrscht, dass viele Männer sie bewundern. Sie steigert ihre natürliche Anziehungskraft mit bestimmten Mitteln.«

»Aha«, meinte James. »Magie. Ist es eine Beschwörungsformel oder ein Getränk?«

»Ihre linke Hand. Sie hat in unserer Heimat von einer Frau, die sich mit solchen Dingen befasst, einen Ring erhalten. Ich fürchte, diese Sucht nach männlicher Aufmerksamkeit, die Paulina so sehr antreibt, wird ihrem zukünftigen Ehemann noch so manche Schwierigkeiten bereiten.«

»Dann sollte sie einen Mann heiraten, der entweder große Fähigkeiten als Schwertkämpfer besitzt oder große Geduld.«

Vladic nickte und trank erneut einen Schluck Wein. Dann pickte er eine Melonenscheibe von einer der Platten und knabberte daran. Seiner Miene nach schien ihm die Frucht zu schmecken. »Der Hof hier im Westen ist eine erfrischende Abwechslung zu dem, was wir östlich von Salador kennen gelernt haben.«

James nickte. »Daran zweifle ich keinen Augenblick. Westlich von Malac's Cross sind die Dinge anders. Ich habe nicht viel Zeit im Osten verbracht, aber er ist einfach ...«

»Zivilisierter?«, schlug Kazamir vor.

James lächelte. »Ich wollte sagen, älter, aber wenn Ihr ›zivilisierter‹ vorzieht, stimme ich Euch in diesem Punkt gerne zu.«

Auch Vladic lächelte, und zum ersten Mal hatte der Junker den Eindruck, als würde der junge Mann sein Misstrauen ein wenig ablegen. »Nun, es ist eine Frage der Wahrnehmung, schätze ich. Unsere Völker sind sehr alt, während die im Westen verhältnismäßig jung sind. In Olasko haben wir seit Jahrhunderten keinen Elben oder Goblins mehr gesehen. Es liegen sechs andere Länder von beträchtlicher Größe zwischen denen im Norden und Olasko.«

»Elben sind interessant«, erwiderte James. »Und ich habe schon so viele Goblins gesehen, dass es mir für den Rest meines Lebens reicht.«

»Ich habe gehört, dass sie nicht gerade schlau sind, sich aber gut jagen lassen«, wandte Kazamir ein.

»Nun, wenn Ihr daran Interesse habt, etwas zu jagen, das ein Schwert oder einen Bogen trägt, mag das schon sein.« James zuckte mit den Schultern. »Ich bin in der Stadt groß geworden und habe wenig Erfahrung mit dem Jagen. Mir bedeutet diese Art des Zeitvertreibs nichts.«

»Na ja, die Jagd ist hervorragend geeignet, um ein ansonsten recht langweiliges Leben etwas spannender zu gestalten«, erklärte Vladic.

James grinste. »Ich habe mein Leben nie als langweilig empfunden, vielleicht ist das der Grund.«

»Dann seid Ihr ein glücklicher Mann«, meinte Kazamir. »Wir haben zwar unsere Kriege – häufig genug sogar –, aber davon abgesehen gibt es wenig, was einen Mann auf der Suche nach spannender Unterhaltung beschäftigen könnte.«

»Mein Cousin ist da den meisten anderen Edlen sehr ähnlich; auch er sucht Ruhm in Äußerlichkeiten«, erklärte Vladic. »Aber die Fähigkeiten im Umgang mit den Waffen, mit Schwert und Bogen, die Herausforderung der Jagd – das alles sind nur zweitrangige Dinge verglichen mit so etwas.« Er deutete auf Arutha, der einem der städtischen Edlen lauschte; der Mann flüsterte ihm gerade etwas ins Ohr. »Er sucht ein Amt, einen geeigneten Ehemann für seine Tochter, einen Verbündeten gegen einen Feind, oder er will etwas von Eurem König. Intrigantentum ist eine besondere Lebensweise am Hofe meines Vaters.«

James lachte. »Das ist Junker Randolph von Silverstown. Ich nehme an, er redet auf den Prinzen ein, damit er ihm dabei hilft, das Vieh eines seiner schrecklichen Nachbarn von seinen Weiden zu schaffen.«

Kazamir brüllte vor Lachen. »Das ist wahrlich eine sehr kleine Intrige, Cousin.«

Vladic blickte etwas verärgert drein, weil er sich so zum Gespött gemacht hatte, aber er schwieg.

»Wollt Ihr lange in Krondor bleiben?«, erkundigte sich James.

Kazamir zuckte mit den Schultern. »Vater hat dies alles als Reise durch den Westen geplant, daher nehme ich an, dass wir einige Tage bleiben, bevor wir weiterreisen. Er möchte mit uns im Trollheim-Gebirge jagen, weil es dort große Eber geben soll, ebenso wie wilde Trolle und – wenn das wahr ist – sogar Drachen.«

James konnte seine Erheiterung kaum im Zaum halten. »Als jemand, der selbst einmal einen Drachen gesehen hat, möchte ich Euch gerne versichern, dass nur ein Wahnsinniger sich auf die Suche nach einem begeben würde.«

Kazamirs Miene verdüsterte sich. »Ein Wahnsinniger?«

James breitete in entschuldigender Geste die Arme aus. »War ein Witz, und offensichtlich ein schlechter. Es ist nur so, dass man von Drachen unzählige Geschichten gehört hat. Wenn Ihr wirklich einen jagen wollt, solltet Ihr eine ganze Armee mitnehmen.«

Kazamirs Gesichtsausdruck hatte sich inzwischen etwas geglättet, aber James hätte nicht sagen können, ob er ihm die Beleidigung wirklich vergeben hatte. Er fuhr fort: »Selbst Trollen sollte man aus dem Weg gehen, solange es irgendwie möglich ist. Die Tiefland-Trolle unterscheiden sich vielleicht kaum von wilden Tieren, aber sie sind gefährlicher als jeder Löwe oder jeder Bär, den Ihr jagen könntet, denn sie sind schlau, und sie jagen in Gruppen von zweien und mehreren. Ihre Verwandten in den Bergen sprechen immerhin eine Sprache und besitzen Waffen. Wenn Ihr Euch auf die Jagd nach ihnen begebt, könnt Ihr sicher sein, dass sie sofort anfangen werden, euch ebenfalls zu jagen.«

»Interessant«, war alles, was Vladic herausbrachte. »Wie steht es denn mit der Jagd in dieser Region?«, fragte er dann.

»Ja«, meinte Kazamir mit plötzlichem Interesse. »Gibt es hier vielleicht Löwen?«

James zuckte mit den Schultern. »Wenn Ihr in den Norden geht, in die Ausläufer des Calastius-Gebirges, werdet Ihr eine gute Auswahl an Wild finden. In der Nähe der Königlichen Hochstraße ist es etwas spärlicher, aber wenn Ihr erst oben in den Bergen seid, gib es reichlich Hirsche, Elche, Bären und große Leoparden. Hin und wieder kommt ein Wyvern von den Gebirgen im Nordland herunter, und das reicht mir an Drachen vollkommen.«

»Wenn wir länger als nur ein paar Tage hier bleiben, könntet Ihr dann für uns eine Reise in diese Berge vorbereiten?«, fragte Vladic.

James nickte. »Ich werde mit dem Verwalter sprechen; er wird gemeinsam mit dem Jagdmeister und dem Schwertmeister dafür sorgen, dass Führer und Soldaten bereitstehen. Schon nach einem Tagesmarsch könntet Ihr ein Gebiet erreichen, in dem es reichlich Wild gibt.«

Vladic blickte zufrieden drein, wie auch sein Cousin. »Gut. Ich werde morgen mit meinem Onkel sprechen, und je nachdem, was für Pläne er ansonsten hat, kann ich ihn vielleicht dazu bewegen, schon am Tag darauf zu einer solchen Reise aufzubrechen.«

Kazamir strahlte jetzt geradezu. »Ich gehe dabei allerdings davon aus, dass Ihr für die Zeit, in der wir weg sind, eine Ablenkung für meine Schwester findet.«

James runzelte die Stirn, und das brachte Kazamir dazu, laut aufzulachen. »Ich nehme an, ich kann Prinzessin Anita dazu bewegen, für diese Ablenkung zu sorgen«, meinte James. »Die meisten jungen Männer am Hof würden vor einigen Schwierigkeiten stehen, wenn sie sich um Eure Schwester kümmern müssten.«

»Und doch hattet Ihr selbst kein Problem, sie dem jungen Kadetten zu übergeben«, bemerkte Kazamir argwöhnisch.

James beugte sich vor und senkte die Stimme in geradezu verschwörerischer Manier. »Dem jungen Will fehlt es an … Erfahrung. Unabhängig davon, wie attraktiv Eure Schwester ist, müsste sie immerzu den Anfang machen … abgesehen von einem unbeholfenen Liebäugeln zu Beginn. Sofern ich mir ein Urteil über diese Dinge erlauben kann – ich glaube nicht, dass Eure Schwester an so etwas interessiert ist.«

Kazamir versetzte James einen kräftigen Schlag auf den Rücken und lachte. »Ihr mögt zwar vom Lande kommen, James, aber Eurer Wahrnehmungsfähigkeit ist das ganz und gar nicht anzumerken. Ja, meine Schwester sucht einen Ehemann mit guten Beziehungen. Sie wird sich ihre Chance nicht durch unnütze Tändelei schmälern lassen. Ihr Ehemann wird erwarten, dass sie in der Hochzeitsnacht unberührt vor ihn tritt, und genau das wird sie auch tun. Aber sie wird noch einige junge Männer sehr unglücklich machen, bis es so weit ist.«

James, dessen Vergangenheit vollkommen anders verlaufen war, betrachtete solche Dinge weit weniger kritisch; er hatte als kleiner Junge zu viele Frauen gekannt und genoss als Mann die Vergnügungen des Bettes viel zu sehr, um sich groß Gedanken darüber zu machen, dass Männer einen anderen Maßstab als Frauen anlegten. Doch er hatte genug Männer kennen gelernt – Edle und Gewöhnliche –, die anders empfanden, und so akzeptierte er diese Meinung.

»Diese … Mittel, die sie benutzt, um ihre Reize zu verstärken, müssten doch ihre Situation in ihrer Heimat deutlich erschweren?«

»Die meisten Männer in Olasko haben Angst vor ihrem Vater«, sagte Vladic und stellte den leeren Weinkelch ab. Er winkte ab, als ein Diener ihn nachfüllen wollte. »In meinem Heimatland fürchten viele seinen Zorn.«

James zuckte mit den Schultern und nickte verständnisvoll. »Scheint mir sehr weise zu sein, wenn ich ein Bürger Eures Volkes wäre. Der Herzog macht einen recht Furcht erregenden Eindruck.«

Kazamirs Lächeln verschwand. »Was sich so mancher besser hinter die Ohren schreiben sollte, James.« James war sicher, dass diese Bemerkung eher an Vladic als an ihn gerichtet war. Dann kehrte das Lächeln auf Kazamirs Gesicht zurück. »Doch es ist sehr verführerisch für die Männer meines Volkes, einen Preis wie meine Schwester zu ergattern.«

James blinzelte verwirrt. »Einen Preis?«

»Wie ich schon erwähnt habe, sind wir in Olasko sehr abenteuerlustig. Die Jagd nach Frauen ist ebenso anerkannt wie die Jagd nach Höhlenbären.«

»Eine interessante Weise, es so auszudrücken«, meinte James so sachlich wie möglich. »Ich nehme an, mein Freund Locklear könnte sich sehr gut in eine solche Vorstellung einfühlen.«

»Er verfolgt auch Frauen?«

»Unaufhörlich.«

»Dann nehme ich an, dass er ein vorzüglicher Schwertkämpfer ist«, erklärte Vladic.

»Das ist er, aber wieso ist das wichtig?«

Kazamir antwortete. »Weil in meinem Heimatland von einem jungen Mann erwartet wird, so viele Frauen wie möglich zu haben, während es gleichzeitig seine Pflicht ist, die Ehre seiner Schwester mit der Klinge zu verteidigen, sollte jemand sie beleidigen.«

James grinste. »Dann müsst Ihr in Olasko häufig Duelle haben.«

Vladic erwiderte das Grinsen mit einem Nicken. »Ständig.«

»Glücklicherweise ist mein Freund Locklear unterwegs in den Norden, um einige Zeit an der Grenze zu dienen. Uns bleibt also das Schauspiel erspart, dass Ihr ihn eines frühen, kühlen Morgens aufspießen müsst.«

»Angesichts der langen Reise« – der Kronprinz blickte sich im Ballsaal um – »und der Unwahrscheinlichkeit, dass ich vor dem Ende der Gala eine geeignete Frau von Rang treffen werde, würde ich mich gerne zurückziehen.«

Kazamir blickte sich jetzt ebenfalls um. »Ich folge dir. Auch ich ziehe heute ein warmes Bett dem Trinken und Herumtändeln vor.«

Sofort bedeutete James einem Pagen herzukommen, und als der Junge sich näherte, wies er ihn an, die Prinzen Vladic und Kazamir in die Gästegemächer zu geleiten. Er wünschte den beiden eine gute Nacht und kehrte zum Podest zurück.

Die Musiker spielten noch immer. Sobald James wieder neben Arutha stand, wandte sich der Prinz an ihn. »Was hältst du von diesem Besuch?«

James sprach gerade laut genug, dass nur der Prinz ihn hören konnte. »Ich finde es seltsam. Nach außen hin sieht es so aus, als wäre der Herzog auf der Suche nach einem geeigneten Ehemann für seine Tochter, während er gleichzeitig auf die Jagd gehen will.«

»Nach außen hin«, wiederholte Arutha, den Blick weiterhin auf die Tanzenden gerichtet.

»Da es nur wenige Söhne von geeignetem Rang in diesem Teil des Königreichs gibt – nun, zumindest nicht viele, die älter als zehn sind –, lässt sich dieser Grund bei näherer Betrachtung wohl kaum aufrechthalten.«

»Welchen anderen Grund vermutest du also?«

»Sein Sohn sagt, dass sie im Trollheim-Gebirge Drachen und Trolle jagen wollen, aber ich kann das nur schwer glauben. Wir haben erst vor ein paar Wochen bei Romney gegen Trolle gekämpft, und ich bin sicher, wir haben genügend zurückgelassen, dass der Herzog und seine Kameraden lange Zeit Unterhaltung hätten. Was die Jagd nach Drachen angeht, suchen nicht einmal die Zwerge nach ihnen. Sie warten, bis sie von allein auftauchen, und dann holen sie die gesamte Gemeinschaft zusammen, um sie zu bekämpfen. Nein, der Herzog ist vielleicht verrückt genug, um Drachen und Trolle jagen zu wollen, aber das ist nicht der Grund, weshalb er in den Westen gekommen ist. Ich nehme an, der wahre Grund für diese Reise wird in Durbin zu finden sein.«

»Was könnte er in Durbin wollen? Es gibt zwanzig wichtige keshianische Häfen im Osten, die er erreichen kann.«

James zuckte mit den Schultern. »Wenn wir wüssten, was er in Durbin vorhat, würden wir auch wissen, wieso er lügt.«

Arutha blickte James an. »Du vermutest doch etwas.« Er wandte seine Aufmerksamkeit wieder der Tanzfläche zu.

James nickte. »Aber nichts, das ich laut äußern möchte. Nur ein vages Gefühl, dass dies alles irgendwie zusammenhängt – die Morde, das Verschwinden von Bürgern, die Ankunft dieser Edlen.«

»Wenn du weißt, was dahinter steckt, teile es mir bitte mit.«

»Ihr werdet der Erste sein, der es erfährt«, meinte James und grinste.

»Hast du geschlafen?«

»Vor dem Ball? Ja.« James wusste, was als Nächstes kommen würde.

»Gut, dann weißt du ja, was du zu tun hast.«

James nickte, verneigte sich vor dem Prinzen und vor der Prinzessin und zog sich aus dem Saal zurück. Er winkte einen Pagen zu sich, und der junge Mann folgte ihm.

James eilte zu der Galerie mit den Wandteppichen, doch sie war leer. Daraufhin suchte er die Gärten der Prinzessin auf, wo er Prinzessin Paulina fand, neben einem sehr erröteten William. Der junge Kadett benahm sich beinahe wie ein Narr, so sehr stammelte er, während das Mädchen seinen Arm fest umklammert hielt und sich über die Blumen ausließ.

»Ähm«, versuchte James, sich bemerkbar zu machen.

Die Erleichterung auf Williams Gesicht war offensichtlich, als der Junker sich vor der Prinzessin verneigte. »Hoheit, dieser Page wird Euch zu Euren Gemächern begleiten. Euer Vater und Euer Bruder haben sich bereits zurückgezogen.«

»Aber es ist doch noch so früh«, schmollte das Mädchen.

»Wenn Ihr es wünscht, begleitet der Page Euch auch zur Gala zurück. Aber die Anwesenheit von Kadett William wird jetzt an anderer Stelle benötigt.« Sie schien Einwände dagegen erheben zu wollen, doch James kam ihr zuvor. »Auf Befehl des Prinzen.«

Sie runzelte die Stirn, zwang sich jedoch zu einem Lächeln, als sie sich zu William umdrehte. »Ich danke Euch dafür, dass Ihr mich herumgeführt habt. Es ist schade, dass wir diesen Abend so frühzeitig abbrechen müssen. Vielleicht haben wir später die Gelegenheit, damit fortzufahren?«

»P … Prinzessin«, stotterte William.

James wurde von starker Begierde nach dem Mädchen überwältigt, als er sich vor ihr verbeugte und ihr dabei näher kam. Das Gefühl verschwand jedoch wieder, als sie sich zurückzog.

James drehte sich zu William um. Der Kadett blinzelte, er war offensichtlich verwirrt. »Geht es dir gut, Willy?«

»Ich weiß es nicht«, meinte der junge Mann noch immer blinzelnd. »Als wir zusammen waren, habe ich … ich weiß nicht, wie ich beschreiben soll, was ich gefühlt habe. Aber jetzt, wo sie weg ist …«

»Magie …«, sagte James.

»Magie?«

»Sie benutzt Magie, hat ihr Bruder gesagt«, erklärte James. »Das soll ihre Reize verstärken.«

»Das kann ich mir nur schwer vorstellen«, erwiderte William.

»Das klingt aber seltsam für einen, der auf einer Insel voller Magier aufgewachsen ist«, bemerkte James, während William errötete. »Glaub es einfach.« Er legte dem jungen Soldaten die Hand auf den Arm.»Ich habe etwas im Auftrag von Arutha zu erledigen, und du siehst aus, als könntest du einen ordentlichen Schluck vertragen.«

»Das stimmt allerdings«, gab William zu. »Aber ich muss in mein Quartier zurück.«

»Nicht, wenn du mit mir kommst«, widersprach James.

»Was haben Aruthas Angelegenheiten damit zu tun, dass ich was zu trinken kriege?«

James grinste. »Ich muss mich an ein paar Orten umsehen, und was wäre wohl besser, als mit einem Freund von einer Schenke zur nächsten zu ziehen?«

William seufzte tief; er versuchte, den Gedanken an Schwertmeister McWirth und seine Reaktion auf das, was James vorhaben mochte, zu verdrängen. Zusammen mit seinem Freund verließ er den Garten.

Vier

Überraschungen

William blicke starr nach vorn.

Er wusste, dass Schwertmeister McWirth jede seiner Bewegungen genau beobachtete. Schon seit dem letzten Jahr hatte es sich der alte Soldat zur Angewohnheit gemacht, Williams Entwicklung mehr Aufmerksamkeit zu schenken als der der anderen. Jetzt allerdings, da seine Ernennung zum Offizier kurz bevorstand, war es, als würde er jede einzelne Geste, jedes einzelne Wort einer genauen Prüfung unterziehen.

William schob es darauf, dass er ein außergewöhnlicher Offiziersanwärter war – was das lange, zweihändige Schwert betraf, war er vielleicht sogar der beste Schwertkämpfer der ganzen Garnison – und zweifellos überaus begabt in taktischen und strategischen Fragen. Und vermutlich betrachtete der Schwertmeister ihn als eine Art »Spezialprojekt«, da er ein Cousin des Prinzen war. Doch so sehr William sich auch bemühte, seinen alten Lehrer in diesen letzten Tagen zufrieden zu stellen, er hatte immer irgendetwas auszusetzen. Entweder war ein Schwerthieb um eine Haaresbreite zu tief gewesen, oder seine Entscheidung, bei den Übungen im Feld eine bestimmte Position zu verstärken, wurde als vorschnell kritisiert. William fragte sich sogar einen Augenblick, ob der Schwertmeister möglicherweise persönlich etwas gegen ihn hatte, doch dann wischte er diesen Gedanken beiseite, da McWirth zu ihm trat. »Na, lange Nacht gehabt, Kadett?«, fragte er mit freundlicher Stimme.

William hatte noch immer ganz müde Augen, da er in dieser

Nacht tatsächlich wenig Schlaf gefunden hatte, aber er gab sich aufrichtig Mühe, gegen die Schläfrigkeit anzukämpfen, die sich in seinen Gliedern eingenistet hatte. »Ziemlich lang, Schwertmeister!«, antwortete er so forsch, wie es ihm möglich war.

»Müde, Kadett?«

»Nein, Schwertmeister!«

»Gut«, sagte McWirth und hob die Stimme, damit auch die anderen Kadetten ihn hören konnten. »Wir werden nämlich heute eine Übung durchführen. Ein paar üble Männer haben das Dorf Tratadon umzingelt, und wir müssen so schnell wie möglich hinreiten, um die Töchter Tratadons vor den Klauen dieser teuflischen Banditen zu bewahren.« Er blickte wieder William an. »Natürlich handelt es sich bei diesen Männern um aktive Garnisonssoldaten, die es nur zu gern mit einem Haufen milchbärtiger Kadetten aufnehmen wollen, also sorgt dafür, dass sie ordentlich enttäuscht werden.«

»Jawohl, Schwertmeister!«, riefen alle wie aus einem Munde.

»Schwert und Sattel bereit in fünfzehn Minuten!«, rief der Schwertmeister.

William rannte mit seinen Kameraden los; er warf einen verstohlenen Blick nach oben zum Palastflügel, wo sein Freund James vermutlich noch schlief. Er fluchte still in sich hinein, doch natürlich wusste er nur zu gut, dass James ihn nicht gezwungen hatte, noch länger im Regenbogen-Papagei zu bleiben. Und er erinnerte sich daran, wie attraktiv das Mädchen Talia gewesen war; es hatte ihm gefallen, wie sie ihn angelächelt hatte.

Er verdrängte den Gedanken an sie jedoch rasch wieder, denn als er die Waffenkammer erreicht hatte, um Waffen und Rüstung zu holen, war er viel zu beschäftigt, als dass er noch an etwas anderes als die bevorstehende Übung hätte denken können.

James blickte hinab auf den Hof, der gerade von den Kadetten überquert wurde, die sich für die Übung ausstatten wollten. Er hatte sich gezwungen, wach zu bleiben, hatte den Tagesplan gelesen und erfahren, dass William und den anderen ein grauenhafter Tag bevorstand. Tratadon war etwa einen Zehn-Stunden-Ritt entfernt, und diejenigen, die die Banditen spielen sollten, hatte McWirth bereits am Abend zuvor dorthin geschickt; diese Männer würden also ausgeruht sein und sich gut verschanzt haben. Der Schwertmeister tat sein Bestes, dass seine Zöglinge genau die Probleme kennen lernten, mit denen sie es später, während ihrer wirklichen Arbeit, zu tun haben würden.

»Junker?« Eine leise Stimme riss James aus seinen Gedanken und verhinderte, dass er seiner Müdigkeit nachgab und eindöste.

»Ja?« James blickte den jungen Pagen an und zwang sich, richtig wach zu werden.

»Seine Hoheit erwartet Euch in seinem privaten Arbeitszimmer.«

James nickte und bemühte sich, die Schläfrigkeit abzuschütteln, die ihn unverzüglich überfiel, wenn er aufhörte, sich zu bewegen. Als sie die Tür zu Aruthas Arbeitszimmer erreicht hatten, wurde sie von einem anderen Pagen geöffnet, so dass James eintreten konnte, ohne langsamer werden zu müssen.

Arutha saß an seinem Tisch. Er deutete auf zwei Becher und einen großen Topf. »Bitte.«

James nahm die beiden Becher und füllte sie mit dem dunklen, keshianischen Kaffee, dessen Aroma ihm in die Nase stieg. Während er einen Löffel Honig in den Becher des Prinzen gab, meinte er: »Wenn ich daran denke, dass ich noch vor ein paar Jahren Kaffee nicht ausstehen konnte … Jetzt frage ich mich, wie man ohne ihn den Morgen überstehen kann.«

Arutha nickte und nahm ihm den einen Becher ab. »Oder Chocha.«

James zuckte bei der Erwähnung des tsuranischen Morgengetränks mit den Schultern. »Hat mir niemals geschmeckt. Zu bitter und zu würzig.«

Arutha winkte James zu einem Stuhl. »Ich muss in fünfzehn Minuten Hof halten, aber du wirst heute nicht dabei sein. Ich möchte, dass du zwei Dinge erledigst. Das eine ist einfach, das andere nicht.«

James nickte wortlos.

Arutha fuhr fort: »Herzog Radswil und seine Familie möchten auf die Jagd gehen. Du wirst unseren Jagdmeister anweisen, eine Gruppe zusammenzustellen, die den Prinzen von Olasko übermorgen in die Berge begleitet.«

»Das ist das einfache«, mutmaßte James.

Arutha nickte. »Versuche, deine verschwundenen Agenten zu finden – und damit hoffentlich auch die Ursache für all diese seltsamen Vorgänge in unserer Stadt. Die Aufgabe verlangt eine Menge Diplomatie von dir, denn ich möchte, dass du beim Stadtgefängnis beginnst und Sheriff Means besucht.«

»Erfahre ich dann jetzt den Grund dafür, weshalb der Sheriff auf uns gewartet hat, als wir nach Krondor zurückgekehrt sind?«

Arutha musterte seinen jungen Freund neugierig. »Hast du die Gerüchte noch nicht gehört?«

James unterdrückte ein Gähnen. »Ich war zu beschäftigt.«

Arutha leerte seinen Becher und erhob sich. James folgte seinem Beispiel. »Es gibt Probleme zwischen der Stadtwache und den Männern des Sheriffs. Der Sheriff hat sich über die Soldaten von Guruth, dem Hauptmann der Wache, beschwert, besonders über diejenigen im Armenviertel.«

»Aha«, sagte James. »Ein Streit über Zuständigkeiten.«

»Irgendwas in der Richtung, ja. Die Stadtwache kümmert sich aus Tradition um die Sicherheit der Stadt, während die Wachtmeister des Sheriffs mehr mit den Verbrechen in der Stadt beschäftigt sind, aber das weißt du ja. In der letzten Zeit sind die beiden Gruppen jedoch mehrfach aneinander geraten. Eine gewisse Konkurrenz hat zwar schon immer zwischen ihnen geherrscht, doch jetzt scheint es regelrecht aus dem Ruder zu laufen.«

»Was soll ich tun, Hoheit?«

Arutha ging zur Tür und öffnete sie. »Ich möchte, dass diese Sache ein Ende hat, bevor offene Schlägereien zwischen den Wachtmeistern und den Stadtwachen ausbrechen. Vielleicht kannst du die Aufmerksamkeit beider Seiten auf die Morde lenken, damit dieses Gerangel endlich ein Ende nimmt.« Arutha verließ sein Arbeitszimmer, um sich seinen offiziellen Aufgaben zu widmen, und ließ James allein zurück.

James mochte Krondor am liebsten in den frühen Morgenstunden. Als er den Palast verließ, war er wieder einmal von der Geschäftigkeit dieser Stadt beeindruckt. Die Sonne war eine Stunde zuvor im Osten aufgegangen, und schon wimmelte es in der Stadt vor Betriebsamkeit. Wagen rollten auf die Tore zu, um Waren von ankommenden Karawanen zu übernehmen oder jene, die bereit zum Aufbruch waren, mit allen möglichen Handelsgütern zu beladen; andere Wagen bewegten sich zu den Docks, um die Ladung zu übernehmen, die zuvor von Schiffen in den Hafen gebracht worden war. In den Strom von Arbeitern, die unterwegs zu ihrer jeweiligen Arbeit waren, mischten sich Kaufleute, die ihre Läden aufsuchten, die Kunden dieser Läden und tausend andere Stadtbewohner und Besucher.

Eine Brise trug den Salzgeschmack vom Hafen herbei, und James atmete tief ein. Er fühlte sich wie neugeboren. Gegen Mittag würde die Wärme den Geruch von verfaulenden Früchten, Fleischresten, weggeworfenen Knochen und noch übler riechenden Abfällen in die Luft tragen. James war in der Stadt geboren und aufgewachsen, und so fiel es ihm nicht schwer, den Gestank von Gerbereien, Färbereien, Hühnerställen und Geflügelhöfen, der besonders an warmen Tagen die Luft erfüllte, in den Hintergrund zu drängen. Trotzdem genoss er es natürlich, wenn dieser Gestank einmal fehlte.

Dankbar holte er noch einmal tief Luft, und in diesem Augenblick entließ einer der Ochsen die für diese Tiere typischen Blähungen und entleerte geräuschvoll seinen Darm. James rümpfte die Nase und beeilte sich wegzukommen, denn er wusste, dass die Götter einen mitunter bösen Sinn für Humor besaßen, was sie tausendmal am Tag in geringfügigen menschlichen Missgeschicken zur Schau stellten. Wäre das Gleiche jemand anderem passiert, hätte er es sehr komisch gefunden.

James eilte über den Königlichen Markt, der nicht wirklich der Herrschaft des Prinzen unterstand, sondern nur deshalb so hieß, weil dieser Marktplatz dem Palast am nächsten lag. Die Straßenhändler hatten ihre Waren bereits ausgebreitet, und Marktbesucher machten ihre Runde entlang der Stände und begutachteten, was da alles zum Verkauf angeboten wurde.

Der ehemalige Dieb ging die Hauptstraße entlang und wich an mehreren Kreuzungen dem Gewirr aus Wagen und Karren aus. Schläfrig dachte er darüber nach, dass die Wachtmeister zumindest deshalb nützlich waren, weil sie morgens an den Kreuzungen standen und den Verkehr regelten. Gegen Mittag würde sich die Hektik bereits etwas gelegt haben, aber im Augenblick brauten sich mindestens ein halbes Dutzend Handgreiflichkeiten zusammen, als Fuhrleute, Bauern und Zulieferer sich gegenseitig Beleidigungen an den Kopf warfen.

James schlängelte sich zwischen den vielen Menschen hindurch, und als er an die nächste Ecke kam, stellte er fest, dass dort bereits ein Kampf in vollem Gange war. Zwei Wagen hatten sich offenbar ineinander verkeilt, als ein Karren umgefallen war und ein Pferd erst gescheut und sich dann aufgebäumt hatte, bevor er über den Wagen gestürzt war. Zwei Wachtmeister eilten herbei. Als James dort ankam, wurde er rüde zur Seite geschoben, und jemand rief: »Aus dem Weg!«

James taumelte auf eine Frau zu, die einen Korb mit Korn trug; als sie zu Boden fiel, ergoss sich der Inhalt ihres Korbes über die ganze Straße. Wütend schreiend forderte sie Ersatz. Er murmelte eine Entschuldigung und drehte sich rechtzeitig um, um sich gegen den nächsten dummen Schläger zu verteidigen.

Es stellte sich heraus, dass es sich um Hauptmann Guruth handelte, den Kommandeur der Stadtwache. Er war ein kräftiger Mann mit einem schwarzen Bart, dunklen Augen und einer tiefen Stimme, die von Natur aus etwas Bedrohliches hatte – eine Tatsache, die er wirkungsvoll nutzte. »Was geht hier vor?«

Sofort beruhigten sich die Umstehenden; nur die beiden Streithähne prügelten sich weiter. Zwei Wachen hasteten an ihrem Hauptmann vorbei und versetzten ihnen Schläge mit den Speerschäften, und dann eilten auch die Wachtmeister herbei und halfen ihnen. Schließlich wurden die beiden Kämpfenden beruhigt. Der Hauptmann wandte sich an die Menge. »Ihr alle, kümmert euch wieder um eure Angelegenheiten, sonst finden wir einen schönen Platz für euch im Palastkerker!«

Die Menge zerstreute sich rasch, und Guruth wandte sich an James. »Junker?«, fragte er, und seine Stimme ließ keinen Zweifel daran, dass er eine Erklärung dafür hören wollte, dass James bei dieser Auseinandersetzung anwesend gewesen war.

James fühlte sich überrumpelt: Erst war er von den beiden Wachen rüde beiseite geschoben worden, dann stellte man ihn in einem Ton zur Rede, als wäre er in seiner eigenen Geburtsstadt ein Eindringling. »Ich bin im Auftrag des Prinzen unterwegs«, sagte er und klopfte sich den Staub von der Kleidung.

Der Hauptmann ließ kurz ein ruppiges, lautes Lachen hören. »Nun, dann solltet Ihr sehen, dass Ihr weiterkommt, während ich mich um das hier kümmere.«

»Eigentlich betrifft diese Aufgabe Euch und den Sheriff. Wenn Ihr mich freundlicherweise zu seinen Diensträumen begleiten würdet …«, sagte James und schritt davon, ohne sich umzudrehen und sicherzustellen, ob der Hauptmann ihm folgte.

James hörte, wie der Hauptmann seinen Männern befahl, sich um die Angelegenheit zu kümmern, und ihm dann folgte. Das gleichmäßige Geräusch der Schritte auf Stein verriet James, dass der Hauptmann mit seinen Männern dicht hinter ihm war. Er wurde etwas schneller, sorgte dafür, dass sie ihren Schritt beschleunigen mussten. Die Diensträume des Sheriffs lagen gleich beim Alten Marktplatz, nicht weit entfernt von der Stelle, an der die Auseinandersetzung stattgefunden hatte.

Das Büro war zugleich der Eingang zum Stadtgefängnis, das im Keller lag und aus acht Zellen bestand – zwei großen und sechs kleineren für jene Gefangenen, die von den übrigen fern gehalten werden sollten. Zu beinahe jeder Tages- oder Nachtzeit fanden sich ein paar Betrunkene, armselige Diebe, Schläger und andere Unruhestifter hier ein und warteten auf den Bürgermeister.

Die beiden Stockwerke darüber bildeten die Wohnräume derjenigen Helfer des Sheriffs, die keine Familien in der Stadt hatten. Sheriff Wilfred Means blickte von einem Tisch auf, den er zum Schreiben benutzte, und nickte den beiden höflich zu. »Hauptmann, Junker. Was verschafft mir die Ehre?« Der Ausdruck auf seinem Gesicht zeigte, dass das Auftauchen von James und dem Hauptmann ganz und gar kein Vergnügen für ihn bedeutete. Die Konflikte zwischen den Wachtmeistern und der Stadtwache hatten zu Spannungen zwischen dem Sheriff und dem Hauptmann geführt, und ihre Beziehung war sehr unterkühlt. Und was James betraf, so hatte Means schon gar keine Lust, sich mit ihm beschäftigen zu müssen.

Es war eine Haltung, die bis in James' Kindheit zurückreichte. Damals, als der Junker noch Jimmy die Hand geheißen hatte, war er den Wachtmeistern ein Dorn im Auge gewesen. James wusste nur zu gut, dass der Sheriff ihn – unabhängig davon, welchen Rang er inzwischen am Hof des Prinzen bekleidete – noch immer als Dieb betrachtete und dass er ihm insofern immer verdächtig war.

James verwarf rasch ein paar der Möglichkeiten, die Bereinigung des Konflikts anzugehen. Arutha hatte ihm mitgeteilt, welches Ergebnis er erreichen sollte, er hatte ihm aber die Entscheidung darüber offen gelassen, *wie* er dieses Ergebnis erreichen wollte. Da James ohne Zweifel wusste, dass sowohl der Hauptmann als auch der Sheriff ehrbare Männer waren, entschied er sich für eine direkte Herangehensweise.

»Wir haben ein Problem, meine Herren«, erklärte James also geradeheraus.

Der Hauptmann und der Sheriff wechselten einen Blick; sie teilten sich gegenseitig mit, dass sie beide nicht wussten, was jetzt kam. »Ein Problem?«, fragte der Hauptmann.

»Da Eure jeweilige Autorität sich auf sich zum Teil überschneidende, eigentlich jedoch unterschiedliche Zuständigkeitsbereiche erstreckt, fehlen Euch möglicherweise Informationen, die der andere besitzt. Ich bin jedoch sicher, dass Ihr beide über die ungewöhnlich hohe Anzahl von Morden Bescheid wisst, die in der Stadt stattgefunden haben.«

Der Sheriff schnaubte. »Genau aus diesem Grund habe ich den Prinzen gleich bei seiner Rückkehr nach Krondor aufgesucht, Junker«, erklärte er leicht spöttisch.

James ignorierte den Ton. »Seine Hoheit«, meinte er, »sorgt sich, dass dieser Flut an Morden mehr zugrunde liegen könnte, als es auf den ersten Blick den Anschein haben mag.«

»Das halte ich für unwahrscheinlich«, sagte der Hauptmann Guruth. »Es handelt sich zwar um eine ganze Reihe von Toten, doch es deutet nichts auf eine Verbindung zwischen ihnen hin.«

Der Sheriff verriet wieder seine Gefühle. »Ihr seid ein Soldat, Guruth. Eure Burschen eignen sich sehr gut dazu, bei Veranstaltungen und Feste für Ruhe zu sorgen, aber keiner von ihnen hat das Talent, rumzuschnüffeln und was rauszukriegen, was nicht ohnehin schon jeder weiß. Darin sind die Wachtmeister viel besser.«

James unterdrückte mit einiger Mühe den Drang, laut aufzulachen. Es gab einige Spitzel unter den Wachtmeistern, aber sie wurden häufig von den Spöttern bezahlt, um falsche Informationen weiterzugeben, und jeder, der voll in deren Diensten stand, musste damit rechnen, schon bald im Wasser der Bucht zu treiben.

»Ich weiß nicht, was Seine Hoheit Euch über seine jüngsten Versuche hinsichtlich der Bekämpfung der Bruderschaft des Dunklen Pfades und der Nachtgreifer erzählt hat«, wandte er sich an beide.

»Nachtgreifer!«, rief Guruth. Er fluchte leise. »Die Nachtgreifer sind wie Unkraut. Ich dachte, wir hätten sie vor zehn Jahren vernichtet, damals, als wir das Weidenhaus niedergebrannt haben!«

Die Worte des Hauptmanns brachten James etwas in Erinnerung, das er vergessen hatte. Guruth war noch ein junger Soldat gewesen, möglicherweise Sergeant oder Leutnant, als Arutha und James eine Gruppe von Soldaten angeführt hatten, die die Nachtgreifer in ihrem Hauptquartier in Krondor vernichtet hatten. Dort, in einem Keller unterhalb des schönsten Bordells der Stadt, hatten sie ein Moredhel gefunden. Und sie hatten die Macht von Murmandamus, dem Herrscher der Dunkelelben, zu spüren bekommen, denn jeder getötete Nachtgreifer war von den Toten wieder auferstanden und hatte erneut gegen sie gekämpft.

Niemand von denen, die die Schlacht im Keller des Weidenhauses überlebt hatten, konnte sie wirklich vergessen. Eine ganze Reihe der Männer, die auf der Suche nach dem Unterschlupf der Nachtgreifer in die Abwasserkanäle gestiegen waren, hatte damals nicht überlebt.

Guruth blickte James an. »Ihr wisst, was ich meine, Junker.«

James nickte. »Ja, ich erinnere mich.« Er seufzte. »Aber auf dem Weg nach Armengar und später in Kenting haben wir herausgefunden, dass es wohl zu viele Nachtgreifer gibt und man sie nicht wirklich vernichten kann; sobald man das eine Nest zerstört, scheint sich an anderer Stelle ein neues zu bilden.«

»Das heißt, es laufen Assassinen in der Stadt herum?«, fragte der Sheriff. Er hatte an dem Kampf vor zehn Jahren nicht teilgenommen, aber er hatte genug darüber gehört, um James und Guruth allein deswegen einen gewissen Respekt entgegenzubringen.

»Es sieht ganz so aus«, meinte James. »Obwohl keiner von denen, die einen Mord gemeldet haben, ausdrücklich von Nachtgreifern gesprochen hat.«

»Das überrascht mich nicht«, meinte der Sheriff. »Sie haben schon immer viel Wert darauf gelegt, nicht aufzufallen. Viele Leute glauben sogar, dass sie Magie verwenden.«

»Das ist gar nicht mal so falsch«, erklärte James. »Zumindest wissen wir, dass damals, als sie mit Murmandamus gemeinsame Sache gemacht haben, manchmal auch die Schwarzen Kämpfer dabei gewesen sind, und *die* haben ganz sicher dunkle Kräfte benutzt.« Die Schwarzen Kämpfer waren Murmandamus' magische Wachen gewesen. James erinnerte sich noch sehr gut daran, wie schwer es gewesen war, sie zu töten. Er zuckte mit den Schultern. »Aber unter denen, gegen die wir letzten Monat in Kenting gekämpft haben, sind keine Magier gewesen, zumindest haben wir keine gefunden. Und sie sind alle wie normale Sterbliche gestorben.«

Guruth lächelte leicht. »Aber trotzdem habt Ihr die Leichen verbrannt.«

James erwiderte sein Lächeln. »Ja, das haben wir in der Tat getan. Man muss ja nicht unnötig ein Risiko eingehen.«

»Was möchte der Prinz von uns?«, fragte der Sheriff, der jetzt überzeugt war, dass unheilvolle Dinge bevorstanden.

James hatte keine genauen Anweisungen erhalten, aber nun, da der Hauptmann und der Sheriff begriffen hatten, dass sie einen gemeinsamen Feind besaßen, hielt er es für das Beste, sie Frieden schließen zu lassen. »Seine Hoheit sorgt sich, dass diese Nachtgreifer die Spione einer fremden Macht sein könnten.« James blickte den Hauptmann an. »Es wäre gut, wenn Ihre Eure Männer aus der Stadt abziehen würdet. Sie sollen sich auf die Tore konzentrieren und Patrouillen in die umliegenden Dörfer und Vororte durchführen. Verdoppelt die Wachen an den Stadttoren und lasst jeden Wagen kontrollieren, jeden Karren und jedes Lasttier – alles, was irgendwie verdächtig aussieht. Ferner müssen sich ab sofort alle, die nach Krondor kommen, ausweisen und einen Grund für ihr Erscheinen angeben; wer dazu nicht in der Lage ist, muss festgehalten und verhört werden.« Dann wandte sich James an den Sheriff. »Wenn die Männer des Hauptmanns an den Toren und jenseits der Mauern Dienst tun, müsst Ihr die Patrouillen innerhalb der Stadt verstärken. Außerdem müsst Ihr ein halbes Dutzend Männer für die Kontrolle der Fracht und der Passagiere abstellen, die auf dem Seeweg in die Stadt gelangen.«

In weniger als einer Minute hatte James für so viel Arbeit gesorgt, dass jeder Wachtmeister und jede Stadtwache den Tag verfluchen würde, an dem er geboren worden war. Doch James wusste auch, dass die Männer jetzt weder Zeit noch Gelegenheit haben würden, sich bei irgendwelchen Vorkommnissen wegen der jeweiligen Zuständigkeit in die Haare zu kriegen.

James nahm sich im Stillen vor, beim Zollhaus vorbeizuschauen und den Stab wissen zu lassen, dass schon bald sechs Wachtmeister kommen würden, um ihnen bei der Inspektion von Waren und Passagieren zu helfen. »Sobald der Prinz es für angebracht hält, werdet Ihr weitere Anweisungen erhalten«, sagte James.

»Sonst noch etwas, Junker?«, fragte der Hauptmann.

»Nein, Hauptmann. Doch ich muss noch einen Augenblick mit dem Sheriff allein sprechen.«

»Dann mache ich mich schon mal auf den Weg. Ich muss einen neuen Dienstplan aufstellen und den Wachen mitteilen, dass sie in der nächsten Zeit außerhalb der Stadt patrouillieren.« Er salutierte vor James und dem Sheriff und verließ das Büro.

Der Sheriff blickte James erwartungsvoll an. »Junker?«, fragte er, kaum dass der Hauptmann gegangen war.

»Ihr habt dem Hauptmann gegenüber erwähnt, dass Eure

Wachtmeister geübt darin sind, ein bisschen herumzuschnüffeln. Ich frage mich daher, ob einer Eurer Jungs wohl begabt genug wäre, Informationen darüber zu beschaffen, was in der Stadt vor sich geht?«

Means lehnte sich zurück und strich sich über den Schnurrbart, der schon seit längerer Zeit nicht mehr rötlichgelb, sondern grauweiß durchsetzt war. Seine Haare waren noch immer etwas braun, aber auch hier überwogen die grauen und weißen Strähnen. Doch die Augen des Sheriffs verrieten, dass er nichts von dem verloren hatte, was in seinem Amt wirklich wichtig war: Er konnte noch immer einem Dieb eine Falle stellen und war sowohl mit dem Schwert als auch mit der Keule ein gefährlicher Mann. Schließlich meinte er: »Da ist der junge Jonathan. Er ist wohl der Beste, wenn es darum geht, andere Leute unbemerkt zu bespitzeln.«

»Ich will nicht unhöflich sein, Sheriff, aber angesichts der vergangenen Ereignisse muss ich unbedingt wissen, ob Ihr ihm wirklich vertrauen könnt.«

»Ist schon gut, Junker. Ich verstehe, was Ihr meint.« Die Nachtgreifer hatten sich in der Vergangenheit als sehr geschickt darin erwiesen, sich in die Armee einzuschleusen, ja, sie waren sogar bis in den Palast vorgedrungen. »Ihr könnt dem Burschen trauen. Er ist mein jüngster Sohn.«

»Na«, meinte James mit einem Grinsen, »ich nehme an, dann kann ich das wirklich. Ist er hier?«

»Nein, er ist bis Sonnenuntergang von seinen Pflichten entbunden. Aber sobald ich ihn sehe, kann ich ihm sagen, dass er Euch im Palast aufsuchen soll, wenn Ihr das wünscht.«

»Ja, tut das bitte. Ich werde noch vor dem Wachwechsel heute Abend wieder dort sein. Er soll zum Büro des Hofmarschalls gehen. Falls ich noch nicht da bin, wird er dort erfahren, wo er mich finden kann.«

»Darf ich fragen, Junker, wofür Ihr einen meiner Wachtmeister benötigt?«

James grinste. »Unsere vergangenen Zwistigkeiten haben bisher verhindert, dass wir zusammenarbeiten, Sheriff. Ich würde das gerne ändern.« Dann verschwand sein Grinsen. »Ich habe so viele üble Morde gesehen, dass es für hundert Leben reichen würde. Ich möchte herausfinden, was hinter diesen scheinbar zufälligen Morden steckt, und dem Ganzen ein Ende bereiten.«

Der Sheriff nickte und grunzte unverbindlich. »Wenn Ihr das sagt, Junker.«

James verabschiedete sich vom Sheriff und ging. Er wanderte ohne Eile durch die Stadt und bemühte sich, arglos dreinzublicken, während er nach seinen fehlenden Agenten Ausschau hielt. Er stattete dem Zollhaus an den Docks einen kurzen Besuch ab und erklärte dem Diensthabenden, dass demnächst ein halbes Dutzend Wachtmeister vorbeikommen würden, um bei der Inspektion von Fracht und Passagieren zu helfen. Er stellte klar, dass er weniger an der Ladung als an den Menschen interessiert war; das Schmuggeln galt zwar als ernsthaftes Verbrechen, war aber verglichen mit einem Mord natürlich ein geringeres Vergehen. Der Diensthabende nickte abwesend, und James war sicher, dass ihm nichts anderes übrig bleiben würde, als in ein oder zwei Tagen zurückzukehren und nachzusehen, ob die von ihm gewünschten Veränderungen auch wirklich durchgeführt worden waren. Bei allem, was er sich als kleiner Junge immer ersehnt hatte – Reichtümer, Ruhm und Macht –, hatte er niemals an den hohen Verwaltungsaufwand gedacht, der mit solchen Dingen verbunden war.

James nahm seinen Rundgang durch die Stadt wieder auf, schaute mal hier, mal dort nach und versuchte so unauffällig wie möglich herauszufinden, wo sich seine Agenten aufhalten mochten – sofern sie überhaupt noch am Leben waren. Es war nicht ungewöhnlich, wenn sich einer oder zwei von ihnen eine Zeit lang versteckten, aber jetzt wurden drei vermisst, und einer war ermordet worden. James war daher ziemlich sicher, dass die meisten – wenn nicht alle – tot waren. Über die Schlussfolgerung, die sich in diesem Zusammenhang regelrecht aufdrängte – dass nämlich jemand wissen musste, wer sie waren und für wen sie arbeiteten –, wollte er jetzt lieber noch nicht nachdenken.

Als der Abend nahte, zogen vom Bitteren Meer Wolken auf, und in kürzester Zeit war Krondor in Dunkelheit gehüllt. *Fühlt sich mehr nach Nebel als nach Regen an*, dachte James beiläufig, als er zum Palast zurückeilte. *Und zwar nach scheußlichem Nebel.*

Wenn er den Morgen von allen Tageszeiten am liebsten mochte, dann hasste er den späten Nachmittag und den frühen Abend am meisten. In den Straßen tummelten sich müde Stadtbewohner und Besucher, und Leute, die den ganzen Tag gearbeitet hatten, hasteten kurz vor Ladenschluss zu verschiedenen Geschäften, um noch ein paar Einkäufe tätigen zu können. Jene, die dem heftigen Trinken zugeneigt waren, schwankten bereits hörbar durch die Gassen, und zugleich machten sich in der langsam über die Stadt hereinbrechenden Dunkelheit all jene auf, die zur weniger ansehnlichen Bevölkerungsschicht zählten.

Früher einmal war er selbst einer von denen gewesen, die abends aus ihren Verstecken krochen, hatte wie sie Jagd auf ehrlich und hart arbeitende Menschen gemacht – sofern sie nicht damit beschäftigt gewesen waren, sich gegenseitig zu bekriegen. Hatte er einen Befehl des Nachtmeisters der Spötter auszuführen gehabt, war er gewöhnlich nie von einem anderen Mitglied der Bruderschaft belästigt worden, und selbst jene, die nicht zur Gilde des Todes zählten, hatten ihn in Ruhe gelassen, da der Schutz der Spötter nichts war, was man leichthin beiseite schob.

Jetzt war er ein Mann des Prinzen, und wenn ihm dadurch auch ein ganz anderer Schutz zuteil wurde, wusste er jedoch nur zu gut, dass er nicht vor denen geschützt war, die er einst seine Brüder genannt hatte. James hatte seinen Treueid den Spöttern gegenüber gebrochen, um den Prinzen vor dem tödlichen Angriff der Nachtgreifer zu warnen – dadurch hatte er Verrat an der Gilde geübt. James kannte die genauen Einzelheiten nicht, aber irgendwie musste es Arutha gelungen sein, sein Leben zu erwerben oder gegen etwas einzutauschen, denn er hatte den Junker in seinen Haushalt übernommen. Trotz dieses Wunders machte James sich keinerlei Illusionen. Wenngleich er sich mit vielen Spöttern noch immer gut verstand, wusste er doch, dass der Todesbann der Gilde auf ihm ruhte. Um Konflikte mit dem Prinzen zu vermeiden, ignorierten die Spötter diesen Bann jedoch und begegneten James mit höflicher Toleranz, nicht mehr. Er konnte noch immer die geheimen Wege in den Abwasserkanälen und auf den Dächern benutzen, wenn er wollte. Doch es bestand kein Zweifel daran, dass die Spötter ihn ohne Zögern töten würden, sobald er eine Bedrohung für sie darstellte.

James wurde es Leid, sich durch das Gewühl der Leute zu quälen, und so beschloss er, eine Abkürzung durch eine der Seitenstraßen zu nehmen. Wenn er sich beeilte, würde er den Palast noch früh genug erreichen, um schnell etwas zu essen aus der Küche holen zu können, und er würde das Büro des Hofmarschalls aufsuchen können, bevor Jonathan Means eintraf. Das Verschwinden von Agenten in der Stadt bereitete James mehr Sorgen, als er sich anmerken ließ, und wenn Jonathans Spitzel etwas wussten, konnte er die Sache möglicherweise mit ihrer Hilfe klären.

James wand sich zwischen zwei eng beieinander stehenden Gebäuden hindurch, die einen schmalen Durchgang freiließen, der kaum noch die Bezeichnung Gasse verdiente, und eilte zur nächsten Straße. Er zwängte sich durch die Menschenmenge, erreichte die andere Straßenseite und betrat eine richtige Gasse.

Die Gebäude auf beiden Seiten waren zwei Stockwerke hoch, so dass James fast den Eindruck hatte, er hätte eine schmale, dunkle Schlucht betreten. Es war ein langes, schmutziges Stück Weg, aber es würde zu einer Straße führen, die nur einen Block vom Hafen entfernt war. Und über eine weitere Straße, die parallel zum Wasser verlief, würde er rasch das Hafentor erreichen, durch das er zum königlichen Viertel außerhalb des Palastes gelangen konnte.

Er wandte sich zur Krämer-Straße, wie der Teil des Weges hieß, der ihn rasch zum Palast führen würde, als er plötzlich bemerkte, dass er verfolgt wurde. Die Person musste aus der Gasse hinter ihm gekommen sein.

James wusste, dass er sich nicht umblicken durfte, aber er brannte darauf, einen Blick auf seinen Verfolger zu werfen. Er hielt einen kurzen Augenblick inne und betrachtete ein Schaufenster; auch sein Verfolger blieb stehen. Es war James jedoch unmöglich, im verzerrten Glas zu erkennen, wer ihm folgte. Die wenigen Leute, die an ihm vorbeigingen, waren Fischer, Netzflicker, Dockarbeiter und all die anderen Leute, die gewöhnlich in der Nähe der Docks lebten, und James betete innerlich darum, bald auf einen Wachtmeister zu stoßen.

Der Junker hatte die letzte Möglichkeit, in eine andere Straße abzubiegen, kurz zuvor verpasst. Jetzt ging er abwechselnd rasch und dann plötzlich langsamer, lauschte dabei auf die Person, die ihm folgte.

Es waren zwei, meinte er erkennen zu können. Immer wieder wurde es eine Zeit lang leiser, so dass er die Geräusche, die sie beim Gehen verursachten, gut von denen der anderen Passanten unterscheiden konnte.

James sah ein Bierhaus, den Verwundeten Leoparden. Er begann schneller zu gehen, als hätte er sich zu einem Treffen verspätet, und eilte schnurstracks auf die Tür zu.

Nachdem er eingetreten war, blickte er sich erst einmal in dem raucherfüllten Raum um. Der Kaminabzug war eine Weile nicht gereinigt worden, und viele der Anwesenden rauchten Pfeifen oder Zigarren. James hatte niemals Gefallen an dieser Gewohnheit gefunden und fragte sich auch jetzt wieder, wie es jemandem schmecken konnte.

Er eilte zur Theke und zwängte sich zwischen zwei Seefahrer, die zwar beide mürrisch grunzten, ihm aber Platz machten. Der rechts von James war ein maulwurfsgesichtiger Bursche, dessen dunkle Augen von Gefahr kündeten, während der andere ein riesiger Brocken war, bestimmt so groß wie Hofmarschall Gardan. James blickte den Schenkenwirt an. »Ein Bier bitte«, rief er.

Das Gesicht des Mannes sah aus wie ein verschlissener Schuh, und die Ringe unter seinen Augen erweckten den Eindruck, als stünde er kurz davor, im Stehen einzuschlafen. Er nickte, als er einen Steinkrug füllte und vor James abstellte. James bezahlte ihn und nahm einen Schluck. Das Bier war zu warm und schmeckte zu bitter, aber er tat, als würde er es genießen.

Die Tür öffnete sich, und jetzt sah James seine Verfolger eintreten. Er erhaschte einen kurzen Blick auf zwei Männer, die die gewöhnliche Kleidung von Arbeitern trugen und heftig blinzelten, um James in der rauchgeschwängerten Luft finden zu können.

»Hab ich nicht«, meinte James plötzlich laut zu dem großen Seemann, der links von ihm stand.

Der Mann drehte sich um und blickte James an. »Was?« Es war offensichtlich, dass er betrunken war und schlechte Laune hatte.

»Ich habe das nicht gesagt«, erwiderte James.

»Was hast du nicht gesagt?«, fragte der Mann, jetzt interessiert.

»Der da hat das gesagt.« James deutete auf die Tür. »Er und sein Freund sind das gewesen.«

»Was haben sie denn gesagt?«, wollte der Betrunkene wissen, inzwischen leicht gereizt, weil er dem Inhalt des Gesprächs nicht recht folgen konnte.

»Ich habe nicht gesagt, dass du der betrunkene Sohn einer pockennarbigen keshianischen Hure bist.«

Der Mann packte James am Kragen seiner Tunika. »Wie hast du mich gerade genannt?«

»Ich war es nicht. Ich habe dich nicht als betrunkenen Sohn einer pockennarbigen keshianischen Hure bezeichnet«, beharrte James. »Die da sind es gewesen.«

Mit einem lauten Schrei sprang der Seemann auf die Tür zu, stürzte sich direkt auf die Männer, die James gefolgt waren. James wandte sich dem anderen zu, dem gefährlich dreinblickenden Mann rechts neben ihm. »Du hättest mal hören sollen, was sie über dich gesagt haben.«

Der Mann grinste lediglich und meinte: »Wenn du willst, dass ich dir die beiden vom Hals halte, kostet dich das 'ne Kleinigkeit.«

James seufzte. »Du kennst mich?«

»Ich bin ein bisschen rumgekommen, Jimmy die Hand.«

»Wie viel?«

»Für dich fünfzig Gold-Sovereigns.«

»Dafür verlange ich aber auch von dir, dass du sie auf eine einigermaßen lange Reise schickst. Was macht es für zehn Minuten?«

»Zehn.«

»Abgemacht«, sagte James, während hinter ihm laute Schreie und Lärm ertönten. Männer rückten von den Kämpfenden ab, und ein Stuhl flog über die Theke, zerschmetterte mehrere Flaschen an der Wand.

Trotz seines schläfrigen Aussehens war der Wirt flink genug, um auf nur eine Hand gestützt über die Theke zu springen, mit der anderen ein Messer fest umklammernd. »So etwas dulde ich hier nicht!«, rief er.

James holte zehn Goldmünzen aus seinem Beutel und legte sie auf die Theke. Der schlanke Mann steckte sie ein, zog einen Dolch und wandte sich um, bereit, sich allen entgegenzustellen, die seinen Weg kreuzen würden.

James zögerte nicht. Er sprang über die Theke und eilte zu einer Hintertür, die zu einem Lagerraum führte. Da er schon lange in Krondor lebte, hatte er eine verlässliche Karte der Stadt im Kopf. Er wusste, dass sich hinter dem Bierhaus keine Gasse befand, sondern lediglich ein Hof mit einem Tor, durch das man zum Hafen gelangte.

Er eilte durch den Lagerraum und an einer Tür vorbei, die zur

Küche führte, betrat dann durch eine Tür den Hinterhof des Bierhauses. Zwanzig Fuß weiter befand sich ein großes, doppelflügeliges Tor. James stürzte darauf zu, hob den großen Holzriegel aus den zwei Eisenklammern und ließ ihn dann achtlos auf den Boden fallen. Er trat über den Riegel hinweg, öffnete das Tor und erhielt einen kräftigen Faustschlag gegen seinen Kiefer.

James wurde schwarz vor Augen, und er fiel auf die Pflastersteine.

Fünf

Geheimnisse

James rührte sich.

Seine rechte Gesichtshälfte schmerzte von dem Schlag, den er erhalten hatte, und außerdem pochte seine linke Schläfe – er musste unglücklich auf die Steine gestürzt sein. Er versuchte sich zu bewegen, und sein Schädel hämmerte. Man hatte ihm die Hände hinter dem Rücken verschnürt und die Augen verbunden.

»Ah, der Junge bewegt sich«, erklang eine tiefe Stimme.

Jemand half ihm etwas grob dabei, sich auf dem Boden aufzusetzen. »Was zu trinken?«, fragte die tiefe Stimme.

James' Stimme klang ungewöhnlich hoch, als er antwortete: »Ja, bitte.«

Jetzt meldete sich noch eine andere Stimme zu Wort. »Der ist ja richtig höflich, was?«

Die erste Stimme erklang wieder. »Gib ihm ein bisschen Wasser zu trinken.«

Es dauerte einen Augenblick, dann drückte jemand James einen Becher an die Lippen. Er trank langsam, benetzte seine Kehle und nutzte die Zeit, seinen Verstand wieder in Gang zu bringen. Der Nebel in seinem Kopf lichtete sich allmählich.

»Fühlst du dich besser?«, fragte die tiefe Stimme.

James holte tief Luft. »Ja, Walter. Aber du hättest mir nicht gleich den Kopf einschlagen müssen, nur um meine Aufmerksamkeit zu erringen.«

Die tiefe Stimme kicherte. »Ich habe euch doch gesagt, dass er es rauskriegt. Nehmt ihm die Augenbinde ab, ihr Trottel.«

James zwinkerte heftig, und allmählich konnte er wieder etwas erkennen. Drei Männer beugten sich über ihn. Sie befanden sich vermutlich in einem Keller, denn große Fässer und Kisten standen an der fensterlosen Wand, und andere Waren wurden von staubbedeckten Zeltplanen verhüllt. »Wie geht es dir, Jimmy?«, fragte der Mann mit der tiefen Stimme.

»Ziemlich gut, Walter; zumindest bis etwa vor einer Stunde.«

Walter packte Jimmy mit einem kräftigen Griff an den Schultern und drehte ihn herum. Er nahm ihm die Fesseln an den Händen ab. »Tut mir Leid, aber es ist gar nicht so einfach, dich zu fassen zu kriegen.«

»Wenn du mit mir reden wolltest, Walter, hättest du das auch auf einem anderen Weg erreicht.«

Der Mann namens Walter blickte seine Begleiter an. »Die Dinge sind nicht mehr so wie einst, Jimmy. Es gibt viel Ärger in der Stadt.« Walter Blont war von Ethan Graves ausgebildet worden und einer der besten Schläger der Spötter. Er war gewöhnlich eher gleichmütig und erledigte seine Arbeit in einer Art Gesellenmanier, ohne Gefühle wie Wut oder Hass. Er hatte ein rundliches Gesicht, und seine schwarzen Haare waren inzwischen grau meliert.

James musterte Blonts Gefährten. Beide sahen aus, als wären sie ebenfalls Schläger der Gilde: dicke Nacken, kräftige Schultern und Beine wie Baumstämme. Jeder von ihnen konnte mit Leichtigkeit einem Mann mit der bloßen Faust den Schädel einschlagen. Keiner von ihnen wirkte besonders schlau, aber James wusste, dass dieser Eindruck täuschen konnte. Er kannte die beiden Männer nicht, aber er war sicher, es waren nicht die beiden, die ihm bis ins Bierhaus gefolgt waren. »Das waren keine von euch, die mich verfolgt haben, oder?«

»Nein«, antwortete Walter. »Sie waren so versessen darauf, dich zu kriegen, dass sie gar nicht bemerkt haben, dass *wir* wiederum *sie* verfolgt haben.« Er grinste, und seine schiefen, gelben Zähne ließen ihn sogar noch bedrohlicher erscheinen. »In Krondor gibt es zur Zeit alle möglichen Banden. Jede Woche kommen mit dem Schiff oder einer Karawane neue Schläger. Es sieht so aus, als wollte hier jemand eine richtige Armee aufbauen.«

James setzte sich auf eine der Kisten. »Erzähl mir alles, was du weißt, Walter.«

Walter setzte sich auf eine andere Kiste und rieb sich nachdenklich übers Kinn. »Im Grunde hat alles vor ein paar Monaten begonnen. Du hast doch sicher von diesem Kerl gehört, den sie den Kriecher nennen?«

James nickte, verfluchte sich aber sogleich dafür, als sein Kopf heftig zu pochen anfing.

»Wir stoßen jetzt schon seit Monaten immer wieder mit seinen Männern zusammen. Am Anfang war es nur ärgerlich. Jetzt wird es wirklich unangenehm.«

Walter blickte seine Kameraden an. »Wir sind die Letzten, die von den Schlägern übrig geblieben sind. Vor ein paar Nächten sind ein paar Männer in den Spötterschlupf eingebrochen –«

»Jemand ist in den Spötterschlupf eingebrochen, ohne aufgehalten zu werden?«, unterbrach James voller Staunen.

»... und haben ohne viel Federlesens die Wachen niedergemacht. Ich, Josh und Henry hier sind zu der Zeit nicht da gewesen und in den Abwasserkanälen angegriffen worden. Wir haben von den vier Kerlen, die es auf uns abgesehen hatten, so einiges abgekriegt.« Er machte eine Geste zu dem Mann links von sich. »Josh hat eine Dolchverletzung quer über den Rippen, und Henry musste meine Schulter mit Nadel und Faden von irgendeinem Segeltuchmacher zusammenflicken. Als wir dann endlich den Spötterschlupf erreicht haben, war er vollkommen verwüstet. Seither verstecken wir uns.«

Der Mann namens Henry fügte hinzu: »Da draußen tobt ein Krieg, Junker. Die Abwasserkanäle sind schlimmer als jedes Schlachtfeld, das ich gesehen habe.«

»Du bist Soldat gewesen?«, fragte James.

»Früher einmal«, sagte Henry. »Vor langer Zeit.«

James nickte wieder, und erneut fuhr ein Schmerz durch seinen Kopf. »Ich muss dem ein Ende bereiten.«

»Der Schlag auf deinen Kopf tut mir Leid, aber du bist so flink, dass ich wusste, es würde die einzige Möglichkeit sein, dich hierher zu schaffen«, sagte Walter.

James zog eine Grimasse. Sein Kopf würde noch eine ganze Weile schmerzen. »Du hättest mir eine Nachricht schicken können.«

»Wohl kaum; außerdem benutzen wir die üblichen Wege zur Zeit nicht häufig, weil sich zu viele Halsabschneider und Assassinen in den Abwasserkanälen rumtreiben.«

»Assassinen?«, fragte James. »Nachtgreifer?«

»Kann schon sein. Ich habe solche schwarzen Sachen, wie die tragen, vorher noch nie gesehen«, meinte Walter. »Aber diese Jungen sind brutal gewesen, und sie verstehen ganz sicher keinen Spaß.«

»Sie meinen es sehr ernst mit all dem«, bestätigte Henry.

Walter nickte. »Wir sind ihnen entwischt, weil fast niemand von diesem Platz hier weiß. Es ist ein gewisses Risiko gewesen, dich zu suchen, aber einer der Bettler, die uns mit Essen versorgen, hat dich heute draußen gesehen und gesagt, du würdest herkommen, daher haben wir unsere Chance genutzt. Es gab mal eine Zeit, da konntest du in der ganzen Stadt rumlaufen, und niemand hat dich gesehen.«

James grinste reumütig. »Wenn ich will, kann ich das immer noch, aber ich habe heutzutage wenig zu verbergen. Ich arbeite für den Prinzen, schon vergessen?«

»Genau darum geht es. Wir brauchen Hilfe.«

»Wer, die Spötter?«

»Was von ihnen übrig ist«, sagte Walter grimmig.

»Was schlägt der Aufrechte denn vor?« James wusste, dass Walter niemals ohne Einverständnis des Anführers für die gesamten

Spötter sprechen konnte. Er musste daher sein Bote sein, sozusagen für den Fall der Fälle.

Die drei Männer tauschten Blicke. »Du hast es also noch nicht gehört?«, fragte Walter.

»Was denn gehört?«

»Es heißt, der Aufrechte ist tot.«

James lehnte sich zurück und atmete langsam aus. »Das wird nicht wenigen Dingen ein Ende setzen, nicht wahr?«

Walter zuckte mit den Achseln. »Wo der Aufrechte sich aufgehalten hat, hält man sich nicht auf, ohne sich viele Feinde zu machen. Jemand wird einen Krug Bier darauf heben, so viel ist klar.«

»Wer leitet jetzt die Spötter?«

»Niemand«, sagte Walter. »Wir sind vermutlich die Einzigen, die von den Schlägern noch übrig sind. Vielleicht verstecken sich noch irgendwo ein oder zwei Burschen. Die meisten sind beim Angriff auf den Spötterschlupf gestorben. Sie haben alle getötet, Jimmy – die Taschendiebe, die Bettler, die Huren und die Straßenjungen.«

»Sie haben die Straßenjungen getötet?«, fragte Jimmy ungläubig.

»Ich glaube, ich habe noch in der gleichen Nacht, als das alles passiert ist, den jungen Limm und zwei oder drei andere dabei gesehen, wie sie gerade den Abzugskanal runtergestiegen sind. Ich bin mir aber nicht ganz sicher, ob sie es wirklich waren. Ich habe sie nicht gefragt, denn sie waren vor einem halben Dutzend Männern auf der Flucht. Vielleicht hatten sie Glück und sind ihnen entkommen. Aber alle, die nicht schnell genug weglaufen konnten oder zufällig ganz woanders waren, als sie zugeschlagen haben, sind getötet worden. Diese Sache hat sich schnell rumgesprochen, und wer immer die Möglichkeit hatte, aus der Stadt rauszukommen, ist geflüchtet. Oder untergetaucht.«

Henry ergriff wieder das Wort. »Das waren keine Dockschläger, die das getan haben, Junker, und auch keine Schläger wie wir.

Das waren Mörder, die einem nicht mal eine Sekunde Zeit gelassen haben, um etwas zu sagen oder zu fragen, was eigentlich los ist. Sie haben ihnen die Kehlen durchgeschnitten und auf der einen Seite des Gebäudes sämtliche Männer, Frauen und Kinder rausgeworfen, bevor sie auf der anderen auch nur gemerkt haben, dass da ein Kampf stattgefunden hat. Wir hatten eine ganze Reihe anstrengender Nächte in den Abwasserkanälen. Seitdem verstecken wir uns hier.«

James blickte sich um. »Ist dies das Versteck der Schmuggler?«

»Bist du schon mal hier gewesen?«, fragte Walter.

»Ein paar Mal, als wir mit Trevor Hull und seiner Bande zu tun hatten. Damals hat noch Bas-Tyra über Krondor geherrscht.«

»Ich erinnere mich«, sagte Walter. »Selbst die meisten Spötter wissen nicht, wie sie hierher kommen. Von oben gibt es keinen Zugang, da inzwischen die Pflastersteine einer neuen Straße an der Stelle der alten, abgebrannten Mühle liegen.«

»Ist in diesen Kisten irgendwas Essbares?«

»Wenn, dann ist es längst ungenießbar«, meinte der Mann namens Josh.

»Dieser Ort ist nicht mehr benutzt worden, seit Hull zu einem Mann des Prinzen geworden ist und angefangen hat, im Auftrag der Krone zu segeln.«

James blickte sich um. »Was glaubst du, wie viele wissen sonst noch von diesem Ort?«

Walter zuckte mit den Schultern. »Nicht viele. Und es ist auch nicht sicher, ob die wenigen den Überfall überlebt haben. Meistens sind es Hulls Männer gewesen, die sich rein und raus geschlichen haben, vielleicht noch ein paar von uns Schlägern.«

»Dann sollte das hier unser kleines Geheimnis bleiben.« James stand auf; seine Knie fühlten sich wacklig an. »Wie spät ist es?«

»Etwa eine Stunde nach Sonnenuntergang«, antwortete Henry.

»Verflucht«, entfuhr es James. »Ich muss zum Palast zurück, und jetzt bin ich doppelt so weit entfernt wie vorher.«

»Am besten gehst du zu der Wachstation zwei Straßen weiter und lässt dich von ein paar Wachen zum Palast zurückbringen.«

»Das dauert mir zu lange«, erwiderte James. »Abgesehen davon kenne ich einen Weg, der mich dicht an den Palast bringt, ohne dass mich jemand sieht.«

Jetzt lächelte Walter zum ersten Mal. »So bist du immer gewesen, Jimmy. Du hast immer einen Weg gefunden, den sonst keiner gefunden hat. Deshalb konntest du auch immer diese zusätzlichen Aufgaben erledigen, ohne dass du die Genehmigung des Nachtmeisters dafür hattest.«

James erwiderte das Lächeln. »Was, ich soll ohne Erlaubnis des Nachtmeisters gearbeitet haben?«, fragte er mit gespieltem Ernst. »Und riskiert haben, dass du und deine Burschen mich finden und fertig machen? So etwas hätte ich niemals getan!«

»Na, es tut gut zu sehen, dass du deinen Humor behalten hast«, meinte Henry und sah von Josh zu Walter. Dann blickte er James an. »Was sollen wir tun?«

»Bleibt hier. Ich versuche, noch vor morgen früh mit ein paar Nahrungsmitteln und was zum Trinken wiederzukommen.«

»Wieso solltest du das tun?«, fragte Josh.

»Weil du gefragt hast«, antwortete James. »Und weil ihr von jetzt an für mich arbeitet.«

»Aber unser Treueid den Spöttern gegenüber –«, begann Josh.

»– ist nur dann gültig, wenn es Spötter gibt«, beendete James. Er ging auf die Wand zu, die am weitesten vom Eingang zum Abwasserkanal entfernt war. »Und wenn der Aufrechte wie durch ein Wunder zurückkehren sollte, werdet ihr nicht an mich gebunden sein. Ich weiß, was es bedeutet, einen solchen Eid zu brechen. Nur wenige überleben. Aber solange er nicht zurückkehrt, habe ich etwas für euch zu tun, womit ihr euch euren Lebensunterhalt verdienen könnt und trotzdem auf der Seite des Gesetzes bleibt.«

»Auf der Seite des Gesetzes?«, fragte Josh.

»Seltsame Vorstellung«, bemerkte Henry.

James deutete mit dem Finger nacheinander auf jeden Einzelnen von ihnen. »Ihr braucht so viele Freunde wie möglich, und im Augenblick bin ich vermutlich der Einzige, den ihr habt.«

Walter nickte. »Du hast Recht, Jimmy.«

»Junker James, von jetzt an.«

»Ja, Junker. Ich verstehe«, antwortete Walter.

James tastete sich an der Wand entlang, bis er gefunden hatte, was er suchte. Er zog an einem Riegel, und eine Tür, die aussah wie ein zufälliges Muster aus Steinen, schwang quietschend auf.

»Ich habe gar nicht gewusst, dass die da ist!«, sagte Walter überrascht.

»Nur wenige wissen davon«, erwiderte James. Bevor er hindurchschlüpfte, meinte er: »Hört zu, wenn ich nicht in ein paar Tagen zurück bin, müsst ihr das Schlimmste annehmen. Ihr seid dann auf euch allein gestellt. In diesem Fall schlage ich vor, dass ihr den Sheriff aufsucht und ihm sagt, was ihr wisst. Means ist ein harter Kerl, aber er ist gerecht.«

»Ob er gerecht ist, kann ich nicht sagen, aber hart ist er ganz sicher«, meinte Walter. »Wir werden darüber nachdenken, wenn es so weit ist.«

James nickte und verschwand durch die Tür. Er zog sie fest hinter sich zu und tastete sich im Dunkeln weiter. Er wusste, dass er hundert Stufen weiter oben an eine Falltür stoßen würde, die zu einem ehemaligen Wurzelkeller in dem Haus neben der ausgebrannten Mühle führte. Glücklicherweise war dieser Teil des Hauses nicht mit Pflastersteinen versehen worden, und dichtes Unkraut und Büsche schützten ihn vor den Blicken Neugieriger.

Als er oben angekommen war, schlich er weiter durch die Dunkelheit, wobei er jedoch die größeren Straßen auf dem Weg zum Palastviertel sorgsam mied. Er erreichte das Stadttor nördlich vom Palast und passierte eine überrascht dreinblickende Wache, die ihn erkannte und zu einer Frage ansetzte, doch James hielt sich nicht lange genug auf, um sie hören zu können.

Er erreichte den kleinen Hof, der dazu diente, den Palast von der Stadt zu trennen, und eilte auf das Tor zu. Die beiden diensthabenden Wachen schienen ihn aufhalten zu wollen, doch dann erkannten sie ihn. »Junker James? Hat es Ärger gegeben?«

»Immer«, antwortete James und forderte sie mit einer Geste auf, das Tor zu öffnen. Einer der Soldaten beeilte sich, seinem Wunsch nachzukommen, und James eilte ohne eine weitere Bemerkung weiter.

Er erreichte die oberste Stufe der zum Palast führenden Treppe und winkte einen Pagen zu sich. »Benachrichtige den Prinzen, dass ich zurückgekehrt bin und ihn aufsuche, sobald ich mich entsprechend zurechtgemacht habe.«

Der Page rümpfte die Nase; der Gestank der Abwasserkanäle haftete James wie ein greifbares Miasma an. Doch dann erinnerte er sich an die im Hof üblichen Manieren. »Sofort, Junker!«, erklärte er und lief so schnell er konnte los.

James rannte förmlich zu seinem Zimmer und riss sich die Kleider vom Leib. Er würde später noch ein richtiges Bad nehmen; jetzt konnte er sich nur oberflächlich mit einem in Wasser getauchten Stück Stoff waschen.

Zehn Minuten später verließ James sein Zimmer und stellte fest, dass der Page, den er zum Prinzen geschickt hatte, zurückgekehrt war und vor seiner Tür wartete. »Junker!«, rief der Junge. »Seine Hoheit lässt Euch mitteilen, dass er in seinem Büro auf Euch wartet.«

James eilte zu Aruthas Büro, klopfte an und trat ein, sobald er dazu aufgefordert wurde. Gleich neben der Tür stand ein nervös dreinblickender junger Mann in der Uniform eines Wachtmeisters, während Arutha hinter seinem Tisch saß.

»Dieser junge Mann hat nach dir gefragt«, sagte Arutha und deutete mit einem Kopfnicken auf den Wachtmeister. »Weil du unauffindbar warst, hat Gardan ihn zu mir geschickt. Der Wachtmeister sagt, du hättest ihn wegen einer wichtigen Sache treffen wollen. Er war allerdings etwas besorgt, weil du entgegen deiner Abmachung nicht hier warst.«

James lächelte. »Die Sorge war nicht ganz unbegründet, denn ich bin gegen meinen Willen festgehalten worden.«

Aruthas Miene verriet nicht die geringste Regung, aber in seiner Stimme klang ein Hauch Erheiterung. »Es scheint jedoch, als hättest du mir die Mühe erspart, Wachen auszuschicken, um dich retten zu lassen.«

»Die, die mich gefangen genommen haben, und ich sind zu einer Einigung gekommen.«

Arutha bedeutete ihm, sich zu setzen. Zuvor blickte James den jungen Mann an. »Ihr seid Jonathan Means?«

»Jawohl, Junker«, antwortete der Wachtmeister. Er musste etwa im gleichen Alter wie William sein, doch es war bereits eine spürbare Kraft um ihn, aber James war sicher, dass Jonathan Means sich in einer Schlägerei nur zu gut behaupten konnte.

»Ich höre mir die Geschichte deiner Rettung später an«, erklärte Arutha. »Jetzt will ich wissen, was in meiner Stadt vor sich geht.«

»Nichts Gutes«, erwiderte James. »Wie wir ja wissen und wie Jonathan und die anderen Wachtmeister zweifellos bestätigen können, gibt es seit kurzem eine Reihe von Morden, die scheinbar keinen Sinn machen. Aber wie Ihr schon bemerkt habt, müssen diese Morde nicht wirklich zufällig sein, sondern es könnte ihnen durchaus ein Muster zugrunde liegen, das wir nur noch nicht sehen.«

»Du hast aber bereits eine Idee?«, fragte Arutha.

James nickte. »Es hat mit dem Kriecher zu tun. Er scheint die Spötter beseitigen zu wollen, und nach dem, was ich gesehen und gehört habe, ist ihm das möglicherweise auch gelungen.«

Arutha dachte laut nach. »Heißt das, die eine Bande von Schlägern und Taschendieben sticht die andere aus? Das würde bedeuten, dass die Bürger von Krondor weiterhin beraubt und schikaniert werden.«

»Abgesehen davon, dass mich mit einigen der Spötter noch eine Bekanntschaft oder sogar Freundschaft verbindet, gibt es einen wichtigen Unterschied. Die Spötter sind Diebe. Sicher gibt es verschiedene Arten von Dieben – angefangen von denen, die es schaffen, jemandem unbemerkt die Börse aus dem Gürtel zu stehlen, bis zu denen, die ihren betrunken nach Hause wankenden Opfern eins über den Kopf ziehen. Es sind Bettler, Straßenjungen, Huren und all jene, die – wie auch ich früher einmal – gut darin sind, in Häuser einzudringen und alle möglichen wertvollen Gegenstände zu entwenden, ohne jemanden aufzuwecken. Aber diese Diebe sind keine Mörder.«

»Da habe ich aber anderes gehört«, sagte Arutha.

»Oh, es kann natürlich passieren, dass einer der Schläger etwas zu hart zuschlägt, oder er wird gestört, weil jemand aufwacht, und dann kommt es zu einem Kampf, bei dem jemand getötet wird. Aber es ist niemals das eigentliche Ziel zu töten. Der Aufrechte hatte eine sehr klare Meinung, was das betrifft, und Morde hätten viel zu viel Aufmerksamkeit auf die Spötter gezogen, als ihm jemals lieb gewesen wäre.«

Arutha dachte an die lang zurückliegende Begegnung mit dem Mann, den er für den Aufrechten hielt. Sein Instinkt sagte ihm, dass James Recht hatte. »Was ist mit diesem Kriecher und seinen Männern?«

James dachte einen Augenblick nach und wandte sich dann an Jonathan. »Hat der Sheriff Euch gesagt, weshalb Ihr zum Palast kommen solltet?«

»Nein, er hat nur gesagt, dass ein Wachtmeister zum Palast kommen solle und dass ich derjenige sein würde.«

»Ich habe ihn um jemanden gebeten, der die Fähigkeit besitzt, Informationen aus Leuten herauszuholen, ohne dass man ihre Füße übers Feuer halten muss.«

Der junge Mann lächelte. »Ich habe ein oder zwei Verbindungsmänner, die mir trauen.«

James betrachtete Jonathan eine Weile und schien dann zu einer Entscheidung zu kommen. »Ich brauche Hilfe, Hoheit. Ich habe mit Jonathans Vater und Hauptmann Guruth eine Einigung erreicht, derzufolge sie ihre Streitigkeiten darüber, wer wann und wo verantwortlich ist, erst einmal beiseite schieben.«

»Gut«, sagte Arutha.

James fuhr mit der Beschreibung dessen, was er gesehen hatte, als er die Stadt erkundet hatte, fort und kam dann zu Einzelheiten über die beiden Männer, die ihm gefolgt waren, bevor er von Walter niedergeschlagen worden war. Schließlich gab er Walters Beschreibung der Männer wieder, die den Spötterschlupf überfallen hatten. »Wenn ich Euch also da draußen nützlich sein soll, Hoheit, brauche ich weitere Männer wie Jonathan und Walter und seine beiden Freunde. Ich brauche eine eigene Kompanie von Männern.«

»Eine ganze Kompanie?« Aruthas Miene verdüsterte sich etwas. »Es ist wohl kaum üblich, dass ein Junker eine eigene Kompanie befehligt, James.«

James grinste. »Nun, wenn Ihr Euch erinnert, ist es erst ein paar Wochen her, dass ich in Nordwacht eine ganze Garnison befehligt habe.«

Arutha erwiderte James' Grinsen mit seinem üblichen angedeuteten Lächeln. »Nun, dem kann ich nicht widersprechen.«

»Vielleicht ist Kompanie auch das falsche Wort dafür. Aber ich benötige Männer wie Jonathan, Männer, die nicht fehl am Platz wirken, wenn sie hier und da auftauchen, bei denen aber klar ist, dass sie für mich arbeiten.«

»Ist das in Ordnung?«, fragte Jonathan den Prinzen. »Eure Hoheit?«, fügte er rasch hinzu.

»Das ist es, wenn ich es anordne«, beruhigte Arutha ihn. »Euer Vater sollte allerdings keine Einzelheiten über das, was Ihr im Namen der Krone tut, erfahren. Es genügt, wenn er weiß, dass Ihr gelegentlich von Eurem gewöhnlichen Dienst abberufen werdet, um zu helfen, wenn es um bestimmte Fragen der Sicherheit geht.«

»Ich denke an etwa ein Dutzend Männer oder vielleicht auch eine oder zwei Frauen, wenn es die richtigen sind.«

»Wann sind sie denn die richtigen?«, fragte Arutha.

»Wenn sie klug, stark und in der Lage sind, selbst auf sich aufzupassen. Und wenn sie loyal sind.«

»Loyal dir gegenüber?«

James schwieg eine Weile, ehe er antwortete. »Ein paar der Leute, deren Hilfe ich benötigen werde, hegen keine allzu große Loyalität gegenüber der Krone, Hoheit. Persönliche Loyalität und persönliche Treueide sind für sie viel greifbarer. Es sind Männer, die schwören würden, mir zu dienen, und denen ich ohne weiteres mein Leben anvertrauen würde. Ich weiß aber nicht, wie sehr man ihnen trauen kann, wenn sie nur durch einen Eid gegenüber der Krone gebunden sind. Das wird Euch möglicherweise nicht gefallen, aber so ist es nun einmal.«

Arutha nickte. »Du weißt, dass ich bereits mit der Idee eines Nachrichtendienstes spiele, um mit den Keshianern mithalten zu können. Mehr als einmal haben der König und ich über die Schwierigkeiten gesprochen, die sich daraus ergeben, dass man auf bezahlte Informanten und Gerüchte angewiesen ist. Unabhängig davon, was der Botschafter von Kesh auch vor unserem Hof sagt, richtet Kesh sein Augenmerk nach Norden und träumt davon, nicht nur die uralte Provinz Bosania zurückzuerobern, sondern auch das Tal der Träume.«

James lächelte. »Und was die Keshianer sonst noch in ihre Finger kriegen.«

»Was mir im Augenblick am meisten Sorge bereitet«, fuhr Arutha fort, »ist die Nachricht von der Vernichtung der Spötter. Wenn wir diese Tatsache mit unserer Auseinandersetzung mit den Agenten des Kriechers in Silden in Zusammenhang bringen sowie mit der offensichtlichen Verbindung, die zwischen dem Kriecher und den Nachtgreifern in Kenting bestanden hat, kann ich nur zu einem Schluss kommen.«

»Und der wäre?«

»Dass da etwas sehr Bedeutsames vor sich geht. Und dass wir bisher nur einen winzig kleinen Teil davon gesehen haben.«

James nickte. »Ich dachte, wir hätten endgültig mit den Nachtgreifern aufgeräumt, als wir ihren Anführer in Cavell getötet haben.«

»Ich nehme an, es stellt sich heraus, dass er nur ein Anführer von vielen war, James«, meinte Arutha etwas geistesabwesend. »All die Jahre über, seit wir zum ersten Mal mit den Nachtgreifern zu tun hatten, hat etwas an mir genagt, und erst in diesem Augenblick begreife ich, was es ist.«

»Und was ist es?«, fragte James. Er wechselte einen Blick mit Jonathan.

»Es gibt zu viele Assassinen.«

James konnte dem Prinzen nicht so recht folgen. Er runzelte die Stirn und neigte den Kopf leicht zur Seite. »Zu viele?«

Arutha erhob sich, und James tat es ihm gleich. Es war eine Angewohnheit des Prinzen, beim Sprechen auf und ab zu gehen, doch da Jonathan im Raum war, wollte James die Form wahren und nicht sitzen bleiben.

»Assassinen werden aus seiner Vielzahl von Gründen angeheuert«, begann Arutha. »Als Erstes, um jemanden zu erpressen: Sie überbringen eine Nachricht, in der eine bestimmte Summe dafür verlangt wird, dass man nicht umgebracht wird, was sie allerdings tun, wenn man der Aufforderung nicht nachkommt. Als Zweites, um jemanden aus Rache, Profit oder wegen politischer Vorteile umbringen zu lassen.«

»Ihr habt noch einen dritten Grund vergessen«, sagte James.

Arutha winkte abwehrend ab. »Nein, habe ich nicht. Ich lasse alles, was auf religiösem Fanatismus beruht, bewusst aus, denn der Tempel von Lims-Kragma hat sich von jedweden Kontakten mit den Nachtgreifern losgesagt, und der Tempel von Guis-Wa hat eine eigene Mörderschar. Außerdem weisen die Morde, mit denen wir es hier zu tun haben, noch nicht einmal ein einziges Merkmal einer rituellen Blutjagd auf.«

James errötete leicht. Es geschah so gut wie nie, dass Arutha in einer Unterredung nicht vollkommen vorbereitet gewesen wäre. »Ich muss mich berichtigen, Hoheit.«

»Wenn Profit das Motiv wäre«, meinte Arutha, »hätten wir mindestens von ein oder zwei Drohungen gegen betroffene Bürger erfahren. Das scheidet also aus. Bleibt noch der Mord aus Berechnung.«

»Aber was für eine Berechnung sollte das sein?«

»Genau das ist die Frage. Warum sollte jemand irgendwelche zufällig ausgewählten Bürger töten und versuchen, die Spötter zu vernichten?«

James hielt inne, denn er begriff, dass die Frage nicht nur rhetorisch gemeint war. Arutha wollte seine Meinung hören. »Ich habe keine Idee, was diese zufälligen Opfer innerhalb der Bürgerschaft betrifft, abgesehen von unserer alten Theorie, dass sie vermutlich gar nicht so zufällig sind, wie sie aussehen. Was das andere betrifft, sollen die Spötter möglicherweise deshalb ausgelöscht werden, um sie zu ersetzen oder davon abzuhalten, etwas zu beobachten.«

Arutha zeigte mit dem Finger auf James. »Genau. Was ist wahrscheinlicher?«

James seufzte müde. »Sie zu ersetzen, nehme ich an. Wenn Geheimnistuerei das Ziel wäre, würde man wohl kaum rumlaufen und Dutzende von Dieben, Huren, Straßenjungen und Schlägern abmurksen. Man würde im Verborgenen vorgehen und dafür sorgen, dass man auch im Verborgenen bleibt. Es gibt Dutzende Stellen im Wald und in den umliegenden Bergen, die nur einen Tagesritt entfernt sind. Niemand würde dort eine größere Kompanie von Männern vermuten. Nein, wenn sie versuchen, die Spötter aus den Abwasserkanälen zu verdrängen, dann weil sie die Kontrolle über die Verbrechen der Stadt erlangen wollen.«

»Ich stimme dir zu«, sagte Arutha. »Nun, wie bringst du das

alles mit dem in Einklang, was wir bisher von den Nachtgreifern gesehen haben?«

James unterdrückte ein Gähnen. »Gar nicht. Es scheint mir, dass sie für den Kriecher arbeiten, und doch sieht es so aus, als hätten sie ihre eigenen Ziele.«

Arutha nickte. »Erinnerst du dich an die falschen Nachtgreifer, die Locklear in den Abwasserkanälen fand, als er Gorath zum Palast brachte?«

»Ich habe davon gehört«, antwortete James.

»Haben wir jemals herausgefunden, für wen sie gearbeitet haben?«

James zuckte mit den Schultern. »Sie waren tot, daher hat Locky nicht daran gedacht, sie zu fragen, und damals habe ich angenommen, dass sie für die arbeiten, die Gorath davon abhalten wollten, den Palast zu erreichen. Jetzt habe ich eher den Eindruck, als hätten sie versucht, Euch dazu zu bringen, die Armee in die Abwasserkanäle zu schicken.«

»Was auch immer es gewesen ist, auf alle Fälle wollten sie, dass die Nachtgreifer die Schuld dafür bekamen«, meinte Arutha. »Ich habe eine Theorie. Nehmen wir einmal an, die Nachtgreifer haben für den Kriecher gearbeitet, weil es ihren eigenen Zielen gedient hat, vielleicht um irgendwelche eigenen Vorstellungen zu erfüllen oder einfach nur, um ihre eigenen Bedürfnisse zu unterstreichen? Es ist aber nicht ganz einfach, Männer zu kleiden und zu ernähren, die sich in verschiedenen Verstecken im Königreich aufhalten. Nehmen wir also an, der Kriecher hat aus irgendeinem Grund Angst vor ihnen bekommen? Dann würde es nur Sinn machen, wenn er versucht, sie für etwas verantwortlich zu machen, das er und seine Halsabschneider in Krondor tun.«

»Das heißt also«, sagte James, »wir müssen davon ausgehen, dass sich mehr als eine Mörderbande in der Stadt herumtreibt? Diese Nachtgreifer und noch eine Bande von angeheuerten Mördern?«

»Offensichtlich«, erwiderte Arutha. »Aber es ist sicher nur eine kleine Gruppe von Söldnern, wenn man von der Anzahl derer ausgeht, denen wir bisher begegnet sind.« Arutha setzte sich wieder. »Ich möchte, dass du Jonathan unter deine Fittiche nimmst und damit beginnst, ein Nachrichtennetzwerk aufzubauen. Ich werde dir nicht vorschreiben, wie du das zu tun hast, aber ich ermahne dich, nur Leute zu nehmen, die klug genug sind, sich nicht während der Arbeit für dich schnappen zu lassen, und die loyal genug sind, um dich nicht für einen Beutel Gold zu verkaufen. Ich werde dir deine Kosten ersetzen, und du wirst nur mir gegenüber Bericht erstatten müssen.«

Arutha wandte sich an Jonathan. »Sagt Eurem Vater, dass Ihr von Zeit zu Zeit für mich arbeiten werdet, aber berichtet ihm keine Einzelheiten. Und sagt ihm, dass es auf meinen Befehl hin immer mal wieder sein kann, dass Ihr unvorhergesehen Euren Posten verlassen müsst oder nicht zur vereinbarten Wache erscheinen könnt.«

»Hoheit«, sagte der junge Mann und nickte. »Es wird ihm nicht gefallen, aber er wird tun, was Ihr wünscht.«

Arutha blickte James an. »Du kriegst deine Kompanie, James.«

James grinste. »Dann bin ich jetzt fertig und kann endlich was essen und ein bisschen schlafen?«

»Ja, aber morgen brauche ich dich wieder hier.«

James ging zur Tür. »Was machen eigentlich unsere Gäste aus Olasko?«, fragte er.

»Ich schicke den Herzog und seine Brut auf einen Jagdausflug in die Berge. Wir werden sie etwa eine Woche nicht sehen, dann veranstalten wir eine weitere Gala und verabschieden sie, da sie nach Durbin segeln wollen.«

»Hoheit.« James verbeugte sich.

Als er die Tür erreicht hatte, meinte Arutha: »Bevor ich es vergesse, Jimmy, sei morgen zeitig hier. Die neuen Offiziere werden ernannt, und ich werde formell Hof halten.«

James' Grinsen blieb unverändert, doch innerlich stöhnte er laut auf. Er würde weniger als fünf Stunden Zeit bis zum Aufstehen haben, wenn er nicht aufs Essen und Baden verzichten wollte.

Jonathan verneigte sich vor dem Prinzen und folgte dem Junker aus dem Zimmer. James trat zur Seite, damit ein Page die Tür schließen konnte. »Gehen wir in die Küche und essen wir zusammen eine Kleinigkeit. Wir können uns dabei unterhalten, und ich kriege eine halbe Stunde mehr Schlaf.«

Mit leisem Lächeln trat der junge Wachtmeister neben James, und gemeinsam eilten sie zur Küche.

Sechs

Verwirrung

Trompeten erklangen im Innenhof.

Arutha führte die Mitglieder des Hofes zu dem Balkon, von dem aus man einen guten Blick auf den Exerzierhof hatte. Er stellte sich ganz an den Rand, und als Schwertmeister McWirth ihn sah, salutierte er ihm; dann wandte er sich zu seinen Kadetten um und forderte sie auf, Haltung anzunehmen.

Arutha wartete noch einen Augenblick, dann begann er zu sprechen. »Heute werdet ihr jungen Männer mit Ämtern und Sporen belohnt werden. Damit erhaltet ihr das Privileg, jedem Rang, den ihr bekleidet, einen besonderen Titel voranzustellen. Der Ursprung dieser Tradition ist mittlerweile im Nebel der Geschichte und der Legenden verloren gegangen, doch es heißt, dass diejenigen, die als Erstes in den Genuss dieses Privilegs kamen, die Kameraden eines der ersten Herrscher des Königreichs waren – eine kleine Gemeinschaft, die geschworen hatte, die Krone mit ihrem Leben zu verteidigen.

So ist es heute auch bei euch. Im Gegensatz zu den Soldaten, die ihrem Lehnsherrn verpflichtet sind, gilt euer Eid der Krone. Ihr seid verpflichtet, jedem Edlen in diesem Land mit Ehrerbietung zu begegnen und ihm Hilfe anzubieten, wenn dies nötig sein sollte. Eure oberste Pflicht gilt jedoch dem König im Osten und meinem Amt im Westen.«

James lächelte. Seit er Arutha kannte, hatte er es niemals erlebt, dass der Prinz für sich persönlich in Anspruch genommen hätte, was seiner Meinung nach rechtmäßig dem Amt gebührte, das er bekleidete. Andere Männer hätten gesagt »und mir im Westen«, aber nicht so Arutha.

Der Prinz fuhr fort: »Heute werden einige von euch zu Garnisonen entlang der Grenze aufbrechen, andere werden den Haushalten jener Edlen beitreten, die Bedarf an einem jungen Offizier haben, bis ihre eigenen Söhne alt genug sind, um selbst ein Kommando übernehmen zu können. Ein paar von euch steigen in einem solchen Haus möglicherweise in den Rang eines Schwertmeisters auf oder kehren nach Krondor zurück, wenn diese Söhne erwachsen sind. Andere werden an die Burgen der Grenzbarone versetzt, und wieder andere werden von vornherein in Krondor bleiben. Aber wo ihr dienen werdet, ist nicht so wichtig.

Ihr habt euch entschieden, dem Volk zu dienen, und das heißt, den Menschen, egal, wo ihr euch aufhaltet. Vergesst das niemals. Ihr mögt einen besonderen Rang und Privilegien erlangen, aber dieser Rang und diese Privilegien sind nicht als Belohnung gedacht. Sie sind vielmehr die Mittel, kraft derer ihr dem Königreich weiter dienen könnt.« Arutha machte eine kurze Pause. »In dem Krieg gegen die Tsuranis, der als der Spaltkrieg bekannt geworden ist, standen wir einem Feind gegenüber, mit dem wir jetzt in Frieden leben. Aber es ist ein schrecklicher und langer Kampf gewesen, denn die Männer, die uns auf dem Schlachtfeld gegenübergestanden haben, waren Männer voller Ehre, dem Dienst treu ergeben. Wir sind ihnen mit der gleichen Entschlossenheit begegnet, und das war die Rettung unseres Volkes.«

Arutha hielt inne. »Ich freue mich, euch zum Dienst am Königreich willkommen heißen zu dürfen, junge Offiziere.«

Er nickte McWirth zu und meinte: »Beim Klang eurer Namen tretet vor und nehmt eure Sporen entgegen.« Er rief den ersten Namen auf, und der erste Kadett trat vor. Zwei Pagen standen bereit, um die Sporen rasch an den Stiefeln der Kadetten zu befestigen. Elf junge Offiziere wurden in den Dienst aufgenommen und erhielten ihren neuen Rang. William war der Letzte.

Rechts von Arutha stand Hofmarschall Gardan; dies war seine letzte Handlung, bevor er sich zur Ruhe setzte. Er begann, Befehle auszugeben. Vier Kadetten würden nach Norden zu den Grenzbaronen gehen. Fünf würden auf verschiedene Garnisonen und Haushalte im Westen verteilt werden. Zwei sollten in Krondor bleiben. Einer von ihnen war William.

James sah flüchtig, wie William die Stirn runzelte, als dies verkündet wurde, und er wunderte sich über sein Missfallen. Krondor war der beste Ort im westlichen Königreich, sowohl was die Annehmlichkeiten betraf als auch das politische Fortkommen. Im östlichen Königreich mochte das etwas anders sein, wo man sich durch häufige Kämpfe mit unangenehmen Nachbarn in der Nähe der Hauptstadt immer mal wieder die Gunst der Krone verdienen konnte. Im Westen aber begann jeder Aufstieg, jede politische Gunstbezeugung in Krondor.

Arutha wandte sich an James. »Du hast noch etwas in der Stadt zu erledigen, nehme ich an?«

James nickte. »Eine ganze Menge sogar. Wann soll ich zurückkehren?«

Arutha trat vom Balkon wieder zurück ins Zimmer. »Sobald du mir etwas Wichtiges mitzuteilen hast. Du bist ab jetzt nicht mehr der ranghöchste Junker.«

James stolperte beinahe, so überrascht war er. »Hoheit?«

Arutha lächelte James an. »Das hat nichts mit deiner Leistung zu tun, James, sondern damit, dass ich dich in der letzten Zeit viel zu viel in der Gegend rumgeschickt habe. Zeremonienmeister de Lacy und Jerome beklagen sich bitterlich, dass sie ständig die Aufgaben erledigen müssen, die du wegen deiner häufigen Abwesenheit nicht erfüllen kannst. Ich werde also jemand anderen in den entsprechenden Rang erheben, während du mein persönlicher Junker bleibst. Abgesehen davon erscheint es mir auch ein bisschen langweilig zu sein, eine Gruppe von Jungen zu beaufsichtigen, wenn man einmal eine ganze Garnison befehligt hat.«

James lächelte. »Lästig trifft es wohl besser.«

Arutha lachte; er zeigte selten so viel Heiterkeit. »Lästig ist es in der Tat. Eine letzte Aufgabe noch, bevor du dich auf den Weg machst. Der Herzog von Olasko und seine Gruppe brechen morgen gleich bei Tagesanbruch zur Jagd auf. Aus Gründen, die ich nicht verstehe, haben sie darum gebeten, dass Leutnant William den Wachen zugeteilt wird.«

James runzelte die Stirn. »Steckt Paulina dahinter?«

Arutha hatte seinen Schreibtisch erreicht und setzte sich. Er machte de Lacy ein Zeichen, dass er jene einlassen sollte, die darauf warteten, dass der Prinz mit den täglichen Geschäften begann. »Die Prinzessin, ja. Sie will ihren Vater und die Prinzen auf die Jagd begleiten. Wieso?«

»Sie hält Ausschau nach einem reichen oder mächtigen Ehemann.«

»Den Sohn eines Herzogs, mit anderen Worten.«

James nickte. »Ich fürchte, es hat ihr niemand mitgeteilt, dass Herzog Pug nach den Maßstäben der meisten Leute ein etwas … seltsamer Herzog ist.«

»Aber mit besten Verbindungen«, fügte Arutha hinzu.

James grinste. »Nun ja. Dennoch halte ich es für besser, wenn ich mir etwas Zeit nehme, William auf seine Pflichten vorzubereiten.«

Arutha blickte an James vorbei zur Tür, wo de Lacy die erste Gruppe von Bittstellern hereinbat. »Davon will ich gar nichts wissen«, sagte der Prinz. »Du weißt, was zu tun ist – also tu es.«

»Ja, Hoheit«, erwiderte James und verließ das Zimmer. Er eilte zum Innenhof, denn er wollte McWirth und William noch erwischen, bevor der frisch ernannte Leutnant zu einer Patrouille ins Tal der Träume oder durch von Banditen verseuchtes Busch- und Waldland zwischen Krondor und Endland geschickt wurde. Dann würde er den jungen Jonathan Means aufsuchen und damit beginnen, sein Netzwerk von Agenten aufzubauen.

James fand William in den Quartieren der Kadetten; er holte gerade seine Sachen aus der kleinen Feldkiste, in der er während der letzten sechs Monate seine gesamte Habe aufbewahrt hatte. McWirth beaufsichtigte die Abreise der frisch ernannten Offiziere; seine Haltung hatte sich vollkommen verändert. Jetzt betrachtete er die jungen Männer so, wie ein Vater seine Kinder ansah, dachte James. Dann erinnerte er sich, dass in wenigen Wochen eine neue Kompanie aus Söhnen von Edelleuten, hochrangigen Offizieren des Königreichs und einigen viel versprechenden jungen Soldaten eintreffen würde, und dann würde der alte Soldat wieder ganz der Tyrann sein, dem nichts recht zu machen war.

William blickte auf, und bevor James auch nur ein einziges Wort sagen konnte, meinte er: »Krondor! Wieso?«

»Ich habe keine Ahnung«, antwortete James, »aber ich weiß, dass jeder andere Mann an deiner Stelle vor Freude einen Handstand machen würde. Hier ist der richtige Ort, wenn du aufsteigen willst, Will.«

William sah aus, als wollte er darauf etwas entgegnen, sagte dann aber nur: »Ich muss das hier zur Waffenkammer bringen.«

James wusste, dass die Waffenkammer neben den privaten Gemächern der jungen Offiziere lag. »Ich helfe dir.«

William nickte, aber seine Miene war noch immer düster. Allein hätte er nicht öfter als zweimal gehen müssen, um all seine persönlichen Sachen in die Waffenkammer zu tragen, aber er begrüßte die angebotene Hilfe. William hängte sich das Schwert um, den einzigen Gegenstand, den er im Training benutzt hatte und den er jetzt mitnahm, und reichte James ein Bündel Kleidung. Dann nahm er ein zweites Bündel mit zwei Paar Stiefeln, einem großen Umhang und zwei Büchern und gab James mit einem Nicken zu verstehen, dass er vorausgehen solle.

James wandte sich um, ging zur Tür und passierte dabei Schwertmeister McWirth. Als William die Tür erreicht hatte, hielt er inne und meinte: »Schwertmeister?«

»Ja, Leutnant?«, fragte McWirth. Seine Stimme klang ruhig und gelassen.

James wandte sich um und sah Williams erstaunten Gesichtsausdruck; der Junge hatte noch immer nicht richtig begriffen, dass er jetzt ein Offizier war und McWirth ihn nicht mehr anschreien würde. William zögerte. »Ich wollte Euch nur für all das danken, was Ihr mir beigebracht habt. Ich hoffe, ich werde Euch niemals enttäuschen.«

McWirth lächelte. »Mein Sohn, wenn es auch nur den leisesten Hauch einer Möglichkeit gegeben hätte, dass Ihr mich enttäuschen könntet, hättet Ihr heute nicht diese Sporen erhalten.« Er deutete auf Williams Stiefel, deren Fersen jetzt mit zwei neuen Silbersporen geschmückt waren. »Ihr werdet es schon schaffen. Aber jetzt beeilt Euch und seht zu, dass Ihr Eure Sachen rüber in die Waffenkammer schafft. Sonst sehen die anderen Leutnants noch, wie Ihr Eure Sachen selbst schleppt, und setzen Euch zu, weil Ihr nicht die Pagen oder Soldaten damit beauftragt habt.«

James stand einen Augenblick reglos da, dann lachte er. Plötzlich begriff auch William, dass er als Leutnant der Garnison einen Pagen oder einen der Soldaten hätte anweisen können, ihm seine Sachen zu tragen. Dann wandte sich McWirth an James. »Oder Euch, Junker, dafür, dass Ihr Williams Hunderäuber seid. Nun macht schon, Ihr beiden.«

»Ja, Schwertmeister«, sagte James.

William eilte weiter. »Was ist denn das für ein Begriff?«

»Nach allem, was ich weiß, sind die Soldaten, von denen Arutha gesprochen hat, damals nicht so wohlhabend gewesen, und ihre Junker mussten schon sehr schlau sein, um eine Mahlzeit für ihre Herren zu kriegen.«

William grinste. »Soll ich dich zu meinem Junker machen, Junker?«

James erwiderte das Grinsen mit einem spöttischen Stirnrunzeln. »Ich würde einen Gold-Sovereign bezahlen, nur um zu sehen, ob du das hinkriegen würdest, *Herr*«, meinte er sarkastisch. »Wenn du der Überzeugung bist, dass du wirklich einen persönlichen Junker brauchst, kann ich mich ja umhören, ob einer der weniger begnadeten Pagen eine Karriere mit so gut wie keinerlei Aufstiegschancen in Betracht zieht. Und ich wäre sehr neugierig, wo du die Münzen hernehmen würdest, um ihn zu bezahlen.«

Sie erreichten die Waffenkammer und eilten durch die große Tür, vorbei an Regalen mit Schwertern, Schilden, Speeren, Lanzen und anderen Waffen. Aus dem hinteren Teil der Waffenkammer erklangen Geräusche; dort reparierte der Schmied die beim Üben beschädigten Waffen. Sie erreichten die Treppe und kletterten zum ersten Stock empor. William legte seine Sachen auf den Boden und blickte sich um. »Der Raum da sieht unbenutzt aus«, meinte er und deutete auf eine offene Tür.

»Ich werde dir eine Tracht Prügel ersparen«, sagte James. »Du solltest darauf warten, dass dir der ranghöchste unverheiratete Offizier einen Raum zuteilt.« Er deutete auf das offensichtlich leere Zimmer. »Dieses Zimmer da ist jedenfalls ziemlich sicher für Hauptmann Treggar bestimmt.«

William zog eine Grimasse. Treggar war ein humorloser, junger Mann, der allem Gerede nach allerdings ein hervorragender Soldat sein musste, denn er besaß noch immer seinen Posten, obwohl er ein Schläger war und eine Neigung zu hässlichen Wutausbrüchen hatte. Er wurde auch für ungewöhnlich klug gehalten, da er schon erstaunlich lange bei der Garnison war, der Gardan vorstand.

Ein paar Minuten später erschien der ebenfalls frisch ernannte Leutnant Gordon O'Donald, der jüngste Sohn des Grafen von Malvenhafen, mit einem Bündel in der Hand oben auf den Stufen. »Ist das Zimmer frei?«, fragte er.

»Wir warten auf Treggar«, erklärte William.

Gordon ließ sein Bündel an Ort und Stelle zu Boden fallen. »Ist das nicht ein wunderschönes Ende eines überaus gelungenen Tages?« Seine Stimme hatte jenen fröhlichen Klang, der bei dem Volk der Kennararch, die von den Ausläufern der Gipfel der Ruhe stammten, üblich war. Er war ein breitschultriger, junger Mann, ein bisschen größer als William und James, und hatte sandblonde Haare und blaue Augen. Seine Haut war normalerweise sehr hell, doch inzwischen leicht gebräunt und voller Sommersprossen.

»Ihr seht beide erstaunlich missmutig aus, wenn man bedenkt, dass ihr gerade die besten Posten im ganzen Westen ergattert habt«, meinte James.

»Im Westen«, wiederholte Gordon. »Ich schätze, mein Vater hat den Prinzen gebeten, mich hier zu behalten, fern von irgendwelchem Ärger. Meine Brüder sind beide im Krieg umgekommen, Malcolm gegen Ende des Spaltkriegs bei einer Schlacht bei den Grauen Türmen gegen die Tsuranis, und Patrick vor Sethanon. Ich bin der Jüngste, und mein Vater versucht alles, damit ich am Leben bleibe und das Erbe antreten kann.«

»Am Leben bleiben ist durchaus eine lohnende Aufgabe«, sagte James mit gespieltem Ernst.

»Das mag für diejenigen so sein, Junker, die hier geboren sind. Aber im Westen hat ein Mann doch nur wenig Möglichkeiten voranzukommen.«

James runzelte die Stirn. »Berichtige mich ruhig, wenn ich falsch liege, aber du wirst eines Tages ein Graf sein. Wieso sollte es dich da sonderlich interessieren, ob du vorankommst?«

»Wir haben nur eine kleine Grafschaft bei Malvenhafen«, erklärte Gordon. »Die Ehren, die man sich auf dem Schlachtfeld erwirbt, zählen im Osten eine ganze Menge. Ihr habt eure Goblins und die Brüder des Dunklen Pfades und so weiter, aber wir im Osten sind unaufhörlich damit beschäftigt, gegen die Östlichen Königreiche oder Kesh zu kämpfen. Man wird rasch befördert, und man benötigt sämtliche Vorteile, wenn man eine standesgemäße Hochzeit arrangieren will.«

James und William blickten sich an und grinsten. »Es ist eine Frau!«, kam es wie aus einem Munde.

Gordons gebräuntes Gesicht konnte die Röte nicht verbergen, die jetzt in ihm aufstieg. »Die Tochter des Herzogs von Niederhohnheim, Rebecca. Wenn ich jemals die Möglichkeit haben will, sie für mich zu gewinnen, muss ich mit genug Ruhm zurückkehren, dass sogar der König geblendet sein wird.«

James zuckte mit den Achseln. »Nun, möglicherweise hat es früher einmal gestimmt, dass es im Westen keinen anständigen Krieg geben würde, aber das hat sich geändert, seit ich in Krondor bin.«

»Zumindest bist du hier am besten Ort, wenn es darum geht, im Westen weiterzukommen«, meinte William.

Schritte erklangen von unten; es hörte sich an, als würden sich mehrere Männer in schweren Stiefeln nähern. »Holt eure Sachen«, schlug James vor.

Einen Augenblick später tauchte ein dunkler Kopf auf, gefolgt von breiten Schultern, als Hauptmann Treggar die Stufen erklomm. Die anderen unverheirateten Leutnants folgten ihm. Als er die beiden frisch ernannten Offiziere warten sah, runzelte er die Stirn. Dann erblickte er James, und seine Miene verwandelte sich in offene Abscheu. »Was hat das zu bedeuten?«, fragte er.

»Wir warten darauf, dass uns Räume zugeteilt werden, Hauptmann«, sagte William.

Die anderen Leutnants kamen jetzt ebenfalls herauf, so dass es ziemlich voll war. Einige wisperten, andere zuckten mit den Schultern. James begriff, dass sie darauf warteten, dass Treggar handelte. Das erwartete Spiel, dass sie mit den neuen Leutnants vorgehabt hatten, verlief jedenfalls nicht so wie geplant.

Treggar wollte etwas sagen, doch James kam ihm zuvor. »Der Prinz wartet darauf, dass Leutnant William sich hier einrichten kann, denn er hat einen besonderen Auftrag für ihn.«

Was immer Treggar hatte sagen wollen, behielt er nun für sich.

Stattdessen streckte er die Hand aus und meinte: »Am Ende des Korridors. Wir haben zu wenig Räume, und ihr beiden werdet euch ein Zimmer teilen müssen, bis einer heiratet oder sich zur Ruhe setzt.«

»Ja, Hauptmann«, sagte Gordon und drängte sich zwischen den anderen Offizieren hindurch.

»Danke, Hauptmann«, sagte William und folgte ihm.

»Ich warte hier, Leutnant«, rief James ihm hinterher.

»Habt Ihr Euer übliches Gebiet verlassen, Junker? Ich habe gehört, Ihr würdet Euch häufiger in den Abwasserkanälen aufhalten als im Palast«, bemerkte Treggar.

James starrte den Hauptmann einen Augenblick an. Der Mann hatte dunkle, tief in den Höhlen liegende Augen, und in seinem Blick stand nichts als Wut und Verachtung. Er schien unentwegt vor Konzentration die Stirn zu runzeln, wenn er vor dem Hofmarschall oder dem Prinzen stand. Es hieß, dass immer mal wieder ein jüngerer Offizier und Dutzende von der Palastgarnison nach Einbruch der Nacht zu einer Schlägerei aufgefordert wurden, weil sie Treggar verärgert hatten. James bemühte sich, seine Antwort so freundlich wie möglich klingen zu lassen. »Ich tue, was der Prinz mir aufträgt.« Er war durchaus geneigt, Treggar herauszufordern, aber seine jahrelange Erfahrung im Umgang mit Schlägern sagte ihm, dass er einen solchen Kampf nicht würde gewinnen können. Wenn er den Hauptmann vor den anderen jungen Offizieren in Verlegenheit brachte, würde sich seine Abneigung in echten Hass verwandeln, und was immer er sonst noch war, auf jeden Fall war er ein wichtiges Mitglied der Palastgarnison. Abgesehen davon würde er sich vermutlich für jede eingebildete oder tatsächliche Beleidigung an Gordon und William rächen.

Die anderen Offiziere verzogen sich jetzt in ihre eigenen Räume, als sie sahen, dass sie mit den neuen Offizieren nicht den erwarteten Spaß haben würden, oder sie begaben sich auf ihre jeweiligen Posten. Kurz darauf kehrten Gordon und William zurück.

William blickte James an. »Was ist das für ein Auftrag, James?«

Treggar schoss herum und schnaubte. »Wenn Ihr ein Mitglied des Hofes ansprecht, benutzt gefälligst seinen Titel, Leutnant.« Er hielt kurz inne. »Und zwar unabhängig davon, um wen es sich handelt.«

»Jawohl, Hauptmann«, erwiderte William. »Was für ein Auftrag ist es, Junker?«, fragte er erneut.

»Es geht darum, die Gäste Seiner Hoheit mit einer Eskorte von einem Dutzend Männern auf einen Jagdausflug zu begleiten. Du sollst eine Stunde vor Sonnenuntergang beim Jagdmeister sein.«

»Jawohl, Junker.«

James blickte Treggar an. »Komm heute Abend noch einmal bei mir vorbei. Möglicherweise habe ich dann ein paar letzte Anweisungen für dich.«

»Jawohl, Junker«, sagte William.

James drehte sich um und schritt rasch davon. Es machte keinen Sinn, noch länger zu bleiben; er würde lediglich Treggars miese Laune verstärken. Vermutlich würde der Hauptmann dafür sorgen, dass William bis Sonnenuntergang mit irgendetwas beschäftigt war, das ihn entweder beschämte oder sonstwie eine Strafe dafür darstellte, dass er um seinen Spaß gebracht worden war. James kannte genug Schlägertypen. Letztendlich mussten William und Gordon selbst herausfinden, wie sie mit Treggar umzugehen hatten.

James überquerte den Hof und dachte, dass William ein zäher Bursche war und durchaus in der Lage, sich selbst zu verteidigen. Vermutlich würde auch Gordon sich als zäh herausstellen, wenn auch auf seine eigene Weise. Abgesehen davon war Treggar lange genug als unverheirateter Offizier am Hof; er würde wissen, was er sich in der Offiziersmesse leisten konnte und was nicht. Der Rangälteste der Messe zu sein, mochte Privilegien bieten, aber es war auch eine Verantwortung damit verbunden, und wäre Treggar wirklich durch und durch schlecht, hätte ihn Gardan wohl schon vor langer Zeit vom Hof entfernt. Eines nämlich wusste James ganz genau: Nichts war so banal, dass es lange Zeit der Aufmerksamkeit Aruthas und des Hofmarschalls entging. Probleme wurden rasch entdeckt und irgendwie gelöst.

Als James durch das Tor schlüpfte und eine Wache ihm beiläufig salutierte, dachte er daran, wo er zuerst Halt machen würde. Abrupt blieb James stehen. Er hatte den Palast diesmal durch das westliche Tor verlassen, das einmal der Haupteingang gewesen war, jetzt jedoch nur noch für zeremonielle Ankünfte, Prozessionen aus der Stadt, Feiertagsrituale und Ähnliches benutzt wurde, während der größte Teil des Handels inzwischen durch das Hafentor und das östliche Tor geleitet wurde.

Ein großes Haus lag auf der gegenüberliegenden Seite des Platzes, der die westliche Grenze des Palastbereichs markierte. Zwischen dem Haus und dem Tor stand ein Brunnen von bescheidener Größe, aber er war alt und so etwas wie ein Wahrzeichen, denn er war der erste, der in der Stadt auf Befehl eines der ersten Prinzen errichtet worden war. James musterte das Haus eingehend. Es war ein großes Gebäude, dessen riesige Ausmaße von zahlreichen Innenräumen kündeten. Seines Wissens war das Gebäude schon vor Jahren verlassen worden. James berichtigte sich – es war nicht verlassen worden, sondern nur unbenutzt gewesen. Von Zeit zu Zeit herrschte eine gewisse Betriebsamkeit um das Haus herum, wenn der Holzanstrich oder das Eisengitter erneuert wurde oder wenn die Steine der Außenmauer ersetzt wurden. Aber jetzt bereitete sich zweifellos jemand darauf vor, das Gebäude zu bewohnen.

»Was geht da vor?«, fragte er die Wache am Tor und deutete mit einem leichten Nicken in Richtung Haus.

»Ich weiß es nicht. Seit gestern fahren Wagen hin und her, Junker.«

Die Wache auf der anderen Seite des Tors schaltete sich ein. »Das Haus ist verschlossen, seit ich mich erinnern kann«, meinte der Mann. »Ich weiß nicht einmal, wem es gehört.«

»Es gehört dem Tempel von Ishap«, erklärte James.

Die beiden Männer warfen ihm einen erstaunten Blick zu, aber keiner fragte ihn, wie er darauf kam. Es gehörte einfach zu ihm, dass er alles Mögliche über die Stadt wusste, und auch jetzt zweifelte keiner der beiden am Wahrheitsgehalt seiner Worte.

»Gewöhnlich bleiben sie unter sich«, murmelte er. »Ich frage mich, was das zu bedeuten hat.«

Die beiden Wachen wussten, dass diese Frage nur rhetorisch gemeint war und enthielten sich einer Antwort, während James das Rätsel um das Haus auf der anderen Straßenseite beiseite schob und sich dem alten Problem zuwandte: den Nachtgreifern.

Als James zwischen zwei Gebäuden wieder auftauchte, trug er weit weniger modische Kleidung als die, in der er sich noch beim Verlassen des Palastes gezeigt hatte. Er hatte verschiedene Verstecke in der ganzen Stadt und dort Kleidung, Waffen und Geld verborgen, um für eine Vielzahl von Bedürfnissen gerüstet zu ein. Für den Junker des Prinzen war es häufig notwendig, in der Menge nicht aufzufallen.

James bewegte sich durch das mittägliche Gedränge des Krämerviertels, nicht weit von dort entfernt, wo es sich unmerklich ins Armenviertel verwandelte. Niemand hätte diese Stelle auf einer Karte oder einer Urkunde gefunden, in der die verschiedenen Viertel der Stadt eingezeichnet waren, doch alle, die in Krondor lebten, wussten genau, wo das Marktviertel endete und das Dockviertel begann, wo das Hafenviertel zum Fischerviertel wurde und wie all die anderen inoffiziellen Bereiche aufgeteilt waren. Und James wusste nur zu gut, wie wichtig es auch für sein eigenes Wohlergehen und Leben war zu wissen, wo das eine Viertel endete und das andere begann.

Er überquerte die unverzeichnete Straße, die das Krämerviertel vom Armenviertel trennte, und als er Letzteres betrat, schienen die Straßen zu schrumpfen, schmaler und enger zu werden. Hohe Gebäude erhoben sich zu beiden Seiten und ließen kaum genug Platz, dass ein Karren zwischen ihnen hindurch passte, tauchten die Straßen zudem in eine beinahe ständige Düsternis, sofern die Sonne nicht gerade im Zenit stand.

James veränderte weder seine Haltung noch seinen Schritt, als er seinen alten Schlupfwinkel aufsuchte, aber er wurde wachsamer. Die Straßen des Armenviertels waren tagsüber beinahe so geschäftig wie die der anderen Stadtviertel, aber sie waren weit gefährlicher. Die Gefahren waren weniger offensichtlich als bei Nacht, aber gerade deshalb waren sie um so tödlicher. Schon nach wenigen Minuten spürte James die Unruhe, die dieses Viertel durchdrang. Die Blicke, die hin und her geworfen wurden, waren ein bisschen verstohlener als sonst, die Leute ein bisschen eiliger als gewöhnlich. Stimmen verstummten und Fremde wurden eingehend beäugt. Die Morde machten eine ohnehin argwöhnische Bevölkerung noch misstrauischer.

James lenkte seine Schritte jetzt in eine noch engere Gasse, von der gelegentlich eine Tür oder eine Holztreppe zu einem Eingang im zweiten Stock führte. Fast am Ende der Gasse sah er eine vornübergebeugte Gestalt, die Gegenstände auf einem zweirädrigen Pony-Karren befestigte. Die Tür, die eigentlich sein Ziel gewesen war, stand offen.

James zog seinen Dolch und hielt ihn so, dass er in seiner Hand verborgen war. Falls es nötig sein sollte, konnte er ihn durch eine rasche Bewegung sofort ins Spiel bringen.

Er näherte sich der Gestalt auf Armesbreite und sprach sie an. »Sophia?«

Die Gestalt drehte sich um, und James entspannte sich. Die Frau hatte graue Haare, in denen noch genug braune Strähnen waren, um die Haarfarbe ihrer Jugend erkennen zu können. Sie hielt eine Hand in einer Position, die James als Abwehrhaltung kannte. Dann entspannte auch sie sich. »Jimmy. Du hast mich so erschreckt, dass du mich beinahe um die wenigen Jahre gebracht hättest, die mir noch geblieben sind.«

James ging zu dem Pony-Karren und warf einen Blick durch die offene Tür. »Du verlässt Krondor?«

»Sobald ich dieses letzte Bündel befestigt habe.«

»Wo willst du hin?«

»Ich weiß es noch nicht, und ich bin mir auch nicht sicher, ob ich will, dass irgendjemand in Krondor weiß, wo ich landen werde, Jimmy.«

James musterte das Gesicht der Frau. Sie war niemals wirklich hübsch gewesen – in ihrer Jugend hatte man sie sogar damit aufgezogen, dass sie ein Pferdegesicht gehabt hätte –, aber ihre Haltung hatte etwas Kraftvolles, und ihr Körper wirkte stark, so dass sie durchaus eine eindrucksvolle Person war. Das hatte ihr im Laufe ihres Lebens eine ganze Reihe Liebhaber eingebracht – mit und ohne Reichtum. Aber der Handel mit Beschwörungsformeln, mit Zaubersprüchen und magischen Getränken, von dem Sophia lebte, hatte ihr ein Leben beschert, das letztendlich einsam war, abgesehen von ein paar wirklich vertrauenswürdigen Freunden wie James.

James nickte bei ihrer Bemerkung. »Ich verstehe, wenn du verschwinden willst, aber ich würde gerne von dir erfahren, wieso.«

»Ich muss dich wohl nicht fragen, ob du von den Morden gehört hast. Du wärst kaum ein Mann des Prinzen, wenn du davon nichts wüsstest.«

»Dann hast du Angst davor, bald ebenfalls zu den Verschiedenen zu gehören?«

Sie nickte. Sie rückte ihr blaues Kleid zurecht und zog einen schwarzen Schal vom Karren herunter; dann machte sie sich daran, die Tür zu ihrem kleinen Raum zu schließen. »Ich nehme an, du kennst die Gründe nicht, weshalb diejenigen ermordet worden sind, die nicht zu den Spöttern gehört haben; schließlich bist du mit diesen Künsten weniger vertraut als ich, die ich sie praktiziere.«

»Heißt das, es sind Magier gewesen?«, fragte James, jetzt plötzlich äußerst interessiert an dem, was die Frau zu sagen hatte.

»Soviel ich weiß, sind es fünf der Besten gewesen. Ihre Namen würden dir vermutlich nichts sagen, denn sie üben ihre Tätigkeit niemals in der Öffentlichkeit aus. Wir unterscheiden uns da sehr von den Magiern in Stardock, Jimmy. Viele von uns ziehen ein ruhiges Leben vor.«

»Aber es gibt auch andere?«

»Ja, aber sie praktizieren Künste, die von denen, die die Macht besitzen, nicht mit Wohlgefallen betrachtet werden.«

»Die Schwarzen Künste?«

»Ganz so schlimm ist es nicht. Aber gehen wir mal von einem Krämer aus, der verlangt, dass die Ladung eines Konkurrenten während der Verschiffung zu verfaulen beginnt, oder von einem Spieler, der zum Ende des Spiels einen Vorteil benötigt. Es gibt Magier, die die entsprechenden Künste praktizieren oder das dazu Notwendige zur Verfügung stellen.«

»Gegen einen gewissen Preis natürlich«, bemerkte James.

Sophia nickte. »Jemand bringt die Magier in Krondor um, James.«

James blickte sich um. »Wie viele von diesen anderen gibt es?«

Sophia deutete auf den Wagen. »Hilf mir mal, ihn umzudrehen. Ich hätte ihn vorher in die richtige Richtung drehen sollen, bevor ich ihn beladen habe.«

James half der Frau, den Wagen umzudrehen, dann sah er zu, wie sie sich zwischen die zwei Stangen des Wagens kniete und sie hochhob. Er wusste, dass es besser war, ihr keine Hilfe anzubieten; Sophia war eine unabhängige Frau, wie er selten einer begegnet war – und er hatte eine ganze Reihe gekannt. »Du solltest dir ein kleines Pferd oder Pony besorgen.«

»Kann ich mir nicht leisten«, antwortete sie, während sie begann, ihr gesamtes Hab und Gut die Gasse entlang zu karren.

»Ich könnte dir ... ich könnte dir die Münzen für ein Pferd leihen, Sophia. Du bist immer freundlich zu einem großen Straßenjungen gewesen.«

Sie lächelte, und es war, als würden die Jahre von ihrem Gesicht abfallen. »Du bist niemals grob gewesen. Abscheulich, aber niemals grob.« Dann verschwand ihr Lächeln. »Ich müsste das Tier füttern. Aber vielen Dank für dein Angebot.«

Als sie die Straßenecke erreichten, hielt Sophia noch einmal an. »Ich habe dich noch gar nicht gefragt, was dich zu mir geführt hat.«

James lachte. »Ein kleines Problem, das tatsächlich etwas mit Magie zu tun hat.« Er berichtete von Prinzessin Paulines Amulett und seiner Wirkung. »Da mein junger Freund sich in ihrer Gegenwart aufhalten muss, wäre es von Nutzen für ihn, wenn er sich gegen ihren zauberhaften Charme schützen könnte.«

Sophia kicherte. »Zauberhafter Charme. Das gefällt mir. Nun, ich glaube, ich habe etwas, das deinem Freund helfen könnte.« Sie stellte die Stangen ab, ging zum hinteren Ende ihres Karrens und hob die heruntergelassene Plane hoch. »Ich wünschte allerdings, du hättest etwas davon gesagt, bevor ich das hier alles befestigt hatte«, meinte sie und griff hinein. Sie zog einen kleinen Beutel heraus und fuhrwerkte darin herum. »Ich habe zwar ein wirkungsvolles Pulver, doch das würde nur ein paar Stunden anhalten.« Sie hielt einen kleinen Ring hoch. »Der hier ist besser.« Der Ring wirkte äußerst schlicht; er war aus grausilbernem Metall und mit einem einfachen, blassroten Halbedelstein besetzt.

Sie reichte ihn James. »Er schützt die Person, die ihn trägt, vor einer ganzen Reihe geringer Zauber und Beschwörungen – eben solche wie die, die deine junge Prinzessin benutzt. Gegen ernsthafte Zauberei ist er nutzlos, aber die Wirkung des Mädchens wird er auf das begrenzen, was sie von der Natur mitbekommen hat.«

James nahm den Ring entgegen. »Danke. Was schulde ich dir dafür?«

»Du hast mir in der Vergangenheit mehrmals einen Gefallen getan, Jimmy. Nenn es ein Abschiedsgeschenk.« Sie nahm die Stangen wieder auf und zog ihren Karren aus der Gasse auf die Straße, die sie schließlich aus dem Armenviertel herausführen würde.

James sprang zur Seite, als zwei Jungen vorbeieilten. Einen Augenblick fragte er sich, ob die beiden ein abgekartetes Spiel spielten und der eine versuchen würde, ihm seinen Beutel abzuschneiden, während der andere ihn sich schnappen würde, doch dann begriff er, dass die Jungen nur aus lauter Freude herumrannten.

James tastete nach seinem Beutel, um sicherzustellen, dass er wirklich noch da war, und machte ihn vom Gürtel los. Er steckte ihn unter die Plane des Wagens. »Dann möchte ich dir ebenfalls ein Abschiedsgeschenk geben. Wo immer du auch stranden wirst, du wirst ein paar Münzen gebrauchen können.«

Sie lächelte, und ihre blauen Augen strahlten. »Du bist ein echter Freund, Jimmy.«

»Wenn du es für sicher hältst, lass mich bitte wissen, wo du bist, Sophia.«

»Das werde ich tun«, sagte sie und verließ ihn; sie nahm die Hauptstraße, die zum östlichen Tor führte.

James sah zu, wie sie in der Menge verschwand, und machte sich wieder in Richtung Palast auf. Was immer er auch noch für diesen Nachmittag geplant hatte, er musste erst einmal zum Palast zurückkehren, um ein kurzes Gespräch mit dem Prinzen zu führen.

Er hatte immer noch keine genaue Vorstellung davon, wer hinter den scheinbar zufälligen Morden an Krondors Bürgern stecken mochte, aber die Nachricht, dass viele von ihnen Magie ausgeübt hatten, war zu wichtig, als dass er sie Arutha nicht hätte sofort überbringen müssen. Die Nachmittagssonne brannte heiß vom Himmel, und doch war James, als würde ihm ein kalter Schauer über den Rücken laufen.

Sieben

Hinterhalt

Die Pferde wieherten.

William blickte sich um. Er spürte bereits die Anspannung, die sein erster Auftrag als Befehlshaber mit sich brachte, obwohl er von einem erfahrenen Sergeanten und zwanzig Soldaten begleitet wurde. Hauptmann Treggar, der sich in der Offiziersmesse wie ein Schläger aufführte, hatte ihn kurz zuvor noch beiseite genommen und mit Ratschlägen versorgt. »Wenn Ihr vor den Leuten dumm dastehen wollt, gebt den Soldaten Befehle. Wenn Ihr aber dastehen wollt wie jemand, der weiß, was er tut, sagt Sergeant Matthews, was Ihr wollt«, hatte er ihm eingeschärft.

Trotz der Abneigung, die er diesem Mann gegenüber empfand, hatte William sich den Ratschlag zu Herzen genommen und bisher auch tatsächlich den Eindruck erweckt, als wüsste er genau, was er tat. Die Sonne stand hoch am Himmel, und William rief den Sergeanten zu sich. »Sergeant!«

»Jawohl«, kam die prompte Antwort.

»Sucht einen Platz aus, an dem wir unser Mittagessen einnehmen können.«

Sie folgten einer Straße, die sich durch die bewaldeten Gebirgsausläufer nördlich von Krondor wand. William war äußerst wachsam, aber nicht übermäßig besorgt, da dieses Gebiet gewöhnlich als sehr friedlich galt. Gelegentlich mochten Reisende von einer Bande von Räubern belästigt werden, aber schon seit Monaten war keine Bande mehr gesichtet worden, die groß genug gewesen wäre, um zwei Dutzend berittene Soldaten angreifen zu können. Weiter die Küste entlang lagen Gebiete, die nicht so leicht unter Kontrolle zu bekommen waren, aber dieses Stück hier hatte Arutha gerade deshalb ausgewählt, weil es die größtmögliche Sicherheit der Gäste garantierte und reichlich Wild versprach.

Sergeant Matthews, ein wettergegerbter Veteran mit verblüffend lebhaften blauen Augen und beinahe weißen Haaren, wandte sich an William. »Hinter der Kurve liegt eine Schenke, Leutnant. Ich würde unseren Gästen zwar nicht gerade raten, dort eine Nacht zu verbringen, aber ein Mittagsmahl kann man dort durchaus einnehmen.«

»Jemand soll vorausreiten und unsere Ankunft ankündigen«, sagte William.

»Jawohl, Leutnant.«

Einer der Soldaten beeilte sich, den Befehl auszuführen, und als die Jagdgruppe die Schenke erreichte, war alles vorbereitet. Es handelte sich um ein bescheidenes, zweistöckiges Gebäude mit einem Schornstein, aus dem eine dicke Rauchsäule quoll. Das Schild über der Tür zeigte einen großen Baum, unter dem ein Mann mit einer Reisetasche schlief. Matthews wandte sich an William. »Die Schenke heißt ›Der Baum und der Wanderer‹, Leutnant.«

Der Schenkenbesitzer wartete auf sie. Der Soldat hatte dem Mann offensichtlich mitgeteilt, dass hochrangige Edelleute kommen würden, denn ohne zu wissen, um wen es sich handelte, verbeugte er sich vor allen, als sie vor seiner Tür anhielten.

Der Herzog von Olasko stieg von seinem Pferd, und ein Diener streckte rasch die Hand aus, um Prinzessin Paulina beim Absteigen zu helfen. Sie hatte darauf bestanden, Reithosen zu tragen und rittlings auf dem Pferd zu sitzen, und jetzt schlug sie die helfende Hand aus, sprang stattdessen behände auf den Boden. »Ich sterbe vor Hunger!«, verkündete sie laut. »Was gibt es heute?«, wandte sie sich an den Schenkenbesitzer.

Der Mann verneigte sich. »Wir haben Wildbret auf dem Spieß,

das bereits fast fertig ist. Ferner haben wir Wildhühner, die in einer halben Stunde fertig sein werden. Dann haben wir Hartkäse und frisches Brot sowie frische und getrocknete Früchte. Ich habe frisch gefangenen Fisch in der Küche, der aber noch nicht gekocht ist. Wenn Ihr wünscht, könnte ich –«

Der Herzog unterbrach ihn. »Das Wildbret und die Hühner werden genügen. Aber zuerst brauche ich ein Bier. Ich habe fast noch mehr Durst als Hunger.«

William wies die Soldaten an, die Packpferde anzubinden, und übertrug Matthews die Aufgabe, dafür zu sorgen, dass die Männer die Pferde tränkten, bevor sie sich selbst etwas gönnten. Bevor er mit den Gästen im Innern der Schenke verschwand, drehte er sich noch einmal um. »Ich sorge dafür, dass frische Früchte und Bier für die Männer rausgebracht werden.«

Matthews nickte. »Ich danke Euch, Leutnant.«

William wusste, dass die Männer noch am Morgen gut gegessen hatten und diese Reise ganz bestimmt nicht eine von der Art war, bei der die Soldaten über eine lange Zeit hinweg nichts als Trockenfleisch und Zwieback erhielten, aber es war eine Geste, die sie anerkennen würden. Er folgte den Edlen in die Schenke. Die Einrichtung war eher schlicht; in der Mitte des Raums standen zwei große, rechteckige Tische, rechts in der Ecke zwei kleine runde, und an der linken Wand führte eine Treppe hinauf in den ersten Stock. Ein bescheidener Tresen zog sich hinten an der Wand entlang, gleich neben einer Tür, die vermutlich zur Küche führte. Eine große Feuerstelle beherrschte die rechte Wand. Hier wurde wohl auch der größte Teil des Kochens erledigt, denn eine Frau eilte aus der Küche herbei, um etwas in den großen Kessel zu tun, der neben dem Feuer brodelte. Ein Junge wendete das Wild; er betrachtete die Edlen mit weit aufgerissenen Augen – vermutlich waren sie für jemanden wie ihn ein seltener Anblick.

William blickte sich im Raum um und sah zwei Männer an einem der runden Tische sitzen. Sie schienen nicht bewaffnet zu sein, und so kam William zu dem Schluss, dass sie keine Bedrohung darstellten. Der eine war ein älterer Mann, dessen Schädel kahl war, abgesehen von einem Kranz grauer Haare, die ihm bis auf die Schultern herabfielen. Seine Nase ähnelte dem Schnabel eines Falken; sie fiel aber wegen seiner Augen kaum auf: In ihnen lag etwas äußerst Bezwingendes. William schätzte, dass seine Kleider aus bestem Tuch waren, ohne allerdings wirklich modisch zu sein. Sein Begleiter trug eine schlichte, graue Robe mit einer zurückgeworfenen Kapuze. Er musste entweder ein Mönch, ein Priester oder ein Magier sein. Die meisten Leute wären nicht zu diesem Schluss gekommen, aber die meisten Leute hatten ihre Kindheit auch nicht auf einer Insel voller Magier verbracht. William beschloss, seine Einschätzung, was die Gefährlichkeit dieser Männer betraf, einer genaueren Prüfung zu unterziehen.

Er warf einen Blick auf den Herzog und seine Gruppe, und als er sah, dass der Schenkenwirt sich um sie kümmerte, trat er zu dem Tisch mit den beiden Männern. »Was ist der Grund für Eure Anwesenheit hier?«, fragte William.

Der Mann mit der Robe blickte auf und begriff, dass er einen Offizier des Prinzen vor sich hatte. »Wir sind nur Reisende«, sagte er.

William spürte, dass zwischen den beiden Männern etwas vor sich ging, und einen Augenblick vermutete er sogar, dass sie eine Art Gedankensprache benutzten. William war in der Lage, mit Tieren zu sprechen – ein Talent, das er seit seiner Geburt besaß, dem er jedoch nur geringe Bedeutung beimaß. Nur Fantus, der Hausfeuerdrache seines Vaters, war intelligent genug, dass er sich über etwas anderes als Futter und andere banale Dinge hatte auslassen können. Menschliche Magie dagegen konnte William nur wahrnehmen, wenngleich er darin einigermaßen geübt war. »Mein Prinz hat wichtige Gäste in seinem Reich, daher ist es meine Pflicht, für ihr Wohlergehen zu sorgen. Woher kommt Ihr, und was ist Euer Ziel?«

Der Mann mit den bezwingenden Augen ergriff zuerst das Wort. »Ich reise zur Küste, zu einem Dorf namens Haldenkopf, und ich komme aus dem Osten.«

Dann sprach der andere. »Ich bin auf dem Weg nach Krondor. Ich komme aus Eggley.«

»Dann ist es also Zufall, dass Ihr zusammen esst?«

»Ein zufälliges Treffen, ja. Wir tauschen gerade unser Wissen über die Orte aus, zu denen wir jeweils unterwegs sind.«

»Eure Namen?«

»Ich bin Jaquin Medosa«, antwortete der Mann, den William für einen Magier hielt.

»Mein Name ist Sidi«, sagte der andere.

William blickte ihn eine Weile an. Irgendetwas Beunruhigendes war an ihm. Doch bisher verspeisten die beiden Männer friedlich ihre Mahlzeit und störten niemanden. »Ich danke Euch für Euer Entgegenkommen«, sagte er. Ohne eine weitere Bemerkung kehrte er an den Tisch des Herzogs zurück.

Die Speisen und das Bier wurden vor den Gästen abgestellt, und William bedeutete dem Schenkenbesitzer, den Soldaten draußen Bier und frische Früchte zu bringen. Dann machte er sich daran, selbst etwas zu essen. Doch während des gesamten Mahls konnte er nicht umhin, hin und wieder zu dem Tisch in der Ecke zu schielen, an dem die beiden Männer saßen, in eine angeregte Unterhaltung vertieft. Er war fest davon überzeugt, dass der Mann, der sich Sidi nannte, mindestens zweimal zu ihm herübergeblickt hatte.

Die Prinzessin stellte William eine Frage, und er wandte sich ihr zu und beantwortete sie. Nach einer kleinen Neckerei dankte er James im Stillen dafür, dass er ihn mit diesem Ring versorgt hatte, denn er fand das Mädchen jetzt nur mäßig attraktiv und gelegentlich sogar anstrengend, ganz im Gegenteil zu der überwältigenden Begierde, die er beim ersten Treffen mit ihr verspürt hatte. Paulina schien sich seines Mangels an Leidenschaft gar nicht bewusst zu sein, denn sie schnatterte einfach weiter drauflos, als würde er noch immer unter ihrem Zauber stehen. Als er ihre Frage beantwortet hatte und wieder in die Ecke blickte, waren die beiden Männer verschwunden.

Es war beinahe Abend, als sie das Lager erreichten. Spurenleser von Krondor waren vorausgegangen und hatten die Gegend nach einem geeigneten Lagerplatz sowie genügend Wild ausgekundschaftet. Die Diener entluden rasch den Versorgungstross und errichteten die Zelte für den Herzog und seine Familie.

William und seine Männer wollten unter freiem Himmel schlafen, lediglich ausgestattet mit kleinen Hilfszelten, die ihnen Unterschlupf bieten würden, falls das Wetter rauer werden sollte. Als die Sonne im Westen versank, machten sich die Diener an die Vorbereitung des Abendessens, während William die Spurenleser ausschickte und Wachen aufstellte. Das Gelände wirkte zwar nicht besonders gefährlich, aber ein frisch ernannter Leutnant tat gut daran, jede Vorsichtsmaßnahme zu ergreifen, um nicht das Leben von Edlen zu riskieren.

Matthews teilte die Wachen ein und sorgte dafür, dass jene, die nicht Dienst taten, etwas aßen oder sich um ihre Ausrüstung kümmerten. Im Feld war es üblich, dass jeder Mann selbst für sein Reittier verantwortlich war, daher untersuchte jeder Soldat sein Pferd, bevor er sich zum Schlafen zurückzog, obwohl Lakaien die Jagdgruppe begleiteten.

William begab sich zum Zelt des Herzogs, das eigentlich mehr ein Pavillon war. Auf einem Tisch, an dem sechs Leute Platz fanden, waren Wein und Essen ausgebreitet worden. Der Herzog lud ihn mit einer ausschweifenden Handbewegung ein, ihnen beim Essen Gesellschaft zu leisten.

»Was haben die Spurensucher gefunden?«, fragte er.

»Im Nordosten gibt es Spuren von Wild, Euer Gnaden«, antwortete William. »Elche und Hirsche und eine Bärin mit einem Jungen.«

Der Herzog warf dem Hähnchenviertel, an dem er gerade kaute, einen prüfenden Blick zu und warf die Knochen auf den Boden. William war dankbar, dass der Mann keine Hunde bei sich hatte. Seine Mutter hatte niemals zugelassen, dass Hunde am Tisch gefüttert wurden, und als Folge davon war William mit einer Abneigung gegen unter dem Tisch hockende Hunde aufgewachsen. Die Diener würden die Knochen entfernen, bevor der Herzog sich zurückzog. »Ich werde keine Bärin erlegen, die ihr Junges noch nicht entwöhnt hat. Es verringert nur den Wildbestand, wenn man die Kleinen nicht aufwachsen lässt. Was gibt es sonst noch?«

»Möglicherweise eine große Katze«, sagte William.

Bei dieser Aussicht schien der Herzog zufrieden zu sein. »Können Eure Spurenleser sagen, was für eine?«

»Nicht mit Sicherheit. Gewöhnlich haben wir hier Pumas. Sie sind kühn, fallen aber normalerweise nicht nachts in Dörfer ein, um Schafe oder Hühner zu reißen.«

»Ich kenne diese Raubkatzen«, unterbrach ihn der Herzog. »Sie sind gerissen, stellen aber keine große Herausforderung dar, wenn man sie erst einmal auf einen Baum gejagt hat. Was noch?«

»Manchmal kommen ein paar Löwen von der Küste hoch, doch wenn das so ist, hat man uns längst darüber informiert, ehe wir sie wirklich sehen. Gewöhnlich sind es junge Männchen ohne Rudel.«

»Gute Trophäen.«

»Und ab und zu haben wir Leoparden.«

»Na, das ist gutes Wild«, freute sich der Herzog. »Wenn die erstmal im Baum sind, wollen sie da auch bleiben.«

»Vielleicht habe ich morgen weitere Nachrichten.«

Das Mahl nahm geraume Zeit in Anspruch, da der Herzog und sein Sohn von vergangenen Jagden sprachen und dabei keinen ihrer Triumphe ausließen. Paulina blickte die meiste Zeit über abwesend in die Ferne oder versuchte, mit William zu liebäugeln, der auf ihre Neckereien höflich antwortete. Prinz Vladic schien zufrieden damit, einfach nur in Gedanken versunken dazusitzen.

Als die Speisen von den Dienern fortgeräumt worden waren, entschuldigte sich William mit der Begründung, sich um die Beaufsichtigung der Wachen kümmern zu müssen. Der Herzog nickte und entließ ihn mit einer beiläufigen Geste.

William suchte Sergeant Matthews auf. »Wie sieht es aus?«

»Es ist alles ruhig, Leutnant«, antwortete der Sergeant.

»Ich lege mich jetzt hin. Weckt mich zur letzten Wache.«

»Ihr wollt eine Wache übernehmen, Leutnant?«, fragte Matthews in gelassenem Tonfall.

William wusste, dass viele Offiziere die Wachen ihren Sergeanten überließen. »Ich halte es nur für sinnvoll, wenn meine Sergeanten während eines Marsches ebenfalls ein paar Stunden Schlaf bekommen«, antwortete er, als wäre dies nicht sein erster Einsatz als Befehlshaber. »Legt Euch nach der zweiten Wache hin und sorgt dafür, dass der ranghöchste Wachmann mich weckt.«

»Leutnant«, sagte Matthews, als William zu der Stelle ging, wo seine Schlafunterlage und die Decke ausgebreitet worden waren. Er wusste, dass der Sergeant seinen Befehl missachten und selbst dafür sorgen würde, dass jeder Wachwechsel reibungslos vonstatten ging. Dennoch würde die Geste genauso anerkannt werden wie die Verteilung von Früchten und Bier an die müden Soldaten.

Als William sich hinlegte, war er einen Augenblick dankbar, von McWirth ausgebildet worden zu sein. Er hatte schon so oft auf einer dünnen, wattierten Matratze auf dem Boden gelegen und lediglich eine schwere Wolldecke zum Zudecken gehabt, dass er eingeschlafen war, kaum dass er richtig lag.

William öffnete die Augen und war schlagartig wach; er hatte sich schon zur Hälfte erhoben, ehe er begriff, was ihn geweckt hatte. Es war kein Geräusch gewesen, auch kein Warnschrei, sondern eher ein Gefühl. Dann wusste er, was es war. Die Pferde waren so beunruhigt, dass er sie in seinem Kopf hören konnte, als hätten sie laut gerufen. Er wusste, dass sie jeden Augenblick wiehern würden. Er eilte dorthin, wo die Pferde angepflockt worden waren. Sie standen ruhig da, mit hoch erhobenen Köpfen, zuckenden Ohren und aufgestellten Nüstern, als würden sie die Luft prüfen.

William hatte es nie gemocht, mit Pferden zu sprechen. Ihre Gedanken waren seltsam, irgendwie verdreht.

Was ist los?, fragte William jetzt in Gedanken das nächst stehende Pferd.

Jäger!, kam die Antwort, zusammen mit einem Bild von etwas, das sich lautlos durch den nahen Wald bewegte. *Ich rieche Jäger!*

William blickte in die Richtung, aus der der Wind kam und aus der folglich auch ein Geruch zu erwarten war. *Menschen?*, fragte er.

Die Antwort war verwirrend. Einige der Pferde schienen dem zuzustimmen, während andere ihm die Eindrücke einer katzenähnlichen Gestalt schickten.

»Ist etwas nicht in Ordnung, Leutnant?«, fragte Matthews, der neben William getreten war.

»Ich weiß es nicht«, antwortete der Leutnant leise. »Irgendetwas hat die Pferde nervös gemacht.«

»Vielleicht ein Rudel Wölfe?«

William zog es vor, seine ungewöhnliche Fähigkeit nicht zu erwähnen, und so nickte er nur. »Könnte sein, aber was es auch ist, es ist nahe genug, dass die Pferde –«

Bevor er den Gedanken zu Ende bringen konnte, begannen die Pferde zu wiehern und versuchten, sich von ihren Pflöcken loszureißen.

»Alarm! Schützt das Lager!«, rief Matthews.

William hatte sein Schwert bereits gezogen, als etwas Großes und Dunkles dicht über dem Boden an ihnen vorbeizufliegen schien. Es war längst an ihm vorbei, als er begriff, dass es kein Vogel gewesen war, sondern eine flinke, vierbeinige Kreatur. Sie schoss auf die Dunkelheit unter den Bäumen am Rand des Lagers zu, erschien kurz als Silhouette vor dem Lagerfeuer und verschwand in der Nacht.

»Verflucht!«, sagte Matthews. »Es ist ein schwarzer Leopard!«

Die Männer tasteten nach ihren Waffen, und jetzt kamen auch der Herzog von Olasko und sein Sohn mit blankgezogenen Waffen aus ihren Zelten. Als William zu ihnen trat, hatten die beiden bereits von der großen Katze gehört.

»Ein ziemlich kühnes Kätzchen, was?«, meinte der Herzog mit einem Grinsen. »Nett von ihm, uns wissen zu lassen, dass es sich hier in den Wäldern herumtreibt.« Er blickte sich um. »Wie spät ist es?«

William blickte den Sergeant an. »Drei Stunden bis Sonnenaufgang, Euer Gnaden«, antwortete Matthews.

»Gut«, sagte der Herzog. »Dann sollten wir jetzt etwas essen, damit wir gleich bei Sonnenaufgang diese große Katze verfolgen können.«

»Ja, Euer Gnaden«, erwiderte William.

Der Herzog kehrte in sein Zelt zurück, und William wies den Sergeanten an, alles für ein zeitiges Frühstück in die Wege zu leiten. Er zweifelte nicht daran, dass sie sich in dem Augenblick, da die Sonne über die östlichen Gipfel stieg, bereits eine Stunde auf der Spur der Katze befinden würden.

Während überall im Lager die Vorbereitungen für den bevorstehenden Tag im Gange waren, musterte William den Waldrand und versuchte, in der Düsternis etwas zu erkennen. Und während die Geschäftigkeit im Lager immer mehr zunahm, konnte er das Gefühl nicht abschütteln, als beobachte der Leopard sie ganz aus der Nähe.

Der Herzog kehrte ein paar Minuten später wieder zu William zurück und rieb sich erwartungsvoll die Hände. »Lasst uns essen, damit wir uns auf den bevorstehenden Tag vorbereiten können, Leutnant.«

»Ja, Euer Gnaden«, sagte William und riss sich von dem Anblick des düsteren Waldes los.

Sie schritten gemeinsam zum Zelt des Herzogs. »Es ist doch verflucht entgegenkommend von dieser Bestie, uns wissen zu lassen, dass sie hier ist. Als wollte sie uns regelrecht auffordern, ihr zu folgen.«

William schwieg, aber in Gedanken stimmte er dem Herzog zu – eine Vorstellung, die ihm ganz und gar nicht behagte.

Nebelschwaden wallten zwischen den Bäumen, als der Herzog, sein Neffe, sein Sohn und seine Tochter leise durch den Wald schlichen. In gebührendem Abstand folgten die Träger mit der Jagdausrüstung sowie William und eine Gruppe von sechs Soldaten. William war beeindruckt von den Edlen von Olaska; ihre Fähigkeiten bei der Jagd waren nicht zu übersehen. Sie bewegten sich so lautlos, dass im Vergleich dazu die erfahrenen Soldaten richtig lärmend und ungeübt erschienen.

Ein Spurensucher aus Krondor führte sie an, deutete auf Spuren des Leoparden. William versuchte, mit Hilfe seiner geistigen Fähigkeiten einen Hinweis darauf zu erhalten, wo sich die Katze befinden mochte, allerdings ohne Erfolg. Aber er spürte die kleinen Tiere in der Nähe, die roten und gestreiften Eichhörnchen in ihren Verstecken, erhaschte sogar ein oder zwei Gedanken dieser neugierigen Nagetiere. *Große Jäger!*, schienen sie zu sagen. *Gefahr!*

Die Stille war beunruhigend. All die nahen und fernen Geräusche der verschiedenen Tiere, die gewöhnlich zu hören waren, fehlten. Das Einzige, was sie hörten, waren die Bewegungen der anderen Männer oder ein gelegentliches *Plop!*, wann immer Feuchtigkeit, die sich auf den Blättern gesammelt hatte, zu Boden fiel.

Mit jedem Schritt wuchs Williams Erwartung. Nach weiteren zwanzig Metern wandte er sich zu den Männern hinter sich um. »Ich gehe zum Herzog. Ihr bleibt hinter den Trägern.«

»Leutnant«, flüsterte der Soldat.

William wurde schneller; er hatte die Träger rasch überholt und bemerkte, dass sie unsicher dreinblickten. Er hielt sich hinter der Prinzessin, die ein paar Schritte hinter ihrem Bruder ging. In der nebligen Düsternis konnte William den Herzog lediglich als vage Gestalt erkennen, dem im Abstand von etwa einem Dutzend Schritten Prinz Vladic folgte und im gleichen Abstand dahinter Kazamir. William sah, dass die Düsternis sogar noch zunahm, und in seinem Innern erklangen sämtliche Alarmglocken. Der Fährtensucher neben dem Herzog blickte sich verwirrt um, als hätte er die Spur des Tiers verloren.

Als der Herzog die Hand hob, um anhalten zu lassen, rückte William mit gezogenem Schwert weiter zu ihm auf. Der Herzog hatte seinen Bogen bereits gespannt und blinzelte in die Düsternis, als versuche er, sie allein durch seine Willenskraft zu durchdringen und etwas zu erkennen. Eine Bewegung über dem Kopf des Herzogs warnte William. »Es ist eine Falle! Über Euch!«, rief er.

Ohne eine Sekunde zu zögern, sprang der Herzog zur Seite, während im gleichen Augenblick von einem dicken, kräftigen Ast knapp über ihm eine große, dunkle Gestalt herabsprang. Prinz Vladic schoss einen Pfeil auf die Stelle ab, wo die große Katze noch einen Augenblick zuvor gewesen war. Der Leopard prallte auf dem Boden auf und wirbelte herum, fuhr seine riesige Tatze aus und streifte die Schulter des Herzogs, als dieser sich zur Seite warf.

Die Katze setzte gerade zum Sprung an, als William Kazamir erreichte. Der Sohn des Herzogs schoss einen Pfeil ab, der nur um Haaresbreite den Rücken seines Cousins verfehlte, bevor er die Katze in die Pfote traf.

William stürzte vor, um den Herzog zu schützen, als der Leopard einen Satz auf ihn zu machte. Die Klinge zerriss die Luft, und William spürte, wie sie die Seite des Tiers aufschlitzte. Das Tier schrie auf, und statt den Herzog weiter anzugreifen, verschwand es, verfolgt von einem Pfeilhagel, zwischen den Bäumen.

William beugte sich über den Herzog und reichte ihm die Hand, wurde jedoch unsanft weggestoßen. »Ihm nach!«, rief der Herzog.

»Euer Gnaden, nein!«

»Aus dem Weg, Junge!«, brüllte der Herzog und schob William beiseite.

William packte den Herzog am Arm und schwang ihn in einem Halbkreis herum. Der Herzog riss die Augen weit auf. »Ihr wagt es!«

»Euer Gnaden, Ihr seid verwundet«, rief William. »Das Tier wird Euch auf eine Meile riechen können!«

»Ich habe schon Katzen gejagt, als Ihr noch nicht einmal geboren wart, Junge! Lasst meinen Arm los!«

Aber William hielt ihn fest, bis sein Sohn, seine Tochter und sein Neffe ihn erreicht hatten und auch die Bediensteten und die Soldaten sich näherten. »Euer Gnaden, das war keine Katze«, erklärte William.

»Was?«, sagte der Herzog.

»Das war kein Leopard.«

»Ich habe ihn doch gesehen!«, beharrte der Herzog und versuchte, sich aus Williams Griff zu befreien.

»Das Wesen mag wie ein Leopard ausgesehen habe, Euer Gnaden, aber es war keiner.«

»Was ist es dann gewesen?«, fragte Prinz Vladic.

»Ein Magier«, erklärte William und ließ den Arm des Herzogs los. »Ein Magier des Geringeren Pfades.«

»Ein Magier?«, fragte Paulina. »Wie könnt Ihr da so sicher sein?«

»So wie Ihr Katzen kennt, Prinzessin, kenne ich Magier. Vertraut mir.«

»Ein Gestaltwandler?«, fragte Kazamir.

William nickte. »Vom Leoparden-Totem. Und er muss sehr mächtig sein, wenn er in der Lage ist, sich so zu verwandeln.«

»Er ist ins Lager gekommen, als hätte er gewusst, was er tut, Vater«, bemerkte Paulina.

»Er hat gewollt, dass Ihr ihm folgt«, erklärte William. »Er hat Euch gejagt, nicht Ihr ihn.« Er deutete auf den Fährtensucher, der in einiger Entfernung wartete. »Er hat die Gruppe angeführt, und doch hat der Magier ihn vorbeigelassen und auf Euch gewartet. Es war Euer Rücken, den er brechen wollte.«

»Er wollte meinen Rücken brechen?«

»Er ist so abgesprungen, dass er genau auf Eurem Rücken gelandet wäre. Er hätte Eure Wirbelsäule zerschmettert. Nur dadurch, dass Ihr Euch bei meinem Schrei bewegt habt, seid Ihr vor einem überaus schmerzhaften Tod bewahrt worden.«

Der Fährtensucher meldete sich zu Wort. »Es ist wahr, Euer Gnaden. Wäre er auf Euch gelandet, wärt Ihr jetzt tot.«

»Die Klauen, die er ausgefahren hat, kurz bevor er verschwand, sollten nur sicherstellen, dass Ihr ihm folgt«, sagte William.

»Dann werde ich ihm gehorchen und ihn jagen«, erklärte der Herzog; er achtete nicht auf das Blut, das von den Schnittwunden an seiner Schulter tropfte.

»Nein, Euer Gnaden«, widersprach William. »Ihr seid hier, um Tiere zu jagen, aber wenn es sich um Verbrecher handelt, ist das meine Aufgabe.« Er wandte sich an Matthews. »Begleitet den Herzog zurück zu seinem Zelt und versorgt seine Wunden. Ich möchte ein Dutzend Männer hier haben, mit voller Bewaffnung.« Dann richtete er sich an den Fährtensucher. »Seht zu, ob Ihr seine Spur findet, aber seid vorsichtig. Und denkt immer daran, dass es ein Mann ist, den Ihr jagt, kein Tier.«

Der Fährtensucher nickte und folgte weiter dem Waldweg.

Der Herzog schien erneut diskutieren zu wollen, als Prinz Vladic das Wort ergriff. »Komm schon, Onkel. Wir sollten erst einmal deine Wunden versorgen. Dann können wir weiter über die Jagd nach diesem Magier nachdenken.«

Der Herzog beäugte den Pfad und warf dann William einen langen, anerkennenden Blick zu. Mit einem zustimmenden Nicken drehte er sich um und begann, zum Lager zurückzumarschieren. Kurz darauf erschien ein Dutzend bewaffneter Männer, und William deutete auf den Weg vor ihnen. »Jemand versucht, uns in einen Hinterhalt zu locken«, sagt er leise, »Aber wir wissen nicht genau, ob es ein Mann oder eine Katze ist. Das werden wir erst erfahren, wenn das Wesen zuschlägt. Haltet unbedingt etwas Abstand voneinander.«

William führte die Gruppe an, und einer nach dem anderen verschwand im Nebel.

Die Sonne stand hoch am Himmel, doch tief im Wald herrschte nichts als Dunkelheit. »Es ist seltsam«, meinte der Fährtensucher. »Es dürfte eigentlich gar nicht so dunkel sein.«

William nickte. »Es ist, als hätte ...« Er hielt inne. Er wusste, was für ein Zauber es war, aber er hatte keinen Namen dafür. Obwohl er auf der Insel Stardock aufgewachsen war, hatte William kein Interesse am Studium der Magie gehabt – eine Tatsache, die ständig einen Keil zwischen ihn und seinen Vater Pug getrieben hatte. Ein bisschen Wissen war dem jungen Mann aber doch vertraut. »Es ist ein Dunkelheit-Zauber, der die Dinge düster macht, damit der Beschwörer sich frei bewegen kann ...« Plötzlich richtete er sich kerzengerade auf. »Zurück zum Lager!«, schrie er.

»Er hat uns umkreist?«

»Er hat es auf den Herzog abgesehen!«, rief William und rannte augenblicklich an den Soldaten vorbei den Weg zurück, den sie gekommen waren. Die anderen folgten ihm rasch. »Im Laufschritt!«

Die Männer setzten zu einem schnellen Trab an. Da sie nun nicht mehr leise sein mussten, hatten sie schon bald die Stelle erreicht, an der sie angegriffen worden waren. William hob die Hand, und sie blieben einen Augenblick stehen, um Luft zu schöpfen, dann rannten sie weiter.

Viele Minuten vergingen, in denen William nichts als das Getrampel der schweren Stiefel auf dem Waldboden hörte, das Klirren und Quietschen der Rüstungen und Waffen, das mühsame Atmen der Männer. Niemand sprach, denn sie würden sämtliche Energie für den Kampf benötigen, der ihnen am Ende ihres Laufes bevorstand.

William hörte es als Erster. Als sie das Lager erreichten, erschollen die Kampfgeräusche weithin. Er hatte ein Dutzend Männer bei sich gehabt, also waren acht Soldaten sowie Sergeant Matthews im Lager bei den Bediensteten und Trägern geblieben. Zusammen mit Kazamir und dem Prinzen waren damit elf gesunde Kämpfer im Lager, und William war überzeugt, dass der Herzog trotz seiner Wunde ebenfalls seinen Mann stehen würde. William verfluchte seine Dummheit. Er hatte eine wichtige Regel der Kriegskunst gebrochen: In Anwesenheit eines Feindes durfte man niemals die Truppen aufteilen, es sei denn, man erhielt dadurch einen klaren und offensichtlichen Vorteil.

William hatte erwartet, einem Magier gegenüberzustehen. Er hatte sich offenbar geirrt.

Fauchen und Katzenschreie erklangen zwischen dem Klirren der Waffen, und William sah die erste Katze in dem Moment, als sie gerade ins Lager kamen. Es war ein großer Leopard, aber gefleckt und nicht schwarz wie der Magier in Katzengestalt. Während William noch rannte, schickte er seine Gedanken zu ihm. *Lauf! Schlecht! Gefahr!* Aber seine Gedanken stießen gegen eine Barriere, eine geheimnisvolle Wand, die ihn daran hinderte, die Katze zu erreichen, und die ihn auch daran hinderte, die Gedanken der Katze zu hören. Stattdessen fauchte der Leopard wütend und sprang auf ihn zu.

William riss sein zweihändiges Schwert hoch und traf die Kreatur in die Brust, duckte sich, so dass sie über ihn hinwegsprang, während er sich rasch umdrehte und dafür sorgte, dass sie sich auf der Schwertspitze aufspießte, als sie wieder herabsank. Das Tier heulte auf und fuhr die Krallen aus; dann lag es zuckend am Boden und verendete.

Es hielten sich nicht nur gefährliche Tiere, sondern auch feindliche Männer im Lager auf. Sie waren zu dritt und standen in der Mitte des Lagers; jeder von ihnen trug eine Robe und hielt einen langen Stab in der Hand. Zwei schienen in Trance zu sein, und William war sicher, dass sie das halbe Dutzend Leoparden, das er sehen konnte, lenkten – möglicherweise auch noch mehr –, während der Dritte über sie wachte. William hielt direkt auf den wachsamen Magier zu.

Bestrebt, sich nicht von seinem Ziel ablenken zu lassen, kümmerte William sich nicht um seine Männer, die zu zweit oder sogar zu dritt den fauchenden Tieren gegenüberstanden. Die Tiere schienen zusammenzuarbeiten, wilde, stürmische Jäger, die mit menschlicher Intelligenz versehen waren, während sie versuchten, jeden Soldaten niederzumetzeln, der auch nur einen kleinen Augenblick unachtsam war.

Der Magier sah William auf sich zu rennen und hob seinen Stab, deutete mit ihm auf den jungen Offizier. William machte sich darauf gefasst, jeden Augenblick zur Seite springen zu müssen, aber da er nicht wusste, welche Beschwörung der Magier anwenden würde, hatte er keine Möglichkeit, den genauen Zeitpunkt abzuschätzen.

Schmerzen überkamen ihn plötzlich in Wellen, und hinter ihm hörte er Soldaten schreien. William taumelte, dann begriff er, dass ihm zwar von Kopf bis Fuß alles wehtat, er sich aber immer noch bewegen konnte. Der Magier, der den Stab auf ihn richtete, blickte jetzt besorgt drein, da sein Gegner nicht wie erwartet zu Boden sank. Mit weit aufgerissenen Augen ließ er den Stab fallen, zog einen Dolch aus seinem Gürtel und sprang mit einem beinahe tierischen, wütenden Fauchen auf den taumelnden jungen Leutnant zu.

William musste nur sein Schwert heben, und wie beim Leoparden zuvor traf die Spitze den Angreifer direkt in die Brust. William rammte das Schwert mit aller Kraft nach vorn, so dass der Magier praktisch in die Klinge hineinrannte. Die Augen des Mannes traten aus ihren Höhlen, und er ließ den Dolch fallen, dann wurde sein Blick leer, und er starb.

William ließ den Toten fallen und riss das Schwert aus dem Leichnam. Er drehte sich um und sah, wie seine Kameraden sich vor Schmerzen auf dem Boden wanden.

Fauchende Tiere und schreiende Männer um sich herum machten William unmissverständlich klar, dass er nicht mehr viel Zeit hatte. Er hob das Schwert und schlug damit den nächst stehenden Magier – denjenigen, den er in der Schenke getroffen und der sich als Jaquin Medosa vorgestellt hatte. Als seine Klinge ihn traf, war es, als würde er auf einen Eichenbaum einschlagen, und der Mann taumelte zwar, stürzte aber nicht. William war nicht sonderlich überrascht, denn er hatte sein ganzes Leben lang gesehen, was Magie zustande bringen konnte, und er wusste, dass sein Feind nicht nur kräftigere Sehnen und Knochen als gewöhnlich besaß. Selbst Magier, die zerbrechlich wirkten, konnten so stark sein, dass sie in der Lage waren, ein Pferd zu heben oder Schwerthieben und Pfeilschüssen auszuweichen.

Einen kurzen Augenblick richtete der Mann seine Konzentration auf William, doch bevor er seine Kraft gegen ihn einsetzen konnte, holte der junge Offizier erneut mit seinem Schwert aus und trennte seinem Gegner den Arm vom Körper. Der Magier schrie auf und fiel vornüber, Blut spritzte aus der klaffenden Wunde an der Schulter. Ohne jede Barmherzigkeit beendete William das Leben des Magiers, indem er ihm die Kehle aufschlitzte.

Der letzte Magier starb ebenfalls rasch, und plötzlich veränderten sich die Kampfgeräusche. Die Wutschreie der Tiere verwandelten sich in Schreckensschreie. Selbst jetzt, da der Bann gebrochen war, kämpften die Katzen weiter. »Nehmt Euch vor den Leoparden in Acht!«, rief William. Sie waren nicht weniger gefährlich, nur weil der Zauber sie nicht mehr im Griff hatte, und William wusste, wenn es ihm nicht gelang, sie schnell zu vertreiben, würden noch mehr Männer leiden müssen.

Er schloss die Augen und beschwor das Bild eines aufgebrachten männlichen Löwen, der mit seinem herausfordernden Gebrüll die Leoparden davor warnte, in sein Gebiet einzudringen. Niemals griff ein Leopard einen männlichen Löwen an, wenn er die Möglichkeit zur Flucht besaß.

Und so verließen sämtliche Leoparden das Lager. Die Schreie der Männer waren noch immer zu hören, genauso wie die Kampfgeräusche. Doch dann kehrte Ruhe ein.

»Sergeant Matthews!«, rief William.

»Leutnant.« Der Sergeant trat neben ihn. Sein linker Arm war von den Klauen der Leoparden aufgerissen, und Blut strömte aus der Wunde.

»Lasst Eure Wunde versorgen und kommt dann zu mir, um Bericht zu erstatten«, sagte William.

Jetzt tauchten auch Herzog Radswil und sein Sohn aus ihrem Zelt auf; beide waren blutbefleckt. »Geht es Euch gut, Euer Gnaden?«

Der Herzog nickte und blickte sich um. »Diese verfluchten Katzen. Das alles macht doch gar keinen Sinn. Leoparden jagen gewöhnlich nicht zu mehreren …«

Kazamir wurde bleich. »Seht nur!« Er deutete auf die Magier.

Noch während William die drei Männer beobachtete, die er getötet hatte, veränderten sich ihre Körper. Er und die anderen wurden jetzt Zeugen von etwas, das nur wenige Sterbliche jemals zu Gesicht bekamen: Sie erlebten die Rückkehr eines Magiers zu seiner Totem-Gestalt. Der Magier, den William als Zweiten getötet hatte, jener, der so erstaunlich kräftig gewesen war, war ein riesiger schwarzer Leopard. William untersuchte ihn. »Das ist der, der Euch angesprungen hat, Euer Gnaden.«

»Woher wisst Ihr das?«, fragte der Herzog, jetzt so bleich wie sein Sohn.

»Hier habe ich ihn verletzt«, erklärte William und deutete auf eine Stelle an der linken Seite des Leoparden. Dann zeigte er auf den abgetrennten Arm. »Und das ist die Stelle, an der ich ihm den Arm abgehackt habe. Dies ist der Mann, der gestern in der Schenke gewesen ist – Jaquin Medosa.«

Prinz Vladic, der deutlich weniger Wunden hatte als sein Onkel und sein Cousin, tauchte jetzt aus dem Hintergrund auf. »Ich erkenne ihn ebenfalls.«

»Ihr habt überlebt«, sagte William mit offensichtlicher Erleichterung.

»Mein Onkel und mein Cousin sind Helden. Sie haben den Tisch umgeworfen, und wir haben von dort aus gekämpft. Ich fürchte, sie haben sich in ihrem Bestreben, mich zu beschützen, ernsthafte Wunden zugezogen«, sagte Vladic.

»Wie geht es der Prinzessin?«, fragte William.

»Sie war hinter mir«, erklärte Vladic. »Sie erholt sich im Zelt.«

William betrachtete den Schaden. »Wie viele Katzen waren es?«

»Mindestens ein Dutzend«, meinte einer der Soldaten. »Vielleicht auch mehr, Leutnant.«

William schüttelte den Kopf. »Totem-Anrufung. Es ist eine seltene und sehr mächtige Magie. Diejenigen, die versucht haben, Euch zu töten, Euer Gnaden, hatten Männer von großer Macht auf ihrer Seite. Nur wenige bringen das zuwege, was diese drei hier geschafft haben.«

»Ihr schmeichelt mir, Leutnant. Diese drei Männer sind nicht gekommen, um mich zu töten«, widersprach der Herzog.

»Euer Gnaden?«, sagte William.

»Sie sind gekommen, um mich zu töten«, erwiderte Vladic. »Es wäre nicht schwer gewesen, meinen Onkel zu töten, doch sie haben ihn gar nicht beachtet, sondern sind gleich auf mich losgegangen.«

William verstand überhaupt nichts mehr.

Der Herzog zuckte zusammen, als seine Wunden eine Schmerzwoge durch seinen Körper schickten. »Ich kann das erklären, glaube ich: Hättet Ihr mich nicht zum Lager zurückgeschickt, wäre ich mit Euch und Euren Männern auf dem Pfad gewesen, als die Leoparden das Lager angegriffen haben. Mit ziemlicher Sicherheit wären dann alle hier gestorben. Ich kann Euch das später noch genauer darlegen, sobald meine Wunden versorgt sind. Jedenfalls würde ich sagen, dass jemand den Tod des Kronprinzen von Olasko wünscht. Und zwar auf der Türschwelle Eures Prinzen.«

William spürte einen kalten Schauer seinen Rücken hinablaufen. Jemand versuchte also nicht einfach nur, einen Edlen aus einem benachbarten Königreich zu töten, sondern jemand trachtete danach, einen Krieg anzuzetteln.

Acht

Angriff

Die Diener eilten herbei.

William wies Matthews an, noch vor Einbruch der Dunkelheit die Umgebung der Schenke zu überprüfen, während die Bediensteten mit dem Herzog und seiner Familie hineingingen. Nach dem Überfall der Magier war William zu einer Reihe von Erkenntnissen gekommen. Und er hatte eine Entscheidung gefällt.

Die erste Erkenntnis war die, dass die drei äußerst mächtigen Magier den Angriff mit höchster Sorgfalt geplant haben mussten. Was wiederum bedeutete, dass jemand von der Ankunft des Herzogs gewusst hatte. Mit einem Gefühl von Beklommenheit fragte sich William, ob es einen Spion im Palast gab oder ob jemand die kleine Gruppe beim Verlassen der Stadt beobachtet und dann mit Hilfe von Magie jemanden in einiger Entfernung benachrichtigt hatte. Er wünschte, James wäre bei ihm, denn der Umgang mit Intrigen und Ränken fiel eigentlich eher in seinen Bereich. William hatte einfach nicht die Begabung, sich jede mögliche Wendung einer Intrige auszudenken. Seine Stärke war der Kampf: Strategie und Taktik, Logistik und Verpflegung, Verteidigung und Angriff.

Die andere Erkenntnis war, dass er sieben seiner zwanzig Männer sowie die Hälfte der Dienerschaft verloren hatte. Allen Aussagen nach waren es mindestens zwei Dutzend große Katzen gewesen, die gleichzeitig angegriffen hatten, mit der Folge, dass zwölf Männer tot am Boden lagen, ehe überhaupt jemand den Angriff als solchen erkannt hatte.

Es gab verwirrende Einzelheiten. Einige der Diener berichteten, sie hätten zwischen den Katzen auch schwarz gekleidete Männer gesehen, während andere nichts dergleichen erwähnten. Herzog Radswil, Kazamir, Paulina und Prinz Vladic erklärten übereinstimmend, dass sie keine derart gekleideten Männer gesehen hätten.

William hatte entschieden, dass die Verletzungen des Herzogs es ihm unmöglich machten, den ganzen Weg nach Krondor zurückzureiten, und so hatte er Reiter zur Stadt geschickt, während sie alle an der Schenke auf Verstärkung warteten. Er hatte den Reitern den Befehl gegeben, nicht nur zusätzliche Soldaten, sondern auch einen Heiler herzuschicken. Sergeant Matthews war es gelungen, die Blutung der Schulterwunde des Herzogs mit einer vorzüglichen Bandage zum Stillstand zu bringen, aber noch immer nässte die Wunde leicht, und der Herzog wurde immer schwächer.

Auch Prinzessin Paulina schien Hilfe zu benötigen, aber William wusste nicht recht, was sie brauchte. Sie saß nur still da, die Augen weit geöffnet, und blickte mehr wie ein verängstigtes Kind drein als wie eine verführerische junge Frau.

Die Nacht stand bevor, und William beeilte sich nachzusehen, ob bei den Männern und Pferden alles in Ordnung war. Sie waren gut vorbereitet und gerüstet, aber von den zehn verbliebenen Soldaten – drei hatte er zur Stadt geschickt – waren drei verwundet. Mit den beiden Prinzen hatte er also ein Dutzend Männer, die die Schenke im Falle eines weiteren Angriffs verteidigen konnten. Auf den Schenkenbesitzer und seine Familie konnte er sich nicht verlassen. Sie waren keine Soldaten und vermutlich eher ein Hindernis als eine Hilfe.

Williams Gedanken rasten, als er mit der Überprüfung fertig war und zur Schenke zurückging. Alles, was er über Magie wusste, hatte er auf Stardock von einer Organisation von Magiern und Magierinnen gelernt, die sich zusammengetan hatten, um ihr Wissen zu teilen und gemeinsam zu lernen.

Aber er hatte andere Geschichten gehört, häufig von jungen Studenten, die er als wüste Einbildungen abgetan hatte. Es waren Geschichten über dunkle Praktiken und geheime Riten, die von jenen ausgeführt wurden, die den dunklen Mächten dienten. Für jeden Magier, der nach Stardock gekommen war, waren andere weggeblieben – zum Teil aufgrund ihres Misstrauens, zum Teil aber auch, weil sie ihre eigenen, dunklen Ziele verfolgten.

Einige dieser Geschichten handelten von Magiern, die üble Gifte und schreckliche Talismane an jene verkauften, die Bedarf an dunklen Künsten hatten oder den wahnsinnigen Göttern dienten. Viele der Riten, über die getuschelt wurde, waren blutig und abscheulich, und bis zu diesem Nachmittag hätte William solche Geschichten nicht anders bewertet als jene Märchen, mit denen man am Lagerfeuer Kinder zu erschrecken pflegte.

Aber jetzt zweifelte er nicht mehr daran, dass einige von ihnen wahr sein mussten.

Er betrat in Gedanken versunken die Schenke. Zwei seiner Soldaten holten ihn wieder in die Gegenwart zurück, als sie ihm einen Mann präsentierten, den sie in ihrer Mitte hielten. Es war der Mann, der sich als Sidi vorgestellt hatte. »Wieso seid Ihr noch hier?«, fragte William.

Der ältere Mann mit der Raubvogelnase antwortete: »Der Schenkenbesitzer sagte mir, dass morgen ein bekannter Händler eintreffen würde. Ich habe es für sicherer gehalten, auf ihn zu warten, um unter seinem Schutz in den Norden weiterzureisen, statt mich allein auf den Weg zu machen.« Er warf einen Blick auf die Bediensteten, die sich um die Verletzten kümmerten. »Es scheint, als hätte ich die richtige Entscheidung getroffen.«

William fühlte Argwohn in sich aufsteigen. »Der Mann, mit dem Ihr gestern hier gesessen habt – jener, der sich Jaquin Medosa genannt hat –, hat uns angegriffen.«

Falls Sidi von dem Angriff gewusst hatte, verbarg er seine Überraschung jedenfalls recht gut. »Er war ein Bandit?«

»Nein, ein Magier. Und er hatte Freunde.«

»Oh, dann hat er also doch die Wahrheit gesagt. Er hat kurz von einer bestimmten Macht gesprochen, der er dienen würde, aber ich habe gedacht, er wolle mich nur beeindrucken, damit ich mich anbiete, ihm sein Essen zu bezahlen.« Sidi schüttelte den Kopf. »Er hat auf mich gar nicht wie ein Bandit gewirkt.«

Bei seinen Worten entspannte sich William etwas; er hatte keinen Grund zu der Annahme, dass dieser Mann bei dem Angriff seine Hand im Spiel gehabt hatte. Wenn dem so wäre, hätte er sicher nicht in aller Seelenruhe in der Schenke gewartet.

»Ihr müsst Glück gehabt haben, Leutnant. Bei meinen Reisen habe ich mir geringe Kenntnisse der Magie erworben, und soviel ich weiß, kann bereits ein bisschen Magie tödlich wirken, wenn man nicht eine Art von Schutzbann besitzt.«

William streckte ihm seine Hand mit dem Ring entgegen, den James ihm gegeben hatte. »Dieser Ring hier hat mir das Leben gerettet. Ich trage ihn zwar eigentlich aus einem ganz anderen Grund, aber er hat den Zauber der Magier immerhin genug abgewehrt, um es mir zu ermöglichen, sie zu töten.«

Er musterte Sidis Miene, beobachtete seine Reaktion auf die Nachricht vom Tod der Magier, aber alles, was Sidi sagte, war: »Sie? Waren es denn mehr als nur ein Magier?«

William nickte. »Ja. Sie sind alle tot.«

»Sehr gut, in der Tat.«

Ein Diener kam die Treppe herunter. »Leutnant, die Wunde des Herzogs verschlimmert sich.«

William schritt auf die Treppe zu, aber Sidi hielt ihn am Arm zurück. »Erlaubt mir, Euch zu begleiten. Ich verfüge über bescheidene Heilfähigkeiten.«

William zögerte, nickte dann aber.

»Ich habe ein paar Heilmittel in meiner Reisetasche.«

William bedeutete einem Soldaten, Sidi zu seinem Zimmer zu begleiten, und eilte dann zum Herzog.

Der Herzog lag in dem größten Zimmer der gesamten Schenke, doch es war immer noch eher klein. Er lag auf dem Bett, sein Gesicht war blass und schweißbedeckt. Sidi kam einen Augenblick später mit einer großen Ledertasche. Kazamir und Vladic standen am Bett, während die Diener zur Seite eilten, um dem Mann Platz zu machen. Sidi legte die Tasche auf das Bett und untersuchte die Wunde. »Sie verfault. Hier ist etwas am Werk, das nicht natürlich ist.«

»Das, was diese Wunde verursacht hat, war auch kein natürliches Tier«, erklärte William leise.

Sidi zögerte, als dächte er über etwas nach. Dann meinte er: »Bei meinen Reisen habe ich schon öfter magische Wunden gesehen, die nicht heilen konnten. Assassinen benutzen Dolche, deren Spitzen in Gift getaucht wurden, und bestimmte Kreaturen können Fleischwunden zufügen, die hinterher nicht mehr heilen. Ich besitze nur spärliches Wissen über diese Dinge, aber ich habe ein Pulver bei mir, das den Schaden möglicherweise etwas dämmt, bis Ihr ihn in einen Tempel schaffen könnt.«

»Redet mit mir, Mann, ich bin noch nicht tot«, sagte der Herzog.

»Ich bitte um Entschuldigung«, sagte Sidi. »Ich habe Euch gestern gesehen und weiß, dass Ihr ein Mann von hohem Rang seid. Ich fürchte, ich habe zu viel Furcht, eine solche hohe Person direkt anzureden.«

»Euer Gnaden, Herzog Radswil von Olasko, dies hier ist Sidi, und er sagt, er könnte Euch vielleicht helfen«, stellte William die beiden gegenseitig vor.

»Tut, was in Eurer Macht steht«, sagte der Herzog, der von Minute zu Minute bleicher wurde. »Ich bitte Euch darum«, fügte er hinzu.

Sidi öffnete seine Tasche und nahm einen Beutel heraus. »Das wird jetzt etwas wehtun, Herzog.«

»Tut, was Ihr tun müsst.«

Das Fleisch um die Wunde herum war mittlerweile weiß und aufgedunsen, und aus der Wunde selbst trat eine nässende Flüssigkeit. Es stank fürchterlich nach verfaulendem Fleisch. Sidi öffnete seinen Beutel und stäubte sorgfältig ein grünes Pulver auf die Wunde. Der Herzog sog zwischen zusammengebissenen Zähnen heftig die Luft ein. Kazamir nahm die Hand seines Vaters, und der Herzog drückte sie kräftig. Tränen bildeten sich in seinen Augen und rannen ihm das Gesicht hinab.

Nach einer Weile meinte er mit schwacher Stimme: »Bei den Göttern! Das brennt wie ätzendes Eisen!«

Sidi nickte. »Es ist beinahe dasselbe. Das Pulver brennt jede Infektion aus. Ich weiß nicht, ob es jetzt auch wirkt, aber bisher hat es das immer getan.«

Der Herzog lehnte sich zurück. »Ich glaube, ich möchte jetzt schlafen.«

Das Zimmer leerte sich rasch, bis auf Kazamir, der noch bei seinem Vater blieb. Vladic nahm William beiseite, als die anderen den Gang entlangschritten und sich zur Treppe wandten. »Leutnant, wie ist unsere Lage?«

William entschied sich, dem Prinzen gegenüber aufrichtig zu sein. »Wir haben ein Dutzend Soldaten, und diese Schenke lässt sich gut verteidigen. Morgen im Laufe des Vormittags müsste eigentlich Verstärkung eintreffen, und ich habe darum gebeten, dass ein Heiler die Soldaten begleitet. Euer Onkel wird also vermutlich überleben.«

»Vorausgesetzt, wir schaffen es, so lange am Leben zu bleiben, bis Verstärkung kommt.« Er blickte William an. »Ich nehme an, Ihr erwartet einen weiteren Angriff?«

William holte tief und hörbar Luft. »Ich weiß nicht, was ich erwarten soll, daher halte ich es für das Beste, wenn wir uns auf das Schlimmste vorbereiten.«

»Erzählt mir von dem Angriff. Ihr habt irgendwann gesagt, Ihr wisst ein bisschen was über Magie. Was wisst Ihr?«

»Mein Vater ist der Herzog von Stardock. Dort bin ich aufgewachsen«, erklärte William. »Ich habe viel gesehen und noch mehr gehört. Von den dreien, die uns angegriffen haben, war mindestens einer – wahrscheinlich sogar zwei – ein sehr mächtiger Magier des Geringeren Pfades. Derjenige, der Euren Onkel weggelockt hat ...« William hielt einen Moment inne. »Einige Magier verschwören sich einem Totem-Wesen als Gegenleistung für bestimmte Fähigkeiten. Eine dieser Fähigkeiten besteht darin, die Gestalt dieses Wesens anzunehmen. Je länger der Magier in der Verkleidung des Tieres bleibt, desto mehr denkt er wie dieses Tier, was die ganze Angelegenheit zu einem höchst gefährlichen Unterfangen macht. Doch je mächtiger die Magier werden, desto mächtiger wird auch das Tier. Dieser große schwarze Totem-Leopard sagt uns, dass der Mann, der sich Jaquin Medosa genannt hat, ein sehr mächtiger Mann der Magie gewesen ist. Ich nehme an, auf Stardock sind Leute – möglicherweise auch mein Vater –, die diesen Mann unter einem anderen Namen kennen, denn ein Magier des Leopard-Totems, der solche Fähigkeiten besitzt, bleibt nicht unbemerkt.«

»Wieso sollten mächtige Magier meinen Tod wollen?«

»Es gibt viele Gründe, einen Prinzen zu ermorden, wie es ehrgeizige Männer in Eurem Volk gibt, Eure Hoheit. Jeder dieser Gründe könnte das Motiv sein.«

»Ihr glaubt also, es war ein Assassine?«

»Ich nehme es an. Es ist die beste Erklärung, die mir einfällt, es sei denn, Ihr hättet Feinde, die enge Verbindung zu Magiern pflegen. Am Hof von Prinz Arutha sind einige Leute, die besser über solche Sachen Bescheid wissen als ich. Alles, was ich Euch bieten kann, sind Spekulationen, und die haben nur wenig Wert.«

Der Prinz dachte kurz nach und fragte dann: »Was ist mit heute Nacht?«

»Wenn es nur die drei gegeben hat, sind wir sicher. Selbst wenn sie überlebt haben sollten, wären sie zu erschöpft, um uns zu jagen. Es ist anstrengend, so viele Totem-Tiere zu beschwören, und sie müssten sich tagelang erholen. Deshalb sind es auch zwei gewesen. Der Dritte war dazu da, die beiden anderen – die die Tiere unter Kontrolle hielten – zu schützen.«

Vladic nickte. »Wie kommt es, dass Ihr der Magie widerstanden habt?«

William hielt die Hand hoch. »Dieser Ring hat mich beschützt.«

»Ein wunderbarer Talisman. Aber wieso tragt Ihr ihn?«

William konnte nicht verhindern, dass er errötete. »Oh, eigentlich hat ihn mir ein Freund gegeben, damit ich dem Zauber Eurer Schwester besser widerstehen und mich auf meine Arbeit konzentrieren kann.«

Vladic lächelte. »Ihr werdet es noch weit bringen, Leutnant.« Er warf einen Blick die Treppe hinunter. »Wir sollten etwas essen. Ich bezweifle, das wir eine ruhige Nacht haben werden.«

»Wieso zweifelt Ihr daran, Hoheit?«, fragte William, während er ihm folgte.

»Es wäre einfach zu viel verlangt anzunehmen, dass die, die diesen aufwendigen Hinterhalt geplant haben, keinen Ersatzplan haben – für den Fall, dass der erste Angriff fehlschlägt. So viel Glück können wir nicht haben.«

»Da gebe ich Euch Recht«, sagte William. In Gedanken ging er bereits verschiedene Pläne für eine mögliche Verteidigung durch.

An jeder Stelle, an der jemand in das Gebäude eindringen konnte, hatte William Männer postiert. Die beiden, die sich bisher um die Pferde gekümmert hatten, wurden ebenfalls ins Haus geholt, denn William ging davon aus, dass sie im Stall großer Gefahr ausgesetzt wären. Zwei Soldaten standen an der Küchentür, zwei andere am Haupteingang. Beide Türen waren mit einem Riegel aus kräftigem Eichenholz versperrt, doch man sah den Eisenscharnieren auf den ersten Blick an, dass sie bei etwas kräftigerem

Druck schnell nachgeben würden. Das Eisen auf beiden Seiten der Eingangstür war stark durchgerostet, und ein kräftiger Stoß würde die Scharniere rasch aus dem Holz reißen. Auch an den Fenstern im Erdgeschoss standen Männer. Sergeant Matthews war im ersten Stock und hielt vor der Tür des Herzogs Wache, während ein weiterer Soldat sich ans Ende des Ganges begeben hatte und neben dem Fenster stand, von dem aus man einen Blick auf die Stelle hinter der Schenke hatte.

Die verbleibenden sechs Männer schliefen unter den Tischen im Gastraum; sie hatten die Rüstungen anbehalten und die Waffen griffbereit neben sich liegen. Während seiner Ausbildung hatte William durchaus in seiner Rüstung schlafen können, aber jetzt spürte er, dass ihm die nötige Ruhe dazu fehlte oder dass er einfach noch nicht müde genug war.

Er saß an dem Tisch, an dem sie am Tag zuvor gegessen hatten, und er war so angespannt, dass er nicht einmal daran denken konnte zu schlafen. Er verlor jedes Zeitgefühl und ging im Kopf die Ereignisse des Tages immer wieder durch. Er wusste, er hätte es nicht besser machen können, und trotzdem hatte er das Gefühl, als hätte er in seinen Pflichten irgendwie versagt. Ein Edler eines Nachbarlandes lag oben schwer krank im Bett, Männer waren gestorben, und er hatte nur mit Mühe eine große Katastrophe verhindern können. Er war überzeugt, dass Hauptmann Treggar nach seiner Rückkehr ein ernstes Wort mit ihm reden würde.

Seine Gedanken wanderten weiter, und er war gerade etwas eingenickt, als eine Bewegung an seiner Seite ihn schlagartig aufweckte. Es war Sidi. »Ich wollte Euch nicht stören, Leutnant.«

»Ist schon in Ordnung. Ich muss ohnehin wachsam bleiben.«

»Wenn sie heute Nacht noch kommen, muss es bald sein. In zwei Stunden beginnt die Morgendämmerung.«

Der Fremde hatte Recht. Kurz vor der Dämmerung waren die Männer am trägsten, und die meisten Befehlshaber machten sich diese Tatsache zunutze, wenn es möglich war.

William musterte den fremden Mann im düsteren Licht, das von der einzigen Kerze stammte, die den Raum erhellte. »Was macht Ihr so, wenn man fragen darf?«

»Ich lebe in einem kleinen Dorf landeinwärts von Haldenkopf, oben in der Nähe der Witwenspitze.«

William kannte die Ecke, auch wenn er nur einmal flüchtig durchgereist war. »Ein raues Land.«

»Dass kann es tatsächlich sein, aber es erfüllt meine Bedürfnisse.«

»Und die wären?«

Der Mann zuckte mit den Achseln. »Ich handle. Gegenstände, Edelsteine, seltene Minerale, manchmal auch Wissen. Es gibt Menschen und andere Wesen, Goblins und Trolle, die durchaus bereit sind, mir als Gegenleistung für andere Güter Dinge zu verkaufen.«

»Ihr handelt aber nicht zufällig mit Waffen, oder?«, fragte William plötzlich mit einiger Schärfe.

»Ich habe andere Dinge, die von den Trollen und Goblins sehr geschätzt werden«, sagte Sidi. »Man muss keine Waffen schmuggeln, um mit ihnen zu handeln.«

William seufzte. »Es tut mir Leid, wenn ich so misstrauisch bin, aber unter diesen Umständen ...«

»Ich verstehe. Ich habe immerhin mit dem Mann zusammen gesessen, der gestern Eure Gruppe angegriffen hat. Und ich treibe eine Art von Handel, den manche Leute mit Argwohn betrachten würden.«

William starrte auf die Tür, als erwartete er, dass jeden Augenblick jemand einbrechen würde. »Kommen sie?«, fragte er geistesabwesend.

»Wir werden es schon bald wissen«, meinte Sidi.

Schweigend warteten sie.

Die Minuten schleppten sich dahin. »Leutnant!«, rief plötzlich eine der Wachen.

»Was ist?«, fragte William; er war sofort auf den Beinen und zog das Schwert.

»Da draußen ist etwas«, sagte die Wache.

William lauschte. Eine Weile konnte er – abgesehen von den gewöhnlichen Geräuschen – nichts wahrnehmen, doch dann hörte er es. Jemand oder etwas kroch um die Schenke herum, untersuchte möglicherweise die Fenster auf eine Möglichkeit, einzudringen.

Plötzlich erklangen draußen die Geräusche von raschen Schritten, und kurz darauf barst die Tür mit einem lauten Krachen nach innen. Es war nicht nötig, Alarm zu schlagen, denn der Lärm hatte die Männer ohnehin geweckt, und unverzüglich rollten sie mit gezogenen Waffen unter den Tischen hervor, unter denen sie geschlafen hatten.

Vier Männer hatten einen großen Baumstamm als Rammbock benutzt und ließen ihn jetzt, als sie ins Innere drängten, fallen. Sie selbst waren unbewaffnet und stürzten sich auf William, Sidi und die anderen zwei Wachen, während vier weitere bewaffnete Männer in den Raum eindrangen.

William trat einem der Angreifer in die Lenden und versetzte dem Mann hinter sich einen kräftigen Hieb, als er sich zu Sidi umdrehte. Sidi schwang einen Dolch und versuchte, einen Mann in Schach zu halten, der gerade ein gebogenes Schwert zog.

Oben auf der Treppe erscholl Lärm, und William erkannte, dass Matthews die Tür zum Zimmer des Herzogs sicherte und sich für die beiden bereitmachte, die jetzt die Treppen hocheilten.

Die bewaffneten Männer erwiesen sich als weit gefährlichere Feinde als die vier, die als Erste durch die Tür gebrochen und rasch zu Fall gebracht worden waren. Die Bewaffneten jedoch drangen stetig weiter vor.

Jeder von ihnen war in Schwarz gekleidet und trug eine lose Kopfbedeckung, die nur die Augen erkennen ließ. Sie trugen bauschige Hosen, die in schwarzen Stiefeln steckten. Ihre schwarzen Hemden waren am Hals und an den Handgelenken eng geschlossen, und auch ihre Waffen waren geschwärzt. »Weg von der Tür! Es könnten Bogenschützen draußen sein!«, rief William.

Der Mann mit dem Krummschwert teilte Hieb um Hieb aus, die William alle mit seinem zweihändigen Schwert abwehrte. Das klirrende Geräusch von Metall auf Metall erfüllte den gesamten Raum. Plötzlich stieß sein Angreifer von der anderen Seite zu, und William begriff, dass er getestet wurde. Er hielt seine Abwehr absichtlich etwas niedriger als notwendig, denn er ging davon aus, dass dem dritten Hieb ein stürmischer Schlag folgen würde, der über seine Verteidigung hinweg auf seine Brust zielen würde.

So weit kam es jedoch nicht. Stattdessen weiteten sich die Augen des Mannes vor Entsetzen, als ihm Williams Schwertspitze in die Brust drang. Schon früh während seiner Ausbildung hatte William gelernt, dass die meisten Schwertkämpfer das Langschwert für eine Hiebwaffe hielten und nicht damit rechneten, dass von der Schwertspitze eine wirkliche Gefahr ausgehen konnte. Er hatte diese Fähigkeit so gut wie möglich entwickelt und benutzte sein Schwert so wie andere Männer das Breitschwert oder das Rapier. Es war schließlich so, wie die Ausbilder immer wieder betont hatten: Hiebe verwundeten – doch Stöße töteten.

Der Mann war kaum auf den Boden gesunken, als William zwei Männer die Treppen hocheilen sah. Er stürzte hinter ihnen her, als sie gerade mit Matthews und zwei anderen Wachen zu fechten begannen. William fällte einen von hinten, während der andere den Soldaten neben Matthews tötete.

Matthews gelang es, dem Angreifer einen Hieb zu versetzen; der schwarz gekleidete Mann kümmerte sich nicht um die Schmerzen, die er zweifellos haben musste, sondern drehte sich um und stieß den Sergeanten gegen William. Noch ehe die beiden sich wieder voneinander befreit hatten, sahen sie den Angreifer auf das Zimmer des Herzogs zustürzen.

Die Tür barst krachend nach innen, und Splitter regneten durch die Luft. Ein Schrei erklang aus dem angrenzenden Raum.

»Die Prinzessin!«, rief William Matthews zu, während er den Sergeanten zum Zimmer des Herzogs schob. William trat kräftig gegen die Tür zu Paulinas Zimmer. Die Tür gab nach und schwang auf.

Paulina kauerte in der Ecke, die Hände vors Gesicht geschlagen, während die Holzläden ihres Fensters zersplitterten. Ein weiterer Schwarzgekleideter drang ein. William raste auf ihn zu, das Schwert in beiden Händen, als hielte er eine Lanze.

Der Mann starb, ohne einen Laut von sich gegeben zu haben.

William kniete neben der Prinzessin, die ihn voller Entsetzen anblickte. »Seid Ihr in Ordnung?«, rief er, als könnte seine laute Stimme ihre Furcht durchdringen.

Sie starrte ihn an und nickte leicht. Er nahm das als Zeichen, dass sie unverletzt war. Da er keine Ahnung hatte, wie es in den übrigen Teilen der Schenke aussah, sagte er nur: »Rührt Euch nicht von der Stelle. Bleibt hier oben, bis jemand kommt und Euch nach unten holt.«

Er eilte zur nächsten Tür, wo Vladic, Kazamir und Matthews sich über zwei tote Assassinen beugten. Der Herzog war beinahe bewusstlos; er starrte seinen Sohn und seinen Neffen verwundert an, und es hatte den Anschein, als würde er sie kaum erkennen.

»Sergeant, kommt mit mir nach unten«, sagte William, da hier oben keine unmittelbare Gefahr zu drohen schien.

Sie eilten die Treppe hinunter und fanden drei Wachen tot auf dem Boden, neben ihnen fünf schwarz gekleidete Krieger. Aus der Küche klangen Kampfgeräusche. »Sergeant, achtet auf die Treppe«, sagte William und eilte in die Küche.

Leichen lagen auf dem Boden verstreut, darunter auch der Schenkenbesitzer, seine Frau und die Kellnerin. Zwei Soldaten, offensichtlich verwundet, hatten den letzten Eindringling in die Enge getrieben. Er stand mit dem Rücken zur Wand da, ein gebogenes Schwert in der einen Hand, einen Dolch in der anderen. »Lasst ihn am Leben!«, rief William.

Der Mann, der keine Hoffnung mehr sah, zu entkommen, schlitzte sich in einer geschmeidigen Bewegung mit dem Dolch den Hals auf.

Die beiden Soldaten und William traten überrascht zurück. William zögerte, dann kniete er neben dem Mann nieder. Dessen Blick war starr nach oben gerichtet, und auch der letzte Lebensfunke verströmte jetzt mit dem Blut, das ihm aus der Kehle floss.

»Fanatiker!«, rief einer der Soldaten, das Schwert noch in der linken Hand.

William hockte sich auf die Fersen. »Ja, Fanatiker.«

Der andere Soldat hielt sich die blutende Seite mit einer ebenfalls blutenden Hand. »Leutnant, was waren das für Leute? Nachtgreifer?«

»Das glaube ich nicht«, antwortete William. Er hatte eine ungefähre Vorstellung, um was für Männer es sich handelte, aber er hielt es für besser, darüber nicht vor seinen Männern zu sprechen. Er erhob sich. »Wir müssen die Schenke so gut sichern, wie es geht.«

Die beiden nickten, und einer versuchte zu salutieren, doch William winkte ab. »Seht zu, dass eure Wunden verbunden werden.«

William schaute sich in der Küche um. Neben den Leichen des Schenkenbesitzers, seiner Frau und der Bedienung lagen noch drei Assassinen, wie auch die beiden Wachen, die er dort postiert hatte.

William steckte den Kopf aus der Tür, die zum Hof bei den Ställen führte, und sah, dass sich der Himmel im Osten bereits grau färbte. Er hörte Pferde im Stall wiehern und schätzte sich glücklich, dass er keine Männer dort gelassen hatte. Zwei oder drei Soldaten weniger in der Schenke, und sie hätten vermutlich nicht überlebt.

William kehrte zum Gastraum zurück und blickte sich um. »Jemand fehlt«, sagte er zu Matthews. »Wo ist Sidi?«

»Während des Kampfes verschwunden«, erklärte einer der Soldaten. »Er hat sich einem der Angreifer mit seinem Dolch entgegengestellt, und als ich den Mann umgebracht hatte, ist er einfach davongelaufen.«

William nickte. »Das ist unter diesen Umständen nachvollziehbar. Vielleicht kommt er ja wieder zurück.« Er bezweifelte das allerdings. Nach allem, was Sidi gesagt hatte, bewegte er sich mit seinen Geschäften am Rande der Ungesetzlichkeit, und angesichts der vielen Toten war eine offizielle Untersuchung der Ereignisse zu erwarten – was ihm kaum willkommen sein konnte. William blickte Matthews an. »Wie sieht es aus?«

»Außer Euch und mir sind noch fünf Männer am Leben, Leutnant.«

»Die Sonne geht auf. Ich denke, wir haben nichts mehr zu befürchten, bis die Verstärkung eintrifft.«

»Ich kümmere mich um die Männer, Leutnant. Ihr könntet etwas Schlaf vertragen.«

William nickte und erhob sich. »Das könnten wir alle.« Er begann, die Leichen aus der Schenke zu ziehen. »Sergeant, ich möchte, dass diese Assassinen durchsucht werden.« Er war sich allerdings ziemlich sicher, dass sie nichts als Schwerter und Dolche finden würden, jedenfalls keinerlei persönliche Gegenstände, Edelsteine oder andere Dinge, die etwas über ihre Identität hätten aussagen können.

Während sich Matthews um die Männer kümmerte, ging William zu dem ersten Angreifer nach draußen. Er kniete neben dem Leichnam nieder und nahm ihm die Kopfbedeckung ab. Dann öffnete er ihm den Mund und stellte fest, dass dem Mann die Zunge herausgeschnitten worden war.

William hockte sich auf die Fersen. Er schüttelte den Kopf und blickte gen Süden. »Was hätten keshianische Attentäter davon, einen Prinzen von Olasko zu töten?«, sagte er leise zu sich selbst.

Neun

Entscheidungen

Arutha runzelte die Stirn.

Er stand neben dem Bett des Herzogs von Olasko und sah zu, wie ein Priester des Ordens von Prandur den Herzog untersuchte.

Der Priester war erst seit kurzer Zeit an Aruthas Hof; er war von seinem Orden ausgewählt worden, dem Prinzen ein Jahr lang als Berater in geistigen Dingen zu dienen. Es war eine Position, die abwechselnd von den wichtigsten Tempeln der Stadt besetzt wurde, wenngleich einige sich entschieden, auf dieses Privileg zu verzichten. In diesem Jahr war Vater Belson vom Tempel Prandurs an der Reihe.

Der schlanke, schwarzbärtige Geistliche erhob sich, und seine scharlachroten Gewänder schimmerten leicht im Fackellicht. Er wandte sich an den Prinzen. »Da ist eine Entzündung und noch etwas anderes, etwas Magisches, das die Wunde davon abhält, richtig zu heilen.« Er blickte William an. »Das Pulver, das dieser Mann darauf gestreut hat, ist grün gewesen, habt Ihr gesagt?«

»Ja, Vater Belson«, erwiderte William.

Der Leutnant war erst eine Stunde zuvor im Palast angekommen, und er war müde und schmutzig. Als Hauptmann Treggar bei Morgengrauen mit seiner Truppe an der Schenke eingetroffen war, hatte der mitgereiste Heiler den Herzog untersucht, doch er hatte feststellen müssen, dass seine Fähigkeiten nicht ausreichten, um dem Verwundeten so zu helfen, dass sich sein Zustand wirklich besserte. Daher hatte er Hauptmann Treggar gedrängt, ihn so rasch wie möglich nach Krondor zurückzubringen. Der Hauptmann hatte daraufhin einen Wagen, der sich hinter der Schenke befunden hatte, zur Rückkehr vorbereiten lassen, während William ihm Bericht erstattete. Seither hatte Treggar mit William nicht mehr gesprochen, abgesehen von den Befehlen, die er bezüglich der Rückkehr nach Krondor gegeben hatte.

William wartete schweigend, während der Priester den Herzog erneut untersuchte. »Ich könnte eine bestimmte Magie anwenden, die die Verunreinigung der Wunde herausbrennen wird«, sagte er zu Kazamir, der ebenfalls neben dem Bett stand. »Aber wie fast alle Magie, die von meinem Tempel angewandt wird, ist sie alles andere als angenehm.«

»Wird sie funktionieren?«, fragte der junge Prinz, der offensichtlich bemüht war, seine Besorgnis zu verbergen.

»Ja, aber es wird eine Narbe zurückbleiben.«

»Mein Vater hat ohnehin schon viele Narben. Tut also, was Ihr tun müsst, wenn Ihr ihm damit das Leben retten könnt.«

Belson nickte. »Hoheit, ich brauche eine saubere Klinge und eine Kohlenpfanne.«

Arutha beauftragte einen Diener, die gewünschten Gegenstände zu beschaffen, und nickte James zu.

James machte William ein Zeichen. »Komm mit.«

William folgte James nach draußen. »Du hast deine Sache gut gemacht, Willy«, sagte James, als sie das Zimmer verlassen hatten.

William blickte James verblüfft an; er war so erstaunt, dass ihm der Mund offen stehen blieb. »Was? Wer hat das gesagt?«

James grinste. »Hauptmann Treggar. Er hat es als äußerst lobenswert bezeichnet, dass du es geschafft hast, immerhin die Hälfte der Gruppe vor dem Tod zu bewahren – vor allem natürlich den Herzog und seine Familie.«

William seufzte. »Ich dachte schon, man würde mich in Unehren aus der Armee werfen. Ich habe nicht das Gefühl, dass ich etwas Lobenswertes getan habe. Ich muss immerzu an die denken, die bei der Sache gestorben sind.«

James blickte ihn ernst an. »Nicht, dass ich wie ein alter Veteran klingen will, aber ich glaube, ich habe in meinem Leben genug Schlachten gesehen, um dir sagen zu können, dass du darüber möglicherweise niemals hinwegkommen wirst. Aber du darfst niemals vergessen, dass du ein Soldat bist und mit Soldaten zu tun hast – ein Berufszweig, der nicht gerade für seine hohe Lebenserwartung berüchtigt ist.«

»Wohin gehen wir?«

»Zum Arbeitszimmer des Prinzen.«

»So, wie ich aussehe?«, fragte William und deutete auf seine schmutzige Kleidung.

James lächelte. »Erinnere dich daran, dass ich mit Seiner Hoheit schon in den Abwasserkanälen herumgekrochen bin. Im Augenblick ist das Äußere wohl nicht so wichtig, würde ich sagen.«

Sie erreichten den Eingang zu den privaten Räumen des Prinzen, und einer der Pagen öffnete ihnen die Tür. James führte William in den Empfangsraum.

Prinzessin Anita und die Zwillinge warteten. »Cousin Willie!«, riefen Borric und Erland. Die Jungen sprangen von ihren Plätzen auf – ihre Mutter hatte ihnen gerade eine Geschichte erzählt – und eilten zu dem jungen Soldaten, um ihn anzuschauen.

»Du bist in einer Schlacht gewesen!«, rief Erland. »Toll!«

William blickte den Neunjährigen mit gerunzelter Stirn an. »Das würdest du nicht sagen, wenn du dabei gewesen wärst. Wir haben gute Männer verloren.«

Diese Aussage mäßigte die Heiterkeit der Zwillinge ein wenig. »Hast du jemanden getötet?«

William nickte; er blickte betrübt drein. »Ja, das habe ich.«

Anita erhob sich jetzt ebenfalls. »James, ihr beiden solltet euch etwas erfrischen, bis Arutha kommt.« Sie deutete auf eine Waschschüssel, die auf dem Tisch in der Ecke stand. »Ich werde die beiden Bengel inzwischen irgendwo unterbringen.«

»Oh, Mutter«, setzte Erland protestierend an.

Anita hielt einen Finger hoch, der sie zum Schweigen brachte. »Geschäfte des Hofes. Ihr habt beim Essen noch Zeit genug, James und William zu ärgern.« Sie blickte die beiden jungen Männer an. »Ihr kommt doch?«

James nickte. »Es sei denn, Euer Ehemann hat andere Pläne für uns.«

William eilte zur Waschschüssel und versuchte sich zu reinigen, so gut es ging. Ein Page erschien mit einem sauberen Überwurf, und William legte den blutbespritzten ab. Er wusch sich das Gesicht, die Hände und den Hals, denn er wollte, wenn er am königlichen Tisch saß, nicht den Eindruck erwecken, als käme er geradewegs aus dem Schlachthaus. Er trocknete sich gerade das Gesicht und Hände ab, als Prinz Arutha eintrat. »Der Herzog wird überleben«, erklärte er. Mit einer leichten Handbewegung bedeutete er den beiden jungen Männern, auf dem Sofa Platz zu nehmen, auf dem gerade noch seine Frau und seine Söhne gesessen hatten.

»Nach allem, was in den letzten zwei Wochen geschehen ist, komme ich zu dem Schluss, dass die Souveränität unseres Reiches jetzt in ebenso großem Maße bedroht ist wie vor kurzem durch die Moredhel.

Wir haben ungelöste Morde, einen Krieg zwischen Verbrecherbanden, Magier, die systematisch umgebracht werden, Magier, die versuchen, hochrangige Gäste zu ermorden, und eine Bande von keshianischen Izmalis, die ein gutes Stück nördlich unserer Grenze zu Groß-Kesh ihr Unwesen treiben.« Arutha lehnte sich zurück. »Alles in allem eine Situation, die so sehr außer Kontrolle geraten ist, wie ich es mir kaum schlimmer vorstellen könnte.«

James schwieg, und als William ihn fragend anblickte, schüttelte er leicht den Kopf als Zeichen, dass er den Prinzen nicht unterbrechen sollte.

Nach einer Weile fuhr Arutha fort. »James, ich habe einen Auftrag für dich.«

James lächelte. »Noch einen?«

»Nein, den gleichen, aber jetzt etwas konkreter formuliert.«

William saß reglos da, als erwartete er, jeden Augenblick entlassen zu werden.

Arutha bemerkte seine angespannte Haltung. »Ich nehme an, meine Frau hat dich zum Essen eingeladen?«

William nickte.

»Gut, denn du spielst bei dieser Sache ebenfalls mit.«

»Ich?«, fragte William.

Arutha schenkte seinem adoptierten Cousin ein leichtes Lächeln. »Du hast das Gefühl, als hättest du in der Ausübung deiner Pflichten versagt, nicht wahr?«

Wieder nickte William.

»Es ist niemals einfach, Männer zu verlieren, die unter deinem Befehl gestanden haben. Wenn dir das gleich bei deinem erstem Auftrag passiert, kann das verheerende Folgen haben.«

Williams Augen füllten sich mit Tränen, doch er blinzelte sie weg, während ein Gefühl der Erleichterung über ihn hinwegschwappte. »Ich danke Euch, Hoheit«, sagte er leise.

Eine Weile herrschte Schweigen. »Was wir hier besprechen«, sagte Arutha dann, »bleibt unter uns.«

Beide nickten.

»James, seit zwei Jahren liebäugelst du mit der Vorstellung, ein Agentennetz aufzubauen.«

James schwieg.

»Ich möchte, dass du endlich mit dieser Arbeit anfängst. William wird dir dabei helfen.«

»Ich, Hoheit?«

Arutha blickte William an. »Je länger du in Krondor bist, desto besser wirst du begreifen, dass Vertrauen ein seltenes Gut für den Inhaber des Throns ist. Natürlich gibt es Menschen, die mit jeder Faser ihres Wesens Loyalität schwören, aber ihre Natur macht sie unglaubwürdig, denn sie haben geistige Vorbehalte, derer sie sich selbst nicht bewusst sind – bis zu dem Augenblick, wenn sie in eine Krise geraten. Du hast in den letzten zwei Tagen deutlich gezeigt, wo du stehst, und abgesehen davon bist du Pugs Sohn.«

Williams Miene verdüsterte sich etwas, aber er bemühte sich, so gleichgültig wie möglich dreinzublicken. »Hoheit?«, fragte er vorsichtig.

»Ich weiß, dass du mit deinem Vater Auseinandersetzungen hattest, weil du den Dienst bei mir begonnen hast. Du kannst sicher sein, dass ich mehrere Male mit ihm darüber gesprochen habe. Was ich sagen will, ist, dass Pug eine besondere Loyalität gegenüber dieser Familie und dem Volk hegt. Er hat Dinge erfahren, die wir beide uns kaum vorstellen können, und doch arbeitet er für ein größeres Gut. Wärst du ein Mann gewesen, dem ich nicht trauen kann, hätte ich das schon erfahren, bevor du in Krondor aufgetaucht bist.

Abgesehen davon«, fügte Arutha hinzu, »wird man kaum vermuten, dass du – immerhin einer der jüngeren Offiziere – einen besonderen Rang am Hofe bekleidest.«

»Und was ist mit mir?«, fragte James.

Arutha blickte den Junker an. »Nach außen hin wirst du eine Weile den Rang als Junker weiter bekleiden. Wir beide wissen jedoch, dass du die Grenze deiner Autorität regelmäßig verletzt und dich auf meinen Namen berufst, wann immer du es für nötig hältst.«

James grinste nur.

»Später, falls ihr beiden, also du und Locklear, dann noch leben solltet, werde ich euch den Titel eines Baronets verleihen. Doch auch wenn du dir diesen Rang inzwischen ein halbes Dutzend Mal verdienst hast, würde eine Ernennung im Augenblick mehr Aufmerksamkeit auf dich lenken, als gut wäre. Diese Männer, die dich vor ein paar Tagen angegriffen haben, stimmen mich nachdenklich.«

James nickte. »Mich auch. Und da einige meiner Informanten unter den Toten waren, werde ich mir überlegen müssen, wie ich sie zu ersetzen gedenke.«

»Der junge Means könnte da hilfreich sein. Du musst ein paar Leute rekrutieren – nicht mehr als fünf –, die dich mit Namen und Gesicht kennen. Diese Leute wiederum müssen daran arbeiten, Informanten und Agenten zu besorgen. Ich werde dich außerdem in jede Stadt unseres Königreichs schicken müssen und schließlich auch in andere Reiche, so dass ein wirkliches Netzwerk errichtet werden kann. Aber das wird Jahre dauern.« Er erhob sich, und die beiden folgten seinem Beispiel. »Im Augenblick sollten wir zufrieden sein, wenn du es schaffst, hier in Krondor ein kleines Nachrichtennetz zu errichten, ohne dabei getötet zu werden.«

»Bislang ist mir das ganz gut gelungen«, meinte James zuversichtlich.

»Weshalb du ja auch diese Aufgabe übertragen bekommst, mein zukünftiger Herzog.«

James grinste über den alten Scherz. »Wollt Ihr mich eines Tages zum Herzog von Krondor ernennen?«

»Möglicherweise. Wenn ich dich nicht vorher hängen lasse«, sagte Arutha und führte sie zum Speisezimmer. »Wenn dieses Netzwerk sich allerdings so entwickelt, wie ich es mir vorstelle, und zu einem Instrument wird, das es mit dem Netzwerk in Kesh aufnehmen kann, wirst du wohl in Rillanon landen, da bin ich mir ziemlich sicher. Schließlich benötigen wir im Osten einen solchen Nachrichtendienst noch sehr viel dringender als hier.« Arutha ignorierte das Protokoll und öffnete die Tür selbst.

Die beiden Pagen, die auf der anderen Seite der Tür im Speisezimmer gestanden hatten und sahen, wie sie sich von allein öffnete, beeilten sich, den Stuhl für den Prinzen zurechtzurücken. William nahm am Fußende des Tisches Platz, neben James. Er blickte zu seinem Freund, um zu sehen, wie er das alles aufnahm, und er sah, dass James offenbar in Gedanken über die bevorstehende Aufgabe versunken war.

»Wir werden das später weiter besprechen«, sagte Arutha. Er wandte sich seiner Frau und seinen Kindern zu.

Prinzessin Elena schien zufrieden damit, ihrer Puppe leise etwas vorzusingen, die sie gleich neben ihren Teller gesetzt hatte; gelegentlich erklärte sie James und William auch, dass die Puppe das Essen nicht sehr genoss, wegen des Verhaltens der beiden Jungen neben ihr.

James nickte William zu und flüsterte: »Ich wette mit dir, dass diese Puppe das Essen nicht überstehen wird.«

William musterte die beiden schelmischen Prinzen Borric und Erland. »Glaube ich nicht.« Das Essen verlief ruhig und angenehm. Anita brachte William mit ein paar Fragen dazu, von seinem Auftrag zu berichten – ohne dass er allzu lebhafte Einzelheiten, die die Kinder hätten beunruhigen können, erzählen musste.

Nach dem Essen erhob sich Arutha und bedeutete den beiden Männern, ihm wieder ins Arbeitszimmer zu folgen. Als sie das Speisezimmer verlassen hatten und gerade durch das private Wohnzimmer gingen, hörten sie hinter sich den aufgebrachten Schrei der kleinen Prinzessin. »Mami! Borric hat mir die Puppe weggenommen!«

James zuckte mit den Achseln. »Ich habe die Wette verloren. Sie hat es bis nach dem Essen geschafft.«

William lächelte. »Aber nur ganz knapp.«

Als sie die Tür zu Aruthas Arbeitszimmer erreichten, öffnete James sie für den Prinzen.

Der Prinz eilte ins Zimmer, und William folgte ihm, auf ein entsprechendes Zeichen von James hin. Der Junker schloss die Tür hinter sich und stellte sich neben William vor den Tisch.

Arutha winkte ab und bedeutete ihnen, sich zu setzen. »Ich habe lange darüber nachgedacht, James, und so genau ich auch weiß, dass du gerne freie Hand bei der Sache hättest, möchte ich dennoch, dass du mir über jeden Agenten, den du rekrutieren möchtest, Bericht erstattest.«

James nickte. »Das wird die Sache allerdings etwas verlangsamen, Hoheit.«

»Ich weiß, aber ich möchte ungern Agenten verlieren, nur weil wir vorschnell vorgehen. Ich fordere dich aber auf, umsichtig zu sein und verlässliche Agenten zu suchen.«

»Ich habe auch schon darüber nachgedacht, Hoheit. Wie wäre es, wenn wir zwei Gruppen von Agenten aufbauen?«

»Wie meinst du das?«

»Ich meine, ich könnte ein paar Schnüffler und Dockarbeiter – die Art von Leuten, die ich bisher beschäftigt habe – zusammenbringen, als würde ich mit ihnen die ersetzen, die getötet wurden oder geflohen sind, während ich gleichzeitig einen richtigen Agentenring aufbaue.«

»Klingt vernünftig, aber bist du dir auch im Klaren darüber, dass die, die du nach außen hin eingestellt hast, dann vermutlich für die Taten büßen müssen, die die anderen Agenten begangen haben?«

James nickte. »Ja, ich weiß. Aber dies ist kein Spiel, Hoheit. Die Leute sterben, und jene, die bereitwillig das Gold der Krone dafür nehmen, dass sie in diese Sache verwickelt werden, sollten die Risiken kennen, die damit verbunden sind. Es ist sicher nicht mein Ziel, jemanden als Köder zu benutzen. Wenn ich meine Schnüffler und Schläger geschickt genug einsetze, werden sie so ungeschickt wirken, dass unsere Feinde sie für harmlos halten, und niemand wird von ihnen verlangen, dass sie den Preis für unsere Arbeit bezahlen.«

»Es gefällt mir zwar nicht«, meinte Arutha, »aber das ist bei vielen Dingen so, die mit der Krone zu tun haben.«

William saß stumm da, und Arutha betrachtete ihn. »Verstehst du das?«

»Hoheit?«

»Ich meine, versteht du, dass man manchmal im Namen der Pflicht abstoßende Dinge, manchmal sogar ekelhafte Dinge tun muss?«

William ließ sich einen Augenblick Zeit, bevor er antwortete. »Hoheit, ich habe im letzten Jahr gelernt, was es bedeutet, mit der Waffe zu dienen. Die Übungen waren ein Teil davon. Das Töten von Menschen war der andere. Aber zuzusehen, wie Männer, deren Sicherheit mir anvertraut worden ist ... Ich glaube, ich verstehe Euch.«

»Gut, denn du bist der einzige junge Offizier, dem ich voll und ganz trauen kann, noch über die gewöhnliche Treue der Krone gegenüber hinaus. Dein Vater hat es niemals ausgenutzt, dass er von dieser Familie adoptiert worden ist – das musste er auch gar nicht –, aber es war ein höchst feierliches Geschenk von meinem Vater, einen Jungen zu ehren, den er für tot gehalten hat, den er als würdig erkannt hat, den Namen unserer Familie zu tragen.

Die Kinder nennen dich – voller Zuneigung – Cousin Willie, aber das ist mehr als eine bloße Höflichkeit: Du bist ein conDoin. Wenn dir die Verantwortung, die mit diesem Namen verbunden ist, noch nicht richtig klar ist, ist jetzt der richtige Zeitpunkt dafür gekommen.«

William lehnte sich zurück; es war ihm anzusehen, dass er zu begreifen begann. »Es war mir bisher in der Tat noch nicht richtig klar, Hoheit, aber ich denke, so langsam verstehe ich.«

»Gut«, sagte Arutha und lächelte. »Ich zweifle nicht daran, dass James dir dabei hilft, sofern er verhindern kann, dass du zuvor getötet wirst.«

»Was soll ich tun, Hoheit?«, fragte William.

»Studieren, lernen, zuhören, üben, deine Arbeit verrichten. Aber von Zeit zu Zeit wird James dich von deinen regulären Pflichten entbinden, und du wirst ihn unterstützen, egal, was für eine Aufgabe er auch für dich hat. Ich möchte, dass du im Laufe der Zeit jeden Mann kennst, der hier stationiert ist, und dass du dir in Gedanken einen Vermerk machst, wen du mit besonderen Aufgaben betrauen zu können glaubst. Die Palastwache ist in letzter Zeit eher zu einer zeremoniellen Angelegenheit geworden. Es ist Zeit, das zu ändern. Ich werde deutlich machen, dass meine Leibwachen die Elite dieses Kommandobereichs sind, allerdings warte ich damit noch etwas. Wenn ich es jetzt schon täte, würde ich denen, die hinter all dem Unheil in meiner Stadt stecken, ein falsches Signal geben.«

Arutha lehnte sich zurück; er legte die Fingerspitzen aneinander und bog sie einen Augenblick durch. Es war die einzige Geste, von der James wusste, dass sie auf Nervosität hindeutete. Arutha dachte eine Zeit lang schweigend nach und sagte dann: »Wir haben reichlich Beweise, dass Spione Unheil in unserem Reich anrichten. Wir wissen aber nicht, mit wie vielen Widersachern wir es zu tun haben. Sind es die Nachtgreifer? Stehen sie mit diesen Izmalis in Verbindung? Wieso sollten sie einen solchen Angriff durchführen? Wären sie nur ein bisschen präziser vorgegangen, wärst du jetzt vermutlich nicht hier, William.«

William nickte zustimmend.

»Und natürlich bleibt die Frage: Warum töten sie Magier?«, fuhr Arutha fort.

»Es wäre schön, wenn Pug oder Kulgan hier wären«, meinte James.

Arutha nickte abwesend. »Pug will mir eine Hofmagierin schicken. Nach der Sache mit Makala und den tsuranischen Erhabenen und der Angelegenheit mit den Gestaltwandlern und den ermordeten Magiern ...« Er seufzte. »Ich glaube, Pug hat Recht, und ich werde ihn benachrichtigen, dass er mir dieses keshianische Mädchen schicken soll.«

William riss die Augen auf. »Jazhara!«

»Ja«, sagte Arutha.

»Aber sie ist –«

Arutha unterbrach ihn. »Ich weiß. Sie ist die Großnichte von Lord Hazara-Khan.« Er warf James einen Blick zu. »Der, wie ich vermute, dein Gegner am Hof von Groß-Kesh sein wird.«

»Ihr schmeichelt mir. Es wird ein Jahrzehnt dauern, bis ich ein so raffiniertes Netz aus Agenten geschaffen habe, wie er es getan hat«, sagte James.

Arutha wandte sich an William. »Du hast etwas dagegen, dass sie herkommt?«

»Nein … es ist nur, dass ich … es überrascht mich, Hoheit.«

»Wieso?«

Williams Blick wanderte umher, dann meinte er: »Nun, sie ist Keshianerin, und sie hat Beziehungen zur einflussreichsten Familie im Norden des Kaiserreiches. Und … sie ist jung.«

Arutha musste lachen. »Und du und James, ihr seid wohl Veteranen?«

William errötete. »Nein … es ist nur so, dass ich mein ganzes Leben lang von Magiern umgeben war, und die meisten von ihnen waren ältere Männer mit großer Erfahrung. Ich bin nur …«

»Du bist nur was?«, fragte der Prinz.

»Überrascht, dass die Wahl meines Vaters auf sie gefallen ist, das ist alles.«

Arutha dachte darüber nach. »Wieso?«

»Es gibt ältere, erfahrenere Magier in Stardock.«

»Wen?«

»Wen?«, echote William.

»Ja, wen«, wiederholte Arutha. »Wen würdest du für eine bessere Wahl halten?«

»Ich … nun … da gibt es einige.« Williams Gedanken rasten, und er ging im Geiste kurz die Liste der Magier von Stardock durch, die als Berater des Prinzen von Krondor in Frage kamen. Er erkannte rasch, dass die meisten entweder zu sehr von ihrer eigenen Arbeit in Anspruch genommen waren, um die gewünschten Pflichten mit der notwendigen Hingabe zu erfüllen, oder ihnen fehlten die gesellschaftlichen Fähigkeiten, die notwendig waren, damit sie sich harmonisch in das Leben am Hofe einfügen konnten. »Ich muss zugeben, mir fällt niemand ein. Korsh und Watoom sind ebenfalls Keshianer, und sie sind zu sehr mit der Leitung der Akademie beschäftigt. Zolan Husbar und Kulgan sind zu alt. Es gibt noch ein paar andere, aber Jazhara hat sowohl Kenntnisse, was die Hofpolitik betrifft, als auch ein sicheres Verständnis von Magie.«

»Befürchtest du Verrat?«

»Nein.« Die Antwort kam ohne Zögern. »Niemals. Wenn sie einen Eid auf Eure Krone schwört, Hoheit, wird sie Euch notfalls mit ihrem Leben dienen.«

»Das habe ich mir gedacht.« Arutha betrachtete William einen Augenblick. »Da ist zwar noch etwas, das du mir nicht sagen willst, aber ich übergehe das jetzt mal.« Er wandte sich an James. »Ich werde ein besonderes Konto für dich einrichten, von dem du dir nehmen kannst, was du zur Errichtung des Agentennetzwerks benötigst. Ich wünsche einen wöchentlichen Bericht, selbst wenn darin stehen sollte ›In dieser Woche ist nichts Besonderes geschehen.‹ Was ich aber nicht gerne höre.«

James nickte. »Es gibt drei Dinge, um die wir uns so schnell wie möglich kümmern sollten. Erstens, wie sieht die Beziehung zwischen den Nachtgreifern und dem Kriecher aus? Zweitens, welches Ziel steckt hinter all den scheinbar zufälligen Morden? Und drittens, was für eine Bedeutung hat die Ermordung der Magier?«

Arutha erhob sich, und die beiden taten es ihm gleich. »Ich muss dem Herzog von Olasko und seiner Familie einen Besuch abstatten. Du kannst auf deiner Liste hinzufügen: Warum ist auf den in Krondor als Gast weilenden Edlen eines uns freundlich gesinnten Volkes so weit von zu Hause entfernt ein Anschlag verübt worden?«

»Vier Dinge also«, bemerkte James.

Arutha wartete nicht darauf, dass James ihm die Tür aufhielt, sondern öffnete sie selbst. »Ich erwarte euch beide morgen früh hier am Hof«, sagte er im Hinausgehen.

Nachdem der Prinz verschwunden war, wandte sich William an James. »Habe ich mich eben sehr zum Narren gemacht?«

»Na, zumindest ein bisschen«, erwiderte James und lächelte. »Aber was ist denn nun zwischen dir und dem Mädchen vorgefallen?«

William blickte zu Boden. »Das ist eine lange Geschichte.«

»Wir haben Zeit, also erzähle sie mir.«

»Zeit? Ich muss mich zurückmelden.«

»Das hast du bereits getan«, widersprach James. »Treggar und die anderen Offiziere werden wissen, dass du bei Arutha gewesen bist. Von jetzt an werden die anderen, wenn du bei mir oder beim Prinzen bist, nur noch erfahren, das du zu einem speziellen Auftrag abberufen worden bist. Mehr nicht.«

William seufzte. »Als ich hierher gekommen bin, habe ich wirklich gehofft, ich könnte mich ausbilden lassen und dann irgendwo an der Grenze einen Posten bekommen.«

James lachte. »Du bist der Cousin des Prinzen, wenn auch nur durch Adoption. Du hast doch nicht wirklich geglaubt, dass sie irgendein Mitglied der Familie conDoin in Hohe Burg oder Eisenpass verrotten lassen?«

»Nun, ich denke, ich habe mich niemals so sehr als Cousin des Prinzen empfunden, das ist alles.«

»Na ja, du hast ja auch auf dieser Insel inmitten eines riesigen Sees gelebt.«

William gähnte. »Also, wenn ich mich nicht zurückmelden muss, könnte ich ein bisschen Schlaf vertragen.«

»Noch nicht«, entgegnete James und legte William den Arm um die Schulter. »Wir haben noch was zu erledigen.«

»Zu erledigen? Jetzt noch?«

»Ja«, sagte James. »Und abgesehen davon möchte ich alles über dich und diese Jazhara hören.«

William schwieg, aber er verdrehte die Augen gen Himmel und fragte sich im Stillen: *Wieso ausgerechnet ich?*

James öffnete die Tür zu der lärmigen Schenke. William hatte ihm die Geschichte von seiner Beziehung zu der Magierin, die irgendwann von der Insel hergerufen werden würde, erzählt.

»Verstehst du, das war eine richtig dumme Jungensache, und sie hat sehr freundlich reagiert. Aber es war mir so peinlich, etwas untertrieben formuliert. Ich weiß gar nicht, was ich sagen soll, wenn ich sie hier sehe.«

»Wie alt bist du damals gewesen?«

»Sechzehn.«

James blickte sich in der Schenke um. »Ich glaube, ich verstehe. Du wirst mir dankbar sein, dass meine Sicht dieser Dinge etwas anders ist. In deinem Alter war ich sehr ... sagen wir mal, vertraut mit Frauen, und zwar ›vertraut‹ im guten wie im schlechten Sinne.« Er deutete auf einen Tisch. »Nehmen wir den da.«

William und James kämpften sich durch eine Gruppe von Männern hindurch, die an hohen Tischen entlang der Wand standen. Auf einigen Tischen standen Speisen, aber die meisten Gäste schienen nur Bier zu trinken oder gelegentlich auch einen Krug Wein.

Als die beiden sich hingesetzt hatten, fragte William: »Wieso sind wir hier?«

James machte eine ausladende Bewegung mit der Hand. »Einerseits, um so viel wie möglich zu sehen.« William runzelte die Stirn, denn er hatte keine Ahnung, wovon James sprach. »Und andererseits, weil dieser andere Leutnant, mit dem du dir das kleine Zimmer teilst, dieser ...«

»Gordon«, half William.

»Ja, Gordon ... weil Gordon wahrscheinlich nichts tun würde, um dich der tiefen Verzweiflung zu entreißen, die dich angesichts deines Auftrags überfallen hat – obwohl du dich sehr gut gemacht hast, wie immer du dich auch fühlen magst. Und schließlich habe ich Talia versprochen, dass du noch mal mitkommen würdest.«

»Du hast –«, setzte William an, aber da stand Talia auch schon an ihrem Tisch.

»James, William, schön, euch zu sehen. Was möchtet ihr?«

»Zwei Bier«, sagte James.

Sie wandte sich um und schenkte William ein zusätzliches Lächeln, während sie davonging und die Getränke holte.

»Siehst du«, meinte James.

»Siehst du was?«

»Sie mag dich.«

William drehte sich um und sah ihr nach, wie sie sich durch die Menge hindurchzwängte. »Glaubst du?«

»Ich weiß es.« James beugte sich über den Tisch und drückte kurz freundschaftlich Williams Arm. »Vertrau mir. Sie hält dich für einen Prinzen.«

»Was?«, sagte William, jetzt deutlich verwirrt. »Du hast ihr gesagt, ich wäre ein Prinz?«

James lachte. »Nein, du Idiot. ›Ein Prinz von einem Mann.‹ Sie hält dich für einen netten, jungen Mann.«

»Oh«, meinte William und lehnte sich zurück. Dann blickte er James an. »Du glaubst also wirklich, sie mag mich?«

James konnte sich kaum zurückhalten, als Talia mit zwei Krügen wiederkam. Während sie sie auf den Tisch stellte, blickte William das hübsche Mädchen einen Augenblick bewundernd an, dann schaute sie auf und betrachtete ihn. »Du bist mir doch nicht aus dem Weg gegangen, Will, oder?«

William sah sie an und bemerkte, dass sie lächelte. Er erwiderte das Lächeln. »Nein, ich war nur … ich hatte einen Auftrag des Prinzen auszuführen.«

»Dann ist es ja gut«, sagte sie fröhlich und schob die Münzen in ihre Hand, die James für das Bier hingelegt hatte. Sie verschwand.

William nahm einen Schluck, blickte dann James wieder an. Bevor er auch nur ein Wort sagen konnte, meinte James: »Sie mag dich.«

»Oh«, erwiderte William und wandte seine Aufmerksamkeit wieder dem Bier zu.

James kicherte. Sie saßen einige Minuten schweigend da, während James geistesabwesend die Leute zu beobachten schien. William bemerkte jedoch, dass sein Blick von einem Mann zum nächsten wanderte, als versuche er, sie sich einzuprägen, oder als suche er in ihren Gesichtern nach etwas ganz Bestimmtem.

»Wir müssen gehen. Trink aus!«, sagte James unvermittelt.

»Was?«

James leerte sein Glas und erhob sich. »Mach schon. Wir müssen sofort gehen.«

William nahm noch einen Schluck, stand auf und folgte James. Als sie sich durch die Menge wühlten, sah Talia sie gehen. »Ich hoffe, ihr kommt bald wieder«, rief sie ihnen nach.

William winkte ihr noch zu, aber James eilte bereits durch die Tür.

Draußen hob James die Hand. »Warte.«

»Warten? Auf was denn?«

»Darauf, dass dieser Bursche da sich umdreht«, sagte James und deutete auf einen Mann, der an der gegenüberliegenden Ecke stand.

Der Mann drehte sich um. »Jetzt. Los«, sagte James.

»Wir folgen ihm?«

»Hervorragend.«

»Ich meine, wieso?«

»Weil er mir vor ein paar Tagen gefolgt ist – zusammen mit ein paar anderen. Und ich muss herausfinden, wieso.«

William sagte nichts darauf, aber er legte intuitiv die Hand an den Griff seines Schwertes.

Zehn

Offenbarung

James spähte vorsichtig um die Ecke.

Der Mann, den er die Schenke »Zum Regenbogen-Papagei« hatte verlassen sehen, versteckte sich jetzt hinter der anderen Ecke am Ende der Mauer. James hob die Hand zum Zeichen, dass William warten sollte. Wie der Junker vermutet hatte, tauchte der Mann einen Augenblick später wieder auf und spähte seinerseits um die Ecke, um nachzusehen, ob er verfolgt wurde.

»Es ist eine Falle«, sagte James.

William zog sein Schwert. »Verziehen wir uns wieder, oder gehen wir auf sie los?«

»Nichts von beidem«, erwiderte James. »Sie wissen, dass wir zu zweit sind, also werden sie auf dich und dein übergroßes Hackebeil vorbereitet sein.« Er blickte nach oben. »Wie steht es um deine Kletterkünste?«

»Was?«, sagte William und blickte nach oben. »Hier?«

»Wo sonst?«, erwiderte James, während er das Dach musterte. »Komm mit«, befahl er und eilte den Weg zurück, den sie gekommen waren.

Einen halben Block weiter war eine Gasse. »Wir haben nicht viel Zeit«, erklärte James. »Sie werden noch kurze Zeit auf uns warten, und wenn wir dann nicht kommen, müssen sie annehmen, dass wir ihnen auf die Schliche gekommen sind.«

James fand, wonach er gesucht hatte, nämlich eine Holztreppe, die nach oben führte. Er eilte die Stufen hinauf, William dicht hinter ihm. Der junge Leutnant war überzeugt, dass die Schritte seiner schweren Stiefel auf den Holzstufen laut genug waren, um all jene aufzuwecken, die sich drinnen befanden, und die zu warnen, die einen halben Block weiter auf sie warteten. Doch James schien sich keine Sorgen zu machen. Er erreichte die Tür am oberen Ende der Treppe und deutete auf das überhängende Dach.

»Hilf mir mal«, flüsterte er.

William hob James so weit hoch, dass er sich auf das Dach ziehen und dort hinsetzen konnte. Dann reichte der Junker William die Hand. »Beeil dich!«, flüsterte er.

William packte James' Hand und zog sich hoch. Einen Augenblick später huschten beide zum anderen Ende des Daches. James krabbelte auf allen vieren auf die Kante zu und blinzelte nach unten. Er hielt William vier Finger entgegen, ohne den Blick von den Männern abzuwenden.

William unterließ es, selbst einen Blick zu riskieren, als James zurückgekrochen kam.

»Bist du jemals von einem Dach gesprungen?«

»Was denn, sechs Meter tief?«

»So ungefähr.«

»Nur, wenn unten etwas war, das meinen Sturz gebremst hat.«

James grinste. »Da unten hast du vier Möglichkeiten zur Auswahl.«

Er zog sein Schwert und setzte sich auf den Rand des Daches. Dann ließ er sich hinuntergleiten, bis er sich mit der linken Hand an den Dachbalken festhalten konnte. Nachdem er auf diese Weise die Entfernung zwischen seinen Füßen und dem Boden um ein gutes Stück verringert hatte, stieß er sich ab und landete mit den Füßen auf den Schultern des nächststehenden Mannes. Der Angreifer sackte zu Boden, entweder tot oder bewusstlos, während James sich auf den harten Pflastersteinen der Straße abrollte. William dachte nicht an die blauen Flecken, die er sich dabei holen würde, und auch nicht an die Splitter, die er sich einhandeln würde, als er versuchte, James' Kunststück nachzuahmen.

Seine Hand verfehlte die Dachbalken, und er prallte mit voller Wucht auf den Mann, der direkt unter ihm stand. Er zerschmetterte ihm das Rückgrat, und sie rollten zusammen auf die Straße. William wurde einen Augenblick schwarz vor Augen, aber noch während er sich bemühte, seine Gedanken zu sammeln, arbeiteten die Reflexe, die er sich als Soldat angeeignet hatte. Er hockte auf einer Leiche, und ohne Zögern rollte er sich runter und nahm die geduckte Stellung eines Kämpfers ein.

Als William wieder klar denken konnte, stellte er fest, dass er das Schwert gezogen hatte und es auf einen furchtsam dreinblickenden Mann gerichtet hielt, der sein eigenes Schwert ebenfalls erhoben hatte. James war mit einem anderen Mann beschäftigt, der ihn umkreiste, um entweder entkommen zu können oder einfach nur eine bessere Position zu erlangen. Der Mann, auf dem James gelandet war, lag stöhnend am Boden.

Williams Gegner, ein kräftiger Bursche mit den Muskeln eines Dockarbeiters, stieß mit dem Schwert zu. William war zwar noch ein bisschen benommen von dem Sturz, aber er parierte den Hieb mit Leichtigkeit und stieß den Mann dann mit einer kräftigen Bewegung seiner Schulter zur Seite.

Der Mann taumelte, fing sich aber rasch wieder, bevor William näher kommen konnte. Er blinzelte, um klarer sehen zu können – und dann sah er, wie sein Gegner das Schwert fallen ließ und die Hände hoch hielt, die Handflächen nach außen gekehrt. James stand hinter ihm und drückte ihm die Schwertspitze ins Rückgrat. »Das ist der Bursche«, sagte James. »Hast wohl keine Lust, mit den anderen zu sterben, was?«

Der Mann schwieg. Er bewegte sich leicht nach vorn, als wollte er fliehen, und warf sich im nächsten Augenblick mit voller Wucht zurück und spießte sich so selbst auf James' Schwert auf.

William sah ihn voller Entsetzen an. »Was tut er da?«

James riss sein Schwert heraus und fing den Mann auf, während er zu Boden sackte. Er blickte ihm in die Augen. »Tot.«

»Wieso nur?«

James griff dem Mann in die Taschen und zog ein Amulett heraus. Es bestand aus dunklem Metall, und in die Oberfläche war ein Greifvogel eingeprägt.

»Nachtgreifer«, sagte James. »Schon wieder.« Er blickte sich um. »Warte hier.«

William sagte nichts, während James in der Dunkelheit der Nacht verschwand. Die Zeit verging nur langsam, und William fragte sich, was James wohl vorhaben mochte. Er hielt sein Schwert bereit und wartete. Gerade, als er sich überlegte, ob er nicht einfach gehen und die Stadtwachen suchen sollte, erschien James mit zwei Wachtmeistern. »Da«, sagte er und deutete auf die Leichen. »Ich möchte, dass einer von euch hier Wache steht und der andere einen Wagen besorgt. Bringt sie zum Palast.«

»Ja, Junker«, sagte der Wachtmeister. Er warf seinem Kameraden einen Blick zu, und als der nickte, drehte er sich um und eilte in die Dunkelheit davon.

»Und was jetzt?«, fragte William.

»Sobald der Wagen hier ist, kehren wir zum Palast zurück.«

William sah zu, wie der Wachtmeister die Assassinen untersuchte; er wurde plötzlich von einer betäubenden Müdigkeit überwältigt. James war zufrieden damit zu schweigen, und auch William verspürte nicht das geringste Bedürfnis zu sprechen. Doch tief in seinem Innern fragte er sich, ob er den Aufgaben, die vor ihm lagen, wohl gewachsen war. Er holte tief Luft und kam zu dem Schluss, dass er jedenfalls sein Bestes tun würde und dass er es den Götter überlassen würde, über den Wert seiner Bemühungen zu urteilen.

Arutha stand gemeinsam mit James und William im dunklen Keller und sah zu, wie die vier toten Männer von zwei Soldaten entkleidet und untersucht wurden.

Jedes einzelne Kleidungsstück, jede Waffe und jeder persönliche Gegenstand wurden eingehend untersucht; alles unter dem Gesichtspunkt, Hinweise auf die Herkunft der Männer zu entdecken. Wie erwartet, förderte ihr Unterfangen nur wenig zutage. Die Männer trugen alle die gleiche Kette mit einem Amulett daran. Abgesehen von Waffen hatten sie kaum etwas bei sich, der eine noch einen schlichten Ring, ein anderer einen kleinen Beutel mit Goldmünzen. Es gab nichts, was einen Hinweis darauf hätte geben können, woher diese Männer kamen oder wer sie sein mochten.

Arutha deutete auf eines der Hemden. »Ich möchte mir das mal näher ansehen.«

Ein Soldat brachte ihm das Hemd, und Arutha begutachtete es eingehend. »Ich wünschte, ich hätte den gleichen Blick, den meine Frau für Kleidung hat, aber ich glaube zumindest sagen zu können, dass dies hier ein keshianischer Stoff ist.«

»Die Stiefel!«, rief James.

Arutha gab einem der Soldaten ein Zeichen, und sofort brachte er ihnen die Stiefel der toten Männer. Der Prinz, James und William untersuchten sie und fanden die Zeichen verschiedener Stiefelmacher.

»Ich kenne sie nicht«, meinte Arutha. »Das Einzige, was ich weiß, ist, dass sie dann nicht krondorianisch sein können.«

»Ich würde sie gerne auf Papier abmalen lassen. Morgen Mittag könnte ich Euch dann sagen, wer diese Stiefel gemacht hat.«

Arutha nickte, und James betraute einen Pagen mit der Aufgabe. In weniger als fünf Minuten war er zurück. »Junker, ich habe gerade erfahren, dass man Euch schon den ganzen Abend sucht.« Arutha blickte James an. »Wer ist ›man‹?«

»Kerkermeister Morgon und seine Männer, Hoheit.«

Arutha ließ sich zu einem leichten Lächeln herab. »Wieso sucht der Kerkermeister nach dir, James?«

»Ich werde es herausfinden«, antwortete James. Er reichte Stift und Papier an William weiter. »Tu dein Bestes.«

James überließ die weitere Untersuchung der toten Männer dem Prinzen und eilte dem Pagen hinterher. Nach kurzer Zeit trennten sie sich; während der Page zum Hauptkorridor des Palastes weiterging, stieg James hinab in den Kerker. Er stapfte zur kleinen Wohnung des Kerkermeisters und klopfte.

»Wer ist da?«, erscholl eine Stimme von der anderen Seite der Tür.

»Junker James. Ihr habt nach mir geschickt.«

»Oh, ja«, meinte die Stimme. Die Tür wurde geöffnet, und Kerkermeister Morgon streckte seinen Kopf heraus. Er trug bereits seine Nachtkleidung, ein graues Flanellhemd. »Ich wollte gerade zu Bett gehen. Ich habe den Jungen schon vor Stunden losgeschickt, um nach Euch zu suchen.«

»Ich bin erst vor kurzem zum Palast zurückgekehrt. Was kann ich für Euch tun?«

»Für mich gar nichts, aber da unten ist ein Kerl in der Zelle, der behauptet, mit Euch reden zu müssen.« Morgon war ein schmalgesichtiger Mann in fortgeschrittenem Alter, dessen schwarze Haare sich seit der Zeit, die James nun schon im Palast lebte, kein bisschen verändert hatten. Er trug die Haare über der Stirn kurz und an den Ohren etwas länger, daher sah es so aus, als würde er einen schwarzen Hut mit Ohrenklappen tragen. »Ein bisschen seltsam ist das schon, wenn Ihr mich fragt. Er sitzt jetzt seit drei Wochen da unten und hat bisher kein einziges Wort gesagt. Aber kaum ist seine Verhandlung angesetzt – für morgen –, schreit er plötzlich nach Euch.«

»Kennt Ihr seinen Namen?«

»Ich habe ihn nicht danach gefragt«, meinte Morgon und unterdrückte ein Gähnen. »Hätte ich das tun sollen?«

»Ich werde schon herausfinden, wer er ist. Wer hat jetzt Dienst?«

»Sikes. Er wird Euch zu ihm bringen.«

»Gute Nacht, Morgon.«

»Gute Nacht, Junker«, sagte der Kerkermeister und schloss die Tür.

James eilte den kleinen Gang entlang, der zur Treppe führte; von dort aus gelangte er in den tiefer gelegenen Kerker, der sich über zwei Ebenen erstreckte. In der oberen Ebene strömte durch die schmalen Fenster der Zellen Licht herein. Von den Todeszellen aus konnte man den Galgen im Hof sehen.

Eine Etage tiefer, wo sich der Palastkerker befand, war es stockdunkel. Metallstäbe reichten vom Boden bis zur Decke und bildeten so vier große Käfige, die durch zwei sich kreuzende Wege voneinander getrennt waren. Eine Fackel am Fuß der Treppe bildete die einzige Lichtquelle in dem riesigen Kerker. Neben dieser Fackel hielt ein Soldat Wache; er drehte sich um, als James die Treppe herunterkam.

»Junker«, sagte er zur Begrüßung.

»Hier unten ist also jemand, der mich sucht?«, fragte James.

»Der Kerl in der Zelle da hinten. Ich führe Euch zu ihm.«

James folgte dem Soldaten, der die Fackel aus der Wandhalterung nahm und ihn an den ersten beiden – im Augenblick leeren – Zellen vorbeiführte. In den beiden anderen Zellen waren überwiegend Männer, von denen die meisten schliefen, aber auch ein paar Frauen waren dabei, die sich in den Ecken Schutz suchend aneinander kauerten. Hier waren die Schläger, die Betrunkenen und Unruhestifter, die immer wieder so viele Gesetze gebrochen hatten, dass sie sich schließlich vor der Gerichtsbarkeit des Prinzen verantworten mussten. Einige der Gefangenen riefen James etwas zu und stellten ihm Fragen, doch er beachtete sie nicht weiter.

Der Soldat führte James zum Ende der Zelle, und der Junker sah einen großen Mann, der die Hände an die Stäbe gelegt hatte.

»Ich bin froh, dich zu sehen, Jimmy«, sagte der Mann, als James nur wenige Fuß vor ihm stehen blieb.

»Ethan«, sagte James überrascht. »Ich dachte, du wärst längst über alle Berge.«

»Das wären wir auch, wenn die Götter nicht etwas anderes mit uns vorgehabt hätten«, antwortete der Mann, der einst der Abt des Ishap-Tempels von Malac's Cross und davor ein Schläger der Spötter gewesen war.

»Uns?«

Ethan deutete mit einem Nicken über die Schulter. »Kat und Limm sind bei mir.«

»Wann ist die Verhandlung?«

»Morgen.«

»Wie lautet die Anklage?«

»Es sind mehrere Anklagen. Unrechtmäßige Flucht, Widerstand gegen die Festnahme, Körperverletzung, aufrührerisches Verhalten und möglicherweise auch noch Verrat.«

James wandte sich an die Wache. »Ich möchte, dass sie in mein Zimmer gebracht werden.«

»Junker?«

»Ich sagte, ich möchte, dass sie in mein Zimmer gebracht werden. Sorgt dafür, dass Männer vor meiner Tür Wache stehen, bis ich sie zurückschicke.«

Der Soldat schien noch immer unsicher zu sein.

»Würdet Ihr es bevorzugen, wenn ich den Prinzen darum bitte, diesen Befehl selbst zu geben?«

Der Soldat wusste so gut wie alle anderen in der Garnison, dass der Junker die Unterschrift des Prinzen bekommen würde, wenn er es wollte, und so beeilte er sich, die Sache nicht länger zu verzögern. »Ich werde ein paar von den Jungs holen und die Leute zu Euch bringen lassen.«

»Wir sehen uns dann oben, Ethan«, sagte James und verschwand.

Kurze Zeit später klopfte es an seiner Tür. Graves, Kat und Limm standen vor ihm, die Füße und Handgelenke mit Ketten gefesselt. »Nehmt ihnen die Fesseln ab und wartet draußen«, befahl James.

»Jawohl, Junker«, antwortete die Wache und führte den Befehl aus.

Nachdem sich die Tür wieder hinter ihnen geschlossen hatte, deutete James auf ein Tablett, das er eigens für sie hatte kommen lassen. Darauf befanden sich ein Krug Bier, Käse, Brot und kaltes Fleisch. Limm griff ohne zu zögern zu. Graves füllte erst einen Teller für Kat, bevor er sich selbst etwas auflud, während sie Bier in zwei Becher goss.

James wandte sich an Ethan. »Das letzte Mal, als ich dich gesehen habe, wolltest du nur noch Kat holen und dich mit ihr nach Kesh aufmachen«, sagte er.

Graves nickte. »So war der Plan.«

»Was ist geschehen?«

»Es hat beinahe zwei Wochen gedauert, bis ich Kat gefunden hatte. Dann haben wir uns auf die Reise nach Durbin vorbereitet. Wir wollten in einem Versteck auf den Tag warten, an dem unser Schiff auslief. Doch die Morde sind uns dazwischengekommen.« Ethan blickte Limm an und gab ihm zu verstehen, dass er jetzt weiterreden sollte.

»Wir schlagen uns jetzt schon seit einer ganzen Weile mit dem Kriecher und seinen Männern herum. Erinnerst du dich an letzten Monat, als sich herausgestellt hat, dass der alte Donk gestorben ist?«

James nickte, obwohl er nicht genau wusste, wer der alte Donk gewesen war und wann er gestorben war.

»Dann hast du sicher auch davon gehört, dass einige Schläger an den Docks getötet worden sind?«

James nickte erneut; er nahm an, dass Limm sich auf das bezog, was Walter Blont ihm über den Kampf zwischen seiner Gruppe und den Männern des Kriechers gesagt hatte.

»Nun, als der Kriecher den Spötterschlupf überfallen hat, sind wir in alle Winde zerstreut worden. Ich habe Kat und Ethan gesucht, die sich versteckt gehalten und darauf gewartet haben, nach

Kesh zu gehen. Dann ist der Nachtmeister getötet worden. Man hat ihn in der Bucht treiben sehen. Der Tagesmeister ist zusammen mit Mick Giffen, Reg deVrise und Finger-Phil verschwunden, und als sie zurückgekehrt sind, haben sie erzählt, dass der Aufrechte tot ist. Danach ist in den Abwasserkanälen der Krieg ausgebrochen. Die meisten von den Jungs sind tot, auch die Schläger.« Limm machte eine Pause und holte tief Luft, dann fuhr er fort: »Ethan, Kat und ich wollten nach Kesh aufbrechen, wo wir uns wie eine richtige Familie niederlassen wollten, aber wir sind im Hafen in den Aufruhr geraten. Den Rest kennst du.«

»Für meinen Geschmack wird hier in der letzten Zeit ein bisschen zu viel gemordet«, meinte James. Er teilte ihnen nur so viel mit, wie er für nötig hielt, und ließ alle Einzelheiten aus, die sich auf die jüngsten Ereignisse bezogen und möglicherweise die Sicherheit des Königreiches betrafen.

Als James geendet hatte, meinte Graves: »Diese Izmali-Assassinen überraschen mich nicht. Ich habe zwei sehr unangenehm aussehende Keshianer unten in den Abwasserkanälen gesehen, als wir auf dem Weg zu den Docks waren. Es ist wohl unnötig zu sagen, dass ich mich ihnen nicht in den Weg gestellt habe, um herauszufinden, was sie dort zu suchen hatten.«

Limm schaltete sich ein. »Und ein paar von denen, die die Straßenjungen umgebracht haben, waren ebenfalls Keshianer.«

James wog im Stillen ab, wie viel er seinen ehemaligen Kameraden mitteilen konnte. »Wieso sollten sie Magier umbringen?«, fragte er schließlich.

Ethan Graves hörte einen Augenblick auf zu kauen. Er schluckte schwer, die Augen weit aufgerissen. »Ich könnte mir höchstens vorstellen, dass es etwas mit dem Tempel von Ishap zu tun hat. Ich bin zwar ein Abtrünniger dieses Ordens, aber es gibt da Geheimnisse, die ich nicht enthüllen möchte. Das hat nichts mit meiner Pflicht gegenüber dem Tempel zu tun, sondern mit meiner Pflicht gegenüber den Göttern.«

»Aber vielleicht könntest du mir sagen, ob das alles mit einem gewissen Haus gegenüber dem westlichen Palasttor zusammenhängt, in das auf einmal wieder jemand einzieht, nachdem es jahrelang leer gestanden hat«, sagte James.

Graves schwieg, aber seine Augen flackerten.

»Ist schon in Ordnung«, beruhigte ihn James. »Obwohl ich noch jung bin, hatte ich schon mehrmals mit Priestern zu tun und weiß genug über Schwüre, dass es für ein ganzes Leben reicht. Ich werde dich nicht unter Druck setzen. Aber wenn du mich mit irgendwelchen Erkenntnissen über die ermordeten Magier versorgen könntest, würde man es durchaus zu schätzen wissen.«

»Wen meinst du mit man? Dich?«

James grinste. »Die Krone.«

»Genug, um uns aus dieser Zelle und auf den Weg nach Groß-Kesh zu bringen?«

»Noch in dieser Nacht, falls dem Prinzen gefällt, was er hört.«

»Dann bring mich zu ihm«, sagte Graves.

James nickte. »Wartet hier«, sagte er zu Kat und Limm. Dann öffnete er die Tür und befahl dem Soldaten, weiter Wache zu stehen. Er führte Graves zu Arutha und William, die sich noch immer mit den vier toten Männern beschäftigten. »Der hier kann uns möglicherweise etwas erzählen, das uns hilft, das Rätsel zu lösen«, sagte James zum Prinzen.

»Und das wäre?«, fragte Arutha.

»Erhalte ich als Gegenleistung sicheres Geleit?«, fragte Ethan.

»Sicheres Geleit?« Arutha wölbte eine Braue.

»Morgen findet gegen ihn eine Verhandlung wegen eines Vergehens gegen die Ordnung statt«, erklärte James.

»Du meinst wohl heute Morgen«, berichtigte ihn Arutha. »In drei Stunden ist Sonnenaufgang.« Er wandte sich an Graves. »Wenn du mir Informationen von spürbarem Wert gibst, könnten wir die Verhandlung wegen einer geringfügigen Schlägerei möglicherweise aussetzen.«

»Es ist zwar mehr als nur eine geringfügige Schlägerei, aber das tut wohl nichts zur Sache«, meinte James.

Graves ergriff das Wort. »Dann solltet Ihr wissen, dass ich einst Abt des Ishap-Tempels bei Malac's Cross gewesen bin. Ich habe meinen Eid gebrochen und meine Brüder verraten, und jetzt bin ich der Strafe der Götter ausgeliefert.«

»Damit ist der Wert deiner Informationen wahrscheinlich noch um einiges gestiegen«, sagte Arutha. »Allerdings müsste ich dich eigentlich der Gerichtsbarkeit des Tempels übergeben.«

»Dies möchte ich Euch mitteilen: Es sind Kräfte im Land, dunkle Verbündete, die Euch in einer Weise schädigen wollen, wie Ihr es nicht erahnen könnt, Hoheit. Sie verbergen sich in den Schatten und nehmen in ihre Reihen auch solche auf, die möglicherweise nicht einmal wissen, dass sie in den Diensten dieser Mächte stehen.

Eine Angelegenheit von größter Wichtigkeit wird bald eintreten. Ich nehme an, Ihr wisst, worum es sich handelt und weshalb ich nicht mehr darüber sagen möchte.«

Der Prinz nickte. »Sprich weiter.«

»Es gibt jedoch einige, die einen Nutzen daraus ziehen, wenn die Dinge sich nicht so entwickeln, wie es geplant war. Es ist diesen dunklen Kräften nicht wichtig, ob sie erfolgreich sind, sie wollen nur, dass die Tempel versagen.«

»Bittest du mich darum, die Tempel zu warnen?«, fragte Arutha.

Graves lächelte. »Hoheit, nichts von dem, was ich Euch erzählt habe, ist den Tempeln unbekannt, zumindest nicht den höheren Rängen oder den Prälaten anderer Orden. Ich versuche nur, Euch etwas klarzumachen: Es mag so aussehen, als würden Eure Feinde zufällig handeln, möglicherweise sogar chaotisch, aber all das ist Absicht, denn sie haben kein anderes Ziel, als Euch Schwierigkeiten zu machen.«

»Bisher habe ich noch nichts Neues gehört«, sagte Arutha.

»Dann ist das hier ganz sicher neu. Es gibt eine Organisation, die von einem Mann geleitet wird, den Ihr als Kriecher kennt. Er versucht, die Spötter aus Krondor zu vertreiben und auch in anderen Städten das Verbrechen zu kontrollieren. Seine Ziele scheinen recht einfach zu sein: Reichtum und Macht. Aber um sie zu erreichen, hat er sich mit anderen verbündet: den Nachtgreifern.« Graves hielt inne, um die Reaktion des Prinzen abzuwarten.

»Fahr fort«, forderte Arutha ihn auf.

»Es ist eine unsichere Allianz, denn die Nachtgreifer scheinen ihre eigenen Ziele zu verfolgen, und dazu zählt auch das Arbeiten für jene dunklen Kräfte, von denen ich eben gesprochen habe. Die Männer des Kriechers haben die Spötter aus der Stadt gejagt. Die Nachtgreifer haben die Magier getötet.«

»Weißt du etwas von dem Angriff auf den Herzog von Olasko?«

»Man hört Gerüchte, selbst in Eurem Kerker. Dieser Angriff war das Ergebnis einer Intrige, die entweder der Kriecher oder die Nachtgreifer ausgeheckt haben müssen. Wenn es der Kriecher gewesen ist, dann deshalb, weil der Herzog seine Pläne behindert. Wenn es die Nachtgreifer sind, dann deshalb, weil der Tod des Herzogs den dunklen Kräften nützlich ist.«

»Arbeiten Magier für die Nachtgreifer?«, schaltete James sich ein.

»So weit ich gehört habe, nein, aber sie arbeiten auch nicht für den Kriecher. Diebe haben wenig Vertrauen in jene, die die magischen Künste beherrschen, wie du ja sehr gut weißt, Jimmy die Hand«, antwortete Ethan.

Arutha lächelte bei der Erwähnung dieses Namens. »James weiß außerdem, welche Fragen er stellen muss, um die Wahrheit herauszubekommen.

Wenn wir dir also jetzt sagen würden, dass es Magier waren, die den Angriff auf den Herzog verübt haben, und dass ihr Ziel in Wirklichkeit nicht der Herzog, sondern der Kronprinz war – was sagst du dazu?«

»Dann sage ich, dass eine dritte Gruppe beteiligt sein muss. Vielleicht schicken die dunklen Kräfte zusätzliche Männer, um sicherzugehen, dass sie ihr Ziel erreichen werden, unabhängig davon, wie erfolgreich die Nachtgreifer und der Kriecher sind.«

Arutha seufzte. »Verflucht, manchmal wünsche ich mir, ich würde endlich einem Feind von Angesicht zu Angesicht gegenüberstehen.«

»Hoheit«, bemerkte Graves. »Ich glaube, ich kann Euch wenigstens einen Namen geben.«

»Was?«, fragte Arutha.

Graves ging zu einer der Leichen. »Ein Mann sieht als Leichnam nicht unbedingt so aus wie zu der Zeit, als er noch gelebt hat, aber diesen hier kenne ich ganz sicher. Sein Name – der, unter dem ich ihn kannte – war Jendi. Er war ein Plünderer aus der Jal-Pur und hat früher häufig mit dem Aufrechten zusammengearbeitet. Er war ein Mörder, ein Sklavenhändler und ein Dieb.« Er blickte den Prinzen an. »Wie ist er hierher gekommen?«

James übernahm es, darauf zu antworten. »Er hat versucht, mir gegen meinen Willen ein Gespräch aufzuzwingen.«

Graves lächelte. »Es wäre vermutlich ein sehr einseitiges Gespräch gewesen, denn nachdem du ihm gesagt hättest, was er wissen wollte, hätte er dich zweifellos getötet.«

»Du kanntest also diesen Mann«, sagte Arutha. »Was glaubst du, für wen er gearbeitet hat?«

»Es heißt, dass Jendi, als er noch ein gewöhnlicher Dieb gewesen ist, hin und wieder mit gefährlichen Leuten zusammengearbeitet hat. Zum Beispiel mit Nachtgreifern.«

»Wie ist das möglich?«, fragte Arutha. »Ich habe gedacht, die Nachtgreifer würden unter sich bleiben?«

»Oh, das tun sie auch, aber sie brauchen Kontakt mit der Außenwelt, und so benutzen sie ein paar Leute, die sie bestechen oder zur Treue zwingen. Jemand muss für sie die Verhandlungen führen, wenn es darum geht, auf Bestellung jemanden zu töten.«

»Ich dachte, wenn man die Dienstes eines Assassinen in Anspruch nehmen will, hinterlässt man an einer bestimmen Stelle den Namen des Opfers, und sie treten mit einem in Kontakt, um den Preis auszuhandeln«, meinte James.

»Ja, aber irgendjemand muss ihnen doch diesen Namen überbringen und dir diesen Preis mitteilen. Das machen die Nachtgreifer nicht selbst«, erklärte Graves.

»Weißt du, ob auch Keshianer bei den Nachtgreifern sind?«, fragte Arutha.

»Bei dieser Bruderschaft ist die Herkunft unwichtig«, sagte Graves. »Es gibt durchaus Banden von Assassinen im Königreich, die Verwandte bei den Izmali-Clans im Süden haben.«

»Zumindest bedeutet dies, dass die keshianischen Assassinen mit den Nachtgreifern zusammenarbeiten.«

»Und zwar im strengen Sinn«, meinte Graves.

»Was soll das bedeuten?«

»Es bedeutet, dass Ihr beinahe sicher davon ausgehen könnt, Eure Nachtgreifer – die aus dem Königreich und die aus Kesh – an ein und demselben Ort etwa sieben Tagesreisen von hier zu finden.«

»Wo?«, fragte Arutha. »Wenn du mir das sagst, werden dir sämtliche Verbrechen verziehen, und du erhältst sicheres Geleit.«

»Im Süden der Shandon-Bucht gibt es einen alten Karawanen-Weg, der nicht mehr benutzt wird. Noch weiter südlich dieses Weges erhebt sich eine Hügelkette, auf der einst eine alte keshianische Festung gestanden hat. Ich weiß das alles nur, weil dieser Mann da« – er deutete auf die Leiche – »einmal, als er betrunken war, davon gesprochen hat. Auf irgendeiner alten Karte müsste die Festung noch eingezeichnet sein. Die Wälle und Türme sind jedoch längst nicht mehr vorhanden, nur die unterirdischen Anlagen sind noch übrig.«

»Klingt ganz ähnlich wie das, was sie in Cavell gemacht haben«, sagte James.

Graves fuhr fort: »Es gibt Wasser dort, eine alte Quelle, und sie können sich durch Tauschgeschäfte in Landende oder Shamata Essen beschaffen, ohne aufzufallen. Der Ort ist nah genug, um Krondor anzugreifen, wann immer ihnen danach ist, aber so lange man nicht genau weiß, wonach man suchen muss, würde man sie dort nie entdecken.«

Arutha wandte sich an William, der bisher schweigend zugehört hatte. »Geh sofort in meine Gemächer und nimm dir so viele Männer, wie du brauchst. Ich möchte, dass sämtliche alten Karten nach Hinweisen auf diese keshianische Festung untersucht werden.«

»Könnt Ihr Keshianisch, Junge?«, fragte Graves.

William nickte. »Ja, das kann ich.«

»Dann sucht nach einem Ort namens ›Tal der Verlorenen‹«, sagte Graves. »Von dort aus müsst Ihr etwas nach Osten gehen. Wenn diese Festung auf der Karte eingezeichnet sein sollte, heißt sie möglicherweise ›Die Gruft der Hoffnungslosen‹.«

»Klingt nicht so, als wäre es eine freie Entscheidung gewesen, dort Dienst zu tun«, meinte James.

»Ich weiß nichts über den genauen Ursprung des Namens«, erklärte Graves. »Ich weiß nur, was dieser betrunkene Mörder mir erzählt hat. Er meinte, die Garnison hätte die Festung bis zum letzten Atemzug verteidigt, und jetzt würde sie von den Geistern der Soldaten heimgesucht. Es war von Bluttrinkern und anderem Quatsch die Rede.«

»Wenn du ein paar der Dinge gesehen hättest, die wir im Zusammenhang mit den Nachtgreifern erlebt haben, würdest du anders sprechen, Ethan«, sagte James. »Es ist ziemlich unangenehm, einen zu töten und ihn dann alle paar Minuten immer aufs Neue töten zu müssen.«

Graves machte eine Handbewegung. »Ich habe gesagt, es handelt sich um dunkle Kräfte, Hoheit, und damit meinte ich jene von der allerschwärzesten Sorte.«

»Wir werden den Prozess morgen streichen. Aber du musst noch eine Weile mein Gast bleiben. Wenn sich herausstellt, dass an dieser Geschichte etwas dran ist, werden wir dafür sorgen, dass du auf ein Schiff nach Durbin oder Queg oder sonst wohin kommst – was immer du willst. James, bring ihn in die Zelle zurück.«

James salutierte und tat, wie ihm befohlen.

Draußen grinste er Graves an. »Das ist ja gut gelaufen.«

»Wenn du das sagst, Jimmy«, meinte Graves.

»Er hat dich weder den Brüdern von Ishap ausgeliefert noch gehängt, oder?«

Graves lächelte. »Nein. So gesehen hast du Recht.«

Sie gingen zurück zu James' Zimmer, um Limm und Kat zu holen und mit ihnen zum Kerker zurückzukehren. Wenn er auch alles andere als bequem war, so war er doch beinahe der sicherste Ort in Krondor. Sofern man in diesen Tagen überhaupt einen Ort in Krondor als sicher bezeichnen konnte, dachte James im Stillen.

Elf

Heimlichtuerei

Es war leer im Regenbogen-Papagei.

Morgens um diese Zeit trank gewöhnlich noch niemand. James machte sich bemerkbar. »Lucas!«

William blickte sich suchend um; einen Augenblick später kam Talia aus der Küche. »William!«, rief sie; es war offensichtlich, dass sie sich freute, ihn zu sehen. »James«, begrüßte sie dann auch den Junker, wobei ihr Lächeln nur einen Hauch schwächer wurde. »Vater bringt den Abfall zum Fluss runter. Er müsste aber gleich wieder zurück sein, also, wenn ihr so lange warten wollt ...«

William lächelte. »Danke.«

James packte William am Ellenbogen und hinderte ihn daran, sich hinzusetzen. »Wenn meine Erinnerung mich nicht täuscht, muss Talia heute Morgen auf den Markt, um Einkäufe zu erledigen, nicht wahr, Talia?«

Sie strahlte. »Ja, sicher. Ich wollte gehen, sobald Vater wieder zurück ist.«

»Wieso begleitest du sie nicht, William? Ich habe ohnehin etwas Privates mit ihrem Vater zu besprechen.«

William stolperte beinahe über einen Stuhl, als er sich beeilte, Talia den Arm zu reichen. »Wenn du nichts dagegen hast?«, fragte er.

Sie nahm seinem Arm anmutig an. »Nein, ich freue mich über deine Begleitung.« Sie blickte James an. »Es macht dir auch bestimmt nichts aus, hier allein warten zu müssen?«

»Nein, nein. Ein bisschen Ruhe wird mir sogar ganz gut tun.« Sie blickte ihn fragend an, und er fügte rasch hinzu: »Im Palast ist es in der letzten Zeit etwas hektisch zugegangen, mit den neuen Gästen und so weiter.«

Sie lächelte. »Oh, ja. Ich habe gehört, dass ein Herzog aus dem Osten im Palast ist.« Sie wandte James den Rücken zu und blickte William an. »Du musst mir alles darüber erzählen.«

James, der hinter Talia stand, schüttelte leicht den Kopf, um William zu bedeuten, dass er ihr ganz sicher *nicht* alles erzählen würde. »Ich bin sicher, William erinnert sich nur zu gut daran, was für Kleider die Damen des östlichen Hofes tragen, Talia«, meinte er dann.

William ließ sich von Talia hinausführen, und James setzte sich und wartete auf Lucas. Er musste nicht lange warten, denn wie Talia versprochen hatte, kam ihr Vater schon wenige Minuten später vom Hinterzimmer herein. »Talia!«, rief er; dann sah er, dass James allein im Gastraum saß.

»Wo ist meine Tochter?«

»Sie ist mit William zum Markt gegangen. Ich habe ihr gesagt, ich würde hier aufpassen, bis du zurückkehrst.«

Lucas warf James einen niedergeschlagenen Blick zu. »Du führst doch etwas im Schilde, Jimmy. Ich kenne dich schon zu lange, um das nicht zu bemerken. Was ist es?«

James erhob sich und lehnte sich neben Lucas an die Theke. »Etwas wirklich Unangenehmes, Lucas. Ich möchte dir eine Frage stellen, aber das kann ich nur, wenn du zuerst schwörst, verschwiegen zu sein.«

Lucas rieb sich das Kinn, als würde er über eine Antwort nachdenken. »Das kann ich erst dann tun, wenn ich weiß, um was es geht. Ich habe auch Verpflichtungen, wie du sicherlich weißt.«

Das wusste James allerdings. Lucas war einer der wenigen erfolgreichen Schenkenwirte in Krondor, die nicht unter dem Schutz eines mächtigen Edlen, der Gilde oder der Spötter standen. Er hatte es im Laufe der Jahre geschafft, mehrere nützliche Allianzen zu schmieden, darunter auch Freundschaften mit einigen hochrangigen Edlen des Königreichs. James kannte er von seinen Geschäften mit den Spöttern, doch Lucas hatte verhindern können, dass er ihr Werkzeug wurde. Der alte Mann hatte etwas Störrisches an sich, und es war bekannt, dass Lucas, sobald jemand versuchte, ihn zu kontrollieren, Möglichkeiten besaß, sich dagegen zu wehren. Es war also wesentlich einfacher, ihn zur freiwilligen Zusammenarbeit zu bewegen, als ihn zu etwas zu zwingen.

James war seine Rede mehrmals durchgegangen, und nachdem er tief Atem geholt hatte, begann er zu sprechen. »Wir wissen beide, dass die Spötter keine bedeutende Kraft mehr darstellen. Und wir wissen außerdem, dass jemand anderes versucht, die Fäden in die Hand zu nehmen – jemand, der als der Kriecher bekannt ist.«

Lucas nickte.

»Wir wissen ferner, dass der Aufrechte tot ist – so weit man das überhaupt wissen kann.«

Lucas lächelte. »Nicht so voreilig. Er ist ein gerissener Mann. Vielleicht ist der Aufrechte tot, vielleicht ist er aber auch nur untergetaucht.«

»Kann sein«, räumte James ein, »aber wenn er untergetaucht ist, dann ist er so gut wie tot, denn er hat zugelassen, dass die Spötter auf üble Weise enden.«

»Möglicherweise verhält es sich wirklich so, aber vielleicht sieht es auch nur so aus.«

James grinste. »Hat dir schon mal jemand gesagt, dass es grauenhaft ist, sich mit dir zu unterhalten?«

»Allerdings«, meinte Lucas. »Das heißt, so viele nun auch wieder nicht.«

»Hör mal, ich brauche … Freunde, die sich in guten Positionen befinden.«

Lucas lachte. »Solltest du dann nicht eher zum Prinzen von Krondor gehen, Junge? Ich kann mir nicht vorstellen, dass jemand in einer besseren Position ist als er.«

»Ich meine jemanden in einer guten Position *in* Krondor. Ich meine Leute, die etwas hören, die etwas mitkriegen.«

Lucas schwieg eine Zeit lang, während er James' Worte sorgfältig bedachte. »Im Laufe der Jahre habe ich es mir zur Angewohnheit gemacht, sehr viel zu hören, Jimmy. Deshalb machen auch so viele Leute gerne Geschäfte mit mir. Da gibt es solche, die irgendwelche Ladungen bewegen wollen, aber nichts mit den Zollbeamten des Prinzen oder den Hehlern der Spötter zu tun haben wollen, und ich weiß, welcher Karawanentreiber gelegentlich ins Landesinnere geht.

Dann sind da solche, die mit welchen sprechen wollen, die vorhaben, sie ohne viel Federlesens zu töten, und ich kann sie manchmal ohne Blutvergießen zusammenbringen. Solche Sachen eben.

Aber all das würde in nichts zerfallen, wenn jemand auf den Gedanken käme, ich könnte ein Schnüffler sein.«

»Ich suche keine Schnüffler, Lucas«, entgegnete James. »Davon habe ich an jeder Straßenecke genug. Ich brauche mehr als nur das, jemanden, dem ich trauen kann. Ich brauche gute Informationen, keine Gerüchte oder Lügen, die sich jemand wegen ein paar Münzen ausgedacht hat. Außerdem brauche ich jemanden, von dem ich sicher weiß, dass er mein Mann ist, egal, was er anderen Leuten erzählt.« Er blickte Lucas an. »Ich nehme an, du verstehst, was ich meine.«

Lucas blickte gedankenvoll drein. Dann seufzte er. »Tut mir Leid, Jimmy, aber ich kann niemals der Spion von irgendwem sein. Ein solcher Weg ist mir zu riskant – selbst mir.« Er trat hinter die Theke. »Aber ich sage dir was. Ich werde niemals etwas tun, das gegen die Krone gerichtet ist. Ich bin einmal Soldat gewesen, und meine Jungen sind für das Königreich gestorben. Darauf hast du also mein Wort. Und wenn ich einen Hinweis kriege oder so was

Ähnliches, werde ich, sagen wir mal, dafür sorgen, dass du es schnell herausfindest. Wie gefällt dir das?«

»Es wird genügen müssen«, sagte James.

»Möchtest du ein Bier?«

James lachte. »Dafür ist es mir noch etwas zu früh. Ich muss gehen. Wenn Talia und William wiederkommen, sag William bitte, dass er zur Garnison gehen und sich zurückmelden soll, ja?«

Lucas nickte. »Was diesen Jungen betrifft …«

»Ja?«

»Er ist ein guter Bursche, oder?«

»Ja, das ist er.«

Lucas nickte; dann nahm er ein Tuch in die Hand und begann, die Theke abzuwischen. »Es ist nur so, dass … nun, ich habe dir ja gesagt, dass Talia alles ist, was ich habe. Ich möchte, dass es ihr gut geht, wenn du verstehst, was ich meine.«

»Ich weiß, was du meinst«, erwiderte James und grinste. »Aber bei William brauchst du dir da ganz sicher keine Sorgen zu machen.«

Lucas blickte auf. »Sein Vater ist Herzog, hast du gesagt?«

James lachte. Er winkte kurz zum Abschied und verschwand.

William spürte, dass er ein wenig rot geworden war, und außerdem war ihm etwas schwindlig; er war sich nicht sicher, ob er sich verliebt hatte oder einfach nur übermüdet war. Er hatte unzählige Gespräche mit seinen Eltern über das Thema Männer und Frauen und ihre Beziehung zueinander geführt, und er hatte auch von den Studenten an der Akademie von Stardock viele Meinungen gehört. In vielerlei Hinsicht war er mit der Theorie einer Romanze besser vertraut als manch anderer junger Mann seines Alters, aber er hatte so gut wie keinerlei praktische Erfahrungen.

Während Talia weiter über den gegenwärtigen Klatsch und Tratsch plapperte, versuchte er, sich angemessen interessiert zu zeigen, aber seine Gedanken wanderten umher. Er hatte sein ganzes Leben lang Frauen und Mädchen gekannt, angefangen bei seiner adoptierten Schwester Gamina. Aber wenn er auch als Junge mit vielen Mädchen befreundet gewesen war, so hatte er sich doch nur ein einziges Mal richtig verliebt.

Er versuchte, das Bild von Jazhara beiseite zu schieben, doch je mehr er es versuchte, desto lebhafter kehrte sie in seine Gedanken zurück. Sie war vier Jahre älter als William und nach Stardock gekommen, als sie gerade elf Jahre alt gewesen war. All das musste jetzt beinahe ein halbes Leben zurückliegen, jedenfalls kam ihm das so vor.

Am Anfang war sie sehr zurückhaltend gewesen, eine keshianische Edle, die sich schließlich mit seiner kindlichen Vernarrtheit abgefunden und ihm gelegentlich sogar Amüsement entgegengebracht hatte. Dann, im letzten Jahr, bevor er Krondor verlassen hatte, hatten sich die Dinge geändert. Er war nicht mehr der unbeholfene kleine Junge von einst gewesen, sondern ein kräftiger, intelligenter junger Mann, und für kurze Zeit hatte sie sein Interesse erwidert. Ihre Liebelei war stürmisch und intensiv gewesen – und am Ende äußerst schmerzhaft für William.

Es hatte übel geendet, und er war sich noch immer nicht sicher, was ihre Beziehung so ins Wanken gebracht hatte. Bis zu dem Augenblick, als er erfahren hatte, dass sie nach Krondor geschickt werden würde, hatte er nicht geglaubt, jemals die Gründe dafür zu erfahren, weshalb sie ihn von sich gestoßen hatte. Jetzt blickte er der Aussicht, sie wiederzusehen, mit einer Mischung aus Furcht und Aufregung entgegen.

»Du hörst mir gar nicht zu.« Talias Stimme durchbrach seine Grübelei.

»Entschuldigung«, sagte er lächelnd. »Ich habe in den letzten zwei Nächten nicht sehr viel geschlafen.« Als sie die Stirn runzelte, fügte er rasch hinzu: »Im Auftrag der Krone.«

Sie lächelte und hielt sich weiter an seinem Arm fest, als sie sich dem Markt näherten. »Nun, dann genieße jetzt den Sonnenschein, und wir tun einfach so, als wären der Prinz und seine Geschäfte weit, weit weg. Und versprich mir, dass du dich heute Nacht vernünftig ausschlafen wirst, ja?«

»Ich versuche mein Möglichstes«, erwiderte William. Er betrachtete sie, als sie stehen blieb und Waren begutachtete, die an diesem Morgen in der Stadt eingetroffen waren.

Sie deutete auf einen Haufen großer, goldfarbener Zwiebeln. »Ich brauche sechs.«

Während sie und der Verkäufer eine Zeit lang feilschten, kehrten Williams Gedanken zu den Unterschieden zwischen Talia und Jazhara zurück. Jazhara war Keshianerin, sie entstammte einem Wüstenstamm und hatte deren dunkle Hautfarbe, die im Königreich als exotisch galt. Sie war eine Magierin mit guten Fähigkeiten und großem Potenzial und dazu eine hervorragende Kämpferin. Er wusste aus Erfahrung, dass sie jemandem genauso schnell mit einem dicken Knüppel den Schädel einschlagen konnte, wie sie in der Lage war, einen Zauber zu wirken. Außerdem war sie die gebildetste Frau, die er jemals kennen gelernt hatte – sie sprach ein Dutzend verschiedener Sprachen und Dialekte, kannte die Geschichte sowohl ihres Heimatlandes als auch des Königreichs, und sie konnte ernsthafte Gespräche über die Wissenschaft, den Lauf der Sterne und die Geheimnisse der Götter führen.

Talia dagegen besaß ein sonniges, offenes Gemüt und war voller Humor und Anmut. Sie wandte sich um und stellte fest, dass William sie anstarrte. »Was ist?«

Er lächelte zurück. »Ich habe gerade gedacht, dass du das hübscheste Mädchen bist, das ich jemals gesehen habe.«

Sie errötete. »Schmeichler.«

Er war plötzlich verlegen über seine Aussage. »Erzähl mir etwas über dich … wo du aufgewachsen bist. Du hast gesagt, du bist in einem Orden großgezogen worden?«

Sie lächelte, als sie dem Verkäufer vier Münzen reichte und die

Zwiebeln in ihren Korb legte. »Ich bin beim Orden der Schwestern von Kahooli aufgewachsen.«

William klappte beinahe die Kinnlade herunter. »Kahooli!«, rief er.

Einige Leute drehten sich um und versuchten herauszufinden, wer da den Namen des Rachegottes ausgesprochen hatte.

Sie tätschelte seinen Arm. »Diese Reaktion bin ich gewohnt.«

»Ich dachte, du wärst in ein Kloster geschickt worden, das etwas …«

»Etwas weiblicher gewesen ist?«, beendete sie seine Frage.

»So in etwa.«

»Auch Frauen dienen dem Rachesucher«, meinte sie. »Und Vater hat beschlossen, dass ich in einem Orden aufwachsen sollte, der mir beibringen kann, mich zu verteidigen.« Sie streckte die Hand aus und berührte mit dem rechten Zeigefinger das Heft seines Schwertes. »Es ist ein bisschen groß für meinen Geschmack, aber ich könnte vermutlich einigen Schaden damit anrichten.«

»Daran zweifle ich nicht«, sagte er. Die Orden von Kahooli widmeten sich vorwiegend der Aufgabe, Missetäter ausfindig zu machen und Gerechtigkeit an ihnen zu üben. Im besten Falle halfen sie den örtlichen Wachtmeistern und Sheriffs, spürten Bösewichte auf und nahmen sie entweder gefangen oder verrieten ihren Aufenthaltsort. Im schlimmeren Falle übten sie gnadenlos Rache und missachteten dabei jedes örtliche Gesetz, wenn sie die Bösewichte jagten und hinrichteten. Im allerschlimmsten Falle weigerten sie sich, jeder Unschuldsbeteuerung seitens ihres Opfers auch nur den geringsten Glauben zu schenken. Es hieß, dass jene, die Kahooli dienten, einen Glaubenssatz hatten, der lautete: »Tötet alle, soll doch Kahooli die Unschuldigen von den Schuldigen trennen.« Nicht selten schufen sie mehr Probleme, als dass sie welche lösten.

Talia lächelte. »Ich weiß, was du jetzt denkst.«

William errötete. »Was denn?«

»Soll ich jetzt sofort weglaufen oder warte ich, bis sie sich umgedreht hat?«

Er lachte. »Ganz und gar nicht. Es ist nur …«

»Solange du mir kein Unrecht zufügst, hast du nichts von mir zu befürchten.«

Ihr Lächeln war so offen und strahlend, dass er lachen musste. »Das werde ich. Du hast meinen Eid darauf.«

»Gut«, sagte sie und stieß ihm spielerisch gegen den Arm. »Dann gibt es auch keinen Grund für mich, dich zu jagen und dir wehzutun.«

»Du machst einen Scherz, nicht wahr?«

Jetzt war sie es, die lachte. »Ich bin vom Orden Kahoolis *erzogen* worden, William. Ich habe ihm niemals einen Eid geschworen.«

William begriff, dass sie scherzte, und er lachte ebenfalls. »Einen Augenblick lang hast du mich aber ganz schön erwischt.«

Sie verschränkte wieder ihren Arm mit seinem, während sie weitergingen und andere Angebote betrachteten. »Ich glaube, ich habe dich nicht nur einen Augenblick lang erwischt«, sagte sie leise.

William entschied sich, so zu tun, als hätte er ihre Bemerkung nicht gehört. Im Augenblick wusste er nicht so recht, was er denken sollte. Er genoss das warme Gefühl der Erwartung, das ihn durchströmte, wann immer er sie ansah. Er bewunderte ihre dunklen Haare, ihre schöne Haut, die aufrechte Haltung und die jugendliche Energie, die auf alles übertragen zu werden schien, was sie berührte. Alles, was er wollte, war, sie so lange wie möglich an seiner Seite zu haben und nie wieder über irgendetwas Unangenehmes nachdenken zu müssen.

»Leutnant!«, erklang eine Stimme, die gleichzeitig so vertraut und unangenehm war, wie er es sich schlimmer nicht vorstellen konnte.

Er drehte sich um und sah, wie Hauptmann Treggar sich mit zwei Wachen näherte.

»Hauptmann«, sagte er und nahm Haltung an.

In einem Tonfall, der an ein Knurren grenzte, meinte Treggar: »Ich bin beauftragt worden, Euch und Junker James zu suchen, Leutnant.« Sein Blick wirkte feindselig, seine Haltung kämpferisch. »Auf Befehl Seiner Hoheit«, fügte er jedoch hinzu, und William wusste, dass er schon allein deshalb wütend war. Treggar warf einen Blick auf Talia. »Ich verstehe, dass Ihr *beschäftigt* seid und keine Zeit hattet, die Palastwache zu übernehmen, zu der Ihr eingeteilt gewesen wart. Seiner Hoheit ist Euer Erscheinen allerdings so wichtig, dass er mich persönlich beauftragt hat, Euch und den Junker zu holen.«

»Oh, ich glaube, Junker James ist noch im Regenbogen-Papagei«, erklärte William.

»Nein, er ist hier«, erklang James' Stimme von hinten.

William drehte sich um und sah seinen Freund näher kommen. »Was ist los, Hauptmann?«, fragte James.

»Befehle, Junker. Ihr und der Leutnant sollt sofort mit mir zum Palast zurückkehren.«

William blickte James an. »Also schön«, sagte der Junker. Er warf Talia einen Blick zu. »Entschuldigt uns, aber wir müssen gehen.«

Talia wandte sich an William. »Ich habe die Zeit mit dir sehr genossen, William. Ich hoffe, du kommst bald wieder vorbei.«

»Ganz sicher«, sagte William und fügte nach einem Blick auf Treggar hinzu: »Sobald meine Pflichten es gestatten.«

Talia drehte sich um und kümmerte sich wieder um ihre Einkäufe, blickte sich aber noch ein letztes Mal um und lächelte ihm zu.

»Junker, wenn Ihr dann so weit seid?«, sagte Treggar.

James nickte und führte die Truppe zum Palast zurück.

William folgte einen Schritt hinter Treggar. Er würde sich schon bald um die Spannung, die sich zwischen ihm und dem Hauptmann aufbaute, kümmern müssen – sofern er sich nicht für die restliche Zeit, die er in der Armee diente, einen Feind schaffen wollte.

Arutha schaute sich im Zimmer um. Hauptmann Treggar und die beiden Soldaten, die er geschickt hatte, um James und William zu suchen, standen an einer Seitenwand. Vier krondorianische Fährtensucher – eine besondere Elite-Einheit, die ihren eigenen Hauptmann hatte –, blickten den Prinzen an. »Hier«, sagte Arutha und deutete auf die Karte, auf eine Stelle etwas südlich der Shandon-Bucht. »Wenn unsere Informationen stimmen, verstecken sie sich genau hier.«

James stand neben dem Prinzen; seine Augen folgten der Reihe kleiner Buchstaben – »Tal der Verlorenen« –, die unter einer noch älteren Inschrift standen; letztere bediente sich eines keshianischen Alphabets, das er nicht verstand. »Da müssen wir aber immer noch ein ganz schönes großes Gebiet durchforsten, Hoheit.«

Mit einer geschmeidigen Handbewegung deutete Arutha auf die vier Fährtensucher. »Sie werden noch in dieser Stunde aufbrechen.«

»Wir haben uns die Karte eingeprägt, Hoheit«, erklärte einer von ihnen.

Arutha nickte. »Diese Männer werden Euch noch heute folgen. Haltet nach ihnen Ausschau, und zwar« – sein Finger zeigte auf eine Stelle einige Meilen östlich des Suchgebiets – »genau hier. Einer von euch sollte jede Nacht Kontakt mit ihnen aufnehmen.«

»Ja, Hoheit«, sagte der Anführer der Fährtensucher und salutierte. Mit einer Geste bedeutete er seinen Kameraden zu gehen.

Nachdem die vier Späher aufgebrochen waren, wandte sich Arutha an den Hauptmann. »Ich möchte, dass Ihr einen Schlachtplan entwerft, Hauptmann. Sagt allen, die es wissen wollen, dass wir Übungen im Südwesten und Nordosten durchführen. Dann möchte ich, dass Ihr zweihundert Eurer besten Männer nehmt, aber nur solche, die seit mindestens fünf Jahren im Dienst stehen.« James nickte zustimmend. In Nordwacht hatten sich drei Nachtgreifer als Soldaten in die Garnison eingeschlichen. »Lasst es so aussehen, als wäre die Auswahl zufällig, aber am Ende des ersten Tages muss ich diese zweihundert Männer nach Süden führen. Hauptmann Leland wird die übrigen nach Nordosten führen, das heißt, Ihr müsst Euch einen guten Grund dafür einfallen lassen, dass mein Kommando geteilt wird.«

Hauptmann Treggar nickte. »Jawohl, Hoheit. Allerdings, wenn ich fragen dürfte ...«

Arutha nickte.

»Wäre es nicht besser, wenn der Hofmarschall sich darum kümmern würde, einen solchen Grund zu finden?«

»Hofmarschall Gardan tritt in den Ruhestand, Hauptmann. Morgen Mittag wird es eine Parade anlässlich seiner Verabschiedung geben. Er wird dann gegen Abend aufbrechen, um nach Crydee zurückzukehren.«

James grinste. »Dann gibt es also heute eine Abschiedsfeier?«

Arutha blickte seinen Junker an. »Ja, aber nicht für dich.«

James seufzte theatralisch. »Ich fühle mich zutiefst gekränkt, Hoheit.«

»Ich sorge dafür, dass ich Euch bis zur Parade einen Grund liefern kann, Hoheit«, sagte Treggar.

Arutha schüttelte den Kopf. »Nein, ich brauche ihn bis zum Sonnenuntergang heute Abend. Denn eine Stunde später werdet ihr fünf« – er deutete auf den Hauptmann, die beiden Soldaten, William und James – »mit einer Karawane in Richtung Kesh aufbrechen. Bei der Abkürzung zur Shandon-Bucht werdet ihr euch nach Westen wenden und diesen alten Karawanen-Weg suchen.« Er deutete auf einen schwach erkennbaren Weg auf der alten Karte. »Ihr folgt den Fährtensuchern einen Tag später, und ihr dürft euch nicht zu rasch vorwärts bewegen.« Er zeigte wieder auf die Karte. »Ihr solltet drei Tage nach den Fährtensuchern an diese Stelle gelangen. Das müsste ihnen genug Zeit geben, die Beute aufzuspüren.«

»Und Ihr seid einen halben Tagesmarsch hinter uns«, sagte James.

»Genau«, bestätigte Arutha. Er blickte sich um. »Wenn die Fährtensucher euch eine Nachricht zukommen lassen, wo sich das Nest der Nachtgreifer befindet, macht euch so schnell wie möglich dahin auf. Auf dem Weg dorthin müsst ihr klare Zeichen hinterlassen. Ihr und die Fährtensucher müsst alle Wachen und Hindernisse beseitigen, denn ich werde mit meinen besten Soldaten einmarschieren und das mörderische Ungeziefer ein für alle Mal zermalmen.«

James blickte Arutha an und schwieg. Er wusste, dass der Prinz in diesem Augenblick an die Prinzessin dachte, die an ihrem Hochzeitstag mit dem Bolzen eines Assassinen im Rücken in seinen Armen gelegen hatte. Sie wäre beinahe gestorben, während Arutha nichts hatte tun können, um ihr zu helfen.

»Wir machen uns bereit, Hoheit«, sagte James.

Er führte die anderen aus dem Zimmer. »Junker, wieso gerade ich?«, wollte Treggar von James wissen. »Der Prinz hat mich bis heute noch nie mit einer solchen Aufgabe betraut.«

James zuckte mit den Schultern. »Er hat Euch aufgetragen, uns zu suchen, also gehört Ihr schon dadurch zu denen, die davon wissen, dass William und ich für eine besondere Aufgabe benötigt werden. Indem er Euch jetzt teilnehmen lässt, hält er den Kreis derer, die das wirkliche Ziel kennen, auf ein Mindestmaß begrenzt. Das ist auch nötig, denn die Nachtgreifer haben die unangenehme Angewohnheit, höchst unerwartet an ungewöhnlichen Orten aufzutauchen.« Für einen kurzen Augenblick veränderte sich der Gesichtsausdruck des Hauptmanns, und James fügte eilig hinzu: »Und Seine Hoheit hätte Euch sicherlich nicht ausgewählt, wenn er Euch nicht für geeignet halten würde.« Er blickte sich um. »Wir haben unterwegs noch Zeit genug, Euch alles Notwendige zu erzählen, Hauptmann. Jetzt müsst Ihr erst einmal einen überzeugenden Grund für die Garnison erfinden, und ich muss meine Vorbereitungen treffen.«

»Vorbereitungen?«, fragte William.

»Es wird sicherlich anstrengend, einer Bande von Assassinen hinterherzuspionieren. Erst recht, wenn wir in voller Rüstung und mit erhobenem Schlachtbanner reiten. Wir müssen uns verkleiden.« Er blickte aus dem Fenster. »Es ist schon beinahe Mittag. Wenn wir bereits bei Sonnenuntergang aufbrechen sollen, bleibt mir nicht mehr viel Zeit.«

Hauptmann Treggar nickte. »Junker.« Er wandte sich an William. »Leutnant, Ihr kommt mit mir.«

William folgte dem Hauptmann und den beiden Soldaten.

James eilte in eine andere Richtung, zurück zu seinem bevorzugten Ausgang, dem Bedienstetentor, das es ihm erlaubte, mit möglichst wenig Aufsehen aus dem Palast zu entschwinden. Er musste noch einige Leute aufsuchen, bevor er aufbrach: den Sohn des Sheriffs und drei Diebe, die sich im Abwasserkanal versteckten. Und dann musste er in der kurzen Zeit auch noch ein paar Einkäufe erledigen.

Sand und Staub wehten über die Ebene, auf der sich eine kleine Gruppe von Reisenden mit zwei Eseln, einem Kamel und einer winzigen Herde von Ziegen um einen überbeladenen Wagen scharte. Auf den ersten Blick mochten sie wie Nomaden wirken – oder wie eine Familie, die sich unterwegs zu einem weit entfernten Dorf befand, jedoch die Zollstellen und Grenzwachen meiden wollte.

William kauerte sich in seinen Wüstengewändern hin, die Kapuze tief ins Gesicht gezogen, und versuchte, Ohren, Augen, Nase und Mund so gut wie möglich vor dem brennenden Sand zu schützen. »Hauptmann, werden wir beobachtet?«, rief er über den Lärm des Windes hinweg.

»Wenn sie da draußen sind, werden wir auch beobachtet«, rief Hauptmann Treggar zurück.

Drei Tage zuvor waren sie aus einem Lager in der Nähe des südlichen Endes der Shandon-Bucht aufgebrochen. Prinz Arutha folgte ihnen im Abstand von zwei Tagen; er führte zweihundert Berittene mit sich. Und irgendwo da draußen in den Sandstürmen der Ebene war eine Hand voll Fährtensucher, die die Ruinen der alten keshianischen Festung suchten.

»Du siehst hübsch aus, meine Liebe«, sagte James zu William.

»Was?«

James hob seine Stimme, um den Wind zu übertönen. »Ich habe gesagt: ›Du siehst hübsch aus, meine Liebe.‹«

Da William der kleinste Mann der Gruppe war, hatte man ihn – und die anderen beiden Soldaten – dazu auserkoren, sich als Frauen zu verkleiden. Die Soldaten amüsierten sich darüber, dass William bei James Bemerkung mit unterdrückter Gereiztheit reagierte. Der Junker belustigte sich über William, seit der junge Leutnant die Frauengewänder zu Beginn der Reise ausgehändigt bekommen hatte. William hatte den Fehler begangen, sich laut zu beklagen, während die erfahreneren Soldaten die Sachen ohne Bemerkung übergestreift hatten. Seither hatte James keine Gnade gezeigt.

William hatte jedoch mittlerweile die Nutzlosigkeit seines Jammerns erkannt, und er schüttelte den Kopf, als er sich wieder auf die Fersen hockte. »Noch vor ein paar Tagen bin ich mit dem hübschesten Mädchen von Krondor über den Markt marschiert, hatte Gold in meinem Beutel und eine strahlende Zukunft vor Augen. Und jetzt habe ich … dreckige Bastarde. Aber ich habe natürlich immer noch diese schöne Landschaft.« Er deutete auf die unfruchtbare Landschaft um sich herum.

»Ich werde Euch jetzt schlagen. Lasst Euch fallen und kriecht zur Seite, wenn ich es tue«, sagte Treggar.

Plötzlich schoss seine Hand nach vorn und traf William an der Schulter, so dass er umfiel. Treggar baute sich vor ihm auf. »Ich glaube nicht, dass sie uns hören können«, rief Treggar. »Höchstens den Klang meiner Stimme, aber sicher nicht die Worte.«

James blieb sitzen. »Wo sind sie?«

»Auf dem zweiten Kamm westlich, Junker. Leicht nördlich des Pfades. Ich habe eine Bewegung wahrgenommen, zweimal.«

»Ihr wisst alle, was ihr zu tun habt«, sagte James.

Die anderen beiden Soldaten eilten hin und her, als wollten sie sich vergewissern, dass das Lager gegen den Wind gerüstet war. Treggar brüllte: »Kriecht zur Seite und verbeugt Euch vor mir auf den Knien. Dann steht auf und seht nach den Ziegen!« William tat, wie ihm geheißen. Treggar ging zum Wagen, einen Arm mitsamt dem riesigen Ärmel als Schutz gegen den Wind erhoben. Er griff in den Wagen und holte etwas herunter, das aus der Ferne wie eine Weinhaut aussehen mochte. Er tat, als würde er daraus trinken. Dann ließ er sich im Windschatten nieder und lehnte sich gegen eines der Räder.

»Und jetzt kommt hier rüber und tut so, als würdet Ihr mich um Verzeihung bitten, und während Ihr das tut, blickt Ihr auf den Kamm und versucht, etwas zu erkennen.«

William folgte seiner Aufforderung; er verbeugte sich und hob die Hände in einer entschuldigenden Geste. »Ich sehe nichts, Hauptmann.«

»Verbeugt Euch noch einmal!«

William wiederholte das Ganze, und James schlüpfte zum hinteren Teil des Wagens. Während er so tat, als suche er etwas Bestimmtes, erkannte er eine schwache Bewegung. »Sie beobachten uns«, sagte James.

»Ihr könnt aufhören, Euch zu verbeugen, Leutnant«, sagte Treggar.

William hörte auf. »Ich werde etwas zu essen holen und es verteilen.«

»Sorgt dafür, dass Ihr zuerst mir und dem Junker etwas gebt, dann den anderen ›Frauen‹.«

Die Soldaten lachten nicht, als sie den Kamm im Westen beobachteten, während sie sich angeblich diversen Arbeiten zuwandten.

»Heute Nacht wird einer der Fährtensucher auf uns stoßen, und wenn wir Glück haben, erfahren wir, wo die Bastarde sich verstecken.«

Den ganzen Abend über spielten sie die Rollen einer kleinen, auf Reisen befindlichen Familie weiter. Der Wind erstarb eine Stunde nach Sonnenuntergang, und sie entzündeten ein Feuer und bereiteten eine bescheidene Mahlzeit zu. Dann legten sie sich schlafen und warteten.

Beim ersten Licht der Dämmerung war der Fährtensucher immer noch nicht aufgetaucht.

Zwölf

Improvisation

Treggar erhob sich und klopfte sich den Staub von den Gewändern.

Der Himmel im Osten war bereits etwas heller geworden; die Morgendämmerung würde nicht mehr lange auf sich warten lassen. Als auch die anderen sich rührten, wandte Treggar sich der aufgehenden Sonne zu und vollführte merkwürdige Bewegungen. Dann drehte er sich nach Norden und machte wieder eine Bewegung.

»Was tut Ihr da?«, fragte James.

»Ich suche unsere Freunde«, antwortete der Hauptmann, während er sich nach Westen wandte. »Ich hoffe, das hier sieht nach irgendeiner Art von morgendlichem Ritual aus.« Er endete mit einer Geste gen Süden und meinte: »Die ›Frauen‹ müssen arbeiten.«

James tat so, als würde er William einen Tritt versetzen. »Schür das Feuer und koch etwas. Sie werden damit rechnen, dass wir bei Sonnenaufgang wieder unterwegs sind.«

William duckte sich kurz – er hoffte, es sah einigermaßen überzeugend aus –, dann machte er sich daran, den Befehl auszuführen. Er legte trockenen Dung in die Flammen, und schon bald war das Feuer heiß genug, um etwas kochen zu können.

Die anderen »Frauen« bereiteten das Essen vor und schienen sich ganz ihrer Aufgabe zu widmen, doch sie schauten sich unablässig verstohlen um und suchten nach irgendwelchen Hinweisen, dass sie beobachtet wurden. James saß mit gekreuzten Beinen da, einen Teller auf dem Schoß, und aß etwas. »Selbst wenn sie da oben sind – ich kann sie nirgends sehen«, meinte er zwischen zwei Bissen.

»Sie sind da oben«, erwiderte Treggar. »Zumindest einer ist noch so lange da, bis sie davon überzeugt sind, dass wir wirklich die sind, die wir zu sein vorgeben. Wenn sie die Fährtensucher gefunden haben und davon ausgehen, dass wir zusammengehören, sind wir so gut wie tot.«

»Was glaubt Ihr, was ist mit den Fährtensuchern passiert?«, fragte William, während er sich über Treggars Schulter beugte, um ihm den Becher mit Wasser nachzufüllen.

»Ich denke, sie sind auf etwas gestoßen, dem sie nicht aus dem Weg gehen konnten«, erwiderte Treggar. »Entweder sie sind tot oder untergetaucht. Vielleicht schleichen sie sich auch zurück zu Arutha und gehen uns nur deshalb aus dem Weg, weil wir beobachtet werden.« Er erhob sich. »Ich weiß es nicht. Ich weiß nur, dass wir aufbrechen müssen.« Er wandte sich an die beiden Soldaten. »Während wir alles zum Aufbruch vorbereiten, möchte ich, dass ihr in dieses Senkloch geht und euch erleichtert.« Er blickte sich um, als gäbe er Anweisungen, dann deutete er auf die Ziegen. »Leutnant, geht da rüber und seht die Ziegen an, als wolltet Ihr feststellen, ob sie in Ordnung sind. Währenddessen tut so, als wolltet Ihr eine Nachricht oder einen Hinweis hinterlassen.«

William blickte sich bei diesen Befehl etwas verwirrt um, aber er gehorchte.

»Was habt Ihr für einen Plan?«, fragte James.

»Ich glaube, unsere Freunde da oben auf dem Kamm sind gestern Nacht bis auf einen nach Hause geritten. Der eine ist noch immer da und beobachtet uns. Ich nehme an, dass er hierher kommen wird, sobald wir uns wieder auf den Weg gemacht haben, und sich vergewissert, dass wir die sind, für die er uns hält. Er wird nach einer Nachricht suchen, und ich will, dass er unten an den Felsen sucht, wo die Jungs hingepinkelt haben, oder dass er den Ziegendreck durchwühlt. Währenddessen sorge ich dafür, dass die Späher des Prinzen eine einfache Nachricht erhalten, die ihnen mitteilt, dass sie uns folgen können.«

James nickte; er erhob sich und beeilte sich, die Plane des Wagens festzuzurren.

Treggar ging zum Wagen, holte die Wasserhaut hervor und schüttete den Inhalt ins Feuer. Als der Dampf zischte und weißer Rauch gen Himmel stieg, stieß er mit dem Fuß Sand in die Mitte, nahm glühende Kohle heraus und versetzte die Steine um die Feuerstelle.

James trat zu ihm und deutete auf die Ziegen, als würde er über sie sprechen. »Ist das eine Nachricht?«

»Ja«, antwortete Treggar. »Ein alter Trick. Die Meldung richtet sich danach, welches Viertel des Kreises unterbrochen ist. Norden bedeutet ›Wartet hier‹. Westen heißt ›Kommt schnell‹. Osten meint ›Kehrt um‹ und Süden bedeutet ›Holt Hilfe‹. Sobald wir außer Sichtweite sind, werden wir den Karren und die Tiere zurücklassen und in südwestlicher Richtung zu diesen Felsen zurückkehren.«

James seufzte. »Ich hatte das befürchtet.« Er blickte die Feuerstelle an und sah, dass das südliche Viertel herausgebrochen war.

»Allen Berichten zufolge seid Ihr doch eigentlich ein recht abenteuerhungriger Bursche, der keine Gefahren scheut?«

»Das stimmt«, erwiderte James. »Aber mir kommen solche Sachen immer sehr viel weniger gefährlich und dumm vor, wenn ich sie mir selbst ausdenke.«

Treggar lachte laut. »Machen wir, dass wir wegkommen!«

Schon bald bot sich dem unsichtbaren Beobachter das Bild einer Gruppe von keshianischen Reisenden, die ihre Reise in westlicher Richtung fortsetzten.

Es dauerte fast den ganzen Tag, bis sie sicher sein konnten, dass sie nicht mehr beobachtet wurden. Treggar ließ die Gruppe eine halbe Stunde vor Sonnenuntergang anhalten. »Kehren wir zu diesem Wadi zurück, an dem wir vor einer halben Meile vorbeigekommen sind. Dort können wir den Wagen und die Tiere zurücklassen.«

»Zumindest wissen wir jetzt, wo sie sich aufhalten«, meinte James.

»Wie kommt Ihr darauf, Junker?«

James kniete sich hin und malte etwas in den Staub. »Hier« – er machte mit dem Finger einen Punkt – »sind wir gewesen, als sie – wie ich glaube – zum ersten Mal auf uns aufmerksam geworden sind, etwa eine Stunde, bevor wir unser Lager aufgeschlagen haben.« Er zog eine Linie nach links und setzte dort einen weiteren Punkt. »Hier haben wir letzte Nacht gelagert.« Er malte einen dritten Punkt. »Und hier hat unser unsichtbarer Freund aufgehört, uns zu verfolgen.«

»Und?«, fragte der Hauptmann.

»Erinnert Ihr Euch an die Karte?«, fragte James, anstatt zu antworten.

»Ja«, erwiderte Treggar.

»Gegen Mittag müssten wir nördlich eines großen Plateaus gewesen sein, von dem aus man einen hervorragenden Blick in alle Richtungen hat.

Dieses Wadi, an dem Ihr die Tiere zurücklassen wollt, führt zu den Bergen im Süden. Eine halbe Meile entfernt von dem Pfad, auf dem wir jetzt sind, schwingt er sich nach Südwesten und erhebt sich zu …?«

»Dem Plateau!«, beendete William den Satz.

»Und der alten Festung!«, sagte Treggar. »Ja, es ist ein natürliches Ausfalltor. Es gibt nur einen Weg rein und raus.«

»Es ist die einzige Stelle hier, wo so etwas möglich wäre.«

»Also, was tun wir jetzt?«, wollte William wissen.

»Junker«, sagte Treggar, »macht es Euch etwas aus, das Offensichtliche zu benennen, damit es weniger gefährlich und dumm wirkt, als wenn ich es täte?«

James schüttelte sich. »Wir kundschaften das Wadi aus. Falls Prinz Arutha hierher reitet und sieht, wohin wir gegangen sind, könnte er in eine Falle geraten. Wir müssen sicherstellen, dass das nicht geschieht.«

»Hauptmann?«, fragte einer der Soldaten.

»Ja?«

»Wenn dieses Wadi so etwas wie der Eingang zu dieser Festung ist, was tun wir dann mit dem Wagen und den Tieren?«

Treggar blickte James an. »Wir können sie unmöglich hier lassen, wo man sie finden würde.«

»Dann werden also nur wir drei hier bleiben?«, fragte William.

James nickte. »Einer muss den Wagen lenken, an den wir das Kamel anbinden können. Der andere wird die Herde treiben.«

Treggar gab den beiden Soldaten entsprechende Befehle. »Bewegt euch bis eine Stunde nach Sonnenuntergang«, erklärte er, »und bleibt drei Tage im Lager. Wenn niemand Kontakt mit euch aufnimmt, kehrt auf dem besten Weg, den ihr finden könnt, nach Krondor zurück. Versucht es über den Vorposten am südlichen Ufer der Shandon-Bucht oder über Landende. Berichtet dort, was wir hier entdeckt haben. Aber kehrt unbedingt nach Krondor zurück.«

Die Soldaten salutierten, und ihre grimmigen Mienen gaben Aufschluss darüber, für wie wahrscheinlich sie einen solchen Ausgang hielten.

Treggar streifte sich das schwere Gewand ab und sah jetzt wie ein gewöhnlicher Söldner aus; er trug eine Tunika und eine ärmellose Lederjacke sowie ein Schwert, aber weder Helm noch Schild.

James war ähnlich gekleidet, und er trug ein Rapier. William hatte sich für ein schweres anderthalbhändiges Schwert entschieden, das er auf dem Rücken trug.

Treggar blickte sich um. »Wir halten uns an der südlichen Seite des Pfades, damit wir zur Not in die Felsen verschwinden können.«

Die Schatten wurden jetzt länger, und James sagte: »Es müsste uns eigentlich möglich sein, uns zu verbergen, wenn wir nicht zu viel Staub aufwirbeln. Ich gehe voran.«

Treggar hatte keine Einwände, und während James sich nach Osten aufmachte, warf der Hauptmann einen letzten Blick über die Schulter auf den Wagen und seine beiden Soldaten.

William kannte die Männer nicht, aber er wusste, was der Hauptmann dachte: Würden die beiden heil wieder nach Hause kommen? Während er seine Aufmerksamkeit auf die Felsen richtete, fragte er sich, ob überhaupt irgendjemand von ihnen heil nach Hause kommen würde.

Fledermäuse flatterten über ihnen in der Nacht, auf der Jagd nach Insekten, die es schafften, in diesem unfruchtbaren Land zu überleben. James kniete auf der Erde und versuchte, in der Dunkelheit etwas zu sehen, von dem sein Verstand ihm sagte, dass es da sein musste, eine Falle oder ein Hinterhalt.

James hob die Hand und drehte sich um, als Treggar und William näher kamen. »Mir gefällt das nicht«, flüsterte er. »Wenn wir weitergehen, kommen wir direkt zum Vordereingang.«

»Was schlagt Ihr also vor?«, fragte Treggar.

»Habt Ihr jemals eine Befestigungsanlage ohne Hintereingang gesehen?«

»Ein paar, aber die waren nicht so groß«, antwortete Treggar. »Um dieses riesige Gebiet unter Kontrolle zu halten, mussten die Keshianer mindestens hundert Mann hier stationiert haben, vermutlich sogar zwei- oder dreihundert. Dadurch wurde die Festung im Kriegsfall natürlich zu einem bevorzugten Ziel. Was wiederum bedeutet, dass sie eine Möglichkeit gehabt haben müssen, die Leute irgendwie rein und raus zu lassen.«

»Aber wo?«, fragte James entmutigt. »Auf der anderen Seite der Festung?«

»Wenn die Festung noch stehen würde, könnten wir vermutlich erahnen, wo dieser zweite Eingang war«, flüsterte William. »Aber jetzt, wo alles zerfallen ist …« Er ließ den Satz unbeendet.

»Gehen wir noch ein bisschen weiter,« schlug James vor. »Wenn wir nichts finden, folgen wir dem Pfad weiter zurück und versuchen es von der östlichen Seite des Plateaus.«

William schwieg, aber er wusste, dass dieser Vorschlag bedeutete, den Felsen hochzuklettern. Während sie weitergingen, betete er im Stillen, dass dies nicht nötig sein würde. Er mochte die Höhe nicht.

Sie schlichen langsam durch die Nacht, und dann schoss William ein Gedanke durch den Kopf.

»Wartet«, flüsterte er.

»Was ist?«, fragte Treggar.

»Etwas …« William hob die Hand und schloss die Augen. Sein Geist tastete sich vor und fing die Gedanken eines Nagetieres ein, das durch die Felsen huschte. *Warte!*, ließ er das Tier sanft wissen.

Die Gedanken der Ratte waren primitiv und schwer zu verstehen. Sie zögerte, dachte daran zu fliehen. Die drei großen Wesen stellten eine mögliche Gefahr dar, und es gab ansonsten nichts in der Nähe, was von Interesse hätte sein können.

Als Kind hatte William öfter mit Nagetieren gesprochen, hauptsächlich mit Eichhörnchen und Ratten. Er wusste, dass ihre Aufmerksamkeit und ihre Fähigkeit, sich zu verständigen, sehr begrenzt waren. Aber er wusste auch, dass sie ein gutes Verständnis der Wege hatten, die in ihren Bau hinein und aus ihm heraus führten.

Er versuchte, dem Tier eine Frage zu senden, fragte es, ob etwas Großes einen Bau in der Nähe hatte. Die Kreatur schickte ihm sofort den Eindruck eines großen Tunnels, lang genug, um William eine Vorstellung von seiner Lage zu vermitteln. Dann flüchtete die Ratte.

»Was ist?«, fragte Treggar erneut.

»Ich glaube, ich weiß jetzt, wo der Hintereingang ist.«

»Woher?«, fragte der Hauptmann.

»Ihr würdet es mir ohnehin nicht glauben, selbst wenn ich es Euch sagen würde«, meinte William. »Hier entlang.« Er deutete auf die Felswand, an der sie entlangkrochen. »Wir werden ein bisschen klettern müssen.«

Treggar nickte. »Zeigt uns den Weg.«

William blickte sich um und deutete nach oben. »Er müsste über dieser Felswand sein.«

»Folgt mir«, sage James. Er tastete in der Dunkelheit nach einer Art Griff im Fels, an dem sie sich hätten festhalten können. Als er endlich eine solche Stelle gefunden hatte, hielt er sich fest, hob das rechte Bein und tastete nach einem Halt für die Zehen. Stück für Stück kämpfte er sich langsam nach oben.

William wandte sich an Treggar. »Hauptmann, lässt sich das Erklettern eines Felsens im Dunkeln in die Kategorie ›Offensichtlich gefährlich und dumm‹ einordnen?«

»Aber ganz sicher, Leutnant«, antwortete Treggar.

William machte sich daran, James zu folgen. »Ich wollte nur ganz sichergehen«, meinte er.

Treggar wartete, bis auch William ein gutes Stück vorangekommen war, dann folgte er den beiden leise.

Der Mittelmond ging gerade auf, als sie kletterten, und bald hatte James eine Stelle in der Felswand gefunden, die groß genug war, dass sie sich zu dritt hineinhocken konnten. »Wie hoch ist es eigentlich?«, fragte William.

»Nicht sehr hoch. Hundert Fuß etwa«, antwortete James.

William schüttelte ungläubig den Kopf. »Ich hätte gedacht, es wäre mindestens doppelt so weit.« Er bekämpfte den beinahe unwiderstehlichen Drang, sich zu weigern, die kleine Höhle jemals wieder zu verlassen. Bis hierher war er durch pure Willenskraft gelangt, hatte das Entsetzen einfach beiseite geschoben, das ihn ständig zu verzehren gedroht hatte. Es war ein schier endloser

Kampf gewesen, sich blindlings vorzutasten und nach Spalten und Kanten zu suchen, ihre Festigkeit zu prüfen, sich ein kurzes Stück hochzuziehen, einen Fuß zu bewegen, sich dem Schrecken nicht zu ergeben, wenn unter seinen Zehen oder in seiner Hand der Fels zerbröselte.

»Könnte man meinen, nicht?«, meinte der Hauptmann.

»Seht mal«, sagte James und deutete nach oben. Über ihnen konnten sie den Nachthimmel sehen, der vom Mond erhellt wurde, und es war jetzt offensichtlich, dass die Felskante, auf die sie zukletterten, nur noch etwa zwanzig Fuß entfernt war.

William kam es wie zweihundert Fuß vor. Er blickte nach unten und sah Dunkelheit. Er begriff, dass es noch schlimmer war, nicht erkennen zu können, wie weit er schon gekommen war. Er beschloss, nicht wieder nach unten zu schauen.

»Vom Warten kommt nichts«, erklärte James und kletterte weiter.

»Macht nicht zu schnell«, warnte Treggar.

William erhob sich ebenfalls wieder. »Glaubt mir, Hauptmann, ich habe keine Eile.«

Langsam erklomm William den tiefen Spalt. Als er fast oben war, streckte James ihm die Hand entgegen und zog ihn hoch. Er ließ sich helfen, legte sich dann auf den Bauch und half seinerseits Treggar hoch. Als alle drei sicher oben angekommen waren, blickte James über den verhältnismäßig flachen Kamm und sagte leise: »Von hier aus können wir normal gehen.«

»Wohin jetzt?«, fragte der Hauptmann.

William blickte sich um. Der Eindruck von dem Tunnel, den ihm die Ratte geschickt hatte, war nur schwer in Einklang mit dem zu bringen, was er hier sah. Selbst wenn er im hellen Tageslicht hier gesessen hätte, hätte er Probleme gehabt: Aus der Sicht der Ratte war der Tunnel riesig, aber William vermutete, dass er in Wirklichkeit nur ein kleines Loch war, das nicht mehr als ein oder zwei Männer zur selben Zeit beherbergen konnte.

»Ich glaube, hier entlang«, sagte William und eilte weiter. In dieser Nacht würden zwei Monde scheinen, der Mittlere und der Kleine, und sobald der Mittlere den Zenit erreichte, würde der kleinere Mond ihn eingeholt haben, so dass die gesamte Umgebung in helles Licht getaucht war und sie für jede aufmerksame Wache weithin sichtbar sein würden.

James sah nach links und rechts, während Treggar immer wieder einen Blick über die Schulter warf. Der Kamm, den sie entlangschritten, war felsig und zerklüftet, voller großer, lotrecht aufragender Felsenfinger, deren Oberflächen von den Sandwinden geglättet worden waren. So manches Mal mussten sie vorsichtig um Felsformationen herumklettern.

Etwa eine Stunde später meinte William: »Wenn Freund Ratte nicht einfach irgendeinen Blödsinn dahergeredet hat, müsste der Eingang hier irgendwo unter uns sein.«

»Freund Ratte?«, fragte Treggar.

»Ich erkläre es Euch später«, sagte James. »Im Augenblick müssen wir einen Weg nach unten finden.«

William blickte sich um, sah dann einen kleinen Lichtschimmer. »Was ist das?«

James schaute in die gleiche Richtung, in die sein Kamerad deutete. »Das Mondlicht spiegelt sich auf irgendetwas.«

»Wie weit ist es wohl bis unten?«

»Zwanzig Fuß, schätze ich«, antwortete James. In den vielen Jahren, in denen er über den Dächern von Krondor herumgelaufen war, hatte er gelernt, Entfernungen abzuschätzen.

»Wie gelangen wir dorthin?«, fragte Treggar.

»Festhalten und loslassen«, erklärte James.

»Selbst wenn Ihr an den Fingerspitzen hängt, fallt Ihr noch so tief, dass Ihr Euch die Beine brechen könnt«, sagte der Hauptmann. »Ihr wisst doch gar nicht, was da unten ist.«

James warf einen Blick auf den aufgehenden Mond. »Warten wir noch ein paar Minuten.«

Als der Mond höher stieg, verblassten die Schatten etwas. »Es ist ein Weg!«, rief Treggar erstaunt.

Unterhalb von ihnen verlief – parallel zu dem breiteren Weg, den sie verlassen hatten – ein schmaler Weg zwischen zwei Felswänden hindurch auf die alte Festung zu.

James wandte sich an seinen Freund. »William, leg dich auf den Bauch und lass mich runter. Ich springe dann den Rest und fange euch beide auf.«

Es dauerte nicht lange, und die drei Männer standen wohlbehalten auf dem schmalen Weg. »Ich hoffe nur, wir müssen nicht in aller Eile wieder zurück«, meinte der Hauptmann.

»Zurück?«, fragte William.

»Hier ist kein Platz zum Kämpfen, Leutnant«, erklärte der ältere Soldat.

William begriff, dass Treggar Recht hatte. Zu beiden Seiten erhoben sich die Felswände zwölf Fuß über seinen Kopf, und er hatte rechts und links kaum ein paar Zentimeter Platz.

»Hier entlang«, sagte William, der sich an der Spitze wiederfand.

Die beiden Monde standen direkt über ihnen am Himmel. »Seht Euch diese Felswände an!«, flüsterte William.

James blieb stehen und untersuchte den Fels. »Das ist ziemlich neu. Man kann noch die Meißelspuren erkennen.«

»Ich nehme an, da haben wir unsere Freunde«, sagte Treggar.

»Ich vermute, dass dieser alter Eingang von irgendwelchen Fallen umgeben ist«, erklärte James. Er schwieg einen Augenblick. »Hier passt kein Pferd durch, das heißt, sie müssen entweder noch einen dritten Eingang haben, oder es sind Ställe und Futterstellen in der Nähe.«

»Vermutlich das Letztere«, mutmaßte Treggar.

Als sie weitergingen, verbreiterte sich der Weg allmählich, bis sie an eine Stelle kamen, von wo aus es nicht mehr weiterging – sie waren in einer Sackgasse gelandet. William steckte schon die Hand aus, um die Steinwand zu berühren, doch James hielt ihn zurück. »Du solltest nichts anfassen.«

William zog seine Hand rasch wieder zurück.

»Tretet zurück und lasst mich vorbei«, forderte der Junker die beiden auf.

Sie taten, wie ihnen geheißen, und James stand eine Weile reglos da, musterte eingehend die Oberfläche des Felsens. »Ich wünschte, wir könnten es riskieren, etwas Licht zu machen«, flüsterte er.

»Das können wir nicht«, erwiderte Treggar.

»Still«, sagte James.

Er legte eine Hand auf die Felswand rechts von ihm und tastete dann mit den Fingern weiter. Er berührte die Oberfläche sanft, ohne jeglichen Druck auszuüben, und zog seine Hand rasch wieder zurück.

Das Gleiche machte er mit der linken Seite, und wieder zog er seine Hand zurück. Er drehte sich zu den anderen um. »Hier ist eine Falle.«

»Woher wisst Ihr das?«, fragte Treggar.

»Ich weiß es einfach«, erwiderte James.

»Was für eine Falle denn?«, fragte William.

»Eine ziemlich üble, schätze ich«, sagte James und kniete sich hin. Er untersuchte den Boden vor der Mauer. »Tretet zurück«, forderte er die anderen beiden auf.

Sie machten ein paar Schritte zurück. »Wenn Ihr wissen wollt, woher ich das weiß, Hauptmann, müsst Ihr nur die Hälfte Eures Lebens damit verbringen, Fallen zu erkunden und einen Sinn dafür zu entwickeln. Diese hier ist sehr raffiniert und kaum zu erkennen, aber es gibt keine Felswand, die zu beiden Seiten eine gerade, von oben bis unten verlaufende Naht hat, noch dazu von fast gleichen Ausmaßen. Jemand hat dieses Stück Fels vor uns hier angebracht.« James drückte leicht gegen den Boden. Die gesamte Mauer neigte sich einen kurzen Moment nach vorn und glitt dann mühelos nach hinten zurück. Er steckte seine Finger unter die untere Kante der verborgenen Tür und zog. Lautlos und ohne jede Kraftanstrengung ließ sie sich emporheben, bis sich die Mauer, die ihnen zuvor den Weg blockiert hatte, parallel zum Boden befand, aufgehängt an zwei verborgenen Angeln. James warf einen Blick über die Schulter. »Sie haben sich Mühe gegeben, dass die Tür sich nicht von dem Fels daneben unterscheidet, aber es hat nicht ganz geklappt. Ihr dürft nichts berühren, außer den Boden unter euren Füßen. Und berührt bloß nicht die Tür, wenn ihr unter ihr hindurchschlüpft!« Dann verschwand er in der Dunkelheit unter der aufgehängten Tür.

William und der Hauptmann folgten ihm.

Der Tunnel war stockfinster. »Rührt euch nicht von der Stelle«, flüsterte James.

Einige schmerzhaft langsame Augenblicke vergingen, dann erwachte ein kleines Licht flackernd zum Leben, ein winziges Pünktchen, das James entzündet hatte.

»Wie habt Ihr das gemacht?«, wollte Treggar wissen.

»Ich zeige es Euch später«, antwortete James. Er reichte William eine dünne, brennende Wachskerze. »Geht ein paar Schritte den Tunnel entlang«, wies er beide an.

Er brachte die Tür wieder an Ort und Stelle und streckte die Hand aus. William gab ihm die Kerze. Das winzige Licht genügte vollauf, um sie erkennen zu lassen, wohin sie traten, ohne jedoch den Tunnel wirklich zu erhellen.

»Wir müssen jetzt sehr aufmerksam und vorsichtig sein«, flüsterte James.

Er ging voran. Der Tunnel führte hinab, noch tiefer in die Erde hinein.

Nachdem sie eine Zeit lang lautlos dahin geschritten waren, sahen sie ein Licht in der Ferne. James löschte sofort die brennende Wachskerze und steckte sie weg. Ein kurzes Stück, bevor sie die

Quelle des Lichts erreichten, kreuzte ein anderer Tunnel den, in dem sie sich voranbewegten. James wandte sich nach rechts, weg von dem Licht, und bedeutete William und Treggar, ihm zu folgen. Als es erneut vollkommen dunkel war, entzündete er die Kerze wieder.

Sie schritten den Korridor entlang. Es war eindeutig ein von Menschenhand geschaffener Gang, denn auf beiden Seiten säumten Mauern aus gut eingepassten Steinen den Weg. Der Boden bestand aus großen Pflastersteinen.

»Ich glaube, das ist der Weg, den die Ratte mir gezeigt hat«, sagte William leise.

»Welche Ratte?«, fragte Treggar.

»Das bedeutet vielleicht, dass die Küche oder die Vorratskammern nicht weit von hier sind«, erwiderte James, ohne auf die Frage einzugehen.

Sie hörten Geräusche ein paar Meter weiter vorn. James löschte die Kerze erneut. Nur wenige Augenblicke später sahen sie ein Licht näher kommen, und zwei Männer marschierten den Gang entlang, der ihren Tunnel im rechten Winkel kreuzte. Keiner der beiden sprach, und es war schwer zu erkennen, was für Kleidung sie trugen, abgesehen davon, dass sie dunkel sein musste.

»Was jetzt?«, flüsterte William.

»Wir folgen ihnen«, erklärte James.

»Merkt euch den Weg zurück. Einer von uns muss auf jeden Fall den Prinzen erreichen und ihm von diesem Ort berichten«, sagte Treggar.

Sie näherten sich vorsichtig der Kreuzung und wandten sich dann nach links, um den beiden Männern zu folgen.

Etwa hundert Meter weiter den Korridor entlang hörten sie Stimmengemurmel. Als sie sich dem Licht näherten, sahen sie Männer vor dem Eingang zu einer großen, gut beleuchteten Galerie stehen. Die Männer wandten den drei Eindringlingen den Rücken zu.

James blickte sich um und deutete auf ein Portal mit Stufen, die nach oben führten. Rasch betrat er die Treppe, gefolgt von den beiden anderen.

Sie fanden sich in einer runden Kammer wieder, die einst so etwas wie der Schlafraum der Bediensteten gewesen sein mochte. Von hier hatte man einen guten Blick auf das, was vermutlich einmal die Waffenkammer gewesen war. Alte Schmiedebänke lehnten jetzt unbenutzt an der Wand.

Sie hatten eindeutig die alte keshianische Festung gefunden und hielten sich in den Kellerräumen auf, die aus dem Fels gehauen worden waren. Das Gemurmel der Stimmen von unten übertönte James' Worte, als er sagte: »Hier haben vermutlich die Diener geschlafen, die in der Waffenkammer gearbeitet haben.«

»Was geht da unten vor?«, fragte William leise.

James riskierte einen Blick über den Rand, wich dann aber rasch wieder zurück.

Selbst in dem schwachen Licht konnten William und Treggar sehen, wie bleich James geworden war. »Wappnet euch, bevor ihr hinunterschaut«, flüsterte er.

William blinzelte nach unten und sah mindestens hundert Männer, die alle schwarze Gewänder oder Umhänge trugen und eine Zeremonie verfolgten, die sich direkt auf der gegenüberliegenden Seite vollzog. Die alte Waffenkammer war jetzt ein Tempel, und die braunen Flecken auf den Wänden waren untrügliche Zeichen dafür, dass dieser Tempel den dunklen Mächten diente.

Vier Männer – offensichtlich Priester – waren mitten in einer Opferzeremonie, und das Opfer, um das es ging, lag rücklings ausgestreckt auf einem großen Stein; seine Hände und Füße wurden von den vier schwarzgewandeten Männern festgehalten.

An der Wand hinter dem Priester hing eine Maske, größer als ein großer Mann, die eine fürchterliche Kreatur darstellte. Die Maske hatte in etwa die Form eines Pferdekopfes, und die Schnauze war so spitz wie die eines Fuchses, doch ragten zwei lange Stoßzähne nach unten. Und wo die Augen hätten sein sollen, brannten zwei Flammen.

Der Anführer der Priester intonierte jetzt ein Lied, und die versammelten Männer antworteten einstimmig.

»Was für eine Sprache ist das?«, fragte Treggar.

»Klingt Keshianisch«, antwortete William, »aber der Dialekt ist mir nicht vertraut.«

Plötzlich dröhnte eine Trommel, und ein Horn erklang. Die Männer riefen einen Namen. James spürte Kälte sein Rückgrat emporkriechen.

Der Gesang der Priester wurde lauter, und einer öffnete ein riesiges Buch und schritt dann an die Seite des Opfers. Ein anderer Priester nahm eine goldene Schüssel aus den Händen eines neben ihm stehenden Mannes. Er trat zum Kopf des Opfers und kniete neben ihm nieder.

Die drei stehenden Priester beschleunigten den Gesang, und die Zeugen antworteten. Ihre Stimmen wurden lauter, schneller, hartnäckiger.

Mit einer schwungvollen Gebärde brachte der Priester ein schwarzes Messer zum Vorschein, das er jetzt dem Opfer unter die Augen hielt. Der Mann war nackt bis auf den Lendenschurz, und er konnte sich nicht rühren. Doch seine Augen weiteten sich angesichts des Messers.

Dann schlitzte die Klinge in einer geschmeidigen Bewegung dem Mann die Kehle auf, und Blut schoss aus der Wunde. Der Priester hob die Schüssel, um das Blut aufzufangen, und als die ersten Tropfen in das Gefäß fielen, wurde James von einer noch viel eisigeren Kälte erfasst.

William sprach leise, obwohl seine Stimme angesichts des Lärms, den die singenden Männer verursachten, ohnehin kaum gehört werden konnte. »Spürt ihr auch diese Kühle?«

»Ja«, antwortete Treggar.

»Magie«, erklärte William. »Und zwar sehr große.«

Plötzlich schien der Raum dunkler zu werden, obwohl die Fackeln in den Kerzenhaltern noch genauso hell leuchteten wie zuvor. Eine schwarze Wolke bildete sich, nahm hinter dem Altar, auf dem das jetzt zuckende Opfer lag, Gestalt an.

»Zurück!«, sagte William, als die schwarze Wolke von Sekunde zu Sekunde mehr an Substanz gewann und die Stimmen der Priester immer lauter und eindringlicher wurden.

Nachdem sie sich wieder in den hinteren Bereich der Bedienstetenunterkünfte zurückgezogen hatten, fragte James: »Was war das?«

»Ein Dämon«, antwortete William. »Ich bin mir ganz sicher. Verhaltet euch still und bückt euch. Die Priester bemerken uns in den Schatten möglicherweise nicht, aber der Dämon könnte es durchaus.« Sie liefen geduckt weiter zu den Stufen.

Schreie erklangen aus dem behelfsmäßigen Tempel. »Und was war *das*?«, fragte Treggar.

»Das Blut ist nur dazu da gewesen, das Ding herzuholen«, mutmaßte William. »Jetzt nährt es sich von den gläubigen Anhängern.«

Treggars kampferprobte Miene konnte die Tatsache nicht verbergen, dass ihm sämtliches Blut aus dem Gesicht gewichen war. Sein Kiefer spannte sich an. »Sie bleiben freiwillig und sterben?«

»Fanatiker«, sagte James. »Wir sind solchen schon zuvor begegnet, Hauptmann. Murmandamus?«

Treggar nickte. »Die Schwarzen Kämpfer.«

»Wir müssen Arutha warnen«, sagte William. »Er hat genug Männer bei sich, um diese Gruppe zu zermalmen, aber nicht, solange ihnen ein Dämon dient. Der Prinz hat weder Magier noch Priester bei sich.«

James erinnerte sich an einen Angriff auf den Prinzen im Kloster Sarth. »Es wäre nicht das erste Mal, dass Arutha einem Dämon gegenübersteht.«

Weitere Schreie erklangen. »Kommt«, drängte Treggar. »Wir

müssen zurück. Sie sind jetzt abgelenkt, aber niemand weiß, wie lange noch.«

James nickte und ging voran.

Sie eilten rasch die Treppe hinunter und dann durch den Tunnel zurück, hasteten auf den verborgenen Eingang zu. Die ganze Zeit über erklangen hinter ihnen die Schreie der sterbenden Männer. Immer wieder glaubten sie, dass das Morden aufgehört hätte, aber kaum war Ruhe eingekehrt, wurde sie auch schon von einem neuen Schrei zerrissen.

Als sie den dunklen Teil der Tunnel betraten, entfachte James erneut seine Kerze.

»Der Mann auf den Steinen hat kein einziges Mal geschrien«, sagte William.

»Das hätte er nie getan. Er war einer unserer Fährtensucher«, erklärte Treggar.

James schwieg.

Sie erreichten den Ausgang, und James bedeutete ihnen, stehen zu bleiben. Er reichte William das Licht.

Nachdem James eine Zeit lang die verborgene Tür betrachtet hatte, legte er seine Hand dagegen und drückte, um sie zu öffnen.

Nichts geschah.

Dreizehn

Versteck

James drückte erneut gegen die Tür.

Wieder geschah nichts.

»Was ist los?«, fragte Treggar.

»Sie geht nicht auf«, erwiderte James. Er fuhr mit den Fingern über die Türkante, betastete dann die Wand rechts von ihr.

»Wieso geht sie denn nicht auf?«, wollte William wissen.

»Wenn ich das wüsste, wäre sie wohl schon offen«, zischte James.

»Falls es Eurer Aufmerksamkeit entgangen sein sollte, Junker, wir befinden uns am Ende eines sehr langen Gangs und haben nicht die geringste Möglichkeit, uns zu verstecken«, sagte Treggar. »Falls Ihr diese Tür also nicht innerhalb kürzester Zeit öffnen könnt, werden wir uns zu einem der Korridore, an denen wir vorbeigekommen sind, zurückschleichen und einen anderen Weg finden müssen, der uns nach draußen führt.«

James arbeitete konzentriert weiter, und seinen Bewegungen war anzumerken, dass er sich über die Bedrohlichkeit der Situation im Klaren war. »Ich weiß nicht …«

Er trat zur linken Seite der Tür und fuhr dort mit seiner Suche fort. »Wir sollten zurückgehen«, sagte er kurze Zeit später.

Sie eilten den Gang zurück und bogen bei der ersten Kreuzung links ab. »Wohin gehen wir?«, fragte William.

»Ich weiß es nicht genau«, antwortete James. »Ich weiß nur eins, nämlich dass es in einer Festung von dieser Größe sicherlich einige Orte gibt, an denen wir uns verstecken können.«

»Warum habt Ihr gerade diese Richtung eingeschlagen?«, fragte Treggar.

»Weil sie derjenigen, aus der wir gekommen sind, genau entgegengesetzt ist.«

Sie verließen den schwach beleuchteten Korridor und wandten sich einem anderen zu, in dem es stockdunkel war. James entzündete die Kerze wieder.

»Wie machst du das eigentlich?«, fragte William.

»Wenn wir einen Platz gefunden haben, an dem wir uns verstecken können, zeige ich es dir«, antwortete James.

Eine Weile schritten sie schweigend dahin, folgten noch zwei weiteren Biegungen, da James sich so weit wie möglich vom Tempel entfernen wollte. Plötzlich blieb er stehen. Er hielt die Kerze dicht über den Boden. »Staub. Hier ist schon seit langer Zeit niemand mehr rumgelaufen.« Er richtete sich wieder auf, und sie gingen weiter.

Kurz darauf kamen sie an einen Raum, der offensichtlich früher als Lager gedient hatte. Der Türrahmen war halb verrottet, und die Angeln waren herabgefallen. Die Tür selbst fehlte.

James betrat den Raum und hielt die Kerze hoch. Das flackernde Licht reichte aus, um sich umzusehen: Der Raum schien etwa zwanzig Fuß breit und halb so lang zu sein, doch es war schwer, die tatsächlichen Ausmaße zu erkennen, denn an der einen Seite waren Steine heruntergefallen.

»Kommt hierher«, sagte James und deutete auf eine der Ecken neben der Tür. »Hier scheint zwar eine ganze Zeit lang niemand mehr hergekommen zu sein, doch Ruthia« – die Göttin des Glücks – »kann manchmal recht wankelmütig sein, und ich möchte nicht das Risiko eingehen, dass jemand zufällig Licht in diesem unbenutzten Raum sieht.«

Treggar blickte auf die Felsbrocken. »Kein Wunder, dass er nicht mehr benutzt wird, denn er ist alles andere als sicher. Seht Euch nur mal die Holzbalken an.«

James hielt das Licht etwas näher an einen Teil des herabgefallenen Fenstersturzes. »Trocken wie Papier«, sagte er. Er schob ein paar heruntergefallene Felsbrocken beiseite, so dass er sich auf einem großen Stein niederlassen konnte.

»Ich dachte, Holz würde im Laufe der Zeit härter werden«, meinte William.

»Manchmal ja«, erwiderte Treggar. »Ich habe Gebäude gesehen, da sind die Balken so hart wie Stahl gewesen.« Er hob ein Stück Holz hoch und zerbröselte es zwischen den Fingern. »Manchmal wird es aber auch einfach nur alt.«

»Wie spät mag es jetzt wohl sein?«, fragte James.

»Beinahe Dämmerung«, sagte Treggar.

»Ich wette, dass unsere Freunde drüben tagsüber schlafen. Solche Leute üben ihre Geschäfte gewöhnlich nachts aus. Ich werde mich ein bisschen umsehen. Wenn ich keinen anderen Weg nach draußen finde, untersuche ich die Tür noch einmal. Wir können nicht sehr lange hier bleiben.«

»Sieh zu, dass du etwas Wasser findest«, sagte William. »Meine Kehle ist wie ausgetrocknet.«

James nickte. Es war Stunden her, seit sie ihre Ausrüstung zurückgelassen und den künstlichen Eingang zu der alten Festung gefunden hatten. »Ich werde mir Mühe geben.«

»Bevor du weggehst: Wie geht denn nun dieser Trick mit dem Licht?«, fragte William.

James reichte ihm die brennende Kerze. »Pass auf.« Er griff in seinen Gürtelbeutel und zog eine lange Kerze heraus, die wie ein dickes Stück langsam brennender Zunder wirkte, den man gewöhnlich benutzte, um Feuer zu entfachen. »In diese Kerze ist eine Substanz hineingerieben.« Er holte eine kleine Phiole mit einer Flüssigkeit hervor und nässte den Zunder mit einem Tropfen. Zuerst geschah nichts, doch dann erschien an der Spitze eine Flamme. »Ich habe sie schon vor einer Weile bei einem Straßenmagier gekauft. Sehr praktisch, denn man muss nicht erst umständlich mit Feuerstein und Stahl Funken schlagen. Und es funktioniert auch bei starkem Wind.«

William grinste. »Ich dachte, diesen Trick hätte dir vielleicht der alte Kulgan beigebracht.«

»Wohl kaum«, sagte James. »Ich würde sie euch hier lassen, aber ich nehme an, dass ich dringender auf Licht angewiesen bin als ihr. Rührt euch nicht vom Fleck.« Mit diesen Worten erhob er sich und verschwand.

William hielt die brennende Kerze hoch, die James ihm dagelassen hatte. »Ihr solltet sie besser ausmachen, Leutnant«, sagte Hauptmann Treggar.

William gehorchte, und absolute Finsternis legte sich über den Raum. »Wenn Ihr nichts dagegen habt, werde ich Feuerstein, Stahl und Zunder rausholen, nur für den Fall.«

»Ich habe ganz und gar nichts dagegen.«

William hörte, wie Treggar in der Dunkelheit herumrutschte. »Hier ist ein bisschen Holz«, sagte der Hauptmann dann. »Wenn Ihr unter Zeitdruck eine Fackel machen müsst, solltet Ihr etwas nehmen, das schnell zu brennen beginnt.«

»Danke, Hauptmann.«

Eine lange Stille folgte.

»Dieser Junker ist ein ungewöhnlicher Bursche, nicht?«, meinte Treggar dann.

»Das kann man wohl sagen. Aber Ihr seid doch schon seit vielen Jahren in Krondor, da müsstet Ihr ihn doch eigentlich gut kennen.«

»Kaum«, sagte Treggar. Wieder blieb es längere Zeit still, dann sagte der Hauptmann: »Er ist der Junker des Prinzen. Sein ›Schoßjunker‹, wie einige ihn nennen. Natürlich sagt ihm das niemand ins Gesicht. Er hat eine Menge Privilegien.«

»Nach allem, was ich weiß, hat er sie auch verdient.«

»Diesen Eindruck könnte man durchaus gewinnen …«

»Hauptmann?«, sagte William.

»Ja?«

»Ich wollte nur sagen, dass ich wirklich vorhabe, meinen Dienst zu erfüllen. Dass ich gleich zu Beginn nicht da war ... das war nicht meine Idee.«

»Das glaube ich auch langsam.«

Wieder wurde es still.

»Nun, offen gestanden hatte ich gehofft, nicht in Krondor Dienst tun zu müssen«, erklärte William dann.

»Wirklich? Wieso?«

»Ich bin nicht wirklich mit dem Prinzen verwandt. Mein Vater ist vor vielen Jahren vom Hause Lord Borics adoptiert worden.«

»Das macht Euch aber trotzdem zu einem Mitglied des Königshauses, Junge.«

»So hat man mir gesagt. Aber ich wollte immer nur Soldat sein, Hauptmann. Und ich wollte mir meine Position selbst erarbeiten.«

»Das Soldatenleben ist ein hartes Leben«, meinte Treggar nach einer kurzen Pause. »Viele Jungs von hohem Rang kommen zum Palast, lassen sich vom Schwertmeister ausbilden, erhalten ihren Offiziersrang und kehren dann nach Hause zu ihren Familien zurück. Bei offiziellen Anlässen zeigen sie sich in glänzenden Rüstungen, reiten auf Pferden, auf denen ich mein ganzes Leben lang niemals sitzen werde, und bekommen ...« Er brach ab und schwieg.

»Und Ihr fühlt Euch übergangen?«

»So könnte man sagen. Ich habe als Soldat angefangen, mich während der ersten Jahre des Spaltkriegs rekrutieren lassen. Ich bin bei der Garnison von Dulanic gewesen und mit nach Yabon zur Frontlinie marschiert, als Herzog Guy in die Stadt gekommen ist.«

William war noch ein Baby gewesen, als sich diese Ereignisse zugetragen hatten, aber er kannte die Geschichte natürlich.

»Euer Junker James ist damals noch ein flegelhafter Dieb gewesen, und ich war ein verängstigter Soldat, der mit einer Pike neben anderen verängstigten Soldaten gestanden und zugesehen hat, wie die Tsuranis uns ohne jegliche Furcht in den Augen angegriffen haben.«

William enthielt sich eines Kommentars.

»Wie auch immer, es war ein langer Krieg, und eine ganze Reihe von Jungs hat es nicht geschafft. Im zweiten Winter, oben in den Bergen, bin ich schon Sergeant gewesen. Im dritten war ich Leutnant, und weil ich in der Garnison des Prinzen von Krondor war, wurde ich zum ›Hof-Leutnant‹.« Er schwieg einen Augenblick. »Ich spreche so viel von mir selbst. Das ist sonst gar nicht meine Art.«

»Ich bin froh, Eure Stimme zu hören, Hauptmann. Das macht die Finsternis weniger bedrückend.«

»Ich bin der älteste Junggeselle in der ganzen Garnison, Will.«

William bemerkte, dass der Hauptmann seinen Vornamen benutzte. Es war das erste Mal, dass Treggar ihn nicht mit seinem offiziellen Titel ansprach. »Das muss sehr hart sein, Hauptmann.«

»Ich bin der Offizier, der niemals zu den Bällen eingeladen wird, auf denen man junge Frauen treffen könnte. Ich bin der Offizier, der nicht schon durch seine Geburt Verbindungen hierhin und dorthin hat. Mein Vater war ein Dockarbeiter.«

Plötzlich begriff William, dass der Hauptmann Angst hatte. Er verriet sie, indem er enthüllte, dass hinter seiner Maske aus Schikanen noch etwas anderes war. William wusste nicht recht, was er sagen sollte. »Mein Vater hat als Küchenjunge angefangen.«

Treggar lachte. »Aber das ist er nicht sein Leben lang geblieben.«

William kicherte. »Das ist wahr. Wenn Ihr die Wahl hättet, was würdet Ihr tun?«

»Ich würde gerne eine Frau kennen lernen. Sie müsste keinen besonderen Rang haben. Einfach nur eine nette Frau. Ich hätte gerne einen Posten, der meiner Verantwortung untersteht, einen, bei dem ich mich nicht unentwegt umsehen und aufpassen muss, ob der Schwertmeister oder der Hofmarschall oder irgendein Herzog nur darauf warten, dass ich die Geduld verliere und einem jungen Kadetten eine Kopfnuss gebe. Ich will einfach nur meine Arbeit tun. Selbst wenn es lediglich darum ginge, einen kleinen Außenposten zu befehligen wie den, den wir in der Nähe der Shandon-Bucht wiedererrichten. Fünfzig Mann, ein Sergeant, gelegentlich Schmuggler und Banditen jagen und abends zum Essen nach Hause gehen.«

William lachte. »Wenn wir hier wieder rauskommen, würde ich Euch nur zu gerne begleiten und in Ruhe meine Arbeit tun. Aber ich habe gerade erst festgestellt, dass der Prinz etwas anderes von mir erwartet.«

»Das ist auch eine Bürde. Zur königlichen Familie zu gehören, meine ich.«

»Genau das hat man mir gesagt.«

Sie verfielen wieder in Schweigen.

Nach einer Weile sagte William: »Was James wohl macht?«

James kroch auf dem Bauch liegend weiter, so lautlos wie er nur konnte. Er hatte einen Weg gefunden, der hinter dem größten Teil der Assassinen vorbeiführte, aber er wusste, dass William und Treggar es niemals schaffen würden, ohne entdeckt zu werden. Es war selbst für ihn eine große Herausforderung gewesen, nicht bemerkt zu werden. Jetzt versuchte er, einen anderen Weg zu finden, und krabbelte durch eine zerbrochene Abwasserröhre.

Die Festung war alt. Die Keshianer hatten sie schon vor Jahrhunderten verlassen, aus Gründen, die niemand mehr wusste. Möglicherweise hatte es einen Aufruhr im Kaiserreich gegeben oder bei den Völkern, die der keshianischen Föderation unterstanden hatten. Vielleicht hatte aber auch ein Machtkampf im Herzen des Kaiserreichs selbst stattgefunden.

Im schwachen Schimmer der Kerze, die er von Zeit zu Zeit entzündete, hatte James genug gesehen, um sich zu wünschen, mehr Zeit und Muße für eine genauere Untersuchung zu haben. Er hatte einen Raum voller alter Gebeine gefunden, von denen einige vermutlich erst kürzlich dort hingeworfen worden waren. James nahm an, dass die gegenwärtigen Bewohner der Festung sie dort hingeschafft hatten.

In einigen größeren Räumen – einer musste die Offiziersmesse gewesen sein, drei andere die Unterkünfte der gewöhnlichen Soldaten – hatte er auch verwitterte und sonnengebleichte Steine von oben gefunden. Er nahm an, dass die Assassinen draußen Überreste der Festung gefunden und sich daran gemacht hatten, alle Spuren zu beseitigen, die eventuell auf ihr Versteck hindeuten könnten.

James sah weiter vorne Licht und bemühte sich, noch vorsichtiger zu sein. Zentimeter um Zentimeter schob er sich vorwärts, bis er sich direkt unterhalb der Lichtquelle befand. Der obere Teil der Röhre war genau dort zerbrochen, wo es ein großes Loch im Fußboden gab. James, der sich bisher auf dem Bauch voranbewegt hatte, drehte sich jetzt langsam um und richtete sich vorsichtig auf.

Der Raum war leer.

Er befand sich in einer Art Wachraum, denn an drei Wänden befanden sich eiserne Zellentüren. Eine vierte Tür führte zu einem dunklen Gang. James blinzelte durch die kleine, mit Gitterstäben versehene Öffnung der nächsten Eisentür. Ein einzelner Mann lehnte an der gegenüberliegenden Wand; er trug nichts weiter als einen Lendenschurz. »Hallo!«, flüsterte James.

Der Gefangene hob den Kopf und blinzelte, als versuche er, die Gestalt des Mannes auszumachen, dessen Kopf das kleine Fenster verdeckte. »Wer bist du?«, fragte er in der Sprache des Königreichs.

»James, Junker von Krondor.«

Der Mann kämpfte sich auf die Beine und kam zum Fenster, wo James ihn genauer sehen konnte. »Ich bin Edwin, einer der Fährtensucher.«

James nickte. »Vor ein paar Stunden habe ich gesehen, wie dein Kamerad geopfert worden ist.«

»Das war Benito«, sagte der Gefangene. »Arawan haben sie in der Nacht davor umgebracht. Ich bin der Nächste, es sei denn, Ihr könnt mich hier irgendwie rausholen.«

»Geduld«, sagte James. »Wenn ich dich rauslasse und sie kommen aus irgendeinem Grund zu dir, werden sie sofort wissen, dass wir in die Festung eingebrochen sind.«

»Wie viele seid ihr?«

»Drei. Ich und zwei Offiziere. Aber wir warten auf die Ankunft des Prinzen.«

»Das tun die Assassinen auch«, erklärte Edwin. »Ich weiß zwar nicht genau, was sie vorhaben, aber ich verstehe ihre Sprache gut genug, um zu erahnen, dass sie über das unterrichtet sind, was Seine Hoheit vorhat. Sie wollen ihm einen besonderen Empfang bereiten.«

»Der Dämon«, sagte James.

»Der Dämon?«, flüsterte Edwin. »Ich habe gewusst, dass es was mit dunkler Magie zu tun hat, aber ...«

»Ich komme wieder«, sagte »James. »Wenn sie dich heute Abend opfern wollen, bleibt mir noch der ganze Tag, einen Weg nach draußen zu finden.«

»Ich kenne einen Weg nach draußen! Sie haben mich an der östlichen Seite der Festung aufgegriffen und dann ein altes Tor geöffnet, möglicherweise ein Ausfalltor. Es war bereit genug, dass Berittene in zwei Reihen nebeneinander hindurchreiten könnten.«

»Wir haben einen anderen Weg gefunden, einen Fußweg, der tief in die Felsen in der Nähe des alten Haupttors gegraben wurde. Aber ich weiß nicht, wie ich die Tür von innen öffnen soll.«

»Dabei kann ich Euch nicht helfen. Was habt Ihr vor?«

»Erzähle mir zuerst noch mehr von dem Eingang, den du gefunden hast.«

»Es gibt dort eine unterirdische Stallung, wo sie die Tiere halten, gleich neben der Waffenkammer. Von dort führt ein kurzer, aber weiter Korridor zu einem Falltor, das über einen kleinen, ausgetrockneten Graben führt. An der östlichen Seite dieser Böschung gibt es mehrere raffiniert getarnte Ausgucke, und alle, die sich auf diesem Weg nähern, werden lange, bevor sie das Tor erreichen, gesichtet.«

James dachte nach. Allmählich nahm die Architektur dieser Festung vor seinem geistigen Auge Gestalt an. »Ich werde zurückkommen. Wann etwa werden sie dich holen?«

»Eine Stunde vor der Opferung. Ich bekomme einmal am Tag etwas zu essen. In ungefähr zwei Stunden ist es wieder so weit.«

»Dann sieh zu, dass du ordentlich was isst. Du wirst viel Kraft benötigen. Wir müssen draußen sein, bevor sie merken, dass du nicht mehr da bist.«

»Ich werde hier auf Euch warten, James«, meinte der Fährtensucher mit bitterem Humor.

James eilte zum Korridor auf der anderen Seite. Er huschte rasch an der Wand entlang, bis er an eine Kreuzung kam, dann verschwand er in der Dunkelheit.

William und Treggar zogen beide ihre Dolche, als sie jemanden kommen hörten. Sie hatten in Gedanken versunken dagesessen und fuhren bei dem Geräusch regelrecht zusammen.

»Ganz ruhig!«, erklang James' Stimme in der Dunkelheit. Kurz darauf entzündete er eine seiner Kerzen. »Wir haben ein Problem.«

»Nur eins?«, fragte Treggar.

»Ein großes. Der letzte Fährtensucher wird gegen Mitternacht geopfert werden, wenn wir ihn nicht vorher befreien.«

»Können wir das denn?«, fragte William.

»Ja.«

»Dann tun wir es auch«, sagte Treggar.

»Es wird nicht leicht werden. Wir haben nichts zu essen, kein

Wasser und keine Pferde, und es dauert noch mindestens zwei Tage, bis Arutha hier ist – wenn er überhaupt weiß, wo er uns findet. Ich bin nicht sicher, wie viele Assassinen sich hier verstecken, aber ich schätze, es sind mindestens dreihundert, wenn nicht sogar mehr.« James reichte William die Kerze. »Halt mal.«

Er begann mit dem Finger etwas in den Staub auf dem Boden zu malen. »Hier sind wir«, sagte er, »und direkt östlich von uns ist das Hauptzentrum der Nachtgreifer, oder wer immer sie wirklich sein mögen. Im Norden liegen ein paar unbenutzte Räume, überwiegend Lagerräume. Ich bin ein bisschen in den Abwasserkanälen rumgekrabbelt –«

»Das riecht man aber gar nicht«, meinte Treggar.

James schüttelte den Kopf. »Dieser Teil des Abwasserkanalsystems ist seit Jahrhunderten nicht mehr benutzt worden.« Er zog ein Rechteck um die Zeichnung, die er in den Staub gekritzelt hatte. »Wir befinden uns in der südwestlichen Ecke des alten Kerkers. Wir haben die Waffenkammer gesehen, die sie als Tempel benutzen. Die Unterkünfte der Soldaten sind ihre Gemeinschaftsräume, möglicherweise deshalb, weil auch die alten unterirdischen Küchen dort liegen. Im Norden sind noch einige leere Räume. Im Osten sind ihre Ställe; dort gibt es auch ein altes Ausfalltor, das sie als Haupteingang benutzen.«

»Was ist mit der Tür, durch die wir hereingekommen sind?«, fragte William.

»Ich habe sie auf meinem Weg zurück noch mal untersucht. Sie hat einen verborgenen Auslöser. Ich vermute, sie ist ursprünglich eingerichtet worden, um weniger treue Mitglieder der Gilde der Assassinen daran zu hindern, unerwartet davonzulaufen. Der Auslösemechanismus befindet sich hinter einem künstlichen Fels an der letzten Kreuzung auf dem Weg zum Ausgang. Er ist ziemlich raffiniert, denn wenn man ihn betätigt, schnappt eine Falle zu.«

»Was für eine Falle?«, fragte Treggar.

»Ich weiß es nicht genau, und ich hatte auch keine Neigung, es herauszufinden. Aber es waren Schnüre und Zähne an den Angeln befestigt, und zwar auf eine Weise, dass sie schon reagieren, wenn man nur auf die falsche Art gegen die Tür drückt.«

»Ich fand es schon ziemlich seltsam, wie du sie geöffnet hast«, bemerkte William.

»Das haben sie mit Absicht so konstruiert. Der richtige Weg ist der, der am unbequemsten ist.«

»Woher hast du das gewusst?«, fragte William.

»Alte Diebe werden sicher nicht durch ihre Dummheit alt. Ein junger, kluger Dieb hört ihnen zu, wenn sie in Erinnerungen darüber schwelgen, wie schlau sie im Umgang mit solchen Fallen gewesen sind. Ich bin bestimmt kein dummer Dieb gewesen. Ich habe ihnen zugehört.« Er kicherte. »Die Tür hat an beiden Seiten Angeln statt Scharniere, daher war sie nicht dazu gedacht, wie eine gewöhnliche Tür geöffnet zu werden. Und dann habe ich mir klargemacht, dass die Art, wie man sie am ehesten öffnen würde, die ist, wie man am schnellsten getötet werden würde.«

»Was ist mit dem ursprünglichen Eingang im Westen?«, fragte Treggar.

»Ich konnte keinen direkten Weg dorthin finden. Aber ich glaube, ich habe einen Weg nach oben gefunden.« Er deutete auf die Bruchsteine, die sich an der Mauer stapelten.

»Das soll der Weg nach oben sein?«, fragte William.

»Möglicherweise«, antwortete James. »Ich gehe davon aus, dass sich am Haupteingang ein Exerzierhof und eine Außenmauer um einen Bergfried befunden haben. Also müssten diese Mauer und das Tor direkt über uns gewesen sein. Es haben sicherlich ein paar Wege direkt von der Waffenkammer dort hinten« – er deutete auf den Gang – »zum Innenhof über uns geführt.«

Treggar erhob sich und betrachtete die Steine genauer. Obenauf lagen meist kleinere Felsbrocken, während die unteren recht groß waren. Er packte einen von ihnen und versuchte, ihn zur Seite zu rücken. Nach einiger Anstrengung hatte er es lediglich geschafft, ihn ein winziges Stück zu bewegen. Er gab auf.

»Das habe ich mir gedacht«, meinte James. »Die Holzbalken hier sind schwach. Wenn man den falschen Stein rauszieht, kommt möglicherweise die ganze Decke auf uns runter. Es gibt noch einen anderen Korridor, der zu einem Raum nördlich von hier führt, in dem sogar noch mehr Steine liegen. Solange wir also keinen anderen Weg weiter östlich finden, der nach oben führt, können wir nur über den Weg zurück, den wir hergekommen sind, oder durch das Osttor.«

»Und welchen nehmen wir?«

»Der Weg, den wir hergekommen sind, ist der einfachste, aber ich schätze, sobald sie feststellen, dass der Fährtensucher verschwunden ist, werden sie die umliegenden Hügel gründlich durchkämmen. Wenn wir uns Pferde aus ihren Ställen holen könnten, wären wir immerhin in der Lage, einen guten Vorsprung zu bekommen. Und wenn wir Arutha noch vor ihnen erreichen …« Er zuckte mit den Schultern.

»Habt Ihr die Ställe überhaupt gesehen?«, fragte Treggar. »Wissen wir, wie wir das Tor öffnen können? Hat es Winden und Seile? Gibt es ein Fallgatter? Gegengewichte? Ist es eine Fallbrücke, die über einen Graben führt, oder befindet sich jenseits des Tores nur eine Felsebene?«

»Schon verstanden, Hauptmann«, sagte James.

»Abgesehen davon«, meinte William, »wissen wir gar nicht, ob die Assassinen noch hier sind, wenn wir mit Arutha zurückkehren – falls wir ihnen überhaupt entkommen und den Prinzen finden. Aber wäre es für sie nicht einfacher, rasch von hier zu verschwinden und sich woanders niederzulassen?«

James blickte William an. »Ja, vermutlich.« Er lehnte sich zurück. »Ich muss nachdenken.«

Er löschte das Licht, und William und Treggar hörten, wie er sich mit dem Rücken an die Wand lehnte. Eine ganze Stunde lang saßen die drei schweigend da.

Dann erklang James' Stimme in der Dunkelheit. »Ich habe eine Idee!«

James lag reglos in der zerbrochenen Abwasserröhre und lauschte.

Als er sicher war, dass nichts zu hören war, kletterte er nach oben in den Wachraum.

Er warf einen Blick in Edwins Zelle.

Der Fährtensucher schaute auf. »Ist es so weit?«, fragte er.

»Ja«, erwiderte James und untersuchte das Schloss. Es war ein einfacher, alter Mechanismus, und er hätte es sogar blind knacken können. Er griff in den Beutel an seinem Gürtel, zog einen langen, dünnen Metallstab heraus und steckte ihn in das Schloss. Einen Augenblick später hörte er ein befriedigendes Klicken, und er drehte den Stab herum. Das Schloss öffnete sich.

Der Fährtensucher trat sofort durch die Tür und folgte James zurück zur Abwasserröhre. Während sie in der Dunkelheit davonkrochen, meinte Edwin: »Sie werden sofort nach mir suchen, wenn sie merken, dass ich weg bin.«

»Da bin ich mir sicher«, erwiderte James leise. Er schob sich weiter durch die Röhre.

Sie erreichten das Ende, und James griff mit beiden Händen an den Rand der Röhre und ließ sich nach vorn kippen. Er landete weich auf dem Boden. »Ich bin unter dir«, sagte James leise. »Halt dich an der Röhre fest und lass dich fallen. Es sind nur drei Fuß.«

Der Fährtensucher landete leise auf den Steinen. James legte ihm eine Hand auf die Schulter. »Ab hier ist absolute Stille nötig! Leg deine Hand auf meine Schulter, denn es wird stockdunkel werden.«

James war erleichtert, dass Edwin ein ruhiger Mensch und selbst in dieser unangenehmen Situation trittsicher war. Weder zögerte er, noch wurde er hastiger; er behielt einen gleichmäßigen Schritt bei, so dass James kaum langsamer war, als wenn er allein gegangen wäre.

Einige Male hielt der Junker an und lauschte, um herauszufinden, ob möglicherweise andere Leute in der Nähe waren.

Erst, als sie Treggar und William erreicht hatten, sprach Edwin wieder: »Danke, James.«

James entzündete eine Kerze. »Ich habe nur noch vier davon, also sollten wir sie nicht verschwenden.«

»Wie haben sie Euch gekriegt?«, fragte Treggar.

Edwin zuckte mit den Schultern. »Sie kennen die Gegend besser als wir. Ich habe natürlich Vorsichtsmaßnahmen ergriffen, aber es gibt hier große Landstriche ohne jede Deckung; jede Art von Bewegung ist zu sehen, wenn man weiß, wonach man Ausschau halten muss. Arawan, Benito und ich sind alle am gleichen Tag geschnappt worden.«

»Hatte der Prinz denn nicht vier Fährtensucher losgeschickt?«, fragte Treggar.

Edwin lächelte. »Doch, das hat er. Bruno ist noch da draußen.«

»Kannst du ihn finden?«, fragte James.

Edwin nickte. »Ja, ich denke schon.«

»Gut«, sagte James. »Ich glaube, ich weiß, wie du hier rauskommst. Aber zuerst müssen wir uns Wasser und etwas zum Essen besorgen. Warte hier.« Ohne eine weitere Bemerkung löschte James das Licht und verschwand.

»Ich hasse es, wenn er das tut«, murmelte William.

Treggar enthielt sich eines Kommentars; er lachte nur leise.

James kauerte sich an die Wand; hinter der Ecke lag die Schlafpritsche des Kochs. Der übrige Teil der Garnison würde den Tag hindurch schlafen, aber die Leute in der Küche würden jeden Augenblick aufstehen, um die erste Mahlzeit des neuen Tages zuzubereiten.

James blinzelte um die Ecke und sah, wie der Koch sich im Schlaf umdrehte. Er schnarchte. Zwei Jungen lagen ein paar Schritte von ihm entfernt; sie waren in Lumpen gekleidet. Möglicherweise handelte es sich um Sklaven, die die Assassinen in Durbin erworben oder einer Karawane in der Wüste gestohlen hatten. James sah eine große Wasserhaut an einem Pflock an der Wand hängen, gleich neben etwas, das offensichtlich ein Brunnen war – ein runder Steinschacht von vier Fuß Höhe und etwa ähnlich großem Durchmesser. Es war verständlich, dass eine Garnison von dieser Größe einen eigenen Brunnen hatte. James blickte auf und sah ein Loch über dem Brunnen. Er begriff, dass dieser alte Schacht zum Exerzierplatz des Burgfrieds führen musste.

James änderte seinen Plan spontan. Er hatte von diesem Schacht nichts geahnt, doch es machte die Dinge leichter. Er eilte lautlos zu dem Brunnen, setzte sich auf den Rand, beugte sich vor und stützte sich mit der Hand auf dem gegenüberliegenden Rand auf. Er blickte nach oben. Etwa hundert Fuß über ihm war ein schwacher Lichtschimmer zu erkennen.

Der alte Aufbau des Brunnens war niedergerissen worden, zusammen mit dem übrigen Teil der Festung, aber niemand hatte daran gedacht, den Schacht zuzuschütten.

James warf einen Blick nach unten und sah einen Haken mit einem Seil daran, das in der Dunkelheit weiter unten verschwand.

Er nahm die Wasserhaut von der Wand und stellte fest, dass sie voll war. Dann hängte er an ihre Stelle eine der vielen leeren, die direkt neben dem Brunnen lagen. Einer der Jungen würde wahrscheinlich Schläge einstecken müssen, weil er sie angeblich nicht gefüllt hatte, aber das war jetzt nicht weiter von Bedeutung.

In ein oder zwei Tagen waren die Jungen ohnehin entweder tot oder frei.

James schlich lautlos durch die Küche, nahm Brot, Käse und getrocknete Früchte mit. Er eilte davon, und als er sich in sicherer Entfernung im Tunnel befand, legte er alles auf den Boden. Er eilte zur Küche zurück und stellte sich auf den hüfthohen Rand des Brunnens. Dann beugte er die Knie und sprang mit einem großen Satz in den überhängenden Schacht hinauf, presste dort die Hände so kräftig seitlich gegen die Mauer, dass er sich förmlich verkeilte und hängen blieb. Es war eng in dem Schacht, und er musste sich anstrengen, um nicht in den Brunnen hinabzustürzen. Stück für Stück krabbelte er aufwärts, schürfte sich dabei Knie und Ellenbogen auf und schabte den Dreck von den Wänden. Der Koch musste schon blind sein, wenn er ihn nicht finden würde.

Danach arbeitete sich James, so gut es ging, wieder abwärts. Kurz vor dem unteren Ende des Schachts ließ er sich in die Tiefe fallen. Als er am Rand des Brunnens in der Küche vorbeikam, streckte er die Arme aus und packte zu. Der Aufprall klang grauenhaft laut, jedenfalls in seinen Ohren; der Koch schien jedoch nichts gehört zu haben, denn er schnarchte unbekümmert weiter. James' Schultern fühlten sich an, als wären sie bei dem Ruck aus den Gelenken gerissen worden. Er erinnerte sich, wann er das letzte Mal so etwas gemacht hatte, und plötzlich wurde ihm klar, dass er damals zum ersten Mal einem Nachtgreifer begegnet war – auf den Dächern Krondors, in jener Nacht, als er Prinz Arutha vor dem Armbrustbolzen eines Assassinen gerettet hatte. Doch diese Übung wurde nicht unbedingt dadurch besser, dass man sie mehrfach durchführte, dachte er, während er noch am Rand des Brunnens hing.

James holte tief Luft und zog sich hoch. Er vermied es, den Staub, den er so großzügig um die Brunnenöffnung verteilt hatte, zu berühren, und sprang lautlos darüber hinweg; dann drehte er sich um und betrachtete den Schaden, den er angerichtet hatte. Er konnte deutlich sehen, wo seine Hände die obersten Steine berührt hatten. Rasch verteilte er etwas Staub darauf, in der Hoffnung, dass sich niemand diese Stelle genauer ansehen würde.

Dann eilte er aus der Küche, hob das Essen und das Wasser auf und machte sich auf den Weg zurück zu den anderen. Unterwegs rieb er sich erst die eine, dann die andere Schulter und nahm sich im Stillen vor, sich nie wieder an dieser Übung zu versuchen.

»Ich weiß nicht, was zuerst geschehen wird: ob der Koch zuerst den Dreck um den Brunnen bemerkt oder die Wachen feststellen, dass Edwin nicht mehr in der Zelle ist, und Alarm schlagen«, sagte James, während sie aßen. »Ich hoffe, es wird das Erste sein.«

»Wieso?«, wollte William wissen, während er die Portion Brot aß, die ihm zugeteilt worden war.

Treggar antwortete an James' Stelle. »Das ist ganz einfach. Wenn sie zuerst merken, dass der Gefangene weg ist, werden sie jeden Raum durchsuchen – zumindest so lange, bis sie den Dreck in der Küche gefunden haben. Wenn sie aber den Dreck zuerst sehen, werden sie rasch feststellen, dass der Gefangene fehlt. Sie werden vermuten, dass er durch den Schacht des alten Brunnens entflohen ist, und ihn verfolgen.«

»Wie wollen wir also fliehen?«, fragte Edwin.

»Wir fliehen gar nicht«, erwiderte James. »Nur du. Arutha ist mit zweihundert Soldaten auf dem Weg hierher. Aber hier warten mindestens dreihundert Mann nur darauf, dass er endlich auftaucht. Jemand muss ihn warnen, und du bist am besten dafür geeignet, vorausgesetzt, du bist erst einmal aus der Festung raus.«

»Wie wollt Ihr das machen?«, fragte Treggar.

»Durch das Tor im Osten«, antwortete James. Er griff in ein Bündel, das er mit dem Essen hergebracht hatte, und holte eine schwarze Tunika hervor. Dann brachte er eine Hose und eine schwarze Kopfbedeckung zum Vorschein. »Zieh diese Sachen an, dann bist du nichts weiter als einer dieser wahnsinnigen Izmalis, die nach dem entflohenen Gefangenen suchen.«

»Was werdet Ihr tun, wenn ich weg bin?«, fragte Edwin.

»Jemand muss Arutha von innen das Tor öffnen, wenn er kommt.«

»Habt Ihr das Tor überhaupt schon mal gesehen?«, wollte Treggar wissen.

»Aus der Ferne, als ich mich auf dem Heuboden auf der anderen Seite des Gangs versteckt habe.«

»Und?«

»Es besteht aus zwei großen Holztüren mit Eisenbändern, die sich nach innen öffnen. Breit genug, dass zwei Pferde nebeneinander hindurchpassen.«

»Wie wollen wir es offen halten?«, fragte William.

»Das wollen wir gar nicht«, erklärte James. »Wir werden es so lange geschlossen lassen, bis wir es öffnen müssen.«

»Das verstehe ich nicht«, gestand Treggar.

»Wie viele Männer würdet Ihr dem Fährtensucher hinterherschicken, Hauptmann?«, fragte James.

»Jeden Mann, den ich entbehren könnte. Sie haben die Fährtensucher erwischt, weil sie sie auf dem Weg hierher gut sehen konnten. Wenn einer von hier flieht und versucht, sich zu verbergen, ist es schwieriger, ihn zu kriegen.«

»Wenn ich entkomme und es schaffe, dass auch nur eine Meile zwischen mir und meinen Verfolgern liegt, finden sie mich nie, das verspreche ich«, erklärte Edwin.

»Was jetzt?«, fragte William.

»Wir warten«, erwiderte James.

Sie mussten nicht lange warten. Nach kaum einer Stunde hörten sie die Geräusche großer Hektik und Betriebsamkeit. »Wartet hier«, erklärte James und verschwand, um nachzusehen.

Kurz darauf kehrte er zurück. »Es ist das reinste Hornissennest. Der Koch muss aufgewacht sein und die Sauerei gefunden haben, die ich hinterlassen habe. Jetzt glauben sie, dass Edwin durch den Schacht ins Freie geklettert ist.« Er wandte sich an Treggar und William. »Ihr wartet hier. Wenn ich in einer Stunde nicht zurück bin, geht davon aus, dass ich tot bin. Dann müsst ihr tun, was ihr für das Sinnvollste haltet.« Er drehte sich zu Edwin um. »Komm mit.« William und Treggar blieben in der Dunkelheit zurück.

»Hauptmann?«, fragte William.

»Ja?«

»Stört es Euch, Befehle von einem Junker entgegenzunehmen?«

Treggar lachte. »Wenn Ihr mich das vor einer Woche gefragt hättet, hätte ich gesagt, ich würde es niemals tun. Aber James ist ganz anders als jeder Junker, den ich sonst kenne.« Er senkte die Stimme. »Abgesehen davon steht der Prinz hinter ihm, und mit dem würde ich mich niemals anlegen. Stört es Euch denn?«

»Manchmal«, gestand William. »Aber hauptsächlich deshalb, weil er so verdammt selbstsicher und von sich überzeugt sein kann.«

Wieder lachte Treggar. »Das ist er allerdings.« Er schwieg einen Augenblick. »Aber selbstsicher zu sein, oder zumindest so zu wirken, ist nicht die schlechteste Eigenschaft eines Anführers. Das solltet Ihr Euch gut merken. Wenn Ihr ein General oder Herzog seid und Eure Männer Euch ständig anblicken, müsst Ihr dafür sorgen, dass sie einen Mann vor sich sehen, der weiß, was er tut. Das macht eine Menge aus.«

»Ich werde es mir merken.«

Sie schwiegen, während der Lärm der aufgeschreckten Assassinen durch die Festung hallte.

James und Edwin bewegten sich vorsichtig weiter. Der Krach der umherrennenden Männer hatte sich mittlerweile etwas gelegt. James hatte unbenutzte Wege gewählt, und jetzt arbeiteten sie sich gerade durch eine Reihe ehemaliger Lagerräume, die von den Assasssinen benutzt wurden. Zwei Räume und ein Verbindungskorridor lagen noch zwischen ihrer gegenwärtigen Position und den Ställen und dem Osttor.

Edwin umklammerte ein Kurzschwert, das James im letzten Raum hatte mitgehen lassen. Er trug die gestohlenen Gewänder und wirkte tatsächlich wie ein Izmali-Assassine.

Weiter vorn regte sich etwas, und James hielt abrupt an. Er musste den Fährtensucher nicht erst auffordern, es ihm gleichzutun. *Er ist zwar kein Dieb,* dachte James, *aber er weiß sehr gut, wie er sich zu verhalten hat.*

Zwei Männer kamen auf sie zu. James schob Edwin rasch vor sich und drückte sich selbst gegen die Mauer, damit die Assassinen sie auf den ersten Blick für ihresgleichen hielten.

Der Trick funktionierte tatsächlich eine kurze Zeit, doch als sie näher kamen, weiteten sich die Augen der Männer. Sofort machte Edwin zwei große Schritte nach vorn und warf sich dem ersten Mann entgegen.

Der zweite Mann zog sein Schwert, während James ihm den Dolch bereits in die Brust trieb. Edwin kniete auf dem ersten Assassinen und schnitt ihm die Kehle durch.

»Wir müssen die Leichen beiseite schaffen«, sagte Edwin.

»Wir legen sie drüben in den Raum«, entschied James und machte sich daran, einen der Toten an den Armen hinter sich herzuziehen. Sie fanden eine leere Waffentruhe in dem Zimmer und warfen die Leichen hinein.

Dann blickten sie sich rasch um, und nachdem sie sich vergewissert hatten, dass sie nicht bemerkt worden waren, eilten sie zu den Ställen.

Als sie dort ankamen, wirkte noch immer alles sehr aufgeregt, obwohl die letzten Reiter bereits aufgebrochen waren. Bis auf ein halbes Dutzend waren jetzt alle vierzig Pferdeboxen leer, und auch die beiden großen Pferche waren verlassen. »Sie haben fast hundert Reiter hinter dir hergeschickt.«

»Gut«, flüsterte Edwin. »Die große Verwirrung macht es mir einfacher zu verschwinden.«

Einige Männer standen in der Mitte des großen, unterirdischen

Stalls und berieten sich. Auch sie trugen dunkle Gewänder, doch wirkten sie eher wie Priester und nicht wie Assassinen.

Schließlich drehten die Priester sich um und gingen auf einen Ausgang an der westlichen Seite der Ställe zu.

Nun waren die Ställe leer, bis auf zwei Wachen am Tor und zwei Männer, die noch dabei waren, die Pferde zu satteln. James vermutete, dass sie als Melder eingesetzt werden würden, die die anderen zurückholen sollten, falls man den Geflüchteten finden würde.

James deutete auf die Männer bei den Pferden. Dann schlichen er und Edwin sich vorsichtig näher an sie heran, bewegten sich von einer Box zur nächsten, immer darauf bedacht, im Schatten zu bleiben.

Als sie dicht bei ihnen waren, gab James ein Zeichen, und Edwin ging an dem ersten Assassinen vorbei, der zwar einen Moment aufblickte, sich aber dann, als er einen Kameraden vorbeigehen sah, wieder dem Sattelgurt widmete. Er blickte erst wieder auf, als er aus dem Augenwinkel eine unerwartete Bewegung wahrnahm und bemerkte, wie der neue Assassine hinter den Reiter im nächsten Stall getreten war und ihn zu Boden warf.

Dass auch hinter ihn jemand getreten war, spürte er erst, als ihn ein Dolch in den Rücken traf.

James nickte, und er und Edwin führten die Pferde aus den Ställen, stiegen auf und ritten auf die Wachen zu.

Eine der Wachen blickte auf, doch es dauerte einen Augenblick, ehe sie begriff, dass einer der Reiter keine schwarze Kleidung trug. Er stieß einen lauten Ruf aus, und sein Kamerad sah herüber; er hatte keine Ahnung, was den Warnschrei ausgelöst haben mochte.

Edwin sprang aus dem Sattel und warf die erste Wache auf den Steinboden. Die zweite Wache zog einen Krummsäbel, während James seinen Dolch nach ihr warf. Der Mann duckte sich zur Seite, und James' Waffe streifte seine Schulter, statt ihn zu töten.

»Verdammt«, rief James, sprang vom Pferd und zog sein Schwert. »Ich hasse es, wenn sie nicht still stehen.«

Edwin rang mit seinem Gegner; es gelang ihm, dem Mann das Schwert gegen die Kehle zu drücken. Mit einem plötzlichen Ruck zerquetschte er ihm die Luftröhre.

James ging auf die Spitze des Krummsäbels zu und wich dann vor einem unerwarteten Stoß zurück. »Jetzt werde ich aber wirklich böse!«, rief er und schlug die Klinge mit einem kräftigen Stoß zur Seite.

Der Mann wich zurück und blinzelte entsetzt angesichts der Geschwindigkeit, die James an den Tag legte; die Schwertspitze hatte seine Kehle nur knapp verfehlt.

Er machte zwei Schritte nach hinten, duckte sich dann, das Schwert stoßbereit vor sich. James trat auf ihn zu, wirbelte dabei sein Schwert herum. Der Mann sprang vor, und James zögerte, wich dem Hieb mit einer leichten Drehung aus. Als der Mann einen weiteren Schritt zurück machte, drängte James nach, in der gleichen Geschwindigkeit wie zuvor.

Noch dreimal geschah das Gleiche: Der Mann schwang sein Schwert, James wich erst aus und drängte dann nach vorn. Als der Assassine zum vierten Mal sein Schwert schwang, trat James abrupt vor und spießte ihn mit der Schwertspitze auf.

James warf Edwin einen Blick zu. »Verfalle niemals in einen bestimmten Rhythmus. Es könnte dein Tod sein.«

Der Fährtensucher nickte und schwang sich auf das nächststehende Pferd. Er winkte zum Abschied, dann trat er dem Pferd die Fersen in die Flanken und galoppierte davon.

James beeilte sich, die Tore zu schließen, bevor jemand auftauchte. Er brachte die Riegel wieder an Ort und Stelle – eine Arbeit, die ihm den Schweiß aus den Poren trieb.

Dann zerrte er die beiden Leichen in die nächstgelegenen Stallboxen und bedeckte sie mit Heu; das Gleiche wiederholte er bei den beiden zuerst getöteten Assassinen.

Er machte sich jetzt nicht mehr die Mühe, sich zu verbergen, sondern rannte so schnell wie möglich von den Ställen zu den beiden Räumen, die ihn in den verlassenen Teil der Festung führten.

Er war außer Atem, als er bei William und Treggar ankam. Erschöpft sank er zu Boden und entzündete seine letzte Kerze. Zwischen keuchenden Atemstößen sagte er: »Edwin ist auf dem Weg. Mit etwas Glück wird Arutha noch heute erfahren, was geschehen ist und wo wir sind.«

»Mit etwas Glück«, bestätigte der Hauptmann.

»Und was tun wir jetzt?«, fragte William.

James atmete tief aus. »Habt ihr schon gegessen?«, erkundigte er sich.

»Ja«, antwortete Treggar. »Wir haben unsere Portionen vernichtet. Aber wir haben für Euch was übrig gelassen. Für alle Fälle.«

»Danke, aber ich esse später, sofern ich noch Gelegenheit dazu habe.« Er blickte seine beiden Gefährten an. »Arutha hat zweihundert Mann bei sich. Wenn er direkt hierher kommt, stößt er möglicherweise auf ein paar von denen, die nach Edwin suchen. Ich habe genug Nachtgreifer getötet, um zu wissen, dass sie in einem offenen Kampf genauso sind wie andere Männer. Ihre Stärke ist ihr Ruf, ihre Heimlichkeit, die Überraschung und die Angst der anderen vor ihnen. Wenn Arutha draußen ein paar von ihnen über den Weg laufen sollten, wird er keine Probleme haben, sie zu zermalmen.«

»Was ist mit denen, die noch hier sind?«

»Wenn er die Festung findet und am Osttor ankommt, wird er sich einer blanken Steinmauer mit zwei Holztüren gegenüber sehen. Über dem Tor sind Schießscharten in die Mauer eingelassen, das heißt, er wird Männer verlieren, wenn er das Tor aufbrechen lässt. Und wenn er schließlich in der Festung ist, wird er einer Übermacht von Assassinen gegenüberstehen, gegen die er auf beengtem Raum kämpfen muss.«

»Das könnte mit einer Niederlage für ihn enden«, sagte Treggar.

»Was tun wir also?«, fragte William.

Treggar und James zogen ihre Schwerter. »Wir sorgen dafür, dass keiner der Assassinen verschwindet, solange Arutha nicht hier ist, und während wir auf ihn warten, versuchen wir, unsere Chancen zu verbessern.«

William blickte von James zu Treggar, dann zog auch er sein Schwert.

Vierzehn

Morde

James hob die Hand.

Er gab Treggar und William zu verstehen, dass sich im nächsten Raum drei Männer aufhielten. Treggar schlich sich tief geduckt an, das Schwert kampfbereit.

William stand hinter ihm, sein zweihändiges Schwert in den Händen. Es war eine Furcht erregende Waffe, die in engen Räumen allerdings etwas unhandlich war, und so hatten sie sich darauf verständigt, dass er der Letzte sein sollte, damit er seine Kameraden nicht behinderte.

James holte tief Luft, schickte ein stummes Gebet zu den Göttern und hoffte, dass sie auch zuhörten. Er atmete aus, trat in den Raum und warf seinen Dolch auf den nächststehenden Assassinen. Während die Kameraden des toten Mannes noch zögerten, machte er einen großen Schritt nach vorn und zog sein Schwert.

Treggar war hinter James und griff bereits an, noch während James seine Waffe zog. Der Hauptmann war ein höchst fähiger Schwertkämpfer, der keinerlei Skrupel kannte, wenn es zum Kampf kam. Jeder schmutzige Trick war ihm recht, wenn es darum ging, einen Gegner zu vernichten, was James sehr schätzte. Der Hauptmann täuschte einen hohen Stoß vor, und als der Assassine sein Schwert hochriss, um zu parieren, trat Treggar ihm zwischen die Beine.

James fuhr unwillkürlich zusammen, als er sah, wie der Mann sich krümmte, aber er musste die Wirksamkeit dieser ungewöhnlichen Taktik anerkennen. Bevor der Assassine sich erholt hatte, versetzte der Hauptmann ihm mit dem Schwertgriff einen kräftigen Schlag gegen den Kopf, und als er rücklings zu Boden sackte, erhielt er den letzten, tödlichen Stoß.

James beseitigte rasch den letzten Gegner, und William trat in den Raum. »Das macht sechzehn, zusammen mit den vieren aus den Ställen«, sagte der junge Leutnant.

»Bleiben noch etwa hundertvierunddreißig«, meinte James und zog seinen Dolch aus dem ersten Leichnam. »Noch herrscht hier ein ziemliches Durcheinander, aber schon bald werden sie die ersten Leichen finden, und dann wird die Suche nach uns losgehen.«

»Da kommt jemand!«, warnte Hauptmann Treggar.

»Wir haben keine Zeit mehr, die Leichen verschwinden zu lassen«, sagte James. »Hier entlang!« Er deutete auf einen Nebengang. Sie rannten.

Sie hetzten durch eine Reihe von Kammern, die von den Assassinen benutzt wurden und vom flackernden Schein von Wandleuchtern erhellt waren. Im dritten Raum stießen sie auf einen Mann, der sie erstaunt anblickte. Er starb, noch ehe er überhaupt begriff, dass er es mit Feinden zu tun hatte.

Sie gelangten an eine T-Kreuzung, von der rechts ein Gang abbog, der von in Wandhaltern brennenden Fackeln beleuchtet wurde, während in dem zur Linken tiefste Dunkelheit herrschte. »Hierher«, sagte James und deutete nach links.

Sie eilten in den dunklen Korridor. Nach einiger Zeit zwang die Finsternis sie, langsamer zu gehen. Die Geräusche der Verfolger waren noch immer zu vernehmen.

»Legt eure Hände an die linke Wand«, sagte James. »Da ist eine üble Spalte etwas weiter vorn rechts im Boden. Wenn ihr euch dicht an der Wand haltet, könnt ihr sie allerdings umgehen.«

»Wie hast du rausgekriegt, dass sie dort ist?«, fragte William erstaunt.

»Auf die harte Weise.« Er unterließ es, ihnen weitere Einzelheiten mitzuteilen.

William verlor dennoch beinahe das Gleichgewicht, als ein paar Schritte weiter sein rechter Fuß plötzlich keinen Halt mehr fand. Er war froh über die Warnung, denn der Zugluft nach, die von unten heraufströmte, musste es sich um ein tiefes Loch handeln.

Sie erreichten eine Reihe von kleineren Räumen. »Ich glaube, dies sind einmal die Zellen oder Lagerräume gewesen, aber alle Türen fehlen.«

»Ich kann überhaupt nichts sehen«, erklärte Treggar.

»Ich auch nicht«, erwiderte James, »aber bei meiner früheren Tätigkeit hat es sich bezahlt gemacht, wenn man sich erinnern konnte, wo man war, selbst wenn man im Finstern herumtastete. Lasst die Hände an den Wänden.«

»Wohin gehen wir?«, wollte William wissen.

»An einen Ort, an dem wir eigentlich eine Weile in Sicherheit sein müssten.«

»Müssten?«, fragte Treggar.

»Wir befinden uns nicht gerade in angenehmer Umgebung, Hauptmann. Es gibt keine Dächer und nur ein kurzes Stück unbenutzter Abwasserkanäle, in denen man sich verstecken könnte. Um uns herum gibt es nur Ziegel und massiven Fels, und wir befinden uns fünfzig Fuß unterhalb der Erdoberfläche. Unsere Auswahl an Verstecken ist ziemlich begrenzt.«

Sie bogen um eine Ecke. »Geht zur rechten Seite und legt die Hand an die Wand. Dann folgt mir.«

Sie taten, wie ihnen geheißen, und bogen in einen neuen Gang. »Aber ich habe eins gefunden.«

»Was?«, fragte William. »Ein Schlupfloch?«

»Nein«, sagte James. »Wir sind da.«

»Wo?«

»Das letzte Mal, als ich hier war, hatte ich eine Kerze. Direkt über uns ist ein Loch in der Decke, ein Fehler im Mauerwerk. Es sieht aus, als wäre es groß genug, dass wir uns dort eine Zeit lang verstecken könnten.«

»Es sieht so aus?«, sagte William.

»Ich hatte noch keine Möglichkeit, gründlicher nachzusehen«, erklärte James. »Heb mich mal hoch.«

»Im Dunkeln?«, sagte William.

»Hast du etwa Licht?«, erwiderte James.

»Nein.«

»Hab ich mir gedacht. Also, würdest du mir jetzt bitte helfen?«

William schob das Schwert zurück in die Scheide und tastete dann mit der Hand umher, bis er James' Schulter gefunden hatte. »Hände oder Schultern?«

»Knie dich hin, dann kann ich auf deine Schultern steigen, und wenn ich ›Jetzt‹ sage, musst du aufstehen.«

»Wenn du meinst.« William kniete sich hin.

James stieg auf Williams Schultern, balancierte wie ein Akrobat. »Jetzt«, sagte James, und William erhob sich, dabei James' Fersen umfassend.

»Lass los«, sagte James, und William spürte, wie das Gewicht von seinen Schultern wich. Kurze Zeit darauf meinte der Junker: »Jetzt stell dich hin und streck die Arme aus, damit ich dich hochziehen kann.«

William musste dreimal springen, bevor James seine Handgelenke zu fassen bekam und ihn hochzog. Dann war Treggar dran. Als sich endlich alle drei oben in einer niedrigen, schmalen Höhle über der Felsdecke zusammenkauerten, fragte William: »Was ist das für ein Platz?«

»Ich weiß es nicht«, erwiderte James. »Manchmal gibt es Fehler im Gestein. Das Wasser höhlt es aus.«

»Wasser muss aber irgendwo herkommen, und die Gegend kam mir ziemlich trocken vor«, meinte Treggar.

»Wir sind unterhalb der Erdoberfläche«, erklärte James. »Vielleicht ist der Wasserstand früher höher gewesen. Ich weiß es nicht. Aber irgendwann einmal muss diese Decke ausgehöhlt worden sein, und jetzt sitzen wir hier.«

»Es sind rund fünfzig Fuß Felsen zwischen diesem Stockwerk und der Oberfläche«, sagte William. »Möglicherweise gibt es dazwischen auch noch Räume.«

»Aber Ihr habt doch gesagt, dass Ihr keine Stufen oder Treppen gefunden habt«, wandte Treggar sich an James.

»Da sind nur die beiden Räume, die wir westlich von hier gefunden haben, bei den Felsen. Es könnte natürlich sein, dass dahinter Stufen verborgen sind.«

»Was machen wir jetzt?«, fragte William.

»Wir warten«, sagte Treggar.

Einige Zeit später hörten sie im Gang Schritte, und ein Lichtschein war zu sehen. Männer eilten unter ihnen vorbei, die Waffen gezogen und Fackeln in den Händen. Alle trugen schwarze Rüstungen, abgesehen von dem Letzten, der in die Gewänder eines Priesters gekleidet war.

Sie marschierten weiter, und die drei konnten hören, wie sie die umliegenden Räume durchsuchten. Niemand sprach, bis die Geräusche deutlich schwächer wurden.

»Ich habe im Lichtschein ein paar lose Steine über uns gesehen.«

»Du hast nach oben gesehen?«, fragte William erstaunt.

»Eine alte Angewohnheit«, erklärte James. »Wenn man in den Abwasserkanälen herumläuft oder sich nachts auf den Dächern herumtreibt, muss man unbedingt vermeiden, dass man ins Licht sieht, weil man sonst geblendet wird.«

James fuhr mit den Fingern über die Oberfläche der Steine über ihnen. »Die sind keines natürlichen Ursprungs«, verkündete er. »Jeder misst genau einen Fuß mal einen halben.«

»Dann sind wir möglicherweise unter einem Boden«, meinte Treggar.

»Hilf mir mal«, sagte James, während er an einem der Steine über sich herumfummelte.

Treggar kroch gebückt zu James, und zusammen drückten sie

gegen den Stein. Mörtel und Staub regneten herab, als der Stein mit einem lauten Knirschen nachgab. James steckte seine Hand durch das Loch. »Es ist ein Raum«, sagte er.

Die anderen Steine waren sehr viel fester eingesetzt worden, und so dauerte es eine ganze Weile, ehe sie zwei weitere herausgenommen hatten. Es genügte, um hindurchklettern zu können. »Ihr müsst hierhin treten. Ich glaube nicht, dass die Steine direkt über uns unser Gewicht aushalten.«

Die Luft war stickig und abgestanden. Es herrschte absolute Finsternis.

»Rührt euch nicht, solange ich mich nicht ein bisschen umgesehen habe und weiß, wie groß diese Kammer ist«, sagte James.

William und Treggar verharrten reglos, während James vorsichtig in der Dunkelheit die nähere Umgebung erkundete. Er ging leise, doch in der Stille konnten sie ungefähr erahnen, wo er sich befand. »Ich habe eine Wand gefunden«, sagte er einige Augenblicke später. Seine Stimme kam aus einer Entfernung von etwa zwanzig Fuß. Sie konnten hören, wie er an der Wand entlangging. »Der Boden fühlt sich stabil an, abgesehen von der Stelle, wo wir durchgekommen sind«, sagte er.

»Gib uns Bescheid, wenn du ein Licht gefunden hast«, meinte William. »Diese Dunkelheit ist ziemlich ermüdend.«

»Man gewöhnt sich dran«, erwiderte James. »Oh!«

»Was ist?«, fragte Treggar.

»Eine Tür. Aus Holz. Aber sie ist verschlossen.«

Kurz darauf waren Funken zu sehen. »Wir haben Licht«, sagte James und entzündete eine alte Fackel, die er in einem Wandleuchter gefunden hatte. Er legte seinen Feuerstein und den Stahl beiseite. »Mal sehen, was wir hier haben.«

Der Raum maß vierzig auf vierzig Fuß, und an den Wänden standen leere Waffenregale. Zwei weitere Regale standen in der Mitte des Raums, aber von den langen Speeren, die sonst dort aufbewahrt worden waren, war keiner mehr vorhanden.

»Wenn die Waffenkammer da unten liegt ...«, dachte James laut nach.

»Dann haben sie hier ihre zusätzlichen Waffen aufbewahrt, um sie notfalls schnell zur Hand zu haben«, ergänzte Treggar.

James steckte die Fackel zurück in den Wandhalter und ging zur Tür. »Von hier aus müsste man direkt zum Exerzierplatz kommen.«

Er versuchte die Tür zu öffnen. »Sie ist verschlossen.« Er untersuchte sie näher. »Probieren wir es an den Angeln.«

William und Treggar zogen ihre Dolche und mühten sich mit den alten eisernen Angeln ab. »Wenn wir etwas Öl hätten, könnte es klappen«, sagte William.

»Ich hole welches«, erklärte James.

»Woher?«, fragte Treggar.

»Von unten«, sagte James und ging zurück zu dem Loch im Boden.

»Ihr seid wahnsinnig«, sagte Treggar.

»Kann schon sein«, meinte James und verschwand.

Als er weg war, blickten William und Treggar sich wortlos an und setzten sich nieder, um zu warten.

Die Zeit verging nur langsam, doch dann erklang plötzlich James' Stimme im Dunkeln. »Helft mir mal.« William eilte zu dem Loch, legte sich auf den Bauch und streckte die Hand nach unten. Nachdem sich ihre Hände ein paar Mal in der Dunkelheit verfehlt hatten, bekam James sie zu packen und kletterte nach oben.

»Hier ist Öl«, sagte James und reichte William einen Behälter.

»Ich habe dich gar nicht kommen hören«, meinte William, »erst, als du was gesagt hast.«

James erwiderte leise: »Du solltest mich auch nicht hören. Ein paar unangenehme Männer haben versucht, mich zu finden, und nachdem ich sie abgeschüttelt hatte, wollte ich nicht riskieren, dass sie mitkriegen, wie ich hier raufklettere.«

»Wie sieht es unten aus?«, fragte Treggar.

»Sie sind beim zweiten Suchgang. Wahrscheinlich steht auch oben an dem alten Brunnen jemand. Da bisher noch keiner dort aufgetaucht ist, müssen sie annehmen, dass wir noch irgendwo hier unten sind. Vielleicht glauben sie, dass es der Fährtensucher ist, der hier rumläuft und ihre Männer tötet. Aber früher oder später wird einer dieser hellen Burschen auf den Gedanken kommen, dass es möglicherweise einen Weg zu dieser Ebene gibt, und dann werden sie beginnen, auch die kleinsten Ecken zu durchsuchen.«

»Und irgendwann finden sie uns«, sagte William.

»Das ist ziemlich wahrscheinlich«, bestätigte James. »Aber ich habe mir nie besonders viel Gedanken darüber gemacht, ob sie uns nun erwischen oder nicht.«

»Worüber habt Ihr Euch dann Gedanken gemacht?«, wollte Treggar wissen.

James zog ein schweres Brecheisen von etwa zwei Fuß Länge aus dem Gürtel und sagte: »Öl.« Er deutete mit einen Nicken auf die Türangeln. Während William Öl auf die untere Angel goss, fuhr James fort: »Erwischt zu werden, bevor Arutha benachrichtigt worden ist. Solange wir hier rumlaufen, sind die da unten zu sehr damit beschäftigt, uns zu kriegen, als dass sie sich richtig auf Aruthas Ankunft vorbereiten könnten. Wenn alles klappt, werden die zurückkehrenden Assassinen von den krondorianischen Soldaten verfolgt werden, und sie werden auf ein verriegeltes Tor zureiten, das diejenigen, die in der Festung sind, sicherlich nicht schnell öffnen werden.«

»Ist das Euer Plan?«, fragte Treggar.

»Das war der alte Plan«, erklärte James. »Aber wenn diese Tür dahin führt, wohin ich glaube, dass sie führt, habe ich noch einen besseren.«

Mit dem Öl und dem Brecheisen schafften sie es, die Nägel aus den Angeln zu lösen. Treggar packte den Riegel und zog kräftig daran. Ein gedämpftes Scharren erklang, als sich die Tür ein Stück verschob, dann jedoch wieder festhakte.

»Was immer diese Tür daran hindert, sich zu öffnen, tut das mit voller Kraft«, bemerkte der Soldat.

»Hauptmann, darf ich?«, fragte William.

Der Hauptmann übergab dem breitschultrigen jungen Mann das Brecheisen.

William blickte zur Tür, dann schob er den Riegel etwas nach oben, bis er leicht oberhalb seiner Schultern war. Er zog mit aller Kraft nach vorn, dann nach unten, und die Tür rührte sich etwas. Noch einmal riss William daran, und wieder bewegte sich die Tür, bis er schließlich mitsamt dem Riegel nach hinten fiel.

James und Treggar sprangen zur Seite, als die Tür mit einem lauten Krachen zu Boden prallte. Eine Staubwolke, dick wie Qualm, wehte durch den Raum, und die drei mussten husten.

»Seht mal«, sagte William.

Der ursprüngliche Raum war gleich unter dem Exerzierplatz der alten Festung ausgeschachtet worden. Hinter der Türöffnung führte eine Rampe zur Oberfläche, und am oberen Ende der Rampe befand sich in der Decke eine verriegelte Falltür. Der Auslösemechanismus der Falltür war so angebracht, dass er mit Hilfe von zwei Seilen oder Ketten betätigt werden konnte. Die Eisenösen waren noch intakt, aber es waren keine Seile zu sehen; sie mussten längst zu Staub zerfallen sein. James untersuchte die Falltür. »Raffiniert«, meinte er schließlich. »Sie ist an diesen beiden Seiten aufgehängt« – er deutete auf das hintere Ende –, »das heißt, wenn sie runterkommt, landet sie genau auf der Rampe.«

»Ein alter keshianischer Trick«, sagte Treggar. »Ich habe so etwas noch nie gesehen, aber der alte Hofmarschall Dulanic hat uns von einer Schlacht in der Wüste erzählt, bei der sie eine alte Festung eingenommen haben. Als sie die Mauern erklommen hatten, muss es so ausgesehen haben, als wären alle Verteidiger tot. Sie sind also reingegangen und haben dort ihr Lager aufgeschlagen, und als es dunkel wurde, sind die Keshianer wie aus dem Nichts plötzlich wieder aufgetaucht.« Er blickte sich in dem Raum um. »Er hat uns eingeschärft, immer nach solchen Verstecken Ausschau zu halten, falls wir uns in einer ähnlichen Situation befinden sollten.«

Treggar trat neben James auf die Rampe und betastete die Tür. »Wahrscheinlich ist sie oben mit einem Stück Zeltstoff oder Erde bedeckt. So viel, dass man schon ganz genau lauschen muss, wenn man darauf tritt, um an dem hohlen Klang erkennen zu können, was sich darunter befindet.«

»Hinzu kommt noch der Staub mehrerer Jahrhunderte«, murmelte James, der abzuschätzen versuchte, wie viel Gewicht auf dem Riegel ruhte. »Hier rührt sich gar nichts, solange wir nicht ein paar Seile haben.«

»Wir bräuchten außerdem Pferde, um den Riegel mit all dem Gewicht darauf verschieben zu können«, sagte Treggar.

James setzte sich. »Kann sein.« Er untersuchte den Riegel noch einmal. »Es sei denn, wir können diese Klammern lösen.«

William hielt das Brecheisen hoch. »Ich kann es ja mal versuchen.«

Er fuhrwerkte daran herum. Nach einiger Zeit meinte er: »Das Holz ist sehr trocken. Es zersplittert leicht.« Er arbeitete weiter, bis die erste der beiden Klammern mit einem lauten Poltern zu Boden fiel. Dann wandte er sich der zweiten zu und hatte auch diese bald gelöst. Der Riegel folgte als nächstes; er krachte dröhnend auf den Boden und hüpfte die Rampe hinunter, so dass James aufspringen musste. William warf sich auf den Rücken, und Treggar machte einen Satz zur Seite.

William blieb einen Augenblick reglos liegen; er erwartete, dass jeden Moment die Tür auf ihn herabschwang, aber nichts geschah. Er rollte sich weg, stand auf und trat dann ans untere Ende der Rampe.

»Hätte die Tür jetzt nicht herunterschwingen müssen?«, fragte William.

»Eigentlich ja«, antwortete Treggar.

Er wollte die Rampe schon wieder hochgehen, doch James hielt ihn zurück. »Das würde ich nicht tun. Sie könnte wirklich jeden Augenblick runterfallen.«

Treggar schüttelte die Hand des Junkers ab. »Das glaube ich nicht.« Er stellte sich unter die Stelle, wo die Tür an der Decke fest verankert war, und musterte sie. Dann zog er seinen Dolch heraus, steckte ihn zwischen Türrahmen und Tür und bohrte darin herum.

Er kehrte zu seinen Kameraden zurück und hielt ihnen etwas Braunes entgegen.

»Getrockneter Schlamm.«

»Getrockneter Schlamm?«, fragte William ungläubig. »Hier?«

»Es regnet zwar nicht viel in dieser Gegend«, sagte Treggar, »aber von Zeit zu Zeit eben doch. Über die Jahre hat sich zusätzlich zu der Erde Staub in den Ritzen festgesetzt, dann hat es geregnet, und das Ganze ist von der Sonne getrocknet worden.«

»Fest wie Ziegel«, meinte James und nahm den braunen Klumpen in die Hand. »Die Tür ist mit einer ganzen Schicht von diesem Zeug bedeckt.«

»Aber was hält die Tür fest?«, fragte William.

»Sie hat sich an dem Schlamm festgesaugt«, sagte James. »Mehr als einmal habe ich schwere Gegenstände aus Schlamm hochheben müssen, was wegen der Saugwirkung außerordentlich schwierig ist.«

»Dann sitzen wir also hier fest?«, vermutete William.

James blickte sich um. »Nicht unbedingt.« Er ging zu einem der großen Regale. »Helft mir mal, das hier zum Ende der Rampe zu schaffen.«

Sie taten es, und als das Regal genau da stand, wo James es haben wollte, sagte er: »Und jetzt gebt mir den Riegel.« Rasch hatte er den Riegel zwischen Tür und Regal geklemmt. »Das wird die Tür zwar nicht daran hindern, auf mich drauf zu fallen, aber sie fällt vermutlich langsam genug, dass ich noch zur Seite springen kann.«

»Was habt Ihr vor?«, fragte Treggar.

»Ich werde so viel von diesem Schlamm entfernen, bis die Tür sich öffnen lässt.«

»Ihr seid wahnsinnig«, sagte Treggar.

»Merkt Ihr das jetzt erst?«, fragte James grinsend.

Er trat zur Rampe. »Tretet zurück. Wenn das hier funktioniert, brauche ich Platz, um weglaufen zu können.«

Er arbeitete äußert sorgfältig und vorsichtig, und nach einer Weile wandte William seine Aufmerksamkeit dem Loch im Boden zu; wortlos starrte er es an und wartete darauf, dass sie entdeckt würden.

Nach etwa einer Stunde sagte James: »Das müsste genügen.«

William blickte ihn ratlos an. »Für was genügen?«

James lächelte. »Dafür, dass sie dann nachgibt, wenn ich es will.«

»Eine Änderung des Plans?«, fragte Treggar.

»Immer«, erwiderte James und grinste. »Hat jemand von euch eine Vorstellung davon, wie spät es sein könnte?«

»Ich würde sagen, fast Mitternacht, vielleicht eine Viertelstunde später oder früher«, sagte Treggar.

»Gut«, erklärte James und setzte sich. »Dann warten wir.«

»Worauf?«, fragte William.

»Darauf, dass die Männer, die dort oben am Brunnen Wache halten, gelangweilt sind und müde werden.«

James hielt sich dicht an der Wand zwischen zwei großen Regalen und versuchte, durch schiere Willenskraft mit dem schwachen Schatten zwischen ihnen zu verschmelzen. Eine einzige Wache wartete am Brunnen in der Küche und schälte geistesabwesend einen Apfel, während sie sich von Zeit zu Zeit umsah.

James wägte im Stillen seine Möglichkeiten ab. Er konnte versuchen, den Mann mit einem Dolchwurf zu treffen, aber es war unwahrscheinlich, dass der Wurf tödlich sein würde. Er konnte sich auf ihn stürzen, aber er fürchtete, dass noch andere in der Nähe waren und beim kleinsten Aufschrei herbeigerannt kamen.

James hatte sich wenige Augenblicke, bevor die Wache erschienen war, in die Küche geschlichen, und ihm war nichts anderes übrig geblieben, als das nächstmögliche Versteck aufzusuchen. Jetzt verharrte er vollkommen reglos und hoffte, dass der Assassine die Form des Schattens auf dem Stein nicht erkennen würde.

Der Mann blickte zur Seite, und James handelte, ohne einen einzigen Gedanken zu verschwenden. Er trat auf die gegenüberliegende Seite des Regals und ging um einen großen Holzblock herum, der zwischen den Regalen und dem Brunnen stand.

Der Mann sah James an, als dieser beiläufig auf ihn zu ging.

James lächelte. »Hallo.« Es war das einzige Wort des keshianischen Wüstendialekts, das er kannte.

Der Mann blinzelte einen Augenblick. »Hallo?«, meinte er fragend. Dann sagte er etwas in der Sprache, die die Assassinen untereinander benutzten.

James hatte seinen Dolch in der Hand versteckt, und als der Mann die Frage wiederholte, schnitt er ihm kurzerhand die Kehle durch.

Mit einem gurgelnden Geräusch griff sich der Mann an den Hals und fiel rücklings in den Brunnen.

Stimmen erklangen aus der Nähe und veranlassten James, so rasch wie möglich auf den Brunnenrand zu springen. Ganz gegen seine ursprüngliche Absicht wiederholte er seine frühere Darbietung und sprang hoch in den Schacht; er zog die Beine an und verkeilte Knie und Schultern in dem alten Mauerwerk. Er konnte einen leisen Schmerzensschrei nicht unterdrücken, als seinen bereits beim ersten Mal aufgeschürften Schultern und Knien wieder arg zugesetzt wurde.

Er kletterte den Schacht hoch und spürte jede Bewegung schmerzhaft in seinen Gliedern, bis er sich knapp unterhalb des

Brunnenrands befand. Er wusste, dass er hier nicht lange bleiben konnte.

James lauschte auf Stimmen, aber er konnte nichts hören. Er blinzelte vorsichtig über den Rand und sah sechs Wachen in der Nähe, von denen vier offensichtlich schliefen, während die beiden anderen in eine leise Unterhaltung vertieft waren – jedenfalls galt ihre Aufmerksamkeit nicht dem Brunnen.

James schätzte, dass sie höchstens zehn Fuß entfernt waren, und er wusste, mindestens einer der beiden würde ihn sehen, wenn er versuchen sollte, herauszuklettern. Er entschied sich für ein gefährliches Wagnis.

Er wandte den beiden Männern den Rücken zu und begann, sich langsam über den Rand des Brunnens zu hieven. Sollte einer der beiden lediglich zufällig in seine Richtung blicken, konnte es sein, dass er seine Gestalt im schwachen Licht der Morgendämmerung übersah. Wenn jedoch einer absichtlich in seine Richtung sah, würde er ihn eindeutig erkennen. Er betete, dass sie nach all den fruchtlosen Stunden der Warterei überzeugt davon waren, dass niemand mehr diesen Weg nehmen würde.

James schaffte es, seine Schultern über den Brunnenrand zu hieven und ließ sich von seinem eigenen Gewicht langsam auf der anderen Seite auf die Steine hinabziehen. Wenn das Schicksal ihm gnädig war, hatte Edwin inzwischen entweder den anderen Fährtensucher oder Aruthas Kundschafter gefunden. Wenn dem so war, würde Arutha im Laufe des nächsten Tages kommen, spätestens jedoch am übernächsten. Falls Edwin aber nicht erfolgreich gewesen war … James weigerte sich, über diese Möglichkeit auch nur nachzudenken.

Er legte seine Hände auf den Boden und ließ sich langsam herunter. So lautlos wie möglich drehte er sich um und lehnte sich mit dem Rücken gegen den Rand. Er zog sein Schwert und holte tief Luft, verdrängte den Schmerz in seinem Rücken und den Knien und sprang auf.

Es dauerte einen Augenblick, ehe die beiden Männer begriffen, was sie sahen, so sehr waren sie in ihre Unterhaltung vertieft gewesen. Während James bereits davonlief, erhoben sie sich langsam.

Einer von ihnen stieß einen lauten Ruf aus, und jetzt erwachten auch die anderen, erkundigten sich mit schläfrigen Stimmen nach der Ursache des Aufruhrs. James rannte direkt auf die Stelle zu, wo er die Falltür vermutete, verzweifelt bemüht, den hohlen Klang zu erkennen.

Dieses Unterfangen erwies sich als höchst schwierig, da das Gebrüll der Männer hinter ihm jedes andere Geräusch übertönte, doch er spürte, wie der Boden an einer Stelle leicht nachgab. Er hielt inne, drehte sich um und machte einen Schritt zurück.

Der Boden unter seinen Füßen fühlte sich an, als würde er leicht nachgeben. Er rannte ein Stück zurück und kauerte sich dann hin, als wartete er auf die Männer, die auf ihn zurasten. Sie wurden langsamer, und er begriff mit Schrecken, dass sie vorhatten, ihn zu umzingeln.

Er drehte sich um und rannte davon, als wäre er plötzlich in Panik geraten. Befehle erklangen hinter ihm.

Dann ertönte ein lautes Knirschen und Krachen, und als James sich umdrehte, sah er, wie alle sechs Männer durch die Falltür hinabstürzten. Er rannte so schnell wie möglich auf sie zu. James und seine Kameraden waren zwar im Augenblick im Vorteil, aber rein zahlenmäßig den Assassinen deutlich unterlegen.

Er erreichte das Ende der Falltür und sprang, drehte sich mitten im Sprung, so dass er in die richtige Richtung sah, als er auf der Rampe landete.

Der festgebackene Schlamm hatte verhindert, dass die Tür ganz nach unten gefallen war. Dennoch waren die Männer hinabgestürzt, einer auf den anderen. James starrte in die Dunkelheit, die nur von einer Fackel erhellt wurde; unten kämpften William und Treggar gegen zwei Wachen.

Plötzlich spürte James, wie er ins Rutschen geriet, und ihm war, als würden ihm die Füße unter dem Körper weggerissen. Er landete mit einem Krachen auf der Holzrampe, rutschte über irgendwelche Füße und zwei Assassinen, die gerade versuchten, sich zu erheben.

James wandte sich zur Seite und sah, dass einer der Feinde versuchte, wieder ins Freie zu klettern. Der Junker schlug mit dem Schwert in seine Richtung, aber er verfehlte ihn.

James konnte sich nicht weiter um diesen Assassinen kümmern, denn schon stürzte sich ein anderer auf ihn und schlug mit seinem Krummsäbel auf ihn ein. Die einzige Möglichkeit war, sich rücklings auf die Rampe zu werfen, wodurch sein Kopf allerdings hart auf den Boden prallte, als die Klinge durch die Luft sauste. James schlug mit seinem Schwert um sich und tötete den Mann, der direkt neben ihm saß.

Er setzte sich auf und stellte fest, dass sich ein schwarz gekleideter Rücken zu ihm umwenden wollte. Ohne zu zögern stieß James zu. Sein Kopf pochte entsetzlich, und er fühlte sich noch ganz benommen von dem Aufprall.

Treggar stand über der Leiche eines Assassinen, während er mit einem anderen kämpfte.

William schlug auf einen weiteren ein, während er mit dem Fuß einen vierten abwehrte.

James sprang auf einen von ihnen zu und riss ihn zu Boden, rang mit ihm, während William den anderen tötete.

»Einer ist entkommen!«, rief James.

»Ich erledige das!«, rief William, sprang über den sterbenden Mann und rannte die Rampe hoch.

Als er oben angekommen war, sah William den Mann etwa hundert Schritt weiter auf eine Schräge zulaufen, die zu einem Spalt im Felsen führte.

William rannte, so schnell er konnte.

James und Treggar töteten den letzten Assassinen und tauchten gerade in dem Augenblick am oberen Ende der Rampe auf, als William in dem Zugang verschwand. »Folgt ihm«, sagte James, »und wenn er den Mann getötet hat, geht mit ihm zu Arutha.«

»Wohin?«

»Zu Arutha«, wiederholte James. »Mein ursprünglicher Plan war, zurück in die Ställe zu gehen und das Tor zu halten, bis Arutha hier eintrifft. Dann hätten wir ihn reingelassen, um auch die restlichen Assassinen zu vernichten.«

»Und wir drei hätten dieses Tor ganz allein halten sollen?«

»Das war ja der Grund, weshalb ich das zahlenmäßige Ungleichgewicht etwas verringern wollte, Hauptmann.«

»Und jetzt?«

»Arutha soll zwei Dutzend Männer durch diesen Felsspalt schicken und so in die Festung eindringen. Er soll das Osttor mit einem Rammbock bearbeiten. Sie werden so sehr damit beschäftigt sein, das Tor zu halten, dass sie gar nicht bemerken, wenn Ihr Leute hier durchschickt.«

»Und was wollt Ihr tun?«

»Ich werde sie ablenken. Wenn sie rauskriegen, wie man von unten hierhin gelangt, verlieren wir einen großen Vorteil.«

Treggar blickte drein, als wollte er etwas sagen, doch dann nickte er nur. Er drehte sich um und rannte hinter William her.

James nahm einen tiefen Atemzug von der frischen Luft, dann drehte er sich um und kletterte zurück in die alte Festung.

William war noch nie ein schneller Läufer gewesen, weder damals als Kind in Stardock noch als Kadett in Krondor, aber er hatte immer Ausdauer gehabt. Er wusste, das er diese jetzt auch dringend benötigte, wenn er den Assassinen einholen wollte, denn der Mann war eindeutig schneller als er. William begriff plötzlich, dass der Assassine einen Fehler gemacht hatte, als er sich entschieden hatte, das alte Wadi entlangzulaufen, auf die Passage im Westen zu, die William und seine Kameraden benutzt hatten, als sie in die Festung eingedrungen waren. Wäre er in die andere Richtung gerannt, hätte er vor dem Osttor die Aufmerksamkeit seiner Kameraden auf sich ziehen können. So aber hatte William eine echte Chance.

Er sah den Assassinen vor sich, als das Wadi sich verbreiterte, während es eine sanfte Biegung nach Norden machte. William rannte bergab und konnte sehen, dass der Mann vor ihm etwas langsamer wurde. Die Aufregung oder die Angst hatten ihn anfangs pfeilschnell davonrennen lassen, aber jetzt verfiel er in ein gemäßigteres Tempo und bewegte sich mit weiten Sprüngen vorwärts.

William war sich nicht sicher, ob der Mann wusste, dass er verfolgt wurde, denn er hatte sich noch nicht ein einziges Mal umgesehen. Sein Herz pochte, und in seinen Augen brannte der Schweiß. Er zwinkerte und versuchte, gleichmäßig zu atmen, aber seine Kehle war vollkommen trocken, und seine Glieder schmerzten. Der Mangel an Schlaf, Wasser und Essen forderte jetzt seinen Tribut.

Er versuchte, alle überflüssigen Gedanken aus seinem Kopf zu verbannen, und zwang sich, gleichmäßig weiterzulaufen. Allmählich konnte er erkennen, dass er dem Assassinen näher kam. William hatte keine Ahnung, wo er sich befand oder wie weit er noch würde laufen müssen, ehe sie den Pfad im Norden erreichten, der am Eingang zum Wadi vorbeiführte. Es mochten nur noch wenige Schritte sein oder eine Meile. Er wusste es einfach nicht.

Er sah, dass er die Entfernung zwischen sich und dem Mann halbiert hatte – er hatte sich bis auf hundert Schritt herangearbeitet. In diesem Augenblick warf der Assassine einen Blick über die Schulter, entweder weil er William hinter sich gespürt oder gehört hatte. Aber was immer es auch war, jetzt wusste er, dass er verfolgt wurde.

Der Mann wurde wieder schneller, und William musste gegen ein Gefühl der Verzweiflung ankämpfen. Wie immer James' Plan auch aussah, eines war klar: Er wollte die Assassinen ganz sicher nicht wissen lassen, wie man von dem Plateau in die Festung gelangte.

William ignorierte das Brennen in seinen Beinen, das Hämmern in seinem Herz. Er hatte das Gefühl, als würde es jeden Augenblick zerspringen. Dieser Assassine musste doch ebenfalls müde sein, dachte William fast schon geistesabwesend. Doch dann fiel ihm ein, wieso er nicht versagen durfte. Der Prinz musste von diesem Ort erfahren, er musste wissen, wie man reinkam, musste von dem Dämon erfahren. Er dachte an seine Pflicht, dachte an all jene, die er schützte: die königliche Familie, die gewöhnlichen Menschen in der Stadt, die Bediensteten im Palast. Und dann dachte er an Talia. Er erinnerte sich an den Dämon, der während des blutigen Rituals erschienen war, und er schwor sich, dass er lieber sterben würde, als zuzulassen, dass ihr etwas so Schreckliches widerfuhr.

Langsam verringerte er den Abstand zu dem Assassinen. Die Erkenntnis, dass er immer weiter aufschloss, erfüllte ihn mit einem Jubel, der seine Müdigkeit verblassen ließ. Es war klar, dass der Assassine immer erschöpfter wurde und sich ihm bald zum Kampf stellen musste.

Das Wadi wurde breiter, und jetzt konnte William den Pfad erkennen, an dem sie sich von den beiden Soldaten verabschiedet hatten, die mit den Ziegen und dem Wagen weitergezogen waren.

Als der Assassine den Pfad erreichte, zögerte er einen Augenblick; er war unsicher, in welche Richtung er ihm folgen sollte. Dieses Zögern besiegelte sein Schicksal. Es blieb ihm nichts anderes übrig, als sich umzudrehen und zu kämpfen.

Er zog seinen Krummsäbel und machte sich bereit. Er erwartete offensichtlich, dass William langsamer wurde und seine Waffe zog, aber William ließ sein gewaltiges Schwert im Laufen aus der Scheide gleiten, und mit einem lauten Schlachtruf schwang er die lange Klinge.

Der Assassine sprang beiseite, verblüfft über die Wucht des

Angriffs. Er parierte Williams Hieb, drehte sich um und stellte sich ihm entgegen, als William zum Stehen kam und sich ebenfalls umdrehte.

Die beiden Männer nahmen eine leicht geduckte Kampfhaltung an und beäugten einander. Der Assassine zog mit der linken Hand einen Dolch aus dem Gürtel und hielt ihn so, als würde er ihn zum Parieren benutzen, aber William wusste, dass dies angesichts seiner langen Klinge nichts nützen würde. Er blieb wachsam, denn der Assassine würde sicherlich nicht zögern, die Klinge nach ihm zu werfen, wenn er nur die entsprechende Gelegenheit dafür sah. Und er zweifelte auch nicht daran, dass der Mann mit beiden Händen kämpfen konnte.

Der Assassine war kleiner als William. Er bot nur eine geringe Angriffsfläche, wie er so mit leicht gebeugten Knien dastand und darauf wartete, was William als Nächstes tun würde.

William bewegte sich etwas nach links, suchte nach einer Lücke in der Deckung seines Gegners. In ausgeruhtem Zustand war er mit der langen Klinge so schnell wie andere Männer mit einem Breitschwert, aber jetzt war er ganz und gar nicht ausgeruht. Er wusste, er hatte nur noch Kraft für zwei oder drei Hiebe, dann würde er der Gnade und Barmherzigkeit seines Gegners ausgeliefert sein.

William machte einen Satz nach vorn und drehte seine Klinge dabei so, dass er mit der Rückhand einen Stoß gegen die rechte Seite des Assassinen führen konnte. Er hoffte, den Mann auf diese Weise zwingen zu können, mit dem Krummsäbel zu parieren, der dabei vielleicht zerbrechen würde.

Doch der Assassine spürte scheinbar die Gefahr, der seine Klinge ausgesetzt war, und statt zu parieren, machte er einen Satz zurück. William nutzte die Gelegenheit und drängte nach vorn. Er riss sein Schwert knapp vor sich hoch, anstatt es im großen Bogen zu schwingen, so dass die Schwertspitze auf der Höhe der Dolchhand des Assassinen war.

Der Assassine warf seinen Dolch auf Williams Kehle und hätte vermutlich auch getroffen, wenn der Leutnant nicht eine so ungewöhnliche Bewegung ausgeführt hätte.

Statt ihn also in die Kehle zu treffen, prallte der Dolch von Williams Halsbeuge ab, zerschnitt jedoch den Muskel gleich oberhalb des Kettenhemdes, das er über seiner Tunika trug. »Verflucht!«, entfuhr es William, und seine Augen füllten sich vor Schmerz mit Tränen.

Er hatte keine Zeit, sich von dem Schock zu erholen, denn der Assassine stürzte sich jetzt mit dem Krummsäbel auf ihn.

William schaffte es kaum, sein Schwert hochzureißen, um den Hieb abzuwehren. Er hatte das Gefühl, als würde ihm sämtliche Luft aus der Lunge getrieben, als der Assassine ihm die Schulter gegen die Brust rammte und sie gemeinsam zu Boden stürzten.

William ignorierte den wilden Schmerz in seiner Schulter, rollte sich von dem Assassinen weg und versuchte sich wieder aufzurappeln. Ein wilder Schmerz explodierte in seinem Gesicht, als der Assassine ihm einen Fußtritt versetzte. Er fiel rücklings auf die Erde, und alles verschwamm vor seinen Augen, während der Himmel sich bunt färbte.

Hartnäckig bemühte sich William, das Bewusstsein nicht zu verlieren, als ihm plötzlich klar wurde, dass er sein Schwert verloren hatte. Während er sich aufsetzte, traf ihn ein weiterer Schlag, und sein Kopf dröhnte vor Schmerzen. Er war nur noch halb bei Bewusstsein und spürte kaum das schwere Gewicht, das sich jetzt auf ihn warf.

William blinzelte hektisch und versuchte, seine Sinne dazu zu zwingen, ihm zu gehorchen, als er aufblickte und dem Tod in die Augen sah. Der Assassine stand direkt über ihm und hatte den Fuß auf Williams Brust gestellt, um mit dem Krummsäbel den entscheidenden Hieb auszuführen.

In dem winzigen Augenblick zwischen dem Erkennen seiner

misslichen Lage und dem Gedanken, dass er dem Assassinen den Fuß wegstoßen und ihn so aus dem Gleichgewicht bringen musste, verbunden mit dem Wissen, dass er zu langsam sein würde, sah William den Mann erstarren und nach hinten kippen.

Eine Gestalt in einem Kettenhemd, das seinem nicht unähnlich war, beugte sich über William. Es dauerte einige Augenblicke, bis er Hauptmann Treggar erkannte.

Der Hauptmann legte sein Schwert beiseite und kniete sich neben William. »Hörst du mich?«

William blinzelte. »Ja«, krächzte er unter größter Mühe.

»Kannst du aufstehen?«

»Ich weiß nicht«, flüsterte William. »Hilf mir hoch, und ich werde es rausfinden.«

Treggar griff William mit einer Hand unter die Achsel und half ihm auf. »Lass mich mal sehen«, sagte er und schaute sich Williams Wunde an. »Du wirst es überleben«, meinte er dann.

Williams Kopf dröhnte noch immer. »Das sind gute Neuigkeiten«, flüsterte er, obwohl seine Knie weich wie Pudding waren.

»Die Wunde wird allerdings noch eine Weile ziemlich brennen, bis wir sie versorgen können.«

Der Hauptmann riss ein Stück von seiner Tunika ab und drückte den Stofffetzen auf die Wunde. Williams Knie schienen nachzugeben, aber Treggar hielt ihn aufrecht. »Es ist jetzt nicht die passende Zeit, ohnmächtig zu werden, Leutnant«, sagte Treggar in der Hoffnung, mit seinen schroffen Worten und der förmlichen Anrede Williams Kampfgeist neu zu entfachen.

»Nein, Hauptmann«, sagte William schwach.

»Wir müssen unbedingt den Prinzen finden, und ich werde alles daran setzen, dass dies geschieht, selbst wenn ich dich hier lassen und allein weitergehen muss«, fuhr Treggar fort.

»Ich habe verstanden, Hauptmann«, sagte William und zwang sich, ein paar Mal tief Luft zu holen. »Ich werde mein Bestes tun.«

»Ich weiß, Will«, erwiderte Treggar. »Gehen wir los und hoffen wir, dass wir den Prinzen finden, bevor die Assassinen uns finden.«

William blickte sich um. »Wo ist James?«

»Er ist wieder in die Festung gegangen. Er wollte sie ablenken, damit sie uns nicht verfolgen.«

William schwieg, aber tief in seinem Innern fragte er sich, ob er wohl so viel Mut besitzen würde. James würde viel Glück benötigen, wenn er es schaffen wollte, so lange am Leben zu bleiben, bis sie den Prinzen gefunden hatten und mit ihm zurückkehren konnten.

James blickte sich um. Er hatte ein paar Minuten damit verbracht, die Felsstücke beiseite zu schieben, die heruntergefallen waren, als er und William die Steinplatte über das Loch in der Decke gerückt hatten. Was den Staub betraf, konnte er wenig tun, aber trotzdem bemühte er sich, ihn mit den Füßen etwas zu zerstreuen.

Unzufrieden, aber sich damit abfindend, dass er mehr nicht tun konnte, eilte er zu dem Weg, von dem er am ehesten glaubte, dass er ihn zu seinem Ziel bringen würde, ohne dass ein Heer wütender Männer mit langen Stich- und Hiebwaffen über ihn herfiel.

»Ruthia«, sagte er leise und beschwor damit die Göttin des Glücks. »Ich weiß, ich habe unsere Beziehung einige Male überstrapaziert, und es wäre längst an der Zeit gewesen, deinen Schrein aufzusuchen, aber wenn du dich dazu entschließen könntest, mir noch einmal deine Gunst zu schenken, würde ich das nächste Mal mit sehr viel mehr Hingabe meinen Pflichten nachkommen.«

Er ging um die Ecke und betrat einen großen Raum; zu spät begriff er, dass Männer an beiden Seiten der Tür gestanden hatten. Er wirbelte herum und fand zwei Schwertspitzen auf sich gerichtet, während weitere sechs Assassinen durch drei andere Türen in den Raum stürmten.

Er sah sich um und erkannte, dass es hoffnungslos war zu kämpfen, also hob er die Hände über den Kopf und ließ das Schwert aus den Fingern gleiten. »Ruthia, so deutlich hättest du dein Nein jetzt auch wieder nicht formulieren müssen!«, murmelte er leise.

Einer der Assassinen trat vor und schlug James mit der flachen Hand ins Gesicht. James fiel hart auf den Boden, und der Mann versetzte ihm einen kräftigen Tritt in die Rippen.

James hustete und erbrach das spärliche Essen, das er in der letzten Zeit zu sich genommen hatte. »Ruthia, du kannst eine solche Hexe sein.« Dann trat ihm der Mann gegen den Kopf, und James verlor das Bewusstsein.

Fünfzehn

Verzweiflung

James kam langsam wieder zu Bewusstsein.

Die Zelle war dunkel; das einzige Licht stammte von einer Fackel im Vorraum und fiel durch das winzige Fenster in der Tür. Er erkannte, dass er sich in derselben Zelle befand, in der auch Edwin gewesen war.

Er lag auf einer Pritsche aus gedroschenem Stroh. Die Luft war stickiger, als er es in Erinnerung hatte, aber damals war er ja auch nicht in der Zelle drin gewesen, wie ihm einfiel.

Vorsichtig setzte er sich auf. Sein gesamter Körper schmerzte. Sein Kopf dröhnte noch immer von dem Schlag, den ihm einer der Assassinen versetzt hatte, und er bezweifelte, dass es an seinem Körper auch nur eine einzige Stelle gab, die nicht von den letzten Stunden gezeichnet war.

Er holte tief Luft und blickte sich um. Es gab weder etwas zu essen noch Wasser, und ihm wurde klar, dass diejenigen, die ihn gefangen genommen hatten, sich kaum Gedanken um sein Wohlbefinden machten. Wahrscheinlich gingen sie davon aus, dass er gar nicht lange genug hier bleiben würde, als dass sein Wohlbefinden eine Rolle spielen könnte.

Dass er überhaupt noch am Leben war, ließ nur zwei mögliche Schlussfolgerungen zu. Entweder man würde ihn befragen, um herauszufinden, wie viele Leute von diesem Versteck wussten, oder er würde Ehrengast bei der nächsten Dämonenbeschwörung werden.

Wenn Ersteres zutraf, konnte er möglicherweise etwas Zeit gewinnen. Er konnte vortäuschen, dass die Schläge seinen Verstand beeinträchtigt hatten und er etwas Ruhe benötigte, bevor ihm alles wieder einfiel. Wenn allerdings die zweite Möglichkeit zutraf, mussten Arutha und seine Armee bis Mitternacht hier eintreffen, wenn sie ihn lebend hier rausholen wollten. Jimmy schüttelte leicht den Kopf; er versuchte, seine Benommenheit abzuschütteln und seine Sinne zu schärfen. Er stand langsam auf und schwankte zu der Öffnung in der Tür.

Als er einen Blick durch das winzige Fenster warf, sah er, dass sie Wachen im Raum aufgestellt hatten, für den Fall, dass ein Kamerad von James noch frei in der Festung herumlaufen und versuchen sollte, ihn zu befreien. James trat rasch wieder zurück, um die Wache nicht wissen zu lassen, dass er wach war. Wenn sie ihn befragen wollten, war es nur gut, wenn sie möglichst spät damit begannen, denn das würde die Chancen vergrößern, dass der Prinz noch rechtzeitig eintraf.

Er setzte sich still wieder hin und versuchte sich etwas auszuruhen. Die Steine waren zwar nicht richtig kalt, aber so tief unter der Erde waren sie auch nicht gerade warm. Auch das Stroh bot nicht gerade viel Bequemlichkeit. Dennoch war er schon nach wenigen Minuten eingedöst.

Einige Zeit später erwachte er von dem Geräusch, das beim Öffnen der Tür erklang. Ohne eine Bemerkung schritten zwei Wachen auf ihn zu, packten ihn unter den Achseln und rissen ihn hoch. Sie zerrten ihn zur Tür und schleiften ihn durch die Festung.

Sie brachten ihn in jenen Teil des unterirdischen Labyrinths, den er nicht hatte auskundschaften können, weil er hier die Quartiere der Anführer vermutet hatte. Schon bald musste er erkennen, dass seine Vermutung richtig gewesen war.

Er wurde einem Mann in schwarzen Gewändern vor die Füße geworfen und wartete.

»Steh auf, damit ich dir ins Gesicht blicken kann«, sagte der

Mann, der über ihm stand. Seine Stimme klang trocken und raschelte wie altes Pergament.

James blickte auf und sah einen Mann mit altem Gesicht auf ihn herabblicken. Langsam erhob er sich, bis er auf wackligen Beinen stand und dem alten Mann in die Augen schauen konnte. Macht stand in ihnen – dunkle, gefährliche Macht. Das Gesicht wirkte unglaublich alt, als wäre kaum mehr als fleckige, bleiche Haut über einen Schädel gespannt. Die wenigen Haare hingen wie Spinnenfäden an den Seiten und am Rücken herab. Der Alte beäugte James, und plötzlich begriff der Junker, dass das Wesen vor ihm gar nicht richtig atmete, sondern nur, wenn es sprach. James' Nackenhaare richteten sich auf, als ihm klar wurde, dass er in die Augen eines Toten sah, der irgendwie bewegt wurde.

»Wer bist du?«, fragte der alte Mann.

Da James keinen Sinn darin sah zu lügen, antwortete er: »Mein Name ist James.«

»Kommst du aus dem Königreich, um zu spionieren?«

»Mehr oder weniger«, sagte James.

»Die anderen, die bei dir waren, sind nur die Spitze eines Eisbergs, nicht wahr?«

»Ich nehme an, dass in Kürze weitere Landsleute von mir eintreffen werden, ja.«

»Das spielt keine Rolle.« Mit einem Grinsen, bei dem das Wesen gelbliche, schiefe Zähne enthüllte, holte es Luft und meinte: »Wir hier dienen dem Tod und dem, was jenseits davon liegt. Wir fürchten die Lanzen der Soldaten deines Königreichs nicht. Wir wissen, was geschehen wird, aber durch die Gnade unseres Meisters fürchten wir es nicht. Heute Nacht ist unsere letzte Beschwörung, und unser Meister wird uns ein Werkzeug schicken, einen Dämon, der dein Königreich zerstören wird!«

Er blickte James einen Moment in die Augen, dann wandte er sich an die nächststehenden Assassinen. »Bringt ihn ins Zimmer. Es ist fast so weit.«

James war sprachlos. Er hatte ein Dutzend Fragen erwartet, möglicherweise auch ein paar Hiebe, aber auf jeden Fall die Möglichkeit, alles etwas hinauszuzögern. Stattdessen wurde er weggeschleppt, weil sie ihm in einem dämonischen Ritual die Kehle durchschneiden wollten.

Sie brachten ihn zu einem Raum, der der ehemaligen Waffenkammer am nächsten lag, und zogen ihm Tunika, Stiefel und Hose aus, ließen ihm lediglich seine Untergewänder. Zwei Männer packten ihn an den Armen und hielten ihn so fest, dass er sich nicht mehr rühren konnte.

Ein anderer schwarz gekleideter Priester betrat den Raum und begann, etwas zu intonieren. Er trug eine kleine Schüssel bei sich, die aus einem menschlichen Schädel gefertigt worden war, und zog einen Knochen heraus, der in einer dunklen, übel aussehenden Flüssigkeit schwamm. Er wedelte mit dem Knochen in der Luft herum, und James lief ein kalter Schauer über den Rücken. Beulen entstanden auf seinen Armen, und die Nackenhaare stellten sich auf. Als er James an der Stirn berührte, hatte er das Gefühl, als würde seine Haut in Flammen stehen.

Ein dritter Priester erschien, und auch er hatte eine Schüssel dabei. In ihr schwappte eine weiße, ebenfalls übel aussehende Flüssigkeit. Der Priester hielt James die Schüssel vor den Mund und befahl: »Trink.«

James presste die Kiefer zusammen. Er wusste nicht genau, was man ihm da anbot, aber er vermutete, dass es ihn gefügiger machen sollte.

Ein schwarz gekleideter Assassine trat von hinten an James' rechte Seite. Er packte James' Kiefer mit großen Händen und versuchte, sie auseinander zu reißen. James biss ihm ihn die Hand, tief genug, dass Blut floss, und wurde dafür mit einem kräftigen Hieb bestraft.

»Na schön«, meinte der alte Priester. »Soll er doch den Schmerz mit jeder Faser seines Körpers spüren, wenn das Leben aus ihm entweicht und seine Seele unseren Meister nährt. Aber haltet ihn gut fest, damit er die Zeremonie nicht stört. Unser Meister duldet keinen Fehler.«

Er drehte sich um und ging voraus, gefolgt von den anderen Priestern. James wurde von den beiden Männern, die ihn hielten, mitgeschleppt, während zwei weitere hinter ihnen gingen.

Jede Faser seines Körper schmerzte, und die Wahrscheinlichkeit, dass er das alles überleben würde, sank beträchtlich, aber dennoch verspürte James keine Furcht. Irgendwie hatte er es immer vermieden, über seinen Tod nachzudenken. Sicher, auf eine abstrakte Weise wusste er, dass er eines Tages sterben würde, so wie alle menschlichen Wesen schließlich einmal sterben mussten, aber niemals hatte sich James lange mit solchen Gedanken aufgehalten. Wie sein alter Freund Amos Trask einmal gesagt hatte: »Niemand überlebt das Leben.«

Aber trotz der hohen Wahrscheinlichkeit, dass er jetzt bald sterben würde, konnte er die Realität seines eigenen Todes nicht wirklich akzeptieren. Ein Teil von ihm war erstaunt darüber; er wusste, er sollte eigentlich wimmern wie ein kleines Kind, sollte um sein Leben betteln.

Und dann begriff er, dass er im tiefsten Innern *wusste,* dass seine Zeit noch nicht gekommen war. Statt seiner Furcht widmete er sich den Überlegungen, wie er sich aus dieser Misere würde befreien können.

Sie brachten ihn in die Waffenkammer, und James konnte erkennen, dass die Zeremonie bereits begonnen hatte. Die etwa hundert Assasssinen knieten nieder, als der Priester eintrat. Sie sangen, und der Raum atmete bereits förmlich schwarze Magie.

Fackeln flackerten an den Wänden, und James nutzte alle seine Sinne, sich Einzelheiten einzuprägen, die ihm damals, als er das Ritual zum ersten Mal gesehen hatte, entgangen waren. Die alten Gebläse über der Schmiede waren noch intakt, obwohl sie bestimmt seit hundert Jahren nicht mehr benutzt worden waren.

Die Ketten, die dazu gedacht waren, die Kessel – in denen sich einst das geschmolzene Metall befunden hatte, aus dem die Rüstungen und Waffen hergestellt worden waren – hochzuziehen und herunterzulassen, waren zwar rostig, wirkten aber durchaus noch brauchbar. James maß die Entfernungen zwischen dem Podest, zwei großen Steintischen und den Schmieden, und er versuchte abzuschätzen, wie weit entfernt davon die Ketten hingen. Da er sicherlich nicht durch die Menge davonlaufen konnte, musste er nach einer anderen Fluchtmöglichkeit suchen, und zwar schnell.

Die Assassinen blickten auf das Podest, auf dem er getötet werden sollte; sie betrachteten das Gesicht des Dämons, das auf die Wand gemalt war. Noch immer wurde James von zwei Männern festgehalten, während die beiden anderen, die hinter ihnen gegangen waren, sich jetzt zu den Übrigen gesellten.

Als er die Stufen zu dem Stein emporgeführt wurde, auf dem er ausgestreckt liegen sollte, sah James, dass ein kompliziertes Muster auf den Boden gemalt war – ein fünfzackiger Stern, an dessen Spitzen jeweils eine große Wachskerze brannte. Er bemerkte, dass die Priester peinlich genau darauf achteten, die Spitzen nicht zu berühren, und es vermieden, über die Linien des Pentagramms zu treten. Er wühlte in seinem Gedächtnis; irgendetwas an diesen Zeichen auf dem Boden kam ihm auf beunruhigende Weise vertraut vor.

Als sie ihn zum Steinaltar führten, spürte James seinen Puls schneller werden. Er hatte noch immer keine Angst, aber ein seltsam drängendes Gefühl durchströmte ihn. Was immer er tun wollte, er musste es in den nächsten Augenblicken tun, auch wenn er noch keinen blassen Schimmer hatte, was es sein würde.

Plötzlich wurde er schlaff. »Nein! Nein! Alles, nur das nicht!«

Der Hohepriester drehte sich kurz um; er wollte wissen, was die Unruhe zu bedeuten hatte, aber der Anblick eines um sein Leben bettelnden Opfers war für ihn nichts Neues, und so wandte er sich wieder seiner Aufgabe zu und machte sich daran, den Spruch zu vervollständigen.

Ein anderer Priester öffnete ein großes Buch und hielt es so, dass der Hohepriester daraus lesen konnte. Der alte Mann las einen Augenblick lautlos, dann rief er etwas in einer Sprache, die für James schroff und fremdartig klang. Es schien dunkler im Raum zu werden, als würde das Fackellicht aufgesaugt, und in der Mitte des Pentagramms bildete sich eine verschwommene Gestalt.

James wusste, dass das Wesen sich in genau dem Augenblick manifestieren und in ihre Wirklichkeit eintreten würde, in dem Blut vergossen wurde. Er spürte, wie die beiden Assassinen ihn hochhoben, um ihn über die letzten Stufen zu dem Stein zu tragen.

James holte tief Luft; dies war der entscheidende Augenblick. Wenn er erst rücklings mit gefesselten Händen und Füßen auf dem Stein lag, würde er sterben.

Et täuschte Krämpfe vor, schluchzte und schrie, während er zusammensackte und so die beiden Männer dazu brachte, sich leicht über ihn zu beugen. Dann plötzlich fanden seine Füße Halt und er richtete sich auf, brachte die beiden Assassinen aus dem Gleichgewicht. Er ignorierte seine Schmerzen und drückte die Arme nach oben, so dass die Männer instinktiv ihren Griff ändern mussten. In diesem Augenblick riss er sich los.

Er zerrte dem rechts von ihm stehenden Mann den Dolch aus dem Gürtel, rammte ihm kräftig die Schulter in den Leib, so dass er gegen den Opferstein prallte. Dann trat er mit dem linken Fuß zu und beförderte den anderen Mann ebenfalls zu Boden.

Der Assassine rechts von ihm griff an seinen Gürtel und stellte fest, dass die Scheide leer war. »Suchst du das hier?«, fragte James. Er stieß mit der Klinge nach dem Mann, verletzte ihn an der Halsschlagader, aus der sofort Blut herausspritzte und sich über den Stein und auf den Boden ergoss. »Wenn du so wild darauf bist, dass dieses Ungeheuer auftaucht, nimm doch dein eigenes Blut dafür!«

Der Hohepriester schrie. »Nein! Es ist noch nicht so weit!«

Kaum berührte das Blut den Altar, nahm das Wesen im Pentagramm Gestalt an, noch viel fürchterlicher, als James es in Erinnerung hatte. Es war nahezu neun Fuß hoch. Das Gesicht hatte etwas Fuchsartiges, mit flammenden Augen und gebogenen Ziegenhörnern. Jetzt war auch die untere Hälfte des Körpers zu sehen – der Dämon stand auf Ziegenbeinen!

»Nein!«, rief der Priester erneut.

Die Kreatur blickte ihn an und stellte ihm mit tiefer, fürchterlicher Stimme in der gleichen Sprache, die die Assassinen benutzten, eine Frage. Der Priester schien um eine Antwort verlegen zu sein, und er griff stattdessen nach dem Buch, das auf den Boden gefallen war; er versuchte, etwas zu lesen.

James schlug noch immer um sich. Der Mann mit der durchtrennten Kehle lag zuckend auf dem Stein, während der andere sich bemühte, das Gleichgewicht wiederzuerlangen. James half ihm hoch, indem er ihn vorne an der Tunika packte und hochriss. Dann drehte er ihn herum, so dass er mit dem Rücken zum Hohepriester stand, und brachte ihn mit einem kräftigen Stoß aus dem Gleichgewicht. Der Mann fiel mit einer Miene, die Verblüffung ausdrückte, rückwärts gegen den Hohepriester und den anderen Priester, der eilig nach der Schüssel griff, die eigentlich James' Blut hatte auffangen sollen.

Dem Hohepriester entglitt das alte Buch, und instinktiv streckte er die Hände danach aus. »Nein!«, heulte er auf.

Jene, die sich in der Nähe des Podestes befanden, begannen aufzustehen; die unvorhergesehenen Ereignisse verunsicherten sie. Die in den hintersten Reihen knieten jedoch noch immer.

In dem Versuch, das Buch wiederzuerlangen, beugte sich der Priester über die Linien des Pentagramms. Der Dämon brüllte vor Wut, streckte seine gewaltigen, klauenbewehrten Hände aus und packte den Priester.

Der Priester, der jetzt seinen Fehler erkannte, schrie vor Entsetzen auf, murmelte dann etwas Unzusammenhängendes, als er seinen Tod nahen sah. Der Dämon öffnete sein großes Maul und enthüllte dabei spitze Zähne von der Länge eines Zeigefingers, während dampfender Speichel heraustroff. Dann schnappte er blitzschnell zu und riss dem Priester mit einem Biss das Gesicht weg; Blut spritzte überall hin.

Einen kurzen Augenblick waren alle Blicke auf den Dämon und sein fürchterlich zugerichtetes Opfer gerichtet; ein Vorteil, den James zu nutzen wusste. Er packte den anderen Priester mit einer Hand an der Schulter und mit der anderen am Gürtel und stieß ihn auf das Pentagramm zu.

Der Verwundete und der Priester mit der Schüssel stolperten rückwärts ins Pentagramm. Der Priester warf eine der Kerzen um, und Chaos brach aus.

Die Kreatur brüllte. Sie biss dem zweiten Priester den Kopf ab und riss dann dem verwundeten Assassinen einen Arm aus. Weitere Gliedmaßen wurden abgetrennt und verschlungen, und das Kinn des Ungeheuers glänzte blutig rot.

Die anderen Kerzen erloschen, und Angstschreie hallten durch den Raum.

Einige der Assassinen begannen zu singen, wippten dabei vor und zurück, während andere sich erhoben und sich nach einer Fluchtmöglichkeit umsahen. Zwei zogen sogar ihre Krummsäbel, um sich gegen den Dämon zu verteidigen, aber viele andere saßen einfach nur stumm und verwundert da.

James entschied, dass das der geeignete Augenblick für seine Flucht war. Er sprang auf den Opferstein und blickte den Dämon an. Das Ungeheuer erwiderte seinen Blick, und mit Schrecken begriff der Junker, dass es nicht länger gebändigt war.

James hechtete auf eine der Ketten zu, die über ihm hingen, genau in dem Augenblick, als der Dämon nach ihm griff. Er zog die Beine an, stieß sie dann nach vorn, um den schwarzen Krallen zu entkommen, und schwang in hohem Bogen auf die andere Seite, wo er sich hinabfallen ließ. Hart landete er auf einem alten Werktisch, direkt neben knienden Assassinen, die ihn verwundert anstarrten.

Dann wandten alle wieder ihre Aufmerksamkeit dem Dämon zu, der jetzt vom Podest heruntertrat.

James sprang auf den nächsten Tisch und von dort hinunter auf den Boden, mitten zwischen zwei fliehende Assassinen. Sie ignorierten ihn; welche religiöse Leidenschaft sie auch entflammt haben mochte, wenn sie anderen beim Sterben zusahen – sie waren offensichtlich weit weniger hingebungsvoll, wenn es um ihr eigenes Leben ging.

Die meisten der fliehenden Assassinen eilten auf die Ställe zu, doch James wollte es nicht riskieren, ebenfalls dorthin zu laufen. Er duckte sich in einen Seitenkorridor und rannte zu dem Loch in der Decke zurück, wo sie den Raum mit der Rampe gefunden hatten. Er war erstaunt, wie schnell er jetzt dort war, verglichen damit, wie lange es im Dunkeln gedauert hatte.

Er blickte hoch und fluchte. Es gab keine Möglichkeit, allein dort hinaufzukommen. Er eilte zum nächsten Raum und fand eine Waffentruhe, die er rasch leerte und zu der Stelle direkt unter dem Loch schaffte.

Hatte er seine Wunden bisher ignorieren können, so drangen die Schmerzen jetzt deutlich in sein Bewusstsein. Schweiß tropfte ihm von der Stirn, und das Salz brannte in den Wunden. Seine gequälten Muskeln wurden von Krämpfen geschüttelt, als er die schwere Truhe hinter sich herzog.

Er stellte sie aufrecht hin, und einen Augenblick lang verschwamm alles in seinem Blickfeld, und ihm schwindelte. Er atmete langsam weiter, beruhigte sich, während er auf die Truhe kletterte. Er griff in die Öffnung und zog sich mit größter Anstrengung hoch, obwohl er beinahe den Halt verloren und wieder hinabgestürzt wäre. Er hielt sich nur mit äußerster Willenskraft fest, denn er wusste, dass er nicht noch einmal die Kraft dafür aufbringen konnte. Unter Einsatz seiner allerletzten Reserven zog er sich hoch, durchquerte den Raum und trat in den kurzen Gang, von wo aus der Himmel sichtbar war.

Von unten drangen Schreie und unmenschliches Gebrüll herauf, und James wusste, dass irgendwann alle, die noch unten waren, tot sein würden. Dann würde der Dämon nach einem Weg suchen, aus dem Labyrinth herauszukommen. James wankte auf die Rampe zu. Er schaffte noch drei Schritte, ehe er mit dem Gesicht vornüber auf den Boden fiel und das Bewusstsein verlor.

James kam wieder zu sich, als ihm jemand Wasser ins Gesicht schüttete. Er blinzelte und sah, dass William ihm den Kopf stützte, während jemand anders ihm die Wasserhaut an den Mund hielt. Er begann, gierig zu trinken.

Als die Wasserhaut verschwand, sah er, dass der andere Mann ein Soldat aus Krondor war. Schritte hallten in dem Raum, und James setzte sich auf und sah, wie Männer sich auf das Loch im Boden zubewegten. »Halt!«, schrie er. »Wartet noch!« Seine Stimme war kaum mehr als ein heiseres Krächzen.

»Was ist?«, fragte William.

»Der Dämon. Er ist ungebunden und läuft da unten frei rum.«

William packte den nächststehenden Soldaten an der Tunika. »Dringende Nachricht an Seine Hoheit. Junker James berichtet, dass ein ungebundener Dämon unten in der Festung frei herumläuft.«

Dann wandte er sich an die Soldaten im Raum. »Ihr bleibt hier; niemand geht da runter, bevor ich nicht den Befehl dazu gebe.« Er wandte sich an James. »Du kommst mit mir. Der Prinz wird dich sprechen wollen.«

Er legte James den Arm um die Taille und half ihm auf die Füße, dann schleppte er ihn die Rampe hoch. Während sie sich dem oberen Ende näherten, meinte William: »Ist das eine spannende Geschichte, wieso du nur mit deiner Unterwäsche bekleidet kopfüber im Staub gelegen hast?«

James zuckte bei jeder Bewegung zusammen. »Nicht wirklich.«

Gemeinsam gelangten sie nach oben. »Kannst du reiten?«, fragte William.

»Habe ich eine Wahl?«

»Du reitest mit mir«, erklärte William. Er gab das Zeichen, dass man ihm ein Pferd bringen solle. Der Soldat, der für die Reittiere verantwortlich war, brachte ihm eins und hielt die Zügel, während William James in den Sattel half. Dann schwang er sich hinter ihm aufs Pferd und nahm die Zügel in die Hand. »Halt dich fest«, rief er, und sie ritten los.

James stöhnte etwas, hielt sich aber ansonsten tapfer. Sie ritten das Wadi entlang, während die Sonne im Osten aufging. »Wo ist Arutha?«, wollte James wissen, der sich gegen Williams Brust lehnte.

»Vor dem Osttor!«, sagte William. »Edwin hat es bis zum Prinzen geschafft, und der ist so schnell wie möglich hierher marschiert. Treggar und ich sind auf sie gestoßen, als sie gerade mit einer Bande Assassinen gekämpft haben. Wir haben sie hierher geführt.«

»Ich bete zu den Göttern, dass er seine Leute nicht in die Ställe geschickt hat!«, sagte James.

Sie ritten so schnell wie möglich zur Mündung des Wadis und wandten sich dort nach Osten. Es war der schmerzhafteste Ritt, den James je erlebt hatte. Endlich kamen sie bei Arutha und seinen Männern an.

Der Prinz hatte kein Lager aufschlagen lassen, sondern sich mit seinen Offizieren auf einen Felsen in der Nähe begeben, von dem aus sie zusehen konnten, wie die Soldaten vor den offenen Toren Aufstellung nahmen. Arutha blickte auf, als William eintraf. Hauptmann Treggar saß mit dem Prinzen und zwei anderen Offizieren an einem runden Tisch, auf dem eine Karte lag.

»Wirst du überleben?«, fragte der Prinz James.

James rutschte mehr vom Pferd, als dass er abstieg, und er konnte sich nur dadurch aufrecht halten, indem er sich am Steigbügel festklammerte. »Nur, wenn es unbedingt sein muss«, antwortete er.

Arutha bedeutet einem seiner Männer, dem so gut wie nackten Junker eine Decke um die Schulter zu legen. »Was geht da drin vor?«, wandte er sich dann an James. »Wir haben versucht, eine Gruppe von Assassinen hineinzutreiben, auf die wir etwa fünf Meilen von hier gestoßen sind. Die meisten kamen unverzüglich wieder herausgerannt, als wären sie nur zu erpicht auf einen Kampf mit uns. Wir sind sogar ein Stück zurückgetrieben worden.«

»Da drin läuft ein ungebundener Dämon frei herum«, sagte James. »Diese Narren haben tatsächlich einen beschworen.«

Arutha nickte. »Befehle!«, sagte er zu einem Läufer in der Nähe. »Sag Leutnant Gordon, er soll seine Position beibehalten.« Dann blickte er wieder James an. »Nun, Junker, was gibt es sonst noch zu berichten?«

James zuckte zusammen und bedeutete William, ihm die Wasserhaut zu geben. »Nicht viel, Hoheit. Ich bin kein Experte, aber ich vermute, dass die Kreatur nicht vor Einbruch der Dunkelheit rauskommen wird. Wenn sie allerdings erst einmal draußen ist, weiß ich nicht, wie man sie im Zaum halten könnte.«

Arutha warf einen Blick auf die offenen Türen zu den Ställen. »Wir werden reingehen und sie drinnen vernichten müssen.«

»Wartet noch –«, hielt James ihn zurück.

»Ja, Junker?«, fragte Arutha.

»Vergebt mir, Hoheit, aber ich habe diese Kreatur gesehen. Es geht nicht ohne einen Plan.«

Arutha ließ sich zu einem Lächeln herab. »Du spricht von einem Plan, Jimmy? Das ist ungewöhnlich!«

»Na ja, ich hatte ja auch das Vergnügen, die Kreatur aus nächster Nähe betrachten zu können, Hoheit, und ich weiß, dass sie einem Mann mit einem einzigen Ruck den Arm aus der Schulter reißen kann. Wir brauchen einen Priester, der sie in ihre Sphäre zurückverbannt, oder einen Magier, der sie vernichten kann.«

»Wir haben weder das eine noch das andere«, erwiderte Arutha. »Und nach allem, was ich noch von meinen Studien der alten Überlieferungen weiß, kann diese Kreatur durchaus getötet werden, wenn sie nicht eine höhere Macht darstellt. Wenn sie Sonnenlicht und kalten Stahl nicht mag, haben wir durchaus die Mittel dazu.«

Der Prinz wandte sich an William. »Leutnant, Ihr und der Hauptmann reitet zurück zum anderen Eingang. Nehmt eine Gruppe Bogenschützen mit. Ihr müsst den Dämon noch vor Sonnenuntergang zu dieser Tür getrieben haben.«

Treggar und William salutierten und ritten davon, während James bei Arutha zurückblieb. »Was ist, wenn er sich nicht treiben lässt, Hoheit?«, fragte James.

»Dann werden wir zu ihm gehen müssen«, antwortete der Prinz. Er musterte James. »Und wir werden dich sicherlich nicht mitnehmen. Du hast schon wesentlich besser ausgesehen.« Er winkte einen seiner Soldaten zu sich. »Der Junker soll etwas zu essen und zu trinken bekommen. Ich glaube nicht, dass er sich lange dagegen sträuben wird, sich ein wenig auszuruhen.«

James ließ sich von dem Mann zu einer Felsnase führen, wo er sich im Schatten niederließ, eine kleine Ration zu essen bekam und übel riechendes, lauwarmes Wasser aus einer Wasserhaut erhielt. Er wusste, was das bedeutete. Der Versorgungszug musste Meilen hinter ihnen sein, und was er soeben erhalten hatte, war vermutlich genau das, was auch den übrigen Soldaten, den Prinzen eingeschlossen, seit Tagen zur Verfügung stand.

James musste sich zusammenreißen, um nicht noch während des Essens einzuschlafen. Er bekam kaum mit, wie jemand ihm eine frische Tunika und eine Hose brachte. Er wusste, dass seine

Stiefel unten in dem Raum hinter der Waffenkammer waren, wo man ihn für die Opferung entkleidet hatte, und er schwor sich, dass er sie sich wiederholen würde, sobald dies alles vorbei war.

Das war sein letzter Gedanke, bevor er einschlief.

William und Treggar musterten die Männer vor sich. »Ich werde mit den ersten sechs Mann runtergehen, Will«, sagte Treggar. »Warte etwas und schick dann den Sergeanten und weitere sechs Männer hinterher. Noch etwas später führst du dann die letzten sechs rein. Die Bogenschützen sollen hier warten.«

»In Ordnung.«

»Die erste Gruppe begibt sich direkt nach Osten. Die zweite Gruppe geht nach Süden. Der Weg ist deutlich zu erkennen und macht schließlich eine Biegung nach Osten.« Treggar blickte William an. »Dir überlasse ich den härtesten Teil. Du gehst nach Norden und auf die Waffenkammer zu.«

»In Ordnung.«

»Wer immer den Dämon findet, soll sich verschanzen und die anderen beiden Gruppen benachrichtigen. Verteidigt euch, wenn es sein muss, aber greift erst an, wenn wir organisiert sind. Ich möchte versuchen, den Dämon mit Hilfe der Bogenschützen auf die Männer des Prinzen zuzutreiben.«

Seile wurden an den Füßen der zwei schweren Regale befestigt und hinuntergelassen, so dass – sollte es nötig werden – zwei Männer gleichzeitig hinunter oder herauf klettern konnten.

Als alles fest verankert war, ließ Treggar die erste Gruppe hinunter.

William sah zu, wie erst Treggar mit seinen sechs Männern verschwand und danach ein Kommando unter dem Befehl eines Sergeanten. Schließlich führte er selbst seine sechs Männer hinab. Einundzwanzig Soldaten, dachte William, um einen Dämon ins Sonnenlicht zu treiben. Er hoffte, es würde genügen. Obwohl er selbst kein Magier war, hatte er sein ganzes Leben unter welchen gelebt, und nichts, was er von ihnen über Dämonen gehört hatte, war irgendwie gut gewesen.

Er schob seine Bedenken beiseite und winkte seine Gruppe hinter sich her.

William übernahm die Führung; er weigerte sich, einen der Soldaten vorgehen zu lassen. Er begründete den Befehl damit, dass er schon einmal hier gewesen war, doch dann begriff er, dass er diesen Männern gegenüber gar nichts rechtfertigen musste; es genügte völlig, wenn er den Befehl gab.

Sie arbeiteten sich langsam durch eine Reihe von Räumen voran, die sich in ein einziges Schlachthaus verwandelt hatten. Die Wände waren blutbespritzt, und Gliedmaßen lagen überall auf dem Boden verstreut.

William bemerkte, dass die Schädel der Toten gespalten oder sonst wie geöffnet waren und dass bei allen das Gehirn fehlte. William blickte seine Leute an, und er sah die kampferprobten Männer erbleichen. Er musste selbst schlucken, um nicht zu würgen.

Ein Geräusch in der Ferne machte William auf die Position des Dämons aufmerksam. Er bedeutete den anderen zu warten, während er selbst leise weiterging, um nachzusehen. Er duckte sich, arbeitete sich langsam einen Korridor entlang. Vor ihm musste seiner Erinnerung nach eine der großen Unterkünfte sein.

Er blickte durch die Tür vor sich, doch da er nichts erkennen konnte, arbeitete er sich langsam weiter, hielt alle paar Schritte an, um zu sehen, ob er schon etwas mehr erkennen konnte. Als er sich der Tür weiter näherte, gewann er immer mehr den fürchterlichen Eindruck, dass der Dämon in einer der beiden Ecken hinter dieser Tür hockte und dass er es nicht genau wissen würde, wenn er nicht seinen Kopf in den Raum steckte und nachschaute.

Rechts oder links?, fragte er sich im Stillen.

Der Dämon ersparte ihm die Entscheidung, als er sich rührte. Das Geräusch kam von links.

William drängte sich gegen die rechte Wand und ging so langsam und gebückt wie möglich weiter. Er sah die Füße der Kreatur und begriff, dass sie mit ausgestreckten Beinen auf dem Boden sitzen musste, ganz so, als würde sie warten

Aber worauf?, fragte sich William im Stillen.

Dann begriff er: Der Dämon wartete darauf, dass die Sonne unterging. William konnte sich nicht recht entscheiden, ob er zurückgehen und die Bogenschützen holen oder dem Drang nachgeben sollte, einen näheren Blick auf die Kreatur zu werfen. Er entschied sich, das Risiko einzugehen.

Er kroch langsam näher, immer in der Furcht, dass jede schnelle Bewegung die Aufmerksamkeit des Dämons wecken würde. Als die Kreatur in die andere Richtung blickte, sah er, dass ihr Körper eine ganze Reihe von Wunden aufwies.

Er kroch zurück. Langsam, jeder Schritt eine quälende Übung in Selbstkontrolle, bewegte er sich weiter von der Tür weg. Als er die Stelle erreichte, von der aus er seine eigenen Männer sehen konnte, legte er einen Finger an die Lippen und bedeutete ihnen, zurückzukriechen.

William ließ die Männer bis zur letzten Kreuzung zurückgehen, an der sie vorbeigekommen waren. Als er sicher war, dass der Dämon sie nicht hören konnte, flüsterte er: »Der Dämon ist in dem Raum da vorne. Es sieht so aus, als hätten die Assassinen ihm bereits übel zugesetzt. Er blutet aus mehreren Wunden.«

»Das ist gut«, flüsterte einer der Soldaten.

»Schleich dich zurück und suche Hauptmann Treggar und die anderen«, befahl William.

Der Soldat verschwand.

William wandte sich an die Übrigen. »Macht euch bereit. Niemand spricht oder macht eine Bewegung, ohne dass ich einen entsprechenden Befehl gegeben hätte.«

Die Männer nickten und warteten stumm.

Sechzehn

Entdeckung

Die Bogenschützen erschienen.

Die sechs Männer stellten sich lautlos in einer Reihe hinter William auf. Etwas später kamen auch Hauptmann Treggar und seine sechs Männer.

»Wie sieht es aus, Will?«, fragte Treggar.

William erklärte ihm kurz die Situation und malte eine Zeichnung in den Staub, um zu zeigen, wo der Dämon wartete. Treggar fluchte. »Es wird Menschenleben kosten, ihn da rauszuholen. Die Ersten, die durch die Tür gehen, sind so gut wie tot.«

»Nicht, wenn sie nicht stehen bleiben«, meinte William.

»Was hast du vor?«, fragte Treggar.

»Nun, wie wäre es mit einer ganz besonderen Art von Hasenjagd?«

Treggar lächelte. »Hm, du meinst, wenn jemand den Hasen spielt, könnten wir den Dämon zum Stall locken und von dort zum Prinzen treiben.«

William begann, die Rüstung abzustreifen. »Nicht jemand, ich.«

»Du?«

»Ich kenne den Weg. Niemand sonst kennt ihn, außer dir noch, aber bei allem Respekt, ich bin überzeugt davon, dass ich schneller bin als du.« William grinste. »Hauptmann.«

»Ich erinnere mich noch gut daran, wie ich dich gestern eingeholt habe«, sagte Treggar.

William lächelte. »Und dafür werde ich dir auch ewig dankbar sein, vorausgesetzt, ich lebe noch eine kleine Ewigkeit.« Er reichte einem der Soldaten seine Scheide, behielt aber das Schwert in der Hand. Er trug jetzt nur noch seine Tunika, Hose und Stiefel. Er deutete auf eine Fackel, und ein Soldat brachte sie ihm. »Die hoffentlich nicht so aussieht wie die Gegenwart«, bemerkte William – und rannte los.

Er rannte den Korridor entlang und hielt keinen Augenblick inne, als er den Raum betrat, in dem der Dämon sich aufhielt. Er schaffte es genau bis zur Mitte, bevor er einen Blick über die Schulter warf und erschreckt feststellte, dass der Dämon bereits hinter ihm her war, ein einziger Anblick des Schreckens und brüllend vor Wut.

William hatte noch immer Schmerzen vom Kampf am Tag zuvor sowie von dem anstrengenden Ritt mit Arutha, doch im Augenblick reagierte sein Körper nur auf einen einzigen Impuls: Er musste um sein Leben laufen.

Er rannte und er hoffte, dass seine Instinkte ihn davor bewahren würden, einen falschen Weg einzuschlagen. Er lief einen langen Korridor entlang, durch einen großen, leeren Raum hindurch, hinein in einen anderen Gang, immer dicht verfolgt von dem Dämon.

William erreichte den Stall; er wäre fast gegen die Schmiede gerannt und zog den Kopf unter der Metall-Verkleidung ein, die zum steinernen Kamin führte. Wäre er dagegen gestoßen und gestürzt, hätte der Dämon ihn eingeholt, dessen war er gewiss.

Er war glücklich, als er entdeckte, dass der Dämon nicht ganz so flink und gewandt war wie er, denn ein paar Sekunden später hörte er lautes Krachen, als ein schwerer Körper gegen die Schmiede und die Abzugshaube prallte, gefolgt von wütendem Gebrüll.

William sah Sonnenlicht am Ende des Stalls. Es war nicht mehr weit, aber er hatte den Eindruck, als würde es ewig dauern, diese lächerliche Entfernung zu überwinden.

Er raste auf das Licht zu, halb geblendet von der grellen Sonne. Er beschattete seine Augen einen Moment und sah dann Prinz Arutha und eine Gruppe von Reitern direkt vor sich. Hinter ihm stand der Dämon, genau an der Trennlinie zwischen Schatten und Sonnenlicht.

Die Kreatur mochte nicht besonders schlau sein, dachte William, aber dumm war sie auch nicht. Sie hatte den Hinterhalt erkannt und weigerte sich mitzuspielen.

Der Dämon brüllte vor Wut, aber das hatte nichts mit William zu tun, sondern mit den sechs Bogenschützen, die so rasch wie möglich Pfeile abschossen. Der Dämon wirbelte herum, und William sah drei Schäfte aus seinem Rücken und einen aus der Seite ragen; außerdem konnte er unbedeutendere Wunden erkennen, die von den Pfeilen stammten, die nicht stecken geblieben waren.

Die Kreatur hastete zurück in die Ställe, und William eilte ihr hinterher. Sie stand in der Mitte, während die Bogenschützen weiter Pfeile auf sie abschossen. William konnte erkennen, dass nur die Pfeile, die im rechten Winkel trafen, auch wirklich stecken blieben. Die Übrigen prallten ab, einige zerbrachen sogar an der magiegetränkten Haut.

William wurde beinahe von einem getroffen. »Hört auf damit!«, rief er. »Ihr tötet noch unsere eigenen Leute, die auf der anderen Seite stehen!«

Die Bogenschützen hörten sofort auf zu schießen. Dann zog William sein Schwert und griff an.

Er holte zu einem kräftigen, auf den Rücken der Kreatur gezielten Hieb aus, doch als die Klinge auftraf, fuhr ihm ein solcher Schmerz durch beide Arme, als hätte er auf eine alte Eiche eingeschlagen. Der Dämon schrie vor Schmerz und Wut und drehte sich um, und nur knapp konnte William es vermeiden, geköpft zu werden.

Er sprang auf und rannte davon; er wusste nicht, ob der Dämon ihn verfolgte oder sich den anderen Soldaten im Stall zuwandte, doch als er die Tür und das Sonnenlicht erreichte, teilte ihm ein kräftiger Hieb auf den Rücken die Position des Dämons in aller Deutlichkeit mit.

William fiel bäuchlings auf die Erde, scheuerte sich dabei Unterarme und Hände auf und rappelte sich so schnell wie möglich wieder auf. Ein Schrei von hinten zeigte ihm, dass jemand den Dämon ablenkte, damit er sich in Sicherheit bringen konnte. Er stand gerade wieder aufrecht, als er zwanzig Reiter auf sich zupreschen sah.

Die Erschütterungen, die vom festen Fels übertragen wurden, und das Trommeln der Hufe wurden immer lauter und veranlassten William, sich nach beiden Seiten umzublicken, um den Weg freizumachen.

Unter den gegebenen Umständen tat er das Einzige, was er wirklich tun konnte: Er stand absolut still da und betete, dass alle um ihn herumreiten würden.

Die Reiter zügelten die Pferde und sprangen ab – der letzte Reiter gerade mal zwei Schritte von William entfernt. Die Männer hatten sich die entsprechenden Fähigkeiten in jahrelangen Übungen angeeignet, und so ging alles reibungslos vonstatten, als sie sich in Gruppen von jeweils fünf Mann aufteilten, von denen einer die Pferde hielt und die anderen vier ihre Waffen zogen und sich in Position begaben. Sie warteten, bis Arutha zu ihnen trat. Auf sein Signal hin griffen sie an.

William schwenkte seine eigene Waffe und gesellte sich zu ihnen.

Der Dämon hatte die Bogenschützen in den Stall zurückgetrieben, aber beim Klang der vielen neuen Angreifer drehte er sich um. Die krondorianischen Soldaten verteilten sich und bildeten rasch einen Kreis um den Dämon, hielten die Schilde zum Schutz vor sich.

»Wer seinen Rücken sieht, greift an!«, rief Arutha.

Beim Klang von Aruthas Stimme drehte der Dämon sich um, und zwei Männer hinter ihm schossen vor und versuchten, ihn zu treffen. Er wirbelte herum, und während er das tat, schlugen andere von hinten auf ihn ein.

Nach ein paar Minuten schien sich der Dämon nur noch zu drehen, und sein Rücken war eine einzige blutige Masse.

Trotz der Verletzungen, die sie dem Dämon zufügten, hatte diese Taktik natürlich ihren Preis. Mindestens drei Männer wurden so schwer getroffen, dass sie durch den Raum geschleudert wurden und tot am Boden liegen blieben, zwei andere zogen sich ernsthafte Verletzungen zu. Der Dämon schlug willkürlich nach links und rechts, mal schlitzte er einen Schild auf, mal zielte er auf eine Rüstung oder ungeschützte Haut.

Die Männer fluchten und bluteten, und ein paar weitere starben, doch sie kämpften unverdrossen weiter.

William teilte mit seinem zweihändigen Schwert einen knochenzerschmetternden Hieb aus; er wurde mit dem Anblick einer großen, rauschenden Blutfontäne belohnt. Blitze zuckten, als die schwarzen Krallen über die Stahlklinge fuhren, doch dann drehte sich die Kreatur um und wandte sich brüllend der anderen Seite zu, wo ebenfalls ein Schlag ausgeteilt worden war.

William trat einen Schritt zurück und machte sich zu einem neuen Hieb bereit, als er eine Stimme hinter sich hörte. »Wie sieht es aus, Leutnant?«

William erkannte die Stimme des Prinzen. »Es ist verflucht anstrengend, Hoheit. Die Kreatur blutet wie wild, aber sie scheint einfach nicht sterben zu wollen.«

Arutha stellte sich neben William, das Schwert ebenfalls bereit.

In diesem Augenblick zweifelte William nicht im Geringsten daran, dass sein Cousin kein gewöhnlicher Herrscher war, der seine Rüstung nur zu Empfängen trug, sondern durch und durch ein Krieger, der mehr Auseinandersetzungen überlebt hatte als die meisten Männer, die doppelt so alt waren wie er.

Arutha sagte nichts, sondern trat schweigend vor William und hielt seine Schwertspitze auf den Dämon gerichtet. Ein kleines Stück unter dem linken Arm des Dämons war ungeschützt, und Arutha schlug mit solcher Gewandtheit zu, dass William erst darauf aufmerksam wurde, als der Prinz sein Schwert wieder zurückzog.

Der Dämon schien einen Augenblick zu erstarren, dann erzitterte er und brüllte sogar noch lauter als zuvor. Aber es war weniger Wut, was ihn so brüllen ließ, als vielmehr Entsetzen. Der Dämon wandte sich jetzt Arutha zu, heftete seinen Blick auf den Prinzen, als wäre er der einzige Feind im Raum.

Sofort kamen jene Soldaten, die hinter der Kreatur waren, näher und schlugen auf den bereits blutenden und zerstückelten Riesen ein. Doch die Kreatur richtete ihren wilden Blick einzig auf Arutha und schlug mit der Klaue durch die Luft.

Arutha wich rasch zurück, stieß dann erneut mit seinem Rapier zu, und auf dem Handrücken des Dämons bildete sich eine qualmende, tropfende Rinne. Der Dämon schlug mit der Rückhand zu, und William musste einen großen Satz zurück machen, während Arutha einfach nur einen halben Schritt zur Seite trat und der Kreatur einen Hieb quer über die Brust versetzte.

»Eure Klinge!«, rief William. »Sie richtet mehr Schaden an als die unseren!«

»Frag deinen Vater mal danach«, erwiderte Arutha. »Im Augenblick bin ich zu beschäftigt, um es dir zu erklären.«

Der Prinz von Krondor war der schnellste Schwertkämpfer, den William je gesehen hatte, und der Dämon hatte nicht den Hauch einer Chance.

William trat zu den anderen und ging mit ihnen gemeinsam die Seite an, in dem Versuch, ihren Herrscher so gut wie möglich zu unterstützen.

Es war ein blutiger Tanz, der sich auf dem Stallboden abspielte, bis die Kreatur kurz davor stand, ins Tageslicht zu treten. Sie zögerte, drehte sich dann nach rechts und schnaubte. William trat einen Schritt zurück. Dann machte die Kreatur, jetzt sichtlich geschwächt, noch einen Schritt ins Licht, um Arutha nicht zu verlieren.

Williams Arme und Schultern waren inzwischen bleischwer vor Müdigkeit, aber er zwang sich nach wie vor, auf die Seiten der Kreatur einzuschlagen. Sie bestand mittlerweile nur noch aus einem Haufen zerfetztem Fleisch. Das Fell auf den Ziegenbeinen war blutbefleckt, und die Kreatur schwankte bei jedem Schritt.

Arutha schien immer schneller zu werden, je langsamer der Dämon wurde. Seine Klinge fuhr hierhin und dorthin, brachte dem Dämon mit jedem Hieb neue Qualen.

Schließlich stolperte der Dämon und brach zusammen.

Ohne zu zögern trat Arutha vor und trieb der Kreatur die Klinge tief in die Nackenbeuge, dort, wo die Schultern begannen. Er stieß sie mit aller Kraft hinein, beinahe bis zum Heft. Dann zog er sie wieder heraus.

Mit einem Stöhnen verfiel der Dämon in wilde Zuckungen, dann, nach einer Weile, lag er still da. Qualmendes Blut tropfte von Aruthas Klinge, und eine kleine Flamme blitzte in der Nackenwunde des Dämons auf. Die Soldaten, die dabei gestanden hatten, machten einen Satz zurück, als die Flamme sich ausbreitete – eine grüne Flamme, die die Luft mit dem Gestank verwesenden Fleisches und brennenden Schwefels erfüllte.

Die meisten Männer husteten, ein paar würgten auch, aber der Dämon war schon nach wenigen Augenblicken verschwunden; alles, was von ihm blieb, waren eine geschwärzte Stelle und ein übler Geruch.

Der Page des Prinzen rannte herbei, um auf Befehle seines Herrn zu warten. Arutha öffnete die Tasche an der Hüfte des Pagen und zog Bandagen und Tücher hervor. Er wischte die Klinge ab, und wo das Blut des Dämons mit dem Stoff in Berührung kam, wurde er schwarz und qualmte. »Sag den Männern, sie sollen vorsichtig sein, wenn sie die Klinge säubern«, meinte Arutha beinahe beiläufig zu William.

»Verstanden!«, erwiderte William, aber es hatten ohnehin alle Anwesenden gesehen, was der Prinz machte.

»Nun, ich habe schon Schlimmeres gesehen«, sagte Arutha. »Allerdings nicht oft und auch nicht sehr viel schlimmer.« Er blickte sich um, als suche er jemanden. »Hauptmann Treggar.«

»Hoheit?« Treggar trat vor.

»Gut gemacht, Hauptmann. Aber es liegt noch viel Arbeit vor uns. Ich möchte, dass Gruppen in die Berge ausschwärmen und in allen Richtungen nach Assassinen suchen, die möglicherweise von diesem Gemetzel verschont geblieben und geflüchtet sind.«

»Ja, Hoheit«, sagte Treggar und machte sich sogleich daran, die entsprechenden Befehle zu geben.

»Leutnant«, sagte Arutha.

»Hoheit?«, fragte William.

»Ich will deinen Mut und deine Kühnheit ja nicht in Frage stellen, William, aber wenn ich dich noch einmal bei einer solchen Dummheit erwische wie eben, als du zurück in diesen Stall gerannt bist, werde ich dafür sorgen, dass du als Wache in der Wäscherei der Prinzessin Dienst tust – und zwar so lange, bis du dich zur Ruhe setzt. Es waren Dutzende von Männern in voller Rüstung dabei, während du keine getragen hast. Das war keine sehr schlaue Idee.«

William errötete unter der Kruste aus Dreck und Blut. »Es tut mir Leid, Hoheit.«

Arutha lächelte ihn sanft an. »Wir alle machen mal Fehler. Wir lernen aus ihnen – sofern wir sie überleben.«

William blickte sich um. »Ich glaube, noch so etwas wie das hier brauche ich nicht.«

Arutha legte William die Hand auf die Schulter. »Ich habe kaum ein Jahr in Krondor geherrscht, da habe ich meinem ersten Dämon gegenüber gestanden. Aber auch der Sieg damals hat mich nicht auf diesen Kampf vorbereitet. Genauso, wie dieser Sieg hier uns nicht auf den nächsten vorbereiten kann.« Leise, damit nur William es hören konnte, fügte er hinzu: »Man ist niemals wirklich bereit, Will. Man muss einfach versuchen, das Beste draus zu machen. Sämtliche Pläne, selbst die besten, zerfallen in nichts, wenn der Kampf erst einmal begonnen hat. Ein guter General ist einer, der weiß, wie er dafür sorgt, dass seine Männer überleben.« Er hob wieder die Stimme. »Hast du verstanden?«

»Ich glaube ja, Hoheit.«

»Gut. Und jetzt wollen wir uns drinnen umsehen.« Während Treggar sich um die Reiter kümmerte, die die umliegenden Hügel durchkämmen sollten, bedeutete Arutha einem Dutzend anderer Männer, ihn und William bei der Durchsuchung der Festung zu begleiten.

»James sollte eigentlich dabei sein«, meinte William, als sie in die blutverschmutzten Ställe zurückkehrten. »Er kennt die Festung von uns allen am besten.«

Arutha lächelte. »Wenn ich mich nicht täusche, schläft James im Augenblick tief und fest, und das hat er sich auch redlich verdient.«

William nickte. »Er war ziemlich übel zugerichtet.«

»Wie mein alter Pferdemeister in Crydee zu sagen pflegte: ›Hart geritten und nass in den Stall gestellt.‹«

William lachte. »Das war wohl Algon, Hoheit?«

Arutha hob fragend eine Braue.

»Vater hat uns hin und wieder Geschichten aus seiner Kindheit in Crydee erzählt, und ich kenne mehr als ein Zitat seiner Lehrer. Von Kulgan stammen die witzigen.«

Arutha blickte sich um. »Zweifellos.« Er erinnerte sich an den bissigen Humor, zu dem der alte Magier genau in den Augenblicken neigte, wenn seine Bemerkung auch ganz bestimmt die peinlichste Wirkung erzielte.

Sie betraten die alte Waffenkammer, und William hatte wieder das Gefühl, als würde er seinen Mageninhalt nur mit äußerster

Mühe an Ort und Stelle halten können. Einige Soldaten erbrachen sich angesichts des Gemetzels.

Hier hatte der Dämon am schlimmsten gewütet. »So finster die Herzen dieser Assassinen auch gewesen waren, einen solchen Tod hat niemand verdient«, flüsterte Arutha.

Er wandte seinen Blick nicht ab, sondern betrachtete die Überreste des blutigen Gemetzels, als wolle er es sich für immer einprägen. Beinahe jede freie Stelle war blutbespritzt. Körper waren in Stücke gerissen, Organe freigelegt worden. Fliegen summten bereits durch den allgegenwärtigen, süßlichen Geruch der Verwesung.

»Wenn wir hier fertig sind, möchte ich, dass dieser Ort ausgebrannt wird«, sagte der Prinz leise.

William nickte und wandte sich an zwei der Soldaten. »Reitet los und sucht so viel Holz wie möglich. In den Räumen im Süden sind Behälter mit Öl. Holt sie her.«

Arutha sah das dicke Buch, das der Hohepriester im Augenblick seines Todes beiseite geworfen hatte, und bedeutete jemandem, es herzubringen.

Ein Soldat brachte das Buch, und Arutha öffnete es. »Was das für dunkle Worte sind, muss uns jemand anderer erklären.«

»Hoheit, wenn ich darf?«, fragte William.

Arutha reichte ihm das Buch. »Ich übe zwar Magie nicht aus, Hoheit, aber ich habe sie studiert.« William lächelte Arutha leicht an. »Wie Ihr besser wisst als die meisten anderen«, fügte er leise hinzu, wieder etwas beschämt.

William las nur ein paar Zeilen, dann schlug er das Buch wieder zu. »Ich kenne diese Sprache nicht, aber ich kann auch so sagen, dass von großer Macht die Rede ist«, sagte er. »Allein der Anblick der Worte hat mir schon eine Gänsehaut bereitet. Darum muss sich ein Priester kümmern, fürchte ich. Um unserer Sicherheit willen, Hoheit, lasst niemanden das hier lesen, solange nicht Schutzzauber darum gewirkt sind.«

Arutha nickte. Er reiche das Buch einem Soldaten. »In die Satteltasche meines Pferdes. Und bewacht es.«

Der Soldat salutierte und trug das Buch weg. Arutha blickte William an. »Diese Sache bestätigt mich mehr als alles andere in meiner Entscheidung, das Amt des Hofmagiers wieder zu beleben. Was glaubst du, würde unsere neue Magierin sagen, wenn sie jetzt hier wäre?«

Eine ganze Bandbreite von Gefühlen spiegelte sich auf Williams Miene, als er über eine Antwort nachsann. Er bekämpfte den Impuls, etwas Bissiges über Jazhara zu sagen oder so zu tun, als würde er ihre Fähigkeiten nicht anerkennen. Schließlich sagte er, während Männer sich in den umliegenden Räumen verteilten: »Ich kann nur raten, Hoheit. Aber ich weiß, dass sie uns einiges über das sagen könnte, was sich hier zugetragen hat. Sie ...« Er zögerte einen Augenblick. »Sie ist eine außerordentliche Studentin in dieser Kunst und sehr gebildet, was die Überlieferungen angeht.«

»Dann wünschte ich mir um so mehr, dass sie heute hier wäre«, sagte Arutha.

Sie schritten durch einen Gang, der zu den Schlafquartieren führte. Männer gingen rasch wieder zurück, ledergebundene Bücher unter den Arm geklemmt. Arutha befahl, auch diese nach Krondor zu schaffen.

Sie erreichten den letzten Raum am Ende eines kurzen Korridors, wo zwei Soldaten eine Holzkiste durchwühlten. Eine zweite Kiste daneben war ungeöffnet, und als Arutha eintrat, sagte einer der Soldaten: »Da ist ein Siegel dran, Hoheit, daher hielten wir es für besser, sie noch nicht zu öffnen.«

»Das war richtig«, erwiderte Arutha. »Schafft sie nach Krondor; dort werden wir sie von einem Fachkundigen untersuchen lassen.«

Von hinten erklang eine Stimme. »Wieso nach Krondor gehen, wenn Ihr einen Fachkundigen hier habt, Hoheit?«

Sie drehten sich um und sahen James an der Tür stehen, die Hände auf dem Türgriff. Er hielt ein Paar Stiefel hoch. »Ich wollte nicht ohne sie gehen«, sagte er.

»Geht es dir schon wieder so gut, das du hier sein kannst?«, fragte der Prinz.

»Nun, ich bin es doch, oder nicht?«, antwortete James mit einem Schulterzucken. »Ihr habt doch nicht geglaubt, dass ich bei dem Krach, den der Dämon veranstaltet hat, schlafen kann, oder?«

Arutha lächelte und schüttelte leicht den Kopf. »Sag mir, was du über diese Kiste weißt.«

James kniete sich hin und betrachtete das Siegel und das Schloss genauer. Nachdem er auch die Scharniere, die Eisenbänder und die Seiten der Kiste einige Zeit begutachtet hatte, meinte er: »Ich kann Euch zumindest sagen, dass es eine gute Idee ist, sie nach Krondor mitzunehmen. Ich möchte das Schloss erst öffnen, wenn ein Priester dafür gesorgt hat, dass nichts Fürchterliches geschieht, wenn das Siegel zerbrochen wird. Mein Werkzeug ist ohnehin in meinem Zimmer im Palast, Hoheit.«

Einer der Soldaten, der die offene Truhe durchsucht hatte, kam mit einem Pergament herbei. »Hoheit, ich glaube, das solltet Ihr Euch ansehen.«

Arutha warf einen Blick auf das Pergament. »Wisst Ihr, was das ist?«

Der Soldat antwortete: »Hoheit, ich beherrsche drei keshianische Sprachen, zusätzlich zu der des Königreichs. Diese Schrift ähnelt der Sprache eines Wüstenstammes, aber nicht so sehr, dass ich sie lesen könnte. Ein Wort erkenne ich jedoch, Hoheit.«

William unterdrückte seine Neugier, doch James gestattete sich die Freiheit, über die Schulter des Prinzen hinweg mitzulesen. »Was ist es für eins?«

»Es ist ein Name«, antwortete Arutha langsam. »Radswil von Olasko.« Er wandte sich rasch um. »William, ich möchte, dass du hier bleibst und jeden Raum durchsuchst. Sorg dafür, dass jedes Dokument, das auftaucht, zum Palast geschafft wird. James, du kommst mit mir. Wir brechen sofort nach Krondor auf.«

William gab die entsprechenden Befehle weiter, und die Männer verteilten sich.

Trotz seiner ruhigen Haltung und seines gleichmäßigen Schrittes entging niemandem die Dringlichkeit, die der Prinz von Krondor ausstrahlte.

William sah zu, wie Arutha und James den Korridor entlang verschwanden, dann wandte er sich um und bereitete sich auf die letzte Durchsuchung dieses üblen Nests vor. Männer kehrten bereits mit Feuerholz und Öl zurück, und William war froh bei der Vorstellung, dass er selbst das Feuer entzünden würde, wenn es an der Zeit war, diesen Ort zu verlassen.

Er riss sich von seinen Gedanken los und beeilte sich, die Durchsuchung genauso gründlich durchzuführen, als würde Arutha höchstpersönlich sie überwachen.

Siebzehn

Irreführung

Der Wind brachte die Standarten zum Flattern.

Arutha und seine Leute hatten die Pferde an den Rand der Erschöpfung getrieben, so schnell waren sie geritten, seit sie die Festung verlassen hatten. Es war Aruthas Ziel gewesen, die nächste Garnison des Königreichs so schnell wie möglich zu erreichen, und sie hatten tatsächlich nur sechs Tage statt der üblichen acht benötigt. Arutha deutete auf eine kleine Festung am Ufer der Shandon-Bucht. Staubfahnen wehten von den Hügeln herunter, und die Pferde stampften unruhig; sie spürten, dass frisches Wasser und Nahrung ganz in der Nähe waren.

»Sieht so aus, als hätten wir Gesellschaft«, meinte James.

Er hatte sich wieder erholt, und obwohl er noch nicht ganz wiederhergestellt war – dazu hätte es einer ausgedehnten Bettruhe bedurft –, war der größte Teil seiner Verletzungen bereits verheilt. Er hatte noch immer Schmerzen, aber es war kein ernst zu nehmender, dauerhafter Schaden zurückgeblieben.

»Scheint so«, bestätigte Arutha.

Der Prinz hatte vereinbart, dass das Schiff, mit dem er von Krondor zu diesem Stützpunkt am südlichen Ende der Shandon-Bucht gesegelt war, auf seine Rückkehr wartete. Jetzt lagen drei weitere Schiffe an dem winzigen Kai vertäut.

James lachte. »Das ist doch Amos' Schiff, oder nicht?«

»*Der Königliche Leopard,* ja«, antwortete Arutha. »Und *Die Königliche Natter* und *Die Königliche Hirschkuh.* Ein Teil seiner Schwadron.«

Während sie sich der Festung näherten, kamen die Männer der ortsansässigen Garnison heraus und nahmen Aufstellung, um Arutha und seinen Leuten einen angemessenen Empfang zu bereiten. Der Dienst habende Hauptmann hatte sich alle Mühe gegeben, doch Arutha hatte keine Zeit. Er stieg vom Pferd und ging geradewegs auf den stämmigen Mann zu, der neben dem Hauptmann stand.

»Amos«, sagte Arutha, »welcher Laune des Schicksals haben wir es zu verdanken, dass der Admiral der Westlichen Flotte uns hier erwartet?«

Amos Trasks schwarzgrauer Bart zerteilte sich, als er breit grinste. In seinen Augen stand ein fröhliches Glitzern, das niemals verschwand, wie Arutha und James wussten – nicht einmal in einer Schlacht. Er antwortete mit der dröhnenden Stimme, die für ihn so typisch war. »Ich mache immer einen Abstecher in diese Bucht, wenn ich in den Süden komme. Ich habe festgestellt, dass keshianische Schmuggler und Piraten, die darauf warten, irgendwelche Händler überfallen zu können, sich bei schlechtem Wetter gerne in der Windschattenseite des nördlichen Teils der Bucht verstecken. Und als ich meine üblichen Runden gedreht habe, bin ich auf den *Königlichen Falken* aufmerksam geworden.« Er deutete auf das Schiff mit der königlichen Flagge, das neben den anderen am Kai vertäut lag. »Und ich habe mich gefragt, was Arutha wohl in dieser vergessenen Ecke des Königreichs zu suchen hat, und beschlossen, hier auf dich zu warten, um es herauszufinden.«

»Nun, da dein Schiff schneller ist, könnten wir meine Sachen ja zum *Leoparden* schaffen lassen, um mit dir nach Krondor zurückzukehren«, sagte Arutha.

Amos grinste. »Ist bereits geschehen.«

»Wann können wir ablegen?«

»Noch in dieser Stunde«, erwiderte Amos. »Oder morgen früh, falls du dich vorher noch etwas ausruhen willst.«

Arutha wandte sich an den Hauptmann der Garnison. »Ich

danke Euch, dass Ihr einen Empfang für uns vorbereitet habt, Hauptmann, aber Angelegenheiten von höchster Wichtigkeit erfordern meine sofortige Rückkehr nach Krondor.« Dann richtete er das Wort an Hauptmann Treggar. »Die Männer und Pferde sollen einen Tag ruhen und sich dann, wenn der Versorgungszug eintrifft –«

»Wieder nichts«, murmelte James in sich hinein. Arutha hatte seinem eigenen Versorgungszug den Weg abgeschnitten und den Männern befohlen umzukehren, während sie an ihnen vorbeigedonnert waren.

»– an Bord des *Falken* zu begeben.«

»Verstanden, Hoheit«, sagte Treggar.

William und seine Gruppe hatten Arutha am Abend des zweiten Tages, nachdem sie die Festung verlassen hatten, eingeholt; sie hatten eine Reihe von Dokumenten und ein paar Gegenstände bei sich, von denen sie glaubten, dass sie magische Eigenschaften besaßen.

»Leutnant, nehmt alles, was Ihr gefunden habt, und segelt mit mir zurück«, sagte Arutha zu William. Dann wandte er sich an Amos. »Wir brechen sofort auf.«

Amos trat zur Seite, um Platz für den Prinzen zu machen. »Ich begrüße deine Entscheidung, Arutha. Wir setzen Segel, sobald ihr an Bord seid.«

Arutha ließ sich sein Pferd bringen. Er nahm die Satteltasche mit den Büchern und Papieren, die er bei den Assassinen gefunden hatte, und reichte sie William, der bereits eine ähnliche Tasche voller Pergamente und Bücher trug. Dann ging Arutha zum Ufer voran, wo ein Langboot darauf wartete, sie zum Schiff des Admirals zu bringen.

Arutha, William und James stiegen ein, gefolgt von Amos. Seeleute und Soldaten schoben das Boot in das ruhige Wasser der Bucht.

Kaum eine Stunde später hatten die drei Schiffe bereits Segel gesetzt, um mit der Abendströmung auszulaufen. Arutha und James nahmen die Kabine des Admirals; Amos quartierte sich bei seinem Ersten Offizier ein, und William wurde zu einem jüngeren Offizier gesteckt. Zu genau dem Zeitpunkt, da James mit dem Auspacken fertig war, klopfte der Admiral an die Tür.

Amos setzte sich an den Tisch. »Ich habe eine kleine Mahlzeit zubereiten lassen.« Er warf einen Blick auf James. »Jimmy, mein Junge, ich habe dich schon häufig erlebt, als man dir übel zugesetzt hat, aber das hier übertrifft alles. Gute Geschichte?«

James nickte. »Besser als die meisten.«

Arutha lächelte seinen alten Freund an. »Ich bin froh, dich zu sehen, und bestimmt nicht nur, weil wir dadurch schneller reisen können!«

Ein erneutes Klopfen erklang, und William trat ein. »Hoheit«, meinte er zur Begrüßung, »Admiral.«

»Ich kenne Euch doch«, sagte Amos. »Ihr seid Pugs Sohn. Ich habe Euch seit ... wie vielen Jahren nicht mehr gesehen? Es muss mindestens zehn Jahre her sein.«

William errötete leicht. »So in etwa, ja.«

»Nehmt Platz und erholt Euch etwas. Es müsste gleich etwas zu essen –« Er wurde von einem erneuten Klopfen unterbrochen. Die Tür öffnete sich, und zwei Seeleute erschienen mit Speisen und Getränken. Nachdem sie die Tabletts abgestellt hatten, verschwanden sie wieder. Amos nahm einen großen Schluck aus einem Weinkrug. »Also, dann erzählt mir mal die Geschichte.«

Arutha fasste zusammen, was geschehen war, angefangen von den zunächst unzusammenhängend erscheinenden Morden in Krondor bis hin zu der Auseinandersetzung im Nest der Nachtgreifer.

»Und da haben wir also dieses Dokument, das in einer Sprache geschrieben ist, die keiner von uns lesen kann, auf dem aber der Name des Herzogs von Olasko steht.«

»Zeig mir das Dokument doch bitte mal«, sagte der ehemalige

Pirat. »Ich habe ein paar Wüstensprachen gelernt, als ich ... an der keshianischen Küste entlanggesegelt bin.«

James lächelte. Der Pirat Trenchard hatte in seiner Jugend keshianische Häfen genauso oft überfallen wie die des Königreichs. Amos las das Dokument zweimal. »Das Problem ist, dass dies nicht nur einer der seltsamsten Dialekte ist, die mir je untergekommen sind, sondern dass derjenige, der es verfasst hat, auch noch ein Halbgebildeter war. Wie auch immer, nach allem, was ich verstehe, handelt es sich um einen Kontrakt. Jemand bezahlt ... nein, das ist eine Unterstellung. Jemand hat Assassinen angeheuert, um den Herzog von Olasko umbringen zu lassen.«

»Aber wir glauben, dass dies eine falsche Spur ist«, sagte Arutha.

»Wirklich?«, fragte Amos. »Das musst du mir näher erklären.«

»Der Kronprinz von Olasko ist ebenfalls unter den Gästen, und nach den Berichten des Offiziers – es war William hier –, der während des Angriffs auf den Herzog das Kommando hatte, sieht es so aus, als hätte es eher jemand auf ihn abgesehen.«

Amos lehnte sich zurück. Er überflog das Dokument noch einmal. »Hier stehen noch ein paar andere Namen. Vladic und Kazamir und Paulina.«

»Mitglieder des Königlichen Hauses von Olasko und Roldem«, sagte Arutha.

»Jemand wünscht auch deren Tod.«

Amos studierte das Dokument eine Zeit lang und schob es dann beiseite. »Nun, ich würde noch eine andere Meinung zu der Übersetzung einholen, Arutha. Ein Fachmann sollte sich das ansehen, denn möglicherweise liege ich falsch.« Er dachte einen Augenblick nach. »Aber auf jeden Fall sieht es so aus, als wollte jemand einen Krieg zwischen dem Königreich und Olasko anzetteln.«

»Aber wer?«, fragte William.

Amos blickte William an und hob die Brauen. »Findet das *wieso* heraus, und Ihr werdet wissen, wer es ist.«

James lehnte sich zurück. Er blickte durch das große Fenster und sah, dass der kleine Mond gerade aufging, während er über das nachdachte, was Amos soeben gesagt hatte. Leise fragte er sich: »Wieso?«

Als Krondor in Sicht kam, war das Wetter nahezu perfekt. Amos hatte nicht nur sein eigenes Banner als Admiral der Königlichen Flotte des Westens gehisst, sondern auch das des Prinzen, und Schiffe räumten jetzt den Hafen, als er auf die königlichen Docks zusegelte.

Der immer aufmerksame Zeremonienmeister de Lacy hatte bei den Docks eine Wache aufstellen lassen und dafür gesorgt, dass auch die Prinzessin mit den Kindern dort wartete. Arutha ließ die Zeremonie jedoch nur einen winzigen Moment über sich ergehen und gab seiner Frau und seinen Kindern einen flüchtigen Kuss. Dann entschuldigte er sich, James und Amos mit der Begründung, dass sie zu einem wichtigen Treffen mit seinem Stab müssten.

Anita kannte ihren Ehemann gut genug, um zu begreifen, dass die Angelegenheit wirklich dringend war, und so zog sie sich mit den Kindern in die königlichen Gemächer zurück. Arutha gab den Befehl aus, dass die besten Übersetzer der keshianischen Sprache zu ihm kommen sollten, sobald er frische Kleider angelegt hatte.

William verabschiedete sich von James und eilte zu den Quartieren der unverheirateten Offiziere, wo er Dutzende von Fragen über sich ergehen lassen musste, während er sich eiligst daranmachte, zu baden und eine frische Uniform anzuziehen.

Gordon O'Donald kam die Treppen hoch, als William gerade seine Stiefel polierte. »William! Bester Freund, wie sieht es aus?«

William lächelte. »Bester Freund?«

»Das ist dafür, dass Treggar eine Zeit lang mit dir unterwegs war. Ich würde nicht behaupten, dass es jetzt der reinste Himmel hier ist, aber es kommt dem schon sehr nahe.«

William blickte ihn skeptisch an. »Ich glaube, du urteilst zu hart über den Hauptmann, Gordon. Glaub mir, in einem Kampf ist absolut Verlass auf ihn.«

Gordon rieb sich das Kinn. »Nun, wenn du das sagst. Auf jeden Fall ist es in der Offiziersmesse um einiges ruhiger gewesen, als er nicht da war.«

William kicherte. »Wie sehe ich aus?«, wollte er dann wissen.

»Wie ein frisch gewaschener Leutnant.«

»Gut. Ich muss zurück zum Audienzzimmer des Prinzen.«

»Ah, ich dachte schon, du wolltest deine kleine Freundin drüben im Regenbogen-Papagei besuchen.«

William hatte schon einen Fuß auf die nächste Stufe gesetzt und wäre beinahe gestolpert, so schnell drehte er sich bei diesen Worten um. »Talia?«

»Ich habe sie ein paar Mal besucht, während du nicht da warst«, sagte O'Donald.

Williams Miene verfinsterte sich, und Gordon fügte rasch hinzu: »Als guter Freund natürlich.«

»Natürlich«, wiederholte William mit einem grimmigen Lächeln.

O'Donald stieß ein theatralisches Seufzen aus. »Was auch sehr vernünftig war. Das Mädchen will ohnehin nichts von mir wissen. Und auch nicht von irgendeinem anderen Burschen. Scheint, als hättest du dir da einen echten Schatz angelacht, Will.«

William konnte sich ein Grinsen nicht verkneifen. »Wirklich?«

O'Donald gab ihm einen freundschaftlichen Klaps auf die Schulter. »Lass den Prinzen nicht warten. Ich bin sicher, du hast später noch genug Zeit, Talia zu besuchen.«

William war durch Gordons Bemerkung so in Gedanken versunken, dass er beinahe die Treppe hinuntergefallen wäre und sich gerade noch rechtzeitig am Geländer festhielt. Gordon lachte. »Nun mach schon, du solltest den Prinzen wirklich nicht warten lassen.«

William eilte durch die Waffenkammer und über den Exerzierplatz auf den Palast zu. Als er ankam, trafen auch die anderen gerade ein.

William blickte sich um, und James winkte ihn zu sich, um neben ihm in der Nähe des Prinzen Platz zu nehmen. Zwischen dem Prinzen und James stand ein Stuhl für den Hofmarschall von Krondor, der jedoch leer blieb, seit Gardan nicht mehr da war. Amos nahm ebenfalls an der Beratung teil, außerdem Hauptmann Guruth, Sheriff Means und Hauptmann Issac, der die Königliche Palastwache befehligte.

»Ein halbes Dutzend Schreiber, die die ungewöhnlicheren keshianischen Dialekte beherrschen, arbeitet daran, die Schriftrollen zu entziffern. Vater Belson vom Tempel von Prandur untersucht die Truhe und wird gleich zu uns stoßen, um uns einen ersten Eindruck zu vermitteln«, sagte Arutha. Er blickte die beiden Hauptleute und den Sheriff an. »Da nicht alle bei uns gewesen sind, möchte ich gerne unsere Situation erläutern.«

Selbst nach zehn Jahren im Dienste des Prinzen bewunderte James noch immer Aruthas scharfen Verstand. Der Prinz beherrschte hervorragend die Kunst, ohne überflüssige Ausschmückungen alle nötigen Informationen zu liefern und nur solche Einzelheiten zu erwähnen, die den jeweiligen Aspekten zusätzliches Gewicht verliehen.

Als Arutha zum Ende seiner Ausführungen kam, betrat Vater Belson den Raum.

»Hoheit«, sagte der Priester des Tempels von Prandur, »ich habe beinahe jede Kunst angewandt, die mir zur Verfügung steht, und so weit ich erkennen kann, ist an diesem Siegel nichts Geheimnisvolles. Es scheint mir ein einfaches Wachssiegel zu sein, das nur anzeigen soll, ob die Kiste geöffnet worden ist oder nicht.«

Arutha bat ihn mit einer Geste, auf einem der noch leeren Stühle Platz zu nehmen. »Wir werden sie nach dieser Beratung untersuchen.« Er wandte sich an die Übrigen. »Ich will, dass die Wachen beim Herzog und seiner Familie verdoppelt werden, bis sie abreisen.«

Hauptmann Issac blickte unbehaglich drein. »Hoheit, der Herzog erholt sich noch von seinen Verletzungen und beklagt sich schon jetzt über die Soldaten, die ihn bewachen. Er … er hat die Bekanntschaft mehrerer Damen gemacht, die … die ihn besuchen.«

Aruthas Gesichtsausdruck zeigte eine Mischung aus Gereiztheit und Erheiterung. »Nun, Hauptmann, da kann ich Euch nur den Rat geben, den Herzog daran zu erinnern, dass seine Frau sicherlich wünschen würde, dass er beschützt wird. Möglicherweise in Hörweite dieser … Damen, von denen Ihr gesprochen habt.«

James grinste, und William musste sich regelrecht anstrengen, eine ernste Miene beizubehalten. Amos lachte jedoch laut und schlug mit der Hand auf den Tisch. Er machte Anstalten, etwas zu sagen, doch Arutha schnitt ihm das Wort ab. »Sag mir jetzt bloß nicht, ich würde ihm den Spaß am Leben verderben, Amos.«

Amos' Lachen wurde noch lauter.

Arutha wandte sich an Hauptmann Guruth und Sheriff Means. »Wir haben das Hauptquartier der Nachtgreifer zerstört, aber wir haben sicher nicht alle vernichtet.«

Amos nickte. »Sie sind wie verfluchte Kakerlaken. Macht man Licht, verstecken sie sich in den Schatten. Die meiste Zeit sieht man sie gar nicht, aber sie sind trotzdem da.«

James grinste noch immer, während Arutha sein Missfallen über diese Unterbrechung zeigte. »Wie ich schon gesagt habe, ist es uns nicht gelungen, sie alle zu vernichten. Falls einige die Stadt erreicht haben und bereits Spione hier sind, könnten sie den Herzog erneut angreifen, um ihren Auftrag doch noch auszuführen.«

Die Tür öffnete sich, und ein Soldat ließ einen Schreiber herein. Der Mann verneigte sich. »Hoheit, ich habe das Schriftstück gelesen, das Ihr für das wichtigste gehalten habt.« Er war ein kleiner Mann und trug eine schlichte, blaue Tunika mit grauen Beinkleidern sowie schwarze Stiefel. Das Auffallendste an ihm war die Neigung zum Schielen.

»Was könnt Ihr uns sagen?«, fragte Arutha.

»Admiral Trask hat Euch gegenüber erwähnt, dass der Schreiber möglicherweise ein Halbgebildeter war«, sagte der Mann. »So mag es dem ungeübten Auge auch erscheinen, doch ich halte das Ganze eher für einen sehr raffinierten Code.«

»Einen Code?«

»Ich meine keine Verschlüsselung, wie sie etwa die Queganer benutzen – die sich noch dazu eher ungeschickt anstellen –, sondern ein System aus vereinbarten Wendungen, die meiner Meinung nach als Ersatz dienen. Die Namen des Herzogs und seiner Familie sind recht einfach zu erkennen, aber andere Informationen sind raffiniert hinter Wendungen versteckt, die vordergründig harmlos scheinen.

Ich möchte Euch ein Beispiel geben: ›Unser Herr weist alle an, bei der Flut der grünen Erfüllung an Ort und Stelle zu sein.‹ ›Flut der grünen Erfüllung‹ ist offensichtlich ein bestimmter Zeitpunkt, auf den sich der Schreiber und diejenigen, an die diese Botschaft gerichtet ist, vorher geeinigt haben. Oder das hier: ›Das Geschenk soll den Genannten erreichen, bevor er das Fest der Krähen verlässt.‹«

»Gibt es eine Möglichkeit, das in sinnvolle Sätze zu verwandeln?«, fragte Arutha.

»Es wäre einfach, wenn Ihr einen Gefangenen hättet, der den Schlüssel dazu kennt, und wenn Ihr ihn dazu bringen könntet, ihn Euch zu übergeben. Aber es ist sinnlos, erraten zu wollen, was diese willkürlichen Sätze bedeuten.«

»Lest bitte noch ein bisschen mehr vor«, bat James.

»Nun …«, begann der Schreiber, »›die Nachricht muss den Meister in der kältesten Winternacht erreichen.‹«

James nickte. »Ich bezweifle, dass es hilfreich ist, aber es gab mal eine keshianische Bande, die Sklaven aus Durbin rausgeschafft hat. Sie haben sich die Sorgenvollen Brüder genannt oder so ähnlich.«

»Die Bruderschaft der Sorgen«, bestätigte Amos. »Ich bin während meiner ... früher ein paar Mal mit ihnen aneinander geraten. Schlimme Bande. Sie haben die Gesetze aller Länder missachtet und sowohl Freigeborene als auch Gefangene in Durbin als Sklaven verkauft.«

»Sie sind von Zeit zu Zeit nach Krondor gekommen«, sagte James, »doch die Spötter haben sie vertrieben, sobald sie von ihrer Anwesenheit wussten. Ich habe gehört, dass sie einen Code benutzt haben, in dem ein Ort eine Person war, eine Person eine Zeit und eine Zeit ein Ort und so weiter.«

»Also das ›Fest der Krähen‹ wäre dann kein Ereignis, sondern ein Ort?«, fragte Arutha.

»Ja«, erwiderte James. »Nicht, dass es eine große Hilfe wäre, aber ich dachte, ich sage es Euch.«

Arutha lehnte sich zurück. »Möglicherweise hilft es doch.« Er blickte den Schreiber an. »Könnte das nicht sein?«, fragte er.

»Vielleicht«, sagte der Schreiber. »Wir haben eine ganze Reihe solcher Wendungen im größten Teil der Dokumente. Vielleicht können wir weiterkommen, wenn wir nach ähnlichen oder identischen Phrasen suchen.«

Arutha winkte ihn nach draußen. »Kümmert Euch darum und berichtet mir spätestens morgen, was Ihr herausgefunden habt.«

Er wandte sich an die beiden Hauptleute und den Sheriff. »Dreht jeden Stein um, und wenn ihr einen von diesen Mördern findet, bringt ihn her und sorgt dafür, dass er mit niemandem spricht.«

Die drei Männer salutierten und verschwanden.

Arutha erhob sich, und die anderen beeilten sich, es ihm gleich zu tun. »Sehen wir uns jetzt mal diese Truhe an.« Er wandte sich an den Priester. »Vater, würdet Ihr uns bitte begleiten, nur für den Fall, dass Eurer Untersuchung doch etwas entgangen ist?«

Der Priester des Tempels von Prandur nickte.

William und James folgten dem Prinzen nach draußen. »Kommst du auch mit, Amos?«, fragte Arutha.

Amos lachte laut. »Als ob du mich davon abhalten könntest.«

Sie gingen zu einem großen Lagerraum, der von der königlichen Familie für alles Mögliche genutzt wurde. Er war zur Zeit zur Hälfte mit Mobiliar gefüllt, mit Kisten voller alter Kleider, dazu mit Spielzeug, das die Kinder nicht mehr benötigten, und anderen Gegenständen.

»Vielleicht sollten wir diese Kiste in den Kerker runterschaffen, bevor wir sie öffnen?«, überlegte James.

»Wenn du das Schloss untersucht hast und glaubst, dass es gefährlich ist, tun wir das auch.«

James holte eine Reihe von Werkzeugen hervor, die in einem Lederstreifen zusammengerollt gewesen waren. Er nahm einen langen, dünnen Metallstab und untersuchte das Schloss. Nach einiger Zeit meinte er: »Da ist eine Falle, eine sehr einfache Nadel, aber sie ist ganz sicher vergiftet.« Er nahm ein anderes Werkzeug und steckte es in das Schloss. Er drehte ein bisschen in diese und dann in jene Richtung, und plötzlich konnten alle ein leichtes Schnappen hören. In diesem Augenblick nahm James den dünnen Stab rasch wieder weg und durchtrennte die Nadel mit einem winzigen Metallknipser.

»Tretet zurück«, sagte James, »nur für den Fall.«

Er nahm die Spange vom Schloss und öffnete die Truhe

Sofort verdunkelte sich der Raum, als wäre eine Wolke über jede Lichtquelle gezogen. Ein Windstoß kam aus der Kiste, und eine dunkle Gestalt plusterte sich auf.

Es war eine menschenähnliche Gestalt, doch sie hatte keine Tiefe; es war fast, als könnte ein Schatten ohne jede Oberfläche in der Luft existieren. Er schien sich im Raum umzublicken, dann stieg er aus der Truhe und eilte zur Tür.

Vor Überraschung standen alle Anwesenden stocksteif da, bis James rief: »Haltet ihn auf!«

Arutha zog sein Schwert, wie auch William und Amos. William war der Einzige, der noch zwischen der Kreatur und der Tür stand, und er versuchte, sie aufzuhalten, indem er sein Schwert auf sie schleuderte. Die Kreatur schritt jedoch weiter, als wäre nichts geschehen.

»Ihm nach!«, rief Arutha. Er wandte sich an James. »Was ist das für ein Ding?«

»Ich habe so etwas noch nie gesehen«, meinte Amos.

»Ich auch nicht«, sagte James. »Aber ich habe davon gehört.«

»Was ist es also?«, fragte Arutha erneut.

»Es ist ein Schattenwanderer. Ein magischer Assassine. Der Grund, weshalb die Truhe so leicht zu öffnen war, ist, dass jemand *wollte,* dass sie hier geöffnet wird.«

»Du wirst mir damit doch wohl nicht sagen wollen, dass die Assassinen die Hälfte ihrer Leute abschlachten lassen, nur damit wir diese Truhe hierher schaffen?«, sagte Arutha und eilte der Kreatur hinterher, die gerade durch eine geschlossene Tür verschwand.

Sie stießen die Tür auf und warfen einen Blick in den Korridor. Es gab keinen Hinweis auf das Wesen. »Das glaube ich nicht, Hoheit, aber sie standen möglicherweise kurz davor, die Truhe an einen anderen Ort zu schaffen, wo wir sie gefunden hätten – da!« Er deutete aufs andere Ende des Korridors.

»Was ist?«, fragte Arutha.

»Da, in den Schatten hat sich was bewegt.«

»Ich sehe nichts«, sagte Amos.

James rannte los, Arutha nur einen Schritt hinter ihm. »Selbst wenn man genau hinschaut, sieht man nichts, Amos!«, rief James.

Plötzlich flog ein Feuerball über ihre Köpfe hinweg, wurde

dann langsamer und blieb schließlich in der Ecke hängen, wo der Korridor nach rechts abbog. Sämtliche Schatten schienen im hellen Licht zu verblassen, abgesehen von dem menschenähnlichen Schattenassassinen, der jetzt deutlich zu erkennen war.

Arutha und die anderen blickten sich um und sahen Vater Belson, der seine Hand hochhielt, als führe er den Feuerball. »Prandurs Feuer zeigt die Wahrheit, Hoheit. Ich weiß nicht, ob ich die Kreatur aufhalten kann, aber ich kann dafür sorgen, dass man sieht, wo sie sich aufhält!«

»Bleibt an ihm dran, Vater!«, rief der Prinz.

»Hoheit, wo geht er hin?«, fragte William.

»Wo immer der Herzog von Olasko sich gerade befindet«, erwiderte der Prinz.

»Er geht zum Gästeflügel«, sagte James.

Arutha holte die Kreatur ein und schlug mit seinem Schwert zu. Die Klinge fuhr durch den menschenähnlichen Schatten, und die Kreatur zögerte einen Augenblick; ihr Kopf fuhr herum, als wollte sie sich umblicken, dann ging sie weiter.

»Ihr habt die Aufmerksamkeit des Wandlers errungen«, sagte James, »aber es hat nicht den Anschein, als hättet Ihr ihm irgendeinen Schaden zugefügt.«

»Ich bin für jede Anregung, wie ich ihn aufhalten kann, dankbar«, erklärte Arutha.

»Du musst weiter auf ihn einschlagen«, sagte Amos.

Arutha setzte dem Wandler nach und schlug mehrmals zu. Die Kreatur wich zurück und wandte sich erst in die eine, dann in die andere Richtung, bis sie schließlich geradewegs empor zum Dach floh, wo sie wie eine gemalte, menschliche Silhouette hängen blieb. Sie verharrte einen Augenblick, bevor sie sich wieder in Bewegung setzte.

Dann erlosch der Feuerball, und die Gestalt verblasste im Dunst.

»Da!« James deutete auf etwas.

»Wenn ich noch einen Feuerball aussende, fehlt mir möglicherweise die Kraft, noch etwas anderes zu unternehmen«, sagte Vater Belson.

»Kennt Ihr noch irgendeinen Zauberspruch, der diese Kreatur aufhalten könnte, Vater?«, fragte Arutha und eilte rasch hinter James her.

»Die meisten Zaubersprüche meines Ordens, die sich für den Kampf eignen, richten fürchterlichen Schaden an, Hoheit.«

»Ich würde ein Feuer im Palast durchaus riskieren, wenn ich dadurch einen Krieg verhindern kann, Vater.«

»Aber vielleicht nützt es ja auch gar nichts«, sagte der Priester.

»Soll ich vorauslaufen und die Wachen vorbereiten?«, wollte William wissen.

»Vorbereiten? Ihre Waffen werden gegen dieses Ding nichts ausrichten können«, erwiderte Arutha.

James eilte weiter, den Blick auf die Decke gerichtet, damit er die Gestalt nicht aus den Augen verlor. »Aus dem Weg!«, rief Amos, als sie einen etwas belebteren Korridor erreichten.

Bedienstete und Wachen schauten irritiert zu, wie ihr Herrscher und einige Mitglieder des Rates vorbeihasteten, den Blick auf die Decke gerichtet. Als sie ebenfalls aufblickten, sahen sie kaum mehr als einen seltsam flackernden Schatten, sonst nichts.

»Jetzt weiß ich wenigstens, wer in Krondor die Magier getötet hat, und wieso«, sagte James.

»Damit der Prinz nach niemandem schicken kann, der dieses Ding aufhalten könnte?«, fragte William.

»Oder die Truhe mit anderer Magie hätte untersuchen können als die, die der gute Vater benutzt?«, fügte Amos hinzu.

»Was weißt du sonst noch von diesen Kreaturen?«, wollte Arutha von James wissen.

James hielt seinen Blick auf den sich bewegenden Schatten an der Decke gerichtet. »Alles, was ich weiß, hat mir mal ein alter Straßenmagier erzählt. Ein Schattenwandler ist unbeseelt. Wenn er erst einmal auf einen Auftrag angesetzt worden ist, wird er unbeirrbar versuchen, ihn zu erfüllen, bis entweder die Beute tot oder er selbst vernichtet ist.«

»Es gibt Gegenmagie für bestimmte Fälle, aber ich habe keine Ahnung, welche hier angebracht wäre, und ich habe nicht die Zeit, meine Vorgesetzten im Tempel zu befragen oder von anderen Orden Hilfe zu holen.«

»Vielleicht kann ich helfen«, meinte William.

»Was?«, fragte Arutha.

»Ich habe möglicherweise eine Idee.«

»Raus damit, wir erreichen gleich den Gästeflügel«, sagte James.

»Dieses Wesen hat zwei Möglichkeiten zu töten, wie ich es sehe. Entweder es nimmt Gestalt an und versucht, den Herzog zu töten, wie ein Mensch es tun würde, mit einer Waffe oder durch Erwürgen oder –«

»Genickbruch«, sagte Amos. »Das haben wir begriffen. Und weiter?«

»Oder es muss ... dem Herzog ein Gift verabreichen oder ihm eine Krankheit zufügen oder so was in der Art.«

»Vater, wenn es dem Herzog eine Krankheit oder so etwas zufügt, könntet Ihr dann helfen?«

»Ich könnte den Herzog eine Zeit lang am Leben erhalten«, sagte der Priester. »Sicher lange genug, bis Ihr andere Heiler in den Palast geholt habt.«

»Und wenn das Wesen richtig Gestalt annimmt?«, fragte James, als sie die großen Türen erreichten, die zu den Gemächern des Herzogs führten. »Öffnet die Türen!«, rief er den beiden Wachen zu, die auf der anderen Seite standen.

»Was ist, wenn das Wesen richtig Gestalt annimmt?«, wollte jetzt auch Amos wissen.

»Dann werden wir es töten«, erklärte der Prinz.

William lief voraus und befahl den Wachen, die Türen zu öffnen, bevor James den flackernden Schatten an der Decke aus dem Blick verlor. Augenblicke später hatten sie das Zimmer erreicht, in dem der Herzog untergebracht war. Die Kreatur beachtete diese Tür jedoch nicht weiter, sondern bewegte sich weiter den Korridor entlang. Sie machte vor einer anderen Tür Halt. »Öffnet die Tür!«, rief Arutha.

Die Wachen zögerten kurz, dann gehorchten sie, aber in diesem einen Augenblick schlüpfte die Kreatur durch den schmalen Zwischenraum zwischen dem oberen Teil der Tür und dem Pfosten ins Innere.

Vladic, Kronprinz von Olasko, setzte sich im Bett auf, und die Frau an seiner Seite rutschte tief unter die Decke, als wollte sie sich verstecken. »Was hat das zu bedeuten?«, rief Vladic.

James blickte an die Decke und sah sich dann im Zimmer um. »Bitte, Vater«, sagte er in flehendem, bittendem Ton.

Der Priester beschwor einen weiteren Feuerball, und Vladic wich zurück. »Was soll das?«, fragte er, sprang aus dem Bett und griff nach seinem Schwert.

»Da!«, rief James, als die Kreatur wieder sichtbar wurde. Sie kauerte an der Wand hinter Vladic.

William sah, worauf James deutete. Er sprang vor, griff Vladic am Arm und riss den Prinzen weg.

In diesem Augenblick glitt der Schatten von der Wand herab auf den Boden. Vor aller Augen schwoll er an und nahm Gestalt an.

Arutha stellte sich vor Vladic. »Verzeihung, Eure Hoheit.«

Vladic stand – ungeachtet seiner Nacktheit – mit dem Schwert in der Hand da. »Was ist das?«

»Etwas, das Euch offensichtlich nach dem Leben trachtet«, sagte James und trat zu Arutha. Er hielt ebenfalls sein Schwert in der Hand.

Die Kreatur hatte jetzt vollkommen Gestalt angenommen und sah aus wie ein Mann, allerdings ohne Gesichtszüge, Haare oder irgendwelche Einzelheiten, und sie war kohlrabenschwarz. Sie verschluckte jegliches Licht.

Arutha schlug mit seinem Schwert nach der Kreatur, und da das Wesen zögerte, fuhr seine Klinge mitten durch es hindurch.

Dann machte das Wesen einen Satz auf Prinz Vladic zu.

Achtzehn

Entlarvung

William sprang.

Er stieß Prinz Vladic beiseite, als das Ungeheuer zum Sprung ansetzte. Soldaten kamen ins Zimmer geeilt. Einige warfen sich auf den Schattenwandler, um ihren Prinzen zu schützen, und der Erste von ihnen versuchte, die Kreatur mit dem Schild zu rammen, sie aus dem Gleichgewicht zu bringen. Der Schild klirrte, als hätte er einen Baumstamm getroffen, und die Kreatur schlug mit einer Hand zu. Die Kehle des Soldaten löste sich in einer blutroten Fontäne auf, die quer durchs Zimmer spritzte.

James versuchte, hinter die Kreatur zu kommen. »Bogenschützen!«, rief Arutha.

Ein Soldat eilte aus dem Zimmer, um den Befehl weiterzugeben, während zwei andere mit langen Piken angriffen. Die Waffen waren äußerst dekorativ, das Metall vergoldet und die Schäfte poliert. Sie trugen das Wappen von Krondor. Die beiden Männer konnten hervorragend mit diesen Waffen umgehen und näherten sich jetzt der Kreatur, um sie aufzuspießen.

Der erste Soldat warf sich mit voller Wucht gegen die Kreatur, so dass die Stahlspitze sie hätte durchbohren müssen, doch sie glitt ab, ohne irgendeinen Schaden anzurichten. Der Schattenwandler hielt lediglich einen Augenblick inne und packte den Schaft; es gab ein scharfes, knackendes Geräusch, als es in zwei Teile zerbrach.

»Das war massive Eiche!«, rief Amos.

William zerrte Vladic quer über das Bett, hinter die junge Frau, die jetzt genau gegenüber der Ecke kauerte, in die der Schattenwandler getrieben worden war. Die Kreatur, die spürte, dass ihre Beute sich von ihr entfernte, sprang auf das Bett, und die Frau schrie und versuchte, sich zu verstecken. Der Schattenassassine beachtete sie nicht weiter.

Arutha machte einen Satz auf die Kreatur zu, doch seine Schwertspitze prallte von der konturlosen Oberfläche ab. »Hoheit!«, rief James. »Damit erreicht Ihr nichts, außer dass Ihr Gefahr lauft, getötet zu werden!«

Amos vertrat die gleiche Auffassung etwas nachdrücklicher und riss Arutha an den Schultern zurück, als das Ungeheuer sich umdrehte und in die Richtung schlug, wo der Prinz eben noch gestanden hatte.

»Du reizt den Schattenwandler nur, Arutha«, sagte der ehemalige Pirat.

Bogenschützen kamen herein; sie hatten die Pfeile schon draußen an die Sehnen gelegt und schossen bereits, als William noch damit beschäftigt war, Prinz Vladic aus der unmittelbaren Gefahrenzone zu zerren. Doch auch die Pfeile vermochten keine Wirkung zu erzielen, sondern prallten entweder ab oder zersplitterten.

»Das nützt alles nicht!«, rief Arutha. »Zieht euch etwas zurück, aber haltet ihn weiter in Schach.«

Soldaten mit Schilden und Schwertern rückten vor und errichteten einen Schildwall, während sich andere mit Piken hinter ihnen aufstellten. Die Männer neigten die Piken nach vorn, um eine Barriere aus Stahl zu bilden, doch der Schattenwandler beachtete es gar nicht und ging geradewegs in die Spitzen hinein. Die kräftigen Männer hielten vor Schreck die Luft an, als die schweren Schäfte zurückgedrängt wurden.

Der Schattenwandler hob beide Arme und schmetterte sie kraftvoll nach unten. Auf der linken Seite zerbrach eine Pike, während eine andere dem Griff eines Soldaten entglitt und auf den Steinboden krachte. Weitere Soldaten eilten herbei, um ihre Kameraden zu unterstützen, und ihr Sergeant blickte William fragend an.

»Nagelt ihn an die Wand«, befahl William. »Benutzt die Schilde und seid vorsichtig, denn er ist außerordentlich mächtig.«

»Ihr habt den Leutnant gehört!«, rief der Sergeant. »Angriff!«

Die Schildträger und Pikenträger griffen gleichzeitig an, und es gelang ihnen, die Kreatur ein Stück zurückzudrängen. Sie versuchte sich zu widersetzen, fand aber auf den glatten Steinfliesen keinen Halt.

Immer mehr Männer trafen ein, und langsam drängten sie den Schattenwandler von Prinz Arutha und den anderen weg. Das unheimliche Wesen spürte, dass seine Beute sich immer weiter von ihm entfernte, und es verstärkte seine Bemühungen wieder. Es hob einen Arm und schlug wild um sich, zermalmte einem in vorderster Reihe stehenden Soldaten das Gesicht. Der Mann glitt zu Boden, riss dabei zwei andere Soldaten mit sich, und der Schildwall brach auseinander.

Jetzt schlug der Schattenwandler erst mit der einen, dann mit der anderen Hand um sich, zerschmetterte jeden Soldaten, der ihn aufhalten wollte. Die Hiebe brachen Arme, zerschmetterten Schultern und zermalmten Gesichter. Schmerzensschreie und wütendes Gebrüll erfüllten das Zimmer. Harte, erfahrene Soldaten wurden beiseite gestoßen, als wären sie nichts weiter als ein paar lästige Jungs. Verletzte Männer blieben an Ort und Stelle, weil sie viel zu eingekeilt waren, um sich bewegen zu können. Mehr als nur ein bewusstloser Soldat stand von den anderen gestützt aufrecht da, bis die anderen sich bewegten und er zu Boden stürzte und Gefahr lief, von ihnen zertrampelt zu werden.

Noch mehr Soldaten eilten herbei, um ihren Herrscher und seine Gäste zu schützen. Wieder drängten sie den Schattenwandler zurück. Die Männer stellten sich aufeinander, um ihn am Boden zu halten. Das Stöhnen der untersten Männer des Haufens verriet, welche Anstrengung es kostete, das Gewicht der anderen Männer samt ihren Rüstungen und Waffen zu tragen. Diejenigen, die dicht bei der Kreatur standen, riskierten ihr Leben doppelt, denn sie waren nicht nur den tödlichen Hieben ausgesetzt, sondern drohten auch unter dem Gewicht ihrer eigenen Kameraden zermalmt zu werden.

Der Haufen von Soldaten bewegte sich, als würden die Steine unter ihm einmal, zweimal, dreimal erzittern. Dann plötzlich brach die menschliche Pyramide zusammen, als hätte sie sich auf einem Ball befunden, dem plötzlich die Luft ausgegangen war. Aus dem Innern des Haufens erscholl eine Stimme. »Hoheit! Er ist weg!«

»Nein, ist er nicht!«, widersprach James laut.

Ein Schatten glitt unter dem Haufen Soldaten hervor und kämpfte sich zu Arutha und Vladic durch, wo er sich erhob und wieder Gestalt annahm.

Arutha griff an.

Sein Schwert war nur noch ein verschwommener Fleck, als er auf den Schattenwandler einschlug. Die Klinge besaß die Macht eines Talismans vom Ishap-Tempel; Macros der Schwarze hatte sie vor der letzten Auseinandersetzung zwischen Arutha und Murmandamus am Ende der Großen Erhebung damit versehen. Seither hatte lediglich der Dämon, den Arutha in der Festung getötet hatte, die Kraft der magischen Macht zu spüren bekommen.

Der Schattenwandler schien durch Aruthas Klinge keinen großen Schaden zu erleiden, aber er wirkte verärgert. Er wich vor den Hieben des Prinzen zurück und teilte seinerseits mächtige Schläge aus.

Arutha sprang zur Seite, und James griff den Schattenwandler von hinten an, schwang sein Schwert so kräftig, wie er konnte. Ein Klirren erklang, als die Klinge von dem Schattenwandler abprallte, und James spürte die Wucht des Aufpralls bis in seine Schulter.

Er blickte Vater Belson an. »Könnt Ihr nicht etwas tun?«, fragte er.

»Es gibt nur eine Möglichkeit, aber die ist sehr gefährlich!«, rief der Geistliche.

Arutha war in einem Duell gefangen, das er nicht gewinnen konnte, doch es gelang ihm immerhin, zwischen der Kreatur und Prinz Vladic zu bleiben und dafür zu sorgen, dass der Prinz noch immer unverletzt war. »Es kann wohl kaum gefährlicher sein als das hier, Vater! Tut es also!«

Der Priester trat beiseite und begann, etwas in der geheimnisvollen Sprache seines Ordens zu intonieren. James griff den Schattenwandler erneut von hinten an, und wieder fühlte es sich an, als würde er auf harten, unnachgiebigen Stein einschlagen.

Das Zimmer erhellte sich, und es wurde heißer. Vater Belson hielt seine Hand hoch, und über seinem Kopf bildete sich ein Ring aus Feuer, flackernden Flammen, die alle in der Nähe spüren konnten. Die wirbelnden Flammen bewegten sich schneller und schneller, wurden immer größer und heißer. Der Priester beendete seinen Zauberspruch und schrie: »Lauft!«

Das ließ sich niemand zweimal sagen. Augenblicklich drehten sich alle um und rannten aus dem Zimmer, abgesehen von Arutha, der den Schattenwandler ein letztes Mal angriff, um den anderen etwas Zeit zu verschaffen, bevor auch er einen Schritt zurücktrat, sich umdrehte und wegrannte.

Verwundete Männer, die hinter der Kreatur auf dem Boden lagen, krochen weg und ließen ihre bewusstlosen Kameraden zurück.

Der Priester rief ein Wort in der geheimen Sprache seines Ordens, und die Flammen nahmen die Gestalt eines Menschen an, fast wie der Schattenwandler. Die gewaltige Hitze war überall zu spüren: Aruthas Rücken fühlte sich an, als hätte er zu lange an einer Esse gestanden.

James warf einen Blick über die Schulter und sah, wie die Flammenkreatur sich zwischen den Schattenwandler und Vladic stellte, der das Ganze mit stummer Faszination verfolgte.

Vater Belson schrie: »O Kreatur der Flamme, Element aus Feuer, zerstöre diese Finsternis!«

Das Element griff an, und eine Welle aus Hitze traf die Zuschauer – genug, um sie noch weiter zurückweichen zu lassen. Nur dem Priester von Prandur schien die sengende Hitze nichts auszumachen.

Der Schattenwandler ließ von der unerbittlichen Verfolgung des Prinzen Vladic ab und verteidigte sich. Die beiden Kreaturen nahmen den Kampf auf, und das einzig hörbare Geräusch war das Knistern der Flammen.

James verließ den Korridor und ging durch einen Vorraum in einen Nebengang. Er rannte ihn entlang, durchquerte eine Galerie und kehrte dann zum Hauptkorridor und damit zu Arutha und Vladic zurück. Er winkte eine Wache zu sich. »Geht diesen Gang entlang«, sagte er und deutete in die Richtung, aus der er gekommen war. »Am anderen Ende des Korridors liegen Verletzte. Die Hitze tut ihnen nicht gut. Ruft ein paar Männer her und schafft sie hier raus.«

»Ja, Junker«, sagte der Soldat. Er bedeutete ein paar anderen, ihm zu folgen, und führte das halbe Dutzend Männer in den Gang, den James ihm gezeigt hatte.

Arutha hielt seinen Blick beständig auf den Kampf gerichtet, als er sagte: »Ich hätte selbst daran denken sollen.«

»Ihr seid beschäftigt«, erwiderte James und bedeutete einer der verbliebenen Wachen, ihm den Umhang abzunehmen. Er reichte ihm Prinz Vladic. »Ich weiß, dass es warm ist, aber …«

Vladic, der wie angewurzelt dastand und die beiden Kreaturen betrachtete, bedeckte sich. »Danke.«

Die beiden magischen Wesen waren in einer tödlichen Umarmung ineinander verschlungen; sie hatten sich gegenseitig an den Schultern gepackt, taumelten erst in die eine, dann in die andere

Richtung, wie zwei Betrunkene, die miteinander rangen. Jedes Mal, wenn das Elementwesen an etwas leicht Brennbares geriet, begann der Gegenstand zu qualmen und zu stinken, oder er brach in Flammen aus, wenn die Feuergestalt zu lange dort verharrte. Der Schattenwandler schlug das Elementwesen zu Boden, um sich aus seinem Griff zu befreien, doch es gelang ihm nicht, und das Wesen erduldete stumm seine Hiebe. Dann wirbelte das Elementwesen herum und schleuderte den Schattenwandler gegen die Wand.

»Wenn das hier nicht bald ein Ende nimmt, brennt noch der gesamte Palast ab«, sagte Arutha.

Einige dekorative Wandteppiche waren bereits versengt, ein anderer hatte Feuer gefangen. Der Schattenwandler stieß das Elementwesen zurück, gegen einen Ziertisch, auf dem eine Vase mit frisch geschnittenen Blumen stand. Die Blumen verwelkten innerhalb weniger Sekunden, und der Tisch brach in Flammen aus, als die Vase durch die Hitze zerbarst.

»Da!«, rief James. »Irgendwas geht da vor.«

Wo das Elementwesen den Schattenwandler berührte, stieg Rauch auf in schwarzen, öligen Fahnen, die immer dicker wurden. Schon bald hingen Wolken aus schwarzem Qualm unter der Decke, wo sie sich verbreiteten und den Korridor in einen übel riechenden Gestank hüllten.

Der Schattenwandler fuchtelte wild herum und schlug auf das Elementwesen ein, doch die flammende Kreatur ließ ihn nicht aus dem tödlichen Griff entkommen.

Der Korridor stand mittlerweile in Flammen. »Schafft alle aus diesem Flügel!«, rief Arutha. »Sorgt dafür, dass Wasser hergeschafft wird!« Es musste rasch eine Eimerkette gebildet werden, da die schweren Holzbalken, die die Steine zusammenhielten, bereits zu qualmen begannen.

»Da! Sie werden kleiner!«, rief James.

Die beiden mystischen Gestalten waren in einem unendlichen

Kampf aneinander gekettet, einem wirbelnden Tanz der Macht, und sie bewegten sich immer schneller, je kleiner sie wurden. Jetzt strömten Rauchfahnen aus ihnen und erfüllten die Luft mit einer erstickenden, öligen Wolke, die das Atmen unmöglich machte.

»Raus hier!«, schrie Arutha. »Alle in den Garten!«

Einer der vielen sorgfältig gepflegten Palastgärten befand sich in der Nähe des Gästeflügels. James erreichte die großen, doppelflügeligen Glastüren, die zum Garten führten, und stieß sie weit auf. Die Abendluft war kühl und frisch nach der sengenden Hitze im Korridor.

Leute taumelten hinter James durch die Tür. Sie husteten, und ihre Augen tränten, als sie dem Qualm entkamen, der jetzt hinter ihnen den Gang mit dem Gestank brennenden Schwefels und verrottender Abfälle erfüllte.

Von den anderen Palastvierteln klangen Stimmen herüber, als der Feueralarm erscholl. James drehte sich um und betrachtete die Feuersbrunst. »Ist Vater Belson rausgekommen?«, fragte er Amos.

»Er ist hinter uns gewesen«, erwiderte der Admiral. »Aber ich sehe ihn nicht.«

James eilte zurück zur Tür; er ließ sich auf den Boden fallen, um unter dem Qualm zu sein. Der beißende Rauch brachte seine Augen zum Tränen, und der scharfe Gestank brannte in seiner Nase. Die Dachbalken brannten lichterloh, und die Feuersbrunst schwebte wie ein Fluss aus Flammen über ihm. James musste mehrmals blinzeln, um die Tränen aus seinen Augen zu bekommen und am anderen Ende des Korridors eine Gestalt erkennen zu können.

Der Priester von Prandur stand mit hoch über dem Kopf ausgebreiteten Armen da und intonierte einen Zauberspruch. James konnte ihn kaum ausmachen; er war nicht viel mehr als ein dunkler Umriss in blaugrauem Dunst, der den Korridor unterhalb der schwarzen Rauchwolken erfüllte.

Der Gesang des Priesters wurde düster und ernst, wie ein Beerdigungsgesang, der in James eine bestimmte Traurigkeit auslöste. James blickte nach oben, und er fürchtete, dass gleich Steine von der Decke herunterfallen würden. »Vater Belson! Geht da weg! Das Feuer wird Euch verzehren!«

Plötzlich erzitterten die Flammen im Korridor, dann zogen sie sich zurück, als würden sie vom großen Atemzug eines Gottes eingesogen. Die Flammen und der Rauch lösten sich auf.

James warf einen Blick zurück auf die Leute, die im Garten warteten, und er sah, wie sie verwundert auf die zurückweichenden Flammen und den Qualm starrten. Dann drehte er sich um und sah, wie Flammen und Qualm sich in einem riesigen Ball über dem Kopf des Priesters versammelten, der sich rasch zu einer kleinen Sphäre zusammenzog, die um so heller leuchtete, je kleiner sie wurde. Schließlich hatte sie die Größe eines Spielballs für Kinder, obwohl sie so hell strahlte wie die Sonne zur Mittagszeit. James musste seinen Blick von dem Leuchten abwenden, und der Garten erstrahlte in grellem Licht.

Dann plötzlich verschwand das Licht, und der Korridor versank in Dunkelheit. James erhob sich und kehrte in den Garten zurück; er hustete und rieb sich die Augen.

»Was ist passiert?«, fragte Arutha.

»Ich glaube, es ist vorbei«, sagte James.

Im nächsten Augenblick kam Vater Belson aus dem Korridor. Rauch wirbelte um seine Finger und stieg aus seinen Gewändern auf. Sein Gesicht war rußgeschwärzt, aber ansonsten wirkte er unverletzt.

»Geht es Euch gut?«, erkundigte sich James.

»Das Letzte, was ein Priester von Prandur fürchten muss, ist das Feuer, junger Mann«, sagte Belson. Er sah den Prinzen von Krondor an. »Hoheit, der Schaden –« Er zuckte mit dem Schultern, als wollte er sich entschuldigen.

Prinz Vladic zog den Umhang enger um sich. »Dafür, dass Ihr mir das Leben gerettet habt, werde ich diesen gesamten Flügel neu errichten lassen und in Olasko einen neuen Tempel zu Ehren Prandurs erbauen, Priester!«

Vater Belson blickte zufrieden drein. »Das wäre nett …«, sagte er noch, dann brach er zusammen.

James kniete als Erster neben ihm. Er untersuchte den Geistlichen. »Er ist ohnmächtig geworden«, sagte der Junker.

»Bringt ihn in meine Gemächer«, befahl Arutha, und vier Wachen trugen den erschöpften Geistlichen weg.

Ein Schreiber bahnte sich seinen Weg durch den Garten; er blinzelte angesichts des Qualms und der Menge, die den Prinzen umringte. »Hoheit!«, rief er.

»Was ist?«, fragte Arutha.

»Wir haben …«, setzte der Mann an, doch dann blinzelte er, und Tränen begannen ihm die Wangen hinabzulaufen. Er hustete. »Verzeihung, Hoheit, aber der Rauch macht mich ganz benommen.«

»Was ist?«, fragte Arutha erneut.

»Ich bitte um Vergebung, Hoheit. Wir haben weitere Teile der Botschaften entschlüsselt. Einige stammen von Agenten aus Krondor und anderen Städten. Eine scheint besonders wichtig zu sein, daher kam ich sofort zu Euch.«

»Was ist?«, wiederholte Arutha noch einmal, diesmal an den Grenzen seiner Geduld.

Der Schreiber streckte ihm ein Pergament entgegen. »Diese Nachricht besagt, dass eine bestimmte versiegelte Kiste an den Palast geliefert werden soll. Sie enthält eine bestimmte Falle. Ich hielt es für wichtig, Euch zu warnen, für den Fall, dass eine solche Kiste auftauchen sollte.«

Arutha schüttelte verwundert den Kopf. Dann blickte er die Mitglieder des Hofes der Reihe nach an. »Wir sollten etwas essen«, meinte er. Er wandte sich an den Schreiber. »Kehrt zu Eurer Arbeit zurück. Lasst mich morgen nach dem Frühstück wissen, was in den anderen Schriftrollen steht.«

»Hoheit.« Der hustende Schreiber verbeugte sich und verschwand rasch; er war offensichtlich froh, dem Qualm entkommen zu können.

»Hoheit, seid nicht zu hart mit ihm«, sagte James.

Arutha nickte. »Das werde ich nicht. Er hat sein Bestes getan. Es war einfach nur ... zeitlich etwas unpassend.«

William und Amos lachten laut, und Prinz Vladic meinte: »Ich werde in meine Gemächer zurückkehren, wenn sie nicht zu verraucht sind, und zum Essen ... angemessenere Kleidung anziehen, Hoheit.«

Arutha nickte und bedeutete den Wachen, den Gast zu begleiten. Er wandte sich an James. »Wenn wir gewusst hätten, dass ...«

»Hätten wir die Truhe trotzdem geöffnet«, sagte James. »Wir hätten es aber wahrscheinlich im tiefsten Kerker getan, umgeben von noch nicht einmal einem Dutzend Wachen. Und das wäre wirklich ein Desaster gewesen!«

Arutha warf ihm einen langen Blick von der Seite zu. »Du hast die Angewohnheit, die Dinge immer positiv zu sehen, Jimmy. Kommt, gehen wir zum Essen. Ich bin sicher, meine Frau möchte gerne erfahren, wieso wir versucht haben, einen nicht beträchtlichen Teil des Palastes niederzubrennen.«

Mit einem wölfischen Grinsen meinte James: »Ihr müsst ihr einfach nur sagen, dass sie jetzt die Gelegenheit hat, die Gemächer neu einzurichten. Das wird sie sehr glücklich machen.«

Arutha warf ihm einen gequälten Blick zu. »Eines Tages, Jimmy, wenn du die richtige Frau triffst, bete ich darum, dass sie Mitleid mit dir hat, denn sonst werden deine Tage als Ehemann alles andere als angenehm werden!«

»Ich werde es mir merken«, erwiderte James trocken.

William trat neben den Prinzen. »Hoheit, benötigt Ihr meine Anwesenheit noch?«

Arutha blieb stehen und blickte den jungen Offizier an. »Wieso? Musst du denn weg?«

William errötete. »Nein, Hoheit, nur ...«

James lachte, und Arutha sagte: »Ich mache nur gerade einen Scherz auf deine Kosten, William. Geh schon und triff dich mit dieser jungen Frau. Ich wünsche dir viel Spaß.«

»Mit dieser jungen Frau, Hoheit?« William war verblüfft, als er das hörte. Er warf James einen Blick zu. »Wissen es denn alle?«

James grinste.

»Meine Junker sorgen dafür, dass ich über alle wichtigen Vorkommnisse informiert bin, die die Mitglieder meiner Familie betreffen«, meinte Arutha. »Und jetzt geh schon.«

»Hoheit«, sagte William voller Gefühl, doch er errötete etwas.

»Wir werden uns morgen früh ernsthaft unterhalten, wir alle. Aber bis dahin ist ein bisschen Entspannung durchaus angebracht.«

William wandte sich um und setzte sich in Bewegung. »Willy!« James hielt ihn zurück.

William blieb stehen und warf ihm einen Blick zu. »Was ist denn, James?«

»Wenn ich du wäre, würde ich mich erst einmal waschen und was anderes anziehen. Du siehst aus wie ein Schornsteinfeger.«

William erkannte, dass alle anderen um ihn herum rußgeschwärzt waren, und er begriff, dass er genauso aussehen musste. »Oh, danke für deinen Rat.«

»Keine Ursache.«

James sah William nach, als er zur Waffenkammer eilte. »Ich beneide ihn«, sagte er.

»Weil er verliebt ist?«, fragte Arutha.

»Ja. Ich gehe natürlich davon aus, dass ich eines Tages auch mal eine ganz besondere Frau kennen lerne, aber vielleicht auch nicht. Wie auch immer, ich habe niemals diese … diese jungenhafte Freude verspürt, wenn ich mit einer Frau verabredet war.«

Arutha lachte. »Du bist schon ein zynischer alter Mann gewesen, als ich dich kennen gelernt habe, Jimmy. Wie alt warst du damals? Vierzehn?«

James erwiderte das Lachen. »Ich glaube ja, Hoheit. Mit Eurer Erlaubnis würde ich mich jetzt ebenfalls gerne zurückziehen und etwas frisch machen, bevor ich zum Essen wieder zurückkehre.«

»Dem schließe ich mich an«, sagte Amos. »Ich fühle mich selbst etwas abgebrannt.«

Arutha nickte. »Geht ruhig. Ich werde etwas mehr Wein und Bier kommen lassen, damit wir ein bisschen feiern können.« Seine Gesichtszüge verdüsterten sich. »Morgen müssen wir unsere Aufmerksamkeit wieder der Arbeit zuwenden.«

James und Amos wechselten einen Blick und verschwanden. Beide kannten Arutha gut genug, um zu wissen, dass er versuchen würde herauszufinden, wer hinter dem Attentat auf den Prinzen von Olasko steckte, und dass er, wenn er es herausgefunden hatte, die Person hart bestrafen würde, die seinen Palast fast zerstört hätte.

William kämpfte sich durch die gut besuchte Schenke und fand Talia hinter der Theke; sie half ihrem Vater dabei, Bier auszuschenken. Der Bedarf an Essen war nicht sehr groß, doch die Schenke war voller Männer, die von der Arbeit kamen und sich noch etwas entspannen wollten, bevor sie nach Hause zurückkehrten.

Er trat ans Ende der Theke und wartete, bis sie ihn entdeckt hatte.

»Will!«, rief sie und strahlte. »Wann bist du zurückgekehrt?« Sie eilte zu ihm und gab ihm einen Kuss auf die Wange.

Er errötete leicht. »Heute Abend. Es gab eine Menge Arbeit im Palast, aber jetzt hat der Prinz mir bis morgen freigegeben.«

»Hast du schon was gegessen?«

Plötzlich begriff er, dass er seit Mittag – auf dem Schiff von Amos – nichts mehr gegessen hatte. »Wenn du mich so fragst, nein.«

»Ich werde dir schnell was machen«, sagte sie. »Vater, Will ist hier.«

Lucas blickte auf und winkte zur Begrüßung. »Schönen Abend, Junge.«

»Gleichfalls«, sagte William.

Talia verschwand in die Küche.

Lucas trat zu ihm. »Du hast diesen Blick.«

»Welchen Blick?«

»Du hast etwas Unangenehmes während deiner Arbeit gesehen.«

»Eine ganze Menge«, erwiderte William und nickte.

»War es sehr hart?«

»Hart genug«, gestand William. »Wir haben ein paar gute Männer verloren.«

Lucas gab William einen väterlichen Klaps auf den Unterarm. »Ich freue mich sehr, dich wieder zu sehen, mein Junge.«

»Danke.«

Talia kehrte mit einem Teller voller Essen zurück. »Ich hole dir ein Bier«, sagte sie.

Sie brachte ein großes Bier und stellte es neben den Teller. »Ich habe dich vermisst«, meinte sie, und ihre Augen glänzten. »Ich weiß, es ist etwas kühn von mir, das zu sagen, aber so ist es nun mal.«

William errötete. Er starrte in sein Bier. »Ich bin froh, dass du mich vermisst hast. Ich … ich habe viel an dich gedacht, während ich weg war.«

Sie blickte sich im Raum um, ob sie irgendwo gebraucht wurde. Ihr Vater winkte und gab ihr zu verstehen, dass sie sich ein paar Minuten Zeit nehmen und mit William sprechen sollte.

»Also«, meinte sie, »erzähl mir von den kühnen Dingen, die du getan hast.«

Er lachte. »Ich würde sie eher dumm nennen, angesichts der blauen Flecke und Schrammen, die ich mir dabei geholt habe.«

»Du bist verwundet worden?«, fragte sie bestürzt, und ihre Augen weiteten sich vor Besorgnis.

»Nein, nein«, sagte er lachend. »Es ist nichts geschehen, was nicht durch Waschen und einen ordentlichen Verband zu beheben wäre.«

Sie tat, als würde sie wütend dreinblicken. »Das ist auch gut so. Wenn du ernsthaft verletzt wärst, müsste ich dich nämlich rächen.«

»Würdest du das wirklich tun?«, fragte er lachend.

»Natürlich«, erwiderte sie. »Ich bin von den Schwestern von Kahooli erzogen worden, falls du dich erinnerst.«

Er sagte nichts, sondern lächelte nur; er genoss den Augenblick, aß, was auf seinem Teller war, und betrachtete dabei ihr hübsches Gesicht.

Arutha war die ganze Nacht auf gewesen. James wusste es in dem Augenblick, als er die Privaträume des Prinzen betrat. Dem Blick nach hatte auch William die ganze Nacht nicht geschlafen, aber er vermutete, dass es dafür andere Gründe gab als die, die den Prinzen veranlasst hatten, nicht zu Bett zu gehen. Williams Unfähigkeit, zu verhindern, dass sich sein Gesicht alle paar Augenblicke zu einem Lächeln verzog, sprach Bände.

Amos wirkte wie immer: Wie eh und je war er der scharfsinnige Beobachter, der jede Gelegenheit zu einem Witz nutzte.

Arutha winkte James zu einem Stuhl. »Ich nehme an, du hast dich inzwischen von deinen Verletzungen erholt?«, fragte er ihn.

»Genug, um zu wissen, dass es sich lohnt zu leben, Hoheit«, antwortete James und nahm Platz.

»Gut, denn es gibt da ein paar Dinge, denen du sofort deine Aufmerksamkeit widmen solltest.«

Arutha blickte sich um. »Amos, ich habe dir mein Leben öfter anvertraut, als ich mich erinnern kann. William, du bist ein Mitglied meiner Familie. Deshalb erzähle ich euch jetzt etwas. Vor einer Weile habe ich James die Verantwortung dafür übertragen, einen Nachrichtendienst aufzubauen.«

»Dafür wird es auch langsam Zeit«, sagte Amos mit einem Grinsen. »Er ist der neugierigste Bastard, dem ich jemals begegnet bin, auch wenn ich ihn liebe wie den Sohn, den ich niemals gehabt habe.«

James blickte Amos an. »Ich sollte dir danken, nehme ich an.«

»Ein Sohn würde mir nichts ausmachen«, sinnierte Amos weiter laut vor sich hin. »Ich habe vielleicht sogar längst ein oder zwei irgendwo da draußen, denen ich nur noch nicht begegnet bin ...« Er blickte James an und lachte. »Aber wenn ich einem begegnen sollte, der so aussieht wie du, werde ich ihn sofort ertränken, Jimmy.«

»Wenn ich herausfinde, dass du einen Sohn hast, werde ich mich an deine Worte erinnern und ihm zur Flucht verhelfen«, entgegnete James trocken.

»Das reicht«, sagte Arutha. In den sonst gelassenen Ton des Prinzen hatte sich eine düstere, ernstere Nuance geschlichen, und sowohl Amos als auch James schwiegen. »Nichts von dem, was hier gesagt wird, darf dieses Zimmer verlassen. Ich brauche euch beide« – er blickte Amos und William an – »aus zweierlei Gründen. Zum einen seid ihr in der Lage, im Falle meines unvorhergesehenen Todes meinem Nachfolger von James' besonderem Status zu berichten. Es könnte ja zum Beispiel sein, dass Lyam einen Regenten schickt, solange Prinz Randolph noch nicht mündig ist.

Zum anderen brauche ich, falls James etwas geschieht, Leute an meiner Seite, denen sein Nachfolger Bericht erstatten kann.« Er sah sich um. »Das werden wir drei sein«, sagte er zu Amos und William.

»Nachfolger«, meinte James mit gespielter Entrüstung. »Ich hoffe, Ihr meint damit den Fall, dass ich mich zur Ruhe setze.«

»Ich meine damit den Fall, dass du tot bist«, erwiderte Arutha kühl. »Ich erwarte, dass du bis zu einem bestimmten Zeitpunkt im nächsten Jahr genug Agenten angeworben hast, so dass du in der Lage bist, einen auszuwählen, den du für ähnlich gerissen und schlau hältst wie dich selbst.«

Amos lachte.

»Sag niemandem, wer er ist, nicht einmal uns dreien. Wir werden einen Weg finden, wie diese Person sich in einem solchen Fall einem von uns nähern kann. Außerdem forderte ich dich auf, dafür zu sorgen, dass deine Agenten so wenig wie möglich voneinander wissen.«

»Ja, Hoheit«, sagte James: »Ich habe bereits über ein System nachgedacht, dass es mir erlauben wird, mehrere Agenten zu haben, die nichts voneinander wissen.«

»Gut«, meinte Arutha. »Ich habe selbst ein paar diesbezügliche Vorschläge. Schließlich gibt es noch einen anderen Menschen, der von dieser Sache wissen wird: Jerome.«

James konnte nur mühselig ein Stöhnen unterdrücken. »Jerome! Wieso ausgerechnet der, Hoheit?«

»Meister de Lacy wird sich bald zur Ruhe setzen, und es ist nur natürlich, dass Jerome der nächste Zeremonienmeister werden wird. Du wirst für viele Dinge Geld benötigen, und der Zeremonienmeister verfügt aus einer Vielzahl von Gründen über nichtöffentliche Gelder. Jerome wird dich mit allen Mitteln ausstatten, die du benötigst, abhängig natürlich von meiner Zustimmung.«

James lehnte sich zurück; er war ganz offensichtlich nicht glücklich über diese neue Situation, aber natürlich bereit, sich der weisen Entscheidung des Prinzen zu beugen.

»Nun, kommen wir zum Nächstliegenden. Die Schreiber haben ihre Übersetzungen vollendet, und wir wissen jetzt, wer hinter den Angriffen auf Prinz Vladic steckt.«

»Wer?«, platzte James heraus.

»Sein Onkel, der Herzog.«

»Aber er und sein Sohn sind beim ersten Angriff beinahe selbst getötet worden, Hoheit«, sagte William.

»Möglicherweise ist dieser Angriff irgendwie schief gelaufen, oder jemand hat einen anderen Plan verfolgt, denn unglücklicherweise haben wir auch einen Kontrakt für den Tod von Herzog Radswil und Kazamir gefunden«, sagte Arutha.

»Tragen diese Kontrakte irgendeine Unterschrift?«, wollte James wissen.

»Nein«, antwortete Arutha. »Das würde die Sache zu einfach machen, oder nicht? Diese Kontrakte enden alle in mehr oder weniger kryptischen Äußerungen. Vielleicht werden wir sie eines Tages entschlüsseln können und wissen, wer der Schreiber dieser Aufträge ist. Aber im Augenblick haben wir keinen eindeutigen Beweis dafür, wer verantwortlich ist.«

»Was hast du vor?«, fragte Amos.

»Ich werde den Herzog, seinen Sohn und seine Tochter unter Bewachung stellen lassen und ihnen erklären, dass das alles nur ihrem Schutz dient. Dann schicke ich sie per Schiff zurück nach Olasko, zusammen mit einem langen Brief mit meinem persönlichen Siegel an den Bruder des Herzogs. Mir ist lediglich wichtig, einen Krieg zwischen dem Königreich und Olasko zu verhindern. Ich werde Olasko der Gerichtsbarkeit Olaskos überlassen; der Erzherzog kann entscheiden, wer ihm näher steht: sein Bruder oder sein Sohn. Er kann sich auch Gedanken darüber machen, wer die Befehle für die Mordversuche an seinem Bruder und seinem Neffen gegeben hat.« Arutha seufzte. »Ich werde ganz sicher den Augenblick genießen, wenn sie den Boden des Königreichs verlassen haben.«

»Was ist mit den Nachtgreifern?«, fragte James. »Haben wir sie vernichtet?«

Arutha lehnte sich zurück, und einen kurzen Moment überschattete Resignation sein Gesicht. »Wir haben sie ernsthaft getroffen, aber sie haben immer noch Agenten da draußen. Ich glaube, da ist jemand, der noch über der Priesterschaft steht und von dem sie Befehle entgegennehmen.«

»Der Meister«, stimmte James ihm zu. Er hatte Arutha auch die kleinsten Einzelheiten mitgeteilt, die ihm während seines Erlebnisses bei den Priestern kurz vor dem Entkommen des Dämons aufgefallen waren.

»Aber es wird Jahre dauern, bis sie sich von dem Schlag wieder erholt haben«, bemerkte Amos.

»Das können wir nur hoffen. Dennoch möchte ich, dass unser neuer Nachrichtendienst nach Anhaltspunkten für den Aufenthaltsort der verbliebenen Nachtgreifer ebenso Ausschau hält wie nach Agenten für Kesh, Queg oder wen auch immer.«

»Ich werde noch heute damit beginnen«, erklärte James.

»Was glaubst du, wie lange es dauern wird?«, fragte Amos mit gespieltem Ernst. »Eine Woche? Vielleicht zwei?«

»Jahre, Amos, Jahre«, sagte James. Er blickte Arutha an und grinste. »Und ich nehme an, ich sollte von meinen Hoffnungen auf den Titel eines Herzogs von Krondor lieber Abstand nehmen und stattdessen auf den Titel des Herzogs von Rillanon hoffen, oder?«

Arutha lachte. »Ja, ich glaube, das wäre besser, sofern du eines Tages ein Netzwerk im Osten errichten willst. Aber nicht mehr diese Woche, einverstanden?«

James grinste. »Einverstanden, nicht mehr diese Woche, Hoheit.«

»Wir haben viel Arbeit vor uns, aber jetzt werde ich erst einmal einen Herzog empören und einem Prinzen einen eigentlich wunderschönen Tag ruinieren«, sagte Arutha.

»Eine Sache noch, wenn ich darf, Hoheit«, bat James.

»Ja?«

»Könntet Ihr Ihre Hoheit bitten, bald wieder eine Gala zu veranstalten?«

Arutha hatte sich schon halb erhoben, doch bei dieser Bitte setzte er sich noch einmal hin. »Wieso das, Jimmy? Du hast bisher kein Hehl daraus gemacht, dass du lieber in den Abwasserkanälen rumkriechst, statt an einem ihrer Bälle teilzunehmen.«

William räusperte sich. »Ähm, Hoheit, es ist eigentlich meine Bitte. James hat mir zuliebe darum ersucht.«

»Ich versehe nicht«, sagte Arutha und blickte fragend von einem zum anderen.

»William möchte Euch bitten, Hauptmann Treggar eine Auszeichnung zu verleihen und ihn dann einer Reihe junger Damen aus guten Familien vorzustellen.«

Arutha blickte William an. »Wieso das denn?«

William errötete. »Er ist wirklich ein guter Offizier, und er hat großen Mut bewiesen und ... nun, er hat mir das Leben gerettet.«

»Das verlangt in der Tat nach einer Auszeichnung«, meinte Arutha und nickte zustimmend.

»Und möglicherweise ein Gut«, schlug James vor. »Es muss ja kein sehr großes sein, nur ein kleines mit einem ausreichenden Einkommen.«

Amos begann zu kichern. »Wieso nicht auch noch einen Titel?«

James nickte. »Hofjunker müsste genügen.«

»Was heckt ihr beiden da eigentlich gerade aus?«, fragte Arutha etwas verwirrt.

Amos' Gelächter dröhnte laut durch das Zimmer. »Begreifst du es denn nicht? Sie wollen den Hauptmann verheiraten!«

»Verheiraten?«

William seufzte. »Es sind die anderen Jungoffiziere, Hoheit. Sie haben mir das Versprechen abgerungen, dass ich einen Weg finden werde, Hauptmann Treggar aus der Offiziersmesse der Junggesellen rauszukriegen.«

Amos' Lachen wurde sogar noch lauter, und James und Arutha stimmten mit ein, während William ein wenig nervös dasaß und auf eine Antwort wartete.

Epilog

Begegnungen

Die Seemöwen kreischten über ihnen.

An den königlichen Docks ging es geschäftig zu, als James und seine drei Begleiter zu einem Schiff ganz am Ende eilten, das sich bereits zur Abfahrt bereitmachte. Schiffe im Hafen lichteten den Anker, um noch mit dem abendlichen Gezeitenwechsel auszulaufen. Einige an den äußeren Wellenbrechern machten die Segel los und setzten sich in Bewegung; andere verließen ihren Ankerplatz mit Hilfe von Langbooten unter der Aufsicht des Hafenmeisters und seiner Lotsen.

James, Graves, Kat und Limm erreichten den *Königlichen Leoparden* und blieben stehen. Am Ende der Landungsbrücke salutierten zwei Wachen, und Amos begrüßte den Junker des Prinzen.

»Admiral Trask, das hier sind meine Kameraden«, sagte James formell.

Amos grinste. »Als würde ich sie nicht schon längst kennen.« Er nickte Ethan Graves und Limm zu und nahm Kats Hand. »Ich habe gehört, es ist ein Kind unterwegs?«, fragte er.

»Ja«, bestätigte sie und errötete leicht.

James lächelte und zwinkerte Graves zu. Seit er die Diebin kannte, hatte er sie nicht so verlegen gesehen.

»Nun, meine Liebe, wir haben eine Kabine für dich und deinen Mann freigeräumt. Den Burschen bringen wir beim Kabinensteward unter.« Er führte sie das Fallreep hinauf.

»Mach's gut, Kat!«, sagte James.

Sie drehte sich um und winkte. »Wir kommen gleich nach«, rief Ethan ihr zu.

James wandte sich an Limm. »Ich muss mit Ethan allein sprechen«, sagte er zu ihm.

»Dann sollte ich dir danken, James, Junker von Krondor. Ich stehe tief in deiner Schuld«, sagte der junge Dieb.

James versuchte, über den Gebrauch solch formaler, wenn auch tief empfundener Worte nicht zu lachen. »Viel Glück, Limm, und genieße den Neubeginn. Merk dir, dass Durbin nicht wie Krondor ist und dass es sehr verführerisch sein wird, in die alte Lebensweise zurückzufallen.«

»Du brauchst dir keine Sorgen zu machen, James. Du bist mein Held, und ich werde mein Leben nach deinem Vorbild gestalten. Wenn du dich über das Diebesdasein und das Schurkentum erheben konntest, kann ich es auch.«

»Ich werde ihn fest am Zügel führen, Jimmy«, sagte Graves mit einem Lachen. »Und jetzt ab mit dir.« Er gab Limm einen freundschaftlichen Klaps auf den Hinterkopf, und der Junge lief los.

James wartete, bis er auf dem Fallreep war, dann bedeutete er Graves, sich ein paar Schritte von den Wachen zu entfernen. Er griff in seine Tunika und streckte ihm einen Beutel entgegen. »Hier.«

»Ich kann dein Gold nicht annehmen, Jimmy. Du hast schon viel zu viel für uns getan.«

»Ihr werdet es für euren Neuanfang benötigen. Betrachte es als Anzahlung.«

Graves nickte. »Ich verstehe. Ich danke dir.« Er nahm das Gold und steckte es in seine Tunika.

»Amos sagt, er kennt zwei Männer in Durbin, denen er sein Leben anvertrauen würde. Er wird euch erklären, wie ihr mit ihnen Kontakt aufnehmen könnt. Einer repariert Schiffe, der andere handelt mit Nahrungsmitteln. Beide sind in der Lage, Nachrichten auf Schiffe des Königreichs zu schaffen.«

»Ich habe bereits zwei Eide gebrochen. Was bringt dich auf den Gedanken, dass ich den dir gegenüber nicht auch brechen werde?«, fragte Graves.

»Nichts, außer der Tatsache, dass ich dich kenne, Ethan. Ich weiß, weshalb du diese Eide gebrochen hast. Ich könnte dir damit drohen, dass der Zorn des Prinzen dich selbst in Durbin ereilen würde, aber das ist sinnlos. Du bist ein außerordentlich furchtloser Mann …« James machte eine kleine Pause und fügte dann hinzu: »Wenn es um dein eigenes Leben geht.«

Graves warf einen Blick zum Deck, wo Amos sich größte Mühe gab, Kat und Limm zu unterhalten. »Ich verstehe«, sagte er. Seine Miene verdüsterte sich, und seine Stimme wurde kühl.

James schüttelte den Kopf. »Das sollte keine Drohung sein, Ethan. Das schwöre ich dir.«

Graves entspannte sich wieder.

»Alles, was ich meine, ist … Verantwortung verändert uns«, sagte James. »Sieh doch mich an!« Er grinste.

»Einige Dinge an dir werden sich niemals ändern, Jimmy die Hand«, sagte der ehemalige Schläger und erwiderte das Grinsen. »Was hast du mit Walter und den anderen vor?«

»Nichts«, antwortete James. »Ich werde morgen bei ihrem Versteck in den Abwasserkanälen vorbeigehen und ihnen sagen, dass sie jetzt rauskommen können. Sie werden glauben, dass sie für mich arbeiten, aber ich kenne die beiden. Sie würden mich sofort für ein oder zwei Münzen verkaufen.« James blickte nachdenklich drein. »Abgesehen davon glaube ich, dass der Aufrechte auf unerwartete Weise zurückkehren wird, ebenso wie einige andere, und dass der Spötterschlupf wieder neu errichtet werden wird. Nein, ich brauche Männer wie dich, Ethan, und das wird eine Weile dauern, denn es gibt nicht viele Männer wie dich.«

»Noch mal vielen Dank«, sagte Ethan und streckte ihm die Hand entgegen. »Es ist selten, eine zweite Chance im Leben zu erhalten – eine dritte ist schon ein Wunder.«

»Nun, vielleicht hatte Ishap ja auch ganz andere Pläne für dich, als du immer gedacht hast.«

Graves nickte. »Ganz offensichtlich.«

»Wenn du Durbin erreichst, eröffne irgendwo eine kleine, nette Schenke, vielleicht in der Nähe der Garnison und des Palasts. Einen Ort, an dem sich Soldaten und niedere Beamte treffen, wenn sie außer Dienst sind und sich einen Schluck genehmigen. Deine Preise sollten vernünftig sein, und versuche, *so viel wie möglich* mitzuhören.«

»Ich werde sehen, was ich tun kann«, erwiderte Graves.

»Dann geh jetzt aufs Schiff«, sagte James. »Ich habe heute noch was zu tun.« Er grinste.

Er sah zu, wie Ethan über das Fallreep ging, Amos es kurz darauf einziehen ließ und Männer die Seile lösten. Die Mannschaft beeilte sich, seine Befehle auszuführen, als der Hafenlotse im Bug den Ruderern im Langboot Anweisungen gab, den *Königlichen Leoparden* vom Ufer wegzuziehen.

James warf seinem alten Freund einen letzten Blick zu, dann drehte er sich um und begann den Rückweg an den Docks entlang. Er hatte langfristige Pläne, und eines Tages würde er Agenten innerhalb des Palastes von Groß-Kesh haben, doch im Augenblick war er glücklich darüber, dass er Graves zur Zusammenarbeit hatte bewegen können und der ehemalige Schläger mit daran arbeiten würde, in Durbin einen Ring von Agenten zu errichten. Es würde die erste Prüfung seines Modells sein. Graves würde Limm anweisen, die beiden Männer aufzusuchen, von denen Amos gesprochen hatte, und diese Männer würden dann sozusagen den Kanal bilden, über den die Nachrichten mit den Schiffen des Königreichs, die im Hafen von Durbin anlegten, nach Krondor gelangten.

Als James die Docks verließ, sah er, dass Jonathan Means auf ihn wartete. Der junge Wachtmeister grüßte ihn.

»Habt Ihr ihn gefunden?«, fragte James.

»Ja, Junker. Er hat einen kleinen Laden am Ende des Hafendamms. Auf dem Schild sind ein Anker und zwei gekreuzte Ruder abgebildet. Er ist ein Krämer.«

»Habt Ihr mit ihm gesprochen?«

»Nein«, erwiderte Jonathan. »Ich habe mir den Laden aus einiger Entfernung angesehen, um sicher zu sein, dass er geöffnet ist. Dann bin ich hergekommen.«

»Gut«, sagte James. »Ihr könnt Euch wieder Euren anderen Pflichten widmen. Und denkt daran, Eurem Vater dafür zu danken, dass er herausgefunden hat, dass dieser Mann in die Stadt zurückgekehrt ist.«

Jonathan verschwand, und James dachte kurz darüber nach, was er als Nächstes tun sollte. Da ihm nichts Besseres einfiel, entschied er sich für die kühnere Wahl und ging zu dem Krämerladen, von dem Jonathan ihm erzählt hatte.

Als er den Laden mit dem Anker und den zwei gekreuzten Rudern erreichte, dachte James noch angestrengt darüber nach, was er denn nun sagen wollte. Er zögerte einen Augenblick, dann öffnete er die Holztür, und eine kleine Glocke bimmelte.

Ein Mann mittleren Alters mit grauen, beinahe weißen Haaren erschien, als James eintrat. Er war kräftig, aber nicht fett. Er runzelte leicht die Stirn, als er James sah. »Ich wollte gerade schließen, junger Herr. Hat Euer Anliegen Zeit bis morgen?«

»Ist Euer Name Donald?«, fragte James, statt eine Antwort zu geben.

Der Mann nickte und beugte sich über den Tresen. Hinter ihm standen jene Gegenstände, die in jedem Krämerladen im Königreich zu finden waren: Körbe mit Nägeln, Seile, Anker und andere Dinge.

»Ich bin Junker James vom Hof des Prinzen«, sagte er und wartete einen Moment, um die Reaktion seines Gegenübers zu beobachten.

Es gab keine. Schließlich sagte der Mann: »Ich kenne den königlichen Abnehmer, Junge. Also, wenn er Euch nicht geschickt hat, solltet Ihr mir schon mitteilen, wieso Ihr hier seid, damit ich nach Hause gehen und die Beine hochlegen kann.«

James lächelte. Der Mann war durch die Erwähnung des Prinzen nicht im Mindesten eingeschüchtert – wie er es erwartet hatte. »Mein Anliegen hat eigentlich mehr mit der Durchsetzung des Rechts zu tun«, sagte er.

Wieder kam keine Reaktion.

»Euer Name ist vor kurzem auf einer Liste aufgetaucht.«

Jetzt färbten sich die Knöchel, die der Mann auf den Tresen stützte, weiß, aber er blieb vollkommen reglos, und seine Miene war unverändert. »Auf was für einer Liste?«, fragte er gleichgültig, den Blick seiner hellblauen Augen auf James gerichtet.

»Auf einer Liste mit Leuten, die vor kurzem in der Stadt ermordet wurden.«

»Um die Morde geht es also? Ich habe davon gehört. Nun, wie Ihr sehen könnt, bin ich nicht tot. Ich habe keine Ahnung, wie mein Name auf eine solche Liste geraten ist.«

»Wo seid Ihr die letzten fünf Wochen gewesen?«, fragte James.

Der Mann zwang sich zu einem Lächeln. »Ich habe Verwandte oben an der Küste besucht. Ich habe einer Reihe von Leuten Bescheid gegeben. Ich bin überrascht, dass niemand den Wachtmeistern mitgeteilt hat, dass ich Krondor für einen Monat verlassen habe.«

»Ich bin ebenfalls überrascht«, erklärte James. »Möglicherweise könntet Ihr mir sagen, wem Ihr das gesagt habt?«

Der Mann zuckte mit den Schultern. »Ein paar Burschen in der Taverne. Ich habe es auch einigen Seeleuten gegenüber erwähnt. Und ich habe es an dem Abend, als ich aufgebrochen bin, Mark gesagt – dem Segelmacher nebenan.«

James nickte. Er war sicher, dass er es dem Segelmacher erst ganz zum Schluss mitgeteilt hatte und dass es schwierig sein würde, die Namen der anderen zu erfahren, denen er es angeblich erzählt hatte. »Nun«, sagte der Junker, »da Ihr bei all den Morden, die hier in der Stadt vorgekommen sind, nicht aufzufinden wart, lag die Vermutung natürlich nahe, dass Ihr unter den Toten sein musstet.«

»Ich nehme es an«, erwiderte der Krämer. »Haben die Morde ein Ende gefunden?«

»Zum größten Teil«, erklärte James. »Es gibt immer noch Blutvergießen unten in den Abwasserkanälen, zwischen den Dieben und so, aber Ihr wisst ja, wie das ist.«

»Kein Ort für einen ehrlichen Mann«, sagte Donald. »Aber wie ist es hier oben?«

»Hier sind die Dinge wieder so wie zur Zeit vor den Morden, mehr oder weniger jedenfalls«, erwiderte James.

»Gut zu wissen«, meinte Donald. »Nun, wenn Ihr keine weiteren Fragen habt, Junker, würde ich gerne nach Hause gehen.«

James nickte. »Wir werden uns noch einmal unterhalten, da bin ich mir ganz sicher.«

Der Mann folgte James zur Tür, und als sie sich hinter ihm schloss, drehte er sich noch einmal um und erhaschte einen kurzen Blick auf das Gesicht des Mannes. James überlegte. Er war sich ziemlich sicher, dass er gerade mit dem Aufrechten gesprochen hatte.

Die Spötter würden zurückkehren, und es würde eine Fortsetzung des Kampfes gegen den Kriecher und seine Männer geben, aber jetzt, da die Nachtgreifer ernsthaft geschwächt waren, würde es kein Gemetzel mehr geben.

James ging weiter. Eines hatte Arutha ihn gelehrt: Das Chaos barg viele Möglichkeiten, und während der Aufrechte sein Verbrechensimperium wieder neu errichtete, hatte James gute Chancen, einen oder zwei Agenten bei den Spöttern einzuschleusen. Mit all dem Wissen, das er über die Gilde der Diebe besaß, war er sicher, dass er einen geeigneten Kandidaten so vorbereiten und anweisen konnte, dass er einer genaueren Beobachtung standhielt. Das Problem war eher, einen geeigneten Kandidaten zu finden.

Aber diese Sorgen konnte er noch etwas aufschieben, dachte der ehemalige Dieb. Er hatte andere Dinge, die ihn im Augenblick beschäftigten, und Arutha hatte ihm aufgetragen, sofort zum Palast zurückzukehren, nachdem er Ethan und die anderen zum Hafen gebracht hatte.

Da war zum Beispiel noch die Notwendigkeit, Informationen über den Kriecher zu beschaffen. James war ganz sicher, dass sich der Kriecher zur Zeit nicht in Krondor befand, sondern seine Organisation von einem anderen Ort aus leitete, vielleicht von Queg oder Kesh aus, oder von einer der Freien Städte. Kesh stand ganz oben auf seiner Liste, da es so schien, als würde eine überdurchschnittlich hohe Anzahl von Keshianern für den Kriecher arbeiten.

Dann war da das Problem, die vielen Fäden zu entwirren, die den Kriecher mit den Nachtgreifern verbanden. James hatte sich Aruthas Meinung angeschlossen, dass die Nachtgreifer eigene Pläne verfolgten. Die Zusammenkunft in der Wüste hatte jedenfalls eher wie eine kleine Armee ausgesehen als wie eine winzige Gruppe erfahrener Mörder.

Und dann die Magie. Wer steckte dahinter? James grübelte vor sich hin.

Er erreichte den Palast, und zwei Wachen salutierten, als er durch das Tor ins Innere schlüpfte. So viele Geheimnisse, so viele Probleme. Doch er lebte, dachte er, und er war jung und besaß noch all seinen Grips. Es mochte Jahre dauern, doch irgendwann einmal würde er herausfinden, wer hinter all diesen Anschlägen steckte, die auf das Königreich verübt worden waren.

Die Kreatur war einst ein lebender Mann gewesen, ein Magier von bedeutender Macht. Jetzt saß sie auf einem Thron aus Stein, der sich tief in einem Labyrinth aus Höhlen befand. Das Donnern der Brandung in der Ferne war mehr zu spüren, als zu hören, denn der geheime Tempel lag am Meer, aber tief unterhalb der Wasseroberfläche. Die Felsen schwitzten unaufhörlich, und die Luft war immerzu feucht.

Vor dem Thron ruhte eine riesige, aus Fels gehauene Hand, die eine große schwarze Birne hielt. Ebenfalls vor dem Thron stand ein Magier, der in die Gewänder eines Handelsreisenden gekleidet war. Die Kreatur auf dem Thron wandte sich ihm zu. Der Mann mit der Habichtsnase verspürte keine Furcht in Gegenwart eines untoten Zauberers – eines »Wiedergängers«, wie er in der alten Sprache hieß. Die Diener des Wiedergängers waren ebenso bösartig, belebte Skelette, die seine Todes-Wachen bildeten. Der Magier hatte auch vor diesen Wachen keine Angst.

»Du hast versagt«, sagte der Wiedergänger zu dem Magier. Seine Stimme war so trocken, wie die Höhle feucht war.

Sidi drehte sich um und schwenkte einen Finger hin und her. »Nein, die Nachtgreifer haben versagt. Wir sind immer erfolgreich. Leute sind gestorben, und der Prinz lässt in Krondor jeden Stein umdrehen, auf der Suche nach dem, der dafür verantwortlich ist. Er sucht vergeblich nach einem Muster, wo es keines gibt.«

»Aber gibt es genug Unruhe?«

Der schlanke Magier zuckte mit den Schultern. »Gibt es jemals genug? Abgesehen davon könnte es sein, dass die Ishapianer ihre Pläne ändern, wenn es zu viel Unruhe gibt. Da es mich zwanzig Jahre gekostet hat, an diesen Punkt zu kommen, möchte ich lieber nicht riskieren, dass sich die Dinge unerwartet ändern und ich weitere zehn oder zwanzig Jahre warten und es erneut versuchen muss. Die Götter mögen mehrere Lebensspannen besitzen, wir tun das nicht.«

Die Kreatur auf dem Thron lachte; es war ein kratzendes, hohl klingendes Geräusch. Die Haut auf ihrem Gesicht war fest um den Schädel gezogen, und die Handgelenke waren nichts weiter als Knochen mit herunterhängenden Hautfetzen. Die Kreatur deutete mit der Hand auf den Magier. »Du hast vielleicht nicht mehrere Lebensspannen, ich aber.«

Sidi beugte sich vor. »Sei nicht allzu stolz auf deine armselige schwarze Kunst, Savan. Sie hat deinen Bruder nicht am Leben gehalten, als Aruthas Schoßspion ihn dem Dämon entgegengeworfen hat.«

»Ich dachte, wenn ich Neman die Aufsicht über die Nachtgreifer gebe, würde es seine Aufmerksamkeit lenken. Er war nicht bereit für die große Beschwörung. Er war wahnsinnig.«

»Ihr seid alle ein bisschen wahnsinnig, wenn ihr von den Toten zurückkehrt, das lässt sich wohl nicht verhindern, wie es scheint«, sagte Sidi. »Deshalb habe ich dich ein paar Jahre hier eingesperrt, als du aus dem Grab aufgetaucht bist, wie du dich sicher erinnern wirst, nicht wahr?« Er machte mit der Hand eine ausschweifende Bewegung. »Der Wahnsinn hat seinen Nutzen«, sagte er mit einem Nicken. »In der Tat, manchmal ist er sogar äußerst nützlich.« Er wandte sich ihm mit geweiteten Augen zu, und der Wiedergänger kicherte. »Was ist?«, fragte Sidi.

»Du bist genauso wahnsinnig wie ich«, sagte der untote Magier.

Sidi lachte. »Möglicherweise, aber das macht mir nichts aus.« Er neigte den Kopf zur Seite, als lausche er auf etwas. »Er ist hier.«

»Wer?«, fragte der Wiedergänger.

»Einer, der für uns das erringen wird, was wir seit zwanzig Jahren zu erlangen versuchen, Savan. Ich möchte nicht, dass er dieses Zimmer betritt; er ist nicht darauf vorbereitet, dich und deine Diener zu sehen, zu erfahren, wem er die Treue schwört. Vielleicht, wenn ich ihm das Geschenk gegeben habe und es bei ihm zu wirken beginnt. Ich werde jetzt gehen.«

Als Sidi davonging, rief der untote Magier ihm hinterher: »Binde ihn an uns!«

»Bald.«

Sidi schritt den Tunnel entlang, der zu dem Gang führte, von dem aus man an die Oberfläche gelangte. Der Pirat, den sie Bär nannten, würde schon bald in einem kleinen Boot an Land gehen, würde sich einen Weg durch die Wracks der Schiffe bahnen, die vor den Witwenspitze genannten Felsen untergegangen waren. Sidi würde ihn am Strand unterhalb des geheimen Eingangs zum Tempel der Schwarzen Birne treffen. Irgendwann, da war sich Sidi sicher, wenn Bär seinen Auftrag erfüllt und seine Nützlichkeit bewiesen hatte, würde er den Tempel betreten und schließlich einen Eid ihm gegenüber ablegen.

Aber bis es so weit war, würde Sidi ihn glauben lassen, dass er an einem einfachen Auftrag arbeitete, wie es auch bei den Nachtgreifern jahrelang gewesen war, bis sie entdeckt hatten, dass es um mehr ging als darum, ihren armseligen Familien und Clan-Loyalitäten zu dienen. Zu der Zeit, da Bär die Wahrheit herausfinden würde, würde es zu spät sein.

Als er sich dem geheimen Eingang näherte, griff Sidi in die Tasche seines Gewandes und zog ein Amulett heraus. Es war aus gebrannter Bronze, und die schwere Kette war seltsam geschwärzt, eine Bräunung, die auch durch langes Polieren nicht verschwand. Das Amulett zeigte ein Gesicht – ein Motiv, das von jenen erwählt worden war, die dem Namenlosen dienten, dem fuchsgesichtigen Dämon, der ihre Verbindung mit dem Reich der Dämonen ermöglichte.

Es gab noch so viele Dinge zu tun und so viele unzuverlässige Untergebene, dachte Sidi, als er den Griff betätigte, der die im Fels verborgene Tür öffnete. Eines Tages sollte er wirklich zuverlässige Leute finden. Aber er musste sich eingestehen, dass der Mangel an zuverlässigen Dienern der Preis war, den man für Geheimnisse zahlte; von allen, die Sidi dienten, kannte niemand seine wirklichen Ziele, und, was noch wichtiger war, niemand wusste, was wirklich die Quelle für die dunklen Mächte des Magiers war. Als die Tür aufglitt, überlegte Sidi, dass es nett sein würde, eines Tages jemanden ins Vertrauen zu ziehen, sich jemandem anzuvertrauen, ihn als etwas anderes als nur eine dumme Schachfigur zu benutzen. Er verdrängte diese Gedanken jedoch rasch wieder, als die Tür vollends aufglitt.

Der westliche Himmel trieb ihm Nebel ins Gesicht, und er hob die Hand, um seine Augen gegen die Sonne zu schützen, die jetzt scharlachrot am Horizont versank. Ein Schiff lag ein Stück vor der Witwenspitze vor Anker – eine ehemalige queganische Galeere, die geraubt worden war; ihre Konturen zeichneten sich scharf gegen die untergehende Sonne ab.

Das Langboot bahnte sich seinen Weg durch die aufragenden Masten der Schiffe, die auf den Felsen im Wasser aufgekommen waren und diesem Flecken den Namen gegeben hatten. Nur wenige kamen freiwillig zur Witwenspitze, was sie zu einem idealen Ort machte, von dem aus man ein Schiff überfallen konnte. Der Pirat, der sich jetzt näherte, war mit diesem Gewässer vertraut und hatte von hier aus selbst Überfälle ausgeführt.

Als das Langboot die Brandung erreichte und von den Sturzwellen weiter getrieben wurde, betrachtete Sidi noch einmal das Relief auf dem Amulett. Die rubinroten Augen des fuchsgesichtigen Dämons hatten zu glühen begonnen. Es hatte Jahre gedauert, bis Sidi das Artefakt vollendet hatte, das er jetzt dem Piraten übergeben wollte. Es würde Bär vor der Magie der Priester und vor körperlichem Schaden schützen. Er würde unverletzbar sein, solange er es trug. Darüber hinaus würde es dem Meister ermöglichen, ihm in seinen Träumen etwas einzuflüstern und Bär so seinen Diensten näher zu bringen.

Trotz der Rückschläge in der Wüste und dem fehlgeschlagenen Versuch, den Aufrechten in Krondor zu beseitigen, fühlte Sidi sich siegesgewiss, denn schon bald würde er den mächtigsten Artefakt auf dieser ganzen Welt in Händen halten, und wenn er ihn besaß, würde seine Arbeit im Sinne seines Meisters erst wirklich beginnen.

Als der große Pirat aus dem Boot kletterte und durch das knietiefe Wasser auf Sidi zumarschierte, schwelgte der Magier in dem Wissen um den endgültigen Sieg.